Amor Towles

Lincoln Highway

Im Juni 1954 wird der achtzehnjährige Emmett aus der Jugendstrafanstalt in Salina entlassen. Zu Hause in Nebraska wartet sein kleiner scheißkluger Bruder Billy auf ihn. Nach dem Tod des Vaters möchten die beiden einen Neuanfang in Kalifornien wagen, wo sie ihre verschwundene Mutter vermuten. Alles ist bereit für die Fahrt gen Westen, doch plötzlich tauchen zwei Freunde aus dem Gefängnis auf, die ein ganz anderes Ziel haben: New York City. So beginnt eine Reise mit den witzigsten und unglaublichsten Begegnungen – Clowns, Landstreicher, arbeitslose Schauspieler, Bettler und ziemlich gefährliche Pastoren.

*Amor Towles*, 1964 in Boston geboren, lebt heute in New York. Seine Werke wurden bislang in über dreißig Sprachen übersetzt und waren u. a. für den Kirkus Prize und den International Dublin Literary Award nominiert.

*Susanne Höbel*, geboren 1953, lebt als freie Übersetzerin in Südengland. Sie wurde vielfach ausgezeichnet. Zu den von ihr übersetzten Autoren gehören Graham Swift, Nadine Gordimer, John Updike, William Faulkner und A. L. Kennedy.

Amor Towles

# Lincoln Highway

Roman

Aus dem Englischen
von Susanne Höbel

dtv

Das Motto auf S. 9 stammt aus Willa Cathers
Roman ›O Pioneers!‹ (1913).

Von Amor Towles ist bei dtv außerdem lieferbar:
Eine Frage der Höflichkeit

MIX
Papier | Fördert gute Waldnutzung
FSC® C014496

2. Auflage 2024
2024 dtv Verlagsgesellschaft mbH & Co. KG, München
Lizenzausgabe mit Genehmigung der
Carl Hanser Verlag GmbH & Co. KG, München

Die Originalausgabe erschien 2021 unter dem Titel ›The Lincoln Highway‹
bei Viking, in der Penguin Random House Verlagsgruppe, New York.

Karte auf S. 6/7: Map based on an original design by Alex Coulter
Foto auf S. 273: Photo by Edward Hausner/The New York Times/Redux
Umschlaggestaltung: dtv nach einem Entwurf von
Peter-Andreas Hassiepen, München
Umschlagmotiv: Doreen Spooner/Hulton Archive via Getty Images
Satz: Satz für Satz, Wangen im Allgäu
Druck und Bindung: GGP Media GmbH, Pößneck
Printed in Germany · ISBN 978-3-423-14893-1

Für
meinen Bruder Stokley
und
meine Schwester Kimbrough

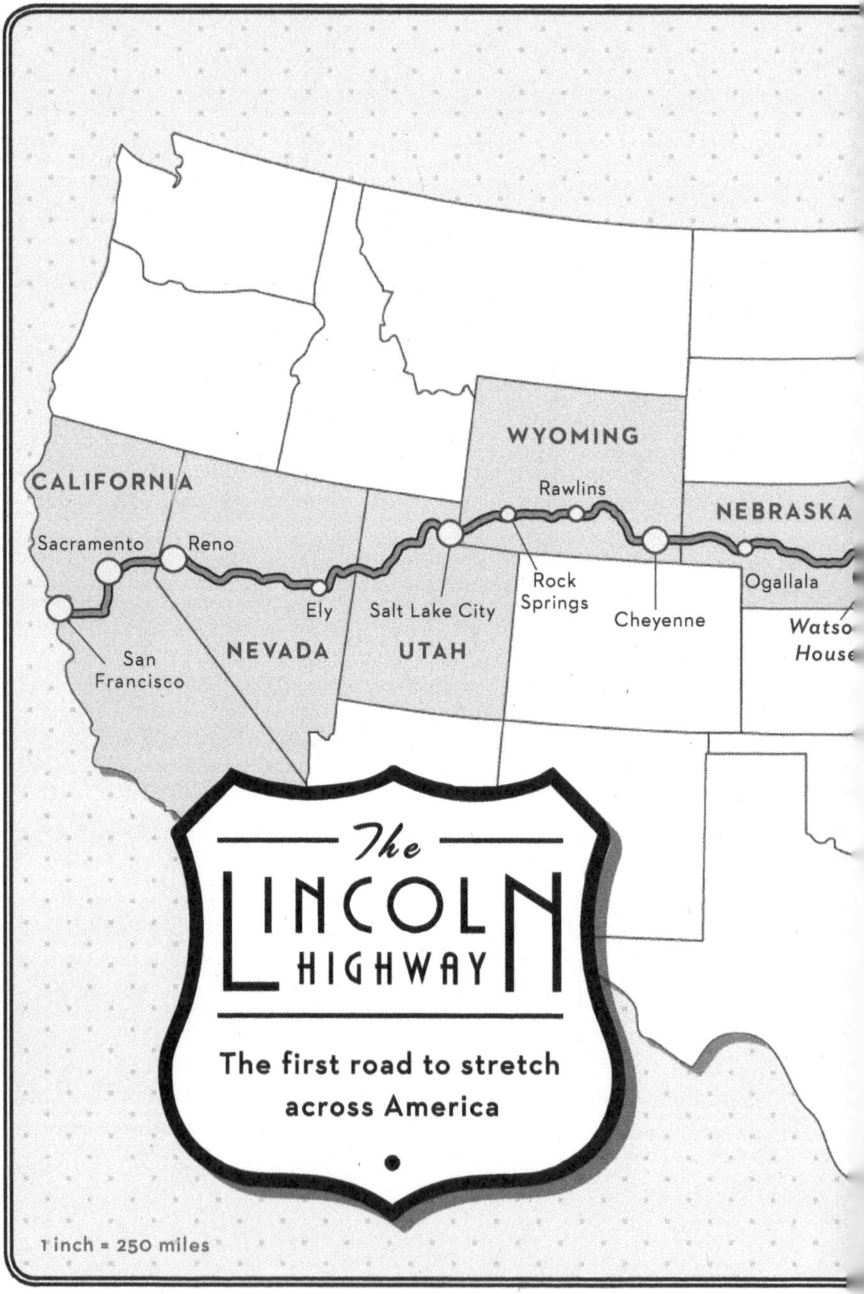
The
LINCOLN HIGHWAY
The first road to stretch across America
CALIFORNIA
NEVADA
UTAH
WYOMING
NEBRASKA
Sacramento
Reno
San Francisco
Ely
Salt Lake City
Rock Springs
Rawlins
Cheyenne
Ogallala
1 inch = 250 miles

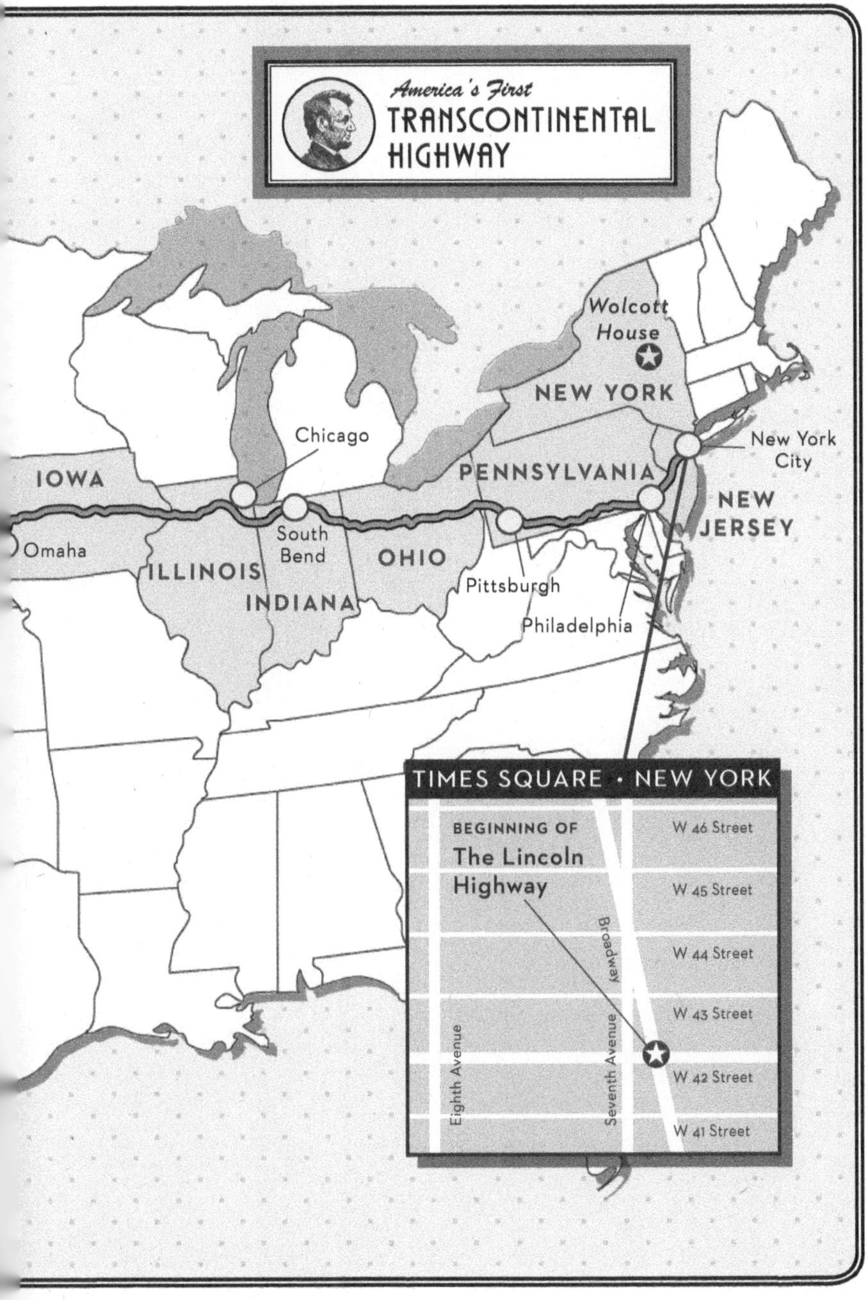
America's First
TRANSCONTINENTAL
HIGHWAY
Wolcott
House
NEW YORK
Chicago
New York
City
IOWA
PENNSYLVANIA
NEW
JERSEY
Omaha
South
Bend
ILLINOIS
OHIO
INDIANA
Pittsburgh
Philadelphia
TIMES SQUARE • NEW YORK
BEGINNING OF
The Lincoln
Highway
W 46 Street
W 45 Street
W 44 Street
W 43 Street
W 42 Street
W 41 Street
Broadway
Seventh Avenue
Eighth Avenue

# FRÜHLING IN DER PRÄRIE

Abend, und das flache Land,
Reich, feierlich, und unendlich still.
Meilen frisch gepflügter Erde,
Schwer und schwarz, kraftvoll und schroff.
Der Weizen wächst, das Wildkraut wächst,
Sich schindende Pferde, erschöpfte Männer.
Die langen, leeren Straßen,
Das fahle Feuer des Sonnenuntergangs, vergehend.
Der ewige Himmel, unerschütterlich.
Und davor die Jugend …

*Willa Cather, O Pioneers!*

# ZEHN

# EMMETT

*12. Juni 1954.*

Die Fahrt von Salina nach Morgen dauerte drei Stunden, und während der ganzen Zeit hatte Emmett kein einziges Wort gesprochen. Auf den ersten sechzig Meilen oder so hatte sich Direktor Williams bemüht, ein freundliches Gespräch in Gang zu bringen. Er erzählte von seiner Kindheit an der Ostküste und fragte Emmett nach seiner auf der Farm. Aber da sie nicht wieder zusammen sein würden, sah Emmett keinen Sinn darin, das alles aufzurollen. Als sie die Grenze zwischen Kansas und Nebraska überquerten und der Direktor das Radio anschaltete, schwieg Emmett weiter und sah aus dem Fenster, auf die vorüberziehende Prärie hinaus.

Fünf Meilen südlich von Morgen zeigte Emmett durch die Frontscheibe.

»Bei der nächsten Kreuzung geht es rechts ab. Nach sechs Meilen kommt man zu einem weißen Haus.«

Der Direktor fuhr langsamer und bog ab. Sie kamen an dem Haus der McKuskers vorbei, kurz darauf an dem der Andersens mit den zwei identischen roten Scheunen. Und dann sahen sie auch schon Emmetts Haus, das neben einer einzelnen Ulme ungefähr dreißig Meter abseits der Straße stand.

In Emmetts Augen sahen alle Häuser in dieser Gegend so aus, als wären sie vom Himmel gefallen, und das der Watsons schien besonders hart auf den Boden geprallt zu sein. Zu beiden Seiten des Schornsteins hatte sich der First gesenkt, und die Fensterrahmen waren so verzogen, dass die

Hälfte der Fenster nicht richtig schlossen und die andere Hälfte sich kaum öffnen ließ. Gleich würden sie sehen, dass an vielen Stellen die Farbe von den Holzschindeln abgeblättert war. Aber etwa dreißig Meter vor der Einfahrt brachte der Direktor den Wagen am Wegrand zum Stehen.

»Emmett«, sagte er und legte die Hände aufs Steuerrad, »bevor wir zum Haus kommen, möchte ich noch etwas sagen.«

Dass Direktor Williams etwas zu sagen hatte, kam nicht unbedingt überraschend. Als Emmett neu in Salina war, gab es einen Direktor, der aus Indiana kam und Ackerly hieß, und der fand es unnötig, Ratschläge in Worte zu kleiden, wenn er sie ebenso gut mit dem Stock austeilen konnte. Aber Direktor Williams war ein moderner Mann, er hatte ein abgeschlossenes Studium und lauter gute Absichten, und hinter seinem Schreibtisch hing ein gerahmtes Foto von Franklin D. Roosevelt. Seine Vorstellungen stützten sich auf Bücher und eigene Erfahrungen, und er verfügte über einen reichen Wortschatz, um seine Ratschläge zu formulieren.

»Für manche der jungen Menschen, die nach Salina kommen«, begann er, »ist der Aufenthalt bei uns, was immer die Gründe waren, warum sie zu uns geschickt wurden, der Beginn eines langen Lebens voller Schwierigkeiten. Es sind Jungen, die von klein auf den Unterschied zwischen Gut und Böse nicht gelernt haben und nicht einsehen, warum sie ihn später noch lernen sollten. Die Werte und Zielvorstellungen, die wir ihnen mitzugeben versuchen, werden sie wahrscheinlich in dem Moment, da sie unseren Blicken entschwinden, abschütteln. Leider ist es für diese Jungen nur eine Frage der Zeit, bis sie sich in der Strafanstalt von Topeka wiederfinden, wenn nicht schlimmer.«

Der Direktor wandte sich Emmett zu.

»Was ich sagen will, Emmett – du bist nicht einer von denen. Wir kennen uns erst seit kurzem, aber in unserer gemeinsamen Zeit habe ich verstanden, dass der Tod des Jungen schwer auf deinem Gewissen lastet. Niemand glaubt, dass das, was an dem Tag geschah, einer Bösartigkeit in deinem Wesen entsprang. Vielmehr war es ein unglücklicher Zufall. Aber unsere Gesellschaft verlangt, dass auch derjenige, der ohne Absicht ein Unglück verursacht, einen Preis dafür zahlt. Natürlich soll die Strafe in erster

Linie den Leidtragenden – in dem Fall der Familie des Jungen – Genugtuung verschaffen. Aber in unserer zivilisierten Gesellschaft verlangen wir auch, dass die Strafe demjenigen zunutze ist, der an dem Unglücksfall tätig beteiligt war, sodass auch er, indem er für seine Schuld büßt, Trost und ein Gefühl der Vergebung findet und zu einer Läuterung gelangt. Verstehst du, was ich meine, Emmett?«

»Ja, Sir.«

»Das freut mich. Ich weiß, du hast dich jetzt um deinen jüngeren Bruder zu kümmern, und die unmittelbar vor dir liegende Zukunft mag bedrückend scheinen, aber du bist ein gescheiter junger Mann, dessen ganzes Leben vor ihm liegt. Ich hoffe, dass du, wenn du einmal deine Schuld in voller Höhe abgetragen hast, das Beste aus deiner Freiheit machst.«

»Das ist meine Absicht, Sir.«

Und das meinte Emmett in dem Moment ehrlich. Denn im Großen und Ganzen stimmte er dem Direktor zu. Er war sich in vollem Maße bewusst, dass sein Leben vor ihm lag, und er begriff, dass er von jetzt an die Verantwortung für seinen Bruder trug. Er verstand auch, dass er zwar der Auslöser des Unglücksfalls gewesen war, nicht aber dessen Urheber. Doch dass seine Schuld voll beglichen sei – darin stimmte er dem Direktor nicht zu. Denn sosehr auch der Zufall eine Rolle gespielt hatte, als das Leben eines anderen durch Emmetts Handeln ausgelöscht wurde, würde es doch den Rest seines Lebens dauern, um dem Allmächtigen zu beweisen, dass er seiner Barmherzigkeit würdig war.

Der Direktor legte den Gang ein und fuhr beim Haus der Watsons vor. Auf dem Platz davor standen zwei Wagen – eine Limousine und ein Pritschenwagen. Der Direktor parkte neben dem Letzteren. Als er und Emmett ausstiegen, kam ein großer Mann mit einem Cowboyhut in der Hand aus dem Haus und ging die Stufen von der Veranda herunter.

»Hallo, Emmett.«

»Hallo, Mr. Ransom.«

Der Direktor streckte dem Farmer die Hand hin.

»Ich bin Direktor Williams. Es ist sehr freundlich von Ihnen, dass Sie sich die Mühe gemacht haben zu kommen.«

»Es war keine Mühe, Sir.«

»Soweit ich verstehe, kennen Sie Emmett schon seit langem.«

»Seit er auf der Welt ist.«

Der Direktor legte Emmett die Hand auf die Schulter.

»Dann brauche ich Ihnen ja nicht zu sagen, was für ein prächtiger junger Mann er ist. Ich habe ihm gerade auf der Fahrt gesagt, dass, nachdem er seine Schuld abgetragen hat, sein ganzes Leben vor ihm liegt.«

»Da stimme ich Ihnen zu«, sagte Mr. Ransom.

Die drei Männer standen einen Moment stumm zusammen.

Der Direktor lebte erst seit einem Jahr im Mittleren Westen, aber nachdem er schon öfter vor einem Farmhaus gestanden hatte, wusste er, dass man an diesem Punkt im Gespräch wahrscheinlich ins Haus eingeladen wurde und ein kaltes Getränk angeboten bekam, und in dem Fall sollte man die Einladung annehmen, weil eine Ablehnung als unhöflich betrachtet würde, selbst wenn man noch eine dreistündige Autofahrt vor sich hatte. Aber weder Emmett noch Mr. Ransom gaben ein Zeichen, dass sie den Direktor ins Haus bitten wollten.

»Gut«, sagte der Direktor nach einem kurzen Moment, »dann sollte ich mich wieder auf den Weg machen.«

Emmett und Mr. Ransom bedankten sich noch einmal ausdrücklich bei dem Direktor und schüttelten ihm die Hand, dann sahen sie zu, wie er einstieg und davonfuhr. Der Direktor entschwand langsam den Weg entlang, und Emmett zeigte auf die Limousine.

»Der Wagen von Mr. Obermeyer?«

»Ja, er sitzt in der Küche.«

»Und Billy?«

»Ich habe Sally gebeten, ihn ein bisschen später zu bringen, damit ihr beide, du und Tom, eure Angelegenheiten regeln könnt.«

Emmett nickte.

»Sollen wir reingehen?«, fragte Mr. Ransom.

»Je eher, desto besser«, sagte Emmett.

Als sie in die Küche kamen, saß Tom Obermeyer an dem kleinen Küchentisch. Er trug ein weißes, kurzärmliges Hemd mit Krawatte. Falls er ein Jackett dabeihatte, musste er es im Auto gelassen haben, denn es hing nicht über der Rückenlehne des Stuhls.

Anscheinend hatten Emmett und Mr. Ransom den Bankier überrascht, denn er schob kratzend den Stuhl zurück, stand auf und streckte die Hand aus, alles in einer durchgehenden Bewegung.

»Hallo, Emmett. Wie schön, dich zu sehen.«

Emmett schüttelte dem Bankier die Hand, sagte aber nichts.

Er ließ den Blick durch die Küche schweifen und sah, dass der Boden gefegt, die Arbeitsfläche aufgeräumt, das Waschbecken leer und die Küchenschränke geschlossen waren. So sauber war die Küche in Emmetts Erinnerung noch nie.

»Hier«, sagte Mr. Obermeyer und zeigte auf den Tisch. »Wollen wir uns nicht setzen?«

Emmett nahm den Stuhl dem Bankier gegenüber. Mr. Ransom blieb stehen und lehnte sich mit der Schulter an den Türrahmen. Auf dem Tisch, knapp außer Reichweite für den Bankier, lag ein prall gefüllter Ordner, als hätte jemand anders ihn dort liegengelassen. Mr. Obermeyer räusperte sich.

»Zunächst einmal, Emmett, möchte ich dir mein Beileid zum Tod deines Vaters aussprechen. Er war ein guter Mensch, und zu jung, um an einer Krankheit zu sterben.«

»Danke.«

»Wenn ich es richtig verstanden habe, hat Walter Eberstadt mit dir über den Nachlass deines Vaters gesprochen, als du zur Beerdigung hier warst.«

»Das ist richtig«, sagte Emmett.

Der Bankier nickte mit verständnisvollem Blick.

»Dann vermute ich, Walter hat auch erklärt, dass dein Vater vor drei Jahren ein neues Darlehen aufgenommen hat, zusätzlich zu der bestehenden Hypothek. Damals hat er gesagt, er wolle neue Geräte anschaffen, aber ich vermute, ein großer Teil des Darlehens wurde zur Tilgung alter Schulden verwendet, denn das einzige neue landwirtschaftliche Gerät, das wir finden konnten, ist der John Deere in der Scheune. Im Grunde ist das jedoch nicht von Bedeutung.«

Emmett und Mr. Robinson waren offenbar ebenfalls der Meinung, dass es nicht von Bedeutung sei, denn sie machten keinerlei Anstalten, etwas zu sagen. Der Bankier räusperte sich wieder.

»Mein Punkt ist, dass die Ernte in den letzten Jahren nicht dem entsprach, was dein Vater sich erhofft hatte, und in diesem Jahr, nach seinem Tod, wird es gar keine Ernte geben. Deswegen mussten wir auf der Rückgabe des Darlehens bestehen. Diese geschäftlichen Einzelheiten sind unangenehm, das weiß ich, Emmett, aber du sollst wissen, dass es der Bank nicht leichtgefallen ist, diese Entscheidung zu treffen.«

»Wahrscheinlich fällt es Ihnen inzwischen nicht mehr so schwer«, sagte Mr. Ransom, »wenn man sieht, wie oft Sie Gelegenheit dazu bekommen.«

Der Bankier sah den Rancher an.

»Wirklich, Ed, das ist nicht fair, und das weißt du. Keine Bank vergibt Darlehen in der Erwartung, dass sie nicht zurückgezahlt werden.«

Der Bankier wandte sich Emmett zu.

»Bei einem Darlehen ist es vorgesehen, dass die Zinsen und die Leihsumme in einem festen zeitlichen Rahmen zurückgezahlt werden. Sollte aber ein vertrauenswürdiger Kunde mit den Zahlungen in Rückstand geraten, versuchen wir unser Möglichstes, ihm entgegenzukommen. Wir verlängern den Termin und gewähren Aufschub. Dein Vater ist ein gutes Beispiel. Als er mit den Zahlungen nicht nachkam, haben wir ihm mehr Zeit eingeräumt. Und als er krank wurde, haben wir die Fristen abermals verlängert. Aber manchmal ist es für einen Menschen zu schwierig, sich aus einer verfahrenen Situation zu befreien, wie viel Zeit man ihm auch zubilligt.«

Der Bankier streckte den Arm aus und legte die Hand auf den braunen Ordner, womit er ihn als seinen beanspruchte.

»Wir hätten das Anwesen schon vor einem Monat räumen lassen und auf den Markt bringen können, Emmett. Dazu hatten wir ohne weiteres das Recht. Aber das haben wir nicht getan. Wir haben gewartet, bis deine Zeit in Salina um war, damit du nach Hause kommen und in deinem eigenen Bett schlafen konntest. Wir wollten sicherstellen, dass ihr, du und dein Bruder, in aller Ruhe durchs Haus gehen und eure persönlichen Sachen zusammensuchen könnt. Ja, wir haben sogar die Energiebetriebe veranlasst, Gas und Strom auf unsere Kosten weiterlaufen zu lassen.«

»Das ist sehr freundlich von Ihnen«, sagte Emmett.

Mr. Ransom knurrte.

»Aber jetzt bist du zurück«, fuhr der Bankier fort, »und da ist es sicherlich für alle Beteiligten das Beste, wenn wir die Sache zu einem Abschluss bringen. Als Nachlassverwalter für deinen Vater muss ich dich bitten, ein paar Dokumente zu unterschreiben. Und dann, in ein paar Wochen, werdet ihr, du und dein Bruder, so leid es mir tut, ausziehen müssen.«

»Wenn es was zu unterschreiben gibt, dann machen wir das am besten gleich.«

Mr. Obermeyer nahm ein paar Dokumente aus dem Ordner. Er drehte das Konvolut zu Emmett um, blätterte es auf, erklärte einzelne Abschnitte, übertrug die Terminologie in verständliches Englisch und zeigte auf die Stelle, wo das Dokument unterschrieben werden musste.

»Haben Sie was zum Schreiben?«

Mr. Obermeyer reichte Emmett seinen Füller. Emmett unterschrieb die Papiere, setzte sein Kürzel an den Rand, ohne etwas zu lesen, und schob sie über den Tisch zurück.

»Ist das alles?«

»Eine Sache noch«, sagte der Bankier, nachdem der die Papiere wieder sorgfältig in dem Ordner verstaut hatte. »Das Auto in der Scheune. Als wir die routinemäßige Bestandsaufnahme des Hauses gemacht haben, konnten wir weder die Zulassung noch die Schlüssel finden.«

»Wozu brauchen Sie die?«

»Das zweite Darlehen, das dein Vater aufgenommen hat, war nicht für bestimmte landwirtschaftliche Geräte. Als Sicherheit galten ganz allgemein alle Investitionen, die auf der Farm getätigt wurden, und das, so leid es mir tut, erstreckt sich auch auf Personenwagen.«

»Aber nicht auf diesen.«

»Emmett, ich …«

»Und zwar deshalb nicht, weil dies keine Investition meines Vaters ist. Das Auto gehört mir.«

Mrs. Obermeyer sah Emmett mit einer Mischung aus Skepsis und Verständnis an, zwei Gefühle, die nach Emmetts Ansicht nicht gleichzeitig in einem Gesicht auftauchen sollten. Emmett nahm seine Brieftasche heraus, zog die Zulassung hervor und legte sie auf den Tisch.

Der Bankier nahm sie und las sie aufmerksam.

»Es stimmt, der Wagen ist auf deinen Namen zugelassen, aber ich fürchte, wenn er von deinem Vater für dich gekauft worden ist ...«

»Das ist er aber nicht.«

Der Bankier sah Mr. Ransom an, als erhoffte er von ihm Unterstützung. Da er keine fand, wandte er sich wieder Emmett zu.

»Ich habe zwei Sommer lang«, sagte Emmett, »bei Mr. Schulte gearbeitet und mir das Geld für den Wagen verdient. Ich habe Hausrahmen gebaut, Dächer gedeckt, Veranden repariert. Ich habe sogar bei Ihnen, fällt mir da ein, in der Küche neue Geschirrschränke eingebaut. Wenn Sie mir nicht glauben, fragen Sie Mr. Schulte. Aber mit Sicherheit kommen Sie nicht an den Wagen ran.«

Mr. Obermeyer runzelte die Stirn. Aber als Emmett seine Hand für die Zulassung ausstreckte, gab der Bankier sie ihm ohne Widerspruch zurück. Dann nahm er seinen Ordner und ging, und er war nicht besonders überrascht, dass weder Emmett noch Mr. Ransom ihn zur Tür begleiteten.

Nachdem der Bankier abgefahren war, ging Mr. Ransom vor die Tür, um dort auf Sally und Billy zu warten, und gab Emmett die Gelegenheit, sich im Haus umzusehen.

Wie schon die Küche war auch das Wohnzimmer, wie Emmett feststellte, besser aufgeräumt als sonst, die Kissen in den Sofaecken waren aufgeschüttelt, die Zeitschriften lagen in ordentlichen Stapeln auf dem Couchtisch, und der Rollladen am Schreibtisch seines Vaters war geschlossen. Oben in Billys Zimmer war das Bett gemacht, die Sammlung von Kronkorken und Vogelfedern lag ordentlich auf den Regalbrettern, und eins der Fenster stand zum Lüften offen. Ein zweites Fenster musste auf der anderen

Hausseite geöffnet sein, denn die kleinen Jagdflugzeuge über Billys Bett, Modellbauten von Spitfire, Warhawk und Thunderbolt, bewegten sich in einem leichten Luftzug.

Emmett lächelte, als er sie sah.

Er hatte die Flugzeuge gebaut, als er so alt war wie Billy heute. Im Jahr 1943 hatte seine Mutter ihm die Baukästen geschenkt, in einer Zeit, als Emmett und seine Freunde von nichts anderem sprachen als von den Luftkämpfen in Europa und über dem Pazifik, von General Patton, der mit der Siebten Armee auf Sizilien gelandet war, und von Pappy Boyington und seinem Black Sheep Squadron, der dem Feind das Leben in der Salomonensee schwer machte. Akribisch wie ein Ingenieur hatte Emmett die Modelle am Küchentisch zusammengebaut. Mit der Emaillefarbe aus vier winzigen Fläschchen und einem ganz feinen Haarpinsel hatte er die Embleme und Seriennummern auf die Flugzeugrümpfe gemalt. Dann hatte Emmett die Modelle auf seiner Kommode aufgestellt, diagonal ausgerichtet in einer Reihe, wie auf einem Flugzeugträger.

Billy hatte sie, seit er vier Jahre alt war, bewundert. Manchmal, wenn Emmett aus der Schule kam, fand er Billy neben der Kommode auf einem Stuhl stehend, wo er in der nachgeahmten Sprache von Kampfpiloten Selbstgespräche führte. Zu Billys sechstem Geburtstag hatten Emmett und sein Vater die Flugzeuge über Billys Bett aufgehängt, als Überraschung.

Emmett ging den Flur entlang zum Zimmer seines Vaters, wo ebenfalls alles aufgeräumt war: das Bett gemacht, die Fotos auf der Kommode entstaubt, die Vorhänge mit einer Schleife zurückgebunden. Emmett trat ans Fenster und blickte über das Land seines Vaters. Nachdem die Felder zwanzig Jahre lang gepflügt und bestellt worden waren, hatten sie eine Saison lang brachgelegen, und schon konnte man das unaufhaltsame Voranschreiten der Natur beobachten und sehen, wie Beifuß und Greiskraut und Scheinastern sich wieder zwischen dem Präriegras ansiedelten. Noch ein paar Jahre der Brache, und man würde nicht mehr erkennen, dass dies einmal Ackerland war.

Emmett schüttelte den Kopf.

»Eine verfahrene Situation.«

So hatte Mr. Obermeyer es genannt. Eine verfahrene Situation, aus der man sich nicht leicht befreien konnte. Und bis zu einem gewissen Grad hatte der Bankier recht. Wenn es um verfahrene Situationen ging, hatte Emmetts Vater mehr als genug davon gehabt. Aber Emmett wusste, dass es das nicht allein war. Denn wenn es um schlechte Entscheidungen ging, hatte Charlie Watson davon ebenfalls mehr als genug gehabt.

Emmetts Vater war 1933 von Boston nach Nebraska gekommen, zusammen mit seiner jungen Frau und dem Traum, auf dem Land zu arbeiten. Über die nächsten zwanzig Jahre versuchte er, Weizen, Mais, Soja, sogar Alfalfa anzubauen, aber seinen Bemühungen war kein Erfolg vergönnt. Wenn das Getreide, für das er sich entschied, viel Feuchtigkeit brauchte, herrschte zwei Jahre lang Trockenheit. Wechselte er zu einer Sorte, die sonnige Bedingungen verlangte, ballten sich im Westen die Regenwolken zusammen. Die Natur kennt keine Gnade, könnte man dazu sagen. Sie ist gleichgültig und unvorhersehbar. Aber ein Farmer, der alle drei Jahre die Getreidesorte auf seinen Feldern wechselte? Das war einer, wie Emmett schon damals verstand, der nicht wusste, was er tat.

Hinter der Scheune stand eine Maschine, die für die Hirseernte aus Deutschland importiert worden war. Zu einem Zeitpunkt schien sie unabdingbar, doch schon bald wurde sie nicht mehr gebraucht und stand herum, weil sein Vater nicht die Voraussicht hatte, sie weiterzuverkaufen, nachdem er aufhörte, Hirse anzubauen. Er ließ sie einfach hinter der Scheune stehen, wo sie Wind und Wetter ausgesetzt war. Als Emmett so alt war wie Billy heute und seine Freunde von benachbarten Höfen zum Spielen kamen – Jungen, die während des Kriegs auf Fahrzeuge jeder Art kletterten und vorgaben, es seien Panzer –, schlugen die Jungen einen Bogen um die Erntemaschine, weil sie das schlechte Omen spürten, die Spuren des Scheiterns, die dem rostenden Gerät anzuhaften schienen, sodass man sich besser fernhielt, sei es aus Höflichkeit oder aus Selbstschutz.

So kam es, dass Emmett, als er fünfzehn war, am Ende des Schuljahrs mit dem Fahrrad in die Stadt fuhr und bei Mr. Schulte, der Schreiner war, anklopfte. Mr. Schulte war von Emmetts Ansinnen so erstaunt, dass er ihn zu Tisch bat und ihm eine Scheibe Fleischpastete bringen ließ. Dann fragte er Emmett, warum ein Junge, der auf einer Farm aufgewachsen war, den Sommer damit verbringen wolle, Nägel einzuschlagen.

Dass Emmett Mr. Schulte als freundlichen Mann kannte, der zudem in einem der schönsten Häuser der Stadt wohnte, war nicht der Grund. Vielmehr war der Grund der, dass Emmett zu dem Schluss gekommen war, was auch passierte, ein Schreiner würde immer Arbeit finden. Auch das solideste Haus musste repariert werden. Scharniere lockerten sich, Fußböden nutzten sich ab, Dächer wurden undicht. Man brauchte nur durch das Haus der Watsons zu gehen, um zu sehen, wie der Zahn der Zeit an einem Haus nagen konnte.

In den Sommermonaten, wenn der Donner grollte oder ein trockener Wind über die Ebene pfiff, konnte Emmett seinen Vater hören, der sich schlaflos im Zimmer nebenan wälzte. Und aus gutem Grund, denn ein Farmer mit einer Hypothek war wie jemand, der mit ausgestreckten Armen und geschlossenen Augen auf einem Brückengeländer balancierte. Es war ein Leben, in dem der Abstand zwischen Wohlstand und Ruin in einer Handbreit Regen oder ein paar Nachtfrösten gemessen werden konnte.

Aber ein Schreiner lag nachts nicht wach und machte sich wegen des Wetters Sorgen. Er hieß die Extreme der Natur willkommen. Die Schneestürme und Regengüsse und Wirbelwinde. Er begrüßte das Auftreten von Schimmel und den Einfall von Insekten. Denn da waren die Kräfte der Natur am Werk, die langsam, aber sicher die Stabilität eines Hauses zerstörten, seine Fundamente zermürbten, seine Balken porös machten und den Gips zerkrümelten.

All das sagte Emmett nicht zu Mr. Schulte, als der seine Frage stellte. Stattdessen legte er die Gabel hin und antwortete schlicht:

»So wie ich das sehe, Mr. Schulte, war Hiob der mit dem Ochsen und Noah der mit dem Hammer.«

Mr. Schulte lachte laut und stellte Emmett auf der Stelle ein.

Die meisten Farmer in der Gegend hätten ihrem ältesten Sohn auf die Eröffnung, dass er bei einem Schreinerbetrieb eine Anstellung gefunden habe, eine Standpredigt gehalten, die der Sohn so schnell nicht vergessen würde. Dann, um seiner Position Nachdruck zu verleihen, wäre der Farmer zum Haus des Schreiners gefahren und hätte ihm ebenfalls gehörig die Meinung gesagt, falls er je wieder auf den Gedanken kommen sollte, sich in die Erziehung des Sohnes eines anderen einzumischen.

Aber als Emmett nach Hause kam und seinem Vater erzählte, er habe eine Stelle bei Mr. Schulte angenommen, war sein Vater nicht verärgert. Er hörte aufmerksam zu. Er dachte kurz nach und sagte dann, Mr. Schulte sei ein guter Mann und Schreinerei ein nützliches Gewerbe. Und am ersten Tag der Sommerferien machte er Emmett ein kräftiges Frühstück, packte ihm ein Mittagsbrot ein und schickte ihn mit seinem Segen in den Betrieb eines anderen.

Vielleicht war auch das ein Zeichen für eine schlechte Entscheidung.

Als Emmett wieder nach unten kam, saß Mr. Ransom auf den Stufen der Veranda, die Unterarme auf den Knien, den Hut immer noch in der Hand. Emmett setzte sich neben ihn, und die beiden blickten über die unbestellten Felder. Eine halbe Meile entfernt konnte man schwach den Zaun erkennen, hinter dem die Ranch von Mr. Ransom begann. Soweit Emmett wusste, hatte Mr. Ransom sechshundert Stück Vieh und fünf Männer, die für ihn arbeiteten.

»Ich möchte mich bei Ihnen bedanken, dass Sie Billy zu sich genommen haben«, sagte Emmett.

»Das war das mindeste, was wir tun konnten. Du kannst dir vielleicht vorstellen, dass es für Sally eine große Freude war. Für mich den Haushalt zu führen, ist nicht so aufregend, aber es hat ihr viel bedeutet, deinen Bruder bei uns zu haben. Seit Billy bei uns ist, haben wir alle besser gegessen.«

Emmett lächelte.

»Trotzdem. Billy hat es viel bedeutet, und ich hatte die Beruhigung zu wissen, dass er bei Ihnen wohnen konnte.«

Mr. Ransom nickte in Antwort auf Emmetts Dank.

»Direktor Williams ist wohl ein guter Mann«, sagte er nach einer Weile.

»Das ist er.«

»Anscheinend nicht aus Kansas.«

»Er ist in Philadelphia aufgewachsen.«

Mr. Ransom begann, seinen Hut zwischen den Händen zu drehen, und Emmett erkannte, dass sein Nachbar etwas auf dem Herzen hatte. Offenbar überlegte er, wie er es sagen sollte oder ob er es überhaupt sagen sollte. Vielleicht wollte er auch einfach nur den richtigen Moment abpassen. Aber manchmal entscheidet der Moment selbst, wann er gekommen ist, wie jetzt, als die Staubwolke in einer Meile Entfernung das Nahen seiner Tochter ankündigte.

»Emmett«, begann er. »Direktor Williams hatte recht, als er sagte, du hättest deine Schuld beglichen – wenigstens, was die Gesellschaft angeht. Aber wir leben hier in einer kleinen Stadt, viel kleiner als Philadelphia, und nicht jeder in Morgen sieht die Sache so wie Direktor Williams.«

»Sie meinen die Snyders.«

»Ich meine die Snyders, Emmett, aber nicht nur die Snyders. Die Snyders haben in der Gegend Verwandte. Sie haben Nachbarn und alte Freunde. Sie kennen Leute, mit denen sie Geschäfte machen und die Mitglieder ihrer Gemeinde sind. Es ist bekannt, dass Jimmy Snyder den Ärger, in dem er steckte, nur sich selbst zuzuschreiben hatte. In all seinen siebzehn Jahren hatte er nichts als Mist produziert. Aber das sehen seine Brüder nicht so. Besonders nachdem Joe junior im Krieg gefallen ist. Es ist ihnen schon quer runtergegangen, dass du nur achtzehn Monate in Salina gekriegt hast, und seit sie erfahren haben, dass man dir nach dem Tod deines Vaters die letzten Monate erlassen hat, sind sie voll des selbstgerechten Zorns. Mit Sicherheit werden sie dich diesen Zorn so oft und so heftig wie möglich spüren lassen. Auch wenn es stimmt, dass du dein ganzes Leben vor dir hast – oder besser gesagt, *weil* du dein ganzes Leben vor dir hast –, solltest du dir überlegen, ob du damit an einem anderen Ort anfängst.«

»Seien Sie ganz unbesorgt«, sagte Emmett. »Innerhalb von achtundvierzig Stunden, das ist wenigstens mein Plan, werden Billy und ich nicht mehr in Nebraska sein.«

Mr. Ransom nickte.

»Dein Vater hat dir nicht viel hinterlassen, deshalb würde ich euch beiden gern eine kleine Starthilfe geben.«

»Ich könnte kein Geld von Ihnen nehmen, Mr. Ransom. Sie haben schon so viel für uns getan.«

»Betrachte es als Darlehen. Du bezahlst es mir zurück, sobald ihr euch etabliert habt.«

»Ich glaube, die Watsons haben erst mal genug von Darlehen.«

Mr. Ransom lächelte und nickte. Als er aufstand und sich den Hut aufsetzte, kam Betty, so nannte Sally ihren alten Pritschenwagen, vorm Haus zum Stehen, mit Sally am Steuer und Billy auf dem Beifahrersitz. Noch bevor der Wagen in der schwarzen Wolke, die der Auspuff ausstieß, richtig angehalten hatte, machte Billy die Tür auf und sprang heraus. Er hatte einen Rucksack auf, der ihm von den Schultern über den Po reichte, und er rannte an Mr. Ransom vorbei und schlang seine Arme um Emmett.

Emmett ging in die Hocke und begrüßte seinen Bruder mit einer festen Umarmung.

Sally kam auf Emmett zu. Sie trug ein buntes, festliches Kleid und hatte eine Auflaufform in den Händen und ein strahlendes Lächeln auf dem Gesicht.

Interessiert registrierte Mr. Ransom das Kleid und das Lächeln.

»Sieh mal an, wer da ist«, sagte sie. »Drück ihm nicht die Luft ab, Billy Watson.«

Emmett richtete sich auf und legte seinem Bruder die Hand auf den Kopf.

»Hallo, Sally.«

Wie immer, wenn sie aufgeregt war, kam sie gleich zur Sache.

»Das Haus ist ausgefegt und alle Betten sind frisch bezogen, im Badezimmer liegt neue Seife, und im Kühlschrank sind Butter, Milch und Eier.«

»Danke«, sagte Emmett.

»Ich wollte euch zum Abendessen zu uns einladen, aber Billy bestand darauf, dass ihr die erste Mahlzeit zu Hause essen würdet. Weil du gerade erst gekommen bist, habe ich einen Auflauf für euch gemacht.«

»Das wäre doch nicht nötig gewesen, Sally.«

»Nötig oder nicht, hier ist er. Ihr braucht ihn nur eine Dreiviertelstunde bei 180 Grad in den Ofen zu stellen.«

Als Emmett die Auflaufform entgegennahm, schüttelte Sally den Kopf.

»Ich hätte das aufschreiben sollen.«

»Bestimmt kann Emmett die Anweisung behalten«, sagte Mr. Ransom, »und wenn nicht, dann weiß Billy, was man machen muss.«

»Man stellt die Form bei 180 Grad eine Dreiviertelstunde in den Ofen«, sagte Billy.

Mr. Ransom wandte sich zu seiner Tochter um.

»Die Jungen haben sich bestimmt viel zu erzählen, und wir müssen zu Hause auch noch das eine oder andere erledigen.«

»Ich will nur schnell gucken, dass alles –«

»Sally«, sagte Mr. Ransom in einem Ton, der keinen Widerspruch duldete.

Sally zeigte auf Billy und lächelte.

»Sei schön brav, Kleiner.«

Emmett und Billy sahen zu, wie Vater und Tochter in ihre Pritschenwagen stiegen und abfuhren. Dann drehte Billy sich zu Emmett um und umarmte ihn wieder.

»Ich bin froh, dass du wieder zu Hause bist, Emmett.«

»Ich bin auch froh, dass ich wieder zu Hause bin, Billy.«

»Diesmal musst du nicht nach Salina zurück, oder?«

»Nein. Ich muss nie wieder nach Salina zurück. Komm.«

Billy ließ Emmett los, und die beiden gingen ins Haus. In der Küche machte Emmett den Kühlschrank auf und schob die Auflaufform ins unterste Fach. In den oberen Fächern waren Milch, Eier und Butter, wie angekündigt. Außerdem gab es ein Glas Apfelmus und ein Glas eingemachter Pfirsiche.

»Möchtest du etwas essen?«

»Nein, danke, Emmett. Sally hat mir vorm Weggehen ein Brot mit Erdnussbutter gemacht.«

»Aber ein Glas Milch?«

»Ja.«

Als Emmett zwei Gläser mit Milch zum Tisch brachte, nahm Billy den Rucksack ab und stellte ihn auf einen Stuhl. Er öffnete das Oberfach, nahm ein Päckchen in Alufolie heraus und machte es vorsichtig auf. Es enthielt acht Kekse. Billy legte zwei auf den Tisch, einen für Emmett, einen für sich, dann faltete er das Päckchen wieder zu, steckte es in den Rucksack, verschloss die Klappe und setzte sich auf seinen Platz.

»Das ist ein ziemlich großer Rucksack«, sagte Emmett.

»Es ist ein echter US-Army-Rucksack«, sagte Billy. »Aus Armeebeständen, er wurde im Krieg nicht gebraucht. Ich habe ihn bei Mr. Gunderson im Laden gekauft. Außerdem habe ich eine Taschenlampe und einen Kompass und diese Uhr gekauft, alles aus Armeebeständen.«

Billy streckte den Arm aus, an dessen Handgelenk lose eine Uhr hing.

»Sie hat sogar einen Sekundenzeiger.«

Emmett bewunderte gebührend die Uhr, dann biss er von einem Keks ab.

»Lecker. Schokolade?«

»Ja. Sally hat sie gemacht.«

»Hast du geholfen?«

»Ich habe die Schüssel ausgeleckt.«

»Das kann ich mir vorstellen.«

»Sally hat uns ein ganzes Blech gemacht, aber Mr. Ransom fand, dass das übertrieben war, und dann hat sie gesagt, sie würde uns nur vier geben, aber heimlich hat sie acht eingepackt.«

»Haben wir Glück gehabt.«

»Mehr Glück, als wenn es nur vier wären, aber nicht so viel Glück wie bei einem ganzen Blech.«

Emmett lächelte, trank von der Milch und betrachtete seinen Bruder über den Glasrand hinweg. Billy war zwei Zentimeter größer geworden und sein Haar war kürzer geschnitten, wie nicht anders zu erwarten bei den Ransoms, aber sonst schien seine körperliche und geistige Verfassung so wie immer. Dass Emmett seinen Bruder zurücklassen musste, hatte ihn besonders bekümmert, als er nach Salina gekommen war, und jetzt war er froh, Billy kaum verändert vorzufinden. Und glücklich, mit ihm an dem alten Küchentisch zu sitzen. Und auch Billy war darüber glücklich, das merkte Emmett.

»Ist das Schuljahr gut zu Ende gegangen?«, fragte Emmett und stellte das Glas hin.

Billy nickte.

»In Erdkunde habe ich 105 % bekommen.«

»105 %!«

»Normalerweise gibt es das nicht, 105 %«, erklärte Billy. »Normalerweise gibt es nicht mehr als 100 %.«

»Wie hast du Mrs. Cooper dann die zusätzlichen fünf Prozent abgeluchst?«

»Es gab eine Zusatzfrage.«

»Und wie lautete die?«

Billy hatte sie noch genau im Kopf.

»Wie hoch ist das höchste Gebäude der Welt?«

»Und du wusstest die Antwort?«

»Ja.«

…

»Willst du sie mir nicht sagen?«

Billy schüttelte den Kopf.

»Das wäre gemogelt. Du musst es schon selbst rauskriegen.«

»In Ordnung.«

Einen Moment schwiegen sie, dann wurde Emmett sich bewusst, dass er in sein Milchglas starrte. Jetzt war er es, der etwas auf dem Herzen hatte. Und er musste jetzt entscheiden, wie, ob und wann er es sagen sollte.

»Billy«, fing er an. »Ich weiß nicht, was Mr. Ransom dir erzählt hat, aber wir können hier nicht mehr wohnen.«

»Ich weiß«, sagte Billy. »Weil wir bankrott sind.«

»Richtig. Weißt du, was das bedeutet?«

»Es bedeutet, dass unser Haus der Bank gehört.«

»Genau. Wir könnten natürlich trotzdem in Morgen bleiben. Eine Weile könnten wir bei den Ransoms wohnen, und ich könnte wieder bei Mr. Schulte arbeiten. Im Herbst würdest du wieder in die Schule gehen, und irgendwann könnten wir uns wieder ein Haus leisten. Aber ich glaube, jetzt wäre für uns ein guter Moment, etwas Neues zu probieren …«

Emmett hatte lange darüber nachgedacht, wie er das sagen sollte, weil er Angst hatte, Billy würde die Vorstellung, aus Morgen wegzugehen, traurig machen, besonders so schnell nach dem Tod ihres Vaters. Aber Billy war nicht im mindesten traurig.

»Ich habe genau dasselbe gedacht, Emmett.«

»Wirklich?«

Billy nickte mit Nachdruck.

»Jetzt, wo Daddy tot ist und unser Haus der Bank gehört, brauchen wir nicht in Morgen zu bleiben. Wir können unsere Sachen packen und nach Kalifornien gehen.«

»Dann sind wir uns ja einig«, sagte Emmett lächelnd. »Nur dass ich finde, wir sollten nach Texas gehen.«

»Aber nach Texas können wir nicht gehen«, sagte Billy und schüttelte den Kopf.

»Und warum nicht?«

»Weil wir nach Kalifornien müssen.«

Emmett wollte anfangen zu sprechen, aber Billy war schon aufgestanden und machte sich an seinem Rucksack zu schaffen. Diesmal öffnete er die Vordertasche und nahm einen kleinen braunen Umschlag heraus, dann setzte er sich wieder. Während er den roten Faden um den Umschlag sorgfältig aufmachte, fing er an zu sprechen.

»Nach Daddys Beerdigung, und als du wieder nach Salina gefahren warst, hat Mr. Ransom gesagt, Sally und ich sollten im Haus nach wichtigen Papieren gucken. Und da haben wir in der untersten Schublade von Daddys Schreibtisch eine Dose gefunden. Sie war nicht abgeschlossen, aber man *konnte* sie abschließen, wenn man wollte. In der Dose waren die wichtigen Papiere, die Mr. Ransom gemeint hatte, unsere Geburtsurkunden und die Heiratsurkunde von Mom und Dad. Aber ganz unten in der Dose habe ich dies hier gefunden.«

Billy ließ eine Reihe von Postkarten aus dem Umschlag auf den Tisch gleiten, neun an der Zahl.

Emmett sah an dem Zustand der Karten, dass sie weder besonders alt noch besonders neu waren. Es waren Ansichtskarten mit Fotos oder Zeichnungen, alle in Farbe. Ganz oben lag eine Ansicht des Welsh Motor Court in Ogallala, Nebraska, einem modernen Motel mit weißen Häuschen, einem Pflanzstreifen als Straßenbegrenzung und einem Fahnenmast, an dem die amerikanische Flagge hing.

»Das sind Postkarten«, erklärte Billy, »an uns beide. Von Mom.«

Emmett war wie vor den Kopf geschlagen. Fast acht Jahre waren vergangen, seit ihre Mutter ihn und Billy zu Bett gebracht hatte und aus dem Zimmer gegangen war, und seitdem hatten sie nie wieder von ihr gehört. Keine Anrufe. Keine Briefe. Keine achtsam eingewickelten Päckchen zu Weihnachten. Auch keine weitergetragenen Neuigkeiten von jemandem, der zufällig von jemand anderem etwas gehört hatte. So hatte Emmett es erlebt – bis jetzt.

Emmett nahm die Postkarte mit der Ansicht des Welsh Motor Court und drehte sie um. Es war, wie Billy gesagt hatte: Die Karte war in der eleganten Handschrift ihrer Mutter an sie beide adressiert. Wie bei Postkarten üblich, beschränkte sich der Text auf wenige Zeilen. Darin drückte sie aus, dass sie ihre Jungen vermisste, obwohl sie erst seit einem Tag fort war. Emmett nahm die nächste Postkarte von dem Stapel. Oben links auf dem Bild war ein berittener Cowboy zu sehen, und das Lasso, das er schwang, formte sich im Vordergrund zu den Wörtern *Grüße aus Rawlins, Wyoming*, was die größte Stadt der Plains war. Emmett drehte die Karte um. In sechs Sätzen, von denen einer sich um die untere rechte Ecke schlängelte, schrieb ihre Mutter, dass sie in Rawlins zwar noch keinen Cowboy mit Lasso gesehen habe, dafür aber viele Kühe. Am Schluss schrieb sie wieder, wie sehr sie ihre Jungen liebte und vermisste.

Emmetts Blick glitt über die anderen Postkarten auf dem Tisch, er las die Namen der Städte, der Motels und Restaurants, er sah sich die Ansichten und Monumente an und stellte fest, dass mit einer Ausnahme der Himmel auf allen Bildern blau war.

Weil Emmett wusste, dass sein Bruder ihn beobachtete, bemühte er sich um einen Ausdruck, der nichts von seinen Gefühlen verriet. Am stärksten war sein Zorn – Zorn auf seinen Vater. Denn der musste die Postkarten entgegengenommen und vor ihnen versteckt haben. So wütend sein Vater auf seine Frau auch gewesen sein mochte, er hatte nicht das Recht, seinen Söhnen die Postkarten vorzuenthalten, zumindest nicht Emmett, der damals schon alt genug war, sie selbst zu lesen. Aber Emmetts Wut verflog schnell, denn er verstand, dass sein Vater das einzig Vernünftige getan hatte. Was konnte schließlich eine gelegentliche Postkarte ausrichten, mit ein paar Sätzen auf der Rückseite, geschrieben von einer Frau, die ihre Kinder mit voller Absicht verlassen hatte?

Emmett legte die Postkarte aus Rawlins wieder auf den Tisch.

»Du weißt doch, dass Mom uns am fünften Juli verlassen hat, oder?«, fragte Billy.

»Ja, das weiß ich.«

»Von da an hat sie uns neun Tage lang jeden Tag eine Postkarte geschrieben.«

Emmett nahm die Postkarte von Ogallala wieder in die Hand und prüfte die Stelle über der Anrede – *Liebster Emmett und Billy* –, aber da stand kein Datum.

»Mom hat kein Datum draufgeschrieben«, sagte Billy, »aber du kannst es am Poststempel sehen.«

Er nahm Emmett die Ogallala-Karte aus der Hand, drehte alle Postkarten um und legte sie auf dem Tisch aus. Er zeigte auf die Poststempel.

»Fünfter Juli, sechster Juli. Vom siebten Juli gibt es keine, aber zwei vom achten. Das liegt daran, dass der 7. Juli 1946 ein Sonntag war, und sonntags hat die Post geschlossen, deshalb musste sie am Montag zwei Karten abschicken. Aber guck mal hier.«

Billy ging wieder an die Vordertasche seines Rucksacks und holte etwas heraus, das wie ein Flugblatt aussah. Als er das Blatt auffaltete, sah Emmett, dass es eine Phillips-66-Straßenkarte der Vereinigten Staaten war. Quer durch die Karte führte eine Straße, die Billy mit schwarzer Tinte markiert hatte. Im westlichen Teil waren acht Ortsnamen entlang der Route umkringelt.

»Das ist der Lincoln Highway«, erklärte Billy und fuhr an der schwarzen Linie entlang. »Er ist 1912 erfunden worden und nach Abraham Lincoln benannt, die erste Straße, die Amerika von Osten nach Westen durchquert.«

Billy setzte die Fingerspitze auf den Anfang am Atlantik und fuhr an der Linie entlang.

»Der Lincoln Highway fängt in New York am Times Square an und geht bis zum Lincoln Park, San Francisco, der dreitausenddreihundert Meilen weiter westlich liegt. Und er führt durch Central City, das ist nur zwanzig Meilen von unserem Haus entfernt.«

Billy legte seinen Finger auf den kleinen schwarzen Stern, mit dem er auf der Straßenkarte ihr Haus markiert hatte.

»Als Mom am fünften Juli von uns weggegangen ist, ist sie in diese Richtung gereist …«

Billy nahm die Postkarten, drehte sie wieder um und legte sie auf dem unteren Teil der Straßenkarten in westlicher Richtung aus, sodass jede unter dem Namen der Stadt auf der Karte lag.

Ogallala.

Cheyenne.

Rawlins.

Rock Springs.

Salt Lake City.

Ely.

Reno.

Sacramento.

Dann kam er zur letzten Postkarte, auf der ein großes Gebäude im klassizistischen Stil neben einem Springbrunnen in einem Park in San Francisco zu sehen war.

Billy seufzte befriedigt, als alle Postkarten in der richtigen Reihenfolge auf dem Tisch lagen. Aber Emmett hatte ein unbehagliches Gefühl, als würden sie unerlaubterweise eine Privatkorrespondenz lesen.

»Billy«, sagte er, »ich bin mir nicht sicher, dass wir nach Kalifornien gehen sollten …«

»Aber wir müssen nach Kalifornien, Emmett. Verstehst du das nicht? Deshalb hat sie uns die Postkarten geschickt. Damit wir ihr folgen können.«

»Aber in den letzten acht Jahren hat sie keine anderen Postkarten geschickt.«

»Weil sie am dreizehnten Juli an ihrem Ziel angekommen ist. Wir müssen nur auf dem Lincoln Highway nach San Francisco fahren, dann finden wir sie.«

Emmett hätte gern etwas Einsichtiges zu seinem Bruder gesagt, das ihn von seinem Vorhaben abgebracht hätte. Zum Beispiel, dass ihre Mutter nicht unbedingt in San Francisco geblieben sei. Dass sie leicht hätte weiterreisen können und das wahrscheinlich auch getan hatte. Außerdem, auch wenn sie an den ersten acht Tagen an ihre Söhne gedacht hatte, sah es doch eher so aus, als hätte sie danach nicht mehr an sie gedacht. Doch dann beschränkte er sich darauf zu sagen, selbst wenn ihre Mutter in San Francisco wäre, sei es praktisch unmöglich, sie dort zu finden.

Billy nickte mit einer Miene, die ausdrückte, dass er sich dieser Schwierigkeit durchaus bewusst war.

»Du hast mir doch selbst erzählt, wie sehr Mom Feuerwerke liebt und dass sie am Vierten Juli mit uns bis nach Seward gefahren ist, damit wir dort bei dem großen Feuerwerk zusehen konnten.«

Emmett konnte sich nicht erinnern, seinem kleinen Bruder das erzählt zu haben, und in Anbetracht der Umstände schien es ihm nicht vorstellbar, dass er je die Lust dazu gehabt hätte. Andererseits konnte er es auch nicht leugnen.

Billy nahm die letzte Postkarte, die mit dem klassizistischen Gebäude und dem Springbrunnen. Er drehte sie um und fuhr mit dem Finger an der Schrift entlang.

*»Das ist der Palace of the Legion of Honor im Lincoln Park von San Francisco, und jedes Jahr gibt es am Vierten Juli hier eins der größten Feuerwerke in ganz Kalifornien!«*

Billy sah seinen Bruder an.

»Da ist sie, Emmett. Bei dem Feuerwerk am Palace of the Legion of Honor, am Vierten Juli.«

»Billy …«, sagte Emmett.

Aber Billy hörte den Vorbehalt in Emmetts Stimme und fing an, heftig den Kopf zu schütteln. Mit Blick auf die Straßenkarte vor sich auf dem

Tisch fuhr er mit dem Finger an der Route entlang, die ihre Mutter genommen hatte.

»Von Ogallala nach Cheyenne, von Cheyenne nach Rawlins, von Rawlins nach Rock Springs, von Rock Springs nach Salt Lake City, von Salt Lake City nach Ely, von Ely nach Reno, von Reno nach Sacramento, und von Sacramento nach San Francisco. So fahren wir.«

Emmett lehnte sich auf seinem Stuhl zurück und dachte nach.

Seine Wahl war nicht zufällig auf Texas gefallen. Im Gegenteil, er hatte die Frage, wohin er und sein Bruder gehen sollten, sorgfältig und systematisch erwogen. Und er hatte viele Stunden in der kleinen Bibliothek von Salina zugebracht und in den Almanachen und Enzyklopädien nachgelesen, bis die Antwort auf die Frage klar und unmissverständlich vor ihm stand. Aber Billy hatte ähnlich sorgfältig und systematisch über die Frage nachgedacht, und die Antwort auf die Frage, wohin sie gehen sollten, stand mit ähnlicher Klarheit vor ihm.

»Na gut, Billy. Weißt du was? Steck die Postkarten wieder in den Umschlag und lass mich eine Weile über das nachdenken, was du gesagt hast.«

Billy fing an zu nicken.

»Das ist eine gute Idee, Emmett. Das ist auf jeden Fall eine gute Idee.«

Er schob die Postkarten in ost-westlicher Reihenfolge zusammen und steckte sie in den Umschlag, dann schlang er den roten Faden um den Umschlag und band ihn mit einer Schleife zu. Er steckte den Umschlag wieder in die Vordertasche seines Rucksacks.

»Denk mal eine Weile darüber nach, Emmett. Dann siehst du schon.«

Während Billy in seinem Zimmer beschäftigt war, duschte Emmett lange und ausgiebig. Anschließend nahm er die Sachen, die er auf dem Weg nach und von Salina getragen hatte, vom Boden auf, holte die Packung Zigaretten aus der Brusttasche und warf alles in den Müll. Nach kurzem Überlegen warf er die Zigaretten auch weg, achtete aber darauf, sie unter die Bekleidung zu stopfen.

In seinem Zimmer zog er sich frische Jeans und ein Jeanshemd an, schlang sich seinen Lieblingsgürtel um und zog seine Lieblingsstiefel an.

Aus der obersten Schublade der Kommode nahm er ein Paar zusammengerollter Socken. Er rollte sie auf und schüttelte sie, bis die Schlüssel zu seinem Auto herausfielen. Er ging über den Flur und guckte ins Zimmer seines Bruders.

Billy saß auf dem Fußboden, den Rucksack neben sich. In seinem Schoß lag die alte blaue Tabakdose mit dem Bild von George Washington, und auf dem Teppich hatte er seine Silberdollars in Stapeln und Reihen aufgebaut.

»Anscheinend hast du, während ich weg war, noch ein paar mehr gefunden«, sagte Emmett.

»Drei Stück«, sagte Billy und begradigte einen der Stapel.

»Wie viele fehlen noch?«

Billy zeigte auf die leeren Felder auf seiner Tabelle.

»1881. 1894. 1895. 1899. 1903.«

»Du bist schon ganz schön weit.«

Billy nickte zustimmend.

»Aber die von 1894 und 1895 findet man nicht leicht. Ich hatte Glück, dass ich 1893 gefunden habe.«

Billy sah zu seinem Bruder auf.

»Hast du schon über Kalifornien nachgedacht, Emmett?«

»Ein bisschen schon, aber ich muss noch mehr darüber nachdenken.«

»Gut.«

Während Billy sich wieder den Silberdollars zuwandte, sah Emmett sich – zum zweiten Mal an dem Tag – im Zimmer seines Bruders um und ließ den Blick über die ordentlich auf den Borden aufgestellten Sammlungen und die Flugzeuge über dem Bett schweifen.

»Billy …«

Billy sah auf.

»Egal, ob wir nach Texas oder nach Kalifornien gehen, ich glaube, es wäre das Beste, wenn wir mit leichtem Gepäck reisen. Es soll ja ein Neuanfang sein.«

»Das denke ich auch, Emmett.«

»Wirklich?«

»In meinem Buch sagt Professor Abernathe, dass der unerschrockene

Reisende sich mit dem, was er in einem Rucksack unterbringen kann, auf den Weg macht. Deshalb habe ich den Rucksack bei Mr. Gunderson gekauft. Ich wollte fertig sein, sobald du nach Hause kommst. Ich habe schon alles gepackt, was ich brauche.«

»Alles?«

»Alles.«

Emmett lächelte.

»Ich wollte in der Scheune nach dem Auto gucken. Kommst du mit?«

»Jetzt?«, sagte Billy überrascht. »Warte! Ich komme! Warte auf mich!«

Nachdem er die Silberdollars präzise in chronologischer Reihenfolge ausgelegt hatte, sammelte er sie jetzt mit einer großen Bewegung zusammen und warf sie schnell in die Tabakdose. Er klappte den Deckel zu, packte die Dose wieder in den Rucksack und setzte sich den Rucksack auf den Rücken. Dann ging er vor Emmett die Treppe hinunter und nach draußen.

Auf dem Weg über den Hof erzählte Billy, Mr. Obermeyer habe am Scheunentor ein Vorhängeschloss angebracht, aber Sally habe es mit einem Brecheisen, das sie im Auto hatte, aufgebrochen.

Und so war es: Am Scheunentor war lose an den Schrauben der Riegel befestigt, an dem das Vorhängeschloss noch hing. In der Scheune war die Luft warm und vertraut und roch nach Vieh, obwohl es auf der Farm kein Vieh mehr gab, seit Emmett klein war.

Emmett blieb stehen und wartete, dass seine Augen sich an die Dunkelheit gewöhnten. Vor ihm stand der neue John-Deere-Trecker, dahinter die alte Mähmaschine. Emmett ging nach hinten und blieb vor einem geschwungenen Objekt unter einer Zeltplane stehen.

»Mr. Obermeyer hat die Plane abgezogen«, sagte Billy, »aber Sally und ich haben sie wieder drübergemacht.«

Emmett packte die Plane an einer Ecke an und zog mit beiden Händen, bis sie in einem Haufen vor seinen Füßen lag und er vor sich an der Stelle, wo er ihn vor fünfzehn Monaten gelassen hatte, den rauchblauen, viertürigen Wagen mit festem Dach sah – seinen 1948er Studebaker.

Nachdem Emmett mit der Handfläche über die Motorhaube gefahren war, öffnete er die Tür an der Fahrerseite und setzte sich hinein. Einen Moment saß er still da, die Hände auf dem Steuerrad. Beim Kauf standen 80 000 Meilen auf dem Tacho, die Motorhaube hatte ein paar Beulen und auf den Sitzen waren Brandlöcher von Zigaretten, aber der Motor lief rund. Emmett nahm den Schlüssel aus der Tasche und steckte ihn ins Zündschloss, er drückte auf den Starter und wartete auf das beruhigende Brummen des Motors, aber nichts regte sich.

Billy, der in respektvoller Entfernung stand, kam jetzt vorsichtig näher.

»Ist was kaputt?«

»Nein, Billy. Wahrscheinlich ist die Batterie leer. Das passiert, wenn der Wagen eine Weile nicht gefahren wird, aber man kann das leicht in Ordnung bringen.«

Billy wirkte erleichtert. Er setzte sich auf einen Heuballen und nahm den Rucksack ab.

»Möchtest du einen Keks, Emmett?«

»Im Moment nicht, aber nimm du dir einen.«

Billy machte den Rucksack auf, und Emmett stieg aus dem Auto, ging nach hinten und machte den Kofferraum auf. Nachdem er sich vergewissert hatte, dass sein Bruder ihn nicht sehen konnte, zog er die Filzdecke in der Nische, wo der Ersatzreifen lag, ab und befühlte die äußere Rundung. Ganz oben lag ein Umschlag mit seinem Namen, so wie sein Vater es ihm beschrieben hatte. In dem Umschlag war ein kurzer Brief in der Handschrift seines Vaters.

Noch so eine handgeschriebene Botschaft von einem Geisterwesen, dachte Emmett.

*Lieber Sohn,*

*wenn Du dies liest, ist die Farm wahrscheinlich in den Besitz der Bank übergegangen. Vielleicht bist Du wütend auf mich oder enttäuscht von mir, und das könnte ich Dir nicht verübeln.*
*Du wärst höchst erstaunt, wenn Du wüsstest, wie viel mir mein Vater bei seinem Tod hinterlassen hat, wie viel mein Großvater meinem Vater, und*

*wie viel mein Urgroßvater meinem Großvater. Nicht nur Aktien und Sparbriefe, sondern Häuser und Gemälde, Möbel, Porzellan, Mitgliedschaften in Clubs und Verbindungen. Alle drei Vorfahren fühlten sich der puritanischen Tradition verbunden, wonach man die Gunst des Herrn dadurch erwirkt, dass man seinen Nachkommen ein größeres Erbe hinterlässt, als das, was man selbst angetreten hat.*
*In diesem Umschlag findest Du mein Vermächtnis an Dich, es besteht aus zwei Teilen, der eine groß, der andere klein, und beide sind gewissermaßen eine Schändung.*
*Während ich dies schreibe, bin ich beschämt von dem Wissen, dass ich mit meinem Leben, so wie ich es gelebt habe, den tugendhaften Kreislauf der Genügsamkeit meiner Vorfahren durchbrochen habe. Gleichzeitig erfüllt es mich mit Stolz zu wissen, dass Du mit dieser kleinen Hinterlassenschaft zweifellos mehr erreichen wirst, als ich es mit einem großen Vermögen vermocht habe.*

*In Liebe und Bewunderung*
*Dein Vater*
*Charles William Watson*

An dem Brief war mit einer Büroklammer der erste Teil des Vermächtnisses befestigt: eine einzelne, aus einem alten Buch herausgerissene Seite.

Emmetts Vater war kein Mann gewesen, der seine Kinder im Ärger schlug, auch wenn sie es verdient hätten. Und das einzige Mal, dass Emmett sich an einen Zornesausbruch seines Vaters erinnern konnte, war der Tag, als er aus der Schule nach Hause geschickt worden war, weil er ein Buch beschädigt hatte. Wer ein Buch beschädigte, gab sein Vater ihm schmerzhaft zu verstehen, verhielt sich wie ein Banause und handelte gegen die heiligste und edelste Errungenschaft des Menschen, die Fähigkeit nämlich, die höchsten Gedanken und Gefühle schriftlich niederzulegen, damit nachfolgende Generationen daran teilhaben konnten.

Eine Seite aus einem Buch zu reißen, war für seinen Vater ein Sakrileg. Noch schockierender war die Tatsache, dass die Seite aus den *Essays* von

Ralph Waldo Emerson stammte, dem Buch, das sein Vater vor allen anderen Büchern in größten Ehren hielt. Unten auf der Seite hatte sein Vater zwei Sätze sorgfältig mit roter Tinte unterstrichen.

> *Im Laufe seiner persönlichen Entwicklung kommt der Mensch zu der Erkenntnis, dass Neid Unwissenheit ist und Nachahmung Selbstmord; dass er sich, im Guten wie im Schlechten, so nehmen muss, wie er ist, als sein Los; und dass, obwohl das weite Universum voll des Guten ist, dem Menschen doch nicht der geringste nahrhafte Kern zufallen kann, außer durch seine Mühen, die er auf das Land verwendet, das ihm zu bestellen gegeben ist. Die ihm innewohnende Kraft kommt aus einer neuen Quelle, und niemand außer ihm weiß, wozu er imstande ist, und auch er selbst weiß es erst, wenn er es versucht hat.*

Emmett verstand sofort, dass dieser Absatz aus einem Essay von Emerson zweierlei aussagte. Zum einen war es eine Entschuldigung. Es war eine Erklärung dafür, warum sein Vater gegen alle Vernunft die Häuser und Gemälde, die Mitgliedschaften in Clubs und Verbindungen aufgegeben hatte und nach Nebraska gekommen war, um Farmer zu werden. Emmetts Vater legte diese Passage von Emerson als Beweis dafür vor – als wäre es ein göttlicher Entschluss –, dass er keine andere Wahl gehabt hatte.

Aber wenn es eine Entschuldigung war, so war es auch eine Aufforderung: die Aufforderung nämlich, dass Emmett sich ohne Bedauern oder Schuldgefühle, und ohne jedes Zögern, von den dreihundert Hektar, denen sein Vater die Hälfte seines Lebens gewidmet hatte, abwenden sollte, solange er es tat, um frei von Neid und Nachahmung sein eigenes Los zu erfüllen und dabei zu entdecken, wozu er allein fähig war.

Hinter der Seite aus Emersons *Essays* lag der zweite Teil des Vermächtnisses, ein Stapel brandneuer Zwanzig-Dollar-Noten. Emmett fuhr mit dem Daumen über die glatten, sauberen Kanten und schätzte, dass es zweihundertfünfzig Scheine waren, alles zusammen also $ 3000.

Obwohl Emmett verstand, dass die aus einem Buch gerissene Seite für seinen Vater ein Sakrileg darstellte, traf das aus seiner Sicht nicht auf die

Banknoten zu. Vielleicht war sein Vater zu dieser Sichtweise gekommen, weil er das Geld hinter dem Rücken der Gläubiger weitergab. Damit verstieß er sowohl gegen seine rechtlichen Verpflichtungen als auch gegen sein eigenes Gefühl von Recht und Unrecht. Aber nachdem er zwanzig Jahre lang den Zinszahlungen für die Hypothek nachgekommen war, hatte er die Farm doppelt bezahlt. Und ein weiteres Mal hatte er mit seinen Mühen und Enttäuschungen, dann mit seiner Ehe und schließlich mit seinem Leben dafür bezahlt. Nein, die zurückbehaltenen dreitausend Dollar waren in Emmetts Augen kein Sakrileg. In seinen Augen gehörte jeder Cent davon seinem Vater.

Emmett steckte sich einen Schein in die Tasche, legte den Umschlag wieder auf den Reifen und breitete die Filzdecke darüber.

»Emmett«, sagte Billy.

Emmett schloss den Kofferraum und sah Billy an, aber Billy sah nicht zu ihm hin, sondern auf zwei Personen, die im Scheunentor standen. Im Gegenlicht konnte Emmett nicht erkennen, wer sie waren. Er erkannte sie erst, als der Dünne, der links stand, beide Arme hochriss und sagte:

»Da sind wir!«

# DUCHESS

Das hätte man sehen müssen – Emmetts Gesichtsausdruck, als er begriff, wer da in der Tür stand. Wir hätten vom Himmel gefallen sein können, so wie er uns anstarrte.

Damals, in den Vierzigerjahren, gab es einen Artisten, der sich Kazantikis nannte. Ein paar Witzbolde in der Zirkuswelt nannten ihn den Halbidioten Houdini aus Hackensack, aber das war ein bisschen ungerecht. Zwar fehlte es dem ersten Teil seiner Nummer an Schliff, aber das Finale war großartig. Vor den Augen des Publikums ließ er sich in Ketten fesseln und in einem großen Koffer einschließen, der dann in einem riesigen Aquarium versenkt wurde. Eine hübsche Blondine schob eine riesige Standuhr auf die Bühne, während der Conferencier den Zuschauern erklärte, der Mensch könne im Durchschnitt zwei Minuten lang die Luft anhalten, nach vier Minuten ohne Sauerstoff werde ihm schwindelig und nach sechs Minuten verliere er das Bewusstsein. Zwei Mitarbeiter der Pinkerton Detective Agency waren auch auf der Bühne und versicherten sich, dass das Vorhängeschloss an dem Koffer fest abgeschlossen war, und ein Priester der griechisch-orthodoxen Kirche in einem langen schwarzen Talar und mit weißem Bart stand dabei, falls es nötig sein sollte, die Sterbesakramente zu verabreichen. Der Koffer wurde in den Wassertank versenkt, und die Blondine drückte auf die Uhr. Nach zwei Minuten fingen die Zuschauer an zu pfeifen und zu grölen, nach fünf Minuten machten sie »ooh« und »aah«. Dann, nach acht Minuten, wechselten die Pinkerton-Männer besorgte Blicke. Nach zehn Minuten bekreuzigte sich der Priester und murmelte ein unverständliches Gebet. In der zwölften Minute brach die Blondine in Tränen aus, und zwei Bühnenarbeiter stürzten herbei und halfen den Pinkerton-Männern, den Koffer aus dem Wassertank zu hieven. Er wurde mit einem Plumps auf die Bühne gesetzt, und das Wasser strömte über die Rampe in den Orchestergraben. Während der eine Pinkerton-Mann mit den Schlüsseln hantierte, stieß der andere ihn beiseite, zog seine Pistole und schoss das Schloss ab. Hastig riss er den Deckel hoch, kippte den Koffer auf die Seite – und siehe da, er war leer. Jetzt zupfte der Priester sich den Bart ab und gab sich mit noch nassem Haar als Kazantikis zu erkennen, und die gesamte Zuschauerschaft starrte in heiligem Staunen. Ein solcher Ausdruck stand in Emmett Watsons Gesicht, als er sah, wer in der Tür stand. Er konnte einfach nicht glauben, dass von allen Menschen auf der Welt wir das waren.

»Duchess?«

»Höchstpersönlich. Und Woolly.«

Emmett war konsterniert.

»Aber wie ...?«

Ich lachte.

»Das möchtest du gern wissen, was?«

Ich legte die Hand an den Mund und senkte die Stimme.

»Wir haben uns vom Direktor mitnehmen lassen. Als er deine Papiere holte, haben wir uns im Kofferraum seines Wagens versteckt.«

»Das ist nicht dein Ernst.«

»Ich weiß, nicht gerade Reisen erster Klasse. Bei der Hitze hinten im Wagen, und dann Woolly, der alle zehn Minuten dringend aufs Klo wollte. Und als wir nach Nebraska kamen! Ich dachte, von den ganzen Schlaglöchern würde ich eine Gehirnerschütterung kriegen. Es sollte mal jemand an den Gouverneur schreiben!«

»Hallo, Emmett«, sagte Woolly, als wäre er eben erst eingetroffen.

Das ist Woollys Charme. Er kommt zu allem fünf Minuten zu spät, er rennt mit dem falschen Gepäck zum falschen Bahnsteig, gerade wenn der Zug losfährt. Seine Art bringt manchen auf die Palme, aber mir ist jemand, der in allem eine Verspätung von fünf Minuten hat, um vieles lieber als einer, der fünf Minuten vor der Zeit da ist.

Aus dem Augenwinkel hatte ich den Kleinen beobachtet, der auf einem Heuballen saß und sich jetzt langsam auf uns zubewegte. Als ich auf ihn zeigte, erstarrte er wie ein Kaninchen im Gras.

»Billy, richtig? Dein Bruder sagt, du bist ein helles Bürschchen. Stimmt das?«

Der Kleine lächelte und wagte sich weiter vor, bis er neben Emmett stand. Er sah zu seinem Bruder auf.

»Sind das deine Freunde, Emmett?«

»Natürlich sind wir seine Freunde!«

»Sie sind aus Salina«, erklärte Emmett.

Ich wollte das gerade ein bisschen näher erläutern, als mein Blick auf den Wagen fiel. Bei all der Aufregung um unser Wiedersehen war er mir hinter der Landwirtschaftsmaschine gar nicht aufgefallen.

»Ist das der Studebaker, Emmett? Wie nennt man die Farbe? Himmelblau?«

Man konnte sich gut vorstellen, wie die Frau des Zahnarztes in einem solchen Wagen zum Bingo fährt, aber ich pfiff trotzdem anerkennend. Dann wandte ich mich an Billy.

»Einige Jungen in Salina hatten neben ihrem Bett ein Foto von ihrer Freundin zu Hause, das sie sich anguckten, bevor das Licht ausgemacht wurde, und einige hatten Fotos von Elizabeth Taylor und Marilyn Monroe an die Wand geklebt. Aber dein Bruder hier, der hatte aus einer alten Zeitschrift ein Farbfoto von diesem Auto ausgeschnitten und an die Wand gepinnt. Wir haben ihn ganz schön damit aufgezogen, das muss ich ehrlich sagen, Billy. Dass einer seinem Auto verliebte Augen macht. Aber jetzt, wo ich es aus der Nähe sehe …«

Ich schüttelte anerkennend den Kopf.

»He«, sagte ich zu Emmett, »können wir eine kleine Spritztour damit machen?«

Emmett antwortete nicht, weil sein Blick auf Woolly geheftet war, der sich ein leeres Spinnennetz anguckte.

»Alles in Ordnung, Woolly?«

Woolly drehte sich langsam um und dachte über die Frage nach.

»Alles in Ordnung, Emmett.«

»Wann hast du das letzte Mal was gegessen?«

»Ach, ich weiß gar nicht. Wahrscheinlich bevor wir in das Auto des Direktors geklettert sind. Das stimmt doch, Duchess, oder?«

Emmett drehte sich zu seinem Bruder um.

»Billy, weißt du noch, was Sally wegen des Essens gesagt hat?«

»Sie hat gesagt, wir sollen es im Ofen eine Dreiviertelstunde lang bei 180 Grad warm machen.«

»Kannst du schon mal mit Woolly ins Haus gehen und den Auflauf in den Ofen stellen und den Tisch decken? Ich will Duchess was zeigen.«

»Ist gut, Emmett.«

Als wir Billy und Woolly hinterhersahen, wie sie zum Haus gingen, wartete ich interessiert auf das, was Emmett mir zeigen wollte. Aber als er sich zu mir umdrehte, war er verändert. Ja, es wäre nicht falsch zu sagen, er wirkte verärgert. Wahrscheinlich ist das bei manchen Menschen so, wenn sie eine Überraschung erleben. Was mich angeht, ich liebe Überraschungen. Nichts liebe ich mehr, als wenn das Leben mir ein Kaninchen aus dem Hut zaubert. Oder wenn es in einem Billiglokal mitten im Mai als Tagesgericht Truthahnbraten mit allem Drum und Dran gibt. Aber manche Menschen mögen nicht gern in ihrer Routine gestört werden, selbst wenn es wegen guter Nachrichten ist.

»Was macht ihr hier, Duchess?«

Jetzt war ich es, der überrascht war.

»Was wir hier machen? Na, wir wollen dich besuchen, Emmett. Uns die Farm angucken. Du weißt, wie es ist. Man hört Geschichten von jemandem über sein Leben bei sich zu Hause, und irgendwann will man es sich mal ansehen.«

Um das zu unterstreichen, zeigte ich auf den Trecker und die Heuballen und die weite amerikanische Prärie direkt vor der Tür, die uns mit aller Macht zu überzeugen versuchte, dass die Welt flach war.

Emmett folgte meinem Blick und sah dann wieder mich an.

»Pass auf. Lass uns was essen, dann machen wir zusammen eine kleine

Spritztour, und wenn wir eine Nacht geschlafen haben, fahre ich euch morgen früh wieder nach Salina.«

Ich winkte ab.

»Du brauchst uns nicht nach Salina zu fahren, Emmett. Du bist doch selbst gerade erst von dort gekommen. Außerdem glaube ich nicht, dass wir da wieder hinwollen. Wenigstens nicht jetzt.«

Emmett schloss einen Moment die Augen.

»Wie viele Monate habt ihr noch? Fünf oder sechs? Ihr seid doch beide praktisch schon raus.«

»Da hast du recht«, stimmte ich ihm zu. »Du hast völlig recht. Aber als Direktor Williams die Stelle von Ackerly bekam, hat er die Krankenschwester aus New Orleans gefeuert. Und die hatte immer die Medizin für Woolly beschafft. Jetzt hat er nur noch wenige Fläschchen übrig, und du weißt selbst, wie niedergeschlagen er ohne seine Medizin ist …«

»Das ist keine Medizin.«

Ich stimmte ihm wieder zu.

»Des einen Gift ist des anderen Elixier.«

»Duchess, ich sollte das nicht erklären müssen, aber je länger ihr beiden unentschuldigt von Salina abwesend seid und je weiter ihr euch davon entfernt, desto schlimmer werden die Folgen sein. Und ihr seid beide vergangenen Winter achtzehn geworden. Wenn ihr außerhalb des Staates aufgegriffen werdet, schicken sie euch vielleicht nicht nach Salina, sondern nach Topeka.«

Es ist eine Tatsache, dass die meisten Menschen eine Leiter und ein Teleskop brauchen, um zwei plus zwei auszurechnen. Deswegen lohnt es sich meistens nicht, etwas zu erklären. Aber so einer ist Emmett Watson nicht. Er ist einer von denen, die von Anfang an das ganze Bild erkennen – das Gesamtbild mit allen kleinen Nebensachen. Zum Zeichen, dass ich ihm recht gab, hob ich beide Hände.

»Ich stimme dir hundert Prozent zu. Ich habe Woolly sogar genau das zu erklären versucht, mit fast denselben Worten. Aber er wollte mir nicht zuhören. Er war fest entschlossen abzuhauen. Er hatte einen fein ausgeklügelten Plan. Er hatte vor, sich an einem Samstagabend abzusetzen, er wollte in die Stadt gehen und ein Auto stehlen. Er hatte sogar ein Messer mitgehen lassen, als er Küchendienst hatte. Kein Schälmesser, Emmett. Ich spreche hier von einem Fleischermesser. Klar, Woolly würde keiner Menschenseele jemals etwas zuleide tun. Das wissen wir. Aber die von der Polizei wissen das nicht. Und wenn sie einen komisch agierenden Fremden mit wirrem Blick und einem Fleischermesser in der Hand sehen, dann legen sie ihn um, wie einen Hund. Also habe ich ihm gesagt, wenn er das Messer zurückbringt, würde ich ihm aus Salina raushelfen. Er hat das Messer zurückgebracht, wir sind heimlich in den Wagen gestiegen, und Simsalabim, hier sind wir.«

Das stimmte alles.

Bis auf das mit dem Messer.

Man nennt das eine Ausschmückung, eine harmlose kleine Übertreibung, um das Eigentliche hervorzuheben. So wie die riesige Uhr in Kazantikis' Nummer, oder wenn der Pinkerton-Typ das Vorhängeschloss abschießt. Die kleinen Einzelheiten, die auf den ersten Blick unwichtig erscheinen, aber letzten Endes die ganze Nummer erst zu dem machen, was sie ist.

»Also, Emmett, du kennst mich. Ich hätte meinen Rest absitzen können, und dann den von Woolly. Fünf Monate, fünf Jahre, was soll's? Aber bei Woollys seelischer Verfassung glaube ich nicht, dass er es noch fünf Tage ausgehalten hätte.«

Emmetts Blick war nach draußen gerichtet, wo Woolly ins Haus gegangen war.

Wir beide wussten, dass Woollys Problem mit dem vielen Geld zu tun hatte. Er war in einem Luxuswohnblock mit Portier an der Upper East Side in New York aufgewachsen; die Familie hatte ein Haus auf dem Lande, ein Auto mit Chauffeur und eine Küche mit einer Köchin. Sein Großvater war nicht nur mit Teddy, sondern auch mit Franklin Roosevelt befreundet, und sein Vater wurde im Zweiten Weltkrieg als Held gefeiert. Aber all diese Glücksumstände haben auch eine Schattenseite. Bei einem Zartbesaiteten entsteht angesichts dieses Überflusses schnell ein Gefühl der Beklemmung, als würden all diese Häuser und Autos und Roosevelts im nächsten Moment auf einen niederprasseln. Allein bei dem Gedanken vergeht ihm der Appetit, und er kriegt das Zittern. Er kann sich nicht richtig konzentrieren, Lesen, Schreiben und Rechnen, all das fällt ihm schwer. Er fliegt aus einem Internat raus und kommt in ein anderes. Und vielleicht in ein drittes. Irgendwann braucht einer wie er etwas, womit er sich die Welt vom Leib halten kann. Wer will ihm das vorwerfen? Ich gehöre zu denen, die ohne Scheu sagen, die Reichen haben unser Mitgefühl nicht eine Minute lang verdient. Aber wenn es um jemanden wie Woolly geht, der ein so großherziger Mensch ist? Das ist einfach eine andere Geschichte.

An Emmetts Miene erkannte ich, dass seine Gedanken in eine ähnliche Richtung gingen und er überlegte, ob es angesichts Woollys empfindsamen Wesens sinnvoll war, ihn nach Salina zurückzuschicken, oder ob wir ihm nicht eher anders helfen sollten. Ein Dilemma, für das es keine leichte Lösung gab. Genau deshalb ist es ja ein Dilemma.

»Es war ein langer Tag«, sagte ich und legte Emmett die Hand auf die Schulter. »Lass uns ins Haus gehen und das Brot brechen, was meinst du? Wenn wir gegessen haben, werden wir alle in besserer Verfassung sein, das Für und Wider abzuwägen.«

Die ländliche Küche!

An der Ostküste hört man viel davon. Die Menschen erwähnen sie voller Ehrfurcht, auch wenn sie keinerlei eigene Erfahrung damit haben. So wie mit der Gerechtigkeit und mit Jesus. Aber anders als das meiste, was aus der Ferne bewundert wird, hat die ländliche Küche die Bewunderung verdient. Alles schmeckt doppelt so gut wie das Essen bei Delmonico, und ohne das ganze Tamtam. Vielleicht liegt es daran, dass die Rezepte von den Ururgroßmüttern auf dem großen Treck nach Westen endlos verfeinert wurden. Oder daran, dass sie so viel Zeit in der Gesellschaft von Schweinen und Kartoffeln zugebracht haben. Was immer die Gründe sind, ich habe erst nach der dritten Portion aufgehört.

»Das war fantastisch.«

Ich wandte mich dem Kleinen zu, dessen Kopf gerade über den Tischrand ragte.

»Wie heißt die hübsche Brünette, Billy? Die mit dem geblümten Kleid und den Arbeitsstiefeln, der wir für dieses köstliche Essen zu danken haben?«

»Sally Ransom«, sagte er. »Es ist eine Hühnerkasserolle, sie hat sie mit einem Huhn von ihrem Hof gemacht.«

»Ein Huhn von ihrem Hof! He, Emmett, wie sagt man auf dem Lande? Das mit dem schnellsten Weg in das Herz eines jungen Mannes?«

»Sie ist eine Nachbarin«, sagte Emmett.

»Das mag ja sein. Auch ich habe mein Leben lang Nachbarn gehabt, aber nie hat mir eine so einen Auflauf gebracht. Was sagst du dazu, Woolly?«

Woolly zog mit den Zinken seiner Gabel ein Spiralmuster in die Sauce.

»Was hast du gesagt?«

»Hat dir mal eine Nachbarin einen solchen Auflauf vorbeigebracht?«, sagte ich ein bisschen lauter.

»Es ist das erste Mal, dass ich Auflauf gegessen habe.«

Ich lächelte und sah den Kleinen mit hochgezogenen Augenbrauen an. Er lächelte und hatte die Augenbrauen ebenfalls hochgezogen.

Auflauf hin oder her, plötzlich hob Woolly den Blick, als hätte er einen Gedankenblitz gehabt.

»He, Duchess«, sagte er. »Hast du Emmett schon von der Eskapade erzählt, die wir vorhaben?«

»Eurer Eskapade?«, fragte Billy und streckte seinen Kopf etwas höher.

»Das ist noch ein Grund, warum wir hergekommen sind, Billy. Wir wollen zu einer kleinen Eskapade aufbrechen und hoffen, dass dein Bruder mitkommt.«

»Eine Eskapade …«, sagte Emmett.

»Wir nennen es so, weil uns kein besseres Wort eingefallen ist«, sagte ich. »Aber eigentlich ist es eine gute Tat. Eine Art Mizwa. Genau genommen geht es darum, den Wunsch eines Sterbenden zu erfüllen.«

Ich fing an zu erklären und sah dabei von Emmett zu Billy und wieder zurück, weil beide sehr interessiert zuhörten.

»Als Woollys Großvater starb, hat er Woolly Geld hinterlassen, in einem Treuhandkonto. Das stimmt doch, Woolly?«

Woolly nickte.

»Ein Treuhandkonto ist ein spezielles Konto, das für einen Minderjährigen eingerichtet wird und für das der Treuhänder die Entscheidungen so lange trifft, bis der Minderjährige volljährig ist und selbst über das Geld verfügen kann. Aber als Woolly achtzehn wurde, hat der Treuhänder, der übrigens Woollys Schwager ist, Woolly mittels eines kleinen juristischen Tricks für gemütskrank erklären lassen. Das stimmt doch, Woolly?«

»Ja, gemütskrank«, bestätigte Woolly mit einem entschuldigenden Lächeln.

»Und damit hat der Schwager seine Vollmacht über das Treuhandkonto verlängert, bis zu dem Zeitpunkt, wenn entweder Woollys Gemüt nicht mehr krank ist, oder für alle Dauer, je nachdem, was zuerst eintritt.«

Ich schüttelte den Kopf.

»Und so was nennt sich *Treu*handkonto!«

»Das sind doch Woollys Angelegenheiten, Duchess. Was hat es mit dir zu tun?«

»Mit uns, Emmett. Was hat es mit uns zu tun.«

Ich zog meinen Stuhl etwas näher an den Tisch.

»Woolly und seine Familie haben ein Haus nördlich von New York.«

»Ein Landhaus«, sagte Woolly.

»Ein Landhaus«, korrigierte ich mich. »Wo die Familie von Zeit zu Zeit zusammenkommt. Und in der Großen Depression, als die Banken ihre Türen zu schließen begannen, kam Woollys Großvater zu der Überzeugung, dass er dem amerikanischen Bankwesen nie wieder vollständig vertrauen könnte, weshalb er in diesem Landhaus in einem Wandsafe für den Fall der Fälle Bargeld in Höhe von hundertfünfzigtausend Dollar deponierte. Das Interessante – man könnte sogar sagen das Schicksalhafte – daran ist, dass Woollys Vermögen auf dem Treuhandkonto fast genau hundertfünfzigtausend Dollar beträgt.«

Ich machte eine Pause, um das wirken zu lassen. Dann sah ich Emmett in die Augen.

»Und weil Woolly ein Mann mit einem großen Herzen und bescheidenen Ansprüchen ist, hat er vorgeschlagen, wenn du und ich mit ihm in die

Adirondacks fahren, wo er das, was ihm zusteht, für sich fordern will, dann teilt er die Summe in drei gleiche Anteile.«

»Hundertfünfzigtausend geteilt durch drei ist fünfzigtausend«, sagte Billy.

»Genau«, sagte ich.

»Alle für einen und einer für alle«, sagte Woolly.

Als ich mich auf dem Stuhl zurücklehnte, sah Emmett mich einen Moment lang intensiv an. Dann wandte er sich Woolly zu.

»Das ist deine Idee?«

»Das ist meine Idee«, bestätigte Woolly.

»Und du wirst nicht zurück nach Salina gehen?«

Woolly legte die Hände in den Schoß und schüttelte den Kopf.

»Nein, Emmett, ich gehe nicht nach Salina zurück.«

Emmett sah Woolly eindringlich an, als wollte er noch eine weitere Frage stellen, aber Woolly, der von Natur aus nicht gern Fragen beantwortete und viel Übung darin hatte, sie zu vermeiden, fing an, die Teller zusammenzustellen.

In seiner Unschlüssigkeit fuhr Emmett sich mit der Hand über den Mund. Ich beugte mich über den Tisch.

»Der einzige Haken daran ist, dass das Landhaus am letzten Juniwochenende für die Saison geöffnet wird, deshalb haben wir nicht viel Zeit. Ich muss einen kurzen Abstecher zu meinem alten Herrn in New York machen, und dann geht's sofort weiter in die Adirondacks. Freitag kannst du wieder in Morgen sein, vielleicht ein bisschen müde vom vielen Autofahren, aber um fünfzigtausend Dollar reicher. Denk mal drüber nach, Emmett … ich meine, was kannst du mit fünfzigtausend nicht alles machen? Ja, was *würdest* du mit fünfzigtausend machen?«

Nichts ist so rätselhaft wie der menschliche Wille – zumindest sehen es die Psychotherapeuten so. Aus ihrer Sicht ist die Motivation des Menschen eine Burg, zu der der Schlüssel fehlt. Sie stellt ein kompliziertes Labyrinth dar, aus dem das menschliche Handeln oft ohne erkennbaren Sinn und Verstand hervorbricht. Aber im Grunde ist es nicht sehr kompliziert. Wenn man die Motivation eines Menschen verstehen will, braucht man ihn nur zu fragen: *Was würdest du mit fünfzigtausend Dollar machen?*

Die meisten Menschen brauchen, wenn ihnen diese Frage gestellt wird, ein paar Minuten Zeit, um zu überlegen und verschiedene Möglichkeiten abzuwägen. Und das offenbart einem alles, was man über *diese* Menschen wissen muss. Stellt man die Frage aber einem Mann von Substanz, jemandem, den zu kennen sich lohnt, bekommt man im Handumdrehen eine Antwort. Und zwar eine sehr genaue Antwort. Denn er hat schon längst darüber nachgedacht, was er mit fünfzigtausend Dollar machen würde. Er hat darüber nachgedacht, während er Gräben ausgehoben oder über Akten gesessen oder als Tellerwäscher geschuftet hat. Er hat darüber nachgedacht, während er seiner Angetrauten zugehört oder die Kinder ins Bett gebracht hat, oder wenn er mitten in der Nacht an die Decke gestarrt hat. Man könnte auch sagen, er hat sein ganzes Leben darüber nachgedacht.

Als ich Emmett die Frage stellte, antwortete er nicht, aber er brauchte auch nicht zu antworten. An seiner Miene konnte ich ablesen, dass er haargenau wusste, was er mit fünfzigtausend Dollar tun würde, Dollar für Dollar, Cent für Cent.

Während wir stumm am Tisch saßen, guckte Billy von mir zu seinem Bruder und wieder zurück, aber Emmett sah mich quer über den Tisch an, als wären wir die einzigen Menschen in der Küche.

»Vielleicht ist es Woollys Idee, vielleicht auch nicht, Duchess. Wie auch immer, ich will nichts damit zu tun haben. Nichts mit dem Abstecher nach New York, nichts mit dem Ausflug in die Adirondacks, und nichts mit den fünfzigtausend Dollar. Morgen muss ich ein paar Sachen in der Stadt erledigen, aber am Montagmorgen, in aller Frühe, bringen Billy und ich dich und Woolly zum Greyhound-Bahnhof in Omaha. Dort könnt ihr in einen Bus nach Manhattan steigen oder in die Adirondacks oder sonst wohin. Und Billy und ich setzen uns wieder in den Studebaker und machen das, was wir vorhaben.«

Emmetts Miene war sehr ernst, während er dies vortrug. Nie habe ich einen Menschen mit so ernster Miene gesehen. Er hob nicht die Stimme, er wandte den Blick nicht von mir ab, er warf auch keinen Blick auf Billy, der jedes Wort mit weit offenen Augen und Ohren in sich aufnahm.

Da begriff ich, was ich getan hatte. Welchen Fehler ich gemacht hatte. Ich hatte die ganze Sache in Billys Beisein ausgebreitet.

Wie schon gesagt, Emmett Watson erfasst das Gesamtbild besser als die meisten Menschen. Er versteht, dass ein Mensch Geduld haben muss – bis zu einem gewissen Punkt. Denn gelegentlich muss man eine Zange ins Getriebe der Welt werfen, um sich das zu sichern, was einem zusteht. Aber Billy? Er war acht Jahre alt, und wahrscheinlich hatte er den Staat Nebraska noch nie verlassen. Man konnte von ihm also nicht erwarten, dass er die komplizierte moderne Welt verstand, all die Einzelheiten von dem, was gerecht war und was nicht. Eigentlich würde man auch nicht *wollen*, dass er das verstand. Und als der ältere Bruder des Kleinen, als sein Vormund und einziger Beschützer, war es Emmetts Aufgabe, seinen Bruder vor diesen Komplexitäten so lange wie möglich zu bewahren.

Ich lehnte mich zurück und stimmte ihm mit einem Nicken zu.

»Brauchst nichts weiter zu sagen, Emmett. Ich habe dich deutlich verstanden.«

Nach dem Essen erklärte Emmett, er wolle zu den Ransoms gehen und fragen, ob sie seinen Wagen kurzstarten könnten. Da diese eine Meile entfernt wohnten, bot ich ihm meine Begleitung an, aber Emmett war der Ansicht, dass Woolly und ich uns nicht zeigen sollten. Ich blieb also mit Billy in der Küche, während Woolly den Abwasch machte.

Man könnte denken, Woolly sei nicht dazu geeignet, den Abwasch zu machen, so versponnen und zerstreut, wie er war. Aber nein, Woolly wusch ab, als hinge sein Leben davon ab. Den Kopf um fünfundvierzig Grad gebeugt, die Zunge im Mundwinkel, so fuhr er mit höchster Konzentration in kreisförmigen Bewegungen über die Teller und wusch Flecken ab, die zum Teil schon seit Jahren da waren und zum Teil gar nicht existierten.

Es war wunderbar, das zu beobachten. Aber ich sagte ja schon, ich mag Überraschungen.

Als ich mich wieder Billy zuwandte, war der dabei, ein kleines Päckchen in Aluminiumfolie, das er aus seinem Rucksack genommen hatte, aufzufalten. Vorsichtig nahm er vier Kekse aus dem Päckchen und legte sie auf den Tisch, eins auf jeden Platz.

»Na, sieh mal einer an«, sagte ich, »was haben wir denn hier?«

»Schokoladenkekse«, sagte Billy. »Sally hat sie gemacht.«

Während wir still unsere Kekse kauten, fiel mir auf, dass Billy versunken auf den Tisch blickte, als läge ihm eine Frage auf dem Herzen.

»Na, was geht dir durch den Kopf, Billy?«

»Alle für einen, einer für alle«, sagte er zögernd. »Das ist doch aus den *drei Musketieren*, oder?«

»*Exactement, mon ami.*«

Man hätte meinen können, der Kleine würde sich freuen wie ein König, weil er das Zitat richtig erkannt hatte, aber seine Miene war niedergeschlagen. Zutiefst niedergeschlagen. Und das, obwohl sich normalerweise jeder Junge freut, wenn *Die drei Musketiere* nur erwähnt werden. Deshalb war mir Billys Niedergeschlagenheit eher rätselhaft. Allerdings nur bis zu dem Moment, als ich wieder in meinen Keks beißen wollte und mir die Anordnung der Kekse im Sinne von »Alle für einen, einer für alle« auf dem Tisch vergegenwärtigte.

Ich legte meinen Keks hin.

»Hast du *Die drei Musketiere* gesehen, Billy?«

»Nein«, gestand er mit einem Anflug von Enttäuschung, »aber ich habe das Buch gelesen.«

»Dann solltest du, besser als die meisten anderen, wissen, wie irreführend so ein Titel sein kann.«

Billy sah auf.

»Wie meinst du das, Duchess?«

»Eigentlich ist die Geschichte der *Drei Musketiere* eine von vier Musketieren. Ja, es stimmt, am Anfang geht es um die herrliche Kameradschaft von Orthos und Pathos und Artemis.«

»Athos, Porthos und Aramis?«

»Genau die. Aber im Kern der Geschichte geht es doch darum, dass sich der junge Abenteurer ...«

»D’Artagnan.«

»… der junge D’Artagnan dem mutigen Dreiergespann anschließt. Und dass er die Ehre der Königin rettet. Das ist doch nicht nichts.«

»Das stimmt«, sagte Billy und richtete sich auf seinem Stuhl auf. »Eigentlich ist es eine Geschichte von vier Musketieren.«

Nachdem ich die Sache recht gut bewerkstelligt hatte, schob ich mir den restlichen Keks in den Mund und rieb mir die Krümel von den Fingern. Aber Billy starrte mich abermals intensiv an.

»Mir will scheinen, dass da noch etwas anderes ist, das dir keine Ruhe lässt, junger Mann.«

Billy beugte sich so weit über den Tisch wie möglich und sagte mit gedämpfter Stimme:

»Möchtest du wissen, was ich mit fünfzigtausend Dollar machen würde?«

Ich beugte mich vor wie er und sprach ebenfalls mit gedämpfter Stimme.

»Nichts würde ich lieber erfahren.«

»Ich würde in San Francisco, Kalifornien, ein Haus bauen. Es wäre ein weißes Haus, ein bisschen so wie dieses, mit einer kleinen Veranda und einem Zimmer nach vorne raus. Und oben würde es drei Schlafzimmer geben. Und statt der Scheune für den Trecker gäbe es eine Garage für den Studebaker.«

»Das gefällt mir über die Maßen, Billy, aber warum San Francisco?«

»Weil da unsere Mutter ist.«

Ich lehnte mich auf dem Stuhl zurück.

»Das ist nicht dein Ernst.«

In Salina hatte Emmett immer, wenn er von seiner Mutter sprach – was wahrlich nicht häufig vorkam –, in der Vergangenheit gesprochen. Und so, wie er von ihr sprach, schien nichts darauf hinzudeuten, dass sie nach Kalifornien gegangen war. Eher sprach er so von ihr, dass man denken musste, sie sei für immer von uns gegangen.

»Wenn wir dich und Woolly zur Greyhound-Station gebracht haben, fahren wir sofort los«, fügte Billy hinzu.

»Ihr wollt einfach eure Sachen packen und nach Kalifornien gehen.«

»Nein, wir nehmen nichts aus dem Haus mit, Duchess. Wir nehmen nur das mit, was in einen Rucksack passt.«

»Warum macht ihr das?«

»Emmett und Professor Abernathe sind beide der Meinung, dass es bei einem Neubeginn so das Beste ist. Wir fahren den ganzen Lincoln Highway bis nach San Francisco, und wenn wir da sind, finden wir unsere Mutter, und dann bauen wir unser Haus.«

Ich brachte es nicht übers Herz, dem Jungen zu sagen, wenn ihre Mutter nicht in einem kleinen weißen Haus in Nebraska leben wollte, dann würde sie bestimmt auch nicht in einem kleinen weißen Haus in Kalifornien leben wollen. Aber von den Unwägbarkeiten seitens der Mutter einmal abgesehen, schien mir der Traum des Jungen ungefähr vierzigtausend Dollar zu kurz zu greifen.

»Mir gefällt dein Plan, Billy. So wie du ihn ausgearbeitet hast, zeigt sich dein ganzes Engagement. Aber meinst du wirklich, dein Traum geht weit genug? Mit fünfzigtausend könntest du doch viel mehr erreichen. Du könntest einen Swimmingpool haben, und einen Butler. Du könntest eine Garage für vier Autos haben.«

Billy schüttelte mit ernster Miene den Kopf.

»Nein«, sagte er, »ich glaube nicht, dass wir einen Swimmingpool und einen Butler brauchen, Duchess.«

Ich wollte dem Jungen vorsichtig klarmachen, dass er nicht voreilig sein solle, an Swimmingpools und Butler käme man gar nicht so leicht ran, und wer das Glück habe, sich so etwas leisten zu können, wolle es keinesfalls wieder aufgeben, doch plötzlich stand Woolly, in der einen Hand einen Teller, in der anderen einen Schwamm, am Tisch.

»Niemand braucht einen Swimmingpool oder einen Butler, Billy«, sagte er.

Man wusste nie, was Woollys Aufmerksamkeit erregen würde. Es konnte ein Vogel sein, der sich auf einem Ast niederließ. Oder ein Schuhabdruck im Schnee. Oder etwas, das jemand am Tag zuvor gesagt hat. Aber wenn ihn etwas interessierte, lohnte es sich, ihm zuzuhören. Sodass ich jetzt, als er sich neben Billy an den Tisch setzte, schnell zum Spülbecken ging, das Wasser abdrehte und mich mit gespitzten Ohren wieder hinsetzte.

»Und niemand braucht eine Garage für vier Autos«, fuhr Woolly fort. »Aber ich könnte mir vorstellen, dass ihr ein paar mehr Schlafzimmer braucht.«

»Warum meinst du das, Woolly?«

»Damit Freunde und Verwandte in den Ferien zu euch kommen können.«

Billy nickte im Einverständnis mit Woollys vernünftigem Argument, und davon ermutigt sprach Woolly weiter und machte neue Vorschläge.

»Die Veranda sollte ein überstehendes Dach haben, damit man auch an einem Regennachmittag draußen sitzen kann oder in warmen Sommernächten dort schlafen kann. Und im Erdgeschoss sollte es ein Arbeitszimmer geben, und ein großes Zimmer mit einem offenen Kamin, der so groß ist, dass alle, wenn es draußen schneit, ums Feuer sitzen können. Und unter der Treppe sollte es ein kleines Versteck geben und im Zimmer einen Platz für den Weihnachtsbaum.«

Jetzt war Woolly nicht mehr zu bremsen. Er ließ sich Papier und Bleistift geben, schob seinen Stuhl neben Billys und fing an, einen Grundriss mit allen Einzelheiten zu zeichnen. Das hier war keine grobe Skizze, wie man sie schnell auf einen alten Umschlag kritzelt. Woolly zeichnete den Grundriss so, wie er den Abwasch machte. Die Zimmer waren maßstabgetreu, die Wände verliefen parallel, die Ecken waren im rechten Winkel. Das mit anzusehen, war aufregend.

Abgesehen von der Frage, ob die überdachte Veranda wichtiger war als eine Garage für vier Autos, musste man anerkennen, dass Woollys Traum Größe hatte. Das Haus, das er für Billy erdachte, war dreimal so groß wie das, was Billy sich vorgestellt hatte, und offenbar war Billys Begeisterung geweckt. Denn als Woolly mit dem Grundriss fertig war, bat Billy ihn, einen Pfeil für Norden einzuzeichnen und die Stelle, wo der Weihnachtsbaum stehen sollte, mit einem roten Stern zu markieren. Und als Woolly damit fertig war, faltete der Kleine das Blatt sorgfältig zusammen und verstaute es in seinem Rucksack.

Auch Woolly machte ein zufriedenes Gesicht. Aber als Billy die Riemen seines Rucksacks festgezurrt und sich wieder auf seinen Platz gesetzt hatte, sah Woolly ihn mit einem traurigen Lächeln an.

»Ich wünschte, ich wüsste nicht, wo meine Mutter ist«, sagte er.

»Warum, Woolly?«

»Dann könnte ich mich jetzt auf die Suche nach ihr machen, so wie ihr nach eurer.«

Nachdem der Abwasch gemacht war und Billy mit Woolly nach oben gegangen war, wo er ihm die Dusche zeigen wollte, schnüffelte ich ein bisschen herum.

Ich brauchte nicht alles mitgehört zu haben, um zu wissen, dass Emmetts Alter bankrott war. Aber ließ man den Blick durch die Zimmer wandern, wusste man gleich, dass es nichts mit Alkohol zu tun hatte. Wenn der Hausherr Trinker ist, sieht man das sofort. Man erkennt es an den Möbeln und am Zustand des Gartens. Man erkennt es an den Augen der Kinder. Aber selbst wenn Emmetts Vater Abstinenzler war, musste es doch irgendwo im Haus eine Flasche mit Hochprozentigem geben – Apfelbrand vielleicht oder Pfefferminzschnaps, für spezielle Anlässe. In Gegenden wie dieser war das normalerweise der Fall.

Ich fing mit den Küchenschränken an. Im ersten standen Teller und Frühstücksschälchen, im zweiten Gläser und Tassen. Im dritten fand ich die üblichen Lebensmittel, aber nirgendwo eine Flasche, selbst hinter dem zehn Jahre alten Glas Melasse nicht.

Auch im Geschirrschrank war nichts gebunkert. Aber in den unteren Fächern stand ein Porzellanservice unter einer feinen Staubschicht. Nicht einfach nur Teller, nein, es gab Suppenteller, Salatteller, Dessertteller, und hohe Stapel Kaffeetassen. Ich zählte, es war ein zwanzigteiliges Service – in einem Haus, in dem es nicht einmal einen richtigen Esstisch gab.

Ich glaubte, mich zu erinnern, dass Emmett mir erzählt hatte, seine Eltern seien in Boston aufgewachsen. Also, wenn in Boston, dann ganz oben in Beacon Hill, der feinen Gegend. So ein Dinnerservice bekommt die Brahmanenbraut als Mitgift, in der vollen Erwartung, dass sie es an die nächste Generation vererbt. Das Porzellan sprengte fast den Schrank, es würde also mitnichten in einen Rucksack passen. Und das brachte mich ins Grübeln.

Im Wohnzimmer war das einzige Möbelstück, in dem man eine Flasche verstecken konnte, der große alte Schreibtisch in der Ecke. Ich setzte mich auf den Schreibtischstuhl und rollte die Klappe zurück. Um die Schreibfläche herum lagen die üblichen Utensilien – Schere, Brieföffner, Schreibblock, Bleistift –, aber die Schubladen waren gestopft voll mit Dingen, die da nichts zu suchen hatten: ein Wecker, ein unvollständiges Kartenspiel, ein paar Münzen.

Nachdem ich die Münzen zusammengelesen hatte (wer den Penny nicht ehrt ...), zog ich voller Hoffnung die unterste Schublade auf, denn das war das klassische Versteck. Aber hier war kein Platz für eine Flasche – die Schublade war bis oben hin mit Postsachen gefüllt.

Ein Blick reichte, um zu wissen, was für eine Sammlung das war: unbezahlte Rechnungen. Von den Gaswerken, dem Strombetrieb, der Telefongesellschaft, und wer sonst noch so dumm gewesen sein mochte, Mr. Watson Kredit zu geben. Unten lägen vermutlich die ursprünglichen Rechnungen, dann kamen die Mahnungen, und ganz oben Stornierungen von Verträgen und Androhungen von gerichtlichen Maßnahmen. Einige der Umschläge waren nicht einmal geöffnet worden.

Ich musste lächeln.

Es hatte etwas Rührendes, wie Mr. Watson diese Postsachen in der untersten Schublade aufbewahrt hatte, keinen halben Meter vom Papierkorb entfernt. Die Briefe in den Papierkorb zu werfen, wäre nicht mühsamer gewesen, als sie in die Schublade zu stopfen. Vielleicht wollte er sich einfach nicht eingestehen, dass er die Rechnungen nie bezahlen würde.

Mein alter Herr hätte sich nicht so gequält. Für ihn konnte eine unbezahlte Rechnung nicht schnell genug im Müll landen. Ja, schon das Papier, auf dem Rechnungen gedruckt waren, rief eine so starke allergische Reaktion in ihm hervor, dass er es nach Kräften vermied, solche Post zu erhalten. Deshalb kam es vor, dass der unvergleichliche Harrison Hewett, der es mit der englischen Sprache sehr genau nahm, gelegentlich seine eigene Adresse falsch notierte.

Aber mit dem US Postal Service im Clinch zu liegen, ist ganz schön anstrengend. Die Post hat Flotten von Autos und eine Armee von Fußsoldaten in ihrem Dienst, deren einzige Aufgabe darin besteht, einen Umschlag, auf dem ein Name steht, in die Hände desjenigen mit diesem Namen zu übergeben. Deshalb konnte es schon einmal vorkommen, dass die Hewetts zum Vordereingang hereinkamen und über die Feuertreppe das Haus wieder verließen, meistens um fünf Uhr morgens.

»Ah«, sagte mein Alter zuweilen, während er zwischen der vierten und dritten Etage einen Moment lang innehielt, »die ›rosenfingrige Morgenröte‹! Du kannst dich glücklich schätzen, ihrer ansichtig geworden zu sein, mein Junge. Könige gibt es, die dergleichen nie gesehen haben!«

Ich hörte, wie der Wagen der Ransoms auf die Einfahrt zum Haus einbog. Die Scheinwerfer schwenkten von rechts nach links, als der Wagen am Haus vorbei zur Scheune fuhr. Ich schob die unterste Schublade zu, wo die Briefe bis zum Tag, da letzte Rechenschaft abgelegt werden würde, sicher aufgehoben waren.

Im Obergeschoss steckte ich den Kopf in Billys Zimmer, wo Woolly schon ausgestreckt auf dem Bett lag. Er summte leise vor sich hin und sah zu den Flugzeugen hinauf, die an der Decke hingen. Wahrscheinlich dachte er an seinen Vater im Cockpit des Militärflugzeugs in dreitausend Meter Höhe. Für alle Zeiten würde Woolly seinen Vater dort vermuten: irgendwo zwischen dem Cockpit seines Flugzeugs und dem Meeresboden des Südchinesischen Meers.

Billy fand ich im Zimmer seines Vaters, er saß im Schneidersitz auf dem Bett, an seiner Seite hatte er den Rucksack und auf dem Schoß lag ein großes rotes Buch.

»He, kleiner Revolverheld. Was liest du da?«

*»Professor Abacus Abernathes Kompendium von Helden, Abenteurern und anderen unerschrockenen Reisenden.«*

Ich pfiff anerkennend.

»Klingt beeindruckend. Ist es gut?«

»Ja, ich habe es schon vierundzwanzigmal gelesen.«

»Denn reicht ›gut‹ vielleicht nicht aus.«

Ich kam ins Zimmer und wanderte von einer Ecke in die andere, während der Junge die Seiten umblätterte. Auf der Kommode standen zwei gerahmte Fotos. Das erste zeigte einen stehenden Ehemann und eine sitzende Ehefrau in der Bekleidung der Jahrhundertwende. Zweifellos die Watsons vom Beacon Hill, Boston. Das andere war ein Bild von Emmett und Billy, das vor wenigen Jahren aufgenommen war. Sie saßen auf der Veranda vor dem Haus, wo Emmett und sein Nachbar vor ein paar Stunden gesessen hatten. Von Billys und Emmetts Mutter gab es kein Bild.

»He, Billy«, sagte ich und stellte das Foto von den Brüdern wieder auf die Kommode. »Kann ich dich was fragen?«

»Meinetwegen, Duchess.«

»Wann genau ist eure Mutter nach Kalifornien aufgebrochen?«

»Am 5. Juli 1946.«

»Das ist eine genaue Angabe. Sie ist also einfach eines Tages abgehauen? Und man hat nie wieder von ihr gehört?«

»Nein«, sagte Billy und drehte wieder eine Seite um. »Man *hat* wieder von ihr gehört. Sie hat uns neun Postkarten geschickt. Deshalb wissen wir, dass sie in San Francisco ist.«

Zum ersten Mal, seit ich ins Zimmer gekommen war, sah er von seinem Buch auf.

»Kann ich dich auch was fragen?«

»Gleiches mit Gleichem, Billy.«

»Warum wirst du Duchess genannt?«

»Weil ich in Duchess County geboren bin.«

»Wo ist Duchess County?«

»Ungefähr fünfzig Meilen nördlich von New York.«

Billy richtete sich auf.

»Meinst du New York City?«

»Nichts anderes als das.«

»Warst du schon mal in New York City?«

»Ich bin in Hunderten Städten gewesen, Billy, aber in New York City war ich öfter als in jeder anderen.«

»Professor Abernathe lebt da. Guck.«

Er schlug das Buch vorn auf und hielt es mir hin.

»Von Kleingedrucktem kriege ich Kopfschmerzen, Billy. Lies mir doch vor.«

Billy senkte den Blick und las mit Hilfe des Zeigefingers.

»*Verehrter Leser, ich schreibe dies in meinem bescheidenen Büro auf der fünfundfünfzigsten Etage des Empire State Building an der 34. Straße Ecke Fifth Avenue auf der Insel Manhattan in der City of New York am östlichen Rand unseres großen Landes, den Vereinigten Staaten von Amerika.*«

Billy sah mit erwartungsvollem Blick auf. Ich meinerseits sah ihn mit einem fragenden Blick an.

»Bist du Professor Abernathe mal begegnet?«, fragte er.

Ich lächelte.

»Ich habe viele Menschen in unserem großen Land kennengelernt, und viele, die auf der Insel Manhattan leben, aber das Vergnügen, deinen Professor kennenzulernen, hatte ich nie.«

»Oh«, sagte Billy.

Einen Moment schwieg er, dann runzelte er die Stirn.

»Warum bist du in Hunderten von Städten gewesen, Duchess?«

»Mein Vater war ein Thespisjünger, und obwohl er gewöhnlich in New York auftrat, verbrachten wir einen großen Teil des Jahres auf Tournee. Es konnte sein, dass wir eine Woche in Buffalo waren, die nächste in Pittsburgh, dann Cleveland oder Kansas City. Du wirst es kaum glauben, aber ich war auch schon in Nebraska. Als ich ungefähr so alt war wie du jetzt, habe ich eine Zeitlang in Lewis gelebt.«

»Lewis kenne ich«, sagte Billy. »Es liegt am Lincoln Highway, ungefähr auf halben Weg zwischen hier und Omaha.«

»Was du nicht sagst.«

Billy legte das Buch zur Seite und nahm den Rucksack.

»Soll ich es dir auf der Landkarte zeigen?«

»Ich glaube es dir auch so.«

Billy legte den Rucksack hin. Dann runzelte er wieder die Stirn.

»Als ihr von einer Stadt zur anderen gezogen seid, wie bist du da zur Schule gegangen?«

»Nicht alles Wissen kann zwischen den Buchdeckeln eines Handbuchs gefunden werden, mein Junge. Sagen wir doch einfach, meine Akademie war die Durchgangsstraße, mein Lesebuch die Erfahrung, und mein Lehrer das wankelmütige Schicksal.«

Billy dachte einen Moment darüber nach, dann sah er mich mit verlegenem Ausdruck an.

»Kann ich dich noch etwas fragen, Duchess?«

»Nur zu.«

»Was ist ein Thespisjünger?«

Ich lachte.

»Ein Thespisjünger, Billy, ist ein Mann der Bühne. Ein Schauspieler.«

Ich streckte eine Hand in die Höhe, ließ den Blick in die Ferne schweifen und deklamierte:

»*Sie hätte später sterben soll'n; – es hätte*
*Die Zeit sich für ein solches Wort gefunden.*
*Morgen und morgen und dann wieder morgen*
*Kriecht so mit kleinem Schritt von Tag zu Tag,*
*zur letzten Silbe aller Zeitenfrist.*
*Und alle unsere Gestern führten Narrn*
*Den Pfad des stäub'gen Tods.*«

Das war ein ziemlich gelungener Vortrag, obwohl ich nicht prahlen will. Sicher, die Pose war ein bisschen hölzern, aber ich hatte allen Überdruss der Welt in die »Morgen« gelegt und dem »stäub'gen Tod« ein düsteres Pathos verliehen.

Billy sah mich mit weit aufgerissenen Augen an.

»William Shakespeare, aus dem schottischen Stück«, sagte ich. »Akt fünf, Szene fünf.«

»War dein Vater ein Shakespeare-Schauspieler?«

»Ziemlich.«

»Und war er berühmt?«

»Oh, er war namentlich in allen Bars von Petaluma bis Pughkeepsie bekannt.«

Billy war beeindruckt. Doch dann verdüsterte sich seine Miene erneut.

»Ich habe ein bisschen über William Shakespeare gelernt«, sagte er. »Professor Abernathe nennt ihn den größten Abenteurer, der nie in See gestochen ist. Aber er spricht nie von dem schottischen Stück.«

»Das ist nicht verwunderlich. So nennen die Leute beim Theater das Stück *Macbeth*. Ein paar Jahrhunderte zurück kam man zu der Sichtweise, dass auf dem Stück ein Fluch lag und es denjenigen, die es aufführten, Unglück bringen würde, wenn sie es namentlich erwähnten.«

»Was für ein Unglück?«

»Das schlimmste erdenkliche Unglück. Bei der allerersten Aufführung, in 1600 und noch was, starb die Schauspielerin, die Lady Macbeth spielen sollte, just bevor sie auf die Bühne trat. Und dann, vor ungefähr hundert Jahren, gab es zwei große Shakespeare-Schauspieler, den Amerikaner Forrest und den Engländer Macready. Verständlicherweise waren die Amerikaner besonders von Mr. Forrests Talent beeindruckt, und als Macready im Astor Place Opera House – auf der Insel Manhattan – für die Rolle des Macbeth ausgewählt wurde, brach ein Tumult aus, bei dem Zehntausende Menschen in eine Schlägerei gerieten und viele getötet wurden.«

Billy war fasziniert, was nicht verwunderlich war.

»Aber wie kam es, dass auf dem Stück ein Fluch lag?«

»Wie das kam? Kennst du die Geschichte von Macbeth nicht? Von dem Than von Glamis und seinem schwarzen Herzen? Was? Wirklich nicht? Na, dann mach mal Platz, mein Junge, und ich werde dich in die Geschichte einweihen!«

Professor Applenathes *Kompendium* wurde zur Seite geschoben, und als Billy die Decke über sich zog, schaltete ich das Licht aus – so wie mein Vater es getan hätte, wenn er eine dunkle gruselige Geschichte erzählen wollte.

Selbstverständlich fing ich auf der Heide an, mit den drei Hexen und ihrem »Wirrwarr«. Ich erzählte dem Jungen, wie Macbeth, von dem Ehrgeiz seiner Missus angestachelt, zum König geht und ihm einen Dolch durch die Brust jagt, und wie sein kaltblütiger Mord zu einem zweiten Mord, dann zu einem dritten führte. Ich erzählte, dass Macbeth von Geistern gequält wurde und seine Frau in den Hallen von Cawdor schlafwandelte und sich dabei das vermeintliche Blut von den Händen wischte. Oh, ich habe »den Mut bis zum Punkt des Halts geschraubt«, keine Frage.

Und nachdem die Bäume von Birnam Wald den Hügel von Dunsinan hinaufgestiegen waren und Macduff, der von keiner Frau geboren ward, den Königsmörder hingestreckt auf dem Feld liegen ließ, steckte ich Billys Decke fest und wünschte ihm angenehme Träume. Aber als ich mit einer eleganten Verbeugung in den Flur entschwand, sah ich, wie der junge Billy aus dem Bett kletterte und das Licht wieder anschaltete.

Was mir an Emmetts Zimmer auffiel, als ich mich auf sein Bett setzte, war das, was darin fehlte. Zwar konnte ich ein Loch in der Wand sehen, wo einmal ein Nagel eingeschlagen war, aber es gab nirgendwo Bilder oder Plakate oder Wimpel. Es gab weder ein Radio noch einen Plattenspieler. Und obwohl über dem Fenster eine Vorhangstange angebracht war, hing kein Vorhang daran. Hätte an der Wand ein Kreuz gehangen, hätte dies eine Mönchszelle sein können.

Vielleicht hatte er alles ausgeräumt, bevor er nach Salina kam. Hatte mit seiner Kindheit Schluss gemacht, seine Comics und Baseballkarten ausgemistet. Vielleicht. Aber mir kam es eher so vor, dass dies das Zimmer von jemandem war, der schon seit langem vorhatte, nur mit einem Rucksack aus diesem Haus wegzugehen.

Der Scheinwerferstrahl von Mr. Ransoms Wagen fuhr wieder über die Wand, diesmal von links nach rechts, als der Wagen am Haus vorbei zur Straße fuhr. Ich hörte, wie die Fliegengittertür zugeschlagen wurde und Emmett das Licht in der Küche, dann das im Wohnzimmer ausschaltete. Als er die Treppe raufkam, stand ich im Flur.

»Läuft er?«, fragte ich.

»Zum Glück.«

Er wirkte erleichtert, aber auch ein wenig erschöpft.

»Ich möchte dir nicht dein Zimmer wegnehmen. Schlaf du doch in deinem Bett, und ich gehe nach unten auf die Couch. Auch wenn sie ein bisschen kurz ist, bequemer als die Matratzen in Salina ist sie bestimmt.«

Ich sagte das, erwartete aber nicht, dass Emmett mein Angebot annehmen würde. Das war nicht seine Art. Aber ich merkte, dass er die Geste würdigte. Er lächelte und legte mir sogar die Hand auf die Schulter.

»Ist schon in Ordnung, Duchess. Bleib du in meinem Zimmer, ich gehe zu Billy. Ich glaube, wir müssen alle eine gute Nacht schlafen.«

Emmett ging den Flur hinunter, blieb aber noch einmal stehen.

»Ihr beide solltet euch andere Sachen anziehen. Woolly findet bestimmt was bei meinem Vater im Schrank. Er war ungefähr seine Größe. Die Sachen für Billy und mich sind schon gepackt, du kannst dir also von mir nehmen, was du möchtest. Da sind auch ein paar alte Schultaschen, die du benutzen kannst.«

»Danke, Emmett.«

Ich ging wieder in sein Zimmer. Trotz der geschlossenen Tür hörte ich, wie er ins Bad ging und dann zu seinem Bruder ins Zimmer.

Ich legte mich auf sein Bett und blickte zur Decke hoch. Über mir waren keine Modellflugzeuge. Ich sah nur einen Riss im Verputz, der in einer langen Kurve um die Deckenlampe führte. Aber vielleicht reicht am Ende eines ereignisreichen Tages ein Riss im Verputz, um die Fantasie anzuregen. Denn plötzlich erinnerte mich der Schwung der dünnen Linie an die Biegungen des Platte, dem Fluss von Omaha.

Oh, Omaha, wie gut ich mich erinnere.

Es war im August 1944, ein paar Monate nach meinem achten Geburtstag.

In dem Sommer damals war mein Vater Mitglied in einer Tourneetruppe, die vorgeblich Geld für den Krieg sammelte. Die Show wurde als *Die großen Nummern des Varietés* angepriesen, aber sie hätte ebenso gut *Auftritt der Abgehalfterten* heißen können. Sie fing mit einem drogensüchtigen Jongleur an, der im zweiten Teil seiner Nummer das Zittern kriegte, dann kam ein achtzigjähriger Komiker, der immer vergaß, welche Witze er schon erzählt hatte. Die Nummer meines Vaters bestand aus einem Medley großer Shakespeare-Monologe, oder in seinen Worten: *Weisheiten für ein ganzes Leben in zweiundzwanzig Minuten.* Ausstaffiert mit dem Bart eines Bolschewiken und einem Messer im Gürtel, hob er bedächtig den Blick von der Bühnenrampe, fixierte in der rechten oberen Ecke des Balkons den Bereich der erhabenen Ideen und hob an: »Doch still, was schimmert durch das Fenster dort?« und »Noch einmal stürmt, noch einmal, liebe Freunde …« und »O streite nicht, was nötig sei …«.

Von Romeo zu Heinrich V. zu Lear. Ein perfekt gestalteter Bogen vom verliebten Jüngling zum aufstrebenden Helden zum herumstolpernden Alten.

Meiner Erinnerung nach fing die Tournee im Majestic Theater im glorreichen Trenton, New Jersey, an. Von dort tingelten wir in westlicher Richtung und suchten die hellen Lichter des Inneren auf, von Pittsburgh bis Peoria.

Die letzte Station war eine Woche im Odeon von Omaha. Das Theater, zwischen Bahnhof und Rotlichtviertel gelegen, war ein großartiges Gebäude im Jugendstil, das es versäumt hatte, sich rechtzeitig in ein Kino zu verwandeln. Während der Tournee waren wir mit den anderen Akteuren in Hotels abgestiegen, die unserer Preisklasse angemessen waren und wo wir in der Gesellschaft von Flüchtigen und Bibelverkäufern residierten. Aber wenn wir zur letzten Station kamen und es keine weitere Adresse gab, stiegen mein Vater und ich im ersten Hotel am Platz ab. Einen Spazierstock in Stile Winston Churchills schwingend und mit der Stimme von John Barrymore trat er an den Empfangstisch und verlangte, sein Zimmer zu sehen. Sagte man ihm, das Hotel sei ausgebucht und es läge keine Reservierung für ihn vor, reagierte er mit Empörung, wie es sich für einen Mann seines Standes geziemte. »Wie bitte! Keine Reservierung? Dabei war es kein Geringerer als Lionel Prendergast, der Direktor des Waldorf Astoria (und ein guter Freund von mir), der mir dieses Hotel in Omaha wärmstens empfahl und selbst die Buchung vornahm.« Wenn die Direktion uns die Präsidentensuite anbot, ließ mein Vater sich herab zu sagen, er sei zwar ein

Mensch mit bescheidenen Bedürfnissen, aber die Präsidentensuite sei ihm sehr angenehm, vielen Dank.

Sobald wir das Zimmer bezogen hatten, nutzte dieser Mann der bescheidenen Bedürfnisse die gesamte Bandbreite der Angebote des Hotels aus. Unsere Kleidung wurde in die Hotelwäscherei geschickt. Maniküre und Massage wurden aufs Zimmer bestellt. Der Liftboy wurde beauftragt, Blumen zu holen. Und jeden Abend wurde in der Hotelbar zu Drinks eingeladen.

Es war an einem Sonntag im August, am Morgen nach der letzten Vorstellung, dass mein Vater einen Ausflug vorschlug. Er war für eine Reihe von Vorstellungen im Palladium in Denver gebucht und schlug vor, dass wir das mit einem Picknick am Ufer eines sich schlängelnden Flusses feierten.

Als wir unser Gepäck über die Hintertreppe aus dem Hotel trugen, überlegte mein Vater, ob er zum festlichen Abschluss unseres Aufenthalts ein Mitglied des anderen Geschlechts einladen solle, vielleicht Miss Maples, die entzückende junge Dame, die Mephisto, der schielende Zauberer, jeden Abend im zweiten Akt in zwei Teile zersägte. Und auf wen sollten wir treffen, als wir unten in der Gasse ankamen, wenn nicht auf die üppige Blondine, den Koffer in der Hand, von der wir gerade gesprochen hatten?

»Sieh mal einer an!«, sagte mein Vater.

Ah, was für einen schönen Tag wir zusammen verbrachten!

Ich saß hinten auf dem Notsitz, Miss Maples saß auf dem Beifahrersitz, und wir fuhren zu einem großen städtischen Park am Platte, wo das Gras üppig wuchs und die Bäume in den Himmel ragten und die Sonne auf dem Wasser glitzerte. Am Abend zuvor hatte mein alter Herr sich ein Picknick zusammenpacken lassen – gebratenes Hühnchen und kalte Maiskolben. Dann hatte er die Tischdecke direkt unter unserem Frühstücksgeschirr weggestohlen (das mach erst mal nach, Mephisto!).

Miss Maples, die sicher nicht älter als fünfundzwanzig war, hatte offenbar ihre helle Freude an meinem alten Herrn. Sie lachte über alle seine Witze und bedankte sich wärmstens, wenn er ihr Glas wieder füllte. Sie errötete sogar bei einigen seiner Komplimente, die er bei Shakespeare gestohlen hatte.

Sie hatte einen tragbaren Plattenspieler mitgebracht, und mir wurde die Aufgabe übertragen, die Schallplatten auszusuchen und den Tonkopf aufzusetzen, während die beiden mit wackligen Schritten im Gras tanzten.

Es ist bemerkt worden, dass, was den Magen füllt, den Geist träge macht. Und nichts könnte mehr der Wahrheit entsprechen. Denn nachdem wir die Weinflaschen in den Fluss geworfen und den Plattenspieler mit den Platten im Kofferraum verstaut hatten, fuhren wir los, und als mein Vater erwähnte, er habe in der nächsten Stadt etwas zu erledigen, argwöhnte ich nichts. Als er dann vor einem alten Steinkasten auf einem Hügel hielt und mich bat, mit einer jungen Nonne in einem Zimmer zu warten, während er mit einer älteren Nonne in einem anderen Zimmer etwas zu besprechen hatte, argwöhnte ich immer noch nichts. Erst als ich zufällig aus dem Fenster blickte und meinen alten Herrn davonbrausen sah, mit Miss Maples' Kopf auf seiner Schulter, begriff ich, dass ich düpiert worden war.

# NEUN

# EMMETT

Emmett wachte von dem Geruch von gebratenem Bacon auf. Er konnte sich nicht entsinnen, wann er das letzte Mal von dem Geruch von gebratenem Bacon in der Pfanne geweckt worden war. Über ein Jahr lang waren es um Viertel nach sechs die klagenden Töne einer Trompete und die Morgengeräusche von vierzig Jungen gewesen, die ihn geweckt hatten. Sommers wie winters hatten sie vierzig Minuten Zeit zum Aufstehen, Anziehen, Bettenmachen und Frühstücken, bevor sie sich zur Arbeit melden mussten. Auf einer richtigen Matratze aufzuwachen, zwischen Baumwolllaken zu liegen, während der Geruch von Bacon durchs Zimmer zog, war so außergewöhnlich, so unerwartet, dass Emmett einen Moment überlegen musste, woher der kam und wer ihn briet.

Er drehte sich um und sah, dass Billy schon aufgestanden war und der Wecker Viertel vor zehn zeigte. Unter leisem Fluchen kletterte er aus dem Bett und zog sich an. Er hatte gehofft, seine Angelegenheiten in der Stadt zu erledigen, bevor der Gottesdienst zu Ende war.

In der Küche saßen sich Billy und Duchess am Tisch gegenüber, und Sally stand am Herd. Jeder hatte einen Teller mit Bacon und Ei vor sich, und in der Mitte des Tisches standen ein Korb mit Zwieback und ein Glas Erdbeermarmelade.

»Mann, das wird dich umhauen, dieses Frühstück«, sagte Duchess, als er Emmett sah.

Emmett zog einen Stuhl heran und sah zu Sally hinüber, die die Kaffeekanne vom Herd nahm.

»Du brauchtest uns nicht das Frühstück zu machen, Sally.«

Als Antwort stellte sie ihm einen Becher Kaffee hin.

»Hier ist dein Kaffee. Die Eier sind gleich fertig.«

Sie drehte sich um und ging wieder zum Herd.

Duchess biss von seinem Zwieback ab und schüttelte anerkennend den Kopf.

»Ich bin viel in Amerika herumgekommen, Sally, aber solchen Zwieback habe ich nirgendwo gegessen. Was ist das für ein Geheimrezept?«

»Mein Rezept hat kein Geheimnis, Duchess.«

»Wenn nicht, dann sollte es eins haben. Und Billy hat gesagt, das Erdbeergelee ist auch von dir.«

»Das ist Konfitüre, nicht Gelee. Die mache ich immer im August.«

»Sie braucht einen ganzen Tag dafür«, sagte Billy. »Du müsstest mal die Küche sehen. Überall stehen Körbe mit Erdbeeren und riesige Zuckertüten, und auf dem Herd blubbert es in allen Töpfen.«

Duchess pfiff und schüttelte wieder den Kopf.

»Einkochen ist vielleicht eine altmodische Sache, aber so wie ich das sehe, lohnt sich die Anstrengung.«

Sally drehte sich um und bedankte sich mit gewisser Förmlichkeit bei Duchess. Dann sah sie Emmett an.

»Bist du so weit?«

Ohne die Antwort abzuwarten, brachte sie ihm seinen Teller.

»Du hättest dir nicht diese Mühe zu machen brauchen«, sagte Emmett. »Wir hätten uns selbst das Frühstück machen können. Im Schrank steht doch noch Marmelade.«

»Das werde ich mir für die Zukunft merken«, sagte Sally und stellte ihm den Teller hin.

Dann ging sie ans Spülbecken und fing an, die Pfanne auszukratzen.

Emmett starrte auf ihren Rücken, dann sagte Billy zu ihm:

»Warst du mal im Imperial, Emmett?«

Emmett drehte sich zu seinem Bruder um.

»Was ist das? Das Imperial?«

»Das Kino in Salina.«

Emmett sah Duchess streng an, und der beeilte sich, die Dinge richtigzustellen.

»Dein Bruder ist nie im Imperial gewesen, Billy. Das waren ein paar von den anderen Jungen und ich.«

Billy nickte. Er sah aus, als würde er nachdenken.

»Musstet ihr eine Erlaubnis haben, um ins Kino zu gehen?«

»Nicht unbedingt eine Erlaubnis, sondern eher … Wagemut.«

»Aber wie seid ihr rausgekommen?«

»Eine vernünftige Frage, unter den gegebenen Umständen. Aber Salina ist ja nicht wie ein Gefängnis, Billy, mit Wachtürmen und Suchscheinwerfern. Es ist eher wie ein Trainingslager bei der Army – eine Anlage weit weg von allem, mit einem Schlaftrakt und einem Speisesaal und ein paar Typen in Uniform, die dich anschreien, dass du schneller machen sollst, es sei denn, sie schreien dich an, dass du langsamer machen sollst. Aber die Typen in Uniform – unsere Sergeants, könnte man auch sagen –, die haben nicht in unserem Trakt geschlafen. Sie hatten einen eigenen Schlaftrakt, mit Billardtisch und Radio und einem Kühlfach für Bier. Und nach dem Lichtaus am Samstagabend, wenn sie beim Biertrinken und Billardspielen waren, sind ein paar von uns durchs Badezimmerfenster entwischt und in die Stadt gegangen.«

»War das weit?«

»Nicht sehr. Man musste über einen Kartoffelacker, und nach ungefähr zwanzig Minuten kam man zu einem Fluss. Meistens war nicht viel Wasser drin, sodass man ihn gut in Unterhosen durchwaten konnte und es zur Zehn-Uhr-Vorstellung ins Kino schaffte. Man guckte sich bei einer Tüte Popcorn und einer Limo den Film vom Rang aus an und lag um ein Uhr wieder im Bett, und niemand hat das Geringste gemerkt.«

»Und niemand hat das Geringste gemerkt«, wiederholte Billy mit einer gewissen Ehrfurcht. »Aber wie habt ihr für die Kinokarten bezahlt?«

»Vielleicht wechseln wir mal das Thema«, schlug Emmett vor.

»Gute Idee!«, sagte Duchess.

Sally hatte die Pfanne abgetrocknet und stellte sie jetzt krachend auf den Herd.

»Ich gehe die Betten machen«, sagte sie.

»Das musst du doch nicht«, sagte Emmett.

»Von alleine machen sie sich nicht.«

Sie ging aus der Küche und mit lauten Schritten die Treppe hinauf.

Duchess sah Billy mit hochgezogenen Augenbrauen an.

»Entschuldigt mich bitte«, sagte Emmett und schob seinen Stuhl zurück.

Auf dem Weg nach oben hörte er, wie Duchess und sein Bruder ein Gespräch über den Grafen von Monte Christo und dessen wundersame Flucht aus dem Gefängnis auf einer Insel anfingen – der Themenwechsel, wie versprochen.

Als Emmett ins Zimmer seines Vaters kam, war Sally dabei, die Laken mit raschen, präzisen Bewegungen geradezuziehen.

»Du hast mir nicht gesagt, dass du Besuch hast«, sagte sie, ohne aufzusehen.

»Ich wusste selbst nicht, dass ich Besuch hatte.«

Sie schüttelte die Kissen auf und stellte sie vor das Kopfteil.

»Entschuldige«, sagte sie, quetschte sich an Emmett vorbei und ging über den Flur in sein Zimmer.

Als Emmett nach ihr ins Zimmer kam, stand sie vor dem Bett und starrte es an – denn Duchess hatte es schon gemacht. Emmett war von dem Ergebnis ziemlich beeindruckt, nicht aber Sally. Sie nahm die Steppdecke runter und zog die Laken mit denselben präzisen Bewegungen wie zuvor glatt. Als sie sich die Kissen vornahm, warf Emmett einen Blick auf den Wecker neben dem Bett. Fast Viertel nach zehn. Was immer an Sally nagte, er hatte eigentlich keine Zeit dafür.

»Wenn dich etwas ärgert, Sally …«

Sally hielt einen Moment inne und sah ihm – zum ersten Mal an diesem Morgen – in die Augen.

»Was sollte mich denn ärgern?«

»Ich habe keine Ahnung.«

»Das dachte ich mir schon.«

Sie strich sich das Kleid glatt und ging zur Tür, aber Emmett stand ihr im Weg.

»Es tut mir leid, dass es gerade in der Küche so schien, als wäre ich nicht dankbar. Ich wollte einfach nur sagen –«

»Ich weiß, was du sagen wolltest, du hast es ja gesagt. Dass ich nicht extra in die Frühmesse hätte gehen müssen, damit ich dir das Frühstück machen konnte. Und dass ich mir gestern nicht die Mühe hätte machen müssen, das Abendessen vorzubereiten. Alles schön und gut. Aber nur zu deiner Information, jemandem zu sagen, er hätte sich nicht die Mühe machen sollen, ist nicht dasselbe, wie Dankbarkeit zu zeigen. Weit davon entfernt. Und wenn du noch so viel gekaufte Marmelade im Schrank hast.«

»Bist du deswegen so? Wegen der Marmelade im Küchenschrank? Sally, ich wollte deine selbstgemachte Marmelade nicht schlechtmachen. Natürlich ist die besser als gekaufte. Aber ich weiß, wie viel Mühe es kostet, sie zu machen, und ich wollte nicht, dass du ein Glas davon an uns verschwendest. Schließlich gibt es ja keinen besonderen Anlass.«

»Vielleicht interessiert es dich zu hören, Emmett Watson, dass es mich glücklich macht, wenn Freunde oder Verwandte meine selbstgemachte Konfitüre essen, auch ohne besonderen Anlass. Aber vielleicht, nur vielleicht, habe ich mir ja auch vorgestellt, dass du und Billy gern die von mir gemachte Konfitüre essen würdet, bevor ihr eure Sachen packt und nach Kalifornien auswandert, ohne mir auch nur ein Wort darüber zu sagen.«

Emmett schloss die Augen.

»Im Grunde«, fuhr sie fort, »muss ich meinem Glücksstern danken, dass dein Freund Duchess die Geistesgegenwart hatte, mich in deine Absichten einzuweihen. Wer weiß, sonst wäre ich vielleicht morgen früh vorbeigekommen, um Eierkuchen mit Würstchen zu machen, und hätte dann festgestellt, dass niemand mehr hier ist, der sie essen will.«

»Sally, entschuldige bitte, dass ich noch nicht die Gelegenheit hatte, dir das zu erzählen. Aber ich wollte es bestimmt nicht vor dir verbergen. Gestern habe ich mit deinem Vater darüber gesprochen. Er war übrigens derjenige, der das Thema angeschnitten hat – er sagte nämlich, es sei vielleicht das Beste, wenn Billy und ich unsere Zelte hier abbrechen und woanders einen Neuanfang machen.«

Sally sah Emmett an.

»Das hat mein Vater gesagt? Dass ihr die Zelte abbrechen und woanders einen Neuanfang machen sollt?«

»Vielleicht nicht wörtlich.«

»Also, ist das nicht einfach himmlisch.«

Sie schob Emmett aus dem Weg und ging in Billys Zimmer, wo Woolly im Bett lag und zu den Flugzeugen hochpustete, um sie in Bewegung zu bringen.

Sally stemmte die Hände in die Hüften.

»Und wer bist du wohl?«

Woolly sah erschrocken auf.

»Ich bin Woolly.«

»Bist du katholisch, Woolly?«

»Nein, episkopalisch.«

»Warum liegst du dann noch im Bett?«

»Das weiß ich nicht genau«, gab Woolly zu.

»Es ist nach zehn Uhr, und ich habe viel zu tun. Und wenn ich bis fünf gezählt habe, fange ich an, das Bett zu machen, ob du drin liegst oder nicht.«

Woolly sprang in Boxershorts aus dem Bett und sah verdutzt zu, als Sally anfing, das Bett zu machen. Er kratzte sich am Kopf, und erst da bemerkte er Emmett an der Tür.

»He, Emmett!«

»Hi, Woolly.«

Woolly sah Emmett einen Moment lang mit zusammengekniffenen Augen an, dann zog ein Leuchten über sein Gesicht.

»Ist das Bacon?«

»Ha!«, sagte Sally.

Worauf Emmett nach unten und aus dem Haus eilte.

Emmett war erleichtert, allein am Steuer des Studebaker zu sitzen.

Seit er aus Salina weg war, hatte er kaum eine Minute für sich gehabt. Erst die Fahrt mit dem Direktor, dann das Gespräch mit Mr. Obermeyer in der Küche und das mit Mr. Ransom auf der Veranda, danach Duchess und Woolly, und jetzt Sally. Emmett wollte in seinem Kopf einfach Klarheit schaffen, damit er bei Beginn der Reise, ob sie nun nach Texas oder Kalifornien oder sonst wohin führte, bei klarem Verstand war. Aber als er in die Route 14 einbog, kreisten seine Gedanken nicht um die Fahrt, die er und Billy vorhatten, sondern um das Gespräch mit Sally.

»Ich habe keine Ahnung.«

Das hatte er geantwortet, als sie ihn fragte, ob er wüsste, was in ihrem Kopf vorging. Und streng genommen stimmte das auch.

Aber er hätte natürlich mutmaßen können.

Er wusste sehr wohl, was Sally erwartete. Und vielleicht hatte er ihr früher einmal Grund für diese Erwartung gegeben. Junge Leute tun so etwas, sie fächern den Flammen der Erwartungen anderer Luft zu, bis die Notwendigkeiten des Lebens sich bemerkbar machen. Aber seit Anfang seiner Zeit in Salina hatte er ihr keinen Anlass für ihre Erwartungen gegeben. Er hatte sich nicht für ihre Päckchen mit selbstgebackenen Keksen und Nachrichten aus der Stadt bedankt. Weder telefonisch noch brieflich. Und vor seiner Entlassung hatte er ihr weder seine bevorstehende Ankunft mitgeteilt noch sie gebeten, im Haus sauber zu machen. Er hatte sie nicht gefragt, ob sie die Betten beziehen und die Zimmer auskehren könne, oder ob sie Seife ins Badezimmer und Eier in den Kühlschrank legen könne. Er hatte sie um nichts gebeten.

War er dankbar, dass sie dies alles aus eigenem Antrieb für ihn und Billy getan hatte? Natürlich. Aber Dankbarkeit war etwas ganz anderes, als jemandem verpflichtet zu sein. Das war etwas ganz anderes.

Emmett näherte sich der Kreuzung mit Route 7. Er wusste, wenn er rechts abbog und die 22 D nahm, konnte er zur Stadt kommen, ohne am Kirmesplatz vorbeizufahren. Aber was wollte er damit bezwecken? Der Kirmesplatz wäre trotzdem da. Es gäbe ihn auch noch, wenn er und Billy nach Texas oder Kalifornien oder sonst wohin unterwegs waren.

Nein, den Umweg zu machen, würde nicht das Geringste ändern. Außer dass man sich einen Moment lang der Illusion hingeben konnte, das, was passiert war, sei in Wirklichkeit nicht passiert. Also blieb Emmett nicht nur auf der Straße, sondern drosselte, als er beim Kirmesplatz war, das Tempo auf zwanzig Meilen und hielt dann am Rand, sodass er gar nichts anderes tun konnte, als genau hinzugucken.

Einundfünfzig Wochen im Jahr sah der Kirmesplatz so aus wie jetzt: eine große leere Fläche, mit Heu bestreut, das den Staub band. Aber in der ersten Oktoberwoche wäre hier allerhand los. Es gäbe Musik, Menschenmengen, Lichter. Es gäbe ein Karussell und einen Autoselbstfahrer und bunt bemalte Wurf- und Schießbuden. Ein gestreiftes Zelt wäre aufgebaut, in dem Preisrichter mit angemessenem Zeremoniell zusammentreten und Preise sowie blaue Bänder für, zum Beispiel, den größten Kürbis oder die schmackhafteste Zitronenbaisertorte vergeben würden. Und in abgezäunten Bereichen, in denen Tribünen aufgebaut wären, fänden das Treckerziehen und das Rodeo statt, und auch hier bekämen die Besten von anderen Preisrichtern andere blaue Bänder verliehen. Und ganz am Ende, hinter den Kiosken und Buden, wäre eine beleuchtete Bühne für den Fiedelwettbewerb aufgebaut.

Am letzten Abend der Kirmes war es ausgerechnet der Platz neben dem Zuckerwattestand, wo Jimmy Snyder sich mit ihm anlegte.

Als Jimmy seine erste Bemerkung machte, dachte Emmett, er meine einen anderen, denn Jimmy und er kannten sich kaum. Emmett war ein Jahr jünger als Jimmy, und sie waren weder zusammen in einer Klasse noch in einer Mannschaft, es gab also kaum Grund, warum sie miteinander zu tun haben sollten.

Aber Jimmy Snyder brauchte einen nicht zu kennen. Er legte sich gern mit Leuten an, ob er sie kannte oder nicht. Auch der Grund war ihm egal. Es konnte wegen der Klamotten sein, die einer trug, was er aß oder wie seine Schwester die Straße überquerte. So war das, es konnte irgendetwas sein, Hauptsache, er traf einen an einer empfindlichen Stelle.

Für seine Angriffe wählte Jimmy gern die Frageform. Mit interessierter, unverfänglicher Miene stellte er die erste Frage, ohne dass er sich an jemanden Bestimmtes wandte. Und wenn er damit die empfindliche Stelle nicht traf, beantwortete er sich die Frage selbst und stellte dann die nächste, und dabei bewegte er sich in immer enger werdenden Kreisen auf die Mitte zu.

»Ist das nicht niedlich?«, war seine erste Frage, als er Emmett sah, der Billy an der Hand hielt. »Ich meine, hat man schon mal was Niedlicheres gesehen?«

Als Emmett merkte, dass Jimmy ihn meinte, zuckte er einfach die Schultern. Was kümmerte es ihn, wenn er auf dem Kirmesplatz mit seinem jüngeren Bruder an der Hand gesehen wurde? Wer würde einen sechsjährigen Jungen nicht an der Hand halten, abends um acht und in diesem Getümmel?

Also machte Jimmy einen zweiten Versuch. Er wechselte sozusagen den Gang und fragte sich laut, ob Emmetts Vater nicht im Krieg gewesen sei, weil er als 3 C eingestuft worden war, die Gruppe des »Selective Service«, die Farmer vom Kriegsdienst befreite. In Anbetracht der Tatsache, dass in Nebraska viele Männer als 3 C eingestuft worden waren, war Emmett von diesem Angriff überrascht. Ja, er war so überrascht, dass er stehen blieb und sich umdrehte – und das war sein erster Fehler. Nachdem Jimmy sich Emmetts Aufmerksamkeit sicher war, beantwortete er seine Frage selbst.

»Nein«, sagte Jimmy als Nächstes, »Charlie Watson kann nicht 3 C sein. Selbst im Paradies wächst das Gras nicht, das er sät. Eher ist er 4 F.«

Jimmy drehte den Finger im Ohr und gab so zu verstehen, dass an Charlie Watsons Verstand zu zweifeln sei.

Sicher, das waren die Sticheleien eines Jugendlichen, aber jetzt musste Emmett doch an sich halten. Er spürte, wie Zorneswärme von der Körpermitte durch ihn hindurchwogte. Aber er spürte auch, dass Billy ihn an der Hand zog. Vielleicht tat er das, weil der Fiedelwettbewerb gleich beginnen würde, oder vielleicht verstand Billy, so jung er war, dass es zu nichts Gutem führte, wenn man sich mit Jungen wie Jimmy Snyder einließ. Aber bevor Billy Emmett mit sich ziehen konnte, unternahm Jimmy einen neuen Vorstoß.

»Nein, 4 F konnte er auch nicht sein. Er hat nicht genug Grips, um verrückt zu sein. Wenn er nicht in den Krieg gegangen ist, dann muss es daran gelegen haben, dass er 4 E war. Was man einen Kriegsdienstverw–«

Aber bevor das Wort *Verweigerer* vollständig aus Jimmys Mund gekommen war, hatte Emmett ihn geschlagen. Dazu ließ er nicht einmal Billys Hand los, sondern er brachte seine Faust in einer klaren Bewegung aus der Schulter nach vorn und brach Jimmy das Nasenbein.

Natürlich starb Jimmy nicht an einem gebrochenen Nasenbein. Es war der Sturz. Jimmy war es gewöhnt, dass seine Angriffe ohne Reaktion blieben, und rechnete nicht mit dem Schlag. Er flog mit rudernden Armen rückwärts, und als sich seine Ferse in einer Kabelrolle verfing, fiel er zu Boden und schlug mit dem Kopf auf dem Betonblock auf, der einen Zeltpfosten sicherte.

Dem Bericht des Gerichtsmediziners zufolge landete Jimmy mit solcher Wucht auf der Kante des Betonblocks, dass der ihm ein dreieckiges, zwei Zentimeter tiefes Loch in die Schädeldecke bohrte. Jimmy fiel in ein Koma, was bedeutete, dass er weiterhin atmete, während seine Körperkräfte langsam schwanden. Nach zweiundsechzig Tagen, während seine Familie vergeblich an seinem Bett wachte, erlosch sein Leben.

Wie der Direktor gesagt hatte: »Ein unglücklicher Zufall.«

Sheriff Petersen kam mit der Nachricht von Jimmys Tod zu den Watsons. Er hatte die Anklage zurückgehalten, weil er abwarten wollte, wie es mit Jimmy ausgehen würde. Emmett unterdessen hatte geschwiegen, da er keinen Grund darin sah, über die Ereignisse zu diskutieren, während Jimmy mit dem Tode rang.

Jimmys Freunde hingegen übten keine Zurückhaltung dieser Art. Sie sprachen oft und ausführlich über den Streit. Sie sprachen in der Schule darüber, am Wasserspender und im Wohnzimmer der Snyders. Sie erzählten sich, wie sie zu viert auf dem Weg zu dem Zuckerwattestand gewesen seien, als Jimmy versehentlich Emmett angerempelt habe, und bevor Jimmy sich entschuldigen konnte, habe Emmett ihm ins Gesicht geschlagen.

Mr. Streeter, Emmetts Anwalt, hatte Emmett aufgefordert, seine Version der Ereignisse vor Gericht darzulegen. Aber welche Version sich auch durchsetzen würde, es blieb die Tatsache, dass Jimmy Snyder tot in seinem

Grab lag. Deshalb sagte Emmett zu Mr. Streeter, er wünsche keinen Prozess. Und deshalb wurde Emmett am 1. März 1953, nachdem er bei der Anhörung unter Vorsitz von Richter Schomer im Gerichtshaus von Morgen freimütig seine Schuld bekannt hatte, zu achtzehn Monaten Jugendstrafe in einer Jugendbesserungsanstalt auf einer Farm in Salina, Kansas, verurteilt.

Noch zehn Wochen, und dieser Platz wäre nicht mehr leer, dachte Emmett. Das Zelt würde aufgebaut, eine Bühne errichtet, und die Menschen würden zusammenströmen, in Erwartung von Vergnügungen, Verköstigung und Musik. Als Emmett den Motor wieder anschaltete, schöpfte er einen kleinen Trost daraus, dass er und Billy, wenn die Festlichkeiten begannen, mehr als tausend Meilen weit weg von Morgen sein würden.

Emmett parkte neben dem Grünstreifen vor dem Gerichtsgebäude. Es war Sonntag, und nur wenige Geschäfte hatten geöffnet. Er ging bei Gundersons rein und in den Gemischtwarenladen, wo er mit den Zwanzig-Dollar-Scheinen aus dem Umschlag seines Vaters Dinge einkaufte, die sie für die Fahrt nach Westen brauchten. Dann verstaute er die Tüten im Auto und ging auf der Jefferson Avenue zur Bibliothek.

Im Vorraum saß eine nicht mehr junge Bibliothekarin an einem V-förmigen Schreibtisch. Als Emmett sie fragte, wo er Lexika und Jahrbücher finden könne, führte sie ihn in die Abteilung mit den Nachschlagewerken und zeigte ihm die entsprechenden Borde. Während sie ihm dabei behilflich war, spürte Emmett, dass sie ihn prüfend durch ihre Brille musterte, als würde sie ihn vage erkennen. Emmett war seit seiner Kindheit nicht mehr in der Bibliothek gewesen, aber sie konnte ihn aus verschiedenen Gründen erkennen, nicht zuletzt wegen der Fotos, die mehr als einmal auf der Titelseite der Lokalzeitung erschienen waren. Anfangs war es sein Schulfoto, das neben dem von Jimmy abgebildet wurde, dann zeigte die Zeitung ein Bild von Emmett Watson auf dem Weg zur Wache, wo er offiziell unter Anklage gestellt wurde, dann eins von Emmett Watson, als er nach der Anhörung das Gerichtsgebäude verließ. Auch das Mädchen, das bei Gunderson bediente, hatte ihn neugierig gemustert.

»Kann ich dir sonst noch helfen?«, fragte die Bibliothekarin.

»Nein, vielen Dank, ich komme zurecht.«

Nachdem sie wieder zu ihrem Schreibtisch gegangen war, nahm Emmett die Bände, die er brauchte, aus dem Regal, trug sie zu einem der Tische und setzte sich.

Im Jahr 1952 hatte Emmetts Vater mit einer Krankheit nach der anderen zu schaffen gehabt, aber erst die Grippe, die er im Frühling 1953 nicht mehr loswurde, veranlasste Dr. Winslow, ihn zu weiteren Untersuchungen nach Omaha zu schicken. In dem Brief, den Emmetts Vater ein paar Monate später an seinen Sohn nach Salina schickte, versicherte er ihm, er habe sich »wieder berappelt« und »sei auf dem Weg der Besserung«. Trotzdem habe er sich bereit erklärt, noch einmal nach Omaha zu fahren, damit der Spezialist weitere Untersuchungen vornehmen könne: »So sind sie eben, die Spezialisten.«

Als Emmett den Brief las, war er weder von den Beschwichtigungen seines Vaters noch von dessen trockenen Bemerkungen über die Gepflogenheiten der Mediziner geblendet. Seit Emmett denken konnte, hatte sein Vater die Dinge beschönigt: wie gut die Aussaat gelaufen sei, was für eine gute Ernte sie einfahren würden, warum ihre Mutter plötzlich unauffindbar war. Außerdem war Emmett alt genug, um zu verstehen, dass der Weg der Besserung selten über weitere Besuche bei Spezialisten führte.

Alle Spekulationen über Mr. Watsons Befinden wurden an einem Morgen im August beiseitegewischt, als er vom Frühstück aufstand und auf der Stelle, vor Billys Augen, in Ohnmacht fiel, was eine dritte Fahrt nach Omaha nötig machte, diesmal im Krankenwagen.

An jenem Abend, nach Emmetts Telefongespräch mit Dr. Winslow im Büro des Direktors, nahm in seinen Gedanken ein Plan Gestalt an. Genauer gesagt war es ein Plan, den Emmett schon seit vielen Jahren im Hinterkopf hatte und der sich jetzt in verschiedenen zeitlichen und inhaltlichen Variationen ausformte, die aber alle eins gemein hatten: Die Verwirklichung würde außerhalb von Nebraska stattfinden. Während sich im Verlauf des Herbstes der Zustand seines Vaters verschlechterte, nahm Emmetts Plan genauere Konturen an, und als Mr. Watson im April 1954 starb, stand der

Plan klar vor Emmetts Augen, so als hätte sein Vater sein Leben lassen müssen, damit Emmetts Vorhaben endlich Leben annehmen konnte.

Es war ein schlichter Plan.

Gleich nach Emmetts Entlassung aus Salina würden er und Billy ihre Sachen packen und sich in eine Gegend aufmachen, in der es große Städte gab, aber keine Silos oder Erntemaschinen oder Kirmesplätze, und wo sie mit dem kleinen Erbe, das ihr Vater ihnen hinterlassen hatte, ein Haus kaufen würden.

Es musste kein prächtiges Haus sein. Eins mit drei oder vier Schlafzimmern wäre ausreichend. Ob Kolonialstil oder viktorianisch, ob die Verschalung aus Holz oder Schindeln war, spielte keine Rolle, solange das Haus reparaturbedürftig war.

Denn der Plan sah vor, dass sie dieses Haus nicht kaufen würden, um es mit Möbeln und Geschirr zu füllen, oder auch mit Erinnerungen, sondern sie würden es kaufen, um es herzurichten und dann wieder zu verkaufen. Damit er ein Einkommen hätte, müsste Emmett bei einem Bauunternehmer in der Gegend eine Stelle annehmen, und an den Abenden, wenn Billy seine Hausaufgaben machte, würde er das Haus nach und nach instand setzen. Als Erstes würde er das Dach und die Fenster reparieren, damit das Haus wetterfest war. Dann kämen die Wände, Türen und Fußböden dran. Danach die Zierleisten, Handläufe und Einbauschränke. Sobald das Haus in einwandfreiem Zustand war, wenn sich die Fenster öffnen und schließen ließen, die Treppenstufen nicht mehr knarrten und die Heizkörper nicht rappelten, und wenn alles wie funkelnagelneu war, erst dann würden sie es zum Verkauf anbieten.

Wenn er es geschickt anstellte, so Emmetts Überlegungen, und er das richtige Haus in der richtigen Nachbarschaft kaufte und alle nötigen Arbeiten ausführte, könnte er es für das Doppelte verkaufen, das er investiert hatte, sodass er zwei weitere reparaturbedürftige Häuser kaufen und wieder von vorn anfangen konnte. Wenn er, so seine Überlegungen, unbeirrt sein Ziel verfolgte, müsste er nach ein paar Jahren genug Geld haben, um seine Stelle aufgeben und selbst Arbeiter einstellen zu können. Er würde vier weitere Häuser instand setzen und hätte auf diese Weise Mieteinnahmen von acht Häusern. Aber unter keinen Umständen würde er jemals auch nur einen Cent Kredit aufnehmen.

Abgesehen von seinem eigenen Arbeitseinsatz war nach Emmetts Ansicht nur noch eine andere Sache für seinen Erfolg wesentlich: Er musste eine im Wachstum begriffene Stadt finden. Um sich in der Hinsicht kundig zu machen, hatte er die kleine Bibliothek in Salina aufgesucht und, als Band zwanzig der *Encyclopedia Britannica* aufgeschlagen vor ihm auf dem Tisch lag, folgende Liste aufgestellt:

| *Bevölkerung von Texas:* | |
|---|---|
| 1920 | 4 700 000 |
| 1930 | 5 800 000 |
| 1940 | 6 400 000 |
| 1950 | 7 800 000 |
| 1960 | 9 600 000 (geschätzt) |

Obwohl Emmett den Artikel über Texas vor sich hatte, machte er sich nicht die Mühe, etwas über die Geschichte des Staates, über Handel, Kultur und das Klima zu lesen. Ihm reichte es zu sehen, dass sich die Bevölkerung zwischen 1920 und 1960 voraussichtlich mehr als verdoppeln würde.

Aber unter diesem Gesichtspunkt sollte er auch jeden anderen wachsenden Staat innerhalb der Vereinigten Staaten betrachten.

Emmett saß in der Bibliothek von Morgen, nahm den Zettel aus seiner Brieftasche und legte ihn vor sich auf den Tisch. Dann schlug er den zweiten Band der *Encyclopedia* auf und richtete auf seinem Zettel eine zweite Spalte ein:

| *Bevölkerung von Texas:* | | *Bevölkerung von Kalifornien:* | |
|---|---|---|---|
| 1920 | 4 700 000 | 1920 | 3 400 000 |
| 1930 | 5 800 000 | 1930 | 5 700 000 |
| 1940 | 6 400 000 | 1940 | 6 900 000 |
| 1950 | 7 800 000 | 1950 | 10 600 000 |
| 1960 | 9 600 000 (geschätzt) | 1960 | 15 700 000 (geschätzt) |

Emmett war von dem Bevölkerungswachstum in Kalifornien so erstaunt, dass er die ersten Absätze des dazugehörigen Eintrags las. Er erfuhr, dass die Wirtschaft in mehrere Richtungen expandierte. Nachdem der Staat lange führend in der Produktion landwirtschaftlicher Erzeugnisse gewesen war, verlagerte sich das Wachstum nach dem Krieg auf den Schiffs- und Flugzeugbau. Dazu kam, dass Hollywood inzwischen in der ganzen Welt führender Hersteller von Träumen war, und fasste man die Häfen von San Diego, Los Angeles und San Francisco zusammen, so hatte man den größten Aus- und Einfuhrhafen in den USA. Allein für die Fünfzigerjahre wurde angenommen, dass die Bevölkerung um fünf Millionen steigen werde, was einer Rate von fast fünfzig Prozent entsprach.

Die Vorstellung, dass sie, er und sein Bruder, in Kalifornien ihre Mutter finden würden, erschien ihm jetzt so verrückt wie am Tag zuvor, wenn nicht gar verrückter angesichts des rapiden Anstiegs der Bevölkerung, aber wenn es Emmetts Plan war, Häuser zu kaufen und instand zu setzen, dann hatte Kalifornien zweifellos etwas zu bieten.

Emmett steckte den Zettel wieder in die Brieftasche und stellte Band zwei ins Regal zurück. Anschließend nahm er Band sieben heraus und schlug, ohne sich zu setzen, den Eintrag für Nebraska auf. Mit bitterer Befriedigung stellte er fest, dass sich die Bevölkerungszahl zwischen 1920 und 1950 um die Marke von 1,3 Millionen bewegt hatte und derzeit mit keinerlei Zuwachs gerechnet wurde.

Emmett stellte den Band ins Regal und ging zur Tür.

»Hast du gefunden, was du gesucht hast?«

Emmett war schon am Schreibtisch vorbei, drehte sich aber jetzt zu der Bibliothekarin um. Sie hatte sich die Brille auf den Kopf geschoben, und Emmett erkannte, dass er sich in ihrem Alter getäuscht hatte. Sie war bestimmt nicht älter als fünfunddreißig.

»Ja, danke«, sagte er.

»Du bist Billys Bruder, richtig?«

»Ja«, sagte er überrascht.

Sie nickte und lächelte.

»Ich bin Ellie Matthiessen. Ich wusste es, ihr seht euch sehr ähnlich.«

»Kennen Sie meinen Bruder gut?«

»Ja, er verbringt viel Zeit in der Bibliothek. Zumindest seit du nicht mehr da warst. Dein Bruder liest gern Abenteuerbücher.«

»Das stimmt«, sagte Emmett und lächelte.

Aber als er zur Tür ging, fügte er in seinem Kopf hinzu: Wer weiß, wozu es gut ist.

Als Emmett von der Bücherei zu seinem Studebaker kam, standen drei junge Männer daneben. Den Großen mit dem Cowboyhut rechts kannte er nicht, aber der links war Eddie, Jenny Andersens älterer Bruder, und der in der Mitte war Jacob Snyder. So wie Eddie die Kieselsteine umherkickte, war es offensichtlich, dass er lieber woanders wäre. Als Emmett näher kam, stieß der fremde Junge Jake in die Rippen. Jake hob den Kopf, und es war ihm deutlich anzusehen, dass er auch nicht da sein wollte.

Emmett blieb in einiger Entfernung stehen, die Schlüssel in der Hand, und nickte den beiden, die er kannte, zu.

»Jake. Eddie.«

Sie erwiderten seinen Gruß nicht.

Emmett überlegte, ob er sich bei Jake entschuldigen sollte, aber Jake war nicht gekommen, um sich eine Entschuldigung abzuholen. Ohnehin hatte Emmett seine Entschuldigung schon vor Jake und den anderen Snyders vorgebracht. Er hatte sich in den Stunden nach dem Vorfall entschuldigt, dann auf der Polizeiwache und schließlich vor dem Gerichtsgebäude, nach der Verhandlung. Das hatte den Snyders damals nichts genützt, und jetzt würde es ihnen auch nichts nützen.

»Ich möchte keinen Ärger«, sagte Emmett. »Ich will einfach nur in mein Auto steigen und nach Hause fahren.«

»Das kann ich nicht zulassen«, sagte Jake.

Und damit hatte er wahrscheinlich recht. Obwohl das Gespräch zwischen Emmett und Jake bisher keine Minute gedauert hatte, waren schon ein paar Leute zusammengekommen – einige Landarbeiter, die Witwen des Westens sowie zwei Jungen, die auf dem Grünstreifen vor dem Gerichtsgebäude herumgelungert hatten. Sobald in der Pentecostal Church oder der Congressional Church der Gottesdienst zu Ende war, würde die Menge noch anwachsen. Was immer als Nächstes geschah, es würde dem alten Snyder zu Gehör kommen, und das bedeutete, dass es für Jake nur eine Möglichkeit gab, die Begegnung zu beenden.

Emmett steckte den Schlüssel in die Tasche und ließ die Hände herunterhängen.

Der große Fremde sprach als Erster. Er lehnte sich an den Studebaker, schob sich den Hut in den Nacken und lächelte.

»Anscheinend hat Jake hier noch was mit dir zu erledigen, Watson.«

Emmett sah den Fremden an, dann wandte er sich wieder Jake zu.

»Wenn es zwischen uns noch etwas zu erledigen gibt, Jake, dann lass es uns erledigen.«

Jake machte den Eindruck, dass der Zorn, den zu spüren er erwartet hatte und den er auch spüren *sollte*, sich nach so vielen Monaten nicht einstellte. Gemäß dem Stil seines Bruders fing er mit einer Frage an.

»Was meinst du, Watson, bist du ein guter Kämpfer?«

Emmett sagte darauf nichts.

»Vielleicht bist du ein guter Kämpfer, solange du jemanden schlagen kannst, der dich nicht provoziert hat.«

»Es war nicht ohne Provokation, Jake.«

Jake machte einen Schritt nach vorn und spürte ein bisschen des rechtmäßigen Zorns in sich aufsteigen.

»Willst du damit sagen, dass Jimmy zuerst geschlagen hat?«

»Nein. Er hat nicht versucht, mich zu schlagen.«

Jake nickte mit starrem Kiefer und machte einen weiteren Schritt.

»Wenn du so gerne als Erster losschlägst, warum schlägst du mich dann nicht?«

»Ich werde dich nicht schlagen, Jake.«

Jake sah Emmett einen Augenblick lang an, dann wandte er den Blick zur Seite. Er sah nicht seine beiden Freunde an. Auch die Schaulustigen, die sich hinter ihm versammelt hatten, sah er nicht an. Er ließ den Blick in die Ferne schweifen. Als er sich wieder zu Emmett umdrehte, holte er aus und schlug ihn mit der rechten Faust.

Da Jakes Blick für den Schlag nicht auf Emmett gerichtet war, glitt die Faust an Emmetts Jochbein ab, statt ihn voll am Kiefer zu treffen. Trotzdem reichte der Hieb aus, dass Emmett nach rechts stolperte.

Die Umstehenden kamen näher: Eddie und der Fremde, die Zuschauer und auch die Frau mit dem Kinderwagen, die gerade herangekommen war. Alle außer Jake. Er blieb stehen und beobachtete Emmett.

Emmett stellte sich wieder auf die Stelle, wo er vorher gestanden hatte, und ließ die Arme herabhängen.

Jake war rot angelaufen, vielleicht von der Anstrengung und wegen seines Zorns, vielleicht aber auch aus Verlegenheit.

»Heb die Fäuste«, sagte er.

Emmett rührte sich nicht.

»Heb verdammt noch mal die Fäuste!«

Emmett hob die Fäuste so hoch, dass er eine kämpferische Haltung einnahm, aber nicht hoch genug, um sich zu schützen.

Diesmal schlug Jake ihn auf den Mund. Emmett stolperte drei Schritte zurück und schmeckte Blut auf den Lippen. Er fing sich wieder und machte drei Schritte nach vorn, sodass er in Jakes Reichweite war. Er hörte, wie der Fremde Jake anstachelte, und als Emmett die Fäuste hob, schlug Jake ihn zu Boden.

Die Welt geriet in Schieflage und glitt in einem Winkel von dreißig Grad davon. Emmett musste sich auf beide Hände stützen, um auf die Knie zu kommen. Er spürte die Wärme vom Beton durch seine Hände aufsteigen.

Emmett wartete auf Knien, dass sein Kopf wieder klar wurde.

Jake machte einen Schritt nach vorn.

»Steh nicht wieder auf«, sagte er mit belegter Stimme. »Steh bloß nicht wieder auf, Emmett Watson.«

Als Emmett wieder stand und gerade die Fäuste heben wollte, merkte er, dass ihm immer noch schwindelig war. Die Welt um ihn herum trudelte, und er sank stöhnend aufs Pflaster.

»Das reicht«, rief jemand. »Das reicht, Jake.«

Es war Sheriff Petersen, der sich durch die Schaulustigen schob.

Er wies einen der Hilfssheriffs an, Jake zur Seite zu nehmen, und den anderen, die Menge zum Weitergehen aufzufordern. Dann ließ er sich in die Hocke, um sich Emmett genauer anzusehen. Er drehte Emmetts Kopf so, dass er die linke Gesichtshälfte besser sehen konnte.

»Scheint nichts gebrochen. Kannst du aufstehen, Emmett?«

»Ja, klar.«

Der Sheriff blieb in der Hocke sitzen.

»Möchtest du Anzeige erstatten?«

»Weshalb?«

Der Sheriff gab dem Hilfssheriff ein Zeichen, er solle Jake gehen lassen, dann wandte er sich wieder Emmett zu, der auf dem Asphalt saß und sich das Blut von den Lippen wischte.

»Seit wann bist du zurück?«

»Seit gestern.«

»Hat nicht lange gedauert, bis Jake dich gefunden hat.«

»Nein, Sir.«

»Na, überraschen tut mich das nicht.«

Der Sheriff schwieg einen Moment.

»Bist du in eurem Haus?«

»Ja.«

»Also gut, dann wollen wir dich mal sauber machen, bevor wir dich nach Hause schicken.«

Der Sheriff nahm Emmetts Hand und half ihm auf, und dabei sah er sich dessen Fingerknöchel genau an.

Der Sheriff und Emmett fuhren in gemächlichem Tempo mit dem Studebaker durch die Stadt, Emmett auf dem Beifahrersitz und der Sheriff am Steuer. Emmett befühlte seine Vorderzähne mit der Zunge, als der Sheriff, der leise einen Hank-Williams-Song gepfiffen hatte, sich unterbrach.

»Nicht schlecht, der Wagen. Was hat er drauf?«

»Um die achtzig, ohne zittern.«

»Allerhand.«

Aber der Sheriff hielt die Geschwindigkeit bei zwanzig Meilen in der

Stunde und fuhr die Kurven sorgfältig aus, während er die Melodie weiterpfiff. Als er an der Abzweigung zur Polizeiwache vorbeifuhr, sah Emmett ihn fragend von der Seite an.

»Ich nehme dich mit zu mir«, erklärte der Sheriff. »Mary soll sich dich mal angucken.«

Emmett erhob keine Einwände. Ihm wäre es recht, wenn er sich waschen könnte, bevor er wieder nach Hause kam, und er hatte keine Lust, der Wache einen Besuch abzustatten.

Als sie auf der Einfahrt zum Haus der Petersens anhielten und Emmett die Beifahrertür aufmachen wollte, fiel ihm auf, dass der Sheriff sich nicht rührte. Er saß, beide Hände aufs Steuerrad gelegt, so wie Direktor Williams am Tag zuvor.

Während Emmett wartete, dass der Sheriff das sagte, was ihm auf dem Herzen lag, sah er durch die Windschutzscheibe auf eine Reifenschaukel, die im Garten in einer Eiche hing. Emmett kannte die Kinder des Sheriffs nicht, wusste aber, dass sie erwachsen waren, und fragte sich deshalb, ob die Schaukel ein Überbleibsel ihrer Kindheit war oder ob sie jetzt für die Enkelkinder da hing. Wer weiß, dachte Emmett, vielleicht hatte sie schon da gehangen, bevor der Sheriff in das Haus eingezogen war.

»Ich bin ja erst am Ende der kleinen Auseinandersetzung dazugekommen«, begann der Sheriff, »aber wenn ich mir deine Hände und Jakes Gesicht angucke, komme ich zu dem Schluss, dass du nicht besonders in den Kampf eingestiegen bist.«

Emmett sagte nichts.

»Vielleicht hast du gedacht, es geschieht dir nur recht«, fuhr der Sheriff nachdenklich fort. »Oder vielleicht hast du gedacht, nachdem du das durchgemacht hast, was du durchgemacht hast, dass deine Tage als Kämpfer vorbei sind.«

Der Sheriff sah Emmett an, als erwartete er eine Reaktion, aber Emmett blieb stumm und starrte weiter durch die Windschutzscheibe auf die Schaukel.

»Hast du was dagegen, wenn ich im Wagen rauche?«, fragte der Sheriff nach einem Moment. »Mary will nicht, dass ich im Haus rauche.«

»Nein, bitte.«

Der Sheriff nahm eine Packung aus der Tasche, klopfte zwei Zigaretten aus der Öffnung und bot Emmett eine an. Als Emmett sie annahm, zündete der Sheriff beide mit seinem Feuerzeug an. Dann kurbelte er aus Rücksicht auf Emmetts Wagen das Fenster runter.

»Der Krieg ist jetzt fast zehn Jahre vorbei«, sagte er, nachdem er einen Zug genommen und den Rauch ausgestoßen hatte. »Aber ein paar von denen, die zurückkommen, tun so, als ginge er weiter. Danny Hoagland zum Beispiel. Es vergeht kein Monat, in dem ich nicht seinetwegen gerufen werde. Einmal ist er im Wirtshaus in eine Schlägerei verstrickt, die er selbst angezettelt hat, ein andermal schlägt er seiner hübschen jungen Frau im Supermarkt ins Gesicht.«

Der Sheriff schüttelte den Kopf, als sei es ihm ein Rätsel, was die hübsche junge Frau überhaupt in Danny Hoagland sah.

»Und letzten Dienstag? Da wurde ich um zwei Uhr nachts aus dem Bett geholt, weil Danny mit einer Pistole in der Hand vor dem Haus der Iversons stand und wegen irgendeiner alten Sache herumschrie. Die Iversons hatten keine Ahnung, wovon er redete. Dann stellte sich heraus, dass Danny gar nicht die Iversons meinte. Sondern die Barkers. Er stand vor dem falschen Haus. Er war nicht mal im richtigen Straßenabschnitt.«

Emmett lächelte gegen seinen Willen.

»Und am anderen Ende des Spektrums«, sagte der Sheriff und zeigte mit seiner Zigarette auf ein eingebildetes Publikum, »gibt es die Jungs, die nach dem Krieg zurückgekommen sind und sich geschworen haben, sie würden nie wieder einen Finger gegen einen anderen Menschen erheben. Und vor dieser Einstellung habe ich großen Respekt. Sie haben jedes Recht dazu, so zu denken. Die Sache ist nur die, wenn es um den Konsum von Whiskey geht, sieht Danny Hoagland neben ihnen wie der Dekan in der Kirche aus. Für diese Jungs werde ich nie aus dem Bett geholt. Sie stehen um zwei Uhr morgens nicht vor dem Haus der Iversons oder der Barkers oder sonst vor einem Haus. Stattdessen sitzen sie im Dunkeln in ihrem Wohnzimmer und arbeiten sich zum Boden einer Whiskeyflasche vor. Will nur sagen, Emmett, ich bin mir nicht sicher, ob diese Methoden, weder die eine noch die andere, wirklich funktionieren. Man kann nicht weiter im Krieg kämpfen, aber andererseits kann man auch seine Männlichkeit nicht aufgeben. Klar, man kann sich ein paarmal zusammenschlagen lassen. Das ist jedem selbst überlassen. Aber irgendwann musst du wieder für dich selbst einstehen, so wie vorher.«

Jetzt sah der Sheriff Emmett genau an.

»Du verstehst mich, Emmett?«

»Ich verstehe Sie, Sir.«

»Ed Ransom hat angedeutet, dass ihr die Stadt verlassen wollt.«

»Morgen fahren wir los.«

»Also denn. Sobald wir dich ein bisschen geputzt haben, fahre ich zu den Snyders rüber und sorge dafür, dass sie dich bis dahin in Ruhe lassen. Und wo wir davon reden – hast du noch mit anderen irgendwelchen Ärger bekommen?«

Emmett kurbelte das Seitenfenster runter und warf den Zigarettenstummel raus.

»Nein, das meiste, was ich bekommen habe, sind gute Ratschläge.«

# DUCHESS

Wenn ich neu in einer Stadt bin, sehe ich mich gern ein bisschen um. Ich möchte den Stadtplan verstehen, und auch wie die Leute ticken. In manchen Städten braucht man dafür mehrere Tage. In Boston sind es Wochen, in New York Jahre. Das Beste an Morgen, Nebraska, ist, dass man es in wenigen Minuten schafft.

Die Stadt ist in einem Rastermuster angelegt, in dessen Mitte das Gerichtsgebäude steht. Der Mechaniker, der mich mit seinem Wagen in die Stadt mitnahm, erzählte mir, dass damals, in den 1880er Jahren, die Stadtältesten eine volle Woche überlegt haben, wie sie die Straßen benennen sollten, und dann mit der Zukunft im Blick beschlossen, die in ostwestlicher Richtung verlaufenden Straßen nach Präsidenten zu benennen und die in nordsüdlicher Richtung nach Bäumen. Letztlich hätten sie sich auch auf die Jahreszeiten und die Farben beim Kartenspiel einigen können, denn fünfundsiebzig Jahre später war die Stadt immer noch ein Geviert von vier mal vier Straßen.

»Hallo da«, rief ich zwei Damen zu, die mir entgegenkamen, den Gruß aber nicht erwiderten.

Ich möchte nicht falsch verstanden werden. Orte wie diese haben ihren eigenen Charme. Und es gibt eine Sorte Menschen, die lieber hier als anderswo leben, selbst im 20. Jahrhundert. Zum Beispiel Menschen, die in der Welt einen gewissen Sinn sehen möchten. Wenn man in einer Großstadt lebt und zwischen all dem Krach und Lärm umhereilt, können die Ereignisse des Lebens eine gewisse Zufälligkeit annehmen. In einer Stadt von dieser Größe aber, wenn da ein Klavier aus dem Fenster fällt und einem

Passanten auf dem Kopf landet, dann besteht immerhin die Möglichkeit, dass man weiß, warum er das verdient hat.

Auf jeden Fall ist Morgen ein Ort, in dem sich die Menschen versammeln, sobald etwas Außergewöhnliches passiert. Und siehe da, als ich beim Gerichtsgebäude um die Ecke bog, bildeten einige Bürger einen Halbkreis, wie um den Beweis zu liefern. Aus einer Entfernung von fünfzig Metern konnte ich erkennen, dass es sich um eine repräsentative Mischung der Wählergemeinde handelte, bestehend aus Landwirtschaftsarbeitern mit Mützen, Witwen mit Handtaschen und jungen Kerlen in Arbeitshosen. In dem Moment näherte sich auch eine junge Mutter mit Kinderwagen und einem Knirps an der Hand.

Ich warf den Rest meiner Eistüte in den Müll und ging näher, um einen besseren Blick zu haben. Und wer sollte im Mittelpunkt der Aufmerksamkeit stehen, wenn nicht unser Emmett Watson, dem ein Bauernlümmel wegen einer hausgemachten Querele Scherereien bereitete.

Die Schaulustigen schienen erregt, so wie man im Mittleren Westen erregt sein kann. Nicht dass sie die Kämpfenden anspornten oder ermutigten, aber sie waren doch froh, dass sie zufällig im rechten Moment vorbeigekommen waren. Jetzt hätten sie etwas, was ihnen auf Wochen hinaus Gesprächsstoff beim Barbier oder beim Friseur bieten würde.

Emmett gab in seiner Rolle ein großartiges Bild ab. Er stand mit offenem Blick und den Armen an der Seite da und wirkte weder glücklich, dass er da war, noch in Eile, wieder wegzukommen. Der Angreifer hingegen schien ziemlich angespannt. Er wippte vor und zurück, sein Hemd war schweißnass, und das, obwohl er zwei Jungen zu seiner Unterstützung mitgebracht hatte.

»Jake, ich möchte keinen Ärger«, sagte Emmett. »Ich will einfach nur in mein Auto steigen und nach Hause fahren.«

»Das kann ich nicht zulassen«, sagte Jake, obwohl es so aussah, als täte er nichts lieber.

Dann warf einer der Seitenmänner, der Große mit dem Cowboyhut, seinen Einsatz in den Ring.

»Anscheinend hat Jake hier noch was mit dir zu erledigen, Watson.«

Ich kannte diesen Cowboy nicht, aber an der Neigung des Huts und dem Lächeln auf seinem Gesicht war mir klar, was für einer er war: der Kerl, der Hunderte von Prügeleien anzettelt, ohne je selbst einen Schlag auszuteilen.

Und was tat Emmett? Ließ er sich von dem Cowboy aus der Ruhe bringen? Sagte er zu ihm, er solle die Klappe halten und sich nicht einmischen? Nein, er ließ sich nicht einmal dazu herab, ihm zu antworten. Er wandte sich an Jake und sagte:

»Wenn es zwischen uns noch etwas zu erledigen gibt, Jake, dann lass es uns erledigen.«

Mann!

*Wenn es zwischen uns noch etwas zu erledigen gibt, dann lass es uns erledigen.*

Man könnte sein ganzes Leben auf die Gelegenheit warten, einen solchen Satz zu sagen, und dann, wenn der Moment da ist, nicht die Geistesgegenwart haben, damit rauszukommen. Wenn einer auf diese Weise einen klaren Kopf bewahrt, ist das nicht das Ergebnis von Erziehung oder Übung. Damit ist man entweder geboren oder eben nicht. Und die meisten sind es nicht.

Aber hier kommt das Beste.

Dieser Jake war, wie sich herausstellte, der Bruder des Snyder-Jungen, den Emmett damals, 1952, aus dem Verkehr gezogen hatte. Das wurde mir klar, als Jake irgendwelchen Unsinn erzählte, Emmett habe ohne Provokation gegen Jimmy ausgeholt – als würde Emmett Watson jemals so tief sinken und so etwas tun.

Als das Sticheln keine Wirkung zeigte, ließ Mr. Unschuld den Blick in die Ferne schweifen, als wäre er tief in Gedanken, und schlug Emmett dann unvermittelt ins Gesicht. Emmett stolperte nach rechts rüber, fing sich wieder, richtete sich auf und bewegte sich auf diesen Jake zu.

*Jetzt geht's los*, dachten bestimmt die versammelten Zuschauer. Denn es lag auf der Hand, dass Emmett den Jungen zu Brei schlagen konnte, auch wenn er fünf Kilo weniger wog und fünf Zentimeter kleiner war. Aber dann sahen die Zuschauer erstaunt, dass Emmett nicht weiter nach vorn kam, sondern da stehen blieb, wo er vorher gestanden hatte.

Und das machte Jake richtig wütend. Sein Gesicht lief rot an, so rot wie seine Unionsklamotten, und er schrie Emmett an, er solle die Fäuste heben. Also hob Emmett, eher widerstrebend, die Fäuste, und Jake schlug wieder zu. Diesmal traf er Emmett voll auf den Mund. Emmett taumelte wieder, ging aber nicht zu Boden. Er blutete an der Lippe, fand dann sein Gleichgewicht wieder und machte sich auf den nächsten Schlag gefasst.

Der Cowboy unterdessen, der immer noch lässig an Emmetts Wagen lehnte, rief laut: *Zeig's ihm, Jake*, als sollte Jake ihm eine Lektion erteilen. Aber da irrte sich der Cowboy gewaltig. Es war Emmett, der die Lektion erteilte.

Alan Ladd in *Mein großer Freund Shane.*

Frank Sinatra in *Verdammt in alle Ewigkeit.*

Lee Marvin in *Der Wilde.*

Was die drei verbindet? Sie haben sich alle zusammenschlagen lassen. Damit meine ich nicht, dass sie einen Schlag auf die Nase oder eine Faust in die Magengrube eingesteckt haben. Ich meine, sie wurden *zusammengeschlagen*. So, dass ihnen die Tränen in die Augen gestiegen sind und die Ohren geklingelt haben und sie Blut auf den Zähnen geschmeckt haben. Bei Ladd waren es die Ryker-Jungen in Grafton's Saloon, als er Joey eine Limonade kaufen wollte. Sinatra kriegte seine Abreibung im Gehege von dem Sergeant Fatso. Und Marvin, der wurde von Marlon Brando auf der Straße fertiggemacht, in einer amerikanischen Kleinstadt ähnlich wie dieser, und auch dort versammelte sich eine Menge aufrechter Bürger und sah zu.

Die Bereitschaft, sich zusammenschlagen zu lassen: Daran erkennt man, dass man es mit einem charakterstarken Mann zu tun hat. So ein Mann steht nicht am Rand und schüttet Öl in das Feuer eines anderen, und er geht nicht ohne Verletzung nach Hause. Nein, er stellt sich offen und ungeschützt hin, furchtlos und bereit, seine Position bis zum Letzten zu verteidigen.

Emmett war derjenige, der die Lektion erteilte, das war klar, und sie galt nicht nur Jake, sie galt der ganzen verfluchten Stadt.

Nicht dass die Menschen verstanden, was sich da vor ihren Augen abspielte. An ihren Mienen konnte man erkennen, dass der Sinn dieser Lektion über ihre Köpfe ging.

Jetzt fing Jake an zu zittern. Wahrscheinlich dachte er, dass er nicht mehr weitermachen konnte. Deshalb führte er den nächsten Schlag mit besonderem Nachdruck aus. Endlich vereinten sich Ziel und Wut, und er donnerte Emmett die Faust mit solcher Wucht ins Gesicht, dass Emmett zu Boden ging.

Die Zuschauer stießen ein Stöhnen aus, Jake atmete erleichtert auf, und der Cowboy kicherte zufrieden, als wäre er es gewesen, der den Schlag gelandet hatte. Dann begann Emmett sich wieder aufzurichten.

Mann, hätte ich bloß einen Fotoapparat gehabt. Ich hätte ein Bild machen und es an *Life Magazine* schicken können. Sie hätten es auf der Titelseite gebracht.

Es war zu schön, wirklich. Aber Jake war völlig überwältigt. Er schien den Tränen nahe, und als er ein paar Schritte nach vorn machte, schrie er Emmett an, dass er nicht aufstehen solle. Er solle um Himmels willen nicht aufstehen.

Ich weiß gar nicht, ob Emmett ihn hörte, seine Sinne mussten ganz schön durcheinandergerüttelt worden sein. Aber ganz gleich, ob er Jake hörte oder nicht, er machte sowieso das, was er vorhatte. Er stolperte leicht, richtete sich zu seiner vollen Größe auf und hob die Fäuste. Und dann musste ihm das Blut aus dem Kopf gewichen sein, denn er taumelte und fiel um.

Emmett auf allen vieren zu sehen war kein schöner Anblick, aber ich war nicht besorgt. Er musste einfach einen Moment warten, bis sein Kopf klar wurde, dann würde er sich wieder auf seine Stelle begeben. Dass er das tun würde, war so sicher wie der Sonnenaufgang, aber bevor es dazu kam, verdarb der Sheriff das Spektakel.

»Das reicht«, sagte er und schob sich zwischen den Schaulustigen hindurch. »Das reicht.«

Auf Anweisung des Sheriffs sorgte der Hilfssheriff dafür, dass die Zuschauer sich zerstreuten, er ruderte mit den Armen und forderte die Menschen auf weiterzugehen. Den Cowboy brauchte der Hilfssheriff nicht zum

Weitergehen aufzufordern, der war schon von selbst weitergegangen. In dem Moment, als die Ordnungshüter in Erscheinung getreten waren, hatte er sich die Krempe seines Huts tief ins Gesicht gezogen und war zum Gerichtsgebäude hinübergeschlendert, als wollte er gleich in der Eisenwarenhandlung daneben eine Dose Farbe kaufen.

Ich schlenderte ihm hinterher.

Als der Cowboy auf der Rückseite des Gebäudes war, überquerte er die nach einem Präsidenten benannte Straße und ging die nach einem Baum benannte entlang. Er hatte es so eilig, sich von dem Schauplatz seiner Schandtat zu entfernen, dass er an einer alten Dame mit Spazierstock vorbeiging, die gerade dabei war, eine Einkaufstüte im Kofferraum ihres Ford Model T zu verstauen.

»Lassen Sie mich mal, Madam«, sagte ich.

»Danke, junger Mann.«

Als die alte Dame in den Wagen kletterte und sich hinters Steuer setzte, war der Cowboy mir einen halben Straßenblock voraus. Er bog rechts um die Ecke, in die Gasse hinter dem Kino, und ich musste doch tatsächlich rennen, um ihn einzuholen, obwohl ich schon aus Prinzip jegliches Rennen vermeide.

Bevor ich die Geschichte weitererzähle, sollte ich, so finde ich, die Umstände näher erklären und zu der Zeit zurückgehen, als ich neun Jahre alt war und in Lewis lebte.

Damals, als mein alter Herr mich in St. Nicholas, einem Kinderheim, abgab, wurde es von Schwester Agnes, einer Frau mit festen Überzeugungen und von ungewissem Alter, geleitet. Man kann sich gut vorstellen, dass eine Frau in einer kirchlichen Institution, wo sie ein ihr zugewandtes Publikum hatte, jede Gelegenheit wahrnehmen würde, ihre Ansichten kundzutun. Nicht Schwester Agnes, das war nicht ihr Stil. Wie eine erprobte Schauspielerin wusste sie den richtigen Moment abzupassen. Sie betrat unauffällig einen Raum, wartete im Hintergrund, bis alle ihr Stück gesagt hatten, kam dann nach vorn und stahl innerhalb von fünf Minuten die ganze Show.

Am liebsten gab sie ihre weisen Ratschläge kurz vor dem Schlafengehen aus. Sie kam in den Schlafsaal, sah still zu, wie die anderen Schwestern in ihren Trachten umhereilten, ein Kind ermahnten, seine Sachen zu falten, ein anderes, sich das Gesicht zu waschen, und alle ans Beten erinnerten. Erst wenn wir unter unseren Decken lagen, nahm Schwester Agnes sich einen Stuhl und erteilte ihre Lektion. Es verwundert einen nicht, dass Schwester Agnes sich einer biblischen Sprache bediente, aber sie sprach in einem so verständnisvollen Ton, dass ihre Worte unser Geplapper zum Verstummen brachten und noch lange, nachdem das Licht ausgeschaltet wurde, in unseren Ohren nachhallten.

Eine ihrer Lieblingslektionen nannte sie die Kette des Unrechts. »Kinder«, begann sie in ihrer mütterlichen Art, »in eurem Leben werdet ihr Menschen Unrecht tun, und Menschen werden an euch Unrecht begehen. Und diese gegensätzlichen Taten des Unrechts fügen sich zu einer Kette zusammen. Das Unrecht, das ihr anderen zufügt, bleibt in euch als Schuldgefühl zurück, und das Unrecht, das andere euch zufügen, hinterlässt ein Gefühl der Wut. Die Lehren unseres Erlösers Jesus Christus haben den Sinn, euch von beidem zu befreien, nämlich durch Buße von der Schuld und durch Vergebung von der Wut. Nur wer sich von beiden Ketten befreit hat, kann sein Leben mit liebendem Herzen und heiterem Sinn angehen.«

Damals habe ich nicht verstanden, was sie uns sagen wollte. Ich verstand nicht, warum wir auf unserem Lebensweg durch ein bisschen Unrecht behindert werden sollten, zumal in meiner Erfahrung immer diejenigen, die am ehesten Unrecht begingen, sich am schnellsten verdünnisierten. Ich verstand auch nicht, warum man selbst etwas aufgeladen bekam, wenn andere einem Unrecht taten. Und das mit dem heiteren Sinn verstand ich überhaupt nicht. Aber ein anderer von Schwester Agnes' Lieblingssätzen war: »Die Weisheit, mit der uns der Herr nicht schon bei der Geburt gesegnet hat, schenkt er uns durch die Erfahrung.« Und so war es auch, denn mit wachsendem Alter half mir meine Erfahrung, die Predigten von Schwester Agnes zu verstehen.

Zum Beispiel, als ich neu in Salina war.

Es war im August, die Luft war warm, die Tage waren lang, und die ersten Kartoffeln mussten aus der Erde gegraben werden. Der alttestamentarische Ackerly bestand darauf, dass wir vom Morgengrauen bis zum Einbruch der Dämmerung schufteten, sodass wir, sobald das Abendessen vorbei war, nur noch ins Bett wollten. Doch waren die Lichter erst aus, ging ich die Ereignisse durch, die mich nach Salina gebracht hatten, und nahm mir jedes bittere Detail noch einmal vor, so lange, bis der erste Hahn krähte. An anderen Abenden malte ich mir aus, ich würde in das Büro des Direktors gerufen und er würde mir mit ernster Miene von einem Autounfall oder einem Hotelbrand erzählen, bei dem mein alter Herr sein Leben gelassen hatte. Und obwohl solche Fantasien mir kurzweiligen Frieden schenkten, quälten sie mich für den Rest der Nacht mit schamvollen Gewissensbissen. Da waren also diese beiden: Wut und Schuldgefühle. Angesichts dieser entgegengesetzten Kräfte in mir fand ich mich mit der Aussicht ab, dass ich nie wieder tief und fest schlafen würde.

Doch dann wurde Ackerly von Direktor Williams abgelöst, und der läutete eine Zeit der Reformen ein und entwarf ein Programm von Nachmittagskursen, mit denen er uns auf ein Leben als aufrechte Bürger vorbereiten wollte. Zu diesem Zweck kamen Lehrer für Bürgerkunde ins Haus und sprachen über Gewaltenteilung in der Regierung. Ein lokaler Abgeordneter klärte uns über das Verhängnis auf, das der Kommunismus darstellte, und über die Bedeutung des allgemeinen Wahlrechts. Schon bald wünschten wir uns, wir könnten wieder Kartoffeln ausgraben.

Ein paar Monate darauf lud er eine geprüfte Buchhalterin ein, die uns die Grundzüge der privaten Kontoführung erklärte. Nachdem sie den Zusammenhang von Soll und Haben erklärt hatte, ging sie zur Tafel und stellte mit wenigen Strichen dar, wie Konten ausgeglichen wurden. Und da begriff ich endlich, auf meinem Platz in der letzten Reihe des heißen Klassenzimmers, was Schwester Agnes gemeint hatte.

Im Laufe unseres Lebens, hatte Schwester Agnes nämlich gesagt, komme es vor, dass wir an anderen Unrecht begehen und andere an uns Unrecht tun, was zu den bereits erwähnten Ketten führt. Aber man konnte das auch anders ausdrücken und sagen, dass wir durch unsere Missetaten in die Schuld eines anderen geraten, so wie Menschen aufgrund ihrer Missetaten in unserer Schuld stehen. Und da es diese Schulden sind – die von uns angehäuften so wie die ausstehenden –, weswegen wir uns nachts schlaflos im Bett wälzen, können wir erst dann wieder ruhig schlafen, wenn wir die Konten ausgeglichen haben.

Emmett hörte in diesem Unterricht auch nicht aufmerksamer zu als ich, aber er brauchte diese Lektion auch nicht zu lernen. Er hatte sie lange vor Salina und aus erster Hand gelernt, weil er im Schatten des Scheiterns seines Vaters aufgewachsen war. Das war der Grund, weshalb er die Insolvenzpapiere ohne Zögern unterschrieb. Und weshalb er weder ein Darlehen von Mr. Ransom annehmen noch das Porzellan im Geschirrschrank behalten wollte. Und weshalb er es zuließ, dass er zusammengeschlagen wurde.

Der Cowboy hatte es ja gesagt: Jake und Emmett hatten noch etwas zu erledigen. Es spielte keine Rolle, wer wen provoziert hatte – als Emmett den jungen Snyder auf dem Kirmesplatz zu Boden schlug, lud er Schuld auf sich, so wie sein Vater sich Schuld auflud, als er die Farm belieh. Von da an quälte es Emmett und raubte ihm nachts den Schlaf, bis zu dem Moment, da er die Schuld durch die Hand seines Gläubigers und vor den Augen seiner Mitmenschen sühnte.

Doch auch wenn Emmett bei Jake Snyder in der Schuld gestanden hatte, dem Cowboy schuldete er nichts, nicht einen Cent, keinen Penny.

»He, Tex«, rief ich, als ich versuchte, ihn einzuholen. »Warte!«

»Kenne ich Sie?«

»Nein, Sie kennen mich nicht, Sir.«

»Was wollen Sie dann?«

Ich hob die Hand, um Luft zu schöpfen, bevor ich antwortete.

»Unten beim Gerichtsgebäude haben Sie angedeutet, Ihr Freund Jake habe mit meinem Freund Emmett noch etwas zu erledigen. Wollte ich es ganz genau nehmen, könnte ich auch sagen, dass Emmett derjenige war, der noch etwas mit Jake zu erledigen hatte. Wie rum es auch war, ob Jake mit Emmett etwas zu erledigen hatte oder Emmett mit Jake, fest steht, dass Sie mit keinem der beiden etwas zu erledigen hatten.«

»Buddy, ich habe keine Ahnung, wovon Sie reden.«

Ich versuchte, mich klarer auszudrücken.

»Was ich sagen möchte, ist dies: Jake hatte vielleicht einen guten Grund, Emmett zusammenzuschlagen, und Emmett hatte guten Grund, die Schläge zu kassieren, aber Sie hatten keinen Grund, sich daran zu ergötzen und Jake anzustacheln. Mit der Zeit, so vermute ich, werden Sie Ihre Rolle bei den Ereignissen des heutigen Tages bereuen und sich wünschen, Sie könnten etwas wiedergutmachen, um Ihres eigenen Seelenfriedens willen. Aber da Emmett morgen aus Morgen abreist, wird es dann dazu zu spät sein.«

»Wissen Sie, was ich vermute?«, sagte der Cowboy. »Ich vermute, Sie können sich mal verpissen.«

Dann drehte er sich um und ging weiter. Einfach so. Ohne sich zu verabschieden.

Ich gebe zu, dass ich etwas ernüchtert war. Ich meine, ich wollte einem Fremden erklären, welche Bürde er sich durch sein Handeln auferlegt hatte, und er kehrt mir einfach den Rücken zu. Eine solche Reaktion kann einem das wohltätige Handeln für immer verleiden. Aber eine von Schwester Agnes' Lektionen lehrte, dass, wer die Arbeit des Herrn verrichtet, sich in Geduld üben muss. Denn so wie die Gerechten Rückschläge auf dem Weg zur Gerechtigkeit erleiden, so sicher wird der Herr ihnen letztlich das Werkzeug zum Erfolg an die Hand geben.

Und siehe, was erschien da plötzlich vor meinen Augen, wenn nicht der Mülleimer des Theaters, randvoll mit dem Unrat vom Vorabend. Und zwischen all den Coca-Cola-Dosen und Popcornschachteln steckte ein sechzig Zentimeter langes Kantholz.

»He!«, rief ich wieder und sprang behände die Gasse entlang. »Warten Sie einen Moment!«

Der Cowboy drehte sich auf den Fersen um, und an seiner Miene erkannte ich, dass ihm eine grandiose Äußerung auf den Lippen lag, mit der er alle Jungen in der Bar verzaubern könnte. Aber wir werden nie wissen, was das war, denn ich hatte zugeschlagen, bevor er zu sprechen anhob.

Das Kantholz traf ihn links am Kopf. Sein Hut flog in die Luft, drehte sich um sich selbst und ging auf der anderen Seite der Gasse zu Boden. Der

Cowboy fiel hin, wo er gestanden hatte, wie eine Marionette, bei der man die Fäden durchgeschnitten hat.

Also, ich hatte noch nie zuvor jemanden geschlagen. Und was mich ehrlich gesagt besonders erstaunte, war, wie weh es tat. Ich wechselte das Kantholz in die linke Hand und sah mir die rechte Handfläche an, wo die Kanten zwei rote Linien eingegraben hatten. Ich warf das Holz zu Boden und rieb, um den Schmerz zu lindern, die Handflächen zusammen. Dann beugte ich mich über den Cowboy und musterte ihn genauer. Seine Beine lagen gefaltet unter dem Rumpf, und das linke Ohr war der Länge nach gespalten, aber er war bei Bewusstsein. Wenigstens hinreichend.

»Hörst du mich, Tex?«, fragte ich.

Dann sprach ich etwas lauter weiter, um sicher zu sein, dass er mich hörte.

»Du hast deine Schuld in voller Höhe bezahlt.«

Er sah zu mir auf, und seine Wimpern zuckten einen Moment. Aber dann lächelte er ein bisschen, und daran, wie sich seine Augen schlossen, erkannte ich, dass er wie ein Säugling schlafen würde.

Als ich von der Gasse zur Straße ging, wurde ich mir nicht nur eines aufwallenden Gefühls der moralischen Befriedigung bewusst, sondern ich spürte auch, dass mein Schritt leichter und beschwingter war.

Also, was soll ich sagen, dachte ich und lächelte. Ich ging heiteren Sinnes!

Und das muss offensichtlich gewesen sein. Denn als ich bei der Straße war und zwei alte Männer grüßte, die des Weges kamen, grüßten sie zurück. Und während auf dem Weg zur Stadt zehn Autos an mir vorbeigefahren waren, bevor der Mechaniker hielt, stoppte auf dem Rückweg zu den Watsons das erste Auto, das vorbeikam, und nahm mich mit.

# WOOLLY

Das Seltsame an einer Geschichte ist, dachte Woolly, während Emmett in der Stadt war, Duchess einen Spaziergang machte und Billy laut aus seinem großen roten Buch vorlas, das Seltsame ist, dass man eine Geschichte unterschiedlich ausführlich erzählen konnte.

Als Woolly zum ersten Mal die Geschichte *Der Graf von Monte Christo* hörte, war er jünger als Billy. Es war im Juli, seine Familie verbrachte die Ferien in ihrem Landhaus in den Adirondacks, und abends las seine Schwester Sarah ihm, bevor er ins Bett musste, ein Kapitel aus dem Buch vor. Aber seine Schwester las aus der vollständigen Ausgabe von Alexandre Dumas vor, und die hatte tausend Seiten.

Wenn man eine Geschichte wie die von dem Grafen von Monte Christo aus der eintausend Seiten langen Fassung hörte und mitbekam, dass sie sich einer interessanten Stelle näherte, musste man ewig lange warten, bis die Stelle tatsächlich da war. Und manchmal musste man so lange darauf warten, dass man das Warten vergaß und einschlief. Aber in Billys großem roten Buch erzählte Professor Abernathe das komplette Buch auf acht Seiten. Und wenn man bei dieser Version merkte, dass eine spannende Stelle bevorstand, war sie auch schon gleich da.

So wie die Passage, die Billy gerade las, wo Edmond Dantès, der wegen eines Verbrechens, das er nicht begangen hatte, verurteilt wurde und für den Rest seines Lebens in das gefürchtete Château d'If eingesperrt werden sollte. Während er in Ketten durch die schrecklichen Gefängnistore geführt wurde, spürte man einfach, dass er entkommen würde. In der Version, die Monsieur Dumas erzählte, kamen so viele Sätze in so vielen Kapiteln vor dem Moment, in dem Dantès seine Freiheit wiedererlangte, dass man langsam das Gefühl hatte, man säße selbst im Château d'If. Bei Professor Abernathe war das anders. In seiner Version wurden die Ankunft des Helden im Gefängnis, die acht Jahre seiner Einzelhaft, seine Freundschaft mit Abbé Feria und seine wundersame Flucht auf ein und derselben Seite erzählt.

Woolly zeigte zu einer einzelnen Wolke am Himmel hinauf.

»So stelle ich mir das Château vor.«

Billy legte den Zeigefinger auf die Stelle im Text, wo er war, und sah zu der Stelle am Himmel hinauf, zu der Woolly zeigte, und stimmte Woolly zu.

»Mit den graden Steinmauern.«

»Und dem Wachturm in der Mitte.«

Woolly und Billy erfreuten sich an dem Anblick. Dann wurde Billys Gesichtsausdruck ganz ernst.

»Kann ich dich was fragen, Woolly?«

»Sicher, sicher.«

»War das Leben in Salina schwer?«

Während Woolly über die Frage nachdachte, verwandelte sich das Château d'If in einen Ozeandampfer, und der Wachturm wurde zu einem riesigen Schornstein.

»Nein«, sagte Woolly, »so schwer war es nicht, Billy. Auf keinen Fall so schwer wie für Edmond Dantès im Château d'If. In Salina war es so … es war so, dass jeder Tag ein alltäglicher Tag war.«

»Was meinst du, ein alltäglicher Tag, Woolly?«

Wieder dachte Woolly ein Weilchen nach.

»In Salina sind wir jeden Tag zur selben Zeit aufgestanden und haben uns dieselben Sachen angezogen. Jeden Tag gab es Frühstück am selben Tisch mit denselben Jungen. Und jeden Tag haben wir auf den Feldern dieselbe Arbeit gemacht, und abends haben wir uns um dieselbe Zeit in dieselben Betten zum Schlafen gelegt.«

Obwohl Billy ein Kind war, oder vielleicht, *weil* er ein Kind war, verstand er offenbar, dass zwar an sich nichts dagegen einzuwenden ist, wenn man aufwacht und sich anzieht und frühstückt, dass es aber zutiefst verstörend ist, wenn man diese Dinge tagein, tagaus auf dieselbe Weise tut, besonders in der tausend Seiten langen Version des eigenen Lebens.

Billy nickte, fand seine Stelle und las weiter.

Woolly hatte es nicht übers Herz gebracht, Billy zu erklären, dass dieser Tagesablauf zwar zweifelsfrei typisch für Salina war, dass er aber auch an vielen anderen Orten die Regel war. In einem Internat etwa. Und nicht nur in St. George in Rhode Island, der letzten Schule, wo Woolly Schüler gewesen war. In allen drei Internaten, die Woolly besucht hatte, wachten die Schüler jeden Morgen zur gleichen Zeit auf und zogen dieselben Sachen an, sie aßen mit denselben Jungen am selben Tisch ihr Frühstück, bevor sie in denselben Klassenzimmern zum selben Unterricht gingen.

Woolly dachte oft darüber nach. Warum machten Internatsdirektoren aus jedem Tag einen alltäglichen Tag. Nach einigem Überlegen kam er zu der Vermutung, dass es so leichter war. Wenn jeder Tag nach demselben Muster verlief, dann wusste die Köchin immer, wann sie das Frühstück machen musste, der Geschichtslehrer wusste, wann der Geschichtsunterricht begann, und der Schlafsaalaufseher wusste, wann er in den Schlafsälen aufpassen musste.

Doch dann hatte Woolly eine Erleuchtung.

Das war im ersten Semester seines letzten Schuljahres in St. George. Er war auf dem Weg vom Physikunterricht zur Sporthalle, als er zufällig sah, wie der Vertrauenslehrer vor dem Schulgebäude aus einem Taxi stieg. Beim Anblick des Taxis dachte Woolly, wie schön es doch wäre, wenn er seine Schwester besuchen könnte, die kürzlich ein großes weißes Haus in Hastings-on-Hudson gekauft hatte. Also sprang er auf den Rücksitz und gab dem Fahrer die Adresse.

»Meinen Sie Hastings, New York?«, fragte der Taxifahrer überrascht.

»Ich meine Hastings, New York«, bestätigte Woolly, und sie fuhren los.

Als Woolly ein paar Stunden später bei seiner Schwester ankam, war sie gerade dabei, Kartoffeln zu schälen.

»Hallo, Schwester!«

Würde Woolly bei einem anderen Familienmitglied zu einem Überraschungsbesuch aufkreuzen, würde er mit Fragen nach dem Wer, Warum und Was (er brauchte hundertfünfzig Dollar für das Taxi, das draußen wartete) überhäuft. Aber nachdem Sarah dem Fahrer das Geld gegeben hatte, setzte sie Wasser auf, holte ein paar Kekse heraus, und die beiden verbrachten einen wunderbaren Nachmittag an Sarahs Tisch, wo sie über alles redeten, das ihnen in den Kopf kam.

Aber um halb acht kam Woollys Schwager »Dennis« nach Hause. Woollys Schwester war sieben Jahre älter als Woolly, und »Dennis« war sieben Jahre älter als Sarah, sodass »Dennis« zu dem Zeitpunkt mathematisch gesehen zweiunddreißig war. Aber »Dennis« wirkte sieben Jahre älter, als er war, und damit war er im Geiste fast vierzig. Und zweifellos war das der Grund, warum er schon jetzt Stellvertretender Direktor bei J. P. Morgan & Sons & Inc. & Co war.

Als »Dennis« Woolly an seinem Esstisch sitzen sah, brachte ihn das ein bisschen aus der Fassung, denn Woolly sollte eigentlich woanders sein. Aber noch mehr brachten ihn die halb geschälten Kartoffeln auf der Küchentheke aus der Fassung.

»Wann gibt es Essen?«, fragte er Sarah.

»Ich habe noch gar nicht mit der Vorbereitung angefangen.«

»Aber es ist schon halb acht durch.«

»Meine Güte, Dennis.«

Einen Moment lang sah »Dennis« Sarah verständnislos an, dann sagte er zu Woolly, er wolle einen Moment mit Sarah allein sprechen.

Woolly hatte die Erfahrung gemacht, dass man nicht recht wusste, wo man mit sich hin sollte, wenn jemand sagte, er wolle kurz mit einem anderen allein sprechen. Zum Beispiel gab es gewöhnlich keine Angabe darüber, wie lange das Gespräch dauern würde, sodass man im Ungewissen war, ob man sich eine andere Beschäftigung suchen sollte. Sollte man in der Zwischenzeit zur Toilette gehen? Oder mit einem Puzzle anfangen, das ein Segelschiff mit fünfzig Masten darstellte? Und wie weit sollte man sich entfernen? Auf jeden Fall so weit, dass man das Gesprochene nicht mithören konnte. Deswegen war man ja gebeten worden, die anderen allein zu lassen. Aber meistens schien es, dass man nach einer Weile zurückkommen sollte, also musste man in der Nähe bleiben, damit man es hörte, wenn sie einen riefen.

Woolly gab sich beste Mühe, das Haar der Länge nach zu spalten, und ging ins Wohnzimmer, wo eine nicht aufgezogene Standuhr stand. Aber es stellte sich heraus, dass es nicht weit genug weg war, denn »Dennis« war sehr aufgeregt, und Woolly konnte jedes Wort verstehen.

»Du wolltest aus der Stadt ziehen, hierher«, sagte »Dennis«, »aber ich bin derjenige, der mitten in der Nacht aufstehen muss, um den Zug um 6.42 zu kriegen, damit ich rechtzeitig zu der Besprechung um acht Uhr in der Bank sein kann. Und in den nächsten zehn Stunden, während du hier Gott weiß was tust, arbeite ich wie ein Ochse. Und wenn ich am Ende des Tages zur Grand Central Station renne, schaffe ich vielleicht gerade noch den Zug um 6.14, sodass ich um halb acht hier bin. Ist es nach einem solchen Tag wirklich zu viel verlangt, dass das Essen auf dem Tisch steht?«

Das war der Moment, in dem Woolly die Erleuchtung hatte. Während er neben der Standuhr des Großvaters stand und mithörte, was sein Schwager zu sagen hatte, begriff er plötzlich, dass Schulen wie St. George und St. Mark und St. Paul die Tage so gestalteten, dass sie alltägliche Tage waren, nicht, weil der Ablauf dann leichter war, sondern, weil das vielleicht, nur vielleicht, die beste Methode war, die prächtigen jungen Männer in ihrer Obhut darauf vorzubereiten, dass sie in Zukunft den Zug um 6.42 nehmen mussten, damit sie nie die Besprechung um acht versäumten.

Als Woolly sich an diese Erleuchtung erinnerte, war Billy in der Geschichte an dem Punkt angekommen, wo Edmond Dantès nach seiner erfolgreichen Flucht aus dem Gefängnis auf der Insel Monte Christo in einer geheimen Höhle stand und vor sich einen prächtigen Haufen Diamanten und Gold sah.

»Weißt du, was am wunderbärsten wäre, Billy? Weißt du, was das Allerwunderbärste wäre?«

Billy legte den Finger auf seine Stelle und sah vom Buch auf.

»Was denn, Woolly? Was wäre das Allerwunderbärste?«

»Wenn es einmal einen einzigartigen Tag gäbe.«

# SALLY

Letzten Sonntag hat Pfarrer Pike im Gottesdienst ein Gleichnis aus einem der Evangelien vorgelesen, in der Jesus und seine Jünger in eine Ortschaft kamen und von einer Frau in ihr Haus eingeladen wurden. Martha, die Frau, sorgt für die Bequemlichkeit der Männer, dann geht sie in die Küche und bereitet etwas zu essen vor. Und während sie kocht und sich um die Gäste kümmert und deren Gläser und Teller auffüllt, sitzt ihre Schwester Maria Jesu zu Füßen.

Irgendwann ist Martha es leid, und sie sagt ihre Meinung. *Herr*, sagt sie, *seht Ihr nicht, dass meine Schwester untätig dasitzt und mich alle Arbeit tun lässt? Warum sagt Ihr nicht zu ihr, sie soll mir helfen?* So ähnlich hat sie gesprochen. Und Jesus antwortet darauf: *Martha, du wirst von so vielen Dingen getrieben, wo doch nur eins nötig wäre. Und Maria hat bei weitem den besseren Weg gewählt.*

Also, tut mir leid. Wenn jemand einen Beweis braucht, dass die Bibel von einem Mann geschrieben ist, hier hat er ihn.

Ich bin eine gute Christin. Ich glaube an Gott, den allmächtigen Vater, den Schöpfer des Himmels und der Erde. Ich glaube, dass Jesus Christus, sein einziger Sohn, von der Jungfrau geboren wurde und unter Pontius Pilatus gelitten hat, dass er gekreuzigt wurde, starb und am dritten Tage auferstand. Ich glaube, dass er, nachdem er in den Himmel aufgefahren ist, zur Erde zurückkommen wird, um die Lebendigen und die Toten zu richten. Ich glaube, dass Noah eine Arche gebaut und Lebewesen aller Arten paarweise darauf versammelt hat, bevor ein Regen anfing, der vierzig Tage und vierzig Nächte dauerte. Ich bin auch bereit zu glauben, dass Moses mit einem brennenden Busch gesprochen hat. Aber auf keinen Fall bin ich bereit zu glauben, dass unser Heiland Jesus Christus, der ohne Umstände einen Leprakranken heilen oder einen Blinden wieder sehend machen kann, einer Frau, die sich um den Haushalt kümmert, so in den Rücken fallen würde.

Ihm gebe ich also nicht die Schuld.

Die Schuld gebe ich Matthäus, Markus, Lukas und Johannes, und jedem anderen Mann, der seitdem als Priester oder Prediger gedient hat.

Aus Sicht des Mannes ist es einzig und allein *nötig*, dass man ihm zu Füßen sitzt und dem zuhört, was er zu sagen hat, ganz gleich, wie lange er dazu braucht oder wie oft er es vorher schon gesagt hat. Aus seiner Sicht hat die Frau reichlich Zeit, sich zu ihm zu setzen und ihm zuzuhören, denn ein Essen macht sich ganz von selbst. Das Manna, das fällt vom Himmel, und Wasser kann mit einem Fingerschnipsen zu Wein verwandelt werden. Jede Frau, die schon mal einen Apfelkuchen gebacken hat, weiß, dass dies die Sicht des Mannes von der Welt ist.

Will man einen Apfelkuchen backen, muss man zuerst den Teig machen. Man muss das Mehl mit der Butter verreiben, beides mit einem geschlagenen Ei und ein paar Suppenlöffeln eiskaltem Wasser verbinden und dann ruhen lassen. Am nächsten Tag muss man die Äpfel schälen und das Kerngehäuse entfernen, man muss die Äpfel in Achtel zerteilen und in Zimtzucker wenden. Man muss den Teig ausrollen und die Zutaten zu einem Kuchen zusammensetzen. Dann wird der Kuchen fünfzehn Minuten lang bei 220 Grad gebacken und noch einmal eine Dreiviertelstunde lang bei 180 Grad. Und schließlich, wenn das Abendessen vorbei ist, gibt man ein Stück von dem Apfelkuchen auf einen Teller und stellt ihn auf den Tisch, und ehe man sich's versieht, hat ein Mann die Hälfte davon auf seine Gabel gespießt und den Bissen ohne zu kauen runtergeschluckt, damit er weitersprechen kann, bevor jemand ihn unterbricht.

Und Erdbeeren einkochen? Damit fange ich lieber gar nicht erst an.

Der kleine Billy hat recht, wenn er sagt, Einkochen sei eine *zeitaufwändige* Arbeit. Das Pflücken allein dauert einen halben Tag. Man muss die Beeren waschen und die Stiele entfernen. Man muss die Deckel und Gläser sterilisieren. Wenn man das Obst und den Zucker im Topf hat, muss man die Mischung köcheln lassen und stets im Blick behalten. Man darf sich nicht vom Herd entfernen, sondern muss darauf achten, dass das Obst nicht verkocht. Wenn die Erdbeeren fertig gekocht sind, werden sie in die Gläser gefüllt, die man mit den Deckeln versiegelt, dann trägt man die Gläser, immer ein Tablett nach dem anderen, in die Vorratskammer. Erst dann kann man anfangen aufzuräumen, was auch eine Menge Arbeit ist.

Und es stimmt, was Duchess gesagt hat, nämlich dass Einkochen ein bisschen altmodisch ist und an Erdkeller und die Trecks nach Westen erinnert. Schon der Begriff Einkochen ist veraltet, verglichen mit dem neumodischen Ausdruck Marmelade.

Vor allem aber ist es, wie Emmett gesagt hat, überflüssig. Im Lebensmittelladen von Mr. Schmucker kann man fünfzehn verschiedene Sorten Marmelade kaufen, jedes Glas für neunzehn Cent, zu jeder Jahreszeit. Ja, Marmelade ist so alltäglich geworden, dass sie praktisch in der Eisenwarenhandlung erhältlich ist.

Also gut, Erdbeeren einzukochen ist zeitaufwändig, altmodisch und überflüssig.

Warum, so kann man fragen, mache ich das dann?

Ich mache es, gerade *weil* es zeitaufwändig ist.

Wer behauptet denn, dass eine lohnende Tätigkeit nicht ihre Zeit dauern soll? Die Pilgerväter haben Wochen gebraucht, bis sie in Plymouth Rock ankamen. George Washington hat Jahre gebraucht, um den Unabhängigkeitskrieg zu gewinnen. Und die Pioniere haben Jahrzehnte gebraucht, um den Westen zu besiedeln.

An der Zeit kann Gott die Trägen von den Fleißigen unterscheiden. Denn die Zeit ist ein Berg, und wenn die Trägen den steilen Anstieg vor sich sehen, legen sie sich zwischen den Lilien auf dem Felde nieder und hoffen, dass jemand mit einem Krug Limonade vorbeikommt. Ein würdiges Unternehmen hingegen verlangt Planung, Mühe und Aufmerksamkeit sowie die Bereitschaft, hinterher aufzuräumen.

Ich mache es, gerade *weil* es altmodisch ist.

Wenn etwas neu ist, heißt das noch lange nicht, dass es besser ist, und oft ist es sogar schlechter.

Bitte und danke zu sagen, ist auch ziemlich altmodisch. Heiraten und Kinder großziehen ist altmodisch. Und Traditionen, die uns helfen zu verstehen, wer wir sind, sind über die Maßen altmodisch.

Beim Einkochen gehe ich nach dem Rezept vor, das ich von meiner Mutter, Gott hab sie selig, gelernt habe. Sie kochte nach dem Rezept ein, das sie von ihrer Mutter gelernt hatte, und Großmutter kochte nach dem Rezept ein, das sie bei ihrer Mutter gelernt hatte. Und so durch die Zeiten, bis zu Eva. Oder wenigstens bis Martha.

Und ich mache es, gerade *weil* es überflüssig ist.

Denn was ist Freundlichkeit, wenn nicht eine Handlung, die dem Wohl eines anderen dient, aber nicht erforderlich ist? Eine Rechnung zu bezahlen, ist kein Akt der Freundlichkeit. Auch nicht, wenn man im Morgengrauen aufsteht und die Schweine füttert oder die Kühe melkt oder die Eier aus dem Hühnerhaus holt. Auch wenn man ein Abendessen zubereitet, ist das kein Akt der Freundlichkeit, oder wenn man hinterher die Küche aufräumt, nachdem dein Vater ohne ein Wort des Dankes nach oben gegangen ist.

Es ist nicht aus Freundlichkeit, dass man die Türen verriegelt und die Lichter ausmacht oder die schmutzigen Sachen im Badezimmer vom Boden aufhebt und in den Korb tut. Es ist kein Akt der Freundlichkeit, wenn man sich um den Haushalt kümmern muss, weil die einzige Schwester so klug war, zu heiraten und nach Pensacola zu ziehen.

Nein, sagte ich mir, als ich ins Bett stieg und das Licht ausmachte, das sind keine Akte der Freundlichkeit.

Denn Freundlichkeit fängt da an, wo die Notwendigkeit aufhört.

# DUCHESS

Als ich nach dem Abendessen nach oben kam und mich auf Emmetts Bett werfen wollte, sah ich mit Erstaunen, wie glatt die Laken gezogen waren. Einen Moment erstarrte ich, dann beugte ich mich über das Bett und sah genauer hin.

Keine Frage, sie hatte es neu gemacht.

Dabei hatte ich es recht gut gemacht, fand ich, auch wenn das nach Eigenlob schmeckt. Aber Sally hatte es noch besser gemacht. Die Laken waren faltenlos glatt gezogen. Oben, wo das Laken über die Wolldecke geschlagen wird, war ein perfekter zehn Zentimeter breiter Streifen über die ganze Breite des Bettes zu sehen, als hätte sie ein Zentimetermaß zur Hilfe genommen. Und am Bettende hatte sie das Laken und die Decke so fest untergeschlagen, dass man die Form der Matratze darunter erkennen konnte, so wie man Jane Russell durch das Strickgewebe ihres Pullovers erkennen kann.

Das Bett bot einen so schönen Anblick, dass ich ihn nicht zerstören wollte, bevor es Zeit zum Schlafen war. Deshalb setzte ich mich auf den Fußboden mit dem Rücken zur Wand und dachte über die Brüder Watson nach und wartete, dass die anderen im Haus eingeschlafen waren.

Als ich nach meinem Ausflug wieder zum Haus kam, saßen Woolly und Billy immer noch unter der Ulme.

»Wie war dein Spaziergang?«, fragte Woolly.

»Erfrischend«, sagte ich. »Und was habt ihr zwei gemacht?«

»Billy hat mir ein paar Geschichten aus Professor Abernathes Buch vorgelesen.«

»Da habe ich ja was verpasst. Welche Geschichten?«

Billy war noch dabei, die Titel aufzuzählen, als Emmett in die Einfahrt einbog.

Hier gibt es auch eine Geschichte, dachte ich im Stillen.

Gleich würde Emmett aus dem Wagen aussteigen, mit sichtbaren Spuren seiner Begegnung. Eine dicke Lippe und ein paar Schrammen waren unumgänglich, vielleicht sogar der Anfang eines blauen Auges. Die Frage war, wie er sie erklären würde. War er über eine Unebenheit im Pflaster gestolpert? Eine Treppe runtergefallen?

Meiner Erfahrung nach geht in die beste Erklärung ein Element des Unerwarteten ein. Hier zum Beispiel: Ich ging über den Rasen vor dem Gerichtsgebäude und war von dem Anblick eines Ziegenmelkers auf einer Eiche so fasziniert, dass ich den Fußball nicht kommen sah und er mir direkt ins Gesicht flog.

Aber als Emmett näher kam und Billy mit weit aufgerissenen Augen fragte, was passiert sei, sagte Emmett, in der Stadt sei er Jake Snyder begegnet, und Jake habe ihn zusammengeschlagen. Einfach so.

Ich sah zu Billy hinüber und erwartete einen Ausdruck von Schock oder Empörung, aber er nickte nur und machte ein nachdenkliches Gesicht.

»Hast du zurückgeschlagen?«, fragte er dann.

»Nein«, sagte Emmett. »Ich habe bis zehn gezählt.«

Darauf lächelte Billy Emmett zu, und Emmett lächelte zurück.

Wahrhaftig, Horatio, es gibt mehr Ding' im Himmel und auf Erden, als eure Schulweisheit sich träumt.

Kurz nach Mitternacht guckte ich in dem Zimmer nach, wo Woolly schlief. Dem Atemgeräusch nach schwelgte er in Träumen. Ich hoffte, dass er vorm Schlafengehen nicht zu viel von seiner Medizin genommen hatte, denn ich müsste ihn bald wecken.

Die Brüder schliefen auch tief und fest, Emmett flach auf dem Rücken,

Billy zusammengerollt auf der Seite. Im Mondschein sah ich, dass Billys Buch ans Fußende gerutscht war. Wenn er jetzt das Bein ausstreckte, würde das Buch zu Boden fallen, deshalb legte ich es auf die Kommode, an die Stelle, wo das Bild seiner Mutter hingehörte.

Emmetts Jeans hing über der Rückenlehne eines Stuhls – aber alle Taschen waren leer. Auf Zehenspitzen schlich ich ums Bett herum und hockte mich neben den Nachttisch. Die Schublade war keinen halben Meter von Emmett entfernt, und ich musste sie leise, Zentimeter für Zentimeter, aufziehen. Aber da war der Schlüssel auch nicht.

»Mist«, sagte ich im Stillen.

Im Auto und in der Küche hatte ich schon nachgeguckt, bevor ich nach oben gegangen war. Wo zum Teufel hatte er ihn versteckt?

Während ich noch darüber grübelte, schwenkte der Strahl eines Autoscheinwerfers durchs Zimmer, ein Wagen bog in die Einfahrt der Watsons und hielt vor dem Haus.

Ich schlich mich den Flur entlang und wartete oben an der Treppe. Ich hörte, wie die Autotür geöffnet wurde. Im nächsten Moment waren Schritte zu hören, sie kamen auf die Veranda, dann drehten sie um, die Autotür wurde zugemacht, und das Auto fuhr davon.

Als ich mir sicher sein konnte, dass niemand aufgewacht war, ging ich wieder in die Küche, öffnete die Fliegengittertür und trat auf die Veranda hinaus. In der Ferne verschwanden die Scheinwerfer in Richtung Straße. Es dauerte einen Moment, bis mir der Schuhkarton zu meinen Füßen auffiel, mit großen schwarzen Buchstaben auf dem Deckel.

Lesen ist nicht gerade meine Stärke, aber meinen Namen erkenne ich, wenn ich ihn sehe, selbst bei Mondlicht. Ich ließ mich in die Hocke, hob vorsichtig den Deckel an, voller Neugier, was in dem Karton sein mochte.

»Ich werd ja wohl nicht mehr.«

# ACHT

# EMMETT

Als sie am nächsten Morgen um halb sechs aufbrachen, war Emmett guter Stimmung. Am Abend zuvor hatte er mit Hilfe von Billys Landkarte die Reiseroute festgelegt. Die Entfernung von Morgen bis San Francisco betrug ein bisschen mehr als eintausendfünfhundert Meilen. Wenn sie zehn Stunden am Tag vierzig Kilometer pro Stunde schafften, was ihnen genug Zeit zum Essen und Schlafen ließ, konnten sie die Strecke innerhalb von vier Tagen bewältigen.

Natürlich gab es auf dem Weg zwischen Morgen und San Francisco allerhand zu sehen. Die Postkarten ihrer Mutter bezeugten das, es gab Motels und Monumente, Rodeos und Landschaftsparks. War man bereit, ein wenig von der Route abzuweichen, bot sich ein Abstecher nach South Dakota zum Mount Rushmore mit den vier Präsidenten an, oder zum Old Faithful, oder zum Grand Canyon. Aber Emmett wollte auf der Fahrt nach Westen weder Zeit noch Geld verschwenden. Je schneller sie in Kalifornien ankamen, desto eher konnten sie mit der Arbeit anfangen, und je mehr Geld sie bei ihrer Ankunft zur Verfügung hatten, desto besser wäre das Haus, das sie kaufen konnten. Wenn sie unterwegs zu viel von dem Erbe ihres Vaters vergeudeten, müssten sie ein etwas schlechteres Haus in einem etwas schlechteren Viertel kaufen, das sie, wenn es fertig hergerichtet war, für einen etwas niedrigeren Preis verkaufen müssten, was ihnen einen etwas geringeren Gewinn einbringen würde. Je schneller sie das Land durchquerten, desto besser, das war Emmetts Überzeugung.

Als Emmett sich schlafen legte, war seine größte Sorge die, dass er die anderen nicht aus den Betten bekommen würde und die frühen Morgenstunden damit verbringen musste, sie hochzuscheuchen. Aber diese Sorge hätte er sich sparen können. Als er um fünf Uhr aufstand, war Duchess schon unter der Dusche, und Woolly konnte er vor sich hin singen hören. Billy hatte in seinen Sachen geschlafen, damit er sich am Morgen nicht erst anziehen musste. Als Emmett sich ans Steuer setzte und den Schlüssel von der Sonnenblende nahm, saß Duchess bereits im Beifahrersitz, und Billy, die Landkarte auf den Knien, saß mit Woolly hinten. Und als sie kurz vor Sonnenaufgang vom Hof fuhren, drehte sich keiner von ihnen noch ein letztes Mal um.

Vielleicht hatte jeder seine eigenen Gründe, früh unterwegs sein zu wollen, dachte Emmett. Vielleicht wollte jeder lieber woanders sein.

Weil Duchess vorn saß, fragte Billy ihn, ob er die Landkarte haben wolle. Aber Duchess lehnte ab mit der Begründung, dass ihm vom Lesen im Auto schlecht würde, und Emmett war erleichtert, denn er wusste, dass Duchess es mit den Einzelheiten nicht so genau nahm, während Billy praktisch als Kartenleser auf die Welt gekommen war. Nicht nur hielt er seinen Kompass und seine Bleistifte bereit, er hatte auch ein Lineal, damit er die Entfernungen nach den Maßstabangaben ausrechnen konnte. Aber als Emmett den Blinker setzte, um rechts in die Route 34 abzubiegen, wünschte er sich doch, dass Duchess die Straßenkarte hätte.

»Du brauchst hier nicht abzubiegen«, sagte Billy. »Es geht noch eine Weile weiter geradeaus.«

»Ich biege in die Route 34 ein, weil das der kürzeste Weg nach Omaha ist.«

»Der Lincoln Highway geht auch nach Omaha.«

Emmett fuhr an den Rand, hielt an und sah sich zu seinem Bruder um.

»Das stimmt, Billy, aber es ist ein kleiner Umweg.«

»Ein kleiner Umweg um was?«, fragte Duchess mit einem Lächeln.

»Ein kleiner Umweg zu unserem Ziel«, sagte Emmett.

Duchess drehte sich nach hinten um.

»Wie weit ist es genau bis zum Lincoln Highway, Billy?«

Billy, der schon mit dem Lineal zugange war, sagte, es seien siebzehneinhalb Meilen.

Woolly hatte sich in aller Stille die Landschaft angeguckt, und jetzt wandte er sich, plötzlich neugierig geworden, zu Billy um.

»Was ist das, der Lincoln Highway, Billy? Ist das ein besonderer Highway?«

»Es ist der erste Highway, der quer durch Amerika führt.«

»Der erste Highway, der quer durch Amerika führt«, wiederholte Woolly ehrfürchtig.

»Jetzt komm, Emmett«, sagte Duchess, »was sind schon siebzehneinhalb Meilen?«

Es sind siebzehneinhalb Meilen zusätzlich zu den einhundertdreißig Meilen, weil wir euch nach Omaha bringen, wollte Emmett sagen. Aber gleichzeitig wusste er, dass Duchess recht hatte. Die zusätzliche Entfernung machte kaum etwas aus, besonders, wenn man bedachte, wie enttäuscht Billy wäre, wenn sie die Route 34 nahmen.

»Also gut«, sagte Emmett, »wir nehmen den Lincoln Highway.«

Als er weiterfuhr, konnte er praktisch hören, wie sein Bruder bestätigend nickte, dass dies eine gute Idee sei.

Auf den nächsten siebzehneinhalb Meilen sprach niemand. Aber als Emmett nach rechts in die vierspurige Straße abbog, sah Billy aufgeregt von der Landkarte auf.

»Das ist er«, sagte er. »Das ist der Lincoln Highway.«

Billy beugte sich vor, um zu sehen, was ihnen entgegenkam, und drehte sich dann nach hinten, um zu sehen, was da verschwand. Nachdem er monatelang von der Fahrt nach Kalifornien geträumt hatte, sah er jetzt erfreut die Restaurants und Motels, die sich zu seiner Befriedigung kaum von denen auf den Postkarten ihrer Mutter unterschieden. Dass sie in die falsche Richtung fuhren, schien ihn nicht zu bekümmern.

Woolly teilte Billys Begeisterung und sah zufrieden, wie die Raststätten entlang des Highways vorbeiglitten.

»Diese Straße geht von Küste zu Küste, ja?«

»Sie geht nicht ganz von Küste zu Küste«, stellte Billy richtig. »Sie geht von New York City nach San Francisco.«

»Das ist so gut wie von Küste zu Küste«, sagte Duchess.

»Nur dass der Highway nicht am Meer anfängt oder aufhört. Er fängt am Times Square an und hört am Palace of the Legion of Honor auf.«

»Ist er nach *Abraham* Lincoln benannt?«, fragte Woolly.

»Ja«, sagte Billy. »Und entlang der Strecke stehen Statuen von ihm.«

»Auf der ganzen Strecke?«

»Pfadfindergruppen haben Geld dafür gesammelt, damit sie in Auftrag gegeben werden konnten.«

»Auf dem Schreibtisch meines Urgroßvaters steht eine Büste von Abraham Lincoln«, sagte Woolly und lächelte. Er war ein großer Bewunderer Abraham Lincolns.

»Seit wann gibt es diesen Highway denn?«, fragte Duchess.

»Carl G. Fisher hat ihn 1912 erfunden.«

»Erfunden?«

»Ja«, sagte Billy, »erfunden. Er wollte, dass die Menschen in Amerika von einem Ende ihres Kontinents zum anderen fahren konnten. Den ersten Abschnitt hat er 1913 mit Spendengeldern gebaut.«

»Die Leute haben ihm Geld *geschenkt*, damit die Straße gebaut werden konnte?«, fragte Duchess ungläubig.

Billy nickte mit großem Ernst.

»Auch Thomas Edison und Teddy Roosevelt haben Geld gegeben.«

»Teddy Roosevelt!«, sagte Duchess.

»Schikanierer«, sagte Woolly.

Sie fuhren in Richtung Osten – Billy nannte gewissenhaft jeden Ort entlang der Strecke – und kamen, wie Emmett zufrieden feststellte, gut voran.

Richtig, dass sie nach Omaha wollten, bedeutete einen Umweg, aber nachdem sie zeitig aufgebrochen waren, rechnete Emmett damit, dass sie, sobald sie Duchess und Woolly abgesetzt hatten, umdrehen und vor Einbruch der Dunkelheit in Ogallala ankommen konnten. Vielleicht kämen sie sogar bis Cheyenne. Schließlich war es Mitte Juni, in dieser Jahreszeit hatten sie achtzehn Stunden lang Tageslicht. Sie konnten sogar, dachte Emmett, wenn sie vierzehn Stunden am Tag fuhren und im Durchschnitt fünfzig Meilen in der Stunde zurücklegten, die Reise in unter drei Tagen machen.

In dem Moment zeigte Billy auf ein Straßenschild.

»Guck mal, Duchess. Zehn Meilen bis Lewis. Da hast du doch gelebt, stimmt's?«

»Du hast in Nebraska gelebt?«, fragte Emmett und sah Duchess an.

»Zwei Jahre ungefähr. Da war ich noch klein.«

Duchess richtete sich auf seinem Sitz etwas auf und sah sich jetzt aufmerksam um.

»He«, sagte er zu Emmett dann. »Können wir da nicht vorbeifahren? Ich würde das Haus sehr gern wiedersehen. Aus nostalgischen Gründen.«

»Duchess …«

»Ach, jetzt komm. Bitte. Ich weiß, dass du um acht in Omaha sein möchtest, aber wir kommen doch sehr gut voran.«

»Wir sind zwölf Minuten schneller als geplant«, sagte Billy nach einem Blick auf seine Uhr.

»Siehst du.«

»Also gut«, sagte Emmett. »Wir fahren vorbei. Nur zum Gucken, Duchess.«

»Mehr will ich nicht.«

Als sie den Stadtrand erreichten, übernahm Duchess die Wegführung und nickte, als er bestimmte Gebäude erkannte.

»Ja. Ja. Ja. Jetzt! Bei der Tankstelle links.«

Emmett bog links ab, und sie kamen in eine Wohngegend mit stattlichen Häusern und hübschen Vorgärten. Nach einer Weile sahen sie eine Kirche mit weißem Turm und einen Park.

»Hier rechts«, sagte Duchess.

Die baumbestandene Straße machte einen großen Bogen.

»Da drüben kannst du halten.«

Emmett fuhr an den Rand.

Sie standen unten an einem grünen Hügel, auf dem oben ein großes Steinhaus stand. Es war drei Stockwerke hoch und sah mit den Türmchen an beiden Enden wie ein Herrenhaus aus.

»War das euer Haus?«, fragte Billy.

»Nein«, sagte Duchess mit einem Lachen. »Es ist eine Art Schule.«

»Ein Internat?«, fragte Woolly.

»Sozusagen.«

Einen Moment lang bewunderten sie das herrschaftliche Haus, dann wandte Duchess sich zu Emmett um.

»Kann ich kurz reingehen?«

»Wozu?«

»Um Hallo zu sagen.«

»Duchess, es ist halb sieben Uhr am Morgen.«

»Wenn keiner auf ist, lege ich einen Zettel hin. Da werden sie staunen.«

»Einen Zettel für die Lehrer?«, fragte Billy.

»Genau. Einen Zettel für die Lehrer. Was sagst du, Emmett? Dauert nur ein paar Minuten. Fünf höchstens.«

Emmett warf einen Blick auf die Uhr am Armaturenbrett.

»Also gut«, sagte er. »Fünf Minuten.«

Duchess nahm die Schultasche, die neben seinen Füßen stand, stieg aus und lief den Hügel hinauf zu dem Haus.

Auf der Rückbank erklärte Billy, warum sie bis zum Vierten Juli in San Francisco sein mussten, und Woolly erzählte darauf von den Feierlichkeiten zum Unabhängigkeitstag, die es jedes Jahr im Landhaus seiner Familie gab.

Emmett schaltete den Motor aus, starrte durch die Windschutzscheibe und wünschte sich eine Zigarette.

Die fünf Minuten von Duchess kamen und gingen.

Dann noch einmal fünf.

Emmett schüttelte den Kopf und ärgerte sich, dass er Duchess erlaubt hatte, diesen Besuch zu machen. Niemand macht einen Fünf-Minuten-Besuch, was immer die Tageszeit war. Schon gar nicht jemand wie Duchess, der gern redete.

Emmett stieg aus und ging zur Beifahrertür herum. Er lehnte sich an die Tür und sah zu dem Haus hinauf, und da fiel ihm auf, dass es aus dem gleichen roten Kalkstein gebaut war wie das Gerichtsgebäude in Morgen.

Der Stein kam wahrscheinlich aus einem der Steinbrüche in Cass County. Zum Ende des 18. Jahrhunderts hatte man daraus in allen Ortschaften im Umkreis von zweihundert Meilen Rathäuser, Bibliotheken und Gerichtsgebäude gebaut. Einige dieser Gebäude waren in einem ähnlichen Stil errichtet, sodass man, wenn man von einer Stadt in die nächste kam, das Gefühl bekommen konnte, man sei noch in der vorigen Stadt.

Aber irgendwas stimmte an dem Gebäude nicht. Emmett brauchte eine Weile, bis ihm klar wurde, dass dem Haus der prachtvolle Eingang fehlte. Ob es ursprünglich als Herrenhaus oder als Schule erbaut worden war, es hätte auf jeden Fall einen angemessenen Eingang bekommen, mit einer baumbestandenen Auffahrt und einem prächtigen Portal.

Emmett kam zu dem Schluss, dass sie am Hintereingang des Gebäudes geparkt hatten. Warum hatte Duchess sie nicht zum Vordereingang geführt?

Und warum hatte er die Büchertasche mitgenommen?

»Ich bin gleich wieder da«, sagte er zu Billy und Woolly.

»Ist gut«, antworteten sie, ohne von der Landkarte aufzusehen.

Emmett stieg den Hügel hinauf und fand den Haupteingang. Er spürte Ärger in sich aufsteigen und nahm sich vor, Duchess diesen Ärger spüren zu lassen, sobald er ihn gefunden hatte. Er würde ihm unmissverständlich klarmachen, dass sie für diesen Unsinn keine Zeit hatten. Dass er als ungeladener Gast schon eine Zumutung sei und die Fahrt nach Omaha ihre Reisezeit um zweieinhalb Stunden verlängern würde. Fünf Stunden, wenn man hin und zurück rechnete. Aber diese Gedanken flogen aus seinem Kopf, als er gleich neben dem Türknauf die zerbrochene Scheibe sah. Vorsichtig schob er die Tür auf und ging hinein, unter seinen Füßen knirschte das Glas.

Emmett stand in einer Küche mit zwei Metallbecken, einem zehnflammigen Herd und einem begehbaren Kühlschrank. Wie üblich in Institutionen dieser Art war die Küche am Abend zuvor sauber gemacht worden: die Theken abgeräumt, die Schranktüren geschlossen, alle Töpfe an die Haken gehängt.

Zeichen von Unordnung, abgesehen von den Scherben, gab es auf der anderen Seite der Küche, im Anrichteraum, wo mehrere Schubladen aufgezogen waren und lauter Löffel auf dem Boden lagen.

Durch eine Doppeltür kam Emmett in einen holzgetäfelten Speiseraum mit sechs langen Esstischen, wie man es in einem Kloster erwarten würde. Das durch das Buntglasfenster einfallende Licht warf ein Muster aus Gelb, Rot und Blau an die Wand und verstärkte noch die mönchische Atmosphäre. Das Bild auf der Scheibe stellte den Moment dar, als der von den Toten auferstandene Jesus die Wunden an seinen Händen zeigte – nur dass in dieser Darstellung die staunenden Jünger von Kindern begleitet wurden.

Vom Speisesaal kam Emmett in die große Eingangshalle. Zu seiner Linken war das Portal, das er gesucht hatte, und rechts führte eine Treppe aus poliertem Mahagoniholz nach oben. Unter anderen Umständen hätte Emmett gern verweilt und sich die Schnitzarbeit an den Türrahmen und dem Treppengeländer genauer angesehen, doch während er noch in die Betrachtung versunken war, hörte er im Obergeschoss Geräusche.

Zwei Stufen auf einmal nehmend sprang Emmett über ein paar Löffel die Treppe hinauf, zum Treppenabsatz, von dem Flure abgingen, einer nach rechts, einer nach links, und von rechts waren deutlich aufgeregte Kinderstimmen zu hören.

Die erste Tür, die Emmett öffnete, führte in einen Schlafsaal. Die Betten, die in zwei ordentlichen Reihen standen, waren leer, die Laken darauf zerwühlt. Die zweite Tür führte in einen weiteren Schlafsaal, und auch hier standen die Betten in zwei Reihen, auch hier waren die Laken zerwühlt. Aber auf dem Fußboden hockten vielleicht sechzig Jungen in blauen Schlafanzügen in mehreren Gruppen zusammen, und in der Mitte jeder Gruppe stand ein Glas mit Erdbeermarmelade.

In manchen Gruppen reichten die Jungen das Glas ordentlich weiter, während in anderen darum gestritten wurde, wer nehmen durfte, und die Jungen fuhren wild mit den Löffeln in die Gläser, lutschten die süße Marmelade so schnell wie möglich von den Löffeln und hofften auf mehr, bevor das Glas leer war.

Erst jetzt kam Emmett der Gedanke, dass dies kein Internat war, sondern ein Waisenhaus.

Während Emmett das Bild vor sich betrachtete, zupfte ein etwa zehnjähriger Junge mit Brille einen etwas älteren Jungen am Ärmel. Dieser sah sich nach Emmett um und gab dann einem anderen Jungen ein Zeichen, und die beiden kamen in wortloser Verständigung Schulter an Schulter auf Emmett zu, sodass sie zwischen ihm und den übrigen Jungen standen.

Zum Zeichen seiner Friedfertigkeit hob Emmett die Hände.

»Ich will euch nichts tun. Ich suche meinen Freund. Der die Erdbeermarmelade gebracht hat.«

Die beiden Jungen sahen ihn stumm an, dann zeigte der mit der Brille auf den Flur hinaus.

»Er ist da rausgegangen, wo er reingekommen ist.«

Emmett eilte auf den Flur hinaus und wollte schon die Treppe hinunterlaufen, als er vom anderen Ende des Flurs eine gedämpfte weibliche Stimme rufen hörte, dann wurde von innen an die Tür gepocht. Emmett wartete einen Moment, ging den Geräuschen nach und fand zwei Türen, deren Knäufe mit jeweils einem schräg gekippten Stuhl arretiert waren. Die Rufe und Geräusche kamen aus dem Zimmer hinter der ersten Tür.

»Macht sofort die Tür auf!«

Als Emmett die Tür aufmachte, fiel eine Frau mittleren Alters in einem langen weißen Nachthemd praktisch in den Flur. Hinter ihr sah Emmett eine zweite Frau, die weinend auf dem Bett saß.

»Was fällt Ihnen ein?«, fuhr ihn die Frau an, die innen an die Tür getrommelt hatte, als sie sich gefangen hatte.

Emmett beachtete sie nicht, ging zu der zweiten arretierten Tür und nahm den Stuhl weg. In dem Zimmer kniete eine Frau neben ihrem Bett und betete, eine zweite saß auf einem hohen Stuhl und rauchte in aller Ruhe eine Zigarette.

»Ah!«, sagte sie, als sie Emmett sah. »Danke, dass Sie die Tür aufgemacht haben. Kommen Sie herein, kommen Sie.«

Die Frau drückte die Zigarette in einem Aschenbecher aus, der in ihrem Schoß stand, und Emmett machte unschlüssig einen Schritt nach vorn. In dem Moment kam die Schwester aus dem ersten Zimmer herein.

»Was fällt Ihnen ein?«, schrie sie wieder.

»Schwester Bernice«, sagte die ältere Frau. »Warum erheben Sie Ihre

Stimme gegen diesen jungen Mann? Sehen Sie nicht, dass er unser Befreier ist?«

Jetzt stürzte auch die weinende Schwester immer noch weinend ins Zimmer, und die ältere Frau wandte sich an die Betende.

»Erst der Trost, dann das Gebet, Schwester Ellen.«

»Ja, Schwester Agnes.«

Schwester Ellen erhob sich vom Boden, nahm die weinende Schwester in den Arm und sagte: »Ist ja gut, ist ja gut«, während Schwester Agnes sich wieder Emmett zuwandte.

»Wie heißen Sie, junger Mann?«

»Emmett Watson.«

»Nun, Emmett Watson, vielleicht können Sie uns über die Vorgänge hier in St. Nicholas heute Morgen aufklären.«

Emmett spürte den starken Wunsch, sich umzudrehen und wegzugehen, aber der Wunsch, Schwester Agnes' Frage zu beantworten, war stärker.

»Ich wollte einen Freund zur Busstation in Omaha bringen, und er bat mich, hier anzuhalten. Er sagte, er habe hier gewohnt ...«

Die vier Schwestern richteten ihre Blicke auf Emmett, die weinende Schwester hörte auf zu weinen, und die tröstende hörte auf zu trösten. Die Schwester, die gerufen hatte, war jetzt still, aber sie machte einen bedrohlichen Schritt auf Emmett zu.

»*Wer* hat hier gewohnt?«

»Er heißt Duchess ...«

»Ha!«, rief sie und drehte sich zu Schwester Agnes um. »Habe ich nicht gesagt, dass wir wieder mit ihm zu tun bekommen würden? Habe ich nicht gesagt, dass er eines Tages wieder auftauchen und weitere Schandtaten verüben würde?«

Schwester Agnes schenkte Schwester Berenice keine Beachtung und sah Emmett mit einem Ausdruck verhaltener Neugier an.

»Aber sagen Sie mir doch, Emmett Watson, warum hat Daniel uns in unseren Zimmern eingesperrt? Was bezweckte er damit?«

Emmett zögerte.

»Also?«, sagte Schwester Berenice.

Emmett schüttelte den Kopf und zeigte zu den Schlafsälen hin.

»Soweit ich es verstehe, hat er mich gebeten, hier zu halten, damit er den Jungen ein paar Gläser Erdbeermarmelade bringen konnte.«

Schwester Agnes seufzte zufrieden.

»Na bitte. Da sehen Sie, Schwester Berenice. Unser kleiner Daniel ist zurückgekommen, und was er verüben wollte, war eine Wohltat.«

Was immer Duchess verüben wollte, dachte Emmett, die ganze Unternehmung hatte ihn schon dreißig Minuten gekostet, und sein Gefühl sagte ihm, wenn er jetzt zögerte, wäre er noch viele Stunden hier.

»Also dann«, sagte er und ging zur Tür, »dann ist ja alles in Ordnung …«

»Nein, warten Sie«, sagte Schwester Agnes und hob die Hand.

Sobald Emmett im Flur war, ging er zügig zur Treppe. Während die Stimmen der Schwestern hinter ihm lauter wurden, rannte er die Treppe hinunter, durch den Speisesaal und zur Küchentür nach draußen, beschwingt von einem Gefühl der Erleichterung.

Auf halbem Wege den Hügel hinunter sah er Billy im Gras sitzen, seinen Rucksack neben sich, das große rote Buch auf den Knien. Duchess, Woolly und der Studebaker hingegen waren nirgendwo zu sehen.

»Wo ist der Wagen?«, fragte Emmett ganz außer Atem, als er bei seinem Bruder ankam.

Billy sah von seinem Buch auf.

»Duchess und Woolly haben ihn sich geliehen. Aber sie bringen ihn zurück.«

»Wann bringen sie ihn zurück?«

»Wenn sie in New York gewesen sind.«

Einen Moment lang starrte Emmett, der gleichermaßen verdutzt und wütend war, seinen Bruder an.

Billy spürte, dass etwas nicht in Ordnung war, und versuchte, Emmett zu beruhigen.

»Es ist alles gut«, sagte er. »Bis zum achtzehnten Juni sind sie zurück, das hat Duchess versprochen, und dann haben wir immer noch genug Zeit, um bis zum Vierten Juli in San Francisco zu sein.«

Bevor Emmett etwas sagen konnte, zeigte Billy auf etwas, das hinter Emmett war.

»Guck mal«, sagte er.

Emmett drehte sich um und sah Schwester Agnes den Hügel heruntereilen, und der Saum ihrer langen schwarzen Tracht wehte hinter ihr her, dass es aussah, als schwebte sie durch die Luft.

»Du meinst, den Studebaker?«

Emmett war allein im Büro von Schwester Agnes und telefonierte mit Sally.

»Ja, den Studebaker«, sagte er.

»Duchess hat ihn sich genommen?«

»Ja.«

Schweigen am anderen Ende der Leitung.

»Das verstehe ich nicht«, sagte Sally. »Wohin will er damit?«

»Nach New York.«

»New York, New York?«

»Genau. New York, New York.«

Pause.

»Und ihr seid in Lewis.«

»Fast.«

»Ich dachte, ihr wolltet nach Kalifornien. Warum seid ihr dann fast in Lewis? Und warum ist Duchess auf dem Weg nach New York?«

Fast bedauerte Emmett, dass er Sally angerufen hatte. Aber was hätte er tun sollen?

»Sally, das ist alles nicht wichtig. Wichtig ist nur, dass ich meinen Wagen wiederbekomme. Ich habe beim Bahnhof in Lewis angerufen, und anscheinend hält am Nachmittag ein Zug Richtung Osten. Wenn ich den nehme, bin ich vor Duchess in New York, dann hole ich mir den Wagen und bin am Freitag wieder in Nebraska. Der Grund, warum ich anrufe, ist, dass sich jemand in der Zwischenzeit um Billy kümmern muss.«

»Warum sagst du das nicht gleich?«

Nachdem er Sally eine Wegbeschreibung gegeben und das Gespräch beendet hatte, sah Emmett aus dem Fenster und dachte unvermittelt an den Tag, als er verurteilt worden war.

Bevor er mit seinem Vater zum Gericht fuhr, hatte er seinem Bruder erklärt, er habe auf sein Recht auf einen Prozess verzichtet. Er sagte, zwar habe er Jake nicht wehtun wollen, aber er habe sich von seinem Zorn fortreißen lassen, und jetzt sei er bereit, die Konsequenzen dafür zu tragen.

Während Emmett das erklärte, schüttelte Billy nicht im Widerspruch den Kopf, noch behauptete er, dass Emmett einen Fehler machte. Offenbar verstand er, dass Emmetts Entscheidung richtig war. Aber Billy wollte, dass Emmett, wenn er ohne eine Anhörung auf schuldig plädierte, ihm etwas versprach.

»Was soll ich dir versprechen, Billy?«

»Versprich mir, wenn du wieder jemanden im Zorn zusammenschlagen willst, dass du erst bis zehn zählst.«

Nicht nur hatte Emmett das versprochen, die Brüder hatten es sogar per Handschlag besiegelt.

Trotzdem, Emmett vermutete, wenn Duchess jetzt vor ihm stünde, würde bis zehn nicht ausreichen.

Der Speisesaal, den Emmett betrat, hallte wider von dem Geplapper von sechzig Jungen, die alle auf einmal redeten. In einem Speisesaal voller Jungen wäre es immer laut, aber an diesem Tag, vermutete Emmett, war es lauter als sonst, weil sich die Jungen gegenseitig die Ereignisse des Morgens erzählen mussten: Das plötzliche Erscheinen eines geheimnisvollen Verbündeten, der die Schwestern in ihre Zimmer sperrte und Erdbeerkonfitüre mitbrachte. Aus seiner Zeit in Salina wusste Emmett, dass die Jungen sich nicht nur aus ihrer Aufregung heraus die Ereignisse erzählten, sondern, dass sie sie noch einmal durchleben und sich dabei auf die Kernpunkte der Geschichte einigen mussten, auf eine Version, die man sich im Waisenhaus über die nächsten Jahrzehnte hinaus erzählen würde.

Emmett fand Billy und Schwester Agnes nebeneinander an der Längsseite eines der langen, mönchischen Tische. Ein Teller mit ein paar Krumen von Armem Ritter mit Sirup war zur Seite geschoben worden, damit Platz für Billys rotes Buch war.

»Es wundert mich«, sagte Schwester Agnes und legte den Finger auf die Seite, »dass Professor Abernathe nicht Jesus erwähnt, sondern Jonas. Jesus war doch einer der furchtlosesten Reisenden überhaupt. Was meinst du, William? Ah! Hier ist dein Bruder.«

Emmett setzte sich Schwester Agnes gegenüber. Der Platz gegenüber Billy war von Billys Rucksack besetzt.

»Können wir Ihnen einen Armen Ritter mit Sirup anbieten, Emmett? Oder einen Kaffee und Spiegeleier?«

»Nein, vielen Dank, Schwester. Ich brauche nichts.«

Sie zeigte auf den Rucksack.

»Ich hatte noch gar nicht Gelegenheit zu fragen, wohin ihr unterwegs seid, als der Zufall euch zu uns geführt hat.«

*Der Zufall euch zu uns geführt hat*, dachte Emmett und runzelte die Stirn.

»Wir wollten Duchess – oder Daniel – und noch einen anderen Freund zur Busstation nach Omaha bringen.«

»Ah, richtig«, sagte Schwester Agnes. »Das hatten Sie erwähnt.«

»Aber die Fahrt zum Busbahnhof ist ein Umweg. Eigentlich sind wir auf dem Weg nach Kalifornien.«

»Kalifornien!«, rief Schwester Agnes mit einem Blick auf Billy. »Wie aufregend. Und was wollt ihr in Kalifornien?«

Also erzählte Billy Schwester Agnes, dass ihre Mutter von zu Hause weggegangen sei, als sie beide klein waren, dass ihr Vater an Krebs gestorben sei, und er erzählte von den Postkarten in dem Karton in der Kommode, die ihre Mutter ihnen von acht verschiedenen Orten auf dem Lincoln Highway auf der Fahrt nach San Francisco geschickt hatte.

»Und da werden wir sie finden«, schloss Billy seine Erklärung ab.

»Also«, sagte Schwester Agnes mit einem Lächeln. »Wenn das kein Abenteuer ist.«

»Abenteuer – ich weiß nicht. Die Tatsache ist, dass die Farm an die

Bank zurückfällt und wir einen Neuanfang machen müssen. Da schien es sinnvoll, es dort zu versuchen, wo ich Arbeit bekommen kann.«

»Das leuchtet ein«, sagte Schwester Agnes etwas besonnener.

Sie musterte Emmett, dann sah sie Billy an.

»Bist du mit dem Frühstück fertig, Billy? Dann bring doch dein Geschirr in die Küche, sie ist da drüben.«

Schwester Agnes und Emmett sahen zu, wie Billy sein Besteck und das Trinkglas auf den Teller legte und damit vorsichtig in die Küche ging. Dann wandte sich die Schwester wieder Emmett zu.

»Bedrückt Sie etwas?«

Emmett war von der Frage überrascht.

»Wie meinen Sie das?«

»Als ich gerade in Billys Begeisterung angesichts der Reise nach Westen einstimmte, schienen Sie leicht verärgert.«

»Mir wäre es lieber, Sie würden ihn nicht ermutigen.«

»Und warum nicht?«

»Wir haben seit acht Jahren keine Nachricht von unserer Mutter, wir wissen nicht, wo sie ist. Sie haben sicherlich bemerkt, dass mein Bruder eine lebhafte Fantasie hat. Deshalb möchte ich ihm Enttäuschungen möglichst ersparen, statt ihm Grund für neue zu geben.«

Als Schwester Agnes ihn musterte, wurde Emmett auf seinem Platz unruhig.

Emmett hatte für die Kirche nie viel übriggehabt. Meistens, so schien es, wollten Prediger einem etwas verkaufen, das man nicht brauchte, oder etwas, das man schon hatte. Aber im Vergleich mit ihnen brachte Schwester Agnes ihn noch mehr aus dem Konzept.

»Ist Ihnen das Fenster hinter mir aufgefallen?«, fragte sie schließlich.

»Ja.«

Sie nickte, dann klappte sie Billys Buch sanft zu.

»Als ich 1942 nach St. Nicholas kam, stellte ich fest, dass dieses Fenster eine geheimnisvolle Wirkung auf mich hatte. Es nahm meine Aufmerksamkeit gefangen, ich wusste aber nicht, warum. Manchmal am Nachmittag, wenn es ruhig war, kam ich mit einem Kaffee hierher und setzte mich ungefähr an die Stelle, wo Sie jetzt sitzen, und betrachtete es einfach. Und eines Tages entdeckte ich, was mich so faszinierte. Es war der Unterschied im Gesichtsausdruck zwischen den Jüngern und den Kindern.«

Schwester Agnes drehte sich ein bisschen um, sodass sie das Bild sehen konnte. Mit einigem Widerstreben folgte Emmett ihrem Blick.

»Den Gesichtern der Jünger sieht man an, dass sie das, was sie gerade gesehen haben, mit Skepsis betrachten. ›Das muss doch eine Täuschung sein‹, denken sie, ›oder eine Vision, denn haben wir nicht mit eigenen Augen gesehen, wie er am Kreuz gestorben ist, und haben wir nicht seine Leiche mit eigenen Händen ins Grab getragen?‹ Aber auf den Gesichtern der Kinder ist von Skepsis nichts zu sehen. Sie betrachten dieses Wunder mit Ehrfurcht und Staunen, aber ohne jeden Zweifel.«

Emmett wusste, dass Schwester Agnes gute Absichten hatte. Er wusste auch, dass sie, eine Frau in ihren Sechzigern, die ihr Leben nicht nur in den Dienst der Kirche gestellt hatte, sondern in den Dienst dieser Waisenkinder, seine volle Aufmerksamkeit verdiente. Doch während sie sprach, nahm Emmett unwillkürlich wahr, wie die gelben, roten und blauen Muster des Fensters, von dem sie sprach, über die Wand zu den Tischflächen gewandert waren und so den Weg der Sonne markierten und das Verstreichen einer weiteren Stunde.

»… Dann ist er mit Emmetts Schultasche den Hügel raufgegangen und hat das Fenster neben der Küchentür eingeschlagen!«

Wie einer der Jungen im Waisenhaus berichtete Billy von den Ereignissen des Morgens, während Sally ihr Auto, das sie Betty nannte, durch den Verkehr steuerte.

»Er hat ein Fenster eingeschlagen?«

»Die Tür war ja verschlossen! Dann ist er in die Küche gegangen und hat sich eine Handvoll Teelöffel geholt und sie mit in die Schlafräume genommen.«

»Was wollte er mit einer Handvoll Teelöffeln?«

»Die brauchte er, weil er den Kindern deine Erdbeerkonfitüre gebracht hat.«

Sally sah Billy entsetzt an.

»Er hat ihnen ein Glas von meiner Erdbeerkonfitüre geschenkt?«

»Nein«, sagte Billy. »Er hat ihnen sechs Gläser geschenkt. Das hast du doch gesagt, Emmett, oder?«

Billy und Sally sahen zu Emmett hin, der aus dem Seitenfenster guckte.

»So muss es gewesen sein«, sagte Emmett, ohne die beiden anzusehen.

»Das verstehe ich nicht«, sagte Sally wie zu sich selbst.

Sie beugte sich vor und gab Gas, um ein langsames Auto zu überholen.

»Ich habe ihm insgesamt nur sechs gegeben. Die hätten ihm bis Weihnachten gereicht. Warum hat er sie alle an diese Fremden verschenkt?«

»Weil es Waisenkinder sind«, erklärte Billy.

Sally dachte darüber nach.

»Ja, natürlich, Billy. Da hast du völlig recht. Weil es Waisenkinder sind.«

Als Sally in Anerkennung von Billys Argumentation und Duchess' Wohltätigkeit nickte, wurde Emmett bewusst, dass sie weit mehr über das Schicksal ihrer Erdbeerkonfitüre empört war als über das Schicksal seines Studebakers.

»Da ist er«, sagte Emmett und zeigte auf den Bahnhof.

Um abbiegen zu können, schnitt Sally einem Chevy hinter sich den Weg ab. Dann hielt sie schliddernd an, und die drei stiegen aus. Während Emmett sich noch orientierte, nahm Billy seinen Rucksack von der Ladefläche und schwang ihn sich auf den Rücken.

Als Sally das sah, war sie überrascht und sah Emmett mit schmalen, fragenden Augen an.

»Du hast es ihm nicht gesagt?«, fragte sie leise. »Denk nicht, dass ich das tue.«

Emmett nahm seinen Bruder zur Seite.

»Billy«, begann er, »du brauchst dir den Rucksack noch nicht aufzusetzen.«

»Es geht schon«, sagte Billy und zog die Riemen enger. »Im Zug nehme ich ihn wieder ab.«

Emmett hockte sich vor ihn hin.

»Du fährst nicht mit mir im Zug, Billy.«

»Was meinst du damit, Emmett? Warum fahre ich nicht mit dir im Zug?«

»Es ist vernünftiger, dass du bei Sally bleibst, während ich das Auto hole. Und wenn ich es habe, komme ich wieder nach Morgen und hole dich ab. Das dauert nur ein paar Tage.«

Aber noch während Emmett redete, schüttelte Billy den Kopf.

»Nein«, sagte er, »ich kann nicht wieder zu Sally gehen, Emmett. Wir sind aus Morgen abgereist, wir sind auf dem Weg nach San Francisco.«

»Das stimmt, Billy. Wir sind auf dem Weg nach San Francisco. Aber im Moment ist der Wagen auf dem Weg nach New York …«

Als Emmett das sagte, machte Billy die Augen weit auf, weil ihm etwas klar wurde.

»In New York fängt der Lincoln Highway an«, sagte er. »Wenn wir mit dem Zug in New York ankommen und den Studebaker wiederhaben, fahren wir zum Times Square und fangen da mit der Reise an.«

Emmett sah Sally hilfesuchend an.

Sie trat hinzu und legte Billy die Hand auf die Schulter.

»Billy«, sagte sie in ihrer sachlichen Art, »du hast zu hundert Prozent recht.«

Emmett schloss die Augen.

Jetzt nahm er Sally zur Seite.

»Sally …«, fing er an, aber sie unterbrach ihn.

»Emmett, du weißt genau, dass ich nichts lieber täte, als Billy noch drei Tage bei mir zu behalten. Und Gott kann bezeugen, dass ich ihn gern für drei Jahre behalten würde. Aber er hat fünfzehn Monate darauf gewartet, dass du aus Salina zurückkommst. Und in dieser Zeit hat er seinen Vater und sein Zuhause verloren. Jetzt ist Billys Platz bei dir, und das weiß er. Und ich vermute, er denkt, dass du das auch wissen solltest.«

Aber Emmett wusste nur, dass er so schnell wie möglich nach New York musste, um Duchess zu finden, und dass Billys Begleitung ihm die Sache nicht gerade erleichtern würde.

In einem wichtigen Punkt jedoch hatte Billy recht: Sie hatten Morgen bereits verlassen. Nachdem sie ihren Vater begraben und ihre Taschen gepackt hatten, war dieser Teil ihres Lebens abgeschlossen. Es wäre ihnen beiden ein Trost zu wissen, dass sie, was immer passierte, nicht mehr zurückmussten.

Emmett wandte sich an seinen Bruder.

»In Ordnung, Billy. Wir fahren zusammen nach New York.«

Billy bestätigte mit einem Nicken, dass dies eine vernünftige Entscheidung war.

Sally wartete, bis Billy die Riemen festgezogen hatte, dann umarmte sie ihn und erinnerte ihn daran, sich gut zu betragen und seinem Bruder zu folgen. Dann kletterte sie, ohne Emmett zu umarmen, in ihren Wagen. Aber als sie den Anlasser gedreht hatte, gab sie ihm ein Zeichen, er solle ans Fenster kommen.

»Da ist noch eins«, sagte sie.

»Was ist das?«

»Wenn du deinem Wagen nach New York hinterherfahren willst, dann ist das deine Sache. Aber ich habe nicht die Absicht, in den nächsten Wochen nachts immer wieder aufzuwachen, weil ich mir Sorgen mache. Deshalb musst du mich in ein paar Tagen anrufen, damit ich weiß, dass alles in Ordnung ist.«

Emmett wollte Sally erklären, wie unpraktisch ihre Bitte war. Wenn sie erst in New York waren, müssten sie den Wagen suchen, und er wusste nicht, wo sie unterkommen würden oder ob sie ein Telefon finden würden …

»Offenbar war es nicht schwierig, heute Morgen um sieben ein Telefon zu finden und mich anzurufen, damit ich alles stehen und liegen lassen und nach Lewis kommen konnte. Ich bin mir sicher, dass du in einer Stadt wie New York ein Telefon ausfindig machen kannst und die Zeit findest, es zu benutzen.«

»In Ordnung«, sagte Emmett. »Ich rufe an.«

»Gut«, sagte Sally. »Wann?«

»Was, wann?«

»Wann rufst du an?«

»Sally, ich weiß doch gar nicht –«

»Dann Freitag. Ruf mich am Freitag um halb drei an.«

Bevor Emmett etwas sagen konnte, hatte Sally den Gang eingelegt und war zu der Ausfahrt des Parkplatzes vorgefahren, wo sie auf eine Lücke im Verkehr wartete.

Am Vormittag, als sie das Waisenhaus verlassen wollten, hatte Schwester Agnes Billy eine Kette mit einem Anhänger geschenkt. Sie sagte, das Bild zeige den Heiligen Christophorus, den Schutzheiligen der Reisenden. Als sie sich Emmett zuwandte, befürchtete er schon, sie würde ihm auch ein Medaillon schenken. Aber sie sagte, sie habe eine Frage an ihn, und davor wolle sie noch eine Geschichte erzählen, nämlich die, wie Duchess ins Waisenhaus gekommen war.

Eines Nachmittags im Sommer 1944 habe ein Mann um die fünfzig an der Pforte des Waisenhauses geklingelt. Bei ihm war ein kleiner dünner achtjähriger Junge. Als der Mann allein im Büro mit Schwester Agnes sprach, erklärte er, sein Bruder und seine Schwägerin seien bei einem Autounfall ums Leben gekommen, und er sei der einzige noch lebende Verwandte des Jungen. Natürlich habe er den Wunsch, sich selbst des Jungen anzunehmen, besonders angesichts des sensiblen Alters des Kindes, aber als Militäroffizier habe er den Befehl erhalten, sich am Wochenende nach Frankreich einzuschiffen, und er wisse nicht, wann er aus dem Krieg zurückkehren würde, falls überhaupt …

»Ich habe dem Mann kein Wort geglaubt. Nicht nur passte sein wirres Haar nicht zu dem Bild eines Offiziers der Army, er hatte außerdem ein hübsches junges Mädchen auf dem Beifahrersitz seines Cabrios. Ganz offensichtlich war er der Vater des Jungen. Aber es ist nicht meine Aufgabe, mich mit den Täuschungsgeschichten skrupelloser Männer zu befassen. Meine Aufgabe ist es, mich um das Wohl verlassener Jungen zu kümmern. Und daran kann es keinen Zweifel geben, Emmett, Daniel war verlassen worden. Es stimmt zwar, dass sein Vater zwei Jahre später zurückkam und ihn wieder mitnahm, weil es ihm passte, aber damit konnte Daniel nicht rechnen. Die meisten Jungen, die in unsere Obhut kommen, sind echte Waisenkinder. Wir haben Kinder bei uns, deren beide Eltern an der Grippe gestorben oder bei einem Feuer umgekommen sind oder deren Mütter bei der Geburt gestorben und deren Väter in der Normandie gefallen sind. Und es ist furchtbar schwer für diese Kinder, ohne die Liebe ihrer Eltern aufzuwachsen. Aber wenn man sich vorstellt, man wird zum Waisenkind, weil der Vater einen nicht haben will. Weil man ihm im Weg ist.«

Schwester Agnes machte eine bedeutungsvolle Pause.

»Ich bezweifle nicht, dass Sie wütend auf Daniel sind, weil er Ihr Auto genommen hat. Aber wir wissen beide, dass Gutes in ihm steckt, dass dieses Gute von Anfang an da war und bisher keine Möglichkeit hatte, sich zu entfalten. In dieser kritischen Phase seines Lebens braucht er als Erstes einen Freund, der ihm verlässlich zur Seite steht. Einen Freund, der ihn vor Irrtümern bewahrt und ihm hilft, seinen Lebenssinn zu erfüllen.«

»Schwester, Sie haben gesagt, Sie hätten eine Frage. Sie haben nicht gesagt, dass Sie eine Bitte haben.«

Die Nonne musterte Emmett einen Moment lang, dann lächelte sie.

»Sie haben ganz recht, Emmett. Ich frage Sie nicht, ich bitte Sie um etwas.«

»Es gibt schon jemanden, um den ich mich kümmern muss. Jemanden, der mein eigen Fleisch und Blut ist, und selbst auch Waise.«

Schwester Agnes sah mit einem freundlichen Lächeln zu Billy hin und wandte sich dann wieder mit fester Absicht Emmett zu.

»Betrachten Sie sich als Christen, Emmett?«

»Ich bin keiner, der zur Kirche geht.«

»Aber betrachten Sie sich als Christen?«

»Ich bin im christlichen Glauben aufgewachsen.«

»Dann kennen Sie wahrscheinlich das Gleichnis vom guten Samariter.«

»Ja, Schwester, das Gleichnis kenne ich. Und ich weiß, dass ein guter Christ einem Menschen in Not hilft.«

»So ist es, Emmett. Ein guter Christ begegnet denen, die in Not sind, mit Mitgefühl. Und das ist ein wichtiger Teil des Gleichnisses. Aber Jesus sagt auch, dass wir nicht immer *wählen* können, wem wir helfen sollen, und das ist ein ebenso wichtiger Teil.«

Als Emmett kurz vor Sonnenaufgang in Morgen am Ende der Einfahrt gestanden hatte, war er in die Straße eingebogen in dem Wissen, dass er und Billy im Moment dieses Neuanfangs keine Belastungen hatten, sie hatten weder Schulden noch Verpflichtungen. Und jetzt, nachdem er nur sechzig Meilen gefahren war, und zwar in die falsche Richtung, hatte er im Zeitraum von zwei Stunden zwei Versprechen geleistet.

Als eine Lücke im Verkehr entstand, bog Sally nach links in die Straße ein, und Emmett erwartete, dass sie sich umdrehen und winken würde. Aber sie beugte sich über das Steuer, drückte aufs Gas, Betty stieß schwarzen Qualm aus dem Auspuff, und beide entschwanden nach Westen, ohne einen Blick in seine Richtung.

Erst als sie verschwunden waren, wurde Emmett klar, dass er kein Geld hatte.

# DUCHESS

Was für ein Tag! Was für ein Tag!

Emmetts Wagen war vielleicht nicht der schnellste, aber die Sonne stand hoch, der Himmel war blau, und wer uns überholte, tat es mit einem Lächeln.

Auf den ersten einhundertfünfzig Meilen, nachdem wir aus Lewis weggefahren waren, sahen wir mehr Getreidesilos als Menschen. Und in den meisten Ortschaften, durch die wir kamen, gab es, wie auf Verabredung, so schien es, jeweils ein Kino und ein Restaurant, einen Friedhof und eine Sparkasse, und höchstwahrscheinlich eine Ansicht von Richtig und Falsch.

Den meisten Menschen ist es gleichgültig, wo sie leben. Wenn sie morgens aufstehen, haben sie nicht die Absicht, die Welt zu verändern. Sie wollen eine Tasse Kaffee trinken und einen Toast mit Butter essen, und wenn sie ihre acht Stunden gearbeitet haben, wollen sie den Tag mit einer Flasche Bier vorm Fernseher beschließen. So leben die Menschen im Allgemeinen, ob in Atlanta, Georgia, oder in Nome, Alaska. Und wenn es den meisten Menschen gleichgültig ist, wo sie leben, dann ist es ihnen noch gleichgültiger, wohin sie reisen.

Und das verlieh dem Lincoln Highway seinen Charme.

Sieht man sich den Highway auf der Landkarte an, könnte man denken, dass dieser Mr. Fisher, von dem Billy geredet hatte, sein Lineal genommen und eine Linie quer durch den Kontinent gezogen hatte, ohne Rücksicht auf Berge und Flüsse. Er musste sich vorgestellt haben, dass der Highway eine angemessene Fahrrinne für die Beförderung von Waren und Ideen von einem Meeresufer zum anderen darstellen und darin das Schicksal seine endgültige Erfüllung finden würde. Doch wer immer hier unterwegs war, schien zufrieden in dem Gefühl der eigenen Zwecklosigkeit. *Lass die Straße auf dich zukommen,* sagen die Iren, und genau so machten es die furchtlosen Reisenden auf dem Lincoln Highway. Die Straße kam auf sie alle zu, ob sie nach Osten oder nach Westen fuhren oder immer nur im Kreis.

»Das war sehr nett von Emmett, dass er uns den Wagen geliehen hat«, sagte Woolly.

»Das stimmt.«

Woolly lächelte, dann legte er die Stirn in Falten, so wie Billy.

»Glaubst du, sie hatten Schwierigkeiten, nach Hause zu kommen?«

»Nein«, sagte ich. »Ich wette, Sally ist mit ihrem Pritschenwagen angesaust gekommen, und jetzt sitzen die drei schon wieder in ihrer Küche und essen Toast mit Gelee.«

»Du meinst, mit Konfitüre.«

»Genau.«

Ich hatte Gewissensbisse, weil Emmett die Fahrt nach Lewis und zurück machen musste. Hätte ich gewusst, dass er den Schlüssel auf die Sonnenblende legt, hätte ich ihm die Fahrt ersparen können.

Dabei hatte ich, als wir von Emmetts Haus aufbrachen, gar nicht vor, mir seinen Wagen zu leihen. Ich hatte schon angefangen, mich auf die Fahrt mit dem Greyhound-Bus zu freuen. Warum auch nicht? Im Bus kann man sich entspannt zurücklehnen. Man kann ein Schläfchen machen oder mit dem Schuhvertreter auf der anderen Seite des Ganges plaudern. Aber als wir gerade nach Omaha abbiegen wollten, fing Billy vom Lincoln Highway an, und im nächsten Moment waren wir auch schon am Stadtrand von Lewis. Und als ich aus St. Nicholas kam, stand der Wagen am Straßenrand, der Schlüssel steckte, und der Platz hinterm Steuer war leer. Man hätte denken können, Emmett und Billy hätten es so geplant. Oder der Herr im Himmel. So oder so, das Schicksal schien sich laut und deutlich zu erkennen zu geben – aber natürlich hatte Emmett die Extrafahrt.

»Das Gute ist«, sagte ich zu Woolly, »wenn wir dieses Tempo halten können, sind wir morgen Abend in New York. Wir können meinen alten Herrn besuchen, zu deinem Landhaus rausfahren und mit Emmetts Anteil zurück sein, bevor er uns richtig vermisst. Und angesichts der Größe von dem Haus, das du dir mit Billy ausgedacht hast, ist Emmett bestimmt froh, wenn er mit ein bisschen Extra-Knete in San Francisco eintrudelt.«

Woolly lächelte bei dem Gedanken an Billys Haus.

»Wo wir von Entfernungen sprechen«, sagte ich, »wie weit bis Chicago?«

Das Lächeln verschwand von Woollys Gesicht.

Da Billy nicht da war, hatte ich Woolly das Kartenlesen anvertraut. Und weil Billy uns nicht seine Landkarte geben wollte, mussten wir eine kaufen (von einer Phillips-66-Tankstelle, versteht sich). Und so wie Billy hatte Woolly die Route entlang dem Lincoln Highway bis nach New York sorgfältig mit schwarzem Kugelschreiber markiert. Aber sobald wir losgefahren waren, konnte er die Landkarte nicht schnell genug im Handschuhfach verstauen.

»Soll ich die Entfernung ausrechnen?«, fragte er in einem Ton, als stünde ihm Schreckliches bevor.

»Weißt du was, Woolly? Vergiss das mit Chicago und guck mal, ob du für uns ein bisschen Musik im Radio findest.«

Und schon kam das Lächeln in sein Gesicht zurück.

Wahrscheinlich war der Sucher auf Emmetts Lieblingssender eingestellt, aber den Sendebereich hatten wir in Nebraska verlassen, und als Woolly das Radio anstellte, war zunächst nichts außer Geknister zu hören.

Ein paar Sekunden hörte Woolly intensiv zu, als wollte er das Knistern genauer identifizieren. Aber sobald er anfing, den Sendersucher zu drehen, kam ein weiteres von Woollys versteckten Talenten zum Vorschein, wie beim Abwaschen und dem Zeichnen des Grundrisses. Denn Woolly drehte nicht einfach den Sucher und hoffte aufs Beste. Er drehte ihn, als wäre er ein Safeknacker. Mit halb geschlossenen Augen und der Zunge zwischen den Zähnen bewegte er die kleine rote Nadel über die Senderscheibe, bis er das geringste Signal hörte. Er drehte langsam weiter, das Signal wurde stärker und klarer, bis der Empfang perfekt war, dann hörte er auf zu drehen.

Der erste Sender, den Woolly fand, spielte Country Music. Der Song handelte von einem Cowboy auf der Ranch, der entweder seine Geliebte oder sein Pferd verloren hatte. Bevor ich verstanden hatte, was, hatte Woolly den Sucher weitergedreht. Als Nächstes kam ein Landwirtschaftsbericht aus Kansas City, dann die feurige Ansprache eines Baptistenpredigers, dann geglätteter Beethoven. Als Woolly auch einen Sender mit Popmusik wegdrehte, fragte ich mich, ob es im Radio überhaupt etwas gab, das Woolly interessierte. Doch dann, auf 1540, fand er einen Werbespot für Frühstücksflocken, der gerade anfing. Woolly ließ den Knauf los, starrte das Radio an und hörte der Werbung mit einer Aufmerksamkeit zu, die man sonst nur für den Arzt oder eine Wahrsagerin aufbrachte. Und so fing es an.

Oh, wie der Junge die Reklamespots liebte. Auf den nächsten hundert Meilen haben wir uns bestimmt dreißig davon angehört. Das Produkt war dabei nebensächlich. Ob für einen Coup Deville Cadillac oder einen Playtex-Büstenhalter. Das spielte keine Rolle. Woolly wollte ja nichts kaufen. Was ihn fesselte, war das Drama.

Am Anfang des Spots, wenn der Schauspieler oder die Schauspielerin das Problem darstellte, hörte Woolly gespannt zu, einerlei, ob es um den schwächlichen Geschmack von Mentholzigaretten ging oder die Grasflecken auf Kinderkleidung. An Woollys Gesichtsausdruck konnte ich ablesen, dass er nicht nur die Unzufriedenheit der Betroffenen teilte, sondern auch argwöhnte, alle Suche nach Glück sei zum Scheitern verurteilt. Aber sobald die Geplagten sich entschlossen, es mit der neuen Sorte von diesem oder jenem Produkt zu versuchen, hellte sich Woollys Miene auf, und wenn sich herausstellte, dass das neue Produkt nicht nur die Klumpen im Kartoffelbrei beseitigte, sondern auch die Klumpen im Leben der Menschen, lächelte er mit einem Ausdruck glückseliger Zufriedenheit.

Irgendwo zwischen Des Moines und Iowa City kam ein Spot, in dem eine Mutter zu ihrer großen Überraschung erfuhr, dass ihre drei Söhne jeweils mit einem Gast zum Essen nach Hause kommen würden. Bei der Darstellung dieser Herausforderung entfuhr Woolly ein Seufzer. Doch dann war das leise Klingeln eines Zauberstabs zu hören, und gerade noch rechtzeitig trat der Koch Boy-Ar-Dee mit seiner luftigen Kochmütze und seinem noch luftigeren Akzent in Erscheinung. Ein abermaliges Schwenken des Zauberstabs, und sechs Dosen mit Spaghetti Sauce Bolognese landeten auf der Küchentheke und retteten den Abend.

»Das klingt doch köstlich«, seufzte Woolly, als die Jungen es sich schmecken ließen.

»Köstlich?«, rief ich entsetzt. »Es kommt aus der Dose, Woolly!«

»Ist das nicht erstaunlich?«

»Erstaunlich kann ja sein, aber so isst man kein italienisches Essen.«

Woolly sah mich mit echter Neugier an.

»Wie isst man denn italienisches Essen, Duchess?«

Wo sollte ich anfangen?

»Hast du mal von Leonello gehört?«, fragte ich. »In East Harlem?«

»Ich glaube nicht.«

»Dann setz dich mal bequem hin.«

Woolly gab sich Mühe, der Aufforderung nachzukommen.

»Leonello«, fing ich an, »ist ein kleines italienisches Restaurant mit zehn Tischen in der Mitte, zehn Nischen an beiden Seiten und einer Bar. Die Nischen sind mit rotem Leder ausgeschlagen, und aus der Jukebox kommt Sinatra, ganz so, wie man es sich vorstellt. Nur dass du, wenn du an einem Donnerstagabend reinspazierst und nach einem Tisch fragst, keinen Tisch bekommst, auch wenn das Lokal leer ist.«

Woolly war einer, der Rätsel mochte, und seine Augen leuchteten auf.

»Warum geben sie dir keinen Tisch, Duchess?«

»Der Grund ist, dass alle Tische besetzt sind, Woolly.«

»Aber gerade hast du gesagt, das Lokal ist leer.«

»Und das stimmt auch.«

»Von wem sind dann die Tische besetzt?«

»Ah, mein Teurer, da liegt der Hase im Pfeffer. Also, bei Leonello funktioniert das so, dass jeder Tisch für alle Zeiten reserviert ist. Wenn du Kunde bei Leonello bist, hast du vielleicht den Tisch bei der Jukebox für samstags um acht reserviert. Und du bezahlst jeden Samstag für diesen

Tisch, ob du ins Restaurant kommst oder nicht, sodass kein anderer an dem Tisch sitzen kann.«

Ich sah Woolly an.

»Kannst du mir bis hierher folgen?«

»Ich kann dir folgen.«

Ich wusste, dass es so war.

»Nehmen wir an, du bist kein Kunde bei Leonello, aber du hast das Glück, einen Freund zu haben, der Kunde da ist, und dieser Freund erlaubt dir, seinen Tisch zu benutzen, wenn er selbst nicht in der Stadt ist. Also ziehst du dir am Samstagabend deinen besten Anzug an und setzt einen feschen Hut auf, und du machst dich mit dreien deiner besten Freunde auf nach Harlem.«

»Zum Beispiel mit dir und Emmett und Billy.«

»Genau. Zum Beispiel mit mir und Emmett und Billy. Aber wenn wir am Tisch sitzen und einen Drink bestellt haben, bitten wir nicht um die Speisekarte.«

»Warum nicht?«

»Weil sie bei Leonello keine haben.«

Damit hatte ich ihn gefesselt. Er stieß einen tiefen Seufzer aus, noch tiefer als der bei dem Boy-Ar-Dee-Spot.

»Wie kann man ohne Speisekarte ein Essen bestellen, Duchess?«

»Bei Leonello«, erklärte ich, »wenn man am Tisch sitzt und einen Drink bestellt hat, kommt ein Kellner zum Tisch, nimmt einen Stuhl und setzt sich rittlings drauf, die Arme auf der Rückenlehne, und dann erzählt er, was an dem Abend gekocht wird. ›Willkommen bei Leonello‹, sagt er. ›Heute Abend haben wir als Vorspeise gefüllte Artischocken, Muscheln alla Marinara, Venusmuscheln in Jus Oregana und Calamari fritti. Zum ersten Gang gibt es Linguine mit Venusmuscheln, Spaghetti Carbonara oder Penne alla Bolognese. Und unser Hauptgericht ist heute Abend Hühnchen alla Cacciatora, Kalbsfilet Scaloppine, Kalbsfilet Milanese oder Osso buco.‹«

Ich warf meinem Beifahrer einen kurzen Blick zu.

»Ich sehe an deinem Gesichtsausdruck, dass du von diesem breiten Angebot ziemlich beeindruckt bist, aber sei ganz beruhigt. Denn das einzige

Gericht, das du bestellen musst, ist das, was der Kellner nicht erwähnt hat, nämlich *Fettuccine Mio Amore*, die Spezialität des Hauses. Das ist hausgemachte Pasta mit einer Sauce aus frischen Tomaten, Bacon, karamellisierten Zwiebeln und frisch geriebenem Pfeffer.«

»Aber warum erwähnt der Kellner es nicht, wenn es die Spezialität des Hauses ist?«

»Er erwähnt es nicht, gerade *weil* es die Spezialität des Hauses ist. So ist das nämlich mit den *Fettuccine Mio Amore*. Entweder weiß man Bescheid und bestellt sie, oder man hat es nicht verdient, sie zu essen.«

Ich sah, dass Woolly den Abend bei Leonello in vollen Zügen genoss.

»Hatte dein Vater einen Tisch bei Leonello?«, fragte er.

Ich lachte.

»Nein, Woolly. Mein alter Herr hatte nirgendwo einen Tisch. Aber sechs herrliche Monate lang war er der Maître d'hôtel, und ich durfte in der Küche sitzen, solange ich nicht im Weg war.«

Ich wollte Woolly von Lou erzählen, dem Koch bei Leonello, als ein Lastwagen an uns vorbeidonnerte und der Fahrer erbost die Faust schüttelte.

Normalerweise würde ich ihm den Finger zeigen, aber in dem Moment bemerkte ich, dass unsere Geschwindigkeit, während ich so engagiert meine Geschichte erzählt hatte, auf dreißig Meilen pro Stunde gesunken war. Kein Wunder, dass der Fahrer sauer war.

Aber als ich aufs Gaspedal trat, ging die rote Nadel der Geschwindigkeitsanzeige von fünfundzwanzig auf zwanzig zurück. Ich wechselte die Spur, und als ich an den Rand fuhr, rollte der Wagen aus und hielt.

Ich schaltete den Motor aus, zählte bis drei und schaltete ihn wieder an, aber nichts geschah.

Bescheuerter Studebaker, dachte ich, wahrscheinlich wieder die Batterie. Dann merkte ich, dass das Radio noch an war, also konnte es nicht die Batterie sein. Vielleicht was mit den Zündkerzen?

»Haben wir kein Benzin mehr?«, fragte Woolly.

Erst sah ich Woolly an, dann guckte ich auf die Benzinanzeige, auch das war eine rote Nadel, und tatsächlich, sie war auf null gesunken.

»Sieht ganz so aus, Woolly. Sieht ganz so aus.«

Es war unser Glück, dass ich vor uns das fliegende rote Pferd einer Mobil-Tankstelle sah. Ich holte das Münzgeld, das von Mr. Watsons Schreibtischschublade übrig war, aus der Tasche. Nach dem Hamburger und dem Eis in Morgen blieben mir sieben Cent.

»Woolly«, sagte ich, »hast du zufällig Geld bei dir?«

»Geld?«, antwortete er.

Warum, so fragte ich mich, benutzen Menschen, die mit Geld geboren sind, das Wort immer so, als wäre es ein Fremdwort?

Ich stieg aus und sah mich um. Auf der anderen Straßenseite war ein Diner, in dem immer noch Frühstück serviert wurde. Daneben warteten vier Autos vor einer Waschanlage. Und ein Stück weiter sah ich eine Spirituosenhandlung, die wahrscheinlich erst gegen Mittag aufmachen würde.

In New York würde kein vernünftiger Besitzer einer Spirituosenhandlung über Nacht Geld in seinem Laden lassen. Aber wir waren nicht in New York. Wir waren in dem Teil des Landes, wo die meisten Menschen die Inschrift auf der Dollarnote, *In God We Trust*, wörtlich nahmen, und diejenigen, die nicht auf Gott vertrauten, legten ihr Geld in eine Zigarrenkiste, zogen ein Gummiband drum herum und stellten sie oben in den Schrank, wo niemand jemals nachgucken würde. Aber falls entgegen meiner Erwartung kein Geld in dem Laden war, könnte ich einen Karton Whiskey mitgehen lassen und dem Tankstellenwart ein paar Flaschen anbieten, als Gegenleistung für eine Tankladung.

Blieb das Problem, wie ich in den Laden reinkam.

»Gibst du mir mal die Schlüssel?«

Woolly beugte sich vor, zog den Schlüssel aus dem Anlasser und gab ihn mir durchs Fenster.

»Danke«, sagte ich und ging zum Kofferraum.

»Duchess?«

»Woolly?«

»Meinst du, ich könnte …? Ob ich wohl …?«

Im Allgemeinen mischte ich mich nicht in die Gewohnheiten eines anderen ein. Wenn er früh aufstehen und zur Messe gehen will, soll er das tun. Wenn er in den Klamotten vom Abend zuvor bis mittags schlafen möchte – bitte. Aber weil Woolly nur einen beschränkten Vorrat von seiner Medizin hatte und ich auf ihn als Wegführer angewiesen war, hatte ich ihn gebeten, auf seine Morgendosis zu verzichten. Da ich jetzt aber nicht wusste, wie lange ich brauchte, um in die Spirituosenhandlung einzubrechen, war es vielleicht besser, wenn Woolly in seine eigene Welt abdriftete.

»Meinetwegen«, sagte ich. »Aber vielleicht kannst du dich auf ein paar Tropfen beschränken.«

Er machte schon das Handschuhfach auf, als ich nach hinten ging. Ich öffnete den Kofferraum und musste unwillkürlich lächeln. Als Billy sagte, er und Emmett würden für ihre Reise nach Kalifornien nur das mitnehmen, was in einen Rucksack passte, hatte ich vermutet, er meinte das bildlich. Aber es war nicht im Mindesten bildlich. Im Kofferraum war nur ein Rucksack. Ich schob ihn zur Seite und faltete die Filzmatte zurück, die auf dem Ersatzreifen lag. Neben dem Reifen fand ich einen Wagenheber mit Griff. Der Griff war nicht dicker als ein Spazierstock, aber wenn man damit einen Studebaker aufbocken konnte, dann würde sich auch eine Hintertür in Iowa damit öffnen lassen.

Ich nahm den Wagenheber in die Linke und wollte die Filzmatte mit der Rechten wieder über den Reifen legen, als ich etwas entdeckte: eine Ecke Papier, hinter dem Ersatzreifen versteckt und so weiß wie Engelsflügel.

# EMMETT

Emmett brauchte eine halbe Stunde, um den Eingang zum Güterbahnhof zu finden. Zwar verliefen die Schienen für den Personenverkehr und die für den Güterverkehr parallel, aber die Zugänge lagen einander gegenüber. Und obwohl beide Bahnhöfe nur wenige hundert Meter voneinander entfernt waren, musste man einen Umweg von gut einer Meile machen, um von einem zum anderen zu kommen. Zunächst führte der Weg an einer Reihe gepflegter Geschäfte vorbei, doch dann ging es über die Schienen und durch ein Gebiet von Schmelzereien, Schrotthalden und Autowerkstätten.

Als Emmett an dem Drahtzaun vor den Schienensträngen entlangging, dämmerte ihm langsam, auf was er sich da eingelassen hatte. Denn während der Bahnhof für den Personenverkehr und die wenigen Fahrgäste, die jeden Tag in dieser mittelgroßen Stadt ankamen und von dort losreisten, gerade groß genug war, dehnte sich der Güterbahnhof über ein Areal von fünf Hektar aus, mit Frachtgutannahme, Rangierbahnhof, Stellwerken, Bürogebäuden und Wartungshallen, aber vor allem mit Güterwagen. Hunderte davon. Rostrot und rechteckig standen die Kästen in langen Reihen dicht an dicht, so weit das Auge reichte. Und ob sie dazu bestimmt waren, nach Ost oder West, Nord oder Süd zu fahren, beladen oder leer, sie waren genau so, wie man sie sich vorstellte: anonym und austauschbar.

Der Eingang war an einer breiten Straße mit Lagerhäusern. Als Emmett sich näherte, sah er nur einen Mann mittleren Alters, der im Rollstuhl bei den Toren stand. Aus der Entfernung konnte Emmett erkennen, dass die beiden Beine des Mannes oberhalb der Knie abgetrennt waren – eine

Kriegsverletzung vermutlich. Wenn sich der Kriegsversehrte eine Gabe von mildtätigen Fremden erhoffte, dachte Emmett, hätte er doch vor dem Personenbahnhof bessere Chancen.

Um sich einen Überblick zu verschaffen, stellte Emmett sich auf der gegenüberliegenden Straßenseite in den Eingang zu einem verschlossen wirkenden Gebäude. Gleich innerhalb der Umzäunung konnte er ein zweistöckiges Backsteingebäude sehen, das in relativ gutem Zustand war. Bestimmt war das die Zentrale, wo die Verladung und die Fahrpläne beschlossen wurden. In seiner Naivität hatte Emmett angenommen, dass er ungesehen in das Gebäude schlüpfen und sich die nötigen Informationen an einem Anschlag an der Wand abschreiben konnte. Aber gleich hinter dem Gittertor war ein Holzverschlag, der wie ein Wärterhäuschen aussah.

Und so war es auch, denn als Emmett die Lage noch ortete, fuhr ein Lastwagen vor, und ein uniformierter Mann mit einem Klemmbrett in der Hand trat aus dem Häuschen und fertigte den Lastwagen ab. Offenbar würde Emmett sich die nötigen Informationen nicht mit Schläue beschaffen können, sondern müsste warten, bis sie zu ihm kamen.

Emmett warf einen Blick auf Billys Uhr aus Armeebeständen, die sein Bruder ihm geliehen hatte. Es war 11.15 Uhr. Er vermutete, dass er um die Mittagszeit jemanden antreffen würde, der ihm eine Auskunft geben konnte, und so lehnte er sich in den Schatten des Eingangs und richtete sich aufs Warten ein, während seine Gedanken zu seinem Bruder wanderten.

Als Emmett und Billy in die Bahnhofshalle kamen, sah Billy sich alles aufmerksam an, die hohe Decke, den Kaffeestand und den Zeitungskiosk, die Gepäckträger und die Reisenden.

»Ich war noch nie in einem Bahnhof.«

»Ist er anders, als du ihn dir vorgestellt hast?«

»Er ist genau so, wie ich ihn mir vorgestellt habe.«

»Komm«, sagte Emmett. »Wir gehen da drüben hin.«

Emmett ging mit seinem Bruder durch die Wartehalle zu einer stillen Ecke mit einer freien Bank.

Billy nahm den Rucksack ab und setzte sich, ließ aber Platz für Emmett, doch Emmett setzte sich nicht.

»Ich muss herausfinden, wann die Züge nach New York fahren, Billy. Aber das kann ein bisschen dauern. Ich möchte, dass du mir versprichst, so lange hier sitzen zu bleiben, bis ich zurückkomme.«

»Ist in Ordnung, Emmett.«

»Und denk daran, dass wir hier nicht in Morgen sind. Hier kommen viele Menschen rein, und alle sind Fremde. Es ist das Beste, wenn du dich von ihnen fernhältst.«

»Ist gut.«

»Fein.«

»Aber wenn du wissen willst, wann die Züge nach New York fahren, warum gehst du dann nicht zum Schalter? Der ist doch gleich da drüben, unter der Uhr.«

Als Billy zum Schalter zeigte, warf Emmett einen Blick dorthin, dann setzte er sich neben seinen Bruder auf die Bank.

»Wir fahren nicht mit einem Personenzug, Billy.«

»Warum nicht, Emmett?«

»Weil unser ganzes Geld im Studebaker ist.«

Billy dachte einen Moment lang nach, dann griff er zu seinem Rucksack.

»Wir können meine Silberdollars benutzen.«

Emmett lächelte und legte seine Hand auf die seines Bruders.

»Das geht nicht. Du sammelst sie seit Jahren. Und es fehlen dir nur noch ganz wenige, stimmt's?«

»Und was machen wir jetzt, Emmett?«

»Wir lassen uns von einem der Güterzüge mitnehmen.«

Für manche Menschen, die meisten, vermutete Emmett, waren Regeln ein notwendiges Übel. Sie waren lästig, aber man musste sie einhalten, wollte man in einer geordneten Welt leben. Doch wenn niemand guckte, waren die meisten Menschen bereit, auch mal gegen die Regeln zu verstoßen. Sie übertraten auf einer leeren Straße die Geschwindigkeitsbegrenzung oder pflückten in einem unbeaufsichtigten Obstgarten einen Apfel.

Aber Billy hielt Regeln nicht nur ein, er befolgte sie buchstabengetreu. Ohne dass jemand ihn erinnern musste, machte er sein Bett und putzte sich die Zähne. Er bestand darauf, eine Viertelstunde vor dem ersten Läuten in der Schule zu sein, und er hob in der Klasse immer die Hand, bevor er sprach. Folglich hatte Emmett sich sehr gut überlegt, wie er Billy erklären würde, was sie vorhatten, und war auf den Ausdruck »sich mitnehmen lassen« gekommen, weil er hoffte, das würde die Vorbehalte seines Bruders, die er bestimmt hatte, beschwichtigen. An Billys Gesichtsausdruck konnte er erkennen, dass er eine gute Wahl getroffen hatte.

»Meinst du, wie blinde Passagiere?«, fragte Billy mit großen Augen.

»Genau so, Billy. Wie blinde Passagiere.«

Emmett tippte seinem Bruder aufs Knie und stand auf, um zu gehen.

»So wie Duchess und Woolly im Auto des Direktors.«

Emmett hielt inne und drehte sich um.

»Woher weißt du das, Billy?«

»Das hat Duchess mir erzählt. Gestern nach dem Frühstück. Da haben wir von dem Grafen von Monte Christo gesprochen, und dass Edmond Dantès eingesperrt war, obwohl er unschuldig war, und aus dem Château d'If geflohen ist, weil er sich in den Sack gelegt hat, der für die Leiche von Abbé Faria bestimmt war, und so haben die Wächter ihn, ohne es zu merken, aus dem Gefängnis getragen. Duchess hat erklärt, dass er und Woolly eigentlich genau dasselbe gemacht haben. Sie waren eingesperrt, obwohl sie unschuldig sind, und haben sich im Kofferraum des Autos von dem Direktor versteckt, und der hat das nicht gemerkt und ist mit ihnen aus Salina weggefahren. Nur dass Duchess und Woolly nicht ins Meer geworfen wurden.«

Billy erzählte das mit derselben Erregung, mit der er Sally von den Ereignissen im Waisenhaus erzählt hatte, von dem zerbrochenen Fenster und der Handvoll Löffel.

Emmett setzte sich wieder.

»Du magst Duchess wohl sehr gern, Billy.«

Billy sah ihn verwundert an.

»Magst du ihn nicht, Emmett?«

»Doch. Ich mag ihn. Aber bloß weil ich jemanden mag, heißt das nicht, dass ich alles mag, was er tut.«

»Du meinst, weil er Sallys Konfitüre verschenkt hat?«

Emmett lachte.

»Nein. Das finde ich nicht so schlimm. Ich meine andere Dinge.«

Als Billy ihn weiterhin fragend ansah, suchte Emmett nach einem passenden Beispiel.

»Du weißt doch die Geschichte, die Duchess von dem Ausflug ins Kino erzählt hat?«

»Meinst du, wie er aus dem Badezimmerfenster gestiegen und über den Kartoffelacker gerannt ist?«

»Richtig. Die Geschichte geht noch ein bisschen weiter. Duchess war nicht nur einer, der bei dem Ausflug ins Kino mitmachte, sondern er war derjenige, der die Idee dazu hatte. Wenn er einen Film sehen wollte, überredete er ein paar andere, mit ihm ins Kino zu kommen. Und meistens war es so, wie er es erzählt hat. Wenn sie am Samstagabend um neun losgingen, waren sie am nächsten Morgen um eins wieder da, und niemand hatte etwas gemerkt. Aber einen Abend wollte Duchess unbedingt einen neuen Film mit John Wayne sehen. Es hatte die ganze Woche geregnet, und es sah so aus, als würde es immer weiterregnen, und Townhouse, mit dem er das Stockbett teilte, war der Einzige, der bereit war mitzukommen. Als sie auf halbem Wege übers Feld waren, fing es zu schütten an. Obwohl sie völlig durchweicht waren und ihre Stiefel immer wieder im Schlamm stecken blieben, gingen sie weiter. Aber als sie zum Fluss kamen und sahen, wie stark er vom Regen angeschwollen war, setzte Duchess sich hin und sagte, er würde nicht weitergehen. Er sagte, ihm sei kalt, und er sei zu nass und zu müde, um weiterzugehen. Aber Townhouse fand, jetzt sei er so weit gekommen, und er würde nicht umkehren. Also schwamm er durch den Fluss und ließ Duchess sitzen.«

Billy nickte, während Emmett sprach, die Stirn vor Konzentration gerunzelt.

»Alles wäre gut ausgegangen«, fuhr Emmett fort, »aber nachdem Townhouse durch den Fluss geschwommen war, wollte Duchess, weil er fror und nass und müde war, nicht die ganze Strecke zu Fuß zurückgehen. Deshalb ging er zur Straße, hielt ein Auto an und fragte, ob der Fahrer ihn bis zum nächsten Diner mitnehmen könne. Das Problem war nur, dass der Mann in dem Auto ein Polizist war, der nach der Arbeit nach Hause fuhr. Deshalb brachte er Duchess nicht zum Diner, sondern zum Direktor. Und als Townhouse am nächsten Morgen um eins zurückkam, warteten die Wächter schon auf ihn.«

»Ist Townhouse bestraft worden?«

»Ja, Billy, und zwar sehr hart.«

Emmett erzählte seinem Bruder nicht, dass Ackerly zwei sehr einfache Regeln hatte, wenn jemand absichtlich gegen die Regeln verstieß. Die erste war, dass man die Strafe entweder in Wochen oder mit Schlägen ableisten konnte. Fing man im Speisesaal Streit an, kriegte man entweder drei Wochen zusätzlich oder drei Schläge auf den Rücken. Seine zweite Regel war, dass die Lektionen für Schwarze, die bekanntlich schlechter im Lernen waren als weiße Jungen, die doppelte Länge hatten. Während Duchess vier Wochen zusätzlich absitzen musste, erhielt Townhouse acht Peitschenschläge, die ihm vor allen anderen im Speisesaal ausgeteilt wurden.

»Was ich sagen will, Billy, Duchess ist voller Energie und Begeisterung, und auch voller guter Absichten. Aber manchmal stellen sich seine Energie und Begeisterung den guten Absichten in die Quere, und ein anderer bekommt die Folgen zu spüren.«

Emmett hoffte, dass diese Geschichte Billy ein wenig ernüchtert hatte, und an Billys Gesichtsausdruck glaubte er zu sehen, dass dies der Fall war.

»Das ist eine traurige Geschichte«, sagte Billy.

»Das stimmt«, sagte Emmett.

»Sie macht mich wegen Duchess traurig.«

Emmett sah seinen Bruder überrascht an.

»Warum wegen Duchess, Billy. Er hat doch Townhouse den ganzen Ärger eingebrockt.«

»Das kam nur daher, dass Duchess nicht durch den Fluss schwimmen wollte, als das Wasser so hoch war.«

»Das ist richtig. Aber warum macht dich das traurig für ihn?«

»Weil er doch nicht schwimmen kann, Emmett. Und das wollte er nicht zugeben, weil es ihm peinlich war.«

Wie Emmett erwartet hatte, kamen kurz nach zwölf die ersten Bahnarbeiter zur Mittagspause aus dem Tor. Während er dem Strom der Menschen zusah, stellte er fest, dass er sich nicht mehr hätte irren können, was den Kriegsveteranen im Rollstuhl anging. Fast alle, die aus dem Hof kamen, gaben ihm etwas – manche fünf Cent, manche zehn, andere grüßten ihn freundlich.

Emmett wurde klar, dass die Männer, die aus dem Verwaltungsgebäude kamen, am ehesten die Informationen hätten, die er brauchte. Sie waren für die Zeitabläufe und die Abfertigung der Züge zuständig und wüssten, wie die Güterzüge zusammengestellt wurden und wohin sie fuhren. Aber Emmett wandte sich nicht an sie, sondern wartete auf die anderen: die Bremser und Verlader und Mechaniker – Männer, die mit den Händen arbeiteten und pro Stunde bezahlt wurden. Instinktiv begriff Emmett, dass diese Männer in ihm eher ihresgleichen sehen würden und dass sie, wenn auch nicht übermäßig verständnisvoll, so doch desinteressiert wären, wenn er der Bahngesellschaft keinen Fahrpreis entrichtete. Aber auch wenn ihm seine Intuition sagte, dass dies die Männer waren, an die er sich wenden sollte, so riet seine Vernunft ihm, auf Nachzügler zu warten, denn selbst wenn ein Arbeiter bereit war, die Regeln für einen Fremden zu beugen, wäre er im Beisein anderer weniger dazu geneigt.

Emmett wartete fast eine halbe Stunde auf seine erste Gelegenheit – es war ein einzelner Arbeiter in Jeans und einem schwarzen T-Shirt, der kaum älter als fünfundzwanzig sein konnte. Als der junge Mann stehen blieb, um sich eine Zigarette anzuzünden, ging Emmett über die Straße auf ihn zu.

»Entschuldigung«, sagte er.

Der junge Mann schwenkte das Streichholz, bis es erlosch, sah Emmett von Kopf bis Fuß an, sagte aber kein Wort. Emmett erzählte ihm die Geschichte, die er sich ausgedacht hatte, nämlich dass sein Onkel in Kansas City, der Ingenieur war, im Laufe des Nachmittags mit einem Güterzug nach New York hier in Lewis ankommen würde, aber Emmett wüsste weder die genaue Zeit noch den Zug.

Als Emmett sich diesen jungen Mann für seine Frage ausgesucht hatte, stellte er sich vor, die Nähe im Alter würde sich zu seinem Vorteil auswirken, aber kaum fing er an zu sprechen, wurde ihm sein Irrtum bewusst. Der junge Mann sah ihn mit einer so abweisenden Miene an, wie nur ein junger Mann das tun konnte.

»Ohne Witz«, sagte er. »Ein Onkel aus Kansas City. Sieh mal einer an.«

Der junge Mann nahm einen Zug von seiner Zigarette und warf sie dann halb geraucht auf die Straße.

»Tu dir einen Gefallen, Junge, geh wieder nach Hause. Deine Momma wundert sich schon, wo du abgeblieben bist.«

Als der junge Mann davonschlenderte, erhaschte Emmett den Blick des Rollstuhlfahrers, der das Gespräch mitgehört hatte. Emmett sah prüfend zum Pförtnerhaus hinüber, ob der Wachmann auch zugehört hatte, aber der lehnte sich auf seinem Stuhl zurück und las die Zeitung.

Jetzt kam ein älterer Mann in Arbeitskluft durch das Tor, blieb bei dem Rollstuhlfahrer stehen und wechselte ein paar freundliche Worte mit ihm. Er trug eine Mütze, die er auf dem Kopf so weit nach hinten geschoben hatte, dass man sich wunderte, warum er sie überhaupt trug. Als er weiterging, näherte Emmett sich ihm.

Da die Altersgleichheit nicht hilfreich gewesen war, wollte Emmett beim zweiten Versuch das Beste aus dem Unterschied im Alter machen.

»Entschuldigen Sie bitte«, sagte er bescheiden.

Der Mann drehte sich mit einem freundlichen Lächeln zu Emmett um.

»Hallo, Junge. Was kann ich für dich tun?«

Emmett erzählte wieder die Geschichte von seinem Onkel, und der Mann in Arbeitskluft hörte interessiert zu, er beugte sich sogar ein bisschen vor, als wollte er alles genau mithören. Aber als Emmett zu Ende erzählt hatte, schüttelte er den Kopf.

»Ich würde ja gern helfen, junger Mann, aber ich repariere sie bloß. Ich frage nicht, wohin sie fahren.«

Als der Mechaniker die Straße hinunter verschwand, machte Emmett sich klar, dass er eine andere Taktik brauchte.

»He, hallo«, hörte er eine Stimme.

Emmett drehte sich um und sah, dass es der Rollstuhlfahrer war.

»Es tut mir leid«, sagte Emmett und stülpte seine leeren Taschen nach außen. »Ich habe nichts für Sie.«

»Du verstehst mich falsch. Ich habe was für dich.«

Emmett zögerte, und der Bettler rollte näher.

»Du willst auf einen Güterzug aufspringen, der nach New York fährt. Hab ich das richtig kapiert?«

Emmett reagierte überrascht.

»Ich habe meine Beine verloren, nicht mein Gehör, mein Freund! Aber hör zu: Wenn du auf einen Zug aufspringen willst, dann fragst du die Falschen. Selbst wenn deine Zehen anfangen zu brennen, würde Jackson keine Anstalten machen, das Feuer zu löschen, und Arnie, der repariert die Züge nur. Nicht, dass das nicht wichtig wäre, aber da geht es nur darum, dass der Zug fährt, nicht wohin er fährt. Es hat also keinen Zweck, Jackson oder Arnie zu fragen. Überhaupt keinen. Wenn du auf einen Zug nach New York aufspringen willst, mein Freund, dann musst du mich fragen.«

Emmetts Überraschung musste ihm deutlich anzusehen gewesen sein, denn der Bettler grinste und zeigte sich mit dem Daumen auf die Brust.

»Fünfundzwanzig Jahre habe ich bei der Bahn gearbeitet. Fünfzehn als Bremser und zehn auf dem Rangierbahnhof hier in Lewis. Was meinst du wohl, wie ich meine Beine verloren habe?«

Er zeigte auf seine Stümpfe und lächelte wieder. Dann sah er Emmett von Kopf bis Fuß an, allerdings mit einem freundlicheren Gesicht, als der junge Arbeiter es getan hatte.

»Wie alt bist du – achtzehn?«

»Ja, achtzehn«, sagte Emmett.

»Ob du's glaubst oder nicht, ich habe schon ein paar Jahre eher bei der Eisenbahn angefangen. Damals haben sie einen mit sechzehn genommen. Fünfzehn, wenn man groß war für sein Alter.«

Der Bettler schüttelte mit einem wehmütigen Lächeln den Kopf, dann lehnte er sich in seinem Rollstuhl zurück, wie jemand, der es sich in seinem Lieblingssessel bequem machte.

»Ich habe bei der Union Pacific angefangen, sieben Jahre auf den Strecken in den Südwesten. Dann habe ich acht Jahre bei der Pennsylvania Railroad gearbeitet, der größten Eisenbahngesellschaft im Land. Damals war ich mehr unterwegs, als dass ich stillgestanden hätte. Irgendwann war es so, wenn ich morgens aus dem Bett stieg, kam es mir vor, als würde das ganze Haus unter mir rollen, und ich musste mich an den Möbeln festhalten, wenn ich ins Bad wollte.«

Wieder lachte der Bettler und schüttelte den Kopf.

»So war's. Die Pennsylvania. Die Burlington. Die Union Pacific und die Great Northern. Ich kenne alle diese Strecken.«

Der Beinlose war einen Moment still.

»Sie wollten etwas über Züge nach New York sagen.« Emmett brachte ihn auf sein Anliegen zurück.

»Ah ja«, sagte der Mann. »Der Big Apple! Aber bist du dir sicher, dass es New York sein soll? Bei einem Güterbahnhof ist es ja so, dass man überall hinkann, wohin man will, aber auch in Städte, die einem noch nicht eingefallen sind. Florida. Texas. Kalifornien. Oder Santa Fe? Warst du da schon mal? Das ist eine tolle Stadt. Um diese Jahreszeit ist es am Tage warm und abends kühl, und man trifft dort die freundlichsten Señoritas, denen du jemals begegnen wirst.«

Der Bettler lachte, und Emmett befürchtete, er würde wieder den Faden des Gesprächs verlieren.

»Später würde ich gerne einmal nach Santa Fe fahren«, sagte Emmett, »aber jetzt muss ich unbedingt nach New York.«

Der Bettler hörte auf zu lachen und machte ein ernstes Gesicht.

»Da haben wir's, das Leben auf den Punkt gebracht. Man möchte das eine machen und muss das andere tun.«

Der Bettler blickte nach rechts und nach links und rollte ein bisschen näher.

»Ich habe gehört, wie du Jackson nach einem Nachmittagszug mit Ziel New York gefragt hast. Also, das ist der Empire Special, der fährt um 1.55 Uhr.

Ein schöner Zug. Macht neunzig Meilen in der Stunde, hält nur sechsmal und schafft es in unter zwanzig Stunden. Aber wenn du wirklich in New York ankommen willst, dann ist der Empire Special nicht der richtige Zug. Denn in Chicago wird ein Waggon mit Wertpapieren für die Wall Street angehängt. Da sind immer mindestens vier bewaffnete Wachleute mit im Zug. Und wenn die dich raussetzen wollen, warten sie nicht, bis der Zug an einem Bahnhof hält.«

Der Bettler sah in den Himmel hinauf.

»Oder der West Coast Perishables, der kommt um sechs durch Lewis. Kein schlechter Zug. Aber um diese Jahreszeit ist er immer sehr voll, und du müsstest bei Tageslicht einsteigen. Also kommt der Perishable auch nicht in Frage. Am besten ist der Sunset East, der kurz nach Mitternacht in Lewis durchkommt. Und ich kann dir genau erklären, wie du an Bord kommst, aber erst musst du mir eine Frage beantworten.«

»Ist gut«, sagte Emmett.

Der Bettler grinste.

»Was ist der Unterschied zwischen einer Tonne Mehl und einer Tonne Kartoffelchips?«

Als Emmett wieder in die Bahnhofshalle kam, war er erleichtert zu sehen, dass Billy da saß, wo er ihn verlassen hatte – auf der Bank mit seinem Rucksack neben sich und dem großen roten Buch auf den Knien.

Als Emmett bei ihm war, sah Billy ihn fragend an.

»Hast du rausbekommen, mit welchem Zug wir uns mitnehmen lassen, Emmett?«

»Ja, das habe ich. Aber er geht erst kurz nach Mitternacht.«

Billy nickte zustimmend, als wäre kurz nach Mitternacht genau die richtige Zeit.

»Hier hast du deine Uhr«, sagte Emmett und zog sich die Uhr ab.

»Nein«, sagte Billy. »Behalt sie ruhig. Du musst ja auf die Zeit achten.«

Als Emmett sich die Uhr wieder aufsetzte, sah er, dass es fast zwei war.

»Mann, hab ich einen Hunger«, sagte er. »Mal gucken, ob ich irgendwo was zu essen auftreiben kann.«

»Das brauchst du nicht, Emmett. Ich habe unseren Lunch.«

Billy holte seine Frühstücksdose aus dem Rucksack und nahm zwei Papierservietten und zwei Sandwiches heraus, die in Wachspapier mit geknifften Ecken eingewickelt waren. Emmett lächelte – offenbar packte Sally ein Sandwich so ein, wie sie die Betten machte.

»Eins ist mit Rinderbraten, eins mit Schinken«, sagte Billy. »Ich wusste nicht mehr, ob du Rinderbraten lieber magst oder Schinken, deswegen haben wir von jedem eins genommen. Beide sind mit Käse, aber nur das mit Rinderbraten ist mit Mayonnaise.«

»Ich nehme das mit Rinderbraten«, sagte Emmett.

Die Brüder packten ihre Sandwiches aus und bissen hinein.

»Sally sei Dank.«

Billy sah Emmett zustimmend an, war aber offenbar ein wenig erstaunt von der Bemerkung. Zur Erklärung hielt Emmett sein Sandwich hoch.

»Ach«, sagte Billy. »Die sind nicht von Sally.«

»Nicht?«

»Die sind von Mrs. Simpson.«

Emmett erstarrte einen kurzen Moment, das Sandwich in der Luft, während Billy von seinem abbiss.

»Wer ist Mrs. Simpson, Billy?«

»Die nette Dame, die neben mir gesessen hat.«

»Neben dir, hier?«

Emmett zeigte auf seinen Platz.

»Nein«, sagte Billy und zeigte auf die andere Seite. »Neben mir, hier.«

»Sie hat die Sandwiches gemacht?«

»Sie hat sie in dem Coffeeshop gekauft, weil ich ihr gesagt habe, ich müsste hier sitzen bleiben.«

Emmett legte sein Sandwich in den Schoß.

»Du darfst von Fremden keine Sandwiches annehmen, Billy.«

»Aber ich habe sie nicht angenommen, als wir Fremde waren, Emmett. Ich habe sie angenommen, als wir Freunde waren.«

Emmett schloss einen Moment lang die Augen.

»Billy«, sagte er ganz freundlich. »Du wirst nicht der Freund von jemandem, bloß weil du im Bahnhof mit der Person ein Gespräch geführt hast. Auch wenn ihr eine Stunde lang miteinander gesprochen habt, würdest du immer noch kaum etwas über sie wissen.«

»Aber ich weiß ganz viel über Mrs. Simpson«, widersprach Billy ihm. »Ich weiß, dass sie in der Nähe von Ottumwa in Iowa aufgewachsen ist, auf einer Farm so wie unserer, nur dass sie Mais angebaut haben und nicht bankrottgegangen sind. Und sie hat zwei Töchter, eine lebt in St. Louis und eine in Chicago. Und die in Chicago, sie heißt Mary, kriegt gerade ein Baby. Das ist ihr erstes. Und deshalb war Mrs. Simpson hier am Bahnhof. Sie wollte mit dem Empire Special nach Chicago, um ihrer Tochter mit dem Baby zu helfen, und Mr. Simpson konnte nicht mitkommen, weil er Präsident des Lions Clubs ist und am Donnerstag bei einem Essen sein muss.«

Emmett hielt die Hände hoch.

»Verstehe, Billy, du hast offenbar eine Menge über Mrs. Simpson erfahren. Und ihr zwei seid nicht mehr richtige Fremde. Aber ihr seid auch nicht richtige Freunde. Mit jemandem Freund zu werden dauert länger als eine Stunde oder zwei. Klar?«

»Klar.«

Emmett nahm wieder sein Sandwich und biss ab.

»Wie lange?«

Emmett kaute seinen Bissen hinunter.

»Wie lange, was?«, fragte er.

»Wie lange muss man mit einem Fremden sprechen, bevor man sein Freund wird?«

Einen Moment lang überlegte Emmett, ob er erläutern sollte, wie Freundschaften sich langsam mit der Zeit entwickeln. Stattdessen sagte er: »Zehn Tage.«

Billy dachte kurz nach, dann schüttelte er den Kopf.

»Zehn Tage, das ist eine sehr lange Zeit, um der Freund von jemandem zu werden, Emmett.«

»Sechs Tage dann?«, sagte Emmett.

Billy biss ab, kaute und überlegte, dann nickte er zufrieden.

»Drei Tage«, sagte er.

»Also gut«, sagte Emmett. »Wir einigen uns darauf, dass es drei Tage dauert. Und davor sind es Fremde.«

»Oder Bekannte«, sagte Billy.

»Oder Bekannte.«

Die Brüder aßen weiter ihre Sandwiches.

Emmett zeigte mit dem Kopf auf das große rote Buch, das Billy auf den Platz gelegt hatte, wo vorher Mrs. Simpson gesessen hatte.

»Was ist das für ein Buch, das du die ganze Zeit liest?«

*»Professor Abacus Abernathes Kompendium von Helden, Abenteurern und anderen unerschrockenen Reisenden.«*

»Klingt spannend. Darf ich mal sehen?«

Billy blickte besorgt von dem Buch zu Emmetts Händen und zurück. Emmett legte sein Sandwich auf die Bank und wischte sich die Hände an seiner Serviette ab. Dann gab sein Bruder ihm das Buch.

Emmett kannte seinen Bruder, deshalb schlug er es nicht einfach mittendrin auf, sondern fing ganz vorn an, ganz am Anfang, beim Vorsatzpapier. Und das erwies sich als gut. Denn der Einband des Buches war durchgehend rot mit goldenen Buchstaben, aber auf den Vorsatzpapieren waren Landkarten abgedruckt, die von gepunkteten Linien durchzogen waren. Neben jeder der Linie, vermutlich war es die Route eines Abenteurers, stand ein Buchstabe.

Billy, der auch sein Sandwich hingelegt und sich die Hände abgewischt hatte, rückte etwas näher an Emmett heran, damit sie zusammen das Buch ansehen konnten – so wie früher, als Billy noch klein gewesen war und Emmett ihm aus einem Geschichtenbuch vorgelesen hatte. Und so wie damals warf Emmett seinem Bruder einen Blick zu, um zu sehen, ob er umblättern konnte. Auf Billys Nicken hin blätterte Emmett zur Titelseite.

*Für den unerschrockenen Billy Watson*
*Mit guten Wünschen für alle Arten von Reisen und Abenteuern.*
*Ellie Matthiessen*

Zwar kam Emmett der Name bekannt vor, aber er wusste nicht mehr, wer Ellie Matthiessen war. Billy musste die Verunsicherung seines Bruders gespürt haben, denn er sagte: »Die Bibliothekarin.«

Natürlich, dachte Emmett. Die mit der Brille, die so freundlich von Billy gesprochen hatte.

Emmett blätterte um und kam zum Inhaltsverzeichnis.

Achilles
Boone
Cäsar
Dantes
Edison
Fogg
Galileo
Herkules
Ishmael
Jason
König Arthur
Lincoln
Magellan
Napoleon
Orpheus
Polo
Quijote
Robin Hood
Sindbad
Theseus
Ulysses
da Vinci
Washington
Xenos
You
Zorro

»Sie sind in alphabetischer Reihenfolge«, sagte Billy.

Emmett schlug zum Vorsatzpapier zurück und verglich die Namen der Helden mit den Buchstaben an den gepunkteten Linien. Genau, dachte er, das ist Magellan, der von Spanien nach Ostindien segelt, und hier Napoleon auf dem Marsch nach Russland, und Daniel Boone, der die Wildnis von Kentucky erkundet.

Nach einem kurzen Blick auf die Einleitung fing Emmett an, die sechsundzwanzig Kapitel des Buches durchzublättern, von denen jedes acht Seiten lang war. Alle Kapitel streiften die Kindheit des Helden, aber das Hauptaugenmerk lag auf seinen Unternehmungen, seinen Erfolgen und dem, was er der Welt hinterlassen hatte. Emmett verstand gut, warum sein Bruder immer wieder dieses Buch zur Hand nahm, denn jedes Kapitel enthielt Landkarten und faszinierende Illustrationen wie die Zeichnung von da Vincis Flugmaschine oder den Grundriss des Labyrinths, in dem Theseus den Minotaurus bekämpfte.

Gegen Ende des Buches kam Emmett zu zwei leeren Seiten.

»Anscheinend haben sie ein Kapitel vergessen.«

»Du hast eine Seite überschlagen.«

Billy griff über Emmett hinweg und schlug die Seite zurück. Auch diese Seiten waren leer, nur dass auf der linken Seite oben als Kapitelüberschrift stand: »Deine Geschichte«.

Billy berührte das Papier mit Ehrfurcht.

»Hier lädt Professor Abernathe den Leser ein, sein eigenes Abenteuer aufzuschreiben.«

»Du hast dein Abenteuer ja noch nicht gehabt«, sagte Emmett mit einem Lächeln.

»Es hat, glaube ich, jetzt angefangen«, sagte Billy.

»Vielleicht kannst du ja anfangen zu schreiben, während wir auf den Zug warten.«

Billy schüttelte den Kopf. Dann ging er zum ersten Kapitel zurück und las den ersten Satz:

*»Es ist gut und richtig, dass wir unsere Abenteuer mit der Geschichte des schnellfüßigen Achilles beginnen, dessen lange zurückliegenden Taten von*

*Homer für alle Zeiten in der* Ilias, *dem großen epischen Gedicht, unsterblich gemacht wurden.«*

Billy sah auf und erklärte.

»Der Anfang des Trojanischen Krieges war das Urteil des Paris. Weil die Göttin der Zwietracht zu einem Bankett auf dem Olymp nicht eingeladen war, warf sie einen goldenen Apfel auf den Tisch, auf dem stand *Für die Schönste.* Als Athene, Hera und Aphrodite jeweils den Apfel für sich forderten, schickte Zeus sie auf die Erde, wo Paris, der trojanische Prinz, dazu bestimmt wurde, den Streit zu schlichten.«

Billy zeigte auf ein Bild, das drei lose gewandete Frauen zeigte. Sie waren um einen Mann gruppiert, der unter einem Baum saß.

»Um Paris in seiner Entscheidung zu beeinflussen, bot Athene ihm Weisheit, Hera bot ihm Macht, und Aphrodite versprach ihm die schönste Frau der Welt, Helena von Sparta, die Frau von König Menelaus. Als Paris sich für Aphrodites Angebot entschied, half sie ihm, Helena zu entführen, und das machte Menelaus so wütend, dass er den Krieg erklärte. Aber Homer fing mit seiner Geschichte nicht am Anfang an.«

Billy zeigte mit dem Finger auf den zweiten Absatz, wo drei lateinische Wörter standen.

»Homer fing seine Geschichte *in medias res* an, was *mitten in den Dingen* bedeutet. Er fing mit dem neunten Jahr des Krieges an, als der Held Achilles wütend in seinem Zelt saß. Und seitdem werden die besten Abenteuergeschichten so erzählt.«

Billy sah seinen Bruder an.

»Ich glaube ganz bestimmt, dass wir mit unserem Abenteuer angefangen habe. Aber ich kann erst anfangen, es aufzuschreiben, wenn ich weiß, wo die Mitte ist.«

# DUCHESS

Woolly und ich lagen auf unseren Betten in einem HoJo, einem Motel ungefähr fünf Meilen westlich von Chicago. Als wir den Mississippi überquert hatten und in Iowa an dem ersten Motel dieser Kette vorbeikamen, hatte Woolly das orangefarbene Dach und den spitzen blauen Turm bewundert. Beim zweiten war er völlig verwirrt, weil er dachte, entweder hätte er Halluzinationen oder ich wäre im Kreis gefahren.

»Kein Grund zur Aufregung«, sagte ich. »Ist einfach wieder ein Howard Johnson.«

»Howard wer?«

»Ein Restaurant mit Motel, Woolly. Die findet man überall, und sie sehen alle gleich aus.«

»Alle?«

»Alle.«

Mit sechzehn war Woolly bestimmt schon fünfmal in Europa gewesen. Er war in London und Paris und Wien gewesen, hatte die Museen und die Oper besucht und war auf den Eiffelturm gestiegen. Aber im Land seiner Geburt war er die meiste Zeit zwischen der Wohnung in der Park Avenue, dem Landhaus in den Adirondacks und drei verschiedenen Internaten in New England gependelt. Mit dem, was Woolly nicht über Amerika wusste, konnte man den Grand Canyon füllen.

Woolly drehte sich um, als wir an dem Eingang zum Restaurant vorbeikamen.

»Achtundzwanzig Eissorten«, las er staunend.

Und als es später wurde und wir müde und hungrig wurden und

Woolly wieder einen blauen Turm am Horizont sah, mussten wir einfach dort halten.

Woolly hatte oft in Hotels geschlafen, aber nie in einem wie dem Howard Johnson. Als wir ins Zimmer kamen, untersuchte er es wie ein Privatdetektiv von einem anderen Planeten. Er öffnete die Schränke, staunte, als er ein Bügelbrett und ein Bügeleisen fand. Er zog die Schublade am Nachttisch auf und staunte, als er eine Bibel fand. Dann ging er ins Badezimmer und kam umgehend zurück, in den Händen zwei kleine Seifenstücke.

»Sie sind einzeln eingewickelt!«

Nachdem wir uns eingerichtet hatten, schaltete Woolly den Fernseher an. Als er warmgelaufen war, sahen wir den Lone Ranger mit einem Hut, der noch größer war als der von Chef Boy-Ar-Dee. Der Lone Ranger sprach mit einem jungen Revolverhelden und hielt ihm einen Vortrag über Wahrheit, Gerechtigkeit und das amerikanische Leben. Man sah, dass der Revolverheld langsam die Geduld verlor, aber als er gerade nach seinem sechsläufigen Gewehr greifen wollte, schaltete Woolly um.

Jetzt war es Sergeant Joe Friday in Anzug und Fedora, der haargenau dieselbe Ansprache an einen jugendlichen Straftäter richtete, während der an seinem Motorrad bastelte. Auch der jugendliche Straftäter verlor langsam die Geduld, aber als es den Anschein hatte, dass er Sergeant Friday gleich den Schraubenschlüssel an den Kopf werfen würde, wechselte Woolly den Sender.

Wie vorhin auf der Fahrt, dachte ich.

Und so war es auch, Woolly schaltete von einem Programm zum nächsten, bis er einen Werbespot fand. Dann drehte er den Ton ganz niedrig, stopfte sich das Kissen in den Rücken und machte es sich bequem.

Das war typisch Woolly. Im Auto war er von den Werbespots mit Ton, aber ohne Bilder fasziniert, und jetzt wollte er sich die Spots mit Bild, aber ohne Ton ansehen. Nach der Werbung drehte Woolly das Licht aus und rutschte in die Waagerechte, er verschränkte die Hände hinterm Kopf und starrte an die Decke.

Nach dem Essen hatte Woolly wieder ein paar Tropfen von seiner Medizin genommen, und ich nahm an, dass sie ihre Wirkung entfalteten. Deshalb war ich überrascht, als er zu sprechen anfing.

»He, Duchess«, sagte er, den Blick an die Decke gerichtet.

»Was ist, Woolly?«

»Wenn wir am Samstagabend um acht an dem Tisch bei der Jukebox sitzen, wer ist dann noch da?«

Jetzt legte ich mich auch hin und starrte an die Decke.

»Bei Leonello? Lass uns mal gucken. Samstagabends gehen immer ein paar wichtige Leute aus der City Hall im Leonello essen. Außerdem ein Boxer und ein paar finstere Gestalten. Vielleicht Joe DiMaggio und Marilyn Monroe, wenn sie zufällig in der Stadt sind.«

»Sie kommen alle am selben Abend zu Leonello?«

»So sieht es aus, Woolly. Du machst ein Lokal auf, wo niemand einen Tisch bekommt, und plötzlich wollen alle da essen.«

Woolly dachte einen Moment darüber nach.

»An welchen Tischen sitzen sie?«

Ich zeigte auf einen Fleck an der Decke.

»Die Gangster sitzen in der Nische neben der des Bürgermeisters. Der Boxer sitzt mit einer Chanteuse an der Bar und isst Austern. Und die DiMaggios sitzen am Tisch neben unserem. Aber jetzt kommt das Wichtigste, Woolly. Da drüben in der Nische beim Eingang zur Küche, da sitzt ein kleiner, glatzköpfiger Mann im Nadelstreifenanzug allein am Tisch.«

»Ich sehe ihn«, sagte Woolly. »Wer ist das?«

»Leonello Brandolini.«

»Du meinst, der Besitzer?«

»Genau der.«

»Und er sitzt allein?«

»Genau. Wenigstens am Anfang des Abends. Normalerweise kommt er so gegen sechs, wenn es noch leer ist. Er isst eine Kleinigkeit und trinkt ein Glas Chianti. Er guckt sich die Kontobücher an und telefoniert an einem dieser Telefone, die eine lange Schnur haben und zum Tisch gebracht werden. Aber gegen acht, wenn es voll wird, trinkt er einen doppelten Espresso und geht von Tisch zu Tisch. ›Wie geht's denn heute?‹, sagt er dann und klopft einem Gast auf die Schulter. ›Gut, Sie wiederzusehen. Ich hoffe, Sie haben Hunger. Denn wir haben reichlich Auswahl.‹ Er macht den Damen ein paar Komplimente und gibt dem Barkeeper ein Zeichen. ›He, Rocco. Noch eine Runde für meine Freunde hier.‹ Er geht zum nächsten Tisch und klopft wieder jemandem auf die Schulter und bestellt auch hier eine Runde. Oder vielleicht einen Teller Calamari, oder ein Tiramisu. Das geht aufs Haus. Und wenn Leonello die Runde gemacht hat, ist jeder Gast überzeugt – und ich meine jeder, vom Bürgermeister bis zu Marilyn Monroe –, dass dies ein ganz besonderer Abend ist.«

Woolly schwieg zu Ehren des Moments. Dann erzählte ich ihm etwas, das ich noch nie jemandem erzählt habe.

»Wenigstens würde ich das tun, Woolly. Das würde ich tun, wenn ich fünfzigtausend hätte.«

Er rollte sich auf die Seite, dass er mich ansehen konnte.

»Du würdest bei Leonello einen Tisch buchen?«

Ich lachte.

»Nein, Woolly. Ich würde *mein eigenes* Leonello aufmachen. Mein eigenes kleines italienisches Lokal mit roten Ledernischen und Sinatra in der Jukebox. Ein Restaurant, wo es keine Speisekarte gibt und jede Nische reserviert ist. In der Nische beim Eingang zur Küche esse ich eine Kleinigkeit und nehme Telefongespräche an. Dann, um acht, nach einem doppelten Espresso, gehe ich von Tisch zu Tisch und begrüße die Gäste und sage zu Rocco, er soll ihnen eine Runde einschenken – aufs Haus.«

Ich konnte sehen, dass Woolly meine Idee gefiel, so wie ihm Billys Idee gefallen hatte, denn er drehte sich wieder auf den Rücken und lächelte die Decke an und stellte sich alles genau so vor, wie ich das tat. Vielleicht sogar genauer.

Morgen, dachte ich, bitte ich ihn, mir einen Grundriss zu zeichnen.

»Wo soll es sein?«, fragte er nach einem kleinen Moment.

»Das weiß ich noch nicht, Woolly. Aber sobald ich es entschieden habe, sage ich dir als Erstem Bescheid.«

Und er lächelte wieder.

Ein paar Minuten später war er eingeschlummert. Ich sah es daran, dass sein Arm vom Bett geglitten war und knapp über dem Teppich hing.

Ich stand auf, legte den Arm aufs Bett und deckte Woolly mit einer Wolldecke zu. Dann goss ich Wasser in ein Glas und stellte es auf seinen Nachttisch. Obwohl Woolly wegen der Medizin am Morgen immer mit trockener Kehle aufwachte, dachte er nie daran, sich ein Glas Wasser ans Bett zu stellen.

Nachdem ich den Fernseher ausgestellt und mich ausgezogen hatte und ins Bett gestiegen war, ging mir diese Frage durch den Kopf: *Wo sollte das Restaurant sein?*

Am Anfang hatte ich mir vorgestellt, dass es in Manhattan sein würde, vielleicht im Village, in der MacDougal Street oder der Sullivan Street, in einem kleinen Lokal in der Nähe der Jazz Clubs und der Cafés. Aber vielleicht dachte ich in die falsche Richtung. Vielleicht sollte ich es eher in einem Staat eröffnen, wo es noch kein Leonello gab. Zum Beispiel in … Kalifornien.

Klar, dachte ich. Kalifornien.

Wenn wir erst Woollys Erbe abgeholt hatten und wieder in Nebraska waren, müssten wir nicht mal aussteigen. Es wäre dann wie heute Morgen, Woolly und Billy auf der Rückbank, ich und Emmett vorn, nur dass der Pfeil auf Billys Kompass nach Westen zeigen würde.

Das Problem war allerdings, dass ich mir bei San Francisco nicht sicher war.

Man soll das nicht falsch verstehen. Frisco hat jede Menge Atmosphäre, mit dem wabernden Nebel an der Küste, den Weinseligen, die durch Tenderloin driften, und den riesigen Papierdrachen, die durch die Straßen von Chinatown schweben. Deswegen wird in Filmen, die in San Francisco spielen, immer jemand ermordet. Doch trotz dieser Atmosphäre schien San Francisco nicht der geeignete Ort für ein Leonello. Es fehlte das Tüpfelchen.

Und Los Angeles?

Los Angeles hat jede Menge Atmosphäre, man könnte sie in Flaschen abfüllen und ins Ausland verkaufen. Seit es Filmstars gibt, leben sie hier.

Und in jüngerer Zeit lassen sich auch Boxer und Gangster hier nieder. Selbst Sinatra hat sich dort angesiedelt. Und wenn der mit seinen blauen Augen vom Big Apple nach Tinseltown wechseln konnte, dann können wir das auch.

Los Angeles, dachte ich, wo es den ganzen Winter über Sommer ist und jede Kellnerin ein hoffnungsvolles Sternchen und es nicht genügend Präsidenten und Bäume für die Straßennamen gibt.

Es wäre auf jeden Fall ein Neubeginn.

Aber Emmett hatte recht, was den Rucksack anging. Ein Neubeginn bedeutete nicht nur, in einer neuen Stadt eine neue Adresse zu haben. Auch nicht, sich eine neue Arbeitsstelle, eine neue Telefonnummer oder womöglich einen neuen Namen zuzulegen. Ein Neubeginn bedeutete, reinen Tisch zu machen. Und das bedeutete, alte Rechnungen zu begleichen und alte Schulden einzuholen.

Indem Emmett jeden Anspruch auf die Farm aufgab und sich dann öffentlich zusammenschlagen ließ, hatte er das Konto ausgeglichen. Wenn wir wirklich zusammen in Richtung Westen fahren wollten, sollte ich meins ebenfalls ausgleichen.

Die Aufstellung hatte ich schnell gemacht. Nicht umsonst hatte ich viele Nächte in Salina auf meiner Pritsche gelegen und über meine unbeglichenen Rechnungen nachgedacht, und die größten standen mir klar vor Augen, drei insgesamt: Eine Schuld musste ich zurückzahlen, in den beiden anderen Fällen musste ich die Schuld abrufen.

# EMMETT

Emmett und Billy bewegten sich geschickt durch das Gestrüpp, das auf der Böschung entlang der nach Westen führenden Schienen wuchs. Es wäre leichter gewesen, auf den Schienen selbst zu gehen, aber das erschien Emmett unverantwortlich, selbst bei Mondlicht. Er blieb stehen und sah sich nach Billy um, der mit ihm Schritt zu halten versuchte.

»Soll ich nicht lieber deinen Rucksack nehmen?«

»Ich kann ihn tragen, Emmett.«

Im Weitergehen warf Emmett einen Blick auf Billys Uhr: Viertel vor zwölf. Um Viertel nach elf waren sie vom Bahnhof losgegangen. Obwohl der Weg beschwerlicher war, als Emmett vermutet hatte, müssten sie seiner Einschätzung nach inzwischen das Kiefernwäldchen erreicht haben, und als er vor sich die spitzen Umrisse der Nadelbäume sah, atmete er erleichtert auf. Sie gingen in das Wäldchen hinein, wo sie, während sie im Dunkeln warteten, die Rufe der Eulen über sich hörten und den Duft der Kiefernnadeln einatmeten.

Emmett sah wieder auf die Uhr, inzwischen war es fünf vor zwölf.

»Warte hier«, sagte er zu Billy.

Er kletterte die Böschung hinunter und blickte den Schienenstrang entlang. In der Ferne sah er den Lichtpunkt, der von dem Scheinwerfer der Lokomotive ausging. Emmett stieg wieder zu seinem Bruder hinauf, froh, dass sie nicht auf den Gleisen gegangen waren. Denn obwohl er das Licht in großer Entfernung gesehen hatte, ratterten die Güterwaggons schon an ihnen vorbei, als er wieder bei seinem Bruder war. Billy griff nach Emmetts Hand, vielleicht vor Aufregung, vielleicht aus Angst.

Emmett schätzte, dass fünfzig Güterwagen vorbeigerollt waren, bevor der Zug langsamer wurde, und als er hielt, standen die letzten zehn Waggons da, wo Emmett und Billy aus dem Wald getreten waren, so wie der Bettler es gesagt hatte.

»Was ist der Unterschied zwischen einer Tonne Mehl und einer Tonne Kartoffelchips?« Diese Frage hatte der Bettler Emmett auf dem Rangierbahnhof gestellt. Und mit einem Zwinkern hatte er selbst die Antwort gegeben: »Ungefähr dreißig Kubikmeter.«

Wenn eine Firma auf derselben Route Fracht hin- und herschickte, hatte er auf seine gutmütige Art erklärt, war sie mit einem festen Kontingent besser dran, weil sie dann bei den Verträgen keinen Preisschwankungen ausgesetzt war. Da die National Biscuit Company in Manhattan wöchentlich eine Mehlsendung aus dem Mittleren Westen erhielt und wöchentlich fertige Waren in den Mittleren Westen zurücksandte, war es nur vernünftig, dass sie ihre eigenen Güterwaggons hatte. Allerdings hatte ein Sack Mehl eine große Dichte, ein Karton Kekse hingegen bestand aus viel Luft. Während also die Waggons der Nabisco-Gesellschaft auf dem Weg nach Westen voll beladen waren, blieben auf dem Rückweg nach New York immer fünf oder sechs Wagen leer, und niemand machte sich die Mühe, sie abzuschließen.

Aus der Sicht der Mitfahrer war es, wie der Bettler erklärt hatte, ein Glücksfall, dass die leeren Waggons am Schluss des Zuges hingen, denn wenn die Lokomotive des Sunset East um 11.57 in den Bahnhof von Lewis einfuhr, waren die letzten Wagen eine gute Meile vom Bahnhof entfernt.

Sobald der Zug hielt, kletterte Emmett die Böschung hinunter und versuchte, die Türen der Waggons, die am nächsten waren, zu öffnen. Die dritte war unverschlossen. Emmett rief Billy zu sich, half ihm in den Waggon und kletterte selbst hinein, bevor er die Tür mit einem lauten Krachen zuzog – und sofort war es um sie herum stockfinster.

Der Bettler hatte gesagt, sie könnten die Dachklappe geöffnet lassen, damit Licht und Luft hereinkam, müssten aber daran denken, sie vor der

Einfahrt in Chicago zu schließen, denn eine geöffnete Luke würde auf jeden Fall Aufmerksamkeit erregen. Allerdings hatte Emmett vergessen, die Luke zu öffnen, bevor er die Tür zuzog, und er hatte nicht geguckt, wo sie war. Er tastete an der Wand entlang nach dem Türgriff, da ruckte der Zug nach vorn, und Emmett fiel rückwärts gegen die Wand.

In der Dunkelheit hörte er, wie Billy sich bewegte.

»Bleib, wo du bist, Billy«, sagte Emmett, »ich suche nur den Griff.«

Plötzlich schien ein Lichtstrahl in seine Richtung.

»Möchtest du meine Taschenlampe benutzen?«

Emmett lächelte.

»Ja, Billy. Gerne. Oder besser noch, leuchte doch die Leiter in der Ecke da an.«

Emmett stieg die Leiter hoch und öffnete die Luke, worauf das Mondlicht sowie angenehm frische Luft hereinströmten. Denn nachdem der Waggon den ganzen Tag in der Sonne gestanden hatte, war es drinnen heiß und stickig.

»Wir können uns dahinten hinlegen«, sagte Emmett und führte Billy zum anderen Ende des Wagens, wo sie nicht gleich gesehen würden, falls jemand durch die Luke hineinguckte.

Billy nahm zwei Hemden aus seinem Rucksack, gab Emmett eins und erklärte, man könne es falten und als Kissen benutzen, so wie die Soldaten es machten. Dann zog er die Riemen an seinem Rucksack wieder zu, legte den Kopf auf das gefaltete Hemd und war im nächsten Moment eingeschlafen.

Emmett war zwar genauso müde wie sein Bruder, aber er wusste, dass er so schnell nicht einschlafen würde. Die Ereignisse des Tages hatten ihn zu sehr aufgewühlt. Er wünschte sich sehnlichst eine Zigarette, aber ein Glas Wasser wäre auch gut gewesen.

Leise nahm er Billys Rucksack und trug ihn zur Luke, wo die Luft kühler war, und setzte sich mit dem Rücken zur Wand. Er löste die Riemen, nahm die Thermosflasche heraus, drehte den Verschluss ab und trank. Er hätte die Flasche leeren können, so durstig war er, aber vielleicht hatten sie keine Gelegenheit, vor New York Wasser zu bekommen, deshalb nahm er nur einen zweiten Schluck und steckte die Thermoskanne wieder in den Rucksack. Er zog die Riemen straff, so wie es sein Bruder getan hätte. Emmett wollte den Rucksack wieder hinstellen, als sein Blick auf die Seitentasche fiel. Rasch sah er zu Billy hinüber, dann öffnete er die Klappe und nahm den braunen Umschlag heraus.

Einen Moment lang saß Emmett mit dem Umschlag in den Händen da, als wollte er ihn wiegen. Dann warf er abermals einen Blick auf seinen Bruder, zog den roten Faden um den Umschlag auf und ließ die Postkarten ihrer Mutter in seinen Schoß gleiten.

Als Kind kam es Emmett nicht in den Sinn, seine Mutter als unglücklich zu beschreiben, weder anderen gegenüber noch sich selbst. Aber irgendwann, auf einer wortlosen Ebene, verstand er, dass sie es doch war. Es gab keine Tränen oder Klagen, das nicht, aber Emmett erkannte es an den halb erledigten Aufgaben. So fand er einmal in der Küche ein Dutzend Möhren auf dem Schneidebrett, sechs in Scheiben geschnitten, sechs unangerührt, daneben das Küchenmesser. Oder er kam aus der Scheune und sah die Hälfte der Wäsche auf der Leine flattern, die andere Hälfte lag nass im Korb. Wenn er dann seine Mutter suchte, fand er sie beispielsweise auf den Stufen vor dem Haus, die Ellbogen auf den Knien. Wenn er leise und zögernd *Mom* sagte, sah sie auf und wirkte freundlich überrascht. Sie rückte auf der Stufe zur Seite, legte den Arm um ihn oder fuhr ihm durchs Haar – und dann glitt ihr Blick wieder zu der Stelle, die sie zuvor betrachtet hatte, eine Stelle zwischen Haus und Horizont.

Weil Kinder nicht wissen, wie es sich mit dem Leben verhält, stellen sie sich vor, dass die Gewohnheiten ihrer Familie genau dieselben sind wie die Gewohnheiten aller Familien überall in der Welt. Wächst ein Kind in einem Haushalt auf, in dem beim Abendessen böse Worte gewechselt werden, wird es annehmen, böse Worte würden an jedem Tisch gewechselt. Lebt ein Kind hingegen in einem Haushalt, wo die Menschen ihr Essen schweigend verzehren, wird es sich vorstellen, dass auch in allen anderen Familien die Menschen beim Essen nicht sprechen. Emmett unterschied sich nicht von anderen Kindern, dennoch verstand er, so jung er war, dass es ein unheilvolles Zeichen war, wenn Dinge bis zum Nachmittag liegenblieben. So wie er ein paar Jahre später begriff, dass ein Farmer, der von Jahr zu Jahr die Getreidesorten wechselte, hilflos vor seinen Aufgaben stand.

Emmett hielt die Postkarten ins Mondlicht und sah sie sich in westlicher Reihenfolge an: Ogallala, Cheyenne, Rawlins, Rock Springs, Salt Lake City, Ely, Reno, Sacramento, San Francisco. Er betrachtete aufmerksam die Bilder und las die Texte Wort für Wort, als wäre er ein Spion, der eine verschlüsselte Nachricht von einem Agenten entziffern wollte. Nicht nur studierte er die Karten mit größerer Sorgfalt als tags zuvor am Küchentisch, er widmete auch der letzten Karte besondere Aufmerksamkeit.

*»Das ist der Palace of the Legion of Honor in San Francisco, und jedes Jahr gibt es hier am Vierten Juli eins der größten Feuerwerke in ganz Kalifornien!«*

Emmett konnte sich nicht erinnern, seinem Bruder erzählt zu haben, wie sehr ihre Mutter Feuerwerke liebte, aber zweifellos hatte er es getan. Als Kind hatte ihre Mutter die Sommer in einem kleinen Ort auf Cape Cod verbracht. Obwohl sie über die Ferien dort nur wenig erzählte, erinnerte sie sich mit erstaunlicher Erregung, dass die freiwillige Feuerwehr jedes Jahr am Vierten Juli im Hafen ein Feuerwerk ausrichtete. Gewöhnlich sah sie sich mit der ganzen Familie das Feuerwerk vom Ende des Piers an. Aber als sie älter wurde, durfte sie mit ihrem Ruderboot zwischen den an ihren Ankerketten dümpelnden Segelbooten hindurch ins Hafenbecken rudern und sich allein, auf dem Boden ihres Bootes ausgestreckt, das Feuerwerk ansehen.

Als Emmett acht Jahre alt war, erfuhr seine Mutter von Mr. Cartwright, dem Besitzer der Eisenwarenhandlung, dass es in Seward, einer Stadt, die eine Stunde Autofahrt von Morgen entfernt lag, ein paar Festlichkeiten zum Vierten Juli gab: eine Parade am Nachmittag und nach Einbruch der Dunkelheit ein Feuerwerk. Emmetts Mutter interessierte sich nicht für die Parade, aber nach einem frühen Abendessen stiegen Emmett und seine Eltern in ihren Lieferwagen und fuhren nach Seward.

Als Mr. Cartwright gesagt hatte, in Seward gebe es »ein paar Festlichkeiten«, hatte Emmetts Mutter sich vorgestellt, dass es wie in anderen Klein-städten zugehen würde, wo die Schulkinder Fähnchen bastelten und die Frauen der Gemeinde an Klapptischen selbstgemachte Erfrischungen verkauften. Deshalb war sie bei ihrer Ankunft in Seward erstaunt, dass in dieser Stadt die Feiern zum Vierten Juli alle anderen, die sie jemals erlebt hatte, weit übertrafen. Das ganze Jahr bereitete sich die Stadt auf die Festlichkeiten zum Unabhängigkeitstag vor, und die Menschen kamen aus großer Entfernung, sogar aus Des Moines, in die Stadt. Deshalb mussten die Watsons ihr Auto weit außerhalb der Stadt stehen lassen, und als sie endlich im Plum Creek Park ankamen, wo das Feuerwerk stattfinden würde, war jeder Quadratzentimeter der Rasenfläche von Familien besetzt, die dort ihr Picknick ausgebreitet hatten.

Im nächsten Jahr wollte seine Mutter besser vorbereitet sein. Am Vierten Juli kündigte sie nach dem Frühstück an, sie würden gleich nach dem Lunch aufbrechen. Dann, nachdem sie das Picknick vorbereitet hatte und ein paar Messer und Gabeln aus der Besteckschublade nehmen wollte, hielt sie plötzlich mitten in der Bewegung inne. Sie drehte sich um, ging von der Küche nach oben, und Emmett ging ihr nach. Sie holte einen Stuhl aus dem Schlafzimmer, stellte ihn auf den Flur, stieg auf den Stuhl und zog an einem Seil, das von der Decke hing. Eine Luke öffnete sich, und herab senkte sich eine Leiter, auf der man zum Dachboden hinaufsteigen konnte.

Emmett sah mit großen Augen zu und wartete darauf, dass seine Mutter ihm sagen würde, er solle unten warten, aber sie war zu sehr mit ihrem Vorhaben beschäftigt, dass sie, ohne ihn zu beachten, die Leiter hinaufstieg. Und als er hinter ihr die Leiter erklommen hatte, war sie zu sehr damit beschäftigt, die Kartons hin und her zu schieben, um ihn wieder nach unten zu schicken.

Während seine Mutter mit ihrer Suche beschäftigt war, sah sich Emmett das merkwürdige Inventar auf dem Dachboden an: ein Radiomöbel, das fast so groß war wie er, ein kaputter Schaukelstuhl, eine schwarze Schreibmaschine und zwei Überseekoffer mit bunten Aufklebern.

»Da ist er ja«, sagte seine Mutter.

Sie lächelte Emmett zu und hielt einen kleinen Koffer hoch. Aber dieser Koffer war nicht aus Leder, sondern aus Weidengeflecht.

Unten in der Küche stellte seine Mutter ihn auf den Tisch.

Emmett sah, dass sie von der Hitze auf dem Dachboden ins Schwitzen geraten war, und als sie sich mit dem Handrücken über die Stirn strich, blieb ein Staubstriemen auf der Haut. Sie öffnete die Verschlüsse an dem Koffer, lächelte Emmett wieder zu und hob den Deckel.

Emmett wusste, dass ein Koffer, der auf dem Dachboden stand, normalerweise leer war, deshalb war er erstaunt zu sehen, dass dieser Koffer nicht nur voll war, sondern auch sehr sorgfältig gepackt. Alles, was man für ein Picknick brauchte, war sorgfältig darin verstaut: Ein Riemen hielt sechs große rote Teller, ein zweiter einen Stapel roter Tassen. Gabeln, Messer und Löffel lagen in langen, schmalen Vertiefungen, in einer kleineren war ein Korkenzieher. Es gab sogar zwei kleine identische Kuhlen für Salz- und Pfefferstreuer. Und im Deckel lag ein rot-weiß kariertes Tischtuch, das ebenfalls mit zwei Lederriemen gehalten wurde.

In seinem ganzen Leben hatte Emmett nie etwas so genial Geordnetes gesehen – nichts fehlte, nichts war zu viel, alles hatte seinen Platz. Eine ähnlich weise Ordnung würde er erst wieder mit fünfzehn sehen, in der Werkstatt von Mr. Schulte, wo die verschiedenen Werkzeuge ordentlich aufgereiht an Haken hingen und in Fächern lagen.

»Manno«, hatte Emmett gesagt, und seine Mutter hatte gelacht.

»Der ist von deiner Großtante Edna.«

Sie schüttelte den Kopf.

»Ich glaube, seit dem Tag unserer Hochzeit habe ich den nicht mehr aufgemacht. Aber heute Abend werden wir ihn benutzen!«

In dem Jahr kamen sie um zwei Uhr nachmittags in Seward an; sie fanden einen Platz in der Mitte der Rasenfläche und legten ihre karierte Decke aus. Emmetts Vater, der den frühen Aufbruch widerstrebend hingenommen hatte, schien zufrieden, nachdem sie angekommen waren. Nicht nur das, er holte als Überraschung eine Flasche Wein aus seiner Tasche. Und während seine Eltern den Wein tranken, erzählte sein Vater Geschichten von der knauserigen Tante Sadie und dem zerstreuten Onkel Dave und von all den anderen verrückten Verwandten an der Ostküste, und Emmetts Mutter lachte, wie sie nur selten lachte.

Im Laufe der Zeit füllte sich die Wiese mit mehr Decken und Körben, mit mehr Lachen und Wohlbefinden. Nachdem es dunkel geworden war und die Watsons sich auf ihrer karierten Decke ausgestreckt hatten, Emmett in der Mitte, und als die ersten Feuerwerkskörper mit Pfeifen und Krachen in den Himmel stiegen, sagte seine Mutter: »Ich hätte das um nichts in der Welt versäumen wollen.« Auf der Fahrt zurück hatte Emmett den Gedanken, dass sie alle drei für den Rest ihres Lebens zu den Feierlichkeiten am Vierten Juli nach Seward fahren würden.

Aber im Februar danach, wenige Wochen nach Billys Geburt, ging wieder eine Veränderung in Emmetts Mutter vor. An manchen Tagen war sie so müde, dass sie die Aufgaben, die sie früher halb erledigt liegengelassen hatte, gar nicht erst in Angriff nahm. An anderen Tagen blieb sie ganz im Bett.

Als Billy drei Wochen alt war, kam Mrs. Ebbers, deren Kinder schon eigene Kinder hatten, jeden Tag zu ihnen und machte die Hausarbeit, während Emmetts Mutter versuchte, wieder zu Kräften zu kommen. Im April kam Mrs. Ebbers nur noch vormittags, ab Juni gar nicht mehr. Aber als Emmetts Vater am ersten Juli gut gelaunt fragte, um welche Zeit sie nach Seward aufbrechen wollten, sagte Emmetts Mutter, sie wüsste nicht, ob sie überhaupt fahren wollte.

Emmett sah seinen Vater über den Tisch hinweg an und fand, dass dessen Gesicht so traurig aussah wie nie zuvor. Aber wie es seinem Wesen entsprach, und aus einer Zuversicht heraus, die nicht unbedingt aus Erfahrung klüger wurde, ließ Emmetts Vater sich nicht entmutigen und übernahm die Vorbereitungen. Am Morgen des Vierten Juli stellte er das Picknick zusammen. Er öffnete die Dachluke und holte den Picknickkorb herunter. Er legte Billy in die Babytragetasche und fuhr mit dem Lieferwagen zur Vordertür. Und als er um ein Uhr ins Haus kam und rief: »Jetzt kommt! Wir wollen doch unseren Picknickplatz nicht verlieren!«, war Emmetts Mutter bereit zu fahren.

Zumindest widersetzte sie sich nicht.

Sie stieg ins Auto, ohne ein Wort zu sagen.

Niemand sagte ein Wort.

Sie kamen in Seward an, bei der Wiese im Park, und als sein Vater die rot-weiß karierte Decke ausschlug und das Besteck aus den Fächern im Picknickkorb holte, sagte Emmetts Mutter:

»Komm, ich helfe dir.«

Und in dem Moment hatten sie alle das Gefühl, dass ein großes Gewicht von ihnen genommen worden war.

Emmetts Mutter stellte die roten Tassen auf die Decke und verteilte die Sandwiches, die ihr Mann gemacht hatte. Sie fütterte Billy mit dem Apfelkompott, an das der Vater gedacht hatte, und schaukelte ihn in seiner Babytragetasche, bis er einschlief. Sie tranken den Wein, den ihr Mann auch diesmal eingepackt hatte, und seine Mutter bat ihn, wieder die Geschichten von seinen verrückten Onkels und Tanten zu erzählen. Und als kurz nach Einbruch der Dunkelheit die ersten Feuerwerkskörper über dem Park krachten und am Himmel ein Farbenspiel veranstalteten, drückte sie ihrem Mann die Hand und lächelte ihn unter Tränen zärtlich an, und Emmett und sein Vater sahen die Tränen und lächelten ebenfalls, denn sie wussten, es waren Tränen der Dankbarkeit – Dankbarkeit, weil sich ihr Mann ihrem Sträuben nicht gebeugt hatte und vielmehr darauf bestanden hatte, dass sie diesen warmen Sommerabend zu viert als Familie bei diesem Fest verbringen würden.

Als die Watsons nach Hause kamen, trug Emmetts Vater die Babytragetasche und den Picknickkorb ins Haus, und seine Mutter deckte Emmett im Bett zu. Sie gab ihm einen Kuss auf die Stirn, dann ging sie zu Billy und küsste auch ihn.

In dieser Nacht schlief Emmett tief und fest. Und als er am nächsten Morgen aufwachte, war seine Mutter nicht mehr da.

Mit einem letzten Blick auf den Palace of the Legion of Honor steckte Emmett die Postkarten wieder in den Umschlag, verstaute ihn, nachdem er den dünnen roten Faden drumgebunden hatte, in der Seitentasche von Billys Rucksack und versicherte sich, dass der Riemen festgezurrt war.

Als Emmett sich neben seinen Bruder legte, dachte er wieder daran, wie schwer das erste Jahr danach für seinen Vater gewesen war. Die Unwägbarkeiten des Wetters hielten an, die finanziellen Schwierigkeiten ebenfalls. Und in der Stadt zerrissen sich die Leute ohne Scheu die Münder über Mrs. Watsons Verschwinden. Was aber seinem Vater, und auch Emmett, am meisten zu schaffen machte, das war der Gedanke, dass es nicht Dankbarkeit für seine Unbeirrbarkeit gewesen war, seine Treue und Unterstützung, mit der seine Mutter die Hand ihres Mannes gedrückt hatte, sondern Dankbarkeit, weil er sie sanft aus ihrer Traurigkeit herausgeholt und zu dem magischen Schauspiel gebracht hatte, das ihr gezeigt hatte, welche Freude es geben konnte, wenn sie ihr jetziges Leben hinter sich ließ.

# SIEBEN

# DUCHESS

»Es ist eine Landkarte«, rief Woolly erstaunt.

»Du sagst es.«

Wir saßen in einer Nische im Restaurant des HoJo und warteten auf unser Frühstück. Auf dem Tisch lagen Papiersets an unseren Plätzen, die mit einer grob gezeichneten Landkarte des Staates Illinois bedruckt waren. Darauf waren die größten Straßen und Städte verzeichnet, nebst ein paar der wichtigsten Wahrzeichen in nicht maßstabgetreuen Illustrationen. Außerdem waren sechzehn Howard-Johnson-Motels eingezeichnet, jedes mit seinem eigenen orangefarbenen Dach und dem kleinen blauen Turm.

»Wir sind in diesem hier«, sagte Woolly und zeigte auf einen der Türme.

»Du wirst es wissen.«

»Und hier ist der Lincoln Highway. Und guck mal hier!«

Bevor ich mich recken konnte, um zu sehen, was »hier« war, kam unsere Kellnerin, die bestimmt nicht älter als siebzehn war, und setzte die Teller mit unserem Frühstück auf die Sets.

Woolly runzelte die Stirn. Nachdem das Mädchen gegangen war, rückte er seinen Teller nach rechts, damit er die Landkarte weiter studieren konnte, während er so tat, als würde er essen.

Es war komisch, wie wenig Aufmerksamkeit er seinem Frühstück schenkte, nachdem er bei der Bestellung solche Umstände gemacht hatte. Als die Kellnerin uns die Speisekarte gab, war Woolly von der Größe überwältigt. Er atmete tief ein und begann, jeden Punkt auf der Karte vorzulesen. Dann, um sich zu versichern, dass ihm nichts entgangen war, las er sie ein zweites Mal vor. Die Kellnerin kam zurück, um unsere Bestellung aufzunehmen, und Woolly sagte selbstbewusst, er wolle Waffeln haben – oder vielleicht doch lieber Rührei, aber kaum war sie wieder auf dem Weg zur Küche, änderte er seine Meinung und bestellte Eierkuchen. Als die Eierkuchen kamen, beträufelte er sie mit einer raffinierten Spirale Ahornsirup, ließ sie dann aber zugunsten des Bacons links liegen. Ich hingegen hatte mir die Speisekarte gar nicht erst angesehen und umstandslos Corned Beef mit Kartoffelpüree und Spiegeleiern bestellt.

Als ich meinen Teller leergegessen hatte, lehnte ich mich zurück und sah mich um, und ich dachte, wenn Woolly eine Vorstellung davon gewinnen wollte, wie mein Restaurant aussehen sollte, brauchte er sich nur ein Howard-Johnson-Restaurant anzusehen, denn meins sollte in jedem Punkt das genaue Gegenteil sein.

In der Absicht, mit den Farben von Dach und Turm im Restaurant Atmosphäre zu schaffen, hatten die guten Menschen von Howard Johnson die Nischen orange dekoriert und die Kellnerinnen in Blau gekleidet, und das, obwohl die Kombination von Orange und Blau noch zu keiner Zeit eine appetitanregende Wirkung gezeigt hatte. Ein deutliches architektonisches Merkmal war die lange, ununterbrochene Fensterreihe, die allen Gästen einen uneingeschränkten Blick auf den Parkplatz ermöglichte. Das Speisenangebot entsprach dem, was man in jedem Diner bekam, und warf man nur einen einzigen Blick auf die Gäste, dann wusste man mehr über sie, als man wissen wollte.

Zum Beispiel der rotgesichtige Mann in der nächsten Nische, der sein Eigelb mit einer Scheibe Vollkornweizentoast aufwischte. Das Musterexemplar eines Reisevertreters, von denen ich für ein ganzes Leben genug gesehen habe. Im Stammbaum vergessenswerter Männer mittleren Alters sind sie die nächsten Verwandten von ausgemusterten Varietékünstlern. Sie besuchen dieselben Städte, fahren dieselben Autos und nächtigen in denselben Hotels. Der einzige Unterschied besteht darin, dass Reisevertreter vernünftiges Schuhwerk tragen.

Als brauchte es noch eines Beweises, sah ich ihn den Prozentsatz des Trinkgelds für die Kellnerin ausrechnen, danach machte er auf der Rechnung eine Notiz, faltete sie zusammen und verstaute sie in seiner Brieftasche, damit er sie später im Büro einreichen konnte.

Als der Reisevertreter sich zum Gehen erhob, sah ich an der Wanduhr, dass es schon halb acht war.

»Woolly«, sagte ich, »wir sind früh aufgestanden, damit wir früh losfahren können. Ich schlage vor, du führst dir ein paar der Pfannkuchen zu Gemüte, während ich auf die Toilette gehe. Danach bezahlen wir und brechen auf.«

»Klare Sache«, sagte Woolly und schob seinen Teller noch weiter nach rechts.

Bevor ich zur Toilette ging, ließ ich mir von der Frau an der Kasse ein bisschen Kleingeld geben und ging in die Telefonzelle. Ich wusste, dass Ackerly, der frühere Direktor, seit seiner Rente in Indiana lebte, aber ich wusste nicht, wo. Ich bat also das Fräulein vom Amt, mir die Nummer von Salina rauszusuchen und mich zu verbinden. Angesichts der frühen Stunde klingelte es achtmal, bevor jemand abnahm. Ich glaube, es war Lucinda, die mit der rosafarbenen Brille, die vor dem Büro des Direktors ihren Wachposten hat. Ganz im Stil meines Vater becircte ich sie mit ein bisschen *King Lear*, so wie er das tun würde, wenn er von jemandem am anderen Ende der Leitung was wollte. Selbstverständlich gehörte ein britischer Akzent dazu, aber einer, der ein wenig besäuselt klang.

Ich erklärte, ich sei Ackerlys Onkel aus England und wolle ihm zum Unabhängigkeitstag eine Karte schicken und ihm versichern, dass nichts zwischen uns stehe, aber ich hätte mein Adressbuch verlegt. Konnte sie vielleicht einem vergesslichen alten Kerl wie mir behilflich sein? Eine Minute später hatte ich die Adresse. 132 Rhododendron Road, South Bend.

Leise vor mich hin pfeifend ging ich von der Telefonzelle zur Männertoilette, und wer sollte da bei den Pissoirs stehen, wenn nicht der rotgesichtige Mann aus der Nebennische. Als ich gepinkelt hatte und anschließend am Waschbecken neben ihm stand, lächelte ich ihm im Spiegel zu.

»Ich könnte mir denken, Sir, dass Sie Reisevertreter sind.«

Er war beeindruckt und musterte mich im Spiegel.

»Richtig, ich bin Verkäufer.«

Ich nickte.

»Sie haben diesen Mann-von-Welt-Ausdruck, freundlich, beflissen.«

»Vielen Dank.«

»Tür zu Tür?«

»Nein«, sagte er ein bisschen beleidigt, »auf Rechnung.«

»Sicher, verstehe. In welchem Ressort, wenn ich Sie fragen darf?«

»Küchengeräte.«

»Kühlschränke und Spülmaschinen?«

Er wand sich ein bisschen, als hätte ich einen wunden Punkt getroffen.

»Wir sind auf kleinere elektrische Geräte spezialisiert. Mixer und Schaumschläger.«

»Klein, aber wesentlich«, sagte ich.

»Unbedingt.«

»Wie machen Sie das dann? Wenn Sie auf Rechnung verkaufen. Ich meine, wie kommt der Verkauf zustande? Von einem Mixer, zum Beispiel?«

»Unser Mixer verkauft sich von selbst.«

So wie er das sagte, wusste ich, dass er den Satz Zehntausende Male gesagt hatte.

»Sie stellen Ihr Licht unter den Scheffel, vermute ich. Aber im Ernst, wenn Sie von Ihrem Mixer sprechen, im Vergleich zu dem eines anderen Anbieters, was … heben Sie hervor?«

Bei dem Wort *hervorheben* wurde seine Miene ernst und vertraulich. Obwohl er mit einem achtzehnjährigen Bengel in der Männertoilette eines HoJo-Motels redete, schaltete er auf Vertreterrolle und konnte sich nicht bremsen, selbst wenn er es gewollt hätte.

»Es war natürlich ein halber Scherz, als ich sagte, unser Mixer würde sich von selbst verkaufen. Denn es ist noch gar nicht so lange her, da hatten alle Mixer eine Drei-Stufen-Schaltung: niedrig, mittel und hoch. Unsere Firma war die erste, die zwischen drei unterschiedlichen Mixarten unterschied: Rühren, Kneten und Schlagen.«

»Genial. Da sind Sie bestimmt marktbeherrschend.«

»Eine Zeitlang waren wir das, das stimmt. Aber die Konkurrenz schlief ja nicht.«

»Man muss immer einen Schritt voraus bleiben.«

»So ist es. Deshalb haben wir in diesem Jahr als erster Hersteller in Amerika – das sage ich mit einigem Stolz – eine vierte Art des Mixens eingeführt.«

»Eine vierte Art? Nach Rühren, Kneten und Schlagen?«

Ich hielt die Spannung kaum aus.

»Pürieren.«

»Fantastisch!«, sagte ich.

Und in gewisser Weise meinte ich das ehrlich.

Ich sah ihn wieder an, diesmal voller Bewunderung. Dann fragte ich ihn, ob er im Krieg gewesen sei.

Er zögerte einen Moment.

»Diese Ehre wurde mir nicht zuteil«, sagte er – auch das ein Satz, den er Zehntausende Male gesagt hatte.

Ich schüttelte verständnisvoll den Kopf.

»Was für ein Theater, als die Jungs nach Hause kamen. Feuerwerke und Paraden. Bürgermeister, die Medaillen verliehen. Und attraktive Damen, die Küsschen an die Uniformierten austeilten. Aber soll ich Ihnen meine Meinung dazu sagen? Ich finde, das amerikanische Volk sollte dem Reisevertreter ein bisschen mehr Ehre erweisen.«

Er war sich nicht sicher, ob ich ihn auf den Arm nahm. Also färbte ich meine Stimme mit ein bisschen Gefühl.

»Mein Vater war auch Reisevertreter. Hunderte von Meilen hat er zurückgelegt. An Tausende von Türen hat er geklopft. Und all die Nächte, die er fern der Bequemlichkeiten des eigenen Zuhauses verbracht hat! Ich sage, die Reisevertreter sind nicht nur Männer, die schwer arbeiten. Sie sind die Fußsoldaten des Kapitalismus.«

Ich glaubte zu sehen, dass er leicht errötete. Obwohl das nicht leicht zu erkennen war, wegen der schon vorhandenen Rötung.

»Es war mir eine Ehre, Sie kennenzulernen«, sagte ich und streckte die Hand aus, obwohl ich sie noch nicht abgetrocknet hatte.

Als ich aus der Toilette kam, sah ich unsere Kellnerin und winkte ihr zu.

»Möchten Sie noch etwas?«

»Nur die Rechnung. Wir haben viel vor und weit zu fahren.«

Als ich sagte *weit zu fahren*, wurde ihr Blick etwas sehnsüchtig. Hätte ich gesagt, dass wir nach New York wollen, und hätte ihr einen Platz angeboten, ich glaube, sie wäre mitgekommen, ohne sich erst die Zeit zu nehmen, die Uniform auszuziehen. Vielleicht hätte sie einfach gern erlebt, was passiert, wenn man über den Rand des Platzsets hinausfährt.

»Ich bringe sie sofort«, sagte sie.

Ich ging wieder zu unserer Nische und spürte ein kleines Bedauern, dass ich mich über unseren Nischennachbarn lustig gemacht hatte, weil er die Quittung so sorgfältig eingesteckt hatte. Denn plötzlich dachte ich, wir sollten es genauso machen, Emmett zuliebe. Schließlich bezahlten wir unsere Ausgaben ja mit dem Geld aus seinem Umschlag, da hatte er jedes Recht auf eine genaue Abrechnung und eine Erstattung des Geldes, bevor wir das Erbe aufteilten.

Am Abend zuvor hatte ich Woolly die Restaurantrechnung bezahlen lassen, während ich uns eingecheckt hatte. Jetzt musste ich ihn fragen, was es gekostet hatte. Aber als ich zu unserer Nische kam, war da kein Woolly.

Wohin konnte er entschwunden sein?, dachte ich und verdrehte die Augen. Auf der Toilette konnte er nicht sein, da kam ich ja gerade her. Ich wusste, dass er glänzende und bunte Dinge mochte, und sah zur Eistheke hinüber, aber da waren nur zwei kleine Kinder, die ihre Nasen an der Scheibe plattdrückten und sich wünschten, es wäre nicht so früh am Morgen. Mit einer düsteren Ahnung drehte ich mich zur Fensterfront um.

Ich sah auf den Parkplatz hinaus, ließ meinen Blick über das schimmernde Meer von Glas und Chrom zu der Stelle wandern, wo ich den Studebaker abgestellt hatte, wo er aber nicht mehr stand. Ich machte einen Schritt nach rechts, weil zwei toupierte Frisuren mir den Weg verstellten, gerade rechtzeitig, um zu sehen, wie Emmetts Auto rechts in den Lincoln Highway einbog.

»Scheiße noch mal«, sagte ich.

Die Kellnerin, die in dem Moment die Rechnung brachte, erblasste.

»Entschuldigung«, sagte ich.

Ich warf einen Blick auf die Rechnung und gab ihr einen Zwanzig-Dollar-Schein aus dem Umschlag.

Während sie das Wechselgeld holen ging, ließ ich mich auf die Bank fallen und starrte über den Tisch, wo Woolly hätte sein sollen. Auf seinem Teller, der wieder in der Mitte stand, waren der Bacon und ein schmales Stück von dem Stapel Pfannkuchen verschwunden.

Ich bewunderte die Präzision, mit der Woolly einen so schmalen Streifen abgeschnitten hatte, dann fiel mir auf, dass unter dem Teller die Resopalfläche des Tisches zu sehen war. Das hieß, das Set war weg.

Ich schob meinen Teller zur Seite und nahm das Papierset auf meiner Seite in die Hand. Wie schon erwähnt, war es eine Landkarte von Illinois mit den wichtigsten Straßen und Städten. Und rechts unten in der Ecke war eine Nebenkarte vom Stadtzentrum, in dessen Mitte ein kleiner grüner Platz war, auf dem eine lebensgroß wirkende Statue von Abraham Lincoln stand.

# WOOLLY

»Hum di-dum di-dum«, summte Woolly vor sich hin und sah wieder auf die Landkarte auf seinen Beinen. »*Performance is sweeter, nothing can beat her, life is completer* … Oh, hum di-dum di-dum.«

»Bleib in deiner Spur«, brüllte jemand, der den Studebaker mit dreifachem Hupen überholte.

»Tut mir leid, tut mir leid, tut mir leid«, antwortete Woolly ebenfalls dreifach und winkte freundlich aus dem Fenster.

Als er wieder einscherte, musste er sich eingestehen, dass es wahrscheinlich nicht sehr ratsam war, beim Fahren die Karte auf den Beinen liegen zu haben, sodass man immer rauf- und wieder runtergucken musste. Also hielt er das Steuerrad mit der linken Hand fest und nahm die Karte in die rechte. So konnte er mit einem Auge auf die Karte gucken und trotzdem die Straße im Blick behalten.

Am Tag zuvor, als Duchess an der Phillips-Tankstelle eine Phillips-66-Straßenkarte hatte mitgehen lassen, gab er sie Woolly und sagte, er müsse jetzt der Kartenleser sein, er selbst würde ja fahren. Woolly hatte die Verantwortung mit leichter Beklommenheit angenommen. Wenn man eine Landkarte, wie sie an Tankstellen verkauft werden, in die Hand nimmt, hat sie genau die richtige Größe, so ähnlich wie ein Programmheft im Theater. Will man eine solche Landkarte aber lesen, muss man sie aufklappen und weiter aufklappen und noch weiter aufklappen, bis der Pazifik auf dem Schaltknüppel liegt und der Atlantik an die Beifahrertür stößt.

Hat man die Landkarte ganz aufgeklappt, wird einem allein vom Anblick schwummerig, denn sie ist von oben bis unten und von rechts nach links mit Straßen, großen wie kleinen, durchzogen, und jede davon hat einen in winzigen Buchstaben geschriebenen Namen oder eine winzige Zahl. Woolly wurde an ein Schulbuch erinnert, das sie in St. Paul für Biologie benutzt hatten. Oder war es St. Mark? Egal, jedenfalls war in dem Buch gleich am Anfang auf der linken Seite die Abbildung eines menschlichen Skeletts zu sehen. Hatte man sich das Skelett, an dem alle Knochen an den richtigen Stellen waren, genau angesehen und blätterte die Seite um, erwartete man, dass das Skelett verschwinden würde, aber es blieb da, denn die nächste Seite war aus transparenter Folie. Und das war sie, damit man das auf dem Knochengerüst liegende Nervensystem studieren konnte. Blätterte man abermals um, konnte man die Knochen, das Nervensystem *und* den Blutkreislauf mit all den roten und blauen Linien betrachten.

Woolly verstand, dass diese vielschichtige Illustration die Dinge klar und durchscheinend machen sollte, aber er fand es verstörend. War es, zum Beispiel, das Bild eines Mannes oder einer Frau? War der Mensch alt oder jung? Schwarz oder weiß? Und wie wussten die Blutzellen und die Nerven in diesen komplizierten Bahnen, wohin sie mussten? Und wenn sie an ihrem Ziel angekommen waren, wie fanden sie den Weg zurück? Genauso war es mit der Phillips-66-Straßenkarte: eine Illustration mit Hunderten von Arterien, Venen und Haargefäßen, die immer weiter dem Rand zustrebten, bis niemand mehr wissen konnte, wohin er unterwegs war.

Mit der Setkarte aus dem Howard Johnson war das ganz anders! Man musste sie nicht erst aufklappen. Auch war sie nicht mit einem wirren Geflecht kleinerer und größerer Straßen bedeckt. Nein, auf dieser Karte war genau die richtige Anzahl von Straßen verzeichnet. Und die Namen derjenigen Straßen, die Namen hatten, waren klar und deutlich zu lesen, während die Straßen, die keine Namen hatten, offensichtlich namenlos waren.

Ebenfalls äußerst lobenswert auf der Howard-Johnson-Karte waren die Illustrationen. Kartografen sind sehr geschickt darin, die Dinge zu verkleinern. Staaten, Städte, Flüsse und Straßen – alles wird auf eine kleinere Dimension geschrumpft. Auf der Setkarte aus dem Howard Johnson waren zwar die Städte und Flüsse und Straßen verkleinert, aber später hatten die Kartografen ein paar Illustrationen eingefügt, die größer waren, als sie eigentlich sein sollten. So wie die große Vogelscheuche in der unteren linken Ecke, an der man erkannte, wo die Maisfelder waren. Oder der Tiger rechts oben, der einem zeigte, wo der Lincoln-Park-Zoo war.

Genauso hatten früher Piraten ihre Karten der versteckten Schätze gezeichnet. Sie hatten die Meere und die Inseln so stark verkleinert, dass sie klein und einfach waren, dann hatten sie große Schiffe eingezeichnet, die vor der Küste lagen, und eine große Palme am Strand sowie eine Felsformation auf einem Hügel, die die Form eines Schädels hatte und genau fünfzehn Schritte von dem X entfernt war, das die Stelle markierte.

In einem Kasten unten rechts auf dem Set war eine Karte innerhalb der Karte abgedruckt, die das Stadtzentrum zeigte. Nach dieser Karte musste man rechts in die Second Street einbiegen und vier Zentimeter weiterfahren, dann kam man zum Liberty Park, in dessen Mitte eine große Statue von Abraham Lincoln stand.

Aus dem linken Augenwinkel sah Woolly plötzlich das Schild zur Second Street und bog unverzüglich scharf nach rechts ab, was mit neuem Hupen quittiert wurde.

»Tut mir leid«, rief er.

Er beugte sich zur Windschutzscheibe vor und glaubte, aus dem linken Auge einen grünen Streifen zu sehen. Und da war er auch schon, der Stadtpark.

»Das sind wir«, sagte er, »da sind wir ja.«

Er fuhr an den Rand und machte die Tür auf, die beinah von einem vorbeifahrenden Auto abgerissen worden wäre.

»Hoppla!«

Woolly zog die Tür wieder zu, rutschte über den Sitz und stieg auf der Beifahrerseite aus. Er wartete auf eine Lücke im Verkehr und rannte schnell über die Straße.

Im Park war der Tag hell und sonnig. Die Bäume waren grün belaubt, die Büsche voll erblüht, und auf beiden Seiten des Pfads wuchsen Margeriten.

»Da sind wir«, sagte er wieder und rannte weiter.

Aber plötzlich wurde der mit Margeriten gesäumte Pfad von einem zweiten gekreuzt, und Woolly musste sich zwischen drei Richtungen entscheiden: links, rechts oder geradeaus. Hilflos sah er in alle Richtungen und wünschte sich, er hätte das Set mitgebracht. Nach links waren Bäume, Büsche und dunkelgrüne Bänke zu sehen. Auch rechts standen Bäume, Büsche und Bänke, außerdem war da ein Mann in einem lose sitzenden Anzug und einem weichen Hut, der ihm entfernt bekannt vorkam. Aber geradeaus konnte Woolly, als er die Augen zusammenkniff, schwach einen Springbrunnen erkennen.

»Aha!«, rief er.

Denn in Woollys Erfahrung standen Statuen oft in der Nähe von Springbrunnen. Wie die Statue von Garibaldi im Washington Square Park oder der Engel auf dem großen Springbrunnen im Central Park.

Voller Zuversicht rannte Woolly zu dem Springbrunnen, blieb in dem erfrischenden Wasserdunst stehen und orientierte sich. Er sah sich um und stellte fest, dass der Springbrunnen das Epizentrum bildete, von dem acht Pfade (den Pfad mitgerechnet, auf dem er gerade gekommen war) abgingen. Weit davon entfernt, sich entmutigen zu lassen, ging er langsam im Uhrzeigersinn um den Brunnen herum und spähte, die Hand über den Augen wie ein Kapitän auf hoher See, jeden Pfad entlang. Und da, am Ende des sechsten Pfads, stand er, der gute Abe höchstpersönlich.

Aus Respekt für die Statue rannte Woolly nicht, sondern ging in langen, Abraham Lincoln gemäßen Schritten auf die Statue zu und blieb wenige Meter vor ihr stehen.

Was für eine gelungene Darstellung, dachte Woolly. Nicht nur fing die Skulptur die Körperhaltung des Präsidenten ein, sie schien auch seine moralische Haltung widerzuspiegeln. Insgesamt war Lincoln dargestellt, wie man es erwarten würde, nämlich mit Schifferkrause und einem langen schwarzen Jackett, aber dann hatte der Künstler eine ungewöhnliche Entscheidung getroffen, denn in der rechten Hand hielt der Präsident seinen Hut locker in der Hand, als hätte er ihn gerade vor einem Bekannten gezogen.

Woolly setzte sich vor der Statue auf eine Bank und wanderte in Gedanken zurück zum Tag zuvor, als Billy ihm hinten in Emmetts Auto die

Geschichte des Lincoln Highway erklärt hatte. Billy hatte erzählt, zu der Zeit, als der Highway gebaut wurde (in neunzehnhundertsoundso), hätten begeisterte Anwohner entlang der Route rote, weiße und blaue Streifen auf Scheunen und Zaunpfosten gemalt. Das konnte Woolly sich gut vorstellen, denn es erinnerte ihn an die Festlichkeiten zum Vierten Juli in seiner Familie, wenn sie die Balken im großen Zimmer und das Geländer der Veranda mit roten, weißen und blauen Bändern schmückten.

Oh, wie sein Urgroßvater den Vierten Juli geliebt hatte!

An Thanksgiving und zu Weihnachten und Ostern war es Woollys Urgroßvater gleichgültig, ob seine Familie mit ihm feierte oder die Festtage lieber woanders verbrachte. Am Unabhängigkeitstag hingegen duldete er keine Abwesenheit. Er machte es unmissverständlich klar, dass sich jedes Kind, Enkelkind und Urenkelkind in den Adirondacks einzustellen hatte, ungeachtet, wie lang die Reise dahin war.

Und keine Frage, sie stellten sich ein!

Ab dem ersten Juli fuhren Familienmitglieder mit ihren Autos vor, kamen per Zug angereist oder landeten auf dem kleinen, zwanzig Meilen entfernten Flughafen. Am Nachmittag des zweiten Juli waren alle Schlafplätze im Haus belegt: Die Großeltern, Onkel und Tanten waren in den Schlafzimmern untergebracht, die jüngeren Cousins und Cousinen auf der Schlafveranda, und diejenigen der jüngeren Generation, die das Glück hatten, älter als zwölf zu sein, schliefen in Zelten, die zwischen den Kiefern aufgebaut waren.

Am Vierten Juli selbst gab es mittags ein Picknick auf dem Rasen, danach wurden Wettbewerbe ausgetragen: Kanufahren, Schwimmen, Schießen, Bogenschießen, und Catch-the-Flag, ein großes Fahnenraubspiel. Pünktlich um sechs wurden auf der Veranda Cocktails serviert. Um halb acht läutete die Glocke, und alle gingen ins Haus und setzten sich zu einer Mahlzeit aus gebratenem Hühnchen und Maiskolben hin, dazu die Blaubeermuffins, für die Dorothy berühmt war. Um zehn Uhr ruderten Onkel Bob und Onkel Randy zum Floß auf den See hinaus, um das Feuerwerk, das sie in Pennsylvania gekauft hatten, abzubrennen.

Das hätte Billy gefallen, dachte Woolly und lächelte. Und die Bänder an den Geländern, die Zelte zwischen den Bäumen und die Körbe mit den Blaubeermuffins hätten ihm auch gefallen. Aber am meisten hätte ihm das Feuerwerk gefallen, das jedes Mal mit Pfeifen und Krachen begann und dann immer und immer größer wurde, bis es den ganzen Himmel ausfüllte.

Aber noch während Woolly diesen herrlichen Erinnerungen nachhing, verdüsterte sich seine Miene, denn beinah hätte er das vergessen, was seine Mutter »den Grund, warum wir überhaupt hier sind« nannte: die Rezitationen. Jedes Jahr am Vierten Juli, wenn das Essen auf dem Tisch stand, stellte sich das jüngste Kind über sechzehn an den Kopf des Tisches und sagte Teile der Unabhängigkeitserklärung auf.

»Wenn im Gange menschlicher Ereignisse« und »Folgende Wahrheiten erachten wir als selbstverständlich«.

Aber wie Woollys Urgroßvater gern erklärte, hatten zwar die Herren Washington und Jefferson die Vision gehabt, eine Republik zu gründen, doch es war Mr. Lincoln, der den Mut hatte, sie vollständig umzusetzen. Wenn also der Jugendliche, der aus der Unabhängigkeitserklärung rezitiert hatte, sich wieder setzte, stand das jüngste Kind von den über Zehnjährigen auf und rezitierte die »Gettysburg Address« in ihrer ganzen Länge.

Nach dem Vortrag verneigte sich der Sprecher zu dem im Raum aufbrandenden Applaus, der fast so laut war wie der am Ende des Feuerwerks. Dann wurden unter fröhlichem Lachen und freundlichem Geplauder die Platten und Körbe um den Tisch gereicht. Auf diesen Moment freute sich Woolly immer ganz besonders.

Zumindest bis zum 16. März 1944, dem Tag, an dem er zehn Jahre alt wurde.

Gleich nachdem seine Mutter und seine Schwestern »Happy Birthday« für ihn gesungen hatten, hielt seine älteste Schwester Kaitlin es für nötig, ihn darauf hinzuweisen, dass es in diesem Jahr am Vierten Juli Woollys Aufgabe sei, am Kopf des Tisches zu stehen und den Text der »Gettysburg Address« zu rezitieren. Diese Eröffnung verstörte Woolly dermaßen, dass er kaum sein Stück Schokoladenkuchen aufessen konnte. Denn trotz seiner jungen Jahre wusste Woolly eins über sich, und das war, dass er nicht gut im Auswendiglernen war.

Seine Schwester Sarah, die sieben Jahre zuvor eine fehlerlose Rezitation geliefert hatte und jetzt Woollys Unbehagen spürte, bot an, ihm zu helfen.

»Es ist ganz leicht, den Text auswendig zu lernen«, sagte sie lächelnd zu Woolly. »Es sind nur zehn Sätze.«

Diese Aussage machte Woolly zunächst Mut. Aber als seine Schwester ihm den Text zeigte, stellte er fest, dass es auf den ersten Blick vielleicht nur zehn Sätze waren, dass der letzte davon aber drei Sätze in einem war.

»Ans und für sich (wie Woolly damals gern sagte) sind es zwölf Sätze, nicht zehn.«

»Trotzdem«, sagte Sarah.

Aber vorsichtshalber schlug sie vor, dass sie rechtzeitig mit dem Lernen anfangen würden. In der ersten Aprilwoche sollte Woolly den ersten Satz auswendig lernen. In der zweiten Aprilwoche würde er die ersten beiden Sätze lernen, in der dritten Woche die ersten drei Sätze, und so weiter, bis er zwölf Wochen später, wenn der Juni zu Ende ging, die ganze Rede einwandfrei aufsagen konnte.

Und so machten sie es. Woche für Woche lernte Woolly einen Satz nach dem anderen, bis er die Rede komplett auswendig konnte. Als der erste Juli kam, hatte er sie nicht nur vor Sarah aufgesagt, sondern auch vor sich selbst im Spiegel, und am Spülbecken, wo er Dorothy beim Abwasch half, und einmal in einem Kanu mitten auf dem See. Sodass Woolly am schicksalhaften Tag bereit war.

Nachdem sein Cousin Edward die Teile aus der *Declaration of Independence* aufgesagt und freundlichen Applaus dafür bekommen hatte, stellte Woolly sich an die vorgesehene Stelle.

Aber gerade, als er anfangen wollte, stieß er auf das erste Problem, das der Plan seiner Schwester mit sich brachte: die Gäste. Denn Woolly hatte den Text oft vor seiner Schwester und noch öfter allein aufgesagt, aber nie waren andere Zuhörer dabei gewesen. Und hier waren nicht nur *andere Zuhörer*, hier saßen dreißig seiner engsten Verwandten aufmerksam in zwei Reihen an dem langen Tisch, an dessen Ende kein Geringerer als sein Urgroßvater selbst saß.

Woolly warf Sarah einen Blick zu, und sie nickte ermutigend, was sein Selbstvertrauen stärkte. Doch in dem Moment, als er sprechen wollte, wurde ihm das zweite Problem bewusst, das der Plan seiner Schwester mit sich brachte: die Bekleidung. Bisher hatte Woolly nämlich die Rede in Cordhosen oder im Schlafanzug oder in der Badehose aufgesagt, nie aber in einem kratzigen blauen Blazer mit einer rot-weiß gestreiften Krawatte, die ihm die Kehle abschnürte.

Als Woolly mit gekrümmtem Finger an seinem Kragen zupfte, fingen einige seiner jüngeren Cousins an zu kichern.

»Psst«, sagte seine Großmutter.

Woolly sah wieder zu Sarah hinüber, und sie nickte ihm abermals freundlich zu.

»Fang an.«

Woolly stellte sich, wie sie es ihm beigebracht hatte, aufrecht hin, atmete zweimal tief ein und fing an:

»Vor siebenundachtzig Jahren«, sagte er. »Vor siebenundachtzig Jahren.«

Wieder kicherten die Jüngeren, und wieder machte die Großmutter: »Psst.«

Ihm fiel ein, dass Sarah gesagt hatte, wenn er nervös sei, solle er über die Köpfe der Verwandten hinweg zur Wand sehen, weshalb er den Blick auf den Elchkopf an der gegenüberliegenden Wand richtete. Aber da ihm der Blick des Elchs alles andere als freundlich vorkam, richtete Woolly den Blick auf seine Füße.

»Vor siebenundachtzig Jahren«, fing er wieder an.

»Gründeten unsere Väter«, half Sarah leise.

»Gründeten unsere Väter«, sagte Woolly und sah seine ältere Schwester an. »Auf diesem Kontingent.«

»Auf diesem Kontinent …«

»Auf diesem Kontinent eine neue Nation. Eine neue Nation …«

»In Freiheit gezeugt«, half jetzt eine freundliche Stimme.

Diesmal war es nicht Sarahs. Es war die Stimme von James, der in der Woche zuvor in Princeton seinen Abschluss gemacht hatte. Und als Woolly weitersprach, sprachen Sarah und James mit ihm.

»In Freiheit gezeugt«, sagten sie zu dritt, »und dem Grundsatz geweiht, dass alle Menschen gleich geschaffen sind.«

Jetzt fielen die Stimmen anderer, die Mr. Lincolns »Address« in früheren Jahren aufgesagt hatten, auch ein. Dann schlossen sich dem Chor diejenigen an, die zwar nie vorn gestanden und rezitiert hatten, aber die »Address« so oft gehört hatten, dass sie sie auswendig kannten. Und jetzt sprachen alle zusammen, auch der Urgroßvater, und als der ganze Chor die großartigen und hoffnungsvollen Worte sprach, dass die »Regierung des Volkes, durch das Volk und für das Volk, nicht von der Erde verschwinden möge«, brach die Familie in Applaus und große Freudensbekundungen aus, wie sie in dem Raum nie zuvor gehört worden waren.

Bestimmt hatte Abraham Lincoln sich vorgestellt, dass seine Rede so rezitiert wurde. Nicht von einem kleinen Jungen, allein im kratzigen Blazer am Kopf eines langen Tisches, sondern von vier Generationen einer Familie, die alle mit einer Stimme sprachen.

Wenn sein Vater das hätte miterleben können, dachte Woolly und wischte sich mit der flachen Hand eine Träne von der Wange. Wenn sein Vater jetzt hier sein könnte.

Nachdem Woolly seine Traurigkeit verscheucht und dem Präsidenten ausgiebig Ehrerbietung gezeigt hatte, kehrte er um. Als er zu dem Springbrunnen kam, achtete er darauf, gegen den Uhrzeigersinn um ihn herumzugehen, bis zum sechsten abzweigenden Pfad.

Niemals sieht ein Pfad in beide Richtungen gleich aus, und Woolly fragte sich im Gehen, ob er sich geirrt hatte. Hatte er bei seiner Umrundung des Springbrunnens gegen den Uhrzeigersinn falsch gezählt? Aber als er gerade umdrehen wollte, sah er wieder den Mann mit dem weichen Hut.

Als Woolly ihn mit einem erkennenden Lächeln grüßte, erwiderte der Mann das Lächeln. Doch auf Woollys Winken winkte der Mann nicht zurück. Stattdessen griff er in die ausgebeulten Taschen seines großen Jacketts. Dann legte er die rechte zur Faust geformte Hand auf seine linke Schulter, und die linke Faust auf die rechte Schulter. Woolly sah neugierig zu, wie der Mann langsam mit den Fäusten an den Armen entlangfuhr und alle paar Zentimeter ein weißes Kügelchen auf dem Ärmel platzierte.

»Das ist ja Popcorn«, rief Woolly erstaunt aus.

Nachdem auf beiden Ärmeln der Länge nach, von den Schultern bis zu den Handgelenken, Popcornkügelchen lagen, breitete der Mann die Arme seitlich aus, bis er aussah wie … wie …

Eine Vogelscheuche! Jetzt erkannte Woolly das. Deswegen war ihm der Mann so bekannt vorgekommen: Er sah aus wie die Vogelscheuche in der unteren linken Ecke des Platzsets.

Nur dass er keine Vogelscheuche war. Er war das exakte Gegenteil. Denn als er beide Arme ausstreckte, kamen die Spatzen, die im Hintergrund herumgeflattert waren, und flogen um seine Arme herum.

Und während die Spatzen die Popcornstückchen aufpickten, sprangen zwei Eichhörnchen, die unter einer Bank gelauert hatten, herbei und scharwenzelten um die Füße des Mannes. Mit großen Augen sah Woolly zu und dachte schon, sie würden an ihm emporklettern wie an einem Baum. Aber die Eichhörnchen kannten sich besser aus, sie warteten darauf, dass die Vögel Popcornstückchen von den Armen des Mannes auf den Boden stoßen würden.

»Das muss ich Duchess erzählen«, dachte Woolly und eilte weiter.

Denn der Vogelmann im Liberty Park kam ihm wie einer der alten Vaudeville-Schauspieler vor, von denen Duchess so gerne erzählte.

Aber als Woolly wieder zur Straße kam, trat an die Stelle des fröhlichen Bildes von dem Vogelmann mit ausgestreckten Armen das weit weniger fröhliche Bild eines Polizisten, der hinter Emmetts Auto stand und einen Strafzettel ausfüllte.

# EMMETT

Emmett wachte in dem vagen Bewusstsein auf, dass der Zug stand. Er warf einen Blick auf Billys Uhr. Es war kurz nach acht. Wahrscheinlich waren sie schon in Cedar Rapids, dachte er.

Leise, um seinen Bruder nicht zu wecken, stieg Emmett auf die Leiter und streckte den Kopf durch die Luke. Er blickte zum Ende des Zuges und sah, dass bestimmt weitere zwanzig Waggons angehängt worden waren.

Oben auf der Leiter, wo die kühle Morgenluft ihm um den Kopf strich, war es nicht die Vergangenheit, die an ihm nagte, sondern der Hunger. Nach ihrem frühen Aufbruch in Morgen hatte er außer dem Sandwich, das sein Bruder ihm gegeben hatte, nichts gegessen. Billy war zumindest so vernünftig gewesen, das Frühstück im Waisenhaus anzunehmen, das man ihm angeboten hatte. Nach Emmetts Einschätzung würden sie weitere dreißig Stunden brauchen, bevor sie New York erreichten, und in Billys Rucksack hatten sie lediglich die Thermoskanne mit Wasser und die letzten Kekse von Sally.

Der Bettler hatte Emmett erklärt, der Zug würde vor Cedar Rapids ein paar Stunden auf einem Nebengleis halten, damit General Mills ihre mit Frühstücksflockenkartons vollbepackten Waggons an den Zug hängen konnte.

Emmett kletterte die Leiter runter und weckte sanft seinen Bruder.

»Der Zug hält hier eine Weile, Billy. Ich will mal sehen, ob ich was zu essen finden kann.«

»Ist gut.«

Billy schlief wieder ein, und Emmett kletterte durch die Luke. Da er nirgendwo Menschen sah, rannte er über die Waggondächer zum Ende des Zugs vor. Die von General Mills beladenen Waggons wären vermutlich verschlossen. Emmett musste darauf hoffen, dass eine der Luken versehentlich ungesichert war. Er nahm an, dass er weniger als eine Stunde hatte, bevor der Zug sich wieder in Bewegung setzen würde, deshalb beeilte er sich so gut es ging und sprang von einem Waggondach zum nächsten.

Als er zum letzten leeren Nabisco-Waggon kam, blieb er stehen. Denn zwar sah er, dass sich die flachen Dächer der General-Mills-Waggons in weite Ferne erstreckten, aber unmittelbar vor ihm waren zwei Waggons mit gewölbten Dächern, die für Personenwagen typisch waren.

Emmett zögerte einen Moment, dann kletterte er auf das schmale Trittbrett hinunter und blickte durch das kleine Fenster in der Tür. Weil die Vorhänge zugezogen waren, lag das meiste des Inneren im Dunkeln, aber das, was Emmett sah, war vielversprechend. Dem Anschein nach war es der Salon eines gut ausgestatteten Privatwaggons nach einer Nacht ausschweifender Festlichkeiten. Jenseits von zwei Stühlen, deren hohe Rückenlehnen ihm zugekehrt waren, sah Emmett einen niedrigen Tisch, auf dem leere Gläser standen und eine Champagnerflasche umgestülpt in einem Eiskübel steckte, sowie die Reste eines kalten Buffets. Vermutlich lagen die Passagiere im Schlafwagen dahinter in ihren Abteilen.

Emmett öffnete die Tür und betrat leise den Waggon. Vor ihm lagen die Auswirkungen einer wilden Feier. Auf dem Boden waren die Federn aus einer Kissenfüllung verstreut, dazwischen Brötchen und Weintrauben, als wären sie als Wurfgeschosse in einer Schlacht benutzt worden. An einer Standuhr war das Fenster geöffnet, die Zeiger fehlten. Und auf einer Couch neben dem Buffet lag ein Mann von Mitte zwanzig in tiefem Schlaf. Er trug einen befleckten Abendanzug, und seine Wangen waren mit roten Streifen bemalt, wie bei den Apachen.

Emmett überlegte, ob er den Waggon rückwärts verlassen und weiter über die Dächer klettern sollte, aber er wusste, eine bessere Gelegenheit würde sich ihm nicht bieten. Also schlüpfte er, den schlafenden Mann fest im Blick behaltend, zwischen den Stühlen hindurch und ging vorsichtig weiter. Auf dem Buffet stand eine Schale mit Obst, mehrere Laibe Brot und Käse lagen daneben sowie die Reste eines Schinkens. Ein umgekipptes Glas Ketchup war augenscheinlich die Quelle der Kriegsbemalung. Vor der Couch lag der Bezug des aufgerissenen Kissens. Emmett nahm ihn, stopfte schnell genug Esswaren für zwei Tage hinein und drehte ihn oben zu. Er warf einen letzten Blick auf den Schlafenden und wandte sich zum Gehen.

»Ah, Ober …«

Auf einem der Stühle war ein zweiter Mann im Abendanzug.

Weil Emmetts Aufmerksamkeit von dem Mann auf der Couch völlig in Anspruch genommen war, hatte er den Mann auf dem Stuhl nicht wahrgenommen, was angesichts dessen Körperumfangs überraschend war. Er war mindestens einen Meter achtzig groß und wog bestimmt einhundert Kilo. Der Mann trug keine Kriegsbemalung, aber in der Brusttasche seines Jacketts steckte eine Scheibe Schinken wie ein Einstecktuch.

Die Augen halb geöffnet, hob der Mann eine Hand, streckte in einer langsamen Bewegung die Finger aus und zeigte auf etwas am Boden.

»Wenn Sie so freundlich wären …«

Als Emmett in die Richtung der ausgestreckten Hand guckte, sah er eine halbvolle Ginflasche, die auf dem Boden lag. Er setzte den Kissenbezug hin, hob die Flasche auf und gab sie dem schlaftrunkenen Mann, der sie seufzend entgegennahm.

»Seit gut einer Stunde habe ich diese Flasche im Blick, und ich bin die verschiedensten Strategien durchgegangen, wie ich sie in meinen Besitz bekommen könnte. Und eine nach der anderen musste ich als schlecht ausgedacht, unvernünftig oder gegen die Gesetze der Schwerkraft verstoßend verwerfen. Schließlich habe ich mich auf den letzten Ausweg besonnen, der einem Mann in den Sinn kommt, der alle Möglichkeiten außer der, es selbst zu tun, erschöpft hat. Womit ich sagen will, ich habe gebetet. Ich habe zu Ferdinand und Bartholomäus gebetet, den Schutzheiligen von Pullmanwagen und umgestürzten Flaschen. Und siehe, ein barmherziger Engel ist zu mir herabgekommen.«

Der Mann sah Emmett mit einem dankbaren Lächeln an, dann drückte seine Miene Überraschung aus.

»Sie sind gar nicht der Kellner!«

»Ich bin einer der Bremser«, sagte Emmett.

»Gleichwohl – herzlichen Dank!«

Der Mann drehte sich nach links, nahm ein Martiniglas von einem kleinen runden Tisch und füllte es langsam mit Gin. Emmett fiel auf, dass die Olive unten im Glas mit dem Minutenzeiger der Standuhr aufgespießt worden war.

Nachdem das Glas gefüllt war, sah der Mann Emmett an.

»Darf ich Ihnen …?«

»Nein, vielen Dank.«

»Im Dienst vermutlich.«

Er hob das Glas zu Emmett, leerte es in einem Zug und sah es dann mit Bedauern an.

»Weise Entscheidung abzulehnen. Der Gin ist unnatürlich warm. Kriminell geradezu. Dennoch …«

Er füllte das Glas aufs Neue, hob es an die Lippen und hielt dann mit einem besorgten Ausdruck inne.

»Sie wissen nicht zufällig, wo wir sind?«

»Vor Cedar Rapids.«

»In Iowa?«

»Ja.«

»Und die Uhrzeit?«

»Ungefähr halb neun.«

»Am Morgen?«

»Ja«, sagte Emmett, »am Morgen.«

Der Mann führte das Glas zum Mund und hielt abermals inne.

»Nicht *Donnerstag*morgen?«

»Nein«, sagte Emmett, der allmählich die Geduld verlor, »es ist Dienstag.«

Der Mann atmete erleichtert auf und beugte sich zu dem Schlafenden auf der Couch vor.

»Haben Sie das gehört, Mr. Packer?«

Als Packer nicht reagierte, stellte der Mann das Glas ab, holte ein

Brötchen aus der Tasche seines Anzugs und warf es Packer gezielt an den Kopf.

»Ich habe gesagt: Haben Sie das gehört?«

»Was gehört, Mr. Parker?«

»Es ist noch nicht Donnerstag.«

Packer rollte sich auf die Seite und drehte den Kopf zur Wand.

»Mittwochskind bringt Herzeleid, Donnerstagskind ist voller Freud.«

Parker sah seinen Reisegefährten nachdenklich an und beugte sich dann zu Emmett vor.

»Unter uns gesagt, Mr. Packer ist auch unnatürlich warm.«

»Das habe ich gehört«, sagte Packer zur Wand.

Parker beachtete ihn nicht und wandte sich wieder vertrauensvoll an Emmett.

»Normalerweise schenke ich den Wochentagen keine besondere Beachtung. Aber Mr. Packer und ich sind gemeinsam einer geheimen Aktion verpflichtet. Denn im nächsten Wagen schläft niemand anders als Alexander Cunningham III., der geliebte Enkel des Besitzers dieses herrlichen Wagens. Und wir haben gelobt, dass wir Mr. Cunningham bis spätestens Donnerstagabend um sechs Uhr in Chicago, an der Tür des Racquet Clubs (Racquet mit Q, versteht sich) absetzen werden. Um ihn sicher –«

»Seinen Häschern zu übergeben«, sagte Packer.

»In die Hände seiner zukünftigen Braut zu übergeben«, korrigierte Parker. »Und das ist eine Pflicht, Herr Bremser, die man nicht auf die leichte Schulter nehmen sollte. Denn Mr. Cunninghams Großvater ist der größte Betreiber von Kühlwaggons in Amerika, und der Großvater der Braut ist der größte Würstchenhersteller. Sie verstehen also, wie wichtig es ist, dass wir Mr. Cunningham rechtzeitig nach Chicago bekommen.«

»Die Zukunft des amerikanischen Frühstücks hängt davon ab«, sagte Packer.

»Zweifellos«, stimmte Parker ihm zu. »Zweifellos hängt sie davon ab.«

Emmett hatte gelernt, niemanden mit Geringschätzung zu betrachten. Einen Menschen mit Geringschätzung zu betrachten, hatte sein Vater gesagt, setze voraus, dass man so viel von dessen Schicksal wusste, von seinen

Absichten und Taten, sowohl den privaten wie den öffentlichen, dass man es wagen konnte, seinen Charakter an dem eigenen zu messen, ohne befürchten zu müssen, dass es ein Fehlurteil war. Aber während Emmett zusah, wie Parker wieder sein Glas mit lauwarmem Gin leerte und dann die Olive mit den Zähnen von dem Minutenzeiger abzog, wurde er von Emmett gewogen und für zu leicht befunden.

In Salina, wenn sie auf dem Feld arbeiteten, oder manchmal, wenn sie nach der Arbeit im Haus Freizeit hatten, erzählte Duchess eine Geschichte, die von einem Varietékünstler handelte, einem Professor Heinrich Schweitzer, wie er sich nannte, Meister der Kunst der Telekinese.

Wenn der Vorhang aufging, saß Professor Schweitzer in der Mitte der Bühne an einem kleinen Tisch mit einer weißen Tischdecke, auf dem ein einzelner Teller stand sowie eine nicht brennende Kerze. Der Kellner kam aus den Kulissen, trug dem Professor ein Steak auf, schenkte ein Glas Wein ein und zündete die Kerze an. War der Kellner abgetreten, aß der Professor ohne jede Eile von dem Steak und trank von dem Wein, dann steckte er die Gabel senkrecht ins Fleisch – alles, ohne zu sprechen. Nachdem er sich den Mund mit der Serviette abgetupft hatte, hielt er die Hand mit abgespreizten Daumen und Zeigefinger in die Luft. Während er die Finger schloss, fing die Flamme der Kerze an zu flackern und erlosch, und eine kleine Rauchsäule stieg in die Luft. Dann starrte der Professor auf sein Weinglas, bis der Wein zu brodeln begann und über den Rand kochte. Als der Professor seine Aufmerksamkeit dem Teller mit dem Steak zuwandte, bog sich der Griff der Gabel so, dass er mit den Zinken einen rechten Winkel bildete. Inzwischen war von den Zuhörern, die zu absoluter Stille ermahnt worden waren, ein Raunen des Staunens und der Verwunderung zu hören. Mit dem Heben der Hand stellte der Professor wieder Ruhe her. Während er die Augen in tiefer Konzentration schloss und die Handflächen zum Tisch hob, begann der Tisch so stark zu wackeln, dass man das Rattern der Tischbeine auf den Bühnenbrettern hörte. Jetzt öffnete der Professor die Augen und schwenkte die Hände nach rechts, worauf die Tischdecke in die Luft flatterte, aber die Sachen auf dem Tisch, der Teller, das Weinglas und die Kerze, an Ort und Stelle blieben.

Das Ganze war eine Täuschung, klar. Eine fein ausgeklügelte Illusion, die mit unsichtbaren Drähten, Stromwellen und Luftströmungen geschaffen wurde. Und Professor Schweitzer? Laut Duchess war er ein Pole aus Poughkeepsie, der nicht die geringste Ahnung von Telekinese hatte und nicht einmal imstande war, sich selbst einen Hammer auf den Fuß fallen zu lassen.

Nein, dachte Emmett mit einem Anflug von Bitterkeit, die Schweitzer dieser Welt hatten nicht die Fähigkeit, Dinge mit einem Blick oder dem Schwenken der Hand zu bewegen. Diese Macht war für die Parkers dieser Welt reserviert.

Höchstwahrscheinlich war Parker nie darüber aufgeklärt worden, dass er die Macht der Telekinese besaß, aber das war auch nicht nötig. Er hatte sie durch Erfahrung erworben, angefangen in seiner Kindheit, wenn er ein Spielzeug verlangte, das er in einem Spielzeugladen sah, oder wenn er ein Eis von einem Eisverkäufer im Park haben wollte. Die Erfahrung hatte ihn gelehrt, wenn er etwas nur sehr dringend besitzen wollte, würde es früher oder später in seine Hände gelangen, auch gegen die Gesetze der Schwerkraft. Wie, wenn nicht mit Geringschätzung, sollte man einen Menschen betrachten, der diese außergewöhnliche Fähigkeit einsetzte, um die Reste einer Flasche Gin in seinen Besitz zu bekommen, ohne aufzustehen?

Als Emmett nach dem Kissenbezug griff, sah Parker ihn an.

»Wollen Sie etwa gehen?«

»Ich muss wieder in den Maschinenraum.«

»Aber wir lernen uns gerade erst kennen. So eilig kann es doch nicht sein. Hier, setzen Sie sich.«

Mit einer Bewegung zog Parker den leeren Lehnstuhl näher, der damit Emmetts Weg zu Tür blockierte.

In der Ferne hörte Emmett das Zischen von Dampf, als die Bremsen gelöst wurden und der Zug sich in Bewegung setzte. Emmett schob den Stuhl zu Seite und ging zur Tür.

»Warten Sie!«

Parker stemmte sich mit den Händen aus dem Lehnstuhl hoch. Als er stand, sah Emmett, wie groß der Mann wirklich war. Sein Kopf streifte fast die Decke, und nach kurzem Schwanken kam er mit ausgestreckten Händen auf Emmett zu, als wollte er ihn beim Hemd packen.

Emmett spürte einen Adrenalinschub und hatte die entsetzliche Ahnung, dass ein schlimmer Moment aus der Vergangenheit im Begriff war, sich zu wiederholen. Angesichts Parkers wankendem Stand wusste Emmett intuitiv, dass ein kleiner Stoß gegen dessen Brustbein ausreichen würde, um den Mann wie einen Baum zu Fall zu bringen – eine abermalige, sich zufällig ergebende Gelegenheit für Emmett, alle seine in die Zukunft reichenden Pläne mit der Tat einer Sekunde zu zerschmettern.

Aber in dem Moment steckte Parker mit erstaunlicher Behändigkeit eine Fünf-Dollar-Note in Emmetts Hemdtasche, machte dann einen Schritt zurück und sackte auf seinen Stuhl.

»Mit tief empfundener Dankbarkeit«, rief Parker noch, als Emmett zur Tür hinausging.

Emmett umfasste den Kissenbezug oben mit einer Hand und kletterte die Leiter hinauf, er eilte die Länge des Wagendachs entlang und sprang zum nächsten Wagen über – so wie er es zuvor getan hatte.

Nur dass der Zug jetzt fuhr und leicht von rechts nach links schwankte und außerdem schneller wurde. Emmett schätzte die Geschwindigkeit auf nicht mehr als zwanzig Meilen pro Stunde, aber bei dem Sprung hatte er die Kraft des Gegenwinds gespürt. Wenn der Zug schneller wurde, müsste Emmett ziemlich viel Kraft für den Sprung aufbringen, und beschleunigte der Zug auf vierzig Meilen in der Stunde, würde Emmett die Lücke wahrscheinlich nicht überbrücken können.

Emmett fing an zu rennen.

Er wusste nicht mehr, wie viele Waggons er auf dem Herweg überquert hatte, bevor er zu dem Pullmanwagen gekommen war. Es schien ihm von größter Dringlichkeit, dass er auf den Waggons vor sich die geöffnete Luke ausmachte, aber was er stattdessen sah, war eine Kurve, auf die der Zug zurollte. Obwohl die Krümmung der Schienen fest war und der Zug in Bewegung, schien es von Emmetts Blickpunkt so, als würde die Kurve sich bewegen und schnell und unerbittlich unter der langen Reihe der Waggons auf ihn zukommen, so wie eine Schwingung sich durch ein Seil fortsetzt, wenn man es an einem Ende schlägt.

Emmett beeilte sich, in der Hoffnung, den nächsten Waggon noch vor der Kurve zu erreichen. Die aber war schneller da, als er erwartet hatte, und rollte unter seinen Füßen her, als er den Sprung machte. Der Waggon schwankte, Emmett rutschte im Landen und wurde nach vorn geworfen, sodass er bäuchlings auf dem Dach lag und ein Fuß über dem Rand baumelte.

Emmett hielt den Kissenbezug fest umklammert und tastete mit der freien Hand nach etwas, woran er Halt finden konnte. Er fand eine Metallschiene, an der er sich zur Mitte des Daches zog.

Bäuchlings rutschte er rückwärts zu der Lücke, die er gerade übersprungen hatte. Er erfühlte mit den Füßen die Leiter, glitt weiter zurück und kletterte sie hinunter, bis er die Trittfläche erreichte, auf der er sich, schwer atmend nach der Anstrengung und voller Selbstvorwürfe, niederhockte.

Was hatte er sich nur gedacht? Rennend von einem Waggon zum nächsten zu springen! Er hätte leicht den Halt verlieren und vom Zug fallen können. Was wäre dann mit Billy?

Inzwischen fuhr der Zug mit sicherlich fünfzig Meilen in der Stunde. Demnächst würde er wieder langsamer werden, und Emmett könnte sicher zu ihrem Waggon finden. Als er einen Blick auf die Uhr seines Bruders warf, sah er, dass das Glas zerbrochen war und der Sekundenzeiger feststand.

# PASTOR JOHN

Als Pastor John sah, dass jemand in dem leeren Waggon schlief, wäre er beinah weitergegangen. Wenn man eine lange Reise vor sich hat, ist Gesellschaft eine feine Sache. Die Reise in einem Güterwaggon zieht sich sehr in die Länge und hat an Komfort nicht viel zu bieten, und jeder noch so überzeugte Vagabund hat eine Geschichte zu erzählen, ob erbaulich oder unterhaltend. Aber seit Adam das letzte Mal in Eden war, hatte sich die Sünde in den Herzen der Menschen eingenistet, sodass auch diejenigen, die zu den Milden und Freundlichen zählten, bisweilen hart und grausam sein konnten. Und wenn ein müder Reisender in seinem Besitz eine Flasche Whiskey mit sich führte, nebst achtzehn Dollar, die er im Schweiße seines Angesichts verdient hatte, riet ihm die Vorsicht, auf die Gesellschaft anderer zu verzichten und mit der Sicherheit des Alleinseins vorliebzunehmen.

Das waren Pastor Johns Gedanken, doch dann sah er, wie sich der Fremde aufsetzte, eine Taschenlampe anknipste und ihren dünnen Strahl auf die Seiten eines großen Buches lenkte – und sich als kleiner Knirps entpuppte.

Von zu Hause weggelaufen, dachte Pastor John und lächelte.

Zweifellos hatte es Streit mit den Eltern gegeben, und er war mit dem Rucksack über der Schulter weggegangen, so wie Tom Sawyer, dessen Geschichte er als Leser kannte. Wenn er in New York ankam, hätte er nichts dagegen, entdeckt und von den Behörden nach Hause zurückgebracht zu werden, wo er die strenge Miene des Vaters und die warme Umarmung der Mutter finden würde.

Aber New York war eine Tagesreise entfernt, und obwohl Jungen impulsiv, unerfahren und naiv waren, besaßen sie doch eine gewisse praktische Intelligenz. Denn während ein Erwachsener in einem hitzigen Moment mit nur dem Hemd, das er am Leibe trägt, losstürmt, wird ein Junge, der von zu Hause wegläuft, immer in weiser Voraussicht ein Sandwich einpacken. Vielleicht sogar ein Stück Hühnchen von dem, was seine Mutter am Abend zuvor gebraten hatte. Dazu kam die Taschenlampe. Wie oft hatte Pastor John sich im letzten Jahr gewünscht, eine Taschenlampe zur Hand zu haben? Öfter, als er zählen konnte.

»Hallo da!«

Ohne eine Reaktion abzuwarten, kletterte Pastor John die Leiter runter und klopfte sich die Knie ab, wobei ihm auffiel, dass der Junge zwar überrascht aufblickte, aber so wohlerzogen war, ihn nicht mit der Lampe zu blenden.

»Im Leben der Fußsoldaten des Herrn«, begann Pastor John, »ist die Zeit lang und die Behaglichkeit gering. Mir zum Beispiel würde ein bisschen Gesellschaft guttun. Hast du was dagegen, wenn ich mich zu dir ans Feuer setze?«

»Ans Feuer?«, fragte er Junge.

Pastor John zeigte auf die Taschenlampe.

»Verzeihung. Ich meinte es in einem poetischen Sinne. Eine berufsbedingte Neigung bei Seelenhirten. Pastor John, zu deinen Diensten.«

Als John die Hand ausstreckte, erhob Billy sich und schüttelte sie ihm wie ein kleiner Herr.

»Ich heiße Billy Watson.«

»Eine Freude, dich kennenzulernen, William.«

Zwar ist das Misstrauen so alt wie die Sünde selbst, aber Billy gab keins zu erkennen. Hingegen zeigte er eine angemessene Neugier.

»Sind Sie ein richtiger Pastor?«

Pastor John lächelte.

»Ich habe keinen Kirchturm mit Glocken, mein Junge. Wie die von Johannes dem Täufer, meinem Namensvetter, ist meine Kirche eher die Straße und meine Gemeinde der gemeine Mann. Aber natürlich, ich bin als Pastor so wirklich wie jeder andere.«

»Sie sind der zweite Mensch von der Kirche, den ich in den letzten beiden Tagen kennengelernt habe«, sagte der Junge.

»Ach ja?«

»Gestern habe ich in Lewis in St. Nicholas Schwester Agnes kennengelernt. Kennen Sie die?«

»In meiner Zeit hatte ich mit etlichen Schwestern vertrauten Umgang«, sagte der Pastor mit einem Augenzwinkern zu sich selbst. »Aber ich glaube nicht, dass ich das Vergnügen hatte, einer mit dem Namen Agnes begegnet zu sein.«

Pastor John lächelte dem Jungen zu und war dann so frei, sich zu setzen. Als Billy sich auch wieder setzte, erklärte John seine Bewunderung für die Taschenlampe und fragte, ob er sie sich näher ansehen dürfe. Ohne jedes Zögern gab Billy sie ihm.

»Sie ist aus Armeebeständen«, erklärte er. »Vom Zweiten Weltkrieg.«

Pastor John tat so, als würde er die Taschenlampe würdigen, leuchtete dabei den Waggon aus und stellte mit angenehmer Überraschung fest, dass der Rucksack des Jungen größer war, als er zunächst angenommen hatte.

»Das Erste, was der Herr geschaffen hat«, sagte Pastor John und gab Billy die Taschenlampe zurück.

Billy sah den Mann abermals fragend an. Zur Erklärung zitierte Pastor John:

»*Und der Herr sprach: Es werde Licht. Und es ward Licht.*«

»Aber ganz am Anfang hat Gott Himmel und Erde geschaffen«, sagte Billy. »Das Licht war doch seine dritte Schöpfung.«

Der Pastor räusperte sich.

»Du hast natürlich völlig recht, William. Zumindest technisch gesehen. Wie auch immer, ich glaube, wir dürfen annehmen, dass es dem Herrn große Befriedigung verschafft, nachdem seine *dritte* Schöpfung beim Einsatz im Krieg verwendet wurde, zu sehen, wie sie jetzt einem Jungen zum Nutzen gereicht.«

Nach dieser einleuchtenden Erklärung war der Junge still, und Pastor John wurde sich bewusst, dass er den Rucksack des Jungen mit begehrlichen Blicken betrachtete.

Tags zuvor hatte Pastor John am Stadtrand von Cedar Rapids zu einer nicht sesshaften Gruppe Christian Revivalists gesprochen. Der Pastor gehörte nicht *offiziell* zu den Revivalists, aber die Zuhörenden waren von seiner Pech-und-Schwefel-Variante so stark ergriffen gewesen, dass er von morgens bis abends ununterbrochen gepredigt hatte, ohne auch nur ans Essen zu denken. Als die Revivalists am Abend ihre Zelte abbrachen, wollte Pastor John eigentlich in ein nahe gelegenes Wirtshaus gehen, wo er mit einem hübschen jungen Mädchen aus dem Methodistenchor zum Essen und vielleicht auf ein Glas Wein verabredet war. Aber es stellte sich heraus, dass der Chorleiter gleichzeitig der Vater des jungen Mädchens war, und so führte eins zum anderen, und Pastor John musste sich früher als beabsichtigt aus dem Staub machen. Deshalb war er, nachdem er sich zu dem Jungen gesetzt hatte, mehr als begierig, möglichst bald mit ihm das Brot zu brechen.

Aber in einem leeren Güterwaggon gilt es, genauso wie an der Tafel des Bischofs, die Gepflogenheiten zu beachten. Und die Gepflogenheiten der Reise verlangten es, dass ein Reisender einen anderen erst kennenlernen sollte, bevor er das Brot mit ihm brach. Also ergriff Pastor John die Initiative.

»Sag mir doch, junger Mann: Was liest du da?«

»*Professor Abacus Abernathes Kompendium von Helden, Abenteurern und anderen unerschrockenen Reisenden.*«

»Wie passend! Darf ich?«

Auch diesmal gab der Junge etwas, das ihm gehörte, ohne zu zögern aus der Hand. Durch und durch ein Christ, dachte Pastor John und schlug das Buch auf. Im Inhaltsverzeichnis sah John, dass es tatsächlich eine Zusammenstellung von Helden war.

»Wahrscheinlich bist du unterwegs in dein eigenes Abenteuer«, sagte John.

Der Junge nickte kräftig.

»Erzähl's mir nicht. Ich will es erraten.«

Pastor John senkte den Blick und fuhr mit dem Finger an der Liste entlang.

»Hmm. Mal sehen. Ja, ja.«

Mit einem Lächeln tippte er auf das Buch und sah dann den Jungen an.

»Ich vermute, du willst die Welt in achtzig Tagen umsegeln, so wie Phileas Fogg!«

»Nein, ich will nicht die Welt umsegeln.«

Pastor John sah wieder aufs Inhaltsverzeichnis.

»Du willst über die Sieben Meere segeln wie Sindbad der Seefahrer?«

Wieder schüttelte der Junge den Kopf.

In der aufrichtigen Stille, die folgte, wurde dem Pastor wieder einmal bewusst, wie schnell einem Kinderspiele langweilig werden konnten.

»Ich geb's auf, William. Erzähl mir doch, wohin dein Abenteuer dich führt.«

»Nach Kalifornien.«

Pastor John zog die Augenbrauen hoch. Sollte er dem Jungen sagen, dass von allen Richtungen, die er hätte wählen können, diese am allerwenigsten dazu geeignet war, ihn nach Kalifornien zu bringen? Die Nachricht wäre dem Jungen dienlich, andererseits könnte sie ihn verstören. Und was war der Gewinn?

»Kalifornien, sagst du? Ein ausgezeichnetes Ziel. Ich vermute, du hoffst, dort Gold zu finden.«

Der Pfarrer lächelte freundlich.

»Nein«, antwortete der Junge, indem er den Satz wiederholte, »ich hoffe nicht, dort Gold zu finden.«

Pastor John wartete, dass der Junge das erläuterte, aber offenbar gehörten Erläuterungen nicht zu seinem Repertoire. Jedenfalls, dachte Pastor John, reichte es jetzt mit der Unterhaltung.

»Was immer das Ziel unserer Reise ist und was immer die Gründe, dass wir sie machen, halte ich es doch für einen Glücksfall, dass ich in der Gesellschaft eines jungen Mannes reise, der die Bibel kennt und einen Sinn für Abenteuer hat. Das Einzige, was noch fehlt, damit dies eine perfekte Reise ist …«

Als der Pastor innehielt, sah der Junge ihn erwartungsvoll an.

»… wäre ein kleiner Happen zwischen den Zähnen, während wir uns unterhalten.«

Pastor John lächelte verschämt. Dann sah er den Jungen erwartungsvoll an.

Der Junge reagierte nicht.

Hmm, dachte Pastor John. Sollte der junge William etwa verschlagen sein?

Nein. Er war nicht der Typ dafür. Er war so arglos, dass er ein Sandwich, hätte er eins gehabt, ohne weiteres geteilt hätte. Aber bedauerlicherweise hatte er das Sandwich, das er in weiser Voraussicht eingepackt hatte, inzwischen längst selbst gegessen. Denn auch wenn weggelaufene Jungen die ungewöhnliche Fähigkeit besaßen vorauszuplanen, mangelte es ihnen doch an der Selbstdisziplin, sich ihren Proviant einzuteilen.

Pastor John runzelte die Stirn.

*Was der Herr den Überheblichen an Wohltätigkeit schenkt, schenkt er ihnen in Form von Enttäuschungen.* Diese Lektion hatte John viele Male unter vielen Zeltdächern und vor vielen Seelen erteilt, und immer mit großer Wirkung. Aber jedes Mal, wenn er den Beweis für diese Lektion am eigenen Leibe zu spüren bekam, war es eine unangenehme Überraschung.

»Vielleicht solltest du deine Taschenlampe ausknipsen«, sagte Pastor John etwas säuerlich. »Um die Batterie zu schonen.«

Der Junge sah, dass dies ein weiser Vorschlag war, und schaltete die Taschenlampe aus. Als er den Rucksack heranzog, um die Taschenlampe zu verstauen, drang ein zartes Geräusch heraus.

Es bewirkte, dass der Pastor sich aufrichtete und seine Stirn sich glättete.

War es ein Geräusch, das er kannte? Ja, es war ein so vertrautes, so unerwartetes, so willkommenes Geräusch, dass es alle Fasern seines Körpers in Erregung versetzte, ähnlich wie das Rascheln einer Feldmaus im Herbstlaub eine Katze erregte. Denn das Geräusch, das er aus dem Rucksack gehört hatte, war eindeutig das metallische Klingeln von Münzen.

Als der Junge die Taschenlampe in den Rucksack steckte, sah Pastor John den Deckel einer Tabakdose und hörte das musikalische Geräusch der Münzen darin. Nicht Pennys oder Cents, die lediglich ein ärmliches Klimpern von sich geben. Das hier waren mindestens Fünfzig-Cent-Stücke oder sogar Silberdollars.

Der Pastor hatte das starke Bedürfnis, zu grinsen oder zu lachen, ja, zu singen. Aber natürlich war er ein Mann mit Erfahrung. Deswegen lächelte er den Jungen scherzhaft und einschmeichelnd an.

»Na, was hast du denn da, mein Junge? Tabak, oder? Du rauchst doch nicht etwa?«

»Nein, Herr Pastor, ich rauche nicht.«

»Na, zum Glück. Aber warum schleppst du dann diese Dose mit dir herum?«

»Darin habe ich meine Sammlung.«

»Eine Sammlung, was? Wie ich Sammlungen liebe. Darf ich sie sehen?«

Obwohl Billy schnell bereit war, seine Taschenlampe und sein Buch weiterzugeben, zögerte er jetzt, seine Sammlung zu zeigen.

Auch diesmal fragte sich der Pastor, ob William weniger arglos war, als es den Eindruck machte. Aber als er sah, dass der Junge den staubigen Boden betrachtete, verstand Pastor John: Das Zögern des Jungen hatte damit zu tun, dass er den Boden nicht für würdig befand.

Sicher, wenn jemand Porzellan oder seltene Manuskripte sammelte, war es in Pastor Johns Augen nur natürlich, dass er empfindlich war, was die Oberfläche anging, auf der er seine Sammlung ausbreitete, aber Geldstücke, die konnte man doch gut und gerne überall hinlegen. Schließlich würde eine Münze im Laufe ihres Daseins mehrmals zwischen den Schatztruhen eines Sultans und den Händen eines Bettlers hin- und herwandern. Sie würde auf Spieltischen und Kollektenschalen landen. Sie würde im Gepäck eines Patrioten mit in die Schlacht genommen und im Boudoir einer jungen Dame zwischen die Kissen rutschen. Eine Münze wanderte um die Welt und segelte über die Weltmeere gleichermaßen.

Für diese Empfindlichkeit gab es also keinen Grund. Auch nachdem die Münzen auf dem schmutzigen Boden eines Güterwaggons gelegen hatten, würden sie ihren Zweck wie an dem Tag, als sie geprägt wurden, erfüllen. Der Junge musste einfach ein bisschen ermutigt werden.

»Hier«, sagte Pastor John. »Ich helfe dir.«

Doch als Pastor John nach der Dose greifen wollte, wich der Junge, die Hand auf der Dose und den Blick auf den Boden gerichtet, zurück.

Durch das plötzliche Zurückweichen des Jungen wurde Pastor John im Reflex nach vorn geworfen.

Jetzt hatten sie beide ihre Hände auf der Dose.

Der Junge zog sie mit fast bewundernswerter Entschlossenheit zu sich an die Brust, aber die Kraft eines Achtjährigen kann sich mit der eines erwachsenen Mannes nicht messen, und im nächsten Moment hatte der Pastor die Dose an sich gebracht. Er hatte sie in der ausgestreckten rechten Hand, während er den Jungen mit der linken auf Abstand hielt.

»Sieh dich vor, William«, warnte er Billy.

Aber das wäre nicht nötig gewesen, denn der Junge hatte aufgegeben, die Dose oder ihren Inhalt in Sicherheit bringen zu wollen. Als wäre der Geist des Herrn in ihn gefahren, begann er heftig den Kopf zu schütteln und unverständliche Wörter zu murmeln und war sich offenkundig seiner Umgebung nicht mehr bewusst. Er hatte den Rucksack auf den Knien eng an sich gezogen und war sowohl erregt als auch gefasst.

»Jetzt wollen wir mal gucken«, sagte Pastor John zufrieden, »was da drin ist.«

Er machte den Deckel auf und ließ den Inhalt herauspurzeln. Während das Zerren an der Dose ein mattes Geräusch bewirkt hatte, klangen die Münzen auf dem harten Holzboden eher wie ein einarmiger Bandit, aus dem die Münzen purzelten. Mit spitzen Fingern ordnete Pastor John sie in kleine Stapel. Es waren mindestens vierzig, alles Silberdollars.

»Gelobt sei der Herr«, sagte Pastor John mit einem Lächeln.

Denn es musste eine göttliche Vorsehung sein, dass dieser Schatz in seine Hände gelangt war.

Er warf einen Blick auf William und stellte fest, dass der immer noch in sich verschlossen war. Das ermöglichte es John, seine ganze Aufmerksamkeit dem Schatz zuzuwenden. Er nahm einen der Dollars und hielt ihn ins Morgenlicht, das allmählich durch die Luke hereinströmte.

»1886«, flüsterte er.

Er hob eine zweite Münze von dem Stapel, dann noch eine und noch eine. 1898. 1905. 1909. 1912. 1882!

Pastor John sah den Jungen mit neuer Würdigung an, denn William hatte kein dummes Zeug geredet, als er von seiner Sammlung sprach. Vor ihm lagen nicht einfach die Ersparnisse eines Jungen vom Lande. Dies war eine geduldig zusammengetragene Sammlung amerikanischer Silberdollars aus verschiedenen Jahrgängen, von denen manche bestimmt mehr als den Nennwert von einem Dollar hatten. Vielleicht sogar *viel* mehr.

Wer weiß, was dieser Stapel wert war?

Pastor John wusste es nicht, so viel stand fest. Aber wenn er erst in New York war, würde er es leicht herausfinden. Die Juden in der 47. Straße könnten den Wert schätzen und wären wahrscheinlich bereit, die Münzen zu kaufen. Allerdings konnte man nicht darauf vertrauen, dass sie einen fairen Preis zahlen würden. Vielleicht gab es über den Wert von Münzen eine Dokumentation. Richtig, das war's. Es gab Schriften über die Dinge, die Sammler gern sammelten. Und die New York Public Library war gerade um die Ecke von der Gegend, wo die Juden ihr Gewerbe betrieben.

Der Junge, der immer wieder ein Wort leise vor sich hin gesagt hatte, hob langsam seine Stimme.

»Immer mit der Ruhe«, sagte Pastor John mahnend.

Aber als er Billy ansah, wie er sich mit dem Rucksack auf dem Schoß hin- und herwiegte, fern von zu Hause, hungrig und in die verkehrte Richtung unterwegs, da regte sich in Pastor John ein Fünkchen christlichen Mitleids. In seiner anfänglichen Freude hatte er geglaubt, Gott hätte ihm den Jungen gesandt, aber wenn es nun andersherum war? Und Gott hatte *ihn zu dem Jungen* geschickt? Nicht der Gott Abrahams, der einen Sünder eher in den Abgrund stürzen würde, als ihn beim Namen zu nennen, sondern der christliche Gott. Oder sogar Christus selbst, der den Menschen versichert hat, dass wir, sooft wir auch vom rechten Weg abweichen, Vergebung finden können, ja sogar Erlösung, solange wir nur unsere Schritte auf den rechten Pfad der Tugend lenkten.

Vielleicht war es seine Aufgabe, dem Jungen zu helfen, seine Sammlung zu verkaufen. Ihn sicher in die Stadt zu geleiten und an seiner Stelle die

Verhandlungen mit den Juden zu führen, um sicherzustellen, dass die ihn nicht übers Ohr hauten. Dann würde John ihn zur Pennsylvania Station begleiten und in einen Zug nach Kalifornien setzen. Als Lohn würde er lediglich eine kleine Entschädigung verlangen. Den Zehnten vielleicht. Aber unter der hohen Decke des Bahnhofsdachs würde der Junge darauf bestehen, dass sie den Gewinn hälftig teilten.

Bei dem Gedanken lächelte Pastor John.

Was aber, wenn der Junge es sich plötzlich anders überlegte?

Wenn er in einem der Läden in der 47. Straße plötzlich seine Sammlung nicht mehr verkaufen wollte? Und er würde die Dose so fest an seine Brust drücken wie jetzt den Rucksack und aller Welt erzählen, dass die Münzen ihm gehörten. Oh, das würde den Juden gefallen! Wie sie sich freuen würden, wenn sie die Polizei holen und mit dem Finger auf den Pastor zeigen konnten. Wenn er abgeführt würde.

Nein. Wenn Gott sich eingeschaltet hatte, dann, um den Jungen zu ihm zu bringen, und nicht andersherum.

Er sah William mit einem mitleidigen Kopfschütteln an.

Aber dabei fiel ihm auch auf, wie fest der Junge den Rucksack an sich drückte. Er hielt ihn eng an die Brust gepresst, hatte beide Arme darumgelegt, seine Knie hochgezogen und das Kinn hineingegraben, als wollte er den Rucksack unsichtbar machen.

»Sag mal, William. Was hast du denn sonst noch in dem Rucksack?«

Ohne aufzustehen und ohne den Griff zu lockern, rutschte der Junge rückwärts in dem Waggon über den staubigen Boden nach hinten.

Richtig, dachte der Pastor. Selbst jetzt, beim Zurückrutschen, lässt er nicht los. Da ist bestimmt noch mehr in dem Rucksack, und das will ich herausbekommen, so wahr mir Gott helfe.

Als der Pastor sich aufrichtete, hörte er das Kreischen von Metall, und der Zug setzte sich in Bewegung.

Das passt ja sehr gut, dachte der Pastor.

Er würde dem Jungen den Rucksack entwenden und den Jungen selbst aus dem Waggon entfernen. Dann könnte er in der Sicherheit seines Alleinseins und um gut hundert Dollar reicher nach New York fahren.

Mit ausgestreckten Händen bewegte Pastor John sich auf Billy zu, als der die Rückwand erreichte. Beim nächsten Schritt des Pastors rutschte der Junge seitlich in die Ecke und konnte nirgendwohin ausweichen.

Pastor John schlug einen neuen Ton an, einen, der nicht anklagend, sondern eher erklärend war.

»Ich verstehe, dass du mich nicht in deinen Rucksack gucken lassen willst, William. Aber es ist der Wille des Herrn, dass ich es tue.«

Der Junge, der weiterhin den Kopf schüttelte, schloss jetzt auch die Augen, als würde er das Nahen des Unvermeidlichen erkennen, aber dessen Eintreffen nicht erleben wollen.

John beugte sich hinunter, packte mit sanftem Griff den Rucksack und hob ihn hoch. Aber der Junge hielt ihn so fest umklammert, dass John, als er den Rucksack hochhob, Billy mit in die Höhe hob.

Der Pastor lachte unwillkürlich angesichts der Komik der Situation. Es war wie eine Szene von Buster Keaton oder Charlie Chaplin.

Aber je mehr Pastor John sich anstrengte, den Rucksack hochzuheben, desto fester umklammerte der Junge ihn, und desto deutlicher wurde es Pastor John, dass andere Dinge von Wert darin versteckt waren.

»Jetzt komm«, sagte John in einem Ton, der andeutete, dass er langsam mit seiner Geduld am Ende war.

Aber der Junge, die Augen fest geschlossen und den Kopf weiter schüttelnd, sagte ein ums andere Mal und dabei lauter werdend ein einziges Wort.

»Emmett, Emmett, Emmett.«

»Hier ist kein Emmett«, sagte John in beschwichtigendem Ton, dennoch lockerte der Junge nicht seinen Griff.

Dem Pastor blieb keine Wahl, als den Jungen zu schlagen.

Ja, er schlug den Jungen. Er schlug ihn, wie eine Lehrerin einen Schüler schlagen würde, für ein Fehlverhalten oder mangelnde Aufmerksamkeit.

Tränen rannen dem Jungen über die Wangen, trotzdem machte er weder die Augen auf, noch lockerte er seinen Griff.

Mit einer Art Seufzer holte Pastor John, dessen rechte Hand den Rucksack fest im Griff hatte, mit der linken aus. Diesmal würde er den Jungen schlagen, wie sein eigener Vater ihn geschlagen hatte – mit dem Handrücken ins Gesicht. Wollte man, so hatte sein Vater gern gesagt, bei einem Kind einen Eindruck machen, so musste man einen Abdruck auf ihm hinterlassen. Aber bevor Pastor John zu dem Schlag ansetzen konnte, hörte er hinter sich einen lauten Aufprall.

Ohne den Jungen loszulassen, drehte John sich um.

Am anderen Ende des Waggons stand ein hünenhafter Schwarzer, der durch die Luke hereingekommen war.

»Ulysses!«, rief der Pastor.

Einen Augenblick lang blieb Ulysses stumm stehen. Das Bild vor ihm mochte von dem plötzlichen Wechsel von Hell zu Dunkel undeutlich sein, aber seine Augen gewöhnten sich schnell.

»Lass den Jungen los«, sagte er in aller Ruhe.

Aber Pastor John hielt ja nicht den Jungen, er hielt den Rucksack fest. Ohne loszulassen erklärte er, was geschehen war, und redete, so schnell er konnte.

»Dieser kleine Dieb hat sich in den Waggon geschlichen, als ich fest schlief. Zum Glück wachte ich auf, als er meinen Rucksack durchwühlte. Und in dem Handgemenge sind meine Ersparnisse über den Boden gerollt.«

»Lass den Jungen los, Pastor. Ich sage es nicht noch einmal.«

Pastor John sah Ulysses an und lockerte langsam seinen Griff.

»Du hast völlig recht. Er braucht nicht weiter ermahnt zu werden. Er wird seine Lektion bereits gelernt haben. Ich hebe nur schnell meine Dollars auf und stecke sie wieder in den Rucksack.«

Zum Glück widersetzte der Junge sich nicht.

Aber mit Überraschung stellte Pastor John fest, dass dies nicht aus Angst war. Eher im Gegenteil, denn der Junge, der aufgehört hatte, mit geschlossenen Augen den Kopf zu schütteln, starrte jetzt Ulysses mit einem Ausdruck tiefen Erstaunens an.

Na, anscheinend hat der Junge noch nie einen Schwarzen gesehen, dachte Pastor John.

Was ja ein Gutes hatte, denn bevor der Junge sich besann, hätte Pastor

John die Münzen eingesammelt. Er ließ sich also auf die Knie nieder und las die Dollarstücke auf.

»Lass sie liegen«, sagte Ulysses.

Die Hände auf den Münzen, sah Pastor John sich zu Ulysses um und sagte mit Empörung:

»Ich nehme nur, was rechtmäßig –«

»Nicht eine Einzige«, sagte Ulysses.

Der Pastor nahm einen vernünftigen Ton an.

»Ich bin kein habgieriger Mensch, Ulysses. Ich habe diese Dollars im Schweiße meines Angesichts verdient, aber wollen wir nicht dem Rat Solomons folgen und sie hälftig aufteilen?«

Noch im Sprechen erkannte Pastor John verwundert, dass die Lektion des Gleichnisses so auf den Kopf gestellt war. Umso mehr Grund, sich zu beeilen.

»Wir können die Münzen auch in drei Teile teilen, wenn dir das lieber ist. Für alle den gleichen Anteil, für dich, für mich und für den Jungen.«

Aber noch während Pastor John diesen Vorschlag machte, hatte Ulysses den Riegel an der Tür des Waggons umgelegt und sie aufgezogen.

»Hier steigst du aus«, sagte Ulysses.

Als Pastor John sich des Rucksacks bemächtigt hatte, war der Zug im Schleichtempo gefahren, aber inzwischen hatte er erheblich an Geschwindigkeit gewonnen. Draußen flogen die Äste der Bäume in einem verschwommenen Schimmer vorbei.

»Hier?«, fragte er schockiert. »Jetzt?«

»Ich reise allein, Pastor. Das weißt du.«

»Ja, ich erinnere mich, dass du es so bevorzugst. Aber die Reise in einem Güterwaggon dauert lang und bietet wenig Komfort, da ist doch ein bisschen christliche Begleitung –«

»Seit über acht Jahren reise ich allein, ohne den Genuss christlicher Begleitung. Sollte ich plötzlich aus unerklärlichen Gründen nach Gesellschaft verlangen, wäre es bestimmt nicht nach deiner.«

Pastor John sah den Jungen an, als erhoffte er von ihm Unterstützung oder Beistand, aber der Blick des Jungen hing immer noch voller Staunen an dem Schwarzen.

»Schon gut, schon gut«, sagte der Pastor beschwichtigend. »Jeder Mensch schließt Freundschaften nach eigenem Gutdünken, und ich habe nicht den Wunsch, dir meine Begleitung aufzudrängen. Ich werde hier die Leiter hochklettern und durch die Luke kriechen und mir einen anderen Wagen suchen.«

»Nein«, sagte Ulysses. »Da geht es lang.«

Einen Moment lang zögerte der Pastor, machte aber, als Ulysses näher kam, einen Schritt auf die Tür zu.

Das Bild draußen war nicht gerade einladend. Entlang des Schienenstrangs verlief eine Böschung aus Kies und niedrigem Gebüsch, und dahinter lag dichter alter Wald. Wer weiß, wie weit es von hier bis zur nächsten Stadt oder zu einer Straße war.

Pastor John spürte Ulysses hinter sich und warf einen flehenden Blick zurück, aber der Schwarze erwiderte seinen Blick nicht. Auch er sah die vorbeiziehenden Bäume, aber er betrachtete sie ohne jedes Bedauern.

»Ulysses«, bat der Pastor ein letztes Mal.

»Mit meiner Hilfe oder ohne sie, Pastor.«

»Schon gut, schon gut«, sagte Pastor John und bemühte sich um einen Ton selbstgerechter Empörung. »Ich springe ja schon. Aber vorher erlaube mir wenigstens einen kurzen Moment des Gebets.«

Ulysses zuckte kaum merklich die Schultern.

»Der dreiundzwanzigste Psalm wäre angemessen«, sagte Pastor John in schneidendem Ton. »Ja, der dreiundzwanzigste ist genau richtig.«

Der Pastor faltete die Hände, schloss die Augen und begann:

»Der Herr ist mein Hirte, mir wird nichts mangeln. Er weidet mich auf einer grünen Aue und führet mich zu frischem Wasser. Er erquicket meine Seele; er führet mich auf rechter Straße, um seines Namens willen.«

Zunächst sagte der Pastor den Psalm langsam und leise und in einem demütigen Ton. Aber als er zum vierten Vers kam, erhob sich seine Stimme in dem Bewusstsein innerer Stärke, wie nur die Fußsoldaten des Herrn sie kennen.

»Ja«, fuhr er fort und hob eine Hand, als hielte er die Heilige Schrift über die Häupter der Gemeindemitglieder. »Und ob ich schon wanderte im finsteren Tal, fürchte ich kein Unglück, denn du bist bei mir, dein Stecken und Stab trösten mich!«

Zwei Verse blieben noch, aber keine zwei Verse waren je passender. Pastor John, bei voller Entfaltung seiner Vortragskunst, würde mit Inbrunst sprechen, und die Zeile: »Du bereitest vor mir einen Tisch im Angesicht meiner Feinde«, würde Ulysses zweifellos bis ins Mark treffen. Und ein großes Zittern würde ihn überkommen, wenn Pastor John den Schlussvers sprach: »Gutes und Barmherzigkeit werden mir folgen mein Leben lang, und ich werde bleiben im Hause des Herrn immerdar.«

Aber Pastor John hatte keine Gelegenheit für diese abschließende Deklamation, denn gerade als er zu den beiden Versen anhob, beförderte Ulysses ihn in die Luft hinaus.

# ULYSSES

Als Ulysses sich von der Tür umdrehte, starrte der weiße Junge ihn, seinen Rucksack fest im Arm, mit großen Augen an.

Ulysses deutete auf die Dollarmünzen.

»Sammle deine Sachen ein, mein Sohn.«

Aber der Junge machte keine Anstalten, Folge zu leisten. Er starrte Ulysses ohne jedes Zeichen von Furcht weiter an.

Er kann nicht älter als acht oder neun sein, dachte Ulysses. Nicht viel älter als mein Junge.

»Was ich zu dem Pastor gesagt habe, stimmt«, fuhr er mit sanfter Stimme fort. »Ich reise allein. So war es schon immer und so wird es immer bleiben. Aber in ungefähr einer halben Stunde kommt ein steiler Anstieg, und der Zug wird die Fahrt drosseln. Wenn es so weit ist, lasse ich dich ins Gras hinunter, sodass dir nichts geschieht. Verstehst du das?«

Aber der Junge starrte, als hätte er kein Wort gehört, und Ulysses fragte sich schon, ob er etwas schlicht im Kopf sei. Aber dann sprach er.

»Warst du im Krieg?«

Ulysses war von der Frage überrascht.

»Ja«, sagte er dann. »Ich war im Krieg.«

Der Junge kam einen Schritt auf ihn zu.

»Bist du übers Meer gezogen?«

»Wir waren alle auf der anderen Seite des Meeres«, sagte Ulysses vorsichtig.

Der Junge dachte einen Moment lang nach, dann machte er wieder einen Schritt nach vorn.

»Hast du deine Frau und deinen Sohn zurückgelassen?«

Ulysses, der vor keinem Mann Scheu hatte, wich vor dem Jungen zurück. Seine Bewegung war so abrupt, dass man denken konnte, der Junge habe seine Haut mit einem glühenden Draht berührt.

»Kennen wir uns denn?«, fragte er.

»Nein. Wir kennen uns nicht. Aber ich glaube, ich weiß, nach wem Sie benannt sind.«

»Das weiß jeder: Nach Ulysses S. Grant, dem Oberbefehlshaber der Union Army, dem steten Schwert in Mr. Lincolns Hand.«

»Nein«, sagte der Junge und schüttelte den Kopf. »Dieser Ulysses war es nicht.«

»Ich müsste es wissen, mein Sohn.«

Der Junge schüttelte weiter den Kopf, allerdings nicht im Widerspruch, sondern eher zum Ausdruck von Geduld und einer gewissen Verwandtschaft.

»Nein«, sagte er wieder. »Sie sind bestimmt nach dem großen Ulysses benannt.«

Ulysses sah den Jungen mit einiger Beklommenheit an, als befände er sich plötzlich in der Gegenwart eines leicht Unbedarften.

Der Junge richtete seinen Blick an die Decke des Güterwagens. Als er wieder Ulysses ansah, waren seine Augen weit aufgerissen, als sei ihm plötzlich etwas eingefallen.

»Ich kann es Ihnen zeigen«, sagte er.

Er setzte sich wieder auf den Boden, nahm seinen Rucksack und holte ein großes rotes Buch heraus. Er schlug es im hinteren Teil auf und fing an zu lesen:

»Sag mir, Muse, die Taten des vielgewanderten Mannes,
welcher so weit geirrt, nach der heiligen Troja Zerstörung,
vieler Menschen Städte gesehen und Sitte gelernt hat,
und auf dem Meere so viel' unnennbare Leiden erduldet,
Seine Seele zu retten, und seiner Freunde Zurückkunft.«

Jetzt war es Ulysses, der einen Schritt näher kam.

»Es steht alles hier drin«, sagte der Junge, ohne von dem Buch aufzusehen. »In uralten Zeiten, mit großem Widerstreben, verließ der große Ulysses seine Frau und seinen Sohn und fuhr über das große Meer, um den Trojanischen Krieg zu führen. Nachdem die Griechen siegreich waren, setzte Ulysses in der Gesellschaft seiner Kameraden die Segel, um in die Heimat zurückzukehren, doch dann wurde sein Schiff wieder vom rechten Kurs abgebracht.«

Der Junge sah auf.

»Das ist der Mann, nachdem Sie benannt sind, Ulysses.«

Ulysses hatte seinen Namen Tausende von Malen gesprochen gehört, aber als er ihn aus dem Mund dieses Jungen in diesem Moment hörte, in diesem Güterwaggon, westlich von seinem Ziel und östlich von seinem Ausgangspunkt, war ihm, als hörte er ihn zum ersten Mal.

Der Junge hob das Buch an, damit Ulysses besser sehen konnte. Dann rutschte er ein wenig zur Seite, um Ulysses Platz zu machen. Und da setzte dieser sich auf den Boden neben dem Jungen hin und hörte ihm zu, wie er las, als wäre der Junge der erprobte Reisende, vom Krieg gestählt, und er, Ulysses, das Kind.

In den folgenden Minuten las der Junge, dieser Billy Watson, wie der große Ulysses seine Segel setzte und seine Ruderpinne Richtung Heimat ausrichtete, aber weil er Poseidon, den Gott des Meeres, verärgert hatte, nachdem er dessen einäugigem Sohn Zyklop das Augenlicht gänzlich geraubt hatte, wurde er dazu verdammt, ziellos auf den unwirtlichen Meeren zu fahren. Billy las, wie Ulysses von Aiolos, dem Hüter der Winde, einen Lederschlauch mit den Winden geschenkt bekam, damit er zum Ziel käme, aber seine Mannschaft, die ihn verdächtigte, dass er Gold darin versteckte, öffnete den Schlauch und ließ die Winde frei, wodurch Ulysses' Schiff um Tausende von Seemeilen vom Kurs abgebracht wurde, just in dem Moment, da die Küste seines Heimatlandes in Sicht kam.

Und Ulysses hörte zu, und dann weinte er. Es war das erste Mal in seiner Erinnerung, dass er weinte. Er weinte um den Mann mit seinem Namen und um dessen Mannschaft. Er weinte um Penelope und Telemachus.

Er weinte um seine eigenen Kameraden, die auf dem Schlachtfeld ihr Leben gelassen hatten, und um seine Frau und seinen Sohn, die er verlassen hatte. Aber am meisten weinte er um sich selbst.

Als Ulysses und Macie sich im Sommer 1939 kennenlernten, waren sie beide völlig allein. In der schlimmsten Phase der Depression hatten beide ihre Eltern begraben und ihr Zuhause verlassen, sie Alabama, er Tennessee, und waren nach St. Louis gekommen. Seit ihrer Ankunft waren sie von einer Bleibe zur anderen, von einer Arbeitsstelle zur nächsten gewandert, sie hatten weder Freunde noch Familie. Und als sie sich zufällig an der Bar hinten im Starlight Ballroom begegneten, wo beide hingekommen waren, um die Musik zu hören, nicht um zu tanzen, dachten sie schon lange, dass der Himmel nichts als Einsamkeit für ihr Leben vorgesehen hatte.

Wie groß war ihre Freude, als sie erlebten, dass es nicht so war! An jenem Abend sprachen sie miteinander, und sie lachten, wie zwei, die nicht nur ihre gegenseitigen Schwächen erkannten, sondern auch wussten, wie diese Schwächen willentlich aus Träumen und Eitelkeiten sowie aus Tollkühnheit geformt waren. Und nachdem er den Mut gefunden hatte, sie zum Tanzen aufzufordern, trat sie mit ihm aufs Parkett, und sie tanzten und tanzten auf unvergessliche Weise. Drei Monate später wurde er bei der Telefongesellschaft als Vorarbeiter eingestellt, wo er zwanzig Dollar in der Woche verdiente, und dann heirateten sie und zogen in eine Zweizimmerwohnung in der 14. Straße, wo sie den Tanz ihrer Unzertrennlichkeit fortsetzten.

Dann brach in Europa der Krieg aus.

Ulysses hatte sich immer vorgestellt, dass er, sollte es dazu kommen, dem Ruf seines Landes folgen würde, so wie zuvor sein Vater 1917. Aber als im Dezember 1941 die Japaner Pearl Harbour bombardierten und die jungen Männer zu den Aushebungsstellen eilten, sah Macie, die so viele Jahre in Einsamkeit zugebracht hatte, ihn aus schmalen Augen an und schüttelte ganz langsam den Kopf, als wollte sie sagen: *Mach das ja nicht, Ulysses Dixon.*

Dann, Anfang 1942, erklärte die US-Regierung, als hätte sie sich Macies unmissverständlichem Blick gebeugt, dass Vorarbeiter mit mehr als zwei Jahren Erfahrungen für die Wirtschaft unentbehrlich seien und nicht eingezogen würden, und während das Kriegsgeschehen seinen Lauf nahm, wachten Macie und er weiterhin im selben Bett auf, aßen ihr Frühstück am selben Tisch und gingen mit ihrem Lunchpaket zur Arbeit. Aber Ulysses' Entscheidung, nicht in den Krieg zu ziehen, wurde jeden Tag auf eine harte Probe gestellt.

Sie wurde von Franklin Delano Roosevelt auf die Probe gestellt, der in Radioreden der Nation versicherte, durch ihre unbeirrte Entschlossenheit würden sie über die Kräfte des Bösen triumphieren. Von den Schlagzeilen in den Zeitungen. Von den jungen Männern in der Nachbarschaft, die ihr Alter falsch angaben, damit sie eingezogen wurden. Und vor allem wurde sie von Männern über sechzig auf die Probe gestellt, die ihn, wenn er auf dem Weg zur Arbeit war, von der Seite her ansahen und sich fragten, warum ein gesunder Mann wie er morgens mit der Straßenbahn fuhr, während der Rest der Welt im Krieg war. Aber immer, wenn ein neuer Rekrut in seiner neuen Uniform an ihm vorbeiging, erinnerte Macie ihn mit schmalen Augen, wie lange sie gewartet hatte. Also schluckte Ulysses seinen Stolz hinunter, und ab da hielt er morgens in der Straßenbahn den Blick gesenkt und verbrachte seine freien Stunden in der Wohnung.

Im Juli 1943 stellte Macie fest, dass sie schwanger war. Die Wochen vergingen, und was immer die Frontnachrichten brachten, Macie strahlte unübersehbar in körperlichem Wohlbefinden. Im Sommerkleid und mit einem großen gelben Hut holte sie Ulysses an der Haltestelle ab, auf dem Weg zur Wohnung hakte sie sich bei ihm ein und nickte Freunden und Fremden gleichermaßen freundlich zu. Gegen Ende November, gerade als die Schwangerschaft sichtbar wurde, überredete sie ihn trotz seiner Vorbehalte, zu Thanksgiving seinen Sonntagsanzug anzuziehen und mit ihr in die Hallelujah Hall zu gehen.

Sobald sie den Saal betraten, wusste Ulysses, dass dies ein schwerer Fehler war. Denn wohin er sich auch wandte, er traf den Blick einer Mutter, die ihren Sohn, einer Ehefrau, die ihren Mann, eines Kindes, das seinen Vater verloren hatte. Noch schlimmer jedoch war es, wenn sein Blick den eines gleichaltrigen Mannes traf. Stand er dann verlegen bei der Tanzfläche, kam der andere zu ihm und schüttelte ihm die Hand, und in beider Lächeln lag die Scham der eigenen Feigheit und die Erleichterung, einen anderen zu sehen, der das Gleiche empfand.

Als Macie und er an dem Abend wieder in die Wohnung kamen, verkündete Ulysses, noch bevor sie die Mäntel ausgezogen hatten, dass er sich melden würde. Da er damit rechnete, dass Macie wütend wäre oder weinen würde, erklärte er seine Absicht auf eine Weise, die keinen Widerspruch duldete. Aber als er seine Ankündigung gemacht hatte, war Macie weder wütend, noch brach sie in Tränen aus. Und als sie sprach, tat sie es mit normaler Stimme.

»Wenn du in den Krieg gehen musst, dann geh«, sagte sie. »Kämpfe gegen Hitler und Tojo mit einem Arm hinter dem Rücken, mich kümmert das nicht. Aber denk nicht, dass wir noch hier sind, wenn du zurückkommst.«

Am nächsten Tag bei der Aushebungsstelle fürchtete er, man würde ihn, einen Mann von zweiundvierzig, ablehnen, aber zehn Tage später war er in Camp Funston, und zehn Monate später auf dem Weg nach Italien, wo er mit der 92. Infanteriedivision in der Fünften Armee am italienischen Feldzug teilnahm. Obwohl er in der ganzen Zeit nicht einen einzigen Brief von seiner Frau erhielt, stellte er sich nicht vor – oder vielmehr, er ließ die Vorstellung nicht zu –, dass sie und das Kind nicht da wären, wenn er zurückkam.

Aber als sein Zug am 20. Dezember 1945 in den Bahnhof von St. Louis einfuhr, stand Macie nicht mit dem Baby am Bahnsteig. Er ging in die 14. Straße, doch in der Wohnung waren sie auch nicht. Er machte den Vermieter und die Nachbarn und Macies Arbeitskollegen ausfindig, und von allen hörte er dasselbe: Zwei Wochen, nachdem das Kind auf die Welt gekommen war, ein süßer kleiner Junge, habe Macie Dixon ihre Sachen gepackt und die Stadt verlassen, ohne zu sagen, wohin.

Weniger als vierundzwanzig Stunden nach seiner Ankunft in St. Louis schwang Ulysses sich seinen Beutel über die Schulter und ging wieder zur Union Station. Dort bestieg er den erstbesten Zug, ohne nachzusehen, wohin er ging. Ulysses fuhr bis zum Zielbahnhof – Atlanta, Georgia – und stieg, ohne den Bahnhof zu verlassen, in einen Zug, der in eine andere Richtung fuhr. Nach Santa Fe. Das war vor mehr als acht Jahren. Seitdem fuhr er Zug. In Personenwagen, so lange das Geld reichte, und danach in Güterwaggons. Kreuz und quer durch Amerika, und nie blieb er mehr als eine Nacht in derselben Stadt, bevor er auf den nächsten Zug aufsprang.

Während der Junge weiterlas von dem großen Ulysses, der von einem Land ins andere zog und ein Abenteuer nach dem anderen zu bestehen hatte, hörte Ulysses still zu und ließ seinen Tränen freien Lauf. Er hörte zu, wie sein Namensvetter der metamorphischen Zauberkunst der Circe zum Opfer fiel, dann der erbarmungslosen Verführungskunst der Sirenen und den engmaschigen Gefahren, die von Skylla und Charybdis ausgingen. Aber als der Junge die Geschichte von Ulysses' hungriger Mannschaft las, die die Warnungen von Teiresias, dem blinden Seher, in den Wind schlug und die heilige Kuh des Sonnengottes Helios schlachtete, worauf Zeus dem Helden abermals Donner und hohe Wellen schickte, legte Ulysses die Hand auf die Seite des Buches.

»Genug«, sagte er.

Der Junge sah ihn überrascht an.

»Willst du nicht das Ende hören?«

Ulysses schwieg einen Moment.

»Es gibt kein Ende, Billy. Für diejenigen, die den Zorn des Allmächtigen erregt haben, gibt es kein Ende der Strafen.«

Aber Billy schüttelte abermals den Kopf, auch diesmal voller Verständnis.

»Das stimmt nicht«, sagte er. »Der große Ulysses hat zwar Poseidon und Helios verärgert, aber er musste nicht endlos weiterwandern. Wann bist du am Ende des Krieges aufgebrochen, um nach Amerika zurückzukehren?«

Obwohl er bezweifelte, dass es wichtig war, beantwortete Ulysses die Frage.

»Am 14. November 1945.«

Der Junge schob Ulysses' Hand sanft von der Seite, blätterte weiter und zeigte auf einen Absatz.

»Professor Abernathe erzählt, dass der große Ulysses nach Ithaka zurückkehrte und nach zehn langen Jahren wieder mit seiner Frau vereint wurde.«

Der Junge sah auf.

»Das heißt, dass du schon bald an das Ende deiner Irrungen kommst und mit deiner Familie in weniger als zwei Jahren wieder vereint sein wirst.«

Ulysses schüttelte den Kopf.

»Billy, ich weiß ja nicht einmal, wo sie sind.«

»Das ist nicht schlimm«, antwortete der Junge. »Wenn du wüsstest, wo sie sind, müsstest du sie ja nicht finden.«

Der Junge blickte auf sein Buch und nickte befriedigt bei dem Gedanken, dass es so sein würde.

Ob das wirklich möglich war?, fragte sich Ulysses.

Es stimmte, dass er auf dem Schlachtfeld auf alle möglichen Arten und Weisen gegen die Lehre des Herrn Jesus Christus verstoßen hatte und sich schwerlich vorstellen konnte, je wieder guten Gewissens eine Kirche zu betreten. Aber alle Menschen, mit denen er Seite an Seite gekämpft hatte, und auch die, *gegen die* er gekämpft hatte, verstießen gegen dieselben Lehren und verletzten dieselben Gebote. Ulysses hatte deshalb mit den Sünden des Schlachtfelds seinen Frieden gemacht und gelernt, sie als die Sünden seiner Generation zu betrachten. Womit er keinen Frieden gefunden hatte und was schwer auf seinem Gewissen lastete, war der Treuebruch gegen seine Frau. Auch da gab es einen Vertrag, und als er den brach, tat er es allein.

Er verstand, als er im trüben Licht des Flurs in seinem Wohnblock gestanden hatte, nicht wie ein Held, sondern wie ein törichter Mensch, dass die Folgen seiner Tat unwiderruflich sein *sollten*. Das war der Grund, warum er wieder zur Union Station gegangen war und sich für das Leben eines Vagabunden entschieden hatte – ein Leben, in dem es weder menschliche Gesellschaft noch einen Sinn geben würde.

Aber vielleicht hatte der Junge recht …

Vielleicht hatte Ulysses, indem er das Gefühl seiner Schande über die Heiligkeit ihrer Ehe gestellt hatte und indem er sich zu einem Leben in

Einsamkeit verdammt hatte, vielleicht hatte er da seine Frau ein zweites Mal betrogen. Seine Frau und seinen Sohn.

Während er darüber nachdachte, schlug der Junge sein Buch zu und fing an, die Silberdollars aufzulesen. Er wischte sie mit dem Ärmel seiner Jacke ab und verstaute sie wieder in der Dose.

»Hier, ich helfe dir«, sagte Ulysses.

Und so fing auch er an, die Münzen aufzuheben, wischte sie am Jackenärmel ab und legte sie in die Dose.

Der Junge wollte gerade die letzte Münze in die Dose legen, da sah er plötzlich über Ulysses' Schulter, als hätte er etwas gehört. Mit raschen Bewegungen verstaute er das große rote Buch und die Dose in seinem Rucksack, zog die Riemen stramm zu und setzte sich den Rucksack auf.

»Was ist?«, fragte Ulysses, von den plötzlichen Aktivitäten des Jungen überrascht.

»Der Zug wird langsamer«, erklärte der Junge, »wir müssen bei der Steigung sein.«

Ulysses brauchte einen Moment, bis er verstand, was der Junge sagte.

»Nein, Billy«, sagte er und ging mit dem Jungen zur Tür. »Du brauchst nicht zu gehen. Du solltest bei mir bleiben.«

»Meinst du wirklich, Ulysses?«

»Ja, wirklich.«

Billy nickte im Einverständnis, aber als er draußen die vorbeieilenden Büsche sah, ging ihm ein neuer Gedanke durch den Kopf.

»Was ist, mein Sohn?«

»Glaubst du, Pastor John hat sich verletzt, als er aus dem Zug gesprungen ist?«

»Nicht mehr, als er verdient hatte.«

Billy sah zu Ulysses auf. »Aber er ist Pastor.«

»Im Herzen«, sagte Ulysses und schob die Tür zu, »ist er ein Frömmler und kein frommer Mann.«

Zu zweit gingen sie in den hinteren Bereich des Waggons und wollten sich wieder setzen, in dem Moment hörte Ulysses ein Geräusch, als wäre jemand vorsichtig die Leiter heruntergekommen.

Sofort drehte Ulysses sich mit ausgestreckten Armen um die eigene Achse und schlug Billy dabei versehentlich zu Boden.

Bei dem Geräusch hatte Ulysses unwillkürlich gedacht, Pastor John sei wieder in den Zug gestiegen und suchte jetzt Rache. Aber es war nicht Pastor John. Es war ein weißer Jugendlicher mit blauen Flecken am Körper und einem entschlossenen Gesichtsausdruck.

»Ich will mich mit Ihnen nicht schlagen«, sagte der Jugendliche.

»Niemand will sich mit mir schlagen«, sagte Ulysses.

Sie gingen aufeinander zu.

Ulysses wünschte, er hätte die Waggontür nicht zugemacht. Stünde sie offen, könnte er die Sache sauber erledigen. Er würde den Jugendlichen einfach an den Armen packen und aus dem Zug werfen. Aber da die Tür geschlossen war, müsste er ihn entweder bewusstlos schlagen oder fest gepackt halten und Billy bitten, die Tür zu öffnen. Er wollte jedoch nicht, dass der Jugendliche Billy zu packen bekam. Er müsste den richtigen Moment abpassen. Er würde sich zwischen Billy und den Jugendlichen stellen und ihm auf die Schläfe schlagen, wo das Gesicht schon blau unterlaufen war.

Hinter sich hörte er, wie Billy aufstand.

»Bleib zurück, Billy«, sagte er im selben Moment wie der Jugendliche.

Die beiden sahen sich verdutzt an, wollten aber nicht die Arme sinken lassen.

Ulysses hörte, wie Billy zur Seite trat, um besser sehen zu können.

»Hey, Emmett.«

Die Arme immer noch erhoben und den Blick auf Ulysses gerichtet, trat der Jugendliche zur Seite.

»Ist alles in Ordnung, Billy?«

»Ja.«

»Du kennst ihn?«, fragte Ulysses.

»Das ist mein Bruder«, sagte Billy. »Emmett, das ist Ulysses. Er hat im Krieg gekämpft, wie der große Ulysses, und muss jetzt zehn Jahre lange über die Erde wandern, bevor er mit seiner Frau und seinem Kind vereint werden kann. Aber hab keine Angst. Wir sind noch nicht befreundet. Wir lernen uns gerade erst kennen.«

# DUCHESS

»Guck mal, die vielen Häuser«, sagte Woolly erstaunt. »Hast du jemals so viele Häuser gesehen?«

»Es stimmt, es sind viele«, pflichtete ich ihm bei.

Am Vormittag war mein Taxi gerade um eine Ecke gefahren, als ich Woolly aus dem Park kommen sah. Auf der anderen Straßenseite stand der Studebaker mit laufendem Motor und geöffneter Beifahrertür vor einem Hydranten, und dahinter war ein Polizist und schrieb die Wagennummer auf seinen Strafzettelblock.

»Halten Sie an«, sagte ich zu dem Taxifahrer.

Ich weiß nicht, was Woolly zu seiner Erklärung gesagt hatte, aber als ich dem Taxifahrer sein Geld gab, steckte der Polizist gerade seinen Block ein und holte die Handschellen heraus.

Ich setzte meine beste Version eines freundlichen Kleinstadtlächelns auf und kam näher.

»Was gibt es, Herr Wachtmeister?«

(Sie mögen es, wenn man sie Wachtmeister nennt.)

»Gehören Sie zusammen?«

»Sozusagen. Ich arbeite für seine Eltern.«

Der Polizist und ich sahen zu Woolly hinüber, der offenbar den Hydranten aus der Nähe betrachten wollte.

Als der Polizist mir die Liste von Woollys Verstößen vorlas, darunter die Tatsache, dass er keinen Führerschein bei sich hatte, schüttelte ich den Kopf.

»Sie erzählen mir nichts Neues, Herr Wachtmeister. Ich habe immer wieder gesagt, wenn sie wollen, dass er nach Hause kommt, sollten sie eine Begleitperson bestellen. Aber was soll ich sagen? Ich bin nur der Parkwächter.«

Der Polizist musterte Woolly.

»Wollen Sie andeuten, dass mit ihm nicht alles stimmt?«

»Sagen wir einfach, seine Empfangsstation ist auf eine andere Frequenz eingestellt als Ihre oder meine. Er hat die Angewohnheit, sich davonzustehlen, und als seine Mutter heute Morgen sah, dass ihr Wagen – mal wieder – nicht da war, hat sie mich gebeten, Woolly aufzuspüren.«

»Wie wussten Sie, wo Sie ihn finden würden?«

»Er hat einen Abraham-Lincoln-Fimmel.«

Der Polizist sah mich skeptisch an. Also gab ich eine Demonstration.

»Mr. Martin«, rief ich. »Warum sind Sie hier zum Park gekommen?«

Woolly dachte einen Moment lang nach und lächelte dann.

»Ich wollte mir das Denkmal von Abraham Lincoln ansehen.«

Der Polizist guckte mich verunsichert an. Vor sich hatte er eine Liste von Verstößen, dazu hatte er einen Eid geleistet, im Staat Illinois auf die Einhaltung von Recht und Ordnung zu achten, was sollte er tun? Sollte er einen verwirrten jungen Mann verhaften, der sich aus dem Haus gestohlen hatte, um dem ehrlichen Abe seinen Respekt zu erweisen?

Der Polizist sah von mir zu Woolly. Dann warf er die Schultern zurück und rückte, wie Polizisten es so tun, den Gürtel zurecht.

»Also gut«, sagte er. »Sorgen Sie dafür, dass er sicher nach Hause kommt.«

»Genau das habe ich vor, Herr Wachtmeister.«

»Aber ein junger Mann mit seiner *Frequenz* sollte nicht Auto fahren. Vielleicht sollten seine Eltern die Autoschlüssel besser verstecken.«

»Das werde ich ausrichten.«

Nachdem der Polizist davongefahren war und wir wieder im Studebaker saßen, hielt ich Woolly eine kleine Ansprache über das Prinzip von *Alle für einen und einer für alle.*

»Was glaubst du, was passiert, wenn du verhaftet wirst, Woolly? Sie geben deinen Namen ins System ein, und im Handumdrehen sitzen wir im

Bus nach Salina. Dann schaffen wir es niemals rechtzeitig zu eurem Landhaus, und Billy kommt nicht dazu, in Kalifornien sein Haus zu bauen.«

»Es tut mir leid, Duchess«, sagte Woolly und sah mich aufrichtig zerknirscht an, mit Pupillen, die so groß waren wie fliegende Untertassen.

»Wie viele Tropfen von deiner Medizin hast du heute Morgen genommen?«

»Vier?«

»Und wie viel hast du noch?«

»Ein Fläschchen?«

»Ein Fläschchen, meine Güte, Woolly. Das ist doch keine Coca-Cola. Wer weiß, wann und wo wir dir Nachschub beschaffen können. Gib mir lieber, was du noch hast.«

Beklommen öffnete Woolly das Handschuhfach und gab mir die kleine blaue Flasche. Im Gegenzug gab ich ihm die Landkarte von Indiana, die ich dem Taxifahrer abgekauft hatte. Er nahm sie mit einem Stirnrunzeln entgegen.

»Ich weiß. Keine Phillips-66, aber etwas Besseres konnte ich nicht bekommen. Ich fahre, und du musst den Weg zur Rhododendron Road 132 in South Bend finden.«

»Was suchen wir in der Rhododendron Road?«

»Einen alten Freund.«

Wir waren gegen halb zwei in South Bend angekommen und fuhren durch eine nagelneue Siedlung mit gleichen Häusern auf gleichen Grundstücken, in denen vermutlich lauter gleiche Menschen lebten. Fast bekam ich Sehnsucht nach den Straßen von Nebraska.

»Es ist wie das Labyrinth in Billys Buch«, sagte Woolly mit einem Anflug von Ehrfurcht. »Das, was Dädalus so genial konstruiert hat, dass einer, der reingeht, nicht mehr lebend rauskommt …«

»Umso wichtiger, dass du nach den Straßenschildern Ausschau hältst.«

»Sicher, sicher. Mach ich, mach ich.«

Woolly warf einen kurzen Blick auf die Straßenkarte und beugte sich dann zur Windschutzscheibe vor, um besser zu sehen, was da draußen war.

»Links in die Tiger Lily Lane«, sagte er. »Und rechts in die Amaryllis Avenue. … Moment, Moment … Da ist sie schon.«

Ein kurzer Blick auf die kurz gemähten Rasenflächen der Vorgärten genügte, dann wusste man, dass die Rhododendrons in der Rhododendron Road der Zukunft angehörten. Vielleicht für alle Zeiten.

Ich fuhr langsamer, damit Woolly die Hausnummern lesen konnte.

»124 … 126 … 128 … 130 … 132!«

Als wir vorbeifuhren, drehte Woolly sich um.

»Da war es«, sagte er.

An der nächsten Kreuzung bog ich ab und fuhr mit dem Auto an den Rand. Auf er anderen Straßenseite bewässerte ein übergewichtiger Rentner im Unterhemd seine Büsche mit dem Gartenschlauch. Er sah aus, als könnte er selbst auch eine Dusche vertragen.

»Wohnt dein Freund nicht Nummer 132?«

»Doch, aber ich will ihn überraschen.«

Da ich jetzt gewarnt war, steckte ich den Schlüssel ein, statt ihn auf die Sonnenblende zu legen.

»Dauert nur ein paar Minuten«, sagte ich. »Du wartest hier.«

»Ist gut, ist gut. Aber Duchess …«

»Was ist, Woolly?«

»Ich weiß, dass wir Emmett den Studebaker so schnell wie möglich zurückbringen wollen, aber meinst du, wir können meine Schwester Sarah in Hastings-on-Hudson besuchen, bevor wir in die Adirondacks fahren?«

Die meisten Menschen bitten ständig um Dinge. Sie bitten einen um Feuer oder fragen nach der Zeit. Sie wollen mitgenommen werden oder Geld geliehen haben. Sie bitten um Unterstützung, sei es körperlich oder finanziell. Manche bitten einen sogar um Vergebung. Aber Woolly Martin bat nur sehr selten um etwas. Und wenn er um etwas bat, wusste man, dass es ihm wichtig war.

»Woolly«, sagte ich, »wenn du uns lebendig aus diesem Labyrinth herausführst, können wir besuchen, wen du willst.«

Zehn Minuten später stand ich mit einem Nudelholz in der Küche, ungewiss, ob es geeignet war. Zumindest fühlte es sich in der Hand besser an als das Kantholz, es hatte die richtige Form und ein gutes Gewicht. Aber mir schien, dass man mit diesem Utensil eher eine komische Wirkung erzielen würde, wie wenn eine deutsche Hausfrau mit dem Nudelholz in der Hand ihren Mann um den Küchentisch jagt.

Ich legte es also wieder in die Schublade und zog eine andere auf. Sie war voll mit kleineren Geräten wie Gemüseschälern und Messlöffeln. In der nächsten Schublade lagen größere Dinge, zum Beispiel Pfannenheber und verschiedene Quirle. Unter einer Schöpfkelle fand ich einen Fleischklopfer. Ich zog ihn vorsichtig hervor und achtete darauf, dass die anderen Dinge nicht aneinanderklirrten, aber er war ein eher zierliches Instrument und mehr dafür geeignet, ein Schnitzel weichzuklopfen als einen Rinderbraten.

Auf der Küchentheke neben dem Spülbecken waren die anderen modernen Geräte aufgereiht: Dosenöffner, Toaster, ein *Drei*-Stufen-Mixer – sehr nützlich, wollte man jemanden aufritzen, toasten oder pürieren. Die Dosen in den Hängeschränken darüber würden ausreichen, um einen Bunker auszustatten. Es gab mindestens zehn Dosen mit Campbell-Suppe, aber auch Dosen mit Rindfleischeintopf, Mais und dicke Bohnen mit Frankfurtern. Offenbar war das einzige Gerät, das die Ackerlys wirklich brauchten, der Dosenöffner.

Unwillkürlich fiel mir die Ähnlichkeit zwischen den Nahrungsmitteln in Ackerlys Küchenschrank und den Gerichten auf, die in Salina auf den Tisch gekommen waren. Wir hatten angenommen, dass der Speiseplan in einer solchen Institution nach praktischen Überlegungen angelegt war, aber vielleicht drückten sich darin auch die Vorlieben des Direktors aus. Einen Moment lang war ich versucht, meinen Plan mit einer Dose dicke Bohnen und Frankfurtern auszuführen. Aber wenn man eine Dose benutzte, um jemandem auf den Kopf zu schlagen, war der Schaden an den eigenen Finger möglicherweise so groß wie der an dem Schädel des anderen.

Ich schloss die Tür des Hängeschranks und stemmte, wie Sally es vielleicht getan hätte, die Hände in die Hüften. Sie wüsste, wo sie gucken musste. Ich versuchte also, die Situation durch ihre Augen zu sehen, und ließ meinen Blick erneut durch die Küche wandern. Und der fiel jetzt auf eine gusseiserne Pfanne auf dem Herd, so schwarz wie das Cape von Batman. Ich nahm die Pfanne, spürte das Gewicht und bewunderte ihre Beschaffenheit und Festigkeit. Der leicht geschwungene Griff lag sicher in der Hand, sodass man wahrscheinlich einen Schlag mit der Wucht von achtzig Kilo ausführen konnte, ohne das Gleichgewicht zu verlieren. Und der Unterboden der Pfanne war so breit und so flach, dass man sein Ziel mit geschlossenen Augen treffen konnte.

Ja, die gusseiserne Pfanne war genau das Richtige, obwohl sie keineswegs ein modernes, praktisches Küchengerät war. Im Gegenteil, die Pfanne konnte gut und gern einhundert Jahre alt sein. Ackerlys Großmutter hatte sie vielleicht auf dem Treck nach Westen benutzt und an ihre Tochter weitergereicht, die sie wiederum an ihre Tochter weiterreichte, und die an die nächste Tochter, bis die Schweinekoteletts für Ackerly-Männer von vier Generationen darin gebraten worden waren. Stumm entbot ich den Pionieren einen Gruß und ging mit der Pfanne ins Wohnzimmer.

Es war ein hübsches kleines Zimmer mit einem Fernseher da, wo das Kaminfeuer hätte sein sollen. Der Vorhangstoff hatte dasselbe Blumenmuster wie die Bezüge von Sessel und Sofa. Vielleicht trug Mrs. Ackerly ein Kleid, das auch aus dem Stoff genäht war, und wenn sie still auf dem Sofa saß, würde ihr Mann sie gar nicht bemerken.

Ackerly war da, wo ich ihn gesehen hatte, als ich ins Haus gekommen war: ausgestreckt auf dem BarcaLounger und in tiefem Schlaf.

An dem Lächeln auf seinem Gesicht sah man deutlich, wie sehr er den Sessel liebte. Als er Direktor in Salina war, musste er, wenn er Schläge mit dem Rohrstock austeilte, von einer Zeit geträumt haben, wenn er einen solchen Sessel besitzen würde, in dem er nachmittags um zwei ein Nickerchen machen konnte. Vielleicht träumte er immer noch diesen Traum, obwohl er inzwischen genau das tat.

»Schlafen! Vielleicht auch träumen!«, zitierte ich leise und hob die Pfanne über meinen Kopf.

Doch dann bemerkte ich ein Foto auf dem Tisch. Es zeigte Ackerly zwischen zwei Jungen, die beide seine Nase und seine Stirn hatten. Die Jungen trugen Baseballuniformen, und Ackerly hatte die dazugehörige Kappe auf dem Kopf, was vermuten ließ, dass er zu einem Spiel gekommen war, um seine Enkel anzufeuern. Wie zu erwarten hatte er ein breites stolzes Lächeln auf dem Gesicht, auch die Jungen lächelten, als freuten sie sich, dass ihr Großvater auf der Tribüne gesessen hatte. Ich spürte ein Gefühl von Zärtlichkeit für diesen alten Mann in mir aufwallen, und meine Hände wurden feucht. Aber wenn es in der Bibel heißt, die Söhne müssten nicht für die Missetaten ihrer Väter geradestehen, dann ist es nur logisch, dass die Väter auch keinen Nutzen aus der Unschuld ihrer Kinder ziehen sollten.

Also schlug ich zu.

Bei dem Aufprall der Pfanne auf seinen Schädel zuckte sein Körper, als wäre ein elektrischer Schlag durch ihn hindurchgegangen. Dann rutschte er etwas tiefer in den Sessel, und seine khakifarbenen Hosen verfärbten sich im Schritt, als seine Blase sich leerte.

Ich hielt die Pfanne in der Hand und nickte zufrieden. Dies ist ein Ding, dachte ich, das mit Sorgfalt für einen bestimmten Zweck hergestellt worden war, sich aber bestens für einen anderen Zweck eignete. Was außerdem, gegenüber dem Fleischklopfer oder dem Toaster oder einer Dose Bohnen mit Frankfurtern, so befriedigend war, das war der Wohlklang der Pfanne beim Aufprall. Es klang wie das Läuten einer Kirchenglocke, das die Gläubigen zum Gebet rief. So befriedigend war der Klang, dass ich versucht war, noch einmal zuzuschlagen.

Aber ich hatte meine Berechnungen sorgfältig gemacht und war überzeugt, dass Ackerlys Schuld an mir mit einem einzelnen kräftigen Schlag getilgt war. Hätte ich ein zweites Mal zugeschlagen, hätte ich wieder in seiner Schuld gestanden. Deshalb stellte ich die Pfanne zurück auf den Herd und verließ das Haus durch die Küchentür. *Einer erledigt, blieben noch zwei.*

# EMMETT

»Als dem jungen Araber bewusst wurde, dass er nicht nur das Erbe seines Vaters vergeudet hatte, sondern auch seine Zeit, die ein Schatz von noch größerem Wert war, verkaufte er die wenigen Dinge in seinem Besitz, schrieb sich auf einem Handelsschiff ein und brach in die unbekannte Welt auf …«

Auf ein Neues, dachte Emmett.

Als Emmett die Sachen, die er aus dem Pullmanwagen mitgenommen hatte – Brot, Schinken, Käse –, ausbreitete, fragte Billy, ob Ulysses noch eine Geschichte von jemandem hören wollte, der über die Weltmeere gesegelt war. Ulysses sagte Ja, also holte Billy sein großes rotes Buch hervor, setzte sich neben den Schwarzen und fing an, die Geschichte von Jason und den Argonauten vorzulesen.

Die Geschichte handelt von dem jungen Jason, dem rechtmäßigen König von Thessalien, dessen Onkel ihn vom Thron verstoßen hatte. Der Onkel versprach, Jason könne sein Erbe zurückfordern, wenn er in das Königreich Kolchis segelte und das Goldene Vlies zurückbrachte.

Mit fünfzig Abenteurern – einer Gruppe, zu der auch Theseus und Herkules gehörten, bevor sie selbst zu Ruhm gelangten – bricht Jason nach Kolchis auf, den Wind im Rücken. In den ungezählten Tagen, die folgen, müssen er und die Argonauten eine Probe nach der anderen bestehen, darunter auch die Konfrontation mit einem Kolossus aus Bronze, mit den geflügelten Harpien und den *spartoi*, einem Battalion von Kriegern, die als Frucht der ausgesäten Zähne eines Drachens vollbewaffnet aus der Erde springen. Mit Hilfe der Zauberin Medea überwinden Jason und seine Argonauten letztlich ihre Widersacher, bringen das Vlies an sich und kehren sicher nach Thessalien zurück.

Billy und Ulysses waren so vertieft in die Geschichte, der eine lesend, der andere zuhörend, dass sie kaum die Sandwiches bemerkten, die Emmett für sie gemacht hatte und die sie jetzt verzehrten.

Emmett setzte sich an die gegenüberliegende Wand des Güterwaggons, um sein Sandwich zu essen, und ließ seine Gedanken um Billys Buch kreisen.

Er konnte nämlich überhaupt nicht verstehen, warum dieser sogenannte Professor Personen wie Galileo Galilei, Leonardo da Vinci und Thomas Alva Edison, einige der größten Denker des wissenschaftlichen Zeitalters, mit klassischen Helden wie Herkules, Theseus und Jason vermischte. Galileo, da Vinci und Edison, das waren keine legendären Helden, es waren Menschen von Fleisch und Blut und zudem ausgestattet mit der seltenen Fähigkeit, natürliche Phänomene frei von Aberglauben oder Vorurteil zu betrachten. Mit großer Ausdauer studierten sie die inneren Funktionsweisen der Welt und wandten ihr in Einsamkeit erworbenes Wissen auf praktische, den Menschen dienliche Entdeckungen an.

Was hoffte man also zu erreichen, wenn man die Lebensgeschichten dieser Männer mit denen mythischer Helden vermischte, die über fabelhafte Meere reisten und gegen fantastische wilde Tiere kämpften? Mit dieser Vermischung, so Emmetts Gedanken, ermutigte Abernathe ein Kind zu glauben, dass große wissenschaftliche Entdeckungen nicht unbedingt wirklich waren und Helden der Legende nicht wirklich ausgedacht. Und dass sie Schulter an Schulter durch die Reiche der bekannten und unbekannten Welt reisten, wo sie zwar ihre Intelligenz und ihren Mut zu bestem Nutzen anwandten, das wohl, sich aber auch der Zauberei und gelegentlich göttlicher Einmischung bedienten.

War es im Leben nicht schon schwierig genug, zwischen Fakt und Fantasie zu unterscheiden, zwischen dem Gewussten und dem Gewünschten? Hatte nicht gerade die Schwierigkeit, diese Unterscheidung zu treffen, dazu geführt, dass ihr Vater nach zwanzig Jahren der Plackerei in den Bankrott gestürzt war und ihre Mutter die Familie verlassen hatte?

Und jetzt, da der Tag sich seinem Ende näherte, hatten Billy und Ulysses ihre Aufmerksamkeit Sindbad zugewandt, der zu sieben verschiedenen Abenteuern siebenmal in See stach.

»Ich lege mich schlafen«, sagte Emmett.

»Ist gut«, sagten die beiden.

Und um seinen Bruder nicht zu stören, senkte Billy die Stimme, und Ulysses senkte den Kopf, sodass die beiden eher wie Verschwörer aussahen, und nicht wie Fremde.

Emmett legte sich hin, bemüht, die leise gelesene Sage von dem arabischen Abenteurer auszublenden, und ihm wurde in vollem Maße bewusst, welch enormer Glücksfall Ulysses' Auftauchen im Güterwaggon gewesen war. Aber es war auch demütigend gewesen.

Nachdem Billy ihn und Ulysses miteinander bekannt gemacht hatte, erzählte er in seiner typischen erregten Art alles, was sich in dem Waggon zugetragen hatte, von Pastor Johns Erscheinen bis zu seinem Rauswurf. Emmett drückte Ulysses seine Dankbarkeit aus, die dieser als unnötig zurückwies. Aber bei der ersten Gelegenheit, nämlich als Billy wieder sein Buch aus dem Rucksack holte, hatte Ulysses mit leiser Stimme Emmett gehörig die Meinung gesagt. Wie hatte er so dumm sein können, seinen kleinen Bruder einfach allein zu lassen? Bloß weil ein Waggon vier Wände und ein Dach hätte, sei er doch kein sicherer Ort. Und Emmett solle sich nichts vormachen: Der Pastor habe nicht nur die Absicht gehabt, Billy zu schlagen, er habe ihn aus dem Zug werfen wollen.

Dann setzte Ulysses sich wieder neben Billy und ließ sich die Geschichte von Jason vorlesen, und Emmett spürte, wie seine Wangen von dem Tadel heiß wurden. Aber er war auch empört, empört nämlich, weil dieser Mann, den er eben erst kennengelernt hatte, es sich herausnahm, ihn zurechtzuweisen, wie ein Vater das tun würde. Aber seine Verärgerung darüber, dass er wie ein Kind behandelt worden war, das begriff Emmett, war selbst ein Zeichen für sein kindisches Denken. Genauso kindisch, wie dass er beleidigt war, weil Billy und Ulysses seine Sandwiches nicht ausreichend gewürdigt hatten, und eifersüchtig, weil die zwei so vertraut miteinander sprachen.

In dem Versuch, seine aufgewühlten Gefühle zu beruhigen, wandte Emmett sich von den Ereignissen des Tages ab und fing an, über die Schwierigkeiten nachzudenken, die vor ihnen lagen.

Beim Frühstück am Küchentisch in Morgen hatte Duchess erklärt, er und Woolly wollten vor dem Abstecher in die Adirondacks noch seinen Vater in Manhattan besuchen.

Den Geschichten nach, die Duchess erzählte, wohnte Mr. Hewett selten längere Zeit an einer Adresse. Aber als für Townhouse der letzte Tag in Salina gekommen war, hatte Duchess ihn gebeten, seinen Vater über eine Theateragentur ausfindig zu machen. »Selbst ein ausgemusterter Schauspieler, einer, der vor Gläubigern davonrennt oder von der Polizei gesucht wird oder unter einem angenommenen Namen lebt«, hatte Duchess gesagt, »hinterlässt bei seiner Agentur einen Hinweis, wo er zu erreichen ist. Und in New York haben alle Agenturen für ausgemusterte Schauspieler ihre Büros in einem Gebäude am Südende des Times Square.«

Nur dass Emmett jetzt der Name des Hauses nicht einfiel.

Er war sich ziemlich sicher, dass es mit S anfing. Und während er auf dem harten Boden lag, versuchte er, seine Erinnerung anzustoßen, indem er systematisch alle Kombinationen der ersten drei Buchstaben durchprobierte. Er fing mit Sa an und sagte: Sab, sac, saf, sag und so weiter. Dann die Kombinationen, die mit Sc, mit Se und Sh begannen.

Es mochte an Billys leiser Stimme liegen oder an seinen eigenen geflüsterten Wortanfängen, oder auch an dem warmen Holzgeruch des Güterwaggons nach einem langen Tag in der Sonne. Was immer der Grund, Emmett fiel nicht etwa der Name des Bürogebäudes am Times Square ein, sondern plötzlich war er neun Jahre alt und baute zu Hause auf dem Dachboden, nachdem er die Luke hinter sich hochgezogen hatte, aus den alten Koffern seiner Eltern ein Fort. Koffer, die nach Paris und Venedig und Rom gereist waren und dann nicht mehr gebraucht wurden. Und dann dachte er an seine Mutter, die nicht wusste, wo er war, und an ihre Stimme, als sie von Zimmer zu Zimmer ging und seinen Namen rief.

# SECHS

# DUCHESS

Ich klopfte an die Tür mit der Nummer zweiundvierzig und hörte kurz darauf ein Stöhnen und ein Rascheln, dann das Knarren von Bettfedern, als hätte mein Klopfen ihn aus tiefem Schlaf geholt. Wie nicht anders zu erwarten, denn es ging auf Mittag zu. Im nächsten Moment hörte ich, wie er die verkaterten Füße auf den Boden setzte. Ich hörte, wie er sich umsah, als müsste er sich orientieren, und verwirrt die Risse in der Decke betrachtete, und die Tapete, die sich in Fetzen von der Wand löste, als wäre ihm nicht ganz klar, warum er in diesem Zimmer war, und könnte es, auch nach all den Jahren, nicht glauben.

»Ach ja«, vermeinte ich, ihn sagen zu hören.

Höflich klopfte ich abermals.

Wieder ein Stöhnen, diesmal das Stöhnen der Anstrengung, dann das Aufspringen der Bettfedern, als er aufstand und langsam zur Tür kam.

»Komme schon«, murmelte eine Stimme.

Ich wartete und war ernsthaft neugierig zu sehen, wie er sich verändert hatte. Es waren kaum zwei Jahre vergangen, aber in seinem Alter und bei seiner Lebensführung konnten zwei Jahre großen Schaden anrichten.

Aber als sich die Tür knarrend einen Spalt öffnete, war es nicht mein alter Herr.

»Ja bitte?«

Der Bewohner von Nummer zweiundvierzig war ein Mann in den Siebzigern mit höflichem Auftreten und dem entsprechenden Akzent. Früher hätte er gut und gern Herr über ein Anwesen sein können, oder im Dienst eines Mannes stehen können, der es war.

»Was kann ich für Sie tun, junger Mann?«, fragte er, als ich über seine Schulter zu blicken versuchte.

»Ich suche jemanden, der hier gewohnt hat. Meinen Vater.«

»Ah …«

Seine buschigen Augenbrauen senkten sich ein wenig, als täte es ihm aufrichtig leid, einen Fremden enttäuschen zu müssen. Dann hoben sie sich wieder.

»Vielleicht hat er unten eine Nachsendeadresse hinterlassen?«

»Eher eine unbezahlte Rechnung, aber ich frage nach. Vielen Dank.«

Er nickte verständnisvoll. Aber als ich gehen wollte, rief er mich zurück.

»Junger Mann. War Ihr Vater zufällig Schauspieler?«

»So bezeichnete er sich zumindest.«

»Dann warten Sie einen Moment. Ich glaube, er hat etwas hiergelassen.«

Als der Alte zur Kommode schlurfte, wanderte mein Blick rasch durch das Zimmer, weil ich die Schwäche des Bewohners zu entdecken hoffte. Im Sunshine Hotel gibt es in jedem Zimmer eine Schwäche, und jede Schwäche hinterlässt Spuren. Eine leere Flasche, zum Beispiel, die unters Bett gerollt war, oder ein abgenutztes Kartenspiel auf dem Nachttisch, ein pinkfarbener Kimono an einem Haken. Spuren einer Sehnsucht, die so köstlich und so unersättlich war, dass sie alles andere verdrängte und selbst den Wunsch nach einem Zuhause, nach einer Familie oder einfach den Wunsch nach menschlicher Würde auslöschte.

Da der Mann sich sehr langsam bewegte und das Zimmer nur drei mal drei Meter groß war, hatte ich reichlich Zeit, mich umzusehen, aber wenn eine Schwäche gegenwärtig war, so gelang es mir nicht, sie zu entdecken.

»Hier, ich hab's«, sagte er.

Er kam schlurfend zur Tür und gab mir das, was er aus der untersten Schublade der Kommode hervorgekramt hatte.

Es war ein schwarzes Lederetui, ungefähr dreißig mal dreißig Zentimeter groß und fünf Zentimeter hoch, mit einem kleinen Messingverschluss, etwas größer als ein Etui für eine doppelreihige Perlenkette. Die Ähnlichkeit war kein Zufall, vermutete ich. Denn auf der Höhe seines Ruhms, der nie mehr als kniehoch war, als er der führende Schauspieler in einer kleinen Shakespeare-Truppe war, die vor halbvollen Sälen auftrat, hatte er sechs solcher Etuis gehabt, seine wertvollsten Besitztümer.

Obwohl die Goldschrift auf diesem teilweise abgeblättert war, konnte man das O für *Othello* erkennen. Ich öffnete den Verschluss und klappte den Deckel auf. In der Schachtel lagen vier Dinge ordentlich in den mit Samt ausgeschlagenen Mulden: ein Ziegenbärtchen, ein goldener Ohrring, ein kleines Glas Theaterschwärze und ein Dolch.

Wie das Etui war auch der Dolch maßgefertigt. Der goldene Griff war so geformt, dass er perfekt in der Hand meines alten Herrn lag, und mit drei großen Steinen geschmückt: einem Rubin, einem Saphir, einem Smaragd. Die Klinge aus rostfreiem Stahl, von einem Meisterschmied in Pittsburgh geschmiedet, geformt und poliert, benutzte mein Vater im dritten Akt, um eine Scheibe aus einem Apfel zu schneiden, dann steckte er sie in die Tischplatte, wo der Dolch aufrecht stehen blieb, während Othello seinem Argwohn wegen Desdemonas Untreue Ausdruck verlieh.

Zwar war die Klinge eine echte McCoy, aber der Griff bestand aus vergoldetem Messing, und die Steine waren aus Glas. Und wenn man mit dem Daumen auf den Saphir drückte, löste das einen Mechanismus aus, der die Klinge, wenn mein alter Herr sich am Ende des fünften Aktes mit dem Dolch erstach, in den Griff zurückschnellen ließ. Während die Damen in den Logen entsetzt aufschrien, stolperte er an der Bühnenrampe vor und zurück, bis er endlich tot zusammenbrach. Der Dolch war, so wie er selbst auch, reine Schau.

Als er sechs von diesen Etuis zusammenhatte, wurde auf jedes der Titel in Gold aufgeprägt: *Othello, Hamlet, Henry, Lear, Macbeth* und – ganz im Ernst – *Romeo*. Jedes Etui hatte mit Samt ausgeschlagene Mulden für die dramatischen Accessoires. Bei Macbeth war es eine Flasche mit Theaterblut, das er sich auf die Hände schmierte, bei King Lear ein langer grauer Bart, bei Romeo ein Fläschchen Gift und ein Döschen rosafarbener Gesichtscreme, mit dem sich die Spuren der Zeit im Gesicht meines alten Herrn genauso wenig übertünchen ließen, wie die Krone den verkrüppelten Körper von Richard III. zu tarnen vermochte.

Im Laufe der Zeit war die Sammlung meines Vaters geschrumpft. Ein Etui war gestohlen worden, ein anderes ging verloren, ein drittes hatte er verkauft. Hamlet war der Einsatz bei einem Kartenspiel in Cincinnati, für zwei Könige, was nur recht und billig war. Dass Othello von den sechs Sets übrig blieb, war keinesfalls ein Zufall, denn es war meinem alten Herrn am teuersten. Nicht nur, weil er in der Rolle des Mohren die besten Besprechungen seiner Laufbahn erhielt, sondern auch, weil die Theaterschwärze ihm zuweilen einen zügigen Abgang ermöglichte. In der Uniform eines Liftboys, das Gesicht geschwärzt wie Al Jolson, trug er seinen Koffer unter den Nasen der Schuldeneintreiber, des aufgebrachten Ehemanns oder wer immer sonst zwischen den Topfpalmen auf ihn wartete, durch die Halle. Wenn mein alter Herr das Othello-Etui nicht eingesteckt hatte, musste er sehr in Eile gewesen sein.

»Ja«, sagte ich. »Das gehört meinem Vater. Verzeihen Sie die Frage, aber wie lange wohnen Sie schon hier?«

»Oh, noch nicht lange.«

»Sie würden mir sehr helfen, wenn Sie das genauer sagen könnten.«

»Mal sehen. Mittwoch, Dienstag, Montag ... ich glaube, seit Montag. Ja. Es war Montag.«

Demnach hatte sich mein alter Herr an dem Tag, nachdem wir aus Salina getürmt waren – und nachdem er, so war zu vermuten, einen besorgniserregenden Anruf von dem besorgten Direktor erhalten hatte –, aus dem Staub gemacht.

»Ich hoffe, Sie finden ihn.«

»Da können Sie sicher sein. Entschuldigen Sie bitte die Störung.«

»Überhaupt keine Störung«, sagte der Alte und zeigte auf sein Bett. »Ich hatte gelesen.«

Ah, dachte ich und entdeckte die Ecke eines Buches zwischen den Laken. Hätte ich mir doch denken können. Der Arme, seine war die schlimmste aller Süchte.

Auf dem Weg nach unten bemerkte ich einen Streifen Licht auf dem Fußboden, ein Zeichen dafür, dass die Tür zur Nummer neunundvierzig einen Spalt offen stand.

Ich zögerte einen kurzen Moment und ging dann den Flur entlang. Als ich zu der Tür kam, blieb ich stehen und lauschte. Da ich drinnen kein Geräusch hörte, stieß ich die Tür mit dem Fingerknöchel weiter auf. Das Bett war leer und ungemacht. Ich vermutete, dass der Bewohner im Waschraum am Ende des Flurs war. Ich machte die Tür ganz auf.

Als mein Vater und ich 1948 im Sunshine Hotel neu waren, galt Zimmer neunundvierzig als das beste im ganzen Haus. Nicht nur gingen die Fenster nach hinten raus, sodass es leise war, sondern es gab auch einen Deckenventilator, der in der viktorianischen Lampenfassung verschraubt war. Kein anderes Zimmer hatte einen solchen Luxus. Jetzt hing eine einzelne nackte Glühbirne von der Decke.

Der kleine Schreibtisch in der Ecke stand noch da, ein Möbelstück, das in den Augen der Mieter den Wert des Zimmers erhöhte, obwohl in den letzten dreißig Jahren niemand im Sunshine Hotel einen Brief geschrieben hatte. Auch der Schreibtischstuhl war da – alt und aufrecht, wie der Mann in Nummer zweiundvierzig.

Es war womöglich das traurigste Zimmer, das ich je gesehen hatte.

Unten im Foyer überzeugte ich mich, dass Woolly noch in einem der Sessel beim Fenster saß. Dann ging ich zur Theke, wo ein dicker Mann mit dünnem Schnurrbart ein Baseballspiel im Radio hörte.

»Haben Sie Zimmer frei?«

»Für die Nacht oder stundenweise?«, fragte er mit einem vieldeutigen Blick auf Woolly.

Es erstaunte mich immer wieder, dass Typen, die in solchen Häusern arbeiteten, von sich selbst glaubten, sie hätten den Durchblick. Er konnte von Glück reden, dass ich nicht eine Bratpfanne dabeihatte.

»*Zwei* Zimmer«, sagte ich. »Für die Nacht.«

»Vier Dollar im Voraus. Und fünfundzwanzig Cent, wenn Sie Handtücher wollen.«

»Mit Handtüchern.«

Ich nahm Emmetts Umschlag aus der Tasche und fächerte bedächtig die Zwanziger auf. So verging dem Typen das Grinsen schneller als mit der Anwendung einer Bratpfanne. Ich fand den Fünf-Dollar-Schein, das Wechselgeld vom HoJo, und legte ihn auf die Theke.

»Im dritten Stock haben wir zwei hübsche Zimmer«, sagte er plötzlich in beflissenem Ton. »Ich heiße Bernie. Wenn Sie noch etwas wünschen während Ihres Aufenthalts – Alkoholisches, Damen, Frühstück –, sagen Sie einfach Bescheid.«

»Daran haben wir keinen Bedarf, aber vielleicht können Sie mir in einer anderen Sache helfen.«

Ich nahm zwei Dollarscheine aus dem Umschlag.

»Sicher«, sagte er und fuhr sich mit der Zunge über die Lippen.

»Ich suche jemanden, der bis vor kurzem hier gewohnt hat.«

»Welcher jemand?«

»Jemand in Zimmer zweiundvierzig.«

»Meinen Sie Harry Hewett?«

»Genau den.«

»Er ist Anfang der Woche ausgezogen.«

»Das habe ich schon erfahren. Hat er gesagt, wohin er wollte?«

Bernie dachte angestrengt nach, und ich meine angestrengt, aber es brachte nichts. Ich steckte die Dollarscheine wieder ein.

»Moment«, sagte er, »Moment. Ich weiß nicht, wo Harry hinwollte. Aber früher hat hier jemand gewohnt, mit dem Harry ziemlich eng war. Wenn einer weiß, wo Harry ist, dann er.«

»Wie heißt er?«

»FitzWilliams.«

»Fitzy FitzWilliams?«

»Genau der.«

»Bernie, wenn Sie mir sagen können, wo ich Fitzy FitzWilliams finde, gebe ich Ihnen einen Fünfer. Und wenn Sie mir für heute Abend Ihr Radio leihen, lasse ich zwei Fünfer springen.«

Damals in den Dreißigerjahren, als mein Vater sich mit Patrick »Fitzy« FitzWilliams anfreundete, war Fitzy ein drittklassiger Bühnenkünstler bei einem zweitklassigen Vaudeville-Tourneetheater. Er war Rezitator und wurde zwischen zwei Nummern auf die Bühne geschoben, um das Publikum mit ein paar deftigen Versen der patriotischen oder pornografischen Art, manchmal beides, bei Laune zu halten.

Aber Fitzy war ein echter Literaturfreund, und seine erste Liebe galt der Dichtung Walt Whitmans. So beschloss er 1941, als sich der Todestag des Dichters zum fünfzigsten Mal jährte, sich einen Bart wachsen zu lassen, und er kaufte sich einen Hut mit breiter, weicher Krempe in der Hoffnung, er könnte Bühnenmanager überreden, ihn zum Ehrentag des Dichters seine Verse rezitieren zu lassen.

Bärte gibt es in unterschiedlichsten Formen. Nehmen wir den von Errol Flynn, den von Fu Manchu, den von Sigmund Freud oder die Schifferkrause, der Bart unterm Kinn. Aber der Zufall wollte es, dass Fitzys Bart so weiß und wollig wuchs wie der von Walt Whitman, sodass er mit dem Hut auf dem Kopf und seinen milchig blauen Augen seinem Vorbild recht ähnlich sah. Und als er seine Verkörperung in einem kleinen Theater in Brooklyn Heights ausprobierte und vor einem Publikum von überwiegend Arbeitern Whitmans Verse von Einwanderern, die ins Land strömten, von Bauern, die die Äcker pflügten, von Bergleuten, die Kohle aus den Minen förderten, und Mechanikern, die in zahllosen Fabriken arbeiteten, rezitierte, bekam Fitzy zum ersten Mal in seinem Leben stehenden Applaus.

Binnen weniger Wochen wollte jeder Veranstalter von Washington DC bis Portland, Maine, der zum Todestag Whitmans eine Veranstaltung plante, Fitzy auf die Bühne holen. Fitzy reiste erster Klasse durch den Nordosten Amerikas, trat in Festhallen, Festsälen, Bibliotheken und historischen Gesellschaften auf und verdiente innerhalb von sechs Monaten mehr Geld als Whitman in seinem ganzen Leben.

Als er im November 1942 nach Manhattan zurückkehrte, um noch einmal in der New York Historical Society aufzutreten, war eine gewisse Florence Skinner im Publikum. Mrs. Skinner war eine bekannte Gesellschaftsdame und stolz darauf, dass ihre Partys in der ganzen Stadt große

Beachtung fanden. In dem Jahr plante sie, die Weihnachtssaison am ersten Donnerstag im Dezember mit einem glanzvollem Fest zu eröffnen, und als sie Fitzy auf der Bühne sah, traf sie wie ein Blitzschlag der Gedanke, dass er mit dem großen weißen Bart und den weichen blauen Augen der perfekte Weihnachtsmann war.

Und als Fitzy ein paar Wochen später auf ihrer Party mit einer Schüssel Süßigkeiten in der Hand »The Night Before Christmas« rezitierte, schwelgten die Gäste in Weihnachtsstimmung. Das Irische in Fitzy bewirkte, dass er nach einem Gläschen lechzte, sobald sein Auftritt vorbei war, was ihn in der Theaterwelt oft in Schwierigkeiten gebracht hatte. Aber das Irische in ihm bewirkte auch, dass seine Wangen sich röteten, wenn er trank, was sich für Mrs. Skinner als Vorteil erwies, denn damit bekam seine Verkörperung des Weihnachtsmannes den letzten Schliff.

Am Tag nach der Party bei Mrs. Skinner hörte das Telefon von Ned Mosely, Fitzys Agenten, den ganzen Tag nicht auf zu klingeln. Die Van Whozens, die Van Whyzens und die Van Whatsits: Sie alle planten eine Weihnachtsparty, und sie *mussten* Fitzy haben. Mosely war ein drittklassiger Agent, aber er erkannte eine goldene Gans, wenn er auf ihr saß. In den drei Wochen vor Weihnachten setzte er das Honorar für Fitzy auf einer nach oben offenen Skala fest. Ein Auftritt am zehnten Dezember kostete dreihundert Dollar und jeder Tag danach noch einmal fünfzig. Wollte man, dass Fitzy am Heiligabend durch den Schornstein ins Haus kam, kostete das einen glatten Tausender. Gab man noch einmal fünfzig drauf, durften die Kinder an seinem Bart zupfen, was ihre Zweifel ausräumte.

Es versteht sich von selbst, dass in diesen Kreisen, wenn es darum ging, Jesu Geburt zu feiern, Geld keine Rolle spielte. Oft hatte Fitzy an einem Abend drei Auftritte. Walt Whitman kam in die Abstellkammer, und Fitzy rieb sich auf dem Weg zur Bank freudig die Hände.

Fitzys Erfolg als Santa Claus der Betuchten wuchs von Jahr zu Jahr, und als der Krieg zu Ende ging, lebte er – obwohl er nur einen Monat im Jahr arbeitete – das ganze Jahr über in einer Wohnung auf der Fifth Avenue, trug dreiteilige Anzüge und hatte einen Spazierstock mit Silbergriff in der Form eines Rentierkopfs. Mehr noch, es stellte sich heraus, dass es eine ganze Schar von jungen Gesellschaftsdamen gab, deren Herzen schneller klopften, wenn sie einen Blick auf den Weihnachtsmann erhaschten. Deshalb war es keine Überraschung für Fitzy, als nach einem Auftritt in der Park Avenue die kurvenreiche Tochter eines Industriellen fragte, ob sie ihm in der Woche darauf einen Besuch abstatten könne.

Als sie zu Fitzys Wohnung kam, trug sie ein Kleid, das gleichermaßen aufreizend wie elegant war. Aber es stellte sich schnell heraus, dass ihr kein romantisches Abenteuer vorschwebte. Sie lehnte einen Drink ab und erklärte, sie sei Mitglied der Greenwich Progressive Society, die für den ersten Mai eine große Veranstaltung plane. Nach Fitzys Auftritt sei es ihr in den Sinn gekommen, dass er mit seinem großen weißen Bart bestens geeignet sei, zur Eröffnung der Veranstaltung ein paar Absätze aus Karl Marx zu rezitieren.

Zweifellos war Fitzy von den Reizen der jungen Frau bezaubert und von ihren Schmeicheleien betört, zudem wird ihn die Aussicht auf ein beträchtliches Honorar gewogen gestimmt haben, aber er war auch ein Vollblutkünstler und als solcher bereit, die Herausforderung, den alten Philosophen zum Leben zu erwecken, anzunehmen.

Als der erste Mai kam und Fitzy hinter der Bühne wartete, war es für ihn ein gewöhnlicher Auftritt. Allerdings nur bis zu dem Moment, da er durch einen Spalt im Vorhang linste. Denn nicht nur war der Saal brechend voll, er war mit Männern und Frauen aus der arbeitenden Bevölkerung gefüllt. Hier saßen die Klempner und die Schweißer und die Schauerleute sowie die Schneiderinnen und Haushaltshilfen, die ihm vor Jahren in der schäbigen Halle in Brooklyn Heights seinen ersten stehenden Applaus gegeben hatten. Mit einem Gefühl tiefer Dankbarkeit und einem Aufwallen von Zuneigung für diese Menschen trat Fitzy hinter dem Vorhang hervor, nahm seinen Platz auf dem Podium ein und gab die beste Vorführung seines Lebens.

Sein Monolog war dem *Kommunistischen Manifest* entnommen, und während er rezitierte, rührte er seine Zuhörer in der Seele an, sodass sie, als er zum flammenden Schluss kam, aufgesprungen und in donnernden Applaus ausgebrochen wären – wären in dem Moment nicht alle Türen zum

Saal aufgeflogen, und eine kleine Armee von Polizisten wäre, unter dem Vorwand, die Verletzung von Brandvorschriften zu ahnden, mit Trillerpfeifen und Schlagknüppeln hereingestürmt.

Am folgenden Morgen brachte die Daily News folgende Schlagzeile:

WEIHNACHTSMANN AUS DER PARK AVENUE TRITT
ALS PROVOKATEUR DER KOMMUNISTEN AUF

Und so endete das verzauberte Leben des Fitzy FitzWilliams.

Nicht nur stolperte Fitzy über seinen langen Bart, er fiel auch die Stufen seiner Glückssträhne hinunter. Der irische Whiskey, der zuvor seine weihnachtlichen Wangen freundlich gerötet hatte, beherrschte fortan sein Leben, er zehrte seine Geldvorräte auf und ließ gute Kleidung sowie feine Gesellschaft außer Reichweite verschwinden. Den Hut in der Hand rezitierte Fitzy 1949 schmutzige Limericks in der New Yorker Subway, und er wohnte im Sunshine Hotel in Zimmer Nummer dreiundvierzig, gegenüber dem Zimmer meines alten Herrn.

Ich freute mich auf unsere Begegnung.

# EMMETT

Als der Zug am späten Nachmittag an Fahrt verlor, streckte Ulysses kurz den Kopf aus der Luke und kam wieder die Leiter herunter.

»Hier steigen wir aus«, sagte er.

Nachdem Emmett seinem Bruder mit dem Rucksack geholfen hatte, ging er zu der Tür, durch die er und Billy in den Waggon gekommen waren, aber Ulysses zeigte auf die andere Seite.

»Hier lang.«

Emmett hatte sich vorgestellt, sie würden an einem riesigen Güterbahnhof ankommen, ähnlich dem in Lewis, nur größer, am Rande der Stadt gelegen, mit der Skyline am Horizont. In seiner Vorstellung mussten sie ungesehen den Waggon verlassen und sich vor Bahnarbeitern und Wachmännern versteckt halten. Aber als Ulysses die Tür aufschob, war da kein Güterbahnhof, weder Züge noch Menschen waren zu sehen. Stattdessen lag unmittelbar vor ihnen die Stadt selbst. Der Zug stand auf einem schmalen Gleis drei Ebenen oberhalb der Straßen in einem Geschäftsviertel, mit Wolkenkratzern in der Ferne.

»Wo sind wir?«, fragte Emmett, als Ulysses auf den Boden sprang.

»Das ist die West Side Elevated. Ein Gleis auf Stelzen für Güterzüge.«

Ulysses streckte die Hand aus, um Billy aus dem Waggon zu helfen, und ließ Emmett allein herunterklettern.

»Und das Lager, von dem du gesprochen hast?«

»Nicht weit von hier.«

Ulysses ging in dem schmalen Korridor zwischen dem Zug und dem Geländer am Rand des Gleises.

»Seid vorsichtig mit den Schwellen«, sagte er, ohne sich umzudrehen.

Die Skyline von New York mochte in Gedichten und in der Musik viel gerühmt werden, aber Emmett schenkte ihr kaum Beachtung, während er hinter Ulysses ging. In seiner Kindheit hatte er nie davon geträumt, nach Manhattan zu kommen. Über New York hatte er weder Bücher gelesen noch Filme gesehen, die ihn mit Neid erfüllten. Dass er nach New York gekommen war, hatte einzig und allein mit seinem Auto zu tun, das er sich zurückholen wollte. Jetzt waren sie hier, und er konnte sich darauf konzentrieren, Duchess zu finden, was auch bedeutete, dass er Duchess' Vater finden müsste.

Beim Aufwachen war ihm als Erstes das Wort *Statler* in den Sinn gekommen, als hätte sein Verstand im Schlaf die alphabetischen Kombinationen weiter durchprobiert. Das war das Gebäude, in dem laut Duchess die Theateragenturen ihre Büros hatten: im Statler Building. Sobald sie in der Stadt waren, würden er und Billy zum Times Square gehen und sich Mr. Hewetts Adresse geben lassen, dann würden sie Mr. Hewett aufsuchen.

Als Emmett sein Vorhaben erklärte, machte Ulysses ein skeptisches Gesicht. Sie würden erst nach fünf Uhr in New York eintreffen, sagte er, und bis er am Times Square war, hätten die Agenturen wahrscheinlich geschlossen. Es sei sinnvoller, bis zum Morgen zu warten. Ulysses sagte, er werde Emmett und Billy in ein Camp bringen, wo sie in Sicherheit die Nacht verbringen konnten, und am nächsten Tag würde er sich um Billy kümmern, während Emmett seine Dinge erledigte.

Ulysses unterbreitete den Plan so, als wäre es damit entschieden, was Emmett zu irritieren begann. Aber Emmett hatte dem nichts entgegenzusetzen. Wenn sie um fünf Uhr in der Stadt ankamen, wäre es auf jeden Fall zu spät, das Büro zu finden. Und am Morgen darauf könnte Emmett viel mehr erreichen, wenn er allein zum Times Square ginge.

Ulysses ging mit zielstrebigen Schritten auf dem Gleis voran, als wäre er derjenige, der Dringendes zu erledigen hatte.

Emmett versuchte, das Tempo zu halten und sich zu orientieren. Im Laufe des Tages waren zwei Drittel der Güterwaggons abgehängt worden, trotzdem waren zwischen ihnen und der Lokomotive noch sicherlich siebzig Waggons. Emmett sah nach vorn und konnte außer dem schmalen Gang zwischen dem Zug und dem Geländer nichts sehen.

»Wie kommen wir da runter?«, fragte er Ulysses.

»Wir bleiben hier oben.«

»Heißt das, das Camp ist hier auf den Gleisen?«

»Das heißt es.«

»Und wo?«

Ulysses blieb stehen und drehte sich zu Emmett um.

»Habe ich nicht gesagt, ich bringe euch hin?«

»Doch, hast du.«

»Dann lass mich einfach machen.«

Ulysses sah Emmett einen Moment lang eindringlich an, um sich zu versichern, dass er verstanden worden war, dann sah er über Emmetts Schulter.

»Wo ist dein Bruder?«

Emmett drehte sich um und stellte erstaunt fest, dass Billy nicht da war. Seine eigenen Überlegungen und sein Bemühen, mit Ulysses Schritt zu halten, hatten ihn so stark beschäftigt, dass jeder Gedanke an seinen Bruder aus seinem Kopf verschwunden war.

Ulysses war fassungslos angesichts Emmetts Erstaunen. Er murmelte etwas, zwängte sich an Emmett vorbei und ging zurück. Emmett eilte ihm hinterher, und die Röte stieg ihm ins Gesicht.

Billy war da, wo sie ausgestiegen waren, nämlich neben dem Waggon, in dem sie gesessen hatten. Denn im Gegensatz zu Emmett war Billy von dem Anblick von New York verzaubert. Er hatte nach dem Aussteigen zwei Schritte zum Geländer gemacht, war auf eine alte Holzkiste geklettert und starrte jetzt wie gebannt auf die Stadt in ihrer ganzen Größe und Vertikalität.

»Billy …«, sagte Emmett.

Billy sah seinen Bruder an und hatte offenbar ebenso wenig wie Emmett bemerkt, dass sie nicht zusammen waren.

»Ist es nicht genauso, wie du es dir vorgestellt hast, Emmett?«

»Billy, wir müssen weitergehen.«

Billy sah Ulysses an.

»Welches ist das Empire State Building, Ulysses?«

»Das Empire State Building?«

Ulysses sagte das in einem unwirschen Ton, der eher gewohnheitsmäßig war, als dass er einer Notwendigkeit entsprang. Jetzt bezähmte er seine Ungeduld und zeigte in Richtung Uptown.

»Das mit der Antenne, Billy. Aber dein Bruder hat recht. Wir müssen vorankommen. Und du musst bei uns bleiben. Wenn du einmal so weit zurück bist, dass du keinen von uns anfassen kannst, bist du zu weit entfernt. In Ordnung?«

»In Ordnung.«

»Gut. Gehen wir.«

Als die drei auf dem schmalen Gang voranstrebten, fiel Emmett auf, dass der Zug zum dritten Mal ein paar Sekunden weiterrollte und dann wieder stehen blieb. Er überlegte, was der Grund dafür sein konnte, und in dem Moment nahm Billy seine Hand und sah ihn lächelnd an.

»Das war die Antwort«, sagte er.

»Die Antwort worauf, Billy?«

»Das Empire State Building. Es ist das höchste Gebäude der Welt.«

Nachdem sie an der Hälfte der Güterwaggons vorbei waren, sah Emmett, dass der Schienenstrang gut fünfzig Meter vor ihnen eine Linkskurve machte. Wegen der verkürzten Perspektive sah es so aus, als würde gleich hinter der Kurve ein achtstöckiges Gebäude auf den Schienen stehen. Aber als sie näher kamen, stellte er fest, dass es keine optische Täuschung war, denn das Gebäude überspannte die Gleise, und die Gleise führten tatsächlich durch das Gebäude hindurch. Über dem Eingang war ein großes gelbes Schild befestigt, auf dem stand:

PRIVATEIGENTUM.
KEIN ZUTRITT.

Fünf Meter davor gab Ulysses ihnen ein Zeichen, stehen zu bleiben.

Von da, wo sie standen, konnten sie den Lärm der Aktivitäten auf der anderen Seite des Zuges hören: Waggontüren wurden auf- und zugeschoben, Förderwagen quietschten, Männer riefen.

»Da müssen wir durch«, sagte Ulysses mit gesenkter Stimme.

»Durch das Gebäude?«, flüsterte Emmett.

»Das ist der einzige Weg.«

Ulysses erklärte, dass zur Zeit fünf Güterwagen an der Entladerampe stünden. Sobald die entladen waren, würde der Zug vorrücken, sodass die nächsten fünf Wagen an die Reihe kamen. Und sobald sich der Zug in Bewegung setzte, würden sie losgehen. Solange sie auf ihrer Seite der Güterwaggons blieben und sich im selben Tempo wie der Zug bewegten, würde man sie nicht entdecken.

Emmett schien das eine schlechte Idee. Das wollte er Ulysses sagen und mit ihm besprechen, ob es eine andere Route gab, doch in dem Moment war das Zischen von Dampf zu hören, und der Zug setzte sich in Bewegung.

»Gehen wir«, sagte Ulysses.

Er ging ihnen voran in das Gebäude, immer auf dem schmalen Gang zwischen Zug und Mauer und im selben Tempo wie der Zug. Als der Zug anhielt, waren sie halb durch das Gebäude und blieben auch stehen. Der Lärm von der Entladestation war jetzt lauter, und Emmett erkannte an dem raschen Hin und Her der Schatten, dass die Arbeiter sich eilig bewegten. Billy sah auf und schien etwas fragen zu wollen, aber Emmett legte sich den Finger auf die Lippen. Nach einer langen Weile war wieder das Zischen von Dampf zu hören, und der Zug rollte weiter. Die drei achteten sorgfältig darauf, sich im selben Tempo wie der Zug zu bewegen, und kamen auf der anderen Seite aus dem Gebäude, ohne dass jemand sie gesehen hatte.

Sobald sie draußen waren, beschleunigte Ulysses seine Schritte, damit sie sich möglichst schnell von der Entladestation entfernten. Wie zuvor gingen sie zwischen den Güterwagen und dem Geländer. Aber als sie endlich an der Lokomotive vorbei waren, öffnete sich vor ihnen der Blick.

In Erwartung von Billys Staunen blieb Ulysses stehen.

»Der Hudson«, sagte er und machte eine breite Geste zum Fluss hin.

Ulysses wartete einen Moment, damit Billy den Anblick der Frachtschiffe und Kähne und Schlepper in sich aufnehmen konnte, dann sah er zu Emmett hinüber und ging weiter. Emmett verstand, was Ulysses sagen wollte, und nahm seinen Bruder bei der Hand.

»Guck doch mal, wie viele Schiffe da sind«, sagte Billy.

»Komm«, sagte Emmett. »Du kannst sie dir im Gehen ansehen.«

Als sie weitergingen, hörte Emmett, wie Billy die Schiffe leise zählte.

Nach einer Weile kamen sie zu einem hohen Maschendrahtzaun, der sich von einem Geländer zum anderen quer über die Schienen spannte. Ulysses trat auf die Schienen und hob den Zaun an einer Stelle, wo er eingeschnitten war, hoch, sodass Emmett und Billy darunter herkriechen konnten. Auf der anderen Seite gingen die Schienen weiter, waren aber von Unkraut und Gras überwuchert.

»Was ist mit diesem Teil der Strecke?«, fragte Emmett.

»Er wird nicht mehr gebraucht.«

»Warum nicht?«

»Man benutzt Dinge, dann hört man auf, sie zu benutzen«, sagte Ulysses mit einem typischen Anflug von Ungeduld.

Kurz darauf konnte Emmett endlich sehen, was ihr Ziel war. Jenseits der unbenutzten Gleise war ein improvisiertes Camp aus Zelten und Hütten errichtet worden. Als sie näher kamen, sah Emmett den Rauch von zwei Feuerstellen und die Silhouetten von Männern in Bewegung.

Ulysses führte sie zu der ersten der beiden Feuerstellen, wo zwei weiße Männer auf einer Schwelle saßen und eine Mahlzeit von Blechtellern aßen, während ein bartloser Schwarzer den Inhalt eines gusseisernen Topfs rührte. Als der Schwarze Ulysses sah, lächelte er.

»Sieh mal, wer da kommt.«

»He, Stew«, sagte Ulysses.

Der freundliche Ausdruck des Mannes wandelte sich in Überraschung, als Emmett und Billy hinter Ulysses in den Blick kamen.

»Sie gehören zu mir«, sagte Ulysses.

»Sie *reisen* mit dir?«, fragte Stew.

»Habe ich doch gerade gesagt.«

»Ja, hast du.«

»Ist noch Platz bei deiner Hütte?«

»Ich denke schon.«

»Ich guck mal. In der Zwischenzeit könntest du uns was zu essen machen.«

»Auch für die Jungen?«

»Auch für die Jungen.«

Emmett hatte den Eindruck, dass Stew wieder Überraschung zeigen wollte, sich dann aber anders besann. Die beiden Männer hatten aufgehört zu essen und sahen interessiert zu, wie Ulysses einen Beutel öffnete, den er aus seiner Tasche gezogen hatte. Emmett sah, dass Ulysses vorhatte, für ihre Mahlzeiten zu bezahlen.

»Warte«, sagte Emmett. »Wir bezahlen unser Essen, Ulysses.«

Er nahm den Fünf-Dollar-Schein, den Parker ihm in die Tasche gestopft hatte, heraus und hielt ihn Stew hin. In dem Moment sah er, dass es nicht fünf Dollar waren, sondern fünfzig.

Stew und Ulysses starrten den Schein einen Moment lang an, dann sah Stew Ulysses an, und Ulysses sah Emmett an.

»Steck den wieder ein«, sagte er streng.

Emmett spürte, wie ihm schon wieder die Farbe ins Gesicht stieg, und steckte den Schein in seine Tasche. Erst dann wandte Ulysses sich Stew zu und bezahlte für die drei Mahlzeiten. Anschließend drehte er sich zu Billy und Emmett um und sprach auf seine abrupte Weise.

»Ich werde eine Ecke für uns belegen. Setzt euch hin und esst. Ich bin gleich zurück.«

Emmett sah Ulysses nach und wollte sich weder setzen noch etwas essen, aber Billy hatte schon einen Teller mit Chilirindereintopf und einer Scheibe Maisbrot auf dem Schoß, und Stew füllte einen zweiten Teller.

»Es schmeckt so gut wie das von Sally«, sagte Billy.

Die Höflichkeit verlangte es, das wusste Emmett, dass er das Essen annahm.

Gleich beim ersten Bissen merkte Emmett, welchen Hunger er hatte.

Stunden waren vergangen, seit sie den Rest von dem Proviant aus dem Pullmanwagen gegessen hatten. Und Billy hatte recht: Der Eintopf schmeckte so gut wie der von Sally. Vielleicht sogar besser. An dem geräucherten Geschmack merkte man, dass Stew viel Räucherspeck reingetan hatte, und das Rindfleisch schien von guter Qualität. Als Stew ihm einen Nachschlag anbot, sagte Emmett nicht nein.

Während Emmett auf den Teller wartete, musterte er die beiden Männer auf der anderen Seite des Feuers. Weil sie zerschlissene Kleidung trugen und unrasiert waren, ließ sich ihr Alter schwer erraten, aber Emmett vermutete, dass sie jünger waren, als sie wirkten.

Der große Dünne links beachtete die beiden Brüder nicht, fast schien es absichtlich, aber der rechts von ihm lächelte in ihre Richtung und winkte plötzlich.

Billy winkte zurück.

»Willkommen, ihr müden Wanderer«, rief er über die Feuerstelle hinweg. »Woher kommt ihr?«

»Aus Nebraska«, rief Billy zurück.

»Nebraska!«, sagte der Mann. »In Nebraska war ich viele Male. Was bringt euch in den Big Apple?«

»Wir wollen Emmetts Wagen holen«, sagte Billy. »Dann fahren wir nach Kalifornien.«

Bei der Erwähnung eines Autos blickte der lange dünne Mann plötzlich interessiert auf.

Emmett legte seinem Bruder die Hand aufs Knie.

»Wir sind nur auf der Durchreise«, sagte er.

»Dann seid ihr zum richtigen Ort gekommen«, sagte der mit dem Lächeln. »Einen besseren Ort für eine Durchreise gibt es in der ganzen Welt nicht.«

»Wieso klappt es dann bei dir nicht mit der Durchreise?«, fragte der Lange.

Der Mann mit dem Lächeln sah ihn stirnrunzelnd an, aber bevor er etwas sagen konnte, sah der Lange zu Billy hin.

»Ihr wollt euren Wagen holen, sagst du?«

Emmett wollte etwas sagen, als plötzlich Ulysses neben ihm stand und auf den Teller des Langen starrte.

»Sieht so aus, dass ihr fertig mit Essen seid.«

Die beiden Männer sahen Ulysses an.

»Ich bin fertig, wenn ich sage, dass ich fertig bin«, sagte der Lange. Dann warf er seinen Teller auf den Boden.

»Jetzt bin ich fertig.«

Als der Lange aufstand, zwinkerte der Mann mit dem Lächeln Billy zu und stand ebenfalls auf.

Die Männer entfernten sich, und Ulysses sah ihnen nach, dann setzte er sich auf die Schwelle, wo die Männer gesessen hatten, und sah Emmett bedeutungsvoll über die Flammen hinweg an.

»Ich weiß«, sagte Emmett. »Ich weiß.«

# WOOLLY

Wäre es nach Woolly gegangen, hätten sie nicht die Nacht in Manhattan verbracht. Sie wären gar nicht erst in die Stadt gekommen. Sie wären direkt zum Haus seiner Schwester in Hastings-on-Hudson gefahren, und von dort in die Adirondacks.

Das Problem mit Manhattan war, aus Woollys Sicht, dass es etwas entsetzlich Dauerhaftes hatte. Jedes Gebäude war auf riesigen Grundmauern errichtet, und die Gehwege erstreckten sich meilenweit, so weit das Auge reichte. Und täglich gingen Millionen von Menschen auf diesen Gehwegen und über die Marmorfußböden in den Foyers, ohne die kleinsten Abdrücke zu hinterlassen. Noch schlimmer war, dass Manhattan aufs Furchtbärste mit Erwartungen gefüllt war. Es gab so viele Erwartungen, dass die Gebäude achtzig Stockwerke hoch sein mussten, damit sie alle übereinandergestapelt werden konnten.

Aber Duchess wollte seinen Vater besuchen, also fuhren sie auf dem Lincoln Highway zum Lincoln Tunnel, der unter dem Hudson herführte, und dann waren sie da.

Allerdings, dachte Woolly und stopfte sich das Kissen in den Rücken, wenn man schon nach Manhattan wollte, dann musste man es so machen. Denn als sie aus dem Lincoln Tunnel rauskamen, bog Duchess nicht nach links ab, nach Uptown, sondern nach rechts, zur Bowery im Süden, wo sein Vater in einem kleinen Hotel wohnte, von dem Woolly noch nie gehört hatte.

Und während Woolly in der Lobby gewartet und das Kommen und Gehen auf dem Gehweg draußen beobachtet hatte, war ein Mann mit einem

Stapel Zeitungen vorbeigegangen. Ein Mann mit einem weitem Mantel und einem großen Hut.

»Der Vogelmann«, rief Woolly dem Fenster zu. »Was für ein Zufall!«

Er sprang von seinem Stuhl hoch und klopfte an die Scheibe. Als der Mann sich umdrehte, war er überhaupt nicht der Vogelmann. Aber da der Mann nun gerufen worden war, kam er mit seinem Stapel Zeitungen in die Lobby und ging unmittelbar auf Woolly zu.

Duchess war, wie er selbst sagte, allergisch gegen Bücher, und Woolly hatte eine ganz ähnliche Abneigung, nämlich eine Allergie gegen die Nachrichten vom Tage. In New York passierten die ganze Zeit Dinge. Dinge, über die man nicht nur Bescheid wissen musste, sondern zu denen man auch eine Meinung haben sollte, die man auf der Stelle formulieren können musste. Ja, so viele Dinge passierten so schnell nacheinander, dass man sie unmöglich alle in einer Zeitung unterbringen konnte. In New York gab es die *New York Times*, klar, aber zusätzlich gab es auch die *Post*, die *Daily News*, die *Herald Tribune*, das *American Journal*, das *World Telegram* und den *Mirror*. Und das waren nur die Zeitungen, die Woolly kannte und nennen konnte.

Jedes dieser Zeitungsunternehmen hatte ganze Heerscharen von Reportern, die draußen umhergingen, Quellen untersuchten, Spuren verfolgten und bis spät in den Abend ihre Artikel verfassten. Und jedes hatte Druckereien, die nachts arbeiteten, und am Morgen fuhren die Lieferwagen die Zeitungen in alle erdenklichen Richtungen aus, sodass die neuesten Nachrichten bei den Zeitungslesern auf der Türschwelle lagen, wenn sie im Morgengrauen aufstanden, um zu dem Zug um 6.42 zu hasten.

Der Gedanke reichte, dass Woolly erschauderte. Als daher der Mann mit dem weiten Mantel und seinem Stapel Zeitungen vor ihm stand, wollte Woolly ihn gleich wieder wegschicken.

Aber es stellte sich heraus, dass der Mann nicht die neuesten Nachrichten verkaufte, sondern die vom Vortag. Und von dem Tag davor. Und davor.

»Die *New York Times* von gestern kostet drei Cent«, erklärte er, »die von vor zwei Tagen zwei Cent, die von vor drei Tagen einen Cent. Alle drei zusammen gibt es für fünf Cent.«

Das ist ja eine ganz andere Geschichte, dachte Woolly. Nachrichten, die bis zu drei Tage alt waren, trafen längst nicht mit der gleichen Dringlichkeit ein wie die Nachrichten vom Tage. Eigentlich waren es kaum noch Nachrichten. Und man musste auch kein Genie in Mr. Kehlenbecks Mathestunde sein, um auszurechnen, dass drei Zeitungen für fünf Cent ein Schnäppchen waren. Aber leider hatte Woolly kein Geld.

Oder vielleicht doch …?

Zum ersten Mal, seit er Mr. Watsons Hose angezogen hatte, steckte er jetzt die Hand in die Hosentasche. Und ist es zu glauben, ist es wirklich zu glauben, dass in der rechten Hosentasche ein paar zerknitterte Scheine steckten?

»Ich nehme alle drei«, sagte Woolly ganz aufgeregt.

Der Mann gab Woolly die Zeitungen, Woolly gab ihm einen Dollarschein und sagte großzügig, der Mann könne das Wechselgeld behalten. Und obwohl der Mann sich sehr freute, war Woolly überzeugt, dass er selbst den besseren Handel gemacht hatte.

Und so kam es, als es Abend wurde und Duchess durch Manhattan rannte und seinen Vater suchte, dass Woolly sich, nachdem er einen Tropfen seiner Medizin aus seiner Geheimflasche genommen und sich auf dem Bett ausgestreckt hatte, die Kissen im Rücken und das Radio leise an, die drei Tage alten Zeitungen vornahm.

Was für ein Unterschied das war. Denn nicht nur hatten die Nachrichten ihre Dringlichkeit verloren, wenn man die Schlagzeilen sorgfältig auswählte, sondern die Geschichten hatten sogar etwas Fantastisches an sich. Zum Beispiel diese Schlagzeile aus der Sonntagszeitung:

PROTOTYP EINES ATOM-U-BOOTS
SIMULIERT TAUCHFAHRT NACH EUROPA.

Die Geschichte handelte davon, dass das erste atombetriebene U-Boot eine Strecke zurückgelegt hatte, die so lang war wie die durch den Atlantik, während es die ganze Zeit in der Wüste von Idaho stand! Allein die Idee, sie kam Woolly so unglaublich vor, wie etwas, das man in Billys großem rotem Buch finden würde.

Oder diese Schlagzeile von vor zwei Tagen:

BÜRGERWEHR-TESTLAUF
HEUTE VORMITTAG UM 10 UHR

Normalerweise wurde es Woolly bei Wörtern wie Bürgerwehr und Test etwas mulmig zumute, und er würde den Artikel lieber überspringen. Aber in der *Times* von vor zwei Tagen stand zu lesen, dass bei diesem Probelauf eine Flotte feindlicher Fantasieflugzeuge Fantasieatombomben abwerfen würden, die überall in Amerika enorme Fantasieschäden hervorrufen würden. Allein in New York City würden drei verschiedene Fantasieatombomben abgeworfen, von denen eine an der Ecke 57. Straße und Fifth Avenue fantastisch aufschlagen würde, unmittelbar vor dem Tiffany-Geschäft, was einem einfach nicht in den Kopf wollte. Als Teil des Tests sollten, sobald der Alarm ausgelöst wurde, in vierundfünfzig Städten alle Aktivitäten zum Erliegen kommen.

»Alle normalen Aktivitäten kommen für zehn Minuten zum Erliegen«, las Woolly laut. Das ist doch unvorstellbar!

Fast atemlos nahm Woolly die Zeitung vom Vortag, um zu sehen, was passiert war. Und da, auf der Titelseite, oberhalb der Knicklinie, wie es heißt, war ein Foto vom Times Square, auf dem zwei Polizisten den Broadway entlangguckten und sonst keine Menschenseele zu sehen war. Niemand blickte in das Schaufenster der Tabakwarenhandlung. Niemand kam aus dem Criterion-Theater oder ging ins Astor-Hotel hinein. Niemand betätigte eine Kasse oder wählte eine Telefonnummer. Kein einziger Mensch rannte umher oder rief ein Taxi herbei.

Was für ein wunderliches und schönes Bild, dachte Woolly. New York, das still, ruhig, praktisch unbewohnt dastand, und zum ersten Mal seit seiner Gründung geräuschlos und ohne das Summen einer einzigen Erwartung.

# DUCHESS

Nachdem Woolly sich in seinem Zimmer mit ein paar Tropfen seiner Medizin und dem Werbesender im Radio eingerichtet hatte, machte ich mich auf nach Hell's Kitchen, zum Anchor, einer Kneipe in der West 45th Street. Mit der trüben Beleuchtung und den traurigen Gästen war es die Sorte Kneipe, die mein alter Herr mochte: ein Ort, wo ein Abgetakelter an der Bar sitzen und gegen die Ungerechtigkeiten der Welt wettern konnte, ohne dass jemand ihn unterbrach.

Laut Mr. Schnurrbart hatten Fitzy und mein Vater die Angewohnheit, sich jeden Abend gegen acht hier zu treffen und so lange zu trinken, wie das Geld reichte. Und so war es auch: Um eine Minute vor acht ging die Tür auf und Fitzy schlurfte herein, auf die Minute pünktlich.

Dass er Stammgast war, konnte man daran erkennen, dass die anderen ihn nicht beachteten. Insgesamt betrachtet, war das Alter recht gnädig zu ihm. Sein Haar war etwas schütterer, seine Nase etwas mehr gerötet, aber darunter konnte man, wenn man die Augen fest zusammenkniff, noch ein bisschen von dem Weihnachtsmann erkennen.

Er ging an mir vorbei, zwängte sich zwischen zwei Barhockern durch, schüttete eine Handvoll Silbergeld auf die Theke und bestellte einen Whiskey – in einem Cocktailglas.

Ein Whiskey sieht in einem Cocktailglas so mickrig aus, und es schien mir ein merkwürdiger Wunsch von Fitzy. Aber als er das Glas von der Theke hob, sah ich, dass seine Finger leicht zitterten. Offenbar hatte die Erfahrung ihn gelehrt, dass ein Whiskey in einem Whiskeyglas viel leichter zu verschütten war.

Er trug sein Glas in die Ecke zu einem Tisch mit zwei Stühlen. Offenbar trafen er und mein Vater sich hier, denn nachdem Fitzy es sich bequem gemacht hatte, hob er sein Glas zu dem leeren Stuhl. Möglicherweise war er der letzte Mensch auf der Welt, der Harry Hewett zuprosten würde. Als er das Glas an die Lippen hob, kam ich zu seinem Tisch.

»Hallo, Fitzy.«

Fitzy erstarrte und blickte über den Glasrand. Dann stellte er das Glas wieder auf den Tisch, wahrscheinlich zum ersten Mal in seinem Leben, ohne einen Schluck genommen zu haben.

»Hallo, Duchess«, sagte er. »Beinah hätte ich dich nicht erkannt. Du hast zugelegt.«

»Das liegt an der körperlichen Arbeit. Solltest du auch mal versuchen.«

Fitzy blickte in sein Glas, dann zum Barkeeper, dann zur Tür. Als er nicht mehr wusste, wohin er noch gucken konnte, sah er mich an.

»Ist aber schön, dich zu sehen, Duchess. Was bringt dich nach New York?«

»Oh, Verschiedenes. Morgen muss ich nach Harlem, wo ich einen Freund treffen werde, aber ich möchte auch meinen Vater sehen. Er und ich haben noch etwas zu erledigen, gewissermaßen. Leider hat er das Sunshine Hotel verlassen, ohne eine Adresse zu hinterlegen. Aber ich vermute, wenn einer in New York weiß, wo Harry Hewett ist, dann ist das sein alter Freund Fitzy.«

Fitzy schüttelte den Kopf, noch als Duchess redete.

»Nein«, sagte er. »Ich weiß nicht, wo dein Vater ist, Duchess.«

Dann sah er niedergeschlagen auf sein Glas.

»Wie unhöflich von mir. Was kann ich dir holen?«

»Oh, nicht nötig. Ich hab ja noch.«

»Der kleine Tropfen da? Das wird dir doch nicht gerecht.«

Ich stand auf und ging zur Bar, wo ich eine Flasche von dem bestellte, was Fitzy normalerweise trank. Ich kam mit der Flasche zum Tisch, zog den Korken heraus und goss Fitzys Glas bis zum Rand voll.

»Das ist doch wenigstens was«, sagte ich, aber er sah ohne ein Lächeln auf sein Glas.

Wenn das keine grausame Ironie war, dachte ich. Ich meine, hier war das, was Fitzy sich sein Leben lang gewünscht, worum er gebetet hatte. Ein Cocktailglas, bis oben hin voll mit Whiskey – und ein anderer bezahlt. Aber jetzt, da es vor ihm stand, zögerte er.

»Trink«, sagte ich. »Mach es nicht so feierlich.«

Zögernd hob er das Glas und neigte es leicht in meine Richtung. Die Geste war längst nicht so gefühlvoll wie die, die er vor dem leeren Stuhl meines Vaters gemacht hatte, aber trotzdem zeigte ich meine Dankbarkeit.

Als das Glas endlich seine Lippen erreichte, nahm er einen besonders großen Schluck, als wollte er Versäumtes wettmachen. Dann setzte er das Glas ab, sah mich an und wartete. Denn das tun die Ausgemusterten: Sie warten.

Bevor sie ausgemustert wurden, hatten sie viel Zeit, das zu üben. Zum Beispiel, wenn sie auf den großen Durchbruch warteten, oder hinter der Bühne auf ihren Auftritt. Wenn es offensichtlich wurde, dass es dazu nicht kommen würde, warteten sie auf andere Dinge. Dass die Bar aufmachte oder der Scheck für die Sozialhilfe eintraf. Ein bisschen später warteten sie auf eine freie Bank im Park, auf der sie schlafen konnten, oder dass sie eine weggeworfene Zigarette fanden, von der sie noch zwei Züge nehmen konnten. Sie warteten darauf herauszufinden, an welche anderen Würdeverluste sie sich gewöhnen konnten, während sie gleichzeitig warteten, dass diejenigen, die ihnen einst teuer waren, sie vergessen würden. Aber am meisten warteten sie auf das Ende.

»Wo ist er, Fitzy?«

Fitzy schüttelte den Kopf, mehr zu sich selbst als zu mir.

»Wie ich schon sagte, Duchess, ich habe ihn seit Wochen nicht gesehen. Das schwöre ich.«

»Normalerweise wäre ich geneigt, dir jedes Wort zu glauben, das aus deinem Mund kommt. Besonders, wenn du es *schwörst.*«

Er zuckte zusammen.

»Als ich zu dir an den Tisch gekommen bin, schienst du nicht überrascht, mich zu sehen. Warum wohl nicht?«

»Ich weiß auch nicht, Duchess. Vielleicht war ich innerlich überrascht.«

Ich lachte laut.

»Vielleicht. Aber weißt du, was ich glaube? Ich glaube, du warst nicht überrascht, weil mein alter Herr dir gesagt hat, es könnte sein, dass ich hier vorbeischaue. Aber wenn das so ist, dann muss er kürzlich mit dir gesprochen haben. Wahrscheinlich sogar, während du da, auf deinem Platz, gesessen hast.«

Ich tippte mit der Fingerspitze auf den Tisch.

»Und wenn er dir gesagt hat, dass er sich eine Weile absetzen würde, dann muss er dir auch gesagt haben, wohin. Schließlich seid ihr ein eingeschworenes Diebespaar.«

Bei dem Wort Dieb zuckte Fitzy wieder zusammen. Und seine Miene wurde noch niedergeschlagener, falls man sich das vorstellen konnte.

»Es tut mir leid«, sagte er leise.

»Was sagst du da?«

Ich beugte mich vor, als hätte ich Mühe, ihn zu verstehen, und er sah mich mit, wie mir schien, aufrichtigem Bedauern an.

»Es tut mir wirklich leid, Duchess. Es tut mir leid, dass ich das über dich in meiner Aussage gesagt habe. Dass ich es unterschrieben habe.«

Für jemanden, der nichts sagen wollte, konnte er plötzlich nicht aufhören zu reden.

»Am Abend zuvor war ich betrunken. Und wenn Polizei da ist, wird mir furchtbar unbehaglich, und noch mehr, wenn sie mir Fragen stellen. Wenn sie wissen wollen, was ich gesehen oder gehört habe, obwohl doch meine Augen und meine Ohren nicht mehr das sind, was sie einmal waren. Und auch nicht mein Gedächtnis. Und als die Polizisten ungeduldig wurden, hat dein Vater mich zur Seite genommen und mir bei der Erinnerung geholfen ...«

Während Fitzy erzählte, nahm ich die Flasche und sah sie mir genau an. Mitten auf dem Schild war ein Kleeblatt abgebildet. Ich musste lächeln. Ich meine, hat ein Glas Whiskey schon jemals jemandem Glück gebracht? Und auch noch irischer!

Während ich mit der Flasche in der Hand dasaß, dachte ich plötzlich, dass auch dies ein feines Beispiel für einen Gegenstand war, der zu einem bestimmten Zweck gemacht, aber auch zu einem anderen geeignet war. Vor vielen hundert Jahren war die Whiskeyflasche so geformt worden, dass sie einen Bauch hatte, in den viel reinpasste, und einen Hals, aus dem man gut gießen konnte. Drehte man die Flasche aber um und packte sie am Hals, schien sie plötzlich wie geschaffen, dass man jemandem damit auf den Kopf schlug. Gewissermaßen war eine Whiskeyflasche wie ein Bleistift mit einem Radiergummi am anderen Ende: Mit dem Teil vorn sagte man etwas, mit dem hinteren nahm man es zurück.

Anscheinend hatte Fitzy meine Gedanken erraten, denn er war plötzlich sehr still. Und seinem Gesichtsausdruck entnahm ich, dass er sich fürchtete. Er war blass geworden, und das Zittern seiner Hand wurde schlimmer.

Ich glaube, das war das erste Mal, dass jemand Angst vor mir hatte. Es schien mir unglaublich. Ich hatte ja nicht die geringste Absicht, Fitzy wehzutun. Wozu? Ihm war im Leben genug wehgetan worden.

Aber unter den gegebenen Umständen konnte mir seine Angst nützlich sein. Und als er mich fragte, ob inzwischen nicht genug Wasser den Berg hinuntergelaufen sei, stellte ich die Flasche langsam und betont auf den Tisch.

»Wenn das möglich wäre«, sagte ich. »Wenn ich die Uhr zurückdrehen könnte, damit du das, was du getan hast, ungetan machen könntest, Patrick FitzWilliams. Aber leider, mein Freund, ist da noch längst nicht genug Wasser den Berg runtergelaufen. Das Wasser ist überall, es steht dir bis zum Halse.«

Er sah mich mit solcher Zerknirschung an, dass ich beinah Mitleid mit ihm empfand.

»Was immer die Gründe waren für das, was du getan hast, Fitzy, ich glaube, du verstehst, dass du in meiner Schuld stehst. Aber wenn du mir sagst, wo mein alter Herr sich aufhält, sind wir quitt. Wenn nicht, dann muss ich mir was einfallen lassen, wie wir beide die Konten ausgleichen können.«

# SALLY

Ich fand meinen Vater an der Nordecke, wo er mit Bobby und Miguel den Zaun ausbesserte. Ihre Pferde standen am Wegrand, und hinter ihnen auf den Feldern grasten ein paar hundert Rinder.

Ich fuhr schwungvoll an den Rand, bremste und hielt da, wo sie arbeiteten, und als ich ausstieg, legten sich die Männer zum Schutz vor dem Staub die Hände vor die Augen.

Bobby, der gern herumalberte, tat so, als hätte er einen Hustenanfall, und mein Vater schüttelte den Kopf.

»Sally«, sagte er. »Wenn du weiter mit dem Wagen so über die Feldwege fährst, gibt er irgendwann den Geist auf.«

»Ich weiß schon, was ich Betty zumuten kann.«

»Will nur sagen, wenn das Getriebe rausfällt, dann erwarte nicht, dass ich es repariere.«

»Lass das mal meine Sorge sein. Ich weiß nicht nur, was ich von meinem Wagen erwarten kann, sondern auch, was ich von dir erwarten kann.«

Er schwieg, wahrscheinlich überlegte er, ob er die Männer wegschicken sollte.

»Na gut«, sagte er dann, als hätte er mit sich selbst eine Abmachung getroffen. »Du hattest einen Grund, hier rauszukommen, so viel ist klar. Sag mir doch, was es ist.«

Ich machte die Beifahrertür auf und nahm das Zu-verkaufen-Schild, das auf dem Sitz lag, heraus und hielt es in die Höhe, damit er es sehen konnte.

»Das habe ich im Abfall gefunden.«

Er nickte.

»Da habe ich es hingetan.«

»Und wo, wenn ich fragen darf, kam es her?«

»Vom Haus der Watsons.«

»Warum nimmst du bei den Watsons das Verkaufsschild weg?«

»Weil das Haus nicht mehr zum Verkauf steht.«

»Und woher weißt du das?«

»Weil ich es gekauft habe.«

Das sagte er in einem knappen, entschiedenen Ton, mit dem er mir zu verstehen gab, dass er mit seiner Geduld am Ende war und keine Zeit für solche Gespräche hatte, außerdem hätten er und die Jungen zu tun, und es sei doch bestimmt an der Zeit, dass ich zum Haus zurückfuhr, wo ich schon längst mit den Vorbereitungen fürs Abendessen hätte anfangen sollen. Aber wenn er dachte, er wüsste mehr über Geduld als ich, dann hatte er sich die Falsche ausgesucht.

Ich wartete einen Moment und ließ den Blick nachdenklich in die Weite schweifen, bevor ich ihn wieder direkt ansah.

»So schnell, wie du das Haus gekauft hast, da fragt man sich doch, wie lange du auf der Lauer gelegen und auf den Moment gewartet hast.«

Bobby stocherte mit der Stiefelspitze im Staub, Miguel sah zu der Herde hinüber, und mein Vater kratzte sich am Nacken.

»Ihr zwei«, sagte er dann, »ihr habt doch zu tun, oder?«

»Das haben wir, Mr. Ransom.«

Sie stiegen auf und ritten zu der Herde hinüber, ohne jede Eile, wie Männer bei der Arbeit. Mein Vater drehte sich nicht um, wartete aber, bis der Klang ihrer Hufe verklungen war, bevor er wieder sprach.

»Sally«, sagte er in einem Ton, der bedeutete, dass er das Folgende einmal und nicht wieder sagen würde, »da ist nichts mit auf der Lauer liegen und warten. Charlie war mit seinen Rückzahlungen nicht nachgekommen, die Bank hatte seine Farm übernommen und zum Verkauf angeboten, und ich habe sie gekauft. Das ist schon alles. Die bei der Bank waren nicht überrascht, niemand in der Nachbarschaft wird überrascht sein, und dich sollte es auch nicht überraschen. Denn das ist das, was Farmer tun. Sie kaufen Land dazu, wenn sich die Gelegenheit ergibt und der Preis stimmt. Besonders, wenn es angrenzendes Land ist.«

»Angrenzendes Land«, sagte ich. Ich war beeindruckt.

Wir starrten uns an.

»In all den Jahren, als Mr. Watson mit der Farm nicht zurechtkam, hattest du keine Zeit, ihm unter die Arme zu greifen, aber in dem Moment, wo sich die *Gelegenheit ergibt*, hast du reichlich Zeit. Verstehe ich das richtig? Für mich klingt das wie auf der Lauer liegen und warten.«

Jetzt wurde er lauter.

»Hör zu, Sally. Was hätte ich tun sollen? Für ihn die Felder pflügen? Die Saat ausbringen und das Korn ernten? Man kann nicht das Leben eines anderen leben. Einer mit nur einem Fünkchen Stolz würde das nicht wollen. Und Charlie Watson war vielleicht kein guter Farmer, aber er hatte seinen Stolz. Mehr Stolz als die meisten anderen.«

Ich ließ meinen Blick wieder nachdenklich in die Ferne schweifen.

»Aber ist es nicht interessant? Da sitzt du mit dem Sohn des Besitzers auf der Veranda und rätst ihm, aus der Gegend wegzugehen und woanders einen Neuanfang zu machen, und gleichzeitig bringt die Bank die Farm auf den Markt.«

Er musterte mich einen Moment.

»Darum geht es also? Um dich und Emmett?«

»Lenk nicht ab.«

Er schüttelte wieder den Kopf, so wie in dem Moment, als ich angekommen war.

»Er hatte nie die Absicht zu bleiben, Sally. Genauso wenig wie seine Mutter. Du hast es selbst gesehen. Bei der ersten Gelegenheit hat er sich eine Arbeit in der Stadt gesucht. Und was hat er mit seinem ersten Ersparten gemacht? Er hat sich ein Auto gekauft. Nicht einen Pritschenwagen oder einen Traktor, Sally. Ein Auto. Ich bezweifle nicht, dass Emmett aufrichtig um seinen Vater getrauert hat, aber der Verlust der Farm war für ihn, vermute ich, eine Erleichterung.«

»Erzähl du mir nichts von Emmett Watson, als würdest du ihn so gut kennen. Du hast nicht die geringste Ahnung von dem, was in seinem Kopf vorgeht.«

»Das mag wohl sein. Aber nach fünfundfünfzig Jahren in Nebraska glaube ich, ich kann einen, der bleibt, von einem, der weggeht, unterscheiden.«

»Glaubst du das wirklich?«, sagte ich. »Dann sag mir doch, Mr. Ransom: Zu welcher Sorte gehöre ich?«

Das Gesicht hätte man sehen müssen. Einen Moment lang wurde es weiß. Dann, ganz schnell, rot.

»Ich weiß, dass es schwer ist, wenn ein Kind seine Mutter verliert. In gewisser Weise ist es schwerer für das Kind als für den Mann, der seine Frau verliert. Ein Vater ist nicht so gut geeignet, ein Mädchen so aufzuziehen, in dem Sinne, wie es aufgezogen werden sollte. Und das trifft besonders dann zu, wenn das Mädchen eine widerspenstige Natur hat.«

An der Stelle sah er mich eindringlich an, falls ich nicht verstanden hatte, dass er von mir sprach.

»Wie oft habe ich abends an meinem Bett gekniet und zu deiner Mutter gebetet, sie möge mir Weisung geben, wie ich mit deiner Aufsässigkeit umgehen soll. Und in all den Jahren hat deine Mutter, Friede ihrer Seele, nicht ein einziges Mal geantwortet. Also musste ich mich an meine Erinnerung von ihr halten, wie sie mit dir umgegangen war. Du warst ja erst zwölf, als sie starb, aber schon damals warst du reichlich widerspenstig. Und wenn ich deiner Mutter etwas von meinen Sorgen sagte, bat sie mich, Geduld zu haben. Ed, sagte sie dann, deine Jüngste hat einen willensstarken Geist, und das wird ihr von Nutzen sein, wenn sie zur Frau wird. Wir sollten ihr einfach ein bisschen Zeit und Raum geben.«

Jetzt war er es, der in die Ferne blickte.

»Ich habe dem Rat deiner Mutter vertraut und vertraue ihm auch jetzt. Und deswegen habe ich die Zügel locker gelassen. Ich habe dein Auftreten und deine Gewohnheiten mit Nachsicht behandelt, so wie ich auch deine Launen und Reden mit Nachsicht behandelt habe. Aber Sally, so wahr mir Gott helfe, langsam verstehe ich, dass ich dir keinen guten Dienst erwiesen habe. Denn indem ich die Zügel locker gelassen habe, habe ich erlaubt, dass du zu einer willensstarken jungen Frau geworden bist, die es sich angewöhnt hat, ihrem Zorn nachzugeben und in ihrer Meinung nicht zurückzuhalten, und die für die Ehe, so sieht es zumindest aus, ziemlich ungeeignet ist.«

Oh, wie er ihn gefreut hat, dieser kleine Vortrag. Er stand vor mir, die Beine gespreizt, die Füße fest auf dem Boden, sodass es aussah, als könnte er die Kraft unmittelbar aus dem Erdreich beziehen, weil es ihm gehörte.

Dann wurde sein Ausdruck weich, und er sah mich voller Mitgefühl an, was nur dazu führte, dass ich noch wütender wurde.

Ich warf ihm das Schild vor die Füße, drehte mich um und stieg in den Wagen. Ich legte den Gang ein, drückte aufs Gaspedal und raste mit voller Geschwindigkeit davon, sodass Steinchen und Grasklümpchen aufflogen und die Karosserie schepperte. Als ich in den Hof einbog, hielt ich auf die Veranda zu und kam einen Meter davor schliddernd zum Stehen.

Erst nachdem sich der Staub gelegt hatte, sah ich einen Mann mit Hut auf der Veranda sitzen. Und erst als er sich erhob und ins Licht trat, sah ich, dass es der Sheriff war.

# ULYSSES

Als Ulysses den Jungen zusah, wie sie vom Lagerfeuer aufstanden und sich für die Nacht zurechtmachten, kam Stew zu ihm.

»Fahren sie morgen weiter?«

»Nein«, sagte Ulysses. »Der Ältere muss etwas erledigen. Er wird am Nachmittag wieder hier sein, und sie bleiben noch eine Nacht.«

»Ist in Ordnung. Ich lasse ihre Decken draußen.«

»Meine kannst du auch draußen lassen.«

Stew drehte sich mit einer scharfen Bewegung zu Ulysses um und sah ihn an.

»Du bleibst eine zweite Nacht?«

Ulysses sah Stew an.

»Hab ich das nicht gerade gesagt?«

»Ja, hast du.«

»Gibt es da ein Problem?«

»Nein«, sagte Stew. »Kein Problem für mich. Ich erinnere mich nur an jemanden, der gesagt hat, er würde nie zwei Nächte am selben Ort verbringen.«

»Na und?«, sagte Ulysses. »Am Freitag hat er genau das getan.«

Stew nickte.

»Da ist noch Kaffee auf dem Feuer«, sagte er dann. »Sollte mich mal drum kümmern.«

»Gute Idee«, sagte Ulysses.

Nachdem Stew zum Lagerfeuer gegangen war, schweifte Ulysses' Blick über die Lichter der Stadt, vom Battery Park im Süden bis zur George Washington Bridge im Norden – Lichter, die keinen Reiz für ihn hatten und ihm keinen Trost versprachen.

Aber Billy hatte ihm von der Abmachung mit seinem Bruder erzählt, was Freundschaften anging, und Ulysses war sie vernünftig erschienen. Er würde zwei Nächte in Manhattan bleiben. Den nächsten Tag würden er und der Junge als Bekannte verbringen, sodass sie sich am Tag darauf als Freunde trennen konnten.

# FÜNF

# WOOLLY

Als sie beim Haus seiner Schwester ankamen, sah Woolly sofort, dass niemand zu Hause war.

Woolly wusste immer, wenn ein Haus leer war, er brauchte nur zu den Fenstern hochzusehen. Manchmal, wenn er die Fenster betrachtete, konnte er alles, was innerhalb der Wände passierte, hören: wenn jemand die Treppe rauf- oder runterging oder wenn jemand in der Küche Selleriestangen in Stücke schnitt. Manchmal hörte er auch das Schweigen zweier Menschen, die in verschiedenen Zimmern saßen. Und manchmal, wie jetzt, wusste er beim Anblick der Fenster, dass niemand zu Hause war.

Als Woolly den Motor abstellte, stieß Duchess einen Pfiff aus.

»Wie viele Menschen leben hier, sagst du?«

»Nur meine Schwester und ihr Mann. Aber meine Schwester ist schwanger.«

»Mit Fünflingen?«

Woolly und Duchess stiegen aus.

»Sollen wir klopfen?«, fragte Duchess.

»Sie sind nicht da.«

»Kannst du trotzdem rein?«

»Normalerweise schließen sie die Haustür ab, aber die Tür in der Garage lassen sie meistens offen.«

Duchess war hinter Woolly, der jetzt das Garagentor mit lautem Rattern aufmachte.

Die vordersten beiden Stellplätze waren leer. Der erste Platz musste der seiner Schwester sein, dachte Woolly, denn der Ölfleck auf dem Beton-boden hatte die Form eines großen Ballons – so wie der Ballon in Billys Buch. Der Ölfleck auf dem zweiten Platz hingegen sah eher aus wie die kleinen Wolken über dem Kopf einer schlecht gelaunten Figur auf der Witzseite der Zeitung.

Wieder stieß Duchess einen Pfiff aus.

»Was ist das denn?«, fragte er und zeigte auf den vierten Stellplatz.

»Ein Cadillac Cabriolet.«

»Der deines Schwagers?«

»Nein«, sagte Woolly verlegen, »meiner.«

»Deiner?«

Duchess drehte sich mit einem so übertriebenen Ausdruck von Überraschung um, dass Woolly lächelte. Es geschah eher selten, dass Duchess überrascht war, deshalb musste Woolly in solchen Momenten lächeln. Woolly ging hinter Duchess, der sich den Wagen aus der Nähe ansehen wollte.

»Wo hast du ihn her?«

»Ich habe ihn geerbt, könnte man sagen. Von meinem Vater.«

Duchess war offensichtlich beeindruckt. Er ging an dem Wagen entlang, strich über das schwarze Verdeck und bewunderte die Weißwandreifen.

Zum Glück, dachte Woolly, war Duchess nicht ganz um den Wagen herumgegangen, denn auf der anderen Seite war eine Beule im Kotflügel von dem Mal, als Woolly einen Laternenpfahl gerammt hatte.

»Dennis« war sehr, sehr aufgebracht gewesen, als Woolly eines Abends mit der Beule nach Hause gekommen war. Woolly wusste, dass »Dennis« sehr, sehr aufgebracht gewesen war, weil er es so gesagt hatte.

»Guck doch, was du gemacht hast«, hatte er zu Woolly gesagt, als er den Schaden sah.

»Dennis«, hatte seine Schwester gesagt, »es ist nicht dein Auto. Es gehört Woolly.«

Genau das hätte Woolly sagen sollen. »Es ist nicht dein Auto, ›Dennis‹, es gehört mir.« Aber das war ihm nicht eingefallen. Oder zumindest fiel es ihm erst ein, nachdem Sarah es schon gesagt hatte. Sarah wusste immer, was man sagen musste, bevor es Woolly in den Sinn kam. Oft wenn Woolly im Internat oder auf einer Party in New York ein Gespräch zu führen versuchte, hatte er gedacht, wie viel leichter es wäre, wenn Sarah da wäre und an seiner Stelle das Richtige sagen würde.

Aber an dem Abend, als er mit der Beule im Auto nach Hause gekommen war und Sarah zu »Dennis« gesagt hatte, das Auto gehöre nicht ihm, sondern Woolly, hatte das »Dennis« noch mehr aufgebracht.

»Das ist doch exakt der Punkt – es ist sein Auto.« (Woollys Schwager war in allem sehr exakt. Selbst wenn er sehr, sehr aufgebracht war, war er dennoch sehr, sehr exakt.) »Wenn ein junger Mann das Glück hat, von seinem eigenen Vater etwas so Wertvolles geschenkt zu bekommen, sollte er es mit Respekt behandeln. Und wenn er es nicht mit Respekt zu behandeln weiß, hat er nicht verdient, dass es seins ist.«

»Meine Güte, Dennis«, hatte Sarah gesagt, »es ist doch kein Manet. Es ist eine Maschine.«

»Maschinen bilden den Grundstein von allem, was diese Familie hat«, hatte »Dennis« gesagt.

»Und von allem, was sie nicht hat«, sagte Sarah.

Da, sie hatte wieder das Richtige gesagt, dachte Woolly mit einem Lächeln.

»Darf ich mal?«, fragte Duchess und zeigte auf den Wagen.

»Was meinst du? Ja, natürlich. Natürlich.«

Duchess wollte die Fahrertür öffnen, dann hielt er inne, trat einen Schritt zurück und öffnete die hintere Tür.

»Nach dir«, sagte er mit einer Verbeugung.

Woolly glitt auf die Rückbank, und Duchess setzte sich ans Steuer. Er zog die Tür zu und seufzte voller Bewunderung.

»Den Studebaker kann man vergessen«, sagte er. »So sollte Emmett in Hollywood einfahren.«

»Billy und Emmett wollen nach San Francisco«, stellte Woolly richtig.

»Egal. Mit diesem Auto sollten sie nach Kalifornien fahren.«

»Wenn Billy und Emmett mit dem Cadillac nach Kalifornien fahren wollen, habe ich nichts dagegen.«

»Ist das dein Ernst?«

»Nichts würde mich glücklicher machen«, sagte Woolly. »Nur dass der Cadillac viel älter ist als der Studebaker, und die Reise nach Kalifornien würde wahrscheinlich viel länger dauern.«

»Gut möglich«, sagte Duchess. »Aber weshalb sich beeilen, wenn man mit diesem Auto fährt?«

Entgegen Woollys Erwartungen war die Tür in der Garage verschlossen, und Woolly und Duchess gingen wieder raus. Woolly setzte sich auf die Stufen neben die Blumentöpfe, während Duchess alle Taschen aus dem Kofferraum holte.

»Es kann ein paar Stunden dauern«, sagte Duchess. »Ist das in Ordnung?«

»Klar«, sagte Woolly. »Ich warte einfach, bis meine Schwester nach Hause kommt. Sie ist bestimmt bald zurück.«

Woolly sah zu, wie Duchess sich in den Studebaker setzte, rückwärts aus der Einfahrt fuhr und mit einem Winken verschwand. Als er allein war, nahm er das Extrafläschchen seiner Medizin aus der Tasche, schraubte die Pipette ab und träufelte sich ein paar Tropfen auf die Zunge. Anschließend erfreute er sich an dem begeisterten Sonnenschein.

»Nichts ist begeisterter als der Sonnenschein«, sagte er leise. »Und nichts ist so verlässlich wie das Gras.«

Bei dem Wort verlässlich dachte Woolly an seine Schwester Sarah. Sie war die Verlässlichkeit in Person. Er steckte das Fläschchen ein, stand auf, hob einen Blumentopf an, und siehe da, unter dem Blumentopf lag der Schlüssel zum Haus seiner Schwester. Natürlich sahen alle Schlüssel gleich aus, aber Woolly wusste, dass dies der Schlüssel zum Haus seiner Schwester war, weil er sich im Schloss drehen ließ.

Woolly schloss auf, trat ein und verharrte.

»Hallo?«, rief er. »Hallo, hallo?«

Um sich ganz sicher zu sein, rief Woolly im Flur, der zur Küche führte, abermals Hallo, und noch einmal die Treppe hinauf. Dann wartete er, ob jemand antwortete.

Während er wartete und lauschte, blieb sein Blick an dem kleinen Tisch am Fuß der Treppe hängen, auf dem das Telefon stand. Es glänzte und war glatt und schwarz und sah aus wie ein jüngerer Cousin des Cadillacs. Das einzig nicht Glänzende und Schwarze war das kleine Papierrechteck in der Mitte der Wählscheibe, auf dem in zarter Schrift die Telefonnummer stand. Damit das Telefon genau wusste, wer es war, dachte Woolly.

Als niemand auf die Hallos antwortete, ging Woolly in das große, sonnige Zimmer zu seiner Linken.

»Das ist das Wohnzimmer«, sagte er, als machte er für sich selbst eine Führung.

Hier hatte sich seit seinem letzten Besuch nicht viel verändert. Die Standuhr seines Großvater stand immer noch beim Fenster, unaufgezogen. Das Klavier stand in der Ecke, ungespielt. Die Bücher standen auf den Regalen, ungelesen.

Verändert war jedoch, dass vor dem offenen Kamin ein riesiger orientalischer Fächer stand, als schämte sich der Kamin seines Aussehens. Woolly fragte sich, ob der Fächer immer dort stand oder ob seine Schwester ihn im Winter wegnahm, damit man ein Feuer machen konnte. Aber wenn sie ihn wegnahm, wo tat sie ihn hin? Der Fächer wirkte so zart und unhandlich. Vielleicht konnte man ihn wie einen Opernfächer zusammenschieben, dachte Woolly, und ihn in eine Schublade legen.

Der Gedanke gefiel Woolly, und bevor er seinen Gang durch das Haus fortsetzte, zog er die Standuhr auf.

»Das ist das Esszimmer«, sagte er, »wo nur an Geburtstagen und Feiertagen das Festessen serviert wird ... Und hier ist die einzige Tür im Haus, die keinen Türknauf hat und eine Schwingtür ist ... Und das ist die Küche ... Und das ist der hintere Flur ... Und hier ist das Arbeitszimmer von ›Dennis‹, in das niemand reingehen soll.«

Auf diese Weise machte Woolly seinen Rundgang durch die Zimmer, an dessen Ende er wieder ins Treppenhaus kam.

»Und das ist die Treppe«, sagte er, als er nach oben ging. »Hier ist der Flur. Das ist das Zimmer von meiner Schwester und ›Dennis‹. Hier ist das Badezimmer. Und hier ...«

Woolly blieb vor einer Tür stehen, die angelehnt war. Er stieß sie auf und betrat das Zimmer, das einerseits so war, wie er es erwartet hatte, andererseits aber auch nicht.

Denn obwohl sein Bett noch dastand, war es in die Mitte des Zimmers gerückt und mit einem großen Leinenlaken bedeckt worden. Das Laken war von einem trüben Weiß und bekleckst mit lauter blauen und grauen Flecken, wie eins dieser Bilder im Museum for Modern Art in New York. Der Wandschrank, in dem Woollys Oberhemden und Jacketts gehangen hatten, war völlig leer, nicht ein einziger Bügel hing noch da, selbst der Karton mit Mottenkugeln, der immer hinten auf dem obersten Brett gestanden hatte, war verschwunden.

Drei Wände waren noch weiß, aber eine – die, an der die Leiter lehnte – war jetzt blau. Ein leuchtendes Himmelblau, wie das von Emmetts Wagen.

Woolly konnte nichts daran aussetzen, dass sein Kleiderschrank leer war und das Bett unter einer Plane stand, denn es war sein Zimmer und gleichzeitig auch nicht. Als seine Mutter neu geheiratet hatte und nach Palm Beach gezogen war, hatte Sarah ihm dieses Zimmer überlassen. Er durfte es in den Ferien zu Thanksgiving und Ostern benutzen und in der Wartezeit zwischen einem Internat und dem nächsten. Und obwohl Sarah ihn ermutigt hatte, das Zimmer als seins zu betrachten, wusste er, dass es nicht das Zimmer für immer war, jedenfalls nicht für ihn, sondern für einen anderen.

An den Wölbungen des Lakens erkannte Woolly, dass auf dem Bett Kartons standen, was dem Bett das Aussehen eines Kahns verlieh.

Nachdem er sich überzeugt hatte, dass die Farbkleckse trocken waren, faltete er das Laken zurück und fand darunter vier Kartons, alle mit seinem Namen beschriftet.

Einen Moment lang bewunderte Woolly die Handschrift. Obwohl sein Name mit schwarzem Marker in zwei Zentimeter hohen Buchstaben geschrieben worden war, konnte man die Handschrift als die seiner Schwester erkennen, denn es war dieselbe, mit der auch die winzigen Zahlen auf dem winzigen Schild auf der Telefonwählscheibe geschrieben waren. Das ist doch interessant, dachte Woolly, dass die Handschrift eines Menschen immer dieselbe ist, ganz gleich, ob die Buchstaben groß oder klein sind.

Woolly wollte schon den Karton, der am nächsten stand, öffnen, doch dann zögerte er. Ihm fiel nämlich die beunruhigende Theorie von Schrödingers Katze ein, die Professor Freely im Physikunterricht erklärt hatte. In dieser Theorie hatte Mr. Schrödinger nämlich postuliert (das war das Wort, das Professor Freely benutzte: postulieren), dass eine Katze mit einer Portion Gift in einem Karton saß, und zwar in einem Zustand der Ungewissheit. Machte man den Karton auf, war die Katze entweder vergnügt und lebendig oder aber vergiftet und tot. Folglich sollte ein Mensch einen Karton mit einer gewissen Vorsicht öffnen, auch wenn sein Name draufstand. Oder vielleicht dann, wenn sein Name draufstand, besonders.

Woolly atmete tief ein und öffnete den Deckel, dann atmete er erleichtert aus. In dem Karton waren all die Sachen zum Anziehen, die in der Kommode gelegen hatten, die ihm gehörte und auch wieder nicht. In dem Karton darunter fand er die Dinge, die auf der Kommode gestanden hatten, wie die alte Zigarrenkiste und die Flasche Aftershave, ein Weihnachtsgeschenk, das er nie aufgemacht hatte, und die Trophäe für den zweiten Platz vom Tennisclub, mit dem kleinen Mann, der sich bis in alle Ewigkeit zum Aufschlag strecken würde. Ganz unten in der Schachtel lag das blaue Wörterbuch, das seine Mutter ihm feierlich überreicht hatte, als er das erste Mal ins Internat geschickt wurde.

Woolly nahm das Wörterbuch und spürte das vertraute Gewicht in der Hand. Wie hatte er das Wörterbuch geliebt, denn es hatte ja den Zweck, einem genau zu sagen, was ein Wort bedeutete. Nimm ein Wort, schlag die entsprechende Seite auf, und da stand seine Bedeutung. Und wenn in der Definition ein Wort war, das man nicht kannte, konnte man das ebenfalls nachschlagen und seine Bedeutung herausfinden.

Das Wörterbuch war Teil eines Sets, in einem Schuber zusammen mit einem Thesaurus. Aber so sehr Woolly das Wörterbuch geliebt hatte, so sehr war ihm der Thesaurus zuwider. Allein der Gedanke daran verursachte ihm ein Kribbeln, denn ihm schien, dass der Sinn des Thesaurus das genaue Gegenteil von dem des Wörterbuchs war. Statt einem zu sagen, was ein Wort bedeutete, gab es einem zehn weitere Wörter, die man statt des ersten Wortes benutzen konnte.

Wie sollte man aber jemandem einen Gedanken mitteilen, falls man einen Gedanken mitzuteilen hatte, wenn man für jedes Wort in einem Satz auch zehn andere benutzen konnte? Die Anzahl der potenziellen Variationen machte Woolly ganz wirr. So wirr, dass er kurz nach seiner Ankunft in St. Paul's zu Mr. Kehlenbeck, seinem Mathematiklehrer, gegangen war und ihm die Frage gestellt hatte: Wenn man einen Satz mit zehn Wörtern hatte, und jedes Wort konnte durch zehn andere ersetzt werden, wie viele Sätze kamen am Ende dabei heraus? Ohne einen Moment zu zögern, war Mr. Kehlenbeck an die Tafel gegangen, hatte eine Formel aufgeschrieben und einige Berechnungen angestellt und den unumstößlichen Beweis erbracht, dass die Antwort auf Woollys Frage zehn Milliarden war. War jemand mit dieser Erkenntnis konfrontiert, wie sollte es ihm dann gelingen, am Ende des Schuljahres in einem Prüfungsaufsatz die Antwort auf eine Frage zu formulieren?

Trotzdem hatte Woolly, als er von St. Paul's zu St. Mark's wechselte, den Thesaurus mitgenommen und auf den Schreibtisch gestellt, wo er in seinem Schuber stand und ihn mit seinen Zehntausenden von Wörtern, die für- und gegeneinander ausgetauscht werden konnten, verspottete. Ein ganzes Jahr lang hatte der Thesaurus ihn geneckt, gequält, gefoppt, bis Woolly ihn kurz vor Thanksgiving aus dem Schuber genommen und aufs Sportfeld getragen hatte, wo er ihn mit Benzin übergoss, das er in der Garage des Trainers gefunden hatte, und das heimtückische Ding in Brand setzte.

Rückblickend wäre es spitzenmäßig gewesen, wenn er auf die Idee gekommen wäre, den Thesaurus auf der Fünfzig-Yard-Linie in Brand zu setzen. Aber aus einem Grund, den er nicht mehr wusste, hatte er das Buch in den Zielbereich gelegt, und nachdem er das Streichholz geworfen hatte, wanderten die Flammen rasch auf der Spur des Benzins entlang, das er auf dem Gras verschüttet hatte, erfassten den Benzinkanister und brachten ihn zur Explosion, und darauf ging der mittlere Torpfosten in Flammen auf.

Woolly war zur Zwanzig-Yard-Linie zurückgewichen und hatte zunächst mit Entsetzen, dann mit Staunen zugesehen, wie das Feuer den mittleren Pfosten hinauflief, sich dann nach rechts und links über die Schultern ausbreitete und auf den senkrechten Fortsetzungen nach oben wanderte, bis das ganze Ding lichterloh brannte. Plötzlich sah es nicht mehr wie ein Footballtor aus, sondern wie ein feuriger Geist, der voller Verzückung die Arme in den Himmel streckte. Und es sah sehr, sehr schön aus.

Als Woolly vor die Disziplinarkommission gerufen wurde, hatte er sich vorgenommen zu erklären, er habe sich von der Tyrannei des Thesaurus befreien wollen, damit er bei den Prüfungen bessere Chancen hätte. Aber bevor ihm die Möglichkeit dazu gegeben wurde, erklärte der Vertrauenslehrer, der die Anhörung leitete, Woolly solle den *Brand* erklären, den er auf dem Sportfeld ausgelöst hatte. Im nächsten Moment sprach Mr. Harrington, der Vertreter der Fakultät, von einer *Feuersbrunst*. Und als Dunkie Dunkle, dem Schülervertreter, der gleichzeitig Captain des Footballteams war, das Wort erteilt wurde, beschrieb er den Anblick als *Flammenmeer*. Und da wusste Woolly eindeutig, dass sich das Komitee, was immer er zu sagen hätte, auf die Seite des Thesaurus stellen würde.

Als Woolly das Wörterbuch wieder in den Karton legte, hörte er das Knarren eines Schrittes im Flur. Er drehte sich um und sah seine Schwester in der Tür – mit einem Baseballschläger in der Hand.

»Es tut mir leid, das mit dem Zimmer«, sagte Sarah.

Woolly und seine Schwester saßen in der Küche an dem kleinen Tisch, der in der Nische gegenüber dem Herd stand. Sie hatte sich schon entschuldigt, weil sie ihn mit einem Baseballschläger empfangen hatte, nachdem sie die Haustür sperrangelweit offen vorgefunden hatte. Jetzt entschuldigte sie sich dafür, dass sie ihm das Zimmer weggenommen hatte, das seins und doch nicht seins war. Sarah war der einzige Mensch in Woollys Familie, der sich entschuldigte und es ehrlich meinte. Nur kam es Woolly so vor, dass sie sich oft entschuldigte, obwohl sie keinen Grund dazu hatte. Wie jetzt.

»Nein«, sagte Woolly. »Du brauchst dich nicht zu entschuldigen. Ich finde es wunderbar, dass es das Kinderzimmer wird.«

»Wir dachten, wir stellen deine Sachen in das Zimmer bei der Hintertreppe. Da wärst du mehr für dich und könntest kommen und gehen, wie du möchtest.«

»Ja«, stimmte Woolly ihr zu. »Bei der Hintertreppe, das wäre Spitze.«

Woolly nickte zweimal und lächelte, dann senkte er den Blick auf den Tisch.

Sarah hatte Woolly oben an der Treppe umarmt, dann fragte sie ihn, ob er Hunger habe, und bot ihm an, ein Sandwich zu machen. Und das stand jetzt vor ihm: ein getoastetes Käsesandwich, in zwei Dreiecke geschnitten, eins, das nach oben zeigte, eins, das nach unten zeigte. Während Woolly auf das Sandwich blickte, merkte er, dass der Blick seiner Schwester auf ihm ruhte.

»Woolly«, sagte sie dann. »Warum bist du hier?«

Woolly sah auf.

»Ach, ich weiß auch nicht«, sagte er mit einem Lächeln. »Vergnügungstrip. Kleine Spritztour quer durchs Land. Mein Freund Duchess und ich haben nämlich Freigang bekommen, und da haben wir gedacht, wir fahren ein bisschen rum und besuchen Freunde und Familie.«

»Woolly ...«

Sarah seufzte so leise, dass Woolly es kaum hörte.

»Am Montag hat Mom angerufen, davor hatte der Direktor bei ihr angerufen. Ich weiß also, dass du keinen Freigang hast.«

Woolly blickte wieder auf das Sandwich.

»Dann habe ich den Direktor angerufen und mit ihm gesprochen. Und von ihm habe ich erfahren, dass du ein mustergültiges Mitglied der Gemeinschaft dort bist. Und weil du nur noch fünf Monate vor dir hast, würde er sich, wenn du umgehend und aus eigenem Antrieb zurückkämest, dafür einsetzen, dass die Auswirkungen auf ein Minimum reduziert würden. Kann ich ihn anrufen, Woolly? Kann ich ihm sagen, dass du auf dem Weg zurück bist?«

Woolly drehte den Teller so um, dass das Sandwichdreieck, das nach oben gezeigt hatte, jetzt nach unten zeigte, und das Dreieck, das nach unten gezeigt hatte, jetzt nach oben zeigte. Der Direktor hatte Mom angerufen, die Sarah angerufen hatte, die den Direktor angerufen hatte. Ein Lächeln breitete sich über Woollys Gesicht.

»Weißt du noch?«, fragte er. »Weißt du noch, wie wir *Stille Post* gespielt haben? Wir alle zusammen, im Landhaus?«

Einen Moment lang sah Sarah Woolly mit einem Ausdruck endloser Traurigkeit an. Aber das war nur kurz. Dann lächelte auch sie.

»Das weiß ich noch.«

Und so begann Woolly, sich für sie beide zu erinnern, denn er konnte nicht gut Fakten auswendig lernen, aber er war sehr gut darin, sich an Dinge zu erinnern.

»Weil ich der Jüngste war, kam ich immer als Erster dran«, sagte er. »Und dann habe ich mich an dein Ohr gelehnt und meinen Mund mit der Hand versteckt, damit niemand mich verstehen konnte, und habe geflüstert: *Die Kapitäne spielen Cribbage auf ihren Kuttern.* Du hast es an Kaitlin weitergeflüstert, Kaitlin an Dad, Dad an Cousine Penelope, und Cousine Penelope an Tante Ruthie, und so die ganze Runde herum, bis es bei Mutter ankam. Und dann sagte Mutter: *Die Comptons essen Krebse in der Küche.*«

Bei der Erinnerung an die verblüffte Miene, die der entstellte Satz unvermeidlich bei ihrer Mutter auslöste, brachen Bruder und Schwester in ein Lachen aus, das fast so laut und so fröhlich war wie damals, vor all den Jahren.

Dann waren sie still.

»Wie geht es ihr?«, fragte Woolly, den Blick auf das Sandwich gesenkt. »Wie geht es Mom?«

»Es geht ihr gut«, sagte Sarah. »Als sie anrief, war sie auf dem Weg nach Italien.«

»Mit Richard.«

»Er ist ihr Mann, Woolly.«

»Ja, natürlich«, sagte Woolly. »Natürlich, natürlich. In guten wie in schlechten Zeiten, in Krankheit und Gesundheit. Bis dass der Tod euch scheidet – aber auch keine Minute länger.«

»Woolly … es war nicht nur eine Minute.«

»Ich weiß, ich weiß.«

»Es war vier Jahre nach Vaters Tod. Du gingst noch zur Schule, Kaitlin und ich waren verheiratet, und sie war ganz allein.«

»Ich weiß«, sagte er wieder.

»Du brauchst Richard nicht zu mögen, Woolly. Aber du kannst unserer Mutter den Wunsch nach Gesellschaft und Begleitung nicht verdenken.«

Woolly sah seine Schwester an und dachte: *Du kannst deiner Mutter den Wunsch nach Gesellschaft und Begleitung nicht verdenken.* Und er fragte sich, wenn er Sarah diesen Satz ins Ohr flüsterte, und sie flüsterte ihn Kaitlin ins Ohr, und Kaitlin ihrem Vater, und immer so weiter im Kreis herum, was wäre aus dem Satz geworden, wenn er endlich bei seiner Mutter angekommen war?

# DUCHESS

Bei dem Cowboy vorm Gerichtsgebäude in Morgen und dem alttestamentarischen Ackerly war die ausgleichende Gerechtigkeit ziemlich leicht herzustellen gewesen. Sie folgte dem Muster eins minus eins beziehungsweise fünf minus fünf. Aber in Bezug auf Townhouse war die Berechnung etwas komplizierter.

Keine Frage, dass ich wegen des Fiaskos mit *Hondo* in seiner Schuld stand. Ich hatte an dem Abend den Regen nicht bestellt, und schon gar nicht war es meine Absicht gewesen, mich von einem Polizisten mitnehmen zu lassen, was aber nichts an der Tatsache änderte, dass Townhouse in Frieden sein Popcorn hätte essen und den Film hätte sehen können und dass er unbemerkt in den Schlafsaal zurückgekommen wäre, wenn ich über den Kartoffelacker zurück zum Heim gestapft wäre.

Man musste es Townhouse hoch anrechnen, dass er kein Aufhebens um die Sache machte, auch nicht, als Ackerly den Rohrstock rausholte. Und als ich mich entschuldigen wollte, zuckte er einfach die Schultern – wie jemand, der gelernt hat, dass er hin und wieder, ob verdient oder nicht, Prügel bekam. Trotzdem war er natürlich nicht glücklich über den Ausgang der Sache. Wäre ich in seiner Position gewesen, ginge es mir genauso, und ich wusste, dass ich für die Schläge, die er eingesteckt hatte, in seiner Schuld stand.

Kompliziert wurde die Berechnung durch die Sache mit Tommy Ladue. Tommy war der Sohn eines Mannes aus Oklahoma, der nicht den Durchblick gehabt hatte, in den Dreißigerjahren aus dem Staat Oklahoma wegzugehen, und sah immer so aus, als würde er Arbeitsklamotten tragen, auch wenn er es nicht tat.

Als Townhouse in unserem Schlafraum, Schlafraum vier, einen Platz in Emmetts Doppelstockbett bekam, passte das Tommy nicht. Er sei aus Oklahoma, sagte er, und deshalb der Meinung, dass Schwarze ihre eigenen Unterkünfte haben und separat von den anderen an ihren eigenen Tischen essen sollten, in der Gesellschaft ihresgleichen. Wenn man sich das Foto von Tommys Familie vor ihrem Farmhaus in Oklahoma ansah, fragte man sich allerdings, was die Ladues vor Leuten wie Townhouse unbedingt schützen wollten, aber dieser Gedanke kam Tommy nicht.

Als Townhouse am ersten Abend die ihm frisch ausgehändigten Klamotten in seinem Schließfach verstaute, kam Tommy zu ihm und stellte ein paar Dinge klar. Townhouse könne zwar jederzeit zu seinem Bett gehen, erklärte er, aber im westlichen Teil des Zimmers sei er nicht willkommen. Im Waschraum, wo es vier Waschbecken gab, habe er das am weitesten von der Tür entfernte zu benutzen, und was Blickkontakt anging, so solle er den auf ein Minimum beschränken.

Townhouse sah aus wie jemand, der seine Sache selbst vertreten konnte, aber Emmett duldete solche Reden nicht. Er sagte zu Tommy, ein Insasse sei ein Insasse und ein Waschbecken sei ein Waschbecken, und Townhouse könne sich jederzeit frei bewegen, wie die anderen auch. Wäre Tommy fünf Zentimeter größer, zehn Kilo schwerer und doppelt so mutig gewesen, hätte er Emmett vielleicht einen Kinnhaken versetzt, so aber zog er sich mit finsterer Miene in den westlichen Teil des Schlafraums zurück.

Das Leben auf einer Arbeitsfarm ist dazu angelegt, die Sinne der Arbeiter abzustumpfen. Man wird beim Morgengrauen geweckt und muss bis zum Sonnenuntergang arbeiten, man hat eine halbe Stunde Zeit zum Essen, eine halbe Stunde Freizeit, dann werden die Lichter ausgeschaltet. Wie die Ponys im Central Park mit ihren Scheuklappen soll man nicht mehr als die nächsten zwei Schritte vor sich sehen, aber wenn man unter umherziehenden Artisten, was so viel heißt wie in der Gesellschaft kleiner Diebe und Betrüger, aufgewachsen ist, hört man nicht einfach auf, Dinge zu beobachten.

Mir war aufgefallen, dass Tommy sich mit Bo Finlay angefreundet hatte, einem ähnlich wie er gesinnten Wärter aus Macon, Georgia, und ich hatte gehört, wie sie über dunkelhäutige Menschen herzogen, aber auch über Weiße, die sich für sie einsetzten. An einem Abend sah ich, wie Tommy zwei schmale blaue Kartons von Bo ausgehändigt bekam, und um zwei Uhr nachts beobachtete ich, wie Tommy auf Zehenspitzen durch den Schlafraum ging und die Kartons in Townhouse' Schließfach verstaute.

Deshalb war ich nicht besonders überrascht, als Ackerly auf seinem morgendlichen Rundgang, bei dem er von Bo und zwei anderen Wärtern begleitet wurde, verkündete, jemand habe aus der Küche gestohlen, noch war ich überrascht, als er in gerader Linie auf Townhouse zuging und ihn aufforderte, die Sachen aus seinem Fach auf sein schon gemachtes Bett zu legen, und am wenigsten überraschte es mich, dass alles, was Townhouse aus seinem Fach zutage förderte, seine Klamotten waren.

Hingegen gab es große Überraschung bei Bo und Tommy, und die war so groß, dass es ihnen nicht einfiel, jeden Blickkontakt zu meiden.

Bo konnte sich nicht zurückhalten, er schob Townhouse zur Seite und hob die Matratze von dessen Bett an, um zu sehen, was darunter versteckt war.

»Das reicht«, sagte der Direktor und sah nicht gerade glücklich aus.

Jetzt meldete ich mich zu Wort.

»Mr. Ackerly?«, sagte ich. »Wenn aus der Speisekammer etwas entwendet wurde und irgendein Schuft unsere Ehre mit der Anschuldigung befleckt, dass der Schuldige in Schlafraum Vier residiert, dann möchte ich anregen, dass Sie alle Fächer durchsuchen, denn nur so können Sie unseren guten Namen wiederherstellen.«

»Wir entscheiden, was zu tun ist«, sagte Bo.

»Ich entscheide, was zu tun ist«, sagte Ackerly. »Macht die Fächer auf.«

Auf Ackerlys Befehl gingen die Wärter von Bett zu Bett und öffneten alle Fächer, und siehe da, was sollten sie in Tommy Ladues Fach finden, wenn nicht eine nigelnagelneue Packung Oreos.

»Hast du dazu was zu sagen?«, fragte Ackerly, sah Tommy an und hielt die Keksschachtel hoch.

Ein kluger junger Mann hätte sich vielleicht nicht einschüchtern lassen und behauptet, diese blaue Schachtel habe er nie zuvor gesehen. Wäre er schlauer gewesen, hätte er vielleicht im Bewusstsein der technischen Aufrichtigkeit versichert: »Ich habe die Schachtel nicht in mein Fach getan.« Denn das stimmte ja. Aber Tommy sah vom Direktor zu Bo und platzte spontan heraus:

»Wenn ich derjenige war, der die Oreos genommen hat, wo ist dann die andere Schachtel?«

Ach, der Arme.

Am späteren Abend, während Tommy seine Strafe absaß und Bo anderweitig beschäftigt war, versammelten sich alle Insassen von Schlafraum Vier um mich herum und fragten mich, was da passiert sei. Und ich erzählte es ihnen. Ich erzählte, dass ich gesehen hätte, wie Tommy sich mit Bo anfreundete, dass sie in der Speisekammer etwas von Hand zu Hand gehen ließen und dass Tommy mitten in der Nacht den Beweis gepflanzt hatte.

»Aber wie sind die Kekse von Townhouse' Fach in das von Tommy gelangt?«, fragte ein unterbelichteter Junge wie auf ein Stichwort.

Zur Antwort betrachtete ich ausgiebig meine Fingernägel.

»Wollen mal sagen, sie sind da nicht zu Fuß hingekommen.«

Lautes Lachen von den Jungen.

Und Woolly Martin, den man niemals unterschätzen sollte, stellte die entscheidende Frage:

»Wenn Tommy zwei Schachteln von Bo bekommen hatte und eine der Schachteln in Tommys Fach gefunden wurde, wo ist dann die zweite Schachtel?«

An der Wand des Schlafraums hing ein großes grünes Brett, auf dem die Regeln und Gebote standen, die wir einzuhalten hatten. Ich griff dahinter, zog die Schachtel hervor und produzierte sie mit einer großen Geste.

»Voilà!«

Dann machten wir uns über die Kekse her, reichten die Schachtel von einem zum anderen und lachten über Tommys Dummheit und darüber, wie Bo unter der Matratze nachgeguckt hatte.

Aber als das Lachen verklang, schüttelte Townhouse den Kopf und sagte, das sei doch ziemlich riskant gewesen. Darauf sahen die Jungen mich mit einem Ausdruck von Neugier an. Warum hatte ich das getan?, fragten sie sich plötzlich. Warum war ich das Risiko eingegangen, mir Ärger mit Tommy und Bo einzuhandeln, um einen Mitinsassen, den ich kaum kannte, zu schützen? Dazu noch einen Schwarzen.

In dem Schweigen, das folgte, legte ich die Hand auf den Griff meines Schwerts und ließ meinen Blick über die Gesichter vor mir schweifen.

»Ein Wagnis eingegangen?«, begann ich. »Kein Wagnis wurde heute eingegangen, meine Freunde. Das Wagnis hat sich uns angeboten. Wir sind alle aus unterschiedlichen Landesteilen hergekommen, um unsere unterschiedlichen Strafen für die unterschiedlichen Vergehen abzuleisten. Aber angesichts der gemeinsam zu ertragenden Plagen bekommen wir die Gelegenheit, eine seltene und kostbare Gelegenheit, als Männer in Eintracht zu stehen. Lasst uns nicht vor dem zurückschrecken, was das Schicksal uns aufgegeben hat. Lasst es uns aufnehmen wie ein Banner und in die Bresche marschieren, und wenn wir nach Jahren zurückblicken, dann können wir sagen, dass wir zwar zu Tagen der niedersten Schufterei verurteilt waren, dass wir sie aber ungescheut und Schulter an Schulter gestanden haben, wir wenigen, wir beglücktes Häuflein Brüder.«

Oh, das Bild, das sie boten!

Sie waren gebannt, sage ich, sie hingen an meinen Lippen. Und als ich das mit dem »beglückten Häuflein Brüder« sagte, riefen sie laut ihre Zustimmung. Wäre mein alter Herr da gewesen, er hätte ein stolzes Gefühl gehabt, sofern seine Eifersucht nicht überhandgenommen hätte.

Nachdem sich alle gegenseitig auf die Schultern geklopft hatten und jeder wieder in sein Bett gestiegen war, ein Lächeln auf dem Gesicht und Kekse im Magen, kam Townhouse auf mich zu.

»Ich stehe in deiner Schuld«, sagte er.

Da hatte er recht. So war es.

Selbst wenn wir ein Häuflein Brüder waren.

Aber Monate später war da immer noch die Frage: Wie *groß* war seine Schuld? Hätte Ackerly die Kekse in dem Fach von Townhouse gefunden, wäre Townhouse derjenige gewesen, der eine Strafe in dem Schuppen hätte absitzen müssen, und zwar vier Tage, nicht nur zwei. Ich hatte also ein Guthaben, aber ehrlich gesagt reichte es nicht aus, um die acht Schläge mit dem Rohrstock auszugleichen, die Townhouse wegen der *Hondo*-Episode hatte erdulden müssen.

Diese Gedanken gingen mir durch den Kopf, als ich Woolly vor dem Haus seiner Schwester in Hastings-on-Hudson zurückließ, und beschäftigten mich auf dem ganzen Weg nach Harlem.

Townhouse hatte mir gesagt, er wohne in der 126. Straße, was ja einfach genug schien. Aber ich musste sechsmal die ganze Straße abfahren, bevor ich ihn fand.

Er saß oben auf den Stufen eines Brownstone-Hauses und hatte seine Freunde um sich versammelt. Ich hielt auf der anderen Straßenseite und sah mir die Sache durch die Windschutzscheibe an. Auf der Stufe unter Townhouse saß ein großer dicker Mann mit einem breiten Lächeln, darunter ein hellhäutiger Schwarzer mit Sommersprossen, und auf der untersten Stufe zwei Jungen, die gerade Teenager waren. Es sah aus wie eine militärische Aufstellung, mit dem Kapitän an der Spitze, dann dem Ersten Offizier und dem Zweiten Offizier, und unten zwei Fußsoldaten. Aber selbst wenn sie in umgekehrter Reihenfolge gesessen hätten, mit Townhouse ganz unten, hätte er die anderen dennoch überragt. Man fragte sich, was die Bande in der Zeit gemacht hatte, als er in Kansas war. Wahrscheinlich nägelkauend gewartet und die Tage bis zu seiner Entlassung gezählt. Jetzt hatte Townhouse die Führung wieder, und sie gaben ein Bild der Nonchalance ab, mit der sie jedem, der vorbeiging, zeigten, dass ihnen die Zukunft auch nicht wichtiger war als das Wetter.

Als ich über die Straße auf sie zuging, machten die Jungen auf der untersten Stufe ein paar Schritte auf mich zu, als würden sie mich gleich nach meinem Passwort fragen.

Ich sah über sie hinweg und lächelte Townhouse zu.

»Ist das hier eine der gefährlichen Straßen, von denen man sich erzählt?«

Als Townhouse mich erkannte, war seine Überraschung bestimmt so groß wie Emmetts vor ein paar Tagen.

»Grundgütiger«, sagte er.

»Kennst du diesen Witzbold?«, fragte der mit den Sommersprossen.

Townhouse und ich beachteten ihn nicht.

»Was machst du hier, Duchess?«

»Ich besuche dich.«

»Weswegen?«

»Komm runter, dann erklär ich es dir.«

»Townhouse kommt für niemanden runter«, sagte der Sommersprossige.

»Sei still, Maurice«, sagte Townhouse.

Ich sah Maurice verständnisvoll an. Er wollte einfach ein guter Soldat sein. Aber wenn er sagte »Townhouse kommt für niemanden runter«, dann hatte Townhouse keine Wahl, als genau das zu tun, und das musste der mit den Sommersprossen noch lernen. Denn Townhouse nahm von einem wie mir keine Befehle entgegen, aber von seinem Unteroffizier auch nicht.

Townhouse stand auf, und die Jungen wichen zur Seite, so wie das Rote Meer für Moses. Als er auf dem Gehweg angekommen war, sagte ich, ich freute mich, ihn zu sehen, aber er schüttelte mir bloß die Hand.

»Bist du ohne Erlaubnis abgehauen?«

»Gewissermaßen. Woolly und ich sind auf der Durchreise zu seinem Familienanwesen in Upstate New York.«

»Woolly ist bei dir?«

»Genau. Und er würde dich bestimmt gern sehen. Wir gehen morgen Abend in eine Vorstellung im Zirkus. Warum kommst du nicht auch?«

»Der Zirkus ist nicht unbedingt mein Ding, Duchess, aber richte Woolly bitte meine Grüße aus.«

»Das mache ich.«

»Also gut«, sagte Townhouse dann. »Was ist so wichtig, dass du dafür nach Harlem rausgekommen bist?«

Ich sah ihn mit der zerknirschten Miene eines Sünders an.

»Es hat mit der *Hondo*-Geschichte zu tun.«

Townhouse sah mich verständnislos an.

»Du weißt. Der John-Wayne-Film, den wir uns an einem regnerischen

Abend in Salina angucken wollten. Du hast meinetwegen Prügel bekommen.«

Bei dem Wort »Prügel« verging den Townhouse-Jungen jeder Ausdruck von Gleichgültigkeit, so als wäre eine elektrische Strömung die Stufen hinaufgerannt. Der Dicke war offenbar zu gut isoliert, um den Stromschlag in voller Kraft zu spüren, denn er rutschte nur ein bisschen auf seinem Platz herum, aber der mit den Sommersprossen stand auf.

»Prügel?«, fragte der Dicke lächelnd.

Ich sah, dass Townhouse dem Dicken am liebsten gesagt hätte, er solle die Klappe halten, aber sein Blick war weiterhin auf mich gerichtet.

»Vielleicht habe ich Prügel bekommen, Duchess, und vielleicht nicht. Aber so oder so verstehe ich nicht, warum du dir deswegen Gedanken machst.«

»Ich sage ja nicht, dass du nicht für dich selbst eintreten kannst, Townhouse. Aber mal ehrlich: Du hättest die Prügel, die du bekommen hast oder auch nicht, nicht bekommen, wenn ich nicht mit einem Bullen im Auto mitgefahren wäre.«

Wieder ging ein Stromschlag die Stufen hinauf.

Townhouse atmete tief ein und sah fast sehnsuchtsvoll die Straße entlang, als wünschte er sich in eine Zeit zurück, zu der das Leben leichter war. Aber er widersprach mir nicht. Es gab auch nichts zu widersprechen. Ich hatte die Lasagne zubereitet, und er musste die Küche sauber machen. So einfach war das.

»Und jetzt?«, fragte er. »Sag bloß nicht, du bist den ganzen Weg hierhergekommen, um dich zu entschuldigen.«

Ich lachte.

»Nein, von Entschuldigungen halte ich nicht viel. Meistens kommen sie zu spät und nicht von Herzen. Ich hatte etwas Handfesteres im Sinn. Eine Art Bereinigung.«

»Bereinigung.«

»Genau.«

»Und wie stellst du dir das vor?«

»Wenn es nur um den Trip zum Kino ginge, könnte es Schlag um Schlag sein. Acht minus acht, und wir wären quitt. Aber dann wärst du mir noch für die Oreo-Geschichte schuldig.«

»Die Oreo-Geschichte?«, sagte der Dicke, und sein Lächeln wurde noch breiter.

»Sie steht zwar nicht in derselben Rangordnung wie Schläge mit dem Rohrstock«, fuhr ich fort, »aber zählen sollte sie doch. Statt acht minus acht könnten wir uns vielleicht auf acht minus fünf einigen. Also, wenn du dreimal zulangst, sind wir nach meiner Rechnung quitt.«

Die Jungen auf den Stufen sahen mich ungläubig an. In Dingen der Ehre ist diese Wirkung oft auf den gemeinen Menschen zu beobachten.

»Du willst eine Schlägerei mit mir«, stellte Townhouse fest.

»Nein«, sagte ich und winkte ab. »Keine *Schlägerei.* Das würde ja bedeuten, dass ich zurückschlage. Ich werde einfach dastehen und dir erlauben, dreimal zuzuschlagen. Widerspruchslos.«

»Du willst, dass ich dich schlage?«

»Dreimal«, sagte ich.

»Was ist das für ein Scheiß?«, sagte der mit den Sommersprossen. Anscheinend hatte sich sein Staunen in eine Art Feindseligkeit verwandelt.

Aber der Dicke oben auf den Stufen erbebte in lautlosem Gelächter. Townhouse drehte sich zu ihm um.

»Was sagst du, Otis?«

Otis wischte sich die Tränen aus den Augen und schüttelte den Kopf.

»Ich weiß auch nicht, T. Einerseits klingt es ganz schön abgedreht. Aber andererseits, wenn ein weißer Junge den ganzen Weg von Kansas hierher kommt und von dir verprügelt werden will, dann musst du's ihm geben, finde ich.«

Otis lachte weiter lautlos in sich hinein, während Townhouse einfach nur den Kopf schüttelte. Er hatte keine Lust dazu. Das merkte ich. Und hätten nur wir zwei dagestanden, hätte er mich wahrscheinlich ohne Satisfaktion davongeschickt. Aber Maurice sah mich mit einem Ausdruck aufgesetzter Empörung an.

»Wenn du ihn nicht schlägst, dann tu ich das«, sagte er.

Townhouse drehte sich langsam zu Maurice um.

»Maurice«, sagte er, »bloß weil du mein Cousin bist, heißt das nicht, dass ich dir nicht in die Fresse schlagen würde, damit du still bist.«

Darauf stieg Maurice die Farbe ins Gesicht, dass seine Sommersprossen fast verschwanden. Und dann war er es, der in die Ferne blickte und sich nach einfacheren Zeiten sehnte.

Ich hatte ein bisschen Mitleid mit ihm, weil er vor allen Anwesenden runtergeputzt wurde, aber ich merkte auch, dass seine unklugen Bemerkungen Townhouse ein wenig in Rage versetzt hatten, und das war ja gut.

Ich reckte mein Kinn und zeigte drauf.

»Schlag einfach zu, T. Was hast du zu verlieren?«

Townhouse verzog das Gesicht, als ich ihn T. nannte, und damit hatte ich gerechnet.

Auf keinen Fall wollte ich Townhouse respektlos behandeln, aber ich musste ihn dazu bringen, dass er gegen mich ausholte. Nach dem ersten Schlag würden ihm die nächsten leichter fallen. Denn obwohl er kein Aufhebens machte, hegte er doch einen kleinen Groll gegen mich, da war ich mir sicher.

»Jetzt mach schon«, sagte ich und wollte ihn wieder T. nennen. Aber bevor ich Gelegenheit dazu hatte, schlug er zu. Der Schlag landete an der richtigen Stelle, trotzdem taumelte ich nur ein bisschen, als hätte Townhouse nicht alles hineingelegt.

»Na, siehst du«, sagte ich ermutigend. »Das war doch schon ganz gut. Aber wie wär's mit mehr Nachdruck beim nächsten Mal, mehr Joe Louis.«

Und das machte er dann auch. Ich meine, der Schlag kam aus dem Nichts. Einen Moment stehe ich vor ihm und provoziere ihn, im nächsten liege ich auf dem Gehweg und nehme den speziellen Geruch wahr, den man nur riecht, wenn man einen auf den Schädel gedonnert bekommen hat.

Ich stemmte mich mit beiden Händen vom Asphalt hoch, stellte mich auf die Füße und ging wieder zu der Stelle, so wie Emmett.

Die Jungen waren völlig aus dem Häuschen.

»Gib's ihm, Townhouse«, riefen sie.

»Er will es so«, rief Maurice.

»Heilige Maria«, sagte der Dicke ungläubig.

Obwohl sie alle auf einmal gesprochen hatten, konnte ich jeden ganz deutlich hören. Nicht aber Townhouse. Er konnte sie nicht hören, weil er nämlich nicht in der 126. Straße war, sondern wieder in Salina, in dem Moment, den zu vergessen er sich fest vorgenommen hatte, als nämlich Ackerly den Rohrstock auf ihn niederdonnern ließ und wir anderen zusehen mussten. Jetzt brannte in Townhouse das Feuer der Gerechtigkeit. Das Feuer der Gerechtigkeit, das dem ungerecht behandelten Geist Frieden gibt und einen Ausgleich schafft.

Der dritte Schlag war ein Uppercut und warf mich wieder auf den Gehweg.

Wunderbar ausgeführt, das muss man schon sagen.

Townhouse trat zwei Schritte zurück, schwer atmend nach der Anstrengung, und der Schweiß stand ihm auf der Stirn. Dann ging er noch einen Schritt zurück, als hätte er Angst, wenn er zu nah blieb, würde er wieder auf mich einschlagen, immer wieder, bis er nicht mehr aufhören konnte.

Ich winkte ihm zu, zum Zeichen, dass ich aufgab, dann, indem ich darauf achtete, dass das Blut nicht aus meinem Kopf wich, richtete ich mich langsam auf.

»So habe ich es gemeint«, sagte ich, nachdem ich das Blut im Mund ausgespuckt hatte.

»Jetzt sind wir quitt«, sagte Townhouse.

»Jetzt sind wir quitt«, bestätigte ich und streckte ihm die Hand hin.

Townhouse starrte sie einen Moment lang an. Dann ergriff er sie fest und sah mir in die Augen, als wären wir die Präsidenten von zwei Ländern, die soeben, nach Generationen der Zwistigkeiten, einen Waffenstillstand unterschrieben hätten.

In dem Moment waren wir den Jungen haushoch überlegen, und das verstanden sie. Man sah es an dem Ausdruck von Respekt bei Otis und den Jungen, und an dem niedergeschlagenen Ausdruck von Maurice.

Maurice tat mir leid. Nicht Manns genug, ein Mann zu sein, aber auch kein Kind mehr, nicht schwarz genug, um ein Schwarzer zu sein, und nicht weiß genug, um als Weißer durchzugehen. Maurice hatte es schwer, sich in der Welt einzuordnen. Am liebsten wäre ich ihm durch die Haare gefahren und hätte ihm versichert, dass eines Tages alles ins Lot kommen würde. Aber jetzt war es Zeit zu gehen.

Ich ließ Townhouse' Hand los und tippte mir an die Stirn.

»Wir sehen uns, Partner«, sagte ich.

»Klar«, sagte Townhouse.

Es war ein gutes Gefühl gewesen, die Außenstände mit dem Cowboy in Morgen und Ackerly auszugleichen, denn ich wusste, dass ich eine kleine Rolle bei der Herstellung von Gerechtigkeit gespielt hatte. Aber das Gefühl war nichts im Vergleich mit der Befriedigung, die ich empfand, als ich Townhouse die Gelegenheit gab, seine Außenstände mit mir zu begleichen.

Schwester Agnes hatte immer gesagt, gute Taten könnten zur Gewohnheit werden. Und vermutlich hatte sie recht, denn nachdem ich den Kindern im Waisenhaus Sallys Marmelade geschenkt hatte, wollte ich jetzt noch nicht gehen.

»He, Maurice«, rief ich.

Er sah mich mit einem niedergeschlagenen Ausdruck an, aber auch ein wenig verunsichert.

»Siehst du den babyblauen Studebaker da drüben?«

»Ja?«

»Er ist deiner.«

Ich warf ihm die Schlüssel zu.

Zu gern hätte ich seinen Gesichtsausdruck gesehen, als er die Schlüssel fing. Aber ich hatte mich schon abgewandt und ging mitten auf der 126. Straße entlang, die Sonne hinter mir, und mein Gedanke war: *Harrison Hewett, jetzt bist du dran.*

# EMMETT

Um Viertel vor acht saß Emmett in einem schäbigen Saloon am Rande Manhattans, ein Glas Bier und ein Foto von Harrison Hewett vor sich auf dem Tresen.

Emmett nahm einen Schluck von dem Bier und sah sich das Foto genau an. Es zeigte einen gutaussehenden Vierzigjährigen im Profil, den Blick in die Ferne gerichtet. Duchess hatte nie gesagt, wie alt sein Vater war, aber den Geschichten nach zu urteilen hatte Mr. Hewetts Karriere in den Zwanzigerjahren angefangen. Und hatte Schwester Agnes nicht vermutet, er sei um die fünfzig gewesen, als er Duchess 1944 im Waisenhaus abgegeben hatte? Demnach wäre er inzwischen sechzig, und das Foto wäre zwanzig Jahre alt. Möglicherweise war es vor Duchess' Geburt aufgenommen worden.

Da das Foto alt war und der Mann darauf noch ziemlich jung, konnte Emmett die Familienähnlichkeit darauf mühelos erkennen. Duchess hatte von seinem Vater gesagt, er habe die Nase, das Kinn und den Hunger eines John Barrymore. Duchess hatte vielleicht nicht den Hunger geerbt, wohl aber die Nase und das Kinn. Und er hatte einen helleren Teint, was vielleicht auf seine Mutter, wer immer sie war, zurückzuführen war.

Mr. Hewett mochte gut aussehen, aber Emmett sah ihn mit einem gewissen Widerwillen als den Mann um die fünfzig, der mit einem hübschen Mädchen auf dem Beifahrersitz davonfuhr, nachdem er seinen achtjährigen Sohn abgegeben hatte.

Schwester Agnes hatte recht mit der Beobachtung, dass Emmett wütend war, weil Duchess das Auto genommen hatte. Und Emmett wusste, dass sie auch recht hatte mit der Bemerkung, dass Duchess am allermeisten einen Freund brauchte, der ihn wenn nötig vor sich selbst rettete. Ob Emmett der Aufgabe gewachsen war, blieb abzuwarten. Erst mal musste er Duchess finden.

Als Emmett an dem Morgen um sieben Uhr aufgewacht war, machte Stew sich bereits am Lager zu schaffen.

Stew bemerkte ihn und zeigte auf eine umgestülpte Kiste, auf der eine Schüssel, eine Kanne mit heißem Wasser, Seife, ein Rasiermesser und ein Handtuch bereitstanden. Emmett zog das Hemd aus, wusch sich den Oberkörper und rasierte sich. Nach einem Frühstück, bestehend aus Bacon und Spiegeleiern, für das er selbst bezahlte, und Ulysses' abermaliger Versicherung, dass Billy bei ihm in guten Händen sei, stieg Emmett, Stews Anweisungen folgend, durch eine Lücke im Zaun und eine umgitterte Metalltreppe hinab von der Elevated zur 14. Straße. Kurz nach acht stand er an der Ecke der Tenth Avenue und richtete den Blick nach Osten; er wiegte sich in der Gewissheit, dass er den ganzen langen Tag vor sich hatte.

Aber Emmett unterschätzte die Schwierigkeiten, die er zu meistern hatte. Er unterschätzte die Zeit, die er brauchte, um zur Seventh Avenue zu kommen. Er unterschätzte, wie schwer es war, den Eingang zur Subway zu finden, und verpasste ihn zweimal. Er unterschätzte, wie schwer es war, sich zu orientieren, wenn man erst unter der Erde war, in einem Gewirr von Tunneln und Treppen und inmitten von eiligen Menschen.

Nachdem er von dem Strom der Pendler einmal um die eigene Achse gedreht worden war, fand er endlich den Schalter für die Tokens, er fand eine Karte des Subway-Systems, auf der er die Linie unter der Seventh Avenue fand, und er zählte fünf Haltestellen bis zur 42. Straße, und jeder dieser Schritte brachte neue Frustrationen und Demütigungen.

Als Emmett die Treppe zum Bahnsteig herunterkam, bestiegen die Passagiere gerade den Zug. Er stellte sich dazu und wurde in einen Wagen geschoben. Als sich die Türen schlossen, war Emmett Schulter an Schulter eingeklemmt zwischen Menschen und hatte das befremdliche Gefühl, sowohl allseits sichtbar zu sein als auch übersehen zu werden. Alle Passagiere schienen einen festen Punkt gewählt zu haben, auf den sie mit präzisem, aber leerem Blick starrten, und Emmett machte es genauso. Er starrte auf eine Reklame für Lucky-Strike-Zigaretten und fing an, die Stationen zu zählen.

Bei den ersten beiden schien es ihm, dass ungefähr gleich viele Menschen aus- wie einstiegen. An der dritten Station stiegen hauptsächlich Menschen aus, und an der vierten stiegen so viele Menschen aus, dass Emmett fast allein übrig blieb. Er versuchte, durch das schmale Fenster auf den Bahnsteig zu sehen und las mit einem leicht beklommenen Gefühl, dass die Station Wall Street hieß. Als er an der 14. Straße die Subway-Karte studiert hatte, waren ihm die Namen der Stationen zwischen ihm und seinem Ziel nicht wichtig erschienen, aber er war sich ziemlich sicher, dass keine davon Wall Street hieß.

War die Wall Street nicht im Süden von Manhattan?

Er trat an die Karte, die in einem Schaukasten im Subway-Wagen hing, und fuhr mit dem Finger an der Linie unter der Seventh Avenue entlang. Als er die Station Wall Street fand, stellte er fest, dass er in seiner Eile einen Expresszug in Richtung Süden bestiegen hatte, statt den Local nach Norden. Doch da waren die Türen schon wieder geschlossen, und ein weiterer Blick auf die Karte machte deutlich, dass der Zug in der nächsten Minute unter dem East River nach Brooklyn fahren würde.

Emmett setzte sich auf einen der leeren Plätze und schloss die Augen. Wieder einmal war er um hundertachtzig Grad in die falsche Richtung unterwegs, und diesmal lag der Fehler allein bei ihm. Zu jedem Zeitpunkt auf seiner Fahrt hätte er jemanden um Auskunft bitten können, er hätte jemanden finden können, der ihm die richtige Treppe und den richtigen Bahnsteig zeigte. Aber er hatte sich geweigert, jemanden anzusprechen. In diesem Moment der Selbsterkenntnis erinnerte Emmett sich daran, wie harsch er seinen Vater kritisiert hatte, der sich störrisch weigerte, Farmer aus der Gegend, die mehr Erfahrung hatten, um Rat zu bitten. Als würde er dadurch seine Männlichkeit einbüßen. Sich auf sich selbst zu verlassen, konnte auch Dummheit sein.

Als er auf dem Weg zurück nach Manhattan war, nahm er sich fest vor, diesen Fehler nicht noch einmal zu machen. Deshalb fragte er an der Subway-Station Times Square den Mann am Schalter, welcher Ausgang ihn in Richtung Süden führen würde, und an der Ecke der 42. Straße fragte er den Mann in einem Zeitungsstand, wo das Statler Building sei, und beim Statler Building fragte er den Mann am Empfangstisch nach den größten Theateragenturen.

Als Emmett im dreizehnten Stock bei der Tristar Talent Agency ankam, warteten im Vorraum schon acht Menschen: vier Männer mit Hunden, zwei mit Katzen, eine Frau mit einem Schimpansen an der Leine, ein Mann im Dreiteiler und Bowler, auf dessen Schulter ein exotischer Vogel saß und der mit der Frau am Empfangstisch sprach. Als er fertig war, trat Emmett an den Tisch.

»Ja bitte?«, fragte die Rezeptionistin, als langweilte sie das, was Emmett sie fragen würde, schon jetzt.

»Ich möchte Mr. Lehmberg sprechen.«

Sie nahm einen Bleistift aus einem Behälter und hielt ihn über einen Block.

»Name?«

»Emmett Watson.«

Der Bleistift kratzte übers Papier.

»Tier?«

»Keins, tut mir leid.«

Sie blickte auf und sprach mit einem Ausdruck übertriebener Geduld.

»Was für ein Tier haben Sie dabei?«

»Ich habe kein Tier dabei.«

»Wenn in Ihrem Auftritt kein Tier ist, sind Sie hier an der falschen Stelle.«

»Ich habe auch keinen Auftritt«, erklärte Emmett. »Ich möchte mit Mr. Lehmberg in einer anderen Angelegenheit sprechen.«

»Hier geht es immer der Reihe nach, junger Mann. Wenn Sie mit Mr. Lehmberg in einer anderen Angelegenheit sprechen wollen, müssen Sie an einem anderen Tag noch einmal kommen.«

»Es würde nur ein paar Minuten dauern …«

»Warum setzt du dich nicht einfach hin, Jungchen«, sagte ein Mann, der eine Bulldogge an der Leine hielt.

»Vielleicht muss ich gar nicht mit Mr. Lehmberg sprechen, und Sie können mir helfen.«

Die Miene der Rezeptionistin drückte ernste Zweifel aus.

»Ich suche jemanden, der früher einmal ein Klient von Mr. Lehmberg war. Ein Schauspieler. Ich möchte gern seine Adresse herausfinden.«

»Sehe ich aus wie ein Telefonbuch?«

»Nein, Madam.«

Als einige der Artisten hinter ihm lachten, spürte Emmett, wie ihm die Röte ins Gesicht stieg.

Die Rezeptionistin steckte den Bleistift wieder in den Behälter, nahm den Telefonhörer und wählte eine Nummer.

Da Emmett hoffte, dass sie mit Mr. Lehmberg sprechen würde, blieb er an der Theke stehen. Aber als am anderen Ende abgenommen wurde, begann die Rezeptionistin mit einer Person, die Gladys hieß, über eine Fernsehshow zu reden. Emmett mied es, die anderen Artisten anzusehen, und ging wieder in den Flur, wo sich gerade die Aufzugtüren schlossen.

Doch bevor sie komplett geschlossen waren, erschien eine Schirmspitze in dem Spalt. Im nächsten Moment öffneten sich die Türen wieder, und der Mann mit dem Bowler und dem Vogel auf der Schulter war zu sehen.

»Danke«, sagte Emmett.

»Keine Ursache«, sagte der Mann.

Es hatte am Morgen nicht nach Regen ausgesehen, sodass Emmett annahm, der Schirm sei Teil der Nummer des Mannes. Emmett hob den Blick und bemerkte, dass der Mann ihn erwartungsvoll ansah.

»Erdgeschoss?«, fragte er.

»Oh, Entschuldigung. Nein.«

Emmett holte aus seiner Tasche die Liste der Namen, die der Mann am Eingang ihm gegeben hatte.

»Fünfter Stock, bitte.«

»Aha.«

Der Herr drückte den entsprechenden Knopf. Dann griff er in die Tasche seines Jacketts, holte eine Erdnuss heraus und hielt sie dem Vogel auf seiner Schulter hin. Der Vogel stellte sich auf einen Fuß und nahm die Erdnuss mit der Klaue des anderen Fußes.

»Danke, Mr. Morton«, krächzte er.

»Ganz mein Vergnügen, Mr. Winslow.«

Emmett sah zu, wie der Vogel die Erdnuss mit faszinierender Behändigkeit knackte, und Mr. Morton nahm Emmetts Interesse zur Kenntnis.

»Ein afrikanischer Graupapagei«, sagte er lächelnd. »Einer der intelligentesten unter unseren gefiederten Freunden. Mr. Winslow hier hat einen Wortschatz von einhundertzweiundsechzig Wörtern.«

»Einhundertdreiundsechzig.«

»Ach wirklich, Mr. Winslow? Und was ist das einhundertdreiundsechzigste Wort?«

»ASPCA.«

Der Mann hüstelte verlegen.

»Das ist kein Wort, Mr. Winslow. Das ist ein Akronym.«

»Akronym«, krächzte der Vogel. »Einhundertvierundsechzig!«

Erst als der Mann ein wenig traurig lächelte, begriff Emmett, dass dieser kleine Wortwechsel Teil der Nummer war.

Der Aufzug hielt im fünften Stock, und die Türen gingen auf. Emmett bedankte sich und stieg aus, aber als die Türen sich zu schließen begannen, steckte Mr. Morton abermals die Schirmspitze in den Spalt. Und als die Türen wieder aufgingen, trat Mr. Morton heraus und ging zu Emmett.

»Ich möchte nicht aufdringlich sein, junger Mann, aber ich konnte nicht umhin mitzuhören, als Sie Ihr Anliegen in Mr. Lehmbergs Büro vortrugen. Sie wollen jetzt nicht zufällig bei Mr. McGinley von McGinley & Co. vorsprechen?«

»Doch, das habe ich vor«, sagte Emmett überrascht.

»Darf ich Ihnen dann einen freundlichen Rat geben?«

»Sein Rat ist Goldes wert«, krächzte der Vogel, »und nie verkehrt.«

Als Mr. Morton seinen Vogel mit einem trübsinnigen Blick ansah, brach Emmett in Lachen aus. Es war das erste Mal seit langem, dass er aus vollem Halse lachte.

»Ich würde mich über jeden Rat freuen, den Sie mir geben können, Mr. Morton.«

Der Mann lächelte und zeigte mit dem Regenschirm den Flur entlang auf zwei identische Türen.

»Wenn Sie in Mr. McGinleys Büro kommen, finden Sie dort Miss Cravitts, eine Rezeptionistin, die nicht hilfsbereiter ist als Mrs. Burk. Die Damen, die an den Empfangstischen in diesem Gebäude herrschen, sind von Natur aus zurückhaltend, ja, man könnte sagen, sie seien nicht geneigt zu helfen. Das klingt vielleicht ein bisschen streng, aber man muss verstehen, dass sie von morgens bis abends dem Ansturm von Artisten und Künstlern jedweder Beschreibung ausgesetzt sind, die einen Termin mit einem Agenten ergattern wollen. Im Statler Building sind die Damen Cravitts und Burk das, was zwischen dem Anschein von Ordnung und dem Kolosseum steht. Und wenn diese Damen den Artisten mit Strenge begegnen müssen, so trifft das noch mehr auf solche zu, die Namen und Adressen suchen …«

Mr. Morton setzte die Spitze des Regenschirms auf den Boden und stützte sich auf den Griff.

»Denn hinter jedem Artisten, den ein Agent vertritt, sind mindestens fünf Gläubiger her: empörte Zuschauer, verlassene Ehefrauen, betrogene Restaurantbesitzer. Es gibt nur eine Sorte von Menschen, denen diese Torhüter mit einem Anflug von Höflichkeit begegnen, und das sind diejenigen, die Geld einzubringen versprechen und auf der Suche nach einem Talent für eine Broadway-Show oder eine Bar-Mizwa sind. Wenn Sie also in Mr. McGinleys Büro vorsprechen, wäre es mein Rat, dass Sie sich als Produzent vorstellen.«

Während Emmett diesen Ratschlag erwog, musterte der Mann ihn diskret.

»Ich sehe an Ihrer Miene, dass Ihnen die Idee, sich unter falschen Angaben vorzustellen, widerstrebt. Aber Sie sollten sich erkühnt fühlen von dem Gedanken, dass derjenige, der innerhalb des Statler Buildings zu einer geschickten Verstellung fähig ist, eine besonders gelungene Vorstellung gibt.«

»Vielen Dank«, sagte Emmett.

Mr. Morton nickte. Dann fiel ihm noch etwas ein, und er hob den Finger.

»Der Künstler, nach dem Sie suchen, hatte er eine Spezialität?«

»Er ist Schauspieler.«

»Aha.«

»Was meinen Sie?«

Mr. Morton machte eine vage Handbewegung.

»Ihr Erscheinungsbild. Ihr Alter und Ihre Bekleidung. Man könnte sagen, Ihr Erscheinungsbild widerspricht dem, was man von einem Theaterproduzenten erwartet.«

Mr. Morton musterte Emmett ein bisschen forscher, dann lächelte er.

»Mein Vorschlag ist, dass Sie sich als Sohn eines Rodeo-Besitzers vorstellen.«

»Der Mann, den ich suche, ist Shakespeare-Schauspieler.«

Mr. Morton lachte.

»Umso besser«, sagte er.

Als er wieder lachte, stimmte sein Papagei mit ein.

Bei seinem Besuch im Büro von McGinley & Co. befolgte Emmett Mr. Mortons Ratschläge aufs Genaueste, und es wurde ihm gelohnt. Als er den Warteraum betrat, der schon voll war mit jungen Müttern und rothaarigen Kindern, sprach die Rezeptionistin mit demselben ungehaltenen Ausdruck, der ihm schon bei Tristar Talent begegnet war. Aber nachdem er erklärt hatte, dass sein Vater einen fahrenden Rodeo-Betrieb habe und Artisten einstellen wolle, hellte sich ihre Miene auf.

Sie stand auf, strich sich den Rock glatt und führte Emmett in einen zweiten Wartesaal, der kleiner war, in dem es aber bessere Stühle, einen Trinkwasserspender und keine anderen Wartenden gab. Zehn Minuten später wurde Emmett in Mr. McGinleys Büro geführt, wo man ihn wie einen alten Bekannten begrüßte und ihm ein Getränk anbot.

»Also«, sagte Mr. McGinley und setzte sich wieder hinter seinen Schreibtisch, »von Alice höre ich, dass Sie jemanden für Ihr Rodeo suchen.«

Emmett hatte angesichts Mr. Mortons Bemerkung, einen Shakespeare-

Schauspieler für ein Rodeo zu suchen, sei eine besonders gute Idee, seine Zweifel gehabt. Deswegen erklärte er die Sache mit einigem Zögern. Aber kaum hatte er zu Ende gesprochen, da klatschte Mr. McGinley begeistert in die Hände.

»Eine hübsche Drehung, das muss ich schon sagen! Artisten, die sich beklagen, sie würden als dies oder jenes abgestempelt, gibt es jede Menge. Aber die Produzenten machen den Fehler, dass sie ihr *Publikum* abstempeln, nicht die Artisten. Unser Publikum will immer nur das, sagen sie zu uns. Dabei ist es sehr wahrscheinlich, dass der geneigte Theaterbesucher manchmal etwas Derberes zu sehen bekommen möchte, während der begeisterte Rodeo-Besucher auch gern mal ein bisschen *Savoir-faire* erleben würde!«

Mr. McGinley strahlte übers ganze Gesicht. Dann wurde er wieder ernst und legte seine Hand auf einen Stapel Ordner auf seinem Schreibtisch.

»Seien Sie versichert, Mr. Watson, dass Ihre Sorgen ein Ende haben. Denn ich habe ein Heer von feinen Shakespeare-Schauspielern zu meiner Verfügung, von denen vier auch reiten können und zwei schießen!«

»Vielen Dank, Mr. McGinley. Aber ich suche nach einem ganz speziellen Shakespeare-Schauspieler.«

Mr. McGinley lehnte sich mit aufmerksamer Miene vor.

»Speziell inwiefern? Britisch? Mit klassischer Ausbildung? Ein Tragöde?«

»Ich suche nach einem Rezitator, den mein Vater vor einigen Jahren bei einer Vorstellung erlebt und den er nie vergessen hat. Er heißt Harrison Hewett.«

Mr. McGinley tippte dreimal leise auf seinen Schreibtisch.

»Hewett?«

»Ja, richtig.«

Er tippte noch einmal auf den Schreibtisch und drückte dann auf den Knopf der Gegensprechanlage.

»Alice? Bringen Sie mir den Ordner zu Harrison Hewett.«

Einen Moment später kam Alice herein und gab Mr. McGinley einen Ordner, der nicht mehr als ein einzelnes Blatt Papier enthalten konnte.

Mr. Mc Ginley warf einen kurzen Blick hinein und legte den Ordner auf den Schreibtisch.

»Harrison Hewett, eine ausgezeichnete Wahl, Mr. Watson. Ich verstehe, warum Ihr Vater ihn nie vergessen hat. Ein Mann, der künstlerische Herausforderungen nicht scheut, und ich bin zuversichtlich, dass er die Gelegenheit, in Ihrer Revue aufzutreten, nur allzu gern ergreifen wird. Aber ich möchte von vornherein klarstellen, dass wir Mr. Hewett auf kooperativer Basis vertreten.«

Laut Mr. Mortons Einschätzung standen die Chancen, dass Mr. McGinley genau das sagen würde, höher als fünfzig Prozent.

»Wenn ein Agent erklärt, er vertrete einen Künstler auf kooperativer Basis, bedeutet das, dass er ihn gar nicht vertritt. Aber das ist kein Grund zur Aufregung. Die Agenten im Statler Building sind im Allgemeinen der Auffassung, wenn sie einen Spatz in der Hand haben, geben sie gern zehn Prozent an die Taube auf dem Dach ab. Deshalb hat jeder Agent eine aktive Liste der Künstler, die von seinen Konkurrenten vertreten werden, und so kann man für eine entsprechende Beteiligung einen Interessenten innerhalb des Gebäudes eine Treppe nach oben oder nach unten schicken.«

In Emmetts Fall war das eine Fahrt in den elften Stock zu einem Mr. Cohen. Da Mr. McGinley gleich bei Mr. Cohen angerufen hatte, wurde Emmett an der Tür begrüßt und umgehend in den inneren Warteraum geführt. Zehn Minuten später brachte jemand ihn in Mr. Cohens Büro, wo er wiederum wie ein alter Bekannter begrüßt wurde und ein Getränk angeboten bekam. Auch diesmal wurde die Idee, einen Shakespeare-Schauspieler in eine Rodeo-Show aufzunehmen, als genial begrüßt. Aber als diesmal der Summer gedrückt und ein Ordner hereingebracht wurde, war dieser fast fünf Zentimeter dick und voll mit vergilbten Zeitungsausschnitten und Programmheften und jeder Menge veralteter Fotos, von denen Emmett eins ausgehändigt bekam.

Nachdem Mr. Cohen versichert hatte, dass Mr. Hewett (übrigens ein guter Freund von Will Rogers) hocherfreut über diese Gelegenheit sein würde, fragte er Emmett, wie man ihn erreichen könne.

Gemäß den Instruktionen von Mr. Morton erklärte Emmett, er würde am nächsten Morgen die Stadt verlassen und wolle die Details auf der Stelle aushandeln. Daraufhin entstand im Büro ein Rausch von Aktivitäten, in dem Bedingungen geklärt und Verträge aufgesetzt wurden.

»Wenn es zu einem Vertrag kommt«, hatte Emmett Mr. Morton gefragt, »soll ich den dann unterschreiben?«

»Unterschreiben Sie ruhig alles, was Sie vorgelegt bekommen, mein Junge. Achten Sie darauf, dass der Agent auch unterschreibt. Verlangen Sie zwei Ausfertigungen für Ihre Unterlagen. Sobald ein Agent Ihre Unterschrift hat, würde er Ihnen ohne weiteres die Schlüssel zum Haus seiner Mutter aushändigen.«

Die Adresse, die Emmett von Mr. Cohen bekam, führte ihn zu einem schäbigen Hotel in einer schäbigen Straße im Südteil von Manhattan. Der höfliche Mann in Zimmer zweiundvierzig erklärte Emmett zu dessen Enttäuschung, dass Mr. Hewett nicht mehr hier wohne, aber Emmett erfuhr auch, dass Mr. Hewetts Sohn am Morgen zuvor da gewesen sei und die Nacht im Hotel verbracht habe.

»Vielleicht ist er noch da«, sagte der Herr.

Am Empfangstisch sagte der Mann mit dem schmalen Schnurrbart, er wisse, von wem Emmett spreche. Von Harry Hewetts Sohn. Er hatte sich erkundigt, wo sein Vater sei, und dann zwei Zimmer für die Nacht gebucht. Er war aber nicht mehr da. Er und sein versponnener Freund seien gegen Mittag abgereist.

»Und mein Radio haben sie mitgenommen«, fügte er hinzu.

»Hat er gesagt, wohin sie wollten?«

»Kann sein«, sagte der Mann.

»Kann sein?«, fragte Emmett.

Der Mann lehnte sich in seinem Stuhl zurück.

»Als ich Ihrem Freund geholfen habe, war es ihm zehn Dollar wert.«

Laut Auskunft des Mannes im Hotel würde Emmett Duchess' Vater finden, wenn er mit dessen Freund sprach, der jeden Abend nach acht in einem Saloon an der Westside einkehrte. Da noch Zeit war, ging Emmett auf dem Broadway Richtung Norden, bis er zu einem Schnellrestaurant kam, das geschäftig, reinlich und hell erleuchtet war. Er setzte sich an die Theke, aß das Tagesgericht und danach ein Stück Torte, trank drei Tassen Kaffee und rauchte eine Zigarette, die er von der Bedienung geschnorrt hatte, einer Irin, die Maureen hieß und zehnmal so freundlich war wie Mrs. Burk, obwohl sie zehnmal so viel zu tun hatte.

Laut der Auskunft des Mannes im Hotel musste Emmett zum Times Square, der jetzt voller Lichter und Leuchtreklamen war, mit Werbung für Zigaretten, Autos, Geräte, Hotels und Theater. Das Ganze war so riesig und grell, dass Emmett nicht die mindeste Lust hatte, etwas von den angepriesenen Dingen zu erwerben.

Emmett ging wieder zu dem Zeitungsstand an der 42. Straße, wo noch derselbe Mann bediente wie früher am Tage. Diesmal schickte der Mann Emmett Richtung Norden, wo zehn Stockwerke über der Straße eine enorme Werbetafel für Canadian Club Whiskey blinkte.

»Sehen Sie die Reklame? Gleich dahinter biegen Sie links ab in die 45. Straße und gehen so lange, bis die Straße quasi aufhört.«

Im Laufe des Tages hatte Emmett sich daran gewöhnt, nicht beachtet zu werden. Die Pendler in der Subway und die Passanten auf den Straßen hatten ihn genauso wenig beachtet wie die Künstler in den Warteräumen der Agenturen, was er auf die Spannungen des Großstadtlebens zurückführte. Deshalb war er überrascht, dass er plötzlich nördlich der Eighth Avenue einige Aufmerksamkeit auf sich zog.

An der Ecke Ninth Avenue wurde er von einem Streifenpolizisten gemustert. Auf der Tenth Avenue sprach ein junger Mann ihn an und bot ihm Drogen an, und ein anderer wollte ihm seine Gesellschaft aufdrängen. Als er zu Eleventh Avenue kam, winkte ein alter schwarzer Bettler ihn zu sich, worauf Emmett eilig weiterging und wenige Schritte später einem noch älteren weißen Bettler über den Weg lief.

Nachdem er die Anonymität am Vormittag befremdlich gefunden hatte, wäre sie ihm jetzt willkommen gewesen. Er verstand, warum die Menschen auf den Straßen sich mit so zielstrebiger Energie bewegten: Für die Umherwandernden und Driftenden und Gestrauchelten war es ein Zeichen, Abstand zu wahren.

Einen halben Block, bevor er zum Fluss kam, sah er The Anchor, die Bar, von der der Mann im Hotel gesprochen hatte. Da sie unmittelbar am Fluss lag, hatte Emmett sich vorgestellt, dies sei eine Anlaufstation für Matrosen und Mitglieder der Handelsmarine. Sollte das jemals der Fall gewesen sein, so war inzwischen nichts mehr davon zu spüren. In der Bar war niemand, der wie ein tüchtiger Seefahrer wirkte. In Emmetts Augen sahen die Gäste alle kaum besser aus als die Bettler, an denen er auf der Straße vorbeigeeilt war.

Da Emmett von Mr. Morton erfahren hatte, dass Theateragenten Informationen nur widerstrebend weitergaben, fürchtete er jetzt, der Barkeeper könne ähnlich verschlossen sein. Oder er würde wie der Mann im Hotel erwarten, eine stolze Belohnung zu kassieren. Aber als Emmett erklärte, dass er nach einem Mann namens FitzWilliams suche, sagte der Barkeeper in gleichgültigem Ton, dies sei der richtige Ort. Also hatte Emmett sich an die Bar gesetzt und ein Bier bestellt.

Als die Tür kurz nach acht aufging und ein Mann von Mitte sechzig hereinkam, nickte der Barkeeper Emmett zu. Emmett beobachtete, wie der Mann langsam zur Bar ging, ein Glas und eine halb leere Flasche Whiskey von der Theke nahm und sich an einen Tisch in der Ecke zurückzog.

Während der Mann sich eingoss, dachte Emmett wieder an die Geschichte seines Aufstiegs und Falls. Die Vorstellung, dass dieser magere, schlurfende, verloren wirkende Mann einst fürstlich dafür bezahlt worden war, dass er für die oberen Zehntausend der Stadt den Weihnachtsmann gespielt hatte, fiel ihm schwer. Emmett legte ein paar Münzen auf die Theke und ging dann zu dem Mann an seinem Tisch.

»Entschuldigen Sie, sind Sie Mr. FitzWilliams?«

Als Emmett ihn mit Mister anredete, sah FitzWilliams mit einem Anflug von Überraschung auf.

»Ja«, sagte er dann. »Ich bin *Mister* FitzWilliams.«

Emmett setzte sich auf einen Stuhl und erklärte, er sei ein Freund von Duchess.

»Soweit ich verstanden habe, war er gestern Abend hier und hat mit Ihnen gesprochen.«

Der Mann nickte, als verstünde er endlich, was er längst hätte verstehen sollen.

»Ja«, sagte er, in einem Ton, der einem Geständnis gleichkam. »Er war hier. Er wollte seinen Vater finden, weil es zwischen den beiden noch Unerledigtes gibt. Aber Harry hatte die Stadt verlassen, und Duchess wusste nicht, wohin er gegangen war, deshalb kam er hierher, zu Fitzy.«

FitzWilliams sah Emmett mit einem halbherzigen Lächeln an.

»Ich bin ein alter Freund der Familie, müssen Sie wissen.«

Emmett erwiderte das Lächeln und fragte FitzWilliams, ob er Duchess gesagt habe, wo sein Vater war.

»Das habe ich«, sagte FitzWilliams und nickte, dann schüttelte er den Kopf. »Ich habe ihm gesagt, wo Harry hingegangen ist. Ins Olympic Hotel in Syracuse. Und dahin wird Duchess gehen, wenn er seinen Freund besucht hat.«

»Welchen Freund?«

»Oh, das hat Duchess nicht gesagt. Aber es war ein Freund … in Harlem.«

»In Harlem?«

»Ja. Das ist komisch, nicht?«

»Nein, das passt alles sehr gut zusammen. Vielen Dank, Mr. FitzWilliams. Sie haben mir sehr geholfen.«

Als Emmett seinen Stuhl zurückschob, sah FitzWilliams ihn überrascht an.

»Wollen Sie etwa schon gehen? Sollten wir nicht als zwei alte Freunde der Hewetts zusammen einen trinken, ihnen zu Ehren?«

Nachdem er erfahren hatte, was zu erfahren er gekommen war, und in der Gewissheit, dass Billy sich wunderte, wo er so lange blieb, hatte Emmett nicht den Wunsch, länger im Anchor zu verweilen.

Aber obwohl FitzWilliams ursprünglich den Anschein gegeben hatte, dass er nicht gestört werden wollte, sah er jetzt so aus, als wollte er nicht allein gelassen werden. Also holte Emmett sich vom Barkeeper ein Glas und setzte sich wieder an den Tisch.

FitzWilliams goss ihnen beiden ein und hob sein Glas.

»Auf Harry und Duchess Hewett.«

»Auf Harry und Duchess Hewett«, sagte auch Emmett.

Nachdem sie beide getrunken und die Gläser abgestellt hatten, lächelte FitzWilliams wehmütig, als beschlichen ihn bittersüße Erinnerungen.

»Wissen Sie, warum er so genannt wird? Ich meine Duchess?«, sagte FitzWilliams.

»Er hat mir, glaube ich, erzählt, er sei in Duchess County geboren.«

»Nein«, sagte FitzWilliams mit einem Kopfschütteln, »das ist er nicht. Er ist hier geboren, in Manhattan. Ich erinnere mich noch an den Abend.«

FitzWilliams trank wieder, bevor er fortfuhr, fast als könnte er nicht anders.

»Seine Mutter Delphine war eine schöne Frau. Sie war Sängerin. Sie sang Lieder im Stil der Piaf und war in den Supper Clubs sehr begehrt. Sie sang im El Marocco, im Copa, sogar im Rainbow Room. Sie wäre bestimmt berühmt geworden, wenigstens in New York, wäre sie nicht krank geworden. Es war Tuberkulose, glaube ich. Aber ich weiß es einfach nicht mehr. Ist das nicht schrecklich? Eine schöne junge Frau, eine Freundin, die in der Blütezeit ihres Lebens stirbt, und ich kann mich nicht mehr erinnern, woran.«

Er schüttelte den Kopf, fast ein wenig vorwurfsvoll, dann hob er das Glas, stellte es aber wieder hin, bevor er getrunken hatte, als glaubte er, er würde damit die Erinnerung an sie kränken.

Die Geschichte von Mrs. Hewetts Tod kam überraschend für Emmett, denn die wenigen Male, die Duchess von seiner Mutter gesprochen hatte, erwähnte er nicht, dass sie Sängerin gewesen sei, und es hatte immer so geklungen, dass sie ihn und seinen Vater verlassen hatte.

»Jedenfalls«, fuhr FitzWilliams fort, »Delphine hat ihren kleinen Sohn abgöttisch geliebt. Wenn Geld da war, legte sie welches zurück, damit sie ihm Sachen zum Anziehen kaufen konnte. Niedliche Sachen, zum Beispiel diese, wie heißen sie noch? … Lederhosen! Sie zog ihn ganz süß an und ließ seine Haare wachsen, bis sie ihm zur Schulter gingen. Aber als sie krank wurde und nicht mehr aufstehen konnte, da hat sie ihn auf die Straße in die Wirtshäuser geschickt, damit er Harry nach Hause holte, und Harry …«

FitzWilliams schüttelte den Kopf.

»Na ja, Sie kennen Harry ja. Nach ein paar Gläschen fällt es ihm schwer zu erkennen, wo Shakespeare aufhört und Harry anfängt. Und wenn der Junge zur Tür hereinkam, stand Harry auf, streckte die Hand aus und sagte: *Meine Damen und Herren, ich gebe Ihnen die Duchess of Alba.* Und beim nächsten Mal war es die Duchess of Kent, und dann die Duchess of Tripoli. Es dauert nicht lange, da fingen die anderen an, den Jungen Duchess zu nennen. Und dann machten wir es alle so. Jeder Einzelne von uns. Bis sich niemand mehr an seinen richtigen Namen erinnerte.«

FitzWilliams hob wieder das Glas, und diesmal nahm er einen tiefen Zug. Als er das Glas absetzte, sah Emmett verwundert, dass FitzWilliams die Tränen übers Gesicht rannen, sie rannen, und er wischte sie nicht weg.

FitzWilliams zeigte auf die Flasche.

»Die hat er mir gekauft. Ich meine, Duchess hat sie mir gekauft. Trotz allem. Trotz allem, was geschehen ist, ist er gestern Abend hierhergekommen und hat mir eine ganze Flasche von meinem Lieblingswhiskey gekauft. Einfach so.«

FitzWilliams atmete tief ein.

»Er ist in eine Anstalt in Kansas geschickt worden. Da war er sechzehn.«

»Ich weiß«, sagte Emmett. »Da haben wir uns kennengelernt.«

»Aber hat er Ihnen erzählt, was passiert ist? Warum er dahin geschickt wurde?«

»Nein«, sagte Emmett. »Das hat er mir nicht erzählt.«

Nachdem Emmett es sich erlaubt hatte, ihre beiden Gläser mit dem Whiskey des alten Mannes neu zu füllen, wartete er auf die Geschichte.

# ULYSSES

Nachdem der Junge die Geschichte von Anfang bis Ende gelesen hatte, bat Ulysses ihn, sie noch einmal vorzulesen.

Kurz nach zehn – die Sonne war untergegangen, der Mond stand noch nicht am Himmel, die anderen auf der Elevated zogen sich in ihre Zelte zurück – hatte Billy sein Buch hervorgeholt und Ulysses gefragt, ob er die Geschichte von Ismael hören wolle, einem jungen Seefahrer, der sich einem einbeinigen Kapitän anschließt, um Jagd auf den weißen Wal zu machen. Ulysses kannte die Geschichte von Ismael nicht, hatte aber keinen Zweifel, dass sie gut wäre. Alle Geschichten des Jungen waren gut gewesen. Doch als Billy gerade anfangen wollte, fragte Ulysses ein bisschen verlegen, ob Billy stattdessen noch einmal die Geschichte von seinem Namensträger vorlesen könne.

Der Junge zögerte nicht. Beim vergehenden Licht von Stews Lagerfeuer hatte er das Buch weit hinten aufgeschlagen und die Seite mit dem Strahl seiner Taschenlampe angeleuchtet: ein kleiner Lichtkreis innerhalb eines größeren Lichtkreises inmitten eines Meers von Dunkelheit.

Als Billy anfing zu lesen, hatte Ulysses einen Moment lang die Befürchtung, der Junge könne Passagen zusammenfassen oder ganz auslassen, aber offenbar war Billy der Ansicht, wenn es sich lohnte, eine Geschichte ein zweites Mal zu lesen, lohnte es sich, sie Wort für Wort zu lesen.

Ja, der Junge las die Geschichte so wie beim ersten Mal, als sie im Güterwaggon gesessen hatten, aber Ulysses hörte sie nicht so wie beim ersten Mal. Denn jetzt wusste er ja, was kommen würde. Er wusste, worauf er sich freuen konnte und was ihm Angst machen würde: Er freute sich auf den

Moment, wenn Ulysses den Zyklopen besiegte, indem er eine List anwandte und seine Männer mit Schafspelzen tarnte, und er ängstigte sich vor dem Moment, wenn die habgierige Mannschaft die Winde des Aiolos freisetzte und ihr Schiff vom Kurs abbrachte, genau zu dem Zeitpunkt, da ihre heimatliche Küste in Sicht kam.

Als die Geschichte zu Ende war und Billy das Buch zugeklappt hatte, und nachdem Ulysses Stews Schaufel genommen und die Glut mit Asche bedeckt hatte, fragte Billy, ob Ulysses eine Geschichte für ihn habe.

Ulysses sah lächelnd auf Billy hinunter.

»Ich habe keine Bücher mit Geschichten, Billy.«

»Die Geschichte muss ja nicht in einem Buch stehen«, sagte Billy. »Du könntest eine Geschichte aus deinem Leben erzählen. Vom Krieg in Europa. Hast du Geschichten davon?«

Ulysses drehte die Schaufel in der Hand.

Hatte er Geschichten vom Krieg? Natürlich. Mehr, als ihm lieb war. Und seine Geschichten waren nicht vom Vergehen der Zeit gemildert oder von den Gesängen eines Dichters erhellt worden. Sie blieben lebendig und unerbittlich. So lebendig und unerbittlich, dass Ulysses, wenn ihm eine dieser Geschichten in den Sinn kam, sie sofort wieder begrub, so wie er gerade die Glut des Feuers begraben hatte. Wenn Ulysses nicht gestählt genug war, um sich an seine Geschichten zu erinnern, würde er sie gewiss nicht einem achtjährigen Jungen erzählen.

Andererseits war Billys Bitte nur fair. Er hatte großzügig sein Buch aufgeschlagen und mit Ulysses die Geschichten von Sindbad und Jason und Achilles geteilt und zweimal die von seinem Namensvetter vorgelesen. Billy hatte sich eine Geschichte wohlverdient. Also stellte Ulysses die Schaufel zur Seite, warf einen neuen Scheit aufs Feuer und setzte sich wieder auf die Eisenbahnschwelle.

»Ich habe eine Geschichte für dich«, sagte er. »Eine Geschichte von meiner Begegnung mit dem König der Winde.«

»Als du über das weindunkle Meer getrieben wurdest?«

»Nein«, sagte Ulysses. »Als ich über trockenes und staubiges Land getrieben wurde.«

Die Geschichte begann auf einer Landstraße mitten in Iowa, im Sommer 1952.

Ein paar Tage zuvor war Ulysses in Utah in einen Zug gestiegen, mit der Absicht, über die Rocky Mountains und dann über die große Ebene nach Chicago zu fahren. Aber als sie halb durch Iowa waren, wurde der Teil des Zuges, in dem Ulysses saß, auf einem Nebengleis abgestellt, wo er auf eine neue Lokomotive wartete, die wer weiß wann ankommen würde. Vierzig Meilen vor ihm, in Des Moines, war ein großer Eisenbahnknoten mit vielen Möglichkeiten, einen Zug nach Osten zu finden, oder einen nach Norden, zu den großen Seen, oder Richtung Süden, nach New Orleans. Mit diesem Gedanken war Ulysses ausgestiegen und hatte sich zu Fuß auf den Weg durch die Landschaft gemacht.

Er war ungefähr zehn Meilen auf einer alten Straße gegangen, als er merkte, dass etwas nicht stimmte.

Das erste Zeichen waren die Vögel. Vielmehr, das Fehlen von Vögeln. Wenn man kreuz und quer durchs Land reist, erklärte Ulysses, ist die Anwesenheit von Vögeln das einzig Konstante. Ob man von Miami nach Seattle oder von San Diego nach Boston reist, immer verändert sich die Landschaft. Aber auf dem ganzen Weg sieht man Vögel. Tauben und Bussarde, Kondore und Kardinäle, Spatzen und Möwen, Eichelhäher und Amseln. Lebt man auf der Straße, wird man am Morgen von ihrem Singen wach, und abends legt man sich zu ihrem Gezwitscher hin.

Aber jetzt ...

Während Ulysses auf der Straße weiterging, war nicht ein einziger Vogel zu sehen, keiner kreiste über den Feldern, keiner hockte auf den Telefondrähten.

Das zweite Zeichen war die Karawane der Autos. Während Ulysses in den Morgenstunden gelegentlich von einem Lieferwagen oder einem Personenwagen passiert worden war, die mit vierzig Meilen in der Stunde fuhren, sah er plötzlich fünfzehn Autos zusammen, einschließlich einer schwarzen Limousine, die ihn in seiner Richtung überholten. Und zwar so schnell, dass Ulysses von der Fahrbahn treten musste, um nicht in den Kieshagel zu geraten, den die Reifen aufwarfen.

Als die Autos vorbei waren, drehte Ulysses sich in die Richtung um, aus der die Karawane gekommen war. Und da sah er, dass der Himmel im Osten seine Farbe von Blau zu Grün wechselte. Und in dem Teil das Landes, das wusste auch Billy schon, konnte das nur das eine bedeuten.

In Richtung Osten erstreckten sich, so weit der Blick reichte, nur Felder, auf denen kniehoch der Mais stand, aber eine Meile vor sich sah Ulysses eine Farm. Während der Himmel von Sekunde zu Sekunde dunkler wurde, fing Ulysses an zu rennen.

Als er näher kam, sah er, dass das Haus schon verschlossen worden war, Türen und Fensterläden waren fest verriegelt. Er sah, wie der Farmer auch die Scheune sicherte und dann zu der Luke über dem Schutzraum ging, wo seine Frau schon mit den Kindern wartete. Als der Farmer bei der Luke ankam, sah Ulysses, wie ein kleiner Junge in seine Richtung zeigte.

Die vier Menschen sahen in seine Richtung, und Ulysses hörte auf zu laufen und kam langsam, die Hände seitlich am Körper, näher.

Der Farmer sagte zu seiner Frau, sie und die Kinder sollten in den Schutzraum gehen – erst die Frau, damit sie den Kindern helfen konnte, dann das Mädchen, dann der kleine Junge, der die ganze Zeit den Blick nicht von Ulysses abwandte.

Ulysses erwartete, dass der Vater hinter seiner Familie die Leiter hinuntersteigen würde, doch dann sprach er in die Luke hinein, schloss sie und wartete, dass Ulysses näher kam. Vielleicht konnte man den Schutzraum von innen nicht verriegeln, und womöglich dachte der Farmer, für den Fall, dass es Ärger gab, wäre das unter freiem Himmel besser. Oder vielleicht dachte der Mann, wenn er einem anderen Schutz verweigerte, sollte er es von Angesicht zu Angesicht tun.

Zum Zeichen des Respekts blieb Ulysses gut sechs Schritte vor dem Farmer stehen, nah genug, dass man sich hören konnte, und weit genug entfernt, um keine Bedrohung darzustellen.

Die beiden Männer musterten sich, während der Wind den Staub zu ihren Füßen aufwirbelte.

»Ich bin nicht aus dieser Gegend«, sagte Ulysses nach kurzem Schweigen. »Ich bin einfach ein Christenmensch auf dem Weg nach Des Moines, wo ich mit dem Zug weiterreisen will.«

Der Farmer nickte. Mit seinem Nicken drückte er aus, er bezweifle nicht, dass Ulysses ein Christenmensch sei und mit dem Zug weiterreisen wolle, aber unter den gegebenen Umständen sei das nicht von Bedeutung.

»Ich kenne Sie nicht«, sagte er schlicht.

»Nein, das stimmt«, sagte Ulysses.

Einen Moment lang überlegte Ulysses, ob er sich dem Mann bekannt machen sollte, indem er ihm seinen Namen sagte und erzählte, dass er in Tennessee aufgewachsen sei und im Krieg gedient habe, und dass auch er eine Frau und ein Kind gehabt habe. Noch während ihm diese Dinge durch den Kopf gingen, wusste er, dass auch dies nicht von Bedeutung war. Aber er wurde deswegen nicht ärgerlich.

Denn wäre die Situation andersherum gewesen und Ulysses wäre derjenige, der gleich in den Schutzraum klettern würde, in einen fensterlosen Raum, den er mit eigenen Händen gegraben hatte, damit seine Familie in Sicherheit wäre, und wäre dann ein hünenhafter Weißer vor ihm erschienen, hätte er ihn nicht willkommen geheißen. Er hätte ihn weggeschickt.

Denn schließlich, warum wanderte ein Mann im besten Alter quer über das Land, mit nichts weiter als einem Leinenbeutel über der Schulter? Ein solcher Mann musste bestimmte Entscheidungen getroffen haben. Er musste beschlossen haben, seine Familie, seinen Wohnort und seine Gemeinde zu verlassen, weil er nach anderen Dingen strebte. Nach einem Leben ohne Verpflichtungen, ohne Verantwortung, ohne Gefährten. Und wenn er alles getan hatte, um einer zu werden, der so ein Leben lebte, warum sollte er dann erwarten, dass er von einem Moment zum anderen anders behandelt würde?

»Das verstehe ich«, sagte Ulysses, obwohl der Mann seine Gedanken nicht erklärt hatte.

Der Farmer sah Ulysses an, dann zeigte er auf einen spitzen weißen Turm, der zwischen Bäumen herausragte.

»Die unitarische Kirche ist eine Meile von hier. Sie hat einen Keller. Und wenn Sie rennen, können Sie es schaffen.«

»Danke«, sagte Ulysses.

Ulysses wusste, dass der Mann recht hatte: Wenn er rechtzeitig zu der Kirche gelangen wollte, war höchste Eile angesagt. Aber Ulysses hatte nicht die Absicht loszurennen, während der Mann vor ihm stand und zuguckte, auch wenn er dessen Position verstand. Es war eine Frage der Würde.

Der Farmer wartete einen Moment, dann schien er das zu verstehen, und mit einem Kopfschütteln, mit dem er niemandem eine Schuld gab, auch sich selbst nicht, machte er die Luke auf und stieg zu seiner Familie in den Schutzraum.

Ulysses sah zu dem Kirchturm hinüber und stellte fest, dass der kürzeste Weg durch die Felder führte und nicht entlang der Straße, also rannte er, wie der Vogel fliegen würde. Gleich darauf merkte er, dass dies die falsche Entscheidung war. Denn zwar stand der Mais nur kniehoch und die Reihen waren ordentlich angelegt, aber der Boden selbst war weich und uneben, sodass Ulysses nur schwer vorankam. Nachdem er in Italien so oft über die Felder gestapft war, hätte er es besser wissen müssen, aber jetzt war es zu spät, also behielt er den Kirchturm im Blick und kämpfte sich weiter vor.

Auf halbem Weg war der Tornado in der Ferne zu sehen, ein schwarzer, schräg aus dem Himmel herabkommender Finger, eine Umkehrung des Kirchturms, was Farbe und Zweck betraf.

Ulysses kam immer langsamer voran. Vom Boden wurden Erdklumpen und Steinchen aufgewirbelt, sodass Ulysses zum Schutz eine Hand vor die Augen halten musste. Dann legte er beide Hände vors Gesicht und hastete weiter auf die Türme zu, von denen einer nach oben, der andere nach unten zeigte.

Zwischen seinen Fingern hindurch und durch den ihn umschwebenden Staubschleier erkannte Ulysses schwach schattenhafte Rechtecke, die ordentlich und zugleich schief und krumm aus dem Boden um ihn herum aufstiegen. Er nahm die Hände von den Augen und erkannte, dass er auf einem Friedhof stand, und er hörte eine Glocke im Turm, als würde sie von unsichtbarer Hand geläutet. Er konnte nicht mehr als fünfzig Meter von der Kirche entfernt sein.

Aber anscheinend waren es fünfzig Meter zu viel.

Denn der Tornado drehte sich entgegen dem Uhrzeigersinn und schob Ulysses weg von seinem Ziel statt darauf zu. Als dann auch noch Hagel niederzuprasseln anfing, machte Ulysses eine letzte verzweifelte Anstrengung. *Ich schaffe das*, sagte er sich. Und er rannte so schnell er konnte und verringerte den Abstand zwischen sich und dem Ort der Sicherheit, doch dann stolperte er über einen umgestürzten Grabstein und landete unsanft auf dem Boden, und ein bitteres Gefühl des Verlassenenseins stieg in ihm auf.

»Von wem verlassen?«, fragte Billy, das Buch auf seinem Schoß umklammert und die Augen weit aufgerissen.

Ulysses lächelte.

»Ich weiß auch nicht, Billy. Von meinem guten Stern, von allen guten Geistern, von meinem Verstand. Aber am meisten von Gott.«

Der Junge fing an, den Kopf zu schütteln.

»Das meinst du so nicht, Ulysses. Du meinst nicht, dass Gott dich verlassen hat.«

»Doch, das ist genau das, was ich meine. Wenn ich im Krieg eine Sache gelernt habe, dann die: Der Moment, in dem du dich wirklich und wahrhaftig verlassen fühlst und du begreifst, dass niemand zu deiner Rettung kommt, auch nicht dein Schöpfer, das ist genau der Moment, in dem du in dir eine Kraft entdeckst, die es dir ermöglicht weiterzumachen. Der Herr unser Gott richtet dich nicht mit Liedern und Cherubinen auf, auch nicht mit dem Erzengel Gabriel und dem Blasen seiner Trompete. Er gibt dir das Gefühl, allein und von der Welt verlassen zu sein, und das ist es, was dich aufrichtet. Denn erst wenn du gespürt hast, dass du *wahrhaftig* verlassen bist, wirst du die Tatsache erkennen, dass das, was als Nächstes passiert, allein in deinen Händen liegt.«

Als Ulysses auf dem Friedhof lag und das Gefühl der Verlassenheit spürte und es verstand, streckte er die Hand nach dem nächsten Grabstein aus. Er zog sich daran hoch und bemerkte dabei, dass der Stein, an dem er sich festhielt, weder verwittert noch alt war. Selbst durch den Schleier von Staub und herumfliegendem Laub sah er, dass der dunkle Schein des Steins bedeutete, dass er gerade erst aufgestellt worden war. Ulysses richtete sich zu voller Größe auf und blickte über den Rand des Grabsteins in eine frische Grube, in der unten ein glänzender Sargdeckel zu sehen war.

Die Autos, die ihn in einer langen Schlange überholt hatten, begriff Ulysses da, waren von hier gekommen. Es war die Trauergemeinde gewesen, die mitten in der Beisetzung vor dem Tornado gewarnt wurde. Vermutlich hatte der Pastor noch eilig die Verse gesprochen, die der Seele des Verstorbenen sicheren Eingang in den Himmel gewährten, dann waren alle zu ihren Autos gerannt.

Dem Sarg nach zu urteilen musste es ein Mann von beträchtlichem Wohlstand gewesen sein. Denn es war keine einfache Kiefernkiste. Der Sarg war aus poliertem Mahagoni mit glänzenden Messinggriffen. Eine dazu passende Messingplakette auf dem Deckel gab den Namen des Verstorbenen an: Noah Benjamin Elias.

Ulysses glitt in den schmalen Spalt zwischen dem Sarg und der Seitenwand des Grabs und beugte sich vor, um den Deckel abzuschrauben. Hier lag Mr. Elias gebettet, gekleidet in einen dreiteiligen Anzug, die Hände ordentlich auf der Brust gekreuzt. Seine Schuhe waren so schwarz und glänzend wie der Sarg, und über seinem Jackett lag eine dünne goldene Uhrenkette. Zwar war Mr. Elias nicht größer als ein Meter fünfundsechzig, aber er wog bestimmt einhundert Kilo. Offenbar hatte er zeitlebens standesgemäß gespeist.

Womit hatte Mr. Elias auf Erden Erfolg gehabt? War er Bankdirektor oder Besitzer einer Holzhandlung gewesen? War er ein Mann von Ausdauer und Entschlusskraft gewesen, oder hatten Habsucht und Hinterlist ihn getrieben? Was immer sein Wesen, jetzt war er verschieden. Und für Ulysses war allein die Tatsache von Belang, dass dieser Mann, der nicht mehr als einen Meter fünfundsechzig maß, sich selbst als so groß und bedeutend gesehen hatte, dass sein Sarg ein Meter achtzig lang war.

Ulysses griff in den Sarg und packte Elias bei den Revers, wie man es mit jemandem tun würde, dem man ordentlich die Meinung sagen wollte. Er hob ihn aus dem Sarg und brachte ihn zum Stehen, sodass sie sich praktisch gegenüberstanden. Ulysses bemerkte, dass der Bestatter dem toten

Mann Rouge aufgelegt und ihn mit Gardenienduft besprüht hatte, was ihm eine befremdliche Ähnlichkeit mit einer Dirne verlieh. Ulysses ging in die Knie und hob den Toten hoch, dann beförderte er ihn aus seiner Ruhestätte und legte ihn neben das Grab.

Ulysses warf einen letzten Blick auf den großen schwarzen Finger, der im Näherkommen von rechts nach links schwankte, legte sich dann in die gefältelte weiße Seide, mit der der Sarg ausgeschlagen war, hob die Hand und –

# PASTOR JOHN

*Wenn die Rache des Herrn auf uns herniederkommt, ist es nicht wie ein Schwarm von Meteoren mit Feuerschweifen. Sie schlägt nicht ein wie ein Blitz begleitet von Donnerschlägen. Sie baut sich nicht draußen auf dem Meer zu einer Flutwelle auf, die uns an der Küste überrollt. Nein. Wenn die Rache des Herrn auf uns herniederkommt, beginnt sie als Atemzug in der Wüste.*

*Dieser kleine Atemzug, sanft und harmlos, dreht sich auf dem harten Boden dreimal um die eigene Achse und wühlt still den Staub und den Geruch des Wüstenbusches auf. Aber wenn er sich wieder dreimal und wieder dreimal um sich selbst gedreht hat, wird daraus ein kleiner Wirbelwind von der Größe eines Mannes, der sich in Bewegung setzt. Wie eine Spirale geformt, wandert er übers Land, nimmt an Geschwindigkeit und Umfang zu, wächst zu einem Titanen heran, trudelnd und sich alles einverleibend, was auf seinem Pfad liegt, erst den Sand und die Steinchen, dann die Zweige und Äste und kleinen Tiere, dann das von Menschenhand Erbaute. Bis er endlich, zu einer Höhe von dreißig Metern angewachsen und mit hundert Meilen in der Stunde voraneilend, in unerbittlichem Drehen und Kreisen über den Sünder herfällt.*

Damit endete der Gedankengang von Pastor John, der jetzt aus der Dunkelheit hervortrat und einen Eichenstock schwenkte, mit dem er einen Schwarzen namens Ulysses niederzustrecken gedachte.

Er hatte wie tot im Graben gelegen, Pastor John. Die Sehnen im rechten Knie gerissen, Schürfwunden im Gesicht und ein Auge zugeschwollen, so lag er zwischen Büschen und Brombeergestrüpp und bereitete sich darauf vor, sich selbst die Absolution zu erteilen. Doch im Augenblick seines Ablebens fand der Herr ihn bei den Gleisen liegend und gab seinen Gliedern neues Leben ein. Er hob ihn von dem steinigen, stacheligen Untergrund auf, trug ihn zum Ufer eines kühlen Wassers, wo der Pastor seinen Durst stillte und seine Wunden wusch und der Ast einer alten Eiche in seine Hand fand, den er als Stock benutzen konnte.

In den darauffolgenden Stunden fragte sich Pastor John nicht ein einziges Mal, wohin der Weg ihn führte, zu welchem Ziel und Zweck, denn er spürte, dass der Geist des Herrn in ihm wirkte und ihn zu seinem Instrument machte. Vom Flussufer führte dieser Geist ihn durch den Wald zurück zu einem Nebengleis, wo fünf unbeaufsichtigte Güterwaggons standen. Pastor John kletterte hinein, und der Geist schickte eine Lokomotive, die vor die Waggons gespannt wurde und sie in östlicher Richtung nach New York zog.

Als Pastor John an dem weitläufigen Güterbahnhof zwischen der Pennsylvania Station und dem Hudson ausstieg, schützte ihn der Geist vor den Blicken der Eisenbahnarbeiter und führte ihn nicht auf die belebten Straßen hinaus, sondern zu den oberhalb der Straßen verlaufenden Gleise. Auf den Stock gestützt, um sein Knie zu schonen, humpelte er an den Schienen entlang, und seine Gestalt warf einen Schatten auf die Straßen unterhalb. Nach Sonnenuntergang führte der Geist ihn weiter, durch ein leeres Lagerhaus, durch eine Lücke im Zaun, durch hohes, stacheliges Gras und durch die Dunkelheit selbst, bis er in der Ferne ein Lagerfeuer brennen sah, das hell leuchtete wie ein Stern.

Als Pastor John näher kam, sah er, dass der Herr in seiner unermesslichen Weisheit das Feuer nicht nur angezündet hatte, um ihn zu führen, sondern auch, um die Gesichter des Schwarzen und des Jungen zu erhellen, während er gleichzeitig diesen beiden die Gegenwart von Pastor John verbarg. Im Schatten außerhalb des Feuerscheins blieb Pastor John stehen und hörte, wie der Junge die Geschichte zu Ende vorlas und dann den Schwarzen fragte, ob er eine Geschichte habe.

Oh, wie hatte John gelacht, als er Ulysses von seinem Erlebnis mit dem Tornado reden hörte. Denn dieser kleine Wirbelsturm war nichts verglichen mit dem riesigen Schlund, der die Rache Gottes war. Hatte der Schwarze wirklich geglaubt, er könne einen Pastor aus einem fahrenden Zug werfen, ohne dass dafür Vergeltung verübt würde? Glaubte er, dass eine solche Tat dem Auge des Göttlichen und der Hand der Gerechtigkeit verborgen bliebe?

»Der Herr sieht alles und weiß alles!«, sagte Pastor John lautlos. »Er ist Zeuge deiner Missetaten, Ulysses! Er ist Zeuge deines Hochmuts und deiner Übertretungen. Und er hat mich hierhergeführt, damit ich für ihn Vergeltung übe!«

Mit solchem Zorn fuhr der Geist des Herrn in die Glieder von Pastor John, dass der Eichenstab, den der Pastor John auf den Schädel des Schwarzen niederbrachte, in zwei Stücke zerbrach.

Als Ulysses zu Boden ging und Pastor John in den Lichtkreis trat, hob der Junge, der von Anfang an mit dem Schwarzen gemeinsame Sache gemacht hatte, beide Hände hoch im stummen Entsetzen der Verdammten.

»Darf ich mich zu dir ans Feuer setzen?«, höhnte der Pastor und lachte laut und herzhaft.

Da sein Stock zerbrochen war, hoppelte er zu dem Jungen hin, aber das kümmerte ihn nicht. Er wusste, der Junge würde weder weggehen noch etwas sagen. Vielmehr würde er sich in sich selbst verkriechen wie eine Schnecke in ihr Haus. Und siehe, als der Pastor ihn beim Hemdkragen in die Höhe hob, sah er, dass der Junge die Augen fest geschlossen hatte und zu murmeln begann.

»Hier ist kein Emmett«, sagte der Pastor. »Niemand kommt dir zu Hilfe, William Watson.«

Und während er den Jungen fest im Griff behielt, hob er einen Teil des zerbrochenen Stocks, bereit, die Lektion zu erteilen, bei der Ulysses ihn vor zwei Tagen unterbrochen hatte. Mit Zinsen!

Doch just in dem Moment, als der Stab niederfahren sollte, öffnete der Junge die Augen. »Ich bin wahrlich verlassen«, sagte er in geheimnisvollem Ton.

Dann trat er den Pastor vor das verletzte Knie.

Mit einem lauten Aufheulen ließ der Pastor den Jungen los und seinen Stock fallen. Der Pastor sprang auf einem Bein umher, während ihm Schmerzenstränen aus dem heilen Auge rannen, und das bestärkte ihn nur in seiner Absicht, dem Jungen eine unvergessliche Lektion zu erteilen. Aber als er die Hände nach ihm ausstreckte, sah er durch seine Tränen, dass der Junge verschwunden war.

Pastor John wollte von seiner Absicht nicht lassen und sah sich nach einem Ersatz für seinen zerbrochenen Stock um.

»Aha!«, rief er.

Denn vor ihm auf dem Boden lag eine Schaufel. Pastor John hob sie auf, rammte das Schaufelblatt in den Boden und lehnte sich auf den Griff. Dann bewegte er sich langsam auf das Dunkel zu, in das der Junge verschwunden war.

Nach wenigen Schritten konnte er die Form des Lagers ausmachen: ein Stapel Feuerholz, mit einer Plane abgedeckt, ein improvisierter Waschtisch, eine Leine mit drei Bettdecken, ein Zelt.

»William«, rief er leise. »Wo bist du, William?«

»Was ist hier los?«, war eine Stimme aus dem Zelt zu hören.

Pastor John hielt den Atem an, trat zur Seite und wartete. In dem Moment kam ein gedrungen wirkender Schwarzer aus dem Zelt. Da er den Pastor nicht bemerkte, machte er ein paar Schritte und blieb dann stehen.

»Ulysses?«, rief der Mann.

Als Pastor John ihn mit dem Schaufelblatt auf dem Kopf traf, fiel der Mann stöhnend zu Boden.

Links von sich konnte Pastor John andere Stimmen hören. Die Stimmen zweier Männer, die von der Unruhe herbeigeholt wurden.

»Lassen wir das mit dem Jungen«, sagte der Pastor zu sich.

Mit der Schaufel als Krücke humpelte er so schnell wie möglich wieder zum Lagerfeuer, zu der Stelle, wo der Junge gesessen hatte. Auf dem Boden sah er das Buch und die Taschenlampe. Aber wo, verdammt, war der Rucksack?

Pastor John drehte sich wieder in die andere Richtung. Sollte er bei den

Bettdecken sein? Nein. Der Rucksack wäre mit Sicherheit da, wo das Buch und die Taschenlampe waren. Pastor John ließ die Schaufel fallen, beugte sich vorsichtig nach vorn und hob die Taschenlampe auf, knipste sie an. Er hüpfte, richtete den Schein auf die Rückseite der Schwellen und schwenkte die Lampe von rechts nach links.

Da ist er ja!

Pastor John setzte sich auf die Schwelle, streckte das verletzte Bein aus und hob sich den Rucksack auf den Schoß. Gleich hörte er die Musik im Inneren.

Mit wachsender Erregung löste er die Riemen, holte die Sachen aus dem Rucksack und warf sie achtlos auf den Boden. Zwei Hemden. Eine Hose. Ein Waschlappen. Ganz unten fand er die Dose. Er beförderte sie aus dem Rucksack und schüttelte sie feierlich.

Morgen früh, dachte, würde er den Juden auf der 47. Straße einen Besuch abstatten. Am Nachmittag würde er in ein Kaufhaus gehen und sich neu ausstatten. Und abends würde er sich ein Zimmer in einem schicken Hotel mieten und ein langes heißes Bad nehmen, dann würde er Austern, eine Flasche Wein, vielleicht auch weibliche Gesellschaft bestellen. Aber jetzt sollte er sich aus dem Staub machen. Er steckte die Taschenlampe und die Dose in den Rucksack, zog die Riemen zu und schwang ihn sich über die Schulter. Er konnte gehen. Doch als er sich nach der Schaufel beugte, war sie nicht mehr da.

# ULYSSES

Zunächst war da Dunkelheit und kein Erkennen. Dann, allmählich, eine Erinnerung. Ein Bewusstsein, dass es nicht die Dunkelheit des weiten Raums war – kalt, riesig, fern. Sondern eine nahe, warme Dunkelheit, die ihn bedeckte und umfing wie eine samtene Umhüllung.

Aus den Ecken seiner Erinnerung kam die Erkenntnis, dass er immer noch im Sarg des dicken Mannes lag. An seinen Schultern spürte er die glatte, gefältelte Seide, und dahinter die Festigkeit der Sargwand aus Mahagoni.

Er wollte den Deckel heben. Wie viel Zeit vergangen war? War der Tornado vorübergezogen? Er hielt den Atem an und lauschte. Er lauschte durch die gefältelte Seide und das polierte Mahagoni und hörte nichts. Weder das Brausen des Windes noch das Trommeln von Hagel auf dem Sargdeckel, noch das Läuten der Glocke, die unbeachtet an ihren Seilen schwang. Um dies zu überprüfen, wollte er den Deckel ein wenig anheben. Er drehte die Handflächen nach oben und drückte gegen den Deckel. Aber der Deckel rührte sich nicht.

War es möglich, dass er von Hunger und Müdigkeit so geschwächt war? So viel Zeit konnte doch nicht vergangen sein. Oder etwa doch? Plötzlich kam ihm der entsetzliche Gedanke, dass jemand nach dem Sturm, während er selbst bewusstlos im Sarg lag, das offene Grab gesehen und zugeschaufelt hatte. Fertig.

Er musste es noch einmal versuchen. Er lockerte die Schultern und Finger, damit das Blut in seinen Adern angeregt wurde, atmete tief ein und presste mit aller Kraft, und dabei traten Schweißtropfen auf seine Stirn und liefen ihm in die Augen. Langsam öffnete sich der Deckel, und Sommerluft strömte in den Sarg. Mit enormer Erleichterung nahm Ulysses abermals seine Kräfte zusammen und drückte den Sargdeckel hoch, in der Erwartung, dass er in einen Nachmittagshimmel blicken würde.

Aber es war nicht Nachmittag.

Eher sah es aus wie mitten in der Nacht.

Er hob eine Hand in die Luft und sah, dass seine Haut ein flackerndes Licht reflektierte. Er lauschte und hörte das lange Tuten von einem Schiff und das Gelächter einer Möwe, als wäre er auf hoher See. Aber dann war ganz in der Nähe eine Stimme zu vernehmen. Die Stimme eines Jungen, der sich für wahrhaftig verloren erklärte. Das war die Stimme von Billy Watson.

Und da wusste Ulysses, wo er war.

Im nächsten Moment hörte er, wie ein erwachsener Mann in Zorn oder Schmerz aufheulte. Und obwohl Ulysses noch nicht verstand, was mit ihm geschehen war, wusste er, was er zu tun hatte.

Er rollte sich auf die Seite und kam mit großer Mühe auf die Knie. Als er sich den Schweiß von den Augen wegwischte, sah er im Schein des Feuers, dass es Blut war, nicht Schweiß. Jemand hatte ihm einen Hieb auf den Kopf gegeben.

Ulysses richtete sich auf und versuchte, beim Feuer Billy zu entdecken, oder den Mann, der geheult hatte, aber da war niemand. Er wollte nach Billy rufen, nur würde daran, das wusste er im selben Moment, ein unbekannter Feind erkennen, dass er wieder zu Bewusstsein gekommen war.

Er musste sich aus dem Lichtschein des Feuers zurückziehen. Im Schutz der Dunkelheit würde er sich sammeln und seine Kräfte wiederfinden, er würde Billy entdecken, und dann könnte er seinen Widersacher aufspüren.

Er stieg über eine der Eisenbahnschwellen, machte fünf Schritte in die Dunkelheit und versuchte, sich zu orientieren. Da war der Fluss, dachte er und drehte sich um, da das Empire State Building, und hier war ihr Lager. Als er zu Stews Zelt hinüberblickte, glaubte er, Bewegung zu sehen. Ganz leise und kaum zu hören war da die Stimme eines Mannes, die nach Billy rief, vielmehr nach William. So leise die Stimme auch war, so leicht war sie doch zu erkennen.

Im Schutz der Dunkelheit ging Ulysses um das Feuer herum und näherte sich mit sachten, leisen, unerbittlichen Schritten dem Prediger.

Ulysses blieb stehen, als Stew seinen Namen rief. Im nächsten Moment hörte er ein Scheppern und den Aufprall eines Körpers. Verärgert, weil er übervorsichtig gewesen war, wollte er schon auf das Lager zustürmen, doch da sah er den Umriss eines Mannes aus der Dunkelheit kommen, der sich humpelnd bewegte.

Es war der Prediger, der Stews Schaufel als Krücke benutzte. Jetzt ließ er die Schaufel fallen, hob die Taschenlampe des Jungen auf und blickte suchend um sich.

Ohne den Prediger aus den Augen zu lassen, kroch Ulysses bis zum Feuer vor, griff über die Schwelle nach der Schaufel und brachte sie an sich. Als der Prediger laut frohlockte, trat Ulysses wieder ins Dunkle und sah zu, wie der Prediger den Rucksack des Jungen nahm und sich damit hinsetzte.

Mit erregter Stimme begann der Prediger von Hotels zu sprechen und von Austern und weiblicher Gesellschaft, während er gleichzeitig die Sachen aus Billys Rucksack holte und achtlos auf den Boden warf. Bis er die Dose mit den Silberdollars fand. Unterdessen hatte Ulysses sich am Rand des Lagerfeuers entlangbewegt. Als er hinter dem Prediger war, machte er einen Schritt nach vorn. Und als der Prediger sich den Rucksack über die Schulter warf und gehen wollte, schlug Ulysses mit der Schaufel zu.

Der Prediger lag in einem Haufen am Boden, und Ulysses atmete schwer. Wegen seiner eigenen Verletzungen hatte es ihn seine ganze Kraft gekostet, den Prediger zu Fall zu bringen. Ihm war schwindelig, weshalb er das Schaufelblatt in den Boden stieß und sich auf den Griff stützte, während er den leblos am Boden liegenden Prediger nicht aus dem Auge ließ.

»Ist er tot?«

Billy stand plötzlich neben ihm und sah auf den Prediger hinunter.

»Nein«, sagte Ulysses.

Erstaunlicherweise nahm der Junge das erleichtert zur Kenntnis.

»Was ist mit dir?«, fragte Billy.

»Alles in Ordnung. Und bei dir?«

Billy nickte.

»Ich habe es so gemacht, wie du gesagt hast, Ulysses. Pastor John hat zu mir gesagt, ich sei ganz allein, und da habe ich mir vorgestellt, dass ich von allen, auch von meinem Schöpfer, verlassen worden sei. Dann habe ich ihn gegen das Schienbein getreten und mich unter der Plane über dem Feuerholz versteckt.«

Ulysses lächelte.

»Das hast du gut gemacht, Billy.«

»Was zum Teufel ist hier los?«

Billy und Ulysses sahen sich um, und da stand Stew, ein Fleischermesser in der Hand.

»Du blutest ja auch«, sagte Billy bekümmert.

Stew war auf der einen Seite des Kopfes erwischt worden, und Blut lief ihm vom Ohr ins Unterhemd.

Ulysses fühlte sich plötzlich wohler, er hatte wieder einen klaren Kopf und stand sicherer auf den Beinen.

»Billy«, sagte er. »Hol uns doch bitte eine Schüssel Wasser und ein paar Handtücher.«

Stew steckte sich das Messer in den Gürtel, stellte sich neben Ulysses und blickte auf den Boden.

»Wer ist das?«

»Ein Mann mit üblen Absichten«, sagte Ulysses.

Stew betrachtete Ulysses' Wunden.

»Ich sollte mir das mal ansehen.«

»Ich hatte schon Schlimmeres.«

»Hatten wir alle.«

»Das wird schon wieder.«

»Ich weiß, ich weiß«, sagte Stew und schüttelte den Kopf. »Du bist ein großer starker Mann.«

Billy kam mit der Schüssel und den Handtüchern. Die beiden Männer wuschen sich die Gesichter und betupften ihre Wunden. Als sie fertig waren, setzte Ulysses sich mit Billy auf eine der Schwellen.

»Billy«, sagte er, »heute Abend sind lauter aufregende Sachen passiert.«

Billy nickte zustimmend.

»Das stimmt, Ulysses. Emmett wird das alles kaum glauben können.«

»Ja, genau, darüber wollte ich mit dir sprechen. Dein Bruder hat eine Menge um die Ohren, denn er muss sein Auto suchen, und ihr wollt es bis zum Vierten Juli nach Kalifornien schaffen, und da ist es vielleicht das Beste, wenn wir das, was heute Abend hier passiert ist, für uns behalten. Wenigstens fürs Erste.«

Billy nickte.

»Das ist wahrscheinlich das Beste. Es stimmt, Emmett hat viel um die Ohren.«

Ulysses klopfte Billy aufs Knie.

»Später erzählst du es ihm. Du erzählst es ihm und deinen Kindern. Wie du den Prediger überlistet hast, so wie die Helden in deinem Buch.«

Als Ulysses sich versichert hatte, dass Billy ihn verstand, ging er zu Stew.

»Kannst du den Jungen mit in dein Zelt nehmen? Vielleicht ihm was zu essen geben?«

»In Ordnung. Und was hast du vor?«

»Ich kümmere mich um den Prediger.«

Billy, der Ulysses gehört hatte, stellte sich mit sorgenvollem Gesicht vor ihn.

»Was meinst du damit, Ulysses? Was meinst du, du kümmerst dich um den Prediger?«

Ulysses und Stew sahen den Jungen an, dann wechselten sie Blicke und wandten sich wieder dem Jungen zu.

»Wir können ihn ja nicht hierlassen«, erklärte Ulysses. »Er wird wieder zu sich kommen, so wie ich auch. Und was immer er an Bösem vorhatte, bevor ich ihn mit der Schaufel geschlagen habe, wird er dann immer noch vorhaben, nur noch schlimmer.«

Billy sah Ulysses mit gerunzelter Stirn an.

»Deshalb«, fuhr Ulysses fort, »trage ich ihn jetzt die Treppe runter und bringe ihn –«

»Zur Polizeiwache?«

»Richtig, Billy. Ich bringe ihn zur Polizeiwache.«

Billy nickte zum Zeichen, dass das genau das Richtige war. Stew wandte sich an Ulysses.

»Du kennst die Treppe, die zur Gansevoort Street geht?«

»Die kenne ich.«

»Jemand hat den Drahtzaun zurückgebogen. Da entlang ist es leichter, wenn man sieht, was du zu tragen hast.«

Ulysses bedankte sich bei Stew. Er wartete, bis Billy seine Dinge eingesammelt und Stew das Feuer gelöscht hatte und die beiden in Stews Zelt verschwunden waren, dann wandte er sich dem Prediger zu.

Er griff ihm unter die Achseln, zog ihn hoch und legte ihn sich über die Schultern. Der Prediger war nicht schwerer, als Ulysses erwartet hatte, aber er hatte lange Gliedmaßen, was ihn unhandlich machte. Ulysses schob sich den Prediger so zurecht, dass er fest auflag, dann ging er mit kurzen festen Schritten los.

Als er zur Treppe kam, hätte Ulysses den Prediger die Stufen hinunterrollen können, das hätte ihm Kräfte gespart. Aber jetzt war er in Bewegung, und das Gewicht des Predigers war gleichmäßig auf seinem Rücken verteilt, und er wollte nicht, falls er plötzlich stehen blieb, sein Gleichgewicht oder die Vorwärtsbewegung verlieren. Beides würde er brauchen. Denn von unten an der Treppe waren es noch gut zweihundert Meter bis zum Fluss.

# DUCHESS

Woollys Schwester kam in die Küche wie ein Geist. In einem langen weißen Morgenmantel erschien sie in der Tür und ging geräuschlos durch den dunklen Raum, und es war, als würden ihre Füße den Boden nicht berühren. Aber wenn sie ein Geist war, dann keiner, der heulte und wimmerte und einen erzittern ließ. Eher war sie ein verlorener Geist. Ein Geist, der über Generationen hinweg durch die Hallen eines leeren Hauses wandert, auf der Suche nach etwas oder jemandem, der aus der Erinnerung verschwunden ist. Ich glaube, man nennt es eine Erscheinung.

Stimmt, so heißt das.

Erscheinung.

Ohne Licht zu machen, füllte sie Wasser in den Kessel und schaltete das Gas an. Sie nahm einen Becher und einen Teebeutel aus dem Schrank und stellte beides auf die Theke. Aus der Tasche ihres Morgenmantels nahm sie eine kleine braune Flasche, die sie ebenfalls auf die Theke stellte. Dann ging sie zum Spülbecken und sah aus dem Fenster.

Man sah gleich, dass sie das gut konnte, aus dem Fenster gucken. Als hätte sie es oft geübt. Sie stand still da, kein Tippen mit den Füßen. Sie konnte das Aus-dem-Fenster-Gucken so gut, dass sie von dem Pfeifen des Kessels überrascht schien, als hätte sie vergessen, dass sie ihn aufgesetzt hatte. Langsam, fast zögernd, wandte sie sich von ihrem Platz beim Spülbecken ab, goss Wasser in den Becher, nahm ihn in die eine Hand und das braune Fläschchen in die andere und ging zum Tisch.

»Kannst du nicht schlafen?«, fragte ich.

Sie erschrak, stieß aber keinen Schrei aus und ließ auch nicht den Becher fallen, sondern war einfach ein bisschen überrascht, wie von dem Pfeifen des Kessels.

»Ich hatte dich nicht gesehen«, sagte sie und ließ das braune Fläschchen wieder in die Tasche ihres Morgenmantels gleiten.

Meine Frage, ob sie nicht schlafen könne, beantwortete sie nicht, aber das war nicht nötig. So wie sie sich in der dunklen Küche bewegt, den Kessel gefüllt, das Gas angestellt hatte, konnte man erkennen, dass sie das öfter tat. Es hätte mich nicht überrascht zu erfahren, dass sie alle paar Nächte um zwei Uhr morgens in die Küche kam, während ihr Mann tief und fest schlief und von nichts etwas merkte.

Sie zeigte auf den Herd und fragte, ob ich auch einen Tee haben wolle. Ich zeigte auf das Glas vor mir.

»Ich habe im Wohnzimmer einen Schluck Whiskey gefunden. Ich hoffe, das ist in Ordnung.«

Sie lächelte weich.

»Natürlich.«

Als sie sich gesetzt hatte, ging ihr Blick zu meinem linken Auge.

»Tut es sehr weh?«

»Schon viel besser, danke.«

Ich war in solcher Hochstimmung aus Harlem weggefahren, dass ich den Schmerz und die Schläge völlig vergessen hatte. Und als ich bei Woollys Schwester ankam und sie die Tür öffnete, gab sie einen kleinen Schrei des Entsetzens von sich, sodass ich beinah auch geschrien hätte.

Nachdem Woolly uns miteinander bekannt gemacht hatte, erklärte ich, ich sei am Bahnhof hingeknallt, worauf sie ein hübsches Erste-Hilfe-Etui aus dem Medizinschrank holte und mich in die Küche nahm. Ich musste mich an den Küchentisch setzen, und Sarah wischte das Blut von meinen Lippen und gab mir einen Beutel mit Erbsen aus dem Gefrierschrank, den ich auf mein Auge legen sollte. Mir wäre ein rohes Steak lieber gewesen, wie bei einem Boxer, aber in meiner Situation konnte ich nicht wählerisch sein.

»Möchtest du noch ein Aspirin?«, fragte sie.

»Nein, es geht schon.«

Wir schwiegen beide, während ich einen Schluck von dem Whiskey ihres Mannes nahm und sie von ihrem Tee.

»Du hast mit Woolly ein Stockbett geteilt?«

»Richtig.«

»Dann war es dein Vater, der auf den berühmten Brettern gestanden hat?«

»Er hat genauso oft daruntergelegen wie draufgestanden«, sagte ich lächelnd. »Aber ja, das war mein alter Herr. Er fing als Shakespeare-Schauspieler an und endete im Vaudeville.«

Bei dem Wort Vaudeville lächelte sie.

»Woolly hat mir von einigen der Artisten geschrieben, die dein Vater gekannt hat. Die Entfesslungskünstler und die Zauberer … Das hat ihm sehr gefallen.«

»Dein Bruder hört gern Geschichten zum Schlafengehen.«

»Das stimmt.«

Sie sah mich an, als wollte sie eine Frage stellen, aber dann senkte sie ihren Blick in den Tee vor sich.

»Was?«, fragte ich.

»Es war eine persönliche Frage.«

»Das sind die besten.«

Sie musterte mich einen Moment, als wollte sie ermessen, ob ich das ehrlich meinte. Offenbar fand sie eine Bestätigung.

»Warum musstest du nach Salina, Duchess?«

»Oh, das ist eine lange Geschichte.«

»Ich habe gerade erst mit meinem Tee angefangen.«

Ich goss mir also noch einen Fingerbreit von dem Whiskey ein und erzählte meine kleine Komödie. Anscheinend mochten auch andere in Woollys Familie eine Gutenachtgeschichte.

Es war im Frühjahr 1952, ein paar Wochen nach meinem sechzehnten Geburtstag, und wir wohnten im Sunshine Hotel, in Zimmer Nummer zweiundvierzig, Pops schlief auf der Matratze, ich auf dem Fußboden.

Damals war mein alter Herr in einem Zwischenstadium, wie er es nannte, was einfach nur hieß, dass er aus einem Job rausgeflogen war und noch keinen neuen gefunden hatte, aus dem er auch wieder rausfliegen würde. Er verbrachte die Tage mit Fitzy, dessen Zimmer unserem gegenüberlag. Am frühen Nachmittag gingen die beiden raus, stromerten um die Parkbänke, die Obststände, die Zeitungskioske und suchten überall nach den Münzen, die anderen runtergefallen waren. Dann gingen sie in die Subway runter und sangen, den Hut in der Hand, sentimentale Lieder. Sie kannten ihre Zuhörer und sangen »Danny Boy« für die Iren auf der Strecke unter der Third Avenue und »Ave Maria« für die Italiener an der Station Prince Street, und dabei weinten sie sich die Augen aus, als glaubten sie jedes Wort, das sie sangen. Sie hatten auch eine jüdische Nummer im Repertoire, über das Leben im Stetl, die sie an der Station Canal Street zum Besten gaben. Und abends gaben sie mir zehn Cent fürs Kino, bevor sie in einen Schuppen in der Elizabeth Street gingen, wo sie jeden Cent ihres hart verdienten Lohns vertranken.

Da die beiden erst gegen Mittag aufstanden, wanderte ich morgens im Hotel umher und suchte nach etwas zu essen und nach jemandem, mit dem ich mich unterhalten konnte. Um die frühe Stunde war die Auswahl dürftig, aber ein paar Frühaufsteher gab es, und der beste von ihnen war fraglos Marceline Maupassant.

In den Zwanzigerjahren war Marceline einer der berühmtesten Clowns Europas gewesen und trat vor ausverkauften Häusern in Paris und Berlin auf. Er bekam stehenden Applaus, und draußen am Bühnenausgang wartete ein Pulk Frauen auf ihn. Marceline war keineswegs ein gewöhnlicher Clown, niemand, der sich das Gesicht anmalte, in riesigen Schuhen umherstolperte und in ein großes Horn stieß. Er war einsame Spitzenklasse. Ein Dichter und Tänzer. Ein Mann, der die Welt genau beobachtete und eine tiefe Seele besaß. So wie Chaplin und Keaton.

In einer seiner besten Nummern war er als Bettler auf einer belebten Straße unterwegs. Wenn der Vorhang aufging, sah man ihn inmitten der flanierenden Großstadtmenschen. Mit einer kleinen Verneigung versuchte er, zwei Männer, die bei einem Zeitungsstand über die neuesten Nachrichten debattierten, auf sich aufmerksam zu machen; mit dem Lüften seines zerbeulten Huts drehte er sich zu einer Kinderfrau um, die ein weinendes Baby im Kinderwagen zu beruhigen versuchte. Ganz gleich, wie er die Aufmerksamkeit auf sich zu lenken versuchte, ob mit dem Lüften seines Hutes oder einer Verbeugung, jeder fuhr einfach in seinen Tätigkeiten fort und beachtete ihn nicht. Und als Marceline sich gerade einer scheuen jungen Frau näherte, die einen niedergeschlagenen Eindruck machte, kollidierte ein kurzsichtiger Gelehrter mit ihm und stieß ihm den Hut vom Kopf.

Marceline setzte seinem Hut hinterher. Aber immer, wenn es schien, dass er ihn gerade zu fassen bekam, kickte ein unaufmerksamer Fußgänger ihn wieder weg. Nach mehreren vergeblichen Versuchen, den Hut zu fangen, sah Marceline plötzlich entsetzt, dass ein dicklicher Polizist des Weges kam und im nächsten Moment versehentlich auf seinen Hut treten würde. Gerade noch rechtzeitig hielt Marceline die Hand in die Luft und schnipste mit den Fingern – und alle Menschen auf der Bühne erstarrten in ihren Bewegungen. Alle, außer Marceline.

Und da fing die Magie an.

Ein paar Minuten lang glitt Marceline über die Bühne, tanzte um die erstarrten Fußgänger und lächelte selig, als könnte ihn kein Kummer betrüben. Er zog eine langstielige Rose aus dem Strauß des Blumenverkäufers und schenkte sie der niedergeschlagenen jungen Frau. Er beteiligte sich an der Diskussion der beiden Männer beim Zeitungsstand. Vor dem Baby im Kinderwagen schnitt er ein paar Gesichter. Er lachte, machte witzige Bemerkungen, gab Ratschläge, alles ohne einen Laut.

Aber gerade als Marceline noch einmal zwischen den Darstellern hindurch über die Bühne tanzen wollte, hörte er einen zarten Glockenschlag. Er blieb mitten auf der Bühne stehen und zog eine goldene Uhr aus der Tasche, offenbar ein Überbleibsel aus einem früheren Leben. Er schnippte den Deckel auf, betrachtete das Ziffernblatt und wurde sich mit einem wehmütigen Ausdruck bewusst, dass sein kleines Spiel lange genug gedauert hatte. Er steckte die Uhr wieder ein, hob seinen zerbeulten Hut auf, der die ganze Zeit unter dem Fuß des dicklichen Polizisten gelegen hatte – den in der Schwebe zu halten, war an sich schon ein Kunststück –, er klopfte den Hut ab und setzte ihn sich auf den Kopf, dann drehte er sich zum Publikum um und schnipste wieder mit den Fingern – und die Darsteller auf auf der Bühne machten weiter.

Es lohnte sich, diese Nummer öfter zu sehen. Denn beim ersten Mal, wenn Marceline am Ende mit den Fingern schnipste, sah es so aus, als wäre alles wie vorher. Aber beim zweiten oder dritten Mal merkte man, dass nicht alles *genau so* war wie vorher. Im Weitergehen nimmt die schüchterne junge Frau mit einem Lächeln die Rose in ihren Händen wahr, die beiden Männer am Zeitungsstand sind sich plötzlich ihrer Positionen weniger sicher und halten in ihrer Diskussion inne. Die Kinderfrau, die sich solche Mühe gegeben hatte, das Kind in ihrer Obhut zu beruhigen, ist überrascht, dass es jetzt fröhlich ist und gurgelnde Geräusche macht. Wenn man Marcelines Vorstellung mehrmals sah, waren das die Dinge, die man in den Sekunden, bevor sich der Vorhang schloss, bemerkte.

Im Herbst 1929, auf dem Höhepunkt seines Ruhms in Europa, wurde Marceline für ein halbes Jahr im Hippodrome mit einem sechsstelligen Vertrag nach New York gelockt. Begeistert, wie es nur Künstler sein können, packte er seine Koffer und machte sich auf den Weg in das Land der Freiheit. Aber der Zufall wollte es, dass es just in dem Moment, als Marceline in Bremen sein Schiff bestieg, zum Zusammenbruch der Börse in der Wall Street kam.

Als er bei den Piers am Hudson an Land ging, waren seine amerikanischen Produzenten ruiniert. Das Hippodrome war geschlossen, Marcelines Vertrag war annulliert. Im Hotel wartete ein Telegramm von seinen Bankiers in Paris, die ihn informierten, dass auch er in dem Börsenkrach alles verloren hatte und ihm nicht einmal genügend Geld für eine sichere Rückkehr blieb. Und als er sich bei anderen Produzenten vorstellte, erfuhr er, dass er in Amerika, trotz seines Ruhms in Europa, praktisch unbekannt war.

Was Marceline verloren hatte, war seine Selbstachtung, und jedes Mal, wenn er sich nach ihr bückte, stieß jemand sie weiter weg. Er eilte ihr hinterher, von einem traurigen Ort zum nächsten, bis er als Straßenkünstler arbeitete und im Sunshine Hotel lebte, auf derselben Etage wie mein Vater, in Zimmer neunundvierzig.

Es war nur natürlich, dass Marceline zu trinken begann. Aber er machte es nicht so wie Fitzy und mein alter Herr. Es war nicht sein Stil, in einen Schuppen zu gehen, wo er im Ruhm vergangener Tage schwelgte und alten Kränkungen nachhing. Nein, am Abend kaufte er sich eine billige Flasche Wein, die er bei geschlossener Tür allein in seinem Zimmer trank, und wenn er sein Glas neu füllte, tat er es mit einem kunstvollen Schwung, als gehörte das zu einem Auftritt.

Aber morgens ließ er die Tür angelehnt. Und wenn ich sachte anklopfte, hieß er mich mit einem Lüften des Hutes, den er nicht mehr hatte, willkommen. Manchmal, wenn er ein bisschen Geld hatte, schickte er mich los, damit ich Milch, Mehl und Eier kaufte, und dann machte er uns winzige Crêpes, die er auf der glatten Fläche des Bügeleisens briet. Und während wir, auf dem Fußboden sitzend, unser Frühstück verzehrten, wollte er nicht über die Vergangenheit sprechen, sondern fragte mich nach meiner Zukunft, nach den Orten, die ich besuchen wollte, nach dem, was ich vorhatte. Es war wunderbar, den Tag so zu beginnen.

Eines Morgens, als ich den Flur entlangkam, war die Tür nicht angelehnt. Und als ich klopfte, kam keine Antwort. Ich legte ein Ohr an die Tür und glaubte, ein leises Knarren zu hören, wie das von Bettfedern. Weil ich dachte, er könnte krank sein, öffnete ich die Tür einen Spalt.

Mr. Marceline?, sagte ich.

Als er nicht antwortete, machte ich die Tür ganz auf, und da sah ich, dass das Bett unberührt und der Stuhl mitten im Zimmer umgekippt war und dass Marceline vom Deckenventilator hing.

Das Knarren war nicht das der Bettfedern gewesen, sondern das seines Körpers, der langsam hin und her schwang.

Als ich meinen Vater weckte und mit ihm in das Zimmer ging, nickte er einfach nur, als hätte er das längst erwartet. Dann schickte er mich zur Rezeption, damit die Direktion die Polizei verständigte.

Eine halbe Stunde später waren drei Polizisten im Zimmer: zwei Streifenpolizisten und ein Ermittler, der von mir, meinem Vater und den Zimmernachbarn, die neugierig im Flur standen, Aussagen aufnahm.

»Ist er beraubt worden?«, fragte einer der Nachbarn.

Statt einer Antwort zeigte der eine Streifenpolizist zum Schreibtisch, wo der Inhalt von Marcelines Taschen ausgelegt war, darunter eine Fünf-Dollar-Note und eine Handvoll Kleingeld.

»Und wo ist die Uhr?«

»Was für eine Uhr?«, fragte der Detektiv.

Da begannen alle auf einmal zu reden und sprachen von der goldenen Uhr, die eine solche Rolle bei dem Auftritt des Clowns gespielt hatte, dass er sich nicht von ihr trennen konnte, auch nicht, als er mittellos war.

Der Detektiv sah die Streifenpolizisten an, dann meinen Vater. Und mein Vater sah mich an.

»Hör zu, Duchess«, sagte er und legte mir den Arm um die Schulter, »das ist jetzt sehr wichtig. Ich werde dir eine Frage stellen und erwarte, dass du mir die Wahrheit sagst. Als du Marceline gefunden hast, hast du da seine Uhr gesehen?«

Ich schüttelte wortlos den Kopf.

»Vielleicht lag sie auf dem Fußboden«, versuchte er mir zu helfen, »und du hast sie aufgehoben, damit keiner drauftreten würde.«

»Nein«, sagte ich und schüttelte wieder den Kopf. »Ich habe seine Uhr nicht gesehen.«

Mein Vater schlug mir verständnisvoll auf die Schulter und wandte sich mit einem Schulterzucken dem Detektiv zu, als wollte er sagen, er habe alles versucht.

»Durchsucht sie«, sagte der Detektiv.

Stell dir meine Überraschung vor, als der Streifenpolizist mich aufforderte, meine Hosentaschen auszuleeren, und da, zwischen den Kaugummipapieren, war eine goldene Uhr mit einer langen goldenen Kette.

Stell dir meine Überraschung vor, sage ich, denn ich war derjenige, der überrascht war. Sprachlos. Wie vor den Kopf geschlagen. Aber nur zwei Sekunden lang.

Denn im nächsten Moment begriff ich, was da passiert war. Mein alter

Herr hatte mich zur Rezeption geschickt, damit er die Leiche absuchen konnte. Und als einer der aufdringlichen Zimmernachbarn die Uhr erwähnte, hatte mein Vater mir den Arm um die Schultern gelegt und seine kleine Rede gehalten, und in dem Moment hatte er mir, bevor er selbst durchsucht wurde, die Uhr in die Tasche geschoben.

»Ach, Duchess«, sagte er voller Enttäuschung.

Binnen einer Stunde war ich auf der Polizeiwache. Als Minderjähriger mit einer ersten Straftat hätte ich eigentlich in die Obhut meines Vaters entlassen werden müssen. Aber weil die Uhr des alten Clowns so wertvoll war, galt das Delikt nicht als mindere Straftat, sondern als echter Diebstahl. Die Sache wurde noch verschlimmert, weil im Sunshine auch andere Diebstähle gemeldet worden waren, und Fitzy, der Trinkkumpane meines Vaters, hatte unter Eid ausgesagt, er habe mich aus einem der anderen Zimmer kommen sehen, in denen ich nichts zu suchen hatte. Damit nicht genug, die Leute von der Kinderfürsorge entdeckten, dass ich fünf Jahre lang nicht zur Schule gegangen war, was meinen Vater schwer schockierte. Als ich vor dem Jugendrichter erschien, musste mein Vater zugeben, dass er als alleinstehendes und arbeitendes Elternteil nicht in der Lage sei, mich vor den üblen Einflüssen der Bowery zu schützen. Es wäre zu meinem eigenen Nutzen, darin waren sich alle einig, wenn ich bis zum Alter von achtzehn Jahren in eine Jugendbesserungsanstalt gesteckt würde.

Als der Richter das Urteil erließ, bat mein Vater darum, seinem missratenen Sohn ein paar weise Worte mit auf den Weg geben zu dürfen, bevor der abgeführt wurde. Der Richter willigte ein, wahrscheinlich vermutete er, dass mein Vater mich zur Seite nehmen und es schnell machen würde. Doch nein, mein alter Herr steckte die Daumen in seine Hosenträger, plusterte sich auf und richtete das Wort an den Richter, den Beisitzer, die Leute auf der Galerie und die Stenografin. Ganz besonders an die Stenografin!

»Da sich nun unsere Wege trennen, mein Sohn«, sagte er zu den Anwesenden, »hier mein Segen mit dir. Und diese Regeln präg in dein Gedächtnis. Leutselig sei, doch keineswegs gemein. Dein Ohr leih jedem, wen'gen deine Stimme. Nimm Rat von allen, aber spar dein Urteil. Dies über alles: Sei dir selber treu, und daraus folgt, so wie die Nacht dem Tage, du kannst nicht falsch sein gegen irgendwen. Leb wohl, mein Sohn«, so schloss er, »Leb wohl!«

Und als ich aus dem Saal geführt wurde, hat der Alte doch tatsächlich eine Träne verdrückt.

»Das ist ja entsetzlich«, sagte Sarah.

An ihrer Miene sah ich, dass sie es aufrichtig meinte. In ihrem Ausdruck sah ich Verständnis, Empörung und den Wunsch zu beschützen. Es war offensichtlich, dass sie eine wunderbare Mutter sein würde, ganz gleich, ob ihr in ihrem eigenen Leben Glück beschieden wäre.

»So schlimm war es gar nicht«, sagte ich beschwichtigend. »Salina war nicht nur schlecht. Ich habe drei Mahlzeiten am Tag bekommen und auf einer Matratze geschlafen. Und wenn ich nicht dahin gekommen wäre, hätte ich deinen Bruder nicht kennengelernt.«

Als ich mit Sarah am Spülbecken stand und mein leeres Glas auswusch, dankte sie mir und lächelte mir auf ihre offene Art zu. Dann wünschte sie mir gute Nacht und wollte gehen.

»Schwester Sarah«, sagte ich.

Sie drehte sich um und hob fragend die Augenbrauen. Als ich das braune Fläschchen aus der Tasche ihres Morgenmantels holte, sah sie mich mit wortloser Überraschung an.

»Glaub mir«, sagte ich. »Die nützen nichts.«

Nachdem sie aus der Küche gegangen war, stellte ich das Fläschchen unten ins Gewürzregal. Ich hatte das Gefühl, die zweite gute Tat des Tages vollbracht zu haben.

# VIER

# WOOLLY

Am Freitag um halb zwei stand Woolly an seiner erklärten Lieblingsstelle im ganzen Geschäft. Und das wollte was heißen! Denn in der Spielzeugwarenhandlung FAO Schwarz gab es so viel Wunderbares. Schon allein um zu dieser Stelle zu gelangen, musste Woolly durch die Sammlung der riesigen Plüschtiere gehen, wo auch der Tiger mit den hypnotisierenden Augen war und die lebensgroße Giraffe, deren Kopf praktisch an die Decke stieß. Er musste die Abteilung für Motorsport durchqueren, wo zwei Jungen auf einer achtförmigen Rennbahn ihre kleinen Ferraris herumsausen ließen. Und oben an der Rolltreppe ging es durch die Abteilung für Zauberkästen, wo ein Zauberer gerade den Karo-Buben wegzauberte. Aber obwohl es all das zu sehen gab, waren es die Glasvitrinen mit den Puppenhausmöbeln, die Woolly glücklicher machten als alles andere.

Der Schaukasten, der sechs Meter lang war und acht Glasetagen hatte, war größer als die Vitrine in der Sporthalle von St. George, wo die Trophäen ausgestellt wurden, und sie war von oben bis unten mit perfekten Nachbildungen gefüllt. Links gab es eine ganze Abteilung mit Chippendale-Möbeln: Chippendale-Vertikos und Chippendale-Schreibtische und eine Esszimmergarnitur mit zwölf Chippendale-Stühlen um einen Chippendale-Esstisch. Genau so einen Tisch hatte seine Familie im Esszimmer ihrer Wohnung in der 86. Straße gehabt. Natürlich aßen sie an dem Chippendale-Tisch nicht jeden Tag. Er war besonderen Gelegenheiten vorbehalten, Geburtstagen und Festtagen, und dann wurde das beste Geschirr gedeckt, und die Kerzen in den Silberleuchtern wurden angezündet. Zumindest war es so, bis Woollys Vater starb. Dann heiratete seine Mutter wieder, zog nach Palm Beach und verschenkte den Esstisch an die Women's Exchange.

Meine Güte, hatte das seine Schwester Kaitlin in Rage gebracht!

»Wie kannst du das nur tun?«, hatte sie zu ihrer Mutter gesagt, vielmehr sie angeschrien, als die Möbelpacker kamen, um den Tisch und die Stühle abzuholen. »Das sind die Möbel unserer Urgroßmutter!«

»Ach, Kaitlin«, hatte ihre Mutter erwidert. »Wer will denn so einen Tisch noch haben? Ein altes, platzraubendes Ding für zwölf Personen. Heute gibt doch niemand mehr Dinnerpartys. Das ist doch so, Woolly, oder?«

Damals wusste Woolly nicht, ob es noch Dinnerpartys gab. Er wusste es immer noch nicht. Deshalb hatte er nichts gesagt. Aber seine Schwester hatte etwas gesagt. Als die Männer den Chippendale-Esstisch aus der Wohnung trugen, sagte sie:

»Sieh ihn dir gut an, Woolly. So einen Tisch bekommst du nie wieder zu sehen.«

Und er hatte ihn sich gut angesehen.

Aber es stellte sich heraus, dass Kaitlin sich geirrt hatte. Denn Woolly hatte einen solchen Esstisch wieder zu sehen bekommen, nämlich genau hier, in diesem Schaukasten bei FAO Schwarz.

Die Möbel in der Vitrine waren chronologisch angeordnet, sodass man, wenn man von links nach rechts an den ausgestellten Zimmern vorbeiging, den ganzen Weg vom Hof in Versailles zu einer modernen Wohnung, die mit Schallplattenspieler, einem Cocktailtisch und zwei Sesseln von Mies van der Rohe möbliert war, zurücklegte.

Es war Woolly bekannt, dass Mr. Chippendale und Mr. Mies van der Rohe für das Design ihrer Stühle hochgeschätzt wurden. Aber er war der Ansicht, dass die Männer, die diese Nachbildungen herstellten, ebensolche Wertschätzung verdient hatten, wenn nicht sogar mehr. Denn einen Stuhl im Stil von Chippendale oder Mies van der Rohe in diesen winzigen Dimensionen herzustellen, war doch bestimmt schwieriger, als einen zu konstruieren, auf dem man sitzen konnte.

Am liebsten aber mochte Woolly in dem Schaukasten die Abteilung ganz rechts, wo mehrere Kücheneinrichtungen ausgestellt waren. Ganz oben gab es eine sogenannte Präriekiüche, die einen einfachen Holztisch hatte, auf dem ein Butterfass stand, und einen gusseisernen Herd mit einer gusseisernen Pfanne drauf. Danach kam die viktorianische Küche. Man konnte erkennen, dass in dieser Küche eine Köchin das Essen zubereitete, denn es gab weder einen Tisch, an dem man essen konnte, noch Stühle. Stattdessen war da eine lange Arbeitsfläche, über der sechs der Größe nach geordnete Kupfertöpfe hingen. Dann kam man zu der modernen Küche mit all ihren wunderbaren Attributen. Außer dem weißen Herd und dem weißen Kühlschrank war da ein Tisch mit Platz für vier Personen; der Tisch hatte eine rote Resopalplatte, und um ihn herum standen vier Chromstühle mit roten Vinylsitzen. Es gab einen KitchenAid-Mixer sowie einen Toaster mit einem schwarzen Hebel und zwei Scheiben Toast. Und in dem Hängeschrank über der Arbeitsfläche standen kleine Packungen mit Frühstücksflocken und winzige Suppendosen.

»Ich wusste, dass ich dich hier finden würde.«

Woolly drehte sich zur Seite und sah seine Schwester neben sich.

»Wie wusstest du das?«, fragte er überrascht.

»Wie ich das wusste?« Sarah lachte.

Und Woolly lachte auch, denn natürlich wusste er, wie sie es wusste.

Als sie Kinder waren, ging Grandma Wolcott jeden Dezember mit ihnen zu FAO Schwarz, wo sie ihre Weihnachtsgeschenke selbst auswählen durften. In einem Jahr, als die Familie mit dem Einkauf fertig war – alle Mäntel waren zugeknöpft, alle roten Tragetaschen bis zum Rand gefüllt –, da fiel jemandem auf, dass in dem belebten Laden der kleine Woolly abhandengekommen war. Die Mitglieder der Familie strömten auf die verschiedenen Etagen aus und riefen seinen Namen, bis Sarah ihn endlich fand, genau hier.

»Wie alt waren wir damals?«

Sarah schüttelte den Kopf.

»Ich weiß nicht. Es war das Jahr, bevor Grandma starb, also muss ich fünfzehn gewesen sein, und du acht.«

Woolly schüttelte den Kopf.

»Das war so schwer. Fandest du nicht?«

»Was war schwer?«

»Ein Weihnachtsgeschenk auszusuchen – hier besonders.«

Woolly versuchte, mit seinen Armen alle Giraffen, Ferraris und Zauberkästen zu umschließen.

»Ja, es war schwer, etwas auszusuchen. Aber besonders für dich.«

Woolly nickte.

»Und danach, nachdem wir unsere Geschenke ausgesucht hatten und Grandma die Tüten mit dem Fahrer nach Hause geschickt hatte, sind wir ins Plaza gegangen, zum Tee. Weißt du das noch?«

»Das weiß ich noch.«

»Wir saßen in dem großen Saal mit den Palmen, und dann wurden die Etageren gebracht. Auf den unteren Etagen waren die Sandwiches mit Kresse, Gurke und Lachs, und weiter oben die Zitronentörtchen, und ganz oben Windbeutel mit Schokoladenüberzug. Und Grandma bestand darauf, dass wir die Sandwiches zuerst aßen, vor den süßen Sachen.«

»Zum Himmel muss man hochklettern.«

Woolly lachte.

»Ja, das hat sie immer gesagt.«

Woolly und Sarah stiegen im Erdgeschoss von der Rolltreppe, und Woolly war gerade dabei, Sarah seine neue Idee zu erklären, dass nämlich die Hersteller der Puppenhausstühle ebenso gewürdigt werden müssten wie die Herren Chippendale und Mies van der Rohe, wenn nicht sogar mehr, als sie hinter sich lautes Rufen hörten.

»Entschuldigung! Mein Herr, bitte!«

Als Woolly und seine Schwester sich nach dem Grund für den Aufruhr umdrehten, sahen sie einen Mann, dem Aussehen nach ein Geschäftsführer, der die Hand in die Luft streckte und hinter ihnen herrannte.

»Einen Moment bitte, mein Herr«, rief der Mann und kam entschlossen auf Woolly zu.

Woolly wandte sich mit einem Ausdruck komischer Überraschung zu seiner Schwester um, doch die beobachtete den Mann mit einem Anflug von Beklommenheit. Einem winzigen, aber herzergreifenden Anflug der Angst.

Als der Mann bei ihnen war, musste er erst wieder zu Atem kommen, dann wandte er sich an Woolly.

»Entschuldigen Sie bitte die laute Stimme, aber hier ist noch Ihr Bär.«

Woolly machte große Augen.

»Der Bär!«

Er drehte sich zu seiner Schwester um, die verwundert und erleichtert zugleich wirkte.

»Den hatte ich ganz vergessen«, sagte Woolly lächelnd.

Eine junge Frau war gleich hinter dem Manager und hatte einen Pandabären im Arm, der fast so groß war wie sie selbst.

»Ich danke Ihnen beiden«, sagte Woolly und nahm den Bären in die Arme. »Ich danke Ihnen von Herzen.«

Die beiden Angestellten gingen ihrer Wege, und Sarah sah Woolly an.

»Du hast einen Riesenpanda gekauft?«

»Für das Baby!«

»Woolly«, sagte sie lächelnd und kopfschüttelnd zugleich.

»Ich hatte mir auch die Grizzlybären und die Eisbären angesehen«, erklärte Woolly, »aber die kamen mir ein bisschen wild vor.«

Er hätte diesen Eindruck gern mit zu Klauen geformten Händen und gebleckten Zähnen veranschaulicht, aber seine Arme waren voll mit dem Pandabären.

So voll waren seine Arme, dass er nicht durch die Drehtür kam. Deshalb eilte der rot uniformierte Mann, der immer am Eingang von FAO Schwarz stand, zu ihrer Hilfe herbei.

»Gestatten Sie«, sagte er galant.

Er öffnete die Tür daneben, die keine Drehtür war, sodass Bruder und Schwester mit dem Bären auf den kleinen Platz treten konnten, der zwischen dem Geschäft und der Fifth Avenue lag.

Es war ein schöner Tag, und die Sonne beschien die Pferdekutschen und die Hotdog-Stände am Rand des Central Park.

»Komm, setz dich noch einen Moment mit mir hin«, sagte Sarah in einer Weise, die darauf hindeutete, dass ein ernstes Gespräch folgen würde.

Mit leichtem Widerstreben folgte Woolly seiner Schwester zu einer Bank, nahm Platz und setzte den Panda zwischen sie.

»Woolly, ich möchte dich etwas fragen.«

An ihrem Blick sah Woolly, dass sie besorgt war, aber auch unsicher, als zweifelte sie, ob sie ihn wirklich das fragen wollte, was sie zu fragen vorgehabt hatte.

Woolly legte ihr die Hand auf den Arm.

»Du brauchst mich nichts zu fragen, Sarah. Es gibt nichts, was du mich fragen müsstest.«

Woolly sah an ihrer Miene, dass Sorge und Unsicherheit immer noch miteinander rangen. Er bemühte sich deshalb nach Kräften, sie zu beruhigen.

»Fragen können so schwierig sein«, sagte er. »Wie Weggabelungen. Man kann mitten in einer richtig netten Unterhaltung sein, dann stellt jemand eine Frage, und plötzlich geht alles in eine ganz andere Richtung. Auf dem neuen Weg kommt man wahrscheinlich auch in nette Gegenden, aber manchmal möchte man einfach da ankommen, wo man ursprünglich hinwollte.«

Sie schwiegen beide. Dann drückte Woolly aufgeregt Sarahs Arm, weil ihm ein neuer Gedanke gekommen war.

»Ist dir mal aufgefallen«, sagte er, »ist dir schon mal aufgefallen, wie viele Fragen mit W anfangen?«

Er zählte sie auf.

»Wer. Was. Warum. Wann. Wohin. Welche.«

Er sah, wie Sorge und Unsicherheit einen Moment lang verflogen und Sarah bei diesem faszinierenden kleinen Gedanken lächelte.

»Ist das nicht interessant?«, fuhr er fort. »Ich meine, wie ist das wohl passiert? Als vor so vielen Jahrhunderten die Wörter geprägt wurden, was fanden Worteschmiede an dem W, dass sie es für Fragen benutzten? Und nicht, sagen wir mal, T oder P? Man kriegt richtig Mitleid mit dem W, findest du nicht? Denn es ist ja eine ziemlich schwere Bürde, die es zu tragen hat. Besonders auch deshalb, weil oft, wenn jemand eine Frage mit W stellt, stellt er eigentlich gar keine Frage, sondern er macht eine verhüllte Aussage. Zum Beispiel …«

Woolly nahm die Körperhaltung und den Ton seiner Mutter an.

»Wann wirst du endlich erwachsen? Und: Warum tust du so was? Und: Was um alles in der Welt hast du dir dabei gedacht?«

Sarah lachte, und es tat gut, sie lachen zu sehen, denn ihr Lachen war das beste in der Welt. Das wunderbärste Lachen, das er kannte.

»Ist gut, Woolly. Ich werde dir keine Frage stellen.«

Jetzt war sie es, die ihm die Hand auf den Arm legte.

»Stattdessen möchte ich dich bitten, mir etwas zu versprechen. Ich möchte, dass du mir versprichst, nach deinem Besuch hier zurückzugehen.«

Woolly wollte auf seine Füße blicken, aber er spürte den Druck ihrer Finger auf seinem Arm. Und er sah, dass zwar der Ausdruck von Sorge noch in ihrem Gesicht stand, aber der von Unsicherheit verschwunden war.

»Ich verspreche«, sagte er. »Ich verspreche, … dass ich zurückgehe.«

Dann drückte sie seinen Arm, so wie er ihren gedrückt hatte. Sie sah aus, als wäre ein großes Gewicht von ihren Schultern genommen, und lehnte sich auf der Bank zurück. Er tat dasselbe. Sie saßen auf der Bank, den Panda zwischen sich, und blickten über die Fifth Avenue zum Plaza Hotel hinüber. Dann stand Woolly mit einem breiten Lächeln auf und stellte sich vor seine Schwester.

»Wir sollten zum Tee ins Plaza gehen«, sagte er. »Aus sentimentalen Gründen.«

»Woolly«, sagte Sarah und ließ die Schultern hängen. »Es ist schon nach zwei Uhr. Ich muss bei Bergdorf mein Kleid abholen, und ich habe einen Termin beim Friseur, dann muss ich in die Wohnung gehen und mich umziehen, damit ich Dennis rechtzeitig in Le Pavillion treffen kann.«

»Ach, blablabla«, sagte Woolly.

Sarah wollte noch etwas hinzufügen, aber Woolly nahm den Panda und wackelte mit ihm vor Sarah hin und her.

»Ach, blablabla«, sagte Woolly mit einer Pandastimme.

»Also gut«, sagte Sarah und lachte. »Aus sentimentalen Gründen – lass uns ins Plaza gehen und Tee trinken.«

# DUCHESS

Am Freitag um halb zwei stand ich vor dem Geschirrschrank im Esszimmer von Woollys Schwester und bewunderte das ordentlich eingestellte Porzellan. Wie das Geschirr der Watsons war auch dieses so wertvoll, dass man es vererben würde, und vielleicht war es schon vererbt worden. Aber hier standen die Kaffeetassen nicht in einem schiefen Turm, hier lag keine Staubschicht auf den Tellern. Bei Schwester Sarah stand alles in geraden senkrechten Stapeln, und zwischen den Tellern lag jeweils ein Filzplättchen, um das Porzellan vor Kratzern zu schützen. In dem Fach unter dem Porzellan stand ein langer Kasten mit dem ebenfalls sehr ordentlich einsortierten Familiensilber.

Ich verschloss den unteren Teil des Geschirrschranks und legte den Schlüssel wieder dahin, wo ich ihn gefunden hatte, nämlich in der Terrine, die auf dem mittleren Brett stand. Offenbar hatte die Dame des Hauses einen Sinn für Symmetrie – lobenswert, weil leicht zu durchschauen.

Ich ging vom Esszimmer den Flur entlang, und in der Gewissheit, dass ich mir im Erdgeschoss alle Zimmer angesehen hatte, ging ich über die Hintertreppe in den ersten Stock.

Beim Frühstück hatte Sarah erklärt, sie und Dennis würden das Wochenende in ihrer Stadtwohnung verbringen, weil sie an beiden Abenden Verabredungen zum Dinner hatten. Als sie sagte, sie würde schon am Vormittag nach Manhattan fahren, weil sie noch Besorgungen zu machen habe, hatte Woolly die Idee, sie zu begleiten.

»Wäre das in Ordnung?«, fragte sie. »Dass Woolly ein paar Stunden mit mir in der Stadt ist?«

»Natürlich, warum nicht?«

Und so wurde es beschlossen. Woolly würde mit Sarah nach Manhattan fahren, später würde ich ihn mit dem Cadillac abholen, und wir würden zusammen in den Zirkus gehen. Als ich Woolly nach einem guten Treffpunkt fragte, schlug er, wie nicht anders zu erwarten, die Statue von Abraham Lincoln im Union Square vor. Kurz nach elf fuhren sie los und ließen mich allein im Haus zurück.

Als Erstes ging ich ins Wohnzimmer. Ich goss mir einen Fingerbreit Whiskey ein, legte eine Sinatra-Platte auf und streckte mich auf dem Sofa aus. Die Platte kannte ich nicht, aber Frankie-Boy war gut bei Stimme und sang mehrere stimmungsvolle Liebeslieder mit voller Orchesterbegleitung, darunter »I get a kick out of you« und »They can't take that away from me«.

Auf dem Cover waren zwei flanierende Liebespaare abgebildet und Sinatra, der allein an einem Laternenmast lehnte. Sinatra trug einen dunkelgrauen Anzug und einen nach hinten geschobenen Hut, und die Zigarette hing so locker zwischen seinen Fingern, dass sie gleich runterzufallen drohte. Das Foto allein weckte in einem den Wunsch, eine Zigarette zu rauchen und einen solchen Hut zu tragen und an einem Laternenmast zu lehnen, ganz allein.

Einen Moment überlegte ich, ob Woollys Schwager die Schallplatte gekauft hatte. Aber nur einen Moment lang, denn es war klar, dass es Sarah gewesen sein musste.

Ich legte den Tonarm noch einmal auf, goss mir noch einmal von dem Whiskey ein und ging auf den Flur. Woolly behauptete, sein Schwager sei eine Art Wall-Street-Wunderkind, aber wenn man sein Büro sah, hätte man das nicht vermutet. Da gab es keine Telexmaschine, oder was immer sie heute benutzen, um Nachrichten über den einbrechenden Aktienmarkt zu verbreiten. Auch keine Ordner oder Rechenschieber oder Lineale. Hingegen waren reichlich Hinweise auf sportliche Aktivitäten zu sehen.

Auf einem Bord rechts vom Schreibtisch, unmittelbar in Dennis' Blick-feld, war ein ausgestopfter Fisch auf einen Pfosten montiert, der dauerhaft sein Maul zu einem Angelhaken hin öffnete. Auf dem Bord über dem Fisch hing ein ziemlich neues Foto von vier Männern, die gerade eine Runde Golf gespielt hatten. Zum Glück war es in Farbe, sodass man genau sehen konnte, welche Sachen man selbst nie tragen wollte. Ich betrachtete die Gesichter der Golfspieler und befand, dass Dennis der mit der besonders selbstgefälligen Miene sein musste. Links von den Borden, über zwei leeren U-Haken, hing noch ein Foto, auf dem ein College-Baseballteam um eine sechzig Zentimeter hohe Trophäe im Gras hockte.

Was ich allerdings nicht fand, war ein Foto von Woollys Schwester. An der Wand nicht, nicht auf einem der Borde, auch nicht auf dem Schreibtisch des Wunderkinds.

Nachdem ich in der Küche mein Glas abgespült hatte, fand ich das, was vermutlich die Speisekammer war. Aber sie ähnelte nicht der im Waisenhaus, die vom Fußboden bis zur Decke mit Mehlsäcken und Dosentomaten voll war. In dieser gab es ein Kupferbecken mit einer Kupferablage und Blumenvasen in allen Farben und Formen, in denen Sarah die unterschiedlichen Bouquets, die Dennis ihr nicht aus der Stadt mitbrachte, vorteilhaft dekorieren konnte. Das Gute an der Speisekammer war ein speziell angefertigter Schrank, der Dennis zu verdanken war und in dem ein paar Hundert Flaschen Wein lagerten.

Von der Küche ging ich ins Esszimmer und begutachtete das Porzellan und das Silber, wie schon berichtet. Im Wohnzimmer steckte ich den Korken wieder in die Whiskeyflasche und schaltete den Schallplattenspieler ab, dann ging ich nach oben.

Ich überging das Zimmer, in dem Woolly und ich die Nacht verbracht hatten, und kam zu einem weiteren Gästezimmer, dann in ein Zimmer, das wie eine Nähstube aussah, und weiter in ein Schlafzimmer, das gerade neu gestrichen wurde.

Jemand hatte die Plane von dem Bett in der Mitte des Zimmers abgezogen, sodass die Kisten, die daraufstanden, jetzt den Strahlen der hellblauen Farbe ungeschützt ausgesetzt waren. Mir schien, dass Woollys Schwester so etwas nicht tun würde, also legte ich die Plane wieder über das Bett. Und was sah ich da am Bettgestell lehnen, wenn nicht einen Baseballschläger Marke Louisville Slugger.

Bestimmt hatte er auf den U-Haken in Dennis' Büro gelegen, und jemand hatte ihn aus welchem Grund auch immer hierhergebracht.

Ich hob ihn hoch, wiegte ihn in den Händen und schüttelte ungläubig den Kopf. Warum war mir das nicht eher eingefallen?

Was Form und Verwendungszweck angingen, unterschied sich ein Louisville Slugger bestimmt nicht sehr von den Schlagstöcken unserer Vorfahren, mit denen sie Wildkatzen und Wölfe unter Kontrolle hielten, aber dieser war so glatt und modern wie ein Maserati … Die sanft zulaufende Form zum Griff hin, mit der die perfekte Verteilung des Gewichts gewährleistet wurde, der leicht erhabene Rand, wie ein Knauf, an dem die Hand des Schlagenden ruht, sodass er mit aller Kraft schlagen konnte, ohne dass der Schläger aus seinem Griff glitt. Der Louisville Slugger, gedrechselt, gehobelt, poliert mit derselben Hingabe, die auf Geigen oder Boote angewendet wurde, ist ein Objekt von Schönheit und Zweckdienlichkeit zugleich.

Ja, man wird schwerlich ein besseres Beispiel von »Form folgt Funktion« finden als den Moment, wenn Joltin' Joe mit dem Schläger auf der Schulter losrennt, in Richtung des Flugobjekts, das mit neunzig Meilen pro Stunde auf ihn zufliegt, und es mit einem befriedigenden Geräusch des Aufpralls in die entgegengesetzte Richtung zurückschlägt.

Richtig, dachte ich, vergiss die Querhölzer, die Bratpfannen oder Radheber. Wenn es darum geht, Gerechtigkeit herzustellen, braucht man nichts anderes als einen guten alten amerikanischen Baseballschläger.

Ich schritt pfeifend den Flur entlang und stieß die Tür zum Hauptschlafzimmer mit der Spitze des Schlägers auf.

Es war ein hübscher, lichter Raum, in dem es außer dem Bett auch eine Chaiselongue gab sowie einen Stuhl mit passendem Schemel, außerdem zwei Kommoden, eine für ihn, eine für sie. Dann waren da zwei Türen zu begehbaren Schränken, einen für ihn, einen für sie. Im linken hingen an einer Stange lauter Kleider, die meisten so farbig und elegant wie ihre Besitzerin. Aber da waren auch ein paar offenherzige Fetzen ganz hinten, die ich kaum anzusehen wagte und die sie bestimmt aus Schüchternheit nicht zu tragen wagte.

In dem zweiten begehbaren Schrank lagen ordentlich gefaltete Oberhemden auf Borden, und an einer Stange hingen dreiteilige Anzüge in den Farben von Hellbraun zu Grau und von Blau zu Schwarz. Auf dem Bord über den Anzügen lagen die Hüte in ähnlicher farblicher Anordnung.

Kleider machen Leute, heißt es. Aber man muss sich nur eine Reihe von Hüten ansehen, um zu wissen, was für ein Unsinn das ist. Wenn man eine Gruppe von Männern jedweder Herkunft zusammenbringt, von den mächtigsten zu den niedrigsten, und sie auffordert, ihre Fedoras auf einen Haufen zu werfen, kann man den Rest seines Lebens damit verbringen herauszufinden, welcher wem gehörte. Der Mensch macht den Hut. Würde man nicht lieber den Hut von Humphrey Bogart tragen als den von Sergeant Joe Friday?

Natürlich.

Nach meiner Rechnung besaß Dennis insgesamt ungefähr fünfzehn Hüte, fünfundzwanzig Anzüge und vierzig Oberhemden, die beliebig miteinander kombiniert werden konnten. Ich schenkte mir die Mühe, die genaue Anzahl von Kombinationen auszurechnen. Niemandem, davon war ich überzeugt, würde es auffallen, wenn eine Kombination fehlte.

# EMMETT

Am Freitag um halb zwei näherte Emmett sich einem Brownstone-Haus auf der 126. Straße.

»Da kommt noch so einer«, sagte der hellhäutige Schwarze, der oben auf den Stufen am Geländer lehnte.

Der Dicke, der auf der untersten Stufe saß, sah mit einem Ausdruck freudiger Überraschung zu Emmett auf.

»Willst du dich auch zusammenschlagen lassen?«, fragte er.

Er fing an, sich in lautlosem Lachen zu schütteln, als oben die Tür aufging und Townhouse herauskam.

»Hallo da«, sagte er lächelnd. »Mr. Emmett Watson, welche Überraschung.«

»Hallo, Townhouse.«

Townhouse blieb stehen und starrte den hellhäutigen Schwarzen an, der seinen Weg blockierte. Als der widerstrebend zur Seite ging, kam Townhouse zur Straße herunter und nahm Emmetts Hand.

»Wie gut, dich zu sehen.«

»Und gut, dich zu sehen.«

»Ich habe gehört, sie haben dich ein paar Monate eher rausgelassen.«

»Wegen meines Vaters.«

Townhouse nickte zum Ausdruck seines Mitgefühls.

Der hellhäutige Junge beobachtete den Austausch mit einem säuerlichen Ausdruck.

»Und wer ist das?«, fragte er.

»Ein Freund«, sagte Townhouse, ohne sich umzusehen.

»In Salina muss es wohl sehr freundlich zugegangen sein.«

Diesmal drehte sich Townhouse um.

»Sei still, Maurice.«

Einen Moment hielt Maurice dem Blick stand, dann wandte er sich in missmutiger Stimmung zur Straße, während der Dicke den Kopf schüttelte.

»Komm«, sagte Townhouse zu Emmett. »Lass uns ein paar Schritte gehen.«

Sie gingen los, und Townhouse schwieg. Emmett verstand, dass er Abstand zu den anderen gewinnen wollte. Also schwieg Emmett auch, bis sie um die Ecke waren.

»Du wirkst nicht sonderlich überrascht, mich zu sehen.«

»Das bin ich auch nicht. Gestern war Duchess hier.«

Emmett nickte.

»Als ich hörte, er sei nach Harlem gefahren, dachte ich mir schon, dass er dich besuchen wollte. Aus welchem Grund?«

»Er wollte sich von mir verprügeln lassen.«

Emmett blieb stehen und sah Townhouse an, also blieb Townhouse auch stehen. Einen Moment lang standen sie sich gegenüber, stumm – zwei junge Männer unterschiedlicher ethnischer Zugehörigkeit und Erziehung, aber mit ähnlicher Einstellung.

»Er wollte, dass du ihn verprügelst?«

Townhouse sprach mit gesenkter Stimme, als wäre es vertraulich, dabei war niemand in Hörweite.

»Genau das wollte er, Emmett. Er hatte es sich in den Kopf gesetzt, dass er in meiner Schuld stand – weil ich damals von Ackerly den Rohrstock bekommen hatte –, und ich sollte ihm ein paar auf die Rübe geben, dann wären wir quitt.«

»Was hast du gemacht?«

»Ich habe ihn geschlagen.«

Emmett sah seinen Freund überrascht an.

»Er hat mir keine Wahl gelassen. Er sagte, er sei den ganzen Weg nach Harlem gekommen, um diese Schuld zu begleichen, und würde nicht eher gehen, bis das erledigt war. Ich habe ihn also geschlagen, und er bestand darauf, dass ich es noch einmal mache. Zweimal. Er hat drei Schläge eingesteckt, ohne auch nur die Fäuste zu heben – unten an den Stufen, wo wir gerade gestanden haben, vor den Jungen.«

Emmett wandte nachdenklich den Blick ab. Die Parallele zu fünf Tage zuvor, als er auf ähnliche Weise Schläge kassiert hatte, um seine eigene Schuld zu begleichen, war ihm bewusst. Emmett neigte nicht zum Aberglauben. Er hatte weder eine Vorliebe für vierblättrige Kleeblätter noch Angst vor schwarzen Katzen. Aber die Vorstellung, dass Duchess vor Publikum drei Schläge eingesteckt hatte, weckte in ihm eine Vorahnung. Trotzdem lenkte es nicht von dem ab, was jetzt anstand.

Emmett sah wieder Townhouse an.

»Hat er gesagt, wo er sich aufhält?«

»Nein.«

»Hat er gesagt, wo er hinwollte?«

Townhouse schwieg einen Moment und schüttelte den Kopf.

»Nein. Aber hör zu, Emmett. Wenn du Duchess unbedingt finden willst, solltest du wissen, dass du nicht der Einzige bist, der ihn sucht.«

»Wie meinst du das?«

»Gestern Abend waren zwei Polizisten hier.«

»Weil er und Woolly aus Salina abgehauen sind?«

»Vielleicht. Das haben sie nicht gesagt. Aber sie waren mehr an Duchess als an Woolly interessiert. Und ich hatte das Gefühl, dass es um mehr ging als um zwei Jungen, die über den Zaun getürmt sind.«

»Danke für diese Auskunft.«

»Klar. Aber bevor du gehst, möchte ich dir etwas zeigen, das für dich bestimmt interessant ist.«

Townhouse ging mit Emmett acht Blocks zu einer Straße, wo die meisten Menschen lateinamerikanischen Ursprungs waren. Sie kamen an einer Bodega vorbei und an drei Männern, die auf dem Gehweg Domino spielten, während im Radio Latino-Tanzmusik gespielt wurde. Am Ende des Blocks blieb Townhouse gegenüber einer Autowerkstatt stehen.

Emmett drehte sich zu ihm um.

»Ist das *die* Autowerkstatt?«

»Richtig.«

Die Werkstatt gehörte González, einem Mann, der nach dem Krieg mit seiner Frau und seinen beiden Söhnen von Kalifornien nach New York gekommen war. Die Söhne, Zwillinge, waren in der Nachbarschaft als Paco und Pico bekannt. Als sie vierzehn waren, mussten sie nach der Schule bei González in der Werkstatt arbeiten, sie mussten Werkzeuge reinigen, Fußböden fegen, Müll raustragen, damit sie lernten, wie man auf ehrliche Weise seine Dollars verdiente. Paco und Pico lernten das, keine Frage. Und als ihnen mit siebzehn die Verantwortung übertragen wurde, die Werkstatt fürs Wochenende abzuschließen, setzten sie ihre eigene Geschäftsidee um.

Die meisten Autos waren wegen geringfügiger Reparaturen in der Werkstatt, ein klappernder Kotflügel, eine Beule in der Tür, sonst fehlte ihnen nichts. Und so begannen die Brüder, die Autos in der Werkstatt an den Wochenenden für ein paar Dollar in der Stunde an Jungen in der Nachbarschaft zu vermieten. Als Townhouse sechzehn war, verabredete er sich mit Clarise, dem schönsten Mädchen in seiner Klasse. Sie sagte zu, und Townhouse borgte sich fünf Dollar von seinem Bruder und mietete von den Zwillingen einen Wagen.

Er hatte vor, ein Picknick einzupacken und mit Clarise zu Grants Grab zu fahren, wo sie unter den Ulmen sitzen und auf den Hudson blicken konnten. Aber zufällig war der einzige Wagen, den die Zwillinge ihm anbieten konnten, ein Buick Skylark Cabriolet mit Chromleisten. Ein toller Schlitten, und es wäre ein Verbrechen gewesen, mit Clarise auf dem Beifahrersitz zum Hudson zu fahren und dort den Flusskähnen zuzusehen. Also kurbelte Townhouse das Dach zurück, stellte das Radio auf volle Lautstärke und fuhr mit seinem Date die 125. Straße auf und ab.

»Ihr hättet uns sehen sollen«, hatte Townhouse an einem Abend in Salina gesagt, als sie umgeben von Dunkelheit auf ihren Pritschen lagen. »Ich in meinem Osteranzug, der fast so blau war wie das Auto, und sie in einem gelben Kleid mit einem Ausschnitt im Rücken, der so tief ging, dass man ihre Wirbelsäule sehen konnte. Die Skylark hätte in vier Sekunden von null auf sechzig beschleunigen können, aber ich hielt sie bei zwanzig in der Stunde, damit wir allen, die wir kannten, zuwinken konnten. Und denen, die wir nicht kannten. Die ganze 125. sind wir langgefahren, an den Leuten im Sonntagsstaat vor dem Hotel Theresa und dem Apollo und dem Showman's Jazz Club vorbei. Und als wir zum Broadway kamen, wendete ich, und wir fuhren alles wieder zurück. Und in jeder Runde rückte Clarise ein bisschen näher, bis sie so nah war, wie es nur ging.«

Am Ende war es Clarise, die vorschlug, dass sie zu Grants Grab fuhren, und da waren sie, unter den Ulmen, und machten das meiste aus den Schatten, als die Stablampen der Polizisten ins Auto schienen.

Es stellte sich heraus, dass der Besitzer der Skylark einer der schicken Menschen vor dem Apollo war. Nachdem Townhouse und Clarise so vielen Menschen zugewunken hatten, war es ein Leichtes für die Polizisten, sie im Park zu finden. Sie trennten die ineinander verschlungenen jungen Menschen, einer der Polizisten fuhr Clarise in der Skylark nach Hause, und der andere brachte Townhouse im Polizeiwagen zur Polizeiwache.

Als Minderjähriger ohne Vorbestrafung hätte er mit einer strengen Ermahnung seitens der Polizei davonkommen können, wenn er die Zwillinge hätte auffliegen lassen. Aber Townhouse war kein Petzer. Als er gefragt wurde, wie er am Steuer eines Wagens zu sitzen kam, der ihm nicht gehörte, sagte Townhouse, er hätte sich, als niemand es bemerkte, ins Büro von Mr. González geschlichen, den Schlüssel zur Werkstatt vom Haken genommen und den Wagen vom Hof gefahren. Also bekam Townhouse keine Ermahnung, sondern zwölf Monate Salina.

»Hier lang«, sagte er jetzt.

Sie überquerten die Straße und kamen an dem Büro vorbei, wo Mr. González telefonierte, und gingen in die Werkstatt. In der ersten Bucht stand ein Chevy mit zerbeultem Kofferraum, in der zweiten ein Roadmaster mit zerbeulter Motorhaube, sodass es schien, dass die beiden Fahrzeuge im selben Unfall gewesen waren. Irgendwo dudelte ein Radio, und für Emmetts Ohren hätte es dieselbe Melodie sein können, die er gehört hatte, als sie an den Dominospielern vorbeigegangen waren, was aber eher unwahrscheinlich war, wie er wusste.

»Paco! Pico!«, rief Townhouse und übertönte die Musik.

Die Brüder kamen in ihren Arbeitsanzügen hinter dem Chevy hervor und wischten sich die Hände an schmutzigen Lappen ab.

Dass Paco und Pico Zwillinge waren, hätte man auf den ersten Blick nicht vermutet, denn der eine war lang und dünn und hatte wirres Haar, der andere klein und viereckig und kurz geschoren. Erst als sie ihre Gesichter zu einem breiten, zahnreichen Lächeln verzogen, sah man die Familienähnlichkeit.

»Dies ist der Freund, von dem ich euch erzählt habe«, sagte Townhouse.

Die Brüder drehten sich mit dem breiten Lächeln zu Emmett um. Dann zeigte Paco mit dem Kopf zum hinteren Teil der Werkstatt.

»Er steht da drüben.«

Emmett und Townhouse gingen hinter den Brüdern her, an dem Roadmaster vorbei und zu der letzten Bucht, wo ein Fahrzeug unter einer Plane stand. Die Brüder zogen zusammen die Plane zurück, und zum Vorschein kam der blaue Studebaker.

»Das ist mein Wagen«, sagte Emmett erstaunt.

»Kein Witz«, sagte Townhouse.

»Wie kommt er hierher?«

»Sagen wir einfach, Duchess hat ihn hier stehen gelassen.«

»Läuft er?«

»Mehr oder weniger«, sagte Paco.

Emmett schüttelte den Kopf. Was Duchess tat, und wann oder wo, war einfach undurchschaubar. Aber solange der Wagen da war und noch fuhr, brauchte Emmett das, was Duchess bewegte, nicht zu durchschauen.

Emmett ging um den Wagen herum und stellte erfreut fest, dass keine neuen Beulen hinzugekommen waren. Aber als er den Kofferraum aufmachte, war sein Rucksack nicht da. Und wichtiger noch, unter der Filzauflage, die er jetzt von dem Ersatzreifen zurückzog, fehlte der Umschlag.

»Alles in Ordnung?«, fragte Townhouse.

»Na ja«, sagte Emmett und schloss die Klappe mit einem Klicken.

Emmett ging um den Wagen herum und sah durch das Beifahrerfenster in den Innenraum, dann wandte er sich Paco zu.

»Hast du die Schlüssel?«

Paco sah Townhouse an.

»Wir haben sie«, sagte Townhouse. »Aber ich will dir noch etwas anderes zeigen.«

Bevor Townhouse weitersprechen konnte, erscholl ein verärgerter Schrei vom Eingang der Werkstatt:

»Was soll der Scheiß hier?«

Emmett nahm an, Mr. González sei verärgert, weil seine Söhne die Arbeit unterbrochen hatten, aber als er sich umdrehte, sah er Maurice auf sich zukommen.

»Was soll der Scheiß hier?«, sagte Maurice wieder, aber langsamer, und betonte jede Silbe.

Townhouse sagte leise zu Emmett, das sei sein Cousin, und wartete mit seiner Antwort, bis Maurice bei ihnen war.

»Was soll welcher Scheiß hier, Maurice?«

»Otis hat gesagt, du würdest ihm die Schlüssel geben, und ich dachte, ich glaub es nicht.«

»Jetzt kannst du es glauben.«

»Aber der Wagen gehört *mir*!«

»Davon kann überhaupt nicht die Rede sein.«

Maurice sah Townhouse mit konsterniertem Blick an.

»Du warst doch da, als mir der durchgeknallte Typ die Schlüssel gegeben hat.«

»Maurice«, sagte Townhouse, »du gehst mir schon die ganze Woche auf den Senkel, mir steht es einfach bis hier. Kümmere dich also um deine eigenen Sachen, bevor ich das tue.«

Maurice knallte die Kiefer zusammen, starrte Townhouse einen Moment lang an, dann drehte er sich um und trollte sich.

Townhouse schüttelte den Kopf. Er machte eine Miene, als müsste er sich mühsam daran erinnern, was er Wichtiges hatte sagen wollen, bevor er so unnötig unterbrochen wurde.

»Du wolltest ihm das mit dem Auto erzählen«, sagte Paco.

Townhouse nickte und wandte sich wieder Emmett zu.

»Als ich den Bullen gestern Abend gesagt habe, ich hätte Duchess nicht gesehen, haben sie mir anscheinend nicht geglaubt. Denn heute Morgen waren sie wieder da und haben überall in der Straße Fragen gestellt. Fragen wie: Hätte jemand zwei weiße Jungs bei mir auf den Stufen gesehen? Oder: Sind sie in der Nachbarschaft mit einem blauen Studebaker rumgefahren?«

Emmett schloss die Augen.

»Genau«, sagte Townhouse. »Sieht ganz so aus, dass er jetzt in irgendwelcher Scheiße steckt und dass er in deinem Auto da reingeschliddert ist. Und wenn dein Auto dabei war, dann kommen die Bullen bald auf die Idee, dass du auch dabei warst. Deshalb habe ich es hier untergestellt, statt es auf der Straße stehen zu lassen. Aber andererseits, wenn es ums Lackieren geht, dann sind die Brüder González große Künstler. Stimmt doch, Jungs?«

»Los Picassos«, sagte Pico. Es war das erste Mal, dass er sprach.

»Wenn wir mit ihm fertig sind«, sagte Paco, »würde selbst seine eigene Mutter ihn nicht erkennen.«

Die Brüder fingen an zu lachen, hörten aber auf, als sie sahen, dass Emmett und Townhouse nicht mit einstimmten.

»Wie lange dauert es?«, fragte Emmett.

Die Brüder sahen sich an, dann zuckte Paco die Schultern.

»Wenn wir morgen anfangen und gut vorankommen, könnten wir ihn, sagen wir, Montagmorgen … fertig haben?«

*»Sí«*, sagte Pico nickend. *»El lunes.«*

Schon wieder eine Verzögerung, dachte Emmett. Aber da der Umschlag ohnehin verschwunden war, musste Emmett in New York bleiben, bis er Duchess gefunden hatte. Und was das Auto anging, hatte Townhouse recht: Wenn die Polizei nach einem hellblauen Studebaker suchte, war es unsinnig, in einem solchen herumzufahren.

»Dann Montagmorgen«, sagte Emmett. »Und vielen Dank euch beiden.«

Sie kamen wieder auf die Straße, und Townhouse bot Emmett an, ihn zur Subway zu begleiten, aber Emmett musste noch etwas fragen.

»Als wir bei deinem Haus waren und ich dich gefragt habe, wohin Duchess wollte, hast du gezögert, wie jemand, der etwas weiß, es aber nicht sagen will. Wenn Duchess dir gesagt hat, wo er hinwollte, musst du es mir sagen.«

Townhouse stieß den Atem aus.

»Hör zu«, sagte er dann, »ich weiß, dass du Duchess magst, Emmett. Ich mag ihn auch. Er ist ein guter Freund, auf seine verrückte Art, und er ist ein sehr unterhaltsamer Unruhestifter. Aber er ist auch wie jemand mit einer selektiven Wahrnehmung. Was vor ihm ist, sieht er klar und deutlich, klarer als die meisten von uns, aber wenn etwas zur Seite gerückt wird, weiß er schon nicht mehr, dass es da ist. Und damit schafft er sich selbst, aber auch allen anderen in seinem Dunstkreis jede Menge Ärger. Ich will damit nur sagen, Emmett, vielleicht solltest du jetzt, wo du den Wagen wiederhast, Duchess bleiben lassen.«

»Das würde ich nur allzu gerne tun. Aber vor vier Tagen, als Billy und ich uns auf den Weg nach Kalifornien machen wollten, ist er mit Woolly im Studebaker abgehauen, was ja Problem genug ist. Aber dazu kommt, dass mein Vater vor seinem Tod im Kofferraum einen Umschlag mit dreitausend Dollar für mich versteckt hat. Der war noch drin, als Duchess den Wagen genommen hat, und jetzt ist er weg.«

»Scheiße«, sagte Townhouse.

Emmett nickte.

»Versteh mich nicht falsch. Ich bin froh, dass der Wagen wieder da ist. Aber ich brauche das Geld.«

»Also gut«, sagte Townhouse und nickte verstehend. »Ich weiß nicht, wo Duchess untergekommen ist, aber bevor er gestern ging, versuchte er mich zu überreden, mit ihm und Woolly in den Zirkus zu gehen.«

»Den Zirkus?«

»Genau. In Red Hook. In der Conover Street, unten beim Fluss. Duchess hat gesagt, er würde heute Abend dort in die Sechs-Uhr-Vorstellung gehen.«

Auf dem Weg von der Werkstatt zur Subway-Station machte Townhouse mit Emmett einen längeren Umweg an den wichtigsten Wahrzeichen vorbei. Nicht an den Sehenswürdigkeiten von Harlem, sondern an den Wahrzeichen ihrer Gespräche. Orte, von denen sie in ihrer gemeinsamen Zeit gesprochen hatten, während sie Seite an Seite auf den Feldern arbeiteten oder wenn sie abends in ihren Betten lagen. Zum Beispiel der Wohnblock an der Lenox Avenue mit einem flachen Dach, wo sein Großvater Tauben züchtete und wo er und sein Bruder in heißen Sommernächten schlafen durften. Und die Highschool, in der Townhouse beim Baseball als Shortstop zu Ruhm gelangte. Und auf der 125. Straße zeigte er Emmett den Abschnitt, auf dem er und Clarise an jenem Unglückssamstag auf und ab gefahren waren.

Emmett hatte kein Bedauern, dass er aus Nebraska weggegangen war. Er bedauerte es nicht, das Haus und all ihren Besitz zurückgelassen zu haben. Er bedauerte es auch nicht, die Träume und das Grab seines Vaters zurückgelassen zu haben. Und als er die ersten paar Meilen auf dem Lincoln Highway gefahren war, hatte ihn das Gefühl beglückt, dass er sich von seiner Heimatstadt entfernte, obwohl er in die falsche Richtung fuhr.

Aber bei diesem Gang durch Harlem, auf dem Townhouse ihm die markanten Stellen seiner Jugend zeigte, wünschte Emmett sich, er könne nach Morgen zurückkehren, vielleicht nur für einen Tag, in der Begleitung seines Freundes, und ihn an den markanten Stellen seines eigenen Lebens vorbeiführen, von denen er in Salina erzählt hatte. Die Modellflugzeuge, die er so sorgfältig zusammengebaut hatte und die heute noch über Billys Bett hingen; das zweistöckige Haus in Madison, das er als Arbeiter bei Mr. Schulte gebaut hatte; und das weite, unbarmherzige Land, das über seinen Vater triumphiert, in dessen Augen aber nie an Schönheit eingebüßt hatte. Und natürlich würde er Townhouse auch den Kirmesplatz zeigen, so wie Townhouse ihm die belebte Straße gezeigt hatte, den Ort, der zu seiner Einkerkerung geführt hatte.

An der Subway-Station ging Townhouse mit Emmett hinein und begleitete ihn bis zur Sperre. Bevor sie sich trennten, fragte er, fast als wäre es ihm eben erst eingefallen, ob Emmett ihn am Abend dabeihaben wollte, bei seiner Suche nach Duchess.

»Das muss nicht sein«, antwortete Emmett. »Ich glaube nicht, dass er mir Ärger machen wird.«

»Das stimmt«, sagte Townhouse. »Wenigstens nicht absichtlich.«

Dann schüttelte Townhouse den Kopf und lächelte.

»Duchess hat ein paar verrückte Ideen im Kopf, aber mit einem hatte er recht.«

»Womit?«, fragte Emmett.

»Es war tatsächlich ein tolles Gefühl, ihm eins auf die Rübe zu geben.«

# SALLY

Wenn man mal die Hilfe eines Mannes braucht, ist er nirgendwo zu finden. Er ist unterwegs und kümmert sich um dieses und jenes, was er ebenso gut am nächsten Tag erledigen könnte, und ist immer nur knapp außer Hörweite. Aber wenn man ihn mal wirklich nicht brauchen kann, kriegt man ihn nicht aus dem Haus.

Wie mein Vater in genau diesem Moment.

Hier sind wir, Freitag um halb zwei, und er säbelt an seinem Brathähnchen herum, als wäre er Chirurg und das Leben des Patienten hinge davon ab, wie exakt er das Messer führte. Und nachdem er endlich den Teller leergegessen und zwei Tassen Kaffee getrunken hat, will er doch tatsächlich eine dritte, was so gut wie nie vorkommt.

»Dann muss ich frisch aufbrühen«, sage ich.

»Ich hab Zeit«, sagt er.

Also leere ich den Kaffeesatz in die Mülltonne, spüle die Kanne aus, fülle sie mit frischem Wasser und setze sie aufs Feuer, und während ich warte, dass das Wasser zu kochen beginnt, sinne ich darüber nach, wie schön es doch sein musste, in dieser hektischen Welt so viel Zeit zu haben.

So weit meine Erinnerung zurückreicht, ist mein Vater jeden Freitagnachmittag in die Stadt gefahren, um Besorgungen zu machen. Gleich nach dem Lunch klettert er mit wichtiger Miene in seinen Wagen und fährt zur Eisenwarenhandlung, zur Futterhandlung und zur Apotheke. Und gegen sieben, kurz vorm Abendessen, fährt er auf den Hof und hat eine Tube Zahnpasta, zehn Büschel Hafer und einen nagelneuen Schraubenzieher dabei.

Wie schafft es ein Mann auf dieser grünen Erde, so kann man sich wohl fragen, die Besorgungen, für die ein anderer zwanzig Minuten braucht, in eine Unternehmung von fünf Stunden auszudehnen? Die Antwort ist leicht: Er klönt mit allen und jedem. Er klönt mit Mr. Wurtele in der Eisenwarenhandlung, mit Mr. Reynolds bei der Futterhandlung, mit Mr. Danziger in der Apotheke. Aber das Klönen ist nicht auf die Ladeninhaber beschränkt. Denn am Freitagnachmittag versammeln sich in den Geschäften die erprobten Einkäufer, um über das Wetter, die Ernte und die Wahlen zu fachsimpeln.

Meiner Schätzung nach verbringen sie in jedem der Geschäfte eine gute Stunde mit ihren Vorhersagen, aber offenbar reichen drei Stunden insgesamt nicht aus, denn danach vertagen sich die Farmer in McCafferty's Tavern, wo sie zwei weitere Stunden mit dem Austausch von Meinungen und dem Genuss mehrerer Flaschen Bier verbringen.

Mein Vater ist ein Gewohnheitstier, und diesen Ablauf gibt es, wie schon gesagt, so lange ich denken kann. Dann plötzlich, vor ungefähr vier Monaten, ging mein Vater, nachdem er zu Ende gegessen und seinen Stuhl zurückgeschoben hatte, nicht zur Tür hinaus, um in den Truck zu steigen, sondern nach oben, wo er sich ein frisches weißes Hemd anzog.

Ich hatte schnell raus, dass eine Frau die regelmäßigen Gewohnheiten meines Vaters durchbrochen hatte. Geholfen hat mir dabei, dass sie gern Parfum benutzt, und ich wasche ja die Wäsche meines Vaters. Blieb die Frage: Wer war diese Frau? Und wie zum Teufel hatte er sie kennengelernt?

Sie gehörte nicht zu unserer Gemeinde, da war ich mir ziemlich sicher. Denn sonntags, wenn wir nach dem Gottesdienst aus der Kirche kamen und noch einen Moment auf dem Rasen davor standen, war da keine Frau, weder verheiratet noch unverheiratet, die ihm bedeutungsvolle oder scheue Blicke zuwarf. Und Esther aus der Getreidehandlung war es auch nicht, denn sie würde eine Flasche Parfum selbst dann nicht erkennen, wenn sie ihr vom Himmel auf den Kopf fiel. Ich dachte, es könnte eine der Frauen sein, die gelegentlich bei McCafferty's einkehrten, aber nachdem mein Vater angefangen hatte, sich ein frisches Hemd anzuziehen, kam er nicht mehr mit dem Geruch von Bier in seinem Atem nach Hause.

Wenn er sie nicht in der Kirche und nicht in den Geschäften oder im Wirtshaus kennengelernt hatte, wo dann? Ich musste ihm also nachspionieren.

Am ersten Freitag im Mai bereitete ich zwei Eintöpfe vor, damit ich nicht mit dem Kochen in Bedrängnis kam. Nach dem Lunch beobachtete ich meinen Vater aus dem Augenwinkel, wie er in seinem frischen weißen Hemd aus dem Haus ging, in seinen Truck stieg und losfuhr. Nachdem er eine halbe Meile gefahren war, nahm ich mir einen breitkrempigen Hut, setzte mich in Betty ans Steuer und fuhr los.

Wie immer ging er erst in die Eisenwarenhandlung, wo er ein paar Sachen einkaufte und dann eine Stunde in der Gesellschaft gleichgesinnter Männer verbrachte. Anschließend zur Getreidehandlung und zur Apotheke, wo er nur wenige Besorgungen machte und umso mehr Zeit mit Klönen verbrachte. An allen drei Orten waren auch ein paar Frauen zugegen, die ebenfalls Besorgungen machten, aber ich konnte nicht beobachten, dass er mehr als ein paar Worte mit ihnen wechselte.

Aber um fünf, als er aus der Apotheke kam und in seinen Truck kletterte, fuhr er nicht die Jefferson Avenue in Richtung McCafferty's, sondern bog nach der Bibliothek in die Cypress Street ein, dann links in die Adams Avenue und blieb bei einem kleinen weißen Haus mit blauen Fensterläden stehen. Nach einer Minute oder so stieg er aus seinem Truck und klopfte an die Fliegengittertür.

Er brauchte nicht lange zu warten, bis jemand öffnete. Alice Anderson Ebbers war es, die in der Tür stand.

Nach meiner Rechnung konnte Alice nicht älter als achtundzwanzig Jahre sein. In der Schule war sie drei Jahrgänge über meiner Schwester gewesen, und da sie zu den Methodisten gehörte, kannte ich sie nicht besonders gut. Aber ich wusste das über sie, was alle anderen auch wussten, nämlich dass sie nach ihrem Abschluss vom Kansas State College einen Mann aus Topeka geheiratet hatte, der im Koreakrieg fiel. Sie war Witwe und kinderlos und zog wieder nach Morgen, wo sie in der Spar-und-Hypotheken-Kasse eine Stelle als Kassiererin annahm.

Da mussten sie sich kennengelernt haben. Zwar gehörte die Bank nicht zu seinem Freitagsablauf, aber jeden zweiten Donnerstag ging er zur Bank, um den Lohn für die Farmarbeiter abzuholen. Wahrscheinlich war ihm eines Tages, beim Warten am Schalter, ihr trauriger Gesichtsausdruck aufgefallen. Beim nächsten Mal hatte er sich, das würde mich nicht wundern, so angestellt, dass er an ihren Schalter kam statt an den von Ed Fowler, und sie in ein kleines Gespräch verwickelt, während sie das Geld abzählte.

Ich saß in meiner Betty und sah zu dem Haus hinüber, und man konnte denken, ich sei aufgebracht oder verärgert oder gar empört, dass mein Vater sich von den Erinnerungen an meine Mutter befreit hatte, um einer Frau, die halb so alt war wie er, den Hof zu machen. Man kann das ruhig denken, es kostet nichts, auch mich nicht. Aber nachdem ich an dem Abend den Eintopf aufgetragen, die Küche sauber gemacht und die Lichter ausgeschaltet hatte, kniete ich mich neben mein Bett, faltete die Hände und betete. »Lieber Gott«, sagte ich, »gib bitte meinem Vater die Weisheit, sich freundlich aufzuführen, gib ihm das Herz, sich großzügig zu zeigen, und den Mut, diese Frau zu bitten, ihm ihre Hand in heiliger Ehe zu geben – denn dann kann zur Abwechslung mal jemand anders für ihn kochen und sauber machen.«

In den nächsten vier Wochen sprach ich jeden Abend ein ähnliches Gebet.

Aber am ersten Freitag im Juni kam mein Vater nicht um sieben Uhr zum Abendessen nach Hause. Er kam auch nicht nach Hause, während ich die Küche sauber machte und dann nach oben ging, um mich schlafen zu legen. Es war fast Mitternacht, als ich ihn zurückkommen hörte. Ich guckte durch den Spalt im Vorhang und sah, dass sein Wagen in einem schrägen Winkel geparkt war und die Scheinwerfer noch an waren, als er ins Haus taumelte. Ich hörte, wie er an der Küche vorbeiging, wo ich ihm sein Essen hingestellt hatte, und nach oben stolperte.

Es heißt, der Herr erhört alle Gebete, nur dass manchmal die Antwort Nein ist. Und so hatte er auf meins mit Nein geantwortet. Denn als ich am nächsten Morgen das Hemd meines Vaters aus dem Wäschekorb nahm, roch es nach Whiskey, nicht nach Parfum.

Endlich, es war schon fünf vor zwei, hatte mein Vater seine Kaffeetasse leer getrunken und schob seinen Stuhl zurück.

»Na, ich sollte wohl mal los«, sagte er, und ich erhob keine Einwände.

Nachdem er eingestiegen und losgefahren war, sah ich auf die Uhr. Ich hatte gerade noch eine halbe Stunde. Also wusch ich das Geschirr ab, räumte die Küche auf und deckte den Tisch. Inzwischen war es zwanzig nach zwei. Ich zog mir die Schürze aus, wischte mir über die Stirn und setzte mich auf die unterste Stufe, wo am Nachmittag immer eine leichte Brise geht und wo ich das Telefon leicht hören konnte, wenn es im Arbeitszimmer meines Vaters klingelte.

Dort saß ich die nächste Dreiviertelstunde.

Dann stand ich auf, strich mir den Rock glatt und ging wieder in die Küche. Die Hände in die Hüften gestemmt, sah ich mich um. Alles war tipptopp. Die Stühle unter den Tisch geschoben. Die Arbeitsflächen gewischt. Das Geschirr im Geschirrschrank gestapelt. Also fing ich an, die Hühnerkasserolle vorzubereiten. Als ich damit fertig war, räumte ich die Küche wieder auf. Dann nahm ich, obwohl es nicht Samstag war, den Staubsauger aus der Kammer und saugte die Teppiche im Wohnzimmer. Ich wollte ihn schon nach oben tragen, um die Schlafzimmer zu saugen, doch da fiel mir ein, dass ich es bei dem Lärm nicht hören konnte, falls das Telefon klingelte. Also stellte ich den Staubsauger wieder in die Kammer.

Einen Moment lang starrte ich den Staubsauger an, wie er mit zusammengerollter Schnur in der Kammer stand, und überlegte, wer eigentlich wem dienen sollte. Dann schlug ich die Tür zu und ging ins Arbeitszimmer meines Vaters, setzte mich auf seinen Stuhl und holte das Telefonbuch heraus, in dem ich die Nummer von Pfarrer Colmore nachschlug.

# EMMETT

Emmett und Billy stiegen an der Carroll Street aus der Subway, und in dem Moment wurde Emmett klar, dass er seinen Bruder nicht hätte mitnehmen sollen.

Seinem Gefühl nach war es eine schlechte Idee. Da Townhouse sich nicht an die genaue Adresse erinnern konnte, müsste Emmett die Gegend nach dem Zirkus absuchen. Hatte er ihn gefunden, müsste er Duchess unter den Zuschauern ausfindig machen. Und wenn das geglückt war, bestand die – zugegebenermaßen geringe – Möglichkeit, dass Duchess ihm den Umschlag nicht ohne Widerstand aushändigen würde. Insgesamt wäre es sinnvoller gewesen, Billy bei Ulysses zu lassen, wo er gut aufgehoben wäre, aber wie hätte er seinem achtjährigen Bruder, der schon immer in den Zirkus hatte gehen wollen, einen solchen Besuch abschlagen können? Also waren sie um fünf Uhr die Stahltreppe zur Straße hinuntergestiegen und zur Subway gegangen.

Emmett hatte den Weg zuversichtlich angetreten, denn er wusste, welches die richtige Station war, welches der richtige Bahnsteig war und in welchen Zug sie einsteigen mussten, denn er war ja schon in Brooklyn gewesen, wenn auch, weil er sich verfahren hatte. Aber am Tag zuvor war er aus dem Zug nach Brooklyn in den nach Manhattan umgestiegen, ohne den Bahnhof zu verlassen. Deshalb sah Emmett erst, als sie an der Haltestelle Carroll Street aus der Subway kamen, was für ein schäbiger Teil von Brooklyn dies war. Und auf dem Weg durch das Gowanus-Viertel nach Red Hook wurde es nur noch finsterer. Entlang der Straßen standen lange, fensterlose Speicherhäuser, dazwischen ein paar Billigunterkünfte und

Bars. Es schien kaum die geeignete Umgebung für einen Zirkus, es sei denn, das Zelt war auf einer Werft aufgebaut. Aber als der East River vor ihnen in den Blick kam, war da nichts – kein Zelt, keine Fähnchen, keine Markisen.

Emmett wollte schon umkehren, da zeigte Billy zu einem unauffälligen Gebäude auf der anderen Straßenseite, in dem ein kleines Fenster erleuchtet war.

Das war, wie sich herausstellte, der Kartenschalter, wo ein Mann, der bestimmt über siebzig war, am Schalter saß.

»Ist hier der Zirkus?«, fragte Emmett.

»Die Frühvorstellung hat schon angefangen«, sagte der Alte, »aber es kostet trotzdem zwei Dollar pro Person Eintritt.«

Emmett bezahlte, und der Mann schob die Eintrittskarten über die Theke und zeigte die Gleichgültigkeit von einem, der sein Leben lang Eintrittskarten über eine Theke geschoben hatte.

Im Foyer war Emmett erleichtert, weil das eher seinen Erwartungen entsprach. Der Fußboden war mit dunkelrotem Teppich ausgelegt, die Wände waren bemalt mit Bildern von Akrobaten und Elefanten und einem Löwen mit weit aufgerissenem Maul. Es gab sogar einen Stand mit Popcorn und Bier und eine große Staffelei, auf der das Hauptereignis angekündigt wurde: die erstaunlichen Schwestern Sutter aus San Antonio, Texxxas!

Emmett gab der Platzanweiserin, die eine blaue Uniform trug, die Eintrittskarten und fragte, wo sie sitzen sollten.

»Wo Sie wollen.«

Sie zwinkerte Billy zu, öffnete die Tür und wünschte ihnen viel Vergnügen.

Drinnen war eine kleine, mit Sand ausgestreute Manege, um die herum die Bande ein Oval bildeten, und dahinter stiegen vielleicht zwanzig Sitzreihen an. Emmett schätzte, dass nur ein Viertel der Plätze besetzt war, aber da das Licht der Scheinwerfer auf die Arena gerichtet waren, konnte man die Gesichter der Zuschauer nicht gut erkennen.

Die Brüder hatten sich gerade auf eine der Bänke gesetzt, da wurden die Lichter runtergefahren, und ein Scheinwerfer erfasste den Ringmeister.

Der Tradition entsprechend war er wie ein Jagdaufseher gekleidet, mit ledernen Reitstiefeln, einem roten Jackett und Zylinder. Aber als er anfing zu sprechen, erkannte Emmett, dass es eine Frau mit aufgeklebtem Schnurrbart war.

»Und hier«, kündigte sie durch ein Megafon an, »zurückgekehrt aus dem Fernen Osten, wo sie den Radscha von Indien verzaubert und für den König von Siam getanzt hat, hier ist die eine, die einzige Delilah!«

Wie eine Verlängerung der ausgestreckten Hand der Ringmeisterin fuhr der Scheinwerfer zu einer Öffnung in den Banden, aus der jetzt eine massige Frau, bekleidet mit einem Balletttröckchen, auf einem Kinderdreirad in die Manege fuhr.

Die Zuschauer lachten und riefen anzügliche Bemerkungen, und zwei Seehunde, auf deren Köpfen Polizeihelme festgebunden waren, watschelten bellend herein. Delilah trat in die Pedale und fuhr im Kreis herum, während die Seehunde, von der Menge angespornt, ihr nachsetzten. Nachdem es den Seehunden gelungen war, Delilah aus der Manege abzuführen, kamen sie wieder herein und bedankten sich für den Applaus, indem sie mit den Köpfen wackelten und ihre Flossen aneinanderklatschten.

Als Nächstes ritten zwei Cowgirls in den Ring, eins in weißer Ledermontur und mit einem weißen Hut auf dem Rücken eines Schimmels, das andere ganz in Schwarz auf einem Rappen.

»Die erstaunlichen Sutter-Schwestern«, rief die Ringmeisterin in ihr Megafon, und die Mädchen trotteten um die Manege und winkten den applaudierenden Zuschauern mit ihren Hüten zu.

Nach einer Runde begannen die Schwestern mit ihrer Nummer. Sie ritten in einem gemäßigten Galopp und schwangen sich in perfekter Synchronisation von einer Seite des Sattels auf die andere. Dann, in einem schnelleren Galopp, sprang die Reiterin ganz in Schwarz von ihrem Pferd auf das ihrer Schwester und wieder zurück.

Billy zeigte auf die Manege und sah seinen Bruder mit einem Ausdruck des Staunens an.

»Hast du das gesehen?«

»Ja«, sagte Emmett und lächelte.

Billy wandte seine Aufmerksamkeit wieder dem Geschehen in der Manege zu, während Emmett seinen Blick durch den Zuschauerraum schweifen ließ. Für die Nummer der Schwestern waren mehrere Scheinwerfer angestellt worden, was es Emmett leichter machte, die Gesichter in den Zuschauerreihen abzusuchen. Nachdem er beim ersten Überfliegen niemanden entdeckt hatte, fing er diesmal links von sich an und ging aufmerksam von Reihe zu Reihe. Emmett konnte Duchess nirgendwo finden, aber ihm fiel zu seiner Überraschung auf, dass die meisten Zuschauer Männer waren.

»Guck mal!«, sagte Billy und zeigte auf die Schwestern, die jetzt auf den Rücken ihrer Pferde standen und nebeneinanderritten.

»Ja«, sagte Emmett. »Sie sind sehr gut.«

»Nein«, sagte Billy. »Nicht die Schwestern. Da drüben bei den Zuschauern. Da ist Woolly.«

Emmett folgte Billys Finger und blickte zur Zuschauertribüne auf der gegenüberliegenden Seite, und da, in der achten Reihe, saß Woolly, ganz allein. Emmett war so darauf konzentriert gewesen, Duchess zu finden, dass es ihm nicht eingefallen war, nach Woolly Ausschau zu halten.

»Gut gemacht, Billy. Komm.«

Emmett und Billy gingen zwischen den Reihen um die Arena herum zu der Reihe, wo Woolly saß, eine Tüte Popcorn in der Hand und ein Lächeln auf dem Gesicht.

»Woolly!«, rief Billy und rannte die letzten Schritte.

Als Woolly seinen Namen hörte, sah er auf.

»*Mirabile dictu!*«, sagte er. »Aus dem Nichts erscheinen Emmett und Billy Watson. Welch ein wunderbarer Zufall! Was für ein erfreuliches Ereignis! Setzt euch, setzt euch!«

Obwohl auf der Bank reichlich Platz war, rutschte Woolly weiter und machte noch mehr Platz.

»Ist das nicht eine wunderbare Vorstellung?«, sagte Billy und setzte den Rucksack ab.

»Oh ja, wunderbar«, stimmte Woolly ihm zu. »Großartig, fantastisch.«

»Guck mal«, sagte Billy und zeigte zur Manege, wo vier Clowns in vier kleinen Autos eingefahren waren.

Emmett, der hinter seinem Bruder gekommen war, setzte sich rechts neben Woolly.

»Wo ist Duchess?«

»Was sagst du?«, fragte Woolly, ohne den Blick von den Schwestern abzuwenden, die jetzt auf ihren Pferden über die kleinen Autos sprangen und die Clowns herumscheuchten.

Emmett beugte sich näher zu ihm.

»Wo ist Duchess, Woolly?«

Woolly sah ihn an, als hätte er nicht die entfernteste Ahnung. Dann fiel es ihm ein.

»Er ist im Salon. Er wollte ein paar Freunde im Salon treffen.«

»Und wo ist das?«

Woolly zeigte auf das schmale Ende des Ovals.

»Die Stufen da rauf und durch die blaue Tür.«

»Ich geh ihn holen. Kannst du in der Zwischenzeit ein Auge auf Billy haben?«

»Natürlich«, sagte Woolly.

Emmett sah Woolly fest in die Augen, um die Bedeutung seiner Bitte zu unterstreichen. Woolly sah Billy an.

»Emmett geht Duchess holen, Billy. Und so lange müssen wir beide aufeinander aufpassen, okay?«

»Okay, Woolly.«

Woolly wandte sich wieder an Emmett.

»Siehst du?«

»Gut«, sagte Emmett mit einem Lächeln. »Und geht bloß nicht weg.«

Woolly zeigte auf die Manege und sagte:

»Warum sollten wir weggehen?«

Emmett schob sich an Woolly vorbei und ging hinter den Bänken zu den Stufen an der Schmalseite des Ovals.

Emmett konnte dem Zirkus nichts abgewinnen. Auch Zaubervorführungen und Rodeos ließen ihn kalt. Selbst die Footballspiele in der Highschool, zu denen so gut wie jeder in der Stadt ging, waren nicht seine Sache. Ihm hatte einfach nie die Vorstellung behagt, inmitten einer großen Menge zu sitzen und jemandem zuzusehen, der etwas tat, was angeblich interessanter war als das, was man in der Zeit selbst hätte tun können. Deshalb sah er sich jetzt, als er die Stufen hochstieg und hinter sich einen doppelten Schuss aus Spielzeugpistolen und den Applaus des Publikums hörte, nicht um. Auch oben an der Treppe, bei der blauen Tür, drehte er sich nicht um, als weitere Schüsse und laute Begeisterungsrufe zu hören waren.

Hätte er sich umgesehen, dann hätte er gesehen, wie die Sutter-Schwestern mit gezogenen Pistolen aufeinander zuritten und, als sie auf gleicher Höhe waren, sich gegenseitig die Hüte von den Köpfen schossen. Beim nächsten Mal hätte er sehen können, wie sie sich die Blusen von den Rücken schossen, die von ihnen abglitten und ihre Spitzenbüstenhalter enthüllten, der eine weiß, der andere schwarz. Und hätte er noch ein paar Minuten gewartet, hätte er gesehen, wie die Schwestern sich mit raschen Schüssen sämtliche Kleider vom Leib schossen, bis sie nackt wie Lady Godiva auf den Rücken ihrer Rösser um die Manege galoppierten.

Nachdem die Tür oben an den Stufen hinter ihm zugefallen war, stand Emmett am Anfang eines langen schmalen Flurs, von dem auf beiden Seiten sechs Türen abgingen, alle geschlossen. Je weiter Emmett auf dem Flur entlangging, desto mehr entfernten sich die Begeisterungsrufe aus dem Zuschauerraum, stattdessen war Klaviermusik zu hören, ein klassisches Stück, das hinter der letzten Tür auf dem Flur gespielt wurde. Diese Tür war mit dem Bild einer großen Glocke geschmückt, wie die Glocke der Telefongesellschaft. Als Emmett die Hand auf den Türknauf legte, ging das klassische Stück nahtlos in einen Ragtime über.

Emmett öffnete die Tür und stand auf der Schwelle zu einem großen, luxuriösen Salon. Der Raum bestand aus wenigstens vier Sitzbereichen, deren Sofas und Sessel üppig gepolstert und mit dunklen Plüschstoffen bezogen waren. Auf den niedrigen Tischen standen Lampen mit quastenbehängten Lampenschirmen, und an den Wänden hingen Ölgemälde von

Schiffen. Auf zwei einander gegenüberstehenden Sofas lagen zwei Frauen, eine rothaarig, die andere dunkel, die lediglich mit dünnen Chiffonroben bekleidet waren und stark aromatisierte Zigaretten rauchten. Am Ende des Raums, neben einer mit Schnitzwerk reich verzierten Bar, stand das Klavier, an dem eine Blondine in einem Seidenüberwurf lehnte und im Takt zur Musik mit den Fingern aufs Holz tippte.

Fast jeder Aspekt des Bildes, das sich Emmett bot, war eine Überraschung: das üppige Mobiliar, die Ölgemälde, die dürftig bekleideten Frauen. Aber am meisten überraschte ihn die Tatsache, dass der Mann am Klavier kein anderer war als Duchess, bekleidet mit einem gestärkten weißen Hemd und einem weichen Filzhut, den er sich in den Nacken geschoben hatte.

Die Blonde wandte den Kopf, um zu sehen, wer hereingekommen war, und Duchess folgte ihrem Blick. Als er Emmett gewahr wurde, ließ er seine Finger über die Länge der Tastatur gleiten, spielte einen abschließenden Akkord und sprang mit einem breiten Lächeln auf.

»Emmett!«

Die drei Frauen sahen Duchess an.

»Du kennst ihn?«, fragte die Blondine mit kindlicher Stimme.

»Das ist der, von dem ich euch erzählt habe.«

Die drei Frauen drehten sich zu Emmett um.

»Du meinst, der aus North Dakota?«

»Nebraska«, korrigierte die Dunkle.

Die Rothaarige zeigte in plötzlichem Verstehen mit der Zigarette auf Emmett.

»Der dir das Auto geliehen hat.«

»Genau der«, sagte Duchess.

Die drei Frauen lächelten Emmett in Anerkennung seiner Großzügigkeit zu.

Duchess kam durch den Raum und nahm Emmetts Arm.

»Unglaublich, dass du hier bist. Erst heute Morgen haben Woolly und ich deine Abwesenheit beklagt und die Tage bis zu unserem Wiedersehen gezählt. Aber warte! Wo sind meine Manieren?«

Er legte Emmett den Arm um die Schultern und führte ihn auf die drei Frauen zu.

»Lass mich dir meine drei guten Feen vorstellen. Zu meiner Linken haben wir Helen. Die zweite in der Geschichte der Menschheit, deretwegen eintausend Schiffe in See gestochen sind.«

»Bin entzückt«, sagte die Rothaarige zu Emmett und hielt ihm die Hand hin.

Als Emmett sie nehmen wollte, bemerkte er, dass ihr Chiffongewand so gut wie durchsichtig war und ihre dunklen Brustwarzen durch den Stoff schimmerten. Er spürte, wie er rot wurde, und wandte den Blick ab.

»Beim Klavier haben wir Charity. Ich muss dir wohl nicht erklären, wie sie zu ihrem Namen gekommen ist. Und hier zu meiner Rechten ist Bernadette.«

Emmett war erleichtert, dass Bernadette, die ein ähnliches Gewand wie Helen trug, ihm nicht die Hand entgegenhielt.

»Beeindruckende Gürtelschnalle«, sagte sie lächelnd.

»Ich freue mich, Sie kennenzulernen«, sagte Emmett unbeholfen. »Sie alle.«

Duchess sah ihn mit einem breiten Lächeln an.

»Ist das nicht wunderbar?«, sagte er.

»Ja«, sagte Emmett ohne rechte Begeisterung. »Hör mal, Duchess, könnte ich mit dir sprechen? Allein …«

»Na klar.«

Duchess führte ihn von den Frauen fort, aber statt mit ihm auf den Flur zu gehen, wo sie unter vier Augen hätten sprechen können, strebte er dem fernen Ende des Salons zu.

Duchess musterte Emmett einen Moment.

»Du bist wütend auf mich. Das sehe ich.«

Emmett wusste nicht, wo er anfangen sollte.

»Duchess«, sagte er dann. »Ich habe dir mein Auto nicht *geliehen*.«

»Das stimmt«, sagte Duchess und warf beide Hände in einer Geste der Ergebung hoch. »Du hast vollkommen recht. Es wäre viel richtiger gewesen zu sagen, dass ich es mir ausgeliehen habe. Aber wie ich zu Billy beim

Waisenhaus gesagt habe, wir wollten es nur benutzen, um diese Sache in Upstate New York zu erledigen. Wir hätten es im Handumdrehen wieder in Morgen abgeliefert.«

»Ob du es für ein Jahr oder einen Tag genommen hast, ändert nichts an der Tatsache, dass es mein Auto ist, und mein Geld.«

Einen Moment sah Duchess Emmett verständnislos an. »Ah, du meinst den Umschlag im Kofferraum. Darüber brauchst du dir keine Sorgen zu machen, Emmett.«

»Du hast den Umschlag?«

»Sicher. Aber nicht bei mir. Wir sind hier in der Großstadt. Ich habe ihn zusammen mit deinem Rucksack bei Woollys Schwester gelassen. Da sind die Sachen gut aufgehoben.«

»Dann lass uns losgehen und sie holen. Und auf dem Weg kannst du mir das mit der Polizei erzählen.«

»Welcher Polizei?«

»Ich war bei Townhouse, und der hat mir erzählt, dass die Polizei heute Morgen bei ihm war und nach meinem Auto gefragt hat.«

»Ich kann mir nicht vorstellen, warum«, sagte Duchess und sah aufrichtig perplex aus. »Es sei denn …«

»Was, es sei denn?«

Jetzt nickte Duchess.

»Auf dem Weg nach New York, als ich kurz weg war, hat Woolly vor einem Hydranten geparkt. Im nächsten Moment kam ein Streifenpolizist und fragte Woolly nach seinem Führerschein. Natürlich hatte er den nicht. Und weil Woolly so ist, wie er ist, habe ich den Polizisten überredet, keinen Strafzettel auszustellen. Aber wahrscheinlich hat er eine Beschreibung des Autos ausgegeben.«

»Na toll«, sagte Emmett.

Duchess nickte besorgt, doch dann schnipste er mit den Fingern und lächelte wieder.

»Aber weißt du was, Emmett? Es ist überhaupt nicht wichtig.«

»Und warum nicht?«

»Weil ich gestern einen Spitzendeal gemacht habe. Vielleicht nicht ganz so gut wie die Insel Manhattan im Tausch gegen eine Perlenkette, aber doch fast. Für deinen zerbeulten Studebaker mit festem Dach habe ich dir nämlich ein 45er Cadillac Cabriolet in einem 1A-Zustand ergattert. Er hat keine tausend Meilen auf dem Tacho, und seine Herkunft ist tadellos.«

»Ich brauche deinen Cadillac nicht, Duchess. Mir ist auch egal, woher du ihn hast. Townhouse hat mir den Studebaker zurückgegeben. Er wird umlackiert, und am Montag hole ich ihn mir ab.«

»Weißt du was«, sagte Duchess, den Finger in die Luft gereckt. »Das ist sogar noch besser. Jetzt haben wir den Studebaker und den Caddy. Wenn wir in den Adirondacks gewesen sind, fahren wir im Konvoi nach Kalifornien.«

»Oho«, sagte Charity vom anderen Ende des Raums. »Im Konvoi!«

Bevor Emmett die Sache mit dem Konvoi richtigstellen konnte, ging die Tür hinter dem Klavier auf, und die dicke Frau, die auf dem Dreirad gefahren war, kam herein, jetzt mit einem enormen Frotteebademantel bekleidet.

»Hallo«, sagte sie mit rauer Stimme. »Wen haben wir denn hier?«

»Dies ist Emmett«, sagte Duchess. »Ich hatte dir von ihm erzählt.«

Die Frau sah Emmett aus schmalen Augen an.

»Der mit dem Erbe?«

»Nein. Der, von dem ich mir das Auto geliehen habe.«

»Du hast recht«, sagte sie in enttäuschtem Ton. »Er sieht tatsächlich ein bisschen aus wie Gary Cooper.«

»Ich hätte nichts dagegen, mich ein bisschen mit ihm zu vercooperln«, sagte Charity.

Alle außer Emmett lachten, und die dicke Frau lachte besonders laut.

Als Emmett spürte, wie ihm die Röte ins Gesicht stieg, legte Duchess ihm die Hand auf die Schulter.

»Emmett Watson, darf ich dir die spritzigste Stimmungsaufhellerin in New York vorstellen: Ma Belle.«

Ma Belle lachte wieder.

»Du bist noch schlimmer als dein Vater.«

Als es einen Moment still wurde, nahm Emmett Duchess beim Ellbogen.

»Es war sehr schön, Sie alle kennenzulernen, aber Duchess und ich müssen los.«

»Nicht so eilig«, sagte Charity stirnrunzelnd.

»Draußen warten ein paar Leute auf uns«, sagte Emmett.

Dann drückte er seine Finger fest in Duchess' Ellbogengelenk.

»Au«, sagte Duchess und zog seinen Ellbogen weg. »Sag doch gleich, dass du es eilig hast. Ich kläre gerade noch was mit Ma Belle und Charity, dann gehen wir.«

Duchess klopfte Emmett auf den Rücken und ging, um sich mit den beiden Frauen zu besprechen.

»Ihr wollt also nach Tinseltown«, sagte die Rothaarige.

»Wie bitte?«

»Duchess hat uns erzählt, ihr wollt nach Hollywood.«

Bevor Emmett mit dieser Neuigkeit etwas anfangen konnte, kam Duchess wieder herbei und klatschte in die Hände.

»Meine Lieben, es war göttlich bei euch. Aber jetzt ist es an der Zeit, dass Emmett und ich uns auf den Weg machen.«

»Wenn es sein muss«, sagte Ma Belle. »Aber ihr könnt nicht gehen, ohne mit uns anzustoßen.«

Duchess sah von Emmett zu Ma Belle.

»Ich fürchte, wir haben keine Zeit, Ma.«

»Papperlapapp«, sagte sie. »Zeit für einen Drink hat jeder. Außerdem, ihr könnt doch nicht nach Kalifornien gehen, ohne dass wir auf eure Zukunft angestoßen haben. Das gehört sich nicht. Habe ich recht, meine Lieben?«

»Ja, lasst uns anstoßen!«, pflichteten die Mädchen ihr bei.

Duchess sah mit einem resignierten Schulterzucken zu Emmett hinüber, ging dann zur Bar und öffnete eine Flasche Champagner, die dort auf Eis lag, füllte sechs Gläser und reichte sie herum.

»Ich möchte keinen Champagner«, sagte Emmett leise, als Duchess ihm ein Glas gab.

»Es ist ungehörig, wenn man bei einem Toast auf sich selbst nicht mit anstößt. Außerdem bringt es Unglück.«

Emmett schloss einen Moment die Augen, dann nahm er ein Glas.

»Als Erstes«, sagte Ma Belle, »möchte ich unserem Freund Duchess für diese hübschen Flaschen Champagner danken.«

»Hört, hört!«, sagten die Damen, und Duchess verneigte sich in alle Himmelsrichtungen.

»Es ist immer ein wehmütiger Moment, wenn man die Gesellschaft guter Freunde verliert«, fuhr Ma Belle fort, »aber wir trösten uns mit dem Wissen, dass unser Verlust der Gewinn von Hollywood ist. Zum Schluss möchte ich ein paar Zeilen von dem großen irischen Dichter W. B. Yeats zitieren: ›Rein und runter durch den Mund, strömt der Saft schnell in den Schlund.‹«

Ma Belle leerte ihr Glas in einem Zug.

Die Mädchen lachten und leerten ihre Gläser ebenfalls. Emmett sah keine andere Möglichkeit und tat es auch.

»Na siehst du«, sagte Duchess, »so schlimm war es doch gar nicht.«

Nachdem Charity das Zimmer verlassen hatte, machte Duchess die Runde und verabschiedete sich wortreich von den Frauen.

Angesichts des besonderen Moments gab Emmett sich alle Mühe, Form zu wahren, aber seine Geduld war fast am Ende. Schlimmer wurde es noch dadurch, dass es in dem Zimmer mit den vielen Menschen und den Kissen und den Quasten sehr warm geworden war und der süßliche Geruch der Zigaretten ihn anwiderte.

»Duchess«, sagte er.

»Gleich«, sagte Duchess. »Ich verabschiede mich nur noch. Warum gehst du nicht in den Flur und wartest da auf mich?«

Emmett stellte sein Glas hin und war froh, auf den Flur gehen zu können.

Zwar brachte die Kühle Erleichterung, aber der Flur schien plötzlich länger und schmaler als zuvor. Und es schien mehr Türen zu geben. Mehr Türen auf der linken und mehr auf der rechten Seite. Und obwohl Emmett seinen Blick geradeaus richtete, verursachten die Türen ihm ein Schwindelgefühl, als würde die Achse des Gebäudes gekippt und er würde gleich fallen und den Flur hinunterrollen, durch die Tür am anderen Ende.

Das musste am Champagner liegen.

Er schüttelte den Kopf und sah sich zum Salon um, wo Duchess auf der Sofalehne saß und der Rothaarigen das Glas vollschenkte.

»Verdammt«, sagte er mit unterdrückter Stimme.

Er ging wieder in den Salon und hatte fest vor, Duchess am Kragen zu packen und mit sich fortzuschleifen. Aber er war kaum zwei Schritte gegangen, als Ma Belle auf ihn zukam. Angesichts ihres Umfangs passte sie kaum durch den Flur, und mit Sicherheit würde sie nicht an Emmett vorbeikommen.

»Jetzt mach«, sagte sie mit einer unwirschen Handbewegung. »Aus dem Weg.«

Sie kam auf ihn zugerauscht, und Emmett wich rückwärts aus. In dem Moment bemerkte er, dass eine der Türen geöffnet war, und er trat auf die Schwelle, um Ma Belle passieren zu lassen.

Aber als Ma Belle mit Emmett auf einer Höhe war, ging sie nicht an ihm vorbei und den Flur weiter entlang, sondern blieb stehen und schubste ihn mit ihrer fleischigen Hand in das Zimmer. Emmett stolperte hinein, Ma Belle zog die Tür zu, und Emmett hörte das unverkennbare Geräusch eines Schlüssels, der gedreht wurde. Emmett umfasste den Türknauf und rüttelte daran. Als sich die Tür nicht öffnen ließ, fing er an, dagegen zu hämmern.

»Macht die Tür auf!«, rief er.

Während er rief, kam ihm plötzlich die Erinnerung an eine Frau, die ihm woanders dasselbe durch eine geschlossene Tür zugerufen hatte. Aber jetzt hörte Emmett hinter sich die Stimme einer anderen Frau. Eine Stimme, die leise und schmeichlerisch war.

»Warum so eilig, Nebraska?« Emmett drehte sich um und sah Charity, die auf einem prachtvollen Bett ausgestreckt lag und mit zarter Hand auf die Decke neben sich klopfte. Emmett sah sich um und stellte fest, dass das Zimmer keine Fenster hatte und auch hier an den Wänden Ölgemälde von Schiffen hingen: Das über der Kommode zeigte einen Schoner mit gehissten Segeln, der sich in den Wind legte. Der Seidenüberwurf, den Charity getragen hatte, lag jetzt über einer Stuhllehne, und Charity trug ein pfirsichfarbenes Negligé mit heller Borte.

»Duchess meinte, du wärst vielleicht ein bisschen schüchtern«, sagte sie mit einer Stimme, die jetzt nicht mehr kindlich klang. »Aber du brauchst keine Angst zu haben. Nicht in diesem Zimmer. Nicht bei mir.«

Emmett drehte sich wieder zur Tür um, aber Charity sagte: »Nicht da lang, hier lang«, also wandte er sich wieder zu ihr um.

»Komm her«, sagte sie, »leg dich zu mir. Ich will ein bisschen von dir erfahren. Du kannst mir etwas erzählen. Aber wir müssen nicht unbedingt reden.«

Emmett merkte, wie er einen Schritt auf sie zu machte und wie mühsam das war und sein Fuß langsam und schwerfällig auf dem Fußboden landete. Dann stand er vor dem Bett mit der dunkelroten Decke, und Charity nahm seine Hand. Emmett sah, dass sie seine Handfläche nach oben hielt, wie eine Zigeunerin es tun würde, und fragte sich fasziniert, ob sie ihm die Zukunft wahrsagen wollte. Aber sie nahm seine Hand und legte sie auf ihre Brust.

Langsam zog er seine Hand von der glatten, kühlen Seide zurück.

»Ich muss hier raus«, sagte er. »Du musst mir helfen, hier rauszukommen.«

Sie sah ihn mit geschürztem Mund an, als hätte er sie gekränkt.

Es bekümmerte ihn, dass er sie gekränkt hatte. Es bekümmerte ihn so sehr, dass er sich schon nach ihr ausstrecken wollte, um sie zu trösten. Stattdessen drehte er sich wieder zur Tür um. Nur diesmal drehte er sich und drehte und drehte sich immer weiter.

# DUCHESS

Ich war in Hochstimmung. Das ist meine Entschuldigung.

Den ganzen Tag schon folgte eine Überraschung auf die nächste. Der Morgen, den ich allein im Haus von Woollys Schwester verbrachte, endete damit, dass ich einen edlen Anzug aus dem Haus mitnahm. Ich hatte einen ausgesprochen netten Abend mit Ma Belle und den Mädels. Dann war Emmett völlig unerwartet aufgekreuzt, was mir (mit Charitys Hilfe) die Gelegenheit zu meiner dritten guten Tat innerhalb von drei Tagen gab. Und jetzt saß ich am Steuer eines 45er Cadillac und fuhr mit aufgeklapptem Verdeck nach Manhattan rein. Der einzige Haken an der Sache war, dass Woolly und ich Billy im Schlepptau hatten.

Als Emmett bei Ma Belle erschien, war es mir nicht im Traum eingefallen, dass er seinen kleinen Bruder dabeihatte, weshalb ich einigermaßen überrascht war, Billy mit Woolly zusammen im Zuschauersaal vorzufinden. Man darf das nicht falsch verstehen. Billy war ein ganz süßer Bengel. Aber er war auch ein kleiner Klugscheißer. Und wenn Klugscheißer einem voll auf den Wecker fallen können, dann können kleine Klugscheißer einem noch mal mehr auf den Wecker fallen.

Wir waren noch keine Stunde zusammen, da hatte der Junge mich schon dreimal korrigiert. Erst erklärte er, dass die Schwestern Sutter nicht mit richtigen Pistolen geschossen hätten – als kennte ich mich mit der Trickkiste für die Bühne nicht aus. Dann hielt er uns einen Vortrag, dass Seelöwen Säugetiere seien und keine Fische, denn sie seien Warmblüter und hätten eine Wirbelsäule undweißderhimmelwasnoch. Und als wir über die Brooklyn Bridge fuhren und vor uns die Skyline von Manhattan in ihrer berauschenden Schönheit erstand und ich in einem Zustand der Verzückung fragte, ob es je in der Geschichte der Menschheit eine bedeutungsvollere Flussüberquerung gegeben habe, erhob der Junge, statt die Poesie des Moments auf sich wirken zu lassen und den Ton meiner Bemerkung zu erfassen, von seinem Platz auf der Rückbank, wo er wie ein kleiner Millionär saß, seine Stimme.

»Mir fällt ein Beispiel ein«, sagte er.

»Das war eine rhetorische Frage«, sagte ich.

Aber Woolly war neugierig geworden.

»Was für ein Beispiel, Billy?«

»Als George Washington den Delaware überquerte. Am Heiligabend 1776 überquerte George Washington die eisigen Wasser des Flusses und schlich sich an die hessische Armee heran. Seine Truppen überfielen überraschend den Feind und nahmen eintausend Soldaten gefangen. Das Ereignis ist in einem berühmten Gemälde von Emanuel Luetze dargestellt.«

»Ich glaube, ich kenne das Bild«, sagte Woolly. »Steht Washington auf dem Gemälde nicht im Bug eines Ruderboots?«

»Niemand kann im Bug eines Ruderboots stehen«, sagte ich.

»Auf dem Gemälde von Emanuel Luetze steht Washington im Bug eines Ruderboots. Ich kann es dir zeigen. Es ist in Professor Abernathes Buch.«

»Das hätte ich mir denken können.«

»Das war ein gutes Beispiel«, sagte Woolly, der sich immer schon für Geschichte interessiert hatte.

Es war Freitagabend, der Verkehr war dicht, und als wir halbwegs über die Brücke waren, mussten wir anhalten – eine ausgezeichnete Gelegenheit, den Blick still zu genießen.

»Mir fällt noch eins ein«, sagte Billy.

Woolly drehte sich mit einem Lächeln zur Rückbank um.

»Welches, Billy?«

»Als Cäsar den Rubikon überquerte.«

»Was ist da passiert?«

Man hörte praktisch, wie der Junge sich auf seinem Platz aufrichtete.

»Im Jahr 49 BC war Cäsar Gouverneur von Gallien. Der Senat, der von Cäsars Ambitionen misstrauisch gemacht worden war, berief Cäsar nach Rom, mit dem Befehl, seine Truppen am Ufer des Rubikons zurückzulassen. Aber stattdessen marschierte Cäsar mit seinen Soldaten über den Fluss nach Italien ein und von da nach Rom, wo er kurz darauf die Macht ergriff und das Zeitalter der Cäsaren einläutete. Daher kommt der Ausdruck ›den Rubikon überqueren‹. Er bedeutet, dass es keine Umkehr gibt.«

»Das ist auch ein gutes Beispiel.«

»Und dann war da Ulysses, der den Styx überquert …«

»Ich glaube, wir haben verstanden«, sagte ich.

Aber Woolly war noch nicht fertig.

»Was ist mit Moses?«, fragte er. »Hat der nicht auch einen Fluss überquert?«

»Das war das Rote Meer«, sagte Billy. »Bei dem Auszug aus Ägypten, und –«

Zweifellos wollte er uns mit allen Fährnissen des Moses und der Israeliten beglücken, aber diesmal unterbrach er sich selbst.

»Guckt mal!«, sagte er und zeigte in die Ferne. »Das Empire State Building!«

Wir guckten alle drei zu dem genannten Wolkenkratzer, und in dem Moment kam mir die Idee. Sie fuhr wie ein Blitzschlag in mich hinein und schickte ein Prickeln durch meine Wirbelsäule.

»Hat er da nicht sein Büro?«, fragte ich und sah Billy im Rückspiegel an.

»Wer hat da sein Büro?«, fragte Woolly.

»Professor Abercrombie.«

»Meinst du Professor Abernathe?«

»Genau den. Wie geht das noch, Billy? ›Ich schreibe dies an der Ecke 34. Straße und Fifth Avenue auf der Insel Manhattan.‹«

»Ja«, sagte Billy mit großen Augen. »So geht es.«

»Dann sollten wir ihm vielleicht einen Besuch abstatten.«

Ich sah aus dem Augenwinkel, dass Woolly von meinem Vorschlag beunruhigt war. Nicht aber Billy.

»Wir können ihm einen Besuch abstatten?«, fragte er.

»Warum nicht?«

»Duchess …«, sagte Woolly.

Ich beachtete ihn gar nicht.

»Wie spricht er dich in seiner Einleitung an, Billy? ›Verehrter Leser‹? Welcher Autor würde nicht gern Besuch von einem seiner Leser bekommen? Ich meine, Schriftsteller arbeiten bestimmt doppelt so viel wie Schauspieler, aber sie kriegen keinen stehenden Applaus oder werden vor den Vorhang gerufen, sie haben auch keine Fans, die am Bühneneingang auf sie warten. Außerdem, wenn Professor Abernathe keine Besuche von seinen Lesern haben wollte, warum hat er dann seine Adresse ganz vorn in sein Buch geschrieben?«

»Um diese Zeit ist er bestimmt nicht mehr da«, wandte Woolly ein.

»Vielleicht arbeitet er gern spät«, wies ich den Einwand prompt zurück.

Als sich die Autos wieder in Bewegung setzten, ordnete ich mich rechts ein und bog nach Norden ab, und währenddessen stellte ich mir vor, dass wir, wenn die Lobby nicht offen war, das Gebäude in King-Kong-Manier erklimmen würden.

Nachdem ich an der Kreuzung 35. Straße nach Osten abgebogen war, bog ich gleich darauf links in die Fifth Avenue ein und hielt unmittelbar vor dem Eingang des Empire State Building. Sofort kam ein Pförtner an den Wagen.

»Hier können Sie nicht parken, mein Freund.«

»Es dauert nur ein paar Minuten«, sagte ich und gab ihm einen Fünfer. »Und vielleicht können Sie sich in der Zwischenzeit mit Präsident Lincoln bekannt machen.«

Statt darauf zu bestehen, dass wir da nicht parken konnten, hielt er jetzt die Tür an Woollys Seite auf, tippte sich an die Mütze und führte uns ins Gebäude. Das nennt man Kapitalismus.

Als wir in die Lobby kamen, sah Billy sich mit gespannter Aufregung um. Ihm schien es unglaublich, wo wir waren und was wir vorhatten. Das hatte er sich in seinen wildesten Träumen nicht ausgemalt. Woolly hingegen sah mich mit hochgezogener Stirn an, was ganz untypisch für ihn war.

»Was ist?«, sagte ich.

Bevor Woolly antworten konnte, zupfte Billy mich am Ärmel.

»Wie sollen wir ihn denn finden, Duchess?«

»Du weißt doch, wo wir ihn finden, Billy.«

»Ich?«

»Du hast es mir selbst vorgelesen.«

Billy machte die Augen weit auf.

»Im 55. Stock.«

»Genau.«

Lächelnd zeigte ich auf die Reihe von Aufzügen.

»Fahren wir mit dem Aufzug?«, fragte Billy.

»Auf keinen Fall nehmen wir die Treppe.«

Wir stiegen in einen der Expressaufzüge, die in den ersten dreißig Stockwerken nicht hielten.

»Ich war noch nie in einem Aufzug«, sagte Billy zu dem Aufzugführer.

»Dann viel Spaß bei der Fahrt.«

Der Aufzugführer schloss das Gitter, zog den Hebel herunter, und wir schossen in die Höhe.

Normalerweise hätte Woolly eine Melodie gesummt, aber diesmal war ich derjenige, der summte. Und Billy zählte leise die Stockwerke. Man konnte es an seinen Lippenbewegungen sehen.

»Einundfünfzig«, sagte er tonlos. »Zweiundfünfzig. Dreiundfünfzig. Vierundfünfzig.«

Im fünfundfünfzigsten Stock stiegen wir aus. Als wir vom Aufzug in den Flur kamen, sahen wir auf beiden Seiten des Flurs eine Reihe von Türen.

»Was machen wir jetzt?«, fragte Billy.

Ich zeigte auf die nächste Tür.

»Wir fangen da an und arbeiten uns den Flur entlang, bis wir ihn finden.«

»Im Uhrzeigersinn?«

»In jedem Sinn, der dir genehm ist.«

Wir gingen also von Tür zu Tür – im Uhrzeigersinn –, und Billy las die

Namen vor, die auf die kleinen Messingschilder graviert waren, so wie er die Stockwerke angesagt hatte, nur diesmal laut. Hier hatten Geschäftsleute ihre Büros: Anwälte und Buchhalter, Immobilienmakler, Versicherungsvertreter und Börsenspekulanten. Nicht die der großen Firmen, versteht sich. Dies waren die Büros der Männer, die es nicht in die großen Firmen geschafft hatten. Die ihre Schuhe besohlen ließen und die Witzseiten lasen, während sie darauf warteten, dass das Telefon klingelte.

Die ersten zwanzig Messingschilder las Billy mit klarer, heller Stimme, als wäre jeder Name eine kleine Überraschung. Die nächsten zwanzig las er mit deutlich geminderter Begeisterung, und danach schien er zu ermüden. Man spürte förmlich, wie der Daumen der Realität auf den Punkt in der Seele drückte, wo jugendliche Begeisterung entspringt. An diesem Abend würde die Realität mit Sicherheit ihren Abdruck auf Billy Watson hinterlassen. Und dieser Abdruck würde wahrscheinlich für den Rest seines Lebens bleiben und ihn fortwährend daran erinnern, dass einerseits die Helden in Büchern der Fantasie entspringen, andererseits aber auch die meisten Männer, die diese Geschichten erfinden, nur in der Fantasie existieren.

Als wir um die letzte Ecke bogen, lag vor uns der letzte Abschnitt mit Türen, der uns zu unserem Ausgangspunkt zurückführen würde. Billy bewegte sich zusehends langsamer und las die Namen mit immer leiserer Stimme, bis er schließlich an der vorletzten Tür stehen blieb und keinen Ton sagte. Bis zu dem Moment hatte er sicher fünfzig Schilder gelesen, und obwohl ich hinter ihm stand, erkannte ich an seiner Körperhaltung, dass er es leid war.

Im nächsten Moment sah er zu Woolly auf, und seine Miene musste tiefste Enttäuschung ausgedrückt haben, denn Woolly sah ihn voller Mitgefühl an. Dann drehte Billy sich zu mir um. Nur dass sein Ausdruck keineswegs der von Enttäuschung war, sondern ein beseligtes Staunen.

Er wandte sich wieder dem Schild zu und las die Aufschrift mit ausgestrecktem Finger laut vor.

»Büro Professor Abacus Abernathe, MLA, PhD.«

Als ich Woolly voller Überraschung ansah, verstand ich, dass sein Mitgefühl nicht Billy gegolten hatte, sondern mir. Denn wieder einmal war es, als hätte ich mir selbst den Boden unter den Füßen weggezogen. Nach ein paar Tagen mit diesem Jungen hätte man denken können, ich hätte meine Lektion gelernt. Aber wie schon gesagt, ich schrieb es meiner Hochstimmung zu.

Nun gut, wenn die Umstände sich gegen einen verschwören und alle sorgfältig gemachten Pläne sich in ihr Gegenteil verkehren, ist es das Beste, dass man sich das selbst zuguteschreibt.

»Hab ich's nicht gesagt, Billy?«

Billy lächelte mir zu, doch dann blickte er mit einem furchtsamen Ausdruck auf den Türknauf, als wüsste er nicht recht, ob er den Mut hatte, ihn zu drehen.

»Darf ich?«, rief Woolly.

Woolly trat näher, drehte den Knauf und öffnete die Tür. Wir standen in einem Eingangsbereich mit einem Schreibtisch, einem niedrigen Tisch und ein paar Stühlen. Der Bereich war dunkel und wurde nur schwach von einem Licht erhellt, das durch ein Oberlicht in der inneren Tür fiel.

»Sieht so aus, dass du recht hattest, Woolly«, sagte ich seufzend. »Sieht ganz so aus, dass niemand zu Hause ist.«

Aber Woolly hob den Finger an die Lippen.

»Psst. Hast du das gehört?«

Wir alle sahen auf, als Woolly zu dem Oberlicht zeigte.

»Da ist es wieder«, flüsterte er.

»Was ist da wieder?«, flüsterte ich zurück.

»Das Kratzen von einem Stift«, sagte Billy.

»Das Kratzen von einem Stift«, sagte Woolly und lächelte.

Billy und ich folgten Woolly, als er auf Zehenspitzen durch den Eingangsbereich ging und sachte den Knauf an der zweiten Tür drehte. Das Zimmer hinter dieser Tür war viel größer. Es war ein lang gestreckter Raum, der vom Boden bis zur Decke mit Bücherregalen ausgestattet war und in dem ein Globus auf einem Fuß, eine Couch, zwei hohe Lehnstühle und ein großer hölzerner Schreibtisch standen. Hinter dem Schreibtisch saß ein kleiner alter Mann beim Licht einer Lampe mit grünem Glas-schirm und schrieb in ein kleines altes Notizheft. Der Mann trug einen zerknitterten Baumwollanzug und hatte schütteres weißes Haar und eine Lesebrille, die auf seiner Nasenspitze saß. Im Grunde sah der Mann aus wie der typische Professor, sodass man unwillkürlich dachte, dass all die Bücher in den Regalen nur dazu da seien, den professoralen Eindruck zu verstärken.

Bei unserem Eintreten sah der Mann ohne jede Überraschung von seiner Arbeit auf.

»Kann ich euch helfen?«

Nachdem wir alle drei ein paar Schritte vorgetreten war, schob Woolly Billy noch einen Schritt weiter.

»Frag ihn«, ermutigte Woolly ihn.

»Sind Sie Professor Abacus Abernathe?«

Der alte Mann schob seine Brille auf die Stirn und neigte dann den Lampenschirm so, dass er einen besseren Blick auf uns drei hatte. Aber hauptsächlich richtete er die Augen auf Billy, da er sofort erfasst hatte, dass der Junge der Grund für unser Kommen war.

»Ich bin Abacus Abernathe«, antwortete der Mann. »Was kann ich für dich tun?«

Trotz der Menge von Dingen, die Billy wusste, hatte er offensichtlich keine Ahnung, was Abacus Abernathe für ihn tun konnte. Denn statt zu antworten, sah Billy verunsichert zu Woolly hoch. Also sprach Woolly für ihn.

»Es tut uns leid, dass wir Sie unterbrechen, Herr Professor, aber dies hier ist Billy Watson aus Morgen, Nebraska, und er ist gerade zum ersten Mal in New York. Er ist erst acht Jahre alt und hat Ihr Kompendium der Abenteurer vierundzwanzigmal gelesen.«

Der Professor hörte Woolly mit Interesse zu und sah dann Billy an.

»Stimmt das wirklich, junger Mann?«

»Es stimmt wirklich«, sagte Billy. »Nur dass ich es jetzt schon fünfundzwanzigmal gelesen habe.«

»Nun«, sagte der Professor. »Wenn du mein Buch fünfundzwanzigmal gelesen hast und den ganzen Weg von Nebraska nach New York gekommen bist, um mir das zu erzählen, dann ist das Mindeste, was ich tun kann, dass ich dir einen Stuhl anbiete.«

Mit einer Handbewegung lud er Billy ein, sich auf einen der hohen Stühle vor seinem Schreibtisch zu setzen. Woolly und mir bot er die Couch vor den Regalen an.

Zunächst möchte ich sagen, dass es eine sehr schöne Couch war. Sie war gepolstert und mit braunem Leder bezogen und mit Nägeln beschlagen, die Messingköpfe hatten, und sie war gut und gerne so groß wie ein Auto. Aber wenn drei Personen in ein Zimmer kommen und der Einladung einer vierten Person, sich zu setzen, folgen, dann geht keiner so schnell wieder weg. Das ist nur menschlich. Haben sich alle erst einmal bequem niedergelassen, muss man mindestens eine halbe Stunde lang Konversation machen. Und sollte ihnen nach zwanzig Minuten der Gesprächsstoff ausgehen, improvisieren sie eine Weile aus reiner Höflichkeit. Deshalb machte ich, als der Professor uns die Plätze anbot, Anstalten zu erklären, dass es schon spät sei und unser Wagen im Halteverbot stehe. Aber bevor ich etwas sagen konnte, war Billy schon auf den Lehnstuhl gestiegen, und Woolly machte es sich auf der Couch bequem.

»Jetzt erzähl mir doch, Billy«, sagte der Professor, nachdem wir alle Platz genommen hatten, »was bringt dich nach New York?«

Es war eine klassische Gesprächseröffnung, eine Frage, die jeder New Yorker einem Besucher stellen konnte, in der Erwartung, ein oder zwei Sätze als Antwort zu erhalten, wie: ›Ich will meine Tante besuchen‹, oder ›Wir haben Karten für eine Broadway-Show‹. Aber die Frage war an Billy Watson gerichtet, also bekam der Professor die Geschichte von Anfang bis Ende erzählt.

Billy fing 1946 an, als seine Mutter an einem Sommerabend die Familie verließ. Er erklärte, dass Emmett eine Zeit in Salina verbüßt habe und ihr Vater an Krebs gestorben sei, und dass die Brüder vorhätten, die Spur einer Handvoll Postkarten zu verfolgen, und ihre Mutter am Vierten Juli bei dem großen Feuerwerk in San Francisco zu finden hofften. Dann führte er aus, wie es kam, dass Woolly und ich den Studebaker ausgeliehen hatten und Emmett und er mit dem Sunset East nach New York gekommen waren.

»Meine Güte«, sagte der Professor, der genau zugehört hatte. »Und ihr seid in einem Güterzug nach New York gekommen?«

»Da habe ich angefangen, Ihr Buch zum fünfundzwanzigsten Mal zu lesen«, sagte Billy.

»In einem Waggon?«

»Ja, es gab kein Fenster, aber ich habe meine Taschenlampe aus Armeebeständen dabei.«

»Welch ein Glück!«

»Als wir uns entschieden haben, für einen Neuanfang nach Kalifornien zu gehen, war Emmett wie Sie der Meinung, dass man nur das mitnehmen sollte, was in einen Rucksack passt. Und ich habe alles, was ich brauche, in diesen Rucksack gepackt.«

Der Professor lehnte sich mit einem Lächeln zurück, dann kam er wieder vor.

»Hast du denn das Kompendium auch in deinem Rucksack?«

»Ja«, sagte Billy. »Das ist da drin.«

»Dann könnte ich dir eine Widmung hineinschreiben.«

»Das wäre wunderbar«, rief Woolly.

Von dem Professor ermutigt, rutschte Billy vom Stuhl, nahm seinen Rucksack ab, löste die Riemen und holte das große rote Buch hervor.

»Bring es mir«, sagte der Professor mit einer Handbewegung. »Bring es her zu mir.«

Als Billy um den Schreibtisch herumkam, nahm der Professor das Buch, hielt es unter die Lampe und prüfte es auf Gebrauchsspuren.

»Für einen Schriftsteller gibt es kaum etwas Schöneres«, sagte er zu Billy, »als ein oft gelesenes Exemplar seines Buches zu sehen. Aber jetzt!«

Der Professor legte das Buch hin, nahm seinen Füller und schlug die Titelseite auf.

»Es war ein Geschenk, wie ich sehe.«

»Von Fräulein Matthiessen«, sagte Billy. »Sie ist die Bibliothekarin in der Bibliothek von Morgen.«

»Ein Geschenk von einer Bibliothekarin, wie schön«, sagte der Professor mit Genugtuung.

Nachdem der Professor einen längeren Text in Billys Buch geschrieben hatte, setzte er schwungvoll seine Unterschrift darunter. Denn in New York geben selbst die alten Knacker, die Kompendien verfassen, den Besuchern in der letzten Reihe eine Vorstellung. Bevor der Professor Billy das Buch zurückgab, blätterte er durch die Seiten, als wollte er sich vergewissern, dass sie alle da waren. Dann sah er Billy mit einem kleinen Laut der Überraschung an.

»Ich sehe gerade, dass du das Kapitel, das von dir selbst sein soll, noch nicht geschrieben hast. Warum nicht?«

»Ich wollte *in medias res* anfangen«, erklärte Billy. »Aber ich weiß noch nicht, wo die Mitte ist.«

Das klang wie eine ziemlich abgedrehte Antwort, aber der Professor strahlte.

»Billy Watson«, sagte er, »als erfahrener Historiker und Geschichtenerzähler kann ich mit Überzeugung sagen, dass du bereits genügend Abenteuer bestanden hast, um mit deinem Kapitel zu beginnen! Allerdings ...«

An dieser Stelle zog der Professor eine Schreibtischschublade auf und holte eine schwarze Kladde heraus, ganz ähnlich der, in die er geschrieben hatte, als wir in sein Büro gekommen waren.

»... sollten die acht Seiten in deinem Kompendium für die vollständigen Aufzeichnungen deiner Geschichte nicht ausreichen – was ich fast vermute –, kannst du sie in diesem Tagebuch fortsetzen. Und wenn dir auch da der Platz knapp wird, gib mir einfach Nachricht, und ich schicke dir gern ein neues.«

Der Professor reichte Billy die beiden Bücher, schüttelte ihm die Hand und sagte, es sei ihm eine Ehre gewesen, ihn kennenzulernen. Und damit hätte der Besuch beendet sein müssen.

Aber nachdem Billy die beiden Bücher sorgfältig verstaut und die Riemen seines Rucksacks wieder zugezogen hatte, und nachdem er schon ein paar Schritte zur Tür gegangen war, blieb er plötzlich stehen und drehte sich mit gerunzelter Stirn zum Professor um, und wenn man Billy Watson kannte, konnte das nur eins bedeuten: mehr Fragen.

»Ich glaube, wir haben den Professor lange genug aufgehalten«, sagte ich und legte Billy eine Hand auf die Schulter.

»Das ist schon in Ordnung«, sagte Abernathe. »Was möchtest du, Billy?«

Billy senkte kurz den Blick, dann sah er den Professor an.

»Glauben Sie, dass Helden zurückkommen?«

»Meinst du, wie Napoleon nach Paris, oder Marco Polo nach Venedig?«

»Nein«, sagte Billy mit einem Kopfschütteln. »Nicht, ob sie zu ihrem Ort zurückkehren. Ich meine, ob sie in der Zeit zurückkommen.«

Der Professor schwieg einen Moment.

»Warum fragst du das, Billy?«

Diesmal kriegte der alte Schreiberling mehr, als er sich vorgestellt hatte. Denn ohne sich wieder zu setzen, fing Billy mit einer Geschichte an, die länger und verworrener war als die erste. Als sie im Sunset East waren, erklärte er, und Emmett losgegangen war, um etwas zu essen zu finden, versuchte ein Pastor, der in den Güterwaggon kam, in dem Billy saß, ihm seine Silberdollars wegzunehmen und ihn aus dem Zug zu werfen. Gerade noch rechtzeitig sei ein großer schwarzer Mann durch die Luke hereingestiegen, und so kam es, dass nicht er, sondern der Pastor aus dem Zug gesetzt wurde.

Aber offenbar ging es bei der Geschichte nicht vorrangig um den Pastor, die Silberdollars und die Rettung in letzter Minute, sondern es ging darum, dass der schwarze Mann, der den Namen Ulysses hatte, seine Frau und seinen Sohn verlassen hatte, um übers Meer zu ziehen und in Italien zu kämpfen, und seit dieser Zeit fuhr er in Güterzügen von Land zu Land.

Wenn ein Achtjähriger eine solche Geschichte erzählt – in der ein schwarzer Mann durchs Dach kommt und ein Pastor aus dem Zug geworfen wird –, könnte man denken, dass das jedermanns Bereitschaft, die Geschichte zu glauben, auf eine harte Probe stellte. Besonders die eines Professors. Aber wie sich zeigte, nicht die von Abernathe.

Während Billy erzählte, nahm der Professor seinen Platz in Zeitlupe wieder ein, setzte sich langsam auf den Stuhl und lehnte sich vorsichtig zurück, als wollte er nicht durch ein plötzliches Geräusch oder eine Bewegung die Geschichte des Jungen oder seine eigene Aufmerksamkeit unterbrechen.

»Er hat geglaubt, er sei nach Ulysses S. Grant benannt«, sagte Billy, »aber ich habe ihm erklärt, dass er nach dem großen Ulysses benannt ist. Und nachdem er schon acht Jahre ohne seine Frau und seinen Sohn umhergezogen ist, würde er bestimmt mit ihnen vereinigt, sobald die zehn Jahre um waren. Aber wenn Helden nicht in der Zeit zurückkommen«, schloss Billy mit besorgter Miene, »dann hätte ich das nicht sagen sollen.«

Als Billy aufhörte zu sprechen, schloss der Professor einen Moment die Augen. Nicht so, wie Emmett die Augen zumachte, wenn er seine Ungeduld bezähmen musste, sondern wie ein Musikliebhaber, der gerade die Schlusstöne eines Konzerts gehört hat. Als er die Augen wieder aufmachte, ging sein Blick von Billy zu der Bücherwand und wieder zurück.

»Ich bezweifle nicht, dass Helden in der Zeit zurückkommen«, sagte er zu Billy. »Und ich glaube, du hattest ganz recht mit dem, was du ihm gesagt hast. Aber ich …«

Diesmal war es der Professor, der zögerte, und Billy, der ihn zum Weitersprechen ermutigte.

»Ich wüsste gern, ob dieser Mann mit dem Namen Ulysses noch hier in New York ist.«

»Ja«, sagte Billy. »Er ist hier in New York.«

Einen Augenblick saß der Professor still da, als müsste er den Mut finden, diesem Achtjährigen eine zweite Frage zu stellen.

»Ich weiß, es ist spät«, sagte er schließlich, »und ihr, du und deine Freunde, habt anderes vor, und ich habe keine Berechtigung, um diesen Gefallen zu bitten, aber könntest du dir vorstellen, mich zu ihm zu bringen?«

# WOOLLY

Auf einer Reise nach Griechenland, die Woolly 1946 mit seiner Mutter machte, erfuhr er zum ersten Mal von der »Liste«, einer Aufstellung all der Orte, die man gesehen haben musste. »Da ist es«, sagte sie und fächelte sich mit der Landkarte Luft zu, nachdem sie den staubigen Hügel erklommen hatten, von dem man einen Blick auf Athen hat. »Das Parthenon in seiner vollen Schönheit.« Neben dem Parthenon, so sollte Woolly bald lernen, gab es die Piazza San Marco in Venedig, den Louvre in Paris und die Uffizien in Florenz. Außerdem die Sixtinische Kapelle, Notre-Dame und Westminster Abbey.

Wie die »Liste« zustande gekommen war, konnte Woolly nicht ergründen. Anscheinend war sie lange, bevor er auf die Welt gekommen war, von verschiedenen Gelehrten und bedeutenden Historikern zusammengestellt worden. Niemand hatte Woolly je erklärt, *warum* man die Orte, die auf der »Liste« standen, gesehen haben musste, aber es war zweifellos sehr wichtig, *dass* man sie gesehen hatte, denn die Älteren in seiner Familie lobten ihn, wenn er einen der Orte besucht hatte, sie zogen missbilligend die Stirn hoch, wenn er an einem anderen Ort kein Interesse zeigte, und gaben ihm deutlich ihre Meinung zu verstehen, wenn er in der Nähe eines dritten gewesen war und ihn nicht aufgesucht hatte.

Es muss allerdings gesagt werden, dass Woolly Wolcott Martin großen Eifer zeigte, wenn es um die Besichtigung der auf der »Liste« erwähnten Bauwerke ging. Wohin er auch reiste, er sorgte er immer dafür, dass er die entsprechenden Fremdenführer bei sich hatte und die Dienste eines kenntnisreichen Fahrers zu seiner Verfügung standen. »Zum Kolosseum,

*Signore*, aber *subito*!«, sagte er dann, und sogleich ratterten sie durch die krummen Straßen Roms, als wären sie die Polizei, die eine Diebesbande verfolgte.

Jedes Mal wenn Woolly an einem der Orte auf der »Liste« eintraf, hatte er dieselbe dreigeteilte Reaktion. Zunächst empfand er Ehrfurcht. Denn dies waren nicht irgendwelche gewöhnlichen Sehenswürdigkeiten. Dies waren große, beeindruckende Bauwerke, die aus den unterschiedlichsten Materialien wie Marmor oder Mahagoni und Lapislazuli erbaut waren. Dann überkam ihn ein Gefühl von Dankbarkeit gegenüber seinen Vorfahren, dass sie sich die Mühe gemacht hatten, diese »Liste« zu erstellen und von einer Generation zur nächsten weiterzureichen. Aber drittens, und vielleicht war das die wichtigste Reaktion, verspürte er ein Gefühl von Erleichterung, weil er, nachdem er sein Reisegepäck ins Hotel gebracht hatte und mit dem Taxi quer durch die Stadt gesaust war, wieder einen Punkt auf der »Liste« abhaken konnte.

Nachdem er sich aber, seit er zwölf war, als beflissener Abhaker betrachtet hatte, war ihm früher am Abend, auf dem Weg zum Zirkus, eine Erleuchtung gekommen. Denn die »Liste«, die seit über fünf Generationen von Wolcotts, samt und sonders Einwohner von Manhattan, konsequent und achtsam weitergegeben worden war, enthielt nicht eine einzige Sehenswürdigkeit in New York. Und obwohl Woolly pflichtbewusst den Buckingham Palace, La Scala und den Eiffelturm besichtigt hatte, war er nicht einmal, kein einziges Mal in seinem Leben, über die Brooklyn Bridge gefahren.

Woolly war auf der Upper East Side aufgewachsen und brauchte die Brücke nicht zu benutzen. Wollte man in die Adirondacks oder nach Long Island oder zu einer der guten alten Internatsschulen in New England, fuhr man über die Queensborough Bridge oder die Triborough Bridge. Aber nachdem Duchess mit ihm auf dem Broadway Richtung Süden gefahren war und City Hall umkreist hatte, wurde Woolly mit steigender Aufregung bewusst, dass sie sich der Brooklyn Bridge näherten und offenbar die Absicht hatten, sie zu überqueren.

Wie majestätisch war die Architektur, dachte Woolly. Wie ehrfurchtgebietend die an Kathedralen erinnernden Strebepfeiler und die Stahlkabel, die hoch durch die Luft geführt waren. Was für ein Wunderwerk der Ingenieurskunst, denn die Brücke war im 19. Jahrhundert gebaut worden und hatte seitdem die Massen von Menschen getragen, die sich tagtäglich von einer Seite des Flusses zur anderen bewegten, und wieder zurück. Zweifellos hatte die Brooklyn Bridge es verdient, auf der »Liste« zu stehen. Sie hatte genauso viel Recht dazu wie der Eiffelturm, der um dieselbe Zeit aus ähnlichem Material erbaut worden war, aber es niemandem ermöglichte, von einer Stelle zu einer anderen zu gelangen.

Offenbar war sie untersehen worden, dachte Woolly.

Wie bei seiner Schwester Kaitlin, wenn es um Ölgemälde ging.

Als seine Familie den Louvre und die Uffizien besuchte, war Kaitlin voller Bewunderung für die Reihen von Gemälden in ihren vergoldeten Rahmen. Während sie von Raum zu Raum gingen, ermahnte sie Woolly fortwährend, leise zu sein, und lenkte seine Aufmerksamkeit auf ein Porträt oder eine Landschaft, Bilder, die er in stillem Staunen betrachten sollte. Frappierend fand er nur, dass ihr Stadthaus in der 86. Straße ebenfalls gestopft voll mit Porträts und Landschaften in vergoldeten Rahmen war, so wie auch das Haus ihrer Großmutter. Aber nicht ein einziges Mal in ihrer gesamten Kindheit hatte Woolly seine Schwester, in andächtige Bewunderung versunken, vor einem dieser Gemälde stehen sehen. Deswegen nannte Woolly es »untersehen«. Denn Kaitlin bemerkte diese Gemälde nicht, obwohl sie unmittelbar vor ihrer Nase waren. Und das war bestimmt auch der Grund, warum es seinen Verwandten, allesamt Bewohner Manhattans, die die »Liste« weitergaben, nicht einfiel, Bauwerke in New York mit einzuschließen. Und das brachte Woolly auf die Frage, was sie sonst noch vergessen hatten.

Und dann.

Und dann! Kaum zwei Stunden später, als sie zum zweiten Mal an diesem Abend über die Brooklyn Bridge fuhren, unterbrach Billy sich mitten im Satz und zeigte in die Ferne.

»Guckt mal! Das Empire State Building!«

Na, das gehörte auf jeden Fall auf die »Liste«, dachte Woolly. Es ist das höchste Gebäude der Welt. So hoch war es, dass einmal ein Flugzeug in seine Spitze gestoßen war. Und obwohl es hier, mitten in Manhattan, stand, hatte Woolly es noch nie, in seinem ganzen Leben nicht, betreten.

Folglich hätte man denken können, als Duchess vorschlug, Professor Abernathe dort einen Besuch zu machen, dass Woolly eine ähnliche Aufregung verspüren würde wie bei der Aussicht, über die Brooklyn Bridge zu fahren. Stattdessen empfand er eine Beklommenheit, nicht bei dem Gedanken, dass er in einem winzig kleinen Aufzug in die Wolkenkratzosphäre aufsteigen würde, sondern bei dem Ton von Duchess' Stimme. Denn Woolly kannte diesen Ton, er hatte ihn von drei Schuldirektoren und zwei Pfarrern sowie von seinem Schwager »Dennis« gehört. Es war der Ton, den Menschen anschlugen, wenn sie einem den Kopf zurechtsetzen wollten.

Hin und wieder, so schien es Woolly, hat man mitten im Alltag einen herrlichen Gedankenblitz. Zum Beispiel kann es sein, dass es Mitte August ist und man in seinem Ruderboot auf dem See dümpelt, während die Libellen über das Wasser huschen, und plötzlich kommt einem der Gedanke: Warum dauern die Sommerferien nicht bis zum einundzwanzigsten September? Schließlich ist der Sommer nicht am Labour Day zu Ende. Der Sommer dauert bis zur Tag-und-Nacht-Gleiche im September, so wie der Frühling bis zur Tag-und-Nacht-Gleiche im März dauert. Man brauchte nur zu sehen, wie sorgenfrei die Menschen in den Ferien waren, nicht nur die Kinder, auch die Erwachsenen, die es genossen, morgens um zehn Uhr Tennis zu spielen, um die Mittagszeit schwimmen zu gehen und um Punkt sechs Uhr einen Gin Tonic zu trinken. Daraus konnte man doch schließen, wenn wir uns darauf einigten, die Ferien bis zur Tag-und-Nacht-Gleiche zu verlängern, dann wären die Menschen auf der Welt um einiges glücklicher.

Gut, wenn einem ein solcher Gedanke kommt, muss man sich *sehr genau* überlegen, mit wem man darüber spricht. Denn wenn bestimmte Menschen von dieser Idee hören – Menschen wie der Schuldirektor oder der Pfarrer oder dein Schwager »Dennis« –, dann kann es sein, dass sie es als ihre moralische Pflicht erachten, dir ins Gewissen zu reden und den Kopf zurechtzusetzen. Sie bedeuten dir, auf dem großen Stuhl vor ihrem

Schreibtisch Platz zu nehmen, und erklären dir klipp und klar, nicht nur wie hirnrissig deine Idee ist, sondern auch, dass du zu einem viel besseren Menschen wirst, sobald du deine Dummheit selbst erkennst. Und genau das war der Ton, den Duchess gegenüber Billy anschlug: der Ton, mit dem Flausen aus dem Kopf vertrieben werden sollen.

Nachdem sie also in dem winzig kleinen Aufzug zum 55. Stockwerk hochgefahren und sämtliche Flure abgegangen waren, nachdem sie sämtliche Plaketten gelesen hatten und nur noch zwei übrig blieben, kann man sich wohl Woollys Befriedigung, ja, sein unbändiges Jubelgefühl vorstellen, als sie auf der vorletzten Plakette lasen: Professor Abacus Abernathe, ABC, PhD, LMNOP.

Armer Duchess, dachte Woolly und lächelte voller Mitgefühl. Vielleicht ist er es diesmal, der eine Lektion lernen muss.

Kaum waren sie in das innere Heiligtum getreten, erkannte Woolly, dass der Professor ein feinfühliger Mann war, ein offenherziger Mensch. Und obwohl vor seinem Schreibtisch ein großer Lehnstuhl stand, wusste Woolly, dass der Professor kein Mensch war, der sich einen vorknöpfte und einem den Kopf zurechtsetzte. Nicht nur das, er war auch keiner, der einen zur Eile trieb, weil Zeit Geld war und Geld die Welt drehte und ein Stich zur rechten Zeit einem viel ersparen konnte.

Wenn man eine Frage gestellt bekommt – auch eine Frage, die auf der Oberfläche recht simpel und unkompliziert scheint –, kann es sein, dass man weit ausholen und eine Menge kleiner Einzelheiten erwähnen muss, damit der Fragesteller die Antwort richtig versteht. Trotzdem gibt es viele Fragesteller, die das Gesicht verziehen, sobald man wesentliche Ausführungen zu machen beginnt. Sie rutschen auf ihrem Sitz herum und treiben einen zur Eile an und verlangen, dass man von A zu Z springt und alle Buchstaben dazwischen auslässt. So war Professor Abernathe nicht. Als er Billy eine täuschend einfache Frage stellte und Billy zum Anbeginn der Zeiten zurückging, um eine umfassende Antwort zu geben, lehnte der Professor sich zurück und hörte mit der Aufmerksamkeit eines Solomons zu.

Nachdem Woolly und Billy und Duchess an einem einzigen Abend zwei der berühmtesten Orte der Stadt besucht (Nachprüfen! Nachprüfen!)

und zudem die Existenz des Professors Abacus Abernathe unumstößlich bewiesen hatten, hätte man denken können, als sie sich endlich zum Aufbruch erhoben, dass der Abend besser nicht werden konnte.

Aber da hätte man sich getäuscht.

Dreißig Minuten später saßen sie alle – auch der Professor – im Cadillac und fuhren die Ninth Avenue nach Süden zur Elevated. Auch davon hatte Woolly nie gehört.

»An der nächsten Ecke musst du abbiegen«, sagte Billy.

Duchess befolgte die Anweisung und bog nach rechts in eine mit Kopfstein gepflasterte Straße ein, an der Lastwagen parkten und Fleischfabriken standen. Dass es mit Fleischverarbeitung zu tun hatte, erkannte Woolly an den zwei Männern in langen weißen Kitteln, die an einem Ladepunkt ganze Rinderhälften aus einem Lastwagen trugen, außerdem war darüber ein Neonschild in der Form eines Hirschen zu sehen.

Einen Moment später sagte Billy, Duchess solle wieder rechts abbiegen, gleich danach links, dann zeigte Billy auf einen Drahtkäfig, der vom Straßenniveau aufstieg.

»Hier«, sagte Billy.

Als Duchess anhielt, schaltete er den Motor nicht ab. Hier waren keine Fleischfabriken mehr, hier waren auch keine Fleischpacker oder Neonschilder. Hier gab es nicht einmal eine Straßenlaterne. Stattdessen war da ein leerer Platz, auf dem ein Auto ohne Räder stand. Eine einzelne Gestalt, klein und gedrungen, ging unter dem Licht der Straßenlaterne und verschwand in der Dunkelheit.

»Bist du dir sicher, dass es hier richtig ist?«, fragte Duchess.

»Ich bin mir sicher«, sagte Billy und setzte sich seinen Rucksack auf.

Und schon war er ausgestiegen und ging auf den Drahtkäfig zu.

Woolly sah den Professor an und wollte ihm mit hochgezogenen Augenbrauen seine Überraschung zeigen, aber der Professor war aus dem Wagen raus und eilte hinter Billy her. Also sprang Woolly auch aus dem Wagen und setzte dem Professor nach, sodass Duchess allein übrig blieb und hinter Woolly herhasten musste.

Innerhalb des Drahtkäfigs führte eine Stahltreppe nach oben und verschwand im Dunkeln. Jetzt war es der Professor, der Woolly mit hochgezogenen Augenbrauen ansah, allerdings war das eher Aufregung als Überraschung.

Billy griff nach dem Drahtzaun und zog ihn zurück.

»Hier«, sagte Woolly. »Lass mich, lass mich.«

Woolly zog den Maschendraht zurück, sodass alle hindurchschlüpfen konnten. Dann ging es die Treppe hinauf, immer im Kreis herum, und die alten Metallstufen schepperten unter ihren acht Füßen. Oben angekommen, hielt Woolly wieder ein Stück Maschendraht zurück, und alle schlüpften heraus.

Oh, das Staunen, das Woolly überkam, als er aus dem Käfig an die frische Luft trat! Nach Süden hin sah man die Türme des Wall-Street-Viertels, im Norden die Türme von Midtown, und wenn man sehr genau in süd-südwestlicher Richtung guckte, konnte man gerade die Freiheitsstatue ausmachen – auch das ein Wahrzeichen von New York, das zweifellos auf die »Liste« gehörte und das Woolly auch noch nie aus der Nähe gesehen hatte.

»Bisher noch nicht!«, sagte Woolly trotzig zu sich selbst.

Aber das Erstaunlichste an dem Gleisgebiet, das war nicht der Blick Richtung Süden oder der nach Midtown, das war auch nicht die große Sommersonne, die über dem Hudson unterging. Das Erstaunlichste war die Flora.

Noch in Professor Abernathes Büro hatte Billy erklärt, dass sie zu einem Teil der auf Stelzen geführten Eisenbahngleise gehen würden, die vor drei Jahren stillgelegt worden waren. In Woollys Augen sah es eher so aus, als wären sie vor Jahrzehnten stillgelegt worden. Überall wuchsen Wildblumen und Büsche, und das Gras zwischen den Schwellen stand kniehoch.

Und das nach drei Jahren, dachte Woolly. Das ist kürzer als die Zeit, die er im Internat gewesen war oder die man für einen Collegeabschluss brauchte. Kürzer als die Amtszeit eines Präsidenten oder die Zeit zwischen zwei Olympiaden.

Erst vor zwei Tagen hatte Woolly die Beobachtung gemacht, dass Manhattan so schrecklich dauerhaft war, obwohl Millionen von Menschen jeden Tag durch seine Straßen gingen. Aber offenbar waren es nicht die Millionen von Menschen auf den Straßen, die für Manhattan das Ende bedeuten würden. Es war ihre Abwesenheit. Denn hier sah man an einem Fleck, wie es sein würde, wenn Manhattan sich selbst überlassen war. Hier war ein kleines Stück von New York, dem die Menschen nur kurz den Rücken zugekehrt hatten, und schon waren die Büsche und Sträucher durch die Steine emporgewachsen. Und wenn es nach nur drei Jahren der Nichtbenutzung so aussah, dachte Woolly, wie würde es dann nach drei Jahrzehnten aussehen?

Als Woolly von dem Grünwuchs aufblickte und seinen Freunden seine Beobachtungen mitteilen wollte, sah er, dass sie weit voraus waren, ohne ihn, und auf ein Lagerfeuer in der Ferne zuhielten.

»Wartet auf mich«, rief er. »Wartet.«

Als Woolly wieder zu der Gruppe stieß, machte Billy den Professor gerade mit einem großen schwarzen Mann bekannt, und das war Ulysses. Obwohl die beiden sich nicht kannten, hatten sie durch Billy etwas voneinander erfahren, und als sie sich die Hände schüttelten, fand Woolly, dass sie es mit einer großen und seltenen Feierlichkeit taten.

»Bitte«, sagte Ulysses und zeigte auf die Schwellen, die um das Feuer herum lagen, so wie der Professor in seinem Büro auf die Couch und den Stuhl gezeigt hatte.

Als sich alle gesetzt hatten, war es einen Moment lang still, nur das Feuer knisterte und knackte, und Woolly hatte den Eindruck, dass er und Billy und Duchess junge Krieger waren, denen es gestattet worden war, an dem Treffen zweier Stammesführer teilzunehmen. Aber dann war es Billy, der zuerst sprach und Ulysses ermutigte, seine Geschichte zu erzählen.

Ulysses nickte Billy zu, richtete dann den Blick auf den Professor und begann. Zunächst erzählte er, wie er und eine Frau namens Macie, beide allein in der Welt, sich in einer Tanzhalle in St. Louis kennengelernt und ineinander verliebt hatten und dann geheiratet hatten. Er erzählte, nach Ausbruch des Krieges, während die gesunden Männer in der Nachbarschaft sich meldeten, habe Macie ihn fest an sich gebunden, und diese Bindung wurde stärker, nachdem sie schwanger geworden war. Er erzählte, wie er sich ihren Warnungen zum Trotz bei der Army gemeldet und in Europa gekämpft habe, und als er ein paar Jahre später zurückkehrte, sei sie mit dem Kind spurlos verschwunden, so wie sie es ihm vorher erklärt hatte. Am selben Tag, so erzählte er weiter, sei er wieder zur Union Station gegangen und habe einen Zug bestiegen, und seitdem fahre er kreuz und quer durchs Land. Es war eine der traurigsten Geschichten, die Woolly je gehört hatte.

Einen Moment lang schwiegen sie. Auch Duchess, der gewöhnlich kaum abwarten konnte, mit einer eigenen Geschichte aufzuwarten, wenn jemand seine erzählt hatte, blieb still. Vielleicht spürte er, so wie Woolly, dass sich vor ihren Augen etwas von monumentaler Bedeutung entfaltete.

Als hätte Ulysses den Moment der Stille gebraucht, um sich zu besinnen, fuhr er nach dieser Pause fort.

»Ich bin der Meinung, Herr Professor, dass in diesem Leben alles, was von Wert ist, verdient sein muss. Es *sollte* verdient sein. Denn diejenigen, denen etwas von Wert geschenkt wird, ohne dass sie es verdient haben, werden es nur verschleudern. Ich glaube, man sollte sich Achtung verdienen müssen. Man sollte sich Vertrauen verdienen müssen. Man sollte sich die Liebe einer Frau verdienen müssen, so wie das Recht, sich als Mensch zu betrachten. Und man sollte sich das Recht auf Hoffnung verdienen müssen. Damals hatte ich eine reiche Quelle der Hoffnung, und ich hatte sie nicht verdient. Und weil ich nicht wusste, wie wertvoll sie war, habe ich sie an dem Tag vergeudet, als ich meine Frau und mein Kind verließ. Deshalb habe ich in den letzten acht Jahren gelernt, ohne Hoffnung zu leben, so wie auch Kain ohne Hoffnung lebte, nachdem er in das Land Nod gekommen war.«

Ohne Hoffnung leben, sagte Woolly lautlos und nickte, während er sich die Tränen aus den Augen wischte. Ohne Hoffnung im Land Nod leben.

»Wenigstens war es so, bis ich diesem Jungen hier begegnete«, sagte Ulysses.

Ulysses legte Billy eine Hand auf die Schulter, ohne den Blick vom Professor abzuwenden.

»Als Billy sagte, weil mein Name Ulysses ist, sei es vielleicht mein

Schicksal, meine Frau und mein Kind zu finden, spürte ich in mir eine Regung. Dann las er mir aus Ihrem Buch vor, und diese Regung wurde stärker. Sie wurde so stark, dass ich in mir den Gedanken zuließ, ob ich mir nach all den Jahren, in denen ich allein durch das Land gereist bin, endlich das Recht auf Hoffnung erworben hatte.«

Als Ulysses das sagte, richtete Woolly sich auf. Am Vormittag hatte er seiner Schwester Sarah zu erklären versucht, dass eine als Frage verkleidete Feststellung etwas sehr Hässliches sein konnte. Aber hier, am Lagerfeuer, als Ulysses zu Professor Abernathe sagte: »ob ich mir endlich das Recht auf Hoffnung erworben hatte«, verstand Woolly, dass dies eine Frage war, die als Feststellung verkleidet war. Und Woolly fand das wunderschön.

Offenbar verstand der Professor das auch so. Denn nach einem Moment der Stille bot er eine Antwort an. Und als der Professor sprach, hörte Ulysses ihm mit der gleichen Aufmerksamkeit zu, die der Professor ihm geschenkt hatte.

»Mein Leben, Mr. Ulysses, ist in vielerlei Hinsicht das genaue Gegenteil von Ihrem. Ich war nie im Krieg. Ich bin in diesem Land nicht gereist. Im Gegenteil, ich habe die Insel Manhattan in den vergangenen dreißig Jahren nur selten verlassen. Und in den letzten zehn Jahren bin ich da oben geblieben.«

Der Professor zeigte zum Empire State Building.

»Da habe ich gesessen, umgeben von Büchern, vor den Geräuschen von Grillen und Möwen abgeschirmt und außerhalb der Reichweite von Gewalt und Mitgefühl. Wenn Sie, wie ich annehme, recht haben mit Ihrer Mutmaßung, dass alles, was von Wert ist, verdient werden muss, weil es sonst vergeudet wird, dann gehöre ich zu den Vergeudern. Jemand, der sein Leben in der dritten Person und der Vergangenheit gelebt hat. Deshalb möchte Ihnen zunächst gestehen, dass ich alles, was ich zu Ihnen sage, mit größter Demut sage.«

Der Professor verneigte sich feierlich vor Ulysses.

»Aber nachdem ich zugegeben habe, dass ich mein Leben durch Bücher gelebt habe, kann ich zumindest sagen, ich habe es mit Überzeugung getan. Damit will ich sagen, Mr. Ulysses, dass ich eine Menge gelesen habe.

Ich habe Tausende von Büchern gelesen, viele davon mehrmals. Ich habe historische Bücher und Romane gelesen, wissenschaftliche Abhandlungen und Gedichtbände. Und aus all diesen Tausenden und Abertausenden von Seiten habe ich eins gelernt: In der menschlichen Erfahrung gibt es eine solche Vielfalt, dass in einer Stadt von der Größe New Yorks jeder Einzelne zu der Überzeugung gelangen kann, sein Schicksal sei einzigartig. Und das ist etwas Herrliches. Denn wenn wir uns ein Ziel vornehmen, wenn wir uns verlieben, wenn wir, wie wir es unweigerlich tun, stolpern und dennoch weitermachen, müssen wir im Grunde glauben, dass das, was wir erfahren, noch nie auf dieselbe Weise, so wie wir es erleben, erlebt worden ist.«

Der Professor wandte seinen Blick von Ulysses ab und sah jeden Einzelnen in der Runde an, auch Woolly. Dann sah der Professor wieder Ulysses an und hob einen Finger in die Luft.

»Doch selbst wenn die Vielfalt der menschlichen Erfahrung so groß ist, dass wir daraus ein Gefühl von Individualität beziehen, vermute ich, die Bandbreite reicht nur knapp dazu aus. Denn stünde es in unserer Kraft, alle persönlichen Geschichten, die Menschen in all den verschiedenen Städten und Ortschaften überall in der Welt und durch die Zeiten hindurch erlebt haben, zusammenzutragen, gäbe es – da habe ich keinen Zweifel – jede Menge Doppelungen. Es gäbe lauter Menschen, deren Leben, trotz vereinzelter Abweichungen, in materieller Hinsicht genau so ist wie unseres, nämlich das Leben von Menschen, die so geliebt haben wie wir, die so geweint haben wie wir, die wie wir Dinge erreicht haben und an anderen gescheitert sind, Menschen, die gestritten und räsoniert und gelacht haben, so wie wir.«

Der Professor sah wieder in die Runde.

»Unmöglich, sagt ihr?«

Dabei hatte niemand gesprochen.

»Das grundlegende Prinzip der Unendlichkeit verlangt *per definitionem* nicht nur, dass jeweils eins von allem, was existiert, in ihr enthalten ist, sondern auch die Zweitfassung von allem, und die Drittfassung. Im Grunde ist die Vorstellung, dass es verstreut in der Geschichte der Menschheit von ihrem Anbeginn an weitere Versionen von uns gibt, weniger befremdlich als die Vorstellung, dass es keine gibt.«

Der Professor sah wieder Ulysses an.

»Glaube ich also, dass Ihr Leben das Leben des großen Ulysses wiederholt und Sie nach zehn Jahren mit Ihrer Frau und Ihrem Sohn wieder vereint werden? Ich bin mir dessen sogar gewiss.«

Ulysses hatte dem, was der Professor gesagt hatte, mit größtem Ernst zugehört. Jetzt stand er auf, und der Professor stand auch auf, und die beiden reichten sich die Hände. Jeder von ihnen schien unerwarteten Trost von dem anderen empfangen zu haben. Aber als die beiden Männer den Griff lösten und Ulysses sich abwenden wollte, hielt der Professor ihn am Arm fest und drehte ihn wieder zu sich.

»Es gibt noch etwas, das Sie wissen müssen, Mr. Ulysses. Etwas, das ich nicht in Billys Buch geschrieben habe. Als der große Ulysses auf seinen Reisen den Geist des Teiresias in der Unterwelt antraf, sagte der alte Hellseher, Ulysses sei dazu bestimmt, auf den Weltmeeren zu reisen, bis er zur Beschwichtigung der Götter einen Tribut gezollt habe.«

Wäre Woolly an Ulysses' Stelle gewesen, hätte er bei dieser neuen Enthüllung ein überwältigendes Gefühl der Niederlage empfunden. Das schien Ulysses nicht so zu gehen, stattdessen nickte er, als sollte es genau so sein.

»Was für einen Tribut?«

»Teiresias sagt zu Ulysses, dass er ein Ruder an Land tragen muss, bis er ein Gebiet erreicht, wo niemand Kenntnisse vom Meer hat und man ihn fragen würde: Was ist das für ein Ding, das du da auf der Schulter trägst? An dieser Stelle sollte Ulysses das Ruder in die Erde setzen, Poseidon zu Ehren, und er würde frei sein.«

»Ein Ruder«, sagte Ulysses.

»Ja«, sagte der Professor aufgeregt, »ein Ruder, im Fall des großen Ulysses. Aber in Ihrem Fall muss es etwas anderes sein. Etwas, das charakteristisch für Ihre Geschichte ist, für Ihre Zeit des Reisens. Etwas …«

Der Professor sah sich um.

»Dies hier, zum Beispiel!«

Ulysses beugte sich vor und hob das Eisenteil auf, das der Professor gemeint hatte.

»Ein Eisendorn«, sagte er.

»Richtig«, sagte der Professor. »Ein Eisendorn. Den müssen Sie in ein Gebiet tragen, wo die Menschen die Eisenbahn nicht kennen und Sie fragen, was das sei, und an der Stelle müssen Sie es in den Boden rammen.«

Als Woolly, Billy und Duchess zum Aufbruch bereit waren, beschloss Professor Abernathe, noch zu bleiben und sich weiter mit Ulysses zu unterhalten. Und kaum waren die drei in den Cadillac gestiegen, schliefen Duchess und Billy ein, sodass Woolly, während er auf dem Westside Highway nach Hastings-on-Hudson zum Haus seiner Schwester fuhr, ein bisschen Zeit für sich hatte.

Meistens hätte er, wenn er ehrlich mit sich war, lieber nicht ein bisschen Zeit für sich. Zeiten, die er mit anderen verbrachte, waren eher mit Lachen und Überraschungen gefüllt als solche, wenn er allein war. Die Zeit, die er für sich hatte, kreiste oftmals nach innen auf einen Gedanken zu, den man eigentlich gar nicht denken wollte. Aber gerade jetzt, in diesem Augenblick, da Woolly ein bisschen Zeit für sich hatte, hieß er sie willkommen.

So hatte er nämlich die Möglichkeit, den Tag noch einmal an sich vorüberziehen zu lassen. Er versetzte sich zurück zu FAO Schwarz, wo er an seiner Lieblingsstelle gestanden hatte und plötzlich seine Schwester aufgetaucht war. Danach waren sie ins Plaza gegangen, zum Tee mit dem Panda, aus alter Gewohnheit, und hatten sich ein paar der alten Geschichten erzählt. Nachdem Woolly sich von seiner Schwester verabschiedet hatte, war er, weil es ein so schöner Tag war, zu Fuß zum Union Square gegangen und hatte Abraham Lincoln seinen Respekt gezollt. Danach ging es zum Zirkus, dann zurück über die Brooklyn Bridge und ins Empire State Building hoch, wo Professor Abernathe Billy ein großes Heft mit leeren Blättern gegeben hatte, auf denen Billy seine Abenteuer aufschreiben sollte. Anschließend hatte Billy sie zur Elevated geführt, wo sie um das Lagerfeuer gesessen und dem außergewöhnlichen Austausch zwischen Ulysses und dem Professor zugehört hatten.

Aber dann, nach allem von all dem, was passiert war, und es Zeit war zu gehen, und Ulysses Billy die Hand geschüttelt und ihm für seine Freundschaft gedankt hatte, und Billy Ulysses alles Gute bei der Suche nach seiner Familie gewünscht hatte, nahm Billy eine Kette mit einem Medaillon von seinem Hals.

»Dies hier«, sagte er zu Ulysses, »ist der Heilige Christophorus, der Schutzpatron der Reisenden. Schwester Agnes hat mir die Kette geschenkt, bevor wir nach New York losgefahren sind, aber ich finde, jetzt sollst du sie haben.«

Damit er Ulysses die Kette um den Hals hängen konnte, kniete Ulysses sich vor Billy nieder, so wie die Ritter der Tafelrunde sich vor König Artus niederknieten, um den Ritterschlag zu empfangen.

»Wenn man«, sagte Woolly nur zu sich und wischte sich dabei eine Träne aus dem Auge, »wenn man das alles so zusammen ansieht, mit dem Anfang am Anfang, der Mitte in der Mitte und dem Ende am Ende, dann muss man einfach feststellen, dass der Tag in seiner Einzigartigkeit ein einzigartiger Tag war.«

# DREI

# WOOLLY

»Curcuma«, sagte Woolly leise und erfreut.

Denn während Duchess Billy zeigte, wie man eine Sauce *richtig* rührte, hatte Woolly angefangen, die Gewürze auf dem Gewürzregal alphabetisch zu ordnen. Schon bald fiel ihm auf, dass viele Gewürze mit C anfingen. Nur eins fing mit A an: Anis. Und nach Anis kamen nur zwei Gewürze mit B: Basilikum und Borretsch. Aber bei C fand Woolly jede Menge. Bisher hatte er Cardamom, Cayenne, Chili und Cumin gefunden, und jetzt Curcuma.

Das gab einem zu denken.

Vielleicht war es wie mit den Ws am Anfang von Fragen, dachte Woolly, und in der fernen Vergangenheit hatte man den Buchstaben C bei Gewürzen für besonders geeignet gehalten.

Oder vielleicht war es auch ein *Ort* in der fernen Vergangenheit. Ein Ort, wo der Buchstabe C einen höheren Stellenwert im Alphabet hatte. Plötzlich fiel Woolly ein, dass vor ewigen Zeiten im Geschichtsunterricht von einer Gewürzstraße die Rede gewesen war, einem langen und beschwerlichen Weg, auf dem Händler reisten, um Gewürze des Orients in die Küchen des Westens zu transportieren. Ihm fiel sogar die Landkarte wieder ein, auf der ein Pfeil durch die Wüste Gobi und das Himalayagebirge führte, bis er sicher in Venedig oder einem ähnlichen Ort ankam.

Dass Gewürze, die mit C anfingen, von der anderen Seite des Globus stammten, erschien Woolly plausibel, denn er hatte keine Ahnung, wie die meisten von ihnen schmeckten. Außer Curry natürlich. Curry mochte er sehr gern. In einem Hühnchencurry war Curry das *sine qua non*. Aber

Cardamom, Cumin, Curcuma? In diesen geheimnisvollen Wörtern hörte Woolly einen deutlichen Klang des Orients.

»Aha!«, sagte Woolly, als er hinter dem Rosmarin in der vorletzten Reihe des Gewürzregals ein Glas Currypulver fand.

Curry war eindeutig das Aroma des Orients.

Woolly schob die Gläser zusammen und stellte Curry neben Curcuma. Dann wandte er sich der untersten Reihe zu, las die Aufkleber von Oregano und Salbei und fand –

Was um alles in der Welt hatte das da zu suchen?, fragte Woolly sich.

Bevor er sich seine eigene Frage beantworten konnte, stellte Duchess eine andere.

»Wo ist er jetzt wieder hin?«

Woolly hob den Blick vom Gewürzregal und sah Duchess in der Tür stehen, die Hand auf der Hüfte, aber Billy war verschwunden.

»Kaum drehe ich mich eine Sekunde um, verlässt er seinen Posten.«

Das stimmte, dachte Woolly. Billy hatte die Küche verlassen, obwohl ihm das Rühren der Sauce aufgetragen worden war.

»Steht er etwa wieder vor der verdammten Uhr?«, fragte Duchess.

»Ich geh mal gucken.«

Leise ging Woolly den Flur entlang und blickte ins Wohnzimmer, und tatsächlich stand Billy vor der Standuhr.

Als Billy am Morgen gefragt hatte, wann Emmett ankommen würde, hatte Duchess mit Überzeugung geantwortet, er würde rechtzeitig zum Abendessen da sein, und das würde um Punkt acht Uhr serviert. Normalerweise hätte Billy darauf gelegentlich einen Blick auf seine Uhr aus Armeebeständen geworfen, aber sie war Emmett auf der Fahrt mit dem Güterzug kaputtgegangen. Folglich blieb ihm nichts anderes übrig, als gelegentlich einen Gang zu der Standuhr im Wohnzimmer zu machen, wo die Zeiger jetzt unmissverständlich auf 7.42 Uhr standen.

Woolly ging auf Zehenspitzen wieder in die Küche, in dem Moment klingelte das Telefon.

»Das Telefon!«, sagte Woolly zu sich selbst. Vielleicht war das Emmett.

Er machte einen Abstecher ins Büro seines Schwagers, flitzte um den Schreibtisch herum und nahm beim dritten Klingeln den Hörer ab.

»Hallo, hallo!«, sagte er mit einem Lächeln.

Woollys freundliche Begrüßung wurde mit Schweigen beantwortet. Dann stellte eine Stimme, die nur als scharf beschrieben werden konnte, eine Frage.

»Wer ist das?«, fragte eine Frau am anderen Ende der Leitung. »Bist du das, Wallace?«

Woolly legte auf.

Einen Moment lang starrte er das Telefon an. Dann nahm er den Hörer von der Gabel und legte ihn auf den Schreibtisch.

Woolly gefiel das Spiel Stille Post so sehr, weil am Ende der Leitung ein ganz anderer Satz herauskommen konnte als der, der am Anfang eingegeben worden war. Er konnte geheimnisvoller klingen. Oder überraschend, oder amüsant. Aber wenn jemand wie seine Schwester Kaitlin in ein echtes Telefon sprach, kam der Satz nicht im mindesten geheimnisvoll oder überraschend oder amüsant heraus. Er kam genauso scharf heraus, wie er an ihrem Ende reingegangen war.

Der Hörer auf dem Schreibtisch fing an zu summen wie eine Mücke in einem Schlafzimmer mitten in der Nacht. Woolly stellte das Telefon in eine der Schubladen, die er so gut wie möglich zuschob, was wegen der Schnur nicht ganz so leicht war.

»Wer war das?«, fragte Duchess, als Woolly wieder in die Küche kam.

»Falsch verbunden.«

Billy, der bestimmt gehofft hatte, es sei Emmett, drehte sich jetzt mit besorgtem Ausdruck zu Duchess um.

»Es ist gleich acht«, sagte er.

»Wirklich?«, fragte Duchess in einem Ton, als wäre das ganz unerheblich.

»Was ist mit der Sauce?«, fragte Woolly, um das Thema zu wechseln.

Duchess hielt Billy den Löffel hin.

»Probier doch mal.«

Zögernd nahm Billy den Löffel und tauchte ihn in die Sauce.

»Sieht ziemlich heiß aus«, sagte Woolly warnend.

Billy nickte und blies auf den Löffel. Als er ihn in den Mund steckte und Woolly und Duchess mit gespanntem Blick Billy ansahen, weil sie sein Urteil hören wollten, hörten sie stattdessen die Türklingel.

Die drei sahen einander an. Dann rannten Duchess und Billy los, der eine den Flur entlang, der andere ins Esszimmer.

Bei dem Anblick lächelte Woolly. Doch dann kam ihm ein schwieriger Gedanke. Was, wenn es wieder ein Fall von Schrödingers Katze war? Und das Klingeln eröffnete zwei Realitäten, und in der einen, wenn Billy die Tür öffnete, stünde Emmett davor, war es aber Duchess, der die Tür aufmachte, dann wäre es ein Reisevertreter. Gedanklich in einem Zustand wissenschaftlicher Ungewissheit und in gewisser Angespanntheit eilte Woolly zur Tür.

# DUCHESS

Wenn im Waisenhaus St. Nick neue Kinder ankamen, gab Schwester Agnes ihnen Dinge zu tun.

»Wenn wir aufgefordert werden, uns mit dem zu befassen, was vor uns liegt«, sagte sie, »dann trauern wir weniger um das, was nicht da ist.« Standen also die Neuen vor der Tür, benommen, schüchtern und meistens den Tränen nahe, schickte sie sie in den Speiseraum, wo sie den Tisch fürs Essen decken sollten. War das getan, sollten sie in der Kapelle die Gesangbücher auslegen. Danach gab es Handtücher einzusammeln, Laken zu falten und Laub zu harken – und irgendwann waren die Neuen nicht mehr die Neuen.

Und so habe ich es mit dem Jungen gemacht.

Warum? Weil das Frühstück noch nicht vorbei war, da fragte er uns, wann sein Bruder kommen würde.

Ich rechnete mit Emmett nicht vor dem frühen Nachmittag. So wie ich Charity kannte, stellte ich mir vor, dass Emmett bis zwei Uhr morgens mit ihr beschäftigt wäre. Angenommen, er schlief bis elf und machte es sich noch eine Weile gemütlich, dann konnte er gegen zwei Uhr nachmittags in Hastings-on-Hudson sein. Frühestens. Um auf Nummer sicher zu gehen, sagte ich zu Billy, er würde zum Abendessen hier sein.

»Wann gibt es Abendessen?«

»Um acht.«

»Punkt acht?«, fragte Woolly.

»Punkt acht«, sagte ich.

Billy nickte, entschuldigte sich, ging zu der Standuhr im Wohnzimmer und kam mit der Information zurück, dass es zwei Minuten nach zehn sei.

Was das bedeutete, war offensichtlich. Zwischen jetzt und der versprochenen Ankunft seines Bruders lagen 598 Minuten, und Billy war entschlossen, jede einzelne zu zählen. Deshalb bat ich Billy, als Woolly die Frühstückssachen wegzustellen begann, mir zu helfen.

Als Erstes gingen wir zum Wäscheschrank, wählten eine schöne Tischdecke aus und breiteten sie über den Esstisch, wobei wir uns versicherten, dass sie an allen Seiten gleichmäßig lang herunterhing. An vier Plätze legten wir leinene Servietten, eine jede mit einer anderen Blume bestickt. Als wir vor dem Geschirrschrank standen und Billy bemerkte, dass er abgeschlossen war, bemerkte ich, der Schlüssel sei selten weit vom Schloss entfernt, und griff in die Terrine.

»Voilà.«

Nachdem wir den Geschirrschrank aufgemacht hatten, nahmen wir die edlen Porzellanteller für die Vorspeise, den Hauptgang und das Dessert heraus. Wir nahmen Kristallgläser für Wasser und andere für Wein heraus. Wir nahmen die zwei silbernen Kerzenhalter und den Besteckkasten mit dem Familiensilber heraus.

Ich erklärte Billy, wie das Besteck angeordnet werden musste, vermutete aber, dass ich später, wenn er fertig war, nachbessern müsste. Aber wo es ums Tischdecken ging, entpuppte Billy sich als Naturtalent. Es sah aus, als hätte er jede Gabel, jedes Messer und jeden Löffel mit Lineal und Kompass ausgerichtet.

Als wir zurücktraten, um unsere Arbeit zu bewundern, fragte er, ob es heute Abend ein besonderes Abendessen sein würde.

»Genau das.«

»Warum ist es ein besonderes Essen, Duchess?«

»Weil es eine Wiedervereinigung ist, Billy. Die Wiedervereinigung der vier Musketiere.«

Das brachte ein breites Lächeln auf sein Gesicht, doch dann runzelte er die Stirn. Bei Billy Watson verging nie mehr als eine Minute zwischen Lächeln und Stirnrunzeln.

»Wenn es ein besonderes Essen ist, was essen wir dann?«

»Eine ausgezeichnete Frage. Auf Bitte eines bestimmten Woolly Martin wird heute Abend ein Gericht serviert, das als *Fettuccine Mio Amore* bekannt ist. Und besonderer als das, mein Freund, kann es gar nicht sein.«

Nachdem ich Billy gebeten hatte, eine Einkaufsliste von allen Zutaten zu machen, die wir brauchen würden, fuhren wir mit einer Geschwindigkeit von dreihundert Fragen pro Stunde zur Arthur Avenue.

»Was ist die Arthur Avenue, Duchess?«

»Das ist die Hauptstraße im italienischen Viertel der Bronx, Billy.«

»Was ist ein italienisches Viertel?«

»Da leben alle Italiener.«

»Warum leben alle Italiener in einem Viertel zusammen?«

»Was ist eine Trattoria, Duchess?«

»Was ist ein Paisano?«

»Was ist Artischocke? Pancetta? Tiramisu?«

Als wir ein paar Stunden später zurückkamen, war es zu früh, um mit dem Kochen anzufangen, und da ich mich überzeugt hatte, dass Billy im Rechnen spitzenmäßig war, ging ich mit ihm in das Büro von Woollys Schwager, um die Abrechnung aufzustellen.

Nachdem ich Billy mit Block und Bleistift am Schreibtisch installiert hatte, legte ich mich auf den Teppich und zählte ihm alle Ausgaben auf, die wir seit unserer Abfahrt in St. Nick gehabt hatten. Sechsmal volltanken, Zimmer und Verpflegung im Howard Johnson, Übernachtung und Handtücher im Sunshine Hotel und zwei Mahlzeiten in einem Diner auf der Second Avenue. Um auf Nummer sicher zu gehen, sagte ich, er solle noch einmal zwanzig Dollar für zukünftige Kosten dazurechnen und das Ganze unter der Überschrift »Angefallene Ausgaben« zusammenzählen. Sobald wir Woollys Trust-Guthaben abgeholt hatten und bevor wir anfingen, es aufzuteilen, würden Emmett diese Ausgaben vollständig erstattet.

In einer getrennten Spalte bat ich Billy, unter der Überschrift »Persönliche Ausgaben« folgende Posten aufzuschreiben: Ferngespräch mit Salina, zehn Dollar für Mr. Moustache, eine Flasche Whiskey für Fitzy, Champagner und die Betreuung bei Ma Belle und das Trinkgeld für den Portier im Empire State Building. Da diese Ausgaben nicht Teil unseres gemeinsamen Abenteuers waren, fand ich, dass ich allein dafür geradestehen sollte.

Erst dann fielen mir die Einkäufe in der Arthur Avenue ein. Es wäre fair zu sagen, dass das zu unseren gemeinsamen Ausgaben gehörte, weil wir alle zusammen essen würden. Aber ich war in großzügiger Stimmung und sagte, Billy solle sie in meine Spalte schreiben. Heute Abend lud ich ein.

Nachdem Billy alle Zahlen aufgeschrieben und seine Rechnung überprüft hatte, schlug ich vor, er solle ein frisches Blatt nehmen und alles noch einmal abschreiben. Auf einen solchen Vorschlag würden die meisten Kinder fragen, warum sie alles noch einmal schreiben sollten, wenn sie es doch schon gemacht hatten. Nicht Billy. Er war von Natur aus sauber und ordentlich, und jetzt nahm er ein neues Blatt und kopierte die Abrechnungen mit derselben Präzision, mit der er die Messer und Gabeln gedeckt hatte.

Als er fertig war, nickte er dreimal zum Zeichen, dass er sein Rechenwerk guthieß. Doch dann runzelte er die Stirn.

»Sollte es nicht noch eine Extra-Überschrift geben, Duchess?«

»Schwebt dir etwas vor?«

Billy dachte einen Moment nach, während er hinten am Bleistift lutschte. Dann schrieb er in großen Blockbuchstaben und las:

»Die Eskapade.«

Na, das ist doch herrlich.

Als wir die Abrechnung fertig hatten, war es nach sechs und Zeit, mit dem Kochen anzufangen. Nachdem wir die Zutaten ausgelegt hatten, brachte ich Billy alles bei, was Lou, der Koch bei Leonello, mir beigebracht hatte. Zunächst, wie man aus Dosentomaten und einem Soffritto eine einfache Tomatensauce macht (»Was ist ein Soffritto, Duchess?«). Als das auf dem Herd köchelte, zeigte ich ihm, wie man Schinkenspeck richtig schnitt und wie man Zwiebeln richtig hackte. Ich nahm eine Pfanne und zeigte ihm, wie man beides zusammen mit den Lorbeerblättern richtig anbriet. Wie man sie mit Weißwein angoss und mit Oregano und Pfeffer leise köchelte. Und wie man genau eine halbe Tasse Tomatensauce dazugab, und nicht einen Löffel mehr.

»Es ist ganz wichtig«, erklärte ich, »dass man ein Auge drauf hat, Billy.

Ich muss ins Bad, und deshalb musst du genau hier stehen bleiben und immer mal wieder rühren. Klar?«

»Klar, Duchess.«

Ich gab Billy den Löffel und ging in Dennis' Büro.

Ich hatte gesagt, dass Emmett nicht vor zwei kommen würde, aber ich war mir sicher, dass er bis sechs eintreffen würde. Ich schloss leise die Tür und wählte die Nummer von Ma Belle. Ich musste es zwanzigmal klingeln lassen, und nachdem sie abgenommen hatte, kriegte ich einen Sermon darüber zu hören, dass man nicht anruft, während jemand in der Badewanne ist, aber dann erklärte sie mir die Lage.

»Ah, verstehe«, sagte ich und legte auf.

Nach der Abrechnung, die Billy und ich gemacht hatten, musste ich jetzt meine eigene machen. Da Emmett wegen des Studebakers vergnatzt war, hatte ich gehofft, mit einer Nacht bei Charity könnte ich das wiedergutmachen, aber das war leider nicht wie geplant gelaufen. Wie sollte ich wissen, dass Woollys Medizin eine so starke Wirkung hatte? Noch dazu hatte ich vergessen, die Adresse anzugeben. Klarer Fall, dachte ich, es besteht eindeutig die Möglichkeit, dass Emmett, wenn er ankommt, schlecht gelaunt ist. Vorausgesetzt, er kann uns überhaupt finden.

Ich ging wieder in die Küche, wo Woolly vor dem Gewürzregal saß und keiner sich um die Sauce kümmerte. In dem Moment kamen die Dinge in Bewegung.

Woolly ging Erkundigungen machen.

Dann klingelte das Telefon, und Billy kam wieder in die Küche.

Dann kam Woolly in die Küche, und Billy erklärte, es sei fast acht, und im nächsten Moment klingelte es an der Tür.

Bitte, bitte, oh bitte, betete ich und hastete in den Flur. Mit wild schlagendem Herzen und mit Billy mir auf den Fersen riss ich die Tür auf – und da stand Emmett, sauber rasiert und in frischen Sachen, und ein klein wenig mitgenommen.

Bevor einer etwas sagen konnte, schlug die Uhr im Wohnzimmer acht.

Ich drehte mich mit ausgestreckten Armen zu Billy um und sagte:

»Na, habe ich es dir nicht gesagt, Junge?«

# EMMETT

Zu Beginn von Emmetts letztem Schuljahr hatte Mr. Nickerson, der neue Mathematiklehrer, ihnen Zenons Paradox erklärt. Im alten Griechenland, sagte er, habe ein Philosoph namens Zenon argumentiert, wenn man von A nach B kommen wolle, müsse man zunächst die Hälfte der Strecke zurücklegen. Wolle man von dem Punkt auf halber Strecke zum Ziel kommen, müsse man wieder zuerst die Hälfte des Weges zurücklegen, und so immer weiter. Und wenn man alle Hälften der Hälften der Strecke zusammenrechnete, kam man zu der Schlussfolgerung, dass man sein Ziel nie erreichen würde.

Dies sei ein perfektes Beispiel für absurde Argumentation, sagte Mr. Nickerson. Emmett sah darin ein perfektes Beispiel dafür, dass Schule reine Zeitverschwendung sein konnte.

Wenn man sich vorstellte, dachte Emmett, wie viel geistige Energie darauf verwendet worden war, dieses Paradox nicht nur zu formulieren, sondern es über die Jahrhunderte hinweg weiterzugeben und in die verschiedenen Sprachen zu übersetzen, sodass es in den Schulen der Vereinigten Staaten im Jahr 1953 an die Tafel geschrieben werden konnte, sechs Jahre nachdem Chuck Yeager über der Mojave Wüste die Schallwand durchbrochen hatte.

Mr. Nickerson musste Emmetts Gesichtsausdruck aufgefallen sein, denn als es läutete, bat er Emmett zu bleiben.

»Ich möchte mich nur versichern, dass du der Argumentation heute Morgen folgen konntest.«

»Das konnte ich«, sagte Emmett.

»Und was sind deine Gedanken dazu?«

Emmett sah zum Fenster hinaus, unsicher, ob er seine Meinung äußern sollte.

»Sag's ruhig«, ermutigte Mr. Nickerson ihn. »Ich möchte hören, was du dazu denkst.«

Also gut, dachte Emmett.

»Mir kam es wie ein langer und umständlicher Beweis für etwas vor, das mein sechsjähriger Bruder in ein paar Sekunden mit den eigenen Füßen widerlegen könnte.«

Mr. Nickerson schien nicht im mindesten empört. Vielmehr nickte er begeistert, als stünde Emmett unmittelbar vor einer Entdeckung, die so wichtig war wie die von Zenon.

»Wenn ich dich richtig verstehe, Emmett, dann möchtest du sagen, dass Zenon seinen Beweis aus rein theoretischen Erwägungen geführt hat, nicht zu einem praktischen Nutzen. Du bist keineswegs der Einzige, der diese Beobachtung macht. Es gibt sogar ein Wort für diese Art der Argumentation, die fast genauso alt ist wie Zenon: Sophisterei. Abgeleitet von Sophist, der Begriff für einen Philosophen, der seinen Schülern beibrachte, wie man eine kluge und überzeugende Argumentation aufbauen konnte, die aber nicht unbedingt einen Bezug zur Realität hat.«

Mr. Nickerson hatte das Wort sogar an die Tafel geschrieben, unter das Diagramm mit der unendlich in zwei Teile geteilten Strecke von A nach B.

Das ist doch Spitze, dachte Emmett. Nicht nur geben die Wissenschaftler Zenons Lehren weiter, sondern sie schaffen dazu noch ein Spezialwort, dessen einziger Zweck es ist, die Lehre von solchem Unsinn für sinnvoll zu erklären.

Das zumindest hatte Emmett gedacht, als er mit Mr. Nickerson im Klassenzimmer stand. Auf dem Weg durch die baumbestandenen Straßen von Hastings-on-Hudson hingegen dachte er, dass Zenons Idee vielleicht doch nicht so verrückt war.

Als Emmett am Morgen zu sich gekommen war, hatte er das Gefühl zu schweben – als triebe er an einem warmen Sommertag auf einem breiten Fluss dahin. Er öffnete die Augen und stellte fest, dass er in einem ihm unbekannten Bett unter der Decke lag. Auf dem Nachttisch stand eine Lampe mit rotem Lampenschirm, die dem Zimmer einen rosigen Schein verlieh. Aber weder das weiche Bett noch das sanfte Licht konnten seine Kopfschmerzen lindern.

Emmett stöhnte und versuchte sich aufzurichten, da hörte er bloße Füße auf dem Fußboden, und gleich darauf spürte er eine Hand, die ihm sanft auf die Brust drückte.

»Bleib einfach still liegen.«

Obwohl sie jetzt eine schlichte weiße Bluse trug und das Haar hochgesteckt hatte, erkannte Emmett in seiner Krankenschwester die junge Frau im Negligé, die am Abend zuvor da gelegen hatte, wo er jetzt lag.

Charity drehte sich zur Tür um und rief: »Er ist wach«, und im nächsten Moment erschien Ma Belle in einem voluminösen Hauskleid in der Tür.

»Tatsächlich«, sagte sie.

Emmett machte erneut eine Anstrengung, sich aufzurichten, und diesmal gelang es ihm. Dabei glitt die Decke von seiner Brust zurück, und er sah mit Entsetzen, dass er nackt war.

»Meine Sachen«, sagte er.

»Meinst du, ich würde erlauben, dass du in diesen schmutzigen Sachen in meinem Bett liegst?«, sagte Ma Belle.

»Wo sind sie?«

»Sie liegen da drüben auf der Kommode. Am besten, du stehst jetzt auf und isst eine Kleinigkeit.«

Ma Belle wandte sich zu Charity um.

»Deine Wache hier ist beendet, Schätzchen.«

Als die beiden Frauen die Tür hinter sich schlossen, schlug Emmett die Decke zurück und erhob sich vorsichtig, weil ihm ein wenig schwindelig war. Er ging durchs Zimmer und sah zu seiner Überraschung, dass seine Anziehsachen frisch gewaschen und ordentlich gefaltet auf der Kommode lagen, mit dem Gürtel zusammengerollt obenauf. Während Emmett sich das Hemd zuknöpfte, betrachtete er das Gemälde, das ihm am Abend aufgefallen war. Jetzt erkannte er, dass der Mast nicht schräg stand, weil das Schiff im Wind lag, sondern weil es an den Klippen aufgeschlagen war, und dass einige der Seeleute in der Takelage hingen und andere in ein Rettungsboot kletterten, und dass ein in den weißschaumigen Wellen dahintreibender Kopf im nächsten Moment entweder an den Felsen zerschmettern oder aufs weite Meer hinausgetragen würde.

Wie Duchess zu gerne sagte: »Genau.«

Als Emmett das Schlafzimmer verließ, wandte er sich nach links und würdigte den langen Flur mit der Flucht von Zimmertüren keines Blickes. Im Salon fand er Ma Belle, die in einem Lehnstuhl saß, und daneben Charity. Auf dem Tisch standen Gebäck und Kaffee.

Emmett ließ sich auf der Couch nieder und fuhr sich mit den Händen über die Augen.

Ma Belle zeigte auf den rosafarbenen Gummibeutel, der neben der Kaffeekanne auf einem Teller lag.

»Wenn du Eis zum Kühlen brauchst.«

»Nein, danke.«

Ma Belle nickte.

»Ich habe den Reiz auch nie verstanden. Nach einer wilden Nacht würde ich keinen Eisbeutel an mich ranlassen.«

Eine wilde Nacht, dachte Emmett und schüttelte den Kopf.

»Was ist passiert?«

»Sie haben dir K.-o.-Tropfen gegeben«, sagte Charity mit einem schelmischen Lächeln.

Ma Belle machte ein brummiges Gesicht.

»Keine K.-o.-Tropfen, Charity. Und auch nicht *sie*. Es war einfach Duchess, wie er leibt und lebt.«

»Duchess?«, sagte Emmett.

Ma Belle deutete auf Charity.

»Er wollte dir ein Geschenk machen. Zu Ehren deiner Entlassung von der Arbeitsfarm. Aber er hatte Angst, du könntest dich sträuben – einer wie du, der Christ und Jungfrau ist.«

»Es ist nichts dagegen zu sagen, Christ oder Jungfrau zu sein«, sagte Charity freundlich.

»Na, da bin ich mir nicht so sicher«, sagte Ma Belle. »Jedenfalls, um die rechte Stimmung herzustellen, sollte ich einen Toast vorschlagen, und Duchess wollte dir ein bisschen was in dein Glas geben, zur Entspannung. Aber das bisschen war offensichtlich stärker, als Duchess gedacht hat, denn als du in Charitys Zimmer kamst, hast du dich zweimal um die eigene Achse gedreht und bist dann in Ohnmacht gefallen. So war's doch, Schätzchen, oder?«

»Zum Glück bist du in meinen Schoß gefallen«, sagte Charity mit einem Zwinkern.

Die beiden Frauen schienen das lustig zu finden, aber Emmett knirschte bloß mit den Zähnen.

»Oh, du brauchst nicht auf uns wütend zu sein«, sagte Ma Belle.

»Wenn ich wütend bin, dann nicht auf euch.«

»Na, du brauchst auch nicht wütend auf Duchess zu sein.«

»Er hat es nicht böse gemeint«, sagte Charity. »Er wollte, dass du dich gut amüsierst.«

»So ist es«, sagte Ma Belle. »Und auf seine Kosten.«

Emmett machte sich nicht die Mühe zu erklären, dass sowohl sein vermeintliches Vergnügen als auch der Champagner vom Abend zuvor von seinem Geld bezahlt worden waren.

»Schon als kleiner Knirps hat Duchess immer dafür gesorgt, dass alle sich amüsiert haben.«

»Jedenfalls«, fuhr Ma Belle fort, »wir sollen dir ausrichten, dass Duchess und dein Bruder und euer Freund …«

»Woolly«, sagte Charity.

»Richtig«, sagte Ma Belle. »Woolly. Sie warten auf dich im Haus seiner Schwester. Aber erst solltest du etwas essen.«

Wieder fuhr Emmett sich mit der Hand über die Augen.

»Ich weiß nicht, ob ich Hunger habe.«

Ma Belle runzelte die Stirn.

Charity beugte sich vor und sagte leise:

»Gewöhnlich serviert Ma Belle kein Frühstück.«

»Das stimmt allerdings.«

Nachdem Emmett aus reiner Höflichkeit eine Tasse Kaffee und ein Stück Gebäck angenommen hatte, musste er daran denken, dass gute Manieren am meisten einem selbst dienten, denn er merkte, dass Kaffee und Gebäck genau das waren, was er brauchte. Ja, er nahm sogar gern eine zweite Tasse Kaffee und noch einmal von dem Gebäck.

Während er frühstückte, fragte er, wie die Damen Duchess als Kind kennengelernt hatten.

»Sein Vater hat hier gearbeitet«, sagte Charity.

»Ich dachte, sein Vater sei Schauspieler.«

»Er war auch Schauspieler«, sagte Ma Belle. »Und wenn er keine Arbeit auf der Bühne bekommen konnte, schlüpfte er in die Rolle des Kellners oder Chefkellners. Aber nach dem Krieg war er ein paar Monate lang bei uns der Conférencier. Harry war für jede Rolle geeignet. Aber seine größte Rolle war die als sein eigener Feind.«

»Wie meinen Sie das?«

»Harry ist ein Charmeur mit einer Schwäche für die Flasche. Er kann sich jederzeit eine Rolle ergattern, aber genauso schnell kann er sich aus einer Rolle raustrinken.«

»Und als er im Zirkus gearbeitet hat«, sagte Charity jetzt, »hat er Duchess bei uns gelassen.«

»Er hat Duchess hierhergebracht?«, fragte Emmett ein bisschen schockiert.

»Ja«, sagte Ma Belle. »Duchess war damals vielleicht elf. Und während sein Vater unten in der Manege war, arbeitete Duchess hier im Salon. Nahm Hüte entgegen, schenkte den Kunden ein. Er hat gut verdient. Natürlich hat sein Vater es ihm nicht gelassen.«

Emmett sah sich um und versuchte sich Duchess mit elf Jahren vorzustellen, wie er in einem Etablissement wie diesem Hüte entgegennahm und Getränke einschenkte.

»Damals war es nicht so wie heute«, sagte Ma Belle, die seinem Blick folgte. »Damals bekam man am Samstagabend im Zirkus nur Stehplätze, und hier oben hatten wir zehn Mädchen. Und die Kunden waren nicht nur die Jungs vom Hafen, wir hatten Kunden aus den oberen Rängen der Gesellschaft.«

»Einmal kam sogar der Bürgermeister«, sagte Charity.

»Und was ist dann geschehen?«

Ma Belle zuckte die Achseln.

»Die Zeiten haben sich verändert. Die Nachbarschaft hat sich verändert. Der Geschmack hat sich verändert.«

Sie sah sich nostalgisch in ihrem Salon um.

»Ich hatte gedacht, unser Geschäft würde vom Krieg zerstört werden, aber am Ende waren es die Vororte.«

Kurz vor Mittag war Emmett so weit, dass er aufbrechen wollte. Er bekam ein Küsschen auf die Wange von Charity und einen Handschlag von Ma Belle, er bedankte sich für die gewaschenen Sachen, das Frühstück, die Freundlichkeit der Frauen.

»Wenn Sie mir die Adresse geben, mache ich mich auf den Weg.«

Ma Belle sah Emmett an.

»Welche Adresse?«

»Die von Woollys Schwester.«

»Warum sollte ich die haben?«

»Hat Duchess sie nicht hiergelassen?«

»Bei mir nicht. Hast du sie, Schätzchen?«

Als Charity den Kopf schüttelte, schloss Emmett die Augen.

»Ich weiß ihren Ehenamen nicht.«

»Dann sitzt du ganz schön in der Scheiße.«

»Ma«, sagte Charity tadelnd.

»Ist ja gut, ist ja gut. Lass mich nachdenken.«

Ma Belles Blick driftete in die Ferne.

»Dieser Freund – Woolly. Was hat es mit ihm auf sich?«

»Er ist aus New York.«

»Das hatten wir schon erraten. In welchem Bezirk wohnt er?«

Emmett sah sie verständnislos an.

»In welchem Stadtteil. Brooklyn? Queens? Manhattan?«

»Manhattan.«

»Das ist immerhin was. Weißt du, auf welche Schule er gegangen ist?«

»Er war im Internat. St. George … St. Paul … St. Mark …«

»Ah, er ist katholisch«, sagte Charity.

Ma Belle verdrehte die Augen.

»Das sind keine katholischen Schulen, Schätzchen. Das sind WASP-Schulen. Für weiße angelsächsische Protestanten. Sehr vornehme. Und da ich mehr als genug von ihren Ehemaligen kennengelernt habe, wette ich einen blauen Blazer, dass euer Freund Woolly von der Upper Eastside ist. Aber auf welche ist er gegangen? St. George, St. Paul oder St. Mark?«

»Auf alle drei.«

»Auf alle drei?«

Als Emmett erklärte, dass Woolly aus zweien rausgeschmissen worden war, schüttelte Ma Belle sich vor Lachen.

»Ist das zu fassen?«, sagte sie schließlich. »Wenn du aus einer rausfliegst und von einer anderen aufgenommen werden willst, musst du aus einer ziemlich alteingesessenen Familie kommen. Aber aus zweien rausfliegen und auf eine dritte gehen? Da muss man mit der Mayflower gekommen sein! Wie heißt denn dieser Woolly-Typ wirklich?«

»Wallace Wolcott Martin.«

»Klar, da haben wir's. Charity, geh doch bitte in mein Büro und bring mir das schwarze Buch, das in meiner Schreibtischschublade liegt.«

Als Charity aus dem Zimmer, das hinter dem Klavier lag, wieder hereinkam, erwartete Emmett, dass sie ein kleines schwarzes Adressbuch bringen würde. Stattdessen trug sie ein dickes schwarzes Buch mit einer roten Inschrift.

»*The Social Register*«, erklärte Ma Belle. »Hier stehen alle drin.«

»Alle?«, fragte Emmett.

»Nicht alle von meiner Sorte. Was das *Social Register* betrifft, so bin ich auf ihm, unter ihm, hinter ihm und vor ihm gewesen, aber nie in ihm.

Denn in ihm sind die anderen *alle* registriert. Hier. Mach mal Platz, Gary Cooper.«

Als Ma Belle sich neben Emmett auf der Couch niederließ, spürte er, wie das Polster sank. Er warf einen Blick auf das Buch und bemerkte, dass es die Ausgabe von 1951 war.

»Es ist veraltet«, sagte er.

Ma Belle sah ihn stirnrunzelnd an.

»Meinst du, es ist leicht, so ein Buch in die Hände zu bekommen?«

»Er weiß das nicht«, sagte Charity.

»Nein, vermutlich nicht. Hör zu, wenn du einen polnischen oder einen italienischen Freund suchen wolltest, dessen Eltern über Ellis Island eingewandert sind, gäbe es kein Buch, in dem man ihn finden könnte. Aber selbst wenn es ein Buch gäbe, hätte man das Problem, dass die Eingewanderten ihre Namen und Adressen wechseln wie andere Menschen ihre Bekleidung. Deshalb sind sie ja nach Amerika gekommen. Um der Enge zu entkommen, in der ihre Großeltern gelebt haben.«

Mit einer gewissen Ehrfurcht legte Ma Belle ihre Hand auf das Buch in ihrem Schoß.

»Aber bei diesen Leuten hier, da gibt es keine Veränderungen. Nicht bei den Namen. Nicht bei den Adressen. Nicht bei der kleinsten Kleinigkeit. Das ist ja gerade das, was sie ausmacht.«

Ma Belle brauchte fünf Minuten, um zu finden, was sie suchte. Als junger Mann hatte Woolly nicht seinen eigenen Eintrag, aber er stand drin als eins der drei Kinder von Mrs. Richard Cobb, née Wolcott, Witwe von Thomas Martin, Mitglied des Colony Club und Daughters of American Revolution, ehemals wohnhaft in Manhattan, derzeit in Palm Beach. Die beiden Töchter, Kaitlin und Sarah, waren beide verheiratet und mit ihren Ehemännern eingetragen: Mr. & Mrs. Lewis Wilcox in Morristown, New Jersey, und Mr. & Mrs. Dennis Whitney in Hastings-on-Hudson, New York.

Duchess hatte nicht gesagt, bei welcher Schwester sie wohnten.

»In jedem Fall«, sagte Ma Belle, »musst du zurück nach Manhattan und von dort den Zug nehmen. Ich an deiner Stelle würde mit Sarah anfangen.

Hastings-on-Hudson ist näher, und es hat den Vorteil, dass es nicht in New Jersey liegt.«

Als Emmett bei Ma Belle wegging, war es schon halb eins. Um Zeit zu sparen, nahm er ein Taxi und bat den Fahrer, ihn zum Bahnhof in Manhattan zu bringen, und der Fahrer fragte, zu welchem.

»In Manhattan gibt es mehr als einen Bahnhof?«

»Zwei, um genau zu sein: Penn Station und Grand Central. Zu welchem fahren wir?«

»Welches ist der größere?«

»Sie sind beide größer als der andere.«

Von Grand Central hatte Emmett noch nie gehört, aber er erinnerte sich, dass der Bettler in Lewis gesagt hatte, die Pennsylvania Railroad sei die größte Eisenbahngesellschaft im Land.

»Penn Station«, sagte Emmett.

Als Emmett dort ankam, fand er, dass er richtig gewählt hatte, denn die Fassade an der Avenue hatte Marmorsäulen, die vier Stockwerke in die Höhe ragten, und das Innere war ein riesiger Raum mit einer gewölbten Glasdecke, in dem Scharen von Reisenden unterwegs waren. Aber als er die Auskunft fand, erfuhr er, dass von der Penn Station keine Züge nach Hastings-on-Hudson fuhren. Die fuhren von Grand Central Station auf der Hudson River Line. Statt also zu Sarah zu fahren, bestieg Emmett den Zug um 1.55 Uhr nach Morristown, New Jersey.

Als er bei der Adresse, die Ma Belle ihm gegeben hatte, ankam, bat er den Taxifahrer zu warten. Er klopfte, und die Frau, die aufmachte, sagte einigermaßen freundlich, ja, sie sei Kaitlin Wilcox. Aber als Emmett fragte, ob ihr Bruder zufällig bei ihr sei, brauste sie auf.

»Plötzlich wollen alle wissen, ob mein Bruder hier ist. Warum sollte er hier sein? Was wird hier gespielt? Steckst du etwa mit dem Mädchen unter einer Decke? Was führt ihr im Schilde? Wer bist du überhaupt?«

Emmett drehte sich schnell um und ging wieder zum Taxi, während Kaitlin hinter ihm abermals mit empörter Stimme zu wissen verlangte, wer er sei.

Also zurück zum Bahnhof in Morristown, wo Emmett um 4.20 Uhr den Zug zur Penn Station erwischte, dann mit dem Taxi zur Grand Central Station, die, wie sich zeigte, auch Marmorsäulen und eine hohe Decke hatte, nebst Scharen von Reisenden. Dort wartete er eine halbe Stunde, bis der 6.15-Uhr-Zug nach Hastings-on-Hudson fuhr.

Als Emmett kurz nach sieben Uhr dort ankam, bestieg er zum vierten Mal an dem Tag ein Taxi. Aber nach zehn Minuten sah er, dass der Zähler auf $ 1.95 stand, und ihm fiel ein, dass sein Geld vielleicht nicht für die Fahrt reichte. Er sah in seiner Geldbörse nach und stellte fest, dass er nach den verschiedenen Ausgaben für Taxis und Zugfahrten nur zwei Dollar übrig hatte.

»Können Sie bitte kurz anhalten?«, fragte er.

Der Taxifahrer fuhr an den Rand der baumbestandenen Straße. Emmett hielt seine Geldbörse hoch und sagte, sein Geld reiche nur für das, was auf dem Zähler stand.

»Kein Geld, kein Taxi«, sagte der Fahrer.

Emmett nickte zustimmend, gab dem Mann die zwei Dollar, dankte ihm und stieg aus. Zum Glück hatte der Taxifahrer die Freundlichkeit, bevor er wendete, das Fenster runterzurollen und den Weg zu beschreiben:

»Nach ungefähr zwei Meilen geht es rechts in die Forest Avenue, nach einer weiteren Meile links in die Steeplechase Road.«

Das Taxi fuhr davon, und während Emmett ausschritt, kreisten seine Gedanken um das Paradox der vielfach unterteilten Strecken.

Der amerikanische Kontinent ist dreitausend Meilen breit, dachte Emmett. Vor fünf Tagen waren er und Billy aufgebrochen mit der Absicht, nach Kalifornien zu fahren, eine Strecke von eintausendfünfhundert Meilen. Stattdessen waren sie eintausendfünfhundert Meilen in Richtung Osten gefahren, nach New York. Nach seiner Ankunft war Emmett im Zickzack durch Manhattan gestreift, vom Times Square bis zur Südspitze. Nach Brooklyn und Harlem. Und als sein Ziel endlich vor ihm zu liegen schien, ging seine Reise mit drei Zügen und vier Taxis weiter, und den Rest des Weges machte er zu Fuß.

Er konnte sich gut vorstellen, wie Mr. Nickerson es skizziert hätte: San Francisco auf der linken Tafelseite, Emmetts Zickzackweg auf der rechten, wobei jede einzelne Wegstrecke kürzer war als die vorherige. Nur dass Emmett es nicht mit dem Paradox des Philosophen Zenon zu tun hatte, sondern mit dem zungenflinken, querschießenden, dazwischenfunkenden Paradox, das Duchess hieß.

Aber so frustrierend es war, dass Emmett den Nachmittag damit zugebracht hatte, kreuz und quer durch New York zu fahren, war es doch, zu dieser Einsicht kam er jetzt, wahrscheinlich zum Besten. Denn hätte er, als er mittags wutschäumend aus Ma Belles Etablissement weggegangen war, Duchess unten auf der Straße getroffen, hätte er ihn wahrscheinlich zu Boden geschlagen.

So aber hatten ihm das Hin und Her mit Zügen und Taxis und sein drei Meilen langer Fußweg die Zeit gegeben, sich nicht nur die Gründe für seinen Zorn – der Studebaker, der Umschlag, die K.-o.-Tropfen – zu vergegenwärtigen, sondern auch Gründe für eine Mäßigung zu erwägen. Zum Beispiel die Versprechen, die er einerseits Billy und andererseits Schwester Agnes gegeben hatte. Und Ma Belles und Charitys Fürsprache. Aber bei weitem der wichtigste Grund zum Einlenken und zur Mäßigung war die Geschichte, die Fitzy FitzWilliams ihm in dem Schuppen einer Bar bei einem Glas Whiskey erzählt hatte.

Fast zehn Jahre lang hatte Emmett still für sich einen Groll gegen seinen Vater gehegt, weil der halsstarrig an einem Traum vom Leben als Farmer festhielt, weil er jedwede Hilfe ablehnte, weil er nicht von seinem realitätsfernen Idealismus lassen wollte, der zwar ihn selbst trug, aber zugleich der Grund war, warum er seine Farm und seine Frau verloren hatte. Aber trotz all seiner Fehler und Schwächen hatte Charlie seinen Sohn nie auf die Art und Weise verraten und betrogen, wie Harry Hewett das mit Duchess getan hatte.

Und wofür hatte Duchess' Vater das getan?

Für eine Uhr.

Für ein Stück Nippes, der Leiche eines Clowns entwendet.

Die Ironie, die in der Geschichte des alten Schauspielers versteckt lag, ging an Emmett nicht vorüber. Sie enthüllte sich ihm in aller Klarheit – als Vorwurf. Denn von allen Jungen, die Emmett in Salina kennengelernt hatte, war Duchess für ihn immer derjenige gewesen, der am ehesten dazu neigte, die Regeln zu brechen und die Wahrheit zu seinem eigenen Vorteil zu verdrehen. Und jetzt stellte sich heraus, dass Duchess der Unschuldige war. Er war nach Salina geschickt worden, obwohl er nichts getan hatte. Townhouse und Woolly hatten Autodiebstähle begangen. Und er, Emmett Watson, hatte das Leben eines anderen Menschen beendet.

Welches Recht hatte er, Emmett, darauf zu bestehen, dass Duchess für seine Sünden büßte? Welches Recht hatte er, überhaupt von jemandem Buße zu verlangen?

Sekunden, nachdem Emmett bei den Whitneys geklingelt hatte, hörte er laute Schritte im Haus. Dann wurde die Tür aufgerissen.

Trotz allem musste Emmett erwartet haben, dass Duchess ihm mit Zerknirschung begegnen würde, denn ihn durchfuhr ein scharfer Stich der Verärgerung, als Duchess fast mit einer Art Siegerlächeln vor ihm stand, sich dann zu Billy umwandte, die Arme ausstreckte, wie er es in der Scheune der Watsons getan hatte, und sagte:

»Na, habe ich es dir nicht gesagt, Junge?«

Billy kam mit einem breiten Lächeln hinter Duchess zur Tür und umarmte Emmett. Dann fing er an zu erzählen.

»Du wirst staunen, wenn du hörst, was alles passiert ist, Emmett! Als wir aus dem Zirkus weggegangen sind und du noch bei deinen Freunden warst, hat Duchess uns zum Empire State Building gefahren, und da haben wir das Büro von Professor Abernathe gefunden. Wir sind mit dem Aufzug in den 55. Stock gefahren, und da war nicht nur sein Büro, sondern Professor Abernathe selbst auch! Er hat mir ein großes Heft geschenkt, für den Fall, dass die Seiten in seinem Buch nicht ausreichen. Dann habe ich ihm von Ulysses erzählt, und –«

»Nicht so schnell«, sagte Emmett und lächelte unwillkürlich. »Ich will das alles hören, Billy. Wirklich. Aber zuerst muss ich einen Moment mit Duchess sprechen. Einverstanden?«

»Einverstanden, Emmett«, sagte Billy, obwohl er nicht ganz überzeugt von der Idee schien.

»Komm doch einen Moment mit mir«, sagte Woolly zu Billy. »Ich wollte dir ohnehin noch etwas zeigen.«

Emmett sah Woolly und Billy hinterher, die nach oben gingen. Erst als sie verschwunden waren, drehte Emmett sich zu Duchess um.

Emmett sah, dass Duchess etwas sagen wollte. Die körperlichen Zeichen waren deutlich: Er wippte auf den Fersen und hatte die Hände zum Gestikulieren gehoben, sein Gesicht war ernst und voller Absicht. Aber er wollte nicht einfach etwas sagen. Er wollte sich mit Körper und Seele in eine große Erklärung stürzen.

Doch bevor er damit beginnen konnte, packte Emmett ihn beim Kragen und hob die Faust.

# WOOLLY

Es stimmte, dass es in Woollys Erfahrung schwierig war zu wissen, wie man sich verhalten sollte, wenn einer sagte, er möchte mit jemandem allein sprechen. Aber als Emmett sagte, er wolle mit Duchess sprechen, wusste Woolly genau, was er tun wollte. Ja, seit 7.42 hatte er an nichts anderes gedacht.

»Komm doch einen Moment mit mir«, sagte Woolly zu Billy. »Ich wollte dir ohnehin noch etwas zeigen.«

Sie gingen zusammen die Treppe hoch und in das Schlafzimmer, das seins und doch nicht seins war.

»Komm rein, komm rein!«, sagte er.

Als Billy im Zimmer war, machte Woolly die Tür so weit zu, dass sie angelehnt war, damit sie nicht hören konnten, was Emmett Duchess zu sagen hatte, aber doch hören würden, wenn Emmett sie wieder runterrief.

»Ist das dein Zimmer?«

»Früher war es meins«, sagte Woolly mit einem Lächeln, »aber ich habe es abgegeben, damit das Baby näher an meiner Schwester sein kann.«

»Und jetzt hast du das Zimmer bei der Hintertreppe.«

»Was ja auch vernünftiger ist«, sagte Woolly, »damit ich kommen und gehen kann, wann ich will.«

»Das Blau finde ich schön«, sagte Billy. »Es ist genau wie das von Emmetts Auto.«

»Ich finde das auch.«

Nachdem sie das hübsche Blau genügend gewürdigt hatten, wandte Woolly seine Aufmerksamkeit dem Stapel unter der Plane in der Mitte des

Zimmers zu. Er zog die Plane zurück, fand den richtigen Karton und machte ihn auf, und nachdem er den Tennispokal zur Seite gestellt hatte, nahm er eine Zigarrenschachtel heraus.

»Da ist sie ja«, sagte er.

Weil Woollys übrige Dinge auf dem Bett standen, setzten sich die beiden auf den Fußboden.

»Ist das eine Sammlung?«, fragte Billy.

»Ja«, sagte Woolly. »Aber nicht eine Sammlung wie deine Silberdollars. Oder deine Kronkorken, die du in Nebraska gelassen hast. Denn es ist nicht eine Sammlung von demselben Ding in unterschiedlichen Ausfertigungen, sondern eine Sammlung von derselben Art unterschiedlicher Dinge.«

Woolly machte die Schachtel auf und hielt sie schräg, damit Billy sehen konnte.

»Siehst du? Das sind Dinge, die man nur selten benutzt, die man aber sicher aufbewahren sollte, damit man jederzeit weiß, wo man sie finden kann, wenn man sie plötzlich braucht. Hier zum Beispiel sind die Manschettenknöpfe meines Vaters, sollte ich mal einen Abendanzug tragen müssen. Und hier sind ein paar französische Francs, falls ich mal nach Frankreich komme. Und hier ist das größte Stück Meerglas, das ich je gefunden habe. Aber das hier …«

Woolly schob die Brieftasche seines Vaters sanft zur Seite und holte eine Armbanduhr heraus, die ganz unten im Karton lag, und gab sie Billy.

»Das Ziffernblatt ist schwarz«, sagte Billy verblüfft.

Woolly nickte.

»Und die Zahlen sind weiß. Genau das Umgekehrte von dem, was man erwartet. Es ist eine Offiziersuhr. Sie werden so gemacht, damit die feindlichen Geschosse nicht auf das weiße Ziffernblatt zielen konnten, wenn ein Offizier auf dem Schlachtfeld auf die Uhr gucken musste.«

»Hat sie deinem Vater gehört?«

»Nein«, sagte Woolly und schüttelte den Kopf. »Sie hat meinem Großvater gehört. Er hat sie im Ersten Weltkrieg in Frankreich getragen. Aber dann hat er sie dem Bruder meiner Mutter gegeben, Wallace. Und in einem Jahr, als ich noch jünger war als du jetzt, hat Onkel Wallace sie mir zu Weihnachten geschenkt. Er ist der Wallace, nach dem ich benannt bin.«

»Du heißt Wallace, Woolly?«

»Oh ja. Auf jeden Fall.«

»Nennen sie dich deshalb Woolly? Damit man dich nicht mit deinem Onkel verwechselt, wenn ihr zusammen seid?«

»Nein«, sagte Woolly. »Onkel Wallace ist schon seit vielen Jahren tot. Er ist im Krieg umgekommen, so wie mein Vater. Nur dass es nicht in einem der Weltkriege war, sondern im Spanischen Bürgerkrieg.«

»Warum hat dein Onkel im Spanischen Bürgerkrieg gekämpft?«

Woolly wischte sich schnell eine Träne fort und schüttelte den Kopf.

»Ich weiß es nicht genau, Billy. Meine Schwester sagt, er habe immer das getan, was von ihm erwartet wurde, und deshalb wollte er einmal etwas tun, was niemand erwartete.«

Sie sahen beide auf die Uhr, die Billy sanft in der Hand hielt.

»Siehst du, hier«, sagte Woolly. »Sie hat auch einen Sekundenzeiger. Nur dass es nicht ein langer Zeiger ist, der auf dem großen Ziffernblatt im Kreise geht, sondern ein ganz winziger, der sein eigenes kleines Ziffernblatt hat. Ich könnte mir denken, im Krieg ist es sehr wichtig, dass man die Zeit auf die Sekunde genau weiß.«

»Ja«, sagte Billy. »Das denke ich auch.«

Billy streckte die Hand aus, um die Uhr zurückzugeben.

»Nein, nein«, sagte Woolly. »Sie ist für dich. Ich habe sie aus dem Karton genommen, weil ich möchte, dass du sie hast.«

Billy schüttelte den Kopf und sagte, eine so kostbare Uhr könne man nicht verschenken.

»Aber das stimmt nicht«, sagte Woolly erregt. »Die Uhr ist nicht zu kostbar zum Verschenken, die Uhr ist zu kostbar zum Behalten. Mein Großvater hat sie an meinen Onkel weitergegeben, und mein Onkel hat sie mir gegeben. Und ich gebe sie jetzt an dich weiter. Und eines Tages, in vielen Jahren erst, kannst du sie an einen anderen weitergeben.«

Vielleicht hatte Woolly das, was er sagen wollte, nicht sehr vollendet vorgetragen, aber Billy schien ihn zu verstehen. Und so forderte Woolly

Billy auf, die Uhr aufzuziehen. Aber zunächst erklärte er, die Uhr habe eine kleine Besonderheit, nämlich die, dass sie einmal am Tag mit *exakt* vierzehn Umdrehungen aufgezogen werden sollte.

»Wenn man sie mit nur zwölf Umdrehungen aufzieht«, sagte Woolly, »geht sie am Ende des Tages fünf Minuten nach. Zieht man sie aber mit sechzehn Umdrehungen auf, geht sie am Ende des Tages fünf Minuten vor. Aber mit exakt vierzehn Umdrehungen geht die Uhr auf die Sekunde genau.«

Billy hatte genau zugehört und zog die Uhr jetzt mit exakt vierzehn Umdrehungen auf, wobei er leise mitzählte.

Woolly erzählte Billy jedoch nicht, dass er manchmal, zum Beispiel als er neu in St. Paul war, die Uhr absichtlich sechs Tage hintereinander mit sechzehn Umdrehungen aufgezogen hatte, damit er allen anderen eine halbe Stunde voraus sein konnte. Und dann wiederum zog er sie sechs Tage hintereinander mit zwölf Umdrehungen auf, damit er eine halbe Stunde hinterherhinken würde. In beiden Fällen, ob mit sechzehn oder mit zwölf Umdrehungen, war es ein bisschen so wie bei Alice, wenn sie durch den Spiegel trat, oder bei den Pevensies, die durch den Schrank gingen – beide Male war man plötzlich in einer Welt, in die man gehörte und auch wieder nicht.

»Zieh sie dir mal um«, sagte Woolly.

»Soll ich sie jetzt tragen?«

»Ja sicher«, sagte Woolly. »Sicher, sicher. Das meine ich doch die ganze Zeit.«

Und Billy zog sich die Uhr ohne Hilfe um.

»Sieht doch sehr schön aus«, sagte Woolly.

Nachdem Woolly das gesagt hatte, hätte er es gern wiederholt, um dem Gesagten mehr Bedeutung zu verleihen, doch in dem Moment war von unten etwas zu hören, was sich wie ein kleiner Gewehrschuss anhörte. Woolly und Billy sahen sich mit weit aufgerissenen Augen an, sprangen auf und rannten nach unten.

# DUCHESS

Kein Zweifel, Emmett war ganz schön sauer. Er versuchte es zu verbergen, so einer ist er eben, aber ich merkte es trotzdem, besonders, als er Billy mitten im Redefluss unterbrach und sagte, er habe etwas mit mir zu besprechen.

Klar, ich an seiner Stelle hätte auch etwas mit mir zu besprechen gehabt.

Einer der weisen Sprüche, die Schwester Agnes gern zum Besten gab, war: »Der Weise gibt sein Unrecht zu.« Womit sie sagen wollte, was immer einer sich zuschulden kommen ließ, ob hinter dem Geräteschuppen oder im Dunkel der Nacht, sie würde es herausfinden. Hatte sie alle Beweise zusammen, würde sie wie Sherlock Holmes, bequem im Sessel sitzend, zu ihrer Schlussfolgerung kommen. Oder sie erschloss es aus deinem Verhalten. Oder sie hörte es aus dem Mund des Allmächtigen selbst. Was immer ihre Quelle, sie würde von deinen Übertretungen erfahren, daran bestand kein Zweifel. Um also Zeit zu sparen, war es am besten, gleich ein Geständnis abzulegen. Man gab das Vergehen zu, verlieh seiner Zerknirschung Ausdruck und versprach Besserung, möglichst bevor ein anderer etwas sagen konnte. Dazu war ich bereit, als Emmett und ich allein waren.

Aber wie sich herausstellte, hatte Emmett etwas anderes vor. Etwas Besseres. Denn bevor ich ein Wort herausbringen konnte, packte er mich am Kragen und wollte zuschlagen. Ich schloss die Augen und wartete auf meine gerechte Strafe.

Nichts passierte.

Ich machte das rechte Auge einen Spalt auf und sah, dass er mit den Zähnen knirschte und sich in die Gewalt zu bekommen versuchte.

»Mach schon«, sagte ich zu ihm. »Danach geht es dir besser. Und mir auch!«

Trotz meiner Ermutigung spürte ich, wie sein Griff sich lockerte. Dann stieß er mich von sich. Also bekam ich doch die Gelegenheit, meine Entschuldigung vorzubringen.

»Es tut mir leid«, sagte ich.

Übergangslos fing ich an, meine Vergehen an den Fingern abzuzählen.

»Ich habe mir den Studebaker ohne zu fragen ausgeliehen; es war meine Schuld, dass du in Lewis festgesessen hast; es war ein Irrtum zu glauben, dass du den Caddy haben wolltest; und das Schlimmste – ich habe dir den Abend bei Ma Belle versaut. Was soll ich sagen? Ich habe die Dinge falsch eingeschätzt. Aber ich mache es wieder gut.«

Emmett hob beide Hände in die Luft.

»Ich will gar nicht, dass du es wiedergutmachst, Duchess. Ich nehme deine Entschuldigung an; und am liebsten würde ich nicht mehr drüber sprechen.«

»In Ordnung«, sagte ich. »Ich akzeptiere, dass du das Kapitel abschließen willst. Aber immer der Reihe nach …«

Ich zog seinen Umschlag aus der Gesäßtasche und übergab ihn mit einer entsprechenden Geste. Emmett war offensichtlich erleichtert, ihn wieder in der Hand zu haben. Vielleicht hat er sogar geseufzt. Gleichzeitig sah ich, dass er den Umschlag in der Hand wog.

»Der Inhalt ist nicht vollständig«, gestand ich. »Aber hier ist noch etwas.«

Aus der anderen Tasche zog ich die Abrechnung hervor.

Emmett schien etwas verblüfft, als er das Blatt entgegennahm, und noch einmal mehr, nachdem er es sich angesehen hatte.

»Ist das Billys Handschrift?«

»Eindeutig seine Handschrift. Ich sage dir, Emmett, der Junge hat einen Kopf für Zahlen.«

Ich trat neben Emmett und zeigte auf die Spalten.

»Da ist alles aufgeführt. Einmal die notwendigen Ausgaben wie Benzin und Übernachtungen, die dir aus der Gesamtsumme erstattet werden.

Dann die persönlichen Ausgaben, für die ich geradestehen werde. Sobald wir in den Adirondacks gewesen sind.«

Emmett sah ungläubig von dem Blatt auf.

»Duchess, wie oft soll ich dir noch sagen, dass wir nicht mit in die Adirondacks kommen. Sobald der Studebaker fertig ist, sind Billy und ich auf dem Weg nach Kalifornien.«

»Leuchtet mir ein«, sagte ich, »Billy will am Vierten Juli da sein, da ist es vernünftig, dass ihr so schnell wie möglich loskommt. Aber du hast gesagt, dein Auto ist erst am Montag fertig, richtig? Und du musst großen Hunger haben. Deswegen lass uns heute Abend zusammen essen, nur wir vier. Und morgen fahren Woolly und ich mit dem Caddy zum Familienanwesen und holen die Knete. Auf dem Weg müssen wir noch kurz bei meinem alten Herrn in Syracuse vorbei, aber dann fahren wir los. Wir dürften nur ein paar Tage hinter euch sein.«

»Duchess«, sagte Emmett und schüttelte traurig den Kopf.

Er sah ein bisschen niedergeschlagen aus, ganz untypisch für einen wie ihn, der die Dinge anpackt. Offensichtlich passte ihm etwas an dem Plan nicht. Oder es gab neue Komplikationen, von denen ich nichts wusste. Bevor ich fragen konnte, hörten wir von der Straße einen Knall. Emmett drehte sich langsam um und starrte auf die Haustür. Dann schloss er die Augen.

# SALLY

Sollte ich je mit einem Kind gesegnet werden, würde ich es genauso wenig in der Episkopalkirche aufwachsen lassen wie in der katholischen. Die Episkopalier gehören vielleicht zu den Protestanten, aber an dem Stil der Gottesdienste merkt man das nicht, wenn man ihre Roben sieht und die englischen Kirchenlieder hört. Man nennt das wohl hochkirchlich. Ich nenne es hochtrabend.

Aber eins muss man der Episkopalkirche lassen: Sie halten ihre Archive in Schuss. In der Beziehung sind sie fast so verbissen wie die Mormonen. Und als Emmett nicht wie versprochen am Freitag um 2.30 Uhr anrief, hatte ich keine Wahl, als Pfarrer Colmore von St. Luke anzurufen.

Als ich ihn am Apparat hatte, erklärte ich, ich wolle ein Mitglied der Episkopalkirche in Manhattan ausfindig machen und wüsste nicht, wie ich es anstellen sollte. Ohne lange nachzudenken, sagte er, ich sollte mich an Hamilton Speers wenden, den Rektor von St. Bartholomew. Er gab mir sogar die Nummer.

Also, diese Kirche, St. Bartholomew, die muss ziemlich speziell sein. Denn als ich dort anrief, bekam ich nicht etwa den Geistlichen Speers, sondern eine Sekretärin an den Apparat, die mich bat zu warten (obwohl es ein Ferngespräch war), dann verband sie mich mit dem Unterrektor, der fragte, warum ich den Pfarrer sprechen wollte. Ich erklärte, ich sei eine ferne Verwandte einer Familie in seiner Gemeinde, und nachdem mein Vater in der Nacht gestorben sei, müsste ich meine New Yorker Cousins davon unterrichten, könnte aber in den Unterlagen meines Vaters ihre Adressen nicht finden.

Streng genommen entsprach das nicht der Wahrheit. Aber obwohl die christliche Religion exzessiven Alkoholgenuss verpönt, wird ein Schluck Rotwein nicht nur gebilligt, ihm kommt beim Abendmahl sogar eine wesentliche Rolle zu. Und so schloss ich, dass die Kirche zwar gegen Unwahrheiten jeder Art ist, eine Notlüge aber so christlich sein kann wie der Schluck Rotwein am Sonntag, wenn sie im Dienste des Herrn benutzt wird.

Wie hieß die Familie, wollte der Unterrektor wissen.

Als ich sagte, es sei die Familie von Woolly Martin, antwortete er, ich solle warten. Ein paar Münzen weiter kam Pfarrer Speers an den Apparat. Zunächst drückte er mir sein Beileid aus und seinen Wunsch, mein Vater möge in Frieden ruhen, dann erklärte er, die Wolcotts, Woollys Familie, seien seit Gründung von St. Bartholomew im Jahr 1854 Mitglieder der Gemeinde, und er persönlich habe vier Mitglieder der Familie getraut und zehn getauft. Zweifellos hatte er eine noch größere Anzahl beerdigt.

Kurz darauf hatte ich die Telefonnummer und Adresse von Woollys Mutter, die in Florida wohnte, und die seiner Schwestern, beide verheiratet mit Wohnsitzen im Gebiet von New York. Zuerst versuchte ich es bei der, die Kaitlin heißt.

Die Wolcotts mögen seit der Gründung der Gemeinde 1954 Mitglieder sein, aber offenbar hatte Kaitlin Wolcott Wilcox den Predigten nicht viel Aufmerksamkeit geschenkt. Denn als ich sagte, ich versuche, ihren Bruder ausfindig zu machen, war sie sehr auf der Hut. Und als ich sagte, ich hätte gehört, dass er bei ihr wohne, wurde sie sehr unfreundlich.

»Mein Bruder ist in Kansas«, sagte sie. »Warum sollte er hier sein? Wer hat Ihnen gesagt, dass er hier ist? Wer sind Sie überhaupt?«

Und so weiter.

Dann wählte ich Sarahs Nummer. Und das Telefon klingelte und klingelte.

Nachdem ich schließlich aufgelegt hatte, saß ich auf dem Stuhl und trommelte mit den Fingern auf den Schreibtisch meines Vaters.

Im Arbeitszimmer meines Vaters.

Unter meines Vaters Dach.

Ich ging in die Küche, holte meine Geldbörse und nahm fünf Dollar heraus, die ich neben das Telefon legte, für die Kosten der Ferngespräche. Dann ging ich in mein Zimmer, holte meinen Koffer hinten aus dem Schrank und fing an zu packen.

Die Fahrt von Morgen nach New York dauerte zwanzig Stunden, verteilt über anderthalb Tage.

Man könnte denken, das sei ziemlich viel Autofahren, aber ich glaube, ich hatte in meinem ganzen Leben noch nie zwanzig Stunden ohne Unterbrechung Zeit zum Nachdenken.

Und worüber ich nachdachte, war – recht naheliegend, könnte man sagen – unser geheimnisvoller Wille, über den Erdball zu wandern.

Alle Beweise deuten darauf hin, dass des Menschen Wille zu wandern so alt ist wie die Menschheit selbst. Man braucht nur ins Alte Testament zu gucken. Da waren die Menschen ständig unterwegs. Am Anfang werden Adam und Eva aus dem Paradies vertrieben. Dann wird Kain zu rastlosem Umherziehen verdammt, Noah treibt auf den Wassern der Sintflut umher, und Moses führt die Israeliten aus Ägypten in das verheißene Land. Einige dieser Menschen standen in der Gunst des Herrn, andere nicht, aber sie alle waren unterwegs. Und laut dem Neuen Testament war unser Herr Jesus Christus ein Wanderpriester und zog ohne Unterlass von einem Ort zum anderen, ob zu Fuß, auf dem Rücken eines Esels oder auf den Flügeln der Engel.

Aber Beweise für den Willen zum Wandern kann man nicht nur in der Heiligen Schrift finden. Wie jedes Kind weiß, hat das Hauptthema der Menschheitsgeschichte mit dem Umherwandern zu tun. Nehmen wir nur das dicke rote Buch, das Billy immer mit sich rumschleppt. In den meisten der sechsundzwanzig überlieferten Geschichten darin geht es darum, dass jemand von einem Ort zum anderen zieht. Napoleon auf Kriegszug, König Artus auf der Suche nach dem Heiligen Gral. Manche der Männer sind historische Gestalten, andere sind erfunden, aber ob wirklich oder erdacht, sie sind fast alle auf dem Weg fort von dem Ort, an dem sie am Anfang waren.

Wenn also der Wille zum Umherwandern so alt ist wie die Menschheit und jedes Kind das weiß, was ist dann mit Männern wie meinem Vater? Welcher Schalter in ihren Gehirngängen wurde umgelegt, dass der Wille zur Bewegung sich in den zum Bleiben verwandelte?

Es hat nichts mit schwindenden Körperkräften zu tun. Denn der Wechsel findet nicht erst statt, wenn Männer wie mein Vater alt und gebrechlich werden. Er findet statt, wenn sie gesund und bei Kräften sind. Wenn man sie fragt, warum sie bleiben wollen, verbrämen sie ihre Erklärung als Tugend und erzählen was vom amerikanischen Traum, wonach man das Land besiedeln, eine Familie gründen und mit ehrlicher Arbeit seinen Lebensunterhalt verdienen soll. Sie sprechen voller Stolz von Bindungen innerhalb der Gemeinschaft, zur Kirche und zum Rotary Club und zur Handelskammer, und was es noch so an Dingen gibt, die einen festbinden.

Aber vielleicht, dachte ich, als ich über den Hudson fuhr, vielleicht ist der Wille, an einem Ort zu bleiben, nicht in den Tugenden eines Menschen verankert, sondern in seinen Lastern. Denn haben Völlerei, Trägheit und Gier nicht auch mit dem Bleiben zu tun? Man bleibt einfach in seinem Sessel sitzen, wo man weiter Dinge in sich hineinstopfen, faulenzen und nach noch mehr gieren kann. Eigentlich gehören auch Stolz und Neid dazu. Denn so wie Stolz sich auf das bezieht, was einer sich erbaut hat, weckt das, was der Nachbar sich auf der anderen Straßenseite erbaut hat, seinen Neid. Das Zuhause eines Mannes ist vielleicht seine Burg, aber der Graben drum herum eignet sich gleichermaßen dazu, Menschen darin festzuhalten wie andere daraus fernzuhalten.

Ich glaube fest, dass der liebe Gott für jeden Einzelnen von uns einen Auftrag hat, einen Auftrag, der unsere Schwächen mit Nachsicht behandelt und unseren Kräften angepasst ist und der auf jeden persönlich zugeschnitten ist. Aber mit diesem Auftrag kommt Gott nicht unbedingt zu uns und präsentiert ihn wie einen Kuchen mit Zuckerguss. Vielleicht, ganz vielleicht, verlangt er von uns, erwartet und erhofft er sich von uns, dass wir – so wie sein eigener Sohn – uns in die Welt hinauswagen und unseren Auftrag dort finden.

Als ich ankam, eilten Emmett, Woolly und Billy aus dem Haus. Billy und Woolly mit breitem Lächeln, und Emmett wie immer mit einem Ausdruck, dass man denken konnte, Lächeln wäre gerade knapp geworden.

Woolly war offenbar gut erzogen und fragte, ob ich Gepäck hätte.

»Das ist sehr freundlich von dir«, sagte ich und würdigte Emmett keines Blickes. »Mein Koffer ist im Kofferraum. Und, Billy, auf dem Rücksitz steht ein Korb, holst du den, bitte? Aber nicht gucken.«

»Wir machen das«, sagte Billy.

Während Woolly und Billy meine Sachen ins Haus trugen, stand Emmett kopfschüttelnd da.

»Sally«, sagte er mit mehr als nur einer Spur Empörung.

»Ja bitte, Mr. Watson.«

»Was machst du hier?«

»Was ich hier mache? Lass mich mal gucken. Ich hatte nichts in meinem Kalender, das sehr dringend war. Und ich wollte mir schon immer mal eine große Stadt angucken. Und dann war da gestern Nachmittag noch das kleine Problem, dass ich auf einen Anruf gewartet habe.«

Damit hatte er nicht gerechnet.

»Das tut mir leid«, sagte er. »Ehrlich gesagt habe ich völlig vergessen, dass ich dich anrufen sollte. Seit wir aus Morgen weggefahren sind, haben wir ein Problem nach dem anderen gehabt.«

»Wir alle haben unsere Prüfungen zu bestehen.«

»Da hast du recht. Ich will mich nicht rausreden. Ich hätte anrufen sollen. Aber als ich nicht angerufen habe, musstest du dann wirklich den ganzen Weg hierherkommen?«

»Vielleicht nicht. Ich hätte auch dableiben können in der Hoffnung, dass es euch beiden, Billy und dir, gut geht. Aber ich dachte, vielleicht wüsstest du gern, warum der Sheriff bei mir war.«

»Der Sheriff?«

Bevor ich das erklären konnte, hatte Billy mir den Arm um die Taille gelegt und sah zu Emmett hinauf.

»Sally hat Kekse und Konfitüre mitgebracht.«

»Hatte ich nicht gesagt: ›Nicht gucken‹?«

Dann fuhr ich ihm durch das Haar, das offenbar seit dem letzten Mal, als ich ihn gesehen hatte, nicht gewaschen worden war.

»Ich weiß, du hast das gesagt, aber du hast es nicht so gemeint. Oder, Sally?«

»Nein, das stimmt.«

»Hast du *Erdbeer*konfitüre mitgebracht?«, fragte Woolly.

»Ja. Und Himbeer. Und wo wir von Konfitüre reden – wo ist Duchess?«

Die drei sahen sich überrascht an, als wäre ihnen gerade erst aufgefallen, dass Duchess nicht da war. Und in genau dem Moment erschien er in der Haustür, in einem weißen Hemd mit Krawatte unter einer sauberen weißen Schürze, und sagte:

»Es ist angerichtet.«

# WOOLLY

Oh, was für ein Abend das war!

Es fing so an, dass Duchess um Punkt acht Uhr die Tür aufmachte und Emmett davorstand. Schon das war ein Grund zum Feiern. Keine fünfzehn Minuten später – Woolly hatte Billy gerade die Uhr seines Großvaters geschenkt – war draußen ein kleiner Knall zu hören, und wer sollte plötzlich vor ihnen stehen wenn nicht Sally Ransom, die den ganzen Weg von Nebraska hergefahren war. Und bevor sie Gelegenheit hatten, *das* zu feiern, stand Duchess in der Tür und kündigte an, das Essen sei aufgetragen.

»Hier entlang«, sagte er, als sie alle ins Haus strömten.

Aber statt in die Küche führte Duchess sie ins Esszimmer, wo der Tisch mit Porzellangeschirr und Kristallgläsern gedeckt war und zwei Kerzenhalter auf dem Tisch standen, und das, obwohl es kein Geburtstag und auch kein Feiertag war.

»Du liebe Güte«, sagte Sally, als sie hereinkam.

»Miss Ransom, wenn Sie hier Platz nehmen wollen«, sagte Duchess und zog einen Stuhl vor.

Duchess platzierte Billy neben Sally, Woolly den beiden gegenüber und Emmett an der Kopfseite des Tisches. Duchess hatte sich die andere Kopfseite vorbehalten, von wo er den kürzesten Weg in die Küche hatte, in der er auch prompt verschwand. Aber bevor die Tür aufgehört hatte zu schwingen, war er zurück, mit einer Serviette über dem Arm und einer Flasche Wein in der Hand.

»Zu einem guten italienischen Essen gehört ein Schluck *vino rosso*«, sagte er.

Er ging um den Tisch herum und goss jedem ein, auch Billy. Er stellte die Flasche ab und ging wieder in die Küche, und als er diesmal herauskam, trug er vier Teller auf einmal, zwei in den Händen und zwei jeweils in der Armbeuge, und genau für Umstände wie diese waren die Schwingtüren gedacht!

Nachdem er um den Tisch herum die Teller serviert hatte, verschwand er abermals und kam mit einem Teller für sich zurück. Nur diesmal hatte er auch die Schürze abgelegt und trug eine Weste, die von oben bis unten zugeknöpft war.

Duchess setzte sich auf seinen Platz, während Emmett und Sally auf ihre Teller starrten.

»Was ist das denn?«, fragte Sally.

»Gefüllte Artischocken«, sagte Billy.

»Ich habe sie nicht selbstgemacht«, gestand Duchess. »Billy und ich haben sie heute Vormittag in der Arthur Avenue gekauft.«

»Das ist die große Straße durch das italienische Viertel in der Bronx«, erklärte Billy.

Emmett und Sally blickten von Duchess zu Billy und wieder auf ihre Teller und konnten nicht aufhören zu staunen.

»Man kratzt mit den Zähnen das Weiche von den Blättern«, erklärte Woolly.

»Wie bitte?«, fragte Sally.

»So.«

Zur Veranschaulichung zog Woolly ein Blatt ab, lutschte es ab und legte es auf den Teller.

Und sofort fingen alle an, die Blätter abzuzupfen, sie tranken von dem Wein und sprachen mit angemessener Bewunderung über den ersten Menschen in der Geschichte der Menschheit, der es gewagt hatte, eine Artischocke zu essen. Als alle mit der Vorspeise fertig waren, zog Sally die Serviette auf ihrem Schoß zurecht und fragte, was es als Nächstes gebe.

»*Fettuccine Mio Amore*«, sagte Billy.

Emmett und Sally warteten auf eine Erklärung von Duchess, der aber war damit beschäftigt, die Teller abzuräumen, und bat Woolly, das für ihn zu erläutern.

Und Woolly erzählte die ganze Geschichte. Er fing bei Leonello an, dem Restaurant, in dem man keinen Tisch buchen konnte und keine Speisekarte bekam. Er erzählte ihnen von der Jukebox und den Gangstern und Marilyn Monroe. Er erzählte von Leonello selbst, der von Tisch zu Tisch ging, seine Gäste begrüßte und ihnen Getränke servieren ließ. Und dann erzählte er, dass der Kellner, wenn er zum Tisch kam, *Fettuccine Mio Amore* nicht erwähnte, denn wenn man nicht wusste, dass man das bekommen konnte, hatte man nicht verdient, es zu essen.

»Ich habe beim Kochen geholfen«, sagte Billy. »Duchess hat mir gezeigt, wie man eine Zwiebel richtig schneidet.«

Sally sah Billy schockiert an.

»Richtig schneidet?«

»Ja«, sagte Billy. »Richtig schneidet.«

»Und wie, wenn ich fragen darf, macht man das?«

Aber bevor Billy es erklären konnte, schwang die Tür auf, und Duchess brachte alle fünf Teller herein.

Bei seiner Beschreibung von Leonello hatte Woolly wohl gemerkt, dass Emmett und Sally ein wenig skeptisch waren, und das verstand er sehr gut. Denn wenn es darum ging, Geschichten zu erzählen, war Duchess eine Art Paul Bunyan, der legendäre Holzfäller, für den der Schnee immer drei Meter hoch lag und in der Blaskapelle immer sechsundsiebzig Posaunen spielten. Aber nach der ersten Gabel Fettuccine waren alle Zweifel ausgeräumt.

»Es schmeckt köstlich«, sagte Sally.

»Das habt ihr wunderbar gemacht«, sagte Emmett. Dann hob er sein Glas und sagte: »Auf die beiden Köche.«

Worauf Woolly sagte: »Hört, hört!«

»Hört, hört!«, sagten sie alle.

Das Essen war so köstlich, dass alle einen Nachschlag verlangten, Duchess schenkte Wein nach, Emmetts Augen begannen zu funkeln, Sallys Wangen röteten sich, und das Kerzenwachs tropfte malerisch an den Armen des Kerzenhalters herab.

Dann fragten sich alle gegenseitig nach Geschichten. Zuerst wollte Emmett, dass Billy von dem Besuch im Empire State Building erzählte. Dann fragte Sally, ob Emmett von der Fahrt mit dem Güterzug erzählen könne. Und Woolly fragte Duchess nach den Zaubertricks, die er auf der Bühne gesehen hatte. Und schließlich fragte Billy, ob Duchess ein paar Zaubertricks kenne.

»Ein paar habe ich wohl gelernt.«

»Kannst du uns einen zeigen?«

Duchess trank einen Schluck Wein, dachte einen Moment lang nach und sagte dann: »Warum nicht?«

Er schob seinen Teller zurück, nahm den Korkenzieher aus seiner Westentasche, drehte den Korken ab und legte ihn auf den Tisch. Dann nahm er die Weinflasche, goss den Rest Wein in sein Glas und steckte den Korken wieder in die Flasche, aber nicht nur in den Hals, wo er gewöhnlich steckt, sondern ganz hinein in die Flasche, bis er auf dem Boden landete.

»Wie ihr seht, habe ich den Korken in die Flasche gesteckt.«

Er ließ die Flasche um den Tisch gehen, damit sich jeder überzeugen konnte, dass sie aus festem Glas war und der Korken tatsächlich auf dem Boden lag. Woolly drehte sie sogar um und schüttelte sie, um zu demonstrieren, was alle schon wussten: Es ist schwer, einen Korken in die Flasche zu schieben, und völlig unmöglich, ihn wieder herauszuholen.

Als die Flasche wieder bei Duchess ankam, rollte der sich die Ärmel hoch, hielt die Hände hoch, um zu zeigen, dass sie leer waren, und bat Billy, mit dem Countdown zu beginnen.

Nicht nur nahm Billy, wie Woolly mit großer Befriedigung feststellte, die Aufgabe an, sondern um sie möglichst präzise auszuführen, nahm er auch den winzig kleinen Sekundenzeiger seiner neuen Uhr zu Hilfe.

»Zehn«, sagte Billy, als Duchess sich die Flasche so auf den Schoß setzte, dass man sie nicht sehen konnte. »Neun … acht …«, sagte er, während

Duchess tief ein- und ausatmete. Bei »sieben ... sechs ... fünf« begann Duchess seine Schultern zu rollen. »Vier ... drei ... zwei«, und Duchess senkte die Lider so weit, dass man denken konnte, er habe die Augen geschlossen.

Wie lang sind zehn Sekunden?, dachte Woolly, während Billy sie zählte. Lang genug, um zu beweisen, dass ein Boxer den Kampf verloren hat. Lang genug, um die Ankunft eines neuen Jahrs zu begrüßen. Aber nicht im Entferntesten lang genug, so schien es, um einen Korken aus der Tiefe einer Flasche zu zaubern. Und doch, und doch – genau in dem Moment, da Billy »Eins«, sagte, stellte Duchess mit der einen Hand die leere Flasche auf den Tisch und mit der anderen den Korken aufrecht daneben.

Sally stieß die Luft aus und sah Billy und Emmett und Woolly staunend an. Und Billy sah Woolly und Sally und Emmett an. Und Emmett sah Billy und Woolly und Sally an. Was nur heißt, dass sie sich alle gegenseitig ansahen. Alle außer Duchess, der mit dem unergründlichen Lächeln einer Sphinx vor sich hinblickte.

Dann redeten alle gleichzeitig. Billy erklärte, es sei echte Zauberei. Sally sagte: »So was habe ich ja ...!«, und Woolly sagte: »Wunderbar, wunderbar, wunderbar!« Und Emmett wollte die Flasche sehen.

Also reichte Duchess die Flasche wieder im Kreis herum, und alle konnten sehen, dass sie leer war. Emmett überlegte, ob da zwei Flaschen und zwei Korken waren, und Duchess hatte sie im Schoß ausgetauscht. Alle guckten unter dem Tisch nach, und Duchess drehte sich mit ausgestreckten Armen um sich selbst, aber eine zweite Flasche war nirgendwo zu finden.

Jetzt redeten wieder alle auf einmal und wollten, dass Duchess ihnen den Trick zeigte. Darauf sagte Duchess, ein Zauberer enthülle nie seine Geheimnisse. Aber nach ein paar Momenten des *richtigen* Bittens und Bohrens erklärte er sich bereit.

»Es geht so«, erklärte er und steckte den Korken wieder in die Flasche, »man nimmt die Serviette, schiebt sie mit der umgeschlagenen Ecke in den Flaschenhals, so, und schüttelt den Korken so lange, bis er in der Falte der Serviette landet, dann zieht man die Serviette vorsichtig heraus.«

Und alle sahen zu, wie Duchess sanft die Serviette mit dem Korken in der Falte langsam durch den Hals zog und den Korken mit einem befriedigenden Plop aus der Flasche holte.

»Lass mich mal versuchen«, sagten Sally und Billy gleichzeitig.

»Wir versuchen es alle mal, ja?«, schlug Woolly vor.

Woolly sprang auf und eilte durch die Küche in die Vorratskammer, wo »Dennis« seinen Weinvorrat hatte. Er nahm drei Flaschen Rotwein aus dem Regal und brachte sie in die Küche, wo Duchess sie entkorkte und Woolly den Wein in den Ausguss schüttete.

Im Esszimmer drückten Billy und Emmett und Sally und Woolly jeweils den Korken in die Flasche und falteten ihre Servietten, während Duchess um den Tisch ging und Hilfestellung leistete.

»Falte eine größere Ecke um, so … Du musst den Korken ein bisschen mehr schütteln, damit er tiefer in die Falte rutscht. Jetzt sanft ziehen.«

Plop, plop, plop machte es, als die Korken aus den Flaschen von Sally und Emmett und Billy herauskamen.

Dann sahen alle zu Woolly hin, was gewöhnlich bedeutete, dass Woolly umgehend das Zimmer verlassen wollte. Aber nicht an diesem Abend, an dem er mit vieren seiner besten Freunde Artischocken und *Fettuccine Mio Amore* gegessen hatte. Nicht an diesem Abend!

»Wartet, wartet«, sagte er. »Ich hab's. Ich hab's.«

Er biss sich auf die Zungenspitze, drehte die Flasche und begann ganz vorsichtig zu ziehen. Und während er zog, verstummten alle um den Tisch, selbst Duchess, und hielten die Luft an, bis zu dem Moment, als Woollys Korken mit einem Plop aus der Flasche kam und alle erfreut Hurra! riefen.

Und da schwang die Schwingtür auf, und herein kam »Dennis«.

»Du liebe Güte«, sagte Woolly.

»Was um alles in der Welt ist hier los?«, verlangte »Dennis« zu wissen, in einer von diesen W-Fragen, auf die er eine Antwort erwartete.

Die Schwingtür schwang abermals auf, und Sarah kam mit einem besorgten Gesicht herein.

»Dennis« machte einen Schritt zum Tisch, nahm die Flasche, die vor Woolly stand, und blickte alle in der Runde an.

»Château Margaux Jahrgang '28! Ihr habt vier Flaschen Château Margaux Jahrgang '28 getrunken!«

»Wir haben nur eine Flasche getrunken«, sagte Billy.

»Das stimmt«, sagte Woolly. »Die anderen drei haben wir in den Ausguss gegossen.«

Kaum waren die Worte aus seinem Mund, wusste Woolly, dass er das nicht hätte sagen sollen. Denn plötzlich war »Dennis« so rot wie sein Château Margaux.

»Ihr habt sie ausgegossen!«

Sarah, die still hinter ihrem Mann gestanden und die Tür gehalten hatte, kam jetzt herein. Gleich würde sie das sagen, dachte Woolly, was an dieser Stelle gesagt werden musste. Und genau das, was er sich später wünschen würde, dass es ihm eingefallen wäre. Aber als sie hinter »Dennis« hervorkam und die Szene am Tisch als Ganzes überblickte, nahm sie die Serviette neben Woollys Teller, die, wie alle anderen auf dem Tisch, voller Rotweinflecken war, und sagte ganz sanft:

»Oh, Woolly.«

So sanft, dass es einem das Herz brechen konnte.

Jetzt waren alle still. Und einen Moment lang wusste niemand, wohin er seinen Blick lenken sollte. Denn niemand wollte einen anderen ansehen oder die Flaschen oder die Servietten. Aber als »Dennis« die leere Flasche Château Margaux auf den Tisch stellte, war es, als wäre der Zauber gebrochen, und alle sahen zu Woolly hin, besonders »Dennis«.

»Wallace Martin«, sagte er, »ich möchte unter vier Augen mit dir sprechen.«

Woolly ging hinter seinem Schwager in dessen Arbeitszimmer und spürte deutlich, dass sich eine schlechte Situation gerade noch einmal verschlechtert hatte. Denn obwohl »Dennis« darauf bestanden hatte, dass in seiner Abwesenheit niemand sein Büro zu betreten habe, war das Telefon in einer Schreibtischschublade vergraben, und das Kabel hing heraus.

»Setz dich«, sagte »Dennis« und stellte das Telefon krachend wieder an seinen Platz. Dann sah er Woolly eine lange Minute lang an – etwas, das

Menschen hinter einem Schreibtisch offenbar oft tun. Nachdem sie behauptet hatten, sie müssten unverzüglich mit einem sprechen, sitzen sie eine lange Minute schweigend da. Aber selbst eine lange Minute hat einmal ein Ende.

»Vermutlich fragst du dich, warum deine Schwester und ich hier sind.«

Woolly hatte sich das noch nicht gefragt, aber da »Dennis« jetzt die Sprache darauf brachte, schien es sinnvoll, sich diese Frage zu stellen, zumal die beiden die Nacht in New York verbringen wollten.

Also, wie sich herausstellte, hatte Kaitlin am Freitagabend einen Anruf von einer jungen Frau erhalten, die fragte, ob Woolly bei ihr sei. Und am Nachmittag sei ein junger Mann bei Kaitlins Haus erschienen und habe dieselbe Frage gestellt. Kaitlin verstand nicht, warum Menschen nach Woolly fragten, wenn der doch in Salina seine Strafe abzusitzen hatte. Es ist verständlich, dass sie besorgt war und beschloss, ihre Schwester Sarah anzurufen. Als sie Sarahs Nummer wählte, nahm Woolly zwar ab, drückte dann aber sofort die Gabel hinunter und legte den Hörer neben das Telefon, denn als Kaitlin danach wieder die Nummer wählte, bekam sie nur das Besetztzeichen. Da beschloss Kaitlin, Sarah und »Dennis« ausfindig zu machen, obwohl die bei den Wilsons zum Dinner eingeladen waren.

Als kleiner Junge hatte Woolly immer den Eindruck, dass die Zeichensetzung gegen ihn sei, eine feindliche Macht, die ihn niederzuringen suchte, sei es durch Spionage oder mit einem Ansturm auf seine Küste unter enormem Truppeneinsatz. Als er das in der sechsten Klasse seiner Lehrerin, der freundlichen und geduldigen Miss Penny, gestand, erklärte sie, dass Woolly die Sache falsch herum betrachte. Die Zeichensetzung sei sein Verbündeter, nicht sein Feind. Die kleinen Zeichen im Text, die Punkte, Kommata und Semikola, sollten ihm helfen, anderen Menschen das verständlich zu machen, was er zu sagen versuchte. Aber hier war »Dennis« und schien sich so sicher, dass das, was er zu sagen hatte, verstanden würde, dass er ganz und gar auf Zeichensetzung verzichtete.

»Nachdem wir uns bei unseren Gastgebern entschuldigt hatten und den ganzen Weg nach Hause gefahren waren finden wir nicht nur einen Pick-up vor der die Einfahrt blockiert sondern auch die Küche in Unordnung und Fremde im Esszimmer die unseren Wein trinken und unsere Tischwäsche beschmutzt und ruiniert haben Herr im Himmel das Leinen deiner Urgroßmutter das sie deiner Schwester vererbt hat und das du so behandelst wie du auch alle anderen behandelst nämlich ohne auch nur einen Funken Respekt.«

»Dennis« musterte Woolly einen Moment lang, als wollte er ihn verstehen, wollte wirklich ergründen, wie er tickte.

»Mit fünfzehn schickt deine Familie dich auf eine der feinsten Schulen im Lande von der du aus Gründen die mir entfallen sind verwiesen wirst und von da kommst nach St. Mark und wirst entlassen weil du ein Footballtor angezündet hast und als keine Schule mit einem guten Ruf bereit ist es mit dir zu versuchen überredet deine Mutter St. George dich zu nehmen indem sie Erinnerungen an deinen Onkel Wallace weckt der nicht nur ein ausgezeichneter Schüler war sondern auch Mitglied im Treuhänderausschuss und als du da auch rausgeworfen wirst und dich statt vor dem Disziplinarkomitee vor einem Richter verantworten musst gibt deine Familie dein Alter falsch an damit du nicht als Erwachsener bestraft wirst und verpflichtet einen Rechtsanwalt von einer reputierlichen Firma wie Sullivan und Cromwell der den Richter überredet dich auf eine Sonderschule nach Kansas zu schicken wo du ein Jahr lang in der Landwirtschaft arbeiten sollst aber anscheinend hast du selbst da nicht das Rückgrat diese Unbequemlichkeit bis zum Ende durchzustehen.«

Hier machte »Dennis« eine bedeutsame Pause.

Woolly wusste nur zu genau, dass eine bedeutsame Pause ein wesentlicher Teil der Ansprache war, wenn man mit jemandem unter vier Augen sprechen wollte. Es war ein Zeichen sowohl für den Sprecher als auch für den Zuhörer, dass das, was dann kam, von größter Bedeutung war.

»Von Sarah weiß ich wenn du jetzt nach Salina zurückkehrst wird man dir erlauben die wenigen Monate deiner Strafe zu verbüßen damit du dich danach fürs College bewerben und dein Leben in die Hand nehmen kannst aber was unmissverständlich klar geworden ist Wallace das ist dass du den Wert von Bildung nicht zu schätzen weißt und den Wert von Bildung lernt man am besten bei einer Arbeit schätzen die keine Bildung verlangt und in diesem Sinne werde ich mich morgen mit einem Freund in Verbindung setzen der immer ein paar junge Männer als Botengänger braucht und vielleicht gelingt es ihm besser als uns anderen dir beizubringen was es heißt seinen Lebensunterhalt selbst zu verdienen.«

Und in dem Moment wusste Woolly ohne jeden Zweifel das, was er schon am Abend zuvor hätte wissen können, als er in solch gehobener Stimmung mitten zwischen den Wildblumen und dem kniehohen Gras auf der Elevated gestanden hatte, nämlich, dass er die Statue of Liberty nie besichtigen würde.

# EMMETT

Als Mr. Whitney seine Ansprache an Woolly beendet hatte, ging er nach oben in sein Schlafzimmer, und wenige Minuten später folgte ihm seine Frau. Woolly war vors Haus getreten, angeblich wollte er die Sterne am Himmel betrachten, und kurz darauf ging Duchess hinaus, um nach Woolly zu sehen. Und Sally war nach oben gegangen und brachte Billy ins Bett. Sodass Emmett allein in der Küche war, mit der ganzen Unordnung.

Darüber war er froh.

Als Mr. Whitney in der Esszimmertür erschienen war, hatte sich Emmetts Stimmung von Fröhlichkeit zu Scham gewandelt. Was hatten sie sich dabei gedacht, sie alle fünf? In dem Haus anderer Menschen zu feiern, deren Wein zu trinken und das Tafelleinen bei einem kindischen Spiel zu besudeln? Zu seinem Gefühl von Scham kam die Erinnerung an Parker und Packer in ihrem Salonwagen, wo Essensreste verstreut waren und eine halbvolle Flasche Gin auf dem Boden lag. Wie mühelos hatte Emmett diese Männer verdammt, weil sie ihre Umgebung so anmaßend und rücksichtslos behandelt hatten.

Deshalb verstand Emmett Mr. Whitneys Ärger nur zu gut. Mr. Whitney hatte jedes Recht, wütend zu sein. Ungehalten. Empört. Was ihn hingegen überraschte, war Mrs. Whitneys Reaktion, die Anmut, mit der sie, nachdem Woolly und Mr. Whitney das Zimmer verlassen hatten, sanft sagte, es seien ja nur ein paar Servietten und ein paar Flaschen Wein, und wie sie ohne jeden Vorwurf darauf bestand, sie sollten alles für die Haushälterin so lassen, und ihnen dann erklärte, wo sie schlafen konnten und in welchen Wandschränken sie Wolldecken und Kissen und Handtücher finden würden. Anmut war das einzige Wort, das Emmett dafür einfiel. Eine Anmut, die sein eigenes Schamgefühl noch verstärkte.

Deshalb war er froh, dass er allein war und die Gelegenheit hatte, den Tisch abzuräumen und den Abwasch zu machen. Ein kleiner Akt der Buße.

Emmett hatte gerade die Teller fertig abgewaschen und fing mit den Weingläsern an, als Sally hereinkam.

»Er schläft«, sagte sie.

»Danke.«

Ohne ein weiteres Wort nahm Sally ein Geschirrtuch und begann abzutrocknen, während er die Gläser wusch. Dann trocknete sie die Gläser ab, während er die Töpfe wusch. Es war ein Trost, diese Arbeit zu tun, und sie in Sallys Gegenwart zu tun, ohne dass sie das Bedürfnis zu sprechen hatten.

Emmett spürte, dass Sally so beschämt war wie er, und auch das war ein Trost. Nicht der Trost, dass jemand anderes ebenfalls Scham empfand, sondern vielmehr das tröstliche Wissen, dass jemand anderes das eigene Empfinden von Richtig und Falsch teilte und es deshalb eine größere Wahrheit hatte.

# ZWEI

# DUCHESS

Im Varieté kommt es ganz auf das Arrangement an. Das galt für Komiker ebenso wie für Jongleure und Zauberer. Die Zuschauer betraten das Theater mit ihren eigenen Vorlieben, ihren Vorurteilen und Erwartungen. Und die musste der Akteur, ohne dass es den Zuschauern bewusst wurde, aus dem Weg räumen, und dafür musste er andere Erwartungen schaffen, solche, die er besser voraussehen, manipulieren und letztlich befriedigen konnte.

Nehmen wir den Meisterhaften Mandrake. Manny war nicht unbedingt ein großer Zauberer. Der erste Teil seiner Nummer bestand darin, dass er sich einen Blumenstrauß aus dem Ärmel oder bunte Bänder aus den Ohren zog oder eine Münze aus der Luft pflückte, also Tricks, wie man sie bei Geburtstagsfeiern für Zehnjährige zu sehen bekommt. Aber so wie bei Kazantikis kam auch bei Manny das Beste am Schluss.

Ein Unterschied zwischen Mandrake und den meisten seiner Kollegen bestand darin, dass er keine langbeinige Blonde an seiner Seite hatte, sondern einen großen weißen Kakadu, seine Lucinda. Vor vielen Jahren, als er im Amazonasgebiet gereist war, so erklärte Manny seinen Zuschauern, entdeckte er auf dem Waldboden einen jungen Vogel, der aus dem Nest gefallen war. Manny pflegte den kranken Vogel und zog ihn groß, und danach arbeiteten sie zusammen. Während der Vorstellung saß Lucinda auf einer vergoldeten Stange und unterstützte die Vorstellung, indem sie einen Schlüsselbund zwischen den Krallen hielt oder dreimal auf ein Kartenspiel klopfte.

Gegen Ende der Vorstellung verkündete Manny, er werde einen Zaubertrick vorführen, den er bisher noch nie versucht habe. Ein Bühnenarbeiter schob einen Ständer auf die Bühne, auf dem ein schwarz emaillierter Kasten stand, der mit einem großen roten Drachen bemalt war. Bei seiner Reise in den Orient, so erklärte Manny, habe er die Kiste auf einem Flohmarkt aufgestöbert. Als er sie sah, wusste er sofort, worum es sich handelte: eine Mandarinkiste. Manny kannte nur wenige Worte Chinesisch, aber der alte Mann, der die Kiste verkaufen wollte, bestätigte nicht nur Mannys Vermutung, er brachte ihm auch die magischen Worte bei, mit denen der Zauber wirkte.

»Heute Abend«, sagte Manny, »werde ich zum ersten Mal in Amerika mit Hilfe dieser Kiste einen Trick vorführen, der meinen Kakadu erst zum Verschwinden bringt und dann vor Ihren werten Augen wieder hervorzaubert.«

Vorsichtig setzte Manny den Kakadu in die Kiste und klappte die Türen zu. Dann schloss er die Augen und murmelte eine selbst erfundene chinesische Beschwörungsformel, während er mit dem Zauberstab auf die Kiste klopfte. Als er die Kiste wieder aufmachte, war der Vogel verschwunden.

Manny nahm den Applaus mit einer Verbeugung entgegen und bat dann um Stille. Er erklärte, der Zauber, der den Vogel zurückbringen würde, sei viel schwieriger als der, der ihn fortgezaubert hatte. Manny atmete tief ein und fuhr fort, die Beschwörungsformeln zu murmeln, nur schneller jetzt und intensiver. Dann öffnete er die Augen und zeigte mit dem Zauberstab. Wie aus dem Nichts explodierte ein Feuerball, und Rauch umhüllte die Kiste. Die Zuschauer sogen geräuschvoll die Luft ein, und Manny machte zwei Schritte zurück. Aber als der Rauch abgezogen war, stand die Kiste unversehrt an ihrer Stelle. Manny trat vorsichtig auf sie zu, öffnete die Klappe und führte seine Hand hinein … und heraus holte er einen Teller, auf dem ein perfekt gebratener Vogel mit allen Zutaten lag.

Einen Augenblick lang waren sowohl die Zuschauer als auch der Zauberer stumm vor Staunen. Dann hob Manny den Blick vom Teller, sah in den Zuschauerraum und sagte: »Hoppla!«

Donnernder Applaus!

Und hier ist das, was am Sonntag, dem zwanzigsten Juni, passierte.

Nachdem Woolly beim Morgengrauen aufgewacht war, bestand er darauf, dass wir unsere Sachen packten und uns über die Hintertreppe aus dem Haus schlichen.

Im Caddy legten wir den Leerlauf ein und ließen ihn aus der Einfahrt rollen, dann schalteten wir den Motor an, legten den Gang ein, und eine halbe Stunde später flogen wir auf dem Taconic State Parkway dahin wie Ali Baba auf seinem fliegenden Teppich.

Die wenigen Autos auf der Straße schienen hauptsächlich in die entgegengesetzte Richtung unterwegs zu sein, und wir kamen gut voran. Um sieben passierten wir Lagrangeville, um acht waren wir in Albany.

Nach der Ansprache seines Schwagers hatte Woolly sich den größten Teil der Nacht schlaflos im Bett gewälzt, und beim Aufstehen war er bedrückter denn je, und als ich in der Ferne einen blauen Turm sah, schaltete ich den Blinker an.

In der orangefarbenen Cafeteria munterte er ein wenig auf. Obwohl ihn sein Platzdeckchen diesmal nicht besonders interessierte, aß er immerhin die Hälfte seiner Pfannkuchen und meinen ganzen Bacon.

Kurz nachdem wir an Lake George vorbei waren, sagte Woolly, ich solle vom Highway abbiegen, und wir schlängelten uns durch die üppige Wildnis, die neunzig Prozent der Landfläche von New York State ausmacht, aber null Prozent seines Rufs. Als die Ortschaften seltener wurden und die Bäume näher an die Straße rückten, hellte sich Woollys Stimmung auf, und er summte bei den Werbespots mit, obwohl das Radio gar nicht an war. Es muss gegen elf gewesen sein, als er auf seinem Sitz nach vorn rutschte und auf eine Lücke zwischen den Bäumen deutete.

»Da rechts.«

Wir bogen in eine unbefestigte Straße und fuhren durch einen Wald mit den höchsten Bäumen, die ich je gesehen habe.

Ich will ehrlich zugeben, dass ich, als Woolly mir das erste Mal von den hundertfünfzigtausend Dollar erzählte, die im Sommerlager seiner Familie versteckt waren, meine Zweifel hatte. Ich konnte mir einfach nicht vorstellen, dass so viel Geld in einer Holzhütte mitten im Wald liegen würde.

Aber als der Wald sich lichtete, kam vor uns ein Haus in Sicht, das wie ein Jagdschloss der Rockefellers aussah.

Bei dem Anblick stieß Woolly einen Seufzer der Erleichterung aus, der noch größer war als meiner, als hätte er auch Zweifel gehabt. Und das Sommerlager hätte es nur in seiner Fantasie gegeben.

»Willkommen zu Hause«, sagte ich.

Und zum ersten Mal an dem Tag lächelte er mir zu.

Wir stiegen aus, und ich ging hinter Woolly her zur Vorderseite des Hauses und über eine Rasenfläche, die an eine riesige, in der Sonne schimmernde Wasserfläche grenzte.

»Der See«, sagte Woolly.

Die Bäume standen bis zum Seeufer, und nirgendwo war ein anderes Haus zu sehen.

»Wie viele Häuser gibt es an diesem See?«, fragte ich.

»Eins?«, fragte er zurück.

»Aha«, sagte ich.

Dann erklärte er mir, was vor uns lag.

»Die Anlegestelle«, sagte er und zeigte auf die Anlegestelle.

»Und der Bootsschuppen«, sagte er und zeigte auf den Bootsschuppen.

»Der Fahnenmast«, sagte er und zeigte auf den Fahnenmast.

»Der Verwalter ist noch nicht hier gewesen«, sagte er und seufzte wieder erleichtert.

»Woran siehst du das?«

»Weil das Floß nicht auf dem See ist und die Ruderboote nicht an der Anlegestelle liegen.«

Wir drehten uns um und betrachteten voller Würdigung das Haus, das unmittelbar am Wasser stand, als stünde es seit Anbeginn von Amerika hier. Und vielleicht war es auch so.

»Sollen wir unsere Sachen holen?«, schlug Woolly vor.

»Erlaube mir!«

Wie ein Liftboy im Ritz sprang ich auf, eilte zum Wagen und machte den Kofferraum auf. Ich legte den Louisville Slugger auf die Seite und nahm unsere Büchertaschen heraus, dann ging ich hinter Woolly zur Schmalseite des Hauses, wo zwei Reihen weiß angemalter Steine den Weg zur Tür markierten.

Oben an den Stufen standen vier umgedrehte Blumenkübel. Zweifellos wären sie, sobald das Floß auf dem See lag und die Ruderboote an der Anlegestelle vertäut waren, im Sinne weißer angelsächsischer Protestanten bepflanzt – schmuckvoll, aber nicht protzig.

Woolly guckte unter dreien der Töpfe nach, fand den Schlüssel und schloss die Tür auf. In einer für ihn untypischen Geistesgegenwart legte er den Schlüssel wieder an die Stelle, wo er ihn gefunden hatte.

Wir kamen in einen kleinen Vorraum mit Fächern, Haken und Körben, in denen alles, was man draußen brauchte, ordentlich aufbewahrt war: Regenmäntel, Hüte, Angelruten, Pfeil und Bogen. Vor einer Glasvitrine, in der vier Gewehre standen, waren mehrere große weiße Stühle gestapelt, die zweifellos im Sommer malerisch platziert auf der Wiese stehen.

»Der Schmutzraum«, sagte Woolly.

Als würde jemals Schmutz an den Schuhen eines Wolcott kleben bleiben!

Über der Vitrine mit den Gewehren hing ein großes grünes Schild, wie wir es aus Salina kannten, mit allen Regeln und Anweisungen. Ansonsten waren die Wände bis unter die Decke mit dunkelroten Borden in Wappenform behängt, auf denen listenweise Namen in weißer Farbe standen.

»Die Gewinner«, erklärte Woolly.

»Gewinner wovon?«

»Den Turnieren, die wir immer am Vierten Juli ausgetragen haben.«

Woolly zeigte von einem zum anderen.

»Gewehrschießen. Bogenschießen. Wettschwimmen. Kanurennen. Kurzstreckenlauf.«

Weil ich mir die Borde ansah, musste Woolly gedacht haben, ich würde seinen Namen suchen, denn er sagte, seiner stünde da nicht.

»Ich bin nicht gut im Gewinnen«, gestand er.

Vom Schmutzraum gingen wir einen Flur entlang, und er nannte die Räume, an denen wir vorbeikamen.

»Das Teezimmer, der Billardraum, das Spielezimmer.«

Der Flur endete in einem großen Wohnraum.

»Das nennen wir das Große Zimmer«, sagte Woolly.

Und das war kein Scherz. Wie in der Lobby eines feinen Hotels gab es sechs verschiedene Sitzbereiche mit Sofas, Lehnstühlen und Stehlampen. Es gab einen Kartenspieltisch mit grünem Filz und einen großen offenen Kamin, von dem man denken konnte, er gehöre in ein Schloss. Alles stand an Ort und Stelle, außer den dunkelgrünen Schaukelstühlen, die zusammengeschoben bei der Tür nach draußen standen.

Woolly sah sie enttäuscht an.

»Was ist?«

»Die gehören auf die Veranda.«

»Na, dann packen wir mal an.«

Ich stellte unsere Taschen ab und half Woolly, die Schaukelstühle auf die Veranda zu schieben, wo ich sie nach seinen Anweisungen in gleichmäßigen Abständen aufstellte. Danach fragte Woolly, ob ich den Rest des Hauses sehen wollte.

»Unbedingtens«, sagte ich, was ein noch breiteres Lächeln auf seinem Gesicht erscheinen ließ. »Ich möchte alles sehen, Woolly. Solange wir den Grund für unseren Besuch hier nicht vergessen.«

Nachdem er mich einen Moment neugierig angesehen hatte, streckte er, als ihm die Erinnerung kam, einen Finger in die Luft. Dann führte er mich am anderen Ende des Großen Zimmers in einen Flur und machte eine Tür auf.

»Das Arbeitszimmer meines Urgroßvaters«, sagte er.

Bei unserer Tour durch das Haus schienen mir meine Zweifel, dass hier Geld versteckt sein könnte, lachhaft. Angesichts der Größe der Räume und der hochwertigen Möbel konnten fünfzigtausend unter einer Matratze im Mädchenzimmer und noch einmal fünfzigtausend zwischen den Kissen einer Couch stecken. Aber wenn schon die Üppigkeit des Hauses meine Zuversicht hob, dann tat das Arbeitszimmer des Urgroßvaters ein Übriges. Denn dies war das Arbeitszimmer eines Mannes, der nicht nur wusste, wie man Geld machte, sondern auch, wie man es festhielt, was ja, wie man weiß, zwei ganz verschiedene Dinge sind.

Das Arbeitszimmer war gewissermaßen eine kleinere Version des Großen Zimmers, mit ähnlichen Stühlen und roten Läufern und einem großen offenen Kamin. Nur dass hier auch ein enormer Schreibtisch stand und es Bücherschränke und eine kleine Trittleiter gab, wie sie bei belesenen Menschen beliebt sind, dazu da, dass man an die oberen Fächer der Bücherregale gelangen konnte. An einer Wand hing ein Ölgemälde von Kolonialtypen mit engen Hosen und weißen Perücken, die um einen Schreibtisch herumstanden. Und über dem Kamin hing das Porträt eines Mannes Ende fünfzig, Haut und Haare hell, mit einem attraktiven, entschlossen wirkenden Gesicht.

»Dein Urgroßvater?«, fragte ich.

»Nein«, sagte Woolly. »Mein Großvater.«

Ich war einigermaßen erleichtert, das zu hören. Ein Bild von sich selbst über den Kamin im Arbeitszimmer zu hängen, schien nicht besonders typisch für einen Wolcott.

»Es wurde gemalt, als mein Großvater meinen Urgroßvater im Papierunternehmen ablöste. Und als er kurz darauf starb, hat mein Urgroßvater es hier aufhängen lassen.«

Als ich meinen Blick von dem Porträt zu Woolly und zurück wandern ließ, stellte ich eine Familienähnlichkeit fest. Außer dem Ausdruck der Entschlossenheit natürlich.

»Was ist mit dem Papierunternehmen passiert?«, fragte ich.

»Onkel Wallace hat die Leitung übernommen, als mein Großvater starb. Er war damals erst dreiundzwanzig, und er hatte die Leitung, bis er dreißig oder so war. Dann ist er auch gestorben.«

Ich verkniff mir die Bemerkung, dass man den Posten als Leiter des Papierunternehmens tunlichst vermeiden sollte, aber ich vermutete, das wusste Woolly ohnehin.

Woolly ging zu dem Gemälde mit den Kolonialtypen.

»Die Überreichung der Unabhängigkeitserklärung.«

»Das ist wohl ein Witz.«

»Keineswegs«, sagte Woolly. »Das hier sind John Adams und Thomas Jefferson und Ben Franklin und John Hancock. Sie sind alle da.«

»Und welcher ist der Wolcott?«, fragte ich und grinste frech.

Woolly machte noch einen Schritt nach vorn und zeigte auf einen kleinen Kopf hinten in der Menge.

»Oliver«, sagte er. »Er war außerdem Unterzeichner der Artikel der Konföderation und Gouverneur von Connecticut. Aber das war vor sieben Generationen.«

Wir nickten ein paar Sekunden, zum Zeichen unseres Respekts vor Ollie. Dann streckte Woolly sich und klappte das Gemälde auf, als wäre es eine Schranktür, und da war Urgroßpapas Safe, der so aussah, als wäre er aus dem Metall eines Schlachtschiffs gefertigt. Er hatte einen Griff mit Nickelüberzug und vier kleine rote Zahnräder und maß gut fünfzig Zentimeter im Quadrat. Wenn er auch eine Tiefe von fünfzig Zentimetern hatte, wäre er ohne Weiteres groß genug, um die Ersparnisse der Hewetts der letzten siebzig Generationen zu fassen. Wäre es nicht ein so feierlicher Moment gewesen, hätte ich einen Pfiff ausgestoßen.

Aus Sicht des Urgroßpapas sagte der Inhalt des Safes sicher etwas über die Vergangenheit aus. In diesem altehrwürdigen Haus, hinter diesem ehrwürdigen alten Gemälde lagen Dokumente, die viele Jahrzehnte zuvor unterzeichnet, Juwelen, die von einer Generation zur nächsten vererbt, Ersparnisse, die über mehrere Leben angehäuft worden waren. Aber in wenigen Minuten hätte sich ein Teil des Safeinhalts zu einer Darstellung der Zukunft gewandelt.

Emmetts Zukunft. Woollys Zukunft. Meine Zukunft.

»Da ist er«, sagte Woolly.

»Da ist er«, stimmte ich ihm zu.

Dann seufzten wir beide.

»Willst du nicht …« Ich zeigte auf die Zahnräder.

»Was meinst du? Oh, nein. Mach du das ruhig.«

»Meinetwegen«, sagte ich und widerstand mit Mühe der Versuchung, mir die Hände zu reiben. »Wenn du mir die Zahlenkombination sagst, dann übernehme ich das.«

Nach einem Augenblick des Schweigens sah Woolly mich mit aufrichtiger Überraschung an.

»Zahlenkombination?«, sagte er.

Da lachte ich. Ich lachte, bis mir die Nieren wehtaten und die Tränen aus den Augen liefen.

Wie ich gesagt habe, im Varieté kommt es ganz auf das Arrangement an.

# EMMETT

»Das ist sehr schön geworden«, sagte Mrs. Whitney. »Ganz herzlichen Dank.«

»Ich hab's gern gemacht«, sagte Emmett.

Sie standen in der Tür zum Kinderzimmer und betrachteten die Wände, die Emmett gerade gestrichen hatte.

»Bestimmt hast du Hunger nach dieser Arbeit. Komm doch runter in die Küche, ich mache dir ein Sandwich.«

»Vielen Dank, Mrs. Whitney. Ich mache schnell noch sauber.«

»Natürlich«, sagte sie. »Aber sag doch Sarah.«

Am Morgen war Emmett nach unten gekommen und hatte gesehen, dass Duchess und Woolly nicht mehr da waren. Sie waren früh aufgestanden und mit dem Cadillac losgefahren, und zurückgelassen hatten sie nur einen Zettel. Auch Mr. Whitney war schon weg, er war ohne Frühstück zurück in die Stadtwohnung gefahren. Und Mrs. Whitney stand in der Küche, sie trug eine Latzhose und hatte sich ein Tuch ins Haar gebunden.

»Ich habe gesagt, ich würde das Kinderzimmer fertig streichen«, erklärte sie mit einem verlegenen Ausdruck.

Sie willigte schnell ein, als Emmett anbot, die Aufgabe zu übernehmen.

Mrs. Whitney war einverstanden, dass er die Kartons mit Woollys Sachen in die Garage trug und da stapelte, wo der Cadillac gestanden hatte. Mit Werkzeugen, die er im Keller fand, zerlegte er das Bett und verstaute die Einzelteile neben den Kartons in der Garage. Als das Zimmer leer war, klebte er die Fußleisten mit Kreppband ab, legte den Fußboden mit einer Plane aus, rührte die Farbe und machte sich an die Arbeit.

War die Arbeit gut vorbereitet, und man hatte das Zimmer ausgeräumt, die Fußleisten abgeklebt und den Boden bedeckt, war Anstreichen eine friedliche Tätigkeit. Sie hatte einen Rhythmus, der den Gedanken erlaubte, zur Ruhe zu kommen oder ganz zu schweigen. Nach einer Weile war man sich nur noch des Pinsels bewusst, der auf und ab fuhr und die weißen Wände mit frischem Blau bedeckte.

Als Sally Emmett bei der Arbeit sah, nickte sie zustimmend.

»Brauchst du Hilfe?«

»Ich komme klar.«

»Beim Fenster ist Farbe auf die Plane gekleckert.«

»Ich weiß.«

»Gut«, sagte sie. »Nur dass du es weißt.«

Dann blickte Sally mit gerunzelter Stirn in den Flur, als wäre sie enttäuscht, dass da nicht noch ein Zimmer war, das gestrichen werden musste. Sie war es nicht gewöhnt, nichts zu tun zu haben, schon gar nicht als ungeladener Gast im Haus einer anderen Frau.

»Vielleicht fahre ich mit Billy in den Ort. Wir finden bestimmt einen Imbiss, wo wir Lunch haben können.«

»Klingt gut«, sagte Emmett und legte den Pinsel auf den Rand des Farbeimers. »Hier, ich gebe dir ein bisschen Geld.«

»Ich werde es mir wohl leisten können, deinem Bruder einen Hamburger auszugeben. Außerdem, was Mrs. Whitney wirklich nicht brauchen kann, ist, dass du die Farbe durchs Haus trägst.«

Nachdem Mrs. Whitney nach unten gegangen war, um die Sandwiches zu machen, und Emmett die Sohlen seiner Schuhe doppelt geprüft hatte, trug er das Arbeitsmaterial über die Hintertreppe nach unten. In der Garage reinigte er die Pinsel, die Farbwanne und seine Hände mit Terpentin. Dann ging er in die Küche zu Mrs. Whitney, wo ein Sandwich mit Schinken und ein Glas Milch für ihn auf dem Tisch standen.

Emmett und Mrs. Whitney setzten sich einander gegenüber an den Tisch; sie hatte eine Tasse Tee vor sich, aber nichts zu essen.

»Ich muss wieder in die Stadt fahren, zu meinem Mann«, sagte sie. »Aber dein Bruder hat mir erzählt, dass dein Auto noch in der Werkstatt ist und erst morgen fertig wird.«

»Das stimmt«, sagte Emmett.

»Dann könnt ihr drei doch noch eine Nacht bleiben. Nehmt euch zum Abendessen, was im Kühlschrank ist, und wenn ihr am Morgen geht, schließt ihr die Tür hinter euch ab.«

»Das ist sehr großzügig von Ihnen.«

Emmett bezweifelte, dass Mr. Whitney diesen Vorschlag gutgeheißen hätte. Eher vermutete er, Mr. Whitney hätte seiner Frau zu verstehen gegeben, sie solle die Gäste aus dem Haus schicken, sobald sie wach waren. Diese Vermutung sah er bestätigt, als sie sagte, falls das Telefon klingelte, sollten sie nicht drangehen.

Während Emmett sein Sandwich aß, fiel ihm ein in der Mitte gefaltetes Blatt Papier auf, das zwischen Salz- und Pfefferstreuer stand. Mrs. Whitney sah seinen Blick und sagte, der Zettel sei von Woolly.

Als Emmett aufgestanden und nach unten gekommen war, hatte Mrs. Whitney gesagt, Woolly sei weggefahren, worüber sie zwar erleichtert, aber auch ein wenig besorgt schien. Jetzt sah sie auf den Zettel, und derselbe Ausdruck kehrte in ihre Miene zurück.

»Möchtest du ihn lesen?«, fragte sie.

»Das steht mir nicht zu.«

»Keine Sorge. Ich bin mir sicher, Woolly hätte nichts dagegen.«

Seiner Intuition nach hätte Emmett ein zweites Mal abgelehnt, aber er spürte, dass es Mrs. Whitney recht wäre, wenn er die Nachricht läse. Also legte er das Sandwich hin und zog den Zettel zwischen Salz- und Pfefferstreuer hervor.

Er war in Woollys Handschrift geschrieben und an »Sis« adressiert, und Woolly erklärte darin, das ganze Durcheinander täte ihm leid. Das mit den Servietten und dem Wein täte ihm leid. Das mit dem Telefon in der Schublade täte ihm leid. Es täte ihm leid, dass sie so früh wegfahren würden, ohne sich richtig zu verabschieden. Aber sie solle sich keine Sorgen machen. Nicht eine Minute lang, nicht einen winzigen Augenblick lang. Alles würde gut werden.

Er hatte ein geheimnisvolles PS hinzugefügt: *»Die Comptons essen Krebse in der Küche.«*

»Meinst du, dass es das wird?«, fragte Mrs. Whitney, nachdem Emmett zu Ende gelesen hatte.

»Dass was wird?«

»Alles wieder gut?«

»Ja«, sagte Emmett zur Antwort. »Das glaube ich bestimmt.«

Mrs. Whitney nickte, aber Emmett erkannte, dass es weniger ein Nicken der Zustimmung als eins der Dankbarkeit war, weil er sie bestärkte. Sie sah in ihren Tee, der inzwischen bestimmt lauwarm war.

»Mein Bruder war nicht immer so«, sagte sie. »Er war Woolly, das schon, aber während des Krieges hat sich für ihn vieles verändert. Als unser Vater zum Dienst in der Marine eingezogen wurde, war Woolly es, der den Boden unter den Füßen verlor.«

Sie lächelte traurig bei ihrem eigenen Wortspiel. Dann fragte sie Emmett, ob er wüsste, warum Woolly nach Salina gekommen sei.

»Er hat uns erzählt, er hätte ein Auto genommen.«

»Ja«, sagte sie mit einem kurzen Lachen, »so könnte man es nennen. Es ist passiert, als Woolly in St. George war, seinem dritten Internat innerhalb von drei Jahren.«

Sie begann zu erzählen: »An einem Tag im Frühling beschloss er mitten im Unterricht, in die Stadt zu gehen und ein Eis zu kaufen. Ausgerechnet ein Eis. Als er ein paar Meilen von der Schule entfernt zu der Ladenzeile kam, bemerkte er am Straßenrand ein Feuerwehrauto. Er guckte sich überall um, konnte aber keine Feuerwehrleute entdecken, und deshalb war er überzeugt, so wie nur mein Bruder überzeugt sein kann, dass der Wagen dort vergessen worden war. Vergessen, ich weiß nicht, wie ein Regenschirm unter einem Stuhl oder ein Buch im Bus.«

Mit einem zärtlichen Ausdruck schüttelte sie den Kopf. Dann atmete sie ein und fuhr fort.

»Woolly wollte das Feuerwehrauto zur Station zurückfahren und stieg in die Fahrerkabine. Er hatte sich einen Feuerwehrhelm aufgesetzt, wie später berichtet wurde, und fuhr in der Stadt umher und hupte, wenn er an Kindern vorbeikam. Nachdem er weiß der Himmel wie lange herumgefahren war, fand er die Station, stellte den Wagen ab und ging zu Fuß zum Internat zurück.«

Das zärtliche Lächeln schwand langsam von Mrs. Whitneys Gesicht, als sie an das dachte, was dann kam.

»Es stellte sich heraus, dass der Feuerwehrwagen bei der Ladenzeile geparkt stand, weil die Feuerwehrleute einkaufen wollten. Und während Woolly mit dem Wagen durch die Stadt fuhr, kam eine Meldung, dass in den Pferdestallungen einer Farm Feuer ausgebrochen sei. Bis aus der benachbarten Ortschaft ein Feuerwehrwagen eintraf, war der Stall auf die Grundmauern abgebrannt. Zum Glück waren keine Menschen verletzt worden. Aber der Stalljunge, der die Aufsicht führte, schaffte es nicht, alle Pferde rechtzeitig aus dem Stall zu holen, und vier von ihnen kamen in dem Feuer um. Die Polizei machte Woolly ausfindig, und das war's.«

Nach einem Moment zeigte Mrs. Whitney auf Emmetts Teller und fragte, ob er fertig sei. Als er das bestätigte, trug sie den Teller und ihren Teebecher zum Spülbecken.

Sie will sich das nicht vorstellen, dachte Emmett. Will nicht an die vier Pferde denken, die im Stall eingesperrt waren, wiehernd und die Vorderläufe in die Luft reckend, während die Flammen näher kamen. Sie wollte sich nicht vorstellen, was unvorstellbar war.

Obwohl sie jetzt mit dem Rücken zu Emmett stand, sah er an ihrer Armbewegung, dass sie sich Tränen aus den Augen wischte. Weil Emmett dachte, er solle sie allein lassen, steckte er den Zettel wieder zwischen die Salz- und Pfefferstreuer und schob leise den Stuhl zurück.

»Weißt du, was ich so merkwürdig finde?«, sagte Mrs. Whitney, während sie immer noch am Spülbecken stand und Emmett den Rücken zugekehrt hatte.

Als er nichts sagte, drehte sie sich mit einem traurigen Lächeln um.

»Wenn wir jung sind, wird so viel Mühe darauf verwendet, uns beizubringen, dass wir unsere schlechten Charakterzüge im Zaum halten sollen. Unseren Zorn und Neid und unseren Stolz. Aber wenn ich um mich blicke, dann kommt es mir eher so vor, dass viele Menschen in ihrem Leben an einer Tugend scheitern. Wenn man eine Eigenschaft nimmt, die bemerkenswert ist und die von Pfarrern und Dichtern gepriesen wird, eine Eigenschaft, die wir an unseren Freunden bewundern und bei unseren Kindern zu fördern hoffen, und man gibt jemandem im Übermaß davon, wird sich das in dessen Leben fast mit Sicherheit zum Nachteil auswirken. So wie es jemandem schaden kann, wenn er zu klug ist, kann es auch nachteilig sein, wenn einer zu geduldig oder zu fleißig ist.«

Mrs. Whitney schüttelte den Kopf und hob den Kopf zur Decke. Als sie ihn wieder senkte, bemerkte Emmett, dass ihr wieder eine Träne über die Wange lief.

»Aber auch, wer zu selbstbewusst ist, oder zu vorsichtig, zu freundlich …«

Emmett erkannte, dass Mrs. Whitney auf diese Weise zu verstehen versuchte, warum ihr großherziger Bruder immer wieder scheiterte. Gleichzeitig, so vermutete Emmett, wollte Mrs. Whitney in ihrer Aufzählung auch eine Entschuldigung für ihren Mann unterbringen, der sich selbst schadete, weil er entweder zu klug oder zu selbstbewusst oder zu fleißig war. Vielleicht alles drei. Aber welche Tugend war es, fragte Emmett sich jetzt, von der Mrs. Whitney im Übermaß besaß? Die Antwort, sagte ihm sein Gefühl, obwohl er es nur zögernd zugestand, war wahrscheinlich ihre Bereitschaft zu vergeben.

# WOOLLY

»Und das war immer mein Lieblingsschaukelstuhl«, sagte Woolly zu sich selbst.

Nachdem Duchess losgefahren war, um ein paar Besorgungen zu machen, stand Woolly ein Weilchen auf der Veranda. Er stieß den Schaukelstuhl an und hörte zu, wie die Kufen auf dem Boden schabten und der Abstand zwischen den Geräuschen immer kleiner wurde, bis es still war.

Woolly stieß den Schaukelstuhl wieder an und sah nachdenklich auf den See. Gerade jetzt war das Wasser so still, dass sich jede Wolke in der Oberfläche spiegelte. Aber in einer Stunde, so gegen fünf Uhr, würde der Wind auffrischen, die Oberfläche würde sich kräuseln, und alle Reflektionen wären wie ausgewischt. Und die Vorhänge an den Fenstern würden zu wehen anfangen.

Manchmal, gegen Ende des Sommers, erinnerte Woolly sich, wenn die Orkane sich über dem Atlantik zusammenbrauten, wuchs der Nachmittagswind so stark an, dass die Türen der Schlafzimmer zuschlugen und die Schaukelstühle von selbst schaukelten.

Nachdem Woolly seinem Lieblingsschaukelstuhl noch einmal einen Stoß gegeben hatte, ging er durch die Doppeltür wieder ins Große Zimmer.

»Und das ist das Große Zimmer«, sagte er, »wo wir Parcheesi gespielt und Jigsaw-Puzzles gemacht haben … Und das ist der Flur … und das ist die Küche, hier hat Dorothy Hühnchen gebraten und ihre berühmten Blaubeermuffins gebacken. Und hier ist der Tisch, an dem wir gegessen haben, als wir noch zu klein waren, um bei den Großen im Esszimmer zu sitzen.«

Er nahm das Blatt mit der Nachricht, die er am Schreibtisch seines Großvaters verfasst hatte, aus der Tasche und stellte es zwischen Salz- und Pfefferstreuer. Dann verließ er die Küche durch die einzige Tür im Haus, die eine Schwingtür war.

»Und hier ist das Esszimmer«, sagte er und zeigte auf den langen Tisch, um den die Cousins und Cousinen, die Onkel und Tanten sich versammelten. »Als wir alt genug waren, um mit den Erwachsenen am Tisch zu sitzen«, erklärte er, »durften wir uns hinsetzen, wo wir wollten, nur nicht an den Kopf des Tisches, denn das war Urgroßpapas Platz. Und da ist der Elchkopf.«

Woolly verließ das Esszimmer durch die andere Tür und kam wieder in das Große Zimmer, und nachdem er es ausgiebig bewundert hatte, nahm er Emmetts Büchertasche und stieg die Treppe hinauf, wobei er die Stufen zählte.

»Zwei, vier, sechs, acht, wenn morgens früh die Sonne lacht.«

Oben führte der Flur in zwei Richtungen, nach Osten und nach Westen, und zu beiden Seiten gingen Schlafzimmer ab.

Die Südwand war schmucklos, während die Nordwand über und über mit Fotos behängt war. Man erzählte sich die Geschichte so: Woollys Urgroßmutter war die Erste gewesen, die ein Bild an die Wand gehängt hatte, ein Foto ihrer vier Kinder, als sie klein waren, das sie über den kleinen Tisch gegenüber dem Treppenkopf hängte. Bald wurden weitere Fotos links und rechts von dem ersten aufgehängt, dann andere darüber und darunter. Und im Laufe der Jahre kamen immer mehr Fotos dazu, sodass sie strahlenförmig von dem ersten Foto auszugehen schienen.

Woolly stellte die Büchertasche ab, ging nah an das ursprüngliche Foto heran und betrachtete die anderen in der Reihenfolge, wie sie aufgehängt worden waren. Ein Foto zeigte Onkel Wallace in seiner Matrosenuniform. Ein anderes seinen Großvater an der Anlegestelle, mit der Tätowierung eines Schoners auf dem Arm und im Begriff, zu seinem mittäglichen Bad in den See zu springen. Und das Foto von seinem Vater mit dem blauen Band, nachdem er das Wettschießen am Wochenende des 4. Juli 1941 gewonnen hatte.

»Er hat immer das Wettschießen gewonnen«, sagte Woolly und wischte sich eine Träne von der Wange.

Und hier, einen Schritt weiter von dem Tisch entfernt, war das Foto von ihm und seinen Eltern im Kanu.

Das Foto war – oh, ganz sicher war Woolly sich nicht – um die Zeit gemacht worden, als er ungefähr sieben war. Auf jeden Fall vor Pearl Harbour und dem Flugzeugträger. Vor Richard und »Dennis«. Und vor St. Paul, St. Mark und St. George.

Davor, davor, davor.

Das Seltsame an einem Foto, dachte Woolly, das Seltsame war, dass es zwar alles weiß, was bis zu dem Moment passiert ist, aber partout keine Ahnung hat von dem, was als Nächstes passieren wird. Sah man aber das Foto im Rahmen an der Wand hängen, dachte man unwillkürlich, wenn man es betrachtete, an all die Dinge, die kurz darauf passieren würden. Und all die Un-Dinge. Die Dinge, die unerwartet passierten. Unbeabsichtigt. Unumkehrbar.

Wieder wischte Woolly sich eine Träne von der Wange, dann nahm er das Bild von sich mit seinen Eltern von der Wand und hob die Büchertasche auf.

So wie bei den Stühlen um den Esstisch, gab es ein Schlafzimmer auf diesem Flur, in dem man nicht schlafen durfte, weil es das Schlafzimmer von Urgroßpapa war. Von Urgroßpapa abgesehen konnten alle, je nachdem wie alt sie waren oder ob sie verheiratet waren oder zu welchem Zeitpunkt im Sommer sie angekommen waren, in jedem Schlafzimmer schlafen, das frei war. Im Laufe der Jahre hatte Woolly in etlichen der Schlafzimmer geschlafen. Aber meistens, oder ihm kam es wie meistens vor, hatten er und sein Cousin Freddy im vorletzten Schlafzimmer auf der linken Seite geschlafen. Und in dieses Zimmer ging Woolly jetzt.

Woolly betrat das Zimmer, setzte die Büchertasche ab und stellte das Bild von sich und seinen Eltern hinter den Krug und den Gläsern auf die Kommode. Sein Blick weilte einen Moment auf dem Krug, dann nahm er ihn, ging zum Badezimmer, füllte ihn mit Wasser und brachte ihn zurück. Er goss Wasser in eins der Gläser, das er auf den Nachttisch stellte. Nachdem er das Fenster geöffnet hatte, damit die Brise nach fünf Uhr ihren Weg ins Zimmer finden konnte, begann er die Tasche auszupacken.

Zunächst nahm er das Radio heraus und stellte es auf die Kommode, neben den Krug. Er nahm das Wörterbuch heraus und stellte es neben das Radio. Dann nahm er die Zigarrenschachtel mit seiner Sammlung unterschiedlicher Dinge gleicher Art heraus und stellte sie neben das Wörterbuch. Er nahm sein Extrafläschchen Medizin heraus und die kleine braune Flasche, die er im Gewürzregal gefunden hatte, wo sie auf ihn gewartet hatte. Beides stellte er neben das Glas Wasser auf den Nachttisch.

Er zog sich gerade die Schuhe aus, als er ein Auto in der Einfahrt hörte. Das war Duchess, der vom Einkaufen zurückkam. Woolly ging zur Zimmertür und hörte, wie das Fliegengitter am Schmutzraum auf- und zuging. Dann Schritte im Großen Zimmer. Dann das Rücken von Möbeln im Arbeitszimmer. Und schließlich ein Schlaggeräusch.

Es war nicht das wie das Klackern der Kabelstraßenbahn in San Francisco, sondern entschlossener, eher wie ein Schmiedehammer, der ein rotglühendes Hufeisen auf dem Amboss bearbeitete.

Vielleicht ist es auch kein Hufeisen, dachte Woolly mit einem Schauder.

Besser wäre es, der Schmied würde etwas anderes bearbeiten. Zum Beispiel ein, ein, zum Beispiel ein Schwert. Ja, das war's. Das Geräusch war wie das eines Schmieds, der die Klinge von Excalibur bearbeitete.

Mit diesem glücklicheren Bild im Kopf schloss Woolly die Tür, stellte das Radio an und legte sich auf das Bett links.

In der Geschichte von Schneewittchen und den sieben Zwergen muss Schneewittchen in sieben verschiedene Betten klettern, bevor es das richtige findet. Aber das brauchte Woolly nicht zu tun, weil er schon wusste, welches das richtige für ihn war. Denn in seiner Kindheit war dieses Bett weder zu hart noch zu weich gewesen, weder zu lang noch zu kurz.

Woolly schob sich die Kissen unter den Kopf, leerte das Extrafläschchen seiner Medizin und bettete sich bequem. Er sah zur Decke hoch, und seine Gedanken wanderten zu den Puzzles, die sie an Regentagen zusammensetzten.

Wäre es nicht wunderbar, dachte Woolly, wenn das Leben eines jeden

Menschen wie ein Stück in einem Puzzle war? Dann wäre das Leben von niemandem im Leben eines anderen eine Unannehmlichkeit. Es würde einfach geschmeidig an seinen vorgesehenen Platz passen und dazu beitragen, das Gesamtbild zu vervollständigen.

Als Woolly diesem wunderbaren Gedanken nachhing, ging ein Werbespot zu Ende, und ein Kriminalhörspiel begann. Woolly stieg wieder aus dem Bett und drehte die Lautstärke auf zweieinhalb.

Was man bei Kriminalhörspielen im Radio wissen musste, und Woolly wusste das ganz genau, war dies: Alles, was darauf ausgerichtet war, einem Angst einzujagen, wie das Flüstern der Mörder untereinander, das Rascheln von Laub, das Knarren von Schritten auf einer Treppe, war relativ leise. Während die Teile, die einem die Furcht nehmen sollten, wie das plötzliche Auftreten des Helden oder das Quietschen der Autoreifen oder das Krachen einer Pistole, ziemlich laut waren. Wenn man also die Lautstärke auf zweieinhalb stellte, war das, was einem Angst einjagen sollte, kaum hörbar, während man das, was sie einem nehmen sollte, gut hören konnte.

Woolly ging wieder zu seinem Bett und schüttete alle Tabletten aus der kleinen braunen Flasche auf den Nachttisch. Mit des Spitze des Zeigefingers schob er sie sich in die Handfläche und sagte dabei: »Eine Kartoffel, zwei Kartoffeln, drei Kartoffeln, vier. Fünf Kartoffeln, sechs Kartoffeln, sieben gibt's hier.« Dann schluckte er die Tabletten mit einem großen Schluck Wasser hinunter und legte sich wieder bequem hin.

Jetzt, da er die Kissen richtig unter den Kopf geschoben, das Radio richtig leise gestellt und die kleinen rosafarbenen Pillen richtig geschluckt hatte, könnte man denken, dass Woolly nicht wusste, woran er denken sollte, denn schließlich war er Woolly mit all seinen Woolly-Weisen.

Aber Woolly wusste genau, woran er denken wollte. Er hatte das praktisch schon in dem Moment gewusst, als es passierte.

Ich fange mit den Schaukästen bei FAO Schwarz an, sagte er zu sich und lächelte. Dann steht meine Schwester plötzlich neben mir, und wir gehen mit dem Panda ins Plaza zum Tee. Und nachdem Duchess mich bei der Abraham-Lincoln-Statue abgeholt hat, fahren er und ich zum Zirkus, wo plötzlich Emmett und Billy auftauchen. Dann fahren wir über die Brooklyn Bridge und nehmen im Empire State Building den Aufzug nach oben, wo wir Professor Abernathe antreffen. Dann kommen wir bei den grasüberwachsenen Schienen an und sitzen am Feuer, und wir hören die Geschichte von den Männern, die beide Ulysses heißen, und von dem alten Seher, der erklärt, wie sie ihren Weg nach Hause finden können – wie sie nach zehn langen Jahren nach Hause finden können.

Aber man darf es nicht hastig machen, dachte Woolly, als der Wind sachte in den Vorhängen wehte und das Gras langsam durch die Bodendielen wuchs und das Efeu an den Beinen der Kommode emporkletterte. Denn ein einzigartiger Tag hat es verdient, dass man ihn in aller Langsamkeit noch einmal durchlebte und jedem Augenblick, jedem Wechsel und jeder Wendung der Ereignisse bis ins Kleinste nachspürte.

# ABACUS

Vor vielen vielen Jahren war Abacus zu dem Schluss gekommen, dass die größten aller Heldengeschichten in der Form eines auf der Spitze stehenden Diamanten gesehen werden können. Ausgehend von einem winzigen Punkt weitet sich das Leben des Helden aus, während er durch seine Jugend hindurch seinen Charakter mit Stärken und Schwächen entwickelt, Freundschaften schließt und Feindschaften erlebt. Sobald er in die Welt eintritt, besteht er seine Abenteuer in der Gesellschaft Gleichgesinnter und häuft Ehren und Belobigungen an. Aber in einem nicht benannten Moment beginnen die beiden Linien, die äußeren Markierungen seiner expandierenden Welt voll mit mutigen Gefährten und Ruhmestaten, sich aufeinander zuzubewegen. Und das Gebiet, das unser Held durchstreift, die Personen, denen er begegnet, sowie seine Zielstrebigkeit, die ihn so lange vorangetrieben hat – all das engt sich ein und richtet sich mehr und mehr auf jenen unausweichlichen, unvermeidlichen Punkt, der sein Schicksal bestimmt.

Nehmen wir die Geschichte von Achilles.

In der Hoffnung, ihren Sohn unbesiegbar zu machen, hält die Neride Thetis ihr Neugeborenes an der Ferse und tunkt es in das Wasser des Styx. An diesem bestimmbaren Punkt in der Zeit und mit dieser Geste der Hand nimmt die Geschichte des Achilles ihren Ausgang. In seiner Jugend wird er von dem Zentaur Chiron in Geschichte, Literatur und Philosophie unterrichtet. Bei sportlicher Betätigung entwickelt er seine Körperkräfte und Geschicklichkeit. Und mit seinem Gefährten Patroklos verbindet ihn eine unverbrüchliche Freundschaft.

Als junger Mann tritt Achilles in die Welt ein, schreitet von Heldentat zu Heldentat, besiegt allerorten seine Widersacher und erwirbt sich einen Ruf, der ihm überallhin vorauseilt. Auf dem Höhepunkt seines Ruhms und seiner körperlichen Überlegenheit hisst er die Segel, reist nach Troja und schließt sich anderen Helden wie Agamemnon, Menelaus, Odysseus und Ajax an, um in der größten Schlacht zu kämpfen, die je von Menschen ausgetragen wurde.

Aber während der Überfahrt, mitten auf der Ägäis und von Achilles unbemerkt, beginnen sich die nach außen strebenden Strahlen seines Lebens unerbittlich nach innen zu kehren.

Zehn lange Jahre verweilt Achilles auf den Gefilden von Troja. Im Laufe dieses Jahrzehnts wird das Kriegsgebiet eingegrenzt, und die Schlachtlinien rücken immer näher an die belagerte Stadt heran. Die vormals zahllosen Legionen griechischer und trojanischer Soldaten schrumpfen mit jedem neuen Tod. Und im zehnten Kriegsjahr, als Hektor, der Prinz von Troja, Achilles' treuen Freund Patroklos tötet, schrumpft die Welt des Achilles abermals.

Ab dem Moment verschmilzt der Gegner mit seinen feindlichen Kampfeinheiten in Achilles' Denken mit dem einen Menschen, der den Tod seines Freundes verursacht hat. Das weitläufige Schlachtfeld wird auf die wenigen Quadratmeter reduziert, wo er und Hektor sich gegenüberstehen werden. Und das vormals von Pflicht und Ehre und Ruhm bestimmte Unterfangen wird jetzt von dem einzig brennenden Wunsch nach Rache getrieben.

Folglich ist es vielleicht nicht überraschend, dass wenige Tage, nachdem es Achilles gelingt, Hektor zu töten, ein vergifteter Pfeil die Luft durchschneidet und die einzige schutzlose Stelle an Achilles' Körper trifft, nämlich seine Ferse, an der seine Mutter ihn hielt, als sie ihn in den Styx tauchte. Und in diesem winzigen Moment werden alle seine Erinnerungen und Träume, alle seine Gefühle und Empfindungen, alle seine Tugenden und Laster ausgelöscht wie die Flamme einer Kerze zwischen Daumen und Zeigefinger.

Ja, seit langem weiß Abacus, dass alle großen Heldengeschichten wie auf der Spitze stehende Diamanten geformt sind. Aber in letzter Zeit beschäftigen sich seine Gedanken mehr und mehr mit der Erkenntnis, dass nicht allein die Leben der Ruhmreichen nach diesem Muster gestaltet sind. Auch die Leben der Bergleute und Schauermänner folgen diesem Muster, die der Dienstmägde und Kindermädchen. Die Leben der Ungenannten und Namenlosen. Die Leben der Vagabunden und Vergessenen.

Alle Leben.

Sein Leben.

Sein Leben begann an einem Punkt, am 5. Mai 1890, im Schlafzimmer eines geduckten Häuschens auf der Insel Martha's Vineyard, wo ein Junge zur Welt kam, der Sam genannt wurde und der einzige Nachkömmling eines Versicherungsbegutachters und einer Näherin war.

Sam verbrachte seine frühe Kindheit in der Geborgenheit seiner Familie. Eines Tages, als Sam sieben war, begleitete er seinen Vater nach einem Orkan zum Strand, wo der ein Schiffswrack für die Versicherung begutachten sollte. Das Schiff war aus Port-au-Prince gekommen und auf einer Sandbank vor West Chop auf Grund gelaufen. Dort lag es mit geborstenem Rumpf und zerschlissenen Segeln, und seine Fracht von Rumfässern wurde mit den Wellen an Land gespült.

Das war der Moment, ab dem Sams Leben sich ausweitete. Fortan begleitete er seinen Vater nach jedem Sturm zu den Wracks: Schoner, Fregatten, Jachten. Ob sie an Felsen zerschellt oder bei heftigem Sturm überspült worden waren – Sam sah nicht ein in Seenot geratenes Schiff. Er sah vielmehr die Welt, die das Schiff verkörperte. Er sah die Häfen von Amsterdam, Buenos Aires, Singapur. Er sah die Gewürze, die Stoffe und Keramiken. Er sah die Matrosen, die aus allen seefahrenden Nationen der Welt stammten.

Das Interesse an Schiffswracks erschloss Sam die fantastischen Geschichten von Seefahrern wie Sindbad und Jason. Und darüber lernte er die Lebensberichte der großen Forscher kennen, die seinen Weltblick beim Lesen jeder Seite weiteten. Seine immer intensivere Liebe zur Geschichte und Mythologie führte Sam in die efeuberankten Hallen von Harvard und anschließend nach New York. Dort lernte er, nachdem er sich zu Abacus umbenannt und zum Schriftsteller erklärt hatte, Musiker, Architekten, Künstler und Bankiers ebenso kennen wie Verbrecher und Gescheiterte. Und er lernte Polly kennen, die wunderbare Polly, der er Freude und Wegbegleitung verdankte und die ihm einen Sohn und eine Tochter schenkte.

Was für eine außergewöhnliche Zeit das war, die ersten Jahre in Manhattan! Eine Zeit, in der Abacus an sich selbst die vielfältige und allgegenwärtige Ausweitung erfuhr, die das Leben ist.

Oder eigentlich die erste Hälfte des Lebens.

Wann trat die Veränderung ein? Wann begannen die äußeren Grenzen seiner Welt unerbittlich aufeinander zuzustreben, auf den Punkt ihrer endgültigen Vereinigung zu?

Abacus wusste es nicht.

Vielleicht war es, nachdem seine Kinder erwachsen geworden waren und ihr eigenes Leben zu führen begannen. Mit Gewissheit war es vor Pollys Tod. Ja, es war an einem Punkt in den Jahren, als Pollys Zeit unmerklich auf ihr Ende zuging, während er in der sogenannten Blüte seines Lebens stand und nichtsahnend sein Leben lebte.

Der Moment, wenn man sich dieser Bewegung aufeinander zu zum ersten Mal bewusst wird, ist der grausamste. Aber er ist unvermeidbar. Denn zu dem Zeitpunkt, da die Bewegung beginnt, sind die Strahlen noch so weit voneinander entfernt, dass man ihre Richtungsänderung gar nicht wahrnimmt. Und in den ersten Jahren dieser Richtungsänderung ist das Leben noch so voll, so voller Möglichkeiten, dass man keinen Grund hat, eine Verringerung zu vermuten.

Aber eines Tages, Jahre nach der Richtungsänderung, spürt man nicht nur die nach innen strebende Bewegung, man kann in der Ferne auch schwach den Endpunkt erkennen, und gleichzeitig beginnt der noch vor einem liegende Abschnitt immer schneller zu schrumpfen.

In der goldenen Zeit seiner jugendlichen Zwanzigerjahre, kurz nach seiner Ankunft in New York, hatte Abacus drei Menschen kennengelernt, mit denen ihn eine große Freundschaft verband, zwei Männer und eine Frau, die ihm die engsten Gefährten wurden, Begleiter bei allen Abenteuern des geistigen Lebens. Gemeinsam hatten sie die Meere des Lebens mit vernünftiger Achtsamkeit und einiger Kühnheit durchschifft. Aber seit einigen Jahren war einer dieser Freunde mit Blindheit geschlagen, ein anderer litt an einem Emphysem, und der dritte versank in Demenz. So unterschiedlich ihre Gebrechen auch waren – Verlust der Sehkraft, der Atemkraft und der Denkkraft –, sie bedeuteten doch dasselbe: die Verengung des Lebens auf seinen Endpunkt an der Spitze des Diamanten zu. Schritt um Schritt hatte sich das Bewegungsfeld dieser Freunde, das die Welt gewesen war, eingeengt, zunächst auf ihr eigenes Land, auf ihre unmittelbare Nachbarschaft, ihr Haus und schließlich auf ein Zimmer, wo sie blind, kurzatmig, im Vergessen ihre Tage beenden würden.

Obwohl Abacus bisher keine Gebrechen zu beklagen hatte, war auch seine Welt im Schrumpfen begriffen. Auch er hatte gesehen, wie die äußeren Grenzen, innerhalb derer er sich bewegte, zusammengerückt waren, von der Welt da draußen auf die Insel Manhattan und dann sein Büro mit den Wänden voller Bücher, wo er mit philosophischer Gefasstheit darauf wartete, dass Daumen und Zeigefinger die Kerze auslöschten. Und jetzt dies …

Dies!

Diese erstaunliche Wendung der Ereignisse.

Auf seiner Schwelle steht plötzlich ein kleiner Junge aus Nebraska mit sanftem Auftreten und einer fantastischen Geschichte. Eine Geschichte, die nicht aus einem ledergebundenen Band stammt, nein! Nicht aus einem epischen Gedicht in einer nicht mehr gesprochenen Sprache. Nicht aus einem Archiv oder dem Athenäum. Sondern aus dem Leben selbst.

Wie leicht vergessen wir doch – wir, deren Geschäft das Geschichtenerzählen ist –, dass es die ganze Zeit ums Leben geht. Eine verschwundene Mutter, ein gescheiterter Vater, ein entschlossener Bruder. Eine Reise aus der Prärie nach New York, im Güterzug mit dem umherziehenden Ulysses. Dort zu einer Gleisanlage, verlassen oberhalb der Stadt, wo sie schweben wie Walhalla in den Wolken. Und dort, nachdem der Junge und Ulysses und er sich, wie es in grauer Vorzeit Sitte war, am Lagerfeuer niedergelassen hatten, begann es –

»Es ist Zeit«, sagte Ulysses.

»Was ist das?«, fragte Abacus. »Zeit?«

»Wenn du noch mitkommen möchtest.«

»Ich komme mit!«, sagte er. »Hier bin ich!«

In einem Waldgebiet zwanzig Meilen westlich von Kansas City tastete Abacus sich im Dunkeln durch das Gestrüpp und riss sich einen Triangel in die Tasche seiner Leinenjacke. Keuchend folgte er Ulysses durch einen Spalt zwischen den Bäumen, kletterte die Böschung hinauf und in einen Güterwagen hinein, der ihn wer weiß wohin bringen würde.

# BILLY

Emmett schlief. Das wusste Billy, weil Emmett schnarchte. Nicht so laut wie ihr Vater früher, aber doch laut genug, sodass man wusste, er schläft.

Leise schlug Billy die Decke zurück und setzte die Füße auf den Bettvorleger. Er zog seinen Rucksack unter dem Bett hervor, machte ihn auf und holte die Taschenlampe aus Armeebeständen heraus. Um seinen Bruder nicht zu wecken, hielt er sie nach unten und knipste sie an. Dann nahm er Professor Abernathes *Kompendium von Helden, Abenteurern und anderen unerschrockenen Reisenden* heraus, schlug Kapitel fünfundzwanzig auf und nahm seinen Bleistift.

Wollte Billy ganz am Anfang anfangen, müsste er zum 12. Dezember 1935 zurückgehen, dem Tag von Emmetts Geburt. Das war drei Jahre, nachdem ihre Eltern in Boston geheiratet hatten und nach Nebraska gezogen waren. Es war mitten in der Depression, Franklin Roosevelt war Präsident, und Sally war schon fast ein Jahr alt.

Aber Billy würde nicht am Anfang anfangen. Er würde *in medias res* anfangen, nur dass es schwierig war zu wissen, wie er Emmett im Bahnhof von Lewis erklärt hatte, wo die Mitte war.

Zunächst hatte Billy die Idee, er würde am 4. Juli 1946 anfangen, als er und Emmett, seine Mutter und sein Vater nach Seward gefahren waren, um sich dort das Feuerwerk anzusehen.

Damals war Billy ein Baby, er konnte sich deshalb an den Ausflug nach Seward nicht erinnern. Aber einmal, an einem Nachmittag, hatte Emmett ihm davon erzählt. Er hatte ihm erzählt, wie sehr ihre Mutter Feuerwerke liebte, er hatte von dem Picknickkorb auf dem Dachboden erzählt und der karierten Tischdecke, die sie auf der Wiese vom Plum Creek Park ausgebreitet hatten. Billy konnte also das benutzen, was Emmett ihm erzählt hatte, um den Tag genau zu beschreiben.

Außerdem hatte er das Foto.

Billy griff in den Rucksack und holte den Umschlag heraus, der in der innersten Tasche steckte. Er nahm das Foto aus dem Umschlag und betrachtete es im Strahl der Taschenlampe. Auf dem Bild waren Emmett, Billy in einer Tragetasche, ihre Mutter und der Picknickkorb zu sehen, alle in einer Reihe auf der rot karierten Decke. Ihr Vater musste das Foto gemacht haben, denn er war nicht zu sehen. Alle Personen auf dem Foto lächelten, und obwohl Billys Vater nicht zu sehen war, wusste Billy genau, dass er auch gelächelt hatte.

Billy hatte das Foto zusammen mit den Postkarten vom Lincoln Highway in dem Metallkasten gefunden, der in der untersten Schublade im Schreibtisch ihres Vaters gestanden hatte.

Aber als Billy die Postkarten in den braunen Umschlag steckte, um sie Emmett nach seiner Rückkehr aus Salina zu zeigen, hatte er für das Foto von Seward einen anderen Umschlag genommen. Das hatte er getan, weil er wusste, dass die Erinnerung an den Ausflug nach Seward seinen Bruder zornig machte. Und *das* wusste Billy, weil Emmett zornig geworden war, als er Billy von dem Ausflug erzählt hatte. Danach hatte Emmett nie wieder mit Billy darüber gesprochen.

Billy hatte das Foto aufgehoben, weil er wusste, dass sein Bruder nicht immer böse auf ihre Mutter sein würde. Und wenn sie ihre Mutter erst in San Francisco gefunden hatten und sie die Gelegenheit hatte, ihnen zu erzählen, woran sie in all den Jahren gedacht hatte, als sie nicht zusammen gewesen waren, würde Emmett nicht mehr wütend sein. Dann würde Billy ihm das Foto geben, und Emmett wäre froh, dass Billy es aufgehoben hatte.

Aber es schien nicht richtig, an der Stelle mit der Geschichte anzufangen, dachte Billy, als er das Bild wieder in den Umschlag steckte. Denn am

4. Juli 1946 war ihre Mutter noch gar nicht weggegangen. Der Abend war also näher am Anfang der Geschichte als in der Mitte.

Dann hatte Billy die Idee, mit dem Abend anzufangen, als Emmett Jimmy Snyder geschlagen hatte.

Billy brauchte kein Foto, um sich an den Abend zu erinnern, denn er war ja mit Emmett zusammen gewesen und alt genug, um sich selbst zu erinnern.

Es war am Samstag, dem 4. Oktober 1952, dem letzten Abend der Kirmes gewesen. Ihr Vater war am Abend zuvor mit ihnen zur Kirmes gegangen und wollte am Samstag zu Hause bleiben. Deshalb waren Emmett und Billy im Studebaker zum Kirmesplatz gefahren.

In manchen Jahren war das Wetter während der Kirmes eher wie der Herbstanfang, aber in dem Jahr kam es ihnen mehr wie das Ende des Sommers vor. Billy wusste noch, wie sie auf der Fahrt die Fenster runtergekurbelt hatten, und als sie angekommen waren, ließen sie ihre Jacken im Auto.

Sie waren um fünf Uhr von zu Hause weggefahren, damit sie etwas essen und ein paar Fahrten auf den Geräten machen konnten und dann immer noch Zeit hatten, um beim Fiedelwettbewerb gute Plätze zu bekommen. Emmett und Billy gingen gern zu dem Fiedelwettbewerb, besonders wenn sie gute Plätze hatten, aber an dem Abend gingen sie nicht zu dem Wettbewerb, obwohl sie rechtzeitig da gewesen waren.

Sie waren auf dem Weg vom Karussell zur Bühne, als Jimmy Snyder seine gemeinen Bemerkungen machte. Zuerst schien Emmett sich nicht darum zu kümmern. Doch langsam wurde er wütend, und Billy versuchte ihn wegzuziehen, aber Emmett widerstand. Und als Jimmy eine letzte gemeine Bemerkung über ihren Vater machte, schlug Emmett ihm auf die Nase.

Nachdem Jimmy rückwärts hingefallen und auf dem Stein aufgeschlagen war, musste Billy wohl die Augen zugemacht haben, denn er wusste nicht, wie die nächsten Minuten aussahen. Er wusste nur noch, wie sie sich anhörten: Jimmys Freunde riefen nach Hilfe und schrien Emmett an, als andere Menschen hinzukamen. Und dann versuchte Emmett, der Billys

Hand die ganze Zeit nicht losgelassen hatte, den Umstehenden immer wieder zu erklären, was passiert war. Dann kam der Krankenwagen. Und die ganze Zeit spielte die Musik vom Karussell, und die Gewehre am Schießstand machten pop, pop, pop.

Aber mit der Geschichte an dem Punkt anzufangen, ergab auch keinen Sinn, dachte Billy. Denn der Abend auf der Kirmes passierte, bevor Emmett nach Salina geschickt wurde und seine Lektion lernte. Das gehörte also auch zum Anfang.

Wollte man *in medias res* anfangen, dachte Billy, mussten genauso viele wichtige Dinge schon passiert sein, wie andere wichtige Dinge noch passieren würden. Für Emmett hieß das, er musste schon das Feuerwerk in Seward erlebt haben und ihre Mutter musste auf dem Lincoln Highway schon bis San Francisco gekommen sein; und Emmett musste aufgehört haben, auf der Farm zu arbeiten, und stattdessen mit seiner Ausbildung zum Schreiner angefangen haben; er musste mit seinem Ersparten den Studebaker gekauft haben, und er musste auf der Kirmes wütend geworden sein und Jimmy Snyder geschlagen haben und nach Salina geschickt worden sein, wo er seine Lektion lernen würde.

Aber dass Duchess und Woolly nach Nebraska gekommen waren und die Fahrt nach New York im Güterzug und die Suche nach dem Studebaker und das Wiedertreffen mit Sally, und auch die Fahrt, die sie jetzt vom Times Square zum Palace of the Legion of Honor machen würden – all diese Dinge sollten noch nicht passiert sein.

Deshalb beschloss Billy, als er sich mit gespitztem Bleistift über Kapitel fünfundzwanzig beugte, dass der beste Moment für den Anfang der Geschichte von Emmetts Abenteuern der war, als Emmett im Auto des Direktors auf der Fahrt nach Hause war.

# EINS

# EMMETT

Um neun Uhr morgens ging Emmett allein vom Bahnhof an der 125. Straße ins westliche Harlem.

Zwei Stunden zuvor war Sally in die Küche der Whitneys gekommen und hatte gesagt, Billy schliefe tief und fest.

»Er ist bestimmt ganz erschöpft«, sagte Emmett.

»Das würde mich nicht wundern«, sagte Sally.

Einen Moment lang dachte Emmett, die Bemerkung sei eine Spitze gegen ihn, weil er Billy in den letzten Tagen zu viele Aufregungen zugemutet hatte, aber ihrem Gesichtsausdruck entnahm er, dass sie ihm einfach zustimmte: Billy war erschöpft.

Deshalb beschlossen sie, ihn schlafen zu lassen.

»Außerdem muss ich noch die Bettwäsche waschen«, sagte Sally, »und die Betten machen.«

Emmett würde also mit dem Zug nach Harlem fahren und den Studebaker abholen. Weil Billy unbedingt wollte, dass ihre Reise am Times Square begann, schlug Emmett vor, dass sie sich um halb elf dort treffen würden.

»In Ordnung«, sagte Sally. »Aber wie finden wir uns?«

»Wer zuerst da ist, wartet unter der Canadian-Club-Werbung.«

»Und wo ist die?«

»Glaub mir«, sagte Emmett, »du wirst sie mühelos finden.«

Als Emmett bei der Autowerkstatt ankam, wartete Townhouse schon auf der Straße davor.

»Dein Wagen ist fertig«, sagte er, nachdem sie sich die Hände geschüttelt hatten. »Hast du deinen Umschlag zurück?«

»Hab ich.«

»Gut. Jetzt könnt ihr beide, du und Billy, nach Kalifornien aufbrechen. Wird auch Zeit.«

Emmett sah seinen Freund an und wartete.

»Gestern war die Polizei wieder hier. Nur dass es diesmal nicht die Streifenpolizisten waren, sondern zwei Kriminale. Sie haben dieselben Fragen nach Duchess und dem Auto gestellt, aber sie haben auch nach dir gefragt. Und sie haben mir klar und deutlich zu verstehen gegeben, sollte ich von dir oder von Duchess hören und ihnen das nicht mitteilen, würde ich massig Ärger bekommen. Ein Wagen, auf den die Beschreibung von deinem Studebaker passt, sei in der Nähe von Ackerlys Haus gesehen worden, und zwar an dem Nachmittag, als jemand ihn krankenhausreif geschlagen hat.«

»Krankenhausreif?«

Townhouse nickte.

»Anscheinend ist jemand in sein Haus eingedrungen und hat ihm eine Bratpfanne über den Kopf gezogen. Die Polizisten sind zu dem Schluss gekommen, dass es eine Bratpfanne war, weil in Ackerlys Haar Bratenfett war. Sie haben gesagt, er würde durchkommen, aber er hat das Bewusstsein noch nicht wiedererlangt.«

Emmett fuhr sich mit der Hand über den Mund.

»Du meine Güte.«

»So ist es. Aus meiner Sicht hat dieser Arsch alles verdient, was er kriegt, aber jetzt solltest du dich erst mal aus dem Dunstkreis von New York entfernen. Und möglichst auch von Duchess.«

»Danke«, sagte Emmett.

»Jetzt komm. Die Zwillinge sind in der Werkstatt.«

Townhouse ging voraus zu dem Teil der Werkstatt, wo die Brüder González und der, der Otis hieß, schon warteten. Der Studebaker war wie zuvor mit einer Plane abgedeckt, und Paco und Pico warteten mit breitem Grinsen darauf, ihr Meisterwerk zu präsentieren.

»Sind wir so weit?«, fragte Townhouse.

»Wir sind so weit«, sagte Paco.

»Dann los.«

Als die Brüder die Plane abzogen, standen Townhouse, Emmett und Otis einen Moment stumm da. Dann fing Otis an zu lachen, bis er sich schüttelte.

»Gelb?«, fragte Emmett fassungslos.

Die Brüder sahen sich gegenseitig an und dann wieder Emmett.

»Was ist gegen Gelb einzuwenden?«, fragte Paco defensiv.

»Die Farbe der Feiglinge«, sagte Otis und lachte wieder.

Pico sagte zu seinem Bruder etwas auf Spanisch. Als er fertig war, drehte Paco sich zu den anderen um.

»Er sagt, nicht das Gelb von Feiglingen, sondern das Gelb einer Hornisse.«

»Der Wagen sieht nicht nur wie eine Hornisse aus, er sticht auch wie eine.«

Paco deutete auf den Wagen, wie ein Autoverkäufer, der das neueste Modell vorführte.

»Wir haben ihn nicht nur umlackiert, sondern auch die Beulen ausgeschlagen, die Chromteile poliert und die Übersetzung verfeinert. Und wir haben ein paar mehr Pferdestärken unter die Motorhaube gesteckt.«

»Mann«, sagte Otis. »So erkennen die Bullen euch nie.«

»Und wenn doch«, sagte Paco, »dann kriegen sie euch nicht.«

Die Brüder González lachten in geteilter Zufriedenheit.

Emmett, der seine erste Reaktion bedauerte, bedankte sich ausgiebig, besonders auch angesichts der Schnelligkeit, mit der die Brüder gearbeitet hatten. Aber als er den Umschlag mit dem Geld aus der Hosentasche zog, schüttelten die Brüder den Kopf.

»Das haben wir für Townhouse gemacht«, sagte Paco. »Wir hatten noch Schulden bei ihm.«

Als Emmett mit Townhouse wieder in die 126. Straße fuhr, lachten sie über die Brüder González und über Emmetts Auto mit seinem neuen Stachel. Bei Townhouse' Haus blieben sie einen Moment stehen.

»Warum Kalifornien?«, fragte Townhouse.

Zum ersten Mal erklärte Emmett einem anderen seine Pläne: Dass er ein heruntergekommenes Haus kaufen, renovieren und weiterverkaufen wollte, damit er dann zwei Häuser kaufen konnte, und deshalb musste er in einem Staat mit einer großen und wachsenden Bevölkerung sein.

»Ein echter Emmett-Watson-Plan«, sagte Townhouse und lächelte.

»Und du?«, fragte Emmett. »Was hast du vor?«

»Ich weiß es nicht.«

Townhouse sah aus dem Beifahrerfenster zu seinem Haus hinauf.

»Meine Mutter möchte, dass ich wieder zur Schule gehe. Sie träumt davon, dass ich ein Stipendium bekomme und in einem College Sport mache. Aber Pop will, dass ich bei der Post anfange.«

»Er mag es bei der Post, oder?«

»Oh, mehr als mögen, Emmett. Er liebt es bei der Post.«

Townhouse schüttelte den Kopf und lächelte.

»Wenn du Briefträger bist, geben sie dir eine Runde, bestimmte Straßen, auf denen du deine schwere Tasche entlangschleppst, jeden Tag, wie ein Packesel auf einem Bergpfad. Aber für meinen alten Herrn ist es keine Arbeit, denn auf seiner Runde kennt er jeden, und alle kennen ihn. Die alten Frauen, die Kinder, die Friseure, die Lebensmittelhändler.«

Wieder schüttelte Townhouse den Kopf.

»Vor ein paar Jahren kam er eines Abends echt niedergeschlagen nach Hause. So hatten wir ihn noch nie gesehen. Mom fragte, was los sei, und er ist in Tränen ausgebrochen. Wir dachten schon, jemand sei gestorben oder so. Aber es stellte sich heraus, dass die Obersten ihm nach fünfzehn Jahren eine neue Runde gegeben hatten. Vier Blocks nach Norden und sechs nach Osten, und er wäre beinah daran zerbrochen.«

»Was war dann?«, fragte Emmett.

»Er ist morgens aufgestanden und losgezogen, und bevor ein Jahr um war, liebte er die neue Runde genauso wie vorher die alte.«

Die beiden Freunde lachten. Dann hob Townhouse einen Finger in die Luft.

»Aber seine erste Runde hat er nie vergessen. Jedes Jahr geht er am Memorial Day, wenn er freihat, seine alte Runde ab. Da grüßt er alle, die ihn erkennen, und die meisten anderen auch. Er sagt immer, als Postbote bezahlt die Regierung einen dafür, dass man Freundschaften schließt.«

»Wenn man es so sieht, ist es nicht so schlecht.«

»Kann sein«, sagte Townhouse. »Kann sein. Aber sosehr ich meinen alten Herrn liebe, ich kann mir nicht vorstellen, so zu leben. Immer dieselben Straßen, Tag für Tag, jahrein jahraus.«

»Na gut. Aber wenn nicht aufs College und nicht zur Post, was dann?«

»Ich denke über die Army nach.«

»Die Army?«, fragte Emmett überrascht.

»Ja, die Army«, sagte Townhouse, als müsse er den Klang des Wortes probieren. »Warum nicht? Im Moment sind wir nirgendwo im Krieg. Der Lohn ist ziemlich gut, und es ist was Festes. Und wenn du Glück hast, wirst du im Ausland stationiert und kannst was von der Welt sehen.«

»Du wärst wieder in einer Kaserne«, sagte Emmett.

»Das hat mir nicht so viel ausgemacht«, sagte Townhouse und lächelte.

»In der Reihe stehen, Befehle ausführen, Uniform tragen.«

»Das ist es ja, Emmett. Als Schwarzer bist du immer in Uniform, ob du Briefe austrägst oder als Liftboy arbeitest oder an der Tankstelle bedienst. Warum dann nicht die aussuchen, die dir passt? Ich stelle mir vor, wenn ich nicht auffalle und meine Steuern bezahle, kann ich vielleicht sogar aufsteigen. Zum Offizier. Damit ich beim Salut mal auf der richtigen Seite stehe.«

»Ich kann es mir vorstellen«, sagte Emmett nach einem Moment.

»Weißt du was?«, sagte Townhouse. »Ich auch.«

Schließlich stieg Townhouse aus, und Emmett auch. Emmett kam um die Kühlerhaube herum und schüttelte Townhouse auf dem Gehweg die Hand, und ihr Handschlag drückte wortlos eine Zuneigung von gleich zu gleich aus.

Als Billy in der Woche zuvor seine Postkarten vor Emmett ausgebreitet und ihm erklärt hatte, dass sie ihre Mutter bei einer der größten Feiern zum Unabhängigkeitstag im Staate Kalifornien finden würden, hatte Emmett das für einen wilden Traum gehalten. Doch jetzt, trotz der Tatsache, dass sie zwei junge Männer waren, die beide vor einem Neubeginn standen und nicht wussten, wohin sie das führen würde, hatte Emmett, als Townhouse zum Abschied »Wir sehen uns« sagte, nicht den leisesten Zweifel, dass es so kommen würde.

»Was um alles in der Welt ist das denn«, sagte Sally.

»Mein Auto«, sagte Emmett.

»Das sieht nicht mehr wie ein Auto aus als diese Werbetafeln hier.«

Sie standen am Nordende vom Times Square, und Emmett hatte den Studebaker hinter Betty geparkt.

Sally hatte recht, den Wagen mit den Werbeflächen um sie herum zu vergleichen, so auffallend, wie er war. Ja, er verursachte sogar eine kleine Menschenansammlung. Da Emmett jeglichen Blickkontakt mied, wusste er nicht, ob die Menschen den Wagen bewunderten oder verhöhnten.

»Er ist gelb«, rief Billy, der bei einem Zeitungskiosk gewesen war. »So gelb wie Mais.«

»Oder«, sagte Emmett, »so gelb wie eine Hornisse.«

»Wenn du meinst«, sagte Sally.

Emmett wollte das Thema wechseln und zeigte auf die Tüte in Billys Hand.

»Was hast du da?«

Sally ging wieder zu ihrem Auto, und Billy nahm das, was er eingekauft hatte, vorsichtig aus der Tüte und gab es Emmett. Es war eine Postkarte vom Times Square mit Blick nach Norden. Am Bildrand war zwischen den Wolkenkratzern ein Stück Himmel zu sehen, und auch dieses Stück war, wie der Himmel auf den anderen Postkarten in Billys Sammlung, von reinem Blau.

Billy stellte sich neben Emmett und zeigte von der Postkarte auf den Platz und wieder auf die Postkarte.

»Guck. Hier ist das Criterion Theater. Und da Bond Clothiers. Und die Camel-Werbung. Und die für Canadian Club.«

Billy sah sich zufrieden um.

»Der Mann am Zeitungsstand hat gesagt, abends sind alle Werbeflächen erleuchtet. Jede einzelne. Kannst du dir das vorstellen?«

»Es ist ein toller Anblick.«

Billy riss die Augen weit auf.

»Warst du mal hier, als die Schilder alle erleuchtet waren?«

»Nur kurz«, sagte Emmett.

»He, mein Freund«, sagte ein junger Matrose, der den Arm um die Schultern einer Blondine gelegt hatte. »Drehst du mit uns eine Runde?«

Emmett beachtete ihn nicht und ging neben Billy in die Hocke, damit er von Auge zu Auge mit seinem Bruder sprechen konnte.

»Ich weiß, dass es sehr aufregend ist, hier am Times Square, Billy. Aber wir haben eine lange Fahrt vor uns.«

»Und wir fangen erst an.«

»Richtig. Am besten, du guckst dir alles noch einmal ganz genau an, dann verabschieden wir uns von Sally und fahren los.«

»Ist gut, Emmett. Das ist eine gute Idee. Ich gucke mir noch mal alles ganz genau an, und dann fahren wir los. Aber von Sally brauchen wir uns nicht zu verabschieden.«

»Warum nicht?«

»Wegen Betty.«

»Was ist mit Betty?«

»Sie hat den Geist aufgegeben«, sagte Sally.

Als Emmett aufsah, stand Sally bei der Beifahrertür seines Autos, den Koffer in der einen Hand, den Korb in der anderen.

»Auf der Fahrt von Morgen ist sie zweimal heißgelaufen«, erklärte Billy. »Und gerade, als wir zum Times Square kamen, kam eine große Wolke aus dem Auspuff, und es hat ganz laut geklappert. Dann ist der Motor abgesoffen.«

»Ich habe ihr wohl ein bisschen mehr zugemutet, als sie geben konnte«, sagte Sally. »Aber bis hierher hat sie uns gebracht, die Gute.«

Als Emmett aufstand, wanderte Sallys Blick von ihm zum Studebaker. Nach einem Moment machte er einen Schritt vor und öffnete die hintere Tür für sie.

»Wir sollten alle vorne sitzen«, sagte Billy.

»Das könnte ein bisschen eng werden«, sagte Emmett.

»Das mag wohl sein«, sagte Sally.

Sie stellte ihren Koffer und den Korb auf den Rücksitz, machte die hintere Tür zu und die Beifahrertür auf.

»Rutsch du als Erster rein, Billy.«

Billy stieg mit seinem Rucksack ein, dann setzte Sally sich. Sie faltete die Hände im Schoß und sah durch die Windschutzscheibe nach vorn.

»Vielen Dank auch«, sagte sie, als Emmett die Beifahrertür schloss.

Emmett stieg auf der Fahrerseite ein, während Billy die Landkarte ausbreitete. Er sah von der Karte durch die Windschutzscheibe und zeigte.

»Officer Williams – das war der zweite Polizist, mit dem ich gesprochen habe – hat gesagt, der offizielle Anfang vom Lincoln Highway ist da drüben, an der 42. Straße. Man biegt nach rechts ab und fährt zum Fluss. Er hat gesagt, als der Lincoln Highway neu eröffnet wurde, musste man mit der Fähre über den Hudson fahren, aber jetzt kann man durch den Lincoln Tunnel fahren.«

Emmett zeigte auf die Landkarte und erklärte Sally, dass der Lincoln Highway die erste transkontinentale Straße Amerikas war.

»Das brauchst du mir nicht zu erklären«, sagte Sally. »Ich weiß alles darüber.«

»Das stimmt«, sagte Billy. »Sally weiß alles darüber.«

Emmett legte den Gang ein.

Als sie in den Lincoln Tunnel fuhren, erklärte Billy der anscheinend staunenden Sally, dass sie jetzt unter dem Hudson waren, der so tief war, dass Marineschiffe auf ihm fahren konnten, wie Billy ein paar Nächte zuvor gesehen hatte. Dann erzählte er ihr ausführlich von der Elevated, von Stew und dem Lagerfeuer, und Emmett hatte Muße, seinen eigenen Gedanken nachzugehen.

Nachdem sie endlich losgefahren waren, wollte Emmett über die vor ihnen liegende Fahrt nachdenken. Darauf hatte er sich gefreut. Sobald sie Sally in Morgen abgesetzt hatten, wären sie endlich auf ihrer Route, auf dem Lincoln Highway, auf dem sie in westlicher Richtung durch die Landschaften von Wyoming, Utah und Nevada fahren würden. Und dann würden sie ihr Ziel erreichen: Kalifornien, mit einer Bevölkerung von elf Millionen, die auf sechzehn Millionen anwachsen würde.

Aber als sie auf der anderen Seite aus dem Tunnel kamen und Manhattan hinter ihnen lag, dachte Emmett darüber nach, was Townhouse am Morgen zu ihm gesagt hatte: Er solle sich von Duchess entfernen.

Das war ein vernünftiger Ratschlag, und Emmett stimmte ihm dem Gefühl nach zu. Das Problem war nur, solange der Angriff auf Ackerly ungeklärt war, würde die Polizei nach ihnen beiden suchen, nach Duchess *und* ihm. Vorausgesetzt, Ackerly überlebte. Sollte er sterben, ohne das Bewusstsein wiederzuerlangen, würden die Behörden nicht eher ruhen, bis sie einen von ihnen oder auch beide in Untersuchungshaft hatten.

Emmett sah aus dem Augenwinkel, dass Billy wieder die Landkarte studierte, während Sally auf die Straße blickte.

»Sally …«

»Was ist, Emmett?«

»Warum war Sheriff Petersen bei dir?«

Billy sah von der Karte auf.

»Der Sheriff war bei dir, Sally?«

»Es war nichts Wichtiges«, sagte sie beschwichtigend. »Es wäre zu dumm, jetzt darüber zu sprechen.«

»Vor zwei Tagen hast du es so wichtig gefunden, dass du deshalb quer durchs Land gefahren bist«, sagte Emmett.

»Das war vor zwei Tagen.«

»Sally.«

»Also gut. Es hatte mit dem Ärger zu tun, den du mit Jake Snyder hattest.«

»Meinst du, als Jake Emmett in der Stadt verprügelt hat?«, fragte Billy.

»Er und ich hatten noch etwas zu klären«, sagte Emmett.

»Das habe ich auch so verstanden«, sagte Sally. »Aber nachdem du das mit Jake geklärt hattest, wurde anscheinend ein anderer Typ, ein Freund von Jake, in der Gasse hinter dem Bijou zusammengeschlagen. Er musste mit dem Krankenwagen ins Krankenhaus gebracht werden. Sheriff Petersen weiß, dass du es nicht warst, denn du warst die ganze Zeit mit ihm zusammen. Aber dann hat er gehört, dass an dem Tag ein fremder Mann in der Stadt gesehen wurde. Und deshalb ist er zu mir gekommen. Er wollte wissen, ob du irgendwelche Besucher hattest.«

Emmett sah Sally an.

»Natürlich habe ich Nein gesagt«, sagte Sally.

»Du hast Nein gesagt, Sally?«

»Ja, das habe ich, Billy. Und das war gelogen. Aber es war eine Notlüge. Außerdem ist der Gedanke, dass einer der zwei Freunde deines Bruders mit der Sache hinter dem Bijou etwas zu tun hatte, völliger Unsinn. Woolly würde einen meilenweiten Umweg machen, um nicht auf eine Raupe zu treten. Und Duchess? Also, niemand, der so gute Fettuccine mit Soundso kochen kann und sie an einem vollendet gedeckten Tisch serviert, würde jemals einen Mann mit einem Kantholz auf den Kopf schlagen.«

Und da endet die Lektion, dachte Emmett.

Aber etwas war unklar.

»Billy, an dem Morgen, als ich in die Stadt gefahren bin, waren da Duchess und Woolly die ganze Zeit bei dir?«

»Ja.«

»Die ganze Zeit?«

Billy dachte einen Moment lang nach.

»Woolly war die ganze Zeit da. Und Duchess war den größten Teil der ganzen Zeit da.«

»Und wann war Duchess nicht da?«

»Als er einen Spaziergang gemacht hat.«

»Wie lange hat der gedauert?«

Billy dachte wieder nach.

»So lange, wie *Der Graf von Monte Christo* und *Robin Hood* und *Theseus* dauern. An der nächsten Abbiegung müssen wir links fahren, Emmett.«

Emmett sah das Zeichen für den Lincoln Highway, wechselte die Spur und bog ab.

Während sie in Richtung Newark fuhren, sah Emmett vor seinem geistigen Auge, was sich an dem Tag in Nebraska abgespielt haben musste. Duchess war, obwohl Emmett ihn gebeten hatte, sich nicht blicken zu lassen, trotzdem in die Stadt gefahren. (Natürlich, das war klar.) In der Stadt musste er die Auseinandersetzung zwischen Emmett und Jake mitbekommen haben. Aber warum sollte er sich Jakes Freund vorgeknöpft haben?

Emmett sah wieder den großen Fremden mit dem Cowboyhut vor sich, der am Studebaker lehnte, und erinnerte sich an dessen lässige Haltung und seinen überheblichen Gesichtsausdruck. Ihm fiel ein, wie er Jake während des Streits angestachelt hatte, und auch die Worte, die der Fremde gesagt hatte, kamen ihm wieder in den Sinn: »Anscheinend hat Jake noch was mit dir zu erledigen, Watson.«

So hatte er es ausgedrückt: *etwas zu erledigen*. Und der alte Barde Fitz-Williams hatte gesagt, Duchess habe noch etwas mit seinem Vater zu erledigen.

Emmett fuhr an den Rand und legte die Hände aufs Steuerrad.

Sally und Billy sahen ihn fragend an.

»Was hast du, Emmett?«, fragte Billy.

»Ich glaube, wir müssen Duchess und Woolly finden.«

Sally war überrascht.

»Aber Mrs. Whitney hat gesagt, sie seien auf dem Weg nach Salina.«

»Sie sind nicht auf dem Weg nach Salina«, sagte Emmett. »Sie sind auf dem Weg zum Haus der Wolcotts in den Adirondacks. Nur dass ich leider nicht weiß, wo das ist.«

»Ich weiß, wo es ist«, sagte Billy.

»Wie das?«

Billy senkte den Blick auf die Landkarte und fuhr mit dem Finger langsam von Newark, New Jersey, weg vom Lincoln Highway und in den Norden von New York State, wo jemand einen großen roten Stern auf die Karte gemalt hatte.

# SALLY

Wir waren auf der Fahrt durch New Jersey, wo man sich fragen konnte, warum überhaupt jemand auf Gottes grüner Erde hier wohnen wollte, da hielt Emmett an und erklärte, wir müssten in den Norden von New York State fahren und Duchess und Woolly finden, und ich sagte kein Wort. Als wir vier Stunden später bei einem Motel vorfuhren, das mehr so aussah, als würde man dort seine Spenden abgeben statt die Nacht verbringen, sagte ich auch nichts. Auch als Emmett sich in dem kleinen schäbigen Büro bei der Anmeldung als Mr. Schulte eintrug, sagte ich nichts.

Doch dann.

Nachdem wir unsere Zimmer hatten und ich zu Billy gesagt hatte, er solle in die Badewanne gehen, richtete Emmett seine volle Aufmerksamkeit auf mich. Er schlug einen ernsten Tonfall an und sagte, er sei sich nicht sicher, wie lange es dauern würde, bis er Duchess und Woolly gefunden hatte. Ein paar Stunden, vielleicht länger. Wenn er wieder zurück war, würden wir drei etwas essen und die Nacht hier verbringen, und wenn wir am nächsten Tag um sieben aufbrachen, könnte er mich wahrscheinlich am Mittwochabend in Morgen absetzen, ohne dass es ein großer Umweg wäre.

Und an der Stelle war mein Vorrat an Schweigen aufgebraucht.

»Mach dir keine Sorgen wegen des Umwegs«, sagte ich.

»Es ist eine Kleinigkeit«, sagte er.

»Kleinigkeit oder nicht, darum geht es nicht. Denn ich habe nicht die Absicht, mich in Morgen absetzen zu lassen.«

»Ach so«, sagte er zögernd. »Wo möchtest du denn abgesetzt werden?«

»San Francisco würde mir gut passen.«

Einen Moment lang sah Emmett mich an, dann schloss er die Augen.

»Bloß weil du die Augen zumachst«, sagte ich, »bin ich nicht plötzlich weg, Emmett. Weit gefehlt. Im Gegenteil, wenn du die Augen zumachst, bin nicht nur ich hier, sondern Billy ist auch hier, und dieses hübsche Motel ist hier, und die ganze weite Welt – genau da, wo sie vorher war.«

Emmett machte die Augen wieder auf.

»Sally«, sagte er, »ich weiß nicht, zu welchen Erwartungen ich dir Grund gegeben habe oder welche Erwartungen du dir selbst machst …«

Was meint er damit?, fragte ich mich. Erwartungen, zu denen er mir Grund gegeben hatte? Erwartungen, die ich mir selbst machte? Ich lehnte mich ein bisschen näher zu ihm, um nichts zu verpassen.

»… aber Billy und ich haben dieses Jahr eine Menge durchgemacht, nachdem Dad gestorben ist und die Farm an die Bank gefallen ist.«

»Sprich weiter. Ich höre zu.«

Emmett räusperte sich.

»Es ist nur … nach allem, was gewesen ist … ich glaube, Billy und ich … wir müssen einen Neuanfang machen. Nur wir zwei.«

Ich sah ihn an. Dann gab ich einen Laut der Überraschung von mir.

»Jetzt verstehe ich«, sagte ich. »Du denkst, ich hänge mich bei euch an, auf der Fahrt nach San Francisco, mit der Absicht, Teil eures Haushalts zu werden.«

Er wirkte etwas verunsichert.

»Ich meine nur, Sally …«

»Oh, ich weiß, was du meinst, denn du hast es ja gerade gesagt. Es ist laut und deutlich bei mir angekommen, trotz allem Zögern und Stottern. Und ich gebe dir laut und deutlich meine Antwort. Für die nächste Zukunft, Mr. Emmett Watson, ist es meine Absicht, einzig und allein Teil meines eigenen Haushalts zu sein. Eines Haushalts, wo alles Kochen und Saubermachen allein für mich ist. Wo ich das Frühstück und den Lunch und das Abendessen *für mich* koche. Und *meinen* Abwasch mache. *Meine* Wäsche wasche. *Meinen* Fußboden wische. Mach dir mal keine Sorgen, dass ich euren Neuanfang behindern will. Es wird für alle reichlich Gelegenheit zu einem Neuanfang geben.«

Nachdem Emmett rausgangen war und sich in sein quietschgelbes Auto gesetzt hatte, dachte ich, in Amerika gibt es vieles, das eine stattliche Größe hatte. Das Empire State Building zum Beispiel, und die Statue of Liberty. Oder der Mississippi und der Grand Canyon. Auch der Himmel über der Prärie ist groß. Aber nichts ist so groß wie die Meinung eines Mannes von sich selbst.

Kopfschüttelnd schlug ich die Tür zu, dann klopfte ich an die Badezimmertür, um zu sehen, wie weit Billy war.

Von seinem Bruder abgesehen war ich wahrscheinlich der Mensch, der Billy Watson am besten kannte. Ich weiß, wie er einen Teller mit Hühnchen, Erbsen und Kartoffeln isst (er fängt mit dem Hühnchen an, isst dann die Erbsen und lässt die Kartoffeln bis zum Schluss). Ich weiß, wie er seine Hausaufgaben macht (er sitzt kerzengerade am Küchentisch und benutzt das Radiergummi am Ende des Bleistifts, wenn er einen Fehler ausradieren will). Ich weiß, wie er betet (er bedenkt immer seinen Vater, seine Mutter, seinen Bruder und mich). Aber ich weiß auch, wie er sich Ärger einbrockt.

Es war an einem Donnerstag im Mai.

Ich weiß noch, ich machte gerade Zitronenbaisers für den Kirchenbasar, als das Telefon klingelte und ich gebeten wurde, umgehend zur Schule zu kommen.

Zugegeben, bei meiner Ankunft im Büro des Direktors war ich ziemlich pikiert, denn ich hatte zu Hause gerade das Eiweiß fertig geschlagen, und nachdem ich den Anruf bekommen hatte, musste ich den Ofen abschalten und das geschlagene Eiweiß in den Ausguss schütten. Aber als ich das Büro betrat und Billy sah, der auf einem Stuhl vor dem Direktor saß und auf seine Schuhspitzen starrte, lief ich rot an. Ich weiß mit Sicherheit, dass Billy Watson zu keinem Zeitpunkt in seinem Leben Grund hatte, auf seine Schuhspitzen zu starren. Wenn er das jetzt tat, dann hatte jemand ihm einen Grund dafür gegeben, und zwar ungerechterweise.

»Also gut, Herr Direktor, wir stehen hier vor ihnen. Was gibt's?«

Es stellte sich heraus, dass es in der Schule nach der Pause einen »Duck-and-Cover«-Drill gegeben hatte, und das ging so: Wenn mitten im Unterricht die Schulglocke fünfmal läutete, sollten die Kinder sich unter die Schultische setzen und die Hände auf den Kopf legen. Aber offenbar hatte Billy, als die Glocke läutete und Miss Cooper, die Lehrerin, die Kinder daran erinnerte, was sie zu tun hatten, sich geweigert.

Billy weigert sich nicht oft. Aber wenn er sich weigert, dann in voller Überzeugung. Und ungeachtet der Ermahnungen und Ermunterungen seitens Miss Cooper war Billy nicht bereit, sich wie seine Klassenkameraden unter den Tisch zu hocken.

»Ich habe William erklärt«, erläuterte der Direktor, »dass der Zweck der Übung seiner eigenen Sicherheit dient. Und dass er, wenn er nicht mitmachte, nicht nur sich selbst in Gefahr brächte, sondern auch eine Störung verursachte, und zwar in einem Moment, wenn eine Störung den anderen großen Schaden zufügen konnte.«

Die Zeit war nicht sehr freundlich zu Direktor Huxley gewesen. Sein Haar war schütter geworden, und man erzählte sich, Mrs. Huxley habe in Kansas City einen Freund. Es gab also Grund für Mitgefühl. Aber mir war Direktor Huxley in meiner Schulzeit in der Morgen Elementary School nie sehr sympathisch gewesen, und ich sah keinen Grund, ihn jetzt zu mögen.

Ich wandte mich Billy zu.

»Stimmt das?«

Billy nickte, ohne den Blick von den Schuhspitzen zu heben.

»Vielleicht kannst du erklären, warum du dich geweigert hast, Miss Coopers Anweisungen zu befolgen«, schlug der Direktor vor.

Erst jetzt sah Billy mich an.

»In der Einleitung zum *Kompendium* sagt Professor Abernathe, dass ein Held einer Gefahr nie den Rücken zukehrt. Er sagt, ein Held sieht der Gefahr ins Gesicht. Aber wie soll man der Gefahr ins Gesicht sehen, wenn man unter dem Schultisch sitzt und die Hände auf dem Kopf hat?«

Klare Worte und völlig vernünftig. Deutlicher geht es nicht.

»Billy«, sagte ich, »kannst du bitte draußen warten?«

»Ist gut, Sally.«

Der Direktor und ich sahen zu, wie Billy, den Blick immer noch auf die Schuhspitzen gesenkt, das Büro verließ. Als er die Tür hinter sich schloss, wandte ich mich dem Direktor zu, sodass er mir ins Gesicht sehen konnte.

»Herr Direktor«, sagte ich und bemühte mich, höflich zu bleiben, »wollen Sie sagen, dass Sie jetzt, neun Jahre, nachdem die USA den Faschismus in der Welt besiegt haben, einen acht Jahre alten Jungen dafür bestrafen wollen, weil er sich weigert, seinen Kopf unter einen Schultisch zu stecken wie ein Strauß seinen in den Sand?«

»Miss Ransom ...«

»Ich nehme nicht für mich in Anspruch, viel von Wissenschaft zu verstehen«, fuhr ich fort. »In der Schule hatte ich eine Vier in Physik und eine Drei minus in Biologie. Aber das bisschen, was ich in den Schulstunden gelernt habe, lässt mich vermuten, dass die Tischplatte den Kopf eines Kindes genauso wenig vor einer atomaren Explosion bewahren würde, wie die Haare, die Sie sich über den Kopf kämmen, Sie vor einem Sonnenbrand schützen.«

Ich weiß. Das war nicht sehr christlich. Aber ich war außer mir. Und ich hatte nur zwei Stunden, um den Ofen wieder anzuwerfen, die Pasteten fertig zu backen und zur Kirche zu bringen. Es war also nicht der Moment, mit Samthandschuhen vorzugehen.

Und was soll ich sagen? Als ich fünf Minuten später das Büro verließ, hatte Direktor Huxley vereinbart, dass zur Sicherheit der Schülerschaft ein mutiger Junge namens Billy Watson zum »Duck-and-Cover«-Wart ernannt werden würde. Wenn in Zukunft die Glocke fünfmal läutete, würde Billy, ausgerüstet mit einem Klemmbrett, von Klassenzimmer zu Klassenzimmer gehen und sich versichern, dass die anderen Kinder dem Aufruf folgten.

Wie gesagt, ich kenne Billy besser als jeder andere und weiß mehr darüber, wie er sich Ärger einhandelt.

Deshalb brauchte ich mich nicht zu wundern, als ich nach dreimaligem Klopfen die Badezimmertür öffnete und sah, dass Wasser in die Badewanne einlief, das Fenster offen stand und Billy verschwunden war.

# EMMETT

Nachdem Emmett eine Meile auf einer unbefestigten, sich schlängelnden Straße gefahren war, beschlich ihn der Verdacht, er könnte die falsche Abzweigung genommen haben. Der Mann an der Tankstelle, der die Wolcotts dem Namen nach kannte, hatte ihm erklärt, er solle noch achteinhalb Meilen auf der Route 28 bleiben und dann rechts abbiegen, in einen Weg, der mit Thujabäumen gesäumt war. Emmett hatte die Entfernung auf dem Odometer abgelesen, und obwohl er nicht wusste, wie Thujabäume aussahen, kam er zu einem Weg, an dem Nadelbäume standen, und beschloss abzubiegen. Doch nach einer Meile war immer noch nichts von einem Haus zu sehen. Zum Glück war der Weg so schmal, dass Emmett nicht wenden konnte, also fuhr er weiter, und nach wenigen Minuten kam er zu einem großen, im Blockhausstil gebauten Haus am Ufer eines Sees, und vor dem Haus stand Woollys Auto.

Emmett hielt hinter dem Cadillac, stieg aus und ging zum See. Es war später Nachmittag, und das Wasser war so still, dass die am gegenüberliegenden Ufer stehenden Kiefern und die über den Himmel ziehenden Wolken präzise gespiegelt wurden und die Illusion einer senkrechten Symmetrie schufen. Die einzige Bewegung kam von einem Kanadareiher, der beim Klappen der Autotür erschreckt aus dem flachen Wasser aufgestiegen war und jetzt lautlos einen halben Meter über dem See dahinglitt.

Links von Emmett war eine Hütte, offenbar ein Arbeitsschuppen, denn davor lag umgedreht auf zwei Böcken ein Boot, dessen Bug beschädigt war und das offenbar der Reparatur harrte.

Rechts von Emmett stand das Haus, von dem man einen Blick über die

Wiese, den See und den Bootsanleger hatte. Über die Vorderseite des Hauses erstreckte sich eine Veranda, auf der Schaukelstühle standen; breite Stufen, die sicherlich beim Haupteingang anfingen, führten zur Wiese hinunter, aber an der Schmalseite des Hauses, neben dem Cadillac, war ein mit weiß bemalten Steinen markierter Pfad, der sich zu ein paar Stufen und einer offenen Tür wand.

Emmett stieg die Stufen hinauf, öffnete die Fliegengittertür und rief ins Haus.

»Woolly? Duchess?«

Da er nichts hörte, ging er ins Haus und ließ die Tür hinter sich zuschlagen. Er stand in einem Schmutzraum, in dem Angelruten, Wanderstiefel, Regenjacken und Schlittschuhe untergebracht waren. Alles war ordentlich verstaut, von den Adirondack-Stühlen abgesehen, die mitten im Raum gestapelt standen. Über einer Gewehrvitrine hing ein handgemaltes Schild mit einer Liste unter der Überschrift: Beim Verlassen des Hauses zu beachten.

1. Schlagbolzen entfernen
2. Kanus stapeln
3. Kühlschrank leeren
4. Schaukelstühle reinholen
5. Müll raustragen
6. Betten abziehen
7. Kaminabzüge schließen
8. Fenster verriegeln
9. Türen verriegeln
10. Nach Hause gehen

Vom Schmutzraum kam Emmett in einen Flur, wo er stehen blieb und lauschte und wieder nach Woolly und Duchess rief. Da keine Antwort kam, sah er in die verschiedenen Räume hinein. Während die ersten beiden unberührt wirkten, lagen im dritten auf dem Billardtisch ein Queue und mehrere Billardkugeln, als hätte jemand mitten im Spiel aufgehört. Am Ende des Flurs betrat Emmett einen Salon mit hoher Decke, in dem Sofas und Sessel in mehreren Sitzgruppen standen und eine offene Treppe in den ersten Stock führte.

Emmett nickte anerkennend mit dem Kopf. Dies war der schönste Raum, den er je gesehen hatte. Die meisten Möbel waren im William-

Morris-Stil, in vollendeter Tischlerarbeit aus Kirschholz oder Eichenholz gefertigt und mit stilvollen Details versehen. In der Mitte des Raums hing eine große Lampe, deren Schirm, wie die der Tischlampen auch, aus Mika war, sodass der Raum, sobald es dunkel wurde, von warmem Licht durchflutet wäre. Die Ausstattung mit dem offenen Kamin, der hohen Decke, den Sofas und dem Treppenhaus war größer als normal und doch perfekt in ihren Proportionen und in harmonischem Einklang mit menschlichen Maßen, sodass der Raum üppig und gemütlich zugleich war.

Es war nicht schwer zu verstehen, warum das Haus einen so privilegierten Platz in Woollys Denken einnahm. Hätte Emmett das Glück gehabt, in solchem Luxus aufzuwachsen, würde er es auch in besonderer Erinnerung behalten.

Durch eine offen stehende Doppeltür konnte Emmett den Speisesaal mit einem langen Esstisch aus Eichenholz sehen, und weiter den Flur entlang gingen Türen in andere Räume ab und in die Küche am Ende. Aber wenn Woolly und Duchess in einem dieser Zimmer wären, hätten sie seine Rufe gehört, also ging Emmett die Treppe hinauf.

Oben führte der Flur in beide Richtungen.

Emmett guckte zuerst in die Schlafzimmer zu seiner Rechten. Obwohl sie sich in Größe und Möblierung unterschieden – in manchen standen Doppelbetten, in anderen Einzelbetten, eins hatte ein Doppelstockbett –, waren sie alle mit der gleichen Schlichtheit eingerichtet. In einem Haus wie diesem, so verstand Emmett das, sollte man nicht lange im Bett verweilen. Man sollte sich an dem langen Eichentisch mit der Familie zum Frühstück treffen und dann den Tag draußen verbringen. Da keins der Schlafzimmer Spuren zeigten, dass es in der Nacht benutzt worden wäre, drehte Emmett um und ging den Flur in die andere Richtung entlang.

Im Gehen streifte sein Blick über die Fotos an der Wand. Eigentlich wollte er ihnen nur flüchtige Aufmerksamkeit widmen, doch dann ging er langsamer und blieb schließlich ganz stehen, um sie genauer zu betrachten.

Die Fotos waren von unterschiedlicher Größe, aber sie alle zeigten Mitglieder und Freunde der Familie. Es gab Gruppenbilder und Einzelporträts, Bilder von Kindern und Erwachsenen, auf manchen saßen die Fotografierten still, auf anderen waren sie in Bewegung. Jedes Bild für sich genommen war nicht außergewöhnlich. Die Menschen waren weder auffallend hübsch noch besonders gekleidet. Doch so wie die Fotos über die Wand verteilt waren, in dieser Ansammlung, alle in einheitlich schwarzen Rahmen, hatten sie etwas zutiefst Beneidenswertes. Doch der Grund hierfür war nicht der, dass die Sonne schien und die Menschen sorgenfrei lächelten, sondern es war der Familienzusammenhalt, den die Fotos in ihrer Gesamtheit zum Ausdruck brachten.

Emmetts Vater war an einem Ort aufgewachsen, der diesem hier vergleichbar war. In seiner Familie, so hatte er in seinem letzten Brief geschrieben, seien nicht nur Aktien und Anlagen von Generation zu Generation weitergegeben worden, sondern auch Häuser und Gemälde, Möbel und Boote. Und wenn Emmetts Vater gelegentlich Geschichten aus seiner Jugend erzählte, kamen darin jede Menge Cousins und Cousinen, Onkel und Tanten vor, die sich zum Thanksgiving-Dinner um den Tisch versammelten. Aber aus irgendeinem Grund, der nie vollständig geklärt werden konnte, hatte Emmetts Vater all das hinter sich gelassen und war nach Nebraska gegangen. Er hatte nichts aus diesem Leben behalten.

Oder fast nichts.

Denn auf dem Speicher gab es die Koffer mit den exotischen Aufklebern ausländischer Hotels, es gab den Picknickkorb, in dem alle Teile sorgfältig eingeordnet waren, es gab das nie benutzte Porzellan im Geschirrschrank: Dinge aus dem Leben, das Emmetts Vater aufgegeben hatte, um dem von Ralph Waldo Emerson entworfenen Ideal zu folgen. Emmett schüttelte den Kopf, unschlüssig, ob die Entscheidung seines Vaters Enttäuschung oder Bewunderung in ihm hervorrufen sollte.

Wie immer bei schwierigen Herzensfragen war es wahrscheinlich beides.

Auf dem Weg den Flur entlang erkannte Emmett an der Qualität der Fotos sowie an dem Stil der Bekleidung, dass die Bilder in der Zeit zurückgingen. Sie begannen in den Vierzigerjahren und endeten um die Jahrhundertwende. Aber als Emmett an dem kleinen Tisch am Kopf der Treppe vorbeikam, gingen die Fotos wieder vorwärts durch die Jahrzehnte bis in die Gegenwart. Er war bei den Vierzigerjahren angekommen und betrachtete neugierig eine freie Stelle an der Wand, und in dem Moment hörte er leise Musik. Die Musik kam vom Ende des Flurs. Emmett ging dem Klang nach an einigen Türen vorbei und blieb an der vorletzten Tür stehen.

Es war ein Song von Tony Bennett.

Tony Bennett, der in »Rags to Riches« seine Angebetete ansang.

Emmett klopfte.

»Woolly? Duchess?«

Es kam keine Antwort, und Emmett machte die Tür auf.

Auch dieses Schlafzimmer war schlicht eingerichtet, mit zwei schmalen Einzelbetten und einer Kommode. Auf einem der Betten lag Woolly, dessen bestrumpfte Füße über das Bettende hinausragten. Er hatte die Augen geschlossen und die Hände über der Brust gekreuzt. Auf dem Nachttisch standen zwei leere Medizinfläschchen, drei rosafarbene Tabletten lagen daneben.

Mit einer entsetzlichen Vorahnung trat Emmett näher ans Bett. Er sagte Woollys Namen und schüttelte ihn sanft an der Schulter. Sie war steif bei der Berührung.

»Oh, Woolly«, sagte Emmett und setzte sich auf das Bett gegenüber.

Als Emmett spürte, dass ihm schlecht wurde, wandte er sich von dem ausdruckslosen Gesicht seines Freundes ab und starrte auf den Nachttisch. Die blauen Fläschchen von Woollys »Medizin« erkannte er, deshalb nahm er die kleine braune Flasche in die Hand. Die Medizin, deren Name auf den Aufkleber gedruckt war, kannte er nicht, aber er sah, dass sie für Sarah Whitney verschrieben worden war.

Und so, dachte Emmett, führt Unglück zu mehr Unglück. Woollys Schwester mochte eine große Bereitschaft zur Vergebung haben, aber dies hier würde sie sich niemals verzeihen. Emmett stellte das Fläschchen wieder hin, und im Radio fing ein neues Stück an, Jazz mit einem lebhaften, synkopischen Rhythmus.

Emmett stand auf und schaltete das Radio aus. Die alte Zigarrenschachtel, die neben dem Radio auf der Kommode stand, und auch das Wörterbuch daneben hätten von irgendwoher sein können, aber dahinter das

Foto, das an der Wand lehnte, stammte eindeutig von der leeren Stelle an der Wand im Flur.

Es war ein Schnappschuss von Woolly als kleinem Jungen, der zwischen seinen Eltern im Kanu saß. Die Eltern hielten jeweils ein Paddel, das auf der Bootswand auflag, sodass man denken konnte, sie würden gleich lospaddeln. An Woollys Gesichtsausdruck sah man, dass er ein bisschen nervös war, aber er lachte, als würde jemand, der nicht abgebildet war und auf dem Anleger stand, ein lustiges Gesicht machen, um Woolly zum Lachen zu bringen.

Erst vor wenigen Tagen, als sie vor dem Waisenhaus auf Duchess warteten, hatte Billy von ihrer Mutter erzählt und dem Feuerwerk in San Francisco, und Woolly gab darauf eine Schilderung von dem, wie sie in seiner Familie in ihrem Landhaus den Vierten Juli feierten. Das Foto von Woolly zwischen seinen Eltern im Kanu, so überlegte Emmett jetzt, war möglicherweise am selben Tag aufgenommen wie das von Emmett zwischen seinen Eltern im Park in Seward, wo sie auf das Feuerwerk warteten. Und vielleicht war dies das erste Mal, dass Emmett ein bisschen besser begriff, warum die Fahrt auf dem Lincoln Highway nach Westen für seinen Bruder eine solche Bedeutung hatte.

Vorsichtig stellte Emmett das Foto wieder auf die Kommode. Er warf einen letzten Blick auf Woolly und ging, um ein Telefon zu suchen. Aber auf dem Flur hörte er Lärm von unten.

*Duchess*, dachte er.

Und das Gefühl von Trauer, das ihn erfasst hatte, wurde von heftiger Wut verdrängt.

Emmett ging die Treppe hinunter und den Flur entlang zur Küche, wo er abermals die Geräusche zu orten versuchte. Er guckte ins erste Zimmer links, das wie das Arbeitszimmer eines Gentlemans aussah, aber in großer Unordnung war – Bücher waren von den Borden gerissen worden und lagen herum, Schubladen waren herausgezogen, überall lagen Papiere verstreut. Auf der linken Seite ragte ein Gemälde in einem Winkel von neunzig Grad aus der Wand, und dahinter stand Duchess, der mit einer Axt vergebens gegen die graue Tür des Safes schlug.

»Jetzt komm«, sagte Duchess wie zur Ermutigung und schlug wieder zu. »Mach schon, Baby.«

»Duchess«, rief Emmett.

Dann noch einmal, jetzt lauter.

Überrascht hielt Duchess in der Bewegung inne und sah sich um. Aber als er Emmett sah, breitete sich ein Lächeln über sein Gesicht.

»Emmett! Mann, bin ich froh, dass du hier bist.«

Emmett fand das Lächeln genauso unpassend wie die Jazzklänge aus Woollys Radio, und auch jetzt verspürte er den Wunsch, es auszuschalten. Als Emmett weiter auf Duchess zukam, wechselte dessen Ausdruck von Freude zu Bekümmernis.

»Was ist? Ist was passiert?«

»Ob was passiert ist?«, fragte Emmett und blieb verblüfft stehen. »Warst du nicht oben? Hast du Woolly nicht gesehen?«

Als Duchess begriff, was Emmett sagte, setzte er die Axt ab und schüttelte mit ernster Miene den Kopf.

»Ich habe ihn gesehen, Emmett. Was soll ich sagen? Es ist schrecklich.«

»Aber wie …?«, haspelte Emmett. »Wie konntest du es zulassen?«

»Zulassen?«, sagte Duchess überrascht. »Glaubst du im Ernst, wenn ich gewusst hätte, was Woollys Absicht war, dass ich ihn allein gelassen hätte? Seit wir uns kennen, habe ich mich um ihn gekümmert. Es ist noch keine Woche her, da habe ich ihm seine letzte Medizin weggenommen. Aber er muss ein Fläschchen versteckt haben. Und frag mich nicht, woher er die Tabletten hatte.«

In seinem ohnmächtigen Zorn wollte Emmett Duchess die Schuld geben. Er wollte ihn für alles verantwortlich machen. Gleichzeitig begriff er, dass Duchess keine Schuld traf. Und die Erinnerung an den Moment, als er Woollys Schwester versichert hatte, dass alles gut ausgehen würde, stieg wie Galle in ihm auf.

»Hast du wenigstens einen Krankenwagen gerufen?«, fragte Emmett und hörte das Zittern in seiner eigenen Stimme.

Duchess schüttelte mit einem Ausdruck der Vergeblichkeit den Kopf.

»Es war schon zu spät, als ich ihn fand. Er war schon kalt.«

»Also gut«, sagte Emmett. »Dann rufe ich die Polizei an.«

»Die Polizei? Warum willst du die Polizei anrufen?«

»Wir müssen doch jemandem Bescheid sagen.«

»Ja klar. Und das tun wir auch. Aber ob wir das jetzt oder später tun, ändert nichts für Woolly. Bloß für uns könnte es sehr wesentlich sein.«

Emmett schenkte Duchess keine Beachtung und ging zum Schreibtisch, wo das Telefon stand. Als Duchess erkannte, was Emmett vorhatte, wollte er ihn hindern, aber Emmett war schneller.

Er hielt Duchess mit der Hand von sich weg und nahm den Hörer auf, aber das Telefon war tot. Es war noch nicht wieder für die Sommersaison angeschlossen.

Als Duchess das erkannte, gewann er seine Ruhe wieder.

»Lass uns einen Moment vernünftig sprechen.«

»Komm«, sagte Emmett und nahm Duchess beim Ellbogen. »Wir fahren zur Polizeiwache.«

Er führte Duchess durch den Flur in den Schmutzraum und hörte gar nicht zu, als Duchess ihm die Vorteile einer Verzögerung erklärte.

»Was passiert ist, ist schrecklich, Emmett. Ich bin der Erste, der das sagt. Aber Woolly hat diese Entscheidung getroffen. Er hatte seine Gründe. Wir werden diese Gründe wahrscheinlich nie richtig verstehen und haben eigentlich kein Recht, Mutmaßungen darüber anzustellen. Aber jetzt sollten wir uns auf das konzentrieren, was Woolly gewollt hat.«

Als sie beim Fliegengitter angekommen waren, drehte Duchess sich zu Emmett um.

»Du hättest dabei sein sollen, als dein Bruder von dem Haus gesprochen hat, das er in Kalifornien bauen will. Ich habe Woolly nie so angeregt gesehen. Er konnte sich so gut vorstellen, wie ihr zwei da zusammen leben werdet. Wenn wir jetzt die Polizei alarmieren, dann werden innerhalb einer Stunde Polizei und Ermittler hier einschwärmen, und wir können das, was Woolly wollte, nie zu Ende bringen.«

Mit der einen Hand machte Emmett die Fliegengittertür auf, mit der anderen schubste er Duchess die Stufen hinunter.

Als Duchess ein paar Schritte auf das umgedrehte Ruderboot zugegangen war, drehte er sich plötzlich um, als hätte er eine Idee.

»He! Siehst du das Bootshaus? Da drin ist eine Werkbank, mit lauter Meißeln und Feilen und Bohrern. Ich kann damit nichts anfangen, aber du mit deinem handwerklichen Geschick, du kriegst doch den Safe in wenigen Minuten auf. Sobald wir das Trust-Geld rausgenommen haben, suchen wir ein Telefon. Und wenn der Krankenwagen unterwegs ist, können wir nach Kalifornien losfahren, so wie Woolly es sich ausgemalt hatte.«

»Wir fahren nirgendwohin«, sagte Emmett, und Hitze stieg ihm ins Gesicht. »Wir fahren nicht nach San Francisco, auch nicht nach Los Angeles oder Tinseltown. *Mein Bruder und ich,* wir fahren nach Kalifornien. Und *du* gehst zurück nach Salina.«

Duchess sah Emmett ungläubig an.

»Warum sollte ich denn nach Salina gehen, Emmett?«

Als Emmett nicht antwortete, schüttelte Duchess den Kopf und deutete auf den Boden.

»Ich bleibe hier, an Ort und Stelle, bis ich diesen Safe aufgekriegt habe. Und wenn du nicht bleiben willst, um zu helfen, dann ist das deine Entscheidung. Dies ist schließlich ein freies Land. Aber ich sage dir eins, Emmett, als dein Freund: Wenn du jetzt abfährst, wirst du es bereuen. Denn wenn du erst mal in Kalifornien bist, wirst du merken, dass du mit zweitausend Dollar nicht weit kommst. Und dann wirst du dir wünschen, du hättest deinen Teil des Erbes.«

Emmett machte einen Schritt nach vorn und packte Duchess am Kragen, so wie er es bei den Whitneys gemacht hatte, nur diesmal benutzte er beide Hände und spürte, wie der Stoff sich enger um Duchess' Hals zog, als der die Hände zu Fäusten ballte.

»Begreifst du denn gar nichts?«, stieß Emmett zwischen zusammengebissenen Zähnen hervor. »Es gibt keinen Trust. Kein Erbe. Kein Geld im Safe. Das ist eine Erfindung. Eine Erfindung, die Woolly sich ausgedacht hat, damit du ihn hierherbringst.«

Voller Widerwillen stieß Emmett Duchess von sich.

Duchess stolperte über die Steine, die den Pfad markierten, und fiel auf den Rasen.

»Du kommst mit zur Polizei«, sagte Emmett, »und wenn ich dich persönlich hinschleppen muss.«

»Aber Emmett, es ist *wohl* Geld im Safe.«

Emmett wirbelte herum und sah seinen Bruder in der Tür zum Schmutzraum stehen.

»Billy! Was machst du hier?«

Bevor Billy die Frage beantworten konnte, nahm sein Gesicht einen alarmierten Ausdruck an, woraufhin Emmett sich umdrehte, genau in dem Moment, als Duchess mit dem Arm ausholte.

Der Schlag reichte aus, um Emmett zu Fall zu bringen, aber nicht, um ihn bewusstlos zu machen. Emmett spürte das Blut auf seiner Stirn, er sammelte seinen Grips zusammen und hob sich auf alle viere, sodass er gerade noch sah, wie Duchess Billy ins Haus schob und die Tür zuschlug.

# DUCHESS

Am Tag zuvor, nachdem Woolly zugegeben hatte, dass er an die Zahlenkombination überhaupt nicht gedacht hatte, fragte er mich, ob ich mit ihm zum Bootsanleger gehen wollte.

»Geh du mal«, sagte ich. »Ich bleibe hier.«

Nachdem Woolly rausgegangen war, starrte ich, die Hände in die Hüften gestemmt, Urgroßpapas Safe ein paar Minuten lang an. Dann schüttelte ich den Kopf und ging ans Werk. Zunächst legte ich mein Ohr an die Tür und drehte die Zahnräder, weil ich dachte, ich würde ein Klicken hören, so wie sie es im Kino machen, und das Ergebnis war so wie jedes Mal, wenn man etwas nachmacht, was man im Kino gesehen hat.

Ich holte meine Schultasche aus dem Großen Zimmer, nahm die Othello-Schachtel und das Messer heraus. Meine Absicht war es, die Spitze der Klinge in den Schlitz zwischen Tür und Rahmen zu rammen und so lange hin und her zu bewegen, bis sich etwas löste. Aber als ich mich mit meinem ganzen Gewicht auf das Messer lehnte, war das Einzige, was sich löste, die Klinge, denn sie sprang vom Griff ab.

»Geschmiedet, geformt, poliert von einem Meisterschmied in Pittsburgh, von wegen«, murmelte ich.

Dann machte ich mich auf die Suche nach richtigen Werkzeugen. Und nachdem ich in der Küche alle Schubladen und Schränke auf- und wieder zugemacht hatte, ging ich in den Schmutzraum, wo ich alle Fächer und Körbe durchsuchte, ohne Erfolg. Ich überlegte, ob ich das Schloss mit einem der Gewehre aufschießen sollte, aber so wie ich mich kannte, hätte ich bloß das Pech, von der abprallenden Kugel getroffen zu werden.

Also ging ich zum Bootsanleger, wo Woolly sich an dem Ausblick erfreute.

»He, Woolly«, rief ich vom festen Ufer. »Weißt du, ob es hier irgendwo eine Eisenwarenhandlung gibt?«

»Was sagst du?«, fragte er und drehte sich um. »Eine Eisenwarenhandlung? Ich weiß nicht genau. Aber fünf Meilen weiter von hier kommst du zu einem Gemischtwarenladen.«

»Bestens. Dauert nicht lange. Brauchst du was?«

Woolly dachte einen Moment nach, dann schüttelte er den Kopf.

»Ich habe alles hier«, sagte er mit einem Woolly-Lächeln. »Ich geh noch ein bisschen im Haus rum, dann packe ich meine Sachen aus. Und vielleicht lege ich mich ein bisschen hin.«

»Warum nicht«, sagte ich. »Tut dir bestimmt gut.«

Zwanzig Minuten später war ich in der Gemischtwarenhandlung und dachte, sie heißt so, weil man darin alles gemischt vorfindet.

Im ersten Gang gab es eine Auswahl von Salben und Cremes und Pasten und Pudern, die jeden Quacksalber in Staunen versetzt hätten. Im zweiten Gang konnte man alles bekommen, was zur Perfektionierung der Frau nötig war. Erst im dritten Gang wurde es interessant. Es war, als hätte jemand ein Haus auf die Seite gekippt, sodass alles, was nicht niet- und nagelfest war, herausfiel: Spachtel, Topfhandschuhe, Eieruhren, Schwämme, Bürsten, Seifen, Bleistifte, Schreibblöcke, Radiergummis, Jojos und Gummibälle. In meinem Verbraucherfrust fragte ich schließlich den Inhaber, ob er einen Vorschlaghammer habe. Das Beste, was er mir anbieten konnte, war ein Schlosserhammer und einen Satz Schraubenzieher.

Als ich zum Haus kam, war Woolly schon oben, also ging ich mit meinen Werkzeugen wieder ins Arbeitszimmer. Ich habe bestimmt eine Stunde lang auf den Safe eingeschlagen, und außer ein paar Kratzern auf der Safetür und einem schweißnassen Hemd hat es nichts gebracht.

Die nächste Stunde verbrachte ich damit, im Büro nach der Kombination zu suchen, denn ich konnte mir nicht vorstellen, dass ein raffinierter Geldscheffler wie Mr. Wolcott so leichtsinnig war, die Zahlenkombination allein in den Winkeln seines Gedächtnisses aufzubewahren. Schließlich ist er über neunzig geworden. Er musste sie irgendwo aufgeschrieben haben.

Natürlich fing ich mit dem Schreibtisch an. Als Erstes durchsuchte ich die Schubladen nach einem Kalender oder einem Adressbuch, wo eine wichtige Nummer auf der letzten Seite stehen würde. Dann zog ich die Schubladen heraus, leerte sie und drehte sie um, weil ich dachte, vielleicht hatte er die Kombination auf den Boden einer der Schubladen geschrieben. Ich sah unter der Schreibtischlampe nach und unter der Büste von Abraham Lincoln, die bestimmt zweihundert Pfund wog. Dann ging ich an die Bücher und blätterte die Seiten nach einem kleinen Zettel durch. Das machte ich so lange, bis mir klar wurde, dass ich den Rest meines Lebens damit verbringen würde, wenn ich alle Bücher des alten Herrn durchblättern wollte.

An der Stelle beschloss ich, Woolly zu wecken und zu fragen, welches das Schlafzimmer seines Urgroßpapas gewesen war.

Als Woolly sagte, er würde sich vielleicht ein bisschen hinlegen, hatte ich mir nichts dabei gedacht. Er hatte ja in der Nacht kaum geschlafen, und dann hatte er mich beim Morgengrauen geweckt, weil er wollte, dass wir uns eilig aus dem Staub machten. Deshalb nahm ich an, dass er genau das tun wollte, nämlich sich ein bisschen hinlegen.

Aber als ich die Schlafzimmertür öffnete, wusste ich sofort, was ich vor mir sah. Schließlich hatte ich schon einmal so auf der Schwelle gestanden. Ich erkannte den Ansatz von Ordnung: Seine Sachen standen in einer Reihe auf der Kommode, seine Schuhe nebeneinander am Fußende. Ich erkannte die Stille, die noch verstärkt wurde durch das zarte Wehen der Vorhänge und das Murmeln einer Radiosendung. Und ich erkannte den Ausdruck auf Woollys Gesicht, einen Ausdruck, der, wie bei Marceline, weder von Glück noch von Traurigkeit zeugte, aber doch von einem gewissen Frieden.

Entweder war Woolly schon zu weit entschlummert, als sein Arm vom Bett geglitten war, oder es war ihm nicht mehr wichtig gewesen, ihn wieder ins Bett zu holen, und die Finger berührten den Teppich, wie vor ein paar Tagen im HoJo. Und so wie an dem Abend hob ich den Arm hoch und legte ihn zurück, nur dass ich diesmal seine Hände auf der Brust kreuzte.

Endlich, dachte ich, endlich hatte es mit all den Häusern, den Autos, den Roosevelts ein Ende.

»Das Wunder ist, dass er's ertrug so lang.«

Beim Rausgehen schaltete ich das Radio aus. Aber dann schaltete ich es wieder an, weil ich dachte, vielleicht wäre Woolly in den kommenden Stunden dankbar, wenn ihm ab und zu ein Werbespot Gesellschaft leistete.

Später am Abend aß ich Baked Beans aus der Dose und trank eine lauwarme Pepsi, das Einzige, was ich in der Küche finden konnte. Um Woollys Seele nicht zu stören, schlief ich auf einer Couch im Großen Zimmer. Und als ich am Morgen aufwachte, machte ich mich gleich wieder an die Arbeit.

In den Stunden danach muss ich bestimmt eintausendmal auf den Safe eingedroschen haben. Ich benutzte einen Hammer. Ich benutzte einen Krocketschläger. Ich wollte auch die Lincoln-Büste benutzen, aber die bekam ich nicht richtig in den Griff.

Gegen vier Uhr nachmittags ging ich zum Caddy raus, in dem ich einen angemessen großen Wagenheber fand. Aber als ich wieder zum Haus ging, fiel mir auf, dass das aufgebockte Ruderboot ein ziemlich großes Loch im Bug hatte. Ich vermutete, dass jemand es dort aufgebockt hatte, um es zu reparieren, deshalb ging ich ins Bootshaus und guckte, ob es dort nützliches Werkzeug gab. Hinter den Paddeln und den Kanus war eine Werkbank mit einer Reihe von Schubladen. Ich habe bestimmt eine Stunde damit verbracht, jede einzelne durchzugehen, aber alles, was ich fand, waren Werkzeuge, die auch nicht nützlicher waren als die aus der Gemischtwarenhandlung. Weil Woolly vom Feuerwerk gesprochen hatte, das jedes Jahr stattfand, drehte ich das Bootshaus auf den Kopf auf der Suche nach Sprengstoff. Gerade wollte ich mich mit dem Gefühl der moralischen Niederlage davonmachen, da sah ich eine Axt, die zwischen zwei Nägeln aufgehängt war.

Eine Melodie vor mich hin pfeifend machte ich mich zurück auf den

Weg zum Arbeitszimmer des alten Herrn, stellte mich vor den Safe und holte aus. Ich hatte bestimmt nicht mehr als zehnmal zugeschlagen, als plötzlich, wie aus heiterem Himmel, Emmett Watson durch die Tür kam.

»Emmett!«, sagte ich. »Mann, bin ich froh, dass du hier bist.«

Und das meinte ich im Ernst. Denn wenn es jemanden auf dieser großen grünen Erde gab, der den Safe öffnen konnte, dann war es Emmett.

Bevor ich die Situation richtig erklären konnte, ging das Gespräch ein bisschen schief, was nur verständlich war. Er war angekommen, während ich im Bootshaus war, und weil er im Haus niemanden fand, war er nach oben gegangen und hatte Woolly gesehen.

Das hatte ihn offensichtlich aus der Fassung gebracht. Wahrscheinlich hatte er noch nie einen Toten gesehen, und bestimmt keinen toten Freund. Ich konnte es ihm also nicht verübeln, dass er mir die Schuld geben wollte. Das machen Leute, die aus der Fassung gebracht worden sind. Sie zeigen mit dem Finger. Sie zeigen auf den, der am nächsten steht, und weil wir Menschen uns gewöhnlich so versammeln, wie wir es tun, ist der, der am nächsten steht, eher Freund als Feind.

Ich erinnerte Emmett daran, dass ich in den letzten anderthalb Jahren derjenige gewesen war, der auf Woolly aufgepasst hatte, und darauf wurde er, wie ich sah, etwas ruhiger. Aber dann fing er an, verrücktes Zeug zu reden. Und sich verrückt aufzuführen.

Als Erstes wollte er die Polizei rufen. Dann stellte er fest, dass das Telefon nicht angeschlossen war, also wollte er zur Polizei fahren, und ich sollte mitkommen.

Ich versuchte, ihn zur Vernunft zu bringen, aber er hörte gar nicht zu, sondern packte mich und zwang mich, den Flur entlang und nach draußen zu gehen, wo er mich zu Boden warf. Er behauptete, im Safe sei ohnehin kein Geld, und ich würde mit ihm zur Polizei gehen, und wenn er mich buchstäblich hinschleppen musste.

Angesichts seines Zustands hatte ich keinen Zweifel, dass er genau das getan hätte, auch wenn er es anschließend zutiefst bereut hätte. Ich meine, er ließ mir keine Wahl.

Und offenbar war das Schicksal auf meiner Seite. Denn als Emmett mich auf den Rasen warf, landete ich so, dass meine Hand praktisch auf einem der weiß angemalten Steine zu liegen kam. Und plötzlich, wie aus heiterem Himmel, war Billy da, gerade rechtzeitig, um Emmetts Aufmerksamkeit von mir abzulenken.

Der Stein in meiner Hand hatte die Größe einer Pampelmuse, aber ich wollte Emmett keinen ernsthaften Schaden zufügen. Ich musste ihn einfach für ein paar Minuten kaltstellen, damit er zur Vernunft kam und nichts Unbedachtes tat, was sich nicht rückgängig machen ließ. Also krabbelte ich ein paar Meter weiter und nahm einen Stein, der nicht größer als ein Apfel war.

Klar, Emmett ging zu Boden, als ich ihn mit dem Stein schlug, aber das war mehr die Überraschung als die Stärke des Schlags. Er würde in Nullkommanichts wieder zu sich kommen.

Wenn einer Emmett zur Vernunft bringen konnte, dann war das meiner Einschätzung nach Billy, deshalb rannte ich die paar Stufen rauf, zog Billy mit mir ins Haus und schloss die Haustür ab.

»Warum hast du Emmett geschlagen?«, rief Billy und wirkte noch bestürzter als Emmett. »Warum hast du ihn geschlagen, Duchess? Du hättest ihn nicht schlagen sollen!«

»Du hast vollkommen recht«, sagte ich und versuchte, ihn zu beruhigen. »Das hätte ich nicht tun sollen. Und ich verspreche, dass ich es nie wieder tun werde.«

Ich führte ihn ein paar Schritte ins Haus, legte ihm die Hände auf die Schultern und versuchte es mit einem Gespräch von Mann zu Mann.

»Hör zu, Billy. Es hat so eine Art Kernschmelze gegeben. Der Safe ist hier, so wie Woolly gesagt hat. Und ich bin ganz deiner Meinung, dass da drin das Geld liegt und wartet, dass jemand es sich nimmt. Aber wir kennen die Zahlenkombination nicht. Deshalb brauchen wir jetzt ein bisschen Zeit, ein bisschen Yankee-Genialität und jede Menge Teamwork.«

Als ich meine Hände von Billys Schultern nahm, schloss er die Augen. Und bevor ich halb durch war mit meiner Rede, schüttelte er den Kopf und fing an, leise den Namen seines Bruders vor sich hinzusagen.

»Bist du um Emmett besorgt?«, fragte ich ihn. »Meinst du das? Es gibt keinen Grund zur Sorge, das schwöre ich dir. Ich habe nicht fest zugeschlagen. Er müsste gleich wieder auf die Beine kommen.«

Während ich das sagte, hörten wir, wie an dem Türgriff gerüttelt wurde und Emmett unsere Namen rief und an die Tür hämmerte.

»Siehst du?«, sagte ich und führte den Jungen weiter den Flur entlang. »Hab ich's dir nicht gesagt?«

Als das Klopfen an der Tür aufhörte, schlug ich einen vertraulichen Ton an.

»Die Sache ist die, Billy. Aus Gründen, die ich jetzt nicht erklären kann, will dein Bruder zur Polizei gehen. Aber wenn er das tut, werden wir, fürchte ich, den Safe nicht knacken, und dann gibt es nichts zu verteilen, und das Haus, das Haus für dich und Emmett und eure Mutter, das wird nicht gebaut werden.«

Ich fand meine Ausführungen ziemlich einleuchtend, aber Billy schüttelte einfach weiter mit geschlossenen Augen den Kopf und sagte fortwährend Emmetts Namen.

»Wir sprechen gleich mit Emmett darüber, Billy. Das verspreche ich dir. Aber jetzt sind wir erst mal allein, du und ich.«

Und in dem Moment hörte der Junge auf, den Kopf zu schütteln.

Na also, dachte ich. Offenbar kommt es bei ihm an.

Doch dann machte er die Augen auf und trat mich vors Schienbein.

Das ist doch wohl der Gipfel!

Und während ich auf einem Fuß herumhüpfte, rannte Billy den Flur entlang.

»Meine Fresse«, sagte ich und hoppelte hinter ihm her.

Aber als ich zum Großen Zimmer kam, war er verschwunden.

So wahr ich hier stehe, der Junge hatte sich, obwohl ich ihn keine halbe Minute aus den Augen verloren hatte, in Luft aufgelöst, wie Lucinda der Kakadu.

»Billy?«, rief ich und sah hinter einem Sofa nach dem anderen nach. »Billy?«

Irgendwo im Haus wurde wieder an einer Türklinke gerüttelt.

»Billy!«, rief ich in den Raum hinein, jetzt irgendwie gehetzt. »Ich weiß, dass es nicht so läuft, wie wir es uns vorgestellt haben, aber das Wichtigste ist doch, dass wir zusammenhalten und die Sache zu Ende bringen! Du, dein Bruder und ich! Alle für einen und einer für alle!«

In dem Moment war von der Küche das Zerbersten von Glas zu hören. Emmett wäre im nächsten Moment im Haus, daran bestand kein Zweifel. Ich hatte keine Wahl, ich hastete in den Schmutzraum, und da die Vitrine mit den Gewehren abgeschlossen war, nahm ich eine Krocketkugel und warf die Scheibe ein.

# BILLY

Nachdem sie im White Peaks Motel an der Route 28 das Zimmer elf bekommen hatten und Billy seinen Rucksack abgesetzt hatte, sagte Emmett, er wolle losfahren und Woolly und Duchess finden.

»Und so lange ist es wahrscheinlich am besten«, sagte er zu Billy, »wenn du hierbleibst.«

»Außerdem«, sagte Sally, »wann hast du das letzte Mal gebadet? Mich würde es nicht wundern, wenn das damals in Nebraska war.«

»Das stimmt«, sagte Billy und nickte. »Das letzte Mal war damals in Nebraska.«

Als Emmett leise mit Sally zu sprechen begann, nahm Billy seinen Rucksack und ging ins Badezimmer.

»Brauchst du den da wirklich bei dir im Bad?«, fragte Sally.

»Ja«, sagte Billy, die Hand auf dem Türknauf, »da sind meine sauberen Sachen drin.«

»Na gut. Aber denk dran, auch hinter den Ohren zu waschen.«

»Mach ich.«

Als Emmett wieder das Gespräch mit Sally aufnahm, ging Billy ins Bad, verriegelte die Tür und drehte die Wasserhähne auf. Aber er zog sich die schmutzigen Sachen nicht aus, und zwar deshalb nicht, weil er nicht baden würde. Das war eine Notlüge gewesen. Wie die, die Sally bei Sheriff Petersen gebraucht hatte.

Nachdem Billy sich vergewissert hatte, dass der Stöpsel nicht im Ausfluss steckte, denn er wollte ja nicht, dass die Wanne überlief, setzte er sich den Rucksack wieder auf und zog die Riemen stramm, dann kletterte er auf den Toilettendeckel, schob das Fenster hoch und kletterte hinaus, ohne dass jemand etwas bemerkte.

Billy wusste, dass das Gespräch zwischen seinem Bruder und Sally nicht mehr als ein paar Minuten dauern würde, deshalb musste er so schnell wie möglich um das Motel herumrennen, zu dem Platz, wo der Studebaker stand. Er war so schnell gerannt, dass er sein Herz klopfen hörte, als er in den Kofferraum kletterte und langsam den Deckel zumachte.

Als Duchess erzählt hatte, er und Woolly hätten sich im Kofferraum des Wagens des Direktors versteckt, hatte Billy gefragt, wie sie wieder rausgekommen seien. Duchess hatte erklärt, er hätte extra einen Löffel mitgenommen, um damit den Schnapper zurückzuschieben. Deshalb hatte Billy sein Taschenmesser aus dem Rucksack genommen, bevor er in den Kofferraum geklettert war. Außerdem hatte er seine Taschenlampe herausgeholt, denn war der Deckel erst zu, wäre es im Kofferraum dunkel. Billy hatte keine Angst vorm Dunkeln, aber Duchess hatte erzählt, wie schwierig es gewesen sei, den Schnapper zurückzuschieben, ohne ihn sehen zu können. »Es fehlte nur so ein bisschen«, hatte Duchess gesagt und Daumen und Zeigefinger zwei Zentimeter auseinandergehalten, »dann wären wir die ganze Strecke zurück nach Salina gefahren, ohne auch nur einen Blick auf Nebraska geworfen zu haben.«

Billy knipste die Taschenlampe an und blickte auf Woollys Uhr. Es war 3.30 Uhr. Dann knipste er die Taschenlampe aus und wartete. Wenige Minuten später hörte er, wie die Autotür auf- und wieder zuging, dann wurde der Motor gestartet, und sie fuhren los.

Als sie noch im Motel waren und Emmett zu Billy sagte, es sei das Beste, wenn er bei Sally bliebe, war Billy nicht überrascht gewesen.

Emmett dachte ziemlich oft, dass es besser wäre, wenn Billy zurückbliebe, während er selbst etwas erledigte. Zum Beispiel an dem Tag, als er ins Gerichtshaus von Morgen musste, um das Urteil von Richter Schomer zu hören. »Ich glaube, es ist besser«, hatte er zu Billy gesagt, »dass du mit Sally hier draußen wartest.« Oder als sie am Bahnhof in Lewis waren und Emmett losgegangen war, um Informationen über Güterzüge nach New

York einzuholen. Oder als sie auf der Elevated waren und Emmett sich auf die Suche nach Duchess' Vater machte.

Im dritten Absatz der Einleitung zu dem *Kompendium von Helden, Abenteurern und anderen unerschrockenen Reisenden* sagt Professor Abernathe, dass der Held oft seine Freunde und Familie zurücklässt, wenn er zu einem Abenteuer aufbricht. Er lässt sie zurück, weil er sie nicht Gefahren aussetzen will und weil er den Mut hat, sich dem Ungewissen allein zu stellen. Deshalb dachte Emmett so oft, es wäre das Beste, wenn Billy zurückbliebe.

Aber Emmett wusste nichts von Xenos.

In Kapitel vierundzwanzig des *Kompendiums* sagt Professor Abernathe nämlich: »Seit es große Männer gibt, die große Taten ausführen, gibt es auch Geschichtenerzähler, die von diesen Heldentaten berichten wollen. Ob es Herkules oder Theseus war, Cäsar oder Alexander, welche Taten ihnen gelungen und welche Siege sie errungen, und welche Widrigkeiten sie überwunden hatten – all das wäre niemals möglich gewesen ohne den Beitrag von Xenos.«

Obwohl Xenos wie der Name einer historischen Gestalt klingt, so wie Xerxes oder Xenophon, ist es nicht der Name einer Person. Vielmehr ist es ein Wort aus dem Altgriechischen und bedeutet Ausländer oder Fremder oder Freund. »Oder, einfacher gesagt«, erklärte Professor Abernathe, »es bedeutet ›der Andere‹.«

»Xenos ist derjenige, der in unauffälliger Kleidung am Rand steht und den kaum einer wahrnimmt. Durch die Zeiten hindurch ist er in verschiedenen Verkörperungen aufgetreten: als Wachmann oder Gehilfe, als Bote oder Diener, als Kaufmann, Mundschenk oder Vagabund. Obwohl namenlos, meistens unbekannt und oft genug vergessen, ist Xenos derjenige, der immer zum richtigen Zeitpunkt am richtigen Ort hinzukommt, um im Lauf der Ereignisse seine wesentliche Rolle zu spielen.«

Als Emmett sagte, es sei das Beste, wenn Billy bei Sally bliebe, während er selbst Woolly und Duchess suchte, musste Billy deshalb notgedrungen durchs Badezimmerfenster steigen und sich im Kofferraum verstecken.

Dreizehn Minuten, nachdem sie losgefahren waren, hielt der Studebaker, und die Fahrertür ging auf und zu. Billy wollte schon den Schnapper am Kofferraumschloss zurückschieben, als er den Geruch von Benzin bemerkte. Offenbar waren sie an einer Tankstelle, und Emmett fragte nach dem Weg. Obwohl Woolly auf Billys Straßenkarte einen großen roten Stern da gemalt hatte, wo das Haus seiner Familie war, reichte der Maßstab der Karte nicht aus, um die kleineren Straßen zu zeigen. Emmett wusste zwar, dass er in der Nähe von Woollys Haus war, aber er wusste nicht, wo es genau war.

Billy hörte, wie sein Bruder »Danke«, rief, dann ging die Fahrertür wieder auf und zu, und sie fuhren weiter. Zwölf Minuten später bog der Studebaker um eine Ecke und wurde immer langsamer, bis er schließlich anhielt. Dann wurde der Motor abgeschaltet, und die Tür ging wieder auf, dann zu.

Diesmal beschloss Billy, fünf Minuten zu warten, bevor er das Schloss öffnete. Er richtete den Strahl der Taschenlampe auf seine Uhr und sah, dass es 4.02 Uhr war. Um 4.07 Uhr hörte er, wie sein Bruder nach Woolly und Duchess rief, und er hörte das Schlagen einer Fliegengittertür. Wahrscheinlich war Emmett ins Haus gegangen, dachte Billy, beschloss aber, noch einmal zwei Minuten zu warten. Um 4.09 Uhr öffnete er das Schloss und kletterte aus dem Kofferraum. Er steckte sein Messer und die Taschenlampe wieder in den Rucksack, setzte ihn sich auf und schloss leise die Kofferraumklappe.

Das Haus war größer als alle anderen Häuser, die Billy bisher gesehen hatte. An einem Ende war die Fliegengittertür, durch die Emmett gegangen sein musste. Leise kletterte Billy die Stufen hinauf, warf einen Blick durch das Fliegengitter und ging hinein, wobei er darauf achtete, die Tür nicht zuschlagen zu lassen.

Der erste Raum war eine Art Aufbewahrungsraum für all die Dinge, die man draußen brauchte: Stiefel und Regenjacken und Schlittschuhe und Gewehre. An der Wand standen zehn Regeln, die man beim Verlassen des Hauses beachten musste. Billy verstand, dass die Punkte in der Reihenfolge aufgeschrieben waren, in der man sie erledigen sollte, aber er wunderte sich über den letzten Punkt: Nach Hause gehen. Er dachte darüber nach und kam zu dem Schluss, dass er als Witz hinzugefügt worden war.

Billy sah vom Aufbewahrungsraum den Flur hinunter, an dessen Ende er seinen Bruder entdeckte, der versunken in den Anblick der Decke eines großen Raumes war. Emmett machte das manchmal, er stand und starrte, um zu verstehen, wie ein Zimmer gebaut war. Im nächsten Moment stieg Emmett eine Treppe hinauf. Als Billy die Schritte seines Bruders über sich hörte, ging er leise durch den Flur in das große Zimmer hinein.

Sobald er den offenen Kamin sah, der so groß war, dass sich die ganze Familie darum versammeln konnte, wusste er genau, wo er war. Vor der Fensterreihe war die Veranda mit dem überhängenden Dach, unter dem man an regnerischen Nachmittagen sitzen und in warmen Sommernächten schlafen konnte. Oben wären genug Schlafzimmer, sodass Freunde und Familie in den Ferien zu Besuch kommen konnten. Und da, in der Ecke, war der feste Platz für den Weihnachtsbaum.

Hinter dem Treppenhaus kam man in ein Zimmer mit einem langen Tisch und vielen Stühlen. Das musste das Esszimmer sein, dachte Billy, wo Woolly die »Gettysburg Address« aufgesagt hatte. Billy ging durch den großen Raum, kam in den Flur auf der anderen Seite und steckte seinen Kopf in das erste Zimmer danach. Das war das Arbeitszimmer, genau wie Woolly es gezeichnet hatte. Aber anders als das große Zimmer, wo alles sauber und ordentlich aussah, herrschte hier große Unordnung, überall waren Bücher und Papiere verstreut, die Büste Abraham Lincolns lag umgekippt auf dem Fußboden, unter einem Gemälde, das wohl die Unterzeichnung der Unabhängigkeitserklärung darstellte. Auf einem Stuhl in der Nähe der Büste lagen ein Hammer und mehrere Schraubenzieher, und auf dem Safe waren lauter Kratzer zu sehen.

Woolly und Duchess mussten versucht haben, den Safe mit dem Hammer und den Schraubenziehern zu öffnen, dachte Billy, aber das würde nie funktionieren. Ein Safe war aus Stahl und so hergestellt, dass man nicht in ihn eindringen konnte. Wenn man einen Safe mit Hammer und Schraubenzieher öffnen konnte, dann war es kein Safe.

Die Tür des Safes hatte vier Zahnräder, ein jedes mit den Zahlen von 0 bis 9, also gab es zehntausend Kombinationen. Duchess und Woolly hätten es sich leichter gemacht, wenn sie die alle durchprobiert hätten, angefangen bei 0000 und bis hin zu 9999. Das hätte nicht so lange gedauert wie die Versuche mit Hammer und Schraubenziehern. Noch besser wäre es gewesen, sie hätten die Kombination zu erraten versucht, die Woollys Urgroßvater gewählt hatte.

Billy schaffte es beim sechsten Mal.

Als die Safetür offen stand, fühlte Billy sich an die Schachtel in der untersten Schublade des Schreibtischs seines Vaters erinnert, denn auch hier lagen wichtige Papiere, nur dass es sehr viel mehr waren. Aber unter dem Fach mit den wichtigen Papieren zählte Billy fünfzehn Stapel mit Fünfzig-Dollar-Noten. Woolly hatte erzählt, dass sein Urgroßvater 150 000 Dollar in dem Safe aufbewahrt hatte. Also waren in jedem Stapel 10 000 Dollar. Zehntausend-Dollar-Stapel in einem Safe mit zehntausend Kombinationen. Billy schloss die Safetür und wandte sich ab, doch dann ging er noch einmal zum Safe und drehte die Zahnräder.

Vom Arbeitszimmer ging Billy den Flur entlang zur Küche. Sie war ordentlich aufgeräumt, abgesehen von einer leeren Colaflasche und einer Dose, in der ein Löffel steckte wie der Stiel in einem Bratapfel. Den einzigen anderen Hinweis darauf, dass jemand in der Küche gewesen war, gab der Umschlag, der zwischen Salz- und Pfefferstreuer stand. Den Umschlag, auf dem stand »Im Fall meiner Abwesenheit zu öffnen«, hatte Woolly dorthin gestellt. Billy erkannte die Handschrift auf dem Umschlag, denn es war die gleiche wie die auf Woollys Zeichnung von dem Haus.

Als Billy den Umschlag wieder zwischen Salz- und Pfefferstreuer steckte, hörte er das harte Geräusch von Metall auf Metall. Er ging auf Zehenspitzen den Flur entlang und spähte in das Arbeitszimmer, wo er sah, wie Duchess die Safetür mit einer Axt traktierte.

Er wollte Duchess gerade das mit den zehntausend Kombinationen erklären, als er die Schritte seines Bruders die Treppe herunterkommen hörte. Billy rannte schnell in die Küche, damit man ihn nicht sehen würde.

Emmett ging ins Arbeitszimmer, und Billy konnte zwar nicht verstehen, was er sagte, aber der Stimme nach war er ziemlich wütend. Nach einem kurzen Moment hörte Billy so etwas wie ein Handgemenge, dann kam Emmett mit Duchess aus dem Arbeitszimmer. Er hatte Duchess am Ellbogen gepackt und führte ihn den Flur entlang, während Duchess mit hastiger Stimme etwas sagte wie, Woolly habe seine eigenen Gründe für seine Entscheidung gehabt. Dann führte Emmett Duchess vor sich her in den Aufbewahrungsraum.

Billy folgte ihnen rasch und ganz leise, spähte um den Türrahmen herum und hörte, wie Duchess erklärte, warum sie die Polizei nicht holen konnten. Dann stieß Emmett Duchess zur Tür hinaus.

In Kapitel eins des *Kompendiums von Helden, Abenteurern und anderen unerschrockenen Reisenden*, und zwar nach dem Teil, in dem Professor Abernathe erklärt, dass viele der größten Abenteuergeschichten *in medias res* beginnen, erwähnt er die tragischen Schwächen vieler klassischer Helden. »Alle klassischen Helden«, sagt er, »wie stark oder weise oder mutig sie auch sein mögen, haben eine Schwachstelle in ihrem Charakter, die unweigerlich zu ihrem Sturz führt.« Bei Achilles war es sein Zorn. Wenn Achilles wütend war, konnte er sich nicht beherrschen. Obwohl ihm geweissagt worden war, dass er im Trojanischen Krieg sein Leben lassen würde, kehrte er, nachdem sein Freund Patroklos getötet worden war, blind vor Wut aufs Schlachtfeld zurück. Und da wurde er von dem vergifteten Pfeil getroffen.

Billy begriff, dass sein Bruder dieselbe Schwäche hatte wie Achilles. Emmett war kein unbeherrschter Mensch. Er hob nur selten die Stimme oder zeigte Ungeduld. Aber wenn etwas passierte, das ihn wütend machte, konnte seine Wut so stark hochkochen, dass sie zu »einer unbedachten Tat mit unumkehrbaren Folgen« führte. Billys Vater hatte erklärt, dass laut

Richter Schomer darin Emmetts Schuld lag, als er Jimmy Snyder den Schlag versetzte: »in einer unbedachten Tat mit unumkehrbaren Folgen«.

In diesem Moment sah Billy durch die Fliegengittertür, dass Emmett vor Wut zu schäumen begann. Sein Gesicht lief rot an, und er hielt Duchess am Hemd fest und schrie ihn an. Er schrie, es gebe kein Erbe, kein Geld im Safe. Dann stieß er Duchess vor dem Haus auf den Boden.

Jetzt ist es so weit, dachte Billy. Dies ist der Zeitpunkt und der Ort, an dem ich sein muss, um meine wesentliche Rolle im Lauf der Ereignisse zu übernehmen. Also machte Billy die Fliegengittertür auf und sagte zu Emmett, es sei *wohl* Geld im Safe.

Emmett drehte sich um, und in dem Moment schlug Duchess ihm mit einem Stein auf den Kopf, sodass Emmett hinfiel. Dann stürzte Duchess zur Tür, schob Billy ins Haus und schloss die Tür ab, und die ganze Zeit redete er hastig.

»Warum hast du Emmett geschlagen?«, sagte Billy. »Warum hast du ihn geschlagen, Duchess? Du hättest ihn nicht schlagen sollen.«

Duchess versprach, es nicht wieder zu tun, aber dann redete er auf seine hastige Art weiter. Er sagte was von Kernschmelze. Dann redete er vom Safe. Und von Woolly. Und von den Yankees.

Als Emmett anfing, an die Tür des Aufbewahrungsraums zu hämmern, schob Duchess Billy vor sich her den Flur entlang. Dann hörte das Hämmern auf, und Duchess redete weiter und sprach von der Polizei und dem Haus in Kalifornien.

Und plötzlich schien es Billy so, als habe er dies schon einmal erlebt. Der harte Griff, mit dem Duchess ihn umklammerte, die Stimme und die Dringlichkeit, mit der er sprach, vermittelten Billy das Gefühl, dass er wieder auf der Elevated war, im Dunkeln, im festen Griff der Hände von Pastor John.

»Wir sprechen mit Emmett über das alles«, sagte Duchess, »aber gerade jetzt sind nur wir zwei hier.«

Da verstand Billy.

Emmett war nicht da. Ulysses war nicht da. Sally war nicht da. Wieder einmal war er allein und von allen verlassen. Verlassen selbst von seinem

Schöpfer. Und was als Nächstes geschah, lag allein in seinen, Billys, Händen.

Billy machte die Augen auf und trat Duchess so feste er konnte vors Schienbein.

Sofort ließ Duchess ihn los. Und Billy rannte den Flur entlang, rannte zu dem Versteck unter der Treppe. Er fand die kleine Tür mit dem Haken, so wie Woolly sie gezeichnet hatte. Die Tür war nur halb so hoch wie eine normale Tür und hatte oben eine dreieckige Form, weil sie unter die Treppe passen musste. Aber für Billy war sie groß genug. Er schlüpfte hinein, zog die Tür hinter sich zu und hielt den Atem an.

Dann hörte er, wie Duchess ihn rief.

An der Stimme erkannte Billy, dass Duchess ganz in der Nähe war, aber er würde ihn nicht finden. Denn wie Woolly gesagt hatte: Niemand kommt auf die Idee, in dem Versteck unter der Treppe nachzugucken, weil es genau vor ihnen ist.

# EMMETT

Nachdem Emmett die Tür zum Schmutzraum verschlossen gefunden hatte, rannte er ums Haus und versuchte die Tür, die in den Speisesaal führte. Auch die war verschlossen, die zur Küche ebenfalls, und da hatte er genug Türen versucht. Er zog sich den Gürtel aus der Hose und wickelte ihn so um die rechte Hand, dass die Schnalle über seinen Fingerknöcheln lag. Er ballte die Hand zur Faust und stieß sie durch die Scheibe in der Tür. Mit der Schnalle schlug er die vorstehenden Scherben weg, dann steckte er seine linke Hand durch den Rahmen und schloss die Tür auf. Er ließ den Gürtel um die rechte Hand gewickelt, denn so, dachte Emmett, konnte er ihm nützlich sein.

Als Emmett in die Küche kam, sah er Duchess am Ende des Flurs zum Schmutzraum humpeln, aber Billy war nicht zu sehen.

Emmett setzte ihm nicht nach. Offenbar hatte Billy sich befreit, sodass Emmett keine unmittelbare Gefahr sah. Eher sah er die Unvermeidbarkeit. Denn so schnell Duchess auch rannte und wohin immer er sich wandte, es war unvermeidlich, dass Emmett seiner habhaft werden würde.

Doch als Emmett die Küche verließ, hörte er das Geräusch von berstendem Glas, aber es war kein Fenster, das zerbrochen wurde, sondern das Glas in der Vitrine. Im nächsten Moment sah er Duchess am anderen Ende des Flurs mit einem Gewehr.

Dass Duchess ein Gewehr hatte, änderte für Emmett nichts. Langsam, aber festen Schrittes ging er auf Duchess zu, und Duchess kam auf ihn zu. Als beide jeweils auf ihrer Seite gut drei Meter vor der Treppe waren, sodass sechs Meter sie trennten, blieben sie stehen. Duchess hielt das Gewehr in einer Hand, den Lauf auf den Boden gerichtet, den Finger am Abzug. Daran, wie Duchess das Gewehr hielt, erkannte Emmett, dass Duchess nicht zum ersten Mal ein Gewehr in der Hand hatte, aber auch das änderte für Emmett nichts.

»Leg das Gewehr hin«, sagte er.

»Das geht nicht, Emmett. Erst wenn du dich beruhigt und wieder Vernunft angenommen hast.«

»Was ich sage, ist die reine Vernunft, Duchess. Zum ersten Mal seit einer Woche. Ob du willst oder nicht, du kommst mit mir zur Polizei.«

Duchess schien ernsthaft entmutigt.

»Wegen Woolly?«

»Nein, nicht wegen Woolly.«

»Warum dann?«

»Weil die Polizei vermutet, dass du in Morgen jemanden mit einem Kantholz bewusstlos geschlagen hast, und dass du Ackerly mit einer Bratpfanne krankenhausreif geschlagen hast.«

»Was redest du da, Emmett? Warum würde ich in Morgen jemanden zusammenschlagen? Ich war da noch nie in meinem Leben. Und was Ackerly angeht, so muss die Liste der Leute, die ihn gern im Krankenhaus sehen würden, gut tausend Seiten lang sein.«

»Es ist eigentlich nicht wichtig, ob du diese Dinge getan hast, Duchess. Wichtig ist nur, dass die Polizei dich als Täter vermutet. Und dass ich etwas damit zu tun habe. Solange sie nach dir suchen, suchen sie auch nach mir. Deshalb musst du zur Polizei gehen und das klären.«

Emmett machte einen Schritt nach vorn, und da hob Duchess das Gewehr und richtete den Lauf auf Emmetts Brust.

Emmett war sich schwach bewusst, dass er die Drohung ernst nehmen sollte. Wie Townhouse gesagt hatte: Wenn Duchess sich etwas vorgenommen hatte, nahm er die Dinge selektiv wahr, und alle, die am Rande auftauchten, waren in Gefahr. Ob es ihm jetzt darum ging, Salina zu vermeiden oder das Geld aus dem Safe zu holen oder die Angelegenheit zwischen sich und seinem Vater zu erledigen – in seiner Erregung war Duchess durchaus imstande, etwas so Einfaches und Dummes zu tun, wie den Abzug zu ziehen. Und wenn Emmett erschossen wurde, was wäre dann mit Billy?

Aber diese Überlegung existierte nur in Emmetts Hinterkopf, vorherrschend war der Gedanke der Unvermeidlichkeit: Emmett würde Duchess überwältigen, und er würde ihn der Polizei übergeben, und das Ergebnis wäre, dass Duchess nach Salina geschickt würde, oder nach Topeka, oder wo immer sonst hin.

Emmett machte wieder einen Schritt vor und verringerte den Abstand zwischen ihnen.

»Emmett«, sagte Duchess mit einem Ausdruck des Bedauerns. »Ich möchte nicht auf dich schießen, aber ich werde es tun, wenn du mich in die Enge drängst.«

Als nur noch drei Schritte sie trennten, blieb Emmett stehen. Aber der Grund dafür war weder die Gefahr, die von dem Gewehr ausging, noch Duchess' Warnung, sondern die Tatsache, dass drei Meter hinter Duchess plötzlich Billy aufgetaucht war.

Er musste sich irgendwo hinter dem Treppenhaus versteckt haben. Jetzt kam er leise hervor und beobachtete, was passierte.

Emmett wollte Billy, ohne dass Duchess es merkte, ein Zeichen geben, wieder in sein Versteck zu gehen.

Aber es war zu spät. Duchess hatte Emmetts veränderten Gesichtsausdruck registriert und warf einen Blick hinter sich. Kaum sah er Billy, machte er zwei Schritte zur Seite und drehte sich um fünfundvierzig Grad nach rechts, sodass er Emmett im Blick hatte und den Gewehrlauf auf Billy richten konnte.

»Bleib, wo du bist«, sagte Emmett zu seinem Bruder.

»Genau, Billy. Bleib einfach stehen. Dann bleibt dein Bruder auch stehen, und ich bleibe stehen. Und dann können wir miteinander reden.«

»Hab keine Angst«, sagte Billy zu Emmett. »Er kann mich nicht erschießen.«

»Billy, du kannst nicht wissen, was Duchess vorhat.«

»Das stimmt«, sagte Billy. »Ich kann nicht wissen, was Duchess vorhat.

Aber ich weiß, dass er mich nicht erschießen kann. Er kann nämlich nicht lesen.«

»Was?«, sagten Emmett und Duchess wie aus einem Munde, der eine verwundert, der andere beleidigt.

»Wer behauptet, dass ich nicht lesen kann?«, fragte Duchess.

»Erst hast du gesagt, vom Kleingedruckten kriegst du Kopfschmerzen, dann hast du gesagt, wenn du beim Fahren liest, wird dir schwindelig. Und zu Woolly hast du gesagt, du wärst gegen Bücher allergisch.«

Billy wandte sich zu Emmett.

»Das sagt er, weil es ihm peinlich ist zuzugeben, dass er nicht lesen kann. Mit dem Schwimmen ist es genauso.«

Während Billy sprach, war Emmetts Blick auf Duchess gerichtet, der, wie er sah, jetzt errötete. Vielleicht aus Verlegenheit, dachte Emmett, aber eher aus Empörung.

»Billy«, sagte Emmett warnend. »Ob Duchess lesen kann oder nicht, ist im Moment nicht wichtig. Überlass es doch mir, das hier zu klären.«

Aber Billy schüttelte den Kopf.

»Es ist wohl wichtig, Emmett. Es ist wichtig, weil Duchess die Regeln, was man beim Verlassen des Hauses tun soll, nicht kennt.«

Emmett sah seinen Bruder an, dann wieder Duchess – armer Duchess, in die Irre getappt, als des Lesens unkundig durchschaut. Emmett ließ seinen Gürtel zu Boden fallen, machte drei Schritte auf Duchess zu und nahm ihm das Gewehr aus den Händen.

Duchess fing in rasendem Tempo an zu reden: Er hätte niemals abgezogen. Nicht gegen einen Watson. In einer Million Jahren nicht. Aber während Duchess pausenlos redete, hörte Emmett die Stimme seines Bruders, der nur eins zur Ermahnung sagte, nämlich seinen Namen.

»Emmett!«

Und Emmett verstand, was Billy meinte. Auf dem Rasen vor dem Gerichtsgebäude in Morgen hatte Emmett seinem Bruder ein Versprechen gegeben. Und er hatte vor, dieses Versprechen zu halten. Während also Duchess von all den Dingen redete, die er niemals getan hätte, zählte Emmett bis zehn. Und beim Zählen spürte er, wie die Hitze seines Zorns verging, bis aller Zorn aus ihm gewichen war und er keinen Zorn mehr spürte. Dann hob er den Gewehrkolben und schlug Duchess mit aller Kraft ins Gesicht.

»Du sollst das jetzt lesen«, sagte Billy beharrend.

Nachdem Duchess zu Boden gestürzt war, ging Billy in die Küche. Als er zurückkam, sagte Emmett, er solle sich auf die Stufe setzen und dort still sitzen bleiben. Emmett packte Duchess unter den Achselhöhlen und fing an, ihn durch das große Wohnzimmer zu schleifen. Er hatte vor, Duchess durch den Schmutzraum und die Stufen hinunterzuziehen, dann über die Wiese bis zum Studebaker, dann würde er ihn zur nächsten Polizeiwache fahren und dort absetzen. Er hatte noch keine zwei Schritte gemacht, als Billy zu sprechen anfing.

Emmett sah, dass Billy einen Umschlag in der Hand hielt. Nicht noch einen Brief von ihrem Vater, dachte Emmett mit einem Anflug von Ungeduld. Oder eine Postkarte von ihrer Mutter. Oder eine Landkarte von Amerika.

»Ich guck mir das später an«, sagte Emmett.

»Nein«, sagte Billy und schüttelte den Kopf. »Nein. Ich finde, du sollst es jetzt lesen.«

Emmett legte Duchess auf dem Fußboden ab und ging zu seinem Bruder.

»Es ist von Woolly«, sagte Billy. »Im Falle seiner Abwesenheit zu öffnen.«

Emmett las überrascht die Mitteilung auf dem Umschlag.

»Er ist doch abwesend, oder?«, fragte Billy.

Emmett hatte sich noch nicht richtig entschlossen, ob und wie er Billy von Woolly erzählen sollte. Aber so wie Billy »abwesend« sagte, schien er Bescheid zu wissen.

»Ja«, sagte Emmett. »Das ist er.«

Emmett setzte sich neben Billy auf die Stufen und öffnete den Umschlag. Er zog ein Blatt von Wallace Wolcotts Briefpapier heraus. Ob es das Papier von Woollys Urgroßvater oder von seinem Großvater oder von seinem Onkel war, wusste Emmett nicht, aber das war auch nicht bedeutend.

Auf dem Blatt, vom 20. Juni 1954 datiert und mit »Testament« überschrieben, stand, dass der Unterzeichner im Vollbesitz seiner geistigen Kräfte sei und Folgendes verfüge: Sein Vermögen von $ 150 000 vererbe er zu einem Drittel an Emmett Watson, zu einem Drittel an Duchess Hewett und zu einem Drittel an William Watson. Die Genannten sollten darüber nach ihrem Belieben verfügen. Das Dokument war unterschrieben mit »Höchstaufrichtigst, Wallace Wolcott Martin.«

Als Emmett das Blatt umklappte, wurde ihm bewusst, dass Billy über seine Schulter mitgelesen hatte.

»War Woolly krank? Wie Dad?«

»Ja«, sagte Emmett. »Er war krank.«

»Das hatte ich mir gedacht, denn er hat mir die Uhr seines Onkels geschenkt. Es ist nämlich eine Uhr, die man weitergibt.«

Billy dachte einen Moment lang nach.

»Hast du deswegen zu Duchess gesagt, Woolly wollte nach Hause gebracht werden?«

»Ja«, sagte Emmett. »Das habe ich gemeint.«

»Ich glaube, damit hattest du recht«, sagte Billy und nickte zustimmend. »Aber mit dem Geld im Safe hattest du nicht recht.«

Ohne auf Emmetts Antwort zu warten, stand Billy auf und ging den Flur entlang. Widerstrebend folgte Emmett seinem Bruder in Mr. Wolcotts Arbeitszimmer, zum Safe. Bei den Bücherborden stand ein Möbelstück, das wie die ersten drei Stufen einer Treppe aussah, und das zerrte Billy jetzt zum Safe, dann kletterte er die Stufen hinauf, drehte die vier roten Zahnräder, drückte den Griff hinunter und öffnete die Tür.

Emmett war sprachlos.

»Woher wusstest du die Kombination, Billy? Hat Woolly sie dir gesagt?«

»Nein, er hat sie mir nicht gesagt, aber er hat mir erzählt, dass sein Urgroßvater den Vierten Juli mehr als jeden anderen Feiertag mochte. Also habe ich es als Erstes mit 1776 versucht. Dann mit 7476, weil man den Vierten Juli so schreiben kann. Dann habe ich 1936 probiert, weil das das Geburtsjahr von George Washington ist, aber dann fiel mir ein, dass Woollys Urgroßvater erzählt hatte, Washington, Jefferson und Adams hätten die Vision für die Gründung der Republik gehabt, aber Lincoln habe den Mut bewiesen, sie umzusetzen. Deshalb habe ich 1809 versucht, das Geburtsjahr von Präsident Lincoln, dann 1865, das Jahr, in dem er gestorben ist. Und da fiel mir ein, dass es 1119 sein musste, denn der neunzehnte November war der Tag der ›Gettysburg Address‹. Hier«, sagte er und stieg die Stufen hinunter, »guck doch mal.«

Emmett schob die Stufen aus dem Weg und trat vor den Safe, wo unter dem Fach mit lauter Papieren Tausende von druckfrischen Fünfzig-Dollar-Noten gestapelt lagen.

Emmett fuhr sich mit der Hand über den Mund.

Einhundertfünfzigtausend Dollar, dachte Emmett. Einhundertfünfzigtausend Dollar von Mr. Wolcotts Vermögen, Woollys Erbe, das Woolly jetzt ihnen vererbt hatte. Er vererbte es ihnen mittels seines Letzten Willens, der ordnungsgemäß unterschrieben und datiert war.

Woollys Absicht stand außer Frage. In dem Punkt hatte Duchess recht. Das Geld gehörte Woolly, und er wusste genau, was er damit machen wollte. Nachdem er aus Gründen eines Gemütsleidens für unfähig erklärt worden war, selbst über das Geld zu verfügen, wollte er jetzt, in seiner Abwesenheit, dass seine Freunde nach Belieben darüber verfügen konnten.

Aber was würde passieren, wenn Emmett Duchess in den Studebaker zerrte, mit ihm zur Polizeiwache fuhr und ihn dort ablieferte?

Sosehr es Emmett widerstrebte, es zuzugeben, musste er doch anerkennen, dass Duchess auch in diesem Punkt recht hatte. Sobald Duchess in Polizeigewahrsam war und die Tatsache, dass Woolly tot war, bekannt wurde, wäre es mit Emmetts und Billys Zukunft vorerst vorbei. Polizei und Gerichtsmediziner würden sich des Falls annehmen, die Familie und Anwälte würden auf den Plan treten. Umstände müssten untersucht werden. Verhöre geführt werden. Mutmaßungen über Absichten angestellt werden. Endlose Fragen beantwortet werden. Und gäbe es eine glückliche Wendung, so würde das größtes Misstrauen hervorrufen.

In wenigen Minuten würde Emmett die Tür zu Mr. Wolcotts Safe wieder schließen. So viel stand fest. Wäre die Tür erst verriegelt, wäre die Entscheidung für eine von zwei Zukunftsvisionen gefallen. In der einen blieb der Inhalt des Safes unberührt. In der anderen wäre das Fach unter dem mit den Papieren leer.

»Woolly wollte das Beste für seine Freunde«, stellte Billy fest.

»Das stimmt.«

»Für dich und mich«, sagte Billy. »Und auch für Duchess.«

Sobald die Entscheidung gefallen war, mussten sie sich beeilen, das wusste Emmett, und das Haus wieder so herrichten, dass möglichst keine Spuren blieben.

Nachdem die Safetür geschlossen war, betraute Emmett seinen Bruder mit der Aufgabe, das Arbeitszimmer aufzuräumen. Er selbst würde sich um den Rest des Hauses kümmern.

Er sammelte alle Werkzeuge ein, die Duchess sich besorgt hatte, Hammer, Schraubenzieher, die Axt, und trug sie an dem aufgebockten Ruderboot vorbei in den Werkzeugschuppen.

Im Haus ging er als Erstes in die Küche. In der Gewissheit, dass Woolly niemals Bohnen aus der Dose gegessen hätte, steckte Emmett die leere Dose und die Pepsi-Flasche in eine Papiertüte, die sie mitnehmen müssten. Er wusch den Löffel ab und legte ihn in die Besteckschublade.

Die zerbrochene Scheibe in der Küchentür kümmerte Emmett nicht. Die Polizei würde annehmen, Woolly habe sie zerschlagen, um ins Haus zu kommen. Die Gewehrvitrine war schon eher ein Problem und würde Fragen aufwerfen. Ernste Fragen. Er stellte das Gewehr wieder in die Vitrine und nahm die Krocketkugel heraus. Dann ordnete er die Adirondack-Stühle so an, dass es aussah, als wären sie umgestürzt und in die Vitrine gefallen.

Jetzt musste er sich um Duchess kümmern.

Er packte ihn wieder unter den Achselhöhlen und schleppte ihn durch den Flur in den Schmutzraum und vor dort auf den Rasen hinaus.

Als Emmett und Billy beschlossen, ihren Anteil des Geldes zu nehmen und Duchess mit seinem Anteil zurückzulassen, nahm Billy Emmett das Versprechen ab, dass er Duchess nicht noch mehr wehtun würde, als er es schon getan hatte. Aber mit jeder Minute, die verging, wuchs die Möglichkeit, dass Duchess zu Bewusstsein kommen und Emmett vor neue Probleme stellen würde. Emmett musste etwas tun, damit Duchess ein paar Stunden lahmgelegt war. Oder zumindest so lange, wie Emmett und Billy brauchten, um ihre Arbeit im Haus zu beenden und sich auf den Weg zu machen.

In den Kofferraum des Cadillacs?, überlegte Emmett.

Das Problem mit dem Kofferraum war, dass Duchess, sobald er wieder zu Bewusstsein kam, sich entweder schnell daraus befreien konnte oder gar nicht. Und beides war schlecht.

Der Werkzeugschuppen?

Nein. Die Türen ließen sich von außen nicht sichern.

Als Emmett zum Schuppen hinübersah, präsentierte sich eine neue Möglichkeit, die ihm interessant schien. In dem Moment fing Duchess, der zu Emmetts Füßen lag, an zu stöhnen.

Mist, dachte Emmett.

Er sah, dass Duchess vorsichtig den Kopf hin und her bewegte und im Begriff war aufzuwachen. Als er abermals stöhnte, versicherte Emmett sich mit einem Blick über die Schulter, dass Billy nicht in der Nähe war, beugte sich vor, hob Duchess mit der linken Hand am Kragen an und schlug ihm mit der rechten ins Gesicht.

Nachdem Duchess abermals in eine Ohnmacht gesunken war, zerrte Emmett ihn zum Schuppen.

Eine Viertelstunde später waren sie abfahrbereit.

Dass Billy das Arbeitszimmer perfekt aufgeräumt hatte, überraschte Emmett nicht. Jedes Buch stand wieder an seinem Platz, alle Papiere waren geordnet und gestapelt, alle Schubladen wieder eingeschoben. Nur die Büste von Abraham Lincoln hatte Billy nicht hinstellen können, sie war zu schwer. Als Emmett sie aufhob und nach einem Platz dafür suchte, ging Billy zum Schreibtisch.

»Hier«, sagte er und fuhr mit dem Finger um den schwachen Umriss, der von dem Sockel stammte.

Billy wartete bei der Küchentür, während Emmett die Türen zur Veranda und zum Schmutzraum verschloss und einen letzten Gang durchs Haus machte.

In dem Schlafzimmer im Obergeschoss blieb er in der Tür stehen. Eigentlich wollte er alles so lassen, wie er es vorgefunden hatte. Aber dann sah er wieder das leere braune Fläschchen, und er steckte es in seine Tasche. Dann nahm er endgültig Abschied von Wallace Wolcott Martin.

Erst als er schon die Tür zuzog, fiel sein Blick auf seine alte Schultasche auf dem Sessel, und das brachte ihn auf den Gedanken, dass die Tasche, die er Duchess geliehen hatte, auch im Haus sein musste. Emmett ging durch alle Schlafzimmer, suchte anschließend das große Wohnzimmer ab und fand die Tasche neben der Couch, auf der Duchess anscheinend geschlafen hatte.

Emmett und Billy gingen von der Küche zum Anleger, und Emmett zeigte Billy, dass Duchess bestens versorgt war. Er stellte die Schultasche auf den Vordersitz des Cadillacs. Und im Kofferraum des Studebaker verstaute er zwei Papiertüten, eine mit dem Müll aus der Küche, die andere mit ihrem Anteil des Erbes. Als er im Begriff war, den Kofferraum zuzumachen, musste er daran denken, wie er vor neun Tagen auch so bei seinem Wagen gestanden hatte, nachdem ihm gerade das Vermächtnis seines Vaters in die Hände gekommen war: das Geld und das Zitat von Emerson, das halb Entschuldigung, halb Ermunterung war. Nachdem Emmett eintausendfünfhundert Meilen in die falsche Richtung gefahren war und gleich zu weiteren dreitausend Meilen aufbrechen würde, glaubte er, dass die ihm innewohnende Kraft aus einer neuen Quelle kam, dass niemand außer ihm wusste, wozu er imstande war, und dass auch er selbst es soeben erst herauszufinden begann. Er setzte sich neben Billy, drehte den Schlüssel im Schloss und drückte auf den Anlasser.

»Anfangs hatte ich gedacht, wir würden die Nacht im Motel verbringen«, sagte Emmett zu Billy. »Aber was meinst du – sollen wir Sally abholen und gleich losfahren?«

»Das ist eine gute Idee«, sagte Billy. »Lass uns Sally abholen und gleich losfahren.«

Als Emmett in einem Bogen rückwärts stieß, um vorwärts aus der Einfahrt fahren zu können, war Billy schon wieder mit gerunzelter Stirn über die Landkarte gebeugt.

»Was ist?«, fragte Emmett.

Billy schüttelte den Kopf.

»Der schnellste Weg ab hier ist dieser hier.«

Er setzte den Finger auf Woollys roten Stern und fuhr von dort mehrere Straßen in südwestlicher Richtung entlang, vom Haus der Wolcotts nach Saratoga Springs und Scranton, Pennsylvania, dann westlich nach Pittsburgh, wo sie wieder auf den Lincoln Highway stoßen würden.

»Wie viel Uhr ist es?«, fragte Emmett.

Billy sah auf Woollys Uhr und sagte, es sei eine Minute vor fünf.

Emmett zeigte auf eine andere Straße auf der Karte.

»Wenn wir so zurückfahren, wie wir gekommen sind, könnten wir mit der Fahrt am Times Square beginnen. Und wenn wir uns beeilen, kommen wir gerade rechtzeitig, um die Lichter angehen zu sehen.«

Billy sah ihn mit weit aufgerissenen Augen an.

»Wirklich, Emmett? Können wir das? Aber ist das nicht ein Umweg?«

Emmett tat so, als überlegte er.

»Ein kleiner Umweg, sicher. Aber was ist heute für ein Tag?«

»Der einundzwanzigste Juni«, sagte Billy.

Emmett legte den Gang ein.

»Dann haben wir immer noch dreizehn Tage für die Reise quer durchs Land und sind bis zum Vierten Juli in San Francisco.«

# DUCHESS

Als ich wieder zu Bewusstsein kam, hatte ich das Gefühl zu treiben, wie jemand, der an einem sonnigen Nachmittag in einem Boot liegt. Und genau so war es, wie ich dann feststellte! Ich bewegte den Kopf leicht hin und her, um ihn zu klären, dann legte ich die Hände auf die Dollborde und hievte mich hoch.

Das Erste, was mir auffiel, und ich gebe es gern zu, war die natürliche Schönheit des Bildes, das sich mir bot. Obwohl ich kein großer Naturfreund bin, denn ich finde das offene Land im Allgemeinen ungastlich, wenn nicht sogar feindlich, hatte der Anblick vor mir etwas zutiefst Befriedigendes. Da waren die Kiefern am Uferrand, da das Sonnenlicht, das auf den See herunterströmte, und da die Wasseroberfläche, die von einer zarten Brise bewegt wurde. Man musste unwillkürlich seufzen bei dem majestätischen Anblick.

Aber mein schmerzender Schädel brachte mich wieder zur Besinnung. Anscheinend saß ich auf einem Haufen angemalter Steine. Als ich einen davon in die Hand nahm, bemerkte ich, dass ich nicht nur an der Hand getrocknetes Blut hatte, sondern auch auf meinem Hemd.

Dann fiel es mir wieder ein.

Emmett hatte mir den Gewehrkolben auf den Schädel gedonnert!

Ich versuchte gerade, den Safe zu öffnen, als Emmett hereingestürmt kam. Wir hatten eine Auseinandersetzung, ein Gerangel. Der dramatischen Wirkung wegen hatte ich ein Gewehr geschwungen und auf Billy gerichtet. Aber Emmett, der meine Absichten falsch gedeutet hatte, entriss es mir und zog es mir über den Schädel.

Vielleicht hatte er mir das Nasenbein gebrochen. Das würde erklären, warum ich solche Mühe hatte, durch die Nase zu atmen.

Als ich mich aufrichtete, um meine Wunden genauer zu begutachten, hörte ich den laufenden Motor eines Wagens. Ich blickte nach links hinüber und sah, wie der Studebaker, quietschgelb, zurückstieß und dann aus der Einfahrt der Wolcotts fuhr.

»Wartet!«, rief ich.

Aber als ich mich über die Seitenwand lehnte und nach Emmett rufen wollte, neigte sich das Boot.

Ich lehnte mich zurück und setzte mich sachte wieder in die Mitte.

Gut, dachte ich, Emmett hatte mich mit dem Gewehrkolben bewusstlos geschlagen, aber statt mich, wie er es angedroht hatte, zur Polizeiwache zu fahren, hat er mich ohne Ruder in ein Ruderboot gesetzt. Warum hatte er das getan?

Dann verstand ich, und meine Augen wurden schmal.

Weil der kleine Klugscheißer ihm gesagt hat, ich könnte nicht schwimmen. Das ist der Grund. Und nachdem die Brüder Watson mich auf den See hinausgestoßen hatten, glaubten sie, genügend Zeit zu haben, um den Safe aufzubrechen und Woollys ganzes Erbe für sich zu nehmen.

Aber während ich diesen hässlichen Gedanken dachte, ein Gedanke, für den ich nie genug büßen werde, fielen mir die Stapel Banknoten im Bug des Bootes auf.

Emmett hatte den Safe also geknackt, gut, hatte ich doch gleich gewusst, dass es ihm gelingen würde, aber statt mir meinen rechtmäßigen Anteil vorzuenthalten, hatte er ihn mir gegeben.

Es war doch mein rechtmäßiger Anteil, oder?

Ich meine, so ungefähr müssten doch fünfzigtausend Dollar aussehen.

Jetzt war ich neugierig und bewegte mich vorsichtig zum Bug vor, um eine kurze Überschlagsrechnung zu machen. Aber in dem Moment, als sich der vordere Teil des Bootes um gute zwei Zentimeter senkte, strömte Wasser durch das Loch im Bug. Rasch rutschte ich zurück, und das Wasser hörte auf, ins Boot zu fließen.

Das hier war nicht einfach ein Ruderboot, wurde mir da bewusst, als das Wasser mir um die Füße plätscherte, das hier war das Ruderboot, das zur Reparatur aufgebockt war. Und deshalb hatte Emmett das Heck mit Steinen beschwert. Damit das Loch im Bug über der Wasserlinie lag.

Das war genial, dachte ich und lächelte. Ein Boot mit einem Loch und ohne Ruder, mitten auf einem See. Wie ein Arrangement für Kazantikis. Emmett hätte noch einen drauflegen können, wenn er mir die Hände hinter dem Rücken gefesselt hätte. Oder mir Handschellen angelegt hätte.

»Na gut«, sagte ich und stellte mich bereitwillig der Herausforderung.

Nach meiner Schätzung war ich vielleicht hundert Meter vom Ufer entfernt. Wenn ich mich zurücklehnte, die Hände ins Wasser streckte und paddelte, müsste ich es schaffen, an Land zu kommen.

Aber die Arme über die Bootswände zu legen, erwies sich als erstaunlich schwierig, und das Wasser war erstaunlich kalt. Und so musste ich alle paar Minuten das Paddeln unterbrechen, um meine Finger zu wärmen.

Dann, gerade als ich voranzukommen schien, erhob sich eine Nachmittagsbrise, und wenn ich mein Paddeln unterbrach, trieb ich wieder zurück in die Mitte des Sees.

Also paddelte ich schneller und machte kürzere Pausen. Aber fast wie eine Antwort darauf blies der Wind stärker. Er wurde so stark, dass einer der Scheine von dem Stapel flatterte und mehrere Meter entfernt im Wasser landete. Dann noch einer. Und noch einer.

Ich paddelte, so schnell ich konnte, jetzt ohne Pausen. Aber der Wind wehte weiter, und die Scheine flatterten aus dem Boot, jeder Schein fünfzig Dollar wert.

Was konnte ich tun? Ich hörte auf zu paddeln, stellte mich hin und ging vorsichtig mit kleinen Schritten nach vorn. Beim dritten Schritt neigte sich das Boot zu weit, und wieder strömte Wasser durch das Loch. Ich machte einen Schritt zurück, und das Wasser hörte auf.

Ein vorsichtiges Vorgehen war unmöglich, wurde mir klar. Ich musste mit raschem Griff versuchen, die Geldstapel zu packen, und mich so schnell wie möglich, bevor zu viel Wasser eingedrungen war, wieder ins Heck setzen.

Mit ausgestreckten Armen versuchte ich, mein Gleichgewicht zu halten und mich auf die Aktion vorzubereiten.

Es erforderte lediglich Geschick. Eine schnelle Bewegung, ein gezielter Griff. Wie wenn man einen Korken aus der Flasche zieht. Genau, dachte ich. Das Ganze sollte nicht mehr als zehn Sekunden dauern. Aber da Billy nicht da war, müsste ich den Countdown selbst machen.

Bei »zehn« machte ich den ersten Schritt nach vorn, und das Boot schwankte nach rechts. Bei »neun« glich ich die Bewegung mit einem Schritt aus, und das Boot schwankte nach links. Bei »sieben« und dem ganzen Schwanken und Schaukeln verlor ich das Gleichgewicht und landete vornüber auf dem Geldstapel, während das Wasser durch das Loch strömte.

Ich streckte die Hände nach den Seitenwänden aus und wollte mich hochstemmen, aber meine Finger waren vom Paddeln noch ganz gefühllos, sodass ich den Halt verlor und wieder nach vorn fiel, und dabei schlug ich mit der gebrochenen Nase auf dem Bug auf.

Ich heulte vor Schmerz und richtete mich reflexartig auf, während das eisige Wasser ins Boot strömte. Jetzt war mein ganzes Gewicht in der Bootspitze, das Heck hinter mir hob sich aus dem Wasser, ein paar der angemalten Steine rollten auf meine Füße zu, der Bug senkte sich weiter, und ich stürzte kopfüber in den See.

Ich strampelte mit den Füßen im Wasser und ruderte mit den Armen, und als ich tief einatmen wollte, lief mir stattdessen Wasser in den Mund. Ich hustete und schlug um mich und merkte, wie mein Kopf unter Wasser tauchte und mein Körper sank. Ich blickte nach oben, durch das Wasser, und sah die Schatten der Scheine, die wie Herbstlaub auf dem Wasser trieben. Dann schwamm das Boot über mich hinweg und warf einen größeren Schatten, und dieser Schatten breitete sich in alle Richtungen aus.

Aber gerade, als es schien, dass der ganze See in Dunkelheit getaucht würde, hob sich ein Vorhang, und ich stand in einer großen Stadt auf einer belebten Straße, nur dass die Passanten um mich herum Menschen waren, die ich kannte, und sie alle waren mitten in der Bewegung erstarrt.

Ganz in der Nähe saßen Woolly und Billy auf einer Bank und betrachteten lächelnd den Grundriss des Hauses in Kalifornien. Und da war Sally, die sich über einen Kinderwagen beugte und die Decke über einem Kind festzog, das in ihrer Obhut war. Und da drüben, bei dem Blumenverkäufer, stand Schwester Sarah mit einem wehmütigen, in die Ferne gerichteten Blick. Und hier, keine zwanzig Meter entfernt, bei der Tür seines leuchtend gelben Autos, stand der aufrechte, der ehrenwerte Emmett.

»Emmett«, rief ich.

Aber schon beim Rufen hörte ich das ferne Läuten einer Standuhr. Nur dass es keine Standuhr war und auch nicht fern. Es war die goldene Uhr, die mir in die Westentasche geschummelt worden war und die jetzt in meiner Hand lag. Ich blickte auf das Ziffernblatt, konnte aber nicht erkennen, wie spät es war, aber ich wusste, dass nach dem nächsten Läuten die erstarrte Welt wieder in Bewegung kommen würde.

Ich lüftete meinen zerbeulten Hut vor Sarah und Sally. Ich verneigte mich vor Woolly und Billy, ich verneigte mich vor dem unvergleichlichen Emmett Watson.

Und als das letzte Läuten ertönte, wandte ich mich ihnen zu, um mit der letzten Luft in meinen Lungen zu sagen: »Der Rest ist Schweigen«, so wie Hamlet.

Oder war es Jago?

Das wusste ich nie.

# Project Management

## Study Guide

By

Greg Horine

BPB PUBLICATIONS

**FIRST INDIAN EDITION 2017**

**ISBN : 978-93-8655-100-9**

Reprinted in India under arrangement with Pearson Education Inc., USA
Authorized reprint from the English language edition, entitled PROJECT MANAGEMENT: Absolute Beginners's Guide, 1st Edition, by Greg Horine, Published by Pearson Eduction, Inc., publishing as QUE Publishing, Copyright © 2016 Pearson Education, Inc.



**Distributors:**

**BPB PUBLICATIONS**
20, Ansari Road, Darya Ganj
New Delhi-110002
Ph: 23254990/23254991

**DECCAN AGENCIES**
4-3-329, Bank Street,
Hyderabad-500195
Ph: 24756967/24756400

**MICRO MEDIA**
Shop No. 5, Mahendra Chambers,
150 DN Rd. Next to Capital Cinema,
V.T. (C.S.T.) Station, MUMBAI-400 001
Ph: 22078296/22078297

**BPB BOOK CENTRE**
376 Old Lajpat Rai Market,
Delhi-110006
Ph: 23861747

**COMPUTER BOOK CENTRE**
12, Shrungar Shopping Centre,
M.G.Road, BENGALURU–560001
Ph: 25587923/25584641

Published by Manish Jain for BPB Publications, 20, Ansari Road, Darya Ganj, New Delhi-110002 and Printed at Akash Press, New Delhi

# Contents at a Glance

# Table of Contents

## II Project Planning

# Dedication

*This book is dedicated to the "students" that I constantly visualized in my mind as I developed this book—the bright and caring family that surrounds my life, including my wife, parents, siblings, in-laws, aunts, uncles, cousins, and grandparents.*

*This book is also dedicated to the parents, families, practitioners, and researchers who are diligently fighting to rescue children from autism spectrum and bipolar disorders.*

*This book is dedicated to my key inspirational sources: my incredible wife, Mayme (I still wake up every day with a smile in my heart knowing I am married to her), and my "fabulous five" children: Michael, Victoria, Alex, Luke, and Elayna (each one is a hero to me).*

# Acknowledgments

I am grateful for the patience, support, and teamwork demonstrated by the following individuals: my editor, Laura Norman; the Que Publishing team, my family; and my parents, Carla and Bud.

In addition, I want to acknowledge the talents and professionalism of Mr. Craig Thurmond for his graphical design contributions to this book.

# We Want to Hear from You!

As the reader of this book, *you* are our most important critic and commentator. We value your opinion and want to know what we're doing right, what we could do better, what areas you'd like to see us publish in, and any other words of wisdom you're willing to pass our way.

We welcome your comments. You can email or write to let us know what you did or didn't like about this book—as well as what we can do to make our books better.

*Please note that we cannot help you with technical problems related to the topic of this book.*

When you write, please be sure to include this book's title and author as well as your name and email address. We will carefully review your comments and share them with the author and editors who worked on the book.

**Email:** sales@bpbonline.com

# Reader Services

Register your copy of *Project Management Absolute Beginner's Guide* at quepublishing.com for convenient access to downloads, updates, and corrections as they become available. To start the registration process, go to quepublishing.com/register and log in or create an account*. Enter the product ISBN, 9780789756756, and click Submit. When the process is complete, you will find any available bonus content under Registered Products.

*Be sure to check the box that you would like to hear from us to receive exclusive discounts on future editions of this product.

# INTRODUCTION

As organizations continue to move toward "project-based" management to get more done with fewer resources—and as the demand for effective project managers continues to grow—more and more individuals find themselves with the opportunity to manage projects for the first time.

In an ideal world, every new project manager candidate would complete certified project management training programs and serve as an apprentice before starting a first project manager opportunity, but…this is the real world. In many cases, a quicker, more accessible, and more economical alternative is needed to guide these candidates in managing projects successfully the first time.

*Absolute Beginner's Guide to Project Management*, Fourth Edition, is intended to provide this alternative in a helpful, fun, and practical style.

## About This Book

The objectives of this book include the following:

- To be a pragmatic guide that prepares a new project manager for the "real world."
- To be an easy-to-use tutorial and reference for any person managing a first project.
- To teach the key concepts and fundamentals behind project management techniques. When you understand these, you can apply them effectively independent of toolset, environment, or industry.
- To reduce the on-the-job learning curve by sharing the traits of successful projects and "lessons learned" from less-than-successful projects.
- To balance the breadth of topics covered with adequate depth in specific areas to best prepare a new project manager.
- To review the skills and qualities of effective project managers.
- To emphasize the importance of project "leadership" versus just project "management."

Consistent with the *Absolute Beginner's Guide* series, this book uses a teaching style to review the essential techniques and skills needed to successfully manage a project. By teaching style, I intend the following:

- A mentoring, coaching style that is fun, easy to read, and practical.
- Assumes that the reader does not have previous hands-on experience with project management.
- Teaches the material as if an instructor were physically present.
- Presents the material in task-oriented, logically ordered, self-contained lessons (chapters) that can be read and comprehended in a short period of time (15 to 30 minutes).
- Emphasizes understanding the principle behind the technique or practice.
- Teaches the material independent of specific tools and methodologies.
- Teaches the material with the assumption that the reader does not have access to organizational templates or methodologies.
- Provides a summary map of the main ideas covered at the end of each chapter. Research has shown that this type of "mind-map" approach can drive better memory recollection when compared to traditional linear summary approaches.

## OUT-OF-SCOPE

The scope of this book is clearly outlined in the table of contents, but as I cover later, it is always good to review what is out of scope to ensure understanding of the scope boundaries. Because the field of project management is extremely broad, and we needed to draw the line somewhere, this book focuses on the proper management of a single project. As a result, the following advanced project management subjects are not covered in this book:

- Program management
- Enterprise portfolio management
- Enterprise resource management
- Advanced project risk management topics
- Advanced project quality management topics
- Advanced project procurement management topics

## DISCLAIMER

Although there are definitely concepts, fundamentals, and techniques covered in this book that are of enormous assistance to anyone taking the PMP certification exam, this book is not intended to be an exam preparation guide.

The focus is not on theory, academia, or the *PMBOK Guide* (PMI's *A Guide to the Project Management Body of Knowledge*). The focus is on getting the first-timer ready to manage a first project in the real-world environment.

Although the PMBOK is an admirable industry standard, it is updated every four years to better capture the evolving knowledge in the field and to improve the consistency and clarity of the standards. It is not intended to be a "how-to" guide for a first-time practitioner.

That being said, I have added some PMP exam-preparation pointers in Chapter 25, "The Fun Never Stops."

## Who Should Read This Book?

*Absolute Beginner's Guide to Project Management*, Fourth Edition is recommended for any person who fits into one or more of the following categories:

- Individuals unsatisfied with other introductory project management books
- Individuals new to project management, such as
  - Technologists
  - Knowledge workers
  - Students
  - Functional managers
- Professionals taking a first project management assignment, such as
  - Team leaders
  - Project coordinators
  - Project administrators
  - Project support
- Experienced project managers needing a refresher course
- Experienced project managers with limited formal project management education

## How This Book Is Organized

This book has been divided into five parts:

- Part I, "Project Management Jumpstart," sets up the general framework for our project management discussion and accelerates your project management learning curve, including an insightful review of successful projects and project managers.
- Part II, "Project Planning," reviews the processes that establish the foundation for your project.
- Part III, "Project Control," reviews the processes that enable you to effectively monitor, track, correct, and protect your project's performance.

- Part IV, "Project Execution," reviews the key leadership and people-focused skills that you need to meet today's business demands.
- Part V, "Accelerating the Learning Curve…Even More," provides experienced insights and tips to better handle real-life project situations that will further accelerate the knowledge base and skill level of the new project manager. Key topics include making better use of Microsoft Project, dealing with real-world situations, and other concepts that a new project manager is likely to encounter. And new to the fourth edition is a bonus section on PMP exam preparation.

# What's New in This Edition

While the key principles of project management, leading teams, and effective communication that this book has focused on since 2005 are timeless, this book has always been ahead of the curve in addressing leading-edge trends in projects and project management and in providing powerful tips to help reduce the learning curves for new project managers. Hot key trends in project management, such as agile approaches, leading virtual/remote teams, leading disparate teams, and cloud collaboration tools, have been included since the first edition.

However, it has been four years since the third edition.

In this edition, existing sections have been enhanced with more references to those trends mentioned before, especially the sections on Microsoft Project (in Chapter 23) and agile approaches (in Chapter 25). Also, a new section was added in Chapter 25 to cover key security, HIPPA compliance, and privacy learning points.

On top of that, all references to the PMBOK have been updated with the *PMBOK Guide* – Sixth Edition references (currently scheduled for release in 2017), and a new bonus chapter (Chapter 26) on PMP exam preparation has been added.

# Conventions Used in This Book

Throughout the book, I use the following conventions and special features:

- At the beginning of each chapter, you find a quick overview of the major topics that are expounded upon as you read through the material that follows.
- The end of each chapter provides a list of key points along with a visual summary map.

- You also find several special sidebars used throughout this book:

**NOTE** These highlight specific learning points or provide supporting information to the current topic.

**TIP** These highlight specific techniques or recommendations that could be helpful to most project managers.

**CAUTION** These highlight specific warnings that a project manager should be aware of.

## IN THIS CHAPTER

- Clarify what project management is and "is not" (it's likely more than you think)
- Learn why projects are challenging to manage
- Understand why project management is the key to the future growth of any organization
- Learn why the future of project management is bright and why becoming a certified project manager might be a wise career move
- Review the latest trends in project management that might impact your first opportunity

1

# PROJECT MANAGEMENT OVERVIEW

Because your perceptions surrounding project management will vary depending on work experiences, education, industry, and roles, it's important to establish some "common ground" before we venture down the road of learning what a project manager must do to be successful in his first opportunity.

This chapter provides the common ground by clarifying what constitutes project management and why project management is important to both your future and the future of your organization.

# What Is Project Management...Exactly?

If you are like most people, you are "pretty sure" you know what projects are, and you "think" you know what project management is (and what a project manager does), but there's always a varying amount of uncertainty in those perceptions. So, let's start off by clarifying some key concepts.

*Project management* is simply the process of managing projects (and you thought this was going to be difficult). Although this definition is not particularly helpful, it does illustrate three key points:

- Project management is not "brain surgery." Yes, it covers a vast array of subjects, processes, skills, and tools, but the key fundamentals of project management are straightforward and are consistent across industries.
- To better understand project management, we need to understand what a project is. The nature of a project provides insights into the scope and challenges of project management.
- To better understand project management, we need to understand what is implied by the term *managing* and how this compares against traditional business management.

## What Is a Project Exactly?

A *project* is the work performed by an organization one time to produce a unique outcome. By *one time*, we mean the work has a definite beginning and a definite end, and by *unique*, we mean the work result is different in one or more ways from anything the organization has produced before. Examples of projects include the following:

- Building a new house
- Developing a new software application
- Performing an assessment of current manufacturing processes
- Improving an organizational business process
- Writing a book
- Relocating a company's technology infrastructure to a new location
- Merging two organizations

This is in contrast to the operations of an organization. The operational work is the ongoing, repetitive set of activities that sustain the organization. Examples of ongoing operations include the following:

- Processing customer orders
- Performing accounts receivable and accounts payable activities
- Executing daily manufacturing orders
- Performing recommended equipment maintenance procedures
- Conducting customer account maintenance

To further explain the nature of projects (and project management) and how they compare to the ongoing operations of an organization, please review the summary in Table 1.1.

**TABLE 1.1** Comparing Projects and Operations

| Feature | Projects | Operations |
|---|---|---|
| Key Similarities | Planned, executed, and controlled<br>Performed by people<br>Resource constrained | Planned, executed, and controlled<br>Performed by people<br>Resource constrained |
| Purpose | Attain objectives and terminate | Sustain the organization |
| Time | Temporary<br>Definite beginning and end points | Ongoing |
| Outcome | Unique product, service, or result | Non-unique product, service, or result |
| People | Dynamic, temporary teams formed to meet project needs<br>Generally not aligned with organizational structure | Functional teams generally aligned with organizational structure |
| Authority of Manager | Varies by organizational structure<br>Generally minimal, if any, direct line authority | Generally formal, direct line authority |

**NOTE** The Project Management Institute (PMI) definition of *project* is a temporary endeavor to produce a unique product or service.

After reviewing this comparison, you are beginning to see the inherent challenges involved with project management. Projects are less predictable and are constantly impacted by the dynamic, uncertain nature of most organizational environments. We detail the typical challenges later in this chapter. For now, let's better define project management.

## Managing Projects

What do we mean when we say "managing projects"?

- We mean applying both the science and the art of planning, organizing, implementing, leading, and controlling the work of a project to meet the goals and objectives of the organization.
- We mean the process of defining a project, developing a plan, executing the plan, monitoring progress against the plan, overcoming obstacles, managing risks, and taking corrective actions.
- We mean the process of managing the competing demands and trade-offs between the desired results of the project (scope, performance, quality) and the natural constraints of the project (time and cost).

> **NOTE** The PMI definition of *project management* is the application of knowledge, skills, tools, and techniques to project activities to meet project requirements.

- We mean the process of leading a team that has never worked together before to accomplish something that has never been done before in a given amount of time with a limited amount of money.

Sounds like fun, doesn't it? We explain each of these key aspects of project management in subsequent chapters, and we discuss many of the specific tasks and responsibilities performed by the project manager in Chapter 2, "The Project Manager," but for now we just want to align our general understanding of project management.

## An Academic Look

To further assist this alignment process, let's look at project management from a more academic level. PMI, the globally recognized standards organization for project management (www.pmi.org), defines project management as a set of five process groups (see Table 1.2) and ten knowledge areas (see Table 1.3). These references are taken from the PMI's *A Guide to the Project Management Body of Knowledge*, Sixth Edition (*PMBOK Guide* – Sixth Edition).

**TABLE 1.2** Description of Project Management Process Groups

| # | Process Group | Description per *PMBOK Guide* – Sixth Edition | Common Terms |
|---|---|---|---|
| 1 | Initiating | Those processes performed to define a new project or a new phase of an existing project by obtaining authorization to start the project or phase. | "preliminary planning"<br>"kicking off" |
| 2 | Planning | Those processes required to establish the scope of the project, refine the objectives, and define the course of action required to attain the objectives that the project was undertaken to achieve. | "defining"<br>"developing the plan"<br>"setting the stage" |
| 3 | Executing | Those processes required to coordinate the people and resources needed to implement the plan. | "making it happen"<br>"getting it done"<br>"coordinating" |
| 4 | Monitoring and Controlling | Those processes required to track, review, and regulate the progress and performance of the project; identify any areas in which changes to the plan are required; and initiate the corresponding changes. | "tracking progress"<br>"keeping on course" |
| 5 | Closing | Those processes performed to formally complete or close the project, phase, or contract. | "client acceptance"<br>"transition"<br>"closeout"<br>"close contract" |

**TABLE 1.3** Description of PMBOK Knowledge Areas

| # | Knowledge Area | Description per *PMBOK Guide* – Sixth Edition | Common Deliverables |
|---|---|---|---|
| 1 | Project Integration Management | Processes and activities to identify, define, combine, unify, and coordinate the various processes and project management activities within the Project Management Process Groups. | Project Charter<br>Project Plan<br>Change Requests<br>Work Results |
| 2 | Project Scope Management | Processes required to ensure that project includes all the work that is required and only the work that is required to complete the project successfully. | Scope Statement<br>Work Breakdown Structure<br>Formal Acceptance |

| # | Knowledge Area | Description per *PMBOK Guide* – Sixth Edition | Common Deliverables |
|---|---|---|---|
| 3 | Project Schedule Management | Processes required to ensure timely completion of the project. | Network Diagram<br>Task Estimates<br>Project Schedule |
| 4 | Project Cost Management | Processes involved in planning, estimating, budgeting, financing, funding, managing, and controlling costs so the project can be completed within the approved budget. | Resource Requirements<br>Cost Estimates<br>Project Budget |
| 5 | Project Quality Management | Processes for incorporating the organization's quality policy regarding planning, managing, and controlling project and product quality requirements, to meet stakeholders' expectations. | Quality Management Plan<br>Checklists<br>Quality Reviews |
| 6 | Project Resources Management | Processes required to make the most effective use of the people involved with the project. | Role and Responsibility Matrix<br>Organization Chart<br>Performance Evaluations |
| 7 | Project Communications Management | Processes required to ensure timely and appropriate planning, collection, creation, distribution, storage, retrieval, management, control, monitoring, and ultimate disposition of project information. | Communication Plan<br>Status Reports<br>Presentations<br>Lessons Learned<br>Knowledge Repositories |
| 8 | Project Risk Management | Processes of conducting risk management planning, identification, analysis, response planning, response implementation, and monitoring risk on a project. | Risk Management Plan<br>Risk Response Plan<br>Risk Log |
| 9 | Project Procurement Management | Processes necessary to purchase or acquire products, services, or results needed from outside the project team. | Procurement Plan<br>Statement of Work<br>Proposals<br>Contracts |

| # | Knowledge Area | Description per *PMBOK Guide* – Sixth Edition | Common Deliverables |
|---|---|---|---|
| 10 | Project Stakeholder Management | Processes required to identify the people, groups, or organizations that could impact or be impacted by the project, to analyze stakeholder expectations and their impact on the project, and to develop appropriate management strategies for effectively engaging stakeholders in project decisions and execution. | Stakeholder Register<br>Stakeholder Engagement Plan<br>Project Schedule<br>Issue Log<br>Change Requests |

Figure 1.1 summarizes the relationships among the project management process groups, based on *PMBOK Guide* – Sixth Edition.

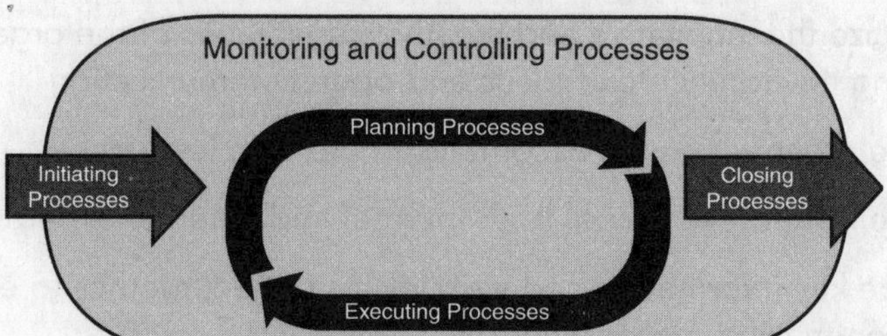


**FIGURE 1.1**

*Project management process relationships.*

**NOTE** *PMBOK Guide* – Sixth Edition will officially release in 2017. PMI targets an update to the PMBOK every four years.

**NOTE** Project management is a broad field with great potential for specialized and in-depth study. There are entire books and training classes focused solely on advanced analysis of individual process groups and knowledge areas.

Again, depending on your experiences, you might not have realized that project management consisted of all this, and you might not actually perform all these activities as a project manager in your organization. However, it is important and helpful to understand how big your playing field is when learning something new. This book will not completely educate you on each of these process groups nor each of the ten knowledge areas, but it will provide you with the knowledge, essential tools, and real-world insights to improve your effectiveness on your first project management assignment.

# What Is the Value of Project Management?

As the organizational operating environment continues to become more global, more competitive, and more demanding, organizations must adapt. They must become more efficient, more productive—they must do more with less. They must continually innovate. They must respond rapidly to a fast-changing environment. *How can they do this? How can they do this in a strategic manner? How can they do this and still have the proper management controls?* They can do this with effective project management. The strategic value points that effective project management can offer an organization include, but are not limited to, the following:

- Provide a controlled way to rapidly respond to changing market conditions and new strategic opportunities
- Maximize the innovative and creative capabilities of the organization by creating environments of focus and open communication
- Enable organizations to accomplish more with less cost
- Enable better leverage of both internal and external expertise
- Provide key information and visibility on project metrics to enable better decision-making management
- Increase the pace and level of stakeholder acceptance for any strategic change
- Reduce financial losses by "killing off" poor project investments early in their life cycles

**NOTE** *Stakeholder* is the term used to describe individuals and organizations who are actively involved in the project or whose interests might be impacted by the execution or completion of the project.

In addition to providing apparent value to any organization, project management also offers tremendous value to each of us as individuals. At a personal level, the value of effective project management

- Ensures that our work is put to the best use for the organization and is properly recognized
- Provides a career path that offers unique, challenging opportunities on each new project

- Provides a career path that requires all our abilities and knowledge, including our management, business, people, and technical skills
- Provides a career path that is high in demand and, generally, offers an increase in income
- Provides a career path that prepares you for organizational leadership positions
- Provides a career path that is recognized more each year as excellent preparation for CxO positions (as more CxO positions are filled by individuals with project management experience)
- Provides a career path that enables you to be on the front lines of strategic organizational initiatives and have major impact on the organization's future

# Why Are Projects Challenging?

From what we've covered so far, from your own experiences, or from your reading of trade publications, you likely have some appreciation for the difficulty of completing a successful project. Although I address many common challenges in more detail throughout this book, let's review the key reasons why projects are challenging to manage:

- **Uncharted territory**—Each project is unique. The work to be done has likely never been done before by this group of people in this particular environment.
- **Multiple expectations**—Each project has multiple stakeholders that each have their own needs and expectations for the project.
- **Communication obstacles**—Due to natural organizational boundaries, communication channels, and team development stages, communication of project information must be proactively managed to ensure proper flow.
- **Balancing the competing demands**—Every project is defined to produce one or more deliverables (scope) within a defined time period (time), under an approved budget (cost) with a specified set of resources. In addition, the deliverables must achieve a certain performance level (quality) and meet the approval of the key stakeholders (expectations). Each of these factors can affect the others, as Figure 1.2 illustrates. For example, if additional functionality (scope, quality) is desired, the time and cost (resources needed) of the project will increase. This is a key focus of an effective project manager.

**NOTE** The competing project demands are often referred to as the *triple constraint of project management.* Time and Cost (or Resources) are always two sides of the triangle. Depending on where you look, the third side is either Scope, Performance, or Quality. In either case, it's the "output" of the project. Additionally, many recent variations of this model have included the additional demand of Client Expectations.

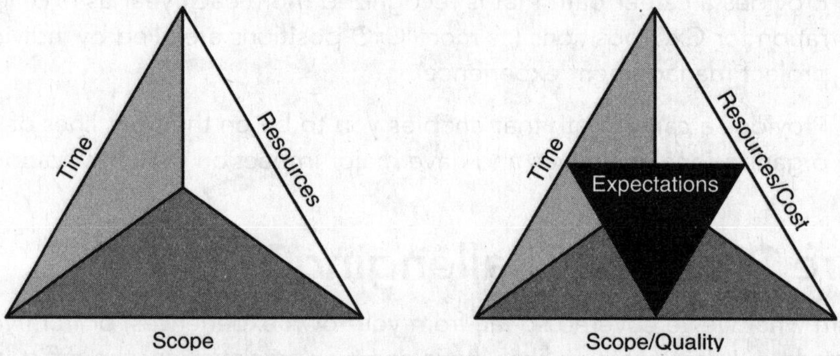


**FIGURE 1.2**

*Competing project demands (traditional model on left, modern model on right), summarizing the relationships between the natural competing demands of projects.*

- **Cutting edge**—Often, projects have a strategic, innovative focus. As a result, they often deal with new, leading-edge technologies. In these cases, the project has more risks, more unknowns, and is much more difficult to estimate accurately.
- **Organizational impacts**—In addition to overcoming natural communication obstacles created by the project structure, the project manager must also manage overlaps in organizational approval and authority domains, contend with competing priorities for shared resources, deal with annual budget cycles that might not be aligned with the project's funding needs, and ensure that the project is aligned with the focus of the organization.
- **Collaboration**—Depending on the strategic level and scope of your project, your project team will consist of stakeholders across the organization from different functional areas that are likely not accustomed to working together. For project success, these different stakeholders must learn to work together and to understand the others' perspectives to make the best decisions for the project. Often, the project manager plays a key facilitating role in this collaboration process.

- **Estimating the work**—Estimating project work is difficult, yet the time and cost dimensions of the project are built on these work effort estimates. Given the facts that the work of the project is often unique (never been done before at all, never been done with these tools, and never been done by these people), and most organizations do not maintain accurate historical records on previous projects (that might have similar work components), it is difficult to accurately estimate the effort for individual work items, not to mention the entire project. For the entire project, you must anticipate the quantity and severity of the issues and obstacles that are likely to surface. We cover this in more detail in Chapters 7, "Estimating the Work," and 14, "Managing Project Risks."

# Growing Demand for Effective Project Managers

With the value that project management offers any organization, it is easy to understand why more and more industries are adopting project management as the way to do business. As a result, if you check nearly any recent hiring survey or "hot" careers forecast, you will find project management near the top of this list.

With the business trends of global competition and increased worker productivity continuing for the foreseeable future, the demand for successful project managers will only increase. Even in industries and organizations that are experiencing staff reductions, the individuals who have the knowledge, the social intelligence, and the management competence to solve problems and get projects done are the individuals most valued and retained by the organization.

In addition, with the increased cybersecurity threats to organizational assets, the growing complexity of applications, and the ability to collect more and more data, the need for professionals who can understand these dynamics, clearly summarize and communicate to the organization, and still get things done successfully will just continue to rise for years to come.

Furthermore, many organizations have either compliance or competitive drivers requiring them to make process improvements to meet process standards set forth by acts of Congress (HIPAA compliance), government agencies (such as the Food and Drug Administration or Environmental Protection Agency), industry standards bodies (such as the International Organization for Standards), or industry process models (such as Six Sigma Quality Model or the Capability Maturity Model Integration for software engineering or project management). In all these cases, effective project management is a requirement to ensure these process improvements are made, sustained, and can be repeated.

As the demand for effective project managers continues to grow and organizations continue to experience varying degrees of success with project management, more organizations are requiring their project managers to be certified. Specifically, they are requesting PMI's Project Management Professional (PMP) certification. Much like a master's of business administration (M.B.A.) degree does not guarantee a person can run a profitable, growing business, the PMP certification does not guarantee a person can successfully manage a project. However, it does provide assurance that the individual does have a baseline level of knowledge and experience, and it does indicate that the person takes her profession seriously.

## Trends in Project Management

The pace of change in today's business and technology climate has never been greater. As a result, there are always new challenges facing today's project manager. Here are some other trends in business and project management that first-time project managers are likely to encounter (that they might not have just a decade or less ago):

- **Cybersecurity threats**—With the increased frequency, scale, and impact of cyber attacks, organizations are having to respond and update legacy systems quickly that were not designed with the necessary level of security in mind. In addition, any new system must be designed with these new requirements. See Chapter 25 for more information.
- **Mobile and Internet of things applications**—The growing use of mobile and wearable technologies, combined with the accelerating use of smart sensors in almost all devices, now enables organizations to offer services and collect both quality and quantity of data that seemed impossible just a few years ago. All of this has exponential impact on the variables that need to be tested.
- **Social media**—A powerful tool when used responsibly and with purpose both internal and external to the organization; however, if guidelines and security protocols are not established, it can be a problem.
- **Project management collaboration tools**—As the move to virtual teams moves forward, the ability to set up and use a cloud-based collaboration work environment effectively is important. See Chapter 25 for more information.
- **Agile development**—Due to the pace of change and the need to adapt quickly and generate working products/systems as soon as possible, agile development methodologies are becoming the norm. See Chapter 25 for more information.

- **HIPAA privacy compliance**—For many organizations and industries, HIPAA compliance is the first time they have had to set up procedures and systems to ensure specific data items are protected and not put at risk. This coincides with the general increased risk of all customer data being exposed due to cybersecurity threats. See Chapter 25 for more information.
- **Managing virtual, cross-functional, and multicultural teams**—With the continuous advancements in workgroup and communications tools, the increased integration of processes within an organization, and the continuous drive for increased organizational efficiencies, it is very likely that your project team will consist of members from different physical locations (virtual), different functional departments (cross-functional), or different cultures (multicultural, global). See Chapter 20, "Managing Differences," and Chapter 17, "Managing Project Communications," for more information.
- **Change agent**—Because most projects represent a change to business as usual, the project manager is expected to play a key role in leading the stakeholders through the change and acceptance process. See Chapter 16, "Leading a Project," and Chapter 18, "Managing Expectations," for more information.
- **Servant leadership**—Due to a lack of formal authority, the need to understand the requirements of all stakeholders and the importance of facilitation, collaboration, and managing expectations, there is a growing awareness that a servant leadership style is paramount for effective project management. See Chapter 16 for more information.
- **Managing vendors**—With the increased outsourcing of non-core activities and the increased use of cloud services, more projects leverage one or more vendors (suppliers) to get work done. See Chapter 21, "Managing Vendors," for more information.
- **Working with PMOs and corporate governance processes**—If you are working in any type of corporate or multiple business unit environment, you most likely deal with Project Management Office (PMO) or other corporate governance processes. See Chapter 25 for more information.

# Additional Resources

In addition to the PMBOK, PMI also provides specific standards documents or practice guides on the following

- Program Management
- Portfolio Management

- Organizational Project Management Maturity Management (OPM3)
- Earned Value Management
- Project Risk Management
- Project Estimating
- Work Breakdown Structures
- Scheduling
- Project Configuration Management
- Project Management Competency
- Construction—Project Management
- Government—Project Management
- Requirements Management
- Business Analysis
- Change Management

In addition, I recommend the following online resources for insightful articles on project management:

- www.pmi.org
- www.projectmanagement.com
- www.mpug.com
- www.cio.com
- www.techrepublic.com/topic/project-management
- www.singularityu.org

# THE ABSOLUTE MINIMUM

At this point, you should have a high-level understanding of the following:

- The elements of project management
- The common challenges of managing projects
- The value of effective project management to an organization
- The merits of project management as a career choice
- The latest business and project management trends that might impact your first opportunity

The map in Figure 1.3 summarizes the main points we reviewed in this chapter.

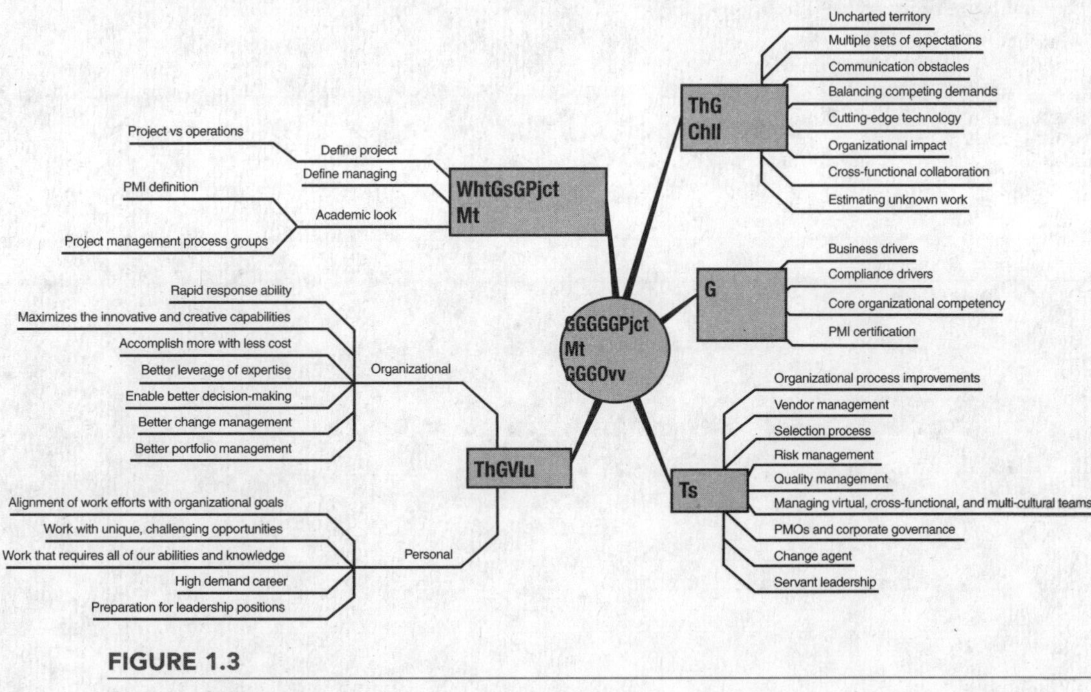


**FIGURE 1.3**

*Project management overview.*

## IN THIS CHAPTER

- Review the different roles played by the project manager
- Review the key skills every project manager should possess
- Learn why some project managers are much more successful than others
- Understand the common mistakes made by many project managers

2

# THE PROJECT MANAGER

As we reviewed in Chapter 1, "Project Management Overview," the project manager has many activities to perform, challenges to overcome, and responsibilities to uphold over the life of a project. Depending on your individual experiences, your industry background, and the manner in which project management has been implemented, this review might have been quite enlightening to you.

To ensure that we have a common understanding of what a project manager does, in this chapter I review the different roles a project manager plays over the life of a project and discuss the prerequisite skills that you need to perform those roles. Most importantly, I accelerate your learning curve by sharing the characteristics of successful project managers and the common mistakes made by many others.

# One Title, Many Roles

You've likely heard many of the analogies before to describe the role of project manager—the "captain" of the ship, the "conductor" of the orchestra, the "coach" of the team, the "catalyst" of the engine, and so on. There's truth and insight in each of the analogies, but each can be incomplete as well. To gain better understanding of what a project manager does, let's briefly discuss each of the key roles played by the project manager:

- **Planner**—Ensures that the project is defined properly and completely for success, all stakeholders are engaged, work effort approach is determined, required resources are available when needed, and processes are in place to properly execute and control the project.
- **Organizer**—Using work breakdown, estimating, and scheduling techniques, determines the complete work effort for the project, the proper sequence of the work activities, when the work will be accomplished, who will do the work, and how much the work will cost.
- **Point Person**—Serves as the central point of contact for all oral and written project communications.
- **Quartermaster**—Ensures the project has the resources, materials, and facilities it needs when it needs it.
- **Facilitator**—Ensures that stakeholders and team members who come from different perspectives understand each other and work together to accomplish the project goals.
- **Persuader**—Gains agreement from the stakeholders on project definition, success criteria, and approach; manages stakeholder expectations throughout the project while managing the competing demands of time, cost, and quality; and gains agreement on resource decisions and issue resolution action steps.
- **Problem Solver**—Utilizes root-cause analysis process experience, prior project experience, and technical knowledge to resolve unforeseen technical issues and take any necessary corrective actions.
- **Umbrella**—Works to shield the project team from the politics and "noise" surrounding the project, so they can stay focused and productive.
- **Coach**—Determines and communicates the role each team member plays and the importance of that role to the project's success, finds ways to motivate each team member, looks for ways to improve the skills of each team member, and provides constructive and timely feedback on individual performances.

- **Bulldog**—Performs the follow-up to ensure that commitments are maintained, issues are resolved, and action items are completed.
- **Librarian**—Manages all information, communications, and documentation involved in the project.

> **NOTE** Although there is consensus that the disciplines and techniques used in project management can be applied in any industry, there is no consensus on whether individual project managers can be effective in a different industry.
>
> There is no doubt that the more knowledge and experience that a project manager has in the subject matter area of the project, the more value he or she can offer. However, depending on the size of the initiative and the team composition, a project manager with different industry experience can bring tremendous value if that person is strong in the other four key skill categories discussed.

- **Insurance Agent**—Continuously works to identify risks and develop responses to those risk events in advance.
- **Police Officer**—Consistently measures progress against the plan, develops corrective actions, and reviews the quality of both project processes and project deliverables.
- **Salesperson**—An extension of the Persuader and Coach roles, but this role is focused on "selling" the benefits of the project to the organization, serving as a "change agent," and inspiring team members to meet project goals and overcome project challenges.

# Key Skills of Project Managers

Although a broad range of skills is needed to effectively manage the people, process, and technical aspects of any project, it becomes clear there is a set of key skills that each project manager should have. Although these skill categories are not necessarily exclusive of each other, let's group them into five categories to streamline our review and discussion:

1. **Project Management Fundamentals**—The "science" part of project management, covered in this book, including office productivity suite (such as Microsoft Office, email, and so on) and project management software skills.

2. **Business Management Skills**—Those skills that would be equally valuable to an operations or line-of-business manager, such as budgeting, finance, procurement, organizational dynamics, team development, performance management, coaching, and motivation.

> **TIP** Active listening is one of the secret weapons of effective project managers.

3. **Technical Knowledge**—The knowledge gained from experience and competence in the focal area of the project. With it, you greatly increase your effectiveness as a project manager. You have more credibility, and you can ask better questions, validate the estimates and detail plans of team members, help solve technical issues, develop better solutions, and serve more of a leadership role.

4. **Communication Skills**—Because communication is regarded as the most important project management skill by the Project Management Institute (PMI), I feel it is important to separate these out. Skills included in this category include all written communication skills (correspondence, emails, documents), oral communication skills, facilitation skills, presentation skills, and—the most valuable—active listening. *Active listening* can be defined as "really listening" and the ability to listen with focus, empathy, and the desire to connect with the speaker.

> **NOTE** The specific combination of skills that are required for a project manager to be successful on a given project vary depending on the size and nature of the project. For example, as a general rule, on larger projects, technical knowledge is less important than competence in the other skill categories.

5. **Leadership Skills**—This category overlaps with some of the others and focuses on the attitude and mindset required for project management. However, it also includes key skills such as interpersonal and general people relationship-building skills, adaptability, flexibility, people management, degree of customer orientation, analytical skills, problem-solving skills, and the ability to keep the big picture in mind.

> **NOTE** In *PMBOK Guide* – Sixth Edition, PMI combines these key skill sets into three groups in the PMI Talent Triangle (shown in Figure 3.2):

**Technical project management**—The knowledge, skills, and behaviors related to specific domains of project, program, and portfolio management. The technical aspects of performing one's role.

**Leadership**—The knowledge, skills, and behaviors needed to guide, motivate, and direct a team, to help an organization achieve its business goals.

**Strategic and business management**—The knowledge of and expertise in the industry and organization that enhances performance and better delivers business outcomes.

I know, I know…after reading this, you are probably thinking either one or more of the following:

- "You must be kidding! I need to be good in all those areas to manage a project?"
- "Wait! I've been on projects before, and I've yet to see a project manager who could do all that."
- "Wait, you must be kidding! If anyone was excellent in all those areas, they'd be a CxO of our company."

To help answer all these questions, please understand two important observations:

1. Many projects are not successful.
2. You do not need to get an "A" in all these categories to be successful as a project manager.

The key is that the project manager has the right mix of skills to meet the needs of the given project. In addition, a self-assessment against these skill categories enables you to leverage your strengths, compensate for your deficiencies, and focus your self-improvement program.

# Qualities of Successful Project Managers

Given the many roles played by a project manager, the broad range of skills needed, and the inherent challenges in successfully delivering a project, we need to find ways to accelerate the learning process. Two key ways to accelerate our learning are understanding the qualities of successful project managers and understanding the common mistakes made by project managers.

Successful project managers do not share personality types, appearances, or sizes, but they do share three important features:

1. They excel in at least two of the five key skill categories (Project Management Fundamentals, Business Management Skills, Technical Knowledge, Communication Skills, Leadership Skills) and are either good enough in the other categories or staff their teams to compensate for their deficiencies.
2. They avoid the common mistakes described in the next section.
3. They bring a mindset and approach to project management that is best characterized by one or more of the following qualities:
    - **Takes ownership**—Takes responsibility and accountability for the project; leads by example; brings energy and drive to the project; without this attitude, all the skills and techniques in the world will only get you so far.
    - **Savvy**—Understands people and the dynamics of the organization; navigates tricky politics; has the ability to quickly read and diffuse emotionally charged situations; thinks fast on his feet; builds relationships; leverages personal power for benefit of the project.
    - **Intensity with a smile**—Balances an assertive, resilient, tenacious, results-oriented focus with a style that makes people want to help; consistently follows up on everything and their resolutions without annoying everyone.
    - **Eye of the storm**—Demonstrates ability to be the calm eye of the project hurricane; high tolerance for ambiguity; takes the heat from key stakeholders (CxOs, business managers, and project team); exhibits a calm, confident aura when others are showing signs of issue or project stress.
    - **Strong customer-service orientation**—Demonstrates ability to see each stakeholder's perspective; able to provide voice of all key stakeholders (especially the sponsor) to the project team; has strong facilitation and collaboration skills; and has excellent active listening skills.
    - **People-focused**—Takes a team-oriented approach; understands that methodology, process, and tools are important, but without quality people it's very difficult to complete a project successfully.
    - **Always keeps "eye on the ball"**—Stays focused on the project goals and objectives. There are many ways to accomplish a given objective, which is especially important to remember when things don't go as planned.

- **Controlled passion**—Balances passion for completing the project objectives with a healthy detached perspective, which enables him to make better decisions, to continue to see all points of view, to better anticipate risks, and to better respond to project issues.
- **Healthy paranoia**—Balances a confident, positive outlook with a realism that assumes nothing, constantly questions, and verifies everything.
- **Context understanding**—Understands the context of the project—the priority that your project has among the organization's portfolio of projects and how it aligns with the overall goals of the organization.
- **Looking for trouble**—Constantly looking and listening for potential risks, issues, or obstacles; confronts doubt head-on; deals with disgruntled users right away; understands that most of these situations are opportunities and can be resolved upfront before they become full-scale crisis points.

# 15 Common Mistakes of Project Managers

Although we review many of the common errors made in each of the fundamental areas of project management throughout this book (so you can avoid them), understanding the most common project management mistakes helps focus our efforts and helps us to avoid the same mistakes on our projects. The following are some of the most common mistakes made by project managers:

1. Not clearly understanding how or ensuring that the project is aligned with organizational objectives.
2. Not properly managing stakeholder expectations throughout the project.
3. Not gaining agreement and buy-in on project goals and success criteria from key stakeholders.
4. Not developing a realistic schedule that includes all work efforts, task dependencies, bottom-up estimates, and assigned leveled resources.
5. Not getting buy-in and acceptance on the project schedule.
6. Not clearly deciding and communicating who is responsible for what.
7. Not utilizing change control procedures to manage the scope of the project.
8. Not communicating consistently and effectively with all key stakeholders.

9. Not executing the project plan.
10. Not tackling key risks early in the project.
11. Not proactively identifying risks and developing contingency plans (responses) for those risks.
12. Not obtaining the right resources with the right skills at the right time.
13. Not aggressively pursuing issue resolution.
14. Inadequately defining and managing requirements.
15. Insufficiently managing and leading the project team.

## THE ABSOLUTE MINIMUM

At this point, you should have a high-level understanding of the following:

The different roles played by the project manager

The five key skill areas every project manager should master

The common qualities of successful project managers

The common mistakes made by project managers

The map in Figure 2.1 summarizes the main points we reviewed in this chapter.

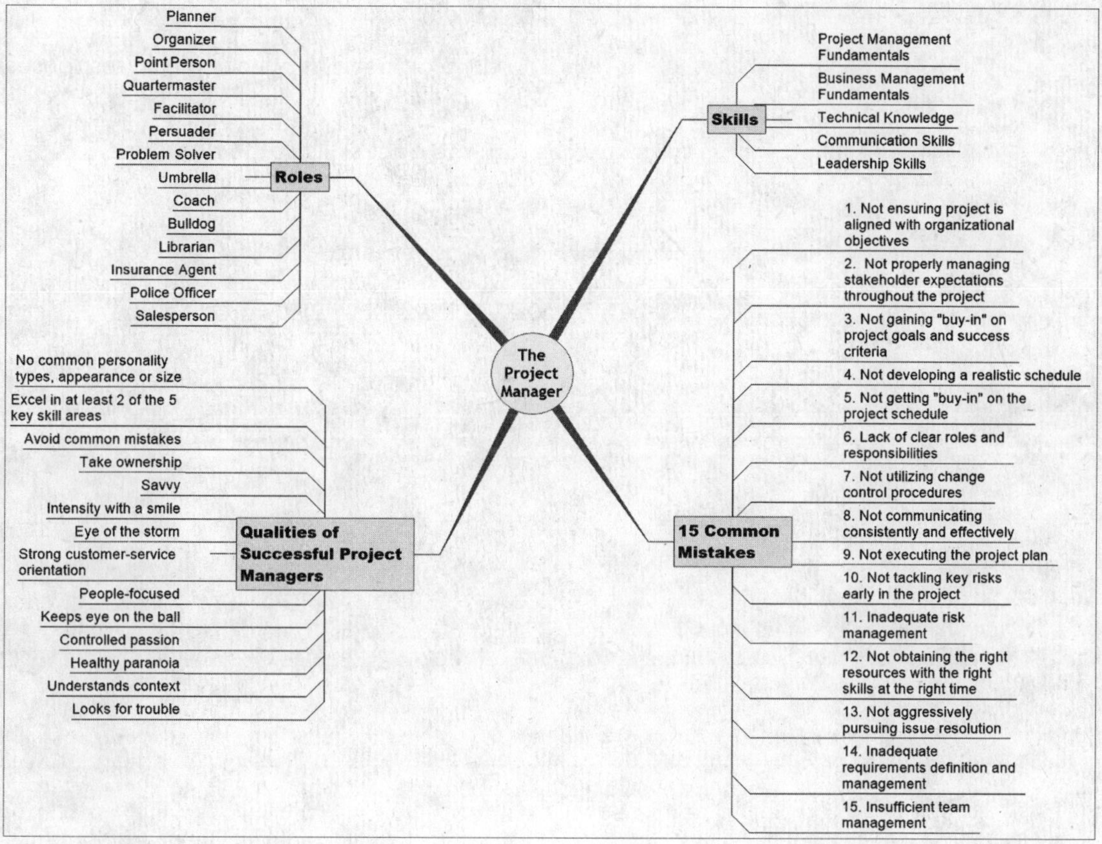


**FIGURE 2.1**

*Project manager overview.*

IN THIS CHAPTER

- Learn what comprises a successful project
- Understand the common characteristics of troubled projects
- Review the common characteristics of successful projects
- Find out which tools are indispensable to most project managers

3

# ESSENTIAL ELEMENTS FOR ANY SUCCESSFUL PROJECT

In this chapter, we want to continue the accelerated learning approach started in the previous chapter. Anytime you are learning a new skill set, especially one that is as broad as project management, one of the most effective ways to reduce your learning curve and focus your mental energies is to understand what successful people do in the field and, equally important, understand what not to do.

With this philosophy in mind, we take a step up in this chapter and look at projects as a whole and not just the project manager position. We review the leading causes of troubled projects and discuss the common principles, techniques, and tools underlying most successful projects. With this foundation in place, you will better understand the purpose and the value of the fundamentals covered in the rest of this book, and as a result, be much better positioned for success on your project management assignments.

# What Exactly Is a Successful Project?

You would think it would be relatively straightforward to describe the attributes of a successful project. Well, let's just say this endeavor has kept more than a few spin doctors, politicians, and history revisionists employed throughout organizations across our great land. Why is this the case? There are several reasons for this:

- There is a lack of universal harmony of what comprises project success metrics. It seems that every project management educational source and organizational process maturity standard has a slightly different definition of project success.
- For many projects, the acceptance and success criteria are never established or agreed to by all key stakeholders.
- In many cases, an organization might define a project as successful even when some of the textbook criteria for project success (such as schedule, cost, and client expectations) are not completely met. This is often the case if the project achieved strategic business or organizational objectives.
- In other cases, a cancelled project might be a successful project if there was a plan for one or more go/no-go decision points.

From a utopian, academic standpoint, the ultimate successful project would be defined as a project that

- **Delivers as promised**—The project produces all the stated deliverables.
- **Completes on time**—The project completes within the approved schedule.
- **Completes within budget**—The project completes under the approved budget.
- **Delivers quality**—The project deliverables meet all functional, performance, and quality specifications.
- **Achieves original purpose**—The project achieves its original goals, objectives, and purpose.
- **Meets all stakeholder expectations**—The complete expectations of each key stakeholder are met, including all client acceptance criteria, and each key stakeholder accepts the project results without reservation.
- **Maintains "win-win" relationships**—The needs of the project are met with a "people focus" and do not require sacrificing the needs of individual team members or vendors. Participants on successful projects should be enthusiastic when the project is complete and eager to repeat a similar experience.

**TIP** An excellent technique is to identify, document, review, and approve any criteria that will be used to measure the success of the project during the project definition and planning processes.

# Learning from Troubled Projects

Before we review the common traits of many successful projects, you can learn a lot from less-than-successful projects. From my experience, the reasons for project troubles can be generally classified into two groups: project-level issues and organizational-level issues.

One of the key differences in the two groups is the level of control that the project manager has over these factors. For project-level issues, the project manager has tremendous influence on these matters. In most cases, the project manager can either avoid the issue or take action to resolve it if it does occur. For organizational-level issues, the project manager cannot generally fix the problems, but the project manager can certainly have influence on them by asking the right questions, anticipating the associated risks and issues, focusing extra efforts to compensate for the issues, and developing contingency plans to minimize the impact on the project.

Also, please note that these issues are not exclusive. In most cases, there is overlap, and if you have one of these factors present in a project, you will generally have others. Table 3.1 summarizes these issues, gives specific examples of each, and notes what type of issue it is (organizational, project, or both).

**TABLE 3.1** Common Reasons for Troubled Projects

| Reason | Example(s) | Type | Key Learning Point |
|---|---|---|---|
| Project not aligned | Project not aligned with business unit or organizational goals; project not aligned with other projects | Org. | Verify alignment before project kicks off |
| Lack of management support | Insufficient funding; insufficient resources; issues not resolved; senior management performance criteria not aligned with project success criteria | Org. | Understand project impact of organizational structure; ensure proper senior management involvement in project organization; advocate PMO and steering committee structures |

| Reason | Example(s) | Type | Key Learning Point |
|---|---|---|---|
| Lack of stakeholder buy-in | Purpose and goals not clear; "trust" relationship not established; inadequate communications; mismatched expectations; all stakeholders not involved | Both | Gain acceptance of project purpose, goals, and success upfront; ensure all stakeholders are identified and consulted; constantly communicate and validate understanding |
| Inadequate project sponsor | Inactive, unengaged sponsor; lack of leadership; ethical issues; not handling organizational issues; not supportive of project management process | Org. | Educate sponsors on their roles and responsibilities; gain formal authorization of project and the project management position; understand sponsors' motives and incentives |
| Too many project sponsors | Conflicting project goals; lack of ownership; political battles | Org. | Relates to the need for proper project alignment and clear roles and responsibilities |
| Lack of clarity on roles and responsibilities | Inefficient work efforts; missed deadlines; lower team morale; delayed issue resolution | Both | Use *Responsibility Matrix* to clarify all roles and responsibilities; review roles and responsibilities with each individual; validate expectations in advance |
| Poor communication | Inconsistent, incomplete, or nonexistent status information on key project metrics; inadequate tracking and monitoring of project progress; not listening to stakeholder concerns or feedback; not using proper mediums for certain project communications; messages are not clear or occur too frequently | Project | Develop a project communications plan that is acceptable to all stakeholders; establish tracking and monitoring mechanisms during planning; constantly seek questions and feedback; understand each stakeholder's perspective; clearly set context of each message |
| Price wars | Due to budget reduction measures or market pressures, management agrees to perform project at or below estimated costs | Org. | Develop complete, detailed project budgets; communicate associated risks; improve negotiating skills |

| Reason | Example(s) | Type | Key Learning Point |
|---|---|---|---|
| Resource conflicts | Lack of dedicated team members; key resources not available when scheduled | Org. | Develop project resource plan; gain commitments from resource managers; encourage centralized organizational structure for resource planning/ deployment |
| Inadequate project manager | Lack of leadership; inexperienced or untrained project manager; ineffective project manager | Both | Organizational commitment to PM education; use of PM mentorship programs |
| Underestimate change impact | Not understanding the complete effects on both existing processes and people that the change introduced by the project will have; not properly preparing or planning for the change | Org. | Use project sponsor and business process owners to champion the new process; involve additional stakeholders to understand their needs and solicit their support; plan for the neces-sary communications and training (change management plan); plan for the disruptive deployment period; utilize pilot approaches to minimize impact |
| Inadequate planning | Management does not require or allow time for proper planning; incomplete scope or deliverables list; incomplete work identifica-tion; lack of detailed schedule; inadequate risk identification; assumptions not documented; lack of schedule and budget contingency | Both | Educate senior management on the value of proper planning; use standard methodology for project planning; gain format acceptance or project plan before proceeding; develop realistic project schedule and budget, as well as tools and processes to keep updated; identify and document project risks and mitigation strategies |
| Lack of change control management | Scope of work increases without proper schedule, budget, or resource adjustments; changes occur to deliverables, schedule, or budget without proper notification and approval | Project | Utilize formal change control procedures to properly assess and communicate any change to the scope, schedule, bud-get, and targeted project deliverable |

| Reason | Example(s) | Type | Key Learning Point |
|---|---|---|---|
| Lack of completion criteria | Missed stakeholder expectations; increased costs or missed deadlines due to rework; lack of smooth transition from one phase to another | Both | Ensure success criteria are established during planning phase; define user acceptance criteria for project deliverables; define exit criteria for project phases |
| Inadequate progress tracking | Inability to measure project status and probability for success; inability to review project at key points to make go/no-go decisions | Both | Establish and execute periodic status meetings and reporting (weekly in most cases); review project at scheduled intervals against established criteria to determine whether project should progress into next phase |
| Unforeseen technical difficulties | Effort spent resolving technical issues drives missed schedules and increased costs; unproven technology does not meet user expectations | Project | Structure project to deal with high-risk technical challenges early in the project; prove the technology before making additional investment; leverage technical expertise to support team capabilities |
| Poor requirements definition and/or management | Documented requirements not aligned with actual objective, workflow, or process; updated/changed requirements not implemented; delivered product is not adequate; stakeholders not satisfied | Both | Utilize requirements gathering techniques that elicit engaged participation and make it easier for stakeholders to visualize final deliverable; evaluate how requirements are reviewed and approved; establish a process to manage and communicate updates to requirements |

**CAUTION** A good project manager can still end up managing a troubled project. Sometimes, your best project management work might be in minimizing the damage from a troubled project.

# Learning from Successful Projects

After reviewing what makes a project successful and the common ills that befall many troubled projects, you likely have a good sense of the qualities and traits shared by most successful projects. Although no two projects are ever the same, and every project has its own unique set of challenges, there is a common core of principles that successful projects share. By understanding these, new project managers can better prioritize and better focus their project management efforts. These qualities are generally true about successful projects:

- The project is aligned with organizational goals.
- The project has effective management support.
- The project has effective leadership.
- All key stakeholders are in agreement on the purpose, goals, and objectives of the project.
- All key stakeholders share a common vision of the project results.
- All key stakeholders share realistic expectations for the project results.
- The project results meet the expectations of the key stakeholders.
- Stakeholder expectations are constantly managed and validated throughout the project.
- An investment is made in proper planning.
- The project scope, approach, and deliverables are clearly defined and agreed upon during planning.
- Each stakeholder and team member's role(s) and responsibilities are clearly communicated and understood.
- A high priority is placed on accurate and complete work effort estimates.
- A realistic schedule is developed and agreed upon.
- The project team is results-focused and customer-oriented.
- Requirements are effectively defined and properly managed.
- Project communications are consistent, effective, and focused on understanding.
- Project progress is measured consistently from the current baseline.
- Project issues and subsequent action items are aggressively pursued.
- There is a strong sense of collaboration and teamwork.

- Expectations and changes surrounding scope, quality, schedule, and cost are closely managed.
- Project resources are skilled and available when needed.
- The project team proactively identifies risk and determines mitigation strategies to reduce project exposure.
- The project team anticipates and overcomes obstacles to ensure the project meets objectives.

# Essential Project Manager Toolkit

Although there are many facets of project management and many lessons to be learned from both troubled projects and successful projects, there is an essential set of tangible tools that any project manager needs to have to best manage any project. Table 3.2 lists these essential tools and why they are important.

The important principles to remember regarding project management tools are as follows:

- Any planning document needs to be reviewed and agreed to by appropriate project stakeholders and team members.
- Separate documents are not always needed. Smaller projects might combine relevant information (especially "plan" documents) into a single "grouped" document.
- The essential tools represent the key information and thought processes that are needed to effectively manage the project.

**TABLE 3.2** Essential Project Manager Tools

| Tool | Description | Value | Notes |
|---|---|---|---|
| Project Charter | Authorizes project and the project manager | Provides official notice to the organization | Might not always be a formal document; at a minimum, get an email notification |
| Project Definition Document | Defines project purpose, objectives, success criteria, and scope | Key for managing expectations, controlling scope, and completing other planning efforts | Core tool |

| Tool | Description | Value | Notes |
|---|---|---|---|
| Requirements | Defines the specifications for product/output of the project | Key for managing expectations and controlling scope | Core tool; document or database |
| Project Schedule | Shows all work efforts, properly estimated, with logical dependencies, assigned to responsible resources scheduled against a calendar | Key for directing all project team work efforts; key for managing expectations; allows for impact and what-if simulations when things change | Core tool |
| Status Reports | Periodic reviews of actual performance versus expected performance | Provides essential information to stakeholders; allows for timely identification of performance variances | See Chapter 10, "Controlling a Project," and Chapter 17, "Maintaining Project Communications," for more details |
| Milestone Chart | A summary of the detailed project schedule showing progress against key milestones | Allows stakeholders to see high-level project progress on one page | Detailed schedule roll-ups can be difficult to read and interpret; incorporate into status report |
| Project Organization Chart | Shows all project stakeholders and the working relationships among them | Allows team members to get a better understanding of the project roles and organizational dynamics | On smaller projects, might be combined with project plan or project definition document |
| Responsibility Matrix | Defines all project roles and indicates what responsibilities each role has | Key for managing expectations; establishes accountability | On smaller projects, might be combined with project plan or project definition document |
| Communication Plan | Defines the how, what, when, and who regarding the flow of project information to stakeholders | Key for managing expectations; establishes buy-in | On smaller projects, might be combined with project plan or project definition document |

| Tool | Description | Value | Notes |
|---|---|---|---|
| Quality Management Plan | Defines the approaches and methods that will be utilized to manage the quality levels of project processes and results | Key for managing expectations regarding quality, performance, and regulatory compliance matters; impacts work efforts and project schedule; establishes accountability | On smaller projects, might be combined with project plan or project definition document |
| Staffing Management Plan | Lists how project resources will be acquired, when they are needed, how much they are needed, and how long they will be needed | Key for building schedule; key for properly managing resources | Might also include role profiles, rates, training needs; on smaller projects, might be combined with project plan or project schedule |
| Risk Response Plan | Lists each identified risk and the planned response strategy for each | Communicates potential issues in advance; proactive measures help reduce impact to project | On smaller projects, might be combined with project plan or project definition document |
| Project Plan | Formal, approved document that is used to manage project execution | Includes all other supplemental planning documents; key output of project planning | On smaller projects, might be combined with project definition document |
| Deliverable Summary | Defines and lists all deliverables to be produced by the project | Key to managing expectations; ensures proper visibility, tracking, and reporting of targeted deliverables | Might be combined with status reports; might be part of project definition document |
| Project Log | Captures essential information for each project risk, issue, action item, and change request | Ensures proper visibility, tracking, and reporting of items impacting the project | Core tool |
| Change Request Form | Captures essential information for any requested change that impacts scope, schedule, or budget | Allows change item to be properly assessed and communicated before action is taken | Core tool |

| Tool | Description | Value | Notes |
|---|---|---|---|
| Project Repository | The location where all pertinent project information is stored | Key part of managing project information; project team knows where to find current project documents | Identified in Project Plan and/or Configuration Management Plan; most are digital but might have physical location, too |
| Project Notebook | Used by project manager to maintain official record of important project documents and deliverables | Part of managing project information | Electronic and/or hardcopy versions; frequently incorporated into Project Repository |

## THE ABSOLUTE MINIMUM

At this point, you should have a solid understanding of the following:

- What defines a successful project and why it is not always easy to measure
- The common reasons why projects get into trouble and what you can do to avoid them
- The key principles that serve as the foundation for most successful projects
- The essential project management tools and why they are important

The map in Figure 3.1 summarizes the main points reviewed in this chapter.

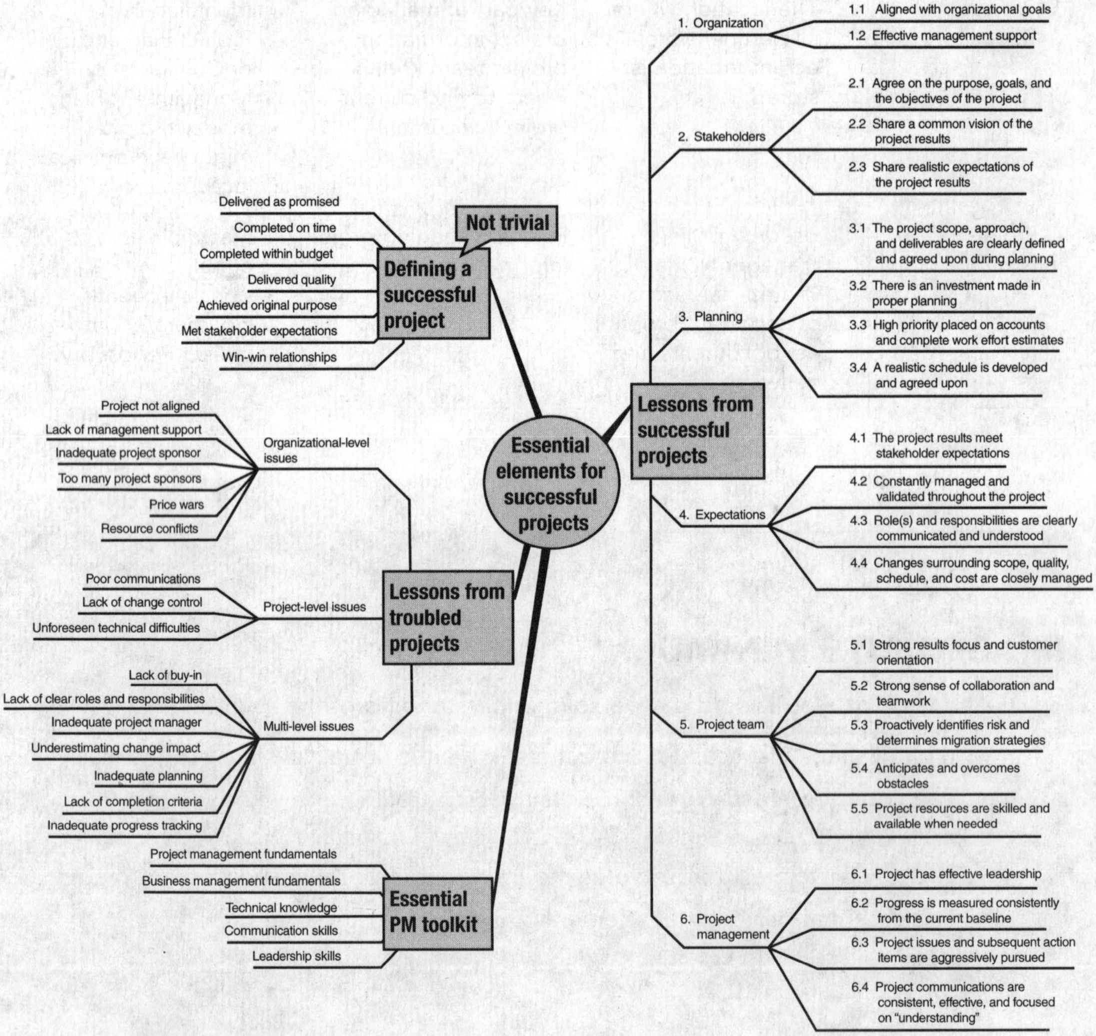


**FIGURE 3.1**

*Essential elements for any successful project overview.*

IN THIS CHAPTER

- Understand the importance of defining a project correctly
- Learn what questions must be answered to properly define a project
- Understand how defining a project relates to planning a project
- Review the essential elements for a Project Definition document
- Learn how to determine whether a project has been properly defined

4

# DEFINING A PROJECT

The journey begins…

The first stop on our journey down Project Management Boulevard is also the most important, because it builds the foundation for all other project management activities and sets the stage for our eventual project success (or failure).

The irony of this is that depending on your organization and industry, you (the project manager) might be the primary agent in getting this done, or you might not be involved at all until after project definition is complete.

In either case, you need to know how to properly define a project and how to evaluate whether a project definition performed by others is complete before starting any detailed project planning efforts.

With all this in mind, we will review the critical importance this step plays, the key questions that must be answered and agreed upon, the "must-have" elements of your Project Definition document, and the success criteria for the project definition process.

## Setting the Stage for Success

Pick your cliché of choice here: "getting everyone on the same page," "singing from the same songbook," "dancing to the same beat," "pointed in the same direction," and "painting the picture." They all apply, and they all communicate the importance of getting the key project participants to agree on the answers to these seven basic project definition questions:

1. Why are we doing this? (Purpose)
2. What organizational-level goal(s) does this project support? (Goals and Objectives)
3. How does this project fit with the other projects that are going on? (Scope, Project Context, Project Dependencies)
4. What is the expected benefit from this project? (Expected Benefits, Business Case, Value, Success Criteria)
5. What are we going to do? (Scope)
6. Who is affected by this and who must be involved? (Stakeholders)
7. How will we know when we are done and whether the project was successful? (Success Criteria)

Gaining consensus on these questions is paramount to managing the organizational-level factors that get projects in trouble (such as alignment with organization and management support) and to controlling key project-level factors that impact project success: stakeholder expectations and scope management.

**NOTE** As with all project management processes, the time and rigor invested should be consistent with the size and risk level of the project.

As a general guideline, 20% of the total project duration should be invested in definition and planning activities.

## How Does Defining a Project Relate to Project Planning?

Many people think of "defining a project" as part of the project planning process, and they are correct. It is the first step. However, it is important to make the distinction for several reasons:

- Logistically, before you develop a detailed and complete project plan, you need to know the parameters and boundaries for the project.
- Politically, you need to know the key stakeholders are in agreement with the project mission (project purpose, goals, objectives, and success criteria) before proceeding.
- Practically, the work to properly define a project is often not trivial. In fact, many process-focused and disciplined organizations handle "project definitions" as separate projects. Common examples include business case development projects, cost-benefit analysis projects, selection projects, and assessment projects.
- Historically, people have learned that detailed project planning and general project management are inefficient, and difficult at best, if project definition is not performed.
- Financially, effective execution of the project definition process enables the organization to leverage portfolio project management processes. This enables the organization to better invest its limited resources in initiatives that offer the greatest return.

## PORTFOLIO PROJECT MANAGEMENT

Portfolio project management is a management practice that brings rigor and diligence to the project definition process. It is a management practice that enables executives to make better decisions regarding which projects to fund, gives them visibility to all targeted enterprise projects throughout the project lifecycle, and applies a consistent set of performance metrics and criteria to better compare project performance. It is a management practice that attempts to bring an end to projects that are not organizationally aligned, not prioritized, not resourced properly, and not monitored closely. Some of the key benefits of this approach to an organization include the following:

- Requires each potential project to be fully defined upfront.
- Engages the executives in the project selection and prioritization process, using a consistent, objective approach.
- Ensures that individual work efforts are prioritized and focused on the most important projects.
- Maintains executive visibility on targeted projects. This helps maintain organizational alignment.
- Enables executives to identify troubled projects earlier. This provides them more options, and it enables them to reallocate valuable resources much quicker.

# Project Definition Document

We've referred to "gaining consensus" and "getting agreement" as the answers to the important project-defining questions several times. How do you do this? You write them down and get everyone to formally sign off on this document. We will refer to this document as the Project Definition document. This section reviews both the must-have elements and good-to-have elements of the Project Definition document.

**CAUTION** There are many different names for the Project Definition document. Some of the most common alternative names are Project Brief, Project Charter, Project Initiation, Scope Statement, and Statement of Work.

I use Project Definition because this term best describes the purpose of the document.

**TIP** Whenever you define what is in scope, it's a good idea to note what related work is out of scope. This helps clarify understanding and expectations regarding project scope.

As a rule, any work item related to your defined scope that someone could assume is included, but is not, should be listed as out of scope.

## Required Elements

First, let's review the must-have informational elements that should be included in your Project Definition document.

- **Purpose**—This section should answer the "Why?" question and clearly communicate the expected business value. It should reference the organizational objective being supported, the business problem being solved, and its relative priority level.
- **Goals and Objectives**—This section is derived from the Purpose and communicates the targeted outcomes for the project. It should answer the "What are you going to accomplish?" question.
- **Success Criteria**—Closely related to Goals and Objectives, this section should list the measurable, verifiable results that determine the success level of this project. This section is often referred to as Critical Success Factors.
- **Project Context**—Documents how this project relates to other projects within the product program and within the organization as a whole. This section should also describe how the project fits within the organization and business process flow.
- **Project Dependencies**—Closely related to Project Context, this section clearly documents any dependencies that could affect the results or success factors of this project.
- **Scope Specifications**—Clearly designates the organizational, process, systems, and functional specification boundaries for the project. This section should be a high-level breakdown of the Goals and Objectives.

- **Out-of-Scope Specifications**—Clearly indicates the high-level work items that are related (or associated) to this initiative but that are not part of this project to better communicate what is considered to be in scope.

> **NOTE** To expedite the process of getting agreement on the Project Definition document, walk through an initial draft that you develop with the stakeholder group rather than starting with a blank slate.
>
> The process of project definition and project planning is a process of iterative refinement (or what PMI refers to as *progressive elaboration*), so your draft helps facilitate the discussions, negotiations, and modifications that need to occur among the stakeholders.

- **Assumptions**—Clearly communicates the underlying basis or things to be considered true in regard to any other aspect of this document. In most cases, the Scope, Out-of-Scope, Assumptions, and Constraints sections combine to clearly define what work will be performed by this project.
- **Constraints**—Lists any business event, schedule, budgetary, resource, or technical factor that will limit the options available to the project.
- **Risks**—Lists any uncertain event or condition (risk) that, if it occurs, could have a negative effect on one or more project success criteria (schedule, budget, quality, and so on). For each risk, it is good to list the related causes, the perceived negative effects, the likelihood it will occur, and the planned response strategy and action items. See Chapter 14, "Managing Project Risks," for more details.
- **Stakeholders**—Lists all the individuals, business units, and organizations involved in the project, the role(s) each is expected to play, and an indication of how they relate to one another. A Project Organization chart and a Stakeholder-Role Description Table is highly recommended here.
- **Recommended Project Approach**—Highlights the recommended approach to getting the work of the project done and why it is selected over any other options as a way to better describe the intent of the initiative. This section should note any key strategies, methodologies, and technologies to be used.

## Additional Elements to Consider

These are informational elements that might not always apply, but if appropriate, are recommended additions to the Project Definition document.

> **CAUTION** The Project Definition document is a living document and should be updated to reflect the evolving circumstances, issues, and needs surrounding the project. Changes are okay. The changes just need to be announced, reviewed, and approved by the relevant stakeholders.

- **Alternative Project Approaches**—This section lists the approach details for any alternatives that were considered.
- **Organizational Change Issues**—Because most projects result in a change to the status quo, and the most common oversight in projects is not adequately realizing, planning, and preparing for the change impact to current customers, business processes, and personnel, it is highly recommended that this area be a focus from the start of the project.
- **Policies and Standards**—Given the priority that standardization, compliance, process improvement, security, and quality have in most organizations, it is highly recommended that any policy, regulation, or standard that will be applied to the project or the results of the project be identified from the start of the project.
- **Preliminary Cost, Schedule, and Resource Estimates**—Generally, there is some preliminary "ballpark" expectation for the cost, timing, and resource needs of this project. In many cases, these will be noted as either project objectives or as project constraints. The most valuable information here is not necessarily the date or the dollar amount, but an explanation for what is driving the figures presented.

> **TIP** Use a visual project scope summary to gain a clearer picture of project purpose, context, goals, and change impact among key stakeholders.

- **References to Supporting Documents**—For any situation, where the results of a preliminary or related project served to define the need or details for this project, always include a reference to those supporting documents. Common examples would be a Business Case, Cost-Benefit Analysis, Assessment Results, Requirements Document, and Business Process Engineering Studies.

- **Visual Scope Summary**—For most projects, a visual summary of the project scope can be an invaluable tool for communicating the objectives, boundaries, and change elements of the project. It can help validate the definition of the project, identify potential risks, and greatly improve the common understanding of the project stakeholders. Especially for any project that is introducing significant change, the effort to create this visual summary is one of the best investments you'll make. The creation of a visual scope summary definitely falls into the "art" part of project management—there is not a single way to do this. The specific tool or medium used can vary depending on skill set and tools available. The specific approach depends on the nature of the project. For product and construction projects, a prototype or visual drawing of the target can be used. For projects impacting business processes, a variant of a flow diagram (process, data, system) showing current state and proposed future state can be very effective. There is no right answer—you just need to be effective.

**TIP** For anyone who has not attended a Goal Setting 101 course, let's do a quick review of SMART goals.

Actually, I've seen two different definitions of SMART goals, and they both apply:

**Definition #1**—SMART goals are **S**pecific, **M**easurable, **A**chievable, **R**ewarding, and **T**ime-based.

**Definition #2**—SMART goals are **S**pecific, **M**easurable, **A**greed-To, **R**ealistic, and **T**ime-based.

Perhaps the acronym should be SMAARRT. For projects, the second definition is more important due to the "Agreed-To" element.

# Project Definition Checklist

A project definition checklist can help you determine whether your project is defined properly and whether you are ready to proceed to the next iteration of detailed planning. If you find that your project is not properly defined, the following options are available:

- Resolve any gaps with appropriate stakeholders before moving on to the next phase.
- If the project has already been defined, work to resolve these gaps during the detail planning phase.
- If gaps cannot be resolved, then handle as project risks or issues (whichever is appropriate for the specific gap).

## General

- Is it clear why this project is being undertaken?
- Is there a clear picture of the desired results of this project?
- Is there a clear picture of how this project fits within the organizational landscape?
- Is there a gap between available and needed funds?
- Have the success factors been identified? Are they complete? Are they SMART?
- Have any future state performance targets been defined as success factors? Are they SMART?
- Is the gap between the current state and the desired future state clearly documented and understood?
- Has the expected change impact on existing business processes, customers, systems, and staff been clearly documented?
- Do you understand who is funding the project initiative?

**TIP** Use a Project Organization Chart to effectively summarize the project team members and the key stakeholders (see Chapter 5, "Planning a Project").

## Scope

- Does project scope indicate boundaries among impacted processes, systems, and organizations?
- Is project scope defined clearly enough to show when scope creep is occurring?
- Have any external process or system interfaces that will be impacted by this project been identified?
- Has the process workflow between business units or business functions been properly considered?
- Have the organizational and geographic boundaries been clearly defined?
- Does project scope include related items that are out of scope?
- Does project scope include any other organizational or technology-based initiative that is needed to fully support the project objective?
- If project scope includes any requirements, have the requirements been properly validated?
- Have any and all project constraints been identified?

- Have any and all project assumptions been identified?
- Are there any known policies, regulations, or standards that apply to this project (such as procurement, quality, security, regulatory compliance, and so on)?

**CAUTION** As with all project documents, make sure you have a way to control changes to the Project Definition document and that you have proper backups of it. Your Configuration Management Plan (discussed in Chapter 12, "Managing Project Deliverables") documents this.

## Stakeholders

- Has the project sponsor been identified and engaged?
- Is each affected business unit and business process step represented on the project team?
- Is each customer group represented on the project team?
- Are all stakeholders identified in a project organization chart?
- Are the reporting relationships indicated in the project organization chart?
- Are project roles described and assigned to each stakeholder?
- Have you identified which stakeholders form the core management steering committee?
- Have you identified which stakeholders need to review and approve any requested changes to the project definition?

## Project Approach

- Does the recommended approach explain why it is selected over the alternatives?
- Are the proposed technologies, strategies, and methodologies documented?

## Other

- Are the project definition elements documented?
- Is the Project Definition document under configuration management (version control)?

Have high-level risks and planned responses been identified?

Have the preliminary timeline and budget been stated? Are the supporting reasons and assumptions documented?

## Acceptance

Have all stakeholders reviewed, agreed upon, and approved the Project Definition document?

Have the project and the project manager been officially authorized?

## THE ABSOLUTE MINIMUM

At this point, you should have a solid understanding of the following:

A properly defined project greatly increases the odds for project success.

The project and the project manager position should be officially announced and formally authorized to proceed.

The primary project management tool for defining a project is the Project Definition document.

The key skills used by the project manager when defining a project are facilitation, interviewing, negotiation, and general interpersonal skills.

The Project Definition document should clearly communicate why the project is being undertaken, how it fits within the organization, what it will accomplish, the boundaries for the project work, who will be involved, and how project success will be measured.

Two effective visual tools for communicating the definition of a project are the Project Overview Map and the Project Organization Chart.

The Project Definition document is a living document throughout the project. However, any changes to the document must be approved by the same set of original stakeholders.

All stakeholders in the project must be identified.

All major stakeholders must approve the Project Definition document.

The map in Figure 4.1 summarizes the main points reviewed in this chapter.

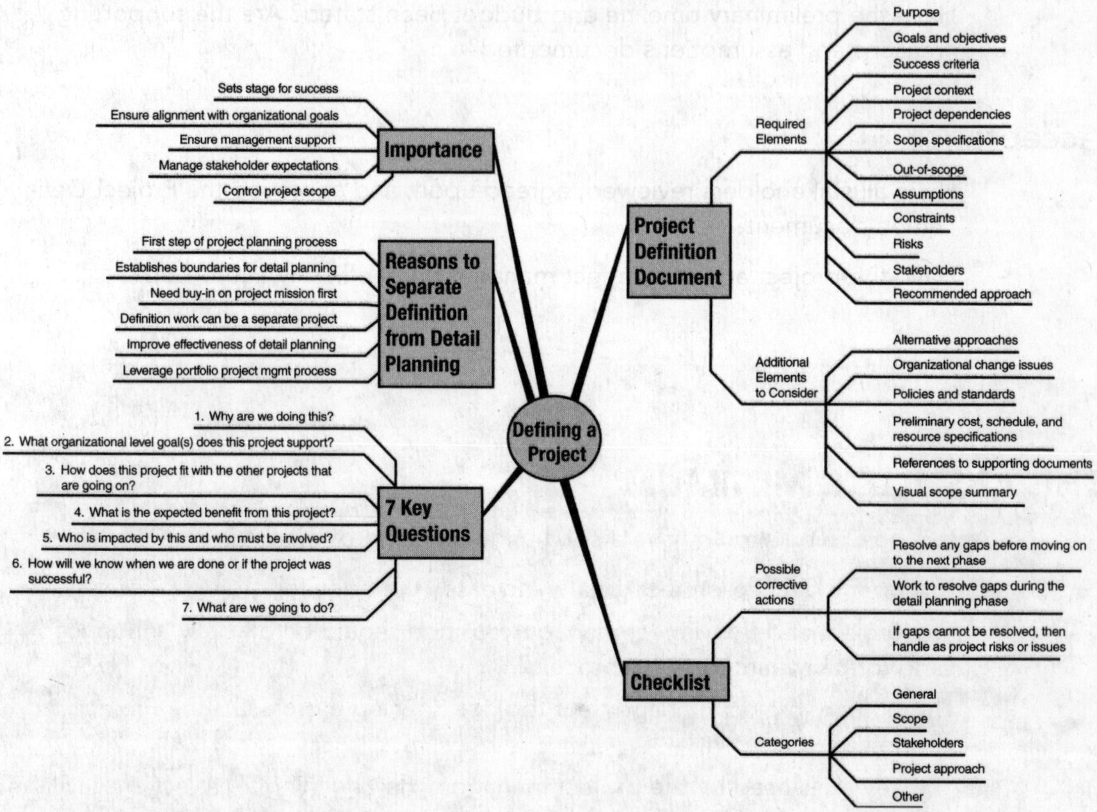


**FIGURE 4.1**

*Defining a project overview.*

IN THIS CHAPTER

- Understand the key principles of effective project planning
- Learn the important questions that project planning should answer
- Understand that a project plan is not a Microsoft Project file
- Review the essential elements for a project plan
- Find out how to develop a project plan
- Discover how to avoid the common project planning mistakes

5

# PLANNING A PROJECT

The journey continues...

As is true with defining a project, project planning is essential for project success. In defining a project, we come to an agreement on what we will do and who will be involved. In planning a project, we focus on how the work will be done. This involves both how the deliverables will be developed and how the project will be managed. Thus, project planning involves the traditional areas of work tasks, resources, schedule, and costs, and it also sets the stage for managing project changes, project communications, project quality, project risks, project procurement activities, and the project team. Each of these factors directly impacts stakeholder expectations and our ability to successfully control and execute the project.

Unfortunately, there are many misconceptions about project planning, and often it is performed incompletely or incorrectly.

With this in mind, we review the key principles of project planning, how to properly plan a project, the key planning questions that must be answered and agreed upon, the must-have elements of your project plan document, and the success criteria for the project planning process.

**NOTE** A planning technique that is often used to deal with the realities of planning project work is called *rolling wave planning*. Rolling wave planning is a technique that plans work *details only* for the *next* project phase. The planning for the subsequent phases is kept at a high level. As part of the closing process and review of the current phase, the work details for the next phase are then planned out.

## Key Project Planning Principles

Although most reasonable people will at least acknowledge there is value to planning at a logical level, many of those same people are less than emotionally committed to the practice. Why is this? Generally, it is because the project planning they have witnessed has violated one or more of the following key project planning principles:

- **Purpose**—The purpose of project planning is to develop a plan that enables the project to be executed and controlled, as shown in Figure 5.1.

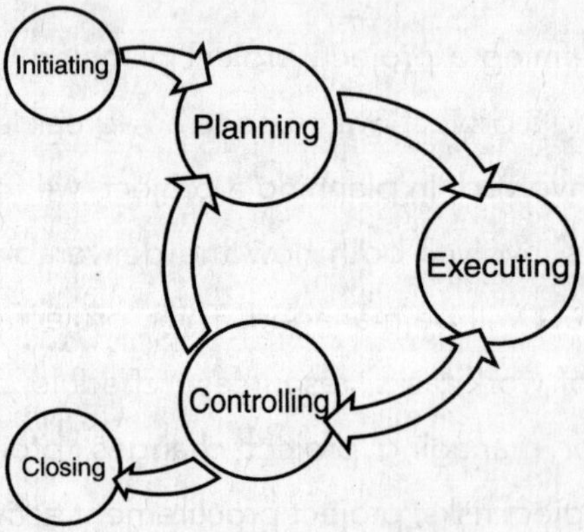


**FIGURE 5.1**

*Highlights the interactions between the planning, executing, and controlling project management processes.*

- **Multiple passes required**—Project planning is not a one-time activity performed at the beginning of a project. For starters, it generally takes several iterations to get to a comprehensive plan given the multitude of inputs that must be integrated and the number of stakeholders that need to agree on the plan. In addition, as things happen and we learn more, plans will need to be adjusted and details ironed out as the project moves along.
- **A project plan *is NOT a Microsoft Project file***—Before we go any further, let's make sure we are clear on a few key terms. A project plan is not a project schedule or a work breakdown structure (WBS).

> **NOTE** A project plan is an all-encompassing document that is used as the basis for controlling and executing a project.

- **Give me one**—The planning exercise and the planning team must have control over one of the traditional project success factors (scope, time, cost, or performance). Senior management can set all but one of these factors, but at least one must be left to the project.

> **CAUTION** A Microsoft Project file (or anything else resembling a project schedule, timeline, or WBS) is not a project plan.
>
> A project plan generally references other documents and supplemental plans, including a WBS and project schedule.

- **Proactive project management**—Effective planning enables a proactive project management approach. Before the execution of the project gets underway, we ask the questions and determine the approaches we will take to manage the project and stakeholder expectations regarding project communications, stakeholder responsibilities, quality management, risks, responses to specific performance variances, procurement management, and project team management.

> **TIP** Change control, communications, risk, and quality project management are excellent examples of proactive project management.
>
> The team approach to project planning greatly increases its acceptance and commitment level to the project plan.

- **Stay down from the mountain**—Project planning is not the time for the top-down, Mount Olympus approach to management. Project planning is the time for questions, facilitation, interaction, and feedback.

Specifically, you need to conduct a stakeholder analysis on all your management and customer stakeholders to validate the project definition elements, understand their expectations and communication needs, and review procedures for dealing with critical issues, risks, change requests, and performance variances.

In addition, the team members who will be *doing* the work should be heavily involved in *defining* and *estimating* the details of the work to be performed. (We address this further in Chapter 6, "Developing the Work Breakdown Structure," and Chapter 7, "Estimating the Work.") This approach leads to a better definition of the work required and a higher commitment level toward scheduled work assignments.

## Important Questions Project Planning Should Answer

Think of project planning as a process of asking questions and working with your team to get the answers. Although the process of defining a project answers some key fundamental questions to get us started, such as the following:

- Why are we doing this project?
- What is the project supposed to accomplish?
- Who are the key stakeholders? The sponsor? The customers?

It is the process of "detail planning" a project that allows us to answer the questions we need addressed to implement and manage the project. These important questions focus on both the work to produce the targeted deliverables and on the work to manage the project. Some of these key questions include the following:

**TIP** Always get sign-off from appropriate stakeholders to confirm agreement and understanding.

- How exactly will the deliverables be produced?
- What processes or approaches will work best to get us the results we need?
- What work tasks must be performed to produce the deliverables?
- Who will do the work?
- What other resources (facilities, tools) will the team need to do the work?
- Where will the work occur?

- How long will it take to do the work?
- When will the work be done?
- How much will this project cost?
- What skills, skill levels, and experience are needed for each role? When do I need them?
- When do I need each resource? How do I get resources?
- Who is responsible and accountable for what?
- How will changes be controlled?
- How do I ensure acceptable quality in deliverables and in the process?
- How will I keep stakeholders informed, get their feedback, and what mediums are best?
- How will I track issues? How will critical issues be escalated?
- How do we handle variances? What is the threshold for senior management? What communication needs to occur?
- What risks exist? What are our response strategies?
- How will version control be conducted?
- How will project information be maintained and secured?
- How will I manage the project team? What training needs exist? How will their performance be evaluated? How will I orient any new team member?

**TIP** As you visit with stakeholders during detail planning, make sure to validate their project definition understanding and expectation.

Reconfirm that the business case for the project is still valid after the detailed project planning exercise is complete.

- If we are leveraging external resources (vendors, suppliers), how do we manage their performance?
- How will project performance be measured and reported?
- And ultimately, do I have a plan that will enable me to execute and control this project?

As we determine these answers, we capture them in the project plan. We can then review the project plan with our key stakeholders to ensure we have agreement and understanding. Next, let's step through a typical project plan, review what each section is for, and determine how we go about getting this information.

# Building a Project Plan

The first step in building a project plan is to validate the elements of the Project Definition document. Depending on the length of time between acceptance of the project definition and the start of detail planning, you might need to confirm that there have been no changes in the purpose, objectives, success criteria, and scope of the project with your key stakeholders.

> **TIP** To simplify the review process and minimize future document modifications, capture any information that is shared, needs to be reviewed separately, or is likely to be updated frequently in its own document.
>
> Common examples are assumptions, WBS, communications plan, project schedule, requirements, project organization chart, and responsibility matrix.

- **Validate project definition**—This section should reference the Project Definition document and includes all required elements of a Project Definition document. The key task here is to revalidate the business case for the project. This is especially important if there has been a time lag between project definition and detail project planning, or if the planning exercise results in time and cost estimates significantly greater than originally estimated during project definition.
- **Determine what needs to be done**—This section should provide any additional details regarding the project approach (how this will be done), the targeted deliverables that will be produced, and all the work that is required to complete the project. This process is explained in greater detail in Chapter 6.

  This section normally refers to a list of deliverables and to the WBS.
- **Determine acceptance criteria**—This information can be part of other components, such as the deliverables list, WBS, project approach, or quality management plan, and might not be its own section. However, to validate that all required work has been identified and to improve the quality of work estimates, it is best to clearly document (somewhere in the project plan) what the acceptance criteria are for each deliverable and for each project phase.

- **Determine resource needs**—Based on the tasks and activities that need to be performed, determine the type and quantity of resources needed. Resources include people (roles), facilities, and tools. These resource needs should be determined when developing the WBS with the team members who will be doing the work.

  To assist the acquisition and management of these resources, all resource needs should be documented (resource management plan). For people resources, document the role description and the prerequisite skills, skill levels, and experiences.

  As part of the scheduling process, the timing of resource needs should be noted and finalized in the resource management plan. A sample resource management plan is illustrated in Figure 5.2.

| Role | Team Member | Training Needs | Projected Start Date | Projected Roll-off Date | Percent Allocation |
|---|---|---|---|---|---|
| Technical Leader | B Gates | • Advanced Enterprise Web Development | 6/1/2007 | 10/30/2007 | 80% |
| Business Process Leader | S Jones | • Process Modeling<br>• Power PowerPoint User | 6/1/2007 | 10/30/2007 | 100% |
| Lead Developer | L Gregory | • Advanced Enterprise Web Development | 6/15/2007 | 10/30/2007 | 100% |
| Lead Analyst | E Michael | • Rational Test Studio | 6/1/2007 | 10/30/2007 | 100% |
| Test Manager | Q Victoria | • Advanced Load Testing | 6/15/2007 | 10/30/2007 | 100% |
| Developer | R Alexander | • Accelerated OO Development | 7/15/2007 | 9/30/2007 | 100% |

**FIGURE 5.2**

*Basic example of a resource management plan.*

- **Acquire resources**—After the resource needs are documented, you can now begin the process of acquiring those resources. The key questions to be answered here are
  - Will I be able to get the quality of resource requested?

**NOTE** The responsibility matrix is often referred to as a RACI ("Ray-Cee") matrix or RASIC ("Ray-Sick") matrix. The acronyms represent each level of potential responsibility.

R—Responsible

A—Accountable

C—Consulted

I—Informed

R—Responsible

A—Approve

S—Support

I—Informed

C—Consulted

- Will I be able to get this resource in-house or will I need to obtain it from an external supplier/vendor?
- Will the resource be available when needed?
- How will this impact my cost estimates and budget?

- **Estimate the work**—After we know what all the work activities are, and we know what level of resource will be doing the work, we can now estimate the effort and duration for each activity. Due to the critical importance and difficulty of this step, we review this in greater detail in Chapter 7.
- **Develop the schedule**—Now that we understand the required resources and estimated effort for each work task, we are now in position to identify the relationships between these tasks and build a schedule to complete the work. Due to the critical importance and common errors in this step, we review this in greater detail in Chapter 8, "Developing the Project Schedule."

  At a minimum, schedule information should be available in at least one summary form (such as a milestone summary listed in Figure 5.3) and always available in complete detail.

**TIP** To help identify relevant stakeholders, make sure to understand the complete business workflow process(es) and how each person involved is impacted by your project objectives.

| Project Milestone | Original Est. Completion Date | Revised Est. Completion Date 06/15/07 | Variance |
|---|---|---|---|
| Plan Phase Toll-Gate | Apr 30, 2007 | - | - |
| Design Phase Toll-Gate | Jun 15, 2007 | Jun 22, 2007 | 1 week |
| Iteration 1 Development Complete | July 15, 2007 | July 22, 2007 | 1 week |
| Iteration 2 Development Complete | Aug 15, 2007 | Aug 29, 2007 | 2 weeks |
| Iteration 3 Development Complete | Sep 15, 2007 | Sep 30, 2007 | 2 weeks |
| Stress Testing Complete | Sep 30, 2007 | Oct 15, 2007 | 2 weeks |
| User Acceptance Testing Complete | Oct 30, 2007 | Nov 15, 2007 | 2 weeks |
| Deploy Phase Toll-Gate | Nov 7, 2007 | Nov 22, 2007 | 2 weeks |
| Pilot Site Implementation | Nov 17, 2007 | Nov 29, 2007 | 2 weeks |
| Pilot Implementation Review | Dec 15, 2007 | Jan 15, 2008 | 4 weeks |
| Close Phase Toll-Gate | Dec 22, 2007 | Jan 22, 2008 | 4 weeks |

**FIGURE 5.3**

*Example of a milestone schedule summary that tracks any approved schedule variances.*

- **Update roles and responsibilities**—This step has two parts.

  First, if any new role has been identified, then update the stakeholder-role description table (first mentioned in the Project Definition document) with the name of the required role and the specific responsibilities that role has. After specific individuals are assigned to roles, the project role responsibility chart can be updated to reflect role assignments. An example of a partial project role responsibility chart is presented in Figure 5.4.

| Project Role | Project Responsibilities | Assigned Team Member |
|---|---|---|
| Project Sponsor | * Responsible for championing the project and communicating all aspects of the project to other senior management stakeholders.<br>* Has ultimate authority over and is responsible for the project and/or the program.<br>* Approve changes to the scope and provide the applicable funds for those changes. | T. Terrific |
| Project Manager | * Provide direction and oversight to the initiative<br>* Work with stakeholders to ensure that expectations are met<br>* Develop and manage project plan<br>* Design and execution of a project communications plan<br>* Measure, evaluate, and report progress against the project plan<br>* Provide project status reports<br>* Coordinate and manage activities of project personnel<br>* Resolve project issues<br>* Conduct scheduled project status meetings<br>* Establish documentation and procedural standards for the project<br>* Perform quality review of deliverable documents<br>* Maintain project communication with the Client Project Manager<br>* Review and administer Project Change Control Procedures. | M. Yost |
| Technical Leader | * Provide technical leadership on the design of application architecture<br>* Lead resolution of any application development issues<br>* Facilitate technical design sessions<br>* Provide quality assurance to technical deliverables | B. Gates |
| Quality Assurance Manager | * Provide quality assurance to the overall project processes, procedures, and deliverables.<br>* Work with Project Leadership to ensure project expectations are met | N. Reed |
| Business Process Leaders | * Provide business competence to the project team<br>* Participate in information gathering sessions<br>* Provide pertinent strategic business documentation and information<br>* Assist in the identification of business critical processes<br>* Validate viability of recommendations<br>* Serve as primary user acceptance testers | S. Jones<br>G. Griffey |

**FIGURE 5.4**

*A partial role responsibility chart for a software development project.*

Second, for each significant work package listed in the WBS, map the responsibility level that each role has regarding that item. This mapping is routinely captured in a responsibility assignment matrix. An example of a partial project responsibility assignment matrix is presented in Figure 5.5.

This summary map is a powerful tool to help stakeholders clearly understand their roles and what is expected of them.

| Role | Team Member | Approved Budget | Current State Process Flow | Requirements Document | Change Impact Analysis | Configuration Mgmt Plan | Disaster Recovery Strategy | Deployment Plan | Project Plan | QA Plan | Risk Response Plan | Future State Process Flow | Test Cases | Test Plan | Training Plan | System Design Document |
|---|---|---|---|---|---|---|---|---|---|---|---|---|---|---|---|---|
| Project Sponsor | T Terrific | A | I | | A | | | A | A | A | A | A | I | I | A | I |
| Project Manager | M Yost | R | C | | R | R | | S | R | A | R | C | C | A | C | A |
| Technical Leader | B Gates | S | C | A | C | I | R | S | A | A | A | C | C | C | C | A |
| Business Process Leader | S Jones | C | A | | A | C | | A | A | A | A | A | A | A | R | A |
| Lead Developer | L Gregory | | C | C | | S | | | C | C | C | I | C | | I | R |
| Lead Analyst | E Michael | | R | R | C | I | | R | A | C | C | R | S | S | S | S |
| QA Manager | N Reed | I | I | I | C | I | | C | A | R | C | I | A | A | A | I |
| Test Manager | Q Victoria | | I | I | | I | | R | A | C | C | R | R | R | C | C |
| Developer | R Alexander | | I | I | | S | | I | C | I | C | I | C | | C | S |

Legend: R=Responsible; A=Approve; S=Support; C=Consulted; I=Informed

**FIGURE 5.5**

*A partial RASIC responsibility matrix.*

- **Update project organization**—Also previously mentioned in the Project Definition document, this section lists all the individuals, business units, and organizations involved in the project, the role(s) each is expected to play, and an indication of how they relate to one another. A project organization chart as shown in Figure 5.6 is highly recommended here.

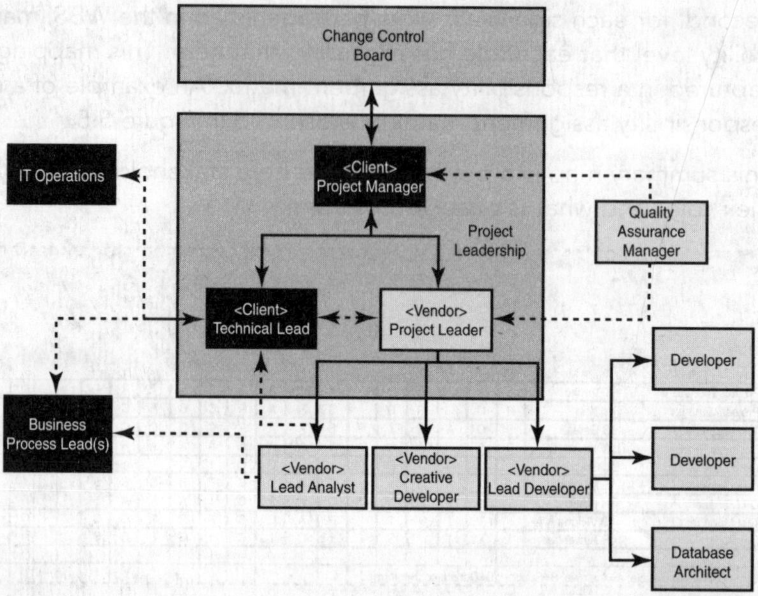


**FIGURE 5.6**

*A project organization chart for an outsourced software development initiative.*

**NOTE** The risk management process can impact the project plan throughout the project because it is a continuous, proactive project management activity.

- **Determine project costs and budget**—Now that we have our resource needs and a preliminary schedule, we can tabulate estimated project costs and a phased project budget. We discuss this in greater detail in Chapter 9, "Determining the Project Budget."
- **Determine project control system**—Specifically, we need to get agreement on how the performance of the project will be measured, how often, and how it will be reported. In addition, we need to determine how performance variances should be managed. Frequently, this information is documented in either the project plan itself, the project communications plan, or the quality management plan. We discuss this in greater detail in Chapter 10, "Controlling a Project."
- **Plan for change**—All plans are subject to change. The difference with successful projects is that they anticipate the changes and establish procedures in advance to review, assess, and manage any request or any factor that affects the key performance factors (scope, quality, time, and cost). These procedures help to ensure that the right people are involved in the process and that the right people are informed of any change decision. We discuss this in greater detail in Chapter 11, "Managing Project Changes."

**CAUTION** The project plan document and its components are living documents and can be updated to reflect the evolving circumstances, issues, and needs surrounding the project.

Changes are okay. The changes just need to be announced, reviewed, and approved by the relevant stakeholders.

- **Plan for project information**—There are two primary objectives of this step:
  - Where will the project repository be located? Who can access it? Who controls it?
  - How will changes to project deliverables be managed and controlled?

  This information is frequently maintained in a configuration management plan. We discuss this in greater detail in Chapter 12, "Managing Project Deliverables."

**NOTE** The formality and detail of each Project Plan section or supplemental plan varies depending on project need, project size, industry, and organizational culture.

- **Plan for issues**—All projects have issues and action that must be taken to resolve them. The difference with successful projects is that they establish a process in advance to closely track these issues and establish a procedure in advance to escalate any critical issue to the appropriate management stakeholders. We discuss this in greater detail in Chapter 13, "Managing Project Issues."
- **Plan for quality**—Another proactive management approach to determine the quality standards and policies that project deliverables and processes must meet. For planning, the significance is that additional roles, work activities, and costs will likely affect the project schedule and the project budget. We discuss this in greater detail in Chapter 15, "Managing Project Quality."
- **Plan for communications**—A proactive management approach to determine the information and communication needs of each project stakeholder. These needs should be determined as part of the stakeholder analysis. The work efforts associated with delivering project communications should be accounted for in both the WBS and the project schedule. We discuss this in greater detail in Chapter 17, "Managing Project Communications," and in Chapter 18, "Managing Expectations."

- **Plan for team management**—Although we have already taken key steps to lay the groundwork for an effective project team by involving them in the planning process, establishing clear role descriptions, and scheduling clear assignments, there are additional steps to consider, including training needs and performance evaluation. We discuss this in greater detail in Chapter 19, "Keys to Better Project Team Performance."
- **Plan for procurements**—This step is closely linked to resource planning. If resources need to be obtained externally, then the work to manage the procurement process must be planned and added to the WBS, project schedule, and project budget. We discuss this in greater detail in Chapter 21, "Managing Vendors."

# Summary of Supplemental Project Plan Components

The previous section introduced several new planning components, in addition to the core work plan, budget, and control elements you can expect, and referenced the impact that several of them have on the overall project planning effort. To help summarize and organize this information, see Table 5.1.

**TABLE 5.1** Summary of Supplemental Project Plan Components

| Project Plan Component | Purpose | Key Elements/ Notes | Impact on Project Planning |
|---|---|---|---|
| Change Control Plan | Describes how the project success factors (scope, cost, schedule, quality) will be managed and how changes will be integrated. | Can include assessment of expected stability of project scope. | Proactive approach; manages expectations. |
| Communications Plan | Describes how the information and communication needs of project stakeholders will be met. | Often documented and presented in tabular form. | Communications management plan details must be added to WBS and project schedule. |
| Configuration Management Plan | Describes how changes to project deliverables and work products will be controlled and managed. | Should include both technical work products and project documentation. | Proactive approach; manages expectations. |

| Project Plan Component | Purpose | Key Elements/ Notes | Impact on Project Planning |
|---|---|---|---|
| Procurement Management Plan | Describes how the procurement process will be managed. | Contract types; roles of project team and procurement department. | Remaining procurement management tasks must be added to project schedule. Constraints of scheduling procurement activities with third-party vendors might impact the project schedule. |
| Quality Management Plan | Describes the project quality system. | Should address both project work products and the project processes. | Cost and schedule adjustments might be needed to meet quality standards. Quality assurance and quality control activities must be staffed and added to the project schedule. |
| Responsibility Matrix | Lists the project roles and responsibilities. Cross-references roles with assigned resources. | RACI matrix. | Ensures all required resources are accounted for. |
| Resource Management Plan | Indicates when project resources are needed on the project (start and end dates). | Impact if resource cannot meet all skill requirements. Impact if resource must be acquired at rates higher than estimated. | Cost baseline, work estimates, and project schedule are in flux until the final resources are acquired. |
| Risk Management Plan | Describes how the risk management process will be structured and performed. | Describes the process to be used. | Ensures risk management tasks are added to WBS and project schedule. |
| Risk Response Plan | Describes the response strategies for identified risks. | Risk Log. Details action steps to be taken if risk event occurs. | Risk response strategies might entail the allocation of additional resources, tasks, time, and costs. Budget reserves, contingency plans. |
| Variance Management | Describes how performance (cost, schedule) variances will be managed. | Documents planned responses to different variance levels. | Proactive approach; manages expectations. |

**NOTE** To assist with the review and acceptance process of the project plan, consider the following:

1. Distribute the project plan and components to reviewers in advance of the official review meeting.
2. Prepare a summary presentation of the project plan.
3. Encourage open, honest feedback.
4. Seek understanding and buy-in first; then and only then, ask for the acceptance sign-off.

# Project Plan Checklist

Here's a quick checklist that can help you to determine whether your project is planned properly and whether you are ready to proceed to execute your project:

- Have you answered all the questions in the section, "Important Questions Project Planning Should Answer"?
- Have you reviewed your WBS, work effort estimates, project schedule, and project budget against their respective checklists?
- Has the project plan been reviewed and approved?
- Was the project plan signed off in a review meeting? In person?

## THE ABSOLUTE MINIMUM

At this point, you should have a solid understanding of the following:

- Project definition is focused on what the project will do. Project planning is focused on how the project will get it done.
- A project plan is an all-encompassing document that provides the basis for project execution and control, and it is not a Microsoft Project file.
- The project plan document should clearly communicate what work will be performed, who will do it, when they will do it, who is responsible for what, and how the project will be managed, monitored, and controlled.
- The project plan document and its components are living documents throughout the project. However, any change to the document must be approved by the same set of original stakeholders.
- The key skills used by the project manager when planning a project are facilitation, analytical, organizational, negotiation, and general interpersonal and leadership skills.
- All major stakeholders must approve the project plan document, preferably in person.
- A sign-off does not have to be a physical document signature. It can also be an email or a verbal acceptance (if it is documented in meeting minutes). However, the risk of misunderstandings is usually increased.

The map in Figure 5.7 summarizes the main points reviewed in this chapter.

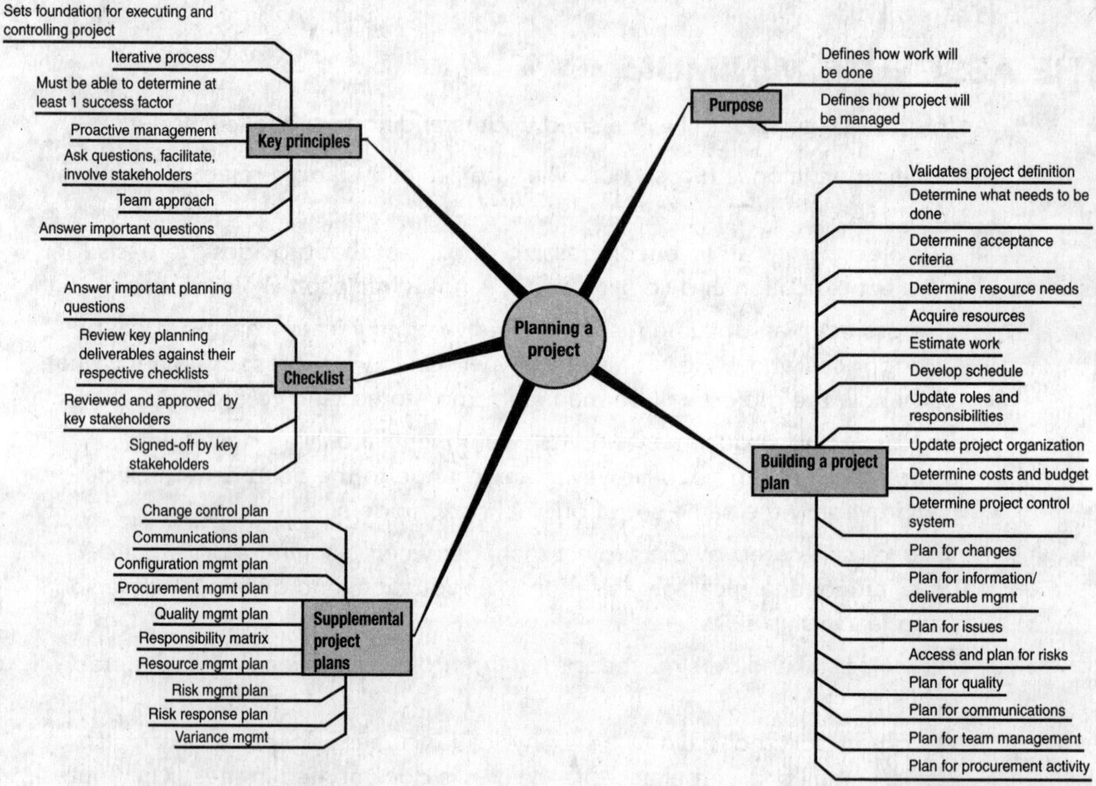


**FIGURE 5.7**

*Planning a project overview.*

## IN THIS CHAPTER

- Clarify what a work breakdown structure (WBS) is and is not
- Understand why the WBS is considered the most important tool of the project manager
- Learn what makes an effective WBS
- Learn how to avoid the common mistakes when developing a WBS

# 6

# DEVELOPING THE WORK BREAKDOWN STRUCTURE

If you were to ask anyone off the street what they think of when they hear "project management," you are likely to hear "planning." And if you further ask them what they mean by "planning," you are likely to hear "schedule" or "work plan." Yes, even to the uninitiated, people know that project managers plan and develop work schedules, if they do nothing else.

Yet, the process of understanding all the work that needs to be done and building a realistic project schedule continues to be the Achilles' heel of project management.

In this chapter, we begin our close review of the schedule development process by understanding the power and the purpose of the work breakdown structure (WBS). By performing this step correctly, we will do a much better job at the other detail project planning activities, such as identifying resources, identifying risks, getting better estimates, building a realistic schedule, and developing an accurate project budget. In addition, a solid WBS enables us to better manage stakeholder expectations and the critical success factors throughout the project life cycle.

As part of this review, we clarify exactly what a WBS is (and is not); we understand why the WBS is crucial to your other project management activities; and we learn how to develop an effective WBS and avoid the common miscues in this arena.

## What Exactly Is a WBS?

As I mentioned in Chapter 1, "Project Management Overview," project management is not brain surgery and does not require advanced logic and reasoning skills to achieve winning results (I'm a great example of this). In most cases, the disciplines and terms used in project management are very common sense and obvious in nature. A WBS is a classic case. As the terms defining the acronym indicate, a WBS is a logical breakdown (decomposition) and representation (hierarchical structure) of the work required by the project.

A WBS can take one of two forms: graphical or outline. See Figures 6.1 and 6.2 for examples of each.

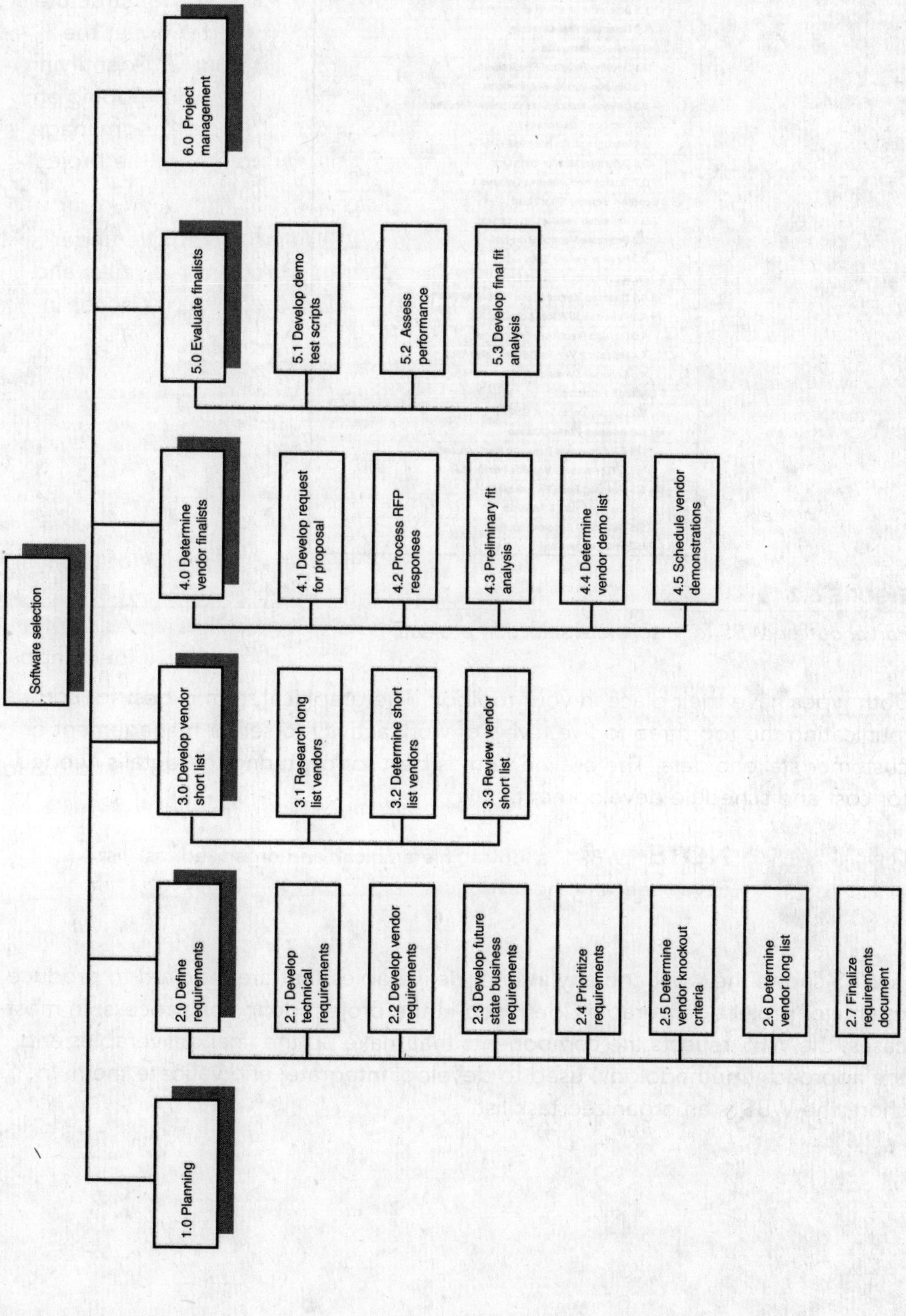


**FIGURE 6.1**

*Partial graphical WBS for a software selection project.*

- ⊟ **Software Selection Project**
  - ⊟ **1 Planning**
    - 1.1 Determine selection strategies
    - 1.2 Determine final schedule
  - ⊟ **2 Define Requirements**
    - 2.1 Develop Technical Requirements
    - 2.2 Develop Vendor Requirements
    - 2.3 Develop Future State Business Requirements
    - 2.4 Prioritize Requirements
    - 2.5 Identify Vendor Knockout Criteria
    - 2.6 Determine Vendor Long List
    - 2.7 Finalize Requirements Document
  - ⊟ **3 Develop Vendor Short List**
    - 3.1 Research Vendors on Long List
    - 3.2 Determine Vendor Short List
    - 3.3 Review Vendor Short List
  - ⊟ **4 Develop Vendor Finalist List**
    - ⊞ **4.1 Develop Request for Proposal (RFP)**
    - ⊞ **4.2 Process RFP Responses**
    - 4.3 Develop Preliminary Fit Analysis
    - 4.4 Determine Vendor Demonstration List
    - 4.5 Schedule Demonstrations
  - ⊟ **5 Evaluate Finalists**
    - 5.1 Develop Demo Test Scripts
    - ⊟ **5.2 Assess Performance**
      - ⊞ **5.2.1 Assess Package Performance**
      - ⊞ **5.2.2 Assess Vendor Performance**
    - ⊞ **5.3 Develop Final Fit Analysis**
    - 5.4 Review Final Fit Analysis
    - 5.5 Make Final Recommendation
  - ⊞ **6 Project Management**

**FIGURE 6.2**

*Partial outline WBS for a software selection project.*

Both types have their place in your toolbox. The graphical form is best for communicating the top three to five levels of work activity to senior management or customer stakeholders. The outline form is best for capturing the details needed for cost and schedule development.

**NOTE** WBS is a logical, hierarchical, and organized task list developed with the team.

A WBS shows the work and any interim deliverables that are required to produce the major project deliverables identified in the project definition process. In most cases, the WBS reflects the components that make up the final deliverables and the approach (methodology) used to develop, integrate, and validate them. In short, the WBS is an organized task list.

By simply doing this, we create an organized picture that allows us to see—and more importantly, allows our stakeholders to see—all the work required to accomplish the project objectives. You can begin to see the power of the WBS in managing expectations.

Also, by doing this, we employ the primary secret weapon of managing large, complex projects, which is "You don't!" You break the work into chunks and manage many smaller components.

I'm not going to spend a great deal of time on explaining how to create a WBS and how to break down the higher-level work of a project because I think most analytical people do this naturally, and the details of the work decomposition depend on the specifics associated with your organization and industry. In fact, many organizations leverage standard WBS templates to ensure any new project includes the recommended work items.

**TIP** Always clarify terms with your project team and project stakeholders in any communication.

For an official repository of project terms, the use of a project glossary document can be helpful.

However, what I will spend time on is making sure you are clear on terminology, making sure you understand how this step fits into the overall schedule development process, and reviewing the best practices of WBS development.

## Isn't WBS Just Another Name for the Project Schedule?

Many industries and organizations routinely use the following terms in an interchangeable fashion: WBS, project plan, project schedule, and work plan. As you know by now, these terms do represent different project management elements and should not be used interchangeably. However, as with all less-than-ideal practices, there are reasons they develop. Understanding the reasons is always helpful and, in this case, can provide additional insights as to why projects can get into a troubled state.

When you think about the process for developing a schedule (see Figure 6.3), determining the work (detail tasks) that is required is the first step.

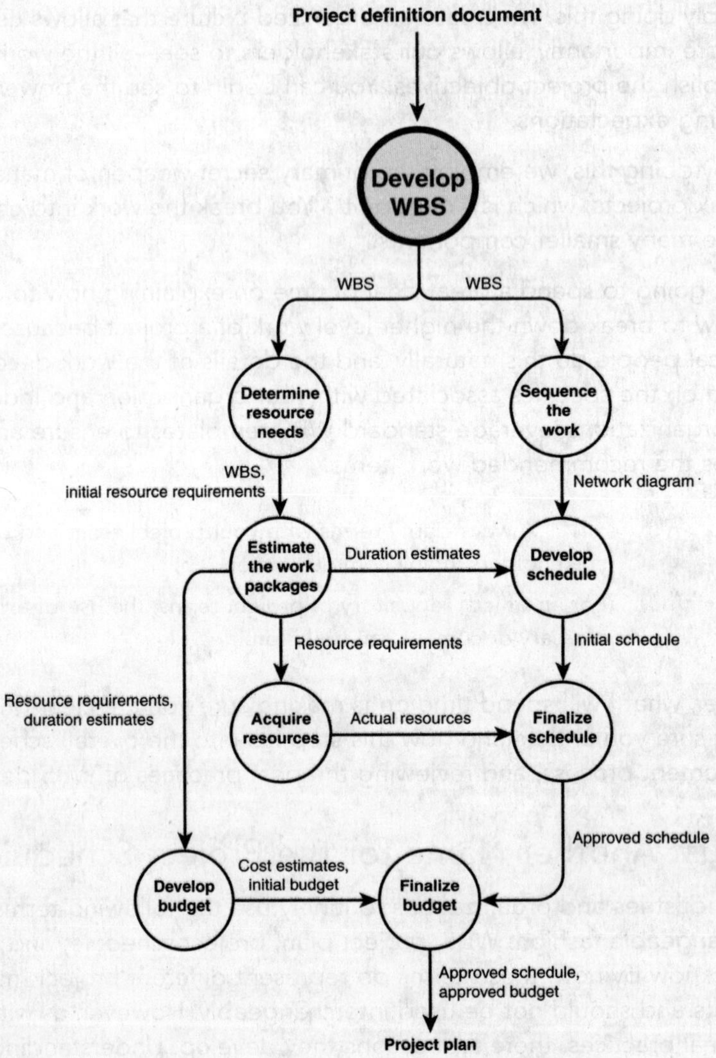


**FIGURE 6.3**

*The role of the WBS in the development of the project schedule.*

After you have identified the work tasks, you can determine what resources are required for each task, how much effort each task will take (process details discussed in Chapter 7, "Estimating the Work"), and what logical dependencies exist between the tasks (details covered in Chapter 8, "Developing the Project Schedule"). At this point, you can begin to construct the first of several iterations of a project schedule.

Sounds logical enough—so, where's the problem?

In general, the problems lie with the use and application of project scheduling software such as Microsoft (MS) Project. Here's a common scenario:

- Joe Manager is told to build a work plan for the project.
- Joe goes to his desk and opens up MS Project and starts entering and organizing the tasks that need to be performed.
- Joe enters estimated durations and start and end dates for some of the key or most visible tasks.
- Joe presents results to his supervisor for review.

> **NOTE** Avoid judging a current work practice or process or the people involved before you understand why it is done this way or how it evolved to the current point.
>
> This approach keeps you results-focused, improves your ability to develop solution alternatives, increases your effectiveness in leading change, and enhances your relationships with all stakeholders.

So, what did Joe present to his boss? A WBS? It does have work tasks listed. A project schedule? It was created in MS Project. A work plan? That's what his boss asked for. Well, what you probably have here is a high-level WBS and an initial milestone schedule summary, at best. This example illustrates how an inadequate project planning and schedule development process combined with inadequate training on the project scheduling software can lead to terminology confusion. Table 6.1 summarizes these terms and the factors that lead to their interchangeable use.

**TABLE 6.1** Terms Used for Planning Project Work

| Term | Description | Key Factors | Notes |
|---|---|---|---|
| Project Plan | All-encompassing planning document used as basis for execution and control. | Often incorrectly used to describe project schedule or work plan. | Common tendency to think of project "scheduling" software as project "management" software. |
| Project Schedule | Shows when the work will be done and by whom. Drives project execution. | Many "schedules" are more like task lists (WBS) because the task dependencies and resource assignments are not properly captured. | Inadequate training on project scheduling software. Inadequate schedule development and review process. |

| Term | Description | Key Factors | Notes |
|---|---|---|---|
| Work Plan | A generic term used to refer to either of the other three. | Usually refers to project schedule. | Need to clarify terms upfront. |
| WBS | WBS hierarchical representation of work to be performed. | WBS often created with project scheduling software (MS Project); WBS templates often created and saved with project schedule software (MS Project). | Use of project scheduling software is acceptable as long as the proper process is followed. |

## Key Differences Between the WBS and the Project Schedule

The key differences between the WBS and the project schedule include the following:

- **Task dependencies**—WBS does not show them; a project schedule does.
- **Scheduled tasks**—WBS does not show when tasks occur; a project schedule shows start and end dates for each task.
- **Task assignments**—WBS does not show who is assigned to an individual task; a project schedule does.

## Different Types of Breakdown Structures

Another factor that can impact understanding of the WBS term and concept is that many industries utilize other breakdown structures and related acronyms that can confuse this subject. Therefore, to better understand what is meant by a WBS, you should be familiar with these other types of breakdown structures, as listed in Table 6.2, and how they are different from a WBS.

**CAUTION** Any work not defined in the WBS is considered to be outside the project scope.

**TABLE 6.2** Different Types of Breakdown Structures

| Acronym | Description | Notes |
|---|---|---|
| CWBS | Contractual WBS | Defines the level of reporting between the seller and buyer. The CWBS is not as detailed as the WBS used to manage the actual work. |
| OBS | Organizational Breakdown Structure | Maps work components to organizational units. |
| RBS | Resource Breakdown Structure | Maps work components to individuals. |
| BOM | Bill of Materials | Describes the physical components needed for the project. |
| PBS | Project Breakdown Structure | The PBS is actually the same as the WBS. This term is only used in areas where the term WBS is incorrectly used to refer to a BOM. |

# Why Is the WBS Important?

The Project Management Institute (PMI) considers the WBS the most important tool of the project manager. Why?

More than any other project management tool, the WBS provides the foundation for defining and organizing the work needed to fulfill the project objectives. Through the WBS, the work to produce the targeted deliverables is structured, assigned, scheduled, tracked, and reported. Through the WBS, the work of the project is effectively represented and communicated to all stakeholders. A well-done WBS accomplishes the following objectives for the project manager:

**TIP** A well-done WBS can become a template for similar, future projects.

- **Manage the pieces**—It provides a mechanism to manage any project size or complexity. Through decomposition, you can manage the pieces (work packages) rather than the whole project.
- **Better work definition, fewer changes**—It enables identification of all necessary work for the project and only the necessary work. It also reduces the number of items that slip through the cracks as well as the "Oh, I didn't think of that!" moments.

- **Better estimates, better planning**—It improves the accuracy of cost, duration, and resource estimates.
- **Better control**—It defines a baseline for performance measurement and control.
- **Clear responsibilities**—It facilitates clear responsibility assignments at both an individual and an organizational level.

**NOTE** Major deliverables should come from the project definition document and are likely second-level WBS elements.

There is no one way to organize a WBS. It should be organized in a manner that emphasizes the most important aspects and that best communicates the entire scope of the project to your stakeholders.

- **Stakeholder buy-in on scope work effort**—It facilitates understanding and buy-in of the project scope, the project approach, the work effort involved, and alignment between scope and work from each stakeholder.
- **Tighter management integration**—It provides a mechanism to relate the work directly to schedule, budget, and resource allocation plans.
- **Better team performance**—It enables team members to easily understand how their work fits into the overall project, how it affects the work of other team members, and to stay focused on deliverables.
- **Risk factors identified early**—Through decomposition of the work, a more complete and effective risk analysis can be performed during project planning.
- **Confidence increases**—When people see that the work of the project is structured, definable, and doable, their confidence level in the project increases.

# The Process of Building a WBS

Now that we understand what a WBS is and the importance it plays in our project, let's review the key techniques, guidelines, and principles in building an effective WBS.

In general, the process of breaking down work is something we do frequently and is a straightforward logical endeavor. However, there are frequently two common challenges in the WBS development process:

- Where do I start?
- Where do I stop?

## Getting Started

To start the work decomposition process, think about the following:

- Does a template WBS exist as part of your methodology or from a past project that you can use?
- What are the major deliverables?
- What is the project approach? The project lifecycle? The major project phases?
- Think through the entire project. What does the end look like?

To continue the work decomposition process, think about these questions:

- Can you break down this WBS element (deliverable) into subcomponents?
- How exactly will the deliverables be produced? What processes and methods will be used?
- How do you ensure acceptable quality in deliverables and in the process?
- Can you make adequate costs and duration estimates from this level of detail?

## Guidelines for Effective WBS

Here are a few guidelines regarding the development of the project WBS that you want to keep in mind:

> **NOTE** WBS should always be defined at least one level lower than what is required for management reporting purposes. This enables you to better identify the source of any issues or variances.
>
> In general, the more detail in the WBS, the more accurate the work estimates and the better level of control. However, there is a balance. Too much detail and you will incur excessive costs performing data collection, tracking, and reporting. Too little detail and you incur higher risks and are unable to effectively manage.

- *All* the work of the project is included in the WBS.
- The WBS should be deliverable focused.
- All deliverables are explicit in the WBS.

- The WBS should be developed with the team.
- The WBS is refined as the project progresses.
- The WBS is a top-down decomposition and is logical—the summary tasks go with lower-level tasks.
- The WBS should be organized in a manner that emphasizes the most important aspects of the project and that best communicates the entire scope of the project to your stakeholders.
- The lowest level of the WBS is the work package or activity level and is used for schedule and cost development. This is the level where effort and cost can be reliably estimated.

**CAUTION** Most troubled projects have WBS elements that are too large. If each lower-level element should be completed within the standard reporting period (every week or every two weeks), it is much easier to track actual progress and to take any corrective actions.

- Unique identifiers are assigned to each item in the WBS to allow for better management reporting of costs and resources.
- WBS elements should be consistent with organizational and accounting structures.
- The coding scheme should clearly represent a hierarchical structure.
- Review and refine the WBS until all key project stakeholders are satisfied.
- Each WBS element represents a single deliverable and should be an aggregation of lower-level WBS elements.
- Each WBS element has only one parent.
- Upper levels of the WBS represent major deliverables or project phases.
- The WBS should include project management tasks and activities.
- The WBS should include and isolate any work needed to integrate components and deliverables.
- The WBS should account for any subcontracted or externally committed deliverable.
- The WBS should represent all work needed to ensure completeness, correctness, and acceptance of deliverables.

- Depth of WBS depends on three key factors:
  - Amount of project risk
  - Reporting requirements
  - Balance of control versus costs

**NOTE** These are solid guidelines—not rules. The most important thing to remember is to size the work package to the level you need for effective management and control. Again, setting the maximum size to correspond to your reporting period is an excellent idea.

The level of depth (granularity) for the work package level in a WBS (lowest levels) will vary. It depends on what level of detail the project manager needs for effective management and control of the project.

In a program, or on large projects, the work package level might represent efforts in the hundreds of hours. In these cases, it is expected that the teams assigned to these work packages (or subprojects) will define the detail activities and tasks needed to complete the work package. From a practical standpoint, these teams should develop their own WBS that can then be rolled up into the master WBS.

## Knowing When to Stop

The other aspect of WBS development that creates frequent uncertainty is knowing when to stop. To determine whether you have enough detail in your WBS, review these questions for each lower-level item:

- Can each lower-level item be estimated, scheduled, budgeted, and assigned to a responsible party?
- Do you need more detail to make it easier to estimate effort, assign work, track costs, or measure progress?
- You will read about common rules of thumb for the proper size of work packages. The most common rules are 8/80 and 4/40, which means no task should be less than 8 hours or more than 80 hours, or in the case of 4/40, it would less than 4 hours or more than 40 hours.
- In addition, consider further decomposition of the lower-level item, if any of the following are true:
  - The work cannot be completed within the standard reporting period for the project.

- There are specific risks associated with a smaller portion of the work element.
- More than one individual or group is responsible.
- More than one deliverable is included.
- More than one work process is included.
- There is time gap involved.
- The resource requirements for the work element are not consistent.

The importance of the WBS cannot be over-emphasized. Because the correctness and completeness of the WBS has a direct impact on how well we determine our resource needs, estimate the work efforts, and properly sequence the work, it is the foundation that drives our schedule and most of our planning efforts.

## THE ABSOLUTE MINIMUM

At this point, you should have a solid understanding of the following:

- A WBS is a logical breakdown of all the work to be performed by the project.
- A WBS is neither the project schedule nor the project plan.
- The WBS should be developed with the project team.
- The WBS is a vital tool to the project manager.
- Avoid judging a current work process or the people involved before you understand *why* it is done this way or *how* it evolved to the current point.
- How to evaluate a WBS.
- How to avoid the common challenges and issues with WBS development.
- The WBS is the foundation for developing a realistic schedule, determining project resource needs, and figuring an accurate project budget.
- The work packages included in the WBS should be detailed enough to support effective management and control.
- The maximum size of a WBS work package should correspond to the standard reporting period for the project.

The map in Figure 6.4 summarizes the main points reviewed in this chapter.

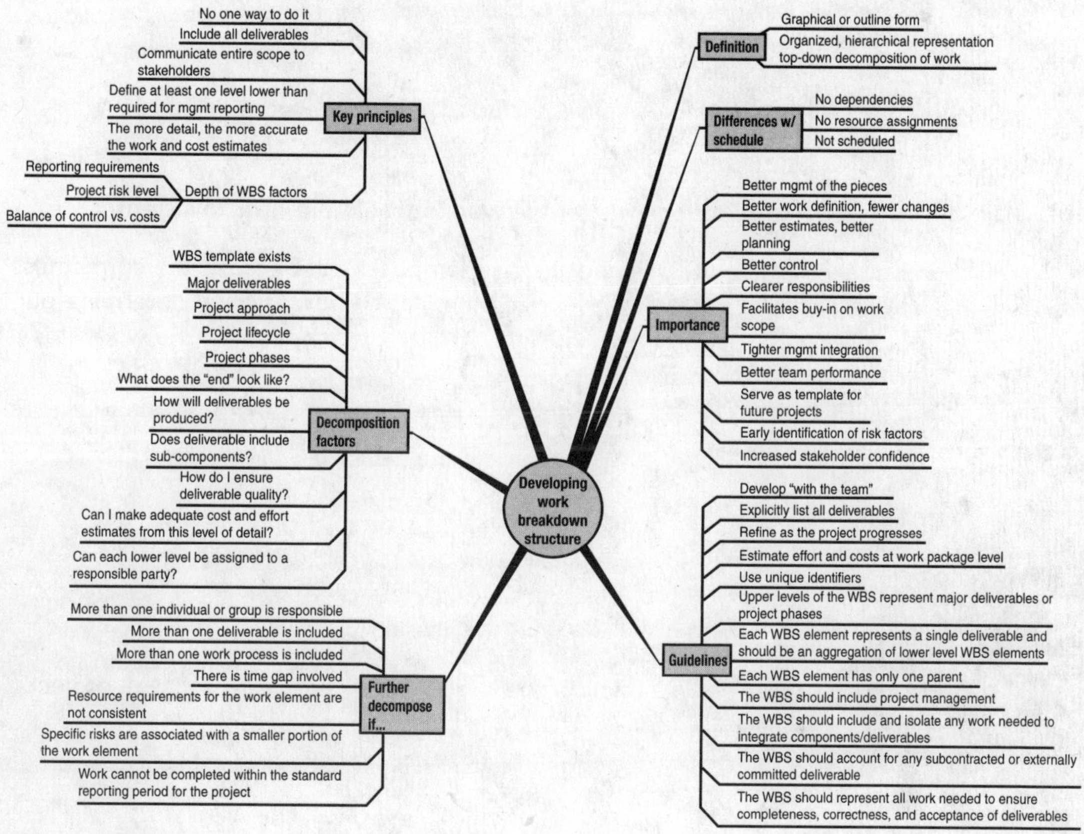


**FIGURE 6.4**

*Developing a work breakdown structure overview.*

## IN THIS CHAPTER

- Understand the importance of estimating plays in the success of a project
- Understand how estimating is used to manage project risk
- Review the common reasons for poor estimates and how to avoid them
- Review the key estimating techniques and methods
- Understand the power of bottom-up estimating
- Learn how to properly ask for an estimate
- Understand how to deal with uncertainty
- Learn the best estimating practices of successful projects

7

# ESTIMATING THE WORK

Estimating. Nothing else symbolizes the challenges of project management better. Negotiate with senior management and customers to prevent "ball park" estimates from becoming your targets; team with subject matter experts (SMEs) and knowledge workers to develop accurate estimates for work that has never been done in these conditions, with these tools, by these people; assess your risks; educate stakeholders on the estimating process; and continuously manage the time-cost-quality equilibrium. Plus, you likely must do all of this in an organization that has not made the investment to improve estimating accuracy. Is it any wonder we love this job? For most people and most organizations, you would need a moving truck to carry all the baggage that comes along for the ride when estimating is discussed.

The baggage accumulates from political battles, misunderstandings, a sense of no control, and past troubled projects. As a result, there are complete educational courses and books in the marketplace that cover nothing but estimating—not to mention the many reputable therapists that can improve your emotional and spiritual well-being (just kidding; it's not *that* bad).

In this chapter, we show you how to leave that moving truck behind and take control of the estimating process. It can be done. First, we review how estimating the work fits in with the overall schedule development process and how it is an integral part of how we manage risk on the project. Then, we learn the key estimating techniques and methods and understand how to use them. And finally, we discuss the common reasons for poor estimates and review the golden guidelines of estimating. This will enable you to improve your estimating accuracy and get it right the first time.

**NOTE** Accurate estimates build the foundation for a realistic schedule and an accurate project budget.

# Next Step in the Schedule Development Process

Before we get into the details of estimating, let's make sure we are clear on where estimating falls in the schedule development and planning process. If someone stopped you on the street and asked you for an estimate, what is the minimum information that you would need? You would need to know what the estimate is for—what work is to be done. And you would need to know who is going to do it—what type of resources will be involved in performing the work. This is what we show in Figure 7.1. Estimating the work should occur after you have identified the work and after you have thought about what resources are needed for the project.

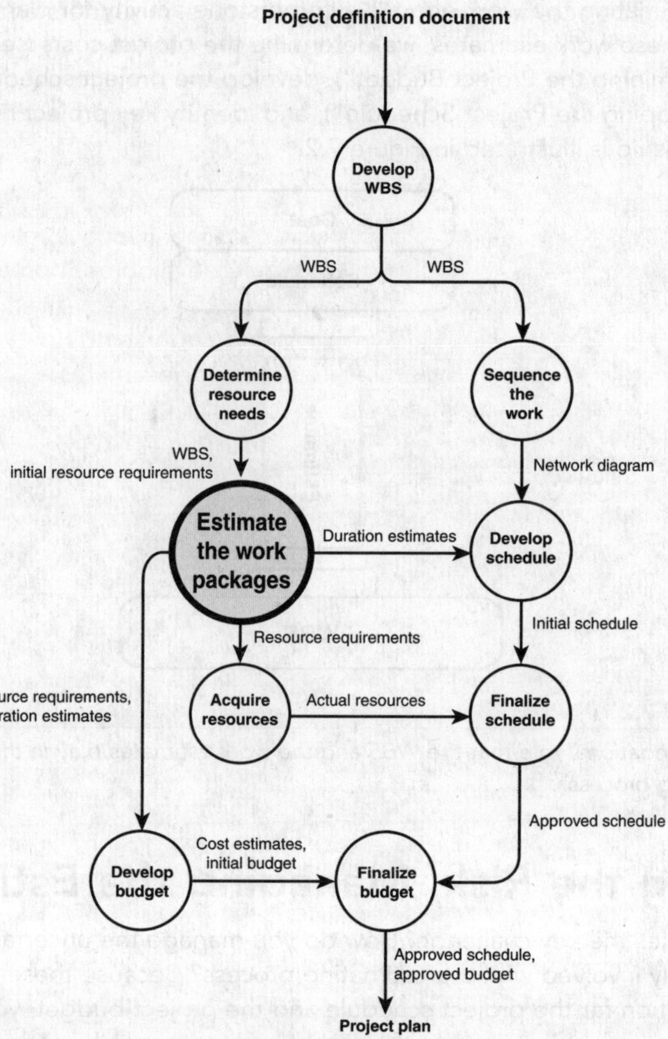


**FIGURE 7.1**

*The step of estimating the work in the development of the project schedule.*

It sounds so simple, doesn't it? Then why is this so tough? Well, we cover this in more detail later in this chapter, but these two basic prerequisites are where most estimating woes originate. There is often not a clear or complete understanding of the work to be performed by the person doing the estimate, and the relationship between the work estimate and the resource doing the work is not defined or communicated. In addition, there is the challenge of estimating work that has not been done before in exactly these conditions.

Yet, estimating the work effort is a cornerstone activity for planning the project. From these work estimates, we determine the project costs (see Chapter 9, "Determining the Project Budget"), develop the project schedule (Chapter 8, "Developing the Project Schedule"), and identify key project risks. This relationship is illustrated in Figure 7.2.

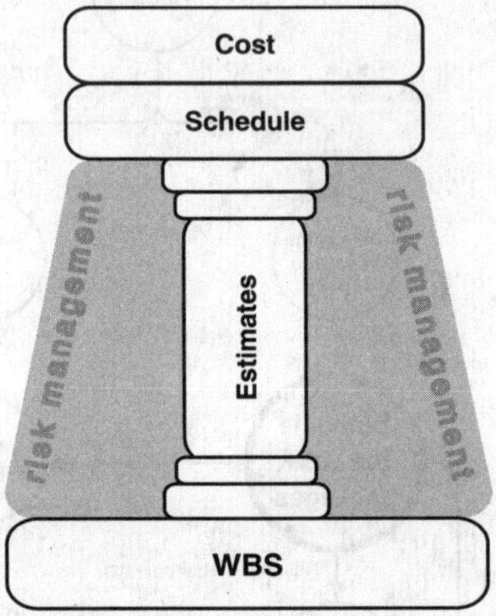


**FIGURE 7.2**

*The foundational role that the WBS and the work estimates play in the overall planning process.*

# Managing the Risk, Managing the Estimates

There lies the key challenge. How do you manage the uncertainty that is naturally involved with the estimating process? Because these estimates form the foundation for the project schedule and the project budget, you must implement techniques and approaches that enable you to properly manage this risk and the expectations of your stakeholders.

Although this subject of estimating and risk could easily slip into a review of statistics, probability, standard deviations, skewed distributions, and Monte Carlo analysis, we will not go there. In many real-world environments, these advanced concepts and techniques are not utilized to estimate work and to manage the associated risk, and these topics would be outside the scope of this book. Our focus is understanding the impact that estimating work has on our overall risk management approach and what we can do to minimize those risks.

Estimating the work is a fundamental risk analysis step. Not only do you estimate work efforts, but you also identify the assumptions that support the estimate and the key risk factors that might affect the accuracy of those estimates. These key outputs are depicted in Figure 7.3.

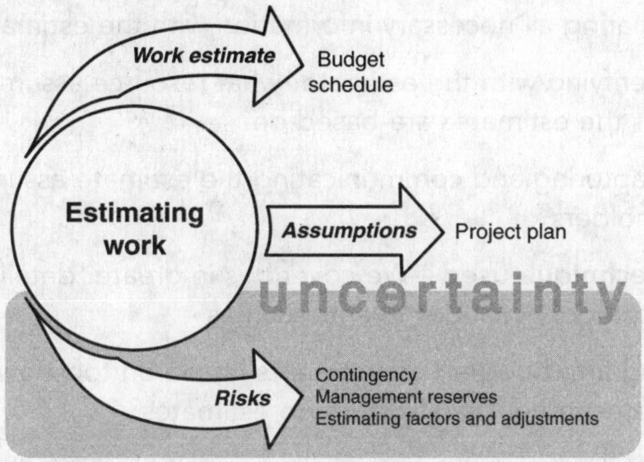


**FIGURE 7.3**

*Estimates are key inputs for scheduling, budgeting, and risk management.*

# Reasons for Estimating Woes

Before we review the key estimating techniques and methods that we need to know to best plan our projects and manage our risk, let's first take a deeper look at the common reasons for estimating woes on many troubled projects:

- **Improper work definition**—The number one reason for inaccurate work estimates is inadequate definition of the work to be performed. This includes the following:
    - Estimates based on high-level or incomplete requirements.
    - Estimates based on incomplete work. Work elements (packages) not accounted for in the WBS.
    - Estimates based on lack of detailed work breakdown.
    - Estimates made without understanding the standards, quality levels, and completion criteria for the work package.
- **Wrong people estimating**—Another key reason for inaccurate work estimates is that the wrong people make the estimates. Although it might be appropriate for management to make ballpark estimates during the early defining and planning stages, when firm commitments must be made, it is best to have the people who have experience doing the work make the estimates (or at least review and approve any proposed estimate made by someone else).

- **Poor communications**—This reason hits on the process of facilitating estimate development. This category includes events such as
    - Not sharing all necessary information with the estimator.
    - Not verifying with the estimator what resource assumptions and other factors the estimates are based on.
    - Not capturing and communicating the estimate assumptions to all stakeholders.
- **Wrong technique used**—We cover this in greater detail in the next section, but this category includes events such as
    - Making firm budget commitments based on top-down or ballpark estimates rather than bottom-up estimates.
    - Not asking for an estimate range or multiple estimates.
    - Not leveraging the project team.
    - Not basing estimates on similar experiences.
- **Resource issues**—Related to the poor communications category, but this is a specific case where it's not really an estimate issue. This is when the person assigned to do the work is not producing at the targeted level or when there are performance quality issues with any of the materials, facilities, or tools. Without documented assumptions, these issues can appear as inaccurate estimates to stakeholders.
- **Lack of contingency**—In many cases, especially on projects involving new technologies and new processes, the identified risk factors are not properly accounted for in the work estimates. The uncertainty level in specific work estimates needs to be identified and carried forward into the project schedule and budget as part of the contingency buffer or management reserve.
- **Management decisions**—In many situations, senior management influence and decisions impact the estimating accuracy level. This category includes events such as
    - Senior management making firm budget commitments based on initial, high-level estimates and not accounting for accuracy ranges.
    - Senior management not willing to invest time or resources to get detailed, bottom-up estimates.
    - Estimators factoring their estimates for senior management expectations rather than the actual work effort.

- Management requesting that estimates be reduced to make the work meet the budget or schedule goals.
- Management decisions to bid or accept work for less than estimated cost.
- No use of management reserve to account for risk or uncertainty.

# Powerful Estimating Techniques and Methods

There are several key estimating techniques you should know about. Table 7.1 lists these techniques and summarizes the key characteristics of each.

**TABLE 7.1** Estimating Techniques

| Estimating Technique | Key Characteristics | Notes |
|---|---|---|
| Analogous (top-down) estimating | Used in early planning phases and project selection. Utilizes historical information (actual duration periods from previous projects) to form estimates. | Reliable if WBS from previous projects mirror the WBS needed for this project. |
| Bottom-up estimating | Used to develop detailed estimates. Provides estimate for lowest level of the WBS (work package). Provides the most accuracy. | Best technique for identifying risk factors. Takes most time and money to develop. |
| Effort distribution estimating | Uses project phase percentages to estimate.<br>Example would be<br>Initiation Phase—10%<br>Plan Phase—10%<br>Elaboration Phase—20%<br>Construction Phase—40%<br>Deploy Phase—20% | Used in organizations that use common methodology and/or that do similar projects. Can be used if enough information is known for one of the major project phases. |
| Heuristic estimating | Based on experiences. "Rule-of-thumb" estimating. Frequently used when no historical records are available. | Also known as Delphi technique and expert judgment. |

| Estimating Technique | Key Characteristics | Notes |
|---|---|---|
| Parametric estimating | Uses historical data and statistical relationships. Developed by identifying the number of work units and the duration/effort per work unit. Examples include the following:<br><br>Lines of code for software development.<br><br>Square footage for construction.<br><br>Number of sites for network migration. | Also known as quantitative-based estimating. Can be used with other techniques and methods. |
| Phased estimating | Estimates the project phase by phase. Provides for a detailed, bottom-up estimate for the next phase and a higher level, top-down estimate for the other phases. Best technique to use on high-risk and agile projects. | Incorporates "re-estimating" as part of the management approach. Best use of estimating resources. Excellent risk management tool. |

For each estimating technique (approach), there are one or more methods that can be leveraged. Table 7.2 lists these methods and summarizes the key characteristics of each.

**TABLE 7.2** Estimating Methods

| Estimating Method | Key Characteristics | Notes |
|---|---|---|
| Expert judgment | Relies on SME in targeted work area. | Used most effectively with bottom-up estimating. |
| Historical information | Relies on actual durations from past projects. The three types are project files, commercial databases, and project team members. | Many organizations do not accurately capture this information. Recollection of project team members is the least reliable source. Critical to improving estimate accuracy in an organization. |
| Weighted average (PERT) | Uses three estimates for each activity (weighted average): optimistic, most likely, pessimistic<br><br>E = (O + 4M + P) / 6<br><br>Each estimate is captured for each activity. | Used mainly on large-scale or high-risk projects. Excellent risk management technique. This technique is time consuming. PERT = Program Evaluation and Review Technique. |

| Estimating Method | Key Characteristics | Notes |
|---|---|---|
| Risk factors | Adjusting an original estimate based on one or more risk factors. Used in conjunction with other methods. | Common risk factors affecting effort estimates include complexity (technical, process), organizational change impact, requirements (volatility, quality), and resources (skills, costs, and so on). |
| Team (consensus) estimating | Uses multiple SMEs to develop independent estimates. Facilitation meeting used to reconcile differences and develop consensus estimates. | Best for identifying assumptions and other risk factors. Avoids one person being accountable for estimate. Allows for multiple historical perspectives to be taken into account. Allows SMEs from different backgrounds to complement one another. |

**TIP** There are two primary reasons estimating should be performed (or approved) by the person doing the work: more accurate estimates and higher commitment levels to the project.

As with all other planning activities, work estimates are refined and improved as more is learned about the project. At a minimum, each project (or project phase) should be estimated three times. Each estimate provides a greater degree of accuracy. To better understand this concept and to better educate others in your organization, see the three levels of estimate accuracy recognized by PMI in Table 7.3.

**TABLE 7.3** Estimate Accuracy Levels

| Level | Accuracy Range | Generally Used During |
|---|---|---|
| Order of magnitude | –25% to +75% | Initiating (defining) phase |
| Budget | –10% to +25% | Planning phase |
| Definitive | –5% to +10% | Planning phase |

**NOTE** I have no doubt that the use of buffers and historical information when developing work effort estimates is a common, everyday practice in your real-world experience…or maybe not.

They represent a clear example of why leadership, negotiation, and communication skills are so important for project managers.

# Best Practices

Now that we have an overview of the estimating techniques and methods that are available to us, and we have a feel for the estimating mistakes that are commonly made, let's review the estimating best practices of successful organizations and projects:

- Estimating should be based on the work breakdown detailed in the WBS.
- Estimating should be performed (or approved) by the person doing the work.
- The work estimates for lower level WBS items should be less than the standard reporting period for the project (typically one or two weeks).
- As discussed in Chapter 6, "Developing the Work Breakdown Structure," if the work estimate is not less than this, it is a good sign the task needs further decomposition.
- Estimating should be based on historical information and expert judgment.
- Estimates are influenced by the capabilities of the resources (human and materials) allocated to the activity.
- Estimates are influenced by the known project risks and should be adjusted accordingly to account for those risks.
- When estimating effort for something unprecedented or high risk, where the confidence level in any estimate is low, leverage timeboxing and proof-of-concept models to improve knowledge quickly, so you can derive better estimates.

**NOTE** Critical chain management (scheduling) is an increasingly popular technique of estimating and scheduling work. We take a closer look at this approach in Chapter 25, "The Fun Never Stops."

- All bases and assumptions used in estimating should be documented in the project plan.
- When asking an SME for an activity estimate, make sure to provide the following whenever possible:
    - Project definition document (context, approach, assumptions, and constraints)

    - WBS
    - Applicable standards, quality levels, and completion criteria for the work package

- When asking an SME for an activity estimate, make sure to ask for the following at a minimum:
    - An estimate range (not just a single value)
    - Factors driving that range
    - Assumed resource level, skills, and productivity
    - Assumed quality level and acceptable completion criteria
- Estimates should be given in specific time ranges.
- To manage high-risk projects, the following estimating techniques are recommended:
    - Use of phased and bottom-up estimating techniques
    - Use of the average weight and team consensus estimating methods
- For high-risk projects where the organization lacks significant previous experience or process knowledge, consider outsourcing the planning phase to an outside firm as an assessment engagement.
- A project's time and cost estimates should be based on project needs and not dictated by senior management. The project manager should work with senior management to reconcile any differences.
- Reserve time (contingency and buffer) should be added to either the project schedule or to individual activity duration estimates to account for the level of risk and any uncertainty that exists.
- Historical information is vital to improving estimates. If you don't measure actual performance, you will not have the feedback to improve estimating accuracy.

## THE ABSOLUTE MINIMUM

At this point, you should have a solid understanding of the following:

- It takes time and money to develop accurate estimates.
- Any estimating technique improves results if it is used consistently by leveraging lessons from the past.
- To get science in the process, estimates must be compared to actual performance.
- Multiple estimating techniques can be used together. The art is knowing when to use which technique and knowing how much accuracy is required for the business decision at hand.
- Many variables beyond the control of the project team, such as changing specs, team turnover, and failed technology, can invalidate original estimates.
- Project managers should never work independently when making estimates.
- Organizations must make a conscious effort to establish rigor and procedures to estimating to improve accuracy over time.
- All stakeholders are responsible for estimates.

The map in Figure 7.4 summarizes the main points reviewed in this chapter.

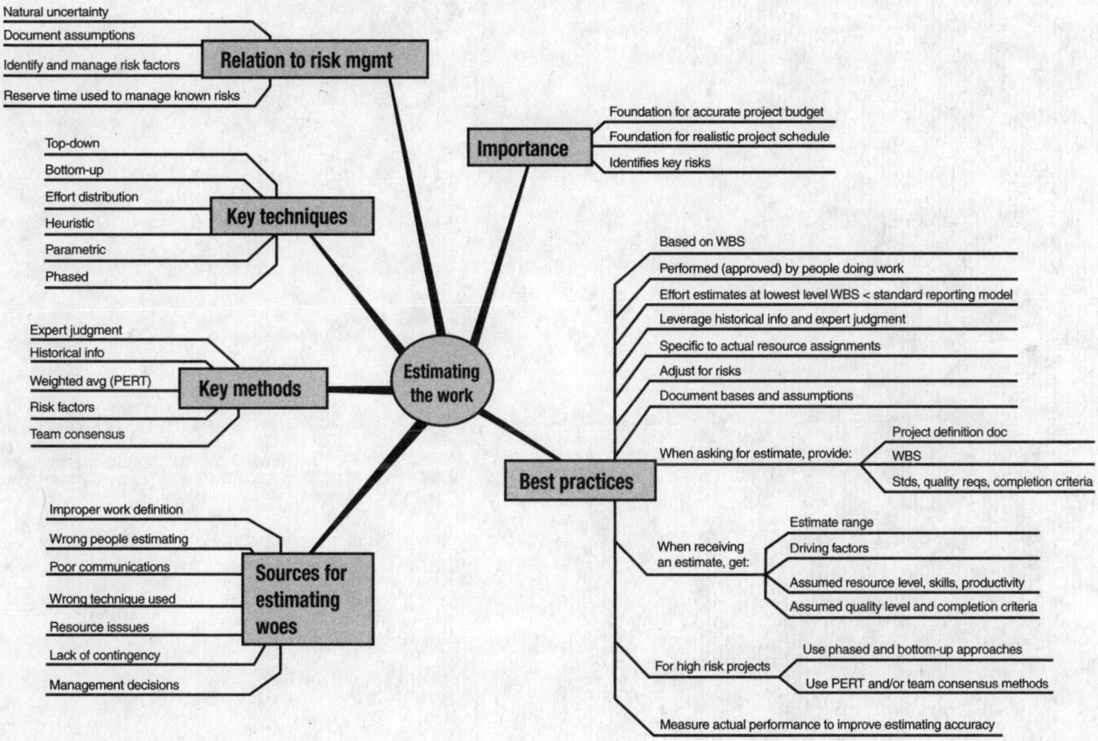


**FIGURE 7.4**

*Estimating the work overview.*

## IN THIS CHAPTER

- Understand why the project schedule is vital to a successful project
- Review the process for creating a realistic schedule
- Learn the characteristics of a good schedule
- Learn how to avoid the common mistakes that even experienced project managers can make when building a schedule
- Review the options for effectively presenting your schedule to others

8

# DEVELOPING THE PROJECT SCHEDULE

It's funny, really. The one activity that the common person associates with project management is planning, and the main output from this planning effort is a schedule. Yet, it is a challenge to find a project manager who can develop one accurately. Although scheduling is one of the two primary technical aspects of project management, it is a common technical weakness of many project managers.

Why is this? Well, from my own experience, I can state at least four reasons: lack of time for proper planning, lack of education on the schedule development process, lack of training with the scheduling software, and a belief that a detailed schedule is not necessary. I believe this issue is one of the fundamental reasons why many organizations started project management offices (PMOs)—internal support and governance organizations to improve project performance. Unrealistic project schedules have an adverse impact on resource management and project investment decisions.

Of course, as a reader of this book, you will know the proper process for developing a schedule, you will understand the necessity of a detailed schedule, and you will have plenty of ammunition to use when negotiating for project planning time. Combined with proper knowledge of the scheduling software you are using, you will possess a key strength for successful project managers and be a key asset to your stakeholders. Given that, let's continue our review of the overall schedule development process.

In this chapter, we emphasize the vital importance of the project schedule, step through the process for developing a realistic schedule, and highlight the areas where people often go astray. This will lead to a schedule that your stakeholders will believe and accept, and it will provide you with the foundation to properly execute and monitor the project.

## The Impact of the Project Schedule

The project schedule is the tool that merges all the work tasks to be performed, their relationships, their estimated durations, and their assigned resources to a calendar. Examples of partial schedules are illustrated in Figures 8.1 and 8.2. For most, specialized scheduling software (such as Microsoft [MS] Project) is used to produce a project schedule. For those managers who use Microsoft Project, I discuss how to make better use of this tool in Chapter 23, "Making Better Use of Microsoft Project."

Software Selection Project Schedule

| ID | | Task Name | Work | Duration | Start | Finish | Predecessors | Resource Names |
|---|---|---|---|---|---|---|---|---|
| 0 | | **Software Selection Project** | **1,112 hrs** | **46.5 days** | **Mon 1/12/04** | **Tue 3/16/04** | | |
| 1 | | **1 Planning** | **32 hrs** | **2 days** | **Mon 1/12/04** | **Tue 1/13/04** | | |
| 2 | | 1.1 Determine selection strategies | 24 hrs | 8 hrs | Mon 1/12/04 | Mon 1/12/04 | | Technology Advisor,Business Analyst,Project Leader |
| 3 | | 1.2 Determine final schedule | 8 hrs | 8 hrs | Tue 1/13/04 | Tue 1/13/04 | 2 | Project Leader |
| 4 | | **2 Define Requirements** | **144 hrs** | **11 days** | **Wed 1/14/04** | **Wed 1/28/04** | 1 | |
| 5 | | 2.1 Develop Technical Requirements | 24 hrs | 24 hrs | Wed 1/14/04 | Fri 1/16/04 | | Technology Advisor |
| 6 | | 2.2 Develop Vendor Requirements | 16 hrs | 8 hrs | Mon 1/19/04 | Mon 1/19/04 | 5 | Technology Advisor,Business Analyst |
| 7 | | 2.3 Develop Future State Business Requirements | 16 hrs | 16 hrs | Tue 1/20/04 | Wed 1/21/04 | 6 | Business Analyst |
| 8 | | 2.4 Prioritize Requirements | 48 hrs | 16 hrs | Thu 1/22/04 | Fri 1/23/04 | 5,6,7 | Technology Advisor,Business Analyst,Project Leader |
| 9 | | 2.5 Identify Vendor Knockout Criteria | 12 hrs | 4 hrs | Mon 1/26/04 | Mon 1/26/04 | 8 | Technology Advisor,Business Analyst,Project Leader |
| 10 | | 2.6 Determine Vendor Long List | 12 hrs | 4 hrs | Mon 1/26/04 | Mon 1/26/04 | 9 | Technology Advisor,Business Analyst,Project Leader |
| 11 | | 2.7 Finalize Requirements Document | 16 hrs | 16 hrs | Tue 1/27/04 | Wed 1/28/04 | 10 | Business Analyst |
| 12 | | **3 Develop Vendor Short List** | **56 hrs** | **7 days** | **Tue 1/27/04** | **Wed 2/4/04** | | |
| 13 | | 3.1 Research Vendors on Long List | 40 hrs | 5 days | Tue 1/27/04 | Mon 2/2/04 | 10 | Technology Advisor |
| 14 | | 3.2 Determine Vendor Short List | 8 hrs | 1 day | Tue 2/3/04 | Tue 2/3/04 | 13 | Technology Advisor |
| 15 | | 3.3 Review Vendor Short List | 8 hrs | 1 day | Wed 2/4/04 | Wed 2/4/04 | 14 | Technology Advisor |
| 16 | | **4 Develop Vendor Finalist List** | **120 hrs** | **18.5 days** | **Thu 1/29/04** | **Tue 2/24/04** | | |
| 17 | | **4.1 Develop Request for Proposal (RFP)** | **64 hrs** | **8 days** | **Thu 1/29/04** | **Mon 2/9/04** | 4 | |
| 18 | | 4.1.1 Create Request for Proposal | 32 hrs | 32 hrs | Thu 1/29/04 | Tue 2/3/04 | | Business Analyst |
| 19 | | 4.1.2 Approve Request for Proposal | 24 hrs | 24 hrs | Wed 2/4/04 | Fri 2/6/04 | 18 | Business Analyst |
| 20 | | 4.1.3 Distribute Request for Proposal | 8 hrs | 8 hrs | Mon 2/9/04 | Mon 2/9/04 | 19 | Business Analyst |
| 21 | | **4.2 Process RFP Responses** | **24 hrs** | **1.5 days** | **Mon 2/16/04** | **Wed 2/18/04** | 17FS+5 days | |
| 22 | | 4.2.1 Vendor RFP Responses Due | 0 hrs | 0 days | Mon 2/16/04 | Mon 2/16/04 | | |
| 23 | | 4.2.2 Review and Summarize Vendor Responses | 16 hrs | 8 hrs | Tue 2/17/04 | Tue 2/17/04 | 22 | Technology Advisor,Business Analyst |
| 24 | | 4.2.3 Research Vendor References | 8 hrs | 4 hrs | Wed 2/18/04 | Wed 2/18/04 | 23 | Technology Advisor,Business Analyst |
| 25 | | 4.3 Develop Preliminary Fit Analysis | 16 hrs | 16 hrs | Wed 2/18/04 | Fri 2/20/04 | 21 | Technology Advisor |
| 26 | | 4.4 Determine Vendor Demonstration List | 8 hrs | 8 hrs | Fri 2/20/04 | Mon 2/23/04 | 25 | Technology Advisor |
| 27 | | 4.5 Schedule Demonstrations | 8 hrs | 8 hrs | Mon 2/23/04 | Tue 2/24/04 | 26 | Project Leader |
| 28 | | **5 Evaluate Finalists** | **400 hrs** | **25.5 days** | **Tue 2/10/04** | **Tue 3/16/04** | | |
| 29 | | 5.1 Develop Demo Test Scripts | 48 hrs | 24 hrs | Tue 2/10/04 | Thu 2/12/04 | 17 | Technology Advisor,Business Analyst |
| 30 | | **5.2 Assess Performance** | **224 hrs** | **8 days** | **Tue 2/24/04** | **Fri 3/5/04** | 16 | |
| 31 | | **5.2.1 Assess Package Performance** | **128 hrs** | **6 days** | **Tue 2/24/04** | **Wed 3/3/04** | | |
| 32 | | 5.2.1.1 Working Session - Vendor A | 12 hrs | 4 hrs | Tue 2/24/04 | Tue 2/24/04 | 16 | Technology Advisor,Business Analyst,Project Leader |
| 33 | | 5.2.1.2 Working Session - Vendor B | 12 hrs | 4 hrs | Wed 2/25/04 | Wed 2/25/04 | 32 | Technology Advisor,Business Analyst,Project Leader |
| 34 | | 5.2.1.3 Vendor "A" Demonstration | 48 hrs | 16 hrs | Wed 2/25/04 | Fri 2/27/04 | 32,29,27,33 | Technology Advisor,Business Analyst,Project Leader |
| 35 | | 5.2.1.4 Vendor "B" Demonstration | 48 hrs | 16 hrs | Fri 2/27/04 | Tue 3/2/04 | 34 | Technology Advisor,Business Analyst,Project Leader |
| 36 | | 5.2.1.5 Record Demo Scores | 8 hrs | 8 hrs | Tue 3/2/04 | Wed 3/3/04 | 35 | Business Analyst |
| 37 | | **5.2.2 Assess Vendor Performance** | **96 hrs** | **8 days** | **Tue 2/24/04** | **Fri 3/5/04** | | |
| 38 | | 5.2.2.1 Research vendor references | 48 hrs | 16 hrs | Tue 2/24/04 | Thu 2/26/04 | 16 | Technology Advisor,Business Analyst,Project Leader |
| 39 | | 5.2.2.2 Possible Site visits | 48 hrs | 16 hrs | Wed 3/3/04 | Fri 3/5/04 | 31 | Technology Advisor,Business Analyst,Project Leader |
| 40 | | **5.3 Develop Final Fit Analysis** | **80 hrs** | **5 days** | **Fri 3/5/04** | **Fri 3/12/04** | 30 | |
| 41 | | 5.3.1 Perform Fit-Gap analysis for each option | 16 hrs | 8 hrs | Fri 3/5/04 | Mon 3/8/04 | | Technology Advisor,Business Analyst |
| 42 | | 5.3.2 Assess risk for each option | 16 hrs | 8 hrs | Mon 3/8/04 | Tue 3/9/04 | 41 | Technology Advisor,Business Analyst |
| 43 | | 5.3.3 Develop high-level schedule and budget forecast | 16 hrs | 8 hrs | Tue 3/9/04 | Wed 3/10/04 | 42 | Technology Advisor,Business Analyst |

SoftwareSelectionExample(2004-01-12)v2.mpp — Page 1 of 2

**FIGURE 8.1**

*An example of a partial schedule displayed in table form.*

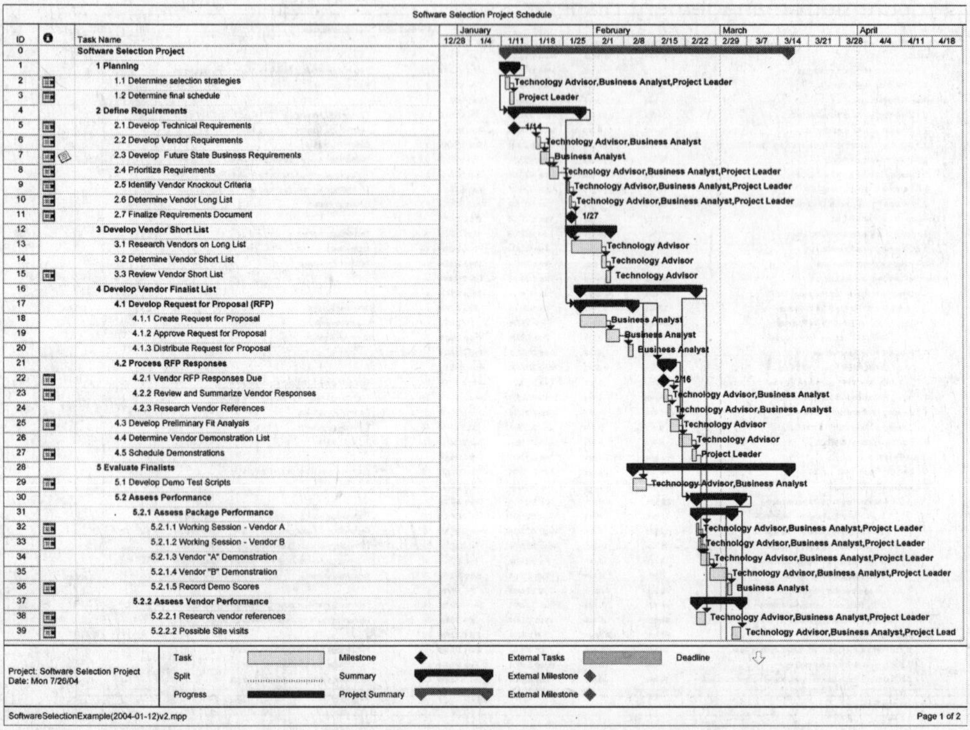


**FIGURE 8.2**

*An example of a partial schedule displayed in Gantt chart form.*

As mentioned earlier in the book, the project schedule is often referred to as the "project plan" in error. Although not technically correct, it is easy to understand why this term is often used. The project schedule serves as the chief integration point for most, if not all, of your project planning efforts. The project schedule reflects (or should reflect, when the schedule development process is complete) all the following:

- Work Breakdown Structure (WBS)
- Resource plan
- Work estimates
- Key milestones
- Responsibility assignments (RASIC)
- Quality management plan
- Risk management plan
- Communications management plan

- Procurement management plan
- Staff management (training) plan

In addition to providing this vital integration role, the project schedule is important to the project manager for these reasons as well:

- **Drives project budget**—Because most of your project costs are a factor of time (we cover this in more detail in Chapter 9, "Determining the Project Budget"), the project schedule is a main driver for your project budget. If the schedule is inaccurate, your budget is likely incorrect, too.
- **Drives resource schedule**—Your schedule drives the timing of your resource needs. Especially in organizations where resources are shared across projects or centrally managed, the accuracy of the schedule is key to efficient resource management.
- **Essential for managing expectations**—With a well-developed schedule, you have the best tool for managing stakeholder expectations regarding the schedule-cost-quality equilibrium. A well-developed schedule illustrates the earliest date a project can be completed given the project's current requirements and constraints. This is an invaluable tool when negotiating the final schedule with senior management or customers and when assessing the impact of any change to any equilibrium factor during the execution of the project.
- **Allows project performance to be measured**—With a well-developed and approved project schedule, you have the capability to establish a baseline for how the project is actually performing. We discuss this in more detail in Chapter 10, "Controlling a Project."
- **Provides for "what-if" analysis capabilities**—Another important ability that a well-developed schedule provides is the ability to perform "what-if" analysis during the execution of the project. Over the course of a project, things happen that can negatively affect project performance. At these times, you need to know what corrective actions can be taken to possibly get the project back on schedule. Without a well-developed schedule, you cannot quickly determine the effect of implementing a given schedule compression technique, such as fast-tracking, crashing, or limited overtime.

**NOTE** Although any scheduling software can assist in what-if analysis, Microsoft introduced this capability in the Microsoft Project Professional tool starting with the 2010 version by allowing the user to inactivate tasks in the primary schedule file. See Chapter 23 for more information on this.

## The Goal of the Schedule Development Process

I've used terms such as "realistic" and "well-developed" to describe the type of project schedule we want to develop. Before we continue, let's clarify what the goal of the schedule development process should be. The schedule development process should generate a project schedule that meets the following criteria:

- **Complete**—The schedule must represent all the work to be done. This is why the quality and completeness of the WBS is so important.
- **Realistic**—The schedule must be realistic with regard to time expectations.
- **Accepted**—The schedule must have buy-in from team members and stakeholders.
- **Formal**—The schedule must be documented and formalized.

After reviewing this list, you probably see why so many projects are troubled from the start. Although there are many factors that can adversely affect project performance and cause us to replan, reschedule, or take corrective actions, an improper schedule should not be one of them. Of course, by understanding the lessons discussed in this chapter and in this book, you will be well on your way to developing solid project schedules every time.

## Key Inputs for Building a Schedule

The first step in building a schedule is to review the key inputs. Let's make sure we are clear on these and where we are in the overall schedule development and planning process. To build a project schedule, you need five key inputs:

- **WBS**—List of organized tasks, the work to be done (covered in Chapter 6, "Developing the Work Breakdown Structure").
- **Effort estimates**—Amount of effort and time each task will take (covered in Chapter 7, "Estimating the Work").
- **Task relationships**—The logical dependencies that exist between work tasks. I review this step in this chapter.
- **Resources**—The actual personnel and equipment needed to perform the work between work tasks (referenced throughout Part II, "Project Planning," and covered in more detail in this chapter).
- **Risk responses**—Measures taken to deal with the uncertainty surrounding effort and resource estimates. Usually in the form of additional time (contingency buffer) added to the schedule.

Due to the amount of important information and the critical nature of two of these inputs (developing the WBS and estimating the work packages), we reviewed them in their own chapters. In this chapter, we take these two key inputs together with the other three (sequence the work, develop schedule, and finalize schedule) to develop a realistic schedule, as depicted in Figure 8.3.

**NOTE** Due to the number of inputs, tradeoffs, and feedback points, the schedule development process is a natural, iterative process.

Expect to continuously loop through this process and refine your inputs until a final, approved schedule is achieved.

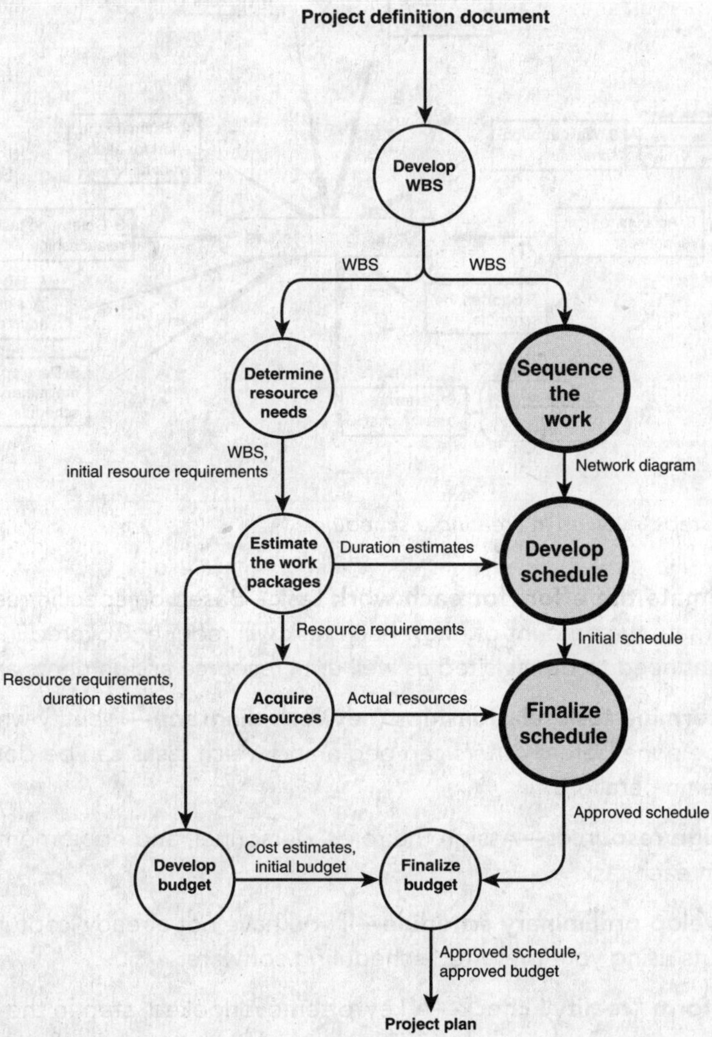


**FIGURE 8.3**

*The schedule development points to be reviewed in this chapter.*

# Creating a Schedule

Because we are on this wavelength, let's go ahead and review the key steps involved in building a project schedule. The steps are also summarized in Figure 8.4. We will follow up this section with a more in-depth look at a few of these:

1. **Identify the work tasks (WBS)**—Identify the work tasks that need to be performed. Reviewed in Chapter 6, but might need to be revisited as you iterate through the process.

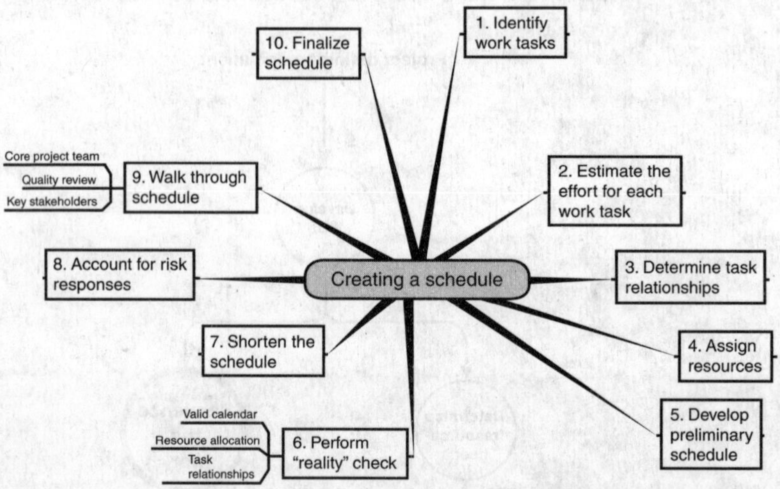


**FIGURE 8.4**

*The ten steps involved in creating a schedule.*

2. **Estimate the effort for each work task**—Based on specific resource types, estimate the amount of effort each task will require. Covered in Chapter 7, but might need to be revisited as well until resource assignments are finalized.
3. **Determine task relationships (network diagram)**—Identify which tasks have to be done before others can begin and which tasks can be done at the same time (in parallel).
4. **Assign resources**—Assign the roles, personnel, and equipment that will perform each task.
5. **Develop preliminary schedule**—If you have not already, capture all these inputs using your preferred scheduling software.
6. **Perform "reality" check**—A key, often overlooked, step in the process to make your schedule realistic. This step includes a review of resource allocation and calendar setup.

7. **Shorten the schedule**—In this step, you determine the critical path and look for ways to reduce the time required to complete the critical path tasks.
8. **Account for risk responses**—If any of the risk responses includes adding a contingency buffer to any specific task or to the entire schedule, make sure to include this in the schedule, too.
9. **Walk through the schedule**—In this important step, the proposed schedule is presented for review and feedback. At a minimum, the schedule should be closely reviewed by the core project team first, and then by the key stakeholders (management, customers).

> **CAUTION** A common reason for unrealistic schedules is that the schedule does not account for all the logical dependencies that exist. The schedule generally reflects an earlier completion date than what is actually possible.

10. **Finalize schedule**—Incorporate feedback from stakeholders; make any adjustments for actual resource assignments, final risk responses, and success factor tradeoffs; get formal acceptance of schedule.

Let's take a closer look at a few of the key steps.

> **TIP** Become knowledgeable and proficient at the scheduling software you use. Many unrealistic schedules originate with a project manager who does not understand how to best use the tool. For those who use Microsoft Project, make sure to check out Chapter 23.

## Determining Task Relationships (Sequencing the Work)

In this step, we think about what needs to be done first and what can be done at the same time. We want to capture the logical relationships that exist between the tasks in our WBS. The traditional technique used to capture these relationships is the network diagram. An example of a network diagram is pictured in Figure 8.5.

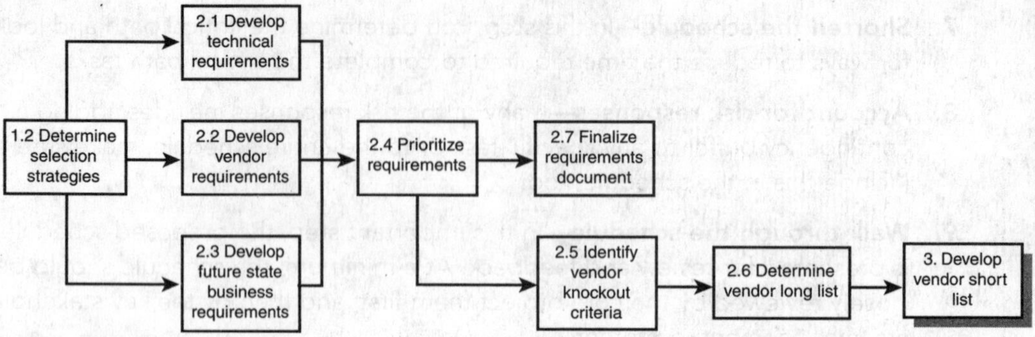


**FIGURE 8.5**

*Example of a partial network diagram showing logical sequence of tasks.*

Unlike most introductory project management books, I'm not going to spend five to ten pages (or more) on traditional network diagram topics such as types of network diagrams (Activity-on-Node, Activity-on-Arrow, GERT), dependency types (Finish-to-Start, Start-to-Finish, Start-to-Start, Finish-to-Finish), or mathematical analysis scheduling techniques (Critical Path Method, PERT, and Monte Carlo simulation). Why? Because unless you are in a specialized industry, these techniques are not used very often, and most project scheduling software will take care of this for you (if you know how to use it). Of course, if you plan to take the PMP, you will need to hone your knowledge of these concepts.

The whole idea here is to look at your work visually and think about in what order (sequence) the work needs to occur. This is an exercise in logic. In many cases, this step is an excellent team activity. At this time, you don't want to concern yourself with resource constraints: just focus on logical sequence of the work. When you complete this task, you want to be clear on three things:

**CAUTION** Avoid entering start and end dates for tasks. These dates establish constraints in the scheduling software and can give you unexpected results.

If you have a hard, fixed milestone date that must be honored, then leverage a separate milestone task or, if you're using Microsoft Project, the "deadline" task attribute.

- For each task, what other tasks must be completed first?
- For the project, what tasks could be done at the same time (concurrently, in parallel)?
- For the project, where are your external dependencies? What tasks need an external event or task to complete, before it can start?

**TIP** A team-based schedule development approach should be pursued whenever possible for two primary reasons: higher quality schedule and team ownership of the schedule.

Team collaboration tools like Mindjet's MindManager can be very effective for these activities.

## Building the Preliminary Schedule

Now that we have our key inputs (WBS, task relationships, effort estimates, and resource assignments), we are ready to build our initial schedule. There are a few keys to remember here:

- Use scheduling software and be properly trained in how to use it.

**NOTE** A schedule is considered "preliminary" until resource assignments are confirmed.

### VALUE OF SCHEDULING SOFTWARE

If you are not an advocate of scheduling software, or you need to help convince someone else in your organization, please note the following benefits provided by scheduling software:

- Critical path analysis
- Project and resource calendars
- Schedule calculation
- Resource leveling
- Facilitate what-if analysis
- Provide for top-down planning
- Baseline management

- If you've completed the other steps well up to this point, this step is much easier. For each task you want to schedule, you need to enter the following information:
  - Task name
  - Estimated effort

    - Predecessor task
    - Assigned resource

- Understand the relationship between work, duration, resources, and productivity.

**CAUTION** Overallocated resources and misaligned schedule calendars are two of the most common causes of unrealistic project schedules.

The duration of a task is dependent upon the number of resources (and their productivity rate) that are assigned to the total work effort.

- Using the scheduling software, locate the critical path. Often, the software differentiates the tasks that comprise the critical path in some way, such as showing these tasks in red font.

  The critical path is the longest path through your network and represents the minimum amount of time it will take to complete the project.

- Although the overall schedule development process should be a team-based activity, a single person generally performs the construction of the actual schedule, due to the nature of the software.

**NOTE** Frequently, in the real world, project managers need to schedule to hard milestone dates or need to develop a schedule with less than complete work details. See Chapter 24, "When Reality Happens," for helpful recommendations.

## Perform Reality Check

In this step, we need to make sure the schedule is reasonable and is aligned with the organizational culture. The primary checkpoints are to check for proper allocation of resources and check for proper use of calendars.

When checking for proper allocation resources, you want to do two things: remove unrealistic work allocations and optimize the use of your resources.

This activity is commonly referred to as *resource leveling*. Most scheduling software systems provide a function to do this for you, but proceed with caution—the software does not always get this right. As a result, you can have a less-than-optimal schedule.

I recommend, especially if you are just beginning, that you manually level the allocation of your resources. As a result, you will learn more about your scheduling software and become more intimate with your schedule.

**NOTE** The only way to shorten a schedule is to compress the critical path time.

Review the resource schedule and look for any allocation that is more than the maximum hours per day or per week. In other words, if Joe Analyst is allocated for 16 hours on Monday, you have an unrealistic expectation. An adjustment needs to be made. The three common responses to resource overallocation situations are the following:

- Utilize other resources. Assign one or more of the affected tasks to an available resource.
- Establish a predecessor relationship. If Joe is the one who must perform each task, make the start of one task dependent on the finish of the other(s).
- Modify the priority level of one or more of the tasks and let the software perform its resource leveling function.

To check for proper use of calendars, verify the following:

- Are nonworking days accounted for (holidays or weekends)?
- Are the number of work hours per day consistent with the organization's expectation? Are eight hours of productivity per day assumed or something different?
- For part-time resources or resources with special work schedules, are individual calendars assigned to them that reflect this reality?

## Shorten the Schedule

On most projects, your preliminary schedule will not be the schedule presented to the stakeholders for approval. Due to either stakeholder expectations or an external deadline that must be met, an effort must be made to compress or shorten the schedule without reducing the scope of the project. The key to this effort is the critical path.

**TIP** You can also deploy techniques to shorten the project schedule during project execution as a corrective action to a schedule variance.

Clearly document and communicate all assumptions used in building the schedule.

The critical path determines the earliest (the soonest) your project can be completed given the current task relationships and estimated durations. As a project manager, you want to be very clear about which tasks comprise the critical path for two reasons:

- If you can reduce this critical path (or change it), you might be able to complete the project sooner.
- Any slippage in the completion of a critical path task pushes out the completion date for the entire project.

The common techniques to consider are detailed in Table 8.1.

**TABLE 8.1** Techniques for Compressing the Project Schedule

| Technique | Definition | Key Issue(s) |
|---|---|---|
| Crashing | Adding resources to critical path activities only. | Certain activities cannot be completed faster by adding resources. Additional resources often add overhead that can negate any time savings. Crashing can increase project costs. |
| Fast tracking | Performing critical path activities in parallel. | Fast tracking is a high-risk technique that increases the probability of rework. |
| Process improvements | Gaining productivity increases based on different work processes, technologies, or machinery. | New approaches can increase project risks. Process improvements are not always available. |
| Limited overtime | Increasing the number of hours per day or week available to work on project tasks. | Overtime is most effective when used for limited periods of time. Overuse can lead to team morale and quality of work issues. |

## Walk Through the Schedule

In our pursuit of both a more realistic schedule and a schedule that our stakeholders feel ownership for, you need to walk through the schedule with at least two groups—and if at all possible get a third quality-based review.

- **Review with project team**—First, present the proposed schedule to your project team. Seek their feedback on all aspects: complete task listing, correct resource assignments, logical task sequence, reality factors, and so on. Make any necessary adjustments.

- **Quality review**—This review is not always possible, but whenever possible, have an experienced and knowledgeable project scheduler review your proposed schedule before you submit it to your stakeholders. Especially if you are just gaining experience at this, this input and training can be invaluable.
- **Review with project stakeholders**—Present the proposed schedule to key stakeholders. Seek feedback and questions on all aspects: verify resource assignments, risk responses, key milestones, and so forth. There are two keys to this step: one, the form and manner in which the schedule information is presented (making it as reviewer-friendly as possible), and two, investing the time to have a real-time, interactive review session.

## Presenting the Schedule

One element of project planning and project management that is often overlooked is effectively communicating the project schedule to the various project stakeholders. Although presenting a detailed, tabular view of the schedule to the core team is acceptable, the use of visual summary representations of the schedule is highly recommended when presenting the schedule to other stakeholders. The common methods of presenting a project schedule summary are detailed in Table 8.2.

**TABLE 8.2** Methods for Presenting a Project Schedule Summary

| Method | Key Attributes | Benefits | Notes |
|---|---|---|---|
| Milestone chart | This is a bar chart that shows start and end dates, major deliverables, and key external dependencies. | Highlights key decision and completion points as well as any external dependencies. | Milestone tables are also used (same information, no bar chart). |
| Gantt chart | This is a bar chart that shows the various levels of the WBS. | Easy to read, incorporates the WBS, and can easily show actual progress against estimates. | Usually does not generally show interdependencies. |
| Timeline summary | Combines aspects of a milestone chart and a Gantt chart. | Summarizes critical path, key milestones, and relative duration of key activities. Excellent for executive presentations. | Microsoft Project (starting with 2010) offers a new feature called Timeline View that makes this method much easier to generate. |

| Method | Key Attributes | Benefits | Notes |
|---|---|---|---|
| Network diagram | A network diagram uses nodes and arrows. Date information is added to each activity node. | Highlights the critical path and shows project logic (flow). | For presentations, the summary task level of the WBS is generally used; otherwise, a network diagram is best suited for wall display. |
| Modified WBS | Uses the project WBS organization with status information added to each node. | Shows progress against original work breakdown organization. Easy to read. | Similar to network diagram type representations. |

## THE ABSOLUTE MINIMUM

At this point, you should have a solid understanding of the following:

- Schedule development is an iterative, team-based activity.
- The project schedule is a critical component of the project plan and integrates all the key planning activities.
- The project schedule drives the project budget and the resource schedule.
- The project schedule is the project managers most effective tool in managing expectations regarding the key success factors (time, cost, and quality).
- The five key inputs for the schedule are the WBS, effort estimates, task relationships, assigned resources, and planned risk responses.
- Many reasons for an unrealistic schedule originate with an inadequate schedule development process and inadequate training with the scheduling software.
- Document and clearly communicate all scheduling assumptions.

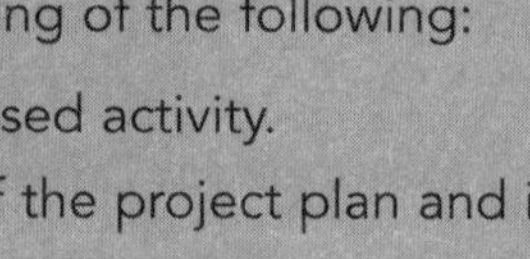

The map in Figure 8.6 summarizes the main points reviewed in this chapter.

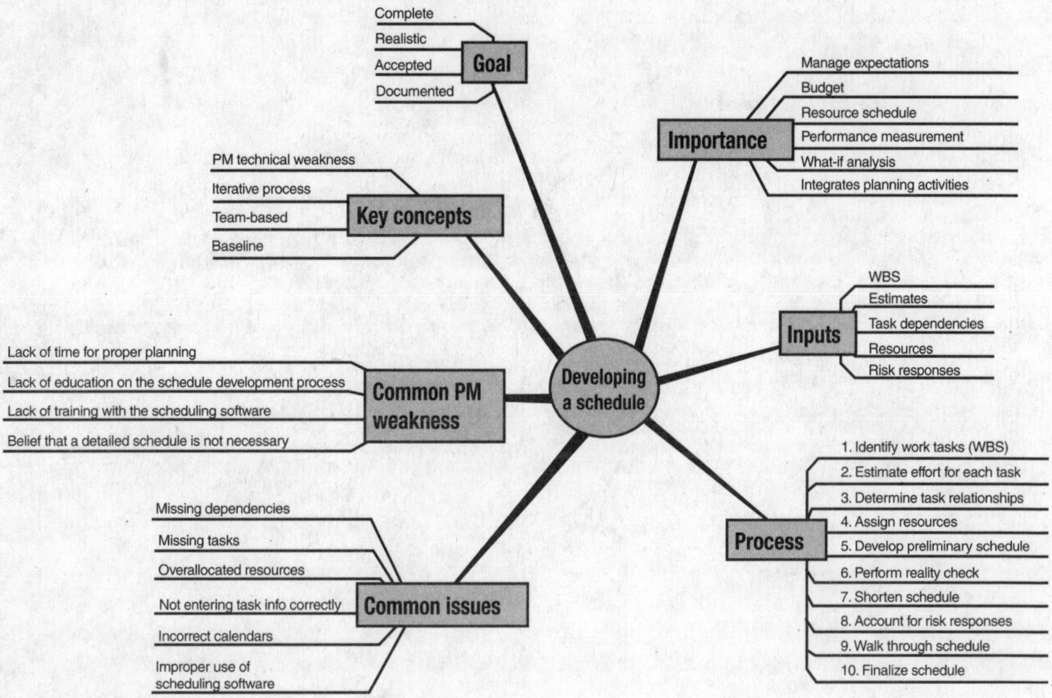


**FIGURE 8.6**

*Overview of developing a schedule.*

## IN THIS CHAPTER

- Understand why the project budget is important to project success
- Review the process for figuring a realistic budget
- Learn the key project budgeting principles
- Understand the common mistakes people make when building a project budget

9

# DETERMINING THE PROJECT BUDGET

It's one of the key success factors for projects—completing the project within budget. Yet, for many project managers, especially those managing internal projects, it's the success factor they have the least awareness about. There are several reasons why this occurs, and it does vary by industry, but most of the reasons have to do with organizational management structures and organizational budgeting and cost-controlling policies.

For our purposes, in this age of increased accountability of project investment decisions, we will assume you need to establish a project budget and need to track costs against it as the project is executed.

Because this is an introductory project management book, we avoid any discussion of advanced financial topics and instead put our focus on the "need-to-know" fundamentals for figuring your project budget. In this chapter, we emphasize the importance of the project budget, review the process and key principles for developing a realistic budget, and highlight the areas where people often go astray. This leads to a budget that has credibility with your stakeholders and provides you with the foundation to effectively track project costs and manage project execution.

# The Impact of the Project Budget

Even if you find yourself in an environment where it is not expected that you develop a project budget (instead you are asked to primarily manage schedule and scope), I strongly encourage you to do two things:

- **Do it anyway**—Develop a project budget anyway. This exercise builds your project management skills, enables you to recognize project performance issues sooner, and better prepares you for senior management discussions about your project.
- **Follow the money**—You should have determined this as part of project definition, but just in case you haven't, make sure you are totally clear on who is financially sponsoring the project and who controls any finance-based decisions to be made about your project. This awareness is key in your efforts to manage expectations and to understand the political aspects of your project.

The project budget estimates all the costs the project will incur, and when they will be incurred. It is a key component of the overall project plan. The project budget is important for the following reasons:

- **Planning validator**—Because the project schedule is a main driver for the project budget, the budget can serve as an excellent cross-reference for the validity of the schedule and vice versa. By looking at the schedule from a cost perspective, you might see resource or budget issues that were not obvious before. Inversely, the schedule input is key for validating the project budget because the budget needs to account for all the time a resource is required on the project.
- **Performance measurement**—By measuring project progress against a cost baseline, you can better measure the true performance of your project along the way, and in most cases, identify issues and risks much sooner. This is

the basis for an advanced project controlling technique called earned value management, which we discuss in Chapter 10, "Controlling a Project."

- **Managing expectations**—The budget impacts stakeholder expectations in several ways. The initial budget sets the expectation of what the total project costs should be. If the budget is not developed properly, then you are bound to have an expectation issue. If the project budget is predefined and serves as a cost ceiling for the project, then it helps you to set stakeholder expectations regarding project schedule and project scope.
- **Cash flow management tool**—Your schedule drives the timing of your resource needs. Especially in organizations where resources are shared across projects or centrally managed, the accuracy of the schedule is key to efficient resource management.
- **Justifying project investment**—With more projects accountable to a project selection process and to financial return on investment expectations, it is increasingly important to establish the cost baseline for the project and monitor closely.

**CAUTION** Make sure your project budget accounts for all cost factors and for the entire lifecycle of the effort.

# Principles of an Effective Budget

Before we get into the details of building a project budget, let's review the fundamental principles that guide this process:

- **Iterative process**—Budget development is an iterative process, just like all project planning. The various facets of project planning interrelate and have natural feedback loops. With the project budget, there are strong dependencies on organizational policies and on the schedule development process. As a result, it usually takes several cycles to fully develop the budget and come to an agreement.
- **Total lifecycle**—The budget should address the total project lifecycle. This is a common oversight, especially for the operational phases of the project.
- **Time-phased**—Not only do we need to budget cost totals, but we need to know when these costs will be incurred for both cash flow management and project control reasons. The goal of the project budgeting process is to establish a cost baseline.

- **Comprehensive**—The budget should account for all project costs. There is a tendency to only account for obvious resources needed for the project (labor or new equipment). As part of our focus on making the budget (like the schedule) complete and realistic, we cover all the costs that need to be considered later in this chapter.
- **Include a buffer**—A buffer, normally referred to as management reserve, should be allocated to the project budget. The management reserve is primarily there to deal with known risks (a risk response), the estimating uncertainty factor, and the overall planning uncertainty factor (hidden work, rework, hidden costs, and change requests). In addition, if you have a long-term project or an international project, you might need a buffer for monetary factors such as inflation and exchange rates. Of course, these should be noted as risks in these situations.
- **Document assumptions**—Budget assumptions are documented like all other project assumptions. Any assumption made as part of the budgeting process should be documented and clearly communicated. As with all assumptions, you can document them within the targeted deliverable (in this case the budget document spreadsheet), or add them to the designated repository for project assumptions (commonly either a separate assumptions document, the project definition document, or project plan).

# Creating a Project Budget

The actual process of developing a project budget is straightforward. The general challenges lie more with omissions and the foundation on which the budget is based. In this section, we review the details of the development budget and finalize budget steps we have depicted in the general project planning process flow in Figure 9.1.

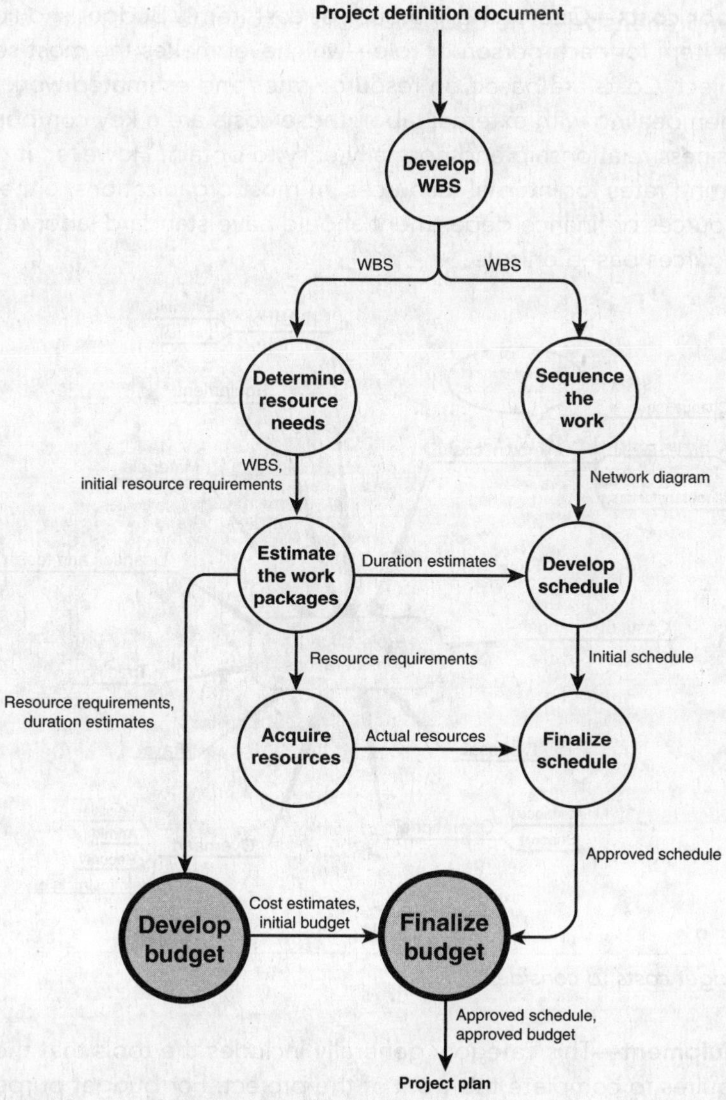


**FIGURE 9.1**

*The budget-focused planning steps.*

## Sources of Project Costs

The first step in building a project budget is to identify your costs. This sounds easy enough, right? Let's review the cost sources that you need to consider. These cost sources are summarized in Figure 9.2.

- **Labor costs**—One of the key budget cost items. Budget should reflect a line item for each person or role—whichever makes the most sense for your project. Costs are based on resource rates and estimated work durations. When dealing with external labor, these costs are a key component of the business relationship and normally easy to obtain. However, it can be difficult getting rates for internal resources. In most organizations, either the human resources or finance department should have standard labor rates for internal resources based on role.

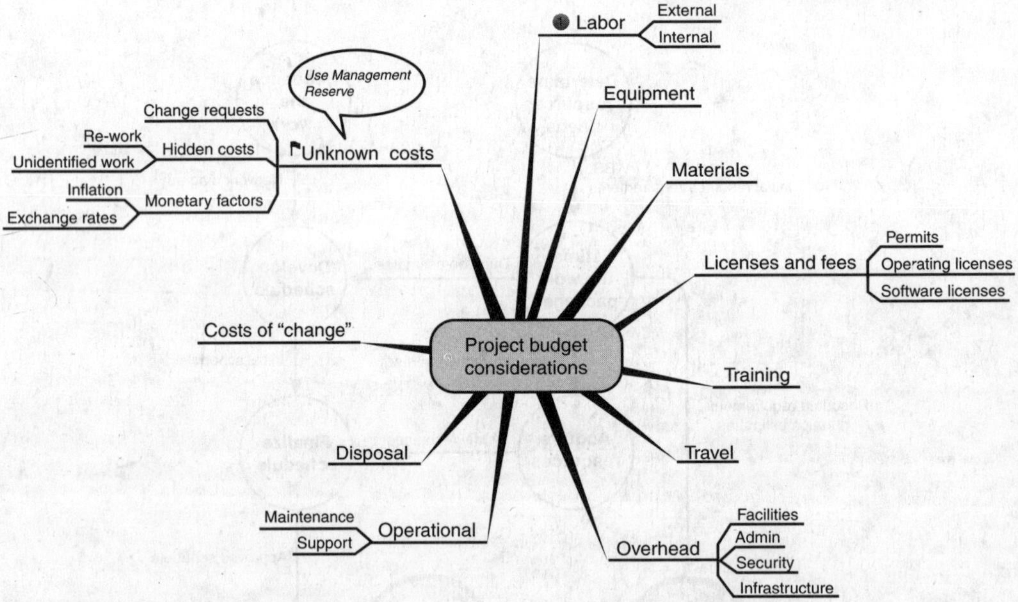


**FIGURE 9.2**

*The budget costs to consider.*

- **Equipment**—This category generally includes the tools that the project team requires to complete the work of the project. For budget purposes, the keys with the equipment category are twofold:
  - **Completeness**—Using a bottom-up estimating approach should identify all equipment needs from a task perspective. For knowledge-based projects, you need to account for software-based tools, too.
  - **Expense versus capital**—You should work with accounting to determine whether your equipment costs need to be expensed at full cost against your project or whether your project just needs to reflect depreciation cost. Different factors can influence this decision, but the most common one is whether the equipment will be used by more than one project.

- **Materials**—This category includes those items that are needed to build the product. The information is generally found in the product specifications document. In dealing with vendor relationships, you either acquire or confirm material costs by reviewing vendor responses to the formal procurement documents.
- **Licenses and fees**—This category includes costs such as software licenses, cloud-based software expenses or Software as a Service (SaaS) fees, building permits, and so on.
- **Training**—This category includes the cost of any training your project team needs to do their work and any training your users need to use the final product.
- **Travel**—This category includes the travel and lodging costs to be charged to the project that will be incurred by any project team member while doing the work of the project.
- **Operational costs**—This category includes the costs associated with the maintenance and support of the final product.
- **Disposal costs**—This category includes the costs associated with the disposal or removal of whatever the project is replacing.
- **Overhead costs**—This category includes the common overhead costs incurred by any project. Items typically included are facilities, administrative assistance, security, and technology infrastructure. Depending on the organization, these costs might not be allocated to individual projects or there might be a predetermined percentage or amount that is used by all projects.
- **Costs of "change"** —A focal point of project planning is to consider the change impact that the project will have. This category includes any costs (change management programs or initial productivity loss) that can directly attribute to the change factor. These costs should have been considered during the project selection phase as part of a cost-benefit analysis or return-on-investment analysis. In addition, these costs might be accounted for in the other budget categories. The important thing here is to think about these costs upfront during planning.

**NOTE** Most project scheduling software programs offer a resource schedule that shows the total hours (and total costs) that each resource incurs over the desired time period. This feature can be very helpful to your budgeting process.

## Developing an Initial Budget

After you have your resource requirements and work duration estimates, you can start to develop the budget. Like the estimates for work, it is best to estimate your costs at the work-package level. By taking a bottom-up approach, you are in the best position to identify all your resource needs and develop a more realistic budget. In addition, many industries and organizations have cost estimate models that can be leveraged, too. These models are best used during initial planning activities and as a cross-reference and validation tool for your detailed planning efforts.

Unless your organization has invested in an enterprise project management application with an emphasis on project costing or you have advanced skills in project scheduling software, I recommend the use of spreadsheet software (such as Microsoft Excel) for your project budget. I favor the spreadsheet approach for three principal reasons:

- **Capture all costs**—The spreadsheet approach enables you to easily capture all your project costs (and not just labor costs, which is the primary cost element captured by your schedule).
- **Flexible**—The spreadsheet approach offers flexible options in how you set up and organize your budget. It can also be used to track your project costs during project execution.
- **Easy analysis**—The spreadsheet approach comes with built-in analysis and reporting capabilities that can be easily leveraged.

The two keys for setting up your project budget are to set a line item for each cost source and to use columns for each time phase (period) that will be tracked.

## Finalizing a Budget

As the schedule nears completion and the actual resources have been identified, you can finalize the project budget. Besides firming up rates on resources and estimates on other cost factors, there are several objectives to accomplish in this step:

- **Validate procurement tasks scheduled**—Make sure that all the tasks dealing with procuring resources (labor, equipment, and materials) are accounted for in the project schedule (and WBS). Common tasks include ordering, delivery, setup, and payment.
- **Reconcile task costs versus resource costs**—In most cases, there will be gaps between resource assignments on the schedule, or resources will not always be scheduled at maximum capacity. Much of this depends on how efficiently resources are leveled. Nevertheless, if your resource costs are based solely

on assigned tasks, your budget might not reflect the actual resource costs you will incur. For example, Joe Analyst might have only 26 estimated work hours assigned one week, but is fully booked at 40 hours the following week. You can't afford to release Joe for the small gap that exists, so the project is generally accountable for all his time both weeks. This situation also depends on the level of responsibility the project has for maximizing resource usage, the level of resource planning done in the organization, and how time is reported.

A good rule of thumb is to calculate personnel costs by taking their rates multiplied by a given calendar time period. For example, if I know Joe Analyst is on my project for 12 weeks, and I know he is generally a full-time resource, I calculate a resource cost for Joe by taking Joe's hourly rate × 40 hours × 12 weeks. This is likely to give me a truer cost estimate—at least a more conservative one.

- **Finalize management reserve**—Based on all known risk factors, finalize the buffer amount to be added to the project budget. The specific amount varies depending on risk level, industry practices, and management philosophy.

# Common Budget Challenges

Let's take a quick review of the common challenges that a project manager faces when figuring a project budget. By increasing awareness of these factors, you can work proactively to avoid them in your own situation.

- **Based on weak foundation**—The budget is built on the planning foundation created by the WBS, resource estimates, effort estimates, and the project schedule. An inadequacy in any of these elements is directly reflected in the budget.
- **Missing cost categories**—The budget must reflect all the costs that will be incurred or at least all the costs that the project is accountable for by the sponsoring organization. See the "Sources of Project Costs" section for the list of cost sources that should be considered.
- **No profit margin**—For projects that are sold to clients, do not forget to include the profit margin in your project budget and in your pricing decisions.
- **Budget is preallocated**—In many organizations, due to the nature of their budgeting cycles and level of project management maturity, the budgets for projects are established (from high-level estimates) before the complete work of the project is defined. In these cases, the budget is often the dominant constraint on the project; as a result, it limits the amount of work that can be completed and the resourcing options available.

**Labor costs not tracked** This is mostly an issue for internal projects because in many organizations it can be difficult for the project manager to define and track labor costs, especially for internal staff. The most common reasons for this include the following:

- Organizational policy that project managers do not track internal labor costs.
- Organizational policy to treat internal labor as sunk costs.
- A mismatch between time reporting system and procedures and the needs of the project.

This last reason is important to understand and might limit your cost-tracking options, or at least the level of detail information you can obtain.

## THE ABSOLUTE MINIMUM

At this point, you should have a solid understanding of the following:

- If the other planning activities have been done well, establishing a project budget is a very straightforward process.
- The project budget is vital for managing expectations, accurately measuring project performance, and managing cash flow.
- An effective project budget is time-phased, addresses the complete project lifecycle, and accounts for all project costs.
- The project budget is a critical component of the project plan and integrates the project schedule, resource plan, procurement plan, and risk response plan.
- The WBS, work estimates, and project schedule provide the foundation for a solid project budget.
- Spreadsheet software is usually the best tool to use for project budgeting.

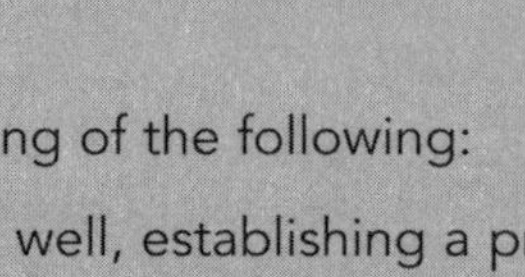

The map in Figure 9.3 summarizes the main points reviewed in this chapter.

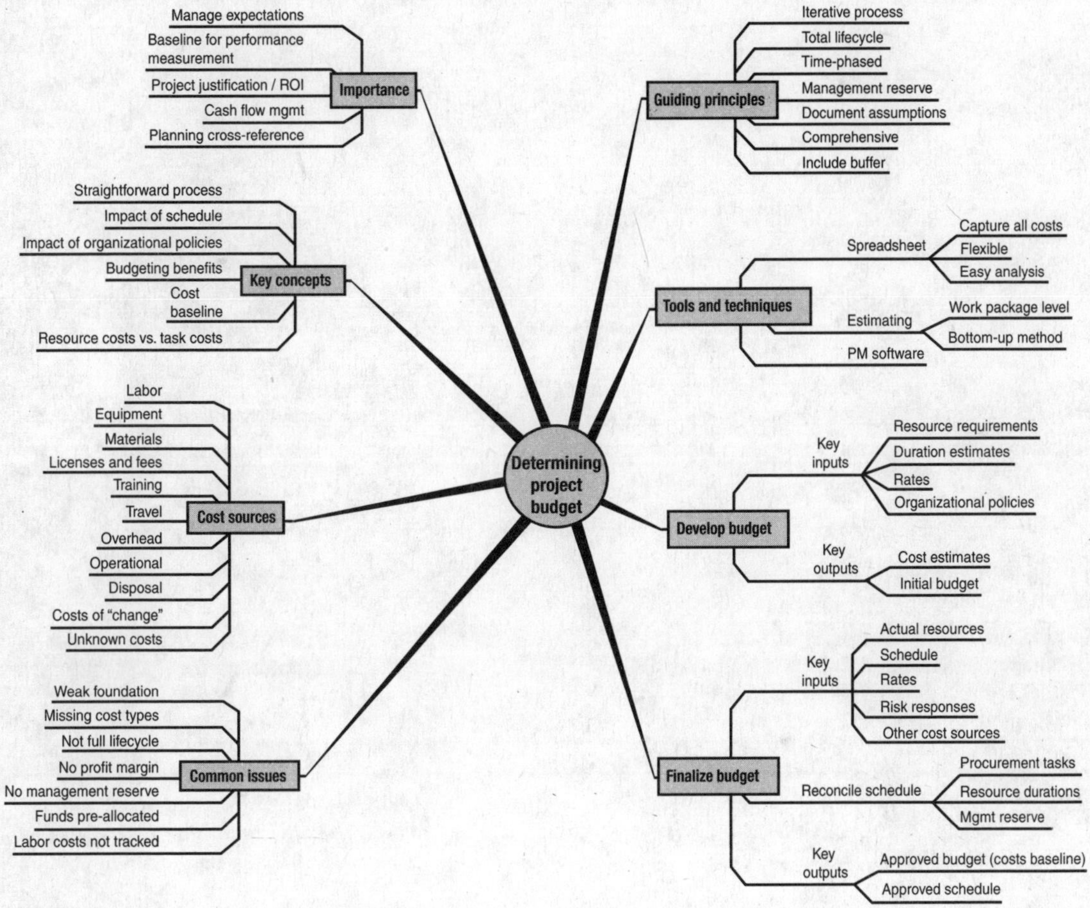


**FIGURE 9.3**

*Overview of figuring a budget.*

IN THIS CHAPTER

- Clarify what we mean by "controlling" a project
- Understand why project planning is so important to controlling a project
- Learn the principles of an effective project control system
- Learn powerful techniques that simplify project control
- Understand why earned value management is the best technique for measuring project performance, yet the least used
- Review the essential principles of project status reporting

10

# CONTROLLING A PROJECT

Now that we have our project plan, we are ready to implement it. From a project management perspective, implementing a project plan involves two general categories of activities: project execution and project control. These activities are performed in parallel to complete the work of the project, report project progress, and keep the project on track. For the purposes of this book, we will address the process-focused activities in Part III of the book, "Project Control," and the people-focused aspects in Part IV, "Project Execution."

Although there are entire books and courses that address just single aspects of project control and project execution, we focus on the "need-to-know" fundamentals that will greatly reduce your learning curve and accelerate your effectiveness as a project manager.

This chapter serves as an excellent bridge between the "Project Planning" part we just completed and the "Project Control" part we are just beginning. In this chapter, we clarify what "controlling a project" really means, emphasize the key principles of a project control system, highlight the impact that project planning has on this effort, review powerful techniques that should always be considered, and discuss how to avoid the common challenges faced by most project managers. Finally, to summarize the key fundamentals of controlling a project, we study the lessons that can be learned from project recovery missions. This will lead to an understanding that will enable you to develop an appropriate project control system that best meets the needs of your next project.

## What Is Project Control?

What do you think of when you hear "project control"? Micromanager? Confrontation? Inflexible? Military-style leadership? Theory X management? Fortunately, none of these terms accurately describe project control. Project control consists of the information systems and the management procedures that enable you to answer questions such as

- Are we on track?
- Are we on budget?
- Are we on schedule?
- Are we delivering what we said we would?
- Are we meeting quality and performance standards?
- Are we meeting stakeholder expectations?
- What have we accomplished?
- Will the project objectives be met?
- What deviations/variances exist?
- What corrective actions are we taking?
- What caused these variances?
- What risks are we monitoring?
- What issues do we need to resolve?
- What lessons have we learned?

Officially, Project Management Institute (PMI) defines the Monitoring and Controlling Process Group as those processes required to track, review, and regulate the progress and performance of the project; identify any areas in which changes to the plan are required; and initiate the corresponding changes.

Although accurate, this definition does not clearly communicate all the aspects of project control that we need to understand, and it does not emphasize the most important aspect—prevention.

## PDA: The Principles of Project Control

An easy way to remember what project control is all about is to think *PDA*. PDA stands for Prevention, Detection, and Action. Let's take a closer look at these fundamental principles of project control:

- **Prevention**—As with your own health, the secret to wellness is strengthening your immune system and minimizing contact with harmful agents. In other words, don't get sick in the first place. The same principle applies to effective project control. The best way to keep your project on track is to prevent (or at least minimize) variances from occurring. How do you do this? This takes your entire array of project management skills, but a few key activities include investing in planning, communicating effectively, monitoring risk factors continuously, resolving issues aggressively, and delegating work clearly.

**TIP** Controlling project performance is all about PDA—Prevention, Detection, and Action.

**TIP** "Lessons learned" are important resources for improving performance on the current project and on future projects.

- **Detection**—For this aspect of project control, think radar system or early warning system. Project control should provide early detection of variances. The sooner we can act on a variance, the more likely we are to get the success factor back on track. The key for early detection is to have the tracking systems and work processes in place that allow for the timely measurement of project results. Common examples of detection methods are performance reporting, review meetings, and development methodologies that emphasize early and frequent product generation. Two important concepts to note here are that to have a variance, you must be comparing actual results to a baseline of some type, and a variance can apply to any of the critical success factors, including stakeholder expectations and quality, not just schedule, cost, and scope.

- **Action**—Although the prevention aspect has a strong action orientation too, this principle goes hand-in-hand with early detection. For project control to be effective, the detection of a variance must be able to trigger an appropriate and timely response. The three most common action types are corrective actions, change control procedures, and lessons learned. Often, as part of the planning for project control, specific variance thresholds are established that dictate what variances and corrective actions can be managed by the project team and what things need the immediate attention of senior level management.

## Components of Project Control

To better clarify what is involved with project control, let's review some of the key project management processes that are involved. To reiterate, project control involves more than just these processes. Your leadership, communication, interpersonal, analytical, and team management skills are equally, if not more, important to this endeavor. However, without these fundamental management processes in place, as depicted in Figure 10.1, you will have a much more challenging time.

- **Performance reporting**—The process for measuring and communicating project status to the targeted stakeholders. Information generally focused on the performance of critical success factors against baseline targets, key issues, corrective actions, and forecasted metrics.

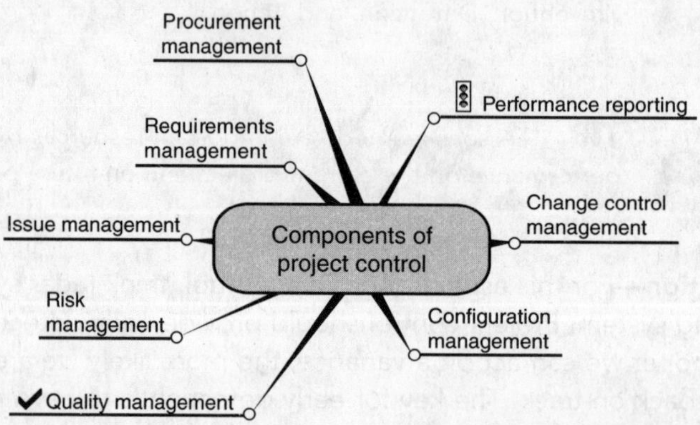


**FIGURE 10.1**

*The project management processes involved with project control.*

- **Change control management**—The process for reviewing, approving, and coordinating any request to alter the project scope, schedule, or budget. We address this in greater detail in Chapter 11, "Managing Project Changes."

- **Configuration management**—The process for controlling changes, updates, and versions of project deliverables. We discuss this in greater detail in Chapter 11, "Managing Project Changes," and in Chapter 12, "Managing Project Deliverables."
- **Issue management**—The process for identifying, tracking, and resolving issues that could affect the project's critical success factors. We address this in greater detail in Chapter 13, "Managing Project Issues."
- **Risk management**—The process for identifying, monitoring, and responding to project risks. We address this in greater detail in Chapter 14, "Managing Project Risks."

**CAUTION** It is important to know that a project is the most at risk, and most likely to change, at the beginning of the project.

- **Quality management**—The process for ensuring that work processes and project deliverables meet quality expectations. We address this in greater detail in Chapter 15, "Managing Project Quality."
- **Procurement management**—The controlling processes specifically used to manage any suppliers and vendors involved in the project.
- **Requirements management**—The process to ensure all requirements are identified correctly, documented, and tracked throughout the project. This is an excellent scope and change control technique that is mentioned again later in this chapter.

# Management Fundamentals for Project Control

As a project manager, there are a few management fundamentals to consider when establishing your project control system:

- **Focus on priorities**—Understand what is important to the project and to the organization. Understand that whatever receives your focus will become important. Make sure there is alignment between the two.
- **Scale to project**—The level of rigor and detail in your project control system should be consistent with the level of risk in the project. It should also be consistent with the project budget. In other words, projects with either low risk or small budgets should not be burdened with a project control system that is designed for larger, mission-critical projects.
- **Think "process"**—You do not want to spend all your time and energy putting out fires, trying to get basic status information, and feeling like you are not in

control of your project. You want to establish a natural system of control for the project; you want to plan it in advance. This applies to the project as a whole and to each individual team member's contribution.

- **Expect changes**—Project control does not mean prevent changes at all costs. Conversely, project changes should be expected, planned, and well-managed.
- **Invest in thorough planning**—The more energy spent in planning, the easier it is to control a project. If the project is defined properly, work is planned from the bottom up, risks have been identified, stakeholders are in agreement on project objectives, and the project control system has been accounted for, then keeping the project on track should take much less effort.

> **CAUTION** **15% Completion Rule**—No project recovers from a variance at the 15% completion point. If you underestimated the near term, you are generally off on the long term, too.

- **Consider organizational culture**—Depending on the level of project management maturity in your organization, you might need to consider a gradual implementation of project controlling procedures to achieve greater acceptance and effectiveness. Again, just make sure you focus on top priorities.
- **Set expectations**—Remember to think "project control" in your project communications. Ensure that each team member understands what is expected from the project and from his individual role. In addition, make sure that the project team sees the discipline and priority that you place on all project control procedures.
- **Be consistent**—An important element to both effective project control and effective project communications is consistency. Project performance needs to be measured and reported on a consistent, regular basis. This approach is key for both early detection of variances and for establishing a culture of accountability to project assignments.
- **Pay attention early**—Just to follow up on the last point: make sure to pay close attention to your project early on. According to a study of more than 800 projects for the Department of Defense since 1977, the outcome of a project was no better than its performance taken at the 15% completion point. Thus, if a project was behind schedule and/or over budget at the 15% completion point, it did not recover from this variance. The general consensus is that this happens for two key reasons: lax project controls in the early stages and poor estimating. If the estimates were off for the immediate work efforts, they are unlikely to be more accurate further down the timeline. We discuss how to handle a variance in the "Variance Responses" section later in this chapter.

# Powerful Techniques for Project Control

We emphasized the value and importance of planning your control system. In this section, we highlight some powerful project control techniques that you want to consider during your planning efforts and then implement during the execution of your project.

**CAUTION** Make sure your status meetings are scheduled and conducted in a purposeful, value-added manner. Be cognizant of the cost involved in pulling the targeted resources together. Focus on improving team synergy, project communications, managing expectations, and accountability to the team.

- **Small work packages**—This was a point of emphasis during our discussion on building a WBS. If you recall, there were two primary reasons for advocating small work packages: more accurate estimates and better control. From a control perspective, if your work packages are scheduled to complete within one (or at the most, two) reporting periods, it is much easier to detect a delayed or troubled task. With earlier notice, you are more likely to resolve the variance and protect the project's critical success factors.
- **Early and frequent work packages**—In addition to small work packages, which help identify progress variances early, you should look for opportunities and approaches that emphasize prototyping (at a minimum) or early and frequent generation of the actual product result that is reviewed with the key stakeholders. This is the key aspect of agile type methodologies. This helps identify any variances with requirements and stakeholder expectations as early as possible. And with earlier notice, you are more likely to resolve the variance and protect the project's critical success factors.
- **Baselines**—A fundamental control principle is to manage to baselines. First, establish a baseline. This is generally applied to the critical success factors of schedule and budget, but you can apply it equally as well to product-oriented aspects of the project, especially requirements. Second, measure and report performance against the baseline. Third, maintain the baseline unless there is a formal agreement to reset the baseline. We discuss this in greater detail in Chapter 11.
- **Status meetings**—The simplest, and most widely known, technique is the status meeting. Consistent and regular status meetings help to keep everyone honest, accountable, and on their toes—especially if work assignments are small and have clear completion criteria. In addition, status meetings are powerful tools for improving project communications and managing expectations.

- **Completion criteria**—This starts during project definition with defining the acceptance criteria for the project, and it continues for each deliverable and work assignment. Answer this question in advance for each deliverable and work assignment: "How will we know when it is done?" Understanding the completion criteria upfront increases productivity and avoids many of the issues associated with status reporting on work tasks, especially the infamous "I'm 90% done" syndrome.
- **Reviews**—Reviews are a key technique for ensuring quality and managing expectations on project deliverables, and they can take many forms. The principle here is to plan for the review-feedback-correction cycle on most, if not all, of your key deliverables. Common examples of reviews are process reviews, design reviews, audits, walkthroughs, and testing. In addition, reviews can be combined with predefined milestones and checkpoints.
- **Milestones and checkpoints**—A key feature of most proven project methodologies is the use of predefined milestones and checkpoints. These markers are important points to stop, report progress, review key issues, confirm that everyone is still on board, and verify that the project should proceed with its mission. Besides being a powerful expectations management tool, these predefined points allow project sponsors and senior management to evaluate their project investments along the way, and, if warranted, redirect valuable resources from a troubled project to more promising pursuits.
- **Track requirements**—A simple, yet often neglected, technique to help control both scope and expectations is the use of a *requirements traceability matrix*. The traceability matrix provides a documented link between the original set of approved requirements, any interim deliverable, and the final work product. This technique helps maintain the visibility of each original requirement and provides a natural barrier for introducing any "new" feature along the way (or at least provides a natural trigger to your change control system). In addition, the traceability matrix can link the specific test scenarios that are needed to verify that each requirement is met.

**NOTE** If requirements and test cases are captured in database management systems, the traceability can be easily achieved with the proper data relationships.

- **Formal signoffs**—Formal signoffs are a key aspect of change control management, especially for client-vendor oriented projects. The formal record of review and acceptance of a given deliverable helps to keep expectations aligned and minimize potential disputes. Most importantly, the use of a formal signoff acts as an extra incentive to make sure the appropriate stakeholders are actively engaged in the work of the project.

**TIP** Focus your project performance reports on answering the big three questions:

- Where do we stand (with regard to the critical success factors)?
- What variances exist, what caused them, and what are we doing about them?
- Has the forecast changed?

- **Independent QA auditor**—The use of an independent quality assurance auditor is another specific example of the "review" technique mentioned earlier, and it's often a component of project quality assurance plans. In addition, the quality audit can be focused on product deliverables, work processes, or project management activities. The power of this technique is in establishing the quality criteria in advance and in making the project accountable to an outside entity.
- **V method**—The *V method* is a term used for a common validation and verification approach that ensures that there is a validation and verification step for every deliverable and interim deliverable created. The left side of the V notes each targeted deliverable, and the right side of the V lists the verification method to be used for each deliverable directly across. The diagram in Figure 10.2 helps illustrate this method.

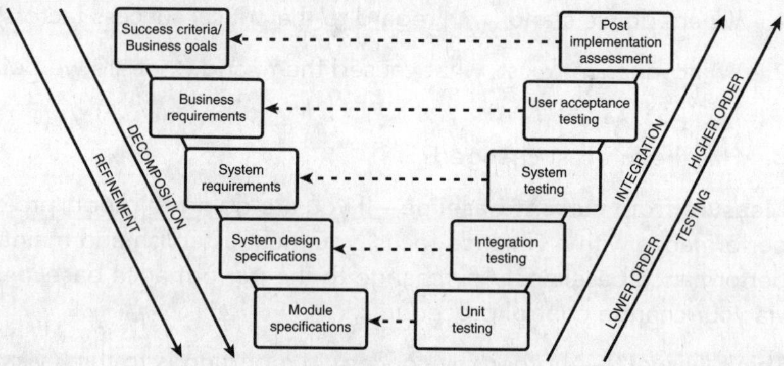


**FIGURE 10.2**

*V method approach for a software development project.*

- **Escalation thresholds**—Escalation thresholds sound much more ominous than they actually are. The purpose of escalation thresholds is to determine in advance what issues and variances the project team can handle and what issues or variances demand attention by senior management. Often, these thresholds are defined as percent variances around the critical success factors. For example, if the cost variance is greater than 10% or schedule variance is greater than 15%, engage senior management immediately for corrective action steps. The key value of this technique is that it helps define tolerance levels, set expectations, and clarifies when senior management should get involved in corrective action procedures.

**NOTE** Performance reporting requirements should be captured as part of the project communications plan.

## Performance Reporting

As we have touched on several times already, another key aspect of project control is measuring and reporting project performance. We could easily spend an entire chapter (or two) reviewing the various options, factors, and challenges involved with this process. However, if you keep these following principles in mind, you can adapt your performance reporting process to best meet the needs of your project environment:

- **Answer the big three questions**—As a rule, key stakeholders want to know the answers to the following three questions when reviewing project performance:
  1. Where do we stand (with regard to the critical success factors)?
  2. What variances exist, what caused them, and what are we doing about them?
  3. Has the forecast changed?
- **Measure from current baseline**—If you are going to report project performance with a variance focus, you must establish and maintain your performance baselines. Any change to the performance baselines is controlled via your change control procedures.
- **Think "visual"**—Another key concept in reporting is to think visually. Most people are visual and spatial learners and will grasp the important project performance metrics more quickly if they are presented in a visual format. The use of bar charts, graphical schedule summaries, and stoplight indicators (red, yellow, and green) for key metrics are good examples of this technique.
- **Think "summary page"**—Along this same theme, you generally want to provide your key status information in no more than one to two pages. If it is appropriate to have details that will take more than one or two pages, it is recommended that you provide a one-page summary upfront.

- **Highlight accomplishments**—A part of the status report's function is to serve as a public relations tool for the project, so make sure key accomplishments are highlighted prominently.
- **Show forecasts**—In addition to reporting how the project has performed to date, remember to show the forecasted schedule and cost metrics. Often, this information is shown as Estimated At Completion (EAC) and Estimated To Complete (ETC) figures. Specifically, highlight any changes to these figures from the last reporting period.

> **NOTE** If the variance is due to estimating errors or estimating assumptions that have not held up, you should update your estimates and assumptions based on your actual experiences, and use this new information as the basis for the revised baseline.

- **Highlight key issues, risks, and change requests**—A natural category when assessing project performance. Make sure any key issues, risks, and change requests are included on status reports. I discuss these in greater detail in subsequent chapters.
- **Avoid surprises**—An important point about consistent, performance-based status reporting is that stakeholders are aware of and knowledgeable about overall project status and are not caught off guard with project developments. To this extent, depending on the audience for any status report, you might want to communicate with specific stakeholders in advance of any official report distribution. Always remember, don't surprise anyone—especially your sponsors and accountable senior management stakeholders.
- **Adapt to meet stakeholder needs**—This is an example of the customer service orientation and servant leadership qualities of effective project managers. Be prepared to offer examples of performance reports that have worked well for you in the past, but most importantly, go into any project looking to understand the information needs for this given environment. Show enthusiasm and willingness to adapt to the customer's standards or to develop custom formats to best meet the stakeholders' needs.
- **Appropriate frequency**—Consistent with a management fundamental mentioned earlier, the frequency of performance reporting must be appropriate for the project. The process of gathering information and reporting performance needs to be quick enough and occur often enough to be useful and relevant.

> **CAUTION** Approved change requests would cause a baseline revision, too.

# Variance Responses

As we have mentioned, the first goal of our project control system is to prevent any variance. However, we also realize variances and changes will occur—this is the nature of the project beast. Thus, the remaining goals of project control are centered on early detection and appropriate response. Let's review the general response options that are available to us (the project manager) when a variance occurs.

- **Take corrective actions**—The preferred option, whenever possible, is to understand the root cause of the variance and then implement action steps to get the variance corrected. When performance measurement is frequent, it is more likely that action can be taken that will make a difference. Examples of corrective actions include adding resources, changing the process, coaching individual performance, compressing the schedule (fast-tracking or crashing), or reducing scope (this would be documented as a change request, too).
- **Ignore it**—In cases where the variance is small (and falls within an acceptable threshold range), you might choose to take no action to resolve the deviation. Even in these cases, it would be advisable to log the variance as a risk factor.
- **Cancel project**—There might be times when the appropriate response is to cancel the project altogether. This response is more likely on projects where one or more key assumptions have not held or when one or more of the critical success factors has a very low tolerance for any deviations.
- **Reset baselines**—While taking corrective action is the preferred option for performance variances, there are times when the variance cannot be eliminated. This is common on knowledge-based projects and common on projects where the estimating assumptions have not held. In these cases, a decision to reset the performance baselines is made and approved. Then from this point on, performance is measured from this revised baseline. This is part of the change control procedures we discuss more in Chapter 11.

**CAUTION** Earned Value Management (EVM) is the best project control technique for early detection of project performance variances.

# Leveraging Earned Value Management Concepts

Earned Value Management (EVM) (otherwise known as variance analysis) is the best project control technique for early detection of performance variances. The technique was developed nearly 40 years ago for the United States government to better manage contract payments to vendors. Ever since, it has grown in popularity and acceptance across many industries, and now is regarded as the preferred project control technique by PMI. However, it has not been accepted as standard practice in all industries, and it is usually a technique found in organizations or industries that are relatively mature in their management processes. Thus, we could spend an entire chapter on a technique that might not be part of your organizational culture yet. In addition, if you work in these process mature environments, you are less likely to be reading this book, and you will likely have many additional resources to address the details of earned value.

Still, there is tremendous value in a quick review of EVM. An awareness of the fundamental concepts will help you in your project controlling and performance reporting endeavors.

- **Assess cost performance and schedule performance together**—The main value of EVM is that it enables you to measure and track both schedule and cost performance together. Evaluating project performance on just one of these indicators does not always give you the true picture and does not allow you to detect variances as early.
- **Each work package has a planned value**—The planned value of any work package is the budgeted cost of the work scheduled to complete the work package. The important point here: Estimate the cost of each work package in your schedule. Also, this means that the project as a whole has a baseline schedule and budget.
- **At any point, the project has an "earned" value**—The earned value of a project is the budgeted cost of the work actually completed. In other words, how many work packages (or partial work packages) have been completed at this time? The value is expressed in budgeted cost terms, not actual costs. This enables you to perform cost analysis by comparing budgeted versus actual costs for the work completed. The important point to consider: Be aware of the costs you expected to incur for the work that has been completed.

Before we introduce an example EVM graph, let's review the other key terms and concepts that comprise EVM. Table 10.1 summarizes these key elements.

**CAUTION** A negative performance index value is not favorable. It means that you're behind schedule or over budget.

**TABLE 10.1** Earned Value Management Elements

| Element | Definition | Notes |
|---|---|---|
| Planned Value (PV) | Budgeted cost of work scheduled. | Performance baseline. |
| Earned Value (EV) | Budgeted cost of work performed. | For the work performed, what was the budgeted cost? |
| Actual Costs (AC) | Actual costs of work performed. | For the work performed, what were the actual costs? |
| Cost Variance (CV) | Earned Value − Actual Costs<br>CV = EV − AC | A negative number means you are over budget. |
| Schedule Variance (SV) | Earned Value − Planned Value<br>SV = EV − PV | A negative number means you are behind schedule. |
| Cost Performance Index (CPI) | Earned Value / Actual Costs<br>CPI = EV / AC<br>Numerical representation of project cost performance. | CPI < 1 means your project is costing you more than you planned. CPI > 1 means you are taking less money to do the project. |
| Schedule Performance Index (SPI) | Earned Value / Planned Value<br>SPI = EV / PV<br>Numerical representation of project schedule performance. | SPI < 1 means your project is behind schedule. SPI > 1 means you are ahead of schedule. |
| Budget at Completion (BAC) | Total baseline project. | |
| Estimate at Completion (EAC) | EAC = BAC / CPI | Based on current cost performance, what will be your total cost? |
| Estimate to Complete (ETC) | ETC = EAC − AC | Subtract AC from EAC to get estimated remaining costs. |

EVM takes the planned value (PV), or what you planned to do at an estimated cost, and compares it against the estimated cost of the work performed (EV) and against the actual cost of work performed (AC), or what actually got done. These metrics provide a wealth of information about whether the project tasks are taking longer than they should (schedule variance, or SV), or whether they are actually requiring more work effort to complete (cost variance, or CV). In addition, the estimate-at-completion metric (EAC) helps you forecast final project performance and determine whether any corrective action needs to take place.

To illustrate how EVM could be used for performance reporting, see Figure 10.3.

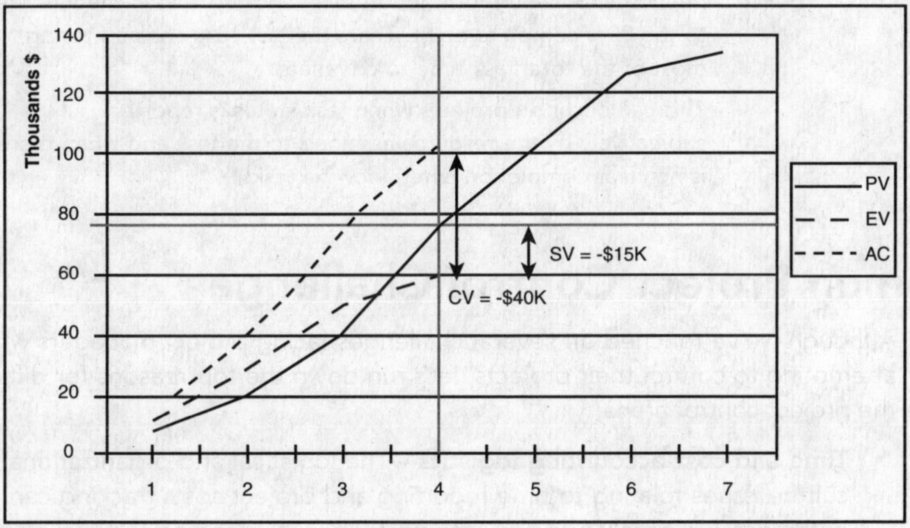


**FIGURE 10.3**

*Depicts EVM metrics for the fourth time period on a sample project.*

In this example, the report provides EVM data for the fourth reporting period. At this time, the Planned Value = $75K, the Actual Costs = $100K, and the Earned Value = $60K. On this project, we can tell the following by analyzing this report:

- There has been a cost variance from the start. It could be the actual resource costs have been higher.
- Also, for the first three weeks, the project was ahead of schedule. More work was completed than planned. This was a likely factor for the actual costs being higher too.
- During the past reporting period, something has occurred that delayed progress. The project is now behind schedule (and the cost variance has increased significantly).

Many of the project management software tools, such as Microsoft Project, include these EVM calculations. To be useful, the schedule must include all assigned resources, individual resource costs, and current progress measurements.

**NOTE** The "90% done" phenomenon refers to the phenomenon where task progress is reported as on schedule up to the 90% complete point. Then, the last 10% ends up taking most of the total task time to complete.

This can occur on projects when task status is reported subjectively by the resource assigned to the task and when there is no clear completion criteria for the task.

# Common Project Control Challenges

Although we've touched on several challenges facing project managers when attempting to control their projects, let's run down the top reasons for difficulty in the project control arena:

- **Time and cost accounting logistics**—The logistical and organizational culture issues relating to time reporting and project costs tracking can prove detrimental to timely and accurate performance reporting. During planning, you want to understand and clarify how project time and cost information is reported and how quickly you can get this data. You might need to establish project-specific time reporting or approval procedures to ensure the integrity of your control system.
- **Project manager reluctance, multitasked**—The project manager might be reluctant to request WBS-level time reporting by project team members, especially if this is not part of the organizational culture. In addition, the project manager might be overallocated and might not be able to invest enough time to performing the project controlling duties. This is most common when the project manager has assigned other project roles to herself or when the project manager is assigned to multiple projects.
- **No change control**—The most popular reason is the lack of change control procedures. This is most problematic when the project scope has increased without the proper reconciliation with the project schedule and budget.
- **No completion criteria**—When clear completion criteria for work assignments are not established, you are more likely to have increased rework cycles, more difficulty in accurately reporting progress or status, and more likely to experience the 90% done phenomenon.
- **No baselines**—This should be obvious by now, but if a schedule and budget baseline are not established and controlled, then you will not be

able to accurately measure for performance variances. Without this ability, you are less likely to detect problems early—when they are small and more manageable.

- **No requirements traceability**—Definitely an issue for controlling scope and stakeholder expectations. The lack of a formal tracking procedure between original requirements and final products increases the odds of missed work and scope creep.
- **Not consistent**—When control procedures are not consistently implemented, it is difficult to detect performance variances early, and it is more difficult to get project team members to follow the defined control procedures.
- **Measuring progress accurately**—Accurately measuring progress is a natural challenge on work assignments with intangible final products, especially on any project where status is estimated. However, this challenge is further complicated when work definition is vague, completion criteria are not established, or work efforts are not reported on a daily basis.
- **Impact of hidden work**—This hits at the heart of work definition and change control. Any effort spent on unidentified work, unplanned rework cycles, or out-of-scope work adversely affects the accuracy and effectiveness of project control procedures.
- **Virtual/distributed teams**—When project team members are not physically located together, it can be more difficult to get information, detect potential issues, measure work progress, and ensure understanding of work expectations. We talk more about this in Chapter 20, "Managing Differences."

## Lessons from Project Recoveries

To really understand what is important for controlling a project, let's review what occurs during a typical project recovery. For clarification, a project recovery is an attempt to turn around a troubled project. If there is ever a case where project control is absolutely critical, it is when you are trying to heal a sick project.

The first thing that senior management will do to recover a project is to make sure there is an effective project manager in charge. This might mean anything from validating the current project manager, bringing in someone new, pulling someone up from the project team, or providing a mentor to the current project leadership.

After the project leadership is solidified, most recovery missions involve the following activities:

- **Review planning principles**—The planning principles are revisited. A focus is placed on establishing priorities and objectives, clarifying acceptance criteria, gaining consensus, and reviewing roles and responsibilities.
- **Reset baseline**—As a final step in the replanning step, key milestones are set and new baselines are set for cost and schedule performance.
- **Frequent status checks**—To facilitate better communications, prevent additional obstacles, reinforce the visibility of the recovery mission, and emphasize individual accountability, team status meetings are conducted daily. In some situations, these checkpoints are even more frequent. It depends on the nature of the project.
- **Aggressive issue resolution**—One purpose of the frequent status checks is to gain visibility of any new or potential issue. The resolution of any new issue is aggressively pursued. These become top priorities for project leadership.
- **Ensure clarity**—Another technique normally employed in successful project recoveries is an extra effort to ensure clear understanding of all communications, expectations, and work assignments. When focus and efficiency are of paramount importance, the criticality of clear communications and mutual understanding is obvious.
- **Increase visibility and accountability**—This has been referenced indirectly already, but it is worth emphasizing again. A major reason that project recoveries often work is because people know they are more accountable for their efforts due to the increased visibility with senior management. For both the individual and the organization, the recovery mission helps to prioritize efforts and align resource allocations.

## THE ABSOLUTE MINIMUM

At this point, you should have a solid understanding of the following:

- The principles of project control are prevention, detection, and action.
- Project control consists of the information systems and the management procedures that enable us to answer the key questions regarding project performance.
- Key components of project control include performance reporting, change control management, configuration management, issue management, risk management, quality management, procurement management, and requirements management.
- The key management fundamentals of project control include focus on priorities, scale to project needs and organizational culture, set up natural control processes, expect project changes, be consistent, and pay particular attention to early project performance.
- Powerful project control techniques include using small work packages, managing to project baselines, conducting regular and effective status meetings, establishing clear completion criteria for each deliverable (and the project), conducting proper reviews, tracking requirements, and getting formal signoffs.
- Performance reporting should communicate status with regard to critical success factors, any variances, and any changes to the performance forecast.
- The possible responses to an identified variance include taking corrective action, accepting it, resetting the performance baselines, and canceling the!project.
- EVM is the best project control technique for early detection of project performance variances.

The map in Figure 10.4 summarizes the main points reviewed in this chapter.

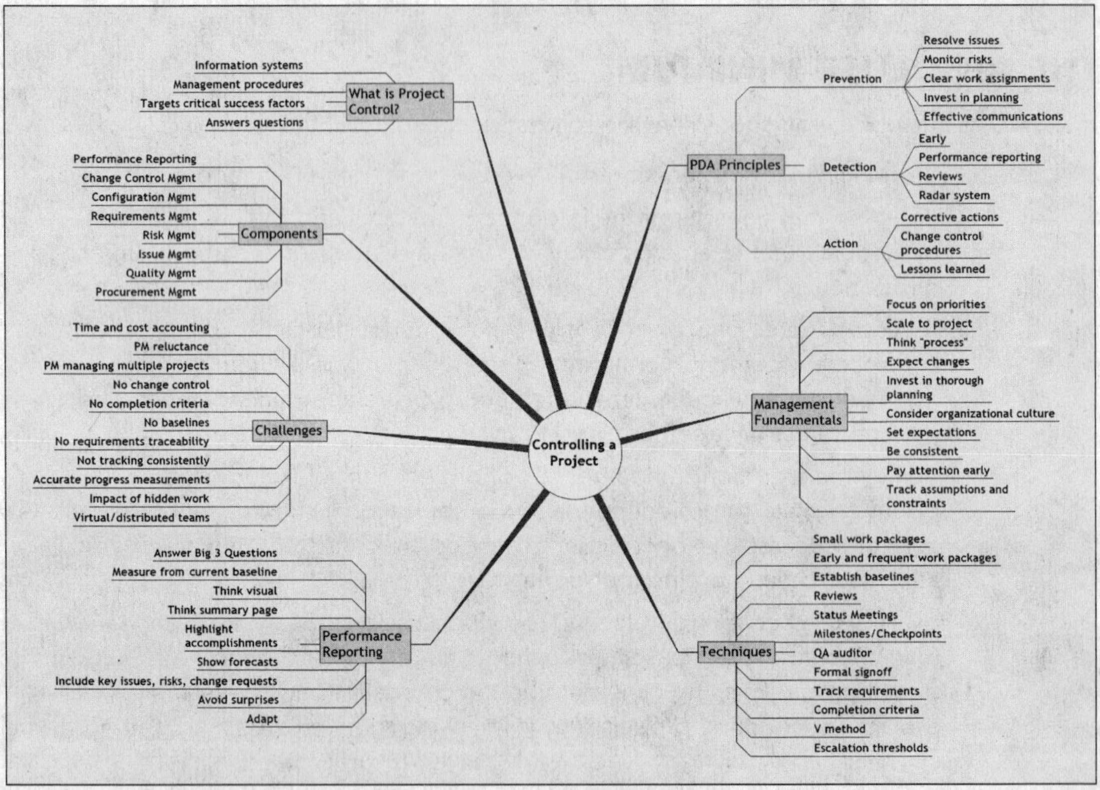


**FIGURE 10.4**

*Overview of controlling a project.*

## IN THIS CHAPTER

- Understand what is meant by a project change and project change control
- Understand why scope changes occur
- Understand why good project managers take project change control seriously
- Learn the key management fundamentals for successfully handling project changes
- Review the essential components of an effective project change control system
- Find out how to reduce project changes
- Understand the common mistakes with managing project changes and how to avoid them

11

# MANAGING PROJECT CHANGES

For many people, project control equals "managing project changes," and managing project changes equals preventing "scope creep." Although this belief is not completely accurate, the perception cannot be ignored. The ability to manage and control the change elements on a project, particularly the project scope, is a key to project success and a key performance indicator for a project manager. To manage project changes effectively, a project manager must utilize all of his skills and demonstrate project leadership. In addition to being an insightful measure of individual project management maturity, it is not uncommon for organizations that are in the early stages of adopting project management business approaches to look at how well project changes are being managed to determine whether project management is making a difference.

**TIP** The ability to effectively manage and control project changes is a trademark of a mature project manager.

Although it sounds like there is a lot riding on this ability to manage project changes (and there is), the process is not difficult if you follow the key success principles and understand how to avoid the common errors.

In this chapter, we continue our review of project control by taking a focused look at managing project changes. We clarify what we mean by "managing project changes," understand what drives most project scope changes, review the success principles of managing project changes, emphasize the essential elements of a project change control system, review powerful techniques that should help reduce the number of changes we need to manage, and make sure we are aware of the common challenges faced by many project managers in this arena in the past.

**NOTE** *Scope creep* is a common term used to describe uncontrolled expansion of project scope. Scope creep is legendary for causing project delays and cost overruns.

## What Exactly Is a Project Change and What's the Big Deal, Anyway?

A *project change* is a change in any of the critical success factors (scope, schedule, costs, quality, and project acceptance criteria). The big deal is not that there is a change. In fact, for many projects, changes—especially scope expansions—are expected and encouraged. The big deal is uncontrolled change. Why? Because a change in any of the critical success factors affects the other factors, which then impacts project performance and the project's ability to achieve the success criteria, which then impacts stakeholder perceptions and satisfaction levels. For example, an expansion in project scope increases the work of the project. At a minimum, the increased work affects project schedule and project costs. In many cases, the increased work also impacts resource plans and adds new risks. On projects with contractual arrangements, the increased scope will likely have contract implications and needs to be formally managed to protect all parties involved.

Thus, any time a change occurs, the project needs a way to recognize the change, evaluate the impact of the change, communicate the change, and make planning adjustments if the change is accepted. This mechanism is commonly referred to as a *project change control system*. We review the key elements of this system later in this chapter.

**NOTE** A project change is a change in any of the critical success factors (scope, schedule, costs, quality, and project acceptance criteria).

## Project Change Types—More Than Scope

As mentioned earlier, a project change is a change to any of the critical success factors and not just scope. Although scope changes are generally responsible for 80% or more of the project changes, and we discuss these in greater detail in the next section, it is important to recognize that any of the following would also constitute a project change (and should be controlled using the project change control system):

- An expansion or reduction of project scope
- An expansion or reduction of product features
- An expansion or reduction in performance requirements
- An expansion or reduction in quality requirements
- A significant change in the target milestone dates
- A shift in the implementation or deployment strategy
- An increase in resource costs
- An expansion or reduction in the project budget
- A change in any of the project objectives
- A change in any of the final acceptance criteria, including return on investment forecasts
- A change in any of the project assumptions, constraints, or dependencies, especially regarding resources and work effort estimates
- A shift in project roles or responsibilities, especially on projects with contractual arrangements
- A decision to reset the performance baselines due to an unrecoverable performance variance

## Relation to Configuration Management and Organizational Change Management

To further clarify what is meant by a project change, let's review two other change-related components of project management: configuration management and organizational change. This is a common area of confusion because change control management, configuration management, and organizational change management are somewhat interrelated, they all deal with change, and they all are a part of project management. As illustrated in Figure 11.1, we are focused on change control management in this chapter. Table 11.1 summarizes the key differences between the three.

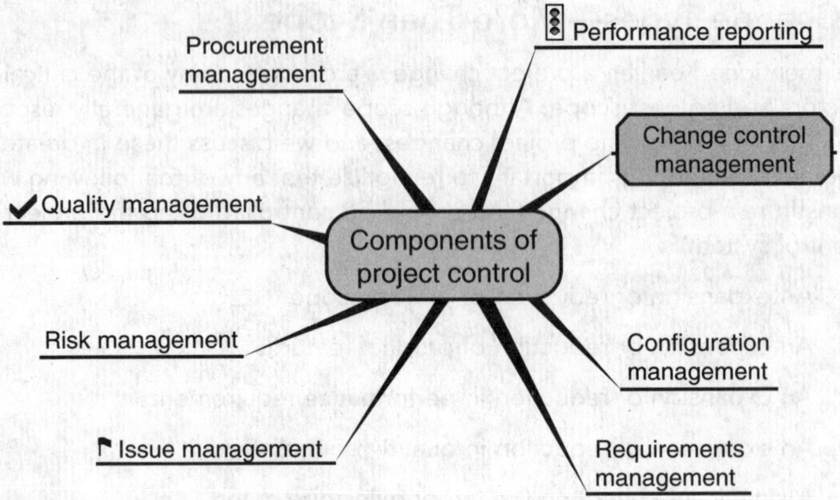


**FIGURE 11.1**
*Change control management.*

**TABLE 11.1** Comparison of Change-Related Components of Project Management

| | Change Control Management | Configuration Management | Organizational Change Management |
|---|---|---|---|
| **Target** | Project critical success factors | Project deliverables and product | Organizational impact of the project results |
| **Primary Concern** | Project performance; stakeholder expectations | Integrity of project deliverables; tracking changes in project deliverables | Preparing individuals, organizational units, and customers for the changes |
| **Related Terms** | Change control; scope management | Document management, versions, and builds | Change management |
| **Discussed In** | This chapter | Chapter 12 | Chapters 18 and 20 |
| **Notes** | Focus on scope can overlap with configuration management | Can be part of project's overall Change Control Plan | Not regarded as a project control activity |

# Fundamentals for Managing Project Change

There are seven key management principles for effective project change control:

- **Plan for changes**—Change control does not mean preventing changes at all costs. Conversely, project changes should be expected, planned, and well managed. The two keys here are selecting the proper project approach (methodology) and setting up a project change control system (to be discussed next). For projects with an innovation focus or a volatile set of requirements, an iterative development-type approach that expects deliberate scope expansion or scope clarification should be utilized.
- **Set up a change control system**—If your organization does not already have a defined procedure for project change control, then you need to set up a change control system for your project. We discuss the details later in this chapter. The key benefits for establishing a formal change control system include the following:
  - Helps protect the integrity of the project performance baselines
  - Ensures that the right people are involved in the decision-making process
  - Helps manage stakeholder expectations
  - Enhances the credibility and professionalism of the project manager
  - Prevents issues and confrontations when changes do occur
- **Educate stakeholders**—Whether you adopt an existing change control system or develop your own, you need to step through the change control process with your stakeholders. Do not assume that because the procedure is documented that individuals understand it or their roles and responsibilities within it.
- **Use the system**—This might seem obvious, but it is a common pitfall. Make sure to utilize the change control system that you have defined. If the project manager does not consistently follow the process, no one else will either.
- **Minimize scope changes**—This is the great balance of managing project changes. On the one hand, you plan for changes and set up a system to manage those changes when they do occur; on the other hand, you work diligently on influencing those factors that are responsible for project changes, especially scope changes, to minimize their occurrence. The keys here include the following:
  - Keep the team focused on the project objectives, the big picture.
  - Listen carefully. You must understand immediately when a critical gap is identified.

- Limit, if not totally avoid, any unnecessary changes by either the customer or the team.
- Educate stakeholders on the impact of their change request.
- Encourage any scope change request that is not an absolute, must-have feature to be scheduled for a follow-up project (cycle, iteration, or phase).

- **Over-communicate**—For effective stakeholder management, make sure that all project changes are clearly communicated and understood by all key project stakeholders.
- **Be a watchdog**—As a project manager, you must be continuously alert and mindful about anything that could impact your critical success factors. In particular, you need to understand what can cause unplanned scope changes to occur—and then work to prevent their occurrence.

# What Causes Unplanned Scope Changes?

To better manage project changes and project risks, and to minimize the number of scope changes, it is important to understand the leading causes for unplanned scope changes on a project.

- **Shift in business drivers**—Due to the dynamic nature of the business world today, things can change quickly. These business changes can have an immediate impact on existing projects. Examples of business drivers that can alter a project's scope include
  - Available budget/funding for the project
  - New government regulations
  - Changing target market for the product
  - Time-to-market pressures
  - New business opportunities
  - Changing customer priorities
  - Unexpected market or world events
- **Shift in project acceptance criteria**—Addresses changes in either the targeted completion date, financial return on investments, client satisfaction ratings, quality levels, other expected benefits, or the stakeholders who need to approve.

- **Shift in technology**—With the move to shorter duration and phased projects, this is not as much of an issue as it has been in the past. However, there are still times when new technology becomes available during a project that will significantly meet the needs of the customer much better than what is currently planned.
- **Poor scope statement**—If the scope statement is incomplete, ambiguous, inconsistent with project assumptions, or does not address the complete business workflow process, you are much more likely to have project scope changes. Of course, this would happen only on projects that you inherited and would never happen on projects that you helped define. Right?
- **Poor requirements definition**—There are entire training courses on requirements definition and requirements management due to the importance they play in project success. Suffice to say, the more gaps that you have in your requirements, the more scope changes you are likely to have. For your awareness, here is a list of the leading reasons for poorly defined requirements:
  - Ineffective or wrong techniques used to gather requirements
  - Communication breakdowns between analysts and stakeholders
  - Requirements are not aligned with project scope
  - Requirements do not address complete process workflow
  - Documented requirements are not meaningful to targeted audience
  - Requirements not reviewed for inconsistencies
  - Requirements not verified for correctness and completeness
  - Missing stakeholders
  - Users sign off without a real understanding of what the documented requirements mean

# Essential Elements of a Project Change Control System

At the heart of managing project changes well is a project change control system. The specifics of project change control systems can vary depending on industry, organization, and project importance, but there are essential principles, guidelines, and components that every change control system should possess.

## Principles

Effective project change control systems follow these key principles:

- Any proposed scope change is documented, evaluated, and approved before it is implemented.
- The appropriate stakeholders are involved in the evaluation and approval process.
- Any change request is thoroughly assessed for impact to other project critical success factors, especially project schedule and budget.
- The appropriate management level approves any change request before it is implemented.
- All project changes are documented and communicated to all stakeholders.
- Any stakeholder is permitted to submit a project change request.
- The rules are firm, the roles and responsibilities are clearly defined, and the workflow process meets the needs of all stakeholders.

**TIP** Capture completion criteria for any scope-related change request.

## Guidelines

In addition to the principles we reviewed, these guidelines should be considered for an effective project change control system:

- **Re-baseline**—The project plan should be updated to reflect the acceptance of any change to the critical success factors. A new performance baseline should be established.
- **Multiple paths**—The change control system should consider multiple process paths based on estimated impact of the change request and the thresholds negotiated with senior management. This allows the appropriate stakeholders and management levels to be involved when needed and at the right time.
- **Focus on buy-in**—Especially on proposed scope changes, make sure the right stakeholders are involved, understand the need and impact of the proposed change, and agree to the action plans before proceeding.
- **Aligned with contract**—If your project involves contractual arrangements, make sure the project's change control process is aligned with the change control process used to manage the contract with the vendor(s).

## Components

There are no requirements from a technology perspective when it comes to project change control systems. They can leverage manual processes or utilize enterprise software packages. The key is that the following components be present, understood, and utilized:

- **Change request form**—This form is used to capture the pertinent details of the proposed change and the key information resulting from the impact assessment. Table 11.2 lists recommended form sections, and data fields are listed.

**TABLE 11.2** Recommended Change Request Form Sections and Fields

| Section | Data Fields |
|---|---|
| Identification | Change Request Number (ID) |
| | Date Received |
| | Date Revised |
| | Project Number (ID) |
| | Project Name |
| | Organization/Client Reference |
| Requester Information | Requestor Name |
| | Organization/Department |
| | Contact Info (Email, Phone, and so on) |
| Change Information | Description of Change Request |
| | Reason for Change (Issue, Benefits, and so on) |
| | Priority |
| Impact Assessment | Stakeholders Impacted |
| | Deliverables Impacted |
| | Required Work Tasks |
| | Estimated Effort Impact (Hours) |
| | Estimated Cost Impact |
| | Estimated Schedule Impact |
| | Expected Benefits |
| | Completion Criteria |

| Section | Data Fields |
| --- | --- |
| Status Information | Status (Submitted, Assigned, Evaluated, Pending Decision, Closed) |
| | Assigned To |
| | Assigned Date |
| | Decision (Approved, Deferred, Rejected) |
| | Decision Date |
| | Target Implementation Date/Milestone |
| Approvals | Approval Signatures |

**NOTE** Ultimately, the determination of any change request is a consensus-based, cost-benefit decision made by the stakeholders accountable for the project.

- **Unique identification number**—When a change request is submitted for evaluation, a unique identification number should be assigned to facilitate better communications and tracking.

**TIP** Make sure your CCB is comprised of stakeholders who can represent each business process or functional group affected by your project. This organization helps provide a holistic, objective evaluation of each change request, and it helps prevent the addition of changes with marginal business value.

- **Change request tracking log**—The tracking log communicates summary information on all project change requests. Minimal information includes identification, impact summary, and current status. Spreadsheets and databases are common tools for tracking logs.
- **Change control board (CCB)**—The minimum set of project stakeholders who need to review and approve any change request impacting the project's critical success factors.

# Powerful Techniques for Minimizing Project Changes

Although we want to be prepared for project changes when they occur, we want to spend most of our energy preventing the need for changes in the first place. The following techniques are powerful change prevention actions you can take:

- **Clear project definition**—The more effort spent upfront to get agreement on clear project objectives and success criteria from the appropriate stakeholders, the less likely we are to get change requests during the project.
- **Solid requirements definition**—Mentioned before when we looked at the common reasons for scope changes.
- **Trace requirements**—There is nothing like linking any work specification to its original source to control project scope. By tracing and showing the relationship from the original business objectives down to the detail design specification, you can identify (and possibly eliminate) any scope expansion when it is first proposed. If the proposed feature does not link directly to a higher-level specification, it is a potential scope change.
- **Formal acceptance sign-offs**—Formal sign-offs are a key aspect of change control management, especially for client-vendor oriented projects. The formal record of review and acceptance of a given deliverable helps to keep expectations aligned and minimize potential disputes.
- **Engaged stakeholders**—Although formal sign-offs do act as strong "stick" incentives to get stakeholders involved, there is nothing like having professional, knowledgeable, and engaged stakeholders who are committed to doing their best as the best weapon against unplanned scope expansion. A team of people who want to work together and get the job done can accomplish the work at hand with a less formal level of project management.

**TIP** Rather than capturing assumptions and constraints in various project documents, capture them together in a single document. This makes it easier to communicate, update, and track throughout the project.

- **Use the right project approach**—This technique is more about risk management, but change control and risk management are very intertwined. As mentioned before, if you know there is likely to be a high degree of change, structure your project in a manner that allows for deliberate, planned scope expansion (prototyping, iterations, cycles, early and frequent product reviews, and so on). For all projects, the following approaches help reduce the number of project changes:
    - Emphasis on project definition and planning
    - Shorter timeframes (1 year or less is preferred)
    - Pilot tests
    - Phased implementations
    - Go/no-go decisions at phase ends

- **Use WBS to illustrate impact**—This technique might not prevent change requests from being submitted, but it can help you classify something as a change (and not part of the intended scope), and it can help you communicate the effect of the proposed change. By reviewing your detailed WBS, you can show that the work for the proposed feature was never accounted for, and you can show what other work items will be affected by adding the proposed change.
- **Defer to post-implementation**—Another technique that will not prevent change requests, and that might not be applicable to all project situations; however, if it does work, it can reduce impact on the project success factors. If the change request is legitimate but is not absolutely critical to the initial release (there is not a workaround, it does not adversely affect the customer experience), you can guide the CCB to defer the request to a future project or a post-implementation phase.
- **Track assumptions and constraints**—This definitely is part of your risk response plan, too, but part of your watchdog mindset is to keep a close eye on the project assumptions and constraints. If these change, your project will definitely be impacted.

# Common Project Change Control Challenges

One more thing before we end this chapter on managing project changes. Let's look at the challenges faced by many project managers. Here's a list of things to either avoid or be on the lookout for:

- **The obvious**—Be sure to set up a change control system as part of your approved project plan—and then use it.
- **Can't say "no"**—Use your change control system and don't automatically agree to accept a scope change request without running it through the process. This is a common issue with project managers who have a fear of confrontation. Use your system as an objective third party to minimize direct confrontations.
- **Can't say "yes"**—Some project managers take the other extreme. They are so paranoid about scope creep that they do not listen to consider legitimate scope changes, often overlooking changes that are needed to meet the project objective. Again, keep the focus on the big picture (the project objectives) and exercise your change control system.
- **Over-reliance on formal sign-offs**—Formal sign-offs are important and valuable; however, they should represent genuine agreement and understanding. Verify that you have real understanding and buy-in before proceeding.

- **Not the "gold" you want**—Be on the lookout for *gold-plating*. This is the term given to extras or features added to the work product by the project team but not requested by the customer. This is a common reason why schedule delays occur and why unnecessary risks occur on projects. Also, the same issue can manifest itself in a work process. A technician might want their work to be perfect rather than just meet the specifications for the project. This is another reason why a team approach to estimating and planning can be so valuable.
- **Is it really a change?**—Not that this ever happens, but sometimes stakeholders do not agree on what really is an official change. I know—it's hard to believe. Especially in contractual arrangements, the issue isn't always "Is it a change?" but rather "Do I have to pay for it?"—a slightly different matter. There are no silver bullets here. Most of the disagreements occur because of ambiguity or inconsistencies in the specifications. Just do the other things we mentioned, and you should have a solid foundation to deal with this, if it ever happens.
- **The impact of the change**—In most cases, the individuals who need to assess the impact of a proposed change, especially scope changes, are members of the existing project team—who have current work assignments. Be aware of the impact that this unplanned effort could have on the project, and guide the CCB accordingly.
- **Inadequate impact analysis**—You are exercising your change control system. The change request is being assessed. You are in good shape—right? Probably. Just make sure the analysis performed on the impact is complete. At the minimum, verify the following on any change request assessment:
    - Has the total work effort been accounted for? All supporting processes? All impacted deliverables?
    - Have the implications of the request been completely considered?
    - Have all impacted stakeholders been considered?
- **Beware of the little guys**—On most projects, there will always be one or more of those small, minor scope changes. Sometimes they are clear changes; other times, they fall into a gray area. In an effort to build relationships and please the customer, many project managers do not document these if they feel the change requires minimal effort to implement. Be very careful here. Before you know it, you can easily have a series of these little changes that, when added up, can affect your project. In addition, you must manage the expectations you are setting if you overuse this technique. As a rule, I would encourage you to at least document every change—no matter how small. For small ones, you might choose to group them into a single change request.

## THE ABSOLUTE MINIMUM

At this point, you should have a solid understanding of the following:

- The ability to manage and control the change elements on a project, particularly the project scope, is a key to project success and a key performance indicator for a project manager.
- A project change is a change in any of the critical success factors (scope, schedule, costs, quality, and project acceptance criteria).
- The seven key management principles for effective project change control are the following:
  1. Expect and plan for changes.
  2. Set up a change control system.
  3. Educate stakeholders on process.
  4. Use the system.
  5. Work to minimize scope changes.
  6. Ensure that all changes are communicated and understood.
  7. Be alert to anything that could impact the critical success factors.
- The chief causes of unplanned scope changes include shifts in business drivers, project acceptance criteria, technology, and inadequate scope statements and requirements definition.
- Completion criteria should be captured for any scope-related change request.
- Powerful techniques for minimizing project changes include a clear project definition, a solid requirements definition, effective traceability of requirements, getting formal acceptance sign-offs, implementing the right project approach, and assembling a team of engaged stakeholders.

The map in Figure 11.2 summarizes the main points reviewed in this chapter.

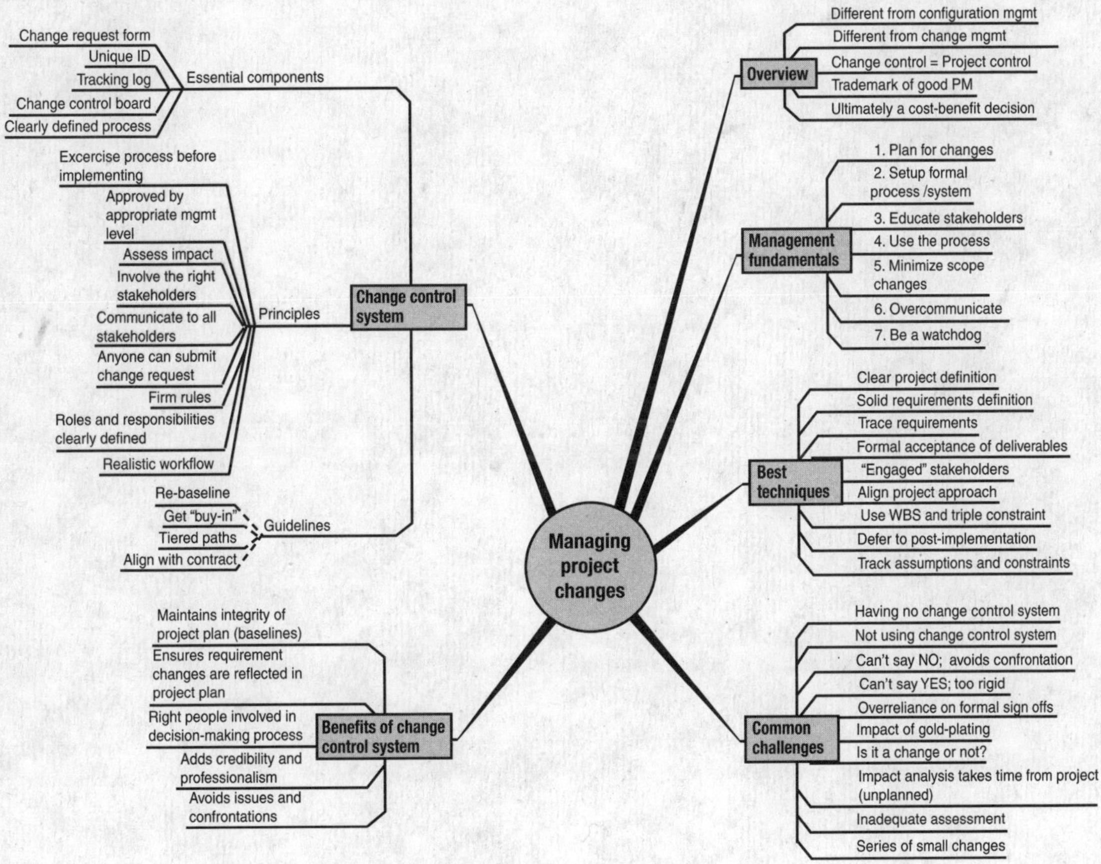


**FIGURE 11.2**

*Overview of managing project changes.*

IN THIS CHAPTER

- Understand why managing project deliverables is integral to customer satisfaction
- Discover the key principles for managing project deliverables
- Understand the value of a configuration management plan
- Find out the best practices related to managing project deliverables
- Review the common challenges related to managing project deliverables

12

# MANAGING PROJECT DELIVERABLES

An excellent indicator of the experience level, professionalism, and overall project management maturity of an individual is how much effort and thought this person gives to the management of the actual project work products (deliverables).

Why do I say this? This area of project management is one of the most neglected, yet it is a foundational element of managing risk, quality, and stakeholder expectations on any project. Without it, you will inevitably incur additional work efforts, lower quality, and more costs—which generally leads to missed project objectives and disappointed stakeholders.

In this chapter, we clarify what we mean by "managing project deliverables," emphasize the key principles of a project deliverable management system, review the best tips and techniques for keeping your deliverables under control, and discuss how to avoid the common challenges faced by most project managers in this area.

**TIP** Other terms related to configuration management include document management, software configuration management, and content management to name a few.

# "Managing Project Deliverables" Means What, Exactly?

By *managing project deliverables*, we mean the process by which the project work products are controlled. The work products can include anything resulting from project activities, including any deliverable, document, or project management item. And by *control*, we mean managing the changes to the actual work products themselves. The most common term for this process is *configuration management*. As discussed in Chapter 10, "Controlling a Project," this process is related to the project change control system, yet it is different. The change control system manages changes to a critical success factor (time, cost, scope, and quality) for the project.

The exact nature and details of this process will vary by project and the types of deliverables involved. The project planning document that defines this process is generally called the *configuration management plan*.

Configuration management is often neglected because it is an unglamorous, mundane aspect of project management that requires a certain discipline to carry out. In addition, this area of project management tends to fall victim to many ill-advised assumptions and the notion that this is just common sense and will just happen automatically. Real-world experience would say otherwise. Especially in the digital age, if you do not think about where your project files will be stored, who has access to them, how they will be protected, how changes will be made, and how changes will be tracked, your project is carrying a significant risk—and in most cases, an unidentified risk.

In many organizations today, enterprise configuration management tools are being implemented to better protect and control all digital assets of the organization, especially documents. However, this movement is still in the early adoption period, so you will likely still need to develop your own project-specific procedures to address the needs of your project.

# Why Do This? It's Too Much Work

You might work in an environment where configuration management is an integral part of the project management approach, so this is not even an issue for you. For others, it is often tempting, as we mentioned earlier, to not give this area proper attention. So let's answer the question, "Why should we do this?" Why should we plan out the details for how specific work products are going to be managed? From the collective experience of project managers across the land (not that any of these have happened to me or anything), here a few reasons why:

- **Where is that file?**—The ability to quickly locate project information for a key stakeholder or to help resolve an important issue.
- **Lost productivity**—Avoid instances of lost productivity when the work of one team member is overwritten by another team member, or when the product configuration you are testing does not have the latest versions of all components—thus making the test run invalid.
- **Baseline? What baseline?**—Avoid instances where you cannot go back or restore previous versions of work products.
- **Who made that change?**—Avoid instances where you cannot clearly tell (or explain) when changes were made and who made them.

> **TIP** If not using digital signatures or email confirmations for work product acceptance, be sure to scan the signed acceptance forms and store them in the project repository.

- **Who approved that change?**—Avoid instances where changes are made to work products that are not properly reviewed and approved. To say the least, this can lead to quality and customer satisfaction issues.
- **That will never happen to us**—A major or minor disaster occurs that wipes out one or more work products. Where is your backup copy? Can you recover?
- **We said we would do what?**—On projects with numerous deliverables and work products, it is easy to lose sight of the minor or auxiliary work items. A basic deliverable tracking mechanism can go a long way in preventing this from occurring.
- **I've got your official sign-off right here...now where did that go?**—Assuming you have official client acceptance of your key deliverables, make sure you have a way to protect this evidence going forward.

**NOTE** The entire concept of document management started with the legal industry.

- **You have no choice**—In many environments, there are legal, regulatory, or process compliance requirements that must be met. In each of these cases, having control over work product changes is an absolute must. Most of this activity is focused on protecting the integrity of the work product and providing associated audit trials (evidence).
- **The ultimate reason: negotiating power**—There is tremendous political power in having tight control over project work products. If targeted work products are officially approved, you have a clear audit trail on any changes to those work products, and those official sign-offs are protected, you are well positioned to deal with any scope or requirements dispute. In addition, a historical record of all project management work products, such as project schedules, issue logs, status reports, and meeting minutes can be very valuable in negotiating new issues.

**TIP** The three fundamental principles of managing project work products are identify, protect, and track. Managing project deliverables can also be summarized by another important principle: CYA—Cover Your Assets. Assume you will have to legally prove your project's case in court someday.

# Identify, Protect, and Track: The Principles of Managing Work Products

Managing project work products is a strong example of the preventative aspects of project control. If you have a solid process in place, and you are using it, everything rolls along as expected. It's only when you have a gap in this area that it attracts attention from stakeholders—generally unwanted attention. The principles of managing project work products are simple and can be boiled down to three management fundamentals:

- **Identify**—Define all the work products that need to be managed. Make sure all the work products are identified, not just the major ones and not just the product deliverables. For each deliverable type, you might need a different configuration management process. This is often true when dealing with both digital and tangible deliverables and when dealing with documents and software components. This can also be true when there are limitations with the configuration management tools that are available.

**NOTE** Depending on the type of work products you have, and the type of configuration management tools that you are utilizing, you might have more than one project repository, such as one for all digital documents and another for software modules.

- **Protect**—Protect the integrity of the work product. This means that you need to control who has access to the work product, what changes can be made by each person, and that you can recover the work product in the event of an unexpected accident or disaster. The access control can have several layers, but the most common aspects are facilities access, network access, and a separation of duties between development and operational roles. In addition, this means protecting any contractually significant approvals or sign-offs.
- **Track**—The ability to trace your steps and track the changes that are made to a work product. Common terms associated with this principle are "version control" and "revision history." The other important aspect of this principle is the ability to provide status on the current state of all managed work products.

## Best Practices

Whether you utilize manual or automated processes, here is a list of techniques that should be considered for your configuration management process:

- **Establish central repository**—First and foremost, define a central repository for the project where all project work documents will be stored. Make sure access to the repository can be controlled and that the appropriate stakeholders have access to it.
- **Define review/revision/approval process**—Define which work products need to be reviewed and approved when any change is made, who can make those changes, who needs to approve those changes, and the associated workflow that needs to be followed.
- **Define a "gatekeeper"**—Experience has shown tremendous value in establishing someone as the official librarian for the project repository. This person is responsible for controlling access to the repository, updating the repository, and ensuring that the configuration management procedures are being followed.
- **Implement access controls**—Ensure that the project repository is only accessible to authorized stakeholders and the granted access level is aligned with their role on the project. This becomes more important every day as the need to protect digital assets increases.

- **Establish a common directory structure**—To better organize work products and to make it easier to find them when you need them, it is recommended that a directory structure be defined that is aligned with the project phases and workflow process.
- **Establish file-naming conventions**—Also in the spirit of better organization of work products, it is recommended that a common convention be defined for naming project work products. The conventions provide consistency and help improve project communications and stakeholder expectations as well.
- **Establish search keyword conventions**—Given the growing popularity and use of Internet search engines, people are more accustomed to searching for what they need by the use of keywords. This can be especially helpful if the project repository directory structure is large or has multiple layers, and it can be a tremendous timesaver if it is less than obvious where a given work product can be found.

**NOTE** Some configuration management tools and project collaboration tools automatically index all contents (think Google). In this case, the need for predefining keywords is greatly reduced, if not eliminated.

- **Establish version numbering scheme**—If these guidelines do not exist for your organization already, determine the rules that will govern the versioning scheme for each category of work product. Common elements to consider include version number format, differences between major and minor versions, and conventions to be followed.
- **Establish baselines**—A key best practice, especially before any milestone-type event on the project, such as phase end, tollgate, start of a testing phase, or releasing work product to a client. To effectively deal with any quality issues and client expectations, you must be able to clearly define (and maintain) the configuration of a work product at a given point in time.
- **Use standard document sections**—To help encourage effective configuration management practices, it is recommended that work product templates be developed that contain standard document sections. Recommended document sections include the following:
    - Title page
    - Revision history page
    - Approval page
    - Standard header and footer formats/data

- **Use a deliverable tracker**—A powerful technique that can be utilized regardless of the sophistication of your process. Develop a mechanism to identify and track the status of your project work products. For lack of a better term, I will call this your deliverable tracker. This can be done with a simple spreadsheet program. Table 12.1 summarizes the key recommendations for your deliverable tracker.

**TIP** Execute a test of your backup recovery procedures to verify they are working correctly—before you actually need them.

**TABLE 12.1** Deliverable Tracker Recommendations

| Element | Definition | Notes |
|---|---|---|
| Work Product Name Project Phase | Targeted work product. Name of the project phase. | Can be a column/field, or you can use separate tab/sheet for each project phase. |
| Modification Type | For this phase, is the work product created or updated? | |
| Work Product File Name | Actual file name of the work product. | Tip: Hyperlink to its repository location. |
| Version | Current version number of work product. | |
| Status | Current status of the work product in this project phase. | In-process, completed, approved. Tip: Use color to visually represent the work product status. |
| CM Indicator | Flag indication whether this work product is under Configuration Managment control. | Most will be YES. |
| Owner | Person responsible for the change. | |
| Target Completion Date | Scheduled completion date. | |
| Completion Date | Actual completion date. | |
| Approver | Person/group who must approve the change. | |
| Target Approval Date | Scheduled approval date. | |
| Date Approved | Actual approval date. | |

- **Back it up**—Make sure that your project repositories have proper backup procedures in place and that they are actually working. You will be glad you did.
- **Address needs of different work product types**—A single configuration management process might not be adequate for your project. You should develop specific configuration management procedures for each type of work product you are managing.

> **NOTE** Configuration management tools include document management tools, software configuration management tools, enterprise project management tools, enterprise (and web) content management tools, records management tools, and workflow/collaboration tools.

- **Leverage configuration management tools**—Although effective configuration management procedures can be executed using clearly defined manual procedures—and a fair amount of discipline and a central control point—the process is much easier with configuration management tools. The tools enable you to control access to the repository, control the revision process (only one person can check out the work product for edit at a time), and provide an automatic audit trail.

> **TIP** Ensure appropriate team members are properly educated and trained on the configuration management tools and procedures.
>
> Use archive folders to maintain access to previous versions and improve organization.

- **Define product configuration build/release process**—On any project that deals with a product that is composed of multiple components, a process is needed that properly integrates the components into a final product. This is especially true for any product that represents a system. This process enables you to establish a baseline configuration.
- **Define product/system release deployment process**—Similar to the previous one, but this is focused on moving (promoting) project work product through the development lifecycle process. Specifically, this practice occurs when deploying a new work product into a test environment and the production environment. For many digital work products/systems, there are setup aspects that need to be manually configured and/or environment preparation tasks that must be performed by authorized system administrators. It is imperative that all these tasks and dependencies be clearly understood and communicated.

- **Separation of duties between development and operations**—Closely related to the previous best practice, this one is focused on the actual team members involved in the deployment process. Whenever possible, it is best to have a different set of people responsible for the deployment, setup, and management of IT services/resources into a production environment versus the development and testing of those services/resources. This separation forces all needed steps and changes to support the release deployment to be documented and communicated; it keeps the responsibility for management of the production environment with a team that is independent of the development groups; and it improves the integrity and security controls of the production environment.

> **NOTE** To be compliant with most digital system security standards, this separation of duties is now a requirement.

- **Develop configuration management plan**—This is where you document all of the configuration management best practices you are going to utilize for your project. The configuration management plan enables you to communicate the procedures and rules that the project will follow and to gain agreement on the plan. We discuss some recommended sections for the configuration management plan in the next section.
- **Leverage archive folders**—A simple but powerful technique to help you manage (and not lose) project information is to always create an archive folder within a specific project directory to hold any previous versions, as illustrated in Figures 12.1 and 12.2. This is especially useful for digital work items that are not managed by a configuration management tool. This practice also has the added benefits of better organization and better visibility of the most current work items.

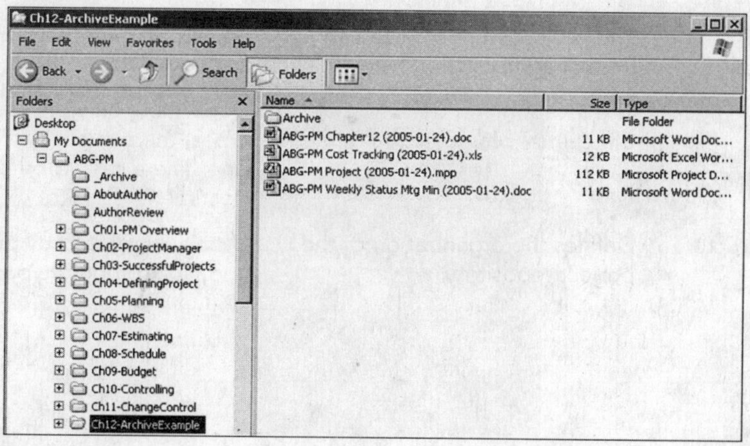


**FIGURE 12.1**

*Sample use of archive subfolder.*

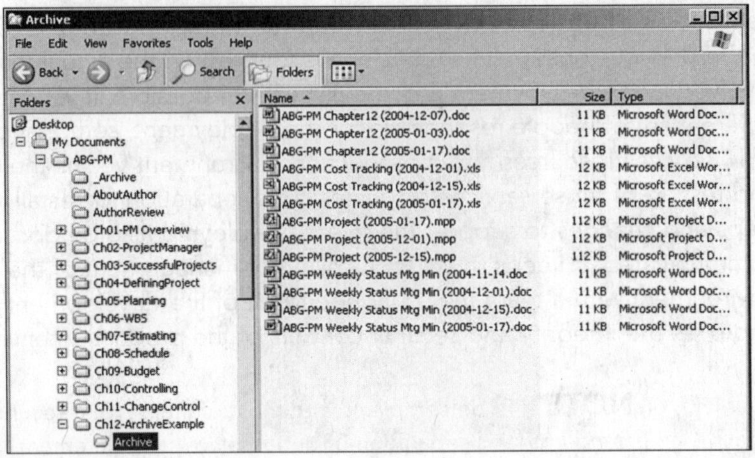


**FIGURE 12.2**

*Sample contents of archive subfolder showing previous versions.*

# Configuration Management Plan

The configuration management plan (CM Plan) is first defined during the project planning process and is part of the overall project plan. Like all planning documents, the level of detail included in the CM Plan should be consistent with the risk levels, compliance requirements, and composition of the project team. As a guide, Table 12.2 lists the minimum topics that should be covered in a CM Plan.

**TABLE 12.2** Recommended Sections for Configuration Management Plan

| Element | Definition | Notes |
|---|---|---|
| Targets | The project work products to be managed. | Usually all project work products. |
| Repository | The location and definition of the central project repository. | Depending on work product types, there might be more than one. There should be only one document repository. |
| Directory Structure | Defines the organization of the project repository. | Usually organized by project phases and work product type. |

| Element | Definition | Notes |
|---|---|---|
| File Naming Conventions | Defines the conventions to be used for naming project files. | Should include project name and work product name at a minimum. |
| Keyword Conventions | Defines the list of keywords that can be associated with the work product. | Essential if team/organization/tool wants to leverage search capabilities to find/locate items and not manage overhead of directory structures and filename conventions, and the tool does not automatically index all contents. |
| Tools | List the configuration management tools to be utilized on the project. | |
| Process and Procedures | Defines how work products are introduced into the repository and how revisions are made to them. Defines the review and approval process for any work product requiring authorization before a change can be official. | Might reference subconfiguration management plans if multiple tools are used or needed. |
| Roles and Responsibilities | Defines the key roles in the configuration management process and what each project team member can do. | The key role is the librarian. |
| Reporting | Defines how configuration management status will be reported and what metrics are needed for this project. | Deliverable tracker. |
| Audits | Defines how the configuration management process will be audited for compliance and when those audits will occur. | Often a part of the QA review process. |
| Relation to other CM Plans | Indicates whether configuration management plans are involved and how they integrate with the overall project plan. | Supplier CM Plans. Specific work product type CM Plans. |

**CAUTION** A common planning oversight is not factoring the CM activities into the task assignments or not allocating specific CM roles. As a result, the individuals assigned to CM activities are often overallocated. Thus, when time is tight, the CM activities are the first to go.

**TIP** For whatever CM tools you leverage, make sure there is a CM tool expert either on your team or available to the core project team.

# Common Challenges and Pitfalls

We've addressed the challenges you will have on your project if you do not have a CM Plan, but even with a CM Plan, there are still some remaining pitfalls that you need to be on the lookout for:

- **Not following the plan**—One of the first things to go when the realities of the project hit is execution of the CM Plan. There are two things you can do to help make sure the CM Plan is executed:
    - Use an independent auditor (such as a QA Lead) and include the CM activities as part of the quality review process.
    - Make sure to include the CM activities in the WBS and project schedule.
- **Tool difficulties**—As stated before, configuration management tools should be leveraged whenever possible, and in some cases, they are absolutely mandatory. That being said, the proper use of these tools is not automatic. If you are going to use a tool, you need to make sure the right team members are trained on how to properly use the tool, and you need to verify that the tool works correctly (not that this is ever an issue or anything).

## THE ABSOLUTE MINIMUM

At this point, you should have a solid understanding of the following:

- The benefits of properly managing project work products include increased productivity (by avoiding lost work), enhanced professional credibility, audit-proofing your project, and increased customer satisfaction.
- The principles of managing project work products are identification, protection, and trackingand, of course, CYA.
- The CM Plan documents the processes and procedures that will be utilized to ensure that project work products are protected and changes are controlled.
- Like other elements of the project, make sure stakeholders understand the value of the CM Plan and are properly trained on how to use the process.
- Make sure your backup recovery procedures work correctly before you actually need them.
- Consider web-enabled configuration management tools for virtual project team environments.
- For other helpful information on IT configuration management, check out CM Crossroads at www.cmcrossroads.com, or search for IT service management or ITIL.

The map in Figure 12.3 summarizes the main points reviewed in this chapter.

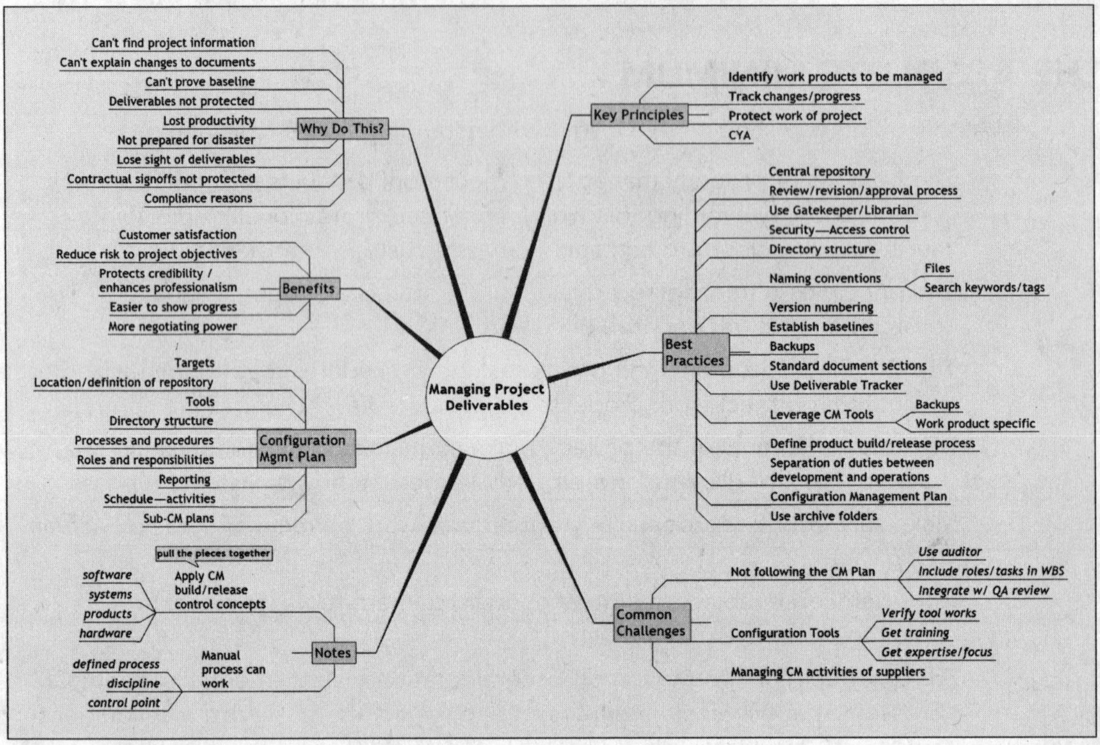


**FIGURE 12.3**

*Overview of managing project deliverables.*

# IN THIS CHAPTER

- Find out why an effective issue management process is vital to project success
- Understand why the project manager is the most important element in the issue management process
- Understand the subtle differences between managing risks, issues, and defects
- Learn the key principles and best practices for managing project issues
- Find out which data points are essential to your issue management system
- Understand the limitations of the common issue log approach

13

# MANAGING PROJECT ISSUES

Projects are dynamic; projects often deal with the new and the leading edge; and projects involve people. As a result, circumstances are going to change, misunderstandings occur, assumptions don't hold, political agendas collide, problems arise, and risk events happen. These situations are categorized as *project issues*, and they all have the potential to adversely affect the project's capability to accomplish its objectives.

To minimize the potential effect of these obstacles on our project objectives, we need to have a proactive plan for effectively managing project issues. In this chapter, we focus on the key elements of that plan.

We review the principles, best practices, and project manager skills that are essential to effectively managing project issues. In addition, we touch on the important elements of your issue management system and make sure you are aware of the common challenges faced by project managers in this arena.

**NOTE** A common source of confusion in the project management arena is the terminology used for project issues. For our purposes, I am differentiating between issues, risks, and defects.

*Issues* are events that have occurred or situations that exist which will adversely affect the project outcome if not resolved.

*Risks* are potential issues (more on these in Chapter 14, "Managing Project Risks").

*Defects* are issues that result from the project's quality management procedures (testing, reviews, and so on).

The workflow processes for each are slightly different.

## The Goals, Objectives, and Principles of Project Issue Management

Managing project issues is an example of proactive project management. Through solid planning, effective stakeholder management, and insightful risk management, you can reduce the number of issues your project will encounter, but you cannot eliminate them. The goal of project issue management is to detect issues as early as possible. The earlier an issue is identified, the greater the chance of resolving the issue before it can affect any of the project's critical success factors.

The objective of project issue management is to identify, record, track, resolve, and communicate all issues that might adversely impact the project. Translated: write them down (so you don't lose sight of them) and take care of them (get on it). To accomplish this objective, we need to review the associated principles. The principles of issue management fall into two main categories: an administrative process and a project manager mindset.

- **Administrative process principles**—To properly manage project issues, there are a few administrative fundamentals to adhere to:
  - **Document the issues**—You need somewhere to log the issues as they are identified. We discuss the log details later on.
  - **Track until closure**—Use the log to make sure issues remain visible until they are resolved.

    - **Align with project needs**—Ensure the overall process matches the communication and workflow needs of the project.
    - **Cost-effective approach**—Keep things in perspective. Don't buy a BMW when a Chevrolet is all you need.
- **Project manager mindset principles**—More than anything, effective issue management is an attitude and an approach. The following terms describe the mindset principles that a project manager needs to have in this arena:
    - **Ringmaster**—As the project manager, you operate as the focal point for tackling project issues. You are the gatekeeper. You are the one who must get the right people involved at the right time to make sure issues are resolved. In addition, some issues require the input of several different parties to resolve. You need to facilitate this process.
    - **Smiling bulldog**—Your goal is to resolve issues as quickly as possible and to stay with them until they are resolved. Be persistent. This is the "bulldog" mentality. However, you need to do this with a smile. Leverage your interpersonal strengths to do this, while still building relationships.
    - **Swivel-head**—Just as with risks, you need to constantly be looking for trouble. That is, trouble for your project. Sometimes issues come disguised as questions or nonverbal communications. When in doubt, ask questions and verify. The effect of most issues can be mitigated if they are detected early and resolved quickly with the right buy-in.
    - **Goaltender**—Just as a good goaltender does not let anything get by him, a good project manager lets no issue go unnoticed or unresolved. In addition, the subtle intensity displayed by the project manager here helps to set expectations with the project team and signals to all stakeholders that they will be held accountable for getting issues resolved.
    - **Disciplined**—To be effective, you need a fair amount of discipline. You need the discipline to log the issues and follow the process. In the whirlwind of most project environments, it is easy to let these slip.

# Key Features of Issue Management Systems

The actual details of the issue management system are not complicated, and in most situations they share many similarities with your change control system and risk tracking system. Although issue management systems vary in complexity and sophistication depending on your organization and the needs of your project, there are key features that all issue management systems should possess.

- **Clear process**—Clearly define and communicate how issues are submitted, how they will be resolved, how and when outstanding issues will be reviewed, and what is needed to officially close an issue. This is not complicated; generally, it's very common sense stuff here.
- **Escalation procedures**—This is part of the overall issue resolution process, but not always thought about in advance. Define the types of issue that warrant escalation to higher levels of management. Generally, there is a single escalation process for a project, which is leveraged for anything affecting the critical success factors (issues, changes, or risks).
- **Issue log**—This is the mechanism used to document and track project issues. The most common mechanism is a spreadsheet, but there are limitations to this method. Other options include database systems and collaboration tools. There are pros and cons to each choice. The important thing is to use a tool that matches the needs of your project.

**NOTE** Although the spreadsheet approach to an issue log has limitations, just the fact that you are documenting issues and actively managing them will put you light years ahead of many project environments.

- **Issue Log Administrator**—Someone needs to serve as the central control point for the issue log. Usually, this will be you, the project manager.
- **Issue Data Points**—Although the specific mechanism used for the issue log and the exact information needs vary across projects, there is a core set of data points that should be considered for any issue logged. The recommended data points are listed in Table 13.1.

**TABLE 13.1** Recommended Issue Log Data Points

| Element | Definition | Notes |
|---|---|---|
| Issue ID | Unique ID that can be used to clearly track this issue. | Best practice. |
| Issue Type | Category of issue—domain values will vary depending on project. | Example set—Technical, People, Business, Supplier. |
| Issue Name | The short name for the issue. | Generally fewer than 40 characters. |
| Issue Status | The current state of the issue. This should be aligned with the process workflow established for issue resolution. | Example set—Open, Assigned, Resolved, Closed. In some settings, Open and Closed values might be sufficient. |

| Element | Definition | Notes |
|---|---|---|
| Issue Priority | Summarizes the importance and severity of the issue. | Typical domain—Critical, High, Medium, Low. |
| Issue Details | The full details of the issue. | |
| Potential Impact | List the potential impact to the project critical success factors if issue is not resolved. | |
| Date Submitted | Date issue is identified and accepted. | |
| Submitted By | Person who originated the issue. | |
| Date Assigned | Date issue assigned to someone for follow up. | |
| Assigned To | Person assigned to take action on the issue. | |
| Target Due Date | Target date for issue resolution. | |
| Date Updated | Date that issue log entry was last updated. | |
| Date Resolved | Date that issue is resolved. | This field might not be needed in many cases. Date Closed might suffice. |
| Date Closed | Date the issue is closed. | |
| Progress Notes | Contains updates and information regarding action items, findings, and steps to resolution. | |
| Related Items | In many cases, one issue is associated with other issues or spawns other issues/action items. It is good to track this association. | Might also be used to link to supporting documents. |

**NOTE** The details of the issue log depend on the intended audience and general communication needs of project.

# Options for Issue Log

Let's take a look at the available tool options for your issue log. The most popular options are word processor, spreadsheet, database, and collaboration/workflow tools. There are advantages to each, and each can be appropriate in the right scenario. Table 13.2 provides a comparison summary for your issue log options.

**CAUTION** Complex issues tend to linger and can come back to bite you. Take charge of these right away.

**TABLE 13.2** Comparison of Issue Log Options

| Options | Pros | Cons | Best Scenario |
|---|---|---|---|
| Word Processor | Low cost.<br>Simple.<br>Portable.<br>"Quick and dirty." | Limited filtering.<br>Limited access, visibility.<br>Cumbersome as log grows.<br>Manual processes needed. | Cost is key factor.<br>Team is co-located.<br>Only one person needs to update log.<br>Collaboration needs are minimal.<br>Low complexity level in issues tracked. |
| Spreadsheet | Low cost.<br>Simple.<br>Leverage sorting, filtering, and reporting capabilities of spreadsheet program.<br>Portable. | Limited access, visibility.<br>Cumbersome as log grows.<br>Manual processes needed. | Cost is key factor.<br>Team is co-located.<br>Only one person needs to update log.<br>Collaboration needs are minimal.<br>Some need for sorting and filtering of data. |
| Database | Allows for multiuser updates.<br>Better data relationships.<br>Better reporting.<br>enforces process and business rules. | Increased setup and admin time.<br>Increased costs.<br>Not as portable.<br>Training might be needed. | Many team members need to have access and update capabilities. |
| Collaboration Tools | Web-enabled.<br>All advantages of database tool.<br>Maps process flow.<br>Automatic notifications. | Increased setup and admin time.<br>Increased costs.<br>Training might be needed. | Workflow process is more involved.<br>Team is distributed, virtual.<br>Communication needs are non-trivial. |

**TIP** As with all aspects of project management, always be looking for ways to improve your processes to better fit the needs of your current project and future projects.

Due to strong relationships and natural links between them, some organizations use a common log for all project issues, action items, risks, defects, and change requests. Just add a data point called Item Type.

This approach can make logging and tracking simpler, especially if one person is responsible for maintaining the log in each of these areas. However, you must know how to properly use your tool to best report information from this central log.

# Best Practices

The work of project issue management is straightforward. However, several techniques are proven to be effective and help you avoid the common mistakes in this aspect of project control.

- **Assign unique ID**—Make sure to assign a unique number to each logged issue. This simplifies the ongoing communication and tracking process.
- **Assign one person responsible**—As with other work tasks, assign a specific person responsible for any follow-up action items and for complete resolution to the issue.
- **Facilitate resolution to complex issues**—There are times when issues do not have a clear owner or need the collaboration of several parties to resolve. As the project manager, you must either assign someone to facilitate this process or take ownership of the facilitation process yourself.
- **Resolve issues at the lowest level**—Always attempt to deal with problems at their lowest level. You can resolve issues faster and at less cost. More importantly, you will earn the confidence of upper management by protecting their time and only engaging them when it is warranted. Again, make sure to establish the escalation triggers with your senior management stakeholders during planning, so you are clear about their expectations.
- **Go after root cause**—A common error in dealing with issues is not to deal with the actual source of the problem (root cause). Sometimes, political reasons might hamper your efforts to deal with the root cause, but whenever possible, do the proper analysis to get to the real problem, and address it. If you do not, the issue will likely return for another visit.

- **Get buy-in on due date and ownership**—Apply the same approach to assigning issues as you do (or should) with assigning scheduled work tasks. For better issue management, make sure to spend the time with the person designated to take action on the issue and get agreement on when the action can be completed and that this is the right person to do it.
- **Adapt process and data points**—Even if your organization has a standard approach or methodology for issue management, don't be afraid to adapt the workflow process or the tracked data points to better fit the needs of the project.
- **Review issues frequently**—At a minimum, review any outstanding issues during each status review meeting. (This should be included in your communications plan.) As a good practice, follow up on outstanding issues every day and make sure the necessary steps and actions are occurring to get to a resolution.
- **Train project team on process and tools**—This is not as important for projects where the issue log is mostly a management tool just for the project manager (you). However, in any situation where collaboration tools are being utilized or multiple people are involved in the process, make sure the project team is properly prepared to leverage the system.

# Some Special Situations

On this subject of managing project issues, a couple of special situations often come up. Let's discuss them briefly.

- **Visibility of Issue Log**—Usually on projects where there are multiple organizations (especially vendors, suppliers), you will want to manage multiple issue logs (same for risk logs, too). Why? Quite simply, there are things you are concerned about that might affect your project that you need to bring to the attention of your organization's management but that you are not ready to share with all project stakeholders. This is simply a matter of expectations management and not sharing your dirty laundry prematurely. A common example is with resource productivity on a fixed price engagement—a definite issue for your organization but not a real concern of the customer.
- **Logging issues that cycle in less than a reporting period**—Depending on how often the issue log is updated, there are often cases where an issue is identified, evaluated, and resolved before it can actually be logged. Of course, on many projects, this is a standard operating procedure.

However, it is often difficult to exercise the discipline to log these issues after the fact. It is strongly recommended that you find the willpower (or assign someone) to get this accomplished. From a lessons learned and audit perspective, you will be glad you did. Plus, it boosts the What did we accomplish? section of your status report.

## THE ABSOLUTE MINIMUM

At this point, you should have a solid understanding of the following:

- Managing project issues has two key componentsan administrative process and a project management mindset. The mindset is far more important.
- The terms that best describe the desired project manager mindset are ring-master, smiling bulldog, swivel-head, and goaltender.
- The difference between project issues, risks, and defects:
  - Issues are events that have occurred or situations that exist that will adversely impact the project outcome if not resolved.
  - Risks are potential issues.
  - Defects are issues resulting from the projects quality management procedures (testing, reviews, and so on).
- Project issues must be identified, recorded, tracked, resolved, and communicated.
- Key issue management best practices include resolving issues at the lowest possible level, going after the root cause of any issue, assigning a specific person responsible for each issue, getting buy-in on ownership and due date from the person assigned the issue, and frequently reviewing the issue log with the project team.
- Whenever an issue needs the input of more than one person to resolve, the project manager should facilitate the resolution process.
- The issue management system needs to match the specific communication and workflow needs of the project team and the project stakeholders.

The map in Figure 13.1 summarizes the main points we reviewed in this chapter.

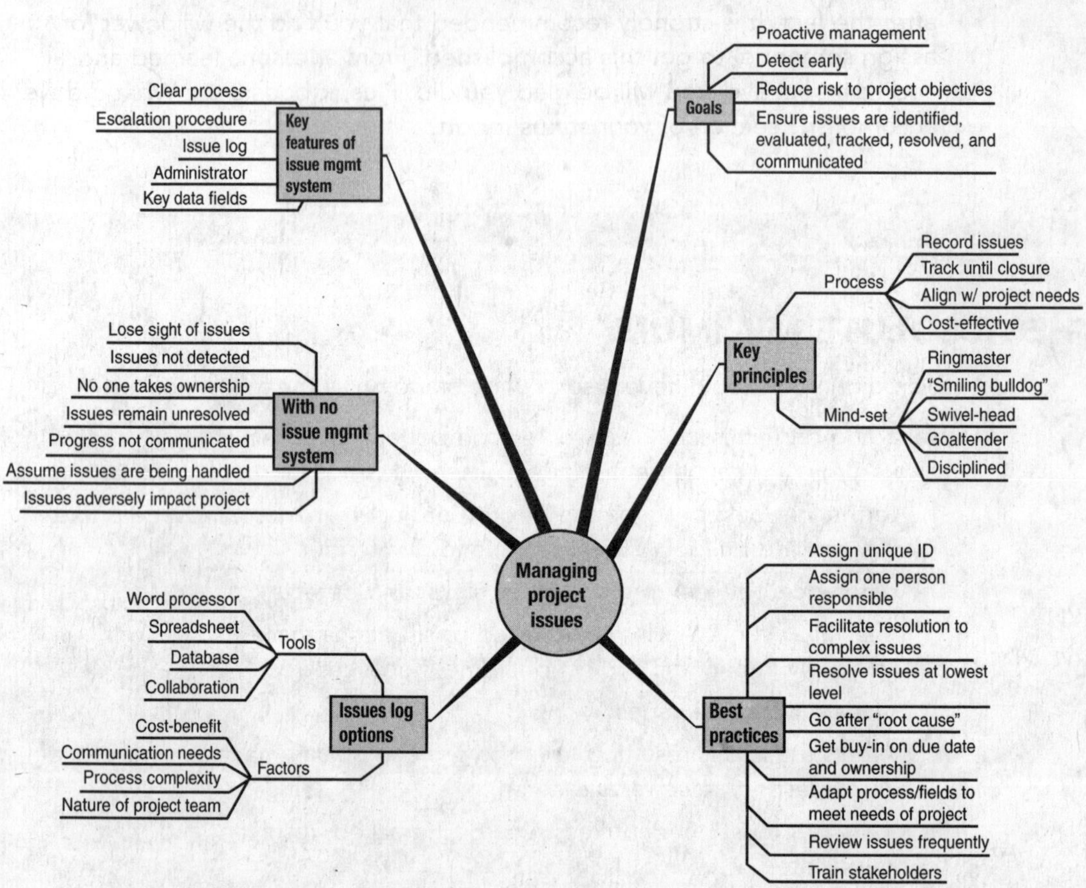


**FIGURE 13.1**

*Overview of managing project issues.*

## IN THIS CHAPTER

- Understand why managing risks is what project management is all about
- Learn the key principles of controlling project risks
- Discover the value of managing project risks in a systematic manner
- Find out the essential steps and tools for effective risk management
- Realize that there is a common set of project characteristics that are responsible for most project risks
- Understand why many project risks are actually self-inflicted during the project planning process

14

# MANAGING PROJECT RISKS

Managing project risks is the ultimate in proactive project management. It is the project manager's radar system. The goal of project management is to achieve the project's critical success factors, including meeting the targeted business objectives and client expectations. The goal of managing project risks is to identify and prepare for any potential threat to the project's critical success factors before it actually occurs. As a result, risk management is the essence of managing projects. Nothing impacts the decisions we make regarding general project approach, level of planning rigor, staffing, project control procedures, and overall contingencies more than the risks facing the project. Yet, there might be no aspect of project management that has a wider array of real-world implementations.

As a result, there is often a sense of confusion and uncertainty regarding the proper project risk management approach to take. In this chapter, we clarify all of this. We review the core principles, key process steps, and best practices that are essential to managing project risks. We share insights on how to identify common project risks, review the proven strategies that work best in controlling project risks, and highlight the typical risk management problems, so you can avoid them.

**TIP** The essence of project management is risk management.

# Key Risk Management Principles

A proactive management philosophy underlies the key principles of project risk management. By effectively managing project risks using these principles, a project manager remains in control of the project at all times, enables better project decisions, and provides the project the best opportunity for success.

The key principles to managing project risks include the following:

- **It's all risk management**—All project management is risk management. The current approaches and rules of modern project management—especially those surrounding portfolio management, project definition, and project planning—are all risk management focused. From past experiences, we now know how to structure a project for total success and how to greatly increase the likelihood the project will achieve its objectives.
- **"Healthy paranoia"**—It's all attitude, even if it is a little psycho. Effective project managers take responsibility for managing risks on their project—believe me, no one else wants the job. As a result, you must strike the balance between having a paranoid outlook about your project (constantly thinking about what could go wrong) and doing everything you can to make sure the project is executed as planned.
- **Appropriate**—The level, type, and visibility of risk management should be consistent with the level of risk and the importance the project has to the organization. The cost of the risk response should not be greater than the impact loss the risk event might cause.
- **Systematic**—Any factor or risk that could impact the project should be identified, quantified, and assessed for possible effects to the project. This includes all people, process, technology, organizational, and environmental influences.

- **Continuous**—The identification of risks is an iterative process. Risk identification is repeatedly performed throughout the project, not just at the beginning.
- **Relentless**—The project manager and the organization must be committed to risk management for the entire project lifecycle.
- **Focused**—Focus on the risks that you can control—starting with the high-priority risks.

**NOTE** Per PMI, project risks can be reduced up to 90% if they are properly managed.

**NOTE** The best risk profiles are ones that are specific to your industry, organization, and project type.

# The Essential Process for Managing Project Risks

To be consistent with our principles, we need a systematic approach that enables us to focus time and resources on the highest priority risk elements. The power in the process is not in its complexity—it's relatively simple and straightforward—the power is in the management approach it inspires.

Let's review the essential steps for managing project risks:

- **Identify**—This is the critical step of identifying the risks to the project. The best way to start this process is also the best way to leverage the lessons from the past—use a *risk profile*. A risk profile, also referred to as a risk checklist or risk assessment form, lists the common sources of project risk that you need to consider. Although most risk profiles help you evaluate the majority of risk factors that are common to all projects, including the listing later in this chapter, the best risk profiles are ones that are specific to your industry, organization, and project type. In addition, the less experience that you have in project management or in the project domain, the more you should facilitate this process with the key stakeholders and subject matter experts on your project team.
- **Determine probability**—For each risk factor that has been identified, determine the likelihood that the risk event will occur. The goal is to quantify the uncertainty as much as possible, although in reality, this is still a judgment call. Common methods include numeric scales (1–5, 1–10) and subjective scales (High, Medium, Low).

- **Assess impact**—For each risk factor, determine the potential impact the risk event would have on the project critical success factors if it occurred. Like the probability element, the goal is to quantify the potential impact as much as possible. Generally, the same type of scale is used here, too. It is a good idea to document the specific impact (which critical success factor) and the magnitude of the impact.
- **Prioritize**—Now that we have a probability and an impact level, tabulate a final ranking for each risk factor by combining the two values. If you have used numeric scales, this is straightforward; just multiply the two values together to get a final score. If you have used qualitative scales (L, M, H), you should be able to easily translate these to numeric values (1, 2, 3) to figure your final score. This step shows you the highest priority, most important risks, and the ones where you need to focus your initial efforts.

**CAUTION** These steps focus on qualitative analysis and are more than sufficient for most projects, especially if a team approach is taken for this process. However, if you are in a situation or industry that requires more precise risk analysis, you will need to leverage a second phase of analysis called numerical (or quantitative) analysis. Techniques such as decision tree analysis and Monte Carlo simulations are frequently used here. Please consult an advanced project risk management course or text for instruction in this area.

- **Develop responses**—Document a response plan for each risk using one of the five risk response options detailed later in this chapter. Planning efforts are iterative in nature because risk response strategies might entail the allocation of additional resources, tasks, time, and costs to the project plan.
- **Get buy-in**—Review the risk response strategies with the key stakeholders to increase their awareness, get their feedback (if you have not already), and get their acceptance of the planned approaches.
- **Monitor**—Don't stop. Nothing stays the same. Continue to keep your eye on the risk factors—watch for triggers to activate other planned responses, be mindful of the appearance of new risk factors, and don't totally forget about the low-level risks. Either via circumstances changing or initial miscalculations, you might find some of these have a higher probability of occurring (or higher impact) than originally perceived.

## Risk Response Options

**CAUTION** For those planning on taking the PMP exam, note that risk management planning and risk response planning are two distinct activities.

Most people tend to think "mitigation" when they think of risk management. However, there are also five risk response options. Table 14.1 reviews each response strategy and provides examples of each.

**TABLE 14.1** Summary of Risk Response Options

| Risk Response | Description | Examples/Notes |
|---|---|---|
| Avoidance | Avoiding the risk.<br>Changing the project plan to eliminate the risk.<br>Changing the project plan to protect a project objective from the impact. | Reducing the scope to remove high-risk tasks.<br>Adding resources or time.<br>Adopting a proven approach rather than new one.<br>Removing a "problem" resource. |
| Acceptance | Accepting the consequences of the risk.<br>The project plan is not changed to deal with the risk.<br>A better response strategy cannot be identified. | Active acceptance.<br>Passive acceptance.<br>No action.<br>Contingency allowance (reserves).<br>Notifying management that there could be a major cost increase if this risk occurs. |
| Monitor and prepare | Accepting the risk for now.<br>Closely monitor the risk and proactively develop alternative action plans if the event occurs. | Contingency plan.<br>Fallback plan.<br>Establish criteria that will trigger the implementation of the response plans. |

| Risk Response | Description | Examples/Notes |
|---|---|---|
| Mitigation | Taking action to reduce the likelihood the risk will occur.<br>Taking action to reduce the impact of the risk.<br>Reducing the probability is always more effective than minimizing the consequences. | Adopting less complex approaches.<br>Planning on more testing.<br>Adding resources or time to the schedule.<br>Assigning a team member to visit the seller's facilities frequently to learn about potential delivery problems as early as possible.<br>Providing a less-experienced team member with additional training.<br>Deciding to prototype a high-risk solution element. |
| Transference | Transferring ownership of the risk factor.<br>Shifting the consequence of a risk and the ownership of the response to a third party. | Outsourcing difficult work to a more experienced company.<br>Fixed price contract.<br>Contracts, insurance, warranties, guarantees, and so on.<br>Used most often for financial risk exposure.<br>Does not eliminate the risk. |

## Key Risk Management Tools

One aspect of the risk management process described in the *PMBOK Guide* that many people find difficult to grasp is the reference to *unfamiliar tools and techniques*. Table 14.2 summarizes many of these tools and techniques to assist your learning and review process.

The risk assessment questionnaire contains questions that pertain to project size, structure, and technology. The risk assessment questionnaire is broken down by risk categories, subcategories, and criteria that rate risk level according to Low, Medium, or High.

**CAUTION** As the project size and complexity increases (see size and complexity factors in Table 14.3), the level of risk can increase exponentially.

**TABLE 14.2** Summary of Risk Management Tools

| Risk Tool | Description | Notes/Examples |
|---|---|---|
| Risk profile | A questionnaire or checklist to guide the identification of project risk factors. | Should be industry-, organizational-, and project type-specific. |
| Risk assessment | Generally synonymous with risk profile.<br>Frequently will contain criteria to establish Low, Medium, High risk levels. | Often used interchangeably for risk profile or risk checklist. |
| Risk register (log) | Used to document the identified risks, probability score, impact score, priority, and planned response strategies. | May be combined with other project logs. |
| Risk management plan | Describes how the risk management process will be structured and performed. | Describes the process to be used. |
| Risk response plan | Describes the response strategies for identified risks. | Risk log.<br>Details action steps to be taken if risk event occurs. |
| Probability/impact matrix | Used to establish general High, Medium, and Low classifications for a risk factor.<br>Cross-references the probability score with the impact score. | Generally developed at the organizational level to improve the consistency of risk rankings. |

# The Common Sources of Project Risk

The first key to managing risk on your project is to know where to look for it. The good news is that 80% or more of all risks originate from the same sources on every project. After you know the project characteristics that contribute to higher risk levels and the common sources of most project risks, you can quickly and effectively identify risk factors for any project. These factors should be first evaluated during project definition and are the main reason why several iterations of planning are often necessary. In Table 14.3, most of the key project risk factors are listed to better guide your risk identification activities. Note that many of these are emphasis points for project definition and detail project planning.

**TABLE 14.3** Common Sources of Risk

| Risk Source Category | Examples/Factors |
|---|---|
| Project size and complexity | Effort hours |
| | Calendar time |
| | Estimated budget |
| | Team size (number of resources) |
| | Number of sites |
| | Number of business units |
| | Number of system interfaces |
| | Number of dependencies on other projects |
| | Number of dependencies on other systems |
| | Degree of business change |
| Requirements | Volatile requirements |
| | Unrealistic or aggressive performance standards |
| | Complex requirements |
| Change impact | Replacement or new system |
| | Impact on business policies |
| | Impact on business processes |
| | Impact on organizational structure |
| | Impact on system operations |
| Organization | Changes to project objective |
| | Lack of priorities |
| | Lack of project management buy-in and support |
| | Inadequate project funding |
| | Misallocation and mismanagement of resources |
| Sponsorship | Lack of strong executive commitment |
| | Lack of clear ownership |
| | Loss of political support |
| Stakeholder involvement | All key stakeholders not identified |
| | Missing buy-in from a key stakeholder |
| | Stakeholder needs not completely identified |
| | Key stakeholders not fully engaged |

| Risk Source Category | Examples/Factors |
|---|---|
| Schedule | Estimate assumptions not holding true |
| | Schedule contingency not adequate |
| Funding | Reduction in available capital |
| | Cash flow issues |
| | Inflation or exchange rate factors |
| Facilities | Adequate for team productivity requirements |
| | Adequate for project security requirements |
| Team | Full-time or part-time roles |
| | Location of team members |
| | Can't find desired resources |
| | Lack of experience |
| | Lack of business knowledge |
| | Lack of skills |
| | Lack of commitment |
| | Personal issues |
| | Lack of prior experience working together |
| Technology | Missing technical data |
| | Use of unproven technology |
| | Use of non-standard technology |
| | Development approach |
| | Level of complexity |
| Vendors and suppliers | Contract types |
| | Risk-reward elements |
| | Procurement process |
| | Experience with vendor/supplier |
| External factors | Changing weather conditions |
| | Changes in legal and regulatory environment |
| | Approvals from governmental agencies |
| | Political changes |

| Risk Source Category | Examples/Factors |
|---|---|
| Business Factors | Time-to-market |
| | Mergers and acquisitions |
| | Economic events |
| | Market conditions |
| Assumptions and constraints | Might create schedule, cost, resource, or quality risks |
| Project management | Lack of experience |
| | Poor leadership |
| | Poor communications |
| | Lack of contingency plans |
| | Inadequate risk management |

Although most sources of risk are inherent attributes of project initiatives or are outside the project manager's control (as the preceding table summarized), there is another common source of project risks that is generally self-inflicted. These are the project risks we create by not performing adequate project definition or detail project planning.

**NOTE** Unidentified or unacknowledged project planning defects are the most popular source of unknown risks.

**NOTE** Technically, these factors are actually planning defects. They become project risks only if they are not corrected before planning is complete.

For a complete listing and explanation of those factors, you can review Part II, "Project Planning." For a quick review, Table 14.4 lists many of the key factors. Please note that some risk source categories are listed again in this table. This is intentional. In some areas, there are universal, inherent factors that contribute to project risk, and there are other risk factors that are introduced due to inadequate project planning. One example is the project schedule. Estimate assumptions not holding true and inadequate contingency buffer are inherent risks on any project. However, a poorly developed schedule is self-inflicted and a result of project planning deficiencies. Yet, it can be as devastating to your project critical success factors as anything.

**TABLE 14.4** Common Project Planning Sources of Risk

| Risk Source Category | Examples/Factors |
|---|---|
| Project management | Improperly defined project deliverables |
| | Incomplete planning |
| | Improper procedures |
| | Not defining clear roles and responsibilities |
| | Lack of contingency plans |
| | Inadequate risk management |
| | Inadequate attention to the right details |
| | Inadequate resource staffing |
| Project definition | Unrealistic objectives |
| | Inconsistent objectives |
| | Incomplete scope definition |
| | Inconsistent scope definition |
| | Improperly defined project deliverables |
| WBS (and project schedule) | Not reviewed and approved by stakeholders |
| | Missing tasks |
| | Lack of team understanding |
| | Missing project management activities |
| | External dependencies not identified and understood |
| Project schedule | Missing task dependencies |
| | Tasks not clearly assigned |
| | Resources overallocated |
| | Calendar realities not factored |
| | Inadequate contingency or reserve |
| Project budget | Poorly developed cost estimates |
| | Missing cost sources |
| | Inadequate contingency or reserve |
| Requirements | Incomplete or poorly defined requirements |
| Assumptions and constraints | Not completely defined |

# Typical Problems

As with any project management process, there are always challenges and things for which you should be on the lookout. Let's first review the four general problems that are typical with managing project risk:

- **Undetected risks**—These are the risks that will get you because you didn't even see them coming. The most common reasons for this are project managers not having the proper risk management mindset, project team members not raising awareness of specific risk factors, and planning defects that are not detected.
- **Unacknowledged risks**—This occurs in dysfunctional organizations or in immature project management organizations. For whatever reason, often political in nature, an obvious risk factor is not formally acknowledged, and as a result not properly managed. This is the proverbial "elephant sitting in the middle of the living room." A common example of this is an impossible schedule deadline.

**CAUTION** In some cases, organizations knowingly accept the risk of abbreviating the project definition and planning steps to meet other objectives.

- **Not enough process**—It is not uncommon to see this area of project management totally ignored, at least from a systematic standpoint.
- **Too much process**—On the other end of the spectrum, I have often seen gung-ho, analytical project managers overdo the risk management process. They can spend so much time on risk management that planning is never completed, or they get so focused on risks that they become overly cautious and won't take any chances. Remember: project risk management is not about avoiding all risks.

In addition to the major problems typically found, a number of other smaller issues are common to the risk management process we discussed earlier. Table 14.5 summarizes those common gaps.

**TABLE 14.5** Summary of Common Risk Management Gaps

| Risk Management Process | Common Gaps |
|---|---|
| Risk management planning | No risk management plan. |
| | Risk management plan equals risk response plan. |
| Risk identification | Performed only once and not proactively managed. |
| | Process is incomplete. |
| | Missing entire types/categories of risk. |
| | Confusing issues with risks. |
| Risk qualitative analysis | The organization has not established standard practices/tools. |
| | The probability of occurrence is not calculated for each risk. |
| | The impact of each risk is not determined. |
| | Risks are not prioritized. |
| | Risk quantitative analysis is not limited to high-priority risks. |
| Risk response planning | Response strategies are not documented. |
| | No risk response plan. |
| | Response strategies are not appropriate for risk severity. |
| | The project plan is not updated to implement and monitor responses. |
| Risk monitoring and control | The risk response plan is not maintained. |
| | Risk identification is not continued. |
| | The project plan is not updated to implement and monitor responses. |
| | Responses are not reevaluated. |
| | Progress is not tracked, or task owners are not held accountable. |

## Powerful Risk Control Strategies

This section breaks out of the strict risk management process and considers some powerful strategies you should consider to either deal with the high-priority risks you now have or reduce the number of new risks from occurring as your project goes.

- **Tackle high risks first**—Develop a work plan that attacks your high-risk factors right out of the gate Why? If you are going to have a problem, it is best to know sooner than later. If something is not feasible or acceptable, determine this as soon as possible, so senior management can decide whether the project is worthy of organizational investment and resources.
- **Use iterative, phased approaches**—By breaking the work of the project into multiple iterations and phases, you provide a systematic method of providing tangible output to the stakeholders sooner and more often. The multiple points of review and feedback with the stakeholders enable you to better control your greatest risk—stakeholder expectations and satisfaction.
- **QA the planning process**—Mentioned before, but worth mentioning again: Be sure to do a quality review on the planning process. This step helps identify planning defects that if undetected will become unknown risks with a high-impact potential.
- **Test it like you mean it**—An overlap with quality management, but worth emphasizing here too. There's nothing better to avoid and reduce risks with a new work product than effective, prioritized testing. An effective test plan will identify defects before the final project work item is deployed to production or made available to the customer audience.
- **Verify deployments**—Closely related to the previous strategy, this one is focused on verifying the deployment of the project work product into a new environment. Often, this is referred to as a "smoke test" and is common with IT services and resources. The project work item might have met all requirements, but if it is not deployed and set up correctly in the target environment, the customer will not be able to tell the difference.
- **Leverage independent QA audits**—Leveraging an independent, experienced, and objective viewpoint can be a powerful way to identify risk factors and determine the best response strategies. This can be especially useful in project situations where the key stakeholders are inexperienced, the climate is very political, or multiple vendors are involved.

# Are You Sure It's a Risk?

Before we end our review of managing project risks, it is worth mentioning that one common problem associated with project risk management is terminology and the proper labeling of risks. This is more of an academic issue, and generally, the subtle differences are not key factors on projects. To make sure you avoid problems here, Table 14.6 quickly reviews the definition of terms closely related to project risk and clarifies those distinctions.

**TABLE 14.6** Summary of Risk-Related Terms

| Term | Definition | Notes |
|---|---|---|
| Risk | An uncertain event that could negatively impact the project critical success factors, if it occurs. | A threat.<br>Probability of occurrence must be between 0% and 100%. |
| Issue | An active problem that could impact the project critical success factors. | A risk event that has actually occurred. |
| Constraint | A limit that must be planned around. | Factual.<br>Constraints can introduce other risks. |
| Assumption | Factor considered to be true, real, or certain. | Assumptions can include accepted risks.<br>Assumptions can introduce other risks. |
| Dependency | An external event that must occur for the project to accomplish its objectives. | Identified during planning along with risks, constraints, and assumptions. |
| Defect | A discrepancy between what is (actual) and what should be (expected).<br>Mentioned here because planning and overall project management defects can become project risks if not identified and corrected. | Detailed planning efforts are important here.<br>The key source for many unknown risks. |

## THE ABSOLUTE MINIMUM

At this point, you should have a solid understanding of the following:

- The essence of project management is risk management.
- The level of risk management should be consistent with the size, importance, and risk level of the project.
- Managing risks is an integral part of project planning.
- Risk management is a continuous, iterative process throughout the project lifecycle.
- Project risks need to be identified, recorded, tracked, resolved, and communicated.
- Risk events that actually occur become project issues.
- The five risk response strategies include acceptance, avoidance, mitigation, transfer, and monitor.
- The best risk profiles are ones that are specific to your industry, organization, and project type.
- Unidentified or unacknowledged project planning defects are the most popular source of unknown risks.
- The best ways to control risk are through solid project management, effective project planning, and a relentless desire to protect the project.

Figure 14.1 summarizes the main points reviewed in this chapter.

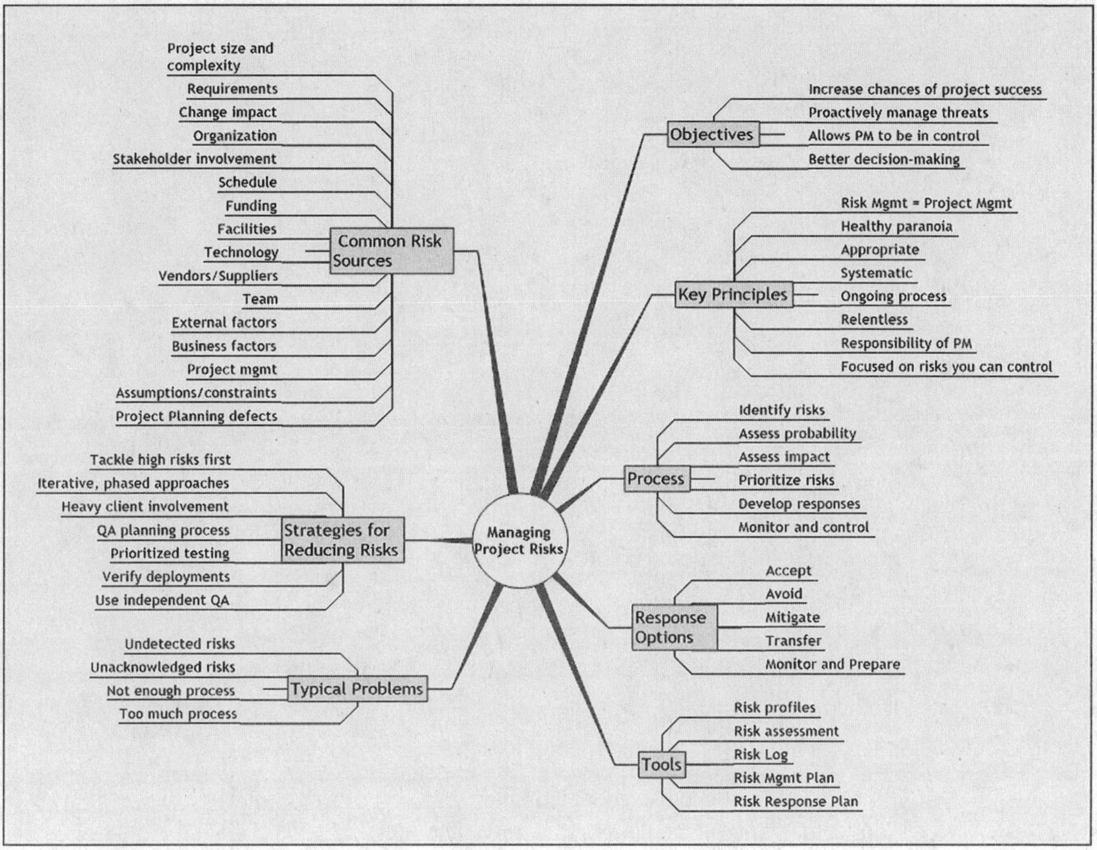


**FIGURE 14.1**

*Overview of managing project risks.*

IN THIS CHAPTER

- Find out what comprises a successful project
- Understand why project quality starts and ends with the customer
- Understand how project quality management is integrated into all aspects of project management
- Discover the key principles of managing project quality
- Learn the essential tools and techniques for implementing project quality
- Find out what strategies from the real world can have the most impact on project quality
- Review seven common challenges associated with project quality

15

# MANAGING PROJECT QUALITY

Quality is one of the critical success factors for any project and one of the key tenets of modern project management. Yet, project quality is often misunderstood and poorly managed. Why is this?

Suppose a project delivers a technically sound, zero-defect product, but the project is over budget and the customer is not satisfied. Do you have project quality in this case or not?

Your organization must already comply with an industry quality standard (ISO 9000/10000, QS-9000, GxP, SEI/CMMi) or already employ one of the popular quality methodologies (Total Quality Management, Six Sigma, Continuous Improvement). Do you need to worry about project quality or not?

In this chapter, we explore these questions and address many more fundamental project quality topics. We clarify what project quality means and how it relates to managing project risks, project requirements, and client expectations. We review the core principles, key tools, and best practices of project quality management, including the critical quality techniques that are often overlooked by many project management texts. In addition, we share insights into the typical challenges surrounding managing project quality, so you can avoid them on your first (or next) project.

**NOTE** As mentioned in the book's introduction, this chapter does not address advanced quality management concepts that are more the domain of operational quality management programs. The review of quality control tools such as Pareto analysis, statistical sampling, control charts, fishbone diagrams, or trend analysis, and the review of quality management pioneers (such as Dr. W. Edwards Deming, Dr. Joseph Duran, and Philip Crosby) is left to other textbooks and courses that have a primary quality management focus.

## What Is "Project Quality"?

What do you think of when you hear the word "quality"? Testing? Zero defects? Audits? Overhead? If you answered yes to any of these, you might be surprised to know how PMI defines quality. To PMI, *quality* equals "conformance to requirements and fitness of use." Well, of course it does. Simply translated, this means that the project produces what it said it would and that what it produces satisfies real customer needs. In other words, did the project deliver on the targeted requirements and were the requirements on target? Did your understanding of client needs translate into client satisfaction?

You might be thinking, "Greg, isn't this what a project is supposed to do?" or "You know, Greg, this sounds an awful like managing requirements." Exactly. Although there are aspects of managing quality that are unique, mainly verifying that the work is complete and correct, most elements of managing project quality are fused tightly with other aspects of project management, especially requirements (scope) management, expectations management, risk management, team management, and procurement management.

In the same way that we said project management is risk management in the previous chapter, we could also say project management is quality management, too. After all, most of the best practices now recommended for project management (and discussed in this book) have quality concerns as their foundation. From clearly defining the project, to the approach we take to accomplishing the work, to the project team we assemble, to the focus on customer buy-in, it's all there to give the project the best opportunity to deliver the solution requirements and meet the expectations of the client—in other words, to deliver project quality.

## Unique Aspects of Managing Project Quality

Although project quality management is tightly integrated with all aspects of managing a project, there are a few aspects that are unique to this endeavor (after all, there must be some reason we have a separate chapter on it). The unique elements of managing project quality include the following:

- **Focus on quality-based requirements**—Ensure that all the quality and compliance standards that the project is accountable for are identified, both from the customer and other governing stakeholders.
- **Focus on value-added requirements**—Work to understand the requirements, often unspoken if not probed, that go beyond the base functional requirements and will have the greatest impact on the customer satisfaction level of the final solution.
- **Focus on product and process**—Quality management addresses both *product* (goods and services) quality and *process* quality, especially the *project management* process.
- **Focus on verification**—Determine the game plan for ensuring that all the requirements will be met to the satisfaction of the relevant stakeholders. How will you validate whether the work of the project is on target? How will you prove the work is complete and correct?

## Principles of Managing Project Quality

The seven key principles of project quality management originate from a proactive, customer-focused management philosophy and are consistent with other project management practices we have reviewed. By utilizing these principles, a project manager keeps the quality requirements aligned with both the project and the key stakeholders and gives the project the best opportunity to deliver on quality success factor.

The seven key principles to managing project quality include the following:

- **Identify targets**—This is the critical first step in the process. Make sure you identify both the customer's quality expectations as part of the requirements gathering process and the quality/compliance expectations demanded from other key stakeholders, whether these are internal quality departments or external compliance agencies. This is the most common reason for not meeting quality expectations—they are never completely identified.

**Tip** Quality is planned in, not inspected in. Effective project management is quality focused.

- **Plan it**—Quality is planned in, not inspected in. After you determine the quality level requirements, you must then decide how to meet these requirements. With the quality targets clearly identified, you can structure the overall approach of the project, allocate resources, and assign necessary tasks to give yourself the best opportunity to meet the quality expectations. In some form or another, you should document and communicate your plan for quality management on the project. Often, this is accomplished using a Quality Management Plan document, which is part of your overall project plan.
- **Right-size it**—Like other project management processes, use the appropriate level of rigor and formality to meet the needs of the project. In other words, match the investment in quality procedures with the risk level and other critical success factors. For example, does the project need to produce a zero-defect product that must pass FDA validation audits or is the project more exploratory in nature—a "quick-and-dirty" initiative.
- **Set expectations**—This principle focuses on two key aspects. One, make sure the customer's quality expectations are aligned with the project's needs and the quality management approach to be taken. And two, if the effort (time, costs) to satisfy all quality requirements conflicts with either the schedule or budget constraints on the project, then you must facilitate a compromise via risk analysis and planning scenarios that results in a prioritization of quality management efforts or an adjustment in critical success factor balance.
- **Stay customer-focused**—Underlying the entire project quality management philosophy is a focus on the customer experience. This means doing things such as defining requirements from the customer's perspective, asking the right questions to uncover the other requirements that will affect the customer's perception of the final solution, validating from the customer's perspective, and clearly communicating (and getting buy-in) on why other quality requirements must be satisfied, too.

- **Trust, but verify**—This is a tangible example of an overall project management principle: assume nothing. Whether it is work assigned to a project team member, a supplier, or some other external party, always perform some level of verification to ensure the resulting work package meets the targeted completion criteria.
- **It's up to you!**—The project manager has ultimate responsibility for the project quality. Although many aspects of quality management are organizational in nature, and you need the support of senior management to make it stick, you are still responsible for the quality success criteria, as you are for the entire project. To this extent, this is why this chapter is focused on elements the project manager can control or influence.

# Powerful Tools and Techniques for Project Quality

We emphasized the value and importance of planning your quality management system. In this section, we highlight ten of the most powerful quality-focused tools and techniques that you want to consider during your planning efforts, document in your Quality Management Plan, and then implement during the execution of your project.

- **Requirements traceability matrix**—A simple, yet often neglected technique to help control scope, expectations, and quality is the use of a requirements traceability matrix. The traceability matrix provides a documented link between the original set of approved requirements, any interim deliverable, all testing (verification) methods employed, and the final work product. This technique helps to ensure that the final work product(s) satisfy the targeted requirements and all those requirements were properly validated.
- **Checklists**—Checklists are simple, yet powerful. They clearly capture and communicate the quality standards that the targeted work package must meet, and they improve project team productivity. They are flexible—separate checklists can be developed for each work product or project management process. They provide a mechanism to capture the lessons learned from past projects. They provide a mechanism to document the verification performed on the work package.

- **Templates**—The development and use of templates provides a way to both communicate and control the use of certain standards and to help standardize the resulting work packages and procedures across projects. In addition, templates can capture lessons-learned information (mostly updates and improvements based on prior experiences), provide guidance, and greatly improve the productivity level of a project team.
- **Reviews**—Reviews are a key technique for ensuring quality and managing expectations, and they can take many forms. The principle here is to plan for the review-feedback-correction cycle on most, if not all, of your key deliverables. Common examples of reviews are peer reviews, inspections, client walkthroughs, audits, testing cycles, and milestone reviews.
- **Completion criteria**—This starts during project definition with defining the acceptance criteria for the project, and it continues for each deliverable and work assignment. Answer this question in advance for each deliverable and work assignment: "How will we know when it is done?" Understanding the completion criteria up front increases productivity and avoids much of the rework that can occur when quality requirements are not understood upfront.
- **Small work packages**—You've seen this one before, too. In addition to reasons previously mentioned—more accurate estimates and better control—small work packages provide a finer level of quality control, too. By establishing completeness and correctness completion criteria for each work package and verifying each work package along the way, we provide many more opportunities to detect quality discrepancies as early in the project as possible. By doing this, we can take corrective actions when the costs are lower and time is still available.
- **Independent audits**—The use of an independent auditor is another specific example of the review technique mentioned earlier. The power of this technique is in establishing the quality criteria in advance and making the project accountable to an outside entity.

**NOTE** Make sure the work and responsibilities associated with the project quality system are reflected in the WBS and project schedule.

- **Standards**—In many situations, specific quality standards either do not exist or have not been formally developed. In these cases, it is my recommendation that you establish project standards upfront that will be captured in both work assignments and quality checklists. And if at all possible, facilitate this standards development with the project team—you'll be glad you did.

- **V method**—The *V method* is a term used for a common validation and verification approach that ensures that there is a validation and verification step for every deliverable and interim deliverable created. An overview of this method is illustrated in Figure 15.1. The left side of the "V" notes each targeted deliverable and the right side of the "V" lists the verification method used for each deliverable directly across. This method enables us to check quality along the way rather than waiting to the end to discover there are quality defects.

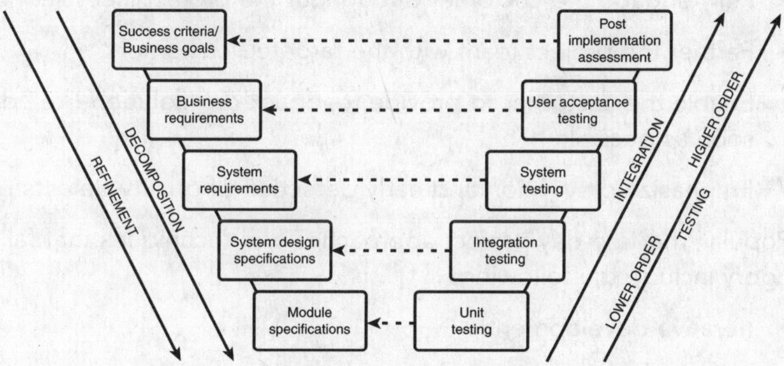


**FIGURE 15.1**

*Illustration of V-method approach for software development project.*

- **Quality Management Plan**—This is the document that describes and communicates the project's quality management system to the project stakeholders. Specifically, the Quality Management Plan should address most of these questions:
  - What is the scope of the quality management system?
  - How will either internal or external quality-based groups be involved?
  - What quality standards must be met?
  - What approaches, tools, and techniques will be employed?
  - How will the standards be enforced?
  - How will quality defects or discrepancies be tracked and reported?
  - How will each deliverable be validated?
  - What are the expected costs?

## Powerful Quality Strategies

In addition to the powerful quality tools and techniques we reviewed earlier, there are five other key strategies related to managing project quality that we need to discuss:

- **Use customer-focused project approaches**—This might be self-evident by now, but utilize project approaches that accomplish the following:
    - Fully engage the customer throughout the project lifecycle.
    - Partner the project team with the targeted customers.
    - Enable the customer to provide feedback on "solution-like" deliverables as soon as possible.
    - Emphasize prevention and early detection of quality defects.

  Popular, modern-day project approaches and techniques that fall into this category include the following:
    - Iterative development
    - Quality Function Deployment (QFD)
    - Prototyping
    - Computer simulation
    - Agile development
    - Rational Unified Processing (use case development)
    - Scenario development
    - Storyboarding
- **Take customer's perspective**—From the development of requirements to the testing approach, make sure to take the customer's perspective. In particular, the testing environment needs to simulate the real-world customer environment to the greatest extent possible. Without this approach, your verification procedures are incomplete at best and misleading at their worst.
- **Pre-verify deliverables**—To better manage client expectations, including confidence in the project team, make sure to conduct an internal quality check on any deliverable that will be reviewed by the client. Make sure to schedule these internal verification steps, too.
- **Focus on the people**—There is no better quality management technique than to have people who are good at what they do, who take pride in their work,

and who are focused on the customer experience. The project management processes of staffing, managing, and leading a team are key project quality factors.

- **Leverage expertise**—A great way to deal with unanticipated project quality issues is to structure the team with one or more mentors (or coaches). Because many organizations do not have an effective way to formally pass along the lessons from the past, this strategy is an effective way to leverage the wisdom that lies within the social fabric of the organization. The two positions that are most needed are a mentor for the project manager and a technical mentor for the technical aspects of the project. In many cases, the technical mentor might actually provide the QA function for the technical deliverables.
- **Prioritize testing**—This is part of taking the customer perspective approach, and it also incorporates the importance of understanding where your key risks lie with the targeted work product. In situations where testing resources or schedules are limited, it is imperative to verify the high-risk areas first.

# Typical Quality-Related Challenges

To both relate some additional experiences that you have endured or observed and reemphasize some of the key points covered so far, let's take a quick look at some common project quality-related challenges:

- **Forgot to pop the question**—This problem can be found on projects that are guilty of not having an organized quality approach and on projects with formal methodology coming out their ears. Always ask clients what "quality" means to them. Again, do not assume anything, especially here.
- **"Good intentions, but..."**—Many projects start off great. The Quality Management Plan is fully developed and approved, but then…nothing. Stuff happens and the quality management procedures are never carried out.
- **"We can't afford it"**—There is a common misconception in many organizations that quality-focused efforts are overhead and cost too much. This perception originates from two main sources. One, projects in these organizations are likely managed very informally, so to add quality management seems like a major investment. Two, the quality standards seem non-value added. In some cases, this might be true. In either case, better understanding, communication, and salesmanship are needed. The real question to be asked is, "Can you afford not to focus on quality?" Historical data shows that in most cases the cost of poor quality (non-conformance) is much greater than the cost of prevention.

- **Not factored in the schedule**—Especially on projects where the quality procedures are an afterthought, the actual quality tasks (reviews, audits, and so on) are never factored into the project schedule.
- **Quality resources overallocated**—In many project situations, the individuals who are designated for quality assurance roles are also fulfilling other roles. If the quality assurance role was not properly allocated and assigned to project tasks, you might have an overallocated resource. In this case, or when other pressure events occur, the quality assurance hat is often the first to go for these multi-role team members.
- **Testing takes more than one cycle?**—An age-old dilemma on projects that require one or more testing phases on the targeted product is how much time to allocate for each phase. The common mistake is to officially schedule a testing phase as if it will be completed in the initial test cycle. I have yet to see this happen.
- **Avoid gold-plating**—Traditionally, *gold-plating* is a term associated with project scope management, and it refers to the practice of doing more (adding additional features) than what the requirements (specifications) call for without undergoing proper change control procedures. This is also an issue for project quality management for two reasons. One, the gold-plated features might introduce new quality risks into the equation. And two, the gold-plated features might do nothing to improve the actual deliverable quality, yet they can require additional time and costs.
- **No risk analysis**—On the one hand, many project managers are guilty of not identifying or being aware of the quality standards they are accountable for. On the other, there are project managers that blindly accept all the quality standards without properly assessing the impact to the project objectives and other critical success factors. Always assess the impact of meeting each quality standard, especially the schedule and cost impact. Decisions on priorities and risk response strategies may be needed to deal with the impact.
- **Forgot to smoke test**—For any work product that must be deployed or set up in a new environment, ensure that the actual deployment was correct before turning it over to the final customer. This is common for IT services, products, and resources, and this checkpoint is commonly referred to as a *smoke test.*

In summary, most aspects of managing project quality are interwoven into the fabric of solid project management practices. If you manage with a focus on key criteria, your projects will be well positioned to meet their quality objectives. These criteria include the following:

- The customer
- Requirements/scope
- Clear communication
- Clear completion/acceptance criteria
- Small work packages
- Prevention
- Verification
- Skilled resources and high-performing teams

## THE ABSOLUTE MINIMUM

At this point, you should have a solid understanding of the following:

- The level of quality management should be consistent with client expectations, project needs, and project risk level.
- Managing project quality is tightly connected with managing requirements, project scope, project risks, suppliers, and client expectations.
- The process of managing project quality enables you to go from identifying customer needs to achieving customer satisfaction.
- Specifically, project quality procedures answer the question: How do I verify that the work is complete and correct?
- Quality is doing what you said you would do.
- Quality management addresses both *product* (goods and services) quality and project management quality.
- The project manager has ultimate responsibility for the project quality.
- Effective quality management is consistent with effective project management.
- Two key aspects of project quality that are often overlooked are managing the project team and managing requirements.
- Historically, the costs of prevention are significantly less than the costs of quality defects.

Essential tools for project quality management are the Quality Management Plan, checklists, reviews, Requirements Traceability Matrix, audits, verification procedures, and clear completion criteria.

Checklists and templates allow quality expectations to be clearly communicated and enforced. They also provide a way to pass along lessons learned from past projects.

To ensure overall project quality, ensure each deliverable along the way meets quality expectations.

For additional information on quality function deployment, visit the Quality Function Deployment Institute at www.qfdi.org.

The map in Figure 15.2 summarizes the main points reviewed in this chapter.

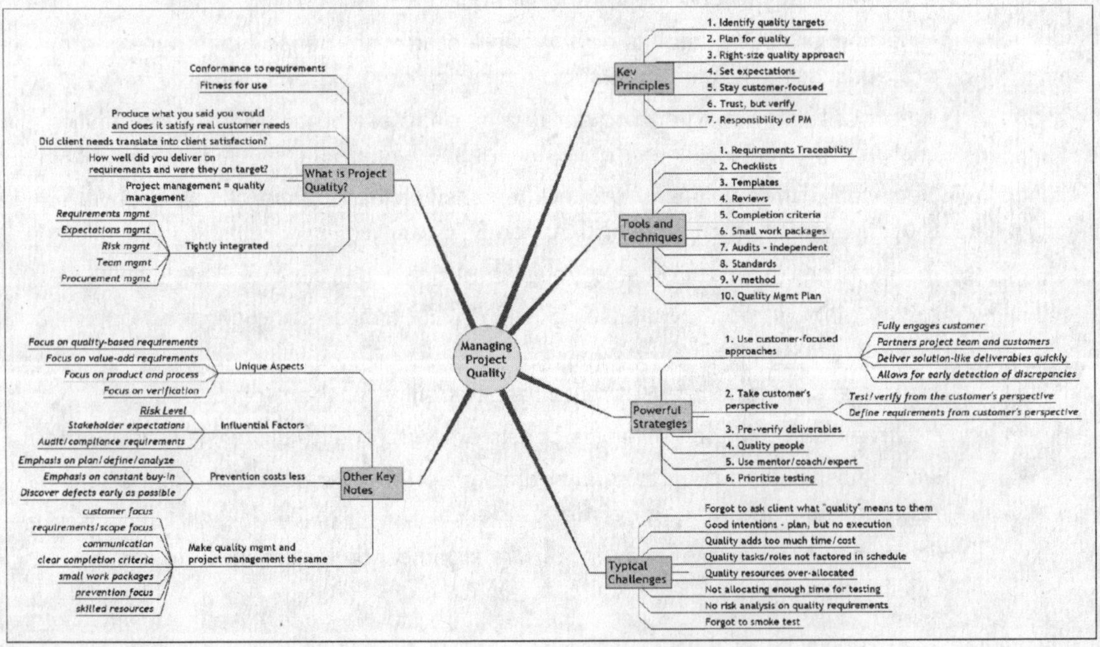


**FIGURE 15.2**

*Overview of managing project quality.*

## IN THIS CHAPTER

- Understand why project leadership is important
- Understand the difference between managing and leading a project
- Understand why "old-school" management approaches don't usually work on projects
- Review the common behaviors of effective project leaders
- Understand where leadership is needed on a project
- Discover the 12 secrets to better project leadership
- Understand why a servant leadership approach gives you the best chance of doing the right work, the right way, for the right people

16

# LEADING A PROJECT

Why do we include a chapter on leading a project when most introductory project management books won't go near it? Quite simply, a person "manages" processes but "leads" people…and people accomplish projects. Although the skill set for effective project management consists of the project management fundamentals discussed so far in this book (along with general business management, communication, and technical skills mentioned in Chapter 2, "The Project Manager"), they are all interlaced with leadership skills as depicted in Figure 16.1.

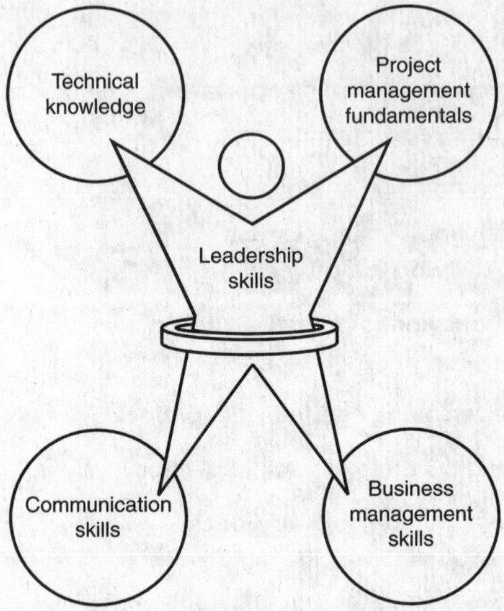


**FIGURE 16.1**

*Integration of leadership skills.*

In today's world, there is an overwhelming need for individuals who can serve both as project manager and project leader, yet it is a challenge to find individuals who can perform both roles effectively. Why is this? In general, it's the difference between the art and the science of project management—the difference between the soft skills and the hard skills and knowing how much of which one to apply. And on many unfortunate projects, the lack of leadership or the use of an ineffective leadership approach actually creates problems that did not otherwise exist.

In this chapter, we review the aspects of a project that need leadership and how leading a project is different from managing a project. In addition, we explore the key components of project leadership, the power of the servant leadership approach, and the common traits of effective project leaders. With this awareness and understanding, you will be much more prepared to serve as both project manager and project leader, even on your first assignment.

## More Than Managing

The process of leading a project is more than managing the project. The process of leading a project entails the approach utilized to guide the people involved (team, stakeholders, organization) toward the accomplishment of the project's objectives. This process involves your mindset and leverages key skills such as dedication, interpersonal, adaptability, and customer orientation. If we look back at Chapter 2, many of the roles a project manager performs involve leadership, including the following:

- **Planner**—Ensures the project is defined properly and completely for success, all stakeholders are engaged, work effort approach is determined, and processes are in place to properly execute and control the project.
- **Point Person**—Serves as the central point of contact for all oral and written project communications to key stakeholders.
- **Facilitator**—Ensures that stakeholders and team members from different perspectives understand each other and work together to accomplish the project goals.
- **Aligner**—Gains agreement from the stakeholders on project definition, success criteria, and approach; manages stakeholder expectations throughout the project while managing the competing demands of time, cost, and quality; gains agreement on resource decisions and issue resolution action steps.
- **Problem Solver**—Utilizes root-cause analysis process experience, prior project experiences, and technical knowledge to resolve unforeseen technical issues and take any necessary corrective actions.
- **Umbrella**—Works to shield the project team from the politics and noise surrounding the project, so they can stay focused and productive.
- **Coach**—Determines and communicates the role each team member plays and the importance of that role to the project success, finds ways to motivate each team member, looks for ways to improve the skills of each team member, and provides constructive and timely feedback on individual performances.
- **Salesperson**—This role is focused on selling the benefits of the project to the organization, serving as a change agent, and inspiring team members to meet project goals and overcome project challenges.

In addition, many qualities of successful project managers described in Chapter 2 have strong leadership elements, including the following:

- **Takes ownership**—Takes responsibility and accountability for the project; leads by example; brings energy and drive to the project; without this attitude, all the skills and techniques in the world will only get you so far.

- **Savvy**—Understands people and the dynamics of the organization, navigates tricky politics; ability to quickly read emotionally charged situations; thinks fast on the feet; builds relationships; and leverages personal power for benefit of the project.
- **Intensity with a smile**—Balances an assertive, resilient, tenacious, results-oriented focus with a style that makes people want to help; consistently follows up on everything and their resolutions without annoying everyone.
- **Eye of the storm**—Demonstrates ability to be the calm eye of the project hurricane; high tolerance for ambiguity; takes the heat from key stakeholders (CxOs, business managers, and project team); exhibits a calm, confident aura when others are showing signs of issue or project stress.
- **Strong customer-service orientation**—Demonstrates ability to see each stakeholder's perspective, ability to provide voice of all key stakeholders (especially the sponsor) to the project team, strong facilitation and collaboration skills, and excellent active listening skills.
- **People-focused**—Understands that methodology, process, and tools are important, but without quality people it's very difficult to complete a project successfully; acts ethically; protects his team; and takes a teaching approach.
- **Always keeps eye on the ball**—Stays focused on the project goals and objectives. There are many ways to accomplish a given objective, which is especially important to remember when things don't go as planned.
- **Controlled passion**—Balances passion for completing the project objectives with a healthy detached perspective. This allows the project manager to make better decisions, to continue to see all points of view, and to better anticipate risks.
- **Context understanding**—Understands the context of the project—the priority that your project has among the organization's portfolio of projects and how it aligns with the overall goals of the organization.
- **Looking for trouble**—Constantly looking and listening for potential risks, issues, or obstacles; confronts doubt head-on; deals with disgruntled users right away; understands that most of these situations are opportunities and can be resolved upfront before they become full-scale crisis points.

# Where Is Leadership Needed on a Project?

There are three key points to know about leading a project:

1. There are many aspects of project leadership.
2. The project manager is not the sole provider of project leadership.
3. Specific leadership providers vary depending on the project environment.

To clarify this idea, let's take a look at project areas where leadership is needed and who could provide it in Table 16.1.

**TABLE 16.1** Project Leadership Areas

| Project Area | Leadership Provided By |
|---|---|
| Direction and plan | Project sponsor<br>Senior management<br>Project manager<br>Technical leader(s) |
| Organizational influence | Project sponsor<br>Senior management<br>Project manager<br>Technical leader(s) |
| Commitment | Project sponsor<br>Senior management<br>Project manager<br>Project team |
| Stakeholder expectations | Project manager<br>Project sponsor<br>Senior management |
| Facilitation | Project manager |
| Communications point | Project manager<br>Team leader(s) |
| Project team | Project manager<br>Team leader(s)<br>Technical leader(s) |

| Project Area | Leadership Provided By |
|---|---|
| Conflict resolution | Project manager |
| | Team leader(s) |
| Managing business change | Project sponsor |
| | Senior management |
| | Project manager |
| Technical issues | Project manager |
| | Technical leader(s) |
| Business issues | Project sponsor |
| | Senior management |
| | Project manager |
| | Team leader(s) |
| Managing risks | Project sponsor |
| | Senior management |
| | Project manager |
| | Team leader(s) |
| | Technical leader(s) |

We explore more about managing stakeholder expectations, managing project communications, and building an effective project team in greater detail in Chapters 17, 18, and 19, respectively.

**TIP** The ability to effectively communicate (in all forms) is a fundamental skill for project leadership.

## Twelve Keys to Better Project Leadership

In the modern world of projects, project leaders cannot rely on position power or traditional, autocratic leadership approaches to get the job done. To guide a group of unfamiliar project stakeholders and project team members to accomplish something that has not been done before, you must rely on a different set of skills and leadership principles. As we review the 12 keys to more effective project leadership, please remember this is not an all-or-nothing deal—it is a continuum. The more of these that you demonstrate, the better leader you will likely be.

1. **It's about the people**—There are those who maintain that project management is about managing a process (or a workplan) and not about managing people. Are they serious? Who does the work? People. An effective project leader takes a holistic view that puts people first. This approach results in a focus on establishing and building relationships and a focus on gaining an authentic understanding and buy-in from each stakeholder.
2. **Visualize the goal...and the way there**—This is the traditional leadership ability of providing direction to the team. Not only does a project leader need to clearly see the end and be able to create this picture for everyone else, but they must also understand how the team is going to get there. The ability to see this big picture is vital to keeping the project focused on its primary objectives.
3. **See with "their" eyes**—A skill that is not natural for many, but an invaluable one if you can do it. Look at your project from the perspective of the other stakeholders. What do they see? What are they thinking? What do they need? This ability to take another's perspective is foundational to building better relationships, developing requirements, managing communications, managing expectations, and building a productive project team.
4. **Earn their trust**—Effective leaders are trusted by senior management to do the right thing and get the job done. They are trusted by other stakeholders because they manage with integrity and consistently seek win-win scenarios to any project challenge.

**TIP** Be the first to take responsibility and the last to take credit.

5. **Earn their respect**—How do you earn the respect of project stakeholders when you do not have position power? There are four key behaviors that affect the level of respect granted you by project stakeholders:
   - **Show respect**—First of all, show respect to each person you are dealing with. Listen to them—I mean, really listen to them, respect their time, and respect their knowledge, experience, and perspectives.
   - **Be real**—Deal with reality, not what it should be or could be. Your willingness to acknowledge and confront the realities of the project will be key to your overall effectiveness.

- **Be fair**—People might not always like final decisions, but they will respect the decision and you if they feel you handled the situation in a fair manner. An approach to team management, decision-making, and conflict resolution that emphasizes fairness is key to earning the respect of others.
- **Be consistent**—Lead by example, stick with your decisions, maintain your principles, do what you say you are going to do, and be emotionally steady.

6. **Facilitate progress**—As a project leader, you are focused on accomplishing the project objectives, and you realize that one of the most important jobs you have is to make it as easy as possible for your team to complete its work. How do you do this? Think of yourself as a conduit for progress, an enabler, a productivity enhancer. Some key actions include the following:
   - Anticipate issues, work to prevent them, and confront and resolve the ones that do occur—quickly
   - Create an open and honest team environment where members are encouraged and comfortable to exchange their thoughts and ideas
   - Facilitate the decision-making process
   - Get needed information quickly
   - Ensure the team has the structure, process, and tools to be as productive as possible
   - Work to reduce the doubt and uncertainty factor for others
7. **Take ownership**—Let there be no doubt in anyone's mind who is responsible for this project. An ownership mindset manifests itself in a persistent, results-focused, no-excuses attitude that is undeniable and contagious to the other team members.
8. **Be resilient**—Like the proverbial willow tree that shows its true strength when confronted with a ferocious wind, a project leader is able to quickly adapt his approach and style to best meet the needs of the project. Through a creative and flexible mindset, a project leader understands that there are many ways to achieve the targeted goals and works to make it happen.

9. **Be a teacher**—A great model for the modern project manager is that of a teacher. In many situations, you are literally educating all stakeholders regarding their roles and responsibilities in a project approach. But in all project situations, taking a teaching mentality—a mindset that sincerely wants others to learn, grow, and improve—rather than a judgmental view will be paramount to your leadership effectiveness.
10. **Strive for excellence**—An important trait of effective project leaders is their ability to create confidence that the project will be well managed and that it will accomplish its goals. How do you do this? Be very good at what you do, know what you are doing—exude competence and professionalism (note—I did not say arrogance). The three simple keys here are be prepared, be organized, and never stop learning and improving.
11. **Compensate for weaknesses**—A leader is humble enough, has enough self-awareness, and is team focused enough to recognize personal weaknesses. From this recognition, the leader then builds a team and delegates responsibilities to properly compensate. Again, it is difficult to be proficient at everything, and it is much easier to leverage the strengths of yourself and of your team to get the job done.
12. **Showcase self-control**—As a rule, most effective project leaders are models of self-control. They are consistent and positive in their behaviors and are generally immune from egocentric approaches and significant shifts or swings in their emotional stability (especially negative ones). In addition, they are able to remain calm under pressure and serve as a model for others during stressful times.

Depending on your experiences, organizational culture, and education, these project leadership keys might seem perfectly natural to you or they might seem like the ramblings of academia management theory. In either case, I can attest that each is important to your ongoing project leadership effectiveness.

**NOTE** The servant leadership approach to project management gives you the best chance of doing the right work, the right way, for the right people.

**TIP** When dealing with people, nothing beats a face-to-face meeting and a humble spirit.

# Power of Servant Leadership Approach

Although we discussed numerous project leadership keys in the previous section, it really boils down to a simple, practical mindset that drives the thoughts, words, and actions of an effective project leader. It is a mindset of "service first" and not "me first." Personally, I had served as a project manager for many years before I ever learned that there was a name for the natural approach that I took to managing projects. The approach is called servant leadership, and it was popularized by Robert Greenleaf in 1970 in his book *The Servant as Leader*. Since then, the philosophy of servant leadership has been steadily growing in popularity and now serves as the foundation for most modern leadership training programs.

One of the main reasons I took this type of approach naturally is because it just made sense. In a project environment, where you are stakeholder-focused, where you must rely on yourself, where you must effectively relate to others to get work done, and where you must completely understand the needs and requirements of your customers to deliver the proper solution, it just seems to be a very practical path to take.

To me, it is a synergistic approach for any organization (or project) that values strong customer-service and team-focused approaches in their leaders.

To better illustrate what is meant by a servant leadership approach, and why I think this approach gives you the best chance of doing the right work, the right way, for the right people on your project, let's look at the prominent characteristics of this philosophy:

- Asserts a strong service orientation; lead by expanding service to others
- Emphasizes listening, patience, respect, and responsiveness
- Takes the perspective of others; maintains the best interest of others
- Accepts responsibility; takes initiative
- Encourages collaboration and trust; empowers individuals
- Seeks growth and improvement in all team members, organization, and community
- Solicits input and feedback from all stakeholders, especially in the decision-making process
- Insists on the use of skills to influence and persuade, not manipulate
- Spotlights a strong integrity principle—the ethical use of power

Again, like all project management and leadership skills, a servant-leadership mindset is not an all-or-nothing approach. It is a spectrum between a total egocentric, leader-first mindset on one end and a complete servant-first thought pattern on the other end. The goal is to do your best, continue to learn, and work to improve over time, just as you do with the other skill set areas.

## THE ABSOLUTE MINIMUM

At this point, you should have a solid understanding of the following:

- You lead people but manage processes.
- All project management skill sets are interlaced with leadership skills.
- Project leadership is not the sole domain of the project manager.
- The 12 keys to better project leadership include the following:
  - Focus on the people
  - Provide a clear picture of the project goals and how to get there
  - Look at the project from the perspective of the other stakeholders
  - Earn their trust
  - Earn their respect
  - Facilitate progress
  - Take ownership and responsibility
  - Be resilient, adaptable, and flexible
  - Be a teacher
  - Strive for excellence
  - Compensate for any weaknesses
  - Demonstrate self-control
- A servant-leadership approach to project management is a practical, common-sense mindset that gives you the best opportunity for project success.
- For more information on servant leadership, check out the Greenleaf Center for Servant Leadership at www.greenleaf.org.

Figure 16.2 summarizes the main points reviewed in this chapter.

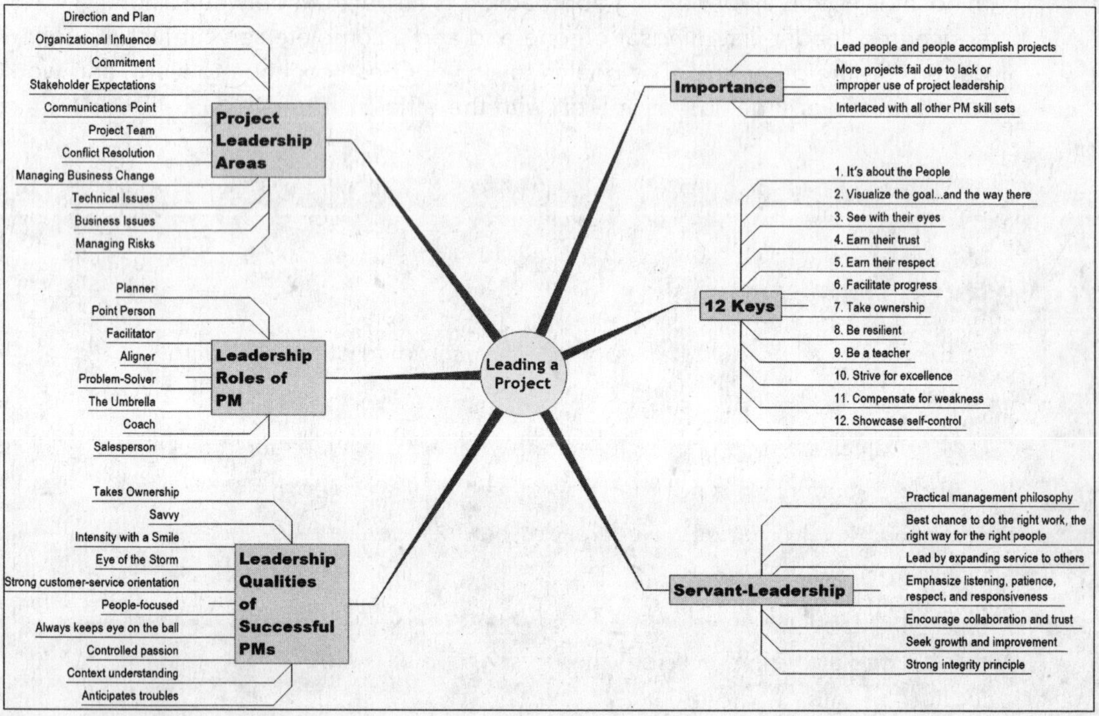


**FIGURE 16.2**

*Overview of leading a project.*

IN THIS CHAPTER

- Understand why effective communications are so important
- Discover what makes effective project communications difficult
- Learn the key principles of managing project communications
- Understand what factors affect project communications the most
- Review the key interpersonal skills utilized by effective communicators
- Learn the best techniques for communications plan, meetings, and status reporting

17

# MANAGING PROJECT COMMUNICATIONS

Communication is the fuel that drives project success, and the mishandling of it is a top-five reason why projects struggle. You've likely heard this mantra before, but what does this really mean, why is it true, and more importantly, how do we handle our project communications effectively?

In this chapter, we answer these questions, review what we mean by project communications, think about why effective communication cannot be taken for granted, and study the key principles and best practices leveraged by effective communicators. With this knowledge, you will greatly increase your own personal effectiveness and position your project for the best outcome possible.

**NOTE** Per PMI (Project Management Institute), project managers should spend 90% of their time communicating.

# What Are Project Communications?

The communications of a project include all means and manners by which the project interacts with all its stakeholders. This not only includes the standard, formal communication items such as

- Status reports
- Progress review meetings
- Kickoff meetings
- Executive reports
- Presentations
- Financial reports
- Government (or external agency) reports
- Issue logs
- Risk logs
- Change request logs
- Role-responsibility matrix
- Project organization chart
- Any project meeting (in any form/option)
- Any project deliverable
- Project collaboration tools

It can also include organizational change management communications, such as

- Project name/identity
- Project website (portal)
- Enterprise social networking platforms
- Organizational change management plan

- Frequently Asked Questions (FAQs) references
- Awareness campaigns
- Newsletters
- Public relations notices
- Roadshows
- One-on-one meetings with key stakeholders

Although the nature of your individual project (number and type of stakeholders, location of stakeholders, and overall project risk level) dictates how many of these elements are part of your project, the next set of project communications is included on every project, and is likely the most important part of project communications: the day-to-day, interpersonal communications that occur between the project team and the project stakeholders. This includes interactions in the following forms, plus others:

- Face-to-face
- Telephone
- Email
- Instant messaging (individual or group)
- Voice mail
- Texting
- Conferencing (audio, web, or video)
- Meetings
- Team collaboration tools

Later in this chapter, we review simple but powerful tips to improve your interpersonal communication skills, and we review important reminders to help you choose the best medium/tool for your desired message.

**NOTE** Solid project managers know there are two skills that will carry them in almost any project situation: organization and communication.

# The Importance of Project Communications

Project communications are not only important for the obvious reason—keeping individual stakeholders properly and consistently informed on the status, progress, and impact of the project—they are a key determinant factor to the overall success of the project. Why is this? Here are a few key reasons:

- **Managing expectations**—We discuss managing expectations in greater detail in the next chapter, but for now, we'll just say that the quality and effectiveness of your communications will have a tremendous impact on stakeholder perceptions regarding the project and your role as a leader.
- **Managing the project team**—Your ability to communicate is the prominent factor affecting how well you manage and lead the core project team.
- **Reducing conflicts**—There are enough challenges executing your average project with the customary time, fiscal, and resource constraints without adding unnecessary conflicts that result from misperceptions, lack of information, or nonexistent issues. All of which result from ineffective communications.
- **Saving grace**—Solid project managers know there are two skills that will carry them in almost any project situation: organization and communication. Being excellent in these areas, especially project communications, will compensate for shortcomings in almost every other area.

# Why Communicating Can Be Tough

Before we review key principles and best practices, let's make sure we understand why we cannot take communications for granted. On one hand, we know instinctively that there are many factors that impact the communications process—primarily because we live it every waking minute. On the other hand, many of us don't seem to incorporate this reality into how we communicate.

The goal of any communication is to have the receiver end up with an understanding (resulting perception) that equals the meaning intended by the sender (intended message). It sounds so simple, doesn't it? Yet, as Figure 17.1 depicts, there are many challenges facing the accomplishment of this simple goal.

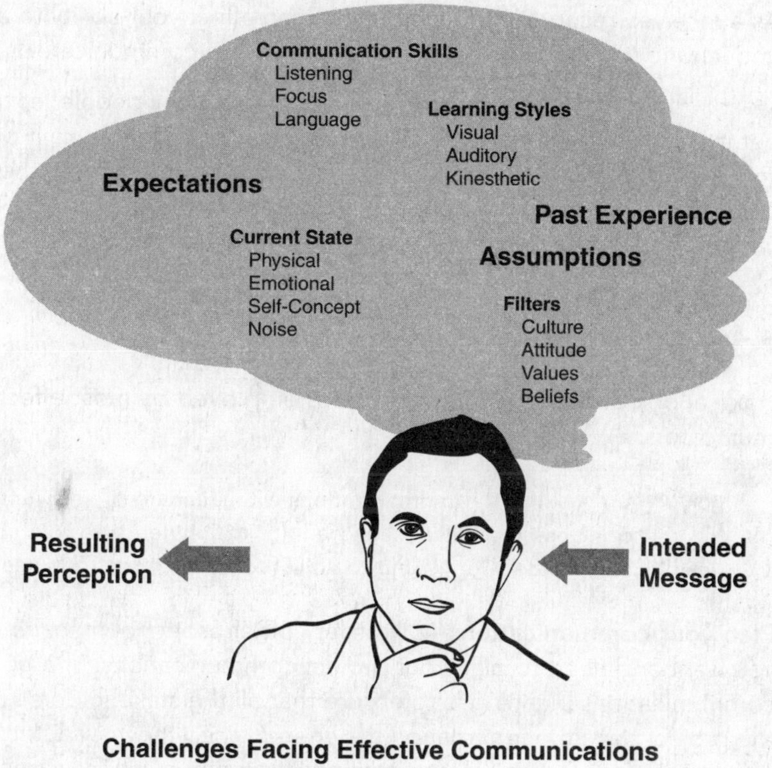


**FIGURE 17.1**

*Challenges facing effective communications.*

For any message to accomplish its goal, it must clear two key hurdles. First, it must register with the receiver—it must hit their radar screen. Depending on the current state of the receiver (physical state, emotional state), other things happening in the environment (noise), and ability of the receiver to focus and listen to the message, this may or may not occur. Second, if it does land on the receiver's radar screen, the message must then pass through a series of filters in the receiver's mind, including past experiences, assumptions, expectations, culture influences, values, and beliefs. And then, even when the message clears these two primary hurdles without significant distortion, the receiver's general ability to decode the message will vary depending on their natural learning style (such as auditory, visual, or kinesthetic). Heck, when you think about it, it's a wonder we ever clearly communicate anything.

So why bring all this up? Three reasons:

1. As a sender, recognize that successfully getting your message across is not trivial and cannot be assumed.

2. As a receiver, recognize the factors that can affect your ability to accurately understand (or hear) what the sender is trying to communicate.
3. Most importantly, it gives your ego an out. Too many people let their egos get in the way of improving their communications. Don't take it personally if you are not understood the first time. As we have mentioned, there are many challenges. The more you can take your ego out of the equation and focus on understanding, the better your communication abilities will become.

## Seven Powerful Principles

Let's take a look at the seven key principles employed by most effective project communicators:

**CAUTION** In organizations with standard project reports, don't assume these meet the information needs of your individual stakeholders. Be willing to adjust to better meet their needs.

1. **Plan your communications**—Like every other aspect of managing projects, you want and need to plan your project communications. The goal of communications planning is to ensure that all the stakeholders involved in the project have the information they need, when they need it, to fulfill their responsibilities. The key factors that affect communications planning and the communication requirements for a project include the following:
    - Sponsoring organizational structure
    - Results of stakeholder analysis
    - Reporting relationships
    - Functional areas involved in the project
    - Number of people involved in the project
    - Physical location of the project stakeholder
    - Information needs of each stakeholder
    - Experience level of project team members
    - Availability of technology
    - Immediacy and frequency of information needs
    - Desired form of project communications
    - Expected length of the project

- Organizational risk level of project
- Expected change impact on end users
- Organizational culture
- Level of external communications needed
- Procurement contracts
- Any constraints advised by legal counsel

After the specific communication requirements are determined for your project, make sure to do these two things:

- Document this information in a project communications management plan.
- Ensure that all formal project communications (and the work to produce them) is included in the WBS and project schedule.

2. **Remember the basics**—The three most powerful communication techniques are also the simplest. Why are these techniques powerful? They work and most people don't do them, so the contrast is very noticeable.
   - **Make it a high priority**—Don't shortcut project communications; show respect for stakeholders.
   - **Use your manners**—Be polite; show appreciation and gratitude.
   - **Follow through**—If you say you are going to do something, do it.
3. **Five Cs of communication**—Keep the five Cs in mind when composing or delivering any project communication:
   - **Clear**—State the subject; stay on subject; hold the receiver's hand through the message; use appropriate terms.
   - **Concise**—Get to the point; limit scope of the message.
   - **Courteous**—Be polite; watch your tone.
   - **Consistent**—Use appropriate tone, medium for intended message; all message elements should support intended meaning.
   - **Compelling**—Give them a reason to pay attention.
4. **Take responsibility for understanding**—This hits at the mindset you need for effective communications. Key points include the following:
   - Invest the effort, patience, and determination to make sure you are clearly understood.

- Employ effective listening skills to ensure you have clearly understood what the other person has intended.
- Use the communication medium that is the best fit for the intended audience. Be flexible.
- Tailor your communications content to best fit the information needs of each target audience (project team, customers, senior management, or personnel management).
- Pay attention. Notice the feedback. If what you are doing is not working, be willing to adjust.
- Don't assume understanding—always clarify, ask questions, verify. Focus on taking the other person's perspective in all communications.

5. **Build relationships**—Effective communicators know that the bridge between people is built on trust, rapport, and personal connection. Be eager and willing to invest the time to build one-on-one relationships with your key stakeholders, especially early in the project. In addition, a relationship focus helps create an open and honest environment, which is better suited for dealing with natural project challenges.

> **TIP** Responsibility for project communications is an excellent project management apprentice opportunity.

6. **Be proactive**—Another key mindset and approach principle. Your enemies in project communications are surprise, doubt, and uncertainty. Per the communications plan, keep your targeted audiences informed on a consistent basis. Anticipate any additional information needs. Never leave stakeholders wondering or needing to call you first.
7. **People and politics go together**—Another name for this is "don't be naïve." Effective communicators demonstrate an understanding and savviness for the political nature of the project environment. They understand the political implications of any potential communication and make sure to look at it from other perspectives before delivering the intended message.

> **TIP** Send emails to stakeholders that contain direct URL links to the targeted project communication.

# Best Practices of Effective Project Communicators

To better understand these communication principles and improve your communication abilities, let's review the common best practices used by effective project communicators. We'll look at general communications management, status reports, conducting meetings, interpersonal skills, and the best use of the common communication media.

## General Communications Management

First, review the best practices of general project communications management.

- **Assign a point person**—To ensure quality and consistency in project communications, make sure to assign specific project team members accountable for official project communications. On most projects, you (the project manager) will serve as the communications point. However, on larger projects, you might need to delegate responsibility for certain communication items or for communication to targeted stakeholders. This might include working closely with the company's human resources, marketing, or corporate communications departments.
- **Leverage natural strengths**—Although you will always need to leverage many communication forms and media, take advantage of any natural communications strengths you might possess and use the other methods to support those strengths.

**NOTE** Researchers believe 50%–90% of a message is conveyed via nonverbal means (cues, signals, and symbols). Thus, the more nonverbal language present, the richer the communication.

- **Perform stakeholder analysis**—As part of your communications planning, perform a stakeholder analysis. This analysis should provide insights into the needs and motivations of each stakeholder. In addition, use this assessment to validate what type of project communications are needed to properly support each stakeholder audience and manage their expectations.

**TIP** Set up distribution lists (voice mail, email, group messaging, and collaboration portals) to streamline communicating with project team members and project stakeholders.

- **Use push and pull**—Effective project communicators use both push (send it to them) and pull (make it available to them) communication methods. With the advent of central project repositories, the pull method has experienced growing popularity. Although the use of this method is excellent for anytime, on-demand information needs by stakeholders, do not rely on it for important or urgent project communications. Make sure to send (push) any important, urgent project communications directly to the targeted stakeholders. In addition, if you are using team collaboration technologies (such as SharePoint), you can leverage both push and pull methods simultaneously by having stakeholders subscribe to alerts that notify them automatically (push) if there is an update to a given artifact. The alert contains a link that the stakeholder can use to access the targeted artifact (pull).

**CAUTION** Closely monitor how any pull communications are working. If stakeholders are not staying informed or engaged in a timely manner, guide them to push communication methods and/or signing up for alerts.

- **Make it easy**—If you want to score big points with your stakeholders, make it easy on them to understand what you are sending them (provide summaries) or asking them to do (provide context and purpose). Don't make them search for things (include referenced items with your communication). Your stakeholders are busy with many tasks and priorities, and they don't enjoy feeling confused and unsure. Any efforts you make that enable them to quickly understand what you're delivering or what you're asking them to do will always be appreciated, and these efforts will increase your value to the overall project.

**TIP** Send project documents as PDF files to reduce potential conflicts with software tools, minimize the size of email attachments, and to protect communication content.

- **Keep the information flowing**—A simple but powerful service provided by many effective project communicators is to make sure the right people have the right information to perform their roles. In many organizations, information tends to not flow easily from one group to another. An effective project manager looks for these bottleneck points and simply acts as a conduit for better information flow.
- **Take communication decisions seriously**—Consider your relationship, the message content, and available media options when making any communication decision. In general, certain communication options are better for different types of situations, and effective communicators choose wisely.

- **Confirm technology and user training**—Always ensure that the technologies to be used for your particular communication are working properly and that the affected stakeholders understand how to leverage them correctly.

## Communications Options

Now more than ever, many communication mediums are available to your project. To best manage project communications, you need to understand the strengths and limits of each option, so that you use the medium that is most appropriate for the type of relationship you have with the targeted audience and for the content of the message. The right choices can improve project productivity, facilitate open communications, and build stronger stakeholder relationships. The wrong choices create misperceptions, confusion, and weaker stakeholder relationships.

To assist your communications decision making, Table 17.1 reviews the best uses and important notes for the common communication options.

**NOTE** The trend to leverage online team collaboration tools and enterprise social networking tools to manage project communications will continue to grow.

**TIP** Whenever possible, ensure that any project communication method and tool supports the ability to securely access information anytime from anywhere using the common technology platforms (such as smartphones, tablets, laptops, and so on) leveraged by the project stakeholders.

**CAUTION** Be wary of the use of unsecured communication tools by project team members while conducting project work/business, especially where there are any possible confidentiality concerns/risks.

**TIP** Establishing and building stakeholder relationships is a higher priority than enforcing a strict meeting protocol.

**NOTE** Effective interpersonal skills are a trademark of servant leaders.

**TABLE 17.1** Summary of Project Communication Options

| Communication Option | Best Use(s) | Important Notes |
|---|---|---|
| Face-to-Face | Best method to start business relationships and earn trust.<br>Best for sensitive, interpersonal, or difficult messages.<br>Best for communicating emotional and nonverbal messages. | Richest, most efficient method.<br>Only way to do business in many cultures.<br>"Showing up" demonstrates commitment. |
| Videoconferencing | Best substitute for face-to-face meetings. | Increasing availability thru web conferencing tools.<br>Make sure technology works in advance.<br>Reduces meeting participants' ability to multitask during meeting. |
| Direct Audio (Telephone) | When interactive conversation is needed.<br>When visual communication is not needed.<br>When urgency is important.<br>When privacy is important. | If placed on speaker phone, assume there are others in the room. |
| Voice Mail | Short messages.<br>When common message needs to be sent to multiple people.<br>When targeted stakeholder is auditory-oriented or is inundated with email. | If lengthy message, summarize message content up front.<br>Avoid for controversial or sensitive communications.<br>Make sure stakeholder checks voice mail regularly. |
| Electronic Mail | When common message needs to be sent to multiple people.<br>When targeted stakeholder is visually oriented or prefers email communications.<br>When communication record is needed. | See the section "Tips for Email (and Other Text-Only) Communications." |

| Communication Option | Best Use(s) | Important Notes |
|---|---|---|
| Instant Messaging | For daily interactions of project team.<br>For virtual project teams.<br>Group/team IM tools can facilitate team collaboration. | Helps to build community and project team intimacy.<br>Not appropriate for formal work relationships.<br>Keeps the office quieter.<br>Most group/team IM tools can record discussions.<br>Monitor privacy and confidentiality concerns. |
| Texting | When brief, one-on-one information needs to be shared between people where informal, friendly relation is established.<br>When immediate response is not needed.<br>When communication does not warrant a phone call or people cannot take or receive a phone call. | Although technology is improving, you should not assume message is always received or received in correct order (if more than 140 characters). |
| Audio Conferencing | When group collaboration is needed and face-to-face meeting is not possible.<br>When a desktop or document does not need to be shared in real time. | More social presence than email or IM.<br>Allows participants to multitask and do other things, which makes level-of-engagement and meeting quality an ongoing project risk.<br>Most web conferencing tools provide audio too.<br>Most systems allow conference to be recorded. |
| Web Conferencing with Audio | When group collaboration is needed and face-to-face meeting is not possible.<br>When data or presentation needs to be shared.<br>Virtual training sessions. | Same challenges as audio conferencing.<br>Invest more prep time on technology readiness and training.<br>Able to record questions.<br>Record and make available for later access. |

| Communication Option | Best Use(s) | Important Notes |
|---|---|---|
| Web Conferencing with Video | When visible group collaboration is needed and face-to-face meeting is not possible.<br>When facial expressions and/or nonverbal communications need to be visible.<br>When data or presentation needs to be shared. | Participants need enough privacy and environment control to allow for video cameras.<br>Ensures higher level of engagement and participation; reduces multitasking.<br>Invest more prep time on technology readiness and training.<br>Record and make available for later access. |
| Project/Team Collaboration Tools | When ongoing group collaborations on work products or topic discussions need to be documented. | Builds community and project team intimacy. |
| Social Networking Tools | When project information needs to be shared outside of core working team.<br>When a sense of community needs to be established or improved, especially for external stakeholders.<br>When quick, real-time feedback is needed from external stakeholders to facilitate project decisions. | Must determine use level of social networking tools by targeted audiences (comfort, frequency, and so on).<br>Enterprise social networking tools (such as Yammer) can be used when access to project information must be secured and limited to authorized users. |

## Tips for Email (and Other Text-Only) Communications

In the world of project collaboration and social networking tools, email might seem downright archaic, but there are reasons why it is still around, especially in the business world. Everyone uses it, especially senior management; it's more private; it provides a searchable and retrievable record of your communications; it enables you to send a communication without interrupting the recipient and enables this person to respond at a time that is convenient; and most people can get to their email from anywhere (given the increased use of smartphones and other mobile devices). That being said, review the following key tips that will improve the quality of your email (and perhaps other text-only) communications:

- Use email when a message needs to be communicated consistently to more than one stakeholder.

- Limit use of email for work product reviews, other collaboration activities, and topic discussions, especially when you're using team collaboration tools.
- Avoid use of text-only communication for controversial or sensitive communications.
- Do not send text-only communication when you are feeling negative emotions.
- Clarify how frequently the intended recipient checks and responds to email.
- Gauge and clarify the organizational culture for email communications.
- Clarify how supporting materials should be handled (sent as attachments, direct links to materials on project repository, and so on).
- Avoid lengthy emails whenever possible.
- If a lengthy message is required, summarize content upfront, and highlight any actions that you are requesting.
- Use the subject line effectively—ensure it is consistent with topic/focus of message, and use it to highlight action needed.
- Use numbered lists to assist replies and references to original message topics…avoid using bullets.
- Limit the use of the carbon copy (Cc:) function to those who truly need to have awareness of the message or those who have requested to be copied.
- Use the blind carbon copy (Bcc:) function when you need to protect the privacy of distribution group membership.
- If written communications are not your strength, consider delegating important project communications to someone on the team who is skilled in this area.
- Although email, text messaging, and instant messaging are more direct and more private than project collaboration and social networking sites, do not forget that any text-only communication can be printed, read over someone's shoulder, and forwarded.

## Status Reporting

The following are the best status reporting practices of effective project communicators:

- **Be consistent**—Provide progress status reports on a consistent, regular basis as defined in the project communications plan.

- **Target reports**—Provide the appropriate level of detail for the targeted audience.
- **Use bullets and numbered lists**—Use bullet points and numbered lists to summarize key facts; keep it short; enable the reader to quickly gauge the state of the project.
- **Employ visuals**—Because most people are visual learners and most senior management types need to get a thorough understanding of project status and/or the project issue quickly, look for opportunities to provide information in a visual format.
- **Use color-coding**—If not defined for the organization, establish three general threshold levels for key project metrics and critical success factors. For each level, associate the appropriate stoplight color: green, yellow, or red. Then use these colors to communicate the health of each key project metric on the status report. This enables senior management to get a quick reading on the project's health.
- **Leverage exception-based approach**—Use the main (first part) of the status report to highlight any exceptions or variances to the project plan. Then provide details in the appendix section. This format should enable you to provide one status report that meets the needs of most, if not all, of your key stakeholders.

## Meetings

The best meeting practices of effective project communicators include the following:

- **Know your game plan**—Determine the overall goal and objectives for the meeting; invite the right people; structure the meeting appropriately; determine what preparation is needed by the meeting participants to make the meeting useful.
- **Post an agenda**—Whenever possible, post an agenda in advance of the meeting. In either case, make sure to review the agenda at the start of the meeting and check whether any modifications are needed.
- **Facilitate**—Be the meeting director. Review and set meeting context; review meeting ground rules upfront; keep everyone engaged; keep the meeting flowing; solicit feedback; summarize key points; seek consensus.
- **Stay on track**—Keep the meeting on topic; set time limits (timebox) for agenda items; watch out for trying to solve problems in meetings—schedule a follow-up meeting instead.

- **Leverage conferencing tools**—When some people are participating virtually, leverage combinations of audio, video, and web conferencing tools to improve meeting quality.
- **Take notes**—Delegate someone to take notes of meeting decisions and action items.
- **Attain closure**—Before adjourning the meeting, review all action items (including responsible owners and targeted completion times), summarize meeting results, schedule any necessary follow-up meetings, and thank attendees for their active participation and time.
- **Post minutes**—Distribute (post) meeting minutes to meeting participants and affected parties within 24 hours of the meeting whenever possible. If action is required from non-attendees, seek their commitment before distributing minutes, or note items on which they have not been consulted.

## Interpersonal Skills

The next set of best practices is likely the most important because it impacts the quality of all your project communications—the formal and the more frequent day-to-day interpersonal communications that occur between the project team and the project stakeholders. The following list notes the key interpersonal skills demonstrated by effective communicators:

- Listen with a purpose.
- Be humble.
- Think before responding.
- Take their perspective.
- Don't be judgmental.
- Be interested in others.
- Seek to understand what they do, why they do it, and what pains they are experiencing.
- Validate perceptions before responding.
- Show appreciation for their time and contributions.
- Ask questions to confirm and improve your understanding.
- Summarize what the speaker said.
- Make people feel heard.

Focus on building relationships.

Stay in control of your emotions.

Dont assume that a negative response by others is personalmost of the time its not.

Avoid interrupting, if at all possible.

Validate that you are being understood.

Avoid terms and tones that imply judgment, guilt, or wrongdoing on other parties.

## THE ABSOLUTE MINIMUM

At this point, you should have a solid understanding of the following:

Effective communications are important to managing perceptions, managing expectations, managing the project team, reducing conflicts, and overcoming any project management gap in other areas.

The five Cs of effective communications are clear, concise, courteous, consistent, and compelling.

The most important communication skill is listening.

The three most powerful communication techniques are also the simplest: Give it your full attention, use your manners, and follow through.

Always match the communication tool/method with the message content, purpose, and audience.

Consistently strive to improve the effectiveness of email communications.

The most important mindset trait for effective communications is taking responsibility for understanding.

Leverage web conferencing tools to improve the quality of virtual team meetings.

Check out meeting collaboration tools, such as MindManager at www.mindjet.com, to enhance your meeting management processes.

The map in Figure 17.2 summarizes the main points reviewed in this chapter.

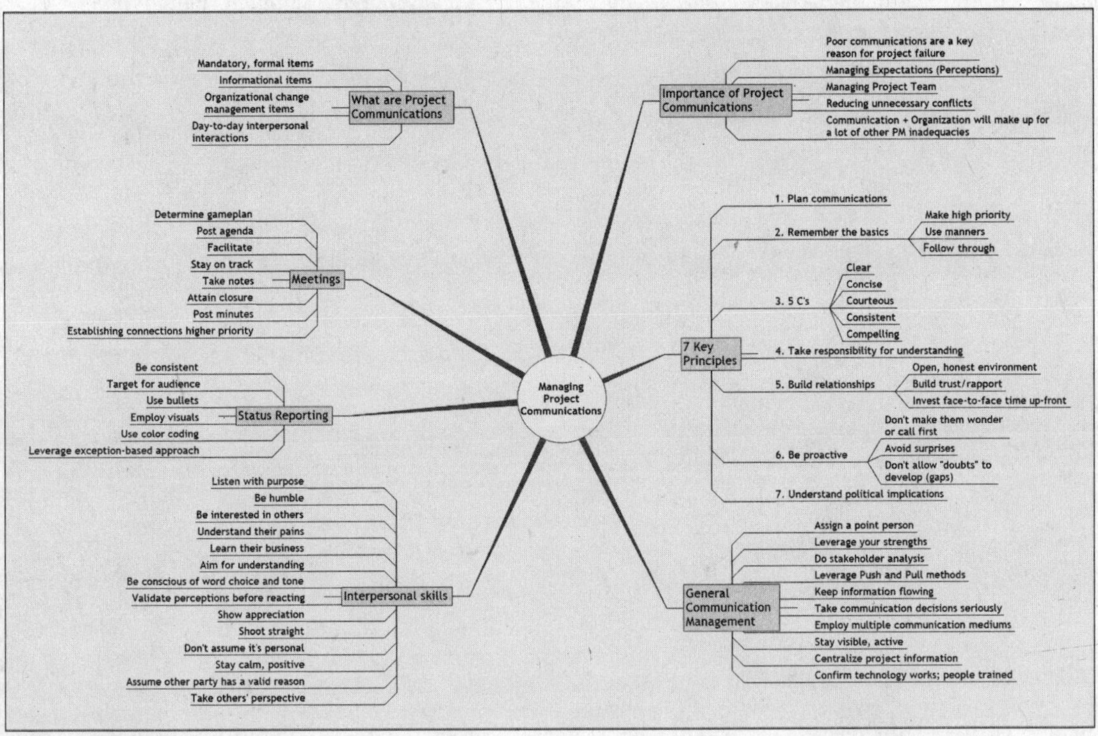


**FIGURE 17.2**

*Overview of managing project communications.*

## IN THIS CHAPTER

- Discover the essential components for successfully managing stakeholder expectations
- Understand why managing expectations is not the same as managing scope
- Find out the four critical aspects of stakeholder expectations
- Understand why completing a project on time, on budget, and within scope does not guarantee success
- Learn why many expectation issues originate during requirements definition
- Review proven guidelines to better requirements definition and management

18

# MANAGING EXPECTATIONS

Do you believe that managing stakeholders' expectations is nothing more than properly managing project scope? Do you believe that managing stakeholders' expectations is nothing more than effective project communications? Do you believe that every project is successful that completes on time and on budget? If you answered yes to any of these questions, then this chapter is for you.

# Value of Reviewing Stakeholder Expectation Management

Although managing stakeholder expectations speaks to the essence of project management and is a key objective of all project definition, planning, and control activities, it is often ignored in introductory project management books. Why? Well, I think there are many reasons, but there are two main ones.

1. Many consider it to be an advanced project management topic.
2. Many people do not know how to manage expectations and thus just lump it with other project management activities.

Although I agree that it is very difficult to isolate strict expectation management activities or talk about managing expectations without discussing other aspects of project management, there is tremendous value in taking a concentrated look at this:

- **Expectations are a critical success factor—**Although scope, budget, and schedule are core elements of managing expectations, there is more—and if you ignore it, the odds for real project success are greatly diminished. We get into this more later in this chapter.
- **You can make a difference—**Because expectations deal with perceptions and often get into the "art" of project management, they can be less tangible, which makes it more challenging to offer guidance. This won't stop us. We review several powerful, tangible techniques you can employ to better guide stakeholder expectations.
- **Sign of project management maturity—**Nothing says "experience" and "I'm not a rookie" more than a project manager who understands the importance of guiding stakeholder expectations and who constantly focuses on this aspect of their project.

Although we have referenced many tools and techniques in earlier chapters that help manage expectations, this chapter provides the opportunity to highlight those important items one more time and the opportunity to take a focused look at this vital area of project management. We explore the critical aspects of expectations, the key components of successfully managing stakeholder expectations, the common mistakes to avoid, and the essential principles and techniques that will guide us in any project environment.

# Critical Aspects of Expectations

If you are going to attempt to influence something, you first need to know what makes up that "something." For expectations, there is one key concept and four critical components that need to be understood for effective management.

## Balancing Reality and Perception

The key concept is that expectations are shaped by both reality and perception. In an ideal project, both the reality and perception of project objectives, performance, targeted results, and expected impact are aligned upfront among all stakeholders during project definition and planning, and then remain this way throughout the project. However, this ideal situation is elusive. Even when expectations are aligned during planning, there are many influences and factors that can alter expectations during the course of the project. This relationship is depicted in Figure 18.1.

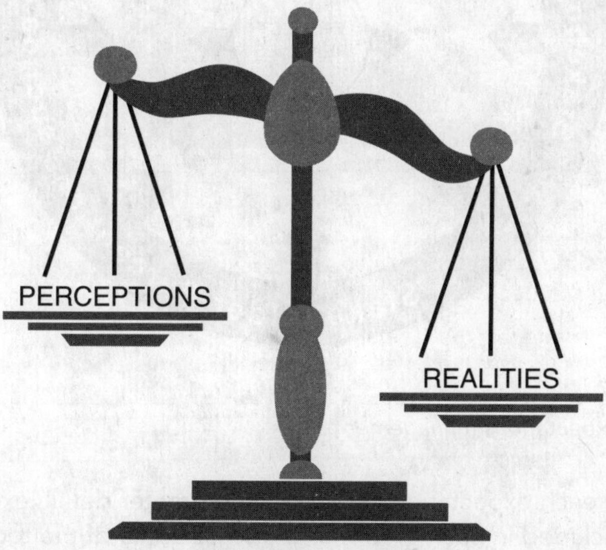


**FIGURE 18.1**

*The expectation balance.*

As a project manager, your challenge is to guide the actual "real" performance of the project while simultaneously aligning and balancing the perception of each stakeholder. This work is a dynamic, ongoing venture that is only complete when the project is closed.

## Not Just Scope Management

There is more to managing expectations than just managing scope. Now, don't get me wrong; managing scope is a very important part of managing expectations, but it's not everything. There are four critical components of expectations. Each expectation element is important to the success of the project and is subject to the natural push and pull between project reality and stakeholder perceptions. This relationship is portrayed in Figure 18.2.

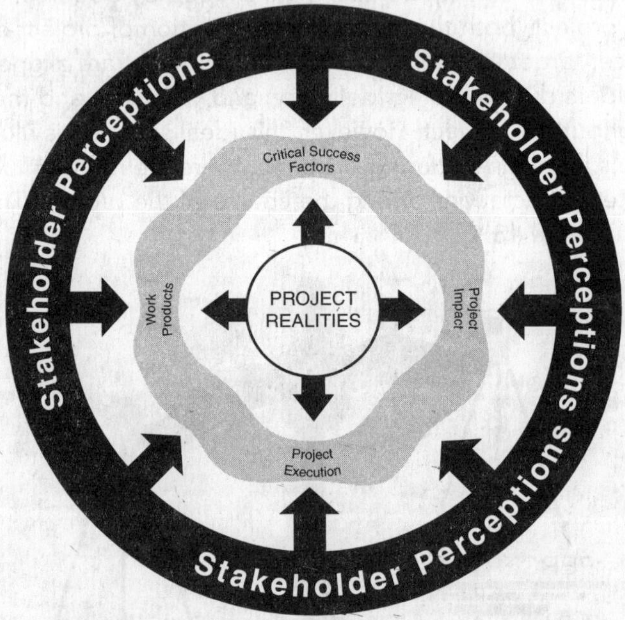


**FIGURE 18.2**

*Aspects of expectations management.*

Let's review each expectation component in greater detail, explain the specific elements included in each group, and discuss some of the tools and techniques that you can use to help manage each part.

- **Critical Success Factors**—This aspect includes the traditional measuring rods of scope, schedule, and budget. In addition, it includes any additional acceptance criteria that you established with your key stakeholders during project definition and planning. The heart of project management (and nearly this entire book) is focused on managing expectations around these elements, but the key tools are a solid project definition document, a realistic schedule, a baseline budget, early detection of performance variances, and disciplined change control.

- **Project Impact**—This component highlights the change impact of the project output (results, solution, and work products). It accounts for any work, process, or organizational change experienced by any stakeholder as a result of the project outcome. This aspect is commonly neglected by less-experienced organizations and project managers. As Dr. Stephen Covey (a world-famous personal development coach and author of *The 7 Habits* book series) always says, the key here is to think (and plan) with the end in mind. With this clarity, you can better communicate a common vision of the project outcome and help stakeholders prepare for the changes that will affect them.

**NOTE** The expectation component classifications are academic in nature and are there to serve discussion and review. Many expectation elements could be placed in more than one of these categories.

A common mistake made in expectation management is to sell or commit to requirements that cannot be met given the project constraints. This is often done in efforts to get business, make the customer happy, or instill confidence in the team's abilities. The "under-promise, over-deliver" principle is one that reminds us that it is much better with regard to expectation management to promise less and deliver more.

- **Work Products**—This category covers things such as "that's not what I asked for," "that's not what I meant," and "oh no, you gave me exactly what I asked for." This could be considered a part of project scope, but depending on the level of detail in your scope statement, it might not be adequately addressed. This category deals with the detailed expectations surrounding the individual work products that each stakeholder has. At a minimum, it focuses on requirements management, quality management, and overall project approach. We discuss key requirements management techniques that greatly improve your effectiveness here.
- **Project Execution**—This final component deals with the day-to-day execution of the project. Although not as critical as the other aspects, a lack of attention to these elements will certainly create situations that can easily lead to underperforming projects, and then to major expectation management activities. This category deals with the efficiency and effectiveness of the project team, and with the confidence the stakeholders have in them to successfully deliver the targeted solution and in you to lead them there. Common elements in this group include interactions between team and client stakeholders, clarity of roles, responsibilities, work processes, and work assignments.

We review many of these elements in greater detail in Chapter 19, "Keys to Better Project Team Performance." In addition, many of the communication and leadership techniques we reviewed in Chapters 16, "Leading a Project," and 17, "Managing Project Communications," come into play here. Important principles to remember here: Make sure team members are prepared for their interactions with stakeholders; do not assume stakeholders have a clear understanding of project processes and their work assignments; always look at the project from their perspective; and proactively review (with a gentle touch) key tasks and targeted completion dates.

Although we have broken down expectations into various components, which are summarized in Table 18.1, it's important to remember that effective expectation management is not complicated. The success formula for each aspect of expectation management is relatively straightforward:

- **Get real**—Set realistic expectations; get initial agreement (buy-in) from affected stakeholders; review assumptions and constraints; talk about it; address it; get clarity and understanding.
- **Keep it balanced**—Manage changes; align project reality with stakeholder perceptions; proactively communicate; educate; constantly validate and affirm perceptions; regularly assess performance; reset expectations as needed.
- **Follow through**—Deliver; honor the agreements; get the work done; "under-promise, over-deliver."

**NOTE** Most of the principles depend greatly on the effectiveness of your communication and interpersonal skills. Your ability to manage the perceptions of each individual associated with the project is the key to managing expectations.

**NOTE** The main factor affecting the nature of kickoff meetings is, "Where are you in the planning process?" If detailed planning is complete, the kickoff meeting is more of an informational session. If not, the kickoff meeting can be used as a detail planning workshop.

**TIP** Utilize mini-kickoff meetings at the beginning of each project phase, not just the start of the entire project, to reset expectations.

**TABLE 18.1** Summary of Critical Expectation Components

| Expectation Area | Elements | Key Tools and Techniques | Notes |
|---|---|---|---|
| Critical Success Factors | Scope statement.<br>Project budget.<br>Target dates.<br>Performance versus cost versus time.<br>Acceptance criteria.<br>Agreement on what defines success. | Project definition document.<br>Project plan.<br>Change control.<br>Performance reporting.<br>Realistic schedule.<br>Kickoff meetings.<br>Milestone reviews. | Be proactive.<br>No surprises.<br>Ensure right people are informed of changes.<br>Forecast missed deadlines. |
| Project Impact | ROI.<br>Key Performance Indicators (KPIs).<br>Individual work task changes.<br>Business process flow changes.<br>Organizational change impact. | Acceptance criteria.<br>Stakeholder analysis.<br>Prototypes, simulations.<br>Future workflow models.<br>Pilots.<br>Phased implementations. | Often neglected.<br>May need separate deployment project.<br>Organizational change management plan needed. |
| Work Products | Requirements.<br>Deliverables.<br>Interim deliverables. | Requirements management.<br>Quality management.<br>Iterative development.<br>Prototypes, scenarios, and simulations.<br>Pilot implementations.<br>Product reviews and signoffs. | Get something tangible early.<br>Heavy customer.<br>Involvement.<br>Use internal team QA reviews. |

| Expectation Area | Elements | Key Tools and Techniques | Notes |
|---|---|---|---|
| Project Execution | Decision-making process.<br>Roles and responsibilities.<br>Work assignments.<br>Project processes.<br>Common goals.<br>Personal credibility.<br>Avoids issues.<br>Team interactions with stakeholders.<br>Leadership confidence. | Responsibility matrix.<br>Realistic schedule.<br>Resource plan.<br>Team charter.<br>Kickoff meetings.<br>Walkthrough schedule, processes.<br>Coaching team members.<br>Internal reviews. | Take other perspective.<br>Don't assume understanding or clarity.<br>Be aware of busy team members.<br>Use gentle touch to proactively remind team of key tasks, responsibilities, and dates.<br>Always set context to improve understanding.<br>Educate along the way. |

**TIP** Understanding the process flow helps you identify stakeholders, scope boundaries, change impact issues, and better requirements.

## EDUCATE YOUR STAKEHOLDERS

Appropriate stakeholders should be educated on the following points at a minimum:

- Requirements serve as the primary target for the project and as the foundation for detailed project planning.
- Walk stakeholders through the various techniques and methods to be employed in the requirements definition process.
- Changes to requirements affect cost and schedule, and they cost more the later in the project they are made.
- Requirements can serve as provisions in the contract.

**CAUTION** Expectations that cannot be quantified should be identified as project risks. Make sure your project assumptions are consistent with your final requirements.

**TIP** Translate performance and quality expectations into tangible, documented requirements.

# Seven Master Principles of Expectation Management

Now that you have a good feel for the breadth of managing expectations, you can understand the value of many key project planning and project control fundamentals we reviewed in prior chapters. Before we do a quick capsulation of those items and then delve into two other powerful tools for managing expectations—requirements management and kickoff meetings—let's look at the seven master principles that drive all expectation management activity:

1. **Get buy-in**—Whether it's the critical success criteria, resource and time commitments, or individual work assignments, invest the time and energy to gain their trust and to make sure you have genuine buy-in from the affected parties. This is why effective planning is a must.
2. **Take care of business**—This is the "blocking-and-tackling" fundamentals of project management. Set your baselines, manage to them, and properly handle and communicate any variances.
3. **Communicate the big picture**—With the end goal in mind, clearly sell the vision on where the project is going, what the targeted solution will be like, and why each work assignment is important. People want to know "why" and understand the importance of their role.
4. **Listen and be alert**—If stakeholders are not on the same page or have unstated expectations, there are always cues and signals. Look and listen for them and make it a priority to deal with them quickly. When we discuss managing requirements, probing for unstated expectations will be a key focus.
5. **Take their perspective**—We discussed leadership in Chapter 16, but its importance is worth re-emphasizing. This ability is a mainstay for effective expectation management, and it empowers you to anticipate the needs and concerns of your project stakeholders. It also drives a flexible mindset that allows you to adapt approaches, plans, and specifications to best meet the situation at hand.

6. **Never assume**—This key principle needs constant attention. Many don't realize the assumptions they are working under until it is too late. To help you avoid assumptions, keep the following in mind:
   - Err on the side of over-communication.
   - Always set context for all your communications.
   - Constantly confirm understanding.
   - Clearly communicate what is expected from each team member.
   - Continuously reset expectations.
   - Verify whether you have the correct solution to meet the project's objectives (rather than just validating documented requirements).
7. **Understand priorities**—There are always many stakeholders, often with their own distinct views of the world and sets of priorities. Although you always aim to find compromises that appeal to the entire group, it is important to understand the decision-making process and whose voices have greater influence and priority. In particular, always be very clear on who controls the budget for your project.

# Essential Elements of Managing Expectations

Let's take a look at the essential tools and techniques that are available to the project manager to effectively manage stakeholder expectations.

## Project Planning and Control Elements—A Quick Review

At many times during the chapters on defining, planning, and controlling a project, we referenced managing expectations as a key reason or benefit of specific project management tools and techniques. Table 18.2 and Table 18.3 summarize the most important project management tools, techniques, and actions to manage stakeholder expectations.

**TABLE 18.2** Summary of Essential Planning Elements to Manage Project Expectations

| Element | Impact on Expectations |
|---|---|
| Project Definition | Defines why we are doing this. |
| Document | Defines what organizational level goal(s) is supported.<br>Defines how this project fits/aligns with the other projects.<br>Defines expected benefits from this project.<br>Defines what will be done.<br>Defines who is impacted.<br>Defines how success will be measured. |
| Scope Statement | Sets boundaries for what will be done and what will not be done. |
| WBS | Enables stakeholders to see the work that must be done. |
| Project Budget | Sets cost and ROI expectations. |
| Estimates | Foundation for budget and schedule. |
| Assumptions and Constraints | Key for better expectations around estimates, scope, budget, and schedule. |
| Project Schedule | Sets time expectations. |
| Project Plan | Sets expectations for how project will be managed. |
| Project Organization Chart | Identifies and communicates who is involved and how team is structured. |
| Stakeholder Analysis | Defines who is affected and what their needs are. |
| Communications Plan | Defines how the communications needs of project stakeholders will be addressed. |
| Responsibility Matrix | Sets expectations regarding role and work tasks. |
| Project Approach | Stakeholders need to know what is going to happen and why approach needs to be tailored to best manage stakeholder expectations. |

**TABLE 18.3** Summary of Essential Control and Execution Elements to Manage Project Expectations

| Element | Impact on Expectations |
|---|---|
| Kickoff meetings | Notification project is underway; facilitates expectation setting for the group. |
| Project approach | Maximize requirements definition and product/system development approaches that provide early and frequent feedback loops and that focus on demonstrating tangible aspects of the targeted solution. |
| Status reports | Regular, consistent performance monitoring and reporting keeps everyone informed. |
| Change control | Allows scope, time, and budget expectations to be reset and controlled along the way. |
| Quality management | Focused on satisfying real customer needs and ensuring the solution does the right thing. |
| Risk management | Anticipates, forecasts, and attempts to avoid impacts to the critical success factors. |
| Issue management | Communicates issues to the right people. |
| Requirements management | Drives expectations on the product of the project (more on this later in this chapter). |
| Completion criteria | Clarifies expectations for any work package. |
| Formal signoffs | Documents acceptance of work products at points in time. Used with milestone and work product reviews. |
| Reviews | Validates expectations of work products along the way. |
| Milestones and checkpoints | Validates expectations of project performance along the way. |
| Requirements traceability matrix | Keeps visibility of targeted requirements throughout the project process. |
| Team charter | Communicates team rules and procedures (more on this in Chapter 19). |

## Leveraging Kickoff Meetings

Kickoff meetings are simple but powerful tools to help manage expectations. We could have discussed these in the chapter on project communications (Chapter 17), as is typically done, but kickoff meetings are such an instrumental tool in managing expectations, I felt it was better to do it here.

In general, a kickoff meeting is simple. Get all the targeted stakeholders together to officially review the project and get it underway. So why focus on this technique? Kickoff meetings are invaluable for accomplishing certain things related to expectation management, and many people either do not do them properly or underutilize them.

## Primary Goals

The three primary goals for any kickoff meeting should include the following:

- Give official notification that the project (or project phase) is underway.
- Achieve a common expectation baseline for all stakeholders.
- Start the relationship-building process between project team, customers, and other stakeholders.

## Key Recommendations

With these goals in mind, here are some key recommendations for better kickoff meetings:

- The meeting size, length, and logistics will vary depending on organizational culture, project size, number of stakeholders, project methodology, and project importance. Plan your kickoff meetings accordingly.
- As a rule, don't try to do too much or cover everything. Use follow-up, mini-kickoff meetings with focused groups or specific individuals to cover the details.
- For general kickoffs, get everyone there if possible, especially the executive sponsors.
- Set context for everyone. Focus on the "why." Review project purpose, objectives, and value to the business.
- Clarify the priorities, target goals, and critical success factors.
- Paint the picture. Enable everyone to visualize how the final solution will look, how it will affect them, and how all the pieces fit together.
- Get to know each other. Start the relationship-building and teamwork processes. Introduce everyone.
- Review roles and responsibilities and project team organization. Emphasize each person's role, expected time commitment, and value.
- Establish your leadership and the energy for the project. Set the tone; generate enthusiasm and motivation.

- Review important project plan items:
  - Scope and major deliverables
  - General approach (methodology)
  - Critical milestones
  - WBS
  - Schedule
  - Estimated effort and budget
  - Key assumptions, risks, and constraints
  - Key project communications processes
  - Process/procedures for monitoring project performance
- Whenever possible, hand out team keepsakes (or promotions) at the beginning of the project. It helps to build team unity and project awareness.
- Ask for feedback. Clarify any confusion now.
- Ensure people know what to do first/next (short-term). They should be clear on their next steps.

## Requirements Management—The Difference Maker

A large percentage of expectation misunderstandings have their origins in the requirements gathering and requirements management processes. The frustrating thing about these situations is that most of these can or could be avoided. Although the subject of requirements definition is a field of study itself, we will leverage the Pareto principle here. We focus our attention on addressing the common requirements-related problems and the key principles and guidelines that make the most difference in your future requirements definition and management efforts.

### Common Problems to Avoid

To better understand the value of the recommended principles and guidelines, let's take a quick review of the common problems with gathering and defining requirements:

- **Not well written**—Requirements are ambiguous, inconsistent, too high-level, or not clear.

**CAUTION** If requirements are not detailed upfront, be prepared to spend more time in testing or more time in evolutionary cycles.

- **Incomplete**—The list of requirements is not complete to properly define the solution.
- **Unstated expectations**—The list of requirements does not accurately reflect all the expectations held by the stakeholders for the targeted solution.
- **Inflexible process**—Although specifications do need to be agreed on and finalized at certain points, defining requirements is an evolutionary process and things do change. The system for managing requirements must anticipate this reality.
- **Inadequate definition process**—The age-old problem with language. Using statements to describe a targeted solution creates many opportunities for misunderstandings and misperceptions. In most cases, you need to employ other techniques and methods to verify that you are defining the right solution. Techniques that help stakeholders visualize the final work product or solution are especially helpful.

**TIP** Leverage techniques and methods that help stakeholders visualize the targeted solution during the requirements gathering and definition process.

- **Lack of education**—Often, the stakeholders who are defining the solution requirements don't fully understand the entire requirements process and the significance or impact of their decisions.
- **Ineffective review process**—Some examples include using a process that is not a good match for the reviewers' natural working method or schedule; using a process that does not ensure reviewers are engaged; or using a process that does not make it easy to see what changed from the previous version.
- **Using the wrong tool for the job**—In addition to the challenges with leveraging the right techniques and methods to elicit requirements, the wrong tool is used to capture, store, and manage the documented requirements. In many situations, a requirements management tool that uses a centralized database foundation is needed to properly handle the needs of the project, solution, or organization versus the document-based approach. See Chapter 25, "The Fun Never Stops," for more information on when a requirements management tool is needed.

## Principles to Remember for Better Requirements Management

To help you develop better requirements and improve your ability to manage both requirements and expectations throughout the project, review the following principles:

- Requirements definition is an evolutionary process. Plan your project approach and requirements management tools accordingly.
- The requirements definition process should consist of a combination of gathering techniques. The specific techniques chosen should be based on risks and characteristics of the project.
- The requirements review and approval process should facilitate clear understanding and engaged participation, and ensure feedback is properly handled.
- Requirements should describe *what*, not *how*.
- Requirements should avoid any unnecessary constraints.
- Requirements should be complete, explicit, realistic, and understandable by all parties.
- Requirements should be linked to the intended solution.
- Requirements should be prioritized.
- Listen; Do not pre-judge or draw conclusions too quickly.
- Strive to convert expectations into requirements.
- Educate appropriate stakeholders on the requirements process.
- If requirements are for an enhancement, change, or addition to an existing solution, update the original requirements artifacts that define the total working solution versus relying solely on new, specific, separate artifacts for the requested change.
- Use a tool to manage requirements that meets the needs of the project, solution, and organization.

**CAUTION** If requirements are for an enhancement, change, or addition to an existing solution, update the original requirements artifacts that define the total working solution versus relying solely on new, specific, separate artifacts for the requested change.

## Guidelines for Better Requirements

To avoid the common problems identified earlier and greatly increase your requirements definition prowess, note these guidelines:

- Focus on user experience. Understand how the user interacts with the targeted solution.
- Understand the user's workflow.
- Understand the user's work environment.
- Always ask "why?"
- Include other non-language exhibits or models as part of the requirements definition.
- To drive out unstated expectations, understand the following from each user representative:
    - What are the biggest problems now, and why?
    - What functions or features will be the most useful, and why?
    - What aspect of the new solution are you most anticipating, and why?
    - What are your quality and performance expectations for the final solution, and why?
- To help make better design decisions, define requirements in both present and future needs whenever possible.
- Identify each requirement with a unique ID.
- Document any accompanying assumptions.
- Use a quality checklist to improve the effectiveness of your requirements.
- Monitor and control changes to requirements.
- Whenever possible, involve the people who will be testing the targeted solution in the requirements definition process.
- Use a requirements traceability matrix (RTM) to link each requirement to one or more aspects of the final solution. This is a powerful tool to ensure that every requirement is accounted for and to better control "gold-plating."

**TIP** Leverage development approaches that enable stakeholders to see the product as soon as possible. Early feedback helps ensure alignment on requirements and engagement from customers.

## THE ABSOLUTE MINIMUM

At this point, you should have a solid understanding of the following:

- The goal of managing expectations is to have a common set of expectations shared by all stakeholders in terms of what is being delivered, what it will accomplish, when, and at what cost.
- Managing expectations is more than managing project scope.
- The master principles of expectation management are the following:
  1. Get buy-in
  2. Take care of business
  3. Communicate the big picture
  4. Listen and be alert
  5. Take the stakeholders perspective
  6. Never assume
- Two key tools for managing expectations are kickoff meetings and requirements management.
- Requirements management mistakes to avoid:
  - Poorly written requirements
  - Incomplete set of requirements
  - Unstated expectations
  - Inflexible process
  - Inadequate definition process
  - Lack of stakeholder education
  - Ineffective review process
  - Using the wrong tool for the job

Focus on the user experience for better requirements

Other key expectation management tips include the following:

- Avoid surprises
- Keep people informed of status (project health)
- Avoid last-minute communications
- Clearly communicate what is expected by team members

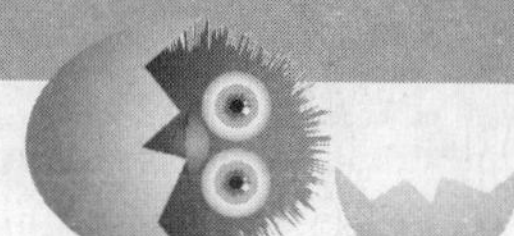

Figure 18.3 summarizes the main points reviewed in this chapter.

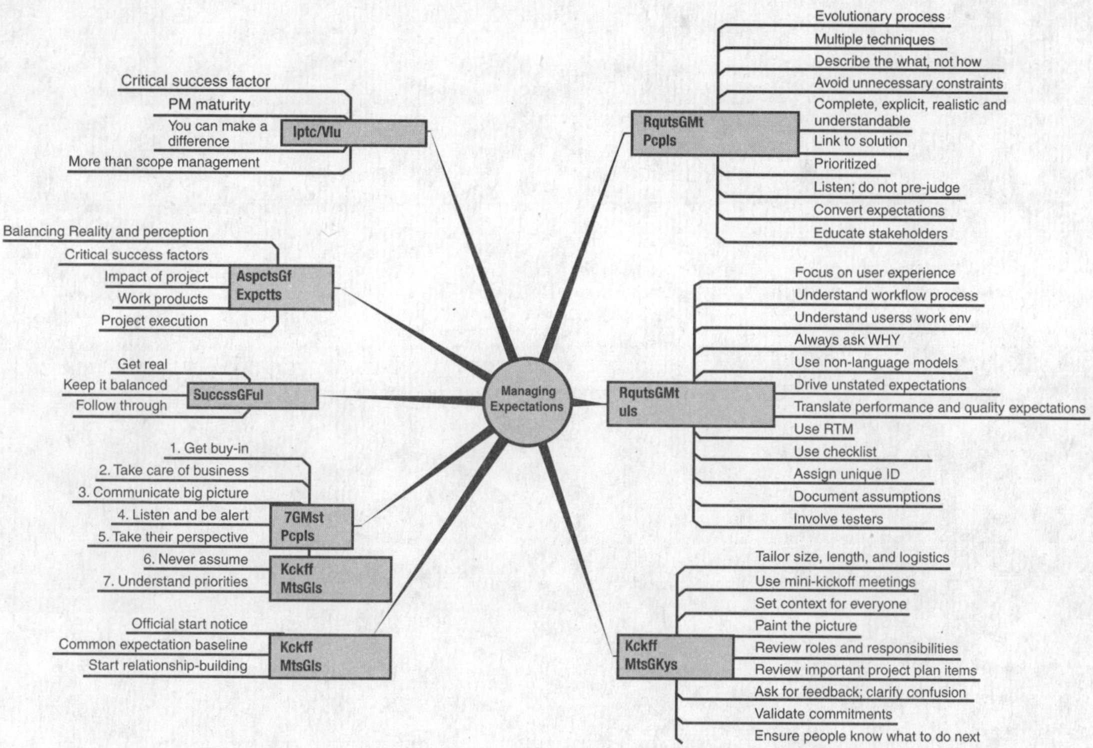


**FIGURE 18.3**

*Overview of managing expectations.*

IN THIS CHAPTER

- Review the primary traits of high-performing teams
- Understand the key principles that lead to better project team performance
- Review proven techniques to improve project team performance
- Learn effective responses to special situations, including poor performers, high-maintenance team members, and team conflicts

19

# KEYS TO BETTER PROJECT TEAM PERFORMANCE

When it comes right down to it, you've got to deliver. And the key to doing this is having a high-performing project team. You can have the greatest plan in the world, but if your core project team can't get the work done as expected, it really doesn't matter. Conversely, a high-performing project team can go a long way in compensating for inadequate planning and other less-than-ideal project environments. Although effective leadership and communication skills are key ingredients of a successful project team environment (and we reviewed these important facets in Chapters 16, "Leading a Project," and 17, "Managing Project Communications," respectively), there is tremendous value in understanding the specific principles and techniques that we can apply to maximize the performance of our project team.

In this chapter, we review the common characteristics of high-performing project teams, explore the management principles and techniques that foster better team performance, and offer key advice on how to best handle challenging project team situations frequently encountered by project managers.

## High-Performing Teams

Before we delve into the management principles and techniques that can lead to better project team performance, let's be clear on the goal. In other words, what do high-performing teams look like? What do they have in common? Do they all look and act the same? While no two teams ever perform in precisely the same manner, and every team will have their particular strengths, I have found a core set of traits that are shared by high-performing teams:

- **Clarity**—This trait is likely the most important. High-performing teams know where they are going, what they are doing, and why they are doing it. They understand the project goals and priorities, they have clear roles and responsibilities, and they understand their assigned work tasks and how their piece fits in with the rest.
- **Commitment**—Members of high-performing teams are committed to the success of the project. They demonstrate a persistence and determination to get the job done. The source of the commitment is not always the same. It might be personal, to the team, to the customer, or to the organization.
- **Professional**—High-performing teams are professional about their work. Members take individual responsibility for the quality of assigned work, personal communications, and interactions with all stakeholders.
- **Synergy**—High-performing teams develop a synergistic force about them that allows them to accomplish more as a combined team than they could do collectively as individuals. This synergy is developed over time, but generally results when the team has the right mix of skills and experiences, has a healthy team orientation, and has clearly defined roles and responsibilities.
- **Trust**—High-performing teams display a great deal of trust in each other and in their project leader. Trust is earned over time, and demonstrating effective leadership and creating a collaborative team environment with an open exchange of ideas are keys to building this trust level.

## Ten Key Management Principles

Now that we have a better sense for what a high-performing team looks like, let's review ten key management principles that are paramount to our efforts to guide our team's performance.

1. **Adapt management style**—Although as a rule, a collaborative, servant-leadership management approach to leading project teams will be the most effective in most situations, you might need to adjust your style depending on the project phase, the needs of your particular team, and the project environment.
2. **Get the right people**—Whenever possible, personally select the members of your core team. You should have the best understanding of the skills, abilities, and behaviors that are needed for project success. In particular, get people who have a track record of success. As any successful project manager will attest, having the right people is 80% of the battle. Of course, in the real world, you don't always have this luxury, and we'll talk about that in the "Special Situations" section later in this chapter.
3. **Plan as a team**—A major component of modern project management is the idea that planning is a team activity. This was a heavy emphasis in our planning chapters. Why is this key? If the team develops the project plan, it becomes "their" plan and "their" schedule. With this comes a much higher level of commitment, buy-in, and accountability, and much less time spent battling the issues you get when this is not present.
4. **Keep the team focused**—One of the most important things a project manager can do is to make sure each team member is simultaneously crystal clear on the big picture of the project (mission, objectives, and priorities) on one hand and focused on his immediate task on the other. To focus, not only must each team member have clear work assignments and roles, but the project manager needs to be an umbrella for them. As an umbrella, the project manager protects the team from the politics, noise, and other factors that distract them and slow their progress.
5. **Set clear expectations**—To encourage maximum team productivity, nothing is more important than making sure team members understand what is expected from them in advance. This applies to both work assignments and team protocols. A key aspect of this expectation-setting activity is to review the completion criteria for any work assignment up front. This step alone goes a long way in preventing rework and increasing productivity.
6. **Facilitate productivity**—Continuing our productivity theme, the focus of the project manager should be on doing everything to enable each team member to be as productive as possible . What does this mean? It means the following:
   - Ensure that work assignments are clear and understood.
   - Provide the tools, resources, and procedures to facilitate team collaboration.
   - Provide all resources that are needed to accomplish the work in a timely fashion.

- Facilitate resolution to any issue impeding work assignment completion.
- Anticipate issues that might affect work productivity and take action to mitigate or prevent them (risk management at the work task level).

7. **Improve marketability**—A key goal I have for every person on my team is to improve his marketability through his experiences on the project. In the end, the only real job security one has is to always be "marketable"—and to continuously improve one's marketability. Look for ways to improve skills, build résumés, and help each person make progress on his career goals. This mindset is key to both how you assign and sell work tasks. Personally, I like to find out who desires to become project managers or gain project management skills, and then assign roles and responsibilities throughout the project to facilitate this marketable growth.
8. **Leverage individual strengths**—An extension of the previous principle, this one has three primary components:
   - Look for the strengths that each person brings to the table, but understand their weaknesses. This approach keeps you positive and is especially important when you have not personally selected your team or when you have been given a team member with a reputation.
   - Understand what drives people, their motivators, and what they care about. Not only will this help you position people to do better, it will also enable you to reward and recognize them more effectively.
   - Align project roles and responsibilities with each team member's "sweet spot" as much as possible. The sweet spot is the combination of natural strengths and personal motivators.
9. **Recognize and reward**—This principle has three primary aspects:

**TIP** Always be looking for opportunities to recognize and reward the behaviors and accomplishments that will lead to project success.

   - **PR agent**—Pretend you are the public relations agent for each one of your team members. In addition to providing timely feedback and appreciation to each person personally, make sure the right people (especially the people who influence their career advancements and compensation) know about the excellent work your team members are doing throughout the project. Don't wait to do all this at the end of the project or at annual review time; it is much more effective and meaningful if it is communicated as it happens.

- **Celebrate—**Take the time and make plans to celebrate interim milestones along the way. This forces you to acknowledge the efforts to date and helps to build team momentum.
- **Rewards—**There are two key items here: First, look for ways during initial project planning and throughout the project that will allow the team members to share in the rewards (profits) if the project accomplishes certain goals. Second, if the project team or specific team members are asked to perform heroic efforts, set up an incentive that will both reward and acknowledge the special efforts.

**10. Facilitate team synergy—**Especially early on in the project, use methods to help build the cohesiveness of the team. Most teams naturally go through the traditional "forming, norming, storming, and performing" stages, but there are things you can do to be a positive influence on this process. Depending on how much the given project team has worked together before and where they are physically located, the specifics will differ, but as a guide, you want to focus on the following:

- **Build relationships—**Set up team-building outings, team lunches, team meetings, and so on that will enable relationships to begin and grow.
- **Foster team collaboration—**Set up the tools that make it easy for the team to work together regardless of work locations; look for opportunities to have multiple team members work together on a single assignment to encourage knowledge sharing and reduce risk around isolated pockets of expertise in addition to improving overall team performance.
- **Set up team procedures—**Determine what rules, guidelines, and protocols are needed to help establish team productivity (such as modes of communication, core hours, standard meeting times, work standards, work processes, and administrative procedures).
- **See progress—**Structure the project approach so that the team can get some early, visible progress. Not only does this create enthusiasm for the stakeholders, but it does the same for the core team, too. In addition, track the team's progress and accomplishments in a very visible fashion. This helps build enthusiasm, but also encourages pride and accountability in project efforts.

# Proven Techniques for Better Team Performance

With these principles as our foundation, let's take a look at a few proven techniques that generally lead to better project team performance:

- **Conduct team kickoffs**—Conduct separate kickoff meetings with your core team at the beginning of each phase. This is an excellent way to reset expectations on project context, project goals and priorities, team member roles and responsibilities, team member assignments, project schedule, and team procedures.

**TIP** Utilize mini-kickoff meetings at the beginning of each project phase, not just the start of the entire project, to reset expectations.

- **Collocate**—This is not always possible, and it is becoming more uncommon as project work becomes increasingly distributed. However, results speak for themselves. When project team members are physically located in the same area, it is much easier to build relationships, share ideas and experiences, collaborate on assignments, develop answers to problems, and increase team synergy.
- **Use meeting time wisely**—To communicate both respect and value for individuals' time, and to help team productivity, have a definite purpose or need for any team meeting and confirm that this purpose is understood by all team members. At a minimum, conduct a general team status meeting each week to share knowledge and lessons learned, and to provide gentle peer pressure accountability. The need for formal meetings varies depending on how the team is naturally collaborating, the composition of the team, team productivity, and the list of outstanding issues.
- **Develop a team charter**—To align individual expectations with desired team behaviors, develop a team charter that defines the guidelines, procedures, and principles by which the team will operate. The important thing here is not whether you take the time to document this, but it is the act of working with the team to develop these guidelines and procedures. This way, much like the overall project plan and schedule, it becomes theirs.
- **Set standards**—Especially on projects where multiple individuals might be doing the same type of work or when work is outsourced, develop and communicate the standards the work must meet to be accepted. This helps clarify expectations, reduces rework activity, improves quality, and leverages expert knowledge.

- **Leverage expertise**—This is an invaluable method to improve team performance and improve the skills of multiple individuals, especially in cases where the project involves newer technologies, the primary resource pools do not have adequate skill levels, or the organization needs to avoid allocating their most senior, sought-after talent on a single project.
- **Resolve conflicts right away**—High-performing teams do not let intrateam conflicts or project issues linger because they can adversely affect team productivity if they do. As the project manager, you need to facilitate resolutions quickly. This does not mean that you do not listen, and make rash judgments. It means that you deal with it—don't avoid it. In all cases, it is very important that you stay objective, treat all sides with respect, place your focus on potential solutions, and seek out win-win scenarios.
- **Prepare for client interactions**—To better manage client expectations and avoid unproductive issues, prepare the team for direct client interactions. Make sure they understand the project from the client's perspective, the expectation the client has of the team's abilities, specific actions to take if they need assistance when they are with the client, and any talking points to either avoid or emphasize.
- **Set up a project repository**—To help facilitate team productivity, share knowledge, and protect project assets, set up a common repository that is accessible by all core team members to store project work products and project management deliverables. We discuss this in greater detail in Chapter 12, "Managing Project Deliverables."
- **Set up a team collaboration environment**—To encourage and make it easy for the team to work together on project work items—especially when the team is distributed or virtual in nature—set up the appropriate collaboration tools and environments. This normally means setting up one or more online tools to enable team members to do one or more of the following: discuss topics (group chat), facilitate team meetings (web conferencing), view and edit a common work product, and track changes to a work product. See Chapter 25, "The Fun Never Stops," for more information on project collaboration tools.
- **Develop team rituals**—To help build team unity, develop specific rituals that engage the entire team. Examples include going out to lunch together on a certain day each week, sharing breakfast together on a certain day each week, celebrating individual birthdays or anniversaries, and so forth.
- **Effective task assignments**—I've talked about this one in various ways many times already, but the point I want to emphasize here is that you can't just assume

a task assignment is understood and will be done because it appears on the schedule and there is a person's name beside it. The keys here are the following:

- Instill a sense of ownership on assigned tasks. Look for modules or domains that specific people can have lead responsibility over.
- Verify that the person assigned the work is clear on task completion criteria. This will avoid the need to micro-manage your team. (Because I'm naturally lazy, this is an important one for me.)

> **NOTE** The Pareto principle is also known as the "80-20" rule. It's a common rule of thumb and an effective management tool that states, "20 percent of something is always responsible for 80 percent of the results."

- Ensure that one person is primarily responsible for a task and that you have buy-in on that responsibility.
- Ensure that the level of schedule detail is appropriate to effectively assign and monitor work.

- **Plan for orientation**—For any new team member joining your project, there is an introductory orientation period. Your goal is to streamline this period and have each team member at maximum productivity as soon as possible. The four specific actions I employ are the following:
  - **Protect your schedule**—Do not assume the new team member will be 100% productive on day one. The length of the ramp-up period will be specific to the project, work assignments, and previous work experiences.
  - **Prepare an orientation packet**—Put yourself in the new team member's shoes and think about what you need to know to get a solid understanding of the project environment.
  - **Set up the work environment in advance**—In any project environment where team members need specific equipment, tools, or access privileges to do their work, do whatever you can to get this set up before the team member starts. If you can't, account for this in your schedule.
  - **Invest the time up front**—Plan on spending time with any new team member up front. By investing focused attention with any new team member, you can better communicate your energy for the project and the expectations for the project, their role, and their contributions. As an avid follower of the Pareto principle, this is a clear case where spending a little extra time up front prevents the need to spend a lot more time down the road on team productivity issues.

- **Plug in**—To help facilitate the performance team, you must stay connected with the team. Keys here are to stay visible, use the same communication channels the team is using, take time to meet with each team member one-on-one, and make sure the team knows you are there to help them be productive.
- **Share leadership responsibilities**—To help team members develop leadership skills and to help build commitment to the project, look for opportunities to share leadership responsibilities. This is natural on larger and cross-functional projects.

## Special Situations

There are going to be project situations in which you won't have a stellar, high-performing team. There might be times when you have just the opposite situation to deal with. In either case, you still need to get the work done. It's in these situations where your goal is to get better team performance. Although we could spend an entire chapter on all the problem situations you might encounter, I at least want to spend a section examining some special situations related to project team performance that you are likely to encounter and offer a few helpful recommendations in each case.

- **Poor performers**—Poor performers generally fall into two categories: unacceptable work results or unacceptable behaviors. In many cases, the poor performance is a result of unclear expectations. If faced with this situation, keep these action items in mind:

  **TIP** Keep in mind that the rest of the team is watching how you deal with these situations. Your challenge is to strike the balance between handling the person fairly and not letting the poor performance become a drag on the team.

  - **Verify expectations**—On first occurrences, don't overreact—verify the expectations that they had and take responsibility for any lack of clarity.
  - **Provide feedback**—After you have proper information, provide specific feedback to the team member as soon as possible in a private setting. Focus on the behavior or result, not the person.

  **TIP** Performance feedback should be timely, discreet, and specific.

  - **Enable success**—Do everything that you can do to enable each team member's success. Provide resources. Knock down obstacles. Provide every opportunity for their performance to improve.

    - **Initiate backup plans**—At the same time, you cannot assume their performance will get better. At the first signs of performance issues, start thinking about what you can do to mitigate the impact to the project if you do need to replace the team member or if the performance does not improve.
    - **Cut your losses**—Assuming you've done everything mentioned so far, there comes a time when you must cut your losses. The main reason why a poor performer needs to be removed is the effect it can have on the performance and morale of the rest of the team.
- **High-maintenance staff**—This group of team members includes those individuals who have a reputation of either being difficult to work with or possessing unusual personalities. In most cases, these are the people you need for your key critical path tasks—of course. From experience, here are my two key recommendations for these situations:
    - **Check for yourself**—Don't assume the reputation (the perception) is totally true. Verify for yourself. I have found that in many cases, these individuals are unfairly labeled. These labels often say more about the people who are uncomfortable working with individuals who are different from them than anything else.
    - **Treat them the same**—Use the same approach with them as you would any other team member. Work to understand their motivators, clarify expectations, avoid surprises, and help them be successful.
- **Schedule developed without team**—I know we emphasize the importance and the value in developing the detail project plan and schedule with the team. I also realize this does not always occur in the real world (shocking, I know). If you find yourself in a situation where either you or your team is asked to take responsibility for a schedule that they did not help develop, you must take the time to review the schedule. You need to get a buy-in from the team members before continuing. Two important items for consideration here:
    - **Understand the schedule assumptions**—In many of these situations, team members totally dismiss the merits of a schedule because they are not aware of the assumptions that serve as the foundation for the schedule. Key assumptions include those about resource ability and quality level of work product (completion criteria).
    - **Identify risks**—If there are gaps between the schedule assumptions and project reality, or if you cannot get commitment from the team, you have some new project risks, if not outright issues. Follow your designated risk and issue management procedures to handle it.

## THE ABSOLUTE MINIMUM

At this point, you should have a solid understanding of the following:

- The core traits for high-performing teams are clarity, commitment, professionalism, synergy, and trust.
- In most situations, a participative approach to project management, decision making, conflict resolution, and brainstorming leads to better project team performance.
- The key project management skills that are needed to lead better project team performance include leadership, communication, facilitation, interpersonal, and team-building skills.
- The ten key management principles that lead to better project team performance are

  1. Adapt management style to best meet the needs of the project.
  2. Select your project team yourself whenever possible.
  3. Develop the project plan and schedule with the team.
  4. Keep the team focused on both their immediate tasks and on the projects big picture.
  5. Set clear expectations.
  6. Enable each team member to be as productive as possible.
  7. Strive to improve the marketability of each person on your team.
  8. Leverage the individual strengths to best accomplish the project goals.
  9. Constantly look to recognize and reward the accomplishments and good work of your team members.
  10. Use team-building methods and procedures to help develop team synergy.

Figure 19.1 summarizes the main points reviewed in this chapter.

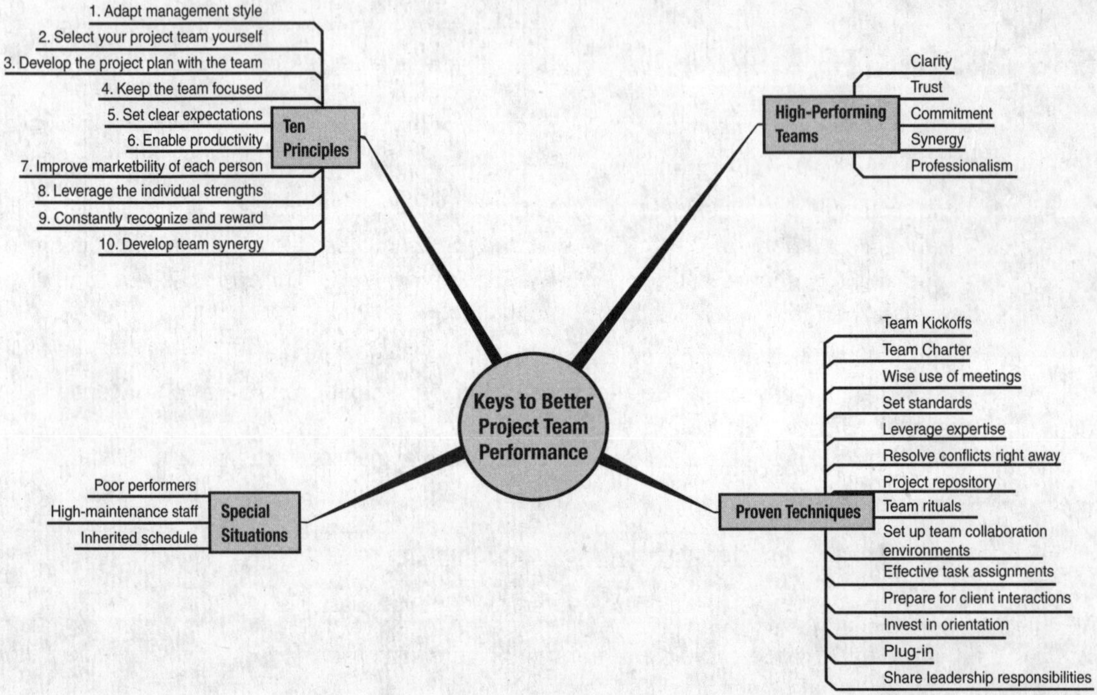


**FIGURE 19.1**

*Overview of keys to better project team performance.*

## IN THIS CHAPTER

- Review the key management principles for cross-functional, cross-cultural, or virtual project environments
- Discover tips and techniques to better lead cross-functional, cross-cultural, or virtual projects
- Gain awareness of the common problems that can arise in these project environments

# 20

# MANAGING DIFFERENCES

With the current trends in business and technology, the odds that you will manage a project consisting of stakeholders from the same culture, located in the same environment, and representing a common business function decrease as each day passes. In the past, these more complex project situations were assigned to proven, experienced project managers. Today, you are likely to deal with cross-functional, cross-cultural, or virtual environments (or combinations of these three) in your initial project management opportunity. This is why I feel it is important to review key aspects of managing differences in project environments.

In this chapter, I want to accomplish two primary goals. One, I want to share with you the unique aspects of each of these project situations, the common problems to watch out for, and, most importantly, the key principles and lessons that I have learned managing these types of projects. Two, I want to emphasize how these special situations do not require any additional project management techniques—just disciplined application of the principles and techniques we covered in earlier chapters. With this knowledge and awareness, you will be more confident and better prepared to manage these aspects of your project environment.

## Five Key Principles

No matter the situation, there is a common set of principles that you can apply to better manage any project where there are significant differences in the composition of the team. The differences can include location, business function, or cultural aspects. Let's take a look at the five fundamental principles that will guide your efforts in any of these situations:

**CAUTION** These project environments can, and usually do, create risks around work productivity and communication effectiveness because there is often a greater chance for misunderstandings.

1. **It's the same, but more**—The first principle to understand is that it does not take additional or new management techniques to be effective at leading these types of projects. These project situations just place more emphasis and importance on the project management fundamentals reviewed in earlier chapters. In particular, these aspects of project management become essential:
   - Well-defined and properly planned project
   - Effective project sponsorship
   - Buy-in and commitment on success criteria
   - Well-managed expectations
   - Clear roles and responsibilities
   - Effective communications
   - Effective risk management

   In addition, the discipline to properly document plans, meeting minutes, decisions, and issues is generally more important due to the need to ensure proper and clear communications.

2. **The right leadership approach**—The best project leaders in these situations are ones who possess the right mix of communication, facilitative, interpersonal, and expectation management skills to accomplish the following:

   **NOTE** A servant-leadership approach is often most effective for these types of projects. See the discussion of servant leadership in Chapter 16, "Leading a Project."

   - Instill confidence in the stakeholders that they can lead them to the accomplishment of the project objectives.
   - Take the perspective of each stakeholder group to ensure each group believes they are included, understood, valued, and heard in the project process.
   - Create alignment around the project goals and concentrate the team's focus on what unifies them (the common ground).
   - Help each stakeholder group understand how their piece (work process, interests, and needs) fits into the overall puzzle.
   - Take a flexible approach by maintaining focus on the major project priorities and an understanding that everything else is just a means for getting there.

3. **Communication is king**—As we reviewed in Chapter 17, "Managing Project Communications," effective project communications are a bedrock aspect of project management. Specifically, in these types of project situations, here are the key points to keep in mind:

   - Use communication mechanisms that are accessible to everyone.
   - Use project collaboration environments and techniques that are accessible to everyone.
   - Develop a project vocabulary. Be willing to use their terms and terms they understand. Be mindful of any confusion over terminology being used.
   - Plan on frequent touchpoints to compensate for the lack of face time, especially in virtual project team settings.
   - Document project communications, especially anything discussed verbally, to ensure mutual understanding and agreement.
   - Ensure that each team member is clear on the following at all times:
     - Project context
     - Project goals
     - Team members' roles and responsibilities

- Team members' assignments
- Project schedule
- Project collaboration environments and tools
- Chain of command and reporting relationships

## CROSS-FUNCTIONAL PROJECT ISSUES

A prime cause of issues on cross-functional projects is neglect of a specific functional area or group. Make sure each affected stakeholder group is properly represented, consulted, respected, and kept informed.

Another prime cause for issues on cross-functional projects is poor performance by a functional leader. Common performance issues include the following:

- Not fulfilling role responsibilities
- Lack of functional knowledge or experience
- Misalignment of priorities; unable to meet time commitments for role
- Not consulting other members of their functional group
- Not keeping other members of their functional group informed
- Unable to complete reviews in a timely fashion

4. **Verify understanding**—In these project situations, more time is necessary to verify that you are being understood and that you (your team) accurately understand the other stakeholders. A few specific things to be mindful of include the following:
   - Be wary of any assumptions.
   - Ask the extra question to make sure.
   - Establish and clarify team norms and procedures.
   - Explain project processes and the value they serve.
   - The larger the project, the more effort to get through requirements definition and review cycles.
   - Requirements gathering needs to use multiple methods to ensure completeness and understanding.
   - Take the time to walk through their current processes.

5. **More project management effort**—This is somewhat implied by the first principle in this list, but it is important to understand that the project management component of these type of environments is more significant (as a rule). There can be a misperception that the effort to leverage these latest technologies and business trends to gain efficiency and accomplish projects faster also means less project management effort. Incorrect. The effort to lead, facilitate, ensure understanding, and build teamwork in these situations is at least equal to, and in most cases much greater than, the effort to do the same with a collocated team.

Reminder: To help build the sense of ownership, work with the designated functional leaders to perform the detail planning for the project.

# Proven Techniques for Leading Cross-Functional Projects

With the prior principles understood, let's review a few proven tips and techniques specific to leading cross-functional projects that I have either confirmed or realized over the years:

- **Ensure proper project sponsorship and governance**—Any time a project's scope addresses more than a single business function, it is critical that the project sponsor have jurisdiction over all the business functions affected. If the sponsor does not have this jurisdiction then a process (often by a senior level committee—steering committee, change control board) needs to be established up front to deal with any territorial issue or change request that affects the cross-functional environment.
- **Designate functional leaders**—As part of your project organization and your role-responsibility matrix, include functional leader positions as the primary representatives from each distinct group. These roles are instrumental in facilitating the project process and reducing your workload.
- **Acknowledge the importance and value of each group**—Although you might serve as the ringmaster and steadfastly communicate the vision and process approach for the project, you should be quick to acknowledge the importance, value, and role that each group contributes to the success of the project. You don't have all the answers, so you need to facilitate the execution of the project and instill a sense of ownership into each of your functional leaders.
- **Get commitments from respective resource managers**—As part of the collaborative approach that is needed for these types of projects, make sure to work closely with the various resource managers who are responsible

for assigning the appropriate personnel to the project. In many cases, the resource managers are the bosses of the individuals who will serve as your designated functional leads. Invest the time with them. Review the project definition with them. Include them on the review and acceptance of the project plan, especially the resource plan and project schedule.

**TIP** Make sure to include the resource managers and, if they're not the same person, the bosses of the functional leaders in your project communications.

- **Ensure project alignment**—If you were not involved in the project definition process, make sure your cross-functional project is aligned with the other projects underway or planned in the enterprise. There is nothing worse for team spirit and commitment than starting a project that has an obvious conflict with other initiatives.
- **Focus on workflow process**—To add more value to the project, to better serve your role as facilitator, and to help you make better decisions, invest the effort early to understand the complete workflow process that is affected by the project. In many cases, your functional leaders will have silo outlooks and will not fully understand how they get the inputs they do or how their outputs affect the rest of the operation.
- **Kickoff meetings are essential**—Kickoff meetings are always excellent tools for setting expectations and communicating the same message to the key stakeholders. On cross-functional projects, where multiple departments or business units are involved, this type of event is critical to getting the project started correctly and improving the chances for success.
- **Resolve issues aggressively**—On cross-functional projects, you are likely to see issues occur that do not have a clear owner. As discussed in detail in Chapter 13, "Managing Project Issues," it is imperative that you take an aggressive attitude toward finding resolutions to any issue to protect the project's critical success factors.
- **Look out for dysfunctional relations**—Now, you would think that because the various functional areas are all members of the same, common organization that it would be one big happy family. Well, people are people, families are families, and dysfunction is always close by. Just understand that in many organizations, there can be historical disputes between functional groups or individuals within the group that affect your project's performance.

- **Invest time on communications planning**—As mentioned many times in many different ways, communication is key to project success. For cross-functional projects, you need to invest additional time in planning your project communications due to the heightened importance they will have in this setting and to the increased number of stakeholders that need to be included.
- **Invest time on requirements definition**—As discussed in Chapter 18, "Managing Expectations," the requirements definition process is often the source for missed expectations. This is especially true with cross-functional projects due to the increased breadth of scope, the number of stakeholders, and the team dynamics that can come into play. In addition, as mentioned in the fourth principle in managing these types of projects, more effort is needed to verify understanding. The key is to plan adequate time and effort for a thorough requirements definition phase, so you can avoid the common problems that contribute to insufficient requirements definition, including the following:

**NOTE** Cross-functional projects are excellent candidates for conducting project and requirements definitions as a project by itself (as discussed in Chapter 4, "Defining a Project") due to the number of stakeholders that need to be consulted and the potential change impact.

  - **Reluctant signatures**—Stakeholders who approve requirements without a real understanding or buy-in. Be especially cognizant of stakeholders who are quiet, susceptible to peer pressure, or offer no nonverbal signs that the light bulb has gone on.

**CAUTION** Watch out for stakeholders who are signing off on (accepting) requirements without complete understanding. Although this might get you through a milestone, it will come back and bite you before you're done.

  - **Misunderstandings, assumptions, and unstated expectations**—Use multiple requirements gathering methods, leverage visual models, ask extra questions, and focus on change impact.

**TIP** To better achieve a common understanding of requirements on cross-functional projects, leverage visual models and prototypes of those requirements as early and often as possible.

## Proven Techniques for Leading Cross-Cultural Projects

With the prior principles understood, let's review a few proven tips and techniques specific to leading cross-cultural projects that I have either confirmed or realized over the years. Keep in mind that a project does not need to be global in nature to be a cross-cultural project. Many times, projects with stakeholders from different parts of the United States can qualify as cross-cultural projects, too, especially if the project touches a combination of the distinct regions (such as Northeast, Midwest, South, Texas, and West Coast).

- **Be respectful**—Take time to consider the effect that the different cultures, time zones, holiday schedules, and workday schedules will have on the project. Common impact areas are terminology, risk management, communications planning (including best times for status meetings), and the project schedule.
- **Potential culture impacts**—Understand potential cultural effects on project communications and team interactions. Specifically, be aware that due to cultural differences, others might not be as assertive or willing to speak up to the degree you would expect. In addition, review any conventions that you plan to use for status reporting. Make sure the conventions do not convey some unintended meaning and that everyone is comfortable using them.
- **Listen for understanding**—Even with a common language (in most cases, English), the use and the sound of the language can vary dramatically. The key here is to kick your active listening skills into high gear and focus on understanding. Don't let yourself get distracted or tune out because of accents or the irregular use of certain words. Stay engaged, be patient, ask questions, clarify terms, and don't stop until you are comfortable that you're on the same wavelength with your cross-cultural partners.
- **Plan on more formality**—To reduce the impact of cultural differences and ensure mutual understanding, cross-cultural projects are more mechanical, formal, and by the book. You just need to plan on this and realize that project management shortcuts are not as likely in these environments.

## Proven Techniques for Leading Virtual Projects

Any project that consists of team members not collocated in the same physical location is a virtual project to some degree. The more geographically dispersed the team members and the more interaction that is done with non–face-to-face communications, the more virtual the project is.

With the continued advances in communications and information technology, and the common everyday use of mobile phones, remote network access, email, web mail, pagers, and instant messaging, the ability of people to productively collaborate on common work is increased dramatically. And, of course, the reduced office costs and the increased ability to leverage outsourcing options are very attractive to most organizations.

However, these potential productivity gains and cost reductions do not happen automatically—especially in the demanding environment of most projects. A tremendous amount of energy is needed to plan, coordinate, and manage a virtual project team. Let's review a few key tips and techniques specific to leading virtual project teams that I have either confirmed or realized over the years:

- **Get some face-to-face time, especially early**—If there is any way possible to get face time with your virtual team members, do it. It has been my experience that face-to-face interaction is instrumental in building trust, developing relationships, and jump-starting project momentum. I recommend the following scenarios for your consideration:
    - Get everyone together for the project kickoff meeting.
    - Try to collocate the team for the first stage (or as long as you can), and then let team members return to their remote locations.
    - If none of these are possible, try a mini-kickoff session that focuses on the work planning and identifying risks.
    - Depending on the project phase and the nature of the work, look at split work environments (such as two days on-site, three days remote, or one week on-site every month).
    - If it's available, look to leverage videoconferencing as much as possible. If not, consider creative use of digital pictures.
- **Establish team norms**—Facilitate the rules and procedures that will guide team interactions and productivity with the team. Key items include the following:
    - Core hours everyone needs to be available (online)
    - Access to team members during non-core hours
    - Preferred team communication and collaboration mechanisms
    - Preferred meeting times, especially important when members are in different time zones
    - Reporting status
    - Project repository

    - Contingency plans for network or phone outages
    - Team directory
- **Responsiveness is the difference-maker**—The key to successful virtual project teams is responsiveness. If people are easily accessible and respond quickly, most organizations couldn't care less where people are working. These environments do require team members to be professional and mature.
- **Set up protocols for virtual meetings**—Virtual meetings are the life-blood of a virtual project team. Here are some key reminders to make these meetings more productive:
    - Use technologies that are available to everyone.
    - Use technologies that are reliable for everyone.
    - Use technologies that meet the security requirements of the project and sponsoring organizations.
    - Ensure that everyone understands how to use the technologies.
    - Make sure to send agenda and reference materials in advance of the meeting (or just post to the project repository and send a link to it).
    - Review protocols for asking questions.
    - Keep discussions focused on items that pertain to all participants. For other items, take them offline. Stop the discussion and assign an action item to schedule a separate meeting with those involved.
    - Instant messaging conferences might be appropriate for core team meetings.
- **Establish clear time zone references**—This might not be as much of an issue for you, but in this age of multiple time zones and daylight savings time, take the time to review and clarify time-zone designations and conventions. This goes a long way in avoiding meeting time conflicts. I have two recommendations here:
    - Use the newer time zone references, such as Eastern Time (ET) to refer to whatever time it is on the east coast rather than Eastern Standard Time (EST) or Eastern Daylight Savings Time (EDST).
    - Reference city or state to clarify the intended time, such as Chicago time, London time, or Arizona time.
- **Verify productivity early**—To ensure that the virtual work environment generates the expected level of productivity needed for project success, pay close attention to initial work efforts. The fundamentals of work assignments apply the same here, but they're even more important:

Invest time to clarify work expectations and completion criteria.

Provide all necessary resources.

Keep work packages smallless than the standard reporting period.

**Use preferred communication methods of customer and sponsor**Either as part of your initial communications planning or as an observation you make during the project, make sure to communicate with your sponsor and your key customers in the manner they prefer and in the manner that best fits their learning style. If this is in person, meet them in person. If it is via phone at 7:30 a.m., call them at 7:30 a.m. If it is email at the end of the day, email them. The two important things to note here are the following:

The communication mechanisms you use for the core project team might likely be different than what you use for sponsor and customer communications.

Use the methods they prefer, not what you prefer. This approach leads to fewer miscommunication and expectation management issues.

## THE ABSOLUTE MINIMUM

At this point, you should have a solid understanding of the following:

The key principles to note in leading cross-functional, cross-cultural, or virtual project environments include the following:

1. The same project management fundamentals apply.
2. A leadership approach that emphasizes effective communication, collaboration, interpersonal, and expectation management skills tends to work the best.
3. Communication, communication, communication.
4. Invest more time to ensure understanding.
5. More project management effort is needed.

Proven tips and techniques for leading cross-functional projects include the following:

1. Ensure that the project has the proper sponsorship and governance procedures.
2. Designate functional leaders to represent each distinct group.

3. Consistently acknowledge the importance, value, and role that each group contributes to the success of the project.
4. Get buy-in and commitment from resource managers.
5. Ensure that the project is aligned properly with other organizational initiatives.
6. Invest the effort early to understand the complete workflow process that is affected by the project.
7. Kickoff meetings are essential.
8. Resolve issues aggressively.
9. Look out for dysfunctional interactions.
10. Invest time in communications planning.
11. Invest time in requirements definition.

Proven tips and techniques for leading cross-cultural projects include the following:

1. Be respectful of cultures, customs, time zones, and holiday schedules.
2. Recognize the potential culture effects on project communications and team interactions.
3. Turn your active listening skills into hyperdrive.
4. Plan on more formality.

Proven tips and techniques for leading virtual projects include the following:

1. Get some face-to-face time, especially early in the project.
2. Establish team rules and procedures.
3. Focus everyone on the importance of responsiveness.
4. Set up protocols for virtual meetings.
5. Establish clear time zone designations.
6. Verify productivity levels early.
7. Use the communication methods preferred by the customer and the sponsor.

The map in Figure 20.1 summarizes the main points reviewed in this chapter.

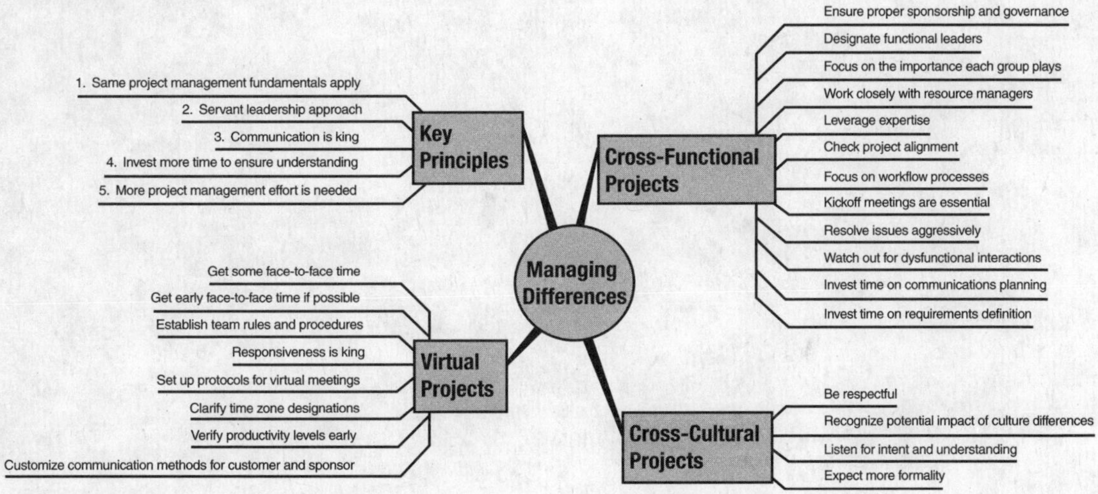


**FIGURE 20.1**

*Overview of managing differences.*

IN THIS CHAPTER

- Understand why managing vendors is important to even first-time project managers
- Understand the key principles that lead to better vendor management
- Learn to avoid the common mistakes made on outsourced projects (they are not all due to the vendor)
- Review tips and techniques for both the client (buyer) and vendor (seller) organization and project manager
- Understand the key skills that have the greatest impact on managing vendor situations
- Learn contract fundamentals and how different contract types impact your approach

21

# MANAGING VENDORS

As more and more organizations look to focus on their core competencies and reduce their fixed operating costs, while simultaneously attempting to execute more projects, it is very likely that your project, even your first one, will involve collaboration with other organizations.

Although the specific process for establishing working relationships with other organizations depends largely on the which in industry you work, many project managers lack considerable exposure to procurement and vendor management. Often, this is due to organizational structures and the common use of procurement specialists due to the legal and contractual nature of this activity.

For these reasons, I felt it was important to include this chapter, so you can be better prepared for whatever you face on your initial project assignment.

This chapter is not meant to be a comprehensive overview of procurement or vendor management, and I encourage you to study these areas further. Instead, this chapter intends to focus on the outsourcing of project work (as opposed to outsourcing entire departments or other operational work), and on the key fundamentals and frontline tips that make the greatest difference in your ability to manage these project relationships and avoid the mistakes made by both first-time and experienced project managers.

Specifically, we review what activities are actually included in vendor management, the core principles that should drive your work, and helpful advice for both the buyer and seller project manager. In addition, we touch on the important basics of contracts, including the impact certain types of contracts have on the project manager, and we highlight the skills that make the greatest impact on your ability to effectively manage outsourced projects.

# First, Let's Clarify a Few Terms

For the sake of clarity and brevity, let's review a few terms and touch on the focus of this chapter. By *vendor*, I mean the seller organization—the organization that is contracted to provide product or services. I generally refer to the client organization—the organization purchasing the services—as the buyer. The use of buyer and seller terms here is consistent with the current PMI standards on procurement management.

In addition, we focus on arrangements that involve the outsourcing of entire projects, project phases, or specific project deliverables to external entities. Thus, this excludes "staff augmentation" arrangements where a vendor is contracted to provide a resource to fill a role on your project team.

With these clarifications, we're now ready to take a look at the principles that provide the foundation for effective management of the buyer-seller project relationship.

# Ten Proven Principles of Vendor Management

The following ten fundamental principles will guide your efforts in managing vendor relationships:

1. **Solid project management goes a long way**—Outsourced projects place more importance on the project management fundamentals reviewed

throughout this book. Although you might be able to get by with less on internal projects, outsourced projects bring a visibility and accountability (both financially and legally) that make solid project management and leadership a requirement to make the relationship work. In particular, the following aspects of project management become essential:

- Well-defined and properly planned project
- Effective project sponsorship
- Buy-in and commitment on success criteria
- Well-managed expectations
- Clear roles and responsibilities
- Effective communications
- Formal change control management
- Effective issue management

> **TIP** The principles and techniques in managing virtual and cross-cultural teams in Chapter 20, "Managing Differences," are valuable in outsourced project arrangements.

> **NOTE** Just because procurement and vendor management require formal communications and processes, it does not mean that only formal communication methods are used. In fact, the formal communications should just follow (and document) what has already been discussed and agreed to.

2. **Vendor management is multifaceted**—Effective vendor management has four distinct elements that need attention:
   - Evaluation and selection
   - Contract development
   - Relationship management
   - Delivery management
3. **"See" the contract, "be" the contract**—Borrowing an expression from the sports world, you need to be fully aware of what the contract states. Ideally, you are involved in the development of the contract, or at the very least, the

project definition document that is referenced by the contract. In either case, you need to have full knowledge of what the contract states for three reasons:

- To ensure that you clearly understand what the vendor is responsible for
- To ensure that you are managing the project and vendor consistently with the contract
- To understand what incentives are motivating your seller

4. **Formality rules**—Due to the legal implications of the work relationship, all changes must be in writing and formally controlled, no matter who originates the change. In addition, all project communications dealing with procurement management should always be formal and written.

   **NOTE** In many organizations, a natural conflict exists between the contract administrator and the project manager. There are three reasons for this:

   - The contract administrator is the only one authorized to change the contract.
   - The contract includes or references the project definition document or project plan.
   - The project manager owns and manages the project definition document and project plan.

5. **Contract complexity should be consistent with project risk**—Both the procurement process and the level of contract detail should be consistent with project risk. The same due diligence process needed for a multimillion dollar project should not be used for a $50,000 project.
6. **If it is important, put it in**—Any aspect of an outsourced project that is important to either party should be in the contract. This includes, but is not limited to, deliverable specifications, the methodology used to create the deliverable, specific resources, roles and responsibilities, planned communications, deliverable acceptance criteria, and project success criteria. Do not rely on assumptions.
7. **Management commitment is key**—Partnerships between organizations are the result of demonstrated management commitment. More important than what the contract says or doesn't say, the commitment level and flexibility demonstrated by senior management (from each party) to make the relationship work will be the determining factor.

8. **Focus on "win-win"**—This principle is a cultural shock to many organizations, but both parties should focus on building win-win relationships throughout the project. When issues and tensions occur (and they will), actions should be focused on mutually beneficial resolutions and on easing tensions—not escalation and provocation.
9. **Clarify terms and processes**—Take the time to review, explain, and clarify all terms and processes involved in the project. More conflicts result from misunderstandings than anything else.
10. **Clarify internal roles and responsibilities**—Make sure to clarify the roles and responsibilities for the procurement (purchasing) department versus the project team, especially between the contract administrator and the project manager. Conversely, the seller project manager needs to clarify his role and responsibilities in this arrangement with his sales, accounting, and legal departments.

# Twelve Tips for Buyers

The following tips and techniques have been picked up from the front line of project management and might be helpful to both buyer organizations and project managers in their efforts to get the most from their outsourced project arrangements:

1. **Align sellers' goals with yours**—This could be a principle of managing vendors. To get the most from your vendors, make sure their goals are aligned with your goals (which should be in sync with the project goals). The terms of the contract should be set up so that all parties win together. The use of incentives, risk-reward scenarios, and requiring accepted deliverables for payment approval are popular techniques here.

   **NOTE** The motivation behind incentives is to align the seller's objectives with the buyer's.

2. **Ensure WBS is appropriate**—Make sure the work to be outsourced is clearly defined, complete, and appropriate for the given environment. Consider the following questions:
   - If the vendor is off-shore, can the work be done with limited interaction with your organization?
   - Do you expect the vendor to help with training?

- What documentation do you need or expect?
- How will you transition the final deliverable(s) to your organization?

3. **Tie acceptance of deliverables to payments**—A key condition to associate with any payment is formal acceptance of the targeted deliverable(s). This works better when clear acceptance criteria are established in advance.
4. **Use phases to reduce risk**—An excellent way to manage the natural risk involved in outsourcing project work is to limit the commitment length by project phases. By limiting the scope of the contract to one or two project phases (specifics will depend on project risk and methodology used), you minimize your dependency on a vendor that might be underperforming, and you force a systematic review of vendor performance before committing to additional work.
5. **Understand resource and process dependencies**—Get a clear understanding of the resources that the vendor needs from your organization to effectively perform their work and when those resources are needed, and then proactively manage those dependencies. Use the same approach on project processes—especially deliverable reviews and testing stages.
6. **Use project management fundamentals to reduce risk and improve quality**—Besides the tips already mentioned, focus on these other solid project management fundamentals to reduce risk, improve quality, and meet expectations:
   - Request and review interim deliverables
   - Request tangible results early in the process
   - Focus on clear specifications
   - Establish clear acceptance criteria for each deliverable
   - Leverage requirements traceability matrix
   - Establish frequent status reporting cycles
7. **Integrate vendor teams whenever possible**—Whenever the nature of project work allows it, always look for opportunities to integrate the vendor's project team with yours. Besides creating better teams and working relationships, this technique is effective for knowledge transfer and more proactive risk and issue management.

8. **Use a third party to QA vendor's activities**—If the risk of the project warrants, consider using a third-party resource as a quality auditor on your primary vendor, including another vendor. This can be an additional project expense, and you are adding potential complexity to your management efforts, but if there is not an in-house quality department or there is lack of experience with this type of project, it is an investment that can pay considerable dividends. This arrangement helps protect the interest of the client and helps keeps everyone accountable to the contractual arrangement.
9. **Evaluate vendor estimates**—Determine how you will validate the integrity and reasonableness of the vendor's cost and time estimates. Common methods include the use of multiple vendor bids, requesting a WBS to support the estimate, and review by subject matter experts.
10. **Look for "go-to" partners**—Encourage your organization to seek true vendor partners rather than just view them as disposable, interchangeable suppliers. Vendors that have demonstrated the ability to get the job done, the management commitment to meet your expectations, the flexibility to resolve conflicts and honor the spirit of contractual agreements, and the ability to establish synergy and trust with your enterprise give your enterprise a strong operational advantage.
11. **Try out a new vendor**—To reduce the risk of going with a new vendor, consider giving any new vendor a tryout. Use a new vendor for a smaller project or a piece of a larger project before making a commitment on a higher profile engagement. There's nothing like seeing a vendor in action to determine whether they are a good fit for your enterprise.
12. **Beware of certifications**—As the advantages of organizational process maturity are understood by more and more industries and enterprises, more organizations are placing a higher priority on process maturity certifications such as CMMi and ISO. Consider the following three questions in regard to these certifications:
    - When did they earn the certification and who performed the audit?
    - Does the certification apply to the entire organization or only to a specific project or department?
    - What evidence exists that proves the organization is still operating at the certified level?

## Seven Tips for Sellers

The following tips and techniques have been picked up from the front lines of project management and might be helpful to both seller organizations and project managers in their efforts to get the most from their contracted project work and business relationships:

1. **Get formal acceptance**—Make sure to get some form of formal verification or sign-off from the client to document acceptance of the targeted deliverable(s).
2. **Clarify standards and acceptance criteria**—Make sure to understand what standards you are expected to adhere to before you begin your work (put in the contract) and document what criteria will be used by the client to officially accept each deliverable.
3. **Define review process**—Make sure to clarify with the client what process will be used to review and accept each deliverable. In particular, specify who will be involved in the review process, how much time will be allowed for the review, and how many iterations (for refinements) should be expected and included as part of the scope.
4. **Control invoicing process**—There is nothing worse than visiting with the client project manager or project sponsor after they have received an inaccurate project invoice that you did not know had been sent or had never seen. To prevent these situations and manage the credibility of your organization, ask to have review-and-approve powers on any project invoices before they are issued.
5. **Keep a close eye on resource dependencies**—From the start, understand what elements of the WBS need collaboration with resources from the client (or other) organization and make sure the client clearly understands these dependencies and realizes the impact (time, cost, quality) of not having the resources when needed.
6. **Manage communications**—This goes without saying: Take control and ownership of all communications between your team and the client organization and communications with your senior management.
7. **Be transparent**—The more open, transparent, and visible you are regarding your team's activities and progress, the more trust and confidence you build with your client. If you happen to find yourself in a crisis, your "truth and nothing but the truth" approach and the relationship you have established might be the only things that get you through these times.

# Twelve Key Project Management Skills for Better Vendor Management

To better help you prepare for responsibilities of vendor and procurement management, let's review the type of skills and knowledge a project manager should possess to be effective in these areas. The key project management skills needed for procurement and vendor management include the following:

1. Managing expectations
2. Effective verbal and written communications
3. Managing virtual and cross-cultural teams
4. Defining a project
5. Proficient negotiating
6. Vendor selection and evaluation
7. Strong interpersonal skills
8. The ability to identify risks and develop appropriate responses (managing risks)
9. Contract knowledge
10. The ability to manage to a contract
11. Understanding when and how to use legal assistance
12. Managing changes

# Stuff You Need to Know About Contracts

We mentioned earlier that contract knowledge is a key project management skill for procurement and vendor management. So, what exactly do we mean by contract knowledge? Although there is no substitution for actual experience, in-depth study, and formal training, here is a quick synopsis of the key contract facts that you need to understand to improve your effectiveness in this area of project management.

## Conditions for a Legal Contract

The four conditions that make a contract a legally binding agreement are the following:

- It must be voluntarily entered into.
- It must contain mutual considerations.

- It must be created for legal purposes.
- It must be signed by authorized parties.

## Key Contract Elements

Not every contract is the same, and not every contract will contain all these sections (they might not apply), but the common contract components include the following:

- Scope statement, including deliverables, requirements, out-of-scope items, and assumptions
- Timetable and milestone dates
- Acceptance criteria
- Responsibilities of each party
- Financial arrangements, including payment schedule, invoicing arrangements, and incentives
- Identification of the person authorized to make changes
- Change control procedures
- Issue resolution and escalation procedures
- Performance measurement and reporting
- Communications plan, such as status reporting, senior management meetings
- Procedures or penalties for ending the contract prematurely
- Liability for failure to perform
- Ownership and property rights of project deliverables
- Security agreements
- Nondisclosure agreements

## Primary Contract Types

The three common contract types are as follows:

- Time and materials (T&M)
- Fixed price (FP)
- Cost reimbursable (CR)

The three variations of cost-reimbursable contracts are as follows:

- Cost Plus Fixed Fee (CPFF)
- Cost Plus Percent of Cost (CPPC)
- Cost Plus Incentive Fee (CPIF)

A common variation of T&M contracts is to cap the top end (T&M with a Cap).

## The Impact of Each Contract Type

In the previous section, we mentioned the three key contract types. In this section, we review the points you need to understand about each type. The key categories include the following:

- The contract's advantages and disadvantages
- What situation is best for the contract's use
- Who owns the risk
- The required project management tasks

Table 21.1 summarizes these key facts about each contract type.

**TABLE 21.1** Summary of Contract Types

| | T&M | FP | CR |
|---|---|---|---|
| **Advantages** | Quick to create.<br>Brief duration.<br>Good choice when hiring people to augment your staff. | Less work for buyer to manage.<br>Seller has strong incentive to control costs.<br>Buyer knows total project price.<br>Companies are familiar with this type.<br>Can include incentives. | Simpler scope of work.<br>SOW is easier than an FP one.<br>Lower cost than FP because the seller does not need to add as much for the risk.<br>Can include incentives. |

| | T&M | FP | CR |
|---|---|---|---|
| **Disadvantages** | Profit in every hour billed.<br>Seller has no incentive to control costs.<br>Good only for small projects.<br>Requires most day-to-day oversight by the buyer. | Seller might underquote and make up profits with change orders.<br>Seller might reduce work scope if it is losing money.<br>More work for the buyer to write the SOW.<br>Can be more costly than CR if the SOW is incomplete.<br>Seller will increase the price to cover risk. | Must audit seller's invoices.<br>More work for buyer to manage.<br>Seller has only moderate incentive to control costs.<br>Total project price is unknown. |
| **Best to use when...** | You need work to begin right away.<br>You need to augment staff. | You know exactly what needs to be done.<br>You don't have time to audit invoices. | You want to buy expertise in determining what needs to be done. |
| **Who has the risk?** | The buyer. | The seller (cost), or both the buyer and seller if not well defined. | The buyer. |
| **Scope of work detail** | Brief.<br>Limited functional, performance, or design requirements. | Extremely complete.<br>Seller needs to know all the work.<br>"Do it." | Describes only performance or requirements.<br>"How to do it." |
| **Project management tasks** | Providing daily direction to seller.<br>Striving for concrete deliverables.<br>Close monitoring of project schedule.<br>Looking for a situation to switch the contract type. | Establish clear acceptance criteria of deliverables.<br>Managing change requests.<br>Monitoring project task dependencies.<br>Managing risks.<br>Monitoring project assumptions. | Auditing seller's costs.<br>Monitoring seller work progress.<br>Ensuring added resources add value to the project.<br>Watching for shifting resources.<br>Watching for unplanned seller charges.<br>Rebudgeting. |

## THE ABSOLUTE MINIMUM

At this point, you should have a solid understanding of the following:

- Solid project management is essential to reducing risk and improving quality on outsourced projects.
- Vendor management is composed of four distinct elements:
  - Evaluation and selection
  - Contract development
  - Relationship management
  - Delivery management
- Effective vendor management requires more formality with regard to communications and change control.
- Do not assume anything. If it is important to you or your organization, put it in the contract.
- Focus on win-win to build better vendor relationships.
- Make sure the vendor has the same goals that you do. Use incentives to align their goals with yours.
- Make sure the WBS is appropriate for effective outsourcing.

The map in Figure 21.1 summarizes the main points reviewed in this chapter.

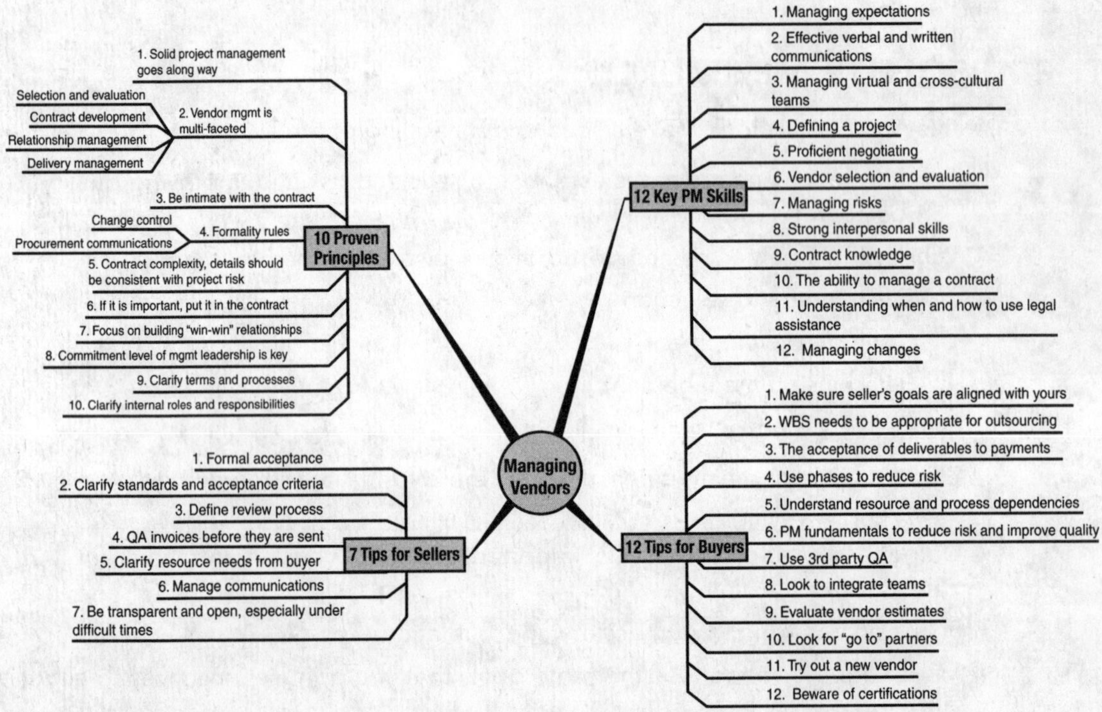


**FIGURE 21.1**

*Overview of managing vendors.*

IN THIS CHAPTER

- Find out how to properly bring closure to your project
- Use the Project End Checklist to make sure your projects end in style
- Understand the common challenges to overcome when ending your project
- Review the different reasons a contract and project can end

22

# ENDING A PROJECT

As in most personal interactions, how we begin and end the process can make all the difference. The same can be said for projects. Continuing to use the personal interaction analogy, we know how initial impressions and the relationship we establish can make our "goodbye" extremely awkward or very exciting for the promise of what is yet to come. In addition, there is nothing more frustrating in personal relationships than a lack of closure. Our goal, as a project manager, is to bring proper closure to our project for all parties involved and to make sure the last impression everyone has of your work is professional and positive.

In this chapter, we review the key principles that drive successful project closures, the different ways a project can end, the challenges many organizations have in ending a project properly, and of course, the invaluable checklist for ending a project in style.

# Three Key Principles

Before we review the checklist items that will drive our project ending efforts, let's touch on the key principles that drive a successful project close:

- **It is earned along the way**—The main purpose of project management is to achieve the success criteria set forth at the beginning of the project and to meet stakeholder expectations throughout the project. If this is done, a successful project close is almost guaranteed. If not, this is generally why unofficial games like "activate the spin machine," "pick the fall guy," and "bring in the lawyers" were invented.

> **TIP** Develop a Project End QA Checklist to improve both your and your organization's performance.
>
> Leverage a standard form to document client acceptance and approval of project deliverables. This streamlines the process and helps condition the stakeholders to perform this important activity.
>
> Requirements for formal contract closeout procedures should be defined in the contract's term and conditions.

- **Think end from the start**—A key part of the project plan must focus on how the end of the project will look when we are done, who will own and operate the deliverables, and how to transition those deliverables to them. Many projects have difficulty ending because this process is not clear or understood.
- **Bring closure**—To avoid the emptiness and frustration that is frequently experienced when there is not proper closure, make sure to properly acknowledge the contributions of all project participants, close out the legal and accounting elements, and officially signal that the project is complete.

# Project End Checklist: 13 Important Steps

With these principles in mind, the 13 steps included in the project end checklist will ensure that you perform a complete project close and leave the stakeholders with a positive lasting impression of your project management abilities.

1. **Gain client acceptance**—Personally, I would make sure you have this completed before you attempt to close the project. This is most often handled as exit criteria for user acceptance, post-implementation walkthrough, or a final

tollgate meeting (or a combination of these). The key here is to make sure the client has formally verified and accepted the project deliverables. You need to have this documented.

2. **Transition deliverables to owner**—Complete the necessary steps to properly hand off the project deliverables to their intended owner.
3. **Close out contract obligations**—Work with your procurement advisors to make sure that all obligations of the contractual relationship have been met and that all exit criteria have been satisfied.
4. **Capture lessons learned**—Both the positive and negative aspects of the project should be recorded. Ideally, this allows future projects to duplicate the constructive aspects of your project and avoid similar downfalls or mistakes. Of course, this is easier said than done. See the section "Common Project Closing Challenges" later in this chapter for more on this.

> **NOTE** Lessons learned are part of the project lifecycle and include both positive and negative aspects of the project. This allows future projects to duplicate the constructive aspects of your project and avoid similar downfalls or mistakes.
>
> A common approach for creating an organizational résumé is to develop a *white paper* that summarizes the business challenge, goals, approach, key deliverables, and value achieved by the project and organization.

5. **Update the organization's central information repository**—Archive all project management records and as many project deliverables as possible to the organization's central information repository (or knowledge management system). Assuming the repository is easily accessible, searchable, and the contents are protected by a configuration management process, this is a powerful way to reduce learning curves and gain efficiency on future projects.
6. **Issue final financials**—Depending on the nature of the project, work with accounting and procurement to make sure that all financial transactions have taken place, such as invoice generation and final payments. In addition, you should develop the final project financial reports, such as budget summary and variance analysis.
7. **Close accounts and charge codes**—While working with the accounting department, make sure that the process for closing all associated accounts and charge codes is completed.

8. **Update resource schedules**—This is a step that should occur throughout the project. Make sure that the resource scheduling arm of your organization knows well in advance when your project team members will be completed with their assignments on your project and will be available for other opportunities.

9. **Conduct performance evaluations**—Although you should offer performance feedback to team members throughout the project, make sure to complete the formal performance evaluation forms and process when their work assignment is completed. This formal documentation is often key to the individual's career and compensation growth.

**TIP** Most of the project end checklist tasks can be performed at the end of each project phase, too.

10. **Update résumé**—Make sure to update your personal résumé to accurately reflect your project experience, including your roles, responsibilities, accomplishments, and impact. Encourage your other team members to do the same.

11. **Market project accomplishments**—The organizational résumé is a trademark of professional services organizations, but one that can be employed by all organizations and departments. Capture the project highlights and accomplishments in a format that enables the organization to effectively communicate its successes and the value it has offered.

12. **Ask for referrals/references**—Of course, the best testament to client satisfaction is whether the sponsoring individuals (organization) will officially endorse your work. At both a personal and organizational level, this should be the goal from the start. Make sure to ask for it, if the goal has been achieved.

13. **Celebrate!**—Nothing helps bring closure to a project better than an official celebration that recognizes the team's contributions and the accomplishment of the project goals. Make sure to plan the celebration event from the start.

# Common Project Closing Challenges

The proper ending of a project is the most neglected project management process. To understand why and to better prepare yourself for this important activity, let's review the common challenges that project managers and organizations have at this stage:

- **Rush to the next project**—Due to the pace of business in today's times, there is often zero downtime between project assignments, and in many cases, the next project is getting started before you have completely ended your previous one. This mode of operation often results in an incomplete project close, especially if the project is completely in house.

- **No accountability**—If there is no one (or department) making sure the project close activities occur or if it is not part of your evaluation, it is very easy to let this go. After all, you've delivered the goods, the client is happy…you're done…right?
- **Not seen as a "value-added" activity**—As a project manager, if you do not see your organization putting a priority on project close activities, you are going to be much less likely to follow through here. By *priority*, I mean does the organization include this as part of your evaluation? Does it leverage lessons learned from past projects? Does it value the support, development, and use of a knowledge management system?
- **Lack of transition plan**—Quite simply, there was not enough attention paid at a detailed level to how the project would end and how the deliverables would be handed off to the eventual owners. In some environments, separate *deployment* projects are established to deal with the logistical and detail issues that come into play here.
- **Sanitization of lessons learned**—The most valuable lessons to be learned are often "what not to do." But who wants their faults or bad decisions to be recorded for posterity's sake? It takes strong executive management support and a politician's touch to record useful lessons learned for an organization.

# Methods for Ending a Contract or a Project

To simplify the coverage of this process, I have assumed that our project completed as planned, and that any contracts involved also ended at the same time the project completed. In reality, many of these ending a project steps could and should be done at the end of each project phase and not just the end of the project. These are part of the closing project management process described in the *PMI PMBOK Guide*.

Also, there are other scenarios that can occur to either your project or contractual relationships, and we will quickly review these next. In each of these cases, you should review the project end checklist to see how many of these you can perform.

**NOTE** Contract duration does not always equal project duration.

## Terminating a Contract

In many cases, the duration of your contract is shorter than the duration of the project, especially if you have only outsourced a specific phase or a portion of the project work. In these cases, your work to bring closure to the contract and vendor relationship is separate from the steps to end the project.

In other cases, the contract might end early because of mutual agreement between the parties or because of a breach of the contract terms. To clarify, a contract can end in one of three ways:

- Successful performance
- Mutual agreement
- Breach

*Successful performance* is what we think of as getting the work done. All the work specified in the contract was performed by the seller and formally accepted by the buyer. The term *contract termination* refers to the other two ways a contract can end: mutual agreement or breach.

If there is *mutual agreement*, the contract is terminated because both the buyer and the seller involved in the project agree that the project work should not continue. However, if a project contract is terminated due to *breach*, a party involved in the project work has failed to obey its side of the contract.

## Terminating a Project

In the preceding section, we reviewed how a contract can be completed or terminated, and we mentioned that a contract closeout does not always signify the end of a project. However, the end of a project almost always forces a related contract to end. For your reference, Table 22.1 lists the various ways a project can be terminated—all of these would trigger some or all aspects of your project end checklist.

**TABLE 22.1** Methods of Project Termination

| Method | Description |
|---|---|
| Completion | Successful performance; getting the work done. |
| Cancelled | Portfolio management decision due to poor performance, better resource utilization, or realignment with organizational goals. |
| Displacement | Project becomes obsolete due to another project. |
| Collapse | Project ends due to external factors, such as natural disasters, corporate mergers, and so on. |
| Absorption | The project becomes a permanent part of the sponsoring organization (a new department or division). |
| Deterioration | A "slow death." Neglect. The sponsoring organization gradually reduces its support and budget for the project. |

## THE ABSOLUTE MINIMUM

At this point, you should have a solid understanding of the following:

- Many of the steps involved with ending a project might need to be performed at the end of each project phase.
- Client acceptance of project deliverables should be formal and documented.
- Ensure that the transition plan of project deliverables is performed.
- Capture lessons from the project (both positive and negative) to help the organization in the future.
- Take care of your project team membersgive them official performance feedback, offer to serve as a reference (if appropriate), and help them transition to their next assignment.
- Archive all project management items and all project deliverables (if permitted) to your organizations knowledge management system for future use and reference.
- Ensure that contractual obligations have been met and that all contracts are finalized properly.
- Tie up the financials, including final transactions, reports, and closing of associated charge and accounting codes.
- Capture and market the accomplishments of the project.
- Make sure to celebrate and recognize the achievements of the project.

The map in Figure 22.1 summarizes the main points reviewed in this chapter.

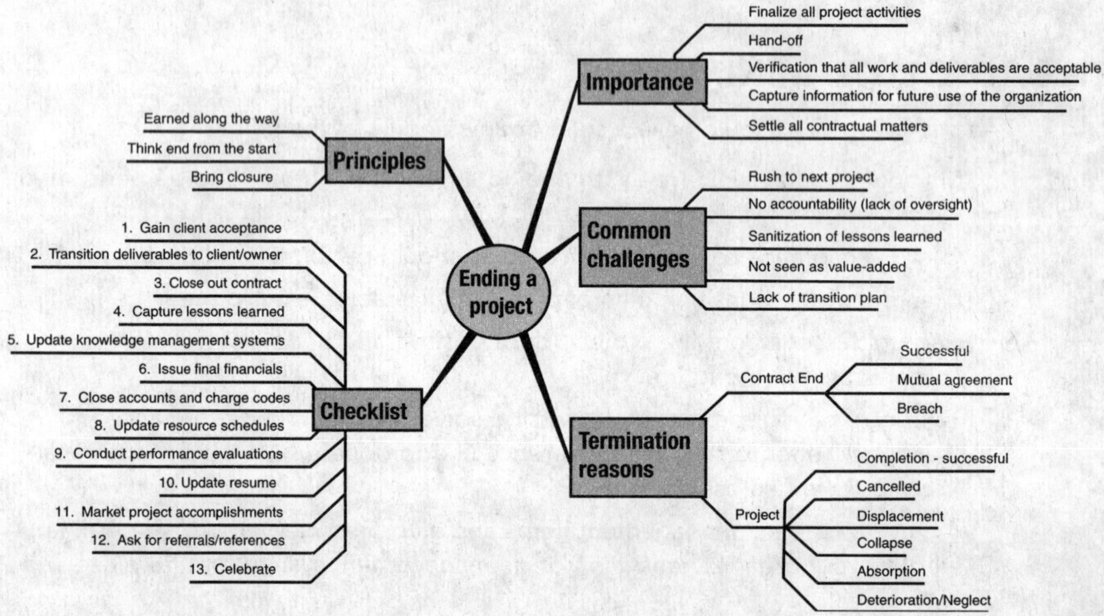


**FIGURE 22.1**

*Overview of ending a project.*

IN THIS CHAPTER

- Accelerate your Microsoft Project learning curve
- Learn how to make Microsoft Project work for you, instead of the other way around
- Understand why Microsoft Project is more flexible than you think
- Discover how to avoid the common frustrations with Microsoft Project
- Find out what to do first when you start any new Microsoft Project file
- Review insights to quickly improve your reports
- Understand how to make resource leveling work
- Review why Microsoft Project 2010 and later versions are game changers
- Understand the differences between Microsoft Project 2010, 2013, 2016, and Project Online
- Review how Microsoft's new tool, Planner, fits in

23

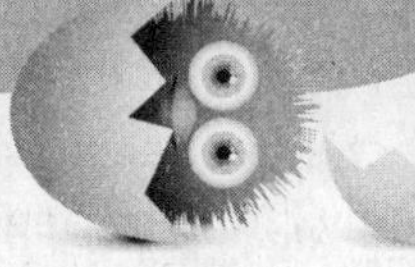

# MAKING BETTER USE OF MICROSOFT PROJECT

It's not perfect. It has limitations. It can be frustrating. But, with a little experienced insight, you can quickly learn how to make Microsoft Project your friend, and more importantly, how to use Microsoft Project to be a better project manager.

This chapter is not a comprehensive instruction manual on Microsoft Project. This chapter focuses on accelerating your learning curve. It assumes you have some working knowledge of Microsoft Project already and that you are using Microsoft Project to manage an isolated, single project that does not include Microsoft Project Server.

Specifically, this chapter reviews the key design elements that drive how Microsoft Project behaves, the new features in Microsoft Project 2010 and later versions that you need to know about, the best practice for starting any new project, ten must-know features of Microsoft Project, tips for avoiding common frustrations, and powerful techniques for effectively reporting from pre-2010 versions of Microsoft Project.

This chapter was originally written before Microsoft Project 2010 was released. In the Third Edition of this book, this chapter was updated to highlight the significant changes in Microsoft Project 2010, but the majority of the original content was kept intact for two primary reasons. One, most people were still using pre-2010 versions of Microsoft Project in their work environments, and two, the fundamental background on how the application works still applied. Since then, Microsoft has introduced Microsoft Project 2013, Project 2016, and Project Online. While there are exciting new features in each release, the most significant set of changes were delivered in Microsoft Project 2010. We will review the key updates in each of the recent releases, so that you are up to speed.

It's important to understand that although I have acquired a great deal of experience with Microsoft Project, have received consistent positive feedback for how I've used the tool from my circle of peers (of course, this may more be a reflection of my peers), and can share lessons, tips, and insights that will greatly reduce your learning curve, I am still learning too. The continuous learning is due to three primary factors: Microsoft Project is a feature-packed application, new versions bring additional and revised features, and you learn what you need to know to accomplish the task at hand.

## Understand This...and It All Becomes Easier

As is the case when we are learning any new concept, skill, or tool, if you are taught the supporting principles first, it makes everything else that follows much easier. Why? Because you have a framework, a context, to organize the details and explain the specific behaviors. It's no different here. Let's review the key design fundamentals behind Microsoft Project that will help you better understand how the tool works and help you avoid many frustrations that others commonly experience.

- **It's a database**—This is an important one. Microsoft Project is not like most other Office products. There is a relational database engine behind it. Why is this good to know?
  - First, it helps explain all the View, Display, and Table options from which you have to choose. These are all just different slices (views) of the same set of core database tables.
  - Second, you can include any of these standard fields in any view you want. Do not limit yourself to what you first see. You are not limited to the default column displays that you are first presented, and you can easily insert new columns at any time.

> **NOTE** Take the time to review the available tables in Microsoft Project. It reinforces the idea that Microsoft Project is indeed a database, accelerates your awareness of all the data points that are available, and opens your mind to new ways to leverage the tool.
>
> The tables can be accessed from the View, Table menu. In addition, a complete description of the available tables is available from the Project Help system (Help, Microsoft Project Help).

- **Dates are serious business**—Two of the most powerful and useful aspects of Project are its capability to develop an accurate calendar-based schedule based on the tasks, effort estimates, and assigned resources, and its capability to provide "what-if" impact analysis based on any proposed change to those elements. However, these can both be neutralized by doing one simple thing: manually entering values for either the start date or finish date for a task. When a start or finish date is manually entered, a constraint is established for this task, either a Start No Earlier Than or Finish No Later Than constraint. Either prevents Project from scheduling the task, and the task does not respond to changes to predecessor tasks or resource assignments as you would expect due to this fixed constraint. We cover the best practice for entering tasks on new projects later in this chapter. To be clear, I'm not saying that you will *never* enter a fixed date for a task because there are times it will be appropriate. However, it should be the exception.

**CAUTION** Avoid entering a start or finish date when adding new tasks.

**TIP** Set a deadline date on a task rather than entering a finish date to prevent Project from establishing a hard-coded constraint on the task.

**NOTE** In Project 2010, Microsoft embraces the capability to enter your own start and finish dates with the introduction of manual (or user-controlled) scheduling versus automatic scheduling performed by the tool. Specifically, the new Top Down Summary Task feature makes it much easier to do high-level plans and rolling wave planning now. We look at this more in the later section on key features in Project 2010.

- **Task Duration = Work Effort * Resource Units**—When you understand the fundamentals behind a schedule development, as were viewed in Chapter 6, "Developing the Work Breakdown Structure," Chapter 7, "Estimating the Work," and Chapter 8, "Developing the Project Schedule," this one is easy to understand; however, if you do not, it can frustrate you. What does this formula mean? It means that the amount of time it takes to complete a given task is a product of the total work effort involved and the number of resources applied to the task, not to mention the availability of those resources. So, why does it cause confusion at times?
    - Many people assume Duration is the same as Work Effort and Duration is a default column displayed by Microsoft Project on many popular views.
    - When you update or change any of those three components, Project updates the other values accordingly. This routinely occurs when resources are assigned to tasks.
- **Multiple calendars**—Although most people are aware that there is a calendar for the project—after all, it is the ability to easily capture the time dimension for our WBS and task lists that makes Project an attractive work tool option—many people do not leverage the project calendar properly nor realize that each resource can have its own calendar too. This provides a great deal of flexibility and accuracy when scheduling resources and evaluating impact to your overall project timeline. In addition, a specific task can even have its own calendar (which overrides the calendars of any resources assigned to that task). Calendars are available from the Tools, Change Working Time menu item, and they are summarized in Table 23.1.

**TABLE 23.1** Summary of Microsoft Project Calendar Types

| Calendar Type | Description | Notes |
|---|---|---|
| Project | Calendar applied as default for all project tasks | Standard is the default.<br>Apply organizational calendar and any non-standard productivity levels here. |
| Resource | Calendar for specific resource | Project creates one for each resource.<br>Apply resource-specific schedule constraints (vacations) and availability levels here.<br>Overrides project calendar. |
| Task | Calendar applied to specific task | Ignores project calendar.<br>You control whether this ignores resource calendars. |

**TIP** Remember to Apply the new or updated calendar to the view you are working with…not just Change Working Time. Project does not always do this automatically.

- **Planned versus Actual versus Baseline**—Microsoft could have avoided a lot of confusion by simply adding one word to two fields in the Project database. If the Start Date field was named "Planned" Start Date and the Finish Date field was named "Planned" Finish Date, most users would have a quicker understanding of what the fields actually represent and how these fields relate to their Actual and Baseline versions.
- **Default settings**—Like any software application, Project has default settings. The key is to understand what they are, what they impact, and how you can change them to make Project work the way you want it to. The default settings are found primarily on the Tools, Options dialog. We'll review the key default settings to consider as part of our "New Project Best Practices" section later in this chapter.

# Need-to-Know Features

With those fundamentals in mind, let's review specific features of Project that will help you make better use of the tool. Four complaints often heard about Project include "It's hard to develop schedules that reflect reality," "It's difficult to show all the information to others," "It's tough to read or understand a Project schedule," and "It's good for planning, but not very helpful as a tool to manage the project." These features address those complaints. They will help you develop a more accurate schedule, communicate more effectively, or make it easier to use as a management tool. Most importantly, these features are *not* obvious to new users.

**NOTE** There are a couple of ways to accurately account for part-time resources in your schedule. You can adjust their resource calendars to show how many hours a day they are available. This is best when the availability level is constant for the duration of the project. You also can indicate the availability level at the task level when the resource is assigned (that is, Horine [50%]). This is best when the availability level is not constant or is unique for this specific task.

It is also the best approach if you need to clearly and explicitly communicate the part-time level of the given resource for the task.

- **Calendars**—By default, Project uses a calendar that recognizes no holidays and assumes all resources work five days a week, eight hours a day. This can result in a schedule that is not as realistic as it should be. All Project calendars are found (and can be adjusted) from the Tools, Change Working Time menu option, including the individual resource calendars. Normally, you want to adjust the default project calendar to account for organization-wide resource availability factors, such as standard holidays and standard productivity levels. For availability factors that apply only to a specific resource, you want to adjust the respective resource calendars. The common reasons to do this would be to accurately account for days the resource is not available to the project effort (planned vacation days, planned paid time off, planned conferences, and so on) and to account for non-full-time availability levels.
- **Custom fields**—A powerful and useful feature of Project is the availability of custom fields. Custom fields can be added to any view, and they can be used to store or display any data item. They can be used to help you better manage the project or to help you better communicate project status to others. In a custom field, you can store any type of data, you can define a value list, and you can even incorporate visual indicators (graphic symbols).

  Personally, I use custom fields for visual indicators (I cover this next), to capture resource notes (especially if I want to show assigned resources at the summary task level), to save a previous set of baseline (or target) dates, or to show which deliverable is associated with the task. You can leverage custom fields by first defining your custom field (via the Tools, Customize, Fields menu option or by selecting Customize Fields from the right mouse-click pop-up menu) and then inserting the field into your desired table or view.

**NOTE** In Project 2010, Microsoft introduced many more Excel-type features to Project, including the capability to add new fields (table columns) dynamically. There's no need to select the data type first now.

- **Visual indicators**—As hinted earlier, the custom field can incorporate visual (graphical) indicators into your project file. Project provides a set of visual symbols that can be used to provide better reporting and better communication. You can define the field to change the graphical indicator (symbol) displayed based on the value associated with the field. The value could be a value you manually enter (and control) or the value could be automatically determined by a formula you define. See Figure 23.1, Figure 23.2, and Figure 23.3 for examples of using a formula with a custom field (Baseline Check) to automatically display a visual status for each task when comparing against the Baseline Finish date. You can refer to Table 23.2 for a summary of the logic and parameters used. Graphical indicators are defined by selecting Customize Fields, Values to Display, Graphical Indicators.

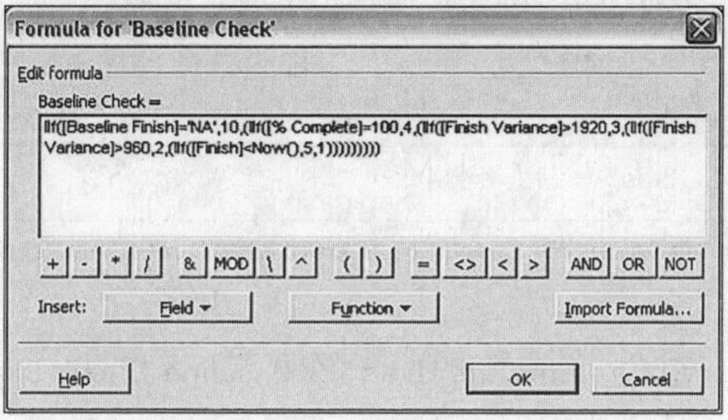


**FIGURE 23.1**

*Formula assigned to custom field (Baseline Check).*

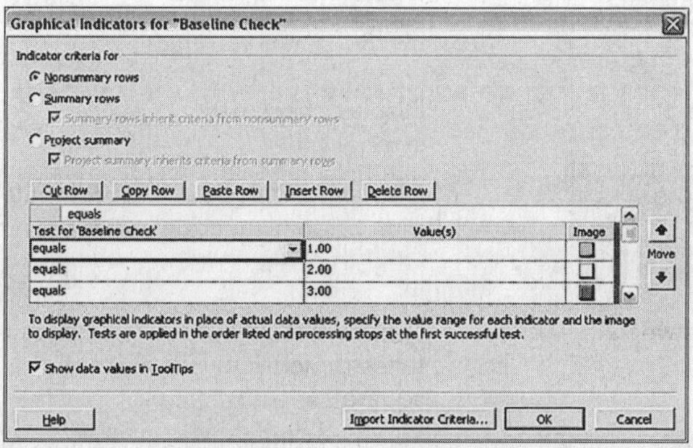


**FIGURE 23.2**

*Assigning formula values for Baseline Check to graphical symbols, part 1.*

The most popular indicators are the three-dimensional color symbols, the three-dimensional arrows, the colored flags, the emoticons, and the light bulb icon. See Figure 23.4 for a partial list of the available symbols.

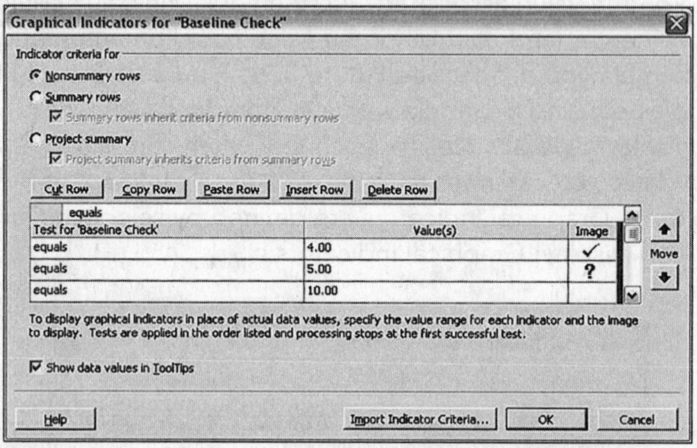


**FIGURE 23.3**

*Assigning formula values for Baseline Check to graphical symbols, part 2.*

**TABLE 23.2** Summary of Parameters Used for Baseline Check Example

| Test | Value | Action | Notes |
|---|---|---|---|
| If no baseline finish date for task | 10 | Do not display anything | Baseline Finish has NA value |
| If task is not completed and variance cannot be determined | 5 | Display question mark symbol | |
| If task is completed | 4 | Display checkmark symbol | |
| Finish variance more than 4 days | 3 | Display RED three-dimensional square | Formula uses 480 minutes to represent an 8-hour day.<br>4 days = 1920 minutes |
| Finish variance between 2–4 days | 2 | Display YELLOW three-dimensional square | 2 days = 960 minutes |
| Finish variance less than 2 days | 1 | Display GREEN three-dimensional square | Formula returns this value if none of the other conditions are satisfied |

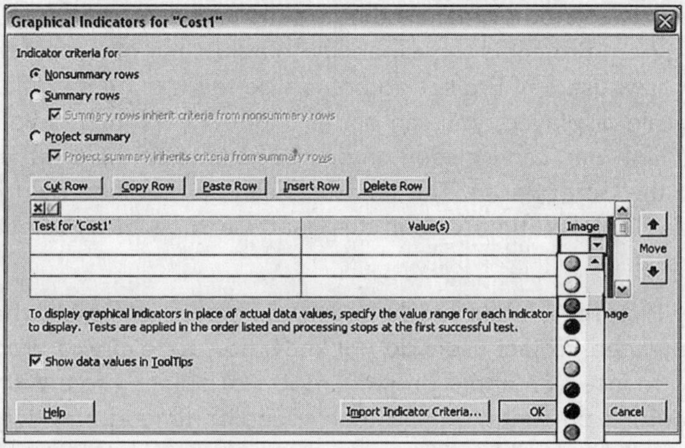


**FIGURE 23.4**

*Partial list of available graphical indicators.*

- **Gantt Bar Format**—Another default setting that contributes to the perception that Project is difficult to use for status reporting is the Gantt Bar default format. Many users of Project do not realize that the format of the Gantt Bar can be changed. You can change the size, the color, and the end point symbols used. You can have different task types automatically use different Gantt Bar format settings (Bar Styles), and you can determine what field values (if any) that you want to display alongside the bar. The Gantt Bar format can be modified by right-clicking directly on the displayed Gantt Bar or by selecting Format, Bar or Format, Bar Styles.

- **Task Format**—Closely related to the Gantt Bar formatting feature, you can also control the textual display format of each task. Many new users of Project get frustrated with the default task displays, especially if they attempt to use their Project file for communication or reporting purposes. You can have different task types automatically use different display format settings, and you can change the background cell color, text color, size, and font of any task. It's worth noting that after you have a format you like, you can quickly apply the same format to other selected tasks by using the Format Painter function. Task Display format can be modified by right-clicking directly on the highlighted task and selecting Font or Text Styles or by selecting Format, Font or Format, Text Styles.

**TIP** Use the standard Microsoft Office Format Painter function to quickly apply a desired display format to other tasks.

- **Timescale**—Another feature that greatly improves reporting and communicating from Project is the capability to adjust the timescale that is displayed. Many new users of Project do not realize this can be modified. By altering the timescale displayed, you can better control how much of your project timeline (Gantt Bar) can be seen on one page (or screen). In other words, you can make the Gantt Bar fit. The timescale can be modified by right-clicking directly on the displayed timescale in the Gantt Bar view or by selecting Format, Timescale.

- **Copy Picture**—Here's another powerful reporting feature that even many experienced Project users do not know how to leverage properly. Rather than trying to insert an entire project (.mpp file) object into a Word document or PowerPoint presentation and then spending time attempting to get it to display in a semi-legible manner, you can use the Copy Picture function to take a snapshot directly from your Project file and then paste the resulting image into your target Word file or PowerPoint presentation slide. In addition, you do not have to copy all the currently displayed tasks. If you want to copy only certain tasks, you can select those targeted tasks before you choose the Copy Picture function. You can access the Copy Picture function from the standard toolbar or from Edit, Copy Picture.

  **TIP** Make sure to hide any columns you do not want (or need) to display before you activate the Copy Picture function.

  **NOTE** Project 2010 improved the capability to share information from Project by introducing the new Timeline View feature, maintaining task organization and formatting when doing a copy/paste, providing the capability to enter notes in any cell (including dates), providing for use of drawing tools in Gantt Bar view, and providing richer color palette and text formatting options.

- **WBS**—Another common complaint with Project files, especially for files that have a large number of tasks, files that have a lot of detail, or files that have multiple levels of task detail, is that it can be very challenging to see the organization (the context) of the work tasks. It can be difficult to see how one task relates to another task.

  A simple, but powerful, way to enhance the organization and readability of your schedule is to display the Work Breakdown Structure (WBS) field. This provides a numeric identification for each task that quickly communicates how it relates to the other tasks. There are two methods for displaying the WBS value. If you want the WBS value to appear in its own column, you need to add the column by selecting Insert Column and choosing the WBS field from the list. If you want the WBS value to appear as a prefix to the task name, you need to enable Show Outline Number from the Tools, Options, View tab—Outline Options section.

- **Detecting Resource Overallocation**—Another common issue with schedules created with Project is that users do not check for overallocated resources, often because they do not know how to do this. This is actually an easy aspect to check. If you select View, Resource Allocation or View, Resource Usage, Project displays any overallocated resource in red text. In addition, it shows you in which time period(s) the resource is overallocated. Knowing this, you can decide what action to take to resolve each overallocation situation. Of course, you might simply need to perform *resource leveling*, and we discuss this in more detail later in this chapter.

**NOTE** In Project Professional 2010, the new Team Planner feature provides a visual mechanism to easily assign resources to tasks, quickly identify unassigned or unscheduled tasks, and manage resource leveling.

- **Displaying Tasks**—Many new users do not realize that you can easily control what level of task detail is displayed, which tasks are displayed, and even how the tasks are organized when they are displayed. With this control, you create much more flexibility in how you communicate and report using your Project file. These task display control features are readily available from the standard Project toolbar (and from the Project menu), but they are frequently underutilized. See Figure 23.5 for the toolbar references.
    - **Show Outline**—Enables you to display the tasks by WBS hierarchical level. It enables you to control how much detail is displayed. In many cases, I use this feature to reset my display to base level. Then I selectively expand certain tasks to show the associated detail.

**TIP** When rebaselining a schedule, capture the event (issue, delay, decision) that is responsible for change and link this to impacted tasks rather than directly modifying the date fields.

    - **Filters**—Enables you to display only the tasks that meet certain criteria. This is commonly used to show only tasks assigned to specific resource(s) or to show only tasks within a certain time period. Project provides a comprehensive set of predefined filters, but it also allows you to define custom filters, including filters based on your own custom fields. In addition, you have the same auto-filtering capability you are accustomed to using in Excel.

- **Group By**—Enables you to categorize and report project information in a variety of ways. Grouping also enables you to view rolled-up summary information for tasks, resources, or assignments on each field in the group. Like filters, Project provides a solid predefined list of groups, but also enables you to define your own groups, including ones based on your own custom fields.

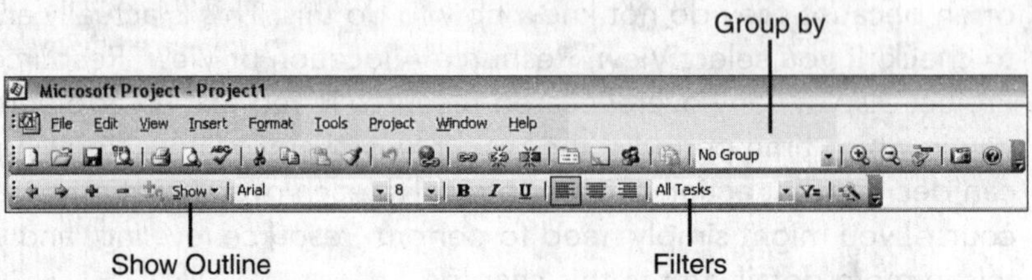


**FIGURE 23.5**

*Task selection functions on toolbars.*

- **Baselining**—A closing step in the schedule development process and an essential tool for proactively controlling project performance is to establish a baseline (see Chapters 8 and 10, "Controlling a Project," for more detail on this). The baseline captures the data entered to date (estimates, tasks, resources, assignments, and even actual work) as permanent reference points that can be used as a point of comparison. You save a schedule baseline by selecting Tools, Tracking, Save Baseline (or Set Baseline). Project stores up to ten different baselines for you (in case you need to re-baseline). Project provides several ways to compare actual performance against the baseline, including the Tracking Gantt view (View, Tracking Gantt). In addition, if I do need to re-baseline the project schedule, I like to do three things to link the schedule with the project change control system:

  1. Update the baseline version number (and display the baseline version somewhere in the footer or header).
  2. Capture the event that is responsible for the re-baseline as a new task or milestone (if you have not already done so) and link this to the tasks that are affected.
  3. Capture the associated change request number that documents the schedule change in the Project file—either on the task mentioned in #2 or as a project note.

# New Project Best Practices

Now that we've reviewed the key fundamentals and need-to-know features of Project, let's run down the best practices for setting up a new file. Many of the frustrations experienced by new Project users originate from the start in part because they do not build their schedule file with these practices in mind. By following this approach, you can build a schedule file that allows for what-if analysis, a file that becomes a useful management tool throughout the project. In addition, these practices are consistent with the schedule development process covered in Chapters 6 through 8. Here are my recommendations for starting a new project:

**NOTE** In Project Professional 2010, Microsoft made it much easier to do what-if analysis by introducing the ability to make tasks active or inactive.

- **Set Project Start Date**—Control the date Project uses as the beginning date for your schedule by setting the project start date. This is done in the Project Information dialog shown in Figure 23.6.

**TIP** To help ensure that any future project file you create has the desired default setting, select the Set as Default button on the General tab before closing the Tools, Options dialog.

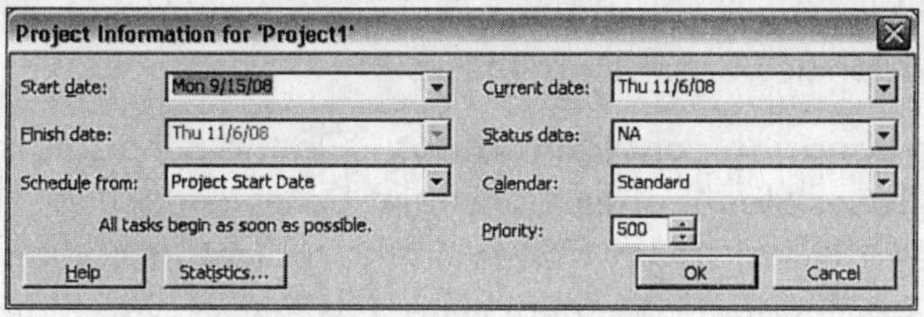


**FIGURE 23.6**

*Dialog used to set the project start date.*

- **Set Project Summary Task (Row Zero)**—Go to Tools, Options, View, and in the Outline options area, select the Show Project Summary Task checkbox. With this set, Project adds a row zero to the top of your schedule that summarizes all your project information. This is a tremendous timesaver for identifying the planned finish date and the total work effort.
- **Review default settings**—There are a handful of default settings under Tools, Options that can be troublesome if you're not aware of what is going on (see Figure 23.7).

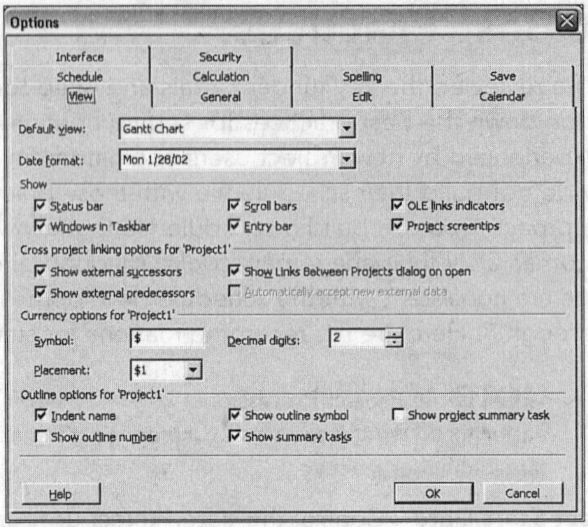


**FIGURE 23.7**

*Use the Tools, Options dialog to review settings.*

- **Autolink tasks**—On the Schedule tab, clear the Autolink on Inserted or Moved Tasks checkbox if you do not want Project to automatically create predecessor links (dependencies) between tasks as you enter them. I turn this off (uncheck, clear) because I want to purposefully set the logical dependencies between my tasks.
- **Tasks honoring constraint dates**—On the Schedule tab, clear the Tasks Will Always Honor Their Constraint Dates checkbox. This causes a warning indicator to constantly appear in the Indicators column whenever the given task is violating a constraint date. Otherwise, you only receive an initial warning. You want to be sure you are aware of these constraint violations.

**TIP** After you set up a project file (*.mpp) with the custom columns, formats, and settings you like, you can use this file as a template for future projects.

- **Multiple critical paths**—Most users want to deal with only one critical path at a time. You want Project to clearly identify the single critical path driving your planned completion date. To be sure this happens, go to the Calculation tab and clear the Calculate multiple critical paths checkbox.

- **Adding new resources—**This is personal preference. By default, Project automatically adds resources for you as you assign them to tasks. This sounds great, and it can be a timesaver; however, it does not perform any validation on your resource entries. You can end up with a lot of typos as resources and a lot of multiple references to the same resource. Both are problematic. On the other hand, if you turn off this feature, you need to enter your resources in advance (on the Resource Sheet) before you can assign them to tasks. If you want to turn off this setting, go to the General tab and clear the Automatically Add New Resources and Tasks checkbox.
- **Default scheduling mode—**Starting with Microsoft Project 2010, you schedule new tasks manually by default. To change this, set the value for the New Tasks Created Scheduling Option to Auto Schedule under the Options setting.

- **Set project calendar—**Go to Tools, Change Working Time to modify the standard calendar that should be used for the project.
- **Set header and footer—**To better prepare your Project file for reporting and distribution, set up the header and the footer sections. I like to add the project name to the header section, and I like to add the following to the footer section: filename, baseline version number, and page x of y. You can access the header and footer under File, Page Setup.
- **Enter and organize tasks—**If we followed our schedule development process, we'll enter the tasks using our deliverable-based WBS. Besides the reminder to *not* enter a start or finish date for the task, I strongly encourage use of the Notes field to capture any assumptions that will be important to reference. In addition, it is easy to see these notes because Project includes a notes icon in the Indicators column, and it automatically displays the note when you put your cursor over the icon.
- **Set milestones—**If there are any milestone or fixed target dates that must be honored, enter those dates for the respective tasks as deadlines on the actual tasks or as "milestone only" tasks. If using Project 2010, you can leverage the new Top-Down Summary Task feature. Both the deadline and the milestone attribute for a task are set on the Advanced tab in the Task Information dialog; see Figure 23.8 for clarification.

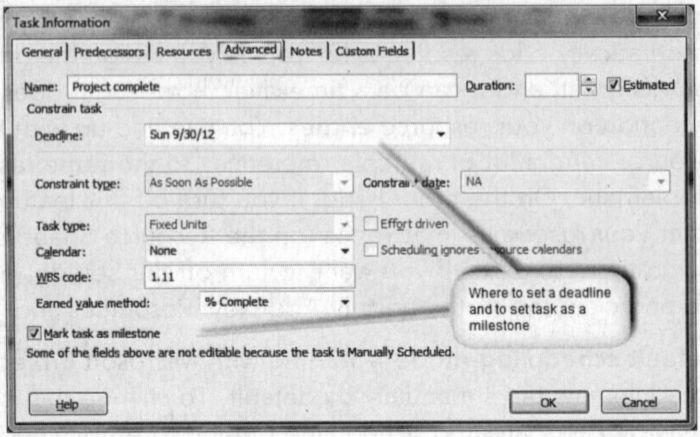


**FIGURE 23.8**

*Set the milestone flag and deadline date in the Task Information | Advanced dialog for a task.*

**NOTE** A milestone task has zero duration and will not impact calculations for work hours, duration, or cost.

- **Set external dependencies**—I would also enter placeholder tasks for any external dependencies that your project has, and I would establish a link (predecessor relationship) to those tasks. This way, you can clearly communicate these dependencies so that they are not just assumptions that get lost in other planning documents. And if the completion dates for those dependencies change, you can clearly identify the effect to your project.
- **Capture logical dependencies**—After your tasks are entered and organized, you want to purposefully capture the logical dependencies between your tasks. Do not consider any resource dependencies. Again, if you have followed the schedule development process discussed in Chapters 6 through 8, you will have this information from your team work sessions.

**CAUTION** Avoid establishing dependencies between tasks based on resource assignments whenever possible.

- **Set up custom fields**—Insert and set up any custom columns you want or need for this project.

**TIP** For better control of resource leveling, set the priority level of your tasks (Priority field).

- **Enter estimated durations or work efforts**—For each task, enter the estimated duration or work efforts by resource. Until a resource is assigned, no work effort is calculated for the task.
- **Assign resources to each task**—Now you are ready to assign resources to the tasks and continue the schedule development process.

# Keys to Making Resource Leveling Work

One of the key need-to-know features of Project mentioned earlier was the capability to detect resource overallocation. A step that you can take to be sure your resources are not overallocated is to perform resource leveling on your schedule. If used correctly, resource leveling is a powerful tool to help you identify and remove resource allocations, especially with large, detailed schedules. Often, these overallocations identify the tasks that might benefit from additional resources. However, in my experience, many project management professionals underutilize this feature. One of the main reasons for this is the lack-of-control feeling that many people experience when attempting to use it. I can't promise to alleviate all your frustrations, but here are some keys to making resource leveling work for you rather than against you:

- **Use manual resource leveling**—The resource leveling function is sensitive and might give you some unanticipated schedule changes if Project does this automatically. If you want to control when resource leveling occurs, select the Manual radio button in the Leveling Calculations area on the Tools, Level Resources dialog.
- **Capture task dependencies**—Make sure to follow the schedule development best practices and capture the logical dependencies between your tasks. This goes a long way in getting logical results from the resource leveling process.
- **Assigning resources to summary tasks**—This issue applies to several behaviors of Project, and resource leveling is one of them. For summary tasks, make sure a resource is *not* assigned to both the summary task and to one or more of the detailed tasks. It's okay to assign a resource to a summary task if all the detail tasks apply to them. Often this situation occurs when a task is further detailed (subtasks added) after the initial resource assignment is made.
- **Use Priority column**—In my experience, this is the least understood key to making resource leveling work for you. Often, when all tasks have the same default priority value, Project does some funny things when leveling resources. A common result is that Project bounces a resource between two separate summary tasks for no logical reason, or it will assign a resource to a less important task first. But, if we have not told Project which tasks are more

important (by adjusting the task priority level), then how will it know? Again, this is an issue for tasks that do not have logical dependencies established but that have the same priority level. To do this, insert/display the Priority column and adjust the priority values for each task accordingly. Then when you execute resource leveling (Tools, Resource Leveling), be sure that the Leveling Order is set for Priority, Standard (see Figure 23.9).

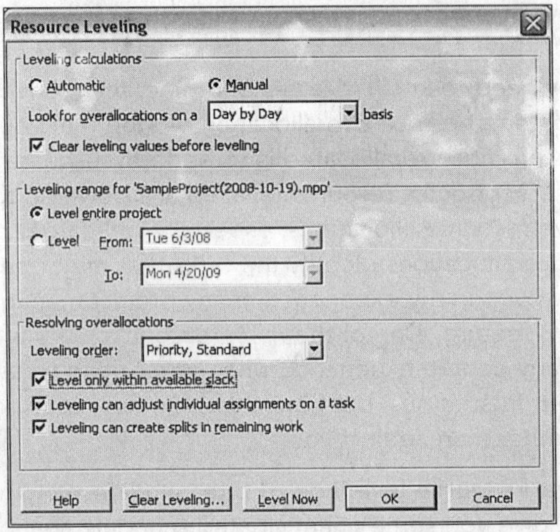


**FIGURE 23.9**

*Set the leveling order in the Tools, Resource Leveling dialog.*

- **Set the Level Only with Available Slack option**—When you prepare to execute resource leveling (Tools, Resource Leveling), make sure the Level Only with Available Slack checkbox is selected. This prevents Project from moving the finish date and forces the overallocations to be identified. When you feel most of your overallocations that are due to a lack of resources have been resolved and you want Project to give you a more realistic finish date, then clear this checkbox.

One way to check the results of the resource leveling process is to use the Filters view to show only the tasks for a selected resource (Project, Filtered For, Using Resource). With this view, you can quickly check whether the resource has been logically assigned to tasks and that this availability has been maximized. For individuals that are new to resource leveling, this can be an educational exercise and it can help build confidence in the resource leveling engine.

Also, as noted previously, Microsoft Project Professional 2010 simplifies the resource leveling process via the new Team Planner feature.

**CAUTION** Remember, resource leveling does not guarantee you the best plan; it only guarantees to remove resource overallocations.

# Powerful Reporting Secrets

What do we frequently hear when it comes to generating Project reports or when other stakeholders attempt to read a Project schedule: "I can't show all the data I need," "I can't get the Gantt Bar to fit on one page," "I don't like the appearance of the schedule," "The reports are boring," "There's too much detail—I can't tell where I am," "It's too hard to read," "It takes a lot of effort," "I can't share my project file with anyone because they don't have Project." Yeah, that's a fair sampling. Does it have to be this way? No, it does not—and by now, you likely have a good feeling for how you can address many of these complaints.

The three primary keys to better reporting with Project are awareness of capabilities, clarity of audience needs, and creativity. A significant portion of this chapter has focused on raising awareness of Project capabilities and options, and we'll revisit the ones that deal with reporting. Next, the more you understand about what your audience wants, the better. It will help you focus on where to invest your effort. What do they need to see? What level of detail are they concerned with? How will they read your report? If you combine the answers to these questions with your knowledge of what Project can do, you can develop a targeted approach to best share your Project schedule information. Let's review the keys to improving your reporting efforts:

**NOTE** While this section on Powerful Reporting Secrets was written with pre-2010 versions of Microsoft Project in mind and Microsoft has greatly improved reporting capabilities since then (especially in Project 2013), these fundamentals will help you improve your ability to effectively share project status information with stakeholders.

- **Take care of the basics**—How many times have you seen a Project printout and you have no idea what project it is from, when it was printed, when it was last updated, what page number you are looking at, or what baseline it is from? A simple, yet often overlooked, step you can take to improve the readability of your Project file is to use a header and footer. At a minimum, I like to show the project name in the header section, and the filename, baseline version, and page number X of Y in the footer section.

**TIP** Include an organizational logo picture in the Header section of your Project file to further personalize for your targeted audience.

- **Control the fields you are displaying**—Often, users have a difficult time getting everything to fit because they are showing fields/columns they do not need. Remember to hide any columns that are not essential for your given audience. In addition, you can adjust the width of any of your columns.
- **Tailor with custom fields**—As we've discussed earlier with custom fields, you can show practically any type of information alongside each task row. You are not limited to the standard columns that Project shows in a given view. On past projects, I've used custom fields to show information such as Status Comments, Resource Notes, and Deliverable Notes. In addition, I've used a custom field like Resource Notes to show resource assignments at the summary task level without impacting the actual work effort calculations in Project.
- **Control the tasks you are displaying**—Use the outlining, filtering, and grouping features (discussed earlier) to control which tasks are actually displayed. In most cases, showing summary tasks at a given level is sufficient for reporting purposes. This step can go a long way in providing reports that are understandable and useful for your audience. In my experience, I find that the level of detail I need to show is not consistent for the entire schedule. For example, phases that have already been completed can easily be shown at a high summary level, whereas activity for the current phase can be displayed at a lower level of detail.
- **Modify formats**—As mentioned before, you have the power to change the format of the displayed text. I often develop a style for tasks at a certain hierarchical level. They have the same font, size (normally larger), and color. This way it is even easier to see and understand the organization of the project.
- **Determine whether you need to show the Gantt Bar**—This might sound like heresy, but check to see whether your audience wants to see the Gantt Bar. If they do, you need to decide what data to show with the task Gantt Bar, what format to use for the Gantt Bar at each level, and which data to show in the table columns. If they do not, you end up with a table and space to show much more information. I have found the Gantt Bar to offer the most value in high-level summary presentations of your schedule. To convey detailed schedule information, I rarely use the Gantt Bar.

- **Modify timescale**—This is important if you are displaying the Gantt Bar, and we talked about this feature earlier, too. In many cases, to show the entire Gantt Bar on one page, you need to adjust the default timescale that Project is using.
- **Add attention-getting visuals**—Use custom fields with graphical indicators to add stoplight status to each task or to visually highlight other aspects about the task, such as risk level, task has associated issue, task is in progress, or importance level of task. See Figure 23.10 for an example of a schedule that uses two custom graphical indicator columns.

**TIP** If you use any other calendar for the main project calendar besides the Standard calendar, be sure you also update Gantt chart timescale format to use this calendar by going to Format, Timescale, Non-working time tab and select your non-standard calendar as the one to use.

| | ℹ | Focus | WBS | Task Name | Baseline Status | % Complete | Start | Finish | Dur |
|---|---|---|---|---|---|---|---|---|---|
| 0 | | | 0 | - Phase1 - QC Interfaces | | 38% | Tue 6/3/08 | Wed 4/15/09 | 45.4 |
| 1 | | | 1 | Project Management - Monitoring and Control | | 53% | Tue 6/3/08 | Mon 4/6/09 | 44 wk |
| 2 | | | 2 | - Vendor Interface Development & Testing | | 78% | Wed 7/2/08 | Wed 1/7/09 | 27.2 |
| 3 | ✓ | | 2.1 | + Review and Approve DRS and Test Plans | ✓ | 100% | Wed 7/2/08 | Fri 8/22/08 | 7.6 w |
| 67 | | | 2.2 | + Review Test Results | ? | 37% | Tue 9/16/08 | Fri 10/10/08 | 3.8 w |
| 70 | | | 2.3 | - Sample Files Delivered | | 41% | Thu 8/14/08 | Wed 1/7/09 | 21 wk |
| 71 | | | 2.3.1 | + Data Feeds (Inbound) | | 42% | Thu 8/14/08 | Wed 1/7/09 | 21 wk |
| 108 | | | 2.3.2 | + Report Feeds | | 33% | Mon 9/15/08 | Wed 12/31/08 | 15.6 |
| 114 | | | 3 | - Develop Client Interfaces & Reports | | 28% | Mon 8/18/08 | Fri 1/16/09 | 22 wk |
| 115 | | | 3.1 | QC Reviews - BRDs | | 90% | Mon 8/18/08 | Fri 11/21/08 | 70 day |
| 116 | | | 3.2 | QC Reviews - UT Plans | | 0% | Mon 9/15/08 | Fri 12/19/08 | 70 day |
| 117 | | | 3.3 | QC Reviews - UT Results | | 0% | Mon 9/15/08 | Fri 1/16/09 | 90 day |
| 118 | | | 3.4 | + BRDs Approved | | 99% | Fri 8/29/08 | Mon 11/17/08 | 11.2 |
| 140 | | | 3.5 | + Unit Test Results Approved | | 0% | Thu 1/15/09 | Thu 1/15/09 | 0 wks |
| 162 | | | *3.6* | *Move Interfaces to UAT Environment* | | *0%* | *Thu 1/15/09* | *Fri 1/16/09* | *2 da* |
| 163 | | | 4 | + Data File Validation | | 77% | Mon 6/16/08 | Tue 4/7/09 | 42.4 |
| 238 | | | *5* | *<Dependency> BPO Acceptance Test Execution* | | *0%* | *Tue 11/25/08* | *Mon 2/2/09* | *10 w* |
| 239 | | | 6 | - Downstream Acceptance Testing | | 19% | Mon 7/7/08 | Wed 4/15/09 | 40.6 |
| 240 | | | 6.1 | + Planning | | 20% | Mon 7/7/08 | Wed 1/28/09 | 29.6 |
| 378 | | | 6.2 | + Test Execution | | 0% | Thu 1/29/09 | Wed 4/15/09 | 11 wk |

**FIGURE 23.10**

*Example of attention-getting visuals.*

- **Leverage Copy Picture**—Leverage the Copy Picture function to include your Project information in other document format types such as PowerPoint and Word. Just be sure to tailor the columns and tasks you want to display first.
- **Use the Power of Page Setup**—The page setup options are certainly not unique to Project, but it seems like many users forget about the flexibility that can be found here. In my experience, the most useful Page Setup features are scaling adjustments (just like in Excel), margin adjustments, and on the View tab, fit timescale, and print the first X columns on each page. See Figure 23.11 for a reference to the Page Setup, View dialog.

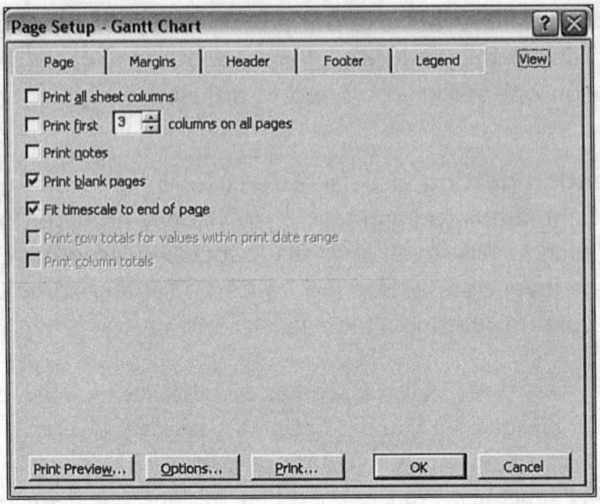


**FIGURE 23.11**

*Page setup options are set in the Page Setup, View dialog.*

- **Determine how users will read it**—This goes hand-in-hand with controlling the tasks you display. You need to know how your audience will read your report (or schedule view). Do they have Project or Project Viewer? Do they want to see it as a part of another report or presentation? Do they want it online or just hard copy? The answers to these questions tell you whether you need to create snapshots and, if you need to develop snapshots, what format you need to target.

> **TIP** If your stakeholders do not have Project, distribute your report (schedule views) as PDF files.

- **Leverage canned reports**—Project provides a significant list of canned reports that most people never look at. (See Figure 23.12 for the Reports main menu.) The following are three reasons why:
  - The standard views end up meeting 80% to 90% of the information needs.
  - Users have not invested time to become aware of what reports exist.
  - Users do not like the standard information or appearance of the reports. This area is an untapped resource for most people.

**FIGURE 23.12**

*Project's Reports main menu dialog.*

Nearly all the canned reports that are available under View, Reports can be customized. At a minimum, you can adjust appearance details such as color, font style, and font size and this is often by row or data category. However, in many instances, you can change the data that is used and the data that is presented.

**NOTE** In Project 2013, Microsoft significantly improved the reporting capability. In this version (and beyond), a user can create rich dashboard-style professional reports directly from Project. In addition, Project 2013 includes a number of new preconfigured reports including work, project overview, and burn-down reports that leverage the new built-in graphic, charting, and formatting capabilities.

- **Leverage visual reports**—Starting with Project 2007, there is a solid set of summary and pivot table reports that use Visio and Excel templates that can be used as-is or tailored as-needed.

**TIP** Consider setting up a custom text field as resource notes to control the display of resource information without affecting resource work assignments.

- **Distribute multiple views**—If you have a schedule with multiple levels of work detail, it can be challenging to provide views at the detail level while also ensuring the reader maintains perspective with the overall schedule. This challenge increases with additional levels of work detail and with stakeholders who do not have Project. In these cases, I do not hesitate to provide multiple views (or snapshots) of the schedule: a high-level summary view that provides overall schedule context, and additional detail views for each current or hot area of the schedule.

- **Use callout features**—This is one feature I wish Microsoft would incorporate directly into Project. If you find yourself having to use PowerPoint or Word to deliver your schedule updates, consider the use of callouts to highlight key risks, dependencies, assumptions, and target dates (see Figure 23.13). I normally use Copy Picture to get the base Gantt chart view from Project, then access the callout object from the Drawing toolbar (AutoShapes, Callouts).

**TIP** If you are defining a new work process that will be repeated, nail down the process first before you propagate the detail. It will save you a lot of rework or editing.

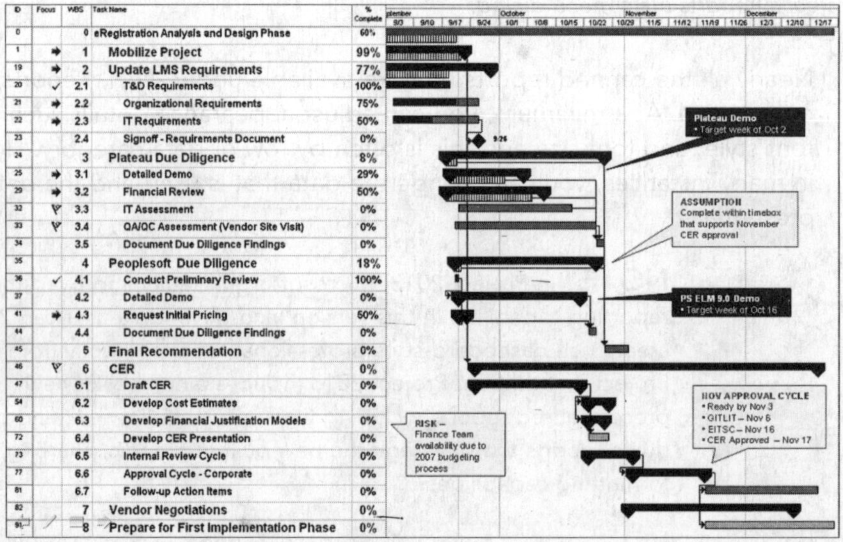


**FIGURE 23.13**

*Example of using the callout feature.*

- **Two can be better than one**—In many situations, it might be simpler and less time-consuming to work with two versions of your Project schedule. You can use one version to manage the project and another version to report the status. This approach can free you to capture all the details you want and need in your day-to-day working schedule without affecting the clarity and conciseness of your reporting process.

- **Timeline View in Project 2010**—If you have Project 2010, you will definitely want to leverage this feature. Now, instead of having to build your own custom timeline reporting structures in Visio, PowerPoint, or some other graphical drawing tool, you can just do it all within your Project file. With the Timeline View, you can easily show as much or as little detail as you need, control which tasks are included, and completely customize the look and feel of the timeline. And most importantly, easily copy the final Timeline to other applications to quickly share with others.

> **NOTE** Microsoft Project 2016 (and Project Online) now support multiple Timeline views. This makes it even easier to quickly generate effective and easy-to-understand reports directly from Project.

# More Insights to a Better Project Schedule

Here's a list of additional tips and insights from my experience that can help you build a better schedule with Project.

- **Managing timeline expectations**—Often, people avoid using Project to communicate during the project definition or project planning stage because Project incorporates the calendar aspect, and when stakeholders see real calendar dates even in preliminary, high-level schedules, their expectations can be influenced. A simple way to manage these expectations is to change the timescale labels that Project displays. As we mentioned before, the timescale can be modified by right-clicking directly on the displayed timescale in the Gantt Bar view or by selecting the Format, Timescale menu option. After the Timescale dialog is displayed, you will want to change the label format used. Simply select an option that does not use an actual calendar date, such as "Week 1, Week 2…Week N."

- **Assigning resources to summary tasks**—If you are using Project to estimate, schedule, or manage resource work hours, be wary of assigning resources to summary tasks. In Project, the resource assignment to a summary task is separate from the resource assignments to the detail tasks belonging to the summary task. In many cases, the resource is assigned to the summary task either for display purposes or before the detail tasks were added. I am not saying that you cannot assign resources to a summary task; there are times it is very appropriate. I am saying be sure you understand how this works and review any resource assignment that has the same resource assigned at both the summary and detail level.

**NOTE** It would be okay to assign a "budget-only" resource (a feature introduced in Project 2007) to a summary task.

- **Displaying assigned resources**—If you have a task that happens to have a few resources assigned, or you have resources with long names or you are assigning resources at less than 100% availability, it can be very challenging to fully display the assigned resources along with the task, especially if you are using the Gantt Bar view. Here are a few suggestions to better manage this display situation:
    - Use a custom text field, such as Resource Notes, to display what you want for the resource names.
    - Use the Resource Initials instead of the default Resources field/column.
    - Assign the list of resources to a group, and then assign the group resource to the task.
    - Further decompose the task, so you can assign resources to their own tasks.
    - If the task cannot be broken down, consider duplicating the task, and then assign a different resource to each instance of the task.
- **Capture impact of issues and delays**—Rather than simply updating the start date for a given task when a new baseline needs to be set, capture the reason for the schedule impact (event, issue, delay, or change request) as a new task in your schedule. This way, the source of the impact has visibility and you do not forget why the schedule change was made (see Figure 23.14).

| | ❶ | Focus | WorkStatus | WBS | Task Name | % Complete | Work |
|---|---|---|---|---|---|---|---|
| 606 | | | | 6.3 | - User Acceptance Testing (UAT) | 98% | 294 hrs |
| 607 | ✓ | | | 6.3.1 | Setup Test Environment | 100% | 16 hrs |
| 608 | ✓ | | | 6.3.2 | <<Delay - Security Migration Issues, 8.8 Infrastructure>> | 100% | 0 hrs |
| 609 | ✓ | | | 6.3.3 | Execute UAT Test Plan | 100% | 88 hrs |
| 610 | ✓ | | | 6.3.4 | Address Issues | 100% | 84 hrs |
| 611 | ✓ | | | 6.3.5 | <Additional Test Cycle Needed> | 100% | 100 hrs |
| 612 | | | | 6.3.6 | + UAT Summary Report | 0% | 6 hrs |

**FIGURE 23.14**

*Example of showing impact.*

- **Once progress is recorded, it changes**—Remember, after progress is recorded against a task, it does not automatically calculate planned dates. I often see people get frustrated because they assign resources to a task and the planned finish dates do not change. In most cases, the task already has a percentage complete amount recorded against it.

- **Saving baseline dates**—Until you get comfortable with how Project manages baselines, you can always save your own copy of your baseline dates and duration by using custom fields.
- **Managing buffers**—Rather than burying buffers or contingencies throughout the schedule in individual tasks, use specific tasks for buffers (contingencies) to simplify management throughout the project. It makes it much easier to show impact when issues or proposed changes come up.
- **Similar subtask names across summary tasks**—A common issue people face when dealing with task names that have similar if not the same name across summary tasks is that it is difficult to tell which specific task it really is. The three best ways to reduce these occurrences are to use the WBS field when possible, include a reference to the summary task in the task name, and create a custom field that combines the summary task and task names.
- **Managing overhead tasks**—To better manage overhead hours and activities to a project, I recommend using recurring tasks rather than the use of a "hammock" task. The recurring task offers more detail, flexibility, and control, and the hammock task construct in Project is subject to issues due to the Paste Link (OLE technology) approach that is used to tie the task date to the Project dates.

**NOTE** A *hammock* task is a task used to capture overhead items such as PM time, meetings, and miscellaneous costs that change as the project date changes.

- **Assigning resources to fixed duration tasks**—When assigning resources to fixed duration (versus effort-driven) tasks, make sure the resource has availability during that period. If the resource is not available, Project does not make the assignment (does not assign any work hours) but does not notify you about this.
- **If whacked, do over**—If all else fails and you cannot get the values of a resource assignment to make sense to you (dates, hours, or resource allocation), simply enter a new task and rebuild the resource assignment. After the assignment is rebuilt, you can delete the one that was giving you fits. This technique seems to work 99.9% of the time.

# Project 2010—The Game Changer

In summary, Project 2010 was a game changer. With the new capabilities Microsoft provided in Project 2010, it is much easier to use Project as the primary working environment for managing your project. It is much easier to use the tool to do your initial, high-level planning; to keep all project information and decisions in one place; to do what-if analysis; to manage your active project; and to meet all of your reporting needs. In addition to the Microsoft Fluent interface (ribbon, Backstage, and so on) that you would expect with any Office 2010 application, there are many new features and capabilities in Project 2010. Although not a complete list, here are some features that have me the most excited about using Project 2010:

**NOTE** Since Project 2010, Microsoft has continued to improve the collaboration, reporting, and task list management aspects of the tool while simultaneously advancing the higher-end financial, resource, and portfolio management capabilities available in the product.

- **Timeline View**—This might be the feature that excites me the most because it addresses one of, if not the biggest, pain points with using Project: summarizing and communicating the details of your detailed schedule to a mass audience. With the new Timeline View feature, you can do that without having to leave the tool. The Timeline View enables you to capture the key tasks and milestones from your detailed schedule and present them in a clean, appealing graphic that can be easily understood by all stakeholders.

**CAUTION** In Microsoft Project 2010, manually scheduled is the default mode. To change this, set the value for New Tasks Created Scheduling Option to Auto Schedule under the Options setting.

- **User-Controlled Scheduling**—With this new capability, you can now manually schedule individual tasks (versus having the task automatically scheduled using the Project scheduling engine). Not only does Microsoft make it easy to visually distinguish a manually scheduled task, but it has implemented an "anything goes" approach with these task types. There are no default values for start date, duration, or finish date, and you can enter any text value in these fields. Plus, none of the normal Project scheduling engine qualities are enforced—constraints and calendars are ignored, dependencies do not change the scheduled dates, and resource assignments do not change duration. The task is totally controlled by what you (the user) enter. Thus, if you just need to use Project as a task list manager or just need to capture high-level summary dates (which is common for initial high-level planning or rolling wave planning), this new feature will be greatly appreciated. See Figure 23.15 for examples of both the new Timeline View and aspects of user-controlled scheduling.

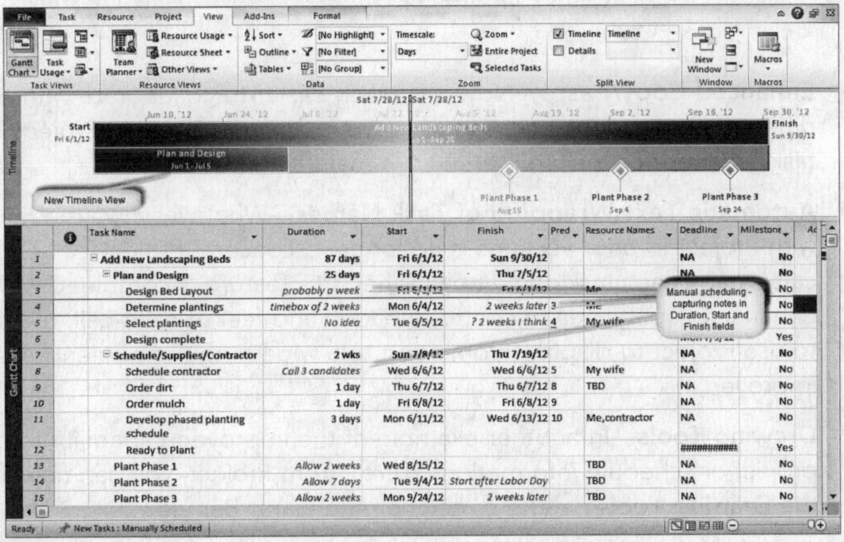


**FIGURE 23.15**

*Simple project to show new Timeline View and manual scheduling features in Project 2010.*

**NOTE** With Project 2010, a manually scheduled task can contain any text value in the Duration and Date fields.

- **Top-Down Summary Tasks**—Not only does Project 2010 create the summary task and the first subtask for you in one step (which is a nice little time-saver), but you can manually set the value for the summary task. Then as you flesh out the details, you can add the subtasks to it. In addition, Project lets you know via the red squiggly line feature on the Summary Task Finish Date if the total duration for the subtasks are extending past the end date you set for the summary task.
- **Task Inspector**—Using a Backstage View construct, Project 2010 provides a full array of information that could be affecting the scheduling of a task and a list of possible actions you can take to resolve it.

- **Team Planner**—With Team Planner, it is much easier to see what each team member is assigned to do at each point in the project, to find and resolve task assignment conflicts, and to find and resolve resource overallocations.

**NOTE** You need Project 2010 Professional edition to access Team Planner, the ability to Inactivate Tasks, and SharePoint integration.

- **Enhanced Copy/Paste**—Now it is much easier to collaborate with others using different applications because when you copy and paste in Project 2010, your task organization and formatting are maintained.
- **Automatic Text Wrapping of Task Names**—What was always a major pain with Project in prior versions is no longer a concern. Project 2010 automatically wraps each task name now. When this feature is combined with the other enhanced capabilities to control the look and feel of each cell, the capability to use Project to display information to a wide range of audiences is greatly improved.
- **Drawing Tools**—In another example of the improved capability to present project or schedule information directly from Project, you can now leverage the Drawing Tools palette directly on the Gantt Bar view.
- **PDF/XPS output**—In prior versions of Project, you can do this if you could print to a PDF driver, but with Project 2010, it is integrated into the product. Everyone can now share their schedule views by distributing PDF or XPS versions of their schedules.
- **Move Project**—If you want to reuse past schedules as a template or there has been a major rescheduling of your current project, this is a powerful new feature. Move Project reschedules constraints and deadlines relative to the former project start date; just changing the project start date does not do this.

**CAUTION** When switching a task from manually scheduled to automatically scheduled, Project makes decisions for you, especially if the values you have for duration or dates are not standard. In general, any duration field with a text value will get the default task duration value ("1 day?"), and any date field with a text value will get the project start date value.

# What Do I Need to Know About Project 2013, Project 2016, Project Online, and Office 365 Planner?

Since the release of Project 2010, Microsoft has delivered Project 2013 and Project 2016. In addition, it is providing a SaaS offering (Project Online) to be consistent with its Office 365 solution. On top of this, Microsoft has released a tool called Microsoft Office 365 Planner. Because many organizations are late adopters with the new Microsoft Project offerings or have not adopted Microsoft's SaaS solution, you might not be that aware of these latest offerings. In this section, I bring you up to speed quickly by sharing the key things you need to know about each.

In summary, these latest offerings have not seen a major change like we saw with the introduction of Project 2010. However, Microsoft has continued to build upon the foundation it established with Project 2010.

## Project Online

In 2013, not only did Microsoft release Project 2013, it also started offering the cloud-based Project Online solution. With Project Online, a customer no longer has to wait for bug fixes and new releases. Once it is available, you have it.

## Project 2013

In Project 2013, Microsoft made a major upgrade in the reporting capabilities from Project. No longer do you need to pull data from Project and incorporate it into other presentation tools just to meet minimum reporting standards. With Project 2013, you can generate reports from Project that are professional with an emphasis on charts and graphics. Microsoft made it easier to generate better-looking reports, and also provided new sets of predefined reports for work tracking and project overviews. Plus, they made it much easier to design your own custom reports. Also in Project 2013, it is much easier to share files and communicate with resources due to the much tighter integration with other Microsoft technologies, especially Lync (now Skype for Business) and Office 365. On top of the significant reporting and collaboration advancements, the coolest feature from a pure project manager "geek" standpoint might be the capability to trace a task path with one click. With one click, you can now see all predecessor tasks and all successor tasks for the given task, making it much easier to see relationships.

## Project 2016

With Project 2016, Microsoft continues to power up the enterprise and portfolio management capabilities of the product. The biggest upgrade is in the resource management functionality. In summary, you now have a full-fledged enterprise resource management tool built in to Project with the capability to communicate directly with resource managers, develop and maintain resource plans, and request resources directly from within Project.

From a reporting standpoint, the coolest change in Project 2016 is the capability to generate multiple Timeline views for your project. This makes it much easier to clearly show an overview of project status and further reduces any need to go outside Project for status reporting. The other promising feature provided in Project 2016 is the "Tell Me" feature, which is incorporating some artificial intelligence (AI) behavior to quickly help the user do things in Project.

On the back end, significant strides were made in Project 2016, including the implementation of a power business intelligence reporting capability, the integration of the Odata service, and the consolidation of one database for both Project and Sharepoint (for sites using an on-premise Project Server installation).

**NOTE** So that catches you up on major developments with Microsoft Project since Project 2010. As you can see, Microsoft has no intention of losing ground as the most-used project management tool in the market anytime soon. Per Microsoft plans, you can expect the Project offering to continue to evolve with continued improvements in agile development support, portfolio management reporting, financial cost planning, business intelligence capabilities, Kanban work management, and mobile device and application support.

## Office 365 Planner

That just leaves one new product: Office 365 Planner. Where does it fit in?

As popular as Project has always been, it was facing competition from tools that were focused on easy work collaboration and task management. In addition, the consistent move to more agile development approaches has created a growing need for tools that provide simple visual task management, support frequent changes, make it easy to share documents, and serve as a repository for team communication, especially at the task level.

Office 365 Planner is Microsoft's response to this need. Just released in 2016, Planner is built on top of Office 365 Groups and is a solid, easy-to-use, visual teamwork collaboration tool. Of course, you will need to be in an Office 365 environment to use it. It is not meant to replace Project at all, but is meant to be a new product offering for the virtual work collaboration space. Per the Microsoft product roadmap, look for Planner to be enhanced in the near future with the capability to support external (non-Office 365) users, to assign multiple resources to the same task, and to support mobile devices (see Table 23.3).

**TABLE 23.3** Summary of Microsoft Project Version Differences

| Project Version | Key Features | Notes |
|---|---|---|
| Project 2013 | Improved professional reporting capabilities<br>Tighter integration with other Microsoft technologies | Trace task path feature |
| Project Online | SaaS delivery mechanism for Project | Not a specific Project version |
| Project 2016 | Improved resource management<br>Multiple timeline views<br>"Tell Me" AI feature | Focused on enterprise and portfolio management capabilties |
| Office 365 Planner | Online group collaboration tool | Independent of Project<br>Currently dependent on Office 365 platform |

## THE ABSOLUTE MINIMUM

At this point, you should have a solid understanding of the following:

- Project is a database application.
- Task Duration = Work Effort * Resource Units.
- Project utilizes multiple calendar typesproject, resource, and task.
- The three main date types that Project uses are Planned, Actual, and Baseline.
- Custom fields can be added to any view and can be used for visual indicators,!too.
- The best practices for starting a new project schedule file.
- The keys for making resource leveling work.
- The techniques for effective reporting from Project.
- The new capabilities introduced with Project 2010.
- The new capabilities offered by Project 2013 and Project 2016.
- Clear understanding of how Project Online and Office 365 Planner relate to the other Project products.

Figure 23.16 summarizes the main points reviewed in this chapter.

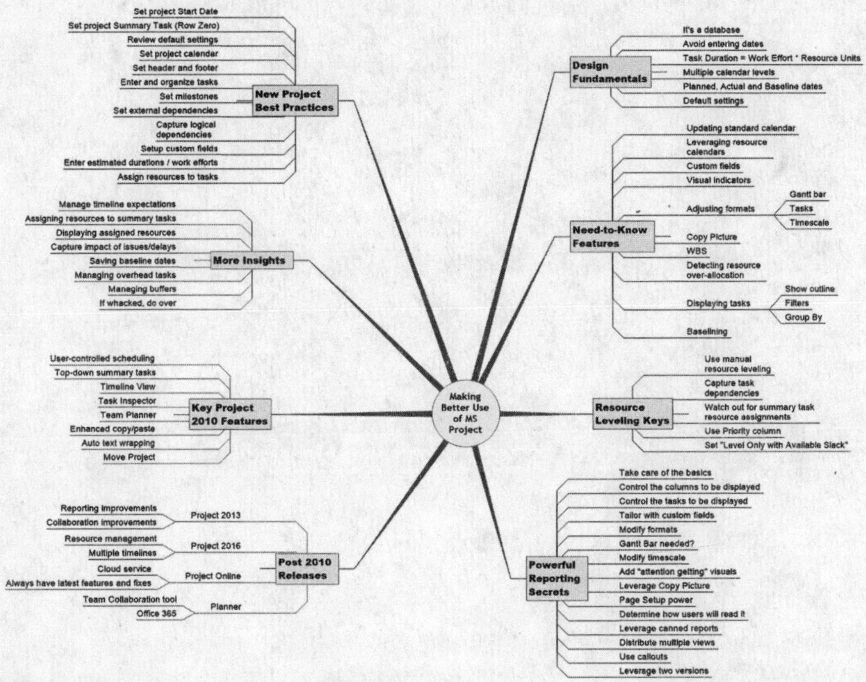


**FIGURE 23.16**

*Overview of making better use of Microsoft Project.*

## IN THIS CHAPTER

- Understand how to manage a project in a project management "lite" culture
- Find out what to do when a detailed schedule cannot be developed
- Review insights for managing a project with a hard milestone date
- Learn how to deal with difficult resources
- Review steps to better prepare for and manage turnover
- Discover powerful tips for managing a selection process
- Learn how to improve any testing process

24

# WHEN REALITY HAPPENS

Whereas the last chapter focused on accelerating your knowledge and use of Microsoft Project, this chapter focuses on accelerating your project management effectiveness by taking a closer look at common scenarios and challenges you are likely to encounter—even on a first assignment.

The first four parts of this book addressed the fundamental project management concepts and processes. With this knowledge, you have a solid foundation for handling any project situation. However, there is nothing like real-life project scenarios to make us question all of this. In this chapter, we review a few of those common challenging situations. Each review emphasizes the fundamentals that apply and provides additional recommendations to better prepare you for when these realities happen in your work life.

# What If I'm in a Project Management "Lite" Culture?

Let's face it. There are environments, situations, and organizations that are not supportive of ideal project management practices. The reasons for these project management "lite" cultures can vary. The organization or industry might be new to project management. The organization might have been burned by ineffective Project Management Office (PMO) experiments or frustrated by past project managers who emphasized administrative details at the expense of critical success factors. In some organizations, the project manager is responsible for several projects simultaneously. In other situations, the project manager is serving multiple roles on the team. Whatever the reason, you might find yourself in an environment where you cannot implement the full arsenal of project management best practices. Yet, you are still accountable for successfully managing the project. What can you do?

First, take confidence in knowing that many successful projects have been managed using project management lite approaches. You can do it too. In many cases, it is in these environments where a project manager must use all their skills and leverage their creativity. In most project management lite environments, the "lite" pertains more to the level of documentation, planning detail, and tracking administration (project control detail) that is generated. Let's review the keys to thriving in a project management lite culture:

> **TIP** No matter the environment, you must document and communicate the core project definition items of context, scope, approach, success factors, timeline, and key team roles. See Chapter 4, "Defining a Project," for additional details.

- **Focus on the core**—No matter the project situation, you (and your team) must have clarity on the following:
  - **Project context**—Why are we doing this project?
  - **Project scope**—What are we doing on this project?
  - **Success factors**—How will we be measured?
  - **Approach**—How will we get the work done?
  - **Roles and responsibilities**—What are these for each team member?

  - **Timeline**—When does work need to be completed?
  - **Management approach**—At the minimum, what meetings, tools, or reports will be used to check and facilitate team progress?
- **Focus on communication, relationships, and managing expectations**—These are always important, but in these environments, you must be very effective in all three areas to successfully lead and manage a project.

> **TIP** No matter the environment, always emphasize effective communication, positive relationships, and clear expectations with all project stakeholders.

- **Lead the project**—In these environments, you cannot be successful by simply managing the project. You must lead it. See Chapter 16, "Leading a Project," for a review of these principles and skills, especially servant leadership.
- **Emphasize personal contact and relationships**—Especially in these environments, you need to get to know your team, the key expert resources you will need, and anyone else who will need to provide work to your project. Take the time to learn what drives them, how they work, and what other priorities they are managing. Look for ways to help make them successful, and always show your appreciation for their willingness to help you.
- **Emphasize value-added deliverables only**—You should only require a deliverable (work product) that is value-added to the overall process, especially if you are asking others to generate effort that is not directly related to their targeted work products (such as project administration or management items). Look for opportunities to right-size or combine your list of required deliverables.
- **Tailor your scheduling approach**—In environments like this, you might not be able to develop a detail work schedule, and we discuss how to manage this in more detail in the next section. At the minimum, what is important is that everyone is clear on what they are working on (responsible for), the quality level that is expected or the process that needs to be followed, and when the work product is due.

> **TIP** Leverage iterative, agile approaches in project management lite environments.

- **Right-size your monitoring and tracking procedures**—This is closely related to the emphasis on value-added deliverables. For both yourself and your team, be sure that all project monitoring and tracking procedures are streamlined, necessary, and not duplicated.

- **Generate work products as early as possible**—In environments where it is either difficult or impractical to perform detail planning or detail requirements definition, an approach that generates tangible results early can be invaluable. This approach is one of the tenets of iterative, agile methodologies that I talk more about in Chapter 25, "The Fun Never Stops." The approach is invaluable because until stakeholders are able to experience the targeted concepts or products, they are not able to consider all their requirements.
- **Plan on multiple iterations**—For the same reasons as mentioned earlier, you should plan on multiple iterations of your process. To assume that any work product will be correct with only one iteration is not practical. This applies to definition, design, development, testing, and deployment approaches.

# What If I Can't Develop a Detailed Schedule?

In spite of all the logical and practical benefits we reviewed in Chapters 5–8 for leveraging a detailed schedule development process, you might actually find yourself in an organization or a project situation where you cannot build a project schedule to the level of detail or completeness that you would ideally like. In other cases, you cannot develop a detailed multiphase schedule because there is too much unknown, too much uncertainty in the early stages of the project. What can you do in these cases? The best approaches are to leverage one or more aspects of quality schedule. Here are techniques to consider:

- **Detail what you can**—Include as much WBS detail as you can. This is one of the advantages of building a schedule using a WBS. At a minimum, you should always know the first few levels of your WBS. Do what you can.

  **NOTE** With Microsoft Project versions 2010 and later, it is much easier to build schedules that are incomplete, evolve over time, or are primarily focused on milestones.

- **Manage to milestones**—Set target dates for key deliverables, events, and decision points, then monitor progress against these dates. The key with this approach is to target the right milestones and include enough interim checkpoint milestones so you can identify any major issues and variances early enough to take corrective action.
- **Manage to deliverables**—This is a similar approach to "managing to milestones" except the emphasis is on the targeted work products. The work details are delegated to the respective deliverable owner, but they are accountable to the target completion. The key with this approach is to ask

for enough interim deliverables so that you can identify any major issues and variances early enough to take corrective action.

**NOTE** A quality schedule leverages combinations of these techniques.

- **Manage to project phases**—In this approach, you organize the project into phases with a defined checkpoint (gates, review session, go/no-go decision point) at the end. The appropriate stakeholders review the health of the project and determine whether the project should proceed to the next phase. The keys here are to clarify what the project health evaluation criteria will be and which stakeholders will participate in the evaluation process.
- **Manage to short duration detail plans**—This is a common technique with iterative, agile projects, troubled projects that are in recovery mode, projects with a lot of uncertainty and schedule risk, and projects that are managed by phases. In this approach, your focus is on the next milestone. What are we getting done in the next 2 to 4 weeks, or the next 30, 60, or 90 days? By ensuring that the work details (process, assignments, roles, and expectations) are clear to your team, they stay focused and productive. This helps the team experience accomplishment more often, and it is essential to building overall project momentum.

# What If I Must Manage to a Hard Milestone Date?

If you have not already, you will soon find yourself managing a project that absolutely, positively must be completed by a certain date, a project in which being late or saying, "It can't be done," is not an option. What do you do in these cases? What do you need to focus on? Here are my recommendations for managing a project that has a hard milestone date:

**TIP** For any project that has a true hard milestone date, the project's milestone completion date should be set well in advance of this date whenever possible. Give yourself a contingency buffer whenever possible.

- **Clarify the real driver for the milestone date**—As with any project goal, you must be clear about what is behind it, what is driving it. In the case of milestone dates that are imposed on a project, there are several common sources:
    - External event
    - Business/organizational goal
    - Business/organizational budgeting cycle
    - "Stretch" goal from project sponsor to make sure the project is completed by the actual/real target date
- **Give yourself a contingency buffer**—For any project that has a true hard milestone date, the project's target completion date should be set well in advance of this date whenever possible to provide a contingency buffer and increase the probability that you will be ready for the actual, hard milestone event.
- **Competing project demands**—Remember the classic project management triangle discussed in Chapter 1, "Project Management Overview": If time is fixed, then our management focus turns to the other factors. The common responses are increasing resources and decreasing scope or quality.
- **Clarify what "done" looks like**—Especially for these situations, you need to make sure your vision of the solution is the same as your project sponsor's. This is the core of your expectations and scope management efforts and includes a detailed review of project success factors, assumptions, priority requirements, and implementation or deployment strategies.
- **Get crystal clear on must-have functionality**—As mentioned previously, you need to have clear priority on your solution requirements, including quality standards. This clarity helps drive and focus your team's work efforts and provides a basis for a staged (or incremental) delivery approach.
- **Manage scope diligently**—When you must hit a specific date, you must be diligent about scope management. Invest the time up front to get buy-in on requirement priority levels and common understanding of final solution. From there, use your change request process to manage any requests (or decisions) to modify scope, approach, priorities, assumptions, and so on. See Chapter 11, "Managing Project Changes," for a review of this process.

**TIP** Scope management is critical if the milestone date cannot be moved.

- **Focus the team's work effort**—Focus on the productivity level of your team and any key resources. Review Chapter 19, "Keys to Better Project Team Performance," for a reminder of powerful techniques you can leverage here. Here is a quick summary to keep in mind:
  - Get dedicated resources whenever possible.
  - Co-locate your team whenever possible.
  - Conduct frequent touchpoints with your team.
  - Remove any overhead or non-value-added tasks from their plates.
  - Avoid downtimes and delays. Be sure your team members have the information, deliverables, and resources they need to stay productive each day.
  - Resolve issues quickly.
- **Prioritize testing efforts**—Often in a fixed-time project, the work effort that is squeezed—asked to do their work in less time—is testing. It is always important to prioritize testing efforts based on two primary factors: requirement priorities and risk levels. If you have limited time, you want to get the biggest bang for your buck in your testing efforts. Focus on your high-risk items and set these expectations with your stakeholders.
- **Mini-milestones**—When the final milestone cannot be moved, make sure to set frequent, interim milestones in your schedule, so you can accurately gauge progress and take appropriate corrective actions while there is still time. Plus, the accomplishments of these mini-milestones help build momentum and team confidence.

  **TIP** If the final milestone date cannot be moved, make sure to set frequent, interim milestones so progress can be accurately gauged and appropriate corrective actions can be taken while there is still time.

- **Strongly consider phased implementations**—Leveraging a phased implementation (incremental delivery, multiple releases) approach for deploying the project solution is not only invaluable for change management and risk management reasons, it can also be a powerful mechanism for balancing the needs of the project sponsors with the capacity of the project to get work done within a given timeframe. This technique can be considered as a response (corrective action) to a project issue, even if it was not part of the original plan.

# What If I Have Difficult Resources?

On occasion, you might have resources that do not seem to be concerned about the success of your project. Their lack of concern can come in various forms, from subtle or passive on one end to more direct, aggressive actions on the other end. These situations can be tough, and the best response can be less than obvious. Here are a few observations and recommendations for your consideration if you happen to find yourself in this situation:

- **It's not about you**—Remember that 99.9% of the time the source of their less-than-cooperative attitude has nothing to do with you personally, so stay calm, stay detached, be the eye of the storm, and don't react emotionally.
- **Difficult or different**—Many people confuse difficult with different, especially those that are new to an organization. There is a wide range of personality types out there. Some people just naturally have more challenging styles. I always check with other people—people who have more experience with the given resource—before determining whether the observed behavior is normal.
- **Diamonds in the rough**—In many cases, resources are difficult when they are frustrated, especially if they feel they are not being heard or if they are not clear on the project context and purpose. Take the time to meet with them and listen purposefully. They can often provide early insights to risks you need to manage. In addition, people generally appreciate the opportunity to vent and offer counsel.
- **Don't avoid**—Remember, good project managers do not avoid risks and issues. You need to proactively manage any potential resource issue. You need to clarify whether you have a real difficult resource issue as soon as possible.
- **Focus on results**—In most cases, after my initial investigation, I flag any difficult resource situation as a risk. It only becomes an issue if the resource is not delivering quality work on time, or if they are impacting the work of other team members. This helps to take the emotion out of things and helps make sure you are not overreacting to a "different personality" situation.
- **Look for win-win**—Although most people want to do their best and be part of successful endeavors, it might take more incentive for others. This occurs more frequently with shared resources that are not 100% dedicated to your specific project. Continue to build relationships with these people and look for opportunities to help them, recognize them, and make them care about your request or need.

- **Avoid silos**—If you have a resource who has a difficult work history or who is a known turnover risk, you want them to work on tasks where the knowledge and skills it takes to generate their deliverables does not reside solely with them.
- **Assign noncritical tasks**—If you have a quality of work concern from a resource that you have to keep, reduce your risk by assigning them noncritical, less visible tasks.
- **Outsource the role**—If you have known organizational resource difficulties, you should give strong consideration to a risk avoidance strategy—outsourcing the roles.
- **Meet with supervisor**—If you have not had any success in changing the resource's behavior on your own, or learn that the real problem is a matter of priorities, reach out to the appropriate supervisor and discuss your situation. Often, immediate supervisors are much better equipped to change behavior.

# What Can I Do About Turnover?

Nothing can put a project schedule more at risk than the sudden loss of key resources. As a project manager, you hope you are aware of these potential events well in advance, but this is not always the case. Let's take a look at a few observations and recommendations that might help you prepare for and manage a turnover situation:

- **The longer the project, the more likely turnover will occur**—If you manage a project that is scheduled to last more than six months, you should assume that you have resource turnover risks, especially with your core team members. Circumstances change: People receive other opportunities, their personal or family situations change, their career interests shift, and they can lose interest. To the extent possible, leverage compensation packages, project incentives, and quality of work assignments to minimize this risk.
- **Prepare for turnover**—A benefit of documenting the definition of the project, your management plans, and your detailed work schedule is that it makes it much easier for a new resource to come up to speed in the context of his work. I think about how I would quickly orient any new person to the project. If you don't have these materials, develop them.
- **Avoid silos**—To the extent that you can build in mentoring arrangements to your project teams, the better. Not only does it build work satisfaction, it also reduces impact if a resource leaves. In addition, encourage work processes that encourage openness and sharing of all work products.

- **Increase visibility**—If you are concerned about a key resource leaving, consider increasing the visibility and importance this person has on the project. This is generally done by a combination of the roles and work tasks assigned. Common examples include providing more exposure to senior management, more exposure to customers, assigning leadership roles, assigning mentoring roles, and assigning quality assurance tasks.
- **Assign noncritical tasks**—If you are concerned about a resource leaving, you can take the opposite approach to reduce your risk. You can assign them non-critical, less visible tasks. If resource is part of an organization, this should be a decision made in collaboration with other impacted managers.
- **Outsource to transfer the risk**—If you have known organizational resource turnover risks, you should give strong consideration to a risk avoidance strategy—outsourcing the roles.
- **Transition period or not?**—What do you do if you actually lose a resource? First, determine whether you want a transition period. In some cases, it may be better to make a sudden, no-notice change. In most cases, especially if replacement resources cannot be found quickly, a transition period is helpful—the longer the better.
- **Promote from within, backfill less-senior positions**—Next, you need to determine how to replace the departing resource. Various strategies are available, but the one I encourage you to consider whenever possible is to fill the position by promoting from within, and then backfill the promotee's former position.

## Tips for Managing a Selection Process

**NOTE** Selection processes are all about managing risk.

Chapter 21, "Managing Vendors," mentioned that the evaluation and selection process is a core aspect of effective vendor management. Because outsourcing continues to grow as a business management selection process, the odds are very good that you will direct a selection process, in one form or another, early in your project management career. Given the importance that this process has to your project success criteria, funding efforts, and your ability to establish valuable vendor partnerships—not to mention the visibility you have to senior management and the marketplace—it is critical that you handle these endeavors well. To help you with this, consider these tips and observations from my experience as you plan your next evaluation or selection process:

- **Understand why you are doing this**—Due to the number of stakeholders and accompanying agendas to be managed, the logistical details involved, and the effort it takes, it can be easy to forget why we do evaluation and selection processes in the first place. The main reason that organizations perform selection processes is to reduce risk. There can be other, closely related reasons including gaining consensus, developing the business case, and satisfying due diligence requirements.
- **What are the real goals?**—One of the common complaints of these processes is that the organization ends up selecting the option which was not recommended by the evaluation team. This generally happens because the real purpose of the selection process or the actual decision criteria was not clear to the evaluation team. In addition, what is your organization really after? The answer can guide the focus and the specific approach you take. Do you just need competitive bids? Are you performing market research? Do you need to satisfy procurement requirements? Do you need to satisfy due diligence requirements?
- **Clarify the driving strategies**—It helps to design your selection process, if you have agreement and clarity on answers to the following questions:
    - Which is more important: partner relationships or lowest price?
    - Do we want a custom solution?
    - Are we willing to adapt the best practices of available market solutions?
    - Which is more important: the best solution or the best working relationship fit?

    **TIP** Whenever possible, maintain ownership of all selection documents (RFI, RFQ, RFP, and so on). Assign procurement review and approval responsibilities only.

- **Scale process to risk level**—Selection processes can range greatly in activities, stages, time, cost, and effort. The important principle is to scale the process to the level of risk involved. For high-risk decisions, the process can include steps such as the following:
    - Current State Assessment
    - Future State Analysis
    - Develop Long List of Candidates
    - Develop Evaluation Criteria (Knockout)
    - Develop Scoring Process

- Request for Information (RFI)
- Request for Quote (RFQ)
- Request for Proposal (RFP)
- Bidders Conferences
- Information Gathering Sessions by Candidate Vendors
- Demonstrations (onsite, online)
- Reference Checks
- Client Site Visits
- Vendor Site Visits
- Financial Health Assessments
- Quality Audits
- Executive Relationship Building
- Gap Analysis
- Business Case (Benefit-Cost Analysis)
- Final Rankings/Recommendations
- Contract Negotiations

- **Partner with procurement**—Be sure to involve your procurement representative from the start. Clarify any, and all, procurement requirements and procedures that you need to follow. Clarify who owns vendor communications. Clarify your role versus the role of the procurement lead.
- **Establish a clear process**—With your evaluation team, develop a clear game plan for the overall selection that emphasizes objectivity and neutrality. Review the approach with your key stakeholders. This goes a long way in building confidence in your direction.
- **Factors to consider**—In addition to aligning with the risk level involved, make sure to consider these other factors before finalizing your selection methodology:
  - How much time do you have?
  - How many vendors/options do you need to evaluate?
  - What is the normal level of investment that vendors are willing to make in an evaluation process?

  - How many evaluators are involved?
  - Where are your evaluators located?
  - How available are your evaluators?

- **Tailor process to evaluators**—As you develop your selection process with your evaluation team, determine what methods would work better for your team. This is closely related to understanding the learning styles and personalities of your team members (and organization). For some, reviewing and scoring a 100-page RFP response is a great fit; for others, not so much. For some, participating in an interactive, online demonstration works great, because they can see something in action, they can ask direct questions, and it's a flexible use of their time. For others, they might lose context perspective or might not fully engage due to multitasking lures.

> **TIP** To improve the quality of your evaluation scoring process, conduct preview (or readiness) sessions with all stakeholders who will provide feedback to review logistics, scoring process, and related assumptions.

- **Evaluation criteria**—Determine what criteria will be evaluated. Develop a small set of must-have requirements—often referred to as "knockout" criteria—that can be used to quickly narrow your candidate list. In addition, for your longer list of evaluation criteria, establish a priority level for each criterion. You need this for your scoring process.
- **Evaluation scoring**—As part of your goal to have an objective process, it is imperative that your scoring process be determined in advance, agreed to by key stakeholders, documented, communicated clearly to all evaluators, and executed as designed. Here is a list of key considerations for your evaluation scoring process:
  - Score against evaluation criteria and requirements "fit."
  - Use a scoring scale with clear differentiators between each score value.
  - Use an even number of scoring options whenever possible to avoid a middle-of-the-road, on-the-fence option.
  - Determine how non-responses will be handled; make sure they do not skew the final scores.
  - Ensure there is a clear method to distinguish between a poor score and a nonapplicable criteria.
  - Ensure stakeholder community is fairly represented.

  - Determine whether scores from specific stakeholder groups will carry greater weight.
  - Encourage each stakeholder group (department, business unit) to reach a consensus score to ensure that the number of final scores considered remains proportional.
  - Conduct preview (or readiness) sessions with all evaluation participants.
  - Ensure that all participants are clear on evaluation logistics, the scoring process, and related assumptions.
  - Archive the original evaluation scores from each participant.
- **Open-book approach**—From my experience, I favor an open-book approach with the candidate vendors. You can mitigate your risk with sharing confidential information with nondisclosure agreements (NDA) or confidentiality agreements. The benefits far outweigh the risks. The more open, the more complete, the clearer you are with your candidates about your requirements, your context, and your expectations, the better the candidate responses will be and the more efficient your selection process will be.
- **Clarify timing of each process step**—As an essential aspect of managing expectations for both you and your candidate vendors, make sure to communicate the timetable for your overall selection process to the candidate vendors. This helps the candidates plan appropriately, which should help increase the quality of your selection process. In addition, you should clearly communicate the specific timing expectations for any scheduled events or expected responses. If you need to have a documented response by Friday, provide the exact time the response is to be received, such as 12 noon Eastern Time.

**CAUTION** The nature of negotiations and contract development efforts make them automatic schedule risks.

- **Control vendor communications**—As part of your effort to manage expectations and keep the process objective, clarify who owns what aspects of vendor communications with your own team. In addition, clearly set expectations with your candidate vendors, such as who they are authorized to contact within your organization.
- **Be consistent and fair**—Be diligent that your process is consistent and fair. Be sure each candidate follows the same steps, is given the same opportunities, has access to the same information, and is evaluated using the same criteria.

- **Value your vendor contacts**—Handle all interactions with your candidate vendor contacts with professionalism, candor, and respect. Show appreciation for their interest and investment. Even if you do not select the vendor for this opportunity, you might need their services down the road. Plus, it never hurts your career to showcase your skills and professionalism with others in your industry and marketplace.
- **Leverage expertise**—There are times, often as a step to further reduce risk, that organizations hire firms (or individuals) to help them with the selection projects. The help can range from background consulting or advisory roles to out-in-front leading the project roles.
- **Get to the short list quickly**—The key to streamlining a selection process is to get to your short list as fast as you can. The short list represents the candidates who have a real opportunity to be selected. Depending on the level of due diligence that is required on a final recommendation, you might need to go from a short list to a list of finalists to control the effort and cost required to get to a final recommendation.
- **Document gaps**—As part of your evaluation process, make sure to document the gaps between the candidate vendor's solution and your required future state. You need to develop the plan and figure the additional costs to address these gaps. This is a factor when evaluating your options.
- **Focus on partnerships for strategic projects**—When dealing with strategic initiatives, encourage your senior management to focus on partnership relationships versus the lowest cost option.
- **Include negotiation and contract development times**—When developing schedules for selection processes, make sure to allocate sufficient, realistic time blocks for negotiations and contract developments. It is common to underestimate this time, especially in corporate environments. When building your schedule, ask the procurement and legal groups for their input on this, and then keep them in your information loop throughout the process.

# Tips for Managing a Testing Process

Here's a list of tips and insights from my experience that can help you manage a testing process and avoid many of the common pitfalls:

> **NOTE** Review Chapter 15, "Managing Project Quality," for more tips on how to better manage an effective testing process.

- **Leverage expertise**—As with any skill or experience that is in low supply on your team, consider procuring testing professionals to assist your effort.
- **Trace to requirements**—Think "testing" from the start of the project. Use a requirements traceability matrix to ensure that the final work product satisfies the targeted requirements and all those requirements were properly validated.
- **Develop a test plan**—Take the time to plan your testing effort and to document your plan. This is critical when your testing process involves resources that are not dedicated to the project effort. In addition, the test plan should address the test data that is needed and how it will be managed, and it should address how the actual test execution will occur.
- **Types of testing**—Determine what types of testing you will perform. This is generally a factor of risk, schedule, and budget.
- **Think customer experience**—Do not limit your focus to functional testing. Place your focus on the overall customer experience. Key aspects of most customer experience are usability, data, and performance. If the performance risk is sufficient, I strongly recommend the use of load-testing tools.
- **Identify high-risk items**—Clarify the high-risk areas in your solution or in the customer's acceptance of your solution. These should be your priorities. Start testing these as early as possible.

> **TIP** For systems managing any personal identifiable information (PII), ensure the testing process focuses on the parts of the system that store, display, or transmit these data elements.

- **Plan on multiple iterations**—When estimating the time for test execution, make sure to include time for multiple iterations. Because it is difficult to know how many iterations it will take, estimates for test execution are often time-blocked and based on historical experiences.
- **"To script or not to script"**—This is often a controversial subject in testing endeavors. Do you need to document (script) how the tester performs each test case? Well, it all depends. If it is a requirement of your organizational methodology, then you'll need to do it. After this, it depends on the value it would provide. If your testers do not have knowledge or experience with the targeted work product, then you might need to do it. If your testing efforts will be repeated or are a candidate for automated testing, then you might want to do it. Another benefit of test scripts is that it can make it easier to communicate test defects.

- **Don't forget the data**—Data drives organizations. If your project involves data migration, data conversion, or data loading, realize that you need to develop procedures for validating the data is correct and acceptable, too.
- **Simulate production**—Closely related to the "think customer experience" recommendation, your test plan should include a testing stage that occurs in an environment that mirrors (or gets as close as possible to) your production environment, the environment in which your customer will actually interact with your solution. If you cannot do this, you have a major project risk.
- **Leverage checklists**—Checklists are simple, yet powerful. They clearly capture and communicate the quality standards that must be met by the targeted work package, and they improve project team productivity. They are flexible—separate checklists can be developed for each work product or project management process. They provide a mechanism to capture the lessons learned from past projects. They can also provide a mechanism to document the verification performed on the work package.
- **Completion criteria**—This starts during project definition with defining the acceptance criteria for the project, and it continues for each deliverable and work assignment. Answer this question in advance for each deliverable: "How will we know when it is done?" Understanding the completion criteria up front increases productivity and prevents much of the rework that can occur when quality requirements are not understood from the start.

**CAUTION** Many testing issues result from a lack of forethought on the management of test data and the detailed logistics of test execution.

- **Readiness checkpoints**—To improve the quality of test execution, to better manage expectations of all testing process participants, and to ensure all prerequisite test execution events are completed, schedule testing readiness checkpoints before the start of any new test execution phase.
- **Capture metrics**—To increase the professionalism of the testing process, keep track of the following in your testing process:
  - Traceability to requirements
  - Number of test runs
  - Number of total test cases
  - Number of total defects
  - Number of defects by severity level

Number of defects resolved

Number of defects closed

**Determine defect tracking process** Determine how test defects will be captured, documented, and logged. From there, decide how each defect will be assessed and assigned and who is involved in each step. After the defect is resolved, determine who needs to verify (retest) that the corrective action meets expectations.

**Pretest customer acceptance** Heres an excellent expectation-management technique. Always test whatever your customer is going to test first; there should be no surprises. This also applies to verifying any resolved defects.

**Use a defect tracking/management system** Whenever possible, use an online defect management system to capture the defect tracking process you develop. The system helps implement the process, provides visibility, and enforces accountability.

## THE ABSOLUTE MINIMUM

At this point, you should have a solid understanding of the following:

In project management lite environments, remember the following:

Nail the core project definition and planning fundamentals.

Focus on communication, relationships, and managing expectations.

Emphasize value-added deliverables only.

Right-size your monitoring and tracking procedures.

If you are unable to develop a detailed schedule, leverage one or more of the following techniques:

Manage to milestones, deliverables, and/or project phases.

Focus on detail plans for the next 30/60/90 day milestone.

When your project must hit a hard milestone date, keep these tips in mind:

Give yourself a contingency buffer.

Manage scope tenaciously.

Focus on team productivity.

- Clarify what the end result looks like and get buy-in from stakeholders.
- Set mini-milestones.
- Strongly consider phased implementations.

If you encounter difficult resources, consider the following pointers:

- Stay calm and clarify whether your perception is correct.
- Remember that difficult resources are often passionate, but frustrated, people who can be great assets to your management efforts.

The longer the project, the more likely that resource turnover will occur.

Keys to managing a selection process include the following:

- Clarify the purpose and goals of the selection process.
- Scale your process to the risk level involved.
- Partner with your procurement representative.
- Establish a clear, objective, and fair process.

Keys to managing a testing process include

- Trace back to requirements.
- Focus on high-risk items and the customer experience.
- Develop a test plan.
- Capture testing metrics.
- Leverage a defect management system whenever possible.

Figure 24.1 summarizes the main points reviewed in this chapter.

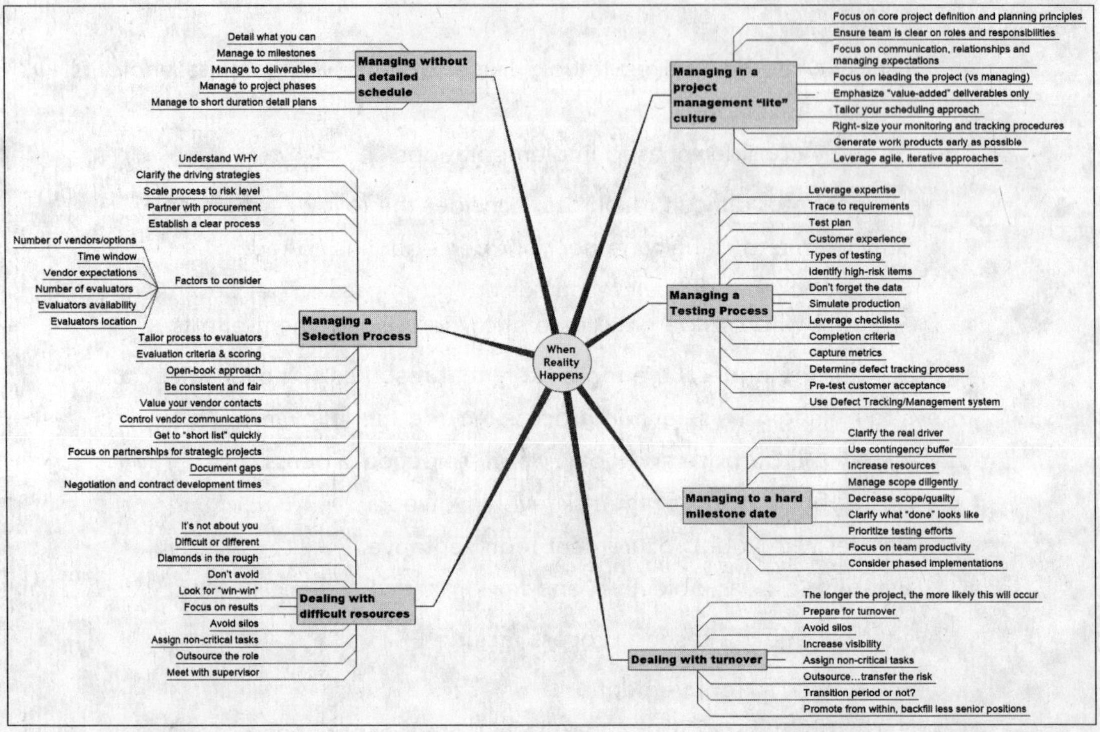


**FIGURE 24.1**

*When reality happens overview.*

## IN THIS CHAPTER

- Improve your understanding of agile project management approaches
- Review tips on managing an agile-based development project
- Understand the impact of security concerns on your project
- Learn why there is varied perception on Project Management Offices (PMOs) and what they should do
- Review the common traits of successful PMO implementations
- Improve your understanding of portfolio project management
- Clarify what critical chain project management is and how it is different
- Increase your awareness of web-based project management and team collaboration tools
- Find out when you might need to consider a requirements management tool
- Increase your awareness of mind-mapping tools and how they can help you as a project manager
- Review the value of project management certification
- Review options for additional project management training

25

# THE FUN NEVER STOPS

One of the wonderful things about the project management field is there is always more to learn. With this in mind, I want to offer information and insights on additional project management concepts, tools, trends, and topics that you are likely to encounter in the workplace to further accelerate your learning curve—or at the very least allow you to discuss these topics with confidence among your peers.

# Agile Approaches

The term "agile" is used more and more often these days, but I am not sure there is a common understanding of what an agile project approach is and how it is different from more traditional project approaches. I believe this occurs for three primary reasons:

- The agile approach is still relatively new as a business practice in many circles.
- There are several terms that are used interchangeably with "agile," including iterative, flexible, adaptive, and extreme.
- It is rarely implemented as a pure methodology.

> **NOTE** As a sign that agile approaches are becoming more common and accepted, PMI offers a certification in agile project management (PMI-ACP: PMI Agile Certified Practitioner), and the sixth edition of the PMBOK now incorporates more adaptive and iterative practices, including agile.

In most cases, agile techniques are incorporated into more traditional approaches. In fact, many organizational project methodologies are evolving to adopt the agile practices that work well in their environments.

To help your understanding of agile project management techniques and increase your confidence in discussing agile methodologies, let's do three things. First, let's review the common characteristics of agile project management approaches. Then, for those who may be in a truer agile environment, we touch base on the key terms used in an agile methodology, and highlight a few practices that will help you become more effective quicker.

To start, let's run down the common characteristics of agile project management approaches:

- **Iterative development**—Agile approaches take an iterative approach to the development of the targeted solution. It is an excellent technique when the complete set of requirements cannot be gathered, visualized, or agreed to. In some circles, these iterations are called waves, sprints, phases, or even milestones. Other iterative development techniques can include prototypes, pilot projects, and focus groups. The principle behind the approach is to focus on priority requirements, deliver tangible solutions for evaluation as early as possible, and finish with the desired result.

- **Phased deployment**—In most cases, agile approaches also emphasize an iterative or phased approach to deployment, techniques that we have discussed before as excellent risk management approaches. Any use of test markets, beta releases, pilot projects, phased implementations, or staged rollouts are examples of phased deployments.
- **Detailed, short-term schedules**—Agile approaches focus on detailed schedules for the near-term milestone (iteration, sprint, phase, or wave). The schedule for the rest of the project is kept high-level, general, and frequently time-boxed based on historical performances. This is done because the future path of the project is determined (and can be adjusted) based on the actual results and findings of the current iteration. In most cases, an iteration is between 30 and 60 days.
- **Customer value-driven**—Agile approaches are focused on customer satisfaction. The emphasis is on delivering value, and delivering tangible solutions as early as possible. The goal is to get feedback and clarify requirements as soon as possible. With an iterative approach, the customer stays involved, makes decisions with better data (reviewing tangible results), and remains in control throughout the project.
- **Timeboxing**—Timeboxing is a trademark characteristic of iterative software development methodologies, but it has use in many project environments and has grown in popularity as a project scheduling technique. In a pure sense, the work requirements (scope) for a given timebox are set (fixed), and little, to any, change is allowed to occur. The time element is strictly enforced, regardless of work completion status. At the end of the timebox, a customer review is conducted to evaluate the results and plan the scope of the next iteration. Requirement priority, refinement of requirements, and progress-to-date all determine the scope of the next iteration. Timeboxing is an effective technique in situations with high uncertainty or situations that need frequent review and evaluation.
- **Change expected**—This is a core differentiator of agile approaches. Agile approaches expect change and are ideal when the unknowns and unpredictability factors are high.
- **Plan-do-review**—Agile approaches emphasize the plan-do-review model. Subsequent planning increments are driven by results achieved at the finale of the recently completed iteration, sprint, milestone, or timebox.
- **Solution focused**—Agile approaches focus on the customer experience and on what the customer is after: the targeted solution. There is a strong results orientation with an emphasis on early value and clarifying requirements based on experience and evaluating tangible results.

- **People-focused project management**—Agile project management emphasizes the "people" aspect of projects over the bureaucratic, administrative procedures. The focus is on relationships, leading (versus managing), and value. Project management deliverables are limited to the minimal set that offers the most value. Servant leadership principles are a strong fit for agile approaches.
- **Collaborative**—Collaborative development approaches are another common trait of agile methodologies. There is a partnering arrangement between the customer and the design-development team, and the normal boundaries are minimized, if not removed. Customers are placed on the core team, and in many cases, collocated with the project team. In addition, the iterative development approach emphasizes frequent feedback loops and continuous focus on the customer's requirements.
- **Risk management focused**—You can argue that the main purpose of an agile project approach is to manage risk. The key risk being that the final solution will not meet the satisfaction of the customer. The agile techniques of progressive requirement development, short iterations, partnering close to your customers, prototyping, attacking high-risk solution aspects early, and people-focused management all contribute to managing this essential risk.

Next, if you happen to be working in a truer agile development environment, let's review a few key definitions that will help accelerate your learning curve and effectiveness.

- **Sprint**—A timeblock (time-box) for development. This time periods are normally 2–4 weeks.
- **Epic**—Major items (group) of scope. Think of this as a functional area of the system or key process workflow.
- **Stories**—These are aspects and/or components of an epic. Use cases or function points would be similar concepts.
- **Tasks**—Specific work items needed to accomplish (to develop) a story.
- **Backlog**—This is the inventory of prioritized work items for the project. This will include the original features (stories, tasks) to be developed, plus defects found during testing and enhancements identified during the process.
- **Daily standup**—This is the daily checkpoint meeting during a sprint. It is time-boxed at 15 minutes and held at the same time each day. It is meant to encourage communication, sharing, and accountability. Each participant provides a concise update addressing these three questions:

    - What did you do yesterday?
    - What will you do today?
    - Are there any obstacles in your way?

- **Retrospective**—This is the review meeting held at the end of a sprint for the purpose of continuous improvement. This checkpoint allows for early identification of anything not meeting expectations or agreement on the corrective actions to take to improve performance in the next sprint.
- **SCRUM**—It is one of the most popular ways to implement agile methodology for software development. It is an iterative software model that follows a set of roles, responsibilities, and meetings that never change. Sprint development cycles are used to deliver software on a regular basis.
- **XP**—This is the acronym for another type of agile software methodology called *extreme programming*. It is similar to SCRUM, as you would expect, because they are both agile-based approaches, and frequently project teams will adapt elements and practices of both methodologies. The key differentiators of XP include use of 1-week iterations (versus 2–4 week sprints), a strict adherence to developing scope in priority order, and emphasis on software engineering practices like test-driven development, automated testing, and pair programming.

Now that we've hit a few key terms, let's next talk about a few practices that will help you manage an agile-based project.

- **Skilled SMEs**—To support the tight frames and need for quick decisions, it is imperative that the business assign skilled subject matter experts (SMEs) to the project team. Without this, there will be gaps and negative impact to the development process.
- **The right tool**—Whenever possible, leverage a software development process and management tool that is designed for agile development. This will make it easier to implement the agile processes and ensure a higher level of communication among the team
- **Big-picture scope**—While agile approaches are great tools for situations when scope details are ambiguous or the customer is not sure what they want, it is still important to clarify and define the big picture as soon as possible. Ideally, when the initial definition phase of the project is complete, you will have a comprehensive list of stories that define desired functionality, the integration points, both internal and external stakeholders, and any key dependencies. The better the definition of the scope boundaries and key function points is upfront, the better the estimates can be, the better alignment of epics and stories within a sprint, and the better the sprint plans will be overall. Without

this, there is a higher probability of project delays, sprints completing with planned work not done, and rework of previous developed scope.

- **Sprint duration factors**—When deciding what sprint duration your project will have, you will need to balance how frequent progress needs to be displayed to the stakeholder, the experience of the project team, the capacity of the development team, the estimated work efforts of the key stories, the tolerance for outstanding defects, and the overhead impact of supporting processes (testing, code reviews, and so on).
- **Allocate a sprint(s) for requirement refinement**—Because the nature of agile development encourages early and frequent reviews and refinement of business requirements, it is essential to allocate at least one sprint in your plan for this refinement to be developed (especially if it must have features for the initial version of the product).
- **Allocate a sprint(s) for planned work rolled back into backlog**—It is a good idea to allocate at least one sprint in your plan to address the work that was not completed as originally planned in earlier developments. In most cases, because work planned in early sprints are usually high priority items, that work normally gets reallocated to the next sprint. This results in a cascading impact to the scope of future sprints unless development capacity is increased to help compensate.
- **Allocate a sprint(s) for test defect resolution**—In a similar vein, there will be test defects identified during the sprint that might not be resolved within the sprint. These outstanding defects will be added to the backlog and must be prioritized along with every other item in the backlog for future sprints. In most cases, you will need a sprint focused on test defect resolution before the product is deployed to production.
- **Avoid remote development**—While use of remote software developers and software development teams is becoming more and more common, it is not recommended for agile development projects. Because agile development derives most of its benefits from the close working proximity and relationships among the project team, it is vital that the developers are in the same location as the rest of the team in most cases. The one possible use would be for defect resolution work.

# HIPAA, Privacy, and Security

At one time, privacy and security were of concern primarily to national defense systems and financial institutions. Now all systems must have privacy and security concerns embedded within not just the system requirements, but also within all aspects of the team and organization, including physical location of the team, team procedures, testing procedures, tools used, and communication methods allowed.

The Internet and most applications developed in the past few decades were not developed with security in mind, nor with awareness of how their systems could be exploited and how customers' data could be stolen. Well, those days are over. Now, due to federal requirements, serious financial liability concerns, and demands from the marketplace, organizations and systems must be more focused on systems security and data privacy. Although we could spend an entire book (or two) on this subject matter, what I want to do in this section is provide some guidance to the project manager who might be new to all of this. These notes will enable you to conduct an intelligent conversation about these matters and more importantly help you ask the right questions when you are planning and executing your project.

To start, here are the definitions for three common acronyms:

- **HIPAA**—The acronym for the Health Insurance Portability and Accountability Act that was passed by Congress in 1996. The act accomplished several things, but for our focus here, it requires the protection and confidential handling of protected health information. In particular, it ensures only the minimum information necessary is used or shared.
- **PHI**—The acronym for Protected Health Information as defined in HIPAA. As a general rule, PHI covers any information for past, present, and future medical conditions, including patient identifying information and payment provisions. It applies to all forms of this data: paper, oral, and electronic.
- **PII**—The acronym for Personally Identifiable Information. PII is any information that can be used to uniquely identify, contact, or locate an individual, or can be used with other sources to uniquely identify a person. While part of HIPAA, PII has become a focus for all systems doing business on the internet.

Here are some things to consider when dealing with HIPAA, privacy, and security:

- **Get educated**—As a new project manager, understand what privacy and security standards are important to the organization and what standards must be met so that your project is accountable. In addition, clarify what training your team must complete to ensure adherence to these standards.
- **Set up projects with security in mind**—You need to ensure the following:
  - Access to any system and project resource is individually authenticated
  - Access to the physical location(s) of the project is secure
  - Any remote access by team members is secure
  - Any tool used supports the necessary security protocols
  - All project team communications abide by security protocols
  - All team members know what to do if any device is lost or stolen

- **Design your system with security in mind**—The days of "open" default access are over. Systems must be defined with encrypted channels as the preferred choice. The proper audit trails and checks should be built in to the system.
- **Protect production data at all times**—Protect the need to access any production data during systems development and testing. If it must be done, ensure access is limited and any key PII data elements are masked. Focus on limiting any printout of this data.
- **Plan for security audits**—Assume your project will be accountable to security audits. These audits will likely target physical locations, networks, applications, procedures, systems access, and especially any area where the organization has been exposed before. Plan not only for the audits, but for time and resources needed to analyze the audit results and provide action plans to remediate any gaps.
- **Plan testing with security in mind**—Not only do test plans need to ensure the targeted business and functional requirements are met, but they also need to take a hacker mentality and include test cases and/or testing tools that will proactively identify any data privacy or security holes.

# Project Management Offices

The nature, scope, and overall effectiveness of a given Project Management Office (PMO) vary from organization to organization. As a result, there is a wide perception of the value that a PMO offers and a lack of consensus on what it is supposed to do. As a project manager, you must be clear on the responsibilities that your PMO has, how it can assist you on your project, and how you need to work it during your project. In many situations, your PMO reports are separate and distinct from your status reporting and implemented as an individual line item on your communications plan.

**NOTE** In some organizations, the PMO is referred to as the Program Management Office.

To start, the organizational scope of a PMO can vary tremendously. Some of the first PMOs were developed to manage enterprise projects, such as enterprise resource planning (ERP) implementations. Since then, the scope of PMOs has expanded. In some organizations, the PMO is at the corporate, enterprise level.

In others, it is positioned at the business unit or department level. The level is often determined by organizational culture, stage of PMO evolution within the organization, and organizational priority.

In either case, the nature and authority of the PMO fall somewhere on a spectrum. On one end of the spectrum is the support mode. In support mode, a PMO provides project managers with training, guidance, templates, and best practices. On the other end of the spectrum is the central planning, project oversight mode. In this mode, the PMOs provide all the project managers, control the portfolio management process, manage resource allocation, and closely monitor the performance of each project. In addition, the scope of a PMO is not always limited to projects. In some organizations, PMOs are used to monitor and oversee service-level agreements with vendors. Specifically, the responsibilities of a given PMO are a combination of the following:

- **Project support**—Provide project management guidance to project managers in business units.
- **Methodology**—Develop and implement a consistent and standardized project management process.
- **Training**—Conduct or outsource project management training.
- **Consulting and mentoring**—Coach employees on best practices.
- **Tools**—Select and administer project management-related tools for use by the organization.
- **Program management**—Provide management and oversight of multiple, related projects.
- **Portfolio management**—Establish a process for requesting, prioritizing, and approving projects. In addition, establish a process for canceling projects that are not meeting portfolio performance standards.
- **Resource management**—Establish and execute processes to ensure resources are allocated effectively based on the portfolio priorities.
- **Monitor SLAs**—Monitor performance of and adherence to service-level agreements.

**NOTE** In most organizations, the PMO is charged with directing the project portfolio management process.

Historically, most PMOs were started by CIOs to provide the needed structure to standardize project management practices, facilitate IT project portfolio management, and develop methodologies for repeatable processes. Today, the best PMOs leverage the organization culture to successfully deliver the project portfolio in a way that satisfies both senior management and the targeted customers. By enabling better resource management, reducing project failures, and supporting projects that offer the biggest return on investment, PMOs can provide the foundation for effectively managing any business.

The specific organization and staffing model for a PMO depends on myriad organizational factors, including priority organizational pains, targeted goals, natural organizational strengths, strengths of existing resources, and corporate culture.

## Traits of Successful PMOs

Now, for all the value that a PMO can provide, there are many organizations that have not experienced success with PMOs. Rather than focus on where many PMO implementations have failed, let's take a more positive tact. Let's review common traits of successful PMO implementations, and you can infer the reasons why some have been less than successful.

- **Aligned with corporate culture**—PMO implementations are change management exercises. Developing an effective PMO involves strategy, reviewing industry standards and best practices, process tailoring, patience, and persistence. This can be a challenge and requires some finesse, especially if the culture has not valued disciplined approaches in the past.
- **Communicate purpose and vision clearly**—Develop and implement a consistent and standardized project management process.
- **Garner senior management support**—A key part of the PMO implementation strategy is to understand the best ways to involve senior management. Common methods are through sponsorship or direct reporting relationships. It is essential that senior management understands the value of the PMO and serves as a champion for the PMO purpose.
- **Learn from pilot projects**—Many successful PMO implementations start with well-defined pilot projects for a given business area or type of project. The projects rely heavily on the feedback from the project managers and senior management involved to tailor the PMO approach.
- **Evolve over time**—Many PMOs have started with a support focus and then moved down the service spectrum over time. In other instances, a PMO implementation focuses on immediate pain areas (such as improving planning efforts) and then expands into other areas once consistency is achieved.

- **Standardize the fundamentals**—Every project is different, but the core project management fundamentals can be standardized. Effective PMOs ensure that the processes, techniques, and tools around project, planning, estimating, and reporting are consistent, predictable, and value-added. This includes providing a repository of project templates and checklists.
- **Focus on value-added deliverables**—Effective PMOs want to streamline paperwork and reduce the document approval cycles in a given project. As a result, they seek to combine deliverables when possible and attempt to leverage online, collaborative project management information systems.
- **Provide project administration support**—Rather than require additional project administration efforts from the project managers, PMOs that assign project administrators to work with the project managers enable the project manager to focus on leading the project team, resolving issues, and clearing the path of obstacles.
- **Focus on getting projects done**—Effective PMOs encourage and support their project managers to be project leaders, to be people on the ground, with the troops, and focused on project execution.

**TIP** The best PMOs are business-driven and focused on continuous improvement.

- **Bring objectivity to the project initiation process**—The last thing the PMO needs is to have people believe that projects are subjectively approved. When this happens, people circumvent normal channels for getting projects approved, resulting in increased lobbying and political end-runs, both of which do not work in favor of the organization's well-being and long-term success. By adopting a pragmatic approach that is based on quantifiable criteria for evaluating, approving, and prioritizing the project, the PMO can stand above the fray and avoid getting caught in political crossfire, while still acknowledging and balancing the political realities of the process.
- **Justify projects on pessimistic scenarios**—This is an organizational executive management decision. However, when it comes to estimates for budget, work effort, and completion dates, the PMO should encourage the development of multiple scenarios for any project request, especially pessimistic or worst-case ones. This is especially important because most project estimates are way too optimistic. Because project portfolios should be managed like investments, this allows for safer, more conservative financial projections. The key here is to understand the difference between justifying (or funding) a project investment

and the expectations for the actual execution of the project. A pessimistic basis for justification can be totally independent from the assumptions and estimates used to guide the delivery of the project.

- **Allocate resources intelligently**—Effective PMOs monitor resource schedules and limit, if not prevent, resources from being overallocated and from having to focus on more than one major initiative at a time. Although this ties in to our discussion of critical chain project management later in this chapter, it really is common sense. Results have shown that multitasking is not productive and leads to longer work days and weeks, which can lead to frustrated workers.
- **Align strategy with delivery**—Effective PMOs partner closely with the executive team to make sure the project portfolio investments are aligned with the corporate goals and strategies.

# Portfolio Project Management

Portfolio Project Management (PPM) describes various approaches to managing projects as part of an overall project investment portfolio. PPM focuses on project initiation (determining which projects should be funded), aligning projects with corporate strategy, aligning resources with those project priorities, and monitoring performance of the project portfolio throughout the year. The practice evolved out of the growing reality that more and more business is accomplished through projects, the concern that too many projects did not succeed, and the lack of visibility that many executives had on ongoing project performance.

Here's a list of additional insights and observations to help you better understand portfolio project management topics:

- **Portfolio project management is NOT program management**—This is a natural point of confusion due mainly to the terms used and to the role of many PMO organizations. Portfolio project management is focused on the investment aspect of the project funding decisions. Program and project management is focused on the delivery (execution) of those projects in the portfolio.
- **Never be totally objective**—Implementing portfolio management is political by nature. Most portfolio project management advocates emphasize the dimension of objectivity and the focus on quantifiable metrics introduced into the project request evaluation and approval processes for an organization. To their credit, portfolio project management processes do reduce the degree of political influence. However, people make these final decisions and the profit centers still carry tremendous influence in determining what projects are funded.

- **Element of corporate governance**—In many organizations, project portfolio management is closely tied to the corporate governance process. The senior management (or executive) group that determines the project portfolio is the same group checking project performance status on a periodic basis.
- **PPM software**—A full PPM solution manages demand (work requests) and resource allocation, prioritizes requests, and monitors investment performance.
- **May or may not include resource management**—Some organizations include resource management as part of PPM while others do not. This is something to clarify when starting in a new organization. If it is not included, there should be tight integration with the corporate resource planning and allocation processes.
- **Separate reporting process**—In most organizations, the status reporting you do for your PPM tool and the corporate governance process is different than what you do for the project leadership team. This occurs because of the limitations of the PPM tool and because of the amount of detail that the executive committee wants to see. From the advancements I see in PPM solutions and the current state of many web-based project management software offerings, I think this will change in the future.
- **Finding the balance**—You must find balance for your given organization. Although most senior management types do not want (nor have time for) the details of your project, they also do not want to be surprised. They do not want to see a project "green" (it's going great) one reporting period and then "red" (help me, I'm in big trouble) the next. This is one of the main advantages of exception-based or stoplight-based status reporting approaches. From my experience, I tend to go "yellow" on any dimension with a high-impact risk or current issue.

# Governance Processes

Okay, corporate governance is not exactly a hot (or new) concept, but it is a term that gets thrown around a lot and is often not explained to people who are new to the scene. Because it is closely associated to PPM and PMOs, I thought it would be helpful to put this concept in proper context, too.

Here are a few insights and observations from my experience that can help you better understand corporate governance topics:

- **Portfolio project management is part of corporate governance**—This is discussed in the previous section.

- **Other elements of corporate governance**—Corporate governance can include more than just project portfolio management. In most cases, the additional governance scope is needed to ensure compliance with strategies, standards, policies, and regulations. Specifically, other corporate governance processes can include the following:
  - IT governance (compliance with architectural standards)
  - Procurement
  - HR
  - Resource management
  - Legal
  - Regulatory
  - Quality assurance

# Critical Chain Project Management

Critical chain project management (CCPM) is a management practice beginning to gain momentum. As a relatively new project manager, you might find yourself working in an organization using CCPM, or you might be hearing more about it and just wondering what is so different about it. My objective is to give a brief synopsis of CCPM, clarify the key unique features, and provide a basis for further discussion and discovery.

CCPM is a method of planning and managing projects based on Eliyahu M. Goldratt's Theory of Constraints. It is a method that emphasizes resource management and speed. It is a method that aims to remove the slack that is built in to most schedules. It is a method that requires a different approach to schedule development, project execution, and monitoring project performance. Let's take a closer look at some specific features to help you better understand the principles and uniqueness of CCPM:

- **Critical chain**—CCPM identifies and focuses on the critical chain, as opposed to the critical path. Resources are then assigned to each task, and the plan is resource leveled using the 50% estimates. The longest sequence of resource-leveled tasks that lead from the beginning to the end of the project is then identified as the critical chain. If there are no resource constraints (and resources are leveled), then the critical chain and the critical path are the same.
- **System**—In CCPM this term refers to all tasks in the schedule.

- **Two estimates for each task**—When estimating the work effort or duration for a task, two estimates are developed. One estimate is called the 50% probability estimate; the other one is the 90% probability estimate. The 50% probability means exactly that; the task has a 50–50 chance of completing within the effort and time estimate. The assumption is that most schedules are based on 90% probability estimates.
- **Schedule on the 50% probability estimate**—A CCPM schedule is built based on the 50% probability estimates. The justification for using the 50% estimates is that half the tasks will finish early and half will finish late, so that the variance over the course of the project should be zero.
- **Pool the differences into a buffer**—The difference between the two estimates are pooled into a buffer, called the *project buffer.* This buffer is added to the end of the project schedule to protect the targeted completion date.
- **Feeder buffers**—In addition to the project buffer, CCPM also uses a series of feeder buffers to further protect the critical chain. Any noncritical chain task that feeds into the critical chain sequence has a buffer, a *feeder buffer*, inserted between the noncritical chain task and the critical chain.
- **Resource focus**—CCPM is focused on resource constraints and resource productivity. You will read and hear a lot about "throughput." It is a requirement that schedules are resource leveled in order to reduce, if not avoid, multitasking.
- **Resource transition**—The CCPM references discuss a third buffer type—a *resource buffer*. This is a bit confusing, because it is not a buffer in the same sense of the project buffer and the feeder buffers. The resource buffer focuses on project execution and on the process of transitioning a task sequence from one resource to another. The process involves direct communication between the resources (performers) assigned to the two tasks. The predecessor task resources notify the successor task resources on regular, predetermined intervals about their expected completion date. Furthermore, a final confirmation should be given a day or two before task completion so all successor task performers are ready to start work exactly when needed. Goldratt calls this notification process the *resource buffer*. It is a simple, yet effective method to ensure that a task starts exactly when it should. Early finishes are not wasted.

**NOTE** *Student syndrome* is the term used to describe the common tendency is to procrastinate until the last moment.
*Parkinson's Law* states that work expands to fill the allocated time.

- **Relay runners**—As hinted at in the previous section, the mode that resources operate in a CCPM project is that of a relay runner. The resource knows when the baton is coming (predecessor task completed), as soon as the baton arrives the resource stays focused and gets the task completed as fast as it can, and then hands off the baton to the next runner (resource assigned to successor task).
- **Efficiency of pooled buffers**—This is a strong component of CCPM. By pooling the usual slack found in task estimates into buffers and setting up task management procedures that encourage and reward speed, a project can take advantage of the time gains that would normally be hidden or eaten up from multitasking, student syndrome, Parkinson's Law, inbox delays, lack of prioritization, or task handoff inefficiencies. If any particular task is delayed or completes later than the 50% estimate, the project manager "borrows" time from the project buffer and adds it to the offending activity. On the other hand, if an activity finishes early the gain is added to the project buffer.
- **Monitor the buffers for project health**—Overall project health is measured by monitoring the feeder and project buffers. If the rate of buffer consumption is low, the project is on target. If the rate of consumption is such that there is likely to be little or no buffer at the end of the project, then corrective actions or recovery plans must be developed to recover the loss. When the buffer consumption rate exceeds some threshold value (a rate that puts the buffer at risk of being consumed before the project is complete), then those response plans need to be implemented. CCPM advocates feel that buffer management is better than earned value management (EVM) for measuring project performance because the EVM technique can be misleading. EVM does not distinguish progress on the project constraint (the critical chain) from progress on nonconstraints.

**TIP** Always look to pilot any new tool or process so the lessons learned can be applied before any type of wider implementation. This helps manage the change factor and increase the level of acceptance.

# Web-Based Project Management and Collaboration Tools

If your project requires (or could benefit from) sharing project information with clients, vendors, subcontractors, a mobile or geographically dispersed team, or anyone located outside your corporate networks, you should consider web-based project management and team collaboration software solutions. The purpose of this section is to make sure you are aware of those options and to offer some recommendations on what to consider when evaluating them.

To start, some of the attractive features of these tool options and the reasons you want to consider them include the following:

- No software installation required except your web browser (that is, cloud-based).
- Web-based solutions can be much less expensive. Depending on the features you require and ability to leverage open-source options, it can even be free.
- Ability to update tasks and project plans from anywhere.
- Ability to establish a centralized, private, secure environment connecting people, process, and product regardless of team member location.
- Provides for better visibility and openness.
- Streamlines communication and work effort.
- Can assign tasks to individual team members and track progress.
- Can be deployed within a day, depending on need and licensing arrangement.
- Most vendors offer Software as a Service (SaaS) models.
- Many vendors offer hosted or installed "On Premise" options for environments that have tight security requirements.
- Faster and enhanced working processes.
- Short learning curves.
- Most offer group discussion/chat capabilities.
- Most offer version control of project documents.
- Most offer web conferencing tools.
- Can serve as project repository—easy to locate documents and artifacts; keeps documents current and synchronized.
- Reduces the need for email collaboration and the challenges that can come from that, especially when multiple team members are reviewing the same artifact or responding to the same topic.

Many options are available now, and the list continues to grow. If you can consider web-based solutions, here are key elements to consider in your selection and evaluation process:

- Project management feature set required
- Enterprise visibility

- Cost
- Return on investment
- Ease of use; training required
- Platform independence
- Scalability
- Integration ease
- Ability to focus on work and not status reporting effort
- Level and granularity of security needed
- Ability to use for client access
- Disaster recovery services offered (backups or prevention of data loss)

**TIP** When evaluating any cloud-based collaboration tool, ensure that it offers the level of security to meet the requirements of your participating organizations.

# Requirements Management Tools

The purpose of this section is make sure you are aware of requirements management tools and to provide criteria to help you determine whether your project or organization needs to consider using one.

First, a requirements management tool is a centralized, collaborative, and database-centric approach to managing requirements versus the document-based approach that has traditionally been used to capture, communicate, and review the specifications for a project or product.

In many environments, simply moving the document-based approach to a project team collaboration tool can alleviate many issues. However, there are many cases when even that might not be enough. To determine whether your project or organization could benefit from a requirements management tool, please consider these factors:

- The complexity level of the targeted product or solution
- The size of the stakeholder team participating in the requirements definition process
- The need for multiple people to modify the same set of requirements simultaneously

- The change frequency level of the requirements
- The efficiency and effectiveness of the requirements review process
- The need and ease of tracing source requirements to design specifications or test cases
- The need to integrate requirements with a test management tool
- The need and ease to link to related and supporting requirements
- The need to store a common set of attributes about each requirement
- The need to manage requirements that are planned for different releases or products
- The need to reuse or access the original product/solution/system requirements for future enhancement projects
- The need to store requirements that were deprioritized or rejected
- The need to reuse requirements for future projects

**CAUTION** The introduction of any new tool requires proper planning and an investment from the sponsoring organization.

# Mind Mapping Tools

**CAUTION** Although visual thinking is exciting and most people prefer it, it will seem awkward to others, especially those who are more comfortable with linear organization structures.

**TIP** One simple, but powerful, productivity enhancer for project managers is to use mind maps for meeting notes.

**NOTE** Tony Buzan, a British psychology author and educational consultant, is regarded as the modern father of mind mapping techniques.

Mind mapping software allows you to build, modify, and share mind maps electronically. A *mind map* is a diagram that contains information pieces (words, ideas, pictures, tasks, and so on) arranged radially around a central theme (key word or idea).

A mind map enables you to do visual thinking. It enables you to capture and communicate related information in a manner that is more aligned with how the brain organizes data and information. Mind maps have been used successfully in brainstorming environments to generate, visualize, and structure ideas. They have also been used as powerful aids in learning new concepts, note taking, problem solving, decision making, and writing. I have provided basic, simple mind maps at the end of each chapter using the MindManager tool from Mindjet (www.mindjet.com).

So, why do I include this in a project management book? Why is the use and acceptance of mind mapping tools growing rapidly? Why are more and more organizations adding mind mapping tools to their productivity tool arsenal? To help answer these questions, let me offer these insights based on my own experience:

- **Ability for one-page communications**—The ability to communicate large amounts of information and the most complex concepts on a single page in an easy-to-understand manner is powerful.
- **Visual appeal**—There is a "wow" factor. It's different, but at the same time more natural for many audiences. It catches your attention and draws you in.
- **Collaborative nature**—It was built for collaborative work sessions. For a project manager, it is a powerful medium for planning a project.
- **Integration power**—Mind maps provide a portal-like home base for all documents, deliverables, or artifacts associated with the subject of the mind map. In addition, the best mind mapping software provides for easy integration with your other productivity suite software (such as Microsoft Office and Project).
- **Streamline paperwork**—Due to the organizational power and visual appeal of mind maps, you can effectively share and communicate information simply by sharing the mind maps. There is a reduced need for additional documents to be created.
- **Working smarter**—As the pace of work increases and the nature of work becomes more collaborative, organizations and knowledge professionals continuously look for ways to work smarter and be more productive. Mind mapping tools can facilitate these goals.

# Value of Certifications

This is always a hot topic, and not just in the project management circles. What is the value of certifications? What does having one mean? What does it really measure? These questions are fair, especially in a profession like project management that requires skills and talents that are difficult to measure in standardized testing approaches. The most popular project management certification is the Project Management Professional (PMP) from the PMI. It is the gold standard for a project management professional certification. In addition, PMI offers the certifications listed here:

- **CAPM**—Certified Associate Project Management Professional. A stepping stone certification to a PMP. The CAPM demonstrates understanding of the fundamental knowledge, terminology, and processes of effective project management.
- **PgMP**—Program Management Professional. Designed for those who manage multiple, complex projects to achieve strategic and organizational results.
- **PfMP**—Portfolio Management Professional. The PfMP demonstrates proven ability in the coordinated management of one or more portfolios to achieve organizational objectives and recognizes the advanced experience and skill of portfolio managers.
- **PMI-ACP**—PMI Agile Certified Practitioner. The PMI-ACP demonstrates a proven ability to apply agile principles and practices on projects.
- **PMI-PBA**—PMI Professional in Business Analysis. The PMI-PBA certification recognizes demonstrated knowledge and expertise in business analysis. It showcases the ability to work effectively with stakeholders to define their business requirements, shape the output of projects, and drive successful business outcomes.
- **PMI-RMP**—PMI Risk Management Professional. The PMI-RMP certification recognizes demonstrated knowledge and expertise in the specialized area of assessing and identifying project risks along with plans to mitigate threats and capitalize on opportunities.
- **PMI-SP**—PMI Scheduling Professional. The PMI-SP certification recognizes demonstrated knowledge and advanced experience in the specialized area of developing and maintaining project schedules.

Okay, I might not be the most objective person in the world because I am a PMP, but I think I can offer helpful insight on the value of project management certification.

- **Get serious**—By earning a certification, you demonstrate a mindset that says to others that you take your work and your profession seriously.

- **Common understanding**—A certification does not guarantee performance or results, but it does ensure that you share a vocabulary and a common understanding of fundamental project management processes.
- **Differentiator**—In a competitive marketplace, any method to further differentiate yourself from your peers never hurts, and earning a credential is good way to do that.
- **Marketability**—More and more employers are using the PMP credential as a base requirement for their project management positions.
- **Compensation**—Studies have shown that the average compensation level of certified professionals is higher than their uncertified counterparts.

## CURRENT PMI CERTIFICATIONS

The current PMI (www.pmi.org) certifications are as follows:

- **CAPM**—Certified Associate Project Management Professional
- **PMP**—Project Management Professional
- **PgMP**—Program Management Professional
- **PfMP**— Portfolio Management Professional
- **PMI-ACP**—PMI Agile Certified Practitioner
- **PMI-PBA**—PMI Professional in Business Analysis
- **PMI-RMP**—PMI Risk Management Professional
- **PMI-SP**—PMI Scheduling Professional

# Project Management Training

When it comes to project management training, a wide variety of options is available. In the same way it can be difficult to test for project management skills, it can be equally challenging trying to train someone to be a project manager. From my experience, here are a few insights and observations I've accumulated over the years on project management training:

- **Mentoring**—The absolute best way to learn project management is to observe it being done well. When possible, newer project managers should serve on a project team with a more senior project leader. This could be as a project manager with a senior program manager, or it could be as a project coordinator, a project administrator, a business analyst/lead (if skill set applies), or as a technical lead (again, if the skill set applies) with a senior project manager who enjoys the opportunity to mentor others.

- **Focus on specific skills**—Another worthy training strategy is to focus on one skill set at a time. In most cases, professionals have specific areas they need to improve, and often when these skills are improved, it will have a cascading effect on other areas of performance.
- **Simulations**—Given the nature of projects, it is difficult to anticipate the specific situations and scenarios that a project manager will face or to bring the reality of projects to the classroom environment. Due to the improvements in technology over the years, a tremendous advancement in training is the use of computer and gaming simulations. I am convinced this is the future for all training efforts.
- **Computer based**—I find computer-based, web-based, virtual training offerings (webinars, online seminars, and so on) to be an efficient and convenient method for staying informed on current trends and tools and refreshing key fundamentals.
- **PMI special interest group conferences**—I have received a lot of benefit from attending the educational conferences provided by the PMI special interest groups. I believe the main reason for this is the presentations are provided by practitioners from the field and the content is very current and relevant.
- **Skills to target**—As you gain experience in project management and attain a certain mastery of the project management fundamentals, it can be more difficult to find project management training that offers a lot of value to you. Well, one of the great things about project management is that it covers almost all aspects of business, management, and your industry, so there is never a shortage of things to learn about or improve upon. For most people, there is value in acquiring additional training in the following areas:
  - Business management
  - Procurement
  - Leadership
  - Quality techniques
  - People management
- **Tool-specific**—Especially tools used for project management, communication, and collaboration.

## THE ABSOLUTE MINIMUM

At this point, you should have a solid understanding of the following:

- Agile project management approaches are characterized by change expectancy, iterative development, phased deployments, collaboration, people focus, customer focus, timeboxing, detailed near-term schedules, frequent feedback loops, and constant risk management.
- Security and data privacy concerns impact your entire project and organization.
- The scope and responsibility of a PMO varies by organization and maturity level.
- Common traits of successful PMO implementations include alignment with corporate culture, clear purpose, senior management support, evolution over time, focus on getting projects done, and a focus on aligning strategy with project delivery.
- Project portfolio management focuses on project initiation, aligning projects with corporate strategy, aligning resources with those project priorities, and monitoring performance of the project portfolio.
- Unique features of critical chain project management include the focus on throughput, task execution speed, resource constraints, scheduling on 50% probability task estimates, and the use of buffers to protect the completion date and to monitor project performance.
- Web-based project management and team collaboration software solutions are excellent options for virtual, geographically dispersed teams.
- Requirements management tools need to be considered when document-based approaches no longer serve the long-term interest of the sponsoring organization.

- Mind mapping tools foster collaboration, simplify communication, and provide potential for increased work productivity.
- Certifications demonstrate that you take your work and profession seriously.
- Effective project management training approaches include mentoring and simulations.

For additional information on agile project management approaches, visit the following websites:

- Agile Project Leadership Network: apln.org
- Agile Alliance: www.agilealliance.org
- www.dougdecarlo.com
- www.jimhighsmith.com
- Flexible Development by Preston Smith: www.flexibledevelopment.com

Figure 25.1 summarizes the main points reviewed in this chapter.

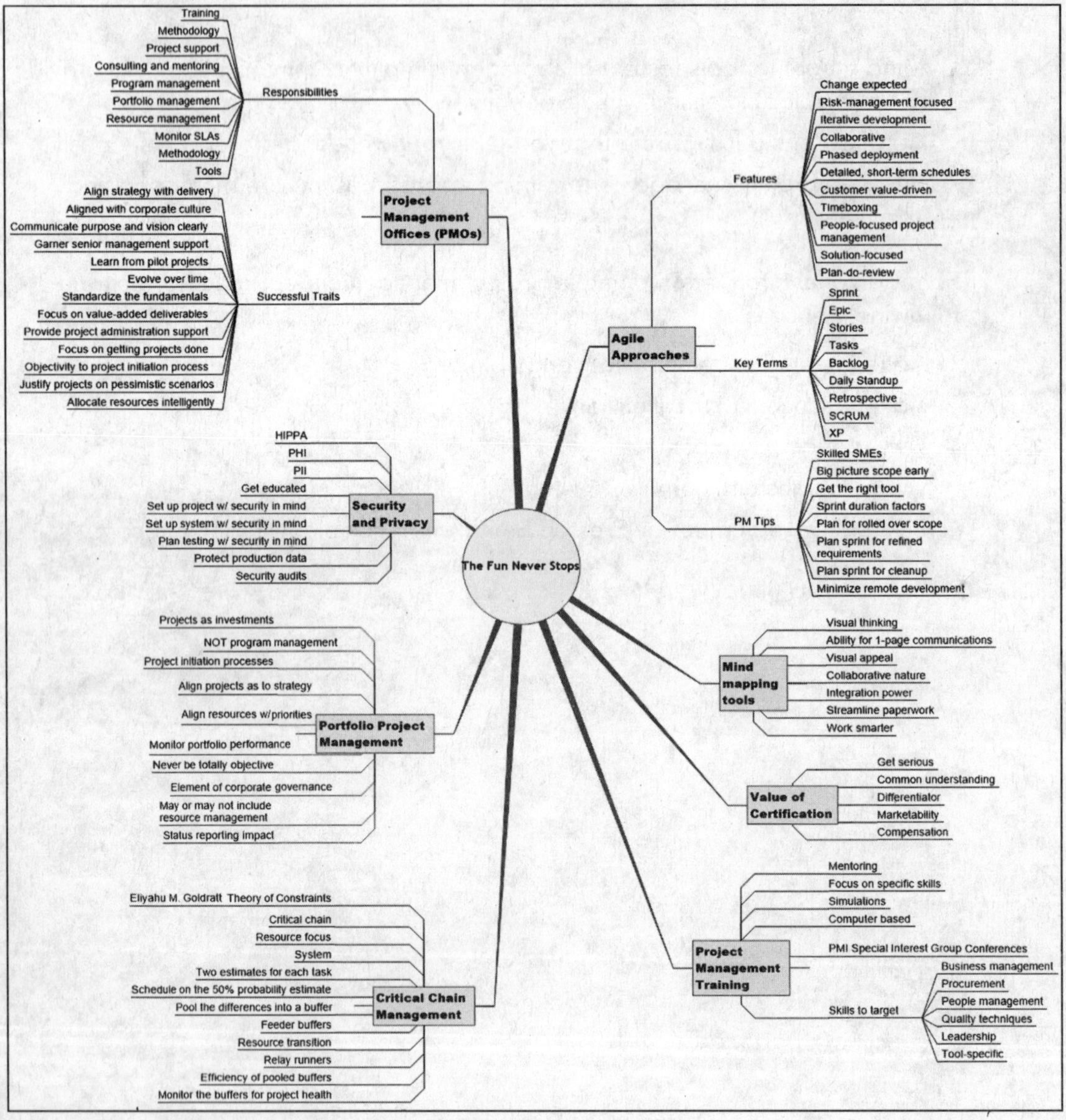


**FIGURE 25.1**

*The Fun Never Stops chapter summary.*

## IN THIS CHAPTER

- Learn how to best prepare for the PMP exam in the shortest time possible
- Understand what to expect on the PMP exam
- Learn how to avoid the common trouble areas that cause people problems on the exam
- Review powerful test taking strategies

# 26

# POWERFUL PMP EXAM TIPS

As has been the theme of this book, I want to share with you the insights and knowledge that will accelerate your learning curve and make you effective as fast possible. Since we have mentioned the value of the PMP certification a couple of times, and I have co-authored a PMP exam preparation book in the past, I felt it was only right to extend this focus to preparing for the PMP exam.

In this chapter, we will get right to it. I am not going to waste time covering the process for applying for the exam, general study approaches, or how to actually sign up for the exam. I am confident you have this covered (and I did include the primary PMI links you need for this at the end just in case).

We focus on the concepts, knowledge, and strategies you need to ensure exam success. We review what is important to PMI and why you need to understand this to ensure exam success. We review what areas can cause people problems on the test and how to avoid them. We review what you can expect on the test, and we discuss the key areas you must focus on in your preparations.

To get started, let's review the common gaps that test takers experience between their own real-world experiences and PMI expectations. These gaps will vary depending on the industry in which you work. For the IT industry, these gaps are very common.

**NOTE** To be eligible to take the PMP Exam, a candidate must have one of the following:

- Secondary degree (high school diploma, associate's degree, or the global equivalent)
- 7,500 hours leading and directing projects
- 35 hours of project management education

Or have

- Four-year degree
- 4,500 hours leading and directing projects
- 35 hours of project management education

# Common "Context" Differences

Because it is important to answer the exam questions from PMI's perspective, and not necessarily from your real-life experiences, let's first review several key high-level differences between the PMI vision and common experiences of project managers:

- **Not exactly like we do it**—Because nearly every organization implements project management differently, we generally find that most implementations are not entirely consistent with PMI's view of the world. You will want to identify those differences for your own situation.
- **"The" project manager**—Given the wide range of "project manager" experiences (for example, technical team leader, project administrator, project analyst, project leader, project coordinator), you might be surprised by the expectation PMI has of the project manager role and the powers that come with it.
- **Unapproved practices**—There are several project-management practices and techniques used routinely that are considered inappropriate by PMI (for example, the use of overtime, forcing estimates down). These will appear on the exam as incorrect options.

- **Bigger ballpark**—For most project managers, the PMI PMBOK describes a field of project management that is much broader and complex than what they have experienced in real life.
- **The whole story**—Many project managers lack experience in the complete lifecycle of project management. Generally, there is minimal exposure to the Initiating and Closing phases. You must understand the complete project-management process as described by PMI.

## Common "Experience" Differences

This section reviews common gaps between the experiences and practices of many project managers (and their respective organizations) and what PMI expects the project manager to do:

- **Project planning**—Over half of the PMBOK project-management processes deal with planning. As you can imagine, PMI's definition is much more encompassing than the project plans routinely developed by many project managers.
- **Developing a project schedule**—It is still rather uncommon to find organizations and project managers who build a project schedule the "right way." As you can imagine, the right way is much more involved than the method routinely employed. If you do not use a four-step process, use network diagramming techniques (there are more than one), understand the three estimating methods, account for all WBS dictionary items, or identify all dependencies and level resources, you probably have some work in this process area.
- **Planning project management**—Yes, we still have not left this planning theme yet. PMI expects that all project-management activities be planned and documented. So, if your project plan does not include supplementary plans such as a staffing-management plan, a responsibility matrix, a communications-management plan, a quality-management plan, a scope-management plan, and a risk-management plan (for starters), you will want to focus on these and understand their value.
- **Tracking project performance**—"Earned value" is PMI's recommended technique for tracking and controlling project costs, schedule, and scope. Earned value analysis is not a generally applied technique in many industries, and many project managers have limited experience in managing project costs.

- **Risk management**—Because a full-scale risk-management process, as described by PMI, is rarely implemented in many industries, many people have not been educated in this area either.
- **Quality management**—Quality management has the same reasons as risk management, except many organizations do have some levels of quality programs in place. The issue here is that your organization's philosophy, terminology, and processes may not match those espoused by PMI.
- **Procurement management**—This is not as frequent a gap as it used to be, but if your experiences have not dealt with soliciting, selecting, and managing vendors, you will have gaps to close in this area.
- **Project selection**—Although the practice of applying sound business principles to prioritizing and selecting projects is increasing each year, there are still many project managers who have not been exposed to business case development and official cost-benefit analysis using financial techniques such as NPV, IRR, and payback period.

# Common Terminology Differences

A common revelation of many project management professionals, when they are first exposed to the PMBOK, is that they find terms and concepts they know in one fashion do not necessarily mean the same thing to PMI. It is important to become aware of these terminology differences to ensure exam success.

- **Project charter**—To PMI, this is the document that authorizes (initiates) the project and the project manager to do his work, and it's the key output from the initiating process. In many organizations, this document is often given other names (for example, Project Initiation form, Business Case).
- **Project plan**—To PMI, the *project plan* is the key output of the planning process and contains many subdeliverables (for example, the project schedule, WBS, all the supplementary project-management plans). In many organizations, this document may be known as the Project Charter, Project Contract, Statement of Work, and so on.
- **Project plan versus project schedule**—A Gantt chart (Microsoft Project) project schedule is not a project plan. A project plan contains the project schedule.
- **WBS versus Gantt chart**—To PMI, a Work Breakdown Structure (WBS) is not equivalent to a Gantt chart (Microsoft Project) project schedule. The WBS is a key input into the schedule-development process, and the project schedule accounts for calendar time and resource leveling.

- **Terms to verify**—Here are several other common project-management terms you use that might not have the exact same definition as PMI (these differences are less critical than the ones previously mentioned):
  - Audit
  - Baseline
  - Corrective action
  - Kickoff meeting
  - Procurement management
  - Risk management
- **Uncommon terms to notice**—Several terms used by PMI are not that well-known in many industries. You will want to make sure you review these terms too:
  - Gold-plating
  - Integration management
  - Project expeditor
  - PMIS (Project Management Information System)
  - Work Authorization System

# What's Important to PMI?

To better appreciate why these common gaps exist and better prepare for the exam, let's review some of the underlying principles guiding PMI's vision of project management:

- The project manager makes it happen and brings it all together. The role of project manager is extremely important and extremely valuable.
- Planning is very important—25 of the 47 PMBOK processes are planning-related per PMBOK fifth edition. In the PMBOK sixth edition, it is 25 of 49 processes.
- All management activities should be analyzed and planned in advance. These supplementary management plans are part of the overall project plan.
- The project plan should accurately describe project activity, is based in reality, and is used as the baseline to measure progress.
- The Work Breakdown Structure is a very important project-management tool.

- Communication is the most important activity of the project manager (90% of the PM's time is spent here). Other communication-based principles that are extremely important to PMI include the following:
  - Coordinate with stakeholders on all project aspects.
  - Clearly assign all project roles and responsibilities.
- The risk-management process is very important and is a continuous project-management activity.
- All estimating should be completed by the people who will actually do the work.
- All projects, regardless of outcome, should complete the closing process. The emphasized outputs from this are as follows:
  - Capturing lessons learned
  - Executing proper administrative closure

# Key PMI Assumptions and Themes

To further understand these common gaps—but more importantly, to better prepare for the exam—let's review some of the key assumptions that guide PMI's vision of project management:

1. The project manager is selected when the project is authorized—before any estimating or preliminary requirements gathering.
2. The project manager is ultimately accountable for the project.
3. The project plan is the baseline that the PM uses to control the project.
4. The project plan is an all-encompassing document and must contain cost and schedule baselines to determine project performance during execution.
5. PMI assumes your organization has project-management methodologies and quality-assurance procedures.
6. The project manager does have human resources and team-development responsibilities.
7. PMI assumes the project team is involved in all planning decisions and problem-solving situations.

8. Projects should be aligned and prioritized with the organization's strategic direction.
9. The earlier in the project lifecycle, the more risk for the project and the more influence management has on it.
10. Stakeholder management is an ongoing, continuous process throughout the project lifecycle.
11. The success or failure of a project is determined during project planning.
12. The Work Breakdown Structure (WBS) is a "must-have" for any project manager and serves as the basis for most project planning.
13. WBS is the basis for all project planning.
14. The person (people) who will do the work should do the estimating.
15. The most important task and skill of the project manager is effective project communication.
16. The project team should be involved in all project-planning activities.
17. Project changes will occur. Changes should be expected, planned for, and well managed when they occur.
18. Earned value is the best project-controlling technique.
19. The project team should solve its own problems and resolve its own issues whenever possible.
20. Quality is planned into a project, not inspected in.
21. Risk management is an ongoing, continuous process performed by the entire project team.
22. Preventing a risk event is always preferred to mitigating a risk event.
23. Closing processes (administrative closure) should occur at the end of each project phase, not just at the end of the project.
24. Lessons learned describe the knowledge the team and stakeholders gain by executing the project and are an invaluable source of project management information.
25. Historical records and lessons learned are very valuable.
26. PMI assumes you have historical records of past projects.

# What Is the PMP Exam Like?

The Project Management Professional exam is a computer-based exam composed of 200 multiple-choice questions. Each question has four answers, and the exam taker is required to choose the best answer to the question. A total of 4 hours is allowed for the exam.

The intent of the questions is to test a thorough understanding of project management. To this end, many questions are creatively designed to check both key understanding (knowledge) and the ability to practically apply these concepts at the same time. A part of this creative exam design is to utilize many different types of questions. To better prepare you for the PMP exam experience, let's review the key question types and formats you are likely to encounter.

- **Situational questions**—These questions require you to rely on your knowledge, real-world experience, and judgment to answer them correctly.
- **Conceptual understanding**—For these questions, you must apply concepts to a new situation by using more than simple memorization. Often, PMI will intentionally use different terminology for the same concepts. This is done to test your understanding of the topic rather than your ability to simply recall a term.
- **Memorization questions**—The PMP exam will have some questions that are short and direct and can be answered in less than 20 seconds. For example, you might encounter some fill-in-the blanks and factual-type questions.
- **Double reverse logic questions**—A popular technique of wily test designers. These types of questions ask about a topic using reverse or double-reverse logic. Generally, you need to select the exception from the four possible options.
- **Story problem questions**—There are long, drawn-out, story problem questions that can take several (2–5) minutes to process. The key to these question types is deciphering what information presented is essential and needed to answer the question.
- **"Use the pencil" questions**—There are questions that will require you to perform simple calculations and/or draw simple diagrams to select the correct answer. Frequently, questions regarding earned value, financial accounting, project network diagrams, and project schedules will require the use of the pencil to get the right answer.
- **Non-PMBOK questions**—Estimates vary, but most people feel around 60% of the exam questions come directly from the PMBOK. The other questions originate from other reference materials, subjects related to project

management, and real-world situations. In addition, past exam takers have noted "out-of-the-blue" type questions that test specific knowledge points. Project management is a broad field of study, so you can never be too prepared.

- **"I need to change careers" questions**—Somewhat related to the note above regarding out-of-the-blue questions, there are a few questions placed in every PMP exam to rattle the exam taker. These questions will be difficult, if not impossible, to answer with confidence. Just expect these, and see our exam-taking tips on how best to deal with them. This may be PMI's way of testing how you respond under pressure and when things do not go as expected.

**TIP** A common feedback point from many exam takers is that several questions seemed to have *more than one correct answer.* Often, most, if not all, of the answers are reasonable responses to the question at hand. However, there is always one best response, as determined by PMI.

# Exam Topics Not Covered by PMBOK

Although the PMP exam is based primarily on the PMBOK, and the PMBOK should be a central reference in your exam-preparation efforts, several exam topics originate from general business-management knowledge or other PMI publications and are not addressed in the PMBOK.

**NOTE** This point also demonstrates one of the major values of practice exams. The questions you will encounter will help you find the topics you might need to study outside the PMBOK.

Although this list is not meant to be exhaustive, here are some key non-PMBOK exam topics you should understand:

- Business case development and benefits realization
- Conflict-resolution techniques
- Interpersonal skills, including active listening
- Organizational theories
- Problem-solving techniques
- Professional responsibility
- Project finance principles
- Theories of motivation

**TIP** Use the PMI PMP Examination Content Outline as a preparation checklist. This outline contains the key tasks you need to understand for each process group, as well as the key skills and concepts you should be knowledgeable about outside the specific PMBOK content.

# Exam Preparation Strategies

Here are key strategies to ensure that you get the most of your exam preparation.

- Understand how you learn and what you need to be successful.
  - If you need to hear the material, get audio books or sign up for a class.
  - If you need to see the material, get books, sign up for an online course, or sign up for an onsite exam prep class.
  - If you need to be accountable to someone else, join a study group or sign up for an exam prep class.
  - If you learn best independently, get the learning materials that work best for you, set your schedule, and get started.
  - If you need or do better with a focused immersive learning approach, consider a 3-to-5 day exam preparation crash course.
  - If you learn best by doing, then plan to focus on taking practice exams.
- Get your target materials and/or sign up for your preparation courses.
- Schedule your study time into your calendar.
- Understand the differences between the current version of the PMBOK (that you will be tested on) and the previous version. You can expect around 20% of the questions to be focused on these areas.
- Get inside the heads of the PMI test creators. Understand what's important to PMI and their vision of the project manager role. (This chapter focuses on this.)
- Know the PMBOK process groups and the individual processes.
  - Memorize the Process Group and Knowledge Area Process Mapping.
  - Focus on the data flow diagrams for each process.
- Focus on the Interpersonal Skills section in the PMBOK.
- Memorize the PMBOK definition of a Project Management Plan and what supplemental management plans it contains.

- Memorize Earned Value calculations.
- Understand the differences between process groups and project phases.
- Drill, drill, drill. Take as many practice exams as you can, and continue to take them until you are scoring 90% or better on them.

# Exam-Taking Tips

Let's review some key test-taking tips to help you during the actual exam procedure.

- Anticipate that many questions will have multiple correct answers. It is your challenge to pick the best answer based on how PMI feels the situation should be handled.
- Remember to answer questions from PMI's perspective, not from your real-life experience. Think "What should I do?" rather than "What did I do?"
- Pace yourself, and be sure to read all four answers completely. Do not just choose the first correct answer that you see.
- Be cautious of the following:
    - Answers that attract the attention of less knowledgeable, less experienced professionals.
    - Answers that reflect common project-management errors and unapproved practices.
    - Answers that are factually correct but are not the correct response to the question.
    - Answers that are sweeping generalizations (that is, *always*, *never*, and so on).
    - Questions that have extraneous information not relevant to the topic or question.
- As a key strategy, keep in mind the following points when you are actually taking the exam:
    - The exam allows you to mark any question for later review.
    - Plan on making several passes (iterations) through all 200 questions of the exam.
    - On the initial pass through the exam, mark any question that you are not 100% sure of the answer.

On the second pass, review all the marked questions. You will often find that the answer to a given question becomes clear after dealing with the other questions and/or after a second review of the question and potential answers.

If you are now sure you have answered the question correctly, unmark it . If!you are still not comfortable, leave it marked.

Continue through all the marked questions to complete your pass (iteration).

Continue this iterative process until the number of marked questions gets down to approximately 25 or fewer. This would mean you are very confident about 175 of the 200 questions. Because you only need 137 to pass, this should leave you with a comfortable margin.

At this point, just give your best guess at the remaining questions.

## THE ABSOLUTE MINIMUM

At this point, you should have a solid understanding of the following:

- The common trouble areas people encounter on the exam.
- The primary principles and assumptions that are important to PMI.
- The type of questions and the type of content to expect on the exam.
- The key areas to focus on while preparing for the exam.
- The type of questions and the type of content to expect on the exam.
- Powerful tips to assist the test-taking process.

Key PMI resources include the following:

- PMI PMP Handbook: http://www.pmi.org/-/media/pmi/documents/public/pdf/certifications/project-management-professional-handbook.pdf
- PMI Certification Process: http://www.pmi.org/certifications/process
- PMI PMP Exam Guidance: http://www.pmi.org/certifications/types/project-management-pmp/exam-prep
- PMI PMP Exam Content Outline (English version): http://www.pmi.org/-/media/pmi/documents/public/pdf/certifications/project-management-professional-exam-outline.pdf?la=en

Figure 26.1 summarizes the main points reviewed in this chapter.

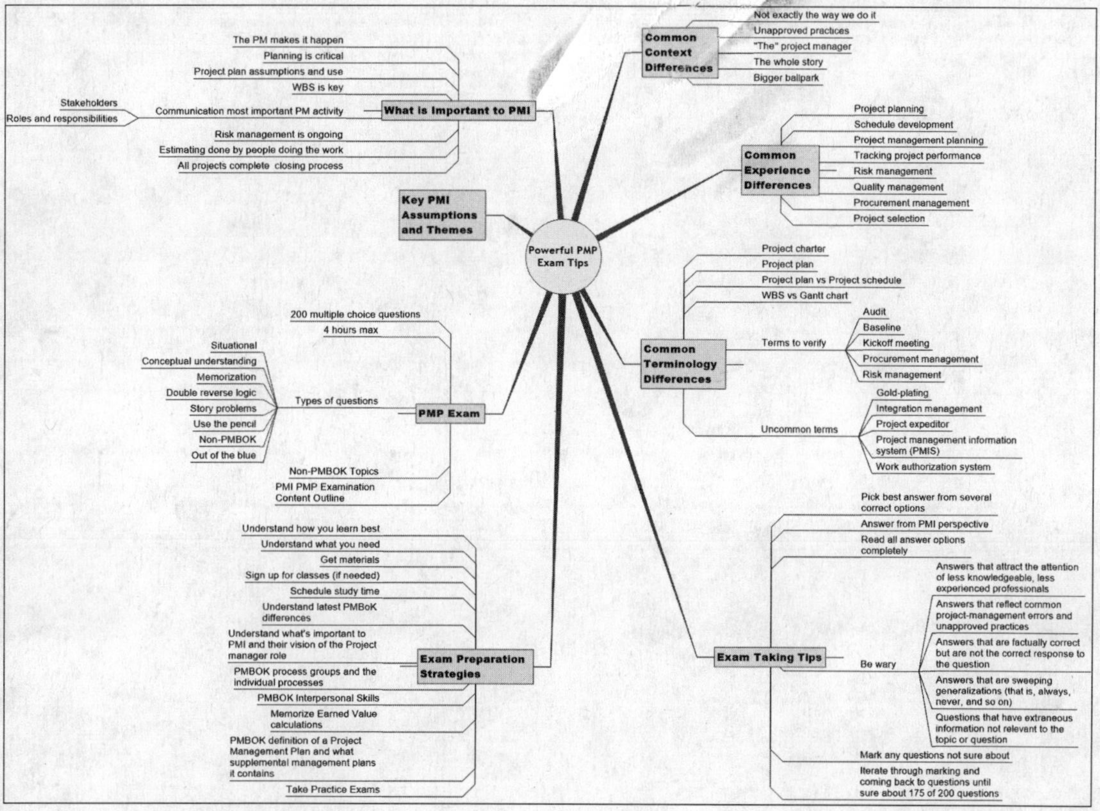


**FIGURE 26.1**

*Powerful PMP Exam Tips chapter summary.*